O verão está findo. Voltam à casa veranistas, das praias, das montanhas, dos lagos. Muitos foram descansar sob as laranjeiras em flor da Califórnia e da Flórida; outros nas montanhas do Kentucky e do Colorado e ainda outros nos lagos do Canadá, onde – escreveu-me um amigo, num postal com a vista de uma lagoa, à beira da qual veranistas pachorrentamente pescavam – se passa o mais deleitoso verão. O novo ano universitário – quero dizer a *regular section*, porque durante as doze semanas do verão funciona uma escola suplementar – está prestes a começar. Este ano, com a paz, as universidades esperam largas matrículas, iguais às dos anos anteriores à mobilização ou ainda maiores. Em Baylor esperam-se mais de 1.500 estudantes. Na grande Universidade do Estado, em Austin, onde estive a semana passada, a expectativa era de 5 mil. Os vastos dormitórios, as pensões e as casas das meio aristocráticas *sororities* e *fraternities*, – irmandades de moças e rapazes, respectivamente – preparavam-se para albergar um número de acadêmicos superior, em centenas, ao do ano passado. Austin é um lugar ideal para sede de universidade. É pitoresco e sossegado. Espanhóis e mexicanos, antigos donos da terra, deixaram lá um pouco de si próprios. Muitas de suas casas têm varandas, arcadas, ogivas, um não sei quê de igrejas. Em alguns dos edifícios da Universidade há restos da arquitetura meio eclesiástica dos espanhóis. A torre do edifício matriz parece arrancada a uma catedral. Os vagares de duas tardes dediquei-os eu a visitar a Universidade, que é hoje uma das mais poderosas dos Estados Unidos. É oficial. Mas não é o oficialismo que faz a sua força. A de Chicago, de fundação privada, é aquele colosso. Ocupa a *State University of Texas* vários edifícios, sete ou oito,

Tempo de aprendiz

Artigos publicados em jornais na adolescência e na primeira mocidade do autor (1918-1926)

agrupados em redor do *main building*, ou edifício matriz. Isso sem falar nos pavilhões. Em Austin estão concentradas as escolas de Artes Liberais, Engenharia, Arquitetura, Direito, Comércio e Educação. Só a de Medicina está fora, em Galveston. A Escola de Agricultura, que foi outrora filiada à Universidade, é hoje independente. Para lá têm vindo alguns estudantes do Brasil, da turma enviada pelo Governo, entre eles o sr. Peres, de Pernambuco. Na linha de pesquisas científicas, oferece a Universidade amplos recursos. Seus laboratórios estão providos de material para o mais acurado *post graduate work*, ou seja, minucioso trabalho de investigação em que tudo é remoído, coado e filtrado até os últimos pormenores. É um trabalho penoso, só acessível a mentes maduras. A Universidade é dona de uma opulenta biblioteca. Alberga-a um edifício inteiro, num recanto sossegado do *campus*. Dentro uma paz de igreja, e o *book worm*, como chamam os americanos ao indivíduo fanático pela leitura, sente-se à vontade, como um regalão dentro de cozinha farta de doces e guisados. Provida de livros finos, possui até rolos de manuscritos preciosos e autógrafos. Tudo é zelado com um carinho especial. As páginas dos volumes são tão respeitadas pelos estudantes, ditosos usufrutuários deste maná do Céu, como pelos insetos. Lembrei-me com tristeza de umas coisas horríveis que o sr. bibliotecário da Academia de Direito do Recife contou uma vez da seção sob sua guarda, em relatório oficial: folhas de livros arrancadas, coleções de jornais desfalcadas, volumes desaparecidos. Gordon Duff, se tivesse lido aquele relatório triste, teria dedicado um capítulo inteiro a semelhante classe de leitores daninhos no seu livro *The ennemies of the books*. Além da Universidade, Austin tem o Capitólio, pois é a capital do Estado. Suntuoso palácio, cópia do de Washington. Na ala direita está a Câmara; na da esquerda o Senado, no fundo o salão de gala do governador. Visitei as suas salas, revestidas de uma nobre dignidade oficial, com pesados tapetes, fofas poltronas e retratos a óleo, nas paredes, de heróis e estadistas como, por exemplo, o de Sam Houston com a sua farda cinzenta e a mão sobre o copo da espada vitoriosa. Um velho guarda do Capitólio, que nos acompanhou, a mim e alguns amigos, por entre as vistosas salas oficiais cujas portas ele ia abrindo com seu molho de chaves, serviu-nos de pachorrento cicerone. Do alto da torre do Capitólio avista-se a cidade, estendida num só panorama. Os automóveis e os bondes, vistos de lá, parecem-nos brinquedos e as casas, caixas de bombons.

GILBERTO FREYRE

Tempo de aprendiz

Artigos publicados em jornais na adolescência e na primeira mocidade do autor (1918-1926)

2ª Edição

Organização
José Antônio Gonsalves de Mello

Apresentação
Geneton Moraes Neto

Prefácio
Nilo Pereira

Biobibliografia
Edson Nery da Fonseca

Índice onomástico
Gustavo Henrique Tuna

São Paulo
2016

© by Fundação Gilberto Freyre, 2010/Recife-Pernambuco-Brasil
1ª Edição, IBRASA/INL, 1979
2ª Edição, Global Editora, São Paulo 2016

Jefferson L. Alves – diretor editorial
Gustavo Henrique Tuna – editor assistente
Flávio Samuel – gerente de produção
Flavia Baggio – coordenadora editorial
Jefferson Campos – assistente de produção
Fernanda Bincoletto – assistente editorial
**Alexandra Resende, Ana Cristina Teixeira e
Tatiana F. Souza** – revisão de texto
Tathiana A. Inocêncio – projeto gráfico
Eduardo Okuno – capa

Obra atualizada conforme o
NOVO ACORDO ORTOGRÁFICO DA LÍNGUA PORTUGUESA.

CIP-BRASIL. CATALOGAÇÃO NA PUBLICAÇÃO
SINDICATO NACIONAL DOS EDITORES DE LIVROS, RJ

F943t
2. ed

Freyre, Gilberto
  Tempo de aprendiz: artigos publicados em jornais na adolescência e na primeira mocidade do autor (1918-1926)/Gilberto Freyre; organização José Antônio Gonsalves de Mello; prefácio Nilo Pereira; apresentação Geneton Moraes Neto; biobibliografia Edson Nery da Fonseca; índice onomástico Gustavo Henrique Tuna – 2. ed. – São Paulo: Global, 2016.

  ISBN 978-85-260-1923-2

  1. Crônica brasileira. I. Mello, José Antônio Gonsalves de. II. Pereira, Nilo. III. Título.

16-34409
CDD: 869.98
CDU: 821.134.3(81)-8

Direitos Reservados

global editora e distribuidora ltda.
Rua Pirapitingui, 111 – Liberdade
CEP 01508-020 – São Paulo – SP
Tel.: (11) 3277-7999 – Fax: (11) 3277-8141
e-mail: global@globaleditora.com.br
www.globaleditora.com.br

Colabore com a produção científica e cultural.
Proibida a reprodução total ou parcial desta obra
sem a autorização do editor.

Nº de Catálogo: **3606**

Gilberto Freyre, fotografado por Pierre Verger, 1945.
Acervo da Fundação Gilberto Freyre.

Sumário

O intelectual que se olhava no espelho e enxergava
um gênio – *Geneton Moraes Neto*..15

Nota do organizador – *José Antônio Gonsalves de Mello*...................23

Prefácio – *Nilo Pereira*..25

Introdução do autor 37

Série Da Outra América

1 49
2 52
3 55
4 58
5 61
6 63
7 65
8 67
9 71
As mulheres sul-americanas 74
10 77
11 80
12 83
13 87
14 91
15 94
16 97
17 99
18 101
19 104
20 107
21 110
22 113
23 116
24 119
O embaixador intelectual do Brasil..122

25 125
26 127
27 130
28 134
29 137
30 140
31 143
32 147
33 150
34 153
35 155
36 157
37 159
38 163
39 166
40 168
41 170
42 172
43 175
44 178
45 181
46 183
47 186
48 188
49 191
50 193
51 195
52 198
53 201
54 204
55 207
56 210
57 213
58 216
59 219
60 222
61 225
A democracia nos Estados Unidos 227
Ludum Pueris Dare 230

Artigos numerados
1 237

2 241
3 244
4 247
5 249
6 252
7 255
8 257
9 259
10 261
11 264
12 267
13 270
14 273
15 275
16 277
17 279
18 281
19 284
20 287
21 289
22 292
23 295
24 298
25 300
26 303
27 306
29 309
30 311
31 313
Yeats 316
32 318
33 320
34 322
35 325
36 328
37 330
38 332
39 335
40 337
41 340
42 342
43 345

44 348
45 350
46 352
47 354
48 356
49 358
50 360
51 362
52 363
53 365
54 367
Em torno de um livro 369
55 372
56 374
57 376
58 379
59 381
60 383
61 386
62 388
63 390
64 392
65 394
66 396
67 398
68 400
Conrad 402
69 404
70 406
71 408
72 410
73 412
74 414
75 417
76 420
77 422
78 424
79 426
80 428
81 430
82 432
83 434

84	436
85	438
86	440
87	442
88	444
89	446
90	448
91	450
92	452
93	454
94	456
95	458
96	460
97	461
98	463
99	466
100	468
Qu'é dos pintores... que não vêm pintar?	417
Olhos de santo e olhos de pecado	474
Einstein, regionalista	477
A propósito da campanha do sr. Hardman	480
Fradique historiador	484
Baedeker	488
Acerca de jardins	490
A propósito de artes retrospectivas	494
Viver às claras	497
A propósito de nomes	499
À rebours	501
Acerca do Recife	504
Em defesa do fraque	507
Sugestões a um livreiro	510
A propósito de Manuel Bandeira	512
O Imperador no Recife em 1859	515
Livros para crianças	517
A vitória dos coretos	520
As duas ênfases	522
"Sobejidão de palavras"	525
Traição ao passado	527
O Jockey Club de Pernambuco em 1859	529
Recordação de um poeta	531
Desvio de força	533
A propósito de "pé-direito"	535

A ideia do fardão 537
"Vende-se lenha" 539
O livro do sr. Cruls 540
Literatura de desaforo 543
A propósito de regionalismo no Brasil 545
O livro belo 547
O Coronel Thomaz Pereira 550
A vitória do branco, isto é, do brim branco 552
A propósito de Guilherme de Almeida 554
Reação do bom gosto 558
Primeiro os livros 560
A exposição do sr. Pedro Bruno 563
Uma história de automóvel 565
Júlio Jurenito e seus discípulos 567
Droit de naissance 569
Acerca do belo idioma de Camões e Frei Viterbo 571
Um bibliotecário 573
A propósito de *Ulysses* 575
Sobre as ideias gerais de Rüdiger Bilden 577
Impressões de Pernambuco 580
Acerca de Santayana 582
Tierra! 585
Da tirania do calor tropical 587
Do íntimo sentido de um grande voo 589
Ação regionalista no Nordeste 591
Do horrível mau hábito de falar gritando 593
Espírito e não estilo 595
Da tirania da pedra azul, livra-nos, ó Senhor! 597
Bahia à tarde 599
Sugestões do Rio 600
O Nordeste separatista? 601
Pernambuco de longe 605
New York 607
HP 608
Old South 609
Ainda pelo *Old South* 610
O grande hotel 611
O Primeiro Congresso Pan-americano de Jornalistas 612
Casa de senhor de engenho 615
Acerca da Liga das Nações 616
Catedral dos estudos brasileiros 617
Além do perigo amarelo e do problema negro 620

Noites cheias de discursos 622
Dias românticos na Inglaterra 624
Amy Lowell 626
A propósito do fracasso da proibição...628
Sugestões de um museu..630
Igrejinha de opereta 631
História social em profundidade 633
Traduções do espanhol para o inglês...635
O sr. Oliveira Lima em Washington 636
A *flapper* revolucionária 641
Ruas de doces sombras...645
O Norte, a pintura e os pintores 647
Acerca da valorização do preto 649
O príncipe 651
A propósito de uma conversa que eu ouvi ontem 652
Sugestão da favela...654
Um humanista do Império 655
A cidade da febre cinzenta 657
São Paulo separatista? 658
Duas vaidades parecidas 660
"Gasparino"..662
O mês da cidade 663
Rua Larga do Rosário...665
O livro do sr. Amaury de Medeiros...666
Efeitos da *prohibition* 668
A propósito de urbanismo 669
A propósito de mendigos 671
Em torno de umas teses 673
Atualidade de George Meredith 675
Ensino normal em Pernambuco 677
Queimadas..678
Rainer Maria Rilke..680
Nova ação policial..682

Anexos
Gilberto Freyre (artigo de Aníbal Fernandes).....................................684
Gilberto Freyre (notícia de homenagem, com discurso) 686
O Recife e as Árvores (conferência) 690

Biobibliografia de Gilberto Freyre 701

Índice onomástico..737

O intelectual que se olhava no espelho e enxergava um gênio

Caro leitor, trate este volume com cuidado. Porque os artigos do *Tempo de aprendiz* foram escritos por um gênio autoproclamado quando ele ainda era um jovem em seus verdes anos. "Gênio autoproclamado?" – perguntará o leitor imaginário, com o dedo indicador estendido, sobrancelhas arqueadas e um ar de sincero espanto. "Que história é essa?"

Aos fatos, pois.

Ouvi do maior sociólogo brasileiro, Gilberto Freyre, duas confissões que fariam a alegria de redatores de manchetes. Primeira confissão: a avó de Freyre morreu certa de que o neto era débil mental. Sim: débil mental de pai e mãe! Motivo: o menino chegou aos oito anos sem saber ler ou escrever. Segunda confissão: já octogenário, o próprio Freyre se declararia o único gênio vivo do Brasil, em resposta a uma "provocação" que eu lhe fizera. Sim: gênio autoproclamado!

Não é todo dia que personalidade tão fascinante, tão contraditória, tão brilhante e tão imodesta cruza o caminho de repórteres caçadores de declarações. Gilberto Freyre era um desses "personagens inesquecíveis", capaz de produzir declarações que mereceriam, com justiça, pontos de exclamação de algum editor entusiasmado.

Todo repórter que se preza é "espírito de porco". Não sou exceção a essa regra universal. Pois bem: a vaidade de Freyre era comentadíssima nos círculos intelectuais e jornalísticos do Recife. Em nome dos bons costumes, no entanto, ninguém se aventurava a perguntar ao próprio Freyre o que é que ele teria a dizer sobre a fama de ser transbordantemente vaidoso. Fui ao Solar de Apipucos – o casarão em que Freyre se refugiava das banalidades do mundo, no Recife – disposto a tirar a dúvida. Terminei ouvindo de Freyre a tal confissão de genialidade. Poucos intelectuais poderiam fazer tal declaração, diante de uma câmera, sem provocar risos de escárnio. Freyre podia. E fez.

GMN: Todo mundo comenta, mas ninguém pergunta: por que é que o senhor é tão vaidoso?

Freyre: Eu me considero vaidoso. Mas Afonso Arinos de Mello Franco diz que, se sou vaidoso, sou um vaidoso mínimo, tais são — argumenta ele — as minhas atitudes em relação aos outros escritores, aos outros intelectuais, aos outros que me podiam fazer concorrência. Afonso Arinos acha que a minha atitude é sempre de estímulo aos outros; é sempre de reconhecimento ao valor dos outros, é sempre — até — de entusiasmo pelo que os outros de minha geração e de outras gerações mais jovens e menos jovens estão fazendo. O argumento: um vaidoso nunca é assim!

GMN: ... Mas o senhor, afinal, admite que é vaidoso?

Freyre: Admito. Eu próprio admito que sou vaidoso.

GMN: De onde vem, então, nessa vaidade? O senhor admira o trabalho que fez, considera-se um gênio?

Freyre: Eu me considero um gênio. Você toca agora numa palavra... Sílvio Rabello, num livro que escreveu a respeito de cartas que ele organizou e prefaciou, registra o que ouvi de um íntimo meu, quando acabei de escrever *Casa grande & senzala*: "Este livro ou é de um idiota ou é de um gênio".

GMN: Acertou na segunda alternativa...

Freyre: Não sei. Agora, você conclua... Mas que eu considero realmente a minha obra excepcional e a minha criatividade no plano da genialidade, eu considero.

GMN: Gilberto Freyre é um gênio, segundo Gilberto Freyre. O senhor acha que essa opinião é unânime?

Freyre: Unânime não direi, mas essa opinião creio que vem de vozes as mais autorizadas. Por exemplo: foi sob essa base que me foi dado o Prêmio Aspen dos Estados Unidos, considerado o Nobel da América [...]. O pronunciamento já célebre de Roland Barthes a meu respeito implicava isso: "Esse brasileiro é um gênio!".

GMN: Quem é o outro gênio brasileiro, exceto Gilberto Freyre?

Freyre: Bem... Acho que Aleijadinho.

GMN: Dos contemporâneos, existe algum?

Freyre: De um quase contemporâneo, sem dúvida: Villa-Lobos.

GMN: Dos contemporâneos, nenhum?
Freyre: Acho que não.

GMN: O senhor é o único gênio vivo do Brasil?
Freyre: Eu suponho que você pode concluir isso. Não estou concluindo [*com ar de riso*].

Pouco tempo depois, eu incomodaria de novo o recolhimento de Freyre no Solar de Apipucos para tirar outra dúvida:

GMN: É verdade que a demora do senhor em aprender a ler e a escrever levantou suspeitas na família de que o senhor fosse um débil mental?
Freyre: Sim. Creio que minha avó morreu certa de que tinha um neto débil mental. Não compreendia que eu estivesse chegando, como quase cheguei, aos oito anos, sem saber ler ou escrever, diferente dos irmãos, diferente de todos os meninos de minha idade na minha família e em outras famílias. É um processo que – acho – só um psicólogo poderia explicar bem. Eu próprio não me explico. Sei que minha família não conseguiu de modo algum que eu, em idade normal de aprender a ler e a escrever – cinco, seis, sete anos –, aprendesse a ler e a escrever. Creio que o que se dava comigo – e não quero pretender ser psicólogo e interpretar o processo – é que eu desenhava com verdadeira gana, como diria o espanhol. Enchia cadernos e mais cadernos. Desenhos e mais desenhos, a cores, com o senso da cor. Isso, creio, me bastava.

O *Tempo de aprendiz*, que agora a Global Editora oferece ao público em nova edição, traz os artigos que o jovem Freyre publicou entre os 18 e os 26 anos de idade, nas páginas do *Diário de Pernambuco*. Com uma ou outra interrupção, a presença de Freyre nas páginas daquele jornal se estenderia pelas décadas seguintes.

Os primeiros artigos foram publicados, portanto, há quase um século! Ali, já se gestava o estilista que, poucos anos depois, no início da década de 1930, ofereceria ao Brasil, em *Casa grande & senzala*, um tratado sociológico escrito em linguagem literária "pessoal e intransferível". Não é pouco. É pena que a fluência e a graça que transbordam dos parágrafos de Freyre não tenham contaminado o linguajar acadêmico. Guardadas as exceções, a ilegibilidade parece ser a regra no território da linguagem acadêmica. O prazer despertado pela leitura de tais calhamaços é, como se sabe, próximo de zero. O incrível é que, já nos anos 1930, *Casa grande & senzala* apontava para o extremo oposto. Paulo Francis uma vez escreveu que nossa imprensa é "empolada, previsível, chata. Meu Deus, como é chata!". Tais palavras poderiam ser aplicadas aos calhamaços acadêmicos.

Gilberto Freyre aponta, espetacularmente, para a direção contrária.

Pouco modesto, o próprio Freyre não esperou por exegetas: tratou de louvar, ele próprio, as virtudes estilísticas que se anteviam nos artigos da "extrema mocidade" (como ele os chamou): "A expressão, senão literária, paraliterária, que, aos poucos, se foi acentuando como nova, moderna, e logo chamada por alguns, ora pejorativamente, ora não, 'gilbertiana', nesses artigos, repercutiria entre não poucos jovens brasileiros. Teria imitadores".

O locutor que vos fala é apenas um repórter que, já há quatro décadas, cumpre o papel de Coletor de Declarações Alheias. Não me arriscaria a engendrar teses sobre Gilberto Freyre. Mas posso passar adiante duas ou três anotações sobre o homem.

Meninos, eu vi: repórter iniciante, ali pelo início dos anos 1970, fui testemunha de várias incursões freyrianas pela redação. O homem era uma espécie de oráculo pernambucano. Sempre que acontecia algum fato importante, Freyre – que nunca quis deixar a província, mas era, obviamente, nome de projeção nacional – era procurado por algum repórter em busca de uma boa declaração. O oráculo não se furtava a falar.

Quando chegava à redação do *Diário de Pernambuco*, no segundo andar do prédio número 12 da praça da Independência, para entregar o artigo que escrevia para a página de opinião das edições de domingo, Gilberto Freyre causava, sempre, o que um cronista social pouco inspirado chamaria de certo *frisson*.

Freyre passava, primeiro, na sala da direção. Depois, concedia a graça de uma visita ao território habitado pelo reportariado, fotógrafos e editores: a sesquicentenária redação do "mais antigo jornal em circulação na América Latina". Caminhava ligeiramente encurvado para a frente, como se o peso das décadas já começasse a lhe vergar a coluna. As retinas não estavam tão fatigadas: Freyre não costumava usar óculos. Orgulhava-se dessa proeza oftalmológica. Os cabelos, grisalhos, exibiam uma tonalidade algo azulada. Os anos 1970 estavam se iniciando. Nascido em 1900, Freyre já era, portanto, um septuagenário.

Repórteres mais atentos notavam que Freyre tinha uma habilidade rara: falava como escrevia. Não é uma virtude comum entre entrevistados. Quando falava – e quando escrevia – tinha uma maneira personalíssima de usar advérbios, uma virtude estilística que um imitador poderia chamar de "gilbertianamentefreyriana".

Um detalhe: Freyre era um monumento intelectual, mas fazia questão de consultar dicionários até para tirar dúvidas que, aos olhos do visitante, podiam parecer perfeitamente banais. Numa entrevista no salão da presidência do Instituto Joaquim Nabuco de Pesquisas Sociais, perguntei a Freyre sobre o recém-eleito presidente americano Jimmy Carter.

Respondeu: "Jimmy Carter... Aliás, meu amigo. Jantou comigo aqui e convidou-me para realizar conferências nos Estados Unidos, antes de ser Presidente da República. Creio, entretanto, que é um bom provinciano, ainda estonteado diante de situações internacionais".

Neste momento, Freyre levanta-se, procura um dicionário do Aurélio na estante, vai até o verbete "estonteado" e pergunta ao jovem repórter: "Viu como uso dicionário?".

Era uma maneira delicada de dizer que até gigantes intelectuais como ele devem ter cuidado com as palavras. A lição ficou. Diante da cena, devo ter matutado, intimamente: se o Mestre de Apipucos consultava o dicionário sem a menor cerimônia, diante de visitas, o mínimo que eu deveria fazer dali para frente seria pedir socorro ao Pai dos Burros sempre que tivesse a menor dúvida sobre o significado de uma palavra no meio de uma frase

Freyre sabia ser "cinicamente irônico" quando queria. Numa entrevista, apresentei a ele uma lista de personalidades que ele deveria definir em uma frase. Perguntei como ele definiria o arcebispo de São Paulo, o cardeal Dom Paulo Evaristo Arns – uma figura que, na época, frequentava quase diariamente as páginas dos jornais, na condição de um dos porta-vozes da oposição ao regime militar. Freyre me devolveu a pergunta: "Quem é mesmo?".

Somente um marciano recém-pousado às margens do Capibaribe não saberia dizer quem era o então arcebispo de São Paulo. Freyre fez de conta que não sabia. Preferiu recorrer à ironia, com o ar mais inocente do mundo. Quem o visse fazer a pergunta pensaria que ele não sabia de verdade quem era Dom Paulo.

Desde sempre, exibia uma virtude: uma independência que o fazia oscilar entre a direita e a esquerda – para horror de esquerdistas que o consideravam francamente direitista.

Em qual das definições políticas clássicas Freyre se enquadraria, afinal?

> São, todas elas, imbecis. Eu, por exemplo, quando me analiso, me considero em certos assuntos – por mais antipático que seja aos seus ouvidos – direitista. Mas, ao mesmo tempo, intensamente esquerdista e, em outros assuntos, um meio-termo entre esquerdas e direitas. Sou um misto conservador-revolucionário ou revolucionário-conservador. Há necessidade de conservar certos valores e, ao mesmo tempo, uma grande necessidade de revolucionar o *status quo* [...]. Sou direitista em certos assuntos. E intensamente esquerdista em outros.

Não temia parecer politicamente incorreto. "Não adulo jovens nem velhos" – disse-me, numa das entrevistas. Fazia declarações que poderiam chocar ouvidos – ou olhos – sensíveis. Propus uma vez a Freyre que respondesse às mesmas perguntas que seriam feitas também a Gilberto Gil, para um documentário que se chamaria *Gilbertianas brasileiras* – um confronto entre a Tropicologia de Freyre e o Tropicalismo de Gil. O homem topou. Diante da câmera, cometeu uma pérola da incorreção política: disse – em outras palavras – que a presença de analfabetos é importante numa cultura, porque dá a ela uma carga primitiva que pode ser saudável. Quando o documentário era exibido, para as parcas plateias que se dão ao trabalho de assistir a curtas-metragens, a declaração pró-analfabetismo de Gilberto Freyre invariavelmente arrancava exclamações de espanto.

Uma garimpagem pelos artigos aqui reunidos revelará que, no remotíssimo 1923, Gilberto Freyre já cometia tal pérola de incorreção política:

> O analfabeto é um ser útil e interessantíssimo, o que não sucede com o meio culto. [...] Em toda parte é o analfabeto um ser interessante. Subtraído da cultura humana o contingente de analfabetos, escancara-se ante nós formidável lacuna. Basta recordar as *folk dances* dos russos e a música dos negros norte-americanos. Eu mil vezes prefiro um menestrel dos nossos sertões a toda legião de poetas meio letrados cá do litoral.

Em outro momento do *Gilbertianas brasileiras*, Freyre oferecia um argumento surpreendente para defender o fim do ciclo militar: disse que os militares não estavam sabendo ser "plásticos" no poder. Quem, além de Freyre, se preocupou com a falta de plasticidade dos militares no exercício do poder político? O Freyre que reclamava da falta de plasticidade dos militares era o mesmo que, no auge da ditadura, em 1972, ofereceu ao governo Médici uma série de sugestões para aperfeiçoamento do regime, a pedido do presidente da Arena, o partido do governo – o notório Filinto Müller

Por fim, Freyre confessou, candidamente, que uma vez tinha provado maconha – com a assistência de um psiquiatra. Queria que a experiência tivesse acompanhamento médico. Disse que, ao final, cansado, mas satisfeito, se sentiu como quem tivesse participado de uma festa.

O rol de surpresas que Freyre poderia oferecer aos repórteres que o procuravam com notável frequência era, como se vê, interminável. Aos leitores dos artigos que publicava no *Diário de Pernambuco*, ele oferecia a graça de um estilo original. Freyre confessa que, ao reler esta coletânea, lembrou-se do "empenho de adolescente de procurar atingir novas formas de expressão literária, diferentes das consagradas".

O escritor iniciante Gilberto Freyre tentava, obsessivamente, se desgarrar da boiada. Pode existir melhor projeto para um intelectual? Certamente, não. Freyre é um caso notável de ambição realizada. Tinha todas as razões para ser imodesto e vaidoso. Não era por acaso que se olhava no espelho e, despudoradamente, enxergava um gênio.

GENETON MORAES NETO
É repórter. Autor, entre outros, de *Dossiê Drummond* e *Dossiê Brasília: o segredo dos presidentes*.

Nota do organizador

O Conselho Estadual de Cultura de Pernambuco toma a iniciativa de pôr ao alcance dos brasileiros um notável conjunto de artigos de jornal escritos por um estudante pernambucano nos Estados Unidos da América, e a seguir na Europa, logo transformado em colaborador regular do mais antigo jornal em circulação na América Latina: o *Diário de Pernambuco*. Colaborador a quem o diretor do jornal deu logo a honra de ter os seus artigos "entrelinhados". A colaboração iniciou-se em 1918 e esta publicação abrange a totalidade dos artigos até o ano de 1926, inclusive.

Nesta valiosa coletânea, vê-se o jovem colaborador esboçar, desde a sua adolescência, o que viria a ser a mais importante interpretação da sociedade e da cultura brasileiras até hoje elaborada. Interpretação na diversidade extraordinária de aspectos que a obra de Gilberto Freyre abrange – pois é ele o colaborador do *Diário* aqui referido.

A visão dessa obra em esboço, depois plenamente realizada em alguns livros fundamentais e em dezenas de volumes, somente agora pode ser conhecida dos brasileiros com vinte até cinquenta anos de idade: aqueles que não tiveram o gosto de ler os artigos no próprio jornal.

Do trabalho de pesquisa e transcrição dos artigos encarregou-se, com o mais quente entusiasmo, Durval Mendes – ele próprio no caso daqueles leitores que conheceram os artigos quando da sua publicação. Trabalho que realizou de maneira exemplar. No Arquivo Público do Estado o diretor, Mauro Mota, facilitou-lhe a pesquisa, que prosseguiu depois nas coleções conservadas no próprio jornal, com o apoio do respectivo superintendente, Gladstone Vieira Belo.

A quem escreve estas linhas coube o trabalho de editoração. Os artigos são publicados sem correção, tal como estão nas colunas do *Diário*. É certo que alguns deles foram incluídos por Gilberto Freyre em dois volumes: *Artigos de jornal* (Recife, s.d.) e *Retalhos de jornais velhos* (Rio, 1964) emendados pelo autor. Para esta publicação, uniformizou-se a maneira de citar títulos de livros e artigos e corrigiram-se erros de composição tipográfica. Ao conjunto de artigos foram ajuntados um discurso e uma conferência, transcritos do *Diário de Pemambuco*, que esclarecem parte da atividade do autor nos anos atingidos pelos artigos.

José Antônio Gonsalves de Mello
1979

Prefácio

O Conselho Estadual de Cultura de Pernambuco, em convênio com o Instituto Nacional do Livro, resolveu editar os artigos de juventude – da juventude mais verde – que Gilberto Freyre escreveu no *Diário de Pernambuco*.

A obra literária, sociológica e antropológica de Gilberto Freyre, seu pensamento criador, resulta de uma série de iniciativas, ensaios, estudos e artigos que prepararam o seu monumental *Casa-grande & senzala*, espécie de síntese de todas as estruturas mentais criadas em fases de precocidade que pode ser considerada genial. Não encontro outro adjetivo para classificar os primeiros artigos do ainda tão jovem escritor, enfeixados nestes volumes. A importância dessa primeira colaboração é tão grande, no espaço e no tempo, que a interpretação mais ampla da sua obra não se faria sem a leitura desses trabalhos de verdes anos, nos quais o mundo saído da Primeira Guerra Mundial se mostra na transparência irresistível das ideias, dos sistemas, das perplexidades que acudiram, vertiginosas e lúcidas, ao espírito do futuro grande escritor, já grande nesses prenúncios singulares.

Em seguida a esses artigos de adolescente e jovem já inserido nos problemas do mundo, sentindo toda a vibração que as novas legendas do século traziam, organiza Gilberto Freyre a edição especial da comemoração do centenário do *Diário de Pernambuco* em 1925, dando ao livro que então imaginou uma estrutura regional que se exprime no próprio título: *Livro do Nordeste*.

Na verdade o velho *Diário* representava o pensamento não apenas de uma província ou de um estado, mas da própria região, da qual foi o maior intérprete das aspirações e conjunturas por todo um século.

O Livro do Nordeste é a expressão de uma mentalidade nova que Gilberto Freyre trazia para o jornalismo, para as letras, para o pensamento brasileiros. Os ensaios publicados nessa histórica edição são ainda hoje a prova de que o orientador de tão importante celebração se voltava para uma visão pluralista do Nordeste, despertando estudiosos, pesquisadores, críticos, historiadores, cientistas sociais, jornalistas, cronistas, para a compreensão geral de uma problemática que começava a ser entendida de modo diferente.

O Nordeste não era apenas a região euclidianamente trágica. Oferecia uma gama de conhecimentos, investigações, prospecções capazes de mudar a face das antigas concepções dramaticamente irreversíveis.

O tempo, que é um velho alquimista, como dizia Machado de Assis, tem os seus filtros para avaliar bem as transformações que as comunidades sofrem, em função da sua ecologia que, no nosso caso, é tropical ou, melhor, tropicológica. E essa visão é mais um pioneirismo de Gilberto Freyre, criando na Universidade Federal de Pernambuco o Seminário de Tropicologia, que fixou cientificamente o conceito de Trópico e suas implicações na vida humana como expressão social de um homem situado.

Em 1926, Gilberto Freyre lançava no Recife, com vários dos seus colaboradores, o Congresso Regionalista, Tradicionalista e a seu modo Modernista, que contém no seu Manifesto as ideias-mestras da obra do escritor.

Esse Congresso e o respectivo Manifesto são o que jamais se fez no Nordeste, em qualquer tempo, pelo conhecimento da nossa índole, das nossas tradições, dos nossos costumes, da nossa maneira de ser, da nossa cultura em seu mais amplo sentido.

O Congresso reunia três temas fundamentais: o regionalismo, o tradicionalismo, o modernismo. Se muito me atrevo na especulação do assunto, que ainda não encontrou o seu exegeta mais profundo, direi que o modernismo saído do Recife – o modernismo de Gilberto Freyre – teve maior amplitude do que a Semana de Arte Moderna de São Paulo. Pois que se cuidou de tanta coisa, até então tida sem importância, como a culinária, sob forma específica de modernidade mais do que de modernismo propriamente dito. Não importam datas para certas prioridades, pelas quais, evidentemente, não iríamos lutar à mão armada... Mas sabemos muito bem que o regionalismo tradicionalista e, a seu modo, modernista de 1926 era um movimento da mais alta significação no país. Movimento que tanto impressionou Prudente de Morais Neto, que compreendeu o sentido dessa renovação cultural em termos modernos, mas nem por isso desdenhosos de valores tradicionais, alguns, como a culinária e outras artes domésticas, tidas como coisa sem maior repercussão.

Todos esses fatos ou acontecências, a partir dos artigos que aqui se acham reunidos, têm de ser lembrados e encadeados para a compreensão de uma obra plural, que encerra tantos e tão diversos aspectos da vida regional, com a mudança de parâmetros sociais e humanos e o desmonte de estruturas arcaicas, dentro das quais se movia um Nordeste inferiorizado, fadado a ser na história nacional o trágico capítulo das secas, uma das quais, ocorrida há um século, a seca dos dois 77, mereceu do Imperador Pedro II a frase um tanto hamletiana: "Vendam-se as joias da Coroa, contanto que o povo não passe fome". Bela frase, que tocou profundamente na sensibilidade da população flagelada, mas que não era um programa de recuperação da região castigada e infeliz.

É curioso como Gilberto Freyre, tendo feito sua formação intelectual e universitária nos Estados Unidos – e disso ele nos dá conta minuciosamente nestes artigos, principalmente os que escreveu, tão inteligentemente, "Da outra América" – e, a seguir, na Europa, tanto tenha aguçado o seu gosto regionalista pela terra e pelo povo dos quais tanto cuidaria em interpretações pioneiras e conceitos que mudaram preconceitos. O preconceito contra os negros, por exemplo. Preconceito de antiga e um seu tanto pretensiosa branquitude patriarcal. O mérito da senzala – e não apenas da casa-grande – na vida rural e na sociedade – de estamento patriarcal, foi Gilberto Freyre quem ressaltou.

E ele estivera desde a adolescência em um país onde a discriminação racial ainda hoje predomina. Não tivemos guerras de secessão – e a dos Estados Unidos levou à morte um dos maiores estadistas do seu tempo – mas o negro tido como inferior, como raça de escravos, nada representava como fator humano na formação brasileira. A inveja que Tobias Barreto tinha de Nabuco e de Castro Alves – parece que a expressão é mesmo essa: inveja – veio toda das prioridades do branco sobre pardos e mulatos. Sobre negros, principalmente.

Pode parecer uma digressão o que aqui se escreve a propósito de tais temas. A verdade, porém, é que, enquanto Oliveira Vianna, no seu livro um tanto clássico *Populações meridionais do Brasil*, punha tanta ênfase nos brancos do Sul, misturados com alemães da super-raça dos super-homens, o infer-homem do Nordeste – assim considerado por um sábio do peito de Pedro II, Gobineau – avultaria na metarraça, da qual Gilberto fornece a síntese admirável – a morenidade – outro conceito. Pois o "moreno" é uma síntese étnica que representa o pluralismo de raças, no Brasil. É o conceito do além-raça.

Valha-nos tudo isso, em resumo, para mostrar que, na outra América ou no Velho Mundo, Gilberto Freyre, nos seus artigos de juventude, se antecipava em conceitos válidos, que não acudiram a ninguém, muito menos aos jovens da sua idade. Muitos desses artigos de dezoito anos de idade revelaram um pensador. O pensador que ia desenvolver sua obra à base de uma arquitetura científica que não a desnaturou.

O leitor destes artigos terá a grande interesse de ver como se passaram as coisas no começo da década de 1920 e um pouco antes disso, quando um jovem estudante brasileiro se adestrava para ser o escritor e o cientista que nos deu a noção exata do que somos nos nossos "complexos" regionais dentro do nacional. O estilo é o mesmo, sempre igual, sugestivo, sem babados, novo, moderno, comunicativo, ágil, irônico, com a força expressional que é captada por todos os sentidos e por todos os meios de sensibilidade estética.

A qualquer tipo de leitor sempre haverá de impressionar o estilo do escritor que Aníbal Fernandes, em crônica da década de 1920, já denunciava como dúctil, novo, moderno, carregado até certo ponto de impressionismo.

Na verdade, é esse estilo que o leitor acompanha deslumbrado, porque não era a moda do tempo, ainda carregada de tropos oratórios, de ruibarbosismos, que Gilberto Freyre em um dos seus artigos, recusa, admirando-se dos louvores feitos por Oliveira Lima, de estilo tão diferente, tão antirretórico ao mesmo Rui.

Nabuco sempre salientou a influência que sobre ele exerceu Renan, "o bicho-de-seda da prosa francesa", mas, em *Minha formação*, salientou sempre que, aos vinte anos, o escritor possui já, estruturalmente, o estilo que há de ter pela vida toda.

Escreve então Nabuco: "É ainda um escrito de mocidade, não há nele senão mocidade, mas o traço individual que tem cada escritor já está fixo, não mudará mais – não só não mudará mais, como, vinte anos depois, quando eu pensar em voltar, no escrever, à forma literária, é às medidas de minha frase dos vinte e um anos que hei de tornar".

Aí está, precisamente, o caso do autor dos artigos agora reunidos: a forma literária do adolescente ou do jovem é a mesma dos dias atuais de glória e consagração, e é por isso que esta edição há de constituir uma fonte de exegese da obra e mesmo da vida do escritor, do poeta, do artista, do cientista, do historiador social, do antropólogo cultural, do pensador, de tudo quanto existe na obra múltipla – ao mesmo tempo singular e plural – desse homem de pensamento, por vezes pascaliano na sua maneira de ser um inquieto diante das perplexidades do universo.

Também se deve registrar que, no outro lado da América, o adolescente e depois jovem Gilberto Freyre vai dando notícias das coisas mais importantes e até mesmo do que ocorre em Pernambuco e no Nordeste. Salienta, por exemplo, as boas informações que tem da Escola Doméstica de Natal, de cuja primeira turma, diplomada em 1919, o paraninfo foi Oliveira Lima, ocasião em que proferiu notável oração prenunciadora do papel da mulher na nova sociedade que se criava logo após a Primeira Guerra Mundial. Também, nesse momento, Oliveira Lima pronunciou a famosa conferência sobre Nísia Floresta Brasileira Augusta, que não deixava de ter conotações culturais com a diplomação das moças da Escola Doméstica, criada por Henrique Castriciano, e da qual já se disse – como lembra Edgar Barbosa no seu livro *Imagens do tempo* – que é o seu melhor poema.

Notícias chegam sempre de Pernambuco, comenta Gilberto Freyre. Jornais e livros lhe são remetidos. E dentre estes um que agrada ao seu espírito crítico – *Senhora de engenho* – de Mário Sette. Esse romance, segundo o jovem escritor, vem atender a um apelo de Oliveira Lima, que acentuara a necessidade de escrever o romance rural, pois é, especificamente, o romance patriarcal e escravocrata dos engenhos de açúcar, à maneira das antigas tradições da vida senhorial, em amplas casas-grandes, tendo sempre lá embaixo o "pombal negro", como chamou Nabuco. Isso não para exaltar o poderio do senhor sobre o escravo, nem sempre mal tratado, mas de qualquer modo um ser humilhado e ofendido na sua condição humana. E que era preciso reabilitar.

Quem quiser estudar um pouco mais na intimidade a figura quixotescamente gorda de Oliveira Lima terá de recorrer – é bom que se diga sempre isto – aos artigos de Gilberto Freyre, que estão neste livro e são o melhor retrato psicológico do historiador de Dom João no Brasil.

Gilberto privou da intimidade do casal Oliveira Lima. Descreve a sua casa em Washington. Conhece quais são as leituras preferidas do embaixador cultural do Brasil, como foi chamado. E teve o privilégio de ouvir a leitura de alguns capítulos do livro do grande historiador sobre a Independência do Brasil.

Aliás, o que Gilberto Freyre temia e claramente revela é a maneira retórica, patrioteira, como poderá ser celebrada a Independência, salvo quanto ao livro de Oliveira Lima. Esse seria o ponto culminante dessas comemorações culturais. E Gilberto Freyre, amigo íntimo do historiador, sabia muito bem que o ensaio sobre a Independência do Brasil teria de ser, como foi, a maior contribuição científica para o conhecimento da nossa emancipação política.

O Diário de Pernambuco, de 8 de março de 1923, em notícia inserida neste livro, anuncia a volta de Gilberto Freyre ao Recife. Deixava ele os Estados Unidos e a Europa. Como seria esse jovem e já consagrado pernambucano – o escritor, o cronista, o jornalista, o historiador social, o pensador que trazia consigo tanta experiência e a originalidade de um estilo que é o seu feitiço?

Chegaria ele como um *yankee* ou um parisiense requintado, à maneira de tantos outros que se deixaram arrancar quase por completo, como o dr. Paulo, personagem do seu mais recente romance? Nada demais que assim acontecesse. Ainda estávamos na década de 1920. Os restos da *belle époque* punham nos homens um dandismo que parecia refletir um pouco a felicidade de viver, se bem que o mundo – o mundo de Léon Bloy, de Psichari, de Maritain e de tantos outros, desse tantos sinais de inquietação. O famoso poema de Charles Péguy – "Beauce à Notre Dame de Chartres" – ainda soava como um compromisso de sangue de uma geração sofrida e atônita.

Charles Maurras, com quem Gilberto teve os seus contatos intelectuais, em Paris, ao mesmo tempo que com Georges Sorel, reanimava a fé mística na monarquia sustentada por uma espécie de direito divino, que se embasava na filosofia política da *Action Française*. Mas uma monarquia regionalista. Um anarquismo, o de Sorel, construtivo. Aparentes absurdos.

Era esse o mundo que trazia Gilberto Freyre de volta ao Recife. O Novo nem o Velho Mundo o desnaturaram. Vinha como recifense para dizer pelo resto dos tempos como Nabuco: "Sou um cativo do Recife".

O jornalista Aníbal Fernandes, em crônica no *Diário de Pernambuco*, de 8 de março de 1923, registrava a pergunta que podiam fazer: "Quem é este Gilberto Freyre?". Pergunta de Monteiro Lobato ante os primeiros artigos de Gilberto.

Valdemar de Oliveira, em notável conferência no Conselho Estadual de Cultura de Pernambuco, faria o mesmo registro, lembrando que passava a interessar vivamente aos leitores e estudiosos "um certo Gilberto Freyre", que despontava em artigos de jornal com a força de um gênio. Depoimento de um contemporâneo a princípio de todo hostil a Gilberto.

Crescia o interesse em torno do jovem escritor. Era alguém que surgia diferente, fazendo do artigo de jornal um gênero literário, como preconizaria mais tarde Alceu Amoroso Lima.

Mas era para o Recife, o Recife tropical, que Gilberto voltava as vistas.

Em carta, do estrangeiro, a Aníbal Fernandes, diz Gilberto Freyre: "Desejaria voltar ao Brasil, ao Recife, à minha família. Desejaria trabalhar com espíritos simpáticos, congeniais, vivos, críticos como você e uns raros outros por um Brasil mais e mais 'si mesmo'. Não sou rico. Não sei adular. E é possível que acabe professor da Universidade, aqui, no estrangeiro". Não se sentia desejado pelo Brasil. Mas era o Brasil que ele desejava.

Eis aí o homem autenticamente do Recife. Não volta como um fradiqueano enfastiado de Paris, para rever as serras e exclamar como algum Zé Fernandes rural: Que beleza!

Volta para o Recife e pelo Recife. Sendo homem do mundo, ainda tão moço, pertence a qualquer cidade, mas é o Recife que o retém, que o chama, que o atrai. E é para o Recife que, voltando, dá a sua melhor atenção à nossa ecologia, ao nosso progresso, à nossa beleza, à nossa tradição, ao aproveitamento da nossa riqueza vegetal. E onde será o primeiro Professor de Sociologia da primeira cadeira dessa disciplina – na velha Escola Normal do Recife – acompanhada de pesquisa, em todo o Brasil, iniciando as pesquisas sociológicas de campo, verdadeiramente pioneiras. Antes do Rio. Antes de São Paulo.

Os famosos artigos numerados, no *Diário de Pernambuco*, são a bem dizer uma história social do Recife.

Gilberto Freyre, ao receber, de volta ao Recife, as homenagens do Colégio Americano Batista – no seu tempo de colegial, Gilreath – onde fez sua formação, mostra claramente seu júbilo de estar novamente no Recife. Não se habituara, como menino, a mudar de colégio, esporte muito usado na época; certamente, não se habituaria a mudar de cidade – nenhuma excedendo, em encantos de menina-moça, o Recife. O Recife de cujas tradições seria sempre defensor. A ponto de não poupar o Instituto Arqueológico, Histórico e Geográfico Pernambucano, por tantos títulos respeitável, no caso da pretendida mudança do nome de Encanta-Moça, o que contou, estranhamente, com a aprovação do secretário perpétuo da veneranda instituição, o sr. Mário Melo.

Esses esportes de mudar de colégio, de casa e de profissão – acentuou Gilberto no admirável discurso do Colégio Americano Batista – seriam "o pitoresco escoadouro da nossa intranquilidade social, admiravelmente fixada pelo sr. Graça Aranha, no único dos seus livros que vale a pena ler até o fim".

Se tenho alguma autoridade ou valia para o leitor deste livro, peço que se demore na leitura e na reflexão do discurso de Gilberto Freyre no Colégio Americano Batista: um discurso surpreendente. Ele mesmo declara que talvez devesse dizer coisas otimistas, ou "palavras bombons", classificação deliciosa para certas palavras convencionais, que adoçam o leitor e lhe deixam no paladar – não no espírito – o sabor passageiro de um caramelo sofisticado que tem enganado gerações inteiras. O discurso é um tanto ousado. Talvez áspero. O jovem orador se mostra à altura da transição histórica por que estava passando o mundo, naquela hora. E a "Place aux Jeunes", que reclama, não é a condenação dos velhos: é uma revisão de conceitos e de posições diante dos novos conflitos.

Com esse discurso Gilberto Freyre faz a sua *reentrée* no Recife. Mais do que isso: no Brasil. Traz palavras e conceitos de um pensador, perfeitamente integrado no panorama mundial.

O discurso deve ter surpreendido o auditório da época. É corajoso, lúcido, quase agressivo. Marca uma época. Como marcará, daí a dois anos, em 1925, a conferência que ele fez na Biblioteca Pública sobre Dom Pedro II, no centenário do nascimento do Imperador brasileiro: uma conferência interpretativa, na qual, entre outras coisas, reponta a admiração que Gilberto Freyre tem por Dom Vital Maria Gonçalves de Oliveira. Pois esse bispo representa o que Gilberto mais tem feito e mais tem amado: a Pernambucanidade. Da qual partiu para uma visão geral da nossa Nordestinidade. E desta para a Brasileiridade – tudo isso a repontar da sua obra que não é de estrangeirado vindo dos Estados Unidos e da Europa, requintado, *blasé*, achando, como muitos, que tudo aqui é atraso, subdesenvolvimento, fatalidade do clima, determinismo geográfico e coisas semelhantes.

Os artigos numerados causam sensação. Gilberto Freyre, referindo-se à cidade, proclama-se um amigo das árvores. Considera o prefeito Antônio de Góes um amigo das árvores, mas nem por isso deixa de estranhar certas leis e posturas municipais que possam contrariar essa proteção tropical, já quase tropicológica.

É o Recife que de início absorve, por inteiro, a criatividade do escritor e do artista.

Não se pode dizer que Gilberto Freyre seja, nesses artigos, crítico literário em todo o rigor da expressão. Mas é um espírito que tudo vê e em tudo penetra, agudamente.

Veja-se, por exemplo, o que escreve de Tobias Barreto: "Tobias não foi só um agitador de ideias: ele fez com alguns dos personagens mais sisudos do Segundo Reinado o que no Sábado de Aleluia fazem os meninos com os Judas de pano e pós de serra. Foi esse formidável jeito para a sátira que o salvou de clamar no deserto, num esforço infecundo".

Com efeito, a sátira tobiática é uma arma não só de defesa, mas de agressão. Arma que não faltou em Sílvio Romero, mas não de modo tão genial quanto no teuto-sergipano-recifense. Tão "recifencizado" – como diria Gilberto – na sua maneira de ser rebelde. De pertencer a uma cidade "onde uivam as revoluções".

É impossível separar Tobias da sua mordacidade talvez aguçada pela sua cor. Gilberto Freyre parece aderir à ironia de Tobias – Eça de Queirós podia ser também citado – quando escreve magistralmente: "Por isso a ser embalsamado pelos elogios dos amigos é preferível ser maltratado pelas diatribes dos inimigos". E acrescenta: "Ora, um nome vitorioso sempre precedido de adjetivos dá-me a ideia de um enterro de primeira classe, muito bonito, muito rico, invejável até pelo seu luxo de grinaldas, mas a caminho do cemitério".

Creio que é um dos retratos melhores de Tobias, que, segundo Otacílio Alecrim, "conversava com o Fausto, de Goethe" ninguém sabe onde, mas certamente na Faculdade, em horas demiúrgicas.

A década de 1920 é para Gilberto Freyre o cadinho das ideias, o grande teste do espírito humano.

No Recife essas ideias se misturam com a cor local, com a paisagem da infância e da adolescência. E começa a surgir no escritor todo um cosmorama de sugestões e pensamentos: o universalismo das indagações humanas e o regionalismo que ele vai animar, a ponto de influir decisivamente no romance regionalista de José Américo de Almeida e de José Lins do Rego e na poesia de Jorge de Lima, Ascenso Ferreira, além de outros.

Já é nesse momento o mestre de sua geração, embora a palavra "mestre", como tem confessado, não lhe agrade. Mas esse mestrado natural lhe é irrecusável.

Resume esplendidamente a situação brasileira dos anos 1920, escrevendo: "No Brasil não fariam mal mais pontos de interrogação; e menos pontos de exclamação. Ao contrário".

Eis o pensador na originalidade da sua frase. Era preciso perguntar mais do que exclamar. Bem diferente do *Retrato*, de Paulo Prado, e do Jeca Tatu, o preguiçoso, vencido pelo meio, pelo desânimo, pela doença, pelo vício.

Também Euclides da Cunha não perguntou nem exclamou: escritor dramático, pôs a geometria do seu estilo a serviço de um sertanejo antropologicamente forte, espécie de bicho do mato, capaz de resistir à catástrofe das secas ou de refugiar-se no messianismo bárbaro de um Antônio Conselheiro, cuja santidade, naquele reduto fatal, foi uma página de obscurantismo de hordas selvagens.

O regionalismo – modernista e paradoxalmente tradicionalista de Gilberto Freyre – não é de forma alguma um capítulo do pessimismo nacional. Pelo contrário: é justamente no valor histórico e mesmo sentimental da gente brasileira que ele encontra a força telúrica com que o Brasil se integra na posse de si mesmo sem ter de que se envergonhar.

Ninguém como ele valorizou o trabalho e a presença do escravo na sociedade patriarcal. Aqui é que se impõe o grande mérito da sua axiologia histórica e étnica em face da de muitos outros que também valorizaram, a seu modo, o negro vindo de Angola ou da Guiné, mas como servo da gleba, braço da economia senhorial, que só aproveitava ao proprietário do engenho do açúcar ou da fazenda de café.

A contribuição múltipla do negro, considerado sustentáculo do Império como elemento servil do trabalho no campo ou na cidade, seria estudada por um ângulo completamente diferente pelo novo sociólogo-antropólogo que, como estudioso de uma raça particularmente ofendida e castigada na sua liberdade, não enxergaria no negro apenas o elemento de uma sociedade de estamentos estabelecidos, mas uma civilização que repousava no braço africano como parte integrante – repita-se – da sociedade agrária e patriarcal. Daí o seu conceito do negro como cocolonizador do Brasil.

Se os que defendiam a escravidão como força propulsora da vida brasileira e da segurança econômica do Segundo Reinado tivessem pensado no que seria esse mesmo valor – o elemento negro – como valor de liberdade, certamente teriam estimado que a libertação dos negros cedo se tivesse implantado como fator do progresso. Aliás, cabe a prioridade dessa ideia à famosa *Representação*, de José Bonifácio de Andrada e Silva, à Assembleia Legislativa e Constituinte de 1823, documento da mais alta significação social para a solução do problema sempre considerado aflitivo e vergonhoso para uma Nação livre. Para uma "Democracia coroada".

Fica-se a perguntar, por fim, que espécie de livro é este de Gilberto Freyre. Livro de artigos? De crônicas? De impressões de viagem? De crítica literária? De jornalismo puro e simples? De algum escritor que apenas dá a conhecer aos seus leitores sentimentos, paixões e perplexidades de uma época? Livro de pensamento, de reflexão, de análise social e cultural de um tempo transitivo, marcado pela presença e pela herança de uma então recente guerra mundial? Livro de quê, finalmente?

Difícil seria responder, porque, na verdade, o livro é tudo isso e será muito mais do que isso – o posicionamento de um adolescente e depois jovem de agudo talento diante de um mundo convulsionado pelas ideias, pelos fatos, pelos sistemas políticos, pelas revoluções.

Terá sentido para Gilberto Freyre as grandes revoluções interiores que começavam a se operar como conclusão do conflito universal, que abria, nas almas, feridas quase insanáveis?

Creio que essa é uma especulação interessante a se fazer. Pois, quanto a mim, esse sentimento de um mundo interior sacudido pelas ideias e pelas ansiedades do espírito humano, encontra grande ressonância na inteligência superior, fascinante, desse artista da palavra, que é também, já nessa época, um autêntico pensador.

O que logo podemos afastar do nosso juízo crítico é a ideia de qualquer esnobismo nesse homem do mundo, que não andou pela América nem pela Europa à cata de grandes salões e de grandes recepções, como certos brasileiros ilustres, cuja vida mundana consistia em banquetes suntuosos, enquanto, à semelhança do Barão do Rio Branco, comiam às escondidas a sua boa e saborosa – quase sensualmente voluptuosa – feijoada brasileira... Isso não desmerece o Barão, que foi uma das maiores figuras deste país.

Nestes artigos, Gilberto Freyre não alude a grandes acontecimentos sociais que envolvessem em prestígio oficial ou simplesmente mundano a sua pessoa. Não lhe faltaram, de certo, essas ocasiões, que fazem lembrar, já agora, a grande recepção que Eduardo Prado ofereceu em Paris, como homem fradiqueano requintado, e de que nos dá conta Gilberto Freyre, à base do que ouviu da Baronesa de Estrela, no seu romance *O outro amor do dr. Paulo*, quando, relatando conversas entre Camargo e Tavares, assim escreve: "Eduardo da Silva Prado recebia como um grande senhor. Ao que nele era irredutivelmente brasileiro, acrescentava encantos de homem do mundo no mais amplo sentido da expressão".

Não há neste livro esse requinte. O autor exprime seu pensamento diante do que viu e sentiu. É a gênese de toda a sua obra, que se aprimorou como continuação da sua investigação científica no Instituto Joaquim Nabuco de Pesquisas Sociais, coroamento de todas essas ideias, lutas, ansiedades de um espírito inquieto, que, no Brasil, renovou a face da terra e mostrou que a miscigenação é não um fator de atraso, mas de desenvolvimento; e que o negro, nas casas-grandes dos engenhos e das fazendas, foi elemento de unificação e até de grandeza moral, nem sempre exaltada ou simplesmente reconhecida.

A saudade que Nabuco dizia ter do escravo, não era, evidentemente, da escravidão; mas do homem leal, generoso, desprendido, amigo do seu senhor, tratado em muitos casos como pessoa da família, a exemplo do escravo Elias, que mereceu noticiário quase de homem branco ao falecer.

Gilberto se mostra, nestes artigos de adolescência e de juventude, o antiesnobe, o pernambucano que, sem nenhum exibicionismo, passa a tratar de assuntos nossos, sempre como brasileiro do Recife e empenhado em reinterpretar o Brasil, o hispano, o homem situado no Trópico.

Lamenta, por exemplo, que Júlio Bello, senhor do Engenho Queimadas, não ame o Recife, porque veio para aqui como aluno interno de Colégio. Mas o

Recife – logo adverte Gilberto Freyre – não é um internato. E mostra as belezas da cidade, os feitiços, os sortilégios – tudo quanto afasta a ideia de um internato.

Este vasto livro, feito de tanta coisa, não pode ser resumido. Deve ser lido, pensado, e repensado, isso sim.

Se posso chamar a atenção, de modo especial, para um artigo, digo que não escape de modo algum o que se intitula "Ação regionalista no Nordeste", publicado no *Diário de Pernambuco* de 7 de fevereiro de 1925.

Guardem bem essa data: a instalação do Congresso Regionalista. Acontecimento capaz de transcender a Província e afirmar-se como uma "nova Escola do Recife" – como diria Roquette-Pinto – com um sentido mais profundo de renovação da cultura brasileira. Foi verdadeiramente uma escola pela formação de uma nova mentalidade e pelo número de companheiros ilustres que reuniu: Odilon Nestor, autor de um Projeto de Universidade Regional, Luiz Cedro Carneiro Leão, Moraes Coutinho, Ulysses Pernambucano, Pedro Paranhos, Amaury de Medeiros, Júlio Bello, Aníbal Fernandes, aos quais se juntariam Sylvio Rabello, Olívio Montenegro, Cícero Dias, Lula Cardoso Ayres e vários outros.

No artigo acima referido escreve Gilberto Freyre: "O Primeiro Congresso Regionalista do Nordeste, a inaugurar-se hoje à noite no Recife, à sombra quase secular da Faculdade de Direito, é o primeiro esforço no sentido de clarificar a ação regionalista, ainda mal compreendida e superficialmente julgada".

"Na sessão inaugural" – prossegue o escritor – "a elegante palavra do sr. Moraes Coutinho apresentará e esclarecerá o programa geral do Congresso. E da sua clareza latina e expressão nítida e desanuviada de cinzentos se desdobrará a verdadeira ideia regionalista – ânsia de ação absolutamente distinta de 'separatismo', 'caipirismo', 'bairrismo'."

Ainda era um tempo em que regionalismo era, para alguns, separatismo em Pernambuco, como teria sido em 1817 e em 1824. Gilberto reage energicamente, pernambucanamente, contra essa distorção, como faria, logo depois, em entrevista ao *O Jornal*, do Rio de Janeiro. O movimento regionalista do Nordeste não era separatista; era valorativo da nossa história, das nossas tradições, dos nossos hábitos, da nossa culinária tão importante, da nossa música, de tudo que era nosso.

Por que separatismo? Gilberto Freyre dizia muito bem no seu artigo citado: "A verdade é que não se repelem, antes se completam, regionalismo e nacionalismo, do mesmo modo que se completam nacionalismo e universalismo".

"Um Brasil regionalista seria um Brasil não dividido em estados, mas respeitando-se nas suas diversidades e coordenando-as num alto sentido de cultura nacional. Um Brasil livre de tutelas que tendem a reduzir a feudos (de grandes estados) certas regiões."

O escritor, que lança o seu Congresso, sai a explicar lucidamente os objetivos do certame. Era um passo para verdadeira integração nacional.

Remata assim o artigo, lembrando Sílvio Romero: "Não sonhemos um Brasil uniforme, monótono, pesado, indistinto, nulificado, entregue à ditadura de um centro regulador de ideias. Do concurso das diversas aptidões das províncias é que deve sair o nosso (modo nacional de ser)".

Esse conceito de Sílvio Romero soube muito bem Gilberto Freyre aplicá-lo ao regionalismo tradicionalista e a seu modo modernista que criou em 1926, com o Congresso que fundou e o Manifesto que lançou.

Tudo isso está nestas páginas que eu não diria antigas, pois elas tanto datam de ontem como de hoje. São os mesmos conceitos. São as mesmas ideias. São os mesmos roteiros.

O escritor abriu muito cedo os seus caminhos. Arrastou gerações e atraiu talentos. Repito: fundou uma Escola, da qual falou Roquette-Pinto. Uma ainda nova Escola do Recife. Ainda renovadora.

Nisso está a singularidade de homem plural de Gilberto. De homem ao mesmo tempo do mundo e do Recife. Que aqui ficou. Viaja muito. Ele mesmo se chama "um cigano de beca". Mas o cigano não sai de Apipucos senão para voltar ao Brasil. E sua obra, sendo universal, é eminentemente regional.

O Conselho Estadual de Cultura de Pernambuco se ufana desta publicação, que não faria sem a alta compreensão do escritor Herberto Sales e do Instituto Nacional do Livro.

Estes artigos, crônicas, comentários, como quer que os chamemos, são indispensáveis ao conhecimento da obra de Gilberto Freyre, que nasce desses primeiros escritos de adolescência e de juventude.

É o livro do começo para explicar toda uma obra, que segue as linhas gerais de um pensamento.

Direi, para concluir, que o admirável é que o homem do mundo – da América e da Europa – é o mais pernambucano dos filhos de Pernambuco. Este livro é o testemunho dessa fidelidade.

Nilo Pereira
Recife, 25 de fevereiro de 1978

Introdução do autor

A iniciativa do sempre generoso, além de sempre lúcido, professor Nilo Pereira, logo apoiada pelos seus colegas do Conselho Estadual de Cultura de Pernambuco – especialmente por Mestre, e Mestre já insigne, Gonsalves de Mello – de publicar o mesmo Conselho uma seleção dos muitos artigos escritos para jornais e revistas – sobretudo para o *Diário de Pernambuco* – por um então adolescente e, depois, jovem brasileiro do Recife – a princípio, quase um menino – resultou em livro. No livro que agora aparece com prefácio de Nilo Pereira e introdução de Gonsalves de Mello: publicação em convênio com o Instituto Nacional do Livro, tão inteligentemente dirigido pelo escritor Herberto Sales.

A tão eruditos comentários se junta esta nota – simples informe – do autor dos artigos. Artigos pacientemente copiados por Durval Mendes, secretário do Conselho. Copiados de números já tão antigos de jornal que, de tão velhos, só faltam se esfarelar como que cansados de sobreviverem em coleções caridosamente guardadas em tristonhos fundos de bibliotecas. Daí ter havido recomposições de certos trechos ilegíveis.

O mérito desses velhos artigos estaria, segundo os dois – ilustres historiadores, principais responsáveis por sua republicação, nuns casos, em suas antecipações – algumas pensam eles que, além de ousadas, significativas – de ideias e de conceitos só algum tempo depois estabelecidos ou aceitos. Quase sempre – ainda segundo eles – estaria em suas inovações de expressão, além de jornalísticas, literárias. Estilísticas, ainda segundo eles.

Contribuição, portanto, partida do Recife – pensam os dois – para um novo e, também ousado, modo brasileiramente literário de escrever-se a língua portuguesa. Novo e anterior ao que, com maior repercussão, procederia em grande parte anos depois dos artigos do recifense, dos modernistas de São Paulo. Inovação, a desses brilhantes "modernistas", na língua literária do Brasil que, de tão violentamente radical, quase não vingaria nos seus extremos.

O autor dos artigos que agora se republicam, lendo-os, depois de tanto tempo, lembra-se do seu empenho de adolescente de procurar novas formas de expressão literária na sua língua, numa época que começou, também, a escrever artigos de jornal em língua inglesa. Tentativas de ser literariamente bilíngue nele animadas por seu professor de Literatura na Universidade de Baylor, nos Estados Unidos, A. Joseph Armstrong: aquele que, como já foi recordado, noutra oportunidade, insistiria para que o desajeitado bilíngue se concentrasse na língua literária por excelência – a inglesa – abandonando a portuguesa. Abandonando o próprio Brasil, para tornar-se – segundo o imaginativo Armstrong – um "novo Conrad" ou um "novo Santayana". Pois escrever em português era escrever – acrescentava o anglófilo – em língua desconhecida. Clandestina, até.

Desprezando tal conselho, desde os dezoito anos colaborador do *Diário de Pernambuco*, através de artigos nesse jornal a princípio – quando escritos nos Estados Unidos – intitulados *Da outra América*, concentrou-se no esforço, através de tais artigos, de procurar escrever um português, além de jornalístico, literário, que, dentro de suas fracas forças de um ainda quase menino, fosse um arremedo daquele do ideal do Fradique de Eça: como ainda não existia. Ou, talvez: como não pudesse haver. Impossível. Inatingível. Mas, mesmo assim, digno de ser buscado. Busca sugerida pelo grande escritor português em rompante de imaginação irônica. E tentada pelo brasileiro de dezoito anos com um quixotismo de adolescente desvairado.

De modo que isto é o que foram os artigos *Da outra América* publicados no *Diário de Pernambuco* de 1918 a 1922: uma quixotesca busca. Experimentos de adolescente. Adolescentismo. Aventura de um adolescente brasileiro de província, estudante universitário no estrangeiro. Aventura. A procura de uma expressão literária diferente das consagradas. Nova sem repudiar sugestões por ele encontradas mais em clássicos considerados secundários como Fernão Lopes, como Fernão Mendes Pinto e em Gil Vicente e em Vieira, em Alencar, em Eça, em Oliveira Martins, do que no excelso Camões, ou nos egrégios Castilhos e no, para tantos, exemplar Camilo. Aberto também foi o pequeno experimentador a influências vindas das línguas inglesa, francesa e espanhola para a portuguesa. Principalmente da inglesa. Isto sem importar em traição à língua materna representada por aqueles clássicos "secundários" mas, na verdade, germinais. Procurou o experimentador ainda adolescente tais influências ao seu modo de ser começo anglo-saxonizado de homem sem deixar de conservar-se fiel ao que fora quando brasileiríssimo menino de Pernambuco. Menino do Recife e por algum tempo um tanto menino de engenho: do Engenho São Severino do Ramos.

Foram influências, as daqueles estranhos e as daqueles clássicos, que procurou adaptar ao seu próprio respirar, ora inquieto, ora tranquilo. E que se projetasse, como um personalismo até biológico, fisiológico, físico, assim adaptados, ora em frases curtas, ora em longas, das que procurou desenvolver como criações suas, através de pontos, de pontos e vírgulas, de dois-pontos, de travessões. Desenvolvê-las, individualizando-as, modernizando-as, diferenciando-as das convencionais. Gilbertinizando-as nos seus ritmos e na sua possível musicalidade.

Que buscava, como expressão literária, o autor de artigos que, por vezes, talvez se aproximavam, assim experimentais e aventurosos, de pequenos ensaios? Buscava exprimir-se principalmente através de imagens – um tanto por influência do Imagismo da então já sua amiga Amy Lowell – constituídas por palavras que no sentido lógico juntassem o mágico, sensual, quase físico, juntando a um aspecto ou a um contorno que pudesse ser visto pelo leitor, som, cor, sabor e até olfato. Som, cor, olfato que o leitor viesse a ter a sensação de captar mais do que lendo, absorvendo das palavras puras esses contornos e esses gostos como que de carne. De verbo que fosse também carne, como o que viria descobrir ser não detestado pelo lógico e abstrato Maurras.

Só por sua pontuação assume, além de fisiológica, rítmica e, nos seus ritmos – alguns inspirados por músicas brasileiras ouvidas na meninice – o adolescente porventura tornado mais brasileiro que menos brasileiro pelo seu contato com o estrangeiro: contato que, ao mesmo tempo, o pôs em contato, nas suas fontes, com novíssimas formas de pensar, de sentir, de viver, de escrever, de pintar, de esculpir, de construir, então desconhecidos no Brasil – teria desenvolvido, através dos seus artigos para o *Diário de Pernambuco*, escritos quando estudante universitário nos Estados Unidos e alguns, pouco depois, na Europa, muito seu modo de escrever a língua portuguesa. Modo diferente dos convencionais. Contrário, até, aos convencionais.

Por um lado, utilizava-se de arcaísmos à base, repita-se, de muitas leituras de Fernão Lopes, de Fernão Mendes, de Vieira, de Gracian, de Santa Teresa, de Unamuno, de Cervantes, por ele, além de modernizados como que gilbertianizados. Por outro lado, sob sugestões de modos, além de escrever, de pensar, nada portugueses, como o de Montaigne, o de Pascal, o de Swift, o de Defoe, o de Stevenson, o de Lamb, o de Pater, o de Newman, o de Baudelaire, o de Michelet, o de Huysmans, o dos Goncourt, o de Ganivet, os de Unamuno, o de Baroja, o de Santayana, juntava aventurosamente sugestões desses renovadores da ensaística àqueles arcaísmos.

A expressão, senão literária, paraliterária, que, aos poucos, se foi acentuando como nova, moderna, e logo chamada por alguns, ora pejorativamente, ora não, "gilbertiana", nesses artigos, repercutiria entre não poucos jovens brasileiros. Teria imitadores.

Alteraram seus modos de escrever para assimilar o do inovador mal saído da adolescência. José Lins do Rego, Olívio Montenegro, o próprio Aníbal Fernandes, todos já escritores mais consagrados do que ele. Seguiram-no principiantes em todo o Brasil. Em língua inglesa, além do admirável tradutor Samuel Putman, Francis Butler Simkins: um Simkins que também adaptou ideias manifestadas naqueles artigos e em tese universitária à sua corajosa reinterpretação do passado do Sul dos Estados Unidos. Atitude que honestamente confessou de público. Outros imitadores, literatos, como nos seus começos brilhantes de jornalista e de escritor, Manuel Lubambo, de certa altura em diante, se tornariam opostos menos ao modelo estilístico do inovador que às suas ideias e às suas percepções. Como Manuel Lubambo, vários outros.

Imitações nem todas felizes as deles; porém algumas, pontos de partida para uma nada insignificante renovação estilística entre jovens brasileiros na década de 1920; e anterior à notável revolução linguística que viria de São Paulo: da Semana de Arte Moderna.

Notou a antecipação recifense neste particular o paulista Monteiro Lobato, ele próprio escritor literário de um novo feitio, embora nada simpático aos seus conterrâneos "modernistas", ao perguntar, em carta a Oliveira Lima, quem o autor de artigos, segundo ele, impressionantemente tão novos pelas ideias como, para ele, Lobato, pelo "estilo". Um desses artigos, o "Notas a lápis sobre um pintor independente" (sobre a moderníssima pintura de Vicente do Rego Monteiro), por ele próprio, Lobato, publicado em relevo na então sua *Revista do Brasil* (São Paulo). Referia-se, porém, Lobato, também a artigos aparecidos no *Diário de Pernambuco* do jovem então quase desconhecido, recém-chegado da Europa, depois de estudos universitários aí e nos Estados Unidos.

Admitida a originalidade da expressão literária desses artigos (1918--1926), em que se salientaram eles, sob a forma de antecipações de ideias? Ou de atitudes modernas, embora não sectariamente "modernistas", paradoxalmente juntas às "regionalistas" e "tradicionalistas"? Ou de conhecimentos, para a época surpreendentes, em autor ainda jovem, de novas correntes norte-americanas e europeias e até indianas e africanas, de pensamento, de saber e de arte – Ganivet, Rilke, Sarojini Naidu, Maurras, Mencken, Amy Lowell, por exemplo – ignorados então por quase todos os brasileiros? Esse é outro aspecto sob o qual os artigos agora republicados devem ser considerados, como possível justificativa à ideia dos professores Nilo Pereira e Gonsalves de Mello, de representarem tais artigos uma das primeiras presenças, em alguns casos, a primeira, em nosso país, quer de uma moderna expressão literária, quer de uma antecipação de tendências e de conhecimentos só depois generalizados entre brasileiros.

Pode-se surpreender nos artigos agora republicanos, além do conhecimento, a revelação, adaptada ao Brasil, de uma então desconhecida psicanálise adaptada – como se não fosse apenas clínica ou médica – à interpretação em literatura de autores como Gonçalves Dias: em conferência de 1924, no Recife, que não consta desta reprodução de artigos, devendo fazer parte de outro livro a ser intitulado *Antecipações*. A revelação de uma então, entre brasileiros, de todo desconhecida Amy Lowell, imagista; de um então ignorado William Butler Yeats, regionalista e tradicionalista irlandês; de um então mais que ignorado no seu moderno modo de ser poeta-trovador, Vachel Lindsay; de uma então acabada de aparecer, nos Estados Unidos, "New History"; de um então a surgir na Alemanha, Expressionismo – na pintura e no teatro, na literatura; de umas então a apenas afirmarem-se novas ciências sociais aplicáveis ao Brasil; da poesia e da filosofia de um, no Brasil, então quase só conhecido de nome, Tagore; de um então, entre brasileiros, ignorado, Príncipe de Mônaco, como oceanógrafo interessado nos mares do litoral brasileiro; de uma crítica literária vulcanicamente nova e acompanhada de crítica social, do tipo da recém-iniciada nos Estados Unidos por Henry L. Mencken; de uma crítica política e social à então retoricamente exaltada democracia liberal: crítica representada, a seu ver, mais do que por Marx, pelo anarcossindicalista Georges Sorel e, mais especificamente, no plano político (sem entrar-se no mérito dos modelos sugeridos pela mesma crítica) por Charles Maurras, do qual foi, talvez, o primeiro a falar no Brasil; de uma então desconhecida, no Brasil, nova literatura africana representada por *Batouala*; de uma então nova paisagística valorizadora das árvores dentro das cidades e em redor das casas; de um então novo tipo de planejamento, além de urbanístico, regional; de novas ideias católicas aplicáveis, como as de Maritain, à interpretação das relações entre moral e arte; de uma nova antropologia (a do seu Mestre Franz Boas, na Universidade de Colúmbia) valorizadora das chamadas raças inferiores, inclusive a negra; de uma nova sociologia (inclusive a de Giddings), também seu mestre na Universidade de Colúmbia; de um então novo teatro – de O'Neill entre outros. E, ainda, a apologia, sobre base científica de uma, a seu ver, estética, além de eugênica, miscigenação criadora de novas, belas e eugênicas formas de mulher e de homem; de uma, no Brasil, ainda pouco conhecida pintura mural do tipo da mexicana, glorificadora de figuras não europeias – em artigo no livro comemorativo do 1º centenário do *Diário de Pernambuco*; a sugestão, com originalidade e prioridade, para que se desenvolvesse, no Brasil, a valorização de tipos, inclusive mestiços, de trabalhadores de campo das várias regiões do Brasil e de mulheres brasileiras, dentre os mais miscigenizados e mais tropicais na expressão, como expressões de beleza e de graça.

Acrescente-se como talvez originalidades de sabor, ora principalmente moderno, ora principalmente regionalista ou tradicionalista, o empenho do jovem com audácias de remar, por vezes, contra a maré, na defesa da conservação, sempre que possível, em países tropicais como o Brasil, de simples ruas, em vez da absoluta adoção de avenidas largas; a que se seguiria a defesa de arcadas nessas ruas, protetoras contra chuvas e sóis tropicais; na defesa de valores da arquitetura tradicional e regional brasileira; na defesa das árvores e plantas brasileiras ou tropicais nas ruas e nos jardins brasileiros; na defesa de assuntos e de linguagem atraentes para crianças, ao mesmo tempo de regionais, tradicionais, em livros brasileiros para meninos, em oposição aos livros de linguagem arrevesada e em torno de assuntos e ambientes estrangeiros; na defesa das cozinhas tradicionais e regionais do Brasil; na defesa da doçaria; na defesa de jogos e brinquedos tradicionais e regionais. O clamor em prol do encanto não só das velhas árvores como dos velhos portões recifenses de ferro rendilhado, de velhas varandas de sobrados coloniais do Nordeste, de velhíssimos abalcoados e janelas mouriscas de Olinda e do Recife como sugestões para arquitetos com imaginação capaz de os adaptar a novos modelos de edifícios regionais; a repulsa a uma então dominante exaltação, no Brasil, de motivos, temas ou modelos humanos europeus, na estatuária, na pintura, na literatura de ficção, inclusive a colocação desses modelos em ambientes também estritamente brasileiros, em vez de europeus e antibrasileiros; a defesa dos nomes regionais e tradicionais de ruas; a defesa do *campus* universitário como valor estético, lúdico, recreativo a ser incorporado às futuras e, ao seu ver, necessárias universidades brasileiras (a primeira só tendo sido criada em 1922); a defesa de perspectivas brasileiras nas literaturas de ficção e nos estudos sociais brasileiros; a exaltação do Pátio de São Pedro do Recife como o mais estético e valioso da cidade, com a sua igreja até então admirada menos que a incaracterística e, até banal, da Penha; a exaltação dos arcaísmos – para a época escandalosa – de uma Salvador afro-brasileira como sendo mais característicos de uma cultura nacional do Brasil que as então modernices urbanas do Rio ou de São Paulo; o clamor a favor do rio Capibaribe e de sua valorização pelo Recife; o destaque dado à *História da civilização*, de Oliveira Lima, como novo e superior tipo de livro didático; o destaque dado à *Paraíba e seus problemas*, de José Américo de Almeida, como exemplo de um também novo e superior tipo de ensaio regional; o destaque dado à *Amazônia misteriosa*, de Gastão Cruls, como, em português, outro exemplo de novo tipo de literatura, este de ficção ao mesmo tempo científica e regional; a exaltação, em artigo do ainda adolescente escrito em inglês para uma revista de Boston, de Augusto dos Anjos que, como poeta, devesse ser situado dentre os maiores em língua portuguesa, dada sua audácia ao mesmo tempo regional e modernizante, uma das suas audácias modernistas sendo a de juntar a doces vogais consagradas como lusitana ou brasileiramente líricas, consoantes de polissílabos científicos quase antilusitanos ou antibrasileiros que na aparência quase deixavam de conter novas possibilidades, além de líricas, dramáticas.

Esses alguns dos característicos do modo de começar a escrever, ainda adolescente, ou ainda muito jovem, a sua, a nossa, língua portuguesa – que buscou tornar, a seu modo, mais plástica, mais fluida, mais flexível – de um recifense cujos estudos universitários feitos no estrangeiro não o afastaram nem dessa língua materna nem de outras preocupações de nativo ou de filho com outros valores também maternos: os brasileiros, os portugueses, os hispânicos, de cultura e de comportamento. Pois no estrangeiro cedo principiou a sentir que sua pátria maior era a hispânica: incluía aquela de que saíra o *Dom Quixote*. Aquela que produzira Santa Teresa. Aquela em cuja língua escrevera Gracian. Em que vinham escrevendo Unamuno, Ganivet, Azorin, Baroja, Ortega. Começou a sentir que esses e outros autores, ao mesmo tempo pensadores e artistas ou cientistas e artistas como Ramon y Cajal, lhe pertenciam tanto – e deviam pertencer ao Brasil – quanto a castelhanos ou galegos ou andaluzes ou bascos ou catalães. Daí ter encontrado num Ganivet, até então completamente ignorado por brasileiros, afinidades a que não tardou a render-se com entusiasmo. Como se renderia aos então moderníssimos franceses Valery Larbaud, a Maritain de *Art et Scholastique* (de quem foi, talvez, o primeiro a falar no Brasil, separando-o de certo modo do teólogo neotomista) a Joyce e a Santayana, dos quais seria um dos primeiros, senão o primeiro, a falar no Brasil, tanto quanto dos modernismos representados pelo freudismo, pelo imagismo em linguagem inglesa e pelo expressionismo alemão.

Tampouco sua anglo-saxonização, através de estudos nos Estados Unidos e contato com Oxford e com Londres, o desprendeu de sua condição de, além de hispânico, latino, para quem a França nunca deixou de ser uma viva, vivíssima inspiração. Isto, pelos seus Montaignes e pelos seus Pascais, pelos seus Michelet e pelos seus Proust: dois descomprometidos do mito de ser a mesma França um reduto só de lógicos e de racionais.

Note-se que os velhos artigos da adolescência e da extrema mocidade do autor que, por iniciativa do Conselho Estadual de Cultura, seguindo ideia de Nilo Pereira e apoiada por Gonsalves de Mello, aplaudida pelo Conselho inteiro e acolhida pelo Instituto Nacional do Livro, são agora publicados, o livro-ônibus os apresenta como foram escritos naqueles remotos dias. Sem outras alterações, senão as que corrigem erros de revisão. Ou procuram tornar claras expressões que, para o leitor de hoje, seriam, talvez, obscuras. Ou recompor truncamentos. Ou deteriorações pelo tempo nos textos impressos há meio século em papel por vezes do pior.

Respeitando o autor, além de modos de escrever, ideias suas em dias distantes. Ideias com as quais nem sempre se conserva solidário. Afinal, o *eu*, como diria Ortega, se altera com as circunstâncias. E as circunstâncias, com o tempo, são sempre outras. O que não significa deixar de haver no *eu* alguma coisa de irredutível.

Várias as ideias de hoje do autor que madrugaram no muito jovem ou no adolescente, ao escrever os artigos reunidos agora em livro, expressas em palavras pela primeira vez aparecidas na língua portuguesa. Entre elas, empatia. São artigos, portanto, em que já surgem, como antecipações, alguns dos pendores que se acentuariam no homem de todo feito e permanecem no idoso. Junto com neologismos, teriam lançado as primeiras sugestões para abordagens empáticas de assuntos diversos. O "ecologismo" ou o "regionalismo", por exemplo, já presente no adolescente entusiasta de verdes, de árvores, de paisagens características e, mais do que isso, desejoso de ajustamentos que depois se classificariam como ecológicos. Desejos de harmonização do homem com o meio ou com o ambiente. Inclusive do brasileiro com o Brasil e do brasileiro do Nordeste com o Nordeste. A visão do homem como ser, independentemente de raça, com aptidões semelhantes: o repúdio à ideia de um negro como inferior, pela condição de sua raça, embora, em certa altura, se apresente o adolescente ou o jovem preocupado com o que vinha acontecendo no Brasil sob este aspecto: resvalando em lamentação em torno de descendentes de aristocracias – como a das regiões da cana – a se amigarem com pretas: uma contradição no meio de uma tendência quase sempre negrófila. Certo aristocracismo ou elitismo sob evidentes influências nesse sentido: a de Nietzsche, a de Mencken, a de Carlyle. Isto em contraste com uma extrema simpatia por artes e coisas populares.

Talvez, por vezes, revele um excesso de repúdio a simplismos pró--democráticos. Atitude crítica ante esses simplismos.

Há nos artigos muita menção de escritores, pensadores, artistas, então de todo, ou quase de todo, desconhecidos no Brasil, chegando a haver quem – em cartas anônimas que recebia – considerasse invenções nomes como o de Angel Ganivet, o de Santayana, o de Carco, o de Apollinaire, o de Joyce.

Registre-se que, durante os oito meses passados na Europa, o autor dos artigos até então intitulados *Da outra América* – e agora reunidos em livro – deixou de escrever para o jornal brasileiro, colaborando, apenas, de Paris, em particular, ou da Europa, em geral, ou já do Recife, no diário de Lisboa, na *Revista do Brasil*, de São Paulo, e na *Stratford Monthly*, de Boston. Nesta, com um já referido ensaio em inglês pondo em relevo a figura um tanto desdenhada de Augusto dos Anjos, como poeta de novo tipo na língua portuguesa. Na *Revista do Brasil* (fase Lobato) com um também já referido artigo sobre o modernista Vicente do Rego Monteiro, acentuando a independência do seu modernismo de homem do Recife do pregado como único e messiânico pelos inovadores de São Paulo. Ensaios ou artigos de outro tipo literário. Com eles e com seu silêncio, ausentou-se, então, o recém-pós-graduado da Universidade de Colúmbia: coisa, esse seu *status* universitário, ignorada durante longo tempo no Brasil – durante quase um ano, do muito seu *Diário de Pernambuco*.

Entretanto, não deixara de registrar, quando na Europa, suas impressões daqueles contatos europeus que mais o impressionaram. Decisivos para sua formação. Alguns inesquecíveis como sensações estéticas: Charles, Nuremberg, Oxford. Outros, como impactos sobre a definição de uma filosofia de vida harmonizadora de antagonismos. Mais pessoal que seguidora de qualquer escola ou sistema. Daí a importância das cartas então escritas para o Alfredo Freyre, pai, para Dona Francisca, mãe, para o irmão, Ulysses, algumas perdidas no saque, seguido de incêndio, da casa da família na Madalena (Recife). Foram como artigos em forma de cartas pessoais, como se vê lendo aquelas duas ou três de que Aníbal Fernandes, tendo publicado trechos no *Diário de Pernambuco*, supôs serem uma espécie de continuação daqueles artigos: em vez de *Da outra América*, seriam cartas *De uma nova Europa*. Isto é, de uma Europa ainda quente da guerra de 1914-1918 mas já a recuperar-se e a renovar-se: inclusive no seu comportamento humano e nas suas artes e letras. Perderam-se, entretanto.

Várias as cartas – talvez quase todas – com esse possível interesse, dentre as que se extraviaram, deixando sem registro um período, na formação do autor dos artigos agora reunidos, tão importante. Pois seus oito meses de Europa teriam atuado, nessa formação – Oxford, Paris, Berlim, Munique, Lisboa, Coimbra – por vezes um contraste com os quatro anos e meio de estudos universitários nos Estados Unidos. O silêncio na Europa seria, segundo carta a Aníbal Fernandes, o de quem sentia precisar "a aprender a escrever", embora "com os olhos escancarados para ver o mais possível". Para ver, como um "cigano de beca", gente e coisas europeias – Paris, Oxford, Munique, Coimbra, principalmente – quase ignoradas no Brasil. Por exemplo, a literatura de jovens franceses como Carco, o Jean Cocteau em quem logo teria surpreendido "um toque de gênio wildeano", a "forte personalidade" de renovador de Apollinaire, contatos com os anarcossindicalistas adeptos do então emergente Georges Sorel e com "comunistas tolstoianos", com os imagistas ingleses irmãos dos seus já conhecidos dos Estados Unidos (podendo ter feito o conhecimento em Paris, graças à sua amiga Amy Lowell, de Joyce e de Ezra Pound), por um lado, e, por outro lado, movimentos surpreendentes pela sua mistura de defesa de tradição, no caso a monárquica, e de renovação, através de um novo e revolucionário federalismo, como a *Action Française*, contatos, na aristocrática Versailles, apresentado por Oliveira Lima ao velho Grandprey, em almoços e jantares que viria a considerar proustianos, com figuras já um tanto arcaicas, mas ainda significativas, da antiga nobreza francesa e da já desfeita aristocracia russa. E nesses contatos, tomando conhecimento até de mexericos elegantes como o de ter o então glorificadíssimo Foch, como sua nova amante, a já idosa Cécile Sorel.

O "aprender a escrever" exprimia um afã sincero. Sinceríssimo. Não se deixaria de todo iludir – de todo, note-se: pois que jovem ainda um tanto menino não se deixaria tocar pela doçura dos elogios? – por elogios como o do, na época, tão prestigioso, no Brasil, Monteiro Lobato, de que era já um "estilista". Ou o de um mestre, tanto da ciência histórica como do bom escrever – o português João Lúcio de Azevedo – de que já devia ser considerado, também pelo estilo, um já "escritor" e este "dotado de um senso de *humour* em grau superior". Ou pela insistência do seu mestre da Universidade de Baylor, o famoso browningista, A. J. Armstrong, em dizer-lhe que lhe bastaria passar, tornando-se americano ou inglês, da ignorada língua portuguesa para a inglesa, imperialmente literária, para adquirir renome internacional, como – dizia, exagerando-se, Armstrong – um novo Santayana ou um novo Conrad. Belas e doces palavras. Mas o adolescente, a tornar-se jovem – a passar dos dezoito aos vinte e um, vinte e dois, anos – não só duvidava de si mesmo como repelia a ideia e as possibilidades de europeizar-se ou de norte-americanizar-se, desbrasileirando-se, por amor a um futuro literário que não teria, mesmo se viesse a afirmar-se o escritor proclamado por Lobato e esperado por Armstrong, um, dentro da língua portuguesa, outro, na inglesa.

Há contradições nos artigos do adolescente e do muito jovem agora reunidos em livro? Várias. Por exemplo: entre o apologista dos "direitos da mulher" e o admirador de um tipo feminino antes íntimo que público. Repúdio às insurreições brasileiras de 1922 como a afirmarem nele um conformista – que, entretanto, não havia – com a ordem política estabelecida no Brasil. Simpatias pela tradição católica em divergência com o que, como ânimo um tanto tolstoiano, parece ter permanecido nele do ainda quase meninote, por ano e meio, cristão evangélico de tipo antiburguês.

Além de contradições, injustiças. Intemperanças verbais. Contra Rui Barbosa, por exemplo. O repúdio ao, na verdade, por vezes, ramalhudo – nunca "xaroposo", como se diz num dos artigos – verbo barroco, do insigne Rui, sem se destacar o válido, o valioso, o admirável, não só desse verbo, como expressão literária, como de Rui sob o aspecto de bravo homem público dentro do seu feitio um tanto arcaico de liberal. Outras intemperanças. Por vezes um quase antissemitismo. Num artigo, certo tecnocratismo. Em alguns, namoros ou simpatia pelo maurrasismo monárquico-federalista, como afim do anarquismo construtivo de Sorel, que tanto o impressionou em Paris. Excessos que, entretanto, não vão corrigidos. Atenuadas, mas não repudiadas, vão inúteis referências demasiadamente ásperas e injustas – a pessoas ou a intelectuais. E num único artigo – o relativo à linguagem dos advogados – foram alteradas certas expressões: menos enfáticas e não atingidas no essencial.

Quanto ao estilo – isto é, o modo de escrever – o dos dezoito aos vinte e poucos anos é mantido. Respeitado. De modo algum atualizado como imaginou certo crítico literário ítalo-paulista ter o autor feito com o seu *Tempo morto e outros tempos*: diário íntimo também dessa época. O crítico ítalo-paulista enganou-se. Não houve nenhuma atualização como não há agora. O adolescente já escrevia quase de modo todo igual ao que viria a ser o modo de escrever – ou estilo – do homem-feito.

G. F.
Fevereiro, 1978

Série Da Outra América

1

Louisville, setembro de 1918

Escrevo de Louisville. É uma cidade antiga. Os kentuckianos gostam de chamá-la "*our good old city*". Ao mesmo tempo é um empório industrial onde fumegam os bueiros de não sei quantas fábricas. Fica à margem do Ohio. Há até umas barcaças fluviais que fazem viagens entre esta e outras cidades, muito apreciadas pelo pitoresco das paisagens à beira do rio. A silhueta de Louisville é fácil de recortar: é silhueta repontada de chaminés, bueiros, claraboias e torres de igrejas. Uma silhueta distintamente americana.

As casas são sólidas e simples, parecidas com enormes caixas de papelão, como as casas de New York. Os edifícios públicos, como o Correio e a Biblioteca Carnegie e as igrejas, quebram a monotonia dessa rude arquitetura industrial e dão à cidade um ar de graça e de beleza. Louisville tem igrejas belíssimas. A propósito faço aqui uma observação que pretende ser original. O protestantismo americano, parece que para fazer concorrência ao catolicismo faustoso, está levantando seus templos com arte e refinamento de gosto. O catolicismo trouxe aos Estados Unidos com a sua expansão – devida aos imigrantes europeus, em grande parte – o gosto pela fina arquitetura eclesiástica que povoou de rendilhadas catedrais góticas a Europa medieval. Esse gosto achou nos milhões o seu melhor apoio. Nos milhões e nesse desejo americano de ter tudo no superlativo.

Em St. Louis, onde estive de passagem, caminho de Waco, vi a catedral magnífica que os católicos daquela cidade levantaram, e da qual me disseram ser a maior nos Estados Unidos. O meu cicerone, bom americano, já se vê, ao pararmos defronte da igreja, não perdeu tempo em apontar com o dedo para os frontões lindamente esculpidos ou para os portais luxuosos. Reduziu toda a magnificência a cifras, e disse-me os não sei quantos milhões de dólares que ela custara.

À influência do catolicismo sobre o protestantismo, que quase se reduz ao exterior dos templos, corresponde uma influência do protestantismo sobre o catolicismo, mais penetrante do que aquela.

Os católicos nos Estados Unidos fazem uma porção de coisas que aí seriam tachadas de heréticas, e deixam de fazer umas tantas outras que a atmosfera nacional torna difícil, senão impossível de praticar. Aqui eles cooperam com a "Associação Cristã de Moços", e, em movimentos de temperança, padres católicos, pastores evangélicos e rabinos judeus sentam-se amistosamente na mesma plataforma.

Isso não quer dizer que esses três corpos religiosos, eclesiasticamente, não vivam isolados, guardando cada um a pureza de sua fé. Vivem, e está direito que vivam. O mundo hoje precisa de gente de convicção. Mas os católicos, evangélicos e israelitas dos Estados Unidos chegaram ao ponto de ver que não há desdouro algum, para eles, e para os ideais religiosos que representam, em unir os seus esforços quando se trata, por exemplo, de combater o *whisky*, a prostituição comercializada, ou mesmo levantar um edifício para a YMCA.

Certamente já se falou aí do monstro marinho capturado perto da costa da Flórida. A glória da captura cabe ao Capitão Thompson. É uma maravilha. Está em Louisville. Fui vê-lo. Causa pasmo. O corpo mede 45 pés de comprimento por 28 de circunferência. Ao bravo Capitão Thompson custou uma luta de dois dias e uma noite a captura do monstro. A luta travou-se a 40 milhas do litoral americano.

Para a preservação do misterioso peixe foram precisas barricas de formol. Digo misterioso porque sua espécie não é conhecida na zoologia. No parecer das autoridades científicas habita o monstro nas profundezas do oceano, mais de 1.500 pés abaixo da superfície. Seus olhos são de um tamanho insignificante, indicando que ele vive numa região profundíssima, onde a vista é quase inútil. Surge a pergunta: mas como veio parar à flor das águas? Os cientistas respondem com a possibilidade de uma revolução vulcânica no fundo do mar.

Uma coisa interessante: aberto o bucho do formidável peixe foi encontrado em perfeito estado o corpo de um *octopus* pesando 1.500 libras. Pensam alguns entendidos que o *octopus* foi engolido vivo, e vivo permaneceu vários dias no estômago do monstro. Seja como for, o problema de Jonas está explicado. Uma notícia do *Louisville Times* diz que tal peixe poderia engolir vinte Jonas sem perigo de indigestão.

Agora, a guerra. Uma carta dos Estados Unidos que não fale da guerra, especialmente quando pretende ser noticiosa, é incompleta. Faltar-lhe-ia essa espécie de perfume do lugar, que as cartas devem ter.

A cooperação americana é cada dia maior. A lista de sacrificados aumenta e, com ela, a vontade de vencer.

O *bill* votado no Congresso, e assinado recentemente pelo sr. Wilson, alarga a idade militar, que é agora de 18 a 45 anos. Calcula-se que mais de 3 milhões de homens se registraram no dia 12. Desta vez *Uncle Sam* falou num tom imperativo. Ele fala pelos cartazes, e um desses dizia: "Os patriotas se registrarão. Os outros terão de fazê-lo".

O bom do Tio Sam bem sabe que os tios – os de verdade e os alegóricos – precisam às vezes ser um tanto autocratas com os sobrinhos, mesmo quando o fim seja "*save the world for democracy*".

O alargamento da idade militar fez surgir um problema, que o bom senso americano soube resolver: o despovoamento dos colégios e universidades. O governo transformou-os em verdadeiras universidades do Exército nacional, onde os moços de 18 anos pra cima estudam e recebem treinamento militar, ao mesmo tempo.

A propaganda alemã, aqui, continua agora sem bombas de dinamite, porém subterrânea, manhosa. Delicia-se em quebrar a paz das famílias, espalhando mentiras sobre os que caem feridos *over there*. Vai uma, típica:

Uma senhora americana recebeu comunicação do seu marido dizendo que o esperasse em tal vapor. Ela foi, na esperança de vê-lo sair, caminhando alegremente para ela. Esperou e nada. Afinal, viu uns homens carregando uma cesta. Era seu marido. Estava vivo, porém sem braços e sem pernas. Mentiras dessa ordem causam depressão moral, dando ideia de que o governo pouco caso faz dos feridos. O reverso é a verdade.

Os feridos são carinhosamente tratados e aos mutilados dá o governo braços e pernas artificiais. Os parentes só os podem ver – o que evita impressões dolorosas – quando já manejam com facilidade os seus substitutos.

•

O outono aqui começou. As primeiras lufadas de vento fazem cair no chão, secas e amarelecidas, as folhas das árvores. O céu já tomou uma cor de chumbo fumarenta e uma cor de chumbo fumarenta é triste e não parece aquele mesmo céu de verão, tão fino, azul e puro.

Começo a ter saudades da nossa natureza tropical, clara, florida, cheia de sol.

As cartas do Brasil são muito irregulares.

Como irá o nosso Recife?

(Diário de Pernambuco, 3-11-1918)

2

Waco, Texas, 22 de novembro de 1918

  Escrevo esta carta junto do meu fogão de gás. Faz frio. Mas frio, de verdade. Avalie que tivemos neve de manhã. Durou pouco e nem sequer deu para embranquecer os telhados das casas. O dia, porém, continuou frio.

  Gosto do frio. Dá vontade de dar que fazer aos músculos. Parece que todo mundo anda, move-se e faz as coisas com vontade, com disposição, com energia. Eu por mim fiz meu trabalho com uma nova disposição. É verdade que se a gente para e começa a cismar fica triste. Porque a paisagem do inverno é triste. Talvez por isso mesmo o inverno é aqui o tempo das boas *lectures*, dos concertos, das reuniões sociais amáveis e alegres. Segunda-feira, por exemplo, teremos aqui a célebre Sinfonia do Conservatório de Paris, talvez a melhor da Europa. Não a perderei. É amanhã à noite. Private Peat, o jovem famoso canadense que se tornou o mais famoso *war lecturer*, falará em Baylor. Também estarei lá para ouvi-lo. De 7 a 17 deste mês tivemos a exposição anual do Cotton Palace. Foi inferior à Kentucky State Fair que visitei em Louisville e da qual dei ligeira descrição numa das minhas cartas para aí, e, não fora a War Exposition eu a consideraria sem muita atração. Mas a War Exposition, sob os auspícios do governo, essa agradou-me muito – tanto que repeti a visita, apesar de o bilhete de entrada não ser muito barato.

  Como o nome indica, é uma exposição de coisas de guerra. A gente vê aeroplanos alemães aprisionados pelos aliados, espingardas, metralhadoras, capacetes, bombas e cem mil outras coisas interessantes. Só o gosto de apalpá-las... Informações concretas são-nos dadas a respeito dos exércitos aliados – seus uniformes, armas etc. Talvez a parte mais interessante é a reprodução de uma batalha na *no man's land*, não no pano de um cinema, mas num vasto campo. Admiravelmente bem-feita. Um oficial inglês é quem arranja essa interessante *camouflage* que nos dá a impressão exata da realidade. As luzes se apagam. Começam as explosões. É ao clarão das bombas, que rebentam de segundo em segundo, que a gente começa a ver, de um lado as silhuetas dos soldados americanos, dos outros as dos *huns*. Estes principiam a avançada de trincheira em trincheira. Os americanos têm de ceder. A luta é tremenda. Dezenas de combatentes, num e noutro lado, tombam. Vê-se então no lado americano, atrás da trincheira, o trabalho da *Red Cross*. À luz avermelhada dos obuses aparecem os aventais brancos das enfermeiras e os soldados das ambulâncias carregando os companheiros feridos. Aos seus pés rebentam bombas. A luta chega ao auge. Parece que os alemães vão vencer. Os espectadores estão suspensos. A impressão de realidade é fortíssima. Começam então os alemães a recuar, e os *yankees* a avançar. O avanço continua belíssimo, até a tomada da última trincheira de arame farpado, até a luta corpo a corpo, heroica e terrível – até a vitória americana. E todo mundo dá palmas. Ia-me esquecendo: durante a batalha, com enfermeiras e doutores, a gente vê também o curioso trabalho dos cães de guerra buscando os feridos. Vê-se também um grupo de prisioneiros alemães e a caracterização é perfeita.

Outra parte interessante da *War Exposition*: a Seção Belga. Um belga, Marechal de Logis, Leon Lesoil, é o diretor dessa seção. Ele, em pessoa, é tão interessante como a seção. Esta consiste em petrechos do exército belga, todos os uniformes, excelentes fotografias da invasão alemã, armas, troféus etc. M. Lesoil é um homem atraente. Falei com ele em francês e creio que visitante algum teve melhor e mais minuciosa explicação do Departamento Belga, por ele não falar bem o inglês. Fiquei lá mais de duas horas. Ele contou-me suas experiências. É quase sublime ouvir um belga falar do seu lar, da sua casa, de sua cidadezinha desfeita em ruínas, de seus parentes desaparecidos. Lesoil combateu, como todo bom e leal belga, primeiro pela honra da Bélgica, depois pela redenção, pela liberdade dos povos oprimidos, uma luta onde o nacionalismo quase desaparece – pela Bélgica, pela França, pela Inglaterra, pela Sérvia, por toda a nação que quer ser livre. Combateu durante dois ou três anos, até que ferido, e incapaz do serviço militar, foi dispensado. Que ele combateu com bravura provam-no as três medalhas que traz no peito.

Lesoil apresentou-me à Mme. – uma senhora gentil, mas sem a loquacidade do marido. "Sabe", disse-me ele, "onde a achei? No hospital. Foi minha enfermeira." Convidei Lesoil para falar a uma das minhas classes de francês e ele acedeu. Fui buscá-lo de automóvel. Veio com o uniforme da cavalaria belga – simples e elegante.

A minha sala de aula estava repleta – perto de duzentas pessoas – alunos e visitantes. A palestra de Lesoil foi interessante e agradou a todos.

Guardarei sempre memória dessa nobre e simpática figura de soldado – e de suas reminiscências, ditas com calor e uma emoção que me tocaram. Direi melhor: do casal. Porque não me esqueço o tom com que ele me disse, referindo-se à esposa: "Sabe onde a achei?". Sua enfermeira de guerra.

Quando a notícia da paz foi divulgada eles ainda estavam aqui. Na manhã seguinte encontrei Lesoil. Contou-me que no dia anterior chorara, abraçado à esposa. Tive ímpetos de abraçá-lo e de chorar com ele.

Dei-lhe $10 para as criancinhas belgas. Ele me deu um livro e um exemplar do famoso jornal *La Libre Belgique* publicado durante o domínio alemão na

Bélgica. Os exemplares desse jornal – que tanto deu que fazer aos *Komandantur* de Bruxelas – se estão tornando raros e suponho que, no futuro, possuir um deles será possuir uma preciosidade histórica. Por isso guardarei o meu com especial cuidado.

Eis a notícia que a *News Tribune* deu da *lecture* de M. Lesoil:

"Monsieur Lesoil, who is in charge if the Belgian War exhibit at the Cotten Palace, lectured in French to the class in French taught by Mr. Gilberto Freyre. A number of visitors were present."

Agora o armistício. Foi uma alegria a notícia do armistício aqui, em New York, em Pittsburgh, em Louisville. Cito esses pontos porque deles tive informação direta – de Caio, de Djalma, de Falcon – de como correram as festas por lá.

Aqui tivemos feriado em Baylor e a cidade esteve em festa até de madrugada. Parecia um dia de Carnaval aí no Recife. Houve parada militar, desfile de autos, e cada pessoa procurava alguma coisa com que fazer barulho: uma gaita, um tambor, uma lata, um apito. Em New York uma moçoila ao ler a nova do armistício partiu, com ímpeto, para um oficial francês que ia passando e cobriu-o de beijos. A gente de Louisville expandiu sua alegria de uma maneira deveras peculiar: dando cascudos uns nos outros. O pobre Falcon voltou para casa com a cabeça doendo de cascudos.

Domício da Gama deixou em Washington excelente impressão. Parece-me acertada sua escolha como Secretário de Estado. O velho Rodrigues Alves tem um jeito especial para escolher ministros do exterior.

Vitoriosa a causa da liberdade das nações, o grande problema do dia é a "Liga das Nações", de que são paladinos Wilson, Lloyd George e Clemenceau, as grandes figuras desta hora de triunfo e de glória. Wilson tem a primazia. Ele se destaca com um relevo único.

Não tenho base alguma para semelhante suposição, mas prevejo a nomeação de Rui Barbosa, como nosso delegado à Conferência da Paz. Também suponho que o lugar desta será Versailles, desde que a atitude da Rainha Guilhermina arreda de Haia todas as possibilidades.

Está sendo debatida no país a questão da viagem de Wilson à Europa. Uns acham que ele deve ir; outros que não, devido aos muitos trabalhos que demandam sua atenção pessoal.

Temos aqui, agora a *War Campaign*. É uma campanha que visa levantar dinheiro preciso para o bem-estar material dos soldados, no *front*. É digna da nossa cooperação. Assinei $50, o que quer dizer que terei de dar $2.50 cada mês, depois do primeiro donativo. Li num telegrama que o Brasil fora convidado a participar nessa campanha de humanitarismo e serviço social.

(Diário de Pernambuco, 12-1-1919)

3

Este ano o frio chegou cedo. Já tivemos até uma nevezinha, fato que dizem anormal aqui no Sul, antes de Ano-Bom. É uma coisa bonita, a neve. A que tivemos não foi propriamente uma carga de neve, pois nem sequer deu para branquejar os telhados das casas e as árvores que o aquilão não desfolhou. Durou pouco. Mas durou bastante para mostrar o seu encanto. Primeiro tivemos uma chuva fina e fria. Depois uns flocozinhos brancos e leves como penugem de algodão começaram a cair devagar. Era a neve. Neve! Neve! Como ela faz a gente alegre! Toda pessoa que encontrei naquela manhã de neve disse-me "bom dia" com um claro sorriso.

O americano é um povo alegre. Regala-se com as coisas comuns da vida. Olha o mundo como uma criança mira uma loja de brinquedos: de cara risonha e olhos arregalados. Tudo lhe parece bonito. Lede um romance *yankee*. É otimista. Na ficção americana o herói sempre acaba casando com uma deliciosa filha de milionário. Uma filha de milionário ou outra forma qualquer de triunfo pessoal em que o milhão rebrilhe. O que é preciso é que na última página a sombra boa da felicidade apareça e sorria. É a lei. Nenhum escritor mais americano do que Mark Twain. Nenhum mais saborosamente chistoso. Sua filosofia sorri para tudo. Que adianta enrugar a testa e fazer uma cara feia cética? É melhor sorrir. Neste particular parece que o americano está só. Não há povo mais otimista. Nem o inglês, que é seu consanguíneo. O inglês? É o inverso. Guarda um puritanismo de maneiras – puritanismo e não finura como o francês – para o qual a gargalhada é quase um pecado. Não quer que o tomem por frívolo. Mas eu não acho que o riso americano signifique frivolidade. Sócrates deixou no mundo a impressão de que o bom filósofo não ri. Sentencia sisudo. Mas veio Jesus e ensinou sorrindo debaixo das oliveiras da Galileia as verdades mais sérias e mais fundas que a raça humana ainda ouviu. Há mais de cem anos Benjamin Franklin apareceu em Paris, com a boca curvada num sorriso que Paris não conhecia. Com esse sorriso ele trabalhara na fábrica de sabão do pai, escrevera as boas páginas do *Almanack*, inventara o para-raios. Não era um sorriso fino de diplomata igual ao com que Lafayette, por esse mesmo tempo, andava a fazer a corte às americanas. Nem um meio sorriso. Nem um sorriso de amargor. Era franco, claro e jovial. Era o sorriso da raça *yankee*.

Dessas leves asbervações sobre o riso e sorriso não fica mal passar à palestra que Harold Peat – ontem simples repórter de uma gazeta qualquer do

Canadá, hoje um tipo de fama mundial – fez outro dia aqui na Universidade. O título dessa palestra foi "*Two years in Hell and back with a smile*". Temo desmanchar o expressivo vigor da frase traduzindo-a mas em todo caso ei-la em português: "Dois anos no Inferno e de volta com um sorriso". E o título não mente. Peat conta sorrindo suas mais ásperas experiências. Este galante herói não tem mais de vinte e cinco anos. Parece um rapazola de dezessete. A glória o colheu na flor da idade. Não traz no boné ou na manga do uniforme um galão, uma fita, uma insígnia. É um simples soldado, um soldado raso, um *private*. Daí o fato de ter ganhado popularidade como: Private Peat. Peat é teatral. Fala como um ator. Eis um trecho de sua palestra: "Eu vou correndo. O huno parte pra mim. Seu golpe de baioneta falha. Ah! huno, escapei! Avanço para ele. É um momento supremo. Sua cara feroz transforma-se numa cara cobarde. Sua boca abre-se. Seus olhos esbugalham-se. Ergue os braços e grita: 'Kamerad! Kamerad!' Nada! Um! Um!". E a gente tem a impressão de ver a luzente folha de aço entrando maciamente no corpo do alemão e rasgando-lhe as carnes flácidas. É horrível, mas Peat sorri.

Peat é a terceira celebridade que vem a Baylor, nestes curtos meses em que tenho estado aqui. Primeiro foi aquela extraordinária mulher, May French Sheldon, que nos contou a história de sua vida, bela como um romance: passeios de canoa em rios da África, com negros de tanga; colóquios espirituais com Victor Hugo; entrevistas com realezas. Depois Gypsy Smith. É um homem forte, de grosso bigode negro e pele bronzeada. Descende de uma raça cuja origem se perde nas trevas das mil raças da Índia. Cigano. Gypsy deixou em mim uma impressão única de eloquência. Na sua boca áspera inglês torna-se uma língua doce, onde há laivos de mel. Ele faz com o inglês moderno – o mais comercial de todos os idiomas – o que um trovador do tempo de Boccaccio fazia com italiano e um poeta da corte de Elizabeth com o inglês quinhentista. E agora, Peat. Para o Natal está anunciada a visita do sr. Marshal, o eminente vice-presidente da República.

Neste contato com pessoas de sedução está um dos encantos da vida universitária americana. É uma boa prática a de trazer à presença de estudantes os grandes tipos do dia.

Para esse fim as universidades americanas têm, de ordinário, entre os seus edifícios uma "capela". A de Baylor é uma linda capela, doação de um ricaço amigo da Universidade. No exterior tem a severa paz estudiosa dos outros edifícios acadêmicos espalhados entre as grandes árvores do *campus*. Dentro é um teatro. Só os desenhos recortados na cúpula e nos vitrais dão uma impressão doce de religiosidade. Nessa capela reúnem-se todas as manhãs os mil estudantes. O presidente, o chanceler, um professor ou qualquer visitante ilustre dirige-lhes uma curta prédica. Não fica nisso a utilidade da capela acadêmica.

Quase não se passa uma semana sem que a luz rebrilhe nos seus vitrais iluminando-lhes os belos desenhos de cor. Os estudantes sobem risonhamente as escadas de mármore, e gozam uma noite de boa música, a representação de uma tragédia shakespeariana ou de um drama grego, a preleção de um fino letrado etc. Joaquim Nabuco, nos seus dias de embaixador, falou à nata dos acadêmicos americanos: em Yale, em Chicago, no Colégio de Vassar, em Cornell. Depois dele o eminente sr. Oliveira Lima, que é hoje o sul-americano mais conhecido nas boas rodas universitárias dos Estados Unidos, teve igual privilégio, dirigindo a palavra a estudantes de doze universidades americanas. Eu quisera ver nos nossos centros acadêmicos – pelo menos nos dois tradicionais, Recife e São Paulo – práticas semelhantes às das universidades dos Estados Unidos. Tornariam a vida nessas instituições menos monótona e menos banal. Porque são duas coisas que o abservador não encontra aqui, nas universidades: monotonia e banalidade. Nestes grandes lares de estudo, goza-se da paz necessária para saborear uma página de Terêncio, filosofar sobre a Revolução Francesa ou entender um rígido teorema geométrico. O estudo, porém, não é livresco.

Goza-se também de uma vida ativamente social, quase mundana. Não faltam jogos atléticos, palestras, boa música, concertos, companhias de operetas, de tragédias shakespearianas, de dramas gregos.

Hoje à noite o prof. Hoffmann, que é o primaz da Escola de Música da Universidade, nos deliciará com um "piano recital" e antes do Ano-Bom teremos aqui a grande Companhia Inglesa de Operetas.

A propósito de música vale a pena consagrar umas linhas à presença, nos Estados Unidos, de M. Messager com sua orquestra, a célebre Sinfonia do Conservatório de Paris. Cinco vagões conduzem o seleto grupo de artistas através de sessenta cidades do país. Entre estas estava Waco, e eu tive a fortuna de ouvir, na noite de 25 de novembro, a grande orquestra. Estes oitenta e três músicos, que ficaram no palco, com as suas casacas e os seus alvos peitilhos, como se estivessem posando para um fotógrafo, são a flor dos músicos da França. De André Messager, dizem ser o maior condutor de orquestra, abaixo de Saint-Saens. O Rio o conhece. A mim – pobre leigo – as duas horas de boa música que a orquestra proporcionou ao público de Waco, e aos estudantes de Baylor, deliciaram.

Rematarei esta correspondência com uma alusão à cerimônia que se vai realizar nestes dias na Universidade. Será simples. Para comemorar o natalício do presidente de Baylor, o doutor Samuel Palmer Brooks, os *seniors* de 1919 (bacharelandos) irão com as suas becas de seda preta plantar uma árvore no *campus*. A filosofia que tiro dessa cerimônia é esta: Quão bom seria se no Brasil a gente celebrasse o natalício dos figurões plantando árvores!

(*Diário de Pernambuco*, 9-2-1919)

4

Fort Worth, 28 de dezembro de 1918

Espero que todos aí tenham tido um Natal alegre. Eu vou indo bem e estou pronto para o novo *quarter*, que começará terça-feira vindoura. Carta anterior, dirigida a Ulisses, informa de como fui nos exames. Melhor do que esperava. Às vezes, na vida, surgem coisas "melhores do que a gente esperava". Às vezes. Porque outras vezes...Veja por exemplo essa correspondência do Brasil. Nem Santo Claus teve a lembrança de que uma carta de casa, ou mesmo um simples postal, multiplicaria por cem a alegria do meu Natal. A propósito: recebi um magnífico presente de festas. Deram-mo as Armstrong. É um livro de impressões da América do Sul, publicado recentemente, com ilustrações a cor, que o tornam belíssimo. Ainda não o li de fio a pavio, o que farei logo que volte a Waco. Dir-lhe-ei então minha impressão.

Escrevi uma porção de tolices antes de dizer a que vim a Forth Worth. Dois motivos trouxeram-me aqui: visitar a meu bom amigo R. S. Jones, que está no Seminário, e ouvir Billy Sunday. A visita a R. S. Jones valeria por si só. É um belo camarada. Espera seguir para o Brasil como missionário. Em Kentucky estive na casa dele – uma pitoresca casa de campo, no meio de plantações de fumo e de pinheiros.

Sempre me lembro da hospitalidade de sua gente. Aqueles kentuckianos são de um carinho à brasileira. Jones recebeu de casa um enorme pacote de bolos. Cinco qualidades. De todos comi a fartar. Deram-me a lembrar a nossa São João – a mais encantadora das nossas festas populares, cheia de tradição e perfumada de doçura familiar. Tirem dela a estupidez das bombas e a que ficar será um encanto – os serões em família, os jogos, as sortes, a canjica, o pé de moleque, o milho, até as superstições, as velhas, as que têm tradição.

O Natal americano é uma festa de recinto fechado. Sempre faz frio. Sempre tem a gente de acender o fogão. E à beira desse lume, a família senta-se, depois do tradicional *Christmas dinner* com pudim ou *fruit cake* como sobremesa. Num canto a árvore de Natal, com pequeninas velas de cera vermelha ardendo. Os brinquedos, as caixas de bombons, pendem dos galhos. Meu Deus, bendito dia em que fizeste brotar na espécie o instinto do lar!

E Billy Sunday? Minha *trip* a Fort Worth vai me custar uns sete ou oito dólares. Mas não me arrependerei de os ter gasto. Estou gozando da boa companhia de Jones. Ficarei conhecendo mais uma cidade – a segunda, em importância, do Texas. Ficarei conhecendo o Seminário, que é uma bela instituição. E ouvi Billy Sunday! Já o ouvi duas vezes. É uma maravilha. Comparado a ele, como pregador, Gypsy Smith some-se. Deste a linguagem é belíssima. Mas falta-lhe o poder de Billy. Billy é hoje o pregador de mais larga popularidade no mundo inteiro. E o de mais poder. Basta dizer que foi ele quem fez cair de joelhos, em New York, 100 mil pessoas.

Em Fort Worth começou a pregar há cinco semanas. Tem havido na média cem conversões por noite. Ontem, à noite, houve umas trezentas.

À primeira vista, ou melhor, nos primeiros minutos, Billy desaponta. A gente pergunta a si mesma: é esse o tão falado Billy Sunday? Porque sua voz soa mal, quase como um realejo desafinado. Passam-se os cinco minutos de decepção. Billy solta um grito, avança para o auditório, num movimento brusco, violento, inesperado. E seu poder vai até o fim. Criticam-lhe alguns puritanos a gesticulação, os movimentos desordenados, a teatralidade de maneiras. A mim ele deu impressão de fazer, o que faz, quase naturalmente. Certo, é, às vezes, teatral demais. Mas quase sempre quando ele faz um gesto brusco – trepa a uma cadeira ou sobre o púlpito, avança, recua, levanta a perna direita, ergue os braços com violência – é para soltar uma frase a que a surpreendente violência do movimento dá força. Penso que a melhor maneira de fixar impressões de Billy é desenhar à pena algumas de suas atitudes. É o que faço. Observe nos quatro cartões: (1) Billy Sunday orando. Ele ora como se Deus estivesse na frente dele. Fecha os olhos e começa a fazer a sua prece, viva, cheia de movimento e de gestos largos. (2) Sempre que quer dar ênfase em um conceito, Billy põe as duas mãos em redor da boca, e grita. Ontem à noite ele trepou na cadeira e nas pontas dos pés gritou para a multidão: "*Mother, oh mothers, oh!*". E fez vigoroso elogio da mãe cristã. Foi uma de suas atitudes mais impressivas. (3) Billy avança como se fosse saltar da plataforma com o braço direito para a frente e bate com a mão esquerda sobre a cadeira. (4) Atitude característica de Billy quando quer dizer uma sentença ou frase intensamente direta: "Você é um deles", "Este escravo é você" etc.

Creio que os desenhos dão uma ideia dos "maneirismos" de Sunday, que arranham a dignidade de certos eclesiásticos. Outras observações sobre o célebre evangelista: ele prega as doutrinas da Graça, Salvação pessoal, Redenção etc. na sua pureza evangélica. Vê-se que ele lê o Novo Testamento. Não há dúvida de que lê sobre a *Bíblia*. Porém lê a *Bíblia*, e baseia nela, na velha *Bíblia*, sem a mácula do *higher-criticism*, a sua pregação poderosa. Quando ontem à noite falou com carinho do grande Spurgeon – maior pregador que o mundo tem visto – lembrei-me de que há certa semelhança entre os dois – ao menos na fidelidade com que Billy prega as grandes doutrinas do Cristianismo, o que era um dos característicos do pregador inglês.

Envio-lhe com os quatro cartões com desenhos uma fotografia de Sunday. Desejo guardá-los como lembrança e, por isso, peço que m'os devolva.

Estou gozando minha estada aqui nessa bela *Seminary Hill*. O Seminário está distante da cidade. É uma vista bonita a que se vê em torno dos seus dois grandes edifícios. Há trezentos estudantes no Seminário e *Training School*. A vida corre agradável. Visitei hoje e tive boa palestra com o professor de Missões Knighte. É jovem, inteligente e preparado. Eu o quisera ver no Brasil, como missionário. Falei ao velho Gambrell, o "papai" dos Batistas de Texas. Hoje à noite falarei a um grupo de mexicanos, entre os que no Seminário – professores e estudantes – fazem trabalho missionário. Misturarei ao meu espanhol um pouco de português.

(Diário de Pernambuco, 16-2-1919)

5

O frio passou. O áspero aquilão já não nos corta a pele. Agora o que há é a carícia de um friozinho bom, assim como a brisa de beira-mar. A paisagem não é aquela do inverno, triste, soturna, quase sem cor. É outra. Para gozá-la nada como um passeio de manhã cedo a um recanto de cidade. As árvores, tão feias durante o inverno, com os seus galhos secos e nus, ganham nova folhagem. As trepadeiras rebentam em gomos e em flores dando aos frontões das casas, por onde elas sobem, um ar de adorável graça silvestre. A grama está verde e reponta da terra com viço. Tudo se tinge de uma cor verde-clara. É a cor da primavera.

Há um encanto especial nesse variar de paisagem e de tempo, nesse passar de uma estação a outra. É bonito quando o outono começa e as copas das árvore se tingem de ouro e, ao mesmo tempo, de melancolia. Porém, mais bonita ainda é a passagem do inverno cheio de brumas à clara primavera. O encanto desse variar de paisagem nós, tropicais, acostumados a uma natureza perpetuamente em flor, desconhecemos nos nossos países nativos. Nosso tempo é quase o mesmo tempo, todo o ano. Nossa natureza, quase rebelde a mudanças bruscas.

Aqui, não. A natureza muda. O tempo e a paisagem mudam. E essa mudança de estações a tudo afeta: as modas de roupa, as de chapéu, as de calçado, o estilo dos autos, os *sports*, os divertimentos. Cada estação vem com a sua cor, o seu tom, a sua fruta, os seus gostos. E faz uma revolução nas "vitrines" dos solertes lojistas americanos. Parece que uma das novidades desta primavera é a cor berrante das camisas de seda, das gravatas, das fitas de chapéu, dos colarinhos. Uma camisa branca, pura, sem listras ou quadrinhos de cores vivas, raramente vi numa "vitrine". O americano não tem gosto pelo branco e pelas cores neutras, que parece um sinal de refinamento. É verdade que estamos na primavera, os dias são bonitos, cheios de sol e de cor. Mas isso, a meu ver, não justifica essas camisas com listras de amarelo vivo, ou esses colarinhos de quadrados multicores. Nossa Senhora!

Mas vamos às outras coisas que a mudança de estação afeta. A primavera tem os seus divertimentos, quase todos eles ao ar livre, em contraste com as festas de recinto fechado do inverno. Os dias são bonitos, e é preciso gozá-los em almoços à rústica, em passeios de bote, em corridas de auto, em partidas de pesca à beira de quietos riachos. A todas essas coisas, moças e rapazes vão juntos, em íntima camaradagem. É sabido que a coeducação é largamente praticada nos Estados Unidos e que a amizade de rapaz a moça é quase a mesma de moça-moça ou de rapaz-rapaz. Os sexos não são isolados um do outro, como entre nós. O rapaz que se engraça de uma moça, não vai para a esquina, todo romântico, torcendo sua bengalinha. Trata de se fazer conhecido da família e, então, tem direito de *make a date* com a moça, isto é, de sair só com ela para um jogo, para uma fita de cinema, para um chá, para um passeio qualquer. E essas *dates* podem não findar em casamento. É claro que o sistema de coeducação depende muito de ser o rapaz um *gentleman* e de ser a moça uma *lady*. Mas quem desconhece que o respeito próprio é a base sobre que assenta a educação americana nessa questão de intercurso de sexos e noutras?

Aqui em Baylor, temos o que se chama *Student's self-government*. Isso quer dizer que a disciplina da Universidade está nas mãos dos estudantes. Eles têm suas leis, a que juram respeito, e das quais são os próprios polícias. Em questão de puro estudo, tudo repousa, também, sobre a honra pessoal do estudante. Em exames, por exemplo, o instrutor não fica de vigia. O estudante, ao terminar, assina um *pledge* declarando que se portou com lisura. Este basta para o professor. O mesmo se dá nos *reading assignments*, isto é, leitura de certo número de páginas ou volumes, que alguns cursos requerem. Esses fatos, observados nas universidades americanas – a coeducação e o *honor system* – são hoje sistemas triunfantes. Eles revelam ao estrangeiro que nos Estados Unidos não se compreende a formação da inteligência sem a formação do caráter.

(Diário de Pernambuco, 4-5-1919)

6

A visita de uma mulher admirável agitou a Universidade de Baylor, semana passada.

O nome dessa mulher – a doutora Anna Shaw – trouxe à capela um oceano de gente: estudantes e pessoas de fora. Todo mundo tinha curiosidade de escutar a doce palavra apostólica da rival de William Jennings Bryan, o maior orador do dia nos Estados Unidos.

Anna Shaw tem feito de sua vida um apostolado. Bate-se pelos direitos do seu sexo.

Aos setenta anos é ainda uma mulher de vigor. Sua velhice rija, amável, sã, lembra a daquela outra mulher de gênio, a boa Rainha Vitória, com quem ela se parece até no físico. É uma velhice ativa.

O discurso de Anna Shaw foi o melhor que ainda ouvi desde que cheguei nos Estados Unidos. O melhor e o mais longo. Durou uma hora e quarenta minutos. Uma hora e quarenta minutos pode ser um nada no Brasil. Mas nos Estados Unidos – o país em que os relógios saem dos bolsos de cinco em cinco minutos – é uma eternidade. A gente aqui não tem paciência para os discursos compridos. A propósito, contava-me um professor da Universidade, de um seu colega, no Norte – um letrado de eminência – que terminara um discurso sem ouvintes.

Cheia de confiança em si, corajosamente, vitoriosamente, Anna Shaw falou quase duas horas. E fez esse milagre que só os gênios fazem, com suas varinhas de condão: o de converter uma eternidade num nada. Da primeira à última palavra que disse, do primeiro ao último gole de água com que molhou os lábios secos, dominou e prendeu a atenção do seu auditório.

Naturalmente "dr. Shaw", que é como ela é conhecida em todo o país, falou sobre a causa a que tem dedicado o seu tempo e a sua energia: os direitos da mulher. Seu argumento principal foi este: que os Estados Unidos não serão uma pura democracia enquanto as mulheres não votarem. "Por que é que o homem vota?", perguntou ela. "Por que é homem? Não. Porque é um ser humano, pensante. Também o é a mulher. A única maneira de refutar o argumento a favor do direito de voto das mulheres é provar que elas não são gente."

De vez em quando, no discurso, repontava uma graça, um bom dito chistoso que fazia a gente rir. É um característico do orador americano, o dizer graças. Talvez o único discurso que ouvi aqui sem uma graça foi uma oração fúnebre. O presidente de Baylor – orador de nota em toda a "*Southland*" – é fértil em chistes e em anedotas humorísticas. O próprio William Jennings Bryan, que é um homem com a fisionomia moral de um bom pai puritano, gosta de dizer os seus chistes e contar as suas anedotas. É um meio de amolecer a rigidez dos discursos moralistas. Vê-se, pois, que nisso, como em tudo, Anna Shaw é uma americana típica.

Sim, uma americana típica. O que ela prega é esse *americanismo* que o sr. Woodrow Wilson anda a pregar aos representantes das potências e em redor da mesa da Conferência da Paz.

O sexo a excluir a participação de metade do povo nos negócios do país é uma coisa que se não concilia com o *americanismo*. É verdade que, amanhã, os negros terão direito de dizer o mesmo com relação ao exclusivismo da cor, em direitos políticos. Veremos como o *americanismo*, ou seja, o idealismo nacional, revigorado pela Guerra, fará face a um movimento dessa ordem.

Ao movimento em favor dos direitos da mulher esse idealismo, essa consciência, é favorável. O movimento vai vencendo. Vai-se tornando uma ideia natural a de que a mulher tem direito, como ser pensante, inteligente que é, de exercer esse dever sagrado de cidadã de uma democracia: o de votar. É o ideal de *equalization of opportunities*, em prática, em ação.

Quando é que, no Brasil, a mulher, sem arrogâncias tolas, sem bulha, reclamará foros de cidadania? Ser cidadão não quererá dizer negligenciar os deveres impretéríveis do sexo. Preocupar-se inteligentemente com os negócios do seu país não fará a mulher menos carinhosa como mãe, menos terna como esposa, menos diligente como dona de casa.

(*Diário de Pernambuco, 24-5-1919*)

7

O verão está findo. Voltam à casa veranistas, das praias, das montanhas, dos lagos. Muitos foram descansar sob as laranjeiras em flor da Califórnia e da Flórida; outros nas montanhas do Kentucky e do Colorado e ainda outros nos lagos do Canadá, onde – escreveu-me um amigo, num postal com a vista de uma lagoa, à beira da qual veranistas pachorrentamente pescavam – se passa o mais deleitoso verão.

O novo ano universitário – quero dizer a *regular section*, porque durante as doze semanas do verão funciona uma escola suplementar – está prestes a começar.

Este ano, com a paz, as universidades esperam largas matrículas, iguais às dos anos anteriores à mobilização ou ainda maiores. Em Baylor esperam-se mais de 1.500 estudantes. Na grande Universidade do Estado, em Austin, onde estive a semana passada, a expectativa era de 5 mil. Os vastos dormitórios, as pensões e as casas das meio aristocráticas *sororities* e *fraternities* – irmandades de moças e rapazes, respectivamente – preparavam-se para albergar um número de acadêmicos superior, em centenas, ao do ano passado.

Austin é um lugar ideal para sede de universidade. É pitoresco e sossegado. Espanhóis e mexicanos, antigos donos da terra, deixaram lá um pouco de si próprios. Muitas de suas casas têm varandas, arcadas, ogivas, um não sei quê de igrejas. Em alguns dos edifícios da Universidade há restos da arquitetura meio eclesiástica dos espanhóis. A torre do edifício matriz parece arrancada a uma catedral.

Os vagares de duas tardes dediquei-os eu a visitar a Universidade, que é hoje uma das mais poderosas dos Estados Unidos.

É oficial. Mas não é o oficialismo que faz a sua força. A de Chicago, de fundação privada, é aquele colosso.

Ocupa a *State University of Texas* vários edifícios, sete ou oito, agrupados em redor do *main building*; ou edifício matriz. Isso sem falar nos pavilhões.

Em Austin estão concentradas as escolas de Artes Liberais, Engenharia, Arquitetura, Direito, Comércio e Educação. Só a de Medicina está fora, em Galveston. A Escola de Agricultura, que foi outrora filiada à Universidade, é hoje independente. Para lá têm vindo alguns estudantes do Brasil, da turma enviada pelo Governo, entre eles o sr. Peres, de Pernambuco.

Na linha de pesquisas científicas, oferece a Universidade amplos recursos. Seus laboratórios estão providos de material para o mais acurado *post graduate work*, ou seja, minucioso trabalho de investigação em que tudo é remoído, coado e filtrado até os últimos pormenores. É um trabalho penoso, só acessível a mentes maduras.

A Universidade é dona de uma opulenta biblioteca. Alberga-a um edifício inteiro, num recanto sossegado do *campus*. Dentro uma paz de igreja, e o *book worm*, como chamam os americanos ao indivíduo fanático pela leitura, sente-se à vontade, como um regalão dentro de cozinha farta de doces e guisados. Provida de livros finos, possui até rolos de manuscritos preciosos e autógrafos. Tudo é zelado com um carinho especial. As páginas dos volumes são tão respeitadas pelos estudantes, ditosos usufrutuários deste maná do Céu, como pelos insetos. Lembrei-me com tristeza de umas coisas horríveis que o sr. bibliotecário da Academia de Direito do Recife contou uma vez da seção sob sua guarda, em relatório oficial: folhas de livros arrancadas, coleções de jornais desfalcadas, volumes desaparecidos. Gordon Duff, se tivesse lido aquele relatório triste, teria dedicado um capítulo inteiro a semelhante classe de leitores daninhos no seu livro *The ennemies of the books*.

Além da Universidade, Austin tem o Capitólio, pois é a capital do Estado. Suntuoso palácio, cópia do de Washington. Na ala direita está a Câmara; na da esquerda o Senado, no fundo o salão de gala do governador. Visitei as suas salas, revestidas de uma nobre dignidade oficial, com pesados tapetes, fofas poltronas e retratos a óleo, nas paredes, de heróis e estadistas como, por exemplo, o de Sam Houston com a sua farda cinzenta e a mão sobre o copo da espada vitoriosa. Um velho guarda do Capitólio, que nos acompanhou, a mim e alguns amigos, por entre as vistosas salas oficiais, cujas portas ele ia abrindo com seu molho de chaves, serviu-nos de pachorrento cicerone.

Do alto da torre do Capitólio avista-se a cidade, estendida num só panorama. Os automóveis e os bondes, vistos de lá, parecem-nos brinquedos e as casas, caixas de bombons.

(Diário de Pernambuco, 19-10-1919)

8

Do português já foi dita esta frase travosa: é "uma língua clandestina".

Nos Estados Unidos que é que se sabe da nossa língua e literatura? Mesmo entre o público letrado, e, estreitando mais o círculo, mesmo entre a gente das universidades, a ignorância é pasmosa. Sabem do português o que sabem dalguma obscura fala ilhoa. Desconhecem que é a língua de mais da metade da população da América do Sul, pois a ideia comum é que esse continente inteiro fala o espanhol. Ignoram que é falado por mais de 39 milhões: no Brasil, em Portugal, em possessões portuguesas na África e na Ásia. E que o português tem uma literatura à parte, de primeira água, tão boa quanto a de qualquer de suas irmãs românicas, é fato que um ou outro erudito conhece.

Já era assim nos dias de Thomas Moore Musgrave, o tradutor de Antônio Ferreira. Tanto que esse letrado da era vitoriana, ao publicar, em Londres, sua tradução de Inês de Castro, censurava nos seus compatriotas *the erroneous opinion that in the Portuguese language there is nothing to repay the labour of its acquisition*. Musgrave tinha ainda na boca o mel da poesia de Ferreira.

A *"erroneous opinion"* perdura, ao menos neste lado do Atlântico, onde se prolonga a sabedoria de Oxford e de Cambridge. "A ignorância de sua língua no meu país é geral", dizia-me, há meses, eminente homem de ciência. Escreveu-me de Washington o dr. J. Siqueira Coutinho, fino e erudito português, que na Universidade de George Washington, onde ensina de graça a sua e nossa língua, "tem de andar à procura de alunos, sendo a frequência de quatro a cinco".

Já Nabuco, nos seus dias de Embaixador, comparava-se a um mendigo, mendigando para Luís de Camões e para a beleza da língua portuguesa a atenção da alta cultura americana. Gloriosa mendicância. Nunca jamais o grande cantor dos *Lusíadas* teve, entre peregrinos, rapsodo mais sedutor. Seu fito era, como ele mesmo disse uma vez, "despertar a atenção dos estudantes americanos para um dos maiores nomes da literatura e para a beleza e poesia da nossa língua". Nabuco, diz-nos o sr. Arthur Bomilcar, "via no estudo da língua portuguesa o canal por onde ao cabo chegariam (os norte-americanos) a descobrir este mundo ignorado que é o Brasil".

Dirigindo-se à sabedoria em flor dos Estados Unidos – os moços *scholars* de Yale e de Cornell, de Vassar e de Chicago – o Embaixador Nabuco fez do português – da língua e da literatura – a melhor propaganda que já se fez dele em qualquer dos países de fala inglesa.

Depois do de Nabuco o nome que logo ocorre é o do sábio *yankee* John Casper Branner.

Não me darei ao ridículo de apresentá-lo ao público letrado de Pernambuco. Membro das duas sociedades mais representativas da nossa cultura, a Academia Brasileira de Letras e o Instituto Histórico, nenhum brasileiro culto tem o direito de o desconhecer.

Pertence a esse grupo de naturalistas e de geólogos estrangeiros a quem o Brasil tem fascinado como um romance de Júlio Verne a verdes adolescentes: Agassiz, Alfred Russell Wallace, Orville Derby, Gorceix, Martius.

Dez anos passou o dr. Branner no Brasil, em pesquisas geológicas, sobre as quais tem pronto um livro prestes a ser publicado em inglês e em português e cujo manuscrito do texto português tive o gosto de ler, graças ao autor.

Sua primeira viagem ao nosso país foi em 1874, na "Comissão Geológica do Império do Brasil". Sete anos antes formara-se na Universidade de Cornell, New York. Foi depois representante do Ministério da Agricultura do seu país no nosso. Em 1899, percorreu com vagar os nossos estados do Norte, fazendo estudos especiais nos recifes que olham o litoral do Nordeste.

Nessas e noutras excursões de cientistas é que o dr. Branner ganhou afeição à nossa terra, à nossa gente, à nossa língua. Palmilhando as praias do Norte, atravessando as areias secas do interior, estudando aqui e acolá a fisionomia das rochas, veio-lhe o interesse pela gente, dona da terra a que dedicara sua ciência em flor. E a língua dessa gente também veio a interessar esse sábio anglo-saxão, esse membro da *English speaking race* – cuja frieza para com as línguas dos outros é bem conhecida.

É verdade que a nossa tem tido o condão de inspirar grandes afetos a estrangeiros, anglo-saxões, inclusive. O filólogo suíço Grivet, depois de estudar com carinho a língua portuguesa, deu-nos uma das mais completas gramáticas que possuímos.

Musgrave escreveu de Antônio Ferreira, o Horácio português, páginas de entusiasmo. Luís de Camões nunca recolheu paixão mais quente que a do sábio alemão Wilhelm Stock, nem lhe estudou ninguém a vida e os escritos com tanto pormenor e tão beneditina paciência. Lamartine, engraçado pelo nosso idioma de mel, chamou-o "*langue plus latine et plus belle que espagnole*", elogio que mais tarde Longfellow repetiu. "*The Portuguese is softer and more musical than the Spanish*", escreveu o professor de Harvard. E Elizabeth Browning, a esposa congenial de Robert Browning, deu ao seu livro de sonetos amorosos, cuja autoria queria velar, o nome de *Sonnets from the Portuguese*. Ela penetrava sem dúvida na fina beleza do lirismo português.

Como esses e como outros, o dr. Branner enamorou-se perdidamente da nossa língua e literatura. Vigílias de estudioso devem ter lhe custado o traquejo do português que veio adquirir, e a intimidade com a literatura. Desse traquejo e dessa intimidade a sua *Brief grammar of the Portuguese language*, que acaba de aparecer reimpressa pela terceira vez, dá-nos uma ideia exata.

Desde 1891 o dr. Branner vem exercendo, com interrupções, o professorado universitário, no ramo de ciência em que é perito. Em 1913 foi eleito Presidente da Universidade de Leland Stanford Junior, na Califórnia, continuando hoje como *President Emeritus*.

Tem sido sempre um amigo bom e forte do Brasil, e um propagandista da nossa língua e cultura. Foi dele a iniciativa de convidar, em 1913, o nosso eminente compatriota, o sr. M. de Oliveira Lima para fazer conferências sobre a história e literatura do nosso país, em doze universidades americanas. Na biblioteca de Leland Stanford, há, recolhidos por ele, 8 mil volumes sobre o Brasil.

Há de haver uns três meses que reuniu, em fascículo, argumentos a favor do estudo do português nas universidades dos Estados Unidos, antes publicados na revista *Hispania*, sob o título "*The importance of the study of the Portuguese language*". Num outro artigo, esse publicado em *O Estudante Brasileiro*, de Ada, Ohio, de dezembro do ano passado, há estas palavras avisadas, dignas de ser aqui reimpressas, em caixa alta: "Afinal, falando com toda a franqueza: se quisermos fazer respeitar a língua portuguesa no estrangeiro, será preciso respeitá-la em casa; será preciso insistir sobre a importância, força e valor literário e comercial da língua portuguesa legítima. Será preciso deixarmos de mexer nessa questão de ortografia. Ninguém se pode interessar numa língua que está em estado de fluxo e mutação".

A nossa literatura conhece-a o dr. John Casper Branner intimamente. Duvido que haja estrangeiro que a conheça melhor. Se a isso se decidisse, poderia escrever para o público letrado desta sua terra, sobre a literatura brasileira, páginas de informação e de crítica iguais às que o argentino sr. Garcia Merou escreveu para os nossos vizinhos de fala espanhola. Fazendo o elogio de Euclides da Cunha, em discurso acadêmico, disse o sr. Afrânio Peixoto que o escritor genial "não teve melhor crítico, pelo menos mais justo e mais lúcido", que o dr. John Casper Branner.

Hoje, na sua dourada velhice de sábio – a melhor das velhices – ainda o português sorve-lhe horas de beneditino estudo. Trabalha na tradução de uma obra de Herculano. "Estou agora traduzindo" – escreveu-me ele de Califórnia, na primavera passada – "a História da *Origem e estabelecimento da Inquisição em Portugal*, de Alexandre Herculano. É para admirar que essa obra importante não seja conhecida nem aqui nem na Inglaterra." Essa tradução deve ser publicada no ano vindouro. Feita por um *scholar* do quilate do dr. John Casper Branner atrairá por certo viva curiosidade.

Traduções esmeradas de obras dos nossos mestres constituem excelente propaganda do português. Dão uma nova ideia do idioma e uma ideia nova da cultura do povo que o fala. Nossa novela – Machado de Assis, Taunay, Alencar, para só falar nesses – é material de primeira água para traduções.

A tradução feita aqui na Universidade de Baylor, no ano passado, pelo estudante brasileiro sr. Edgar Ribeiro de Brito, do drama *O jesuíta*, de Alencar, vem recolhendo crítica favorável de autoridades. Será breve publicada em revista de alta nomeada no país inteiro, a *Poet Lore*, de Boston.

Bom seria que o mestre da nossa novela, o fino Machado de Assis, encontrasse um tradutor de luxo na língua inglesa: uma D. Flora de Oliveira Lima, por exemplo.

É injusto – digamo-lo como remate – que uma língua histórica, literária e comercialmente importante, falada por 39 milhões, enriquecida por novecentos anos de literatura – bigorna de ouro em que Camões martelou o seu épico – continue ignorada a ponto de ser chamada "língua clandestina".

(Diário de Pernambuco, 9-11-1919)

9

Baylor University, Texas, outono de 1919

Tio Sam não é só o banqueiro: é o mestre-escola do mundo. Atualmente, 8 mil estudantes de fora – da China, da Coreia, da Índia, do Japão, da América do Sul, das Ilhas Filipinas – enxameiam nas universidades e escolas dos Estados Unidos.

Entre estes rapazes a "Associação Cristã de Moços" é muito querida. E com razão. É o seu triângulo encarnado a nota colorida que sorri para eles da casaria de New York. Seu é o grito alegre que os vai saudar ao navio. O "homem de Y" encontra-os no portaló, mal o navio atraca. Aperta a mão aos rapazes, toma conta de suas malas e *colis*, conduz-los ao hotel, ajuda-os a fazer compras e a ver a cidade, leva-os à estação da linha férrea, onde os deixa no conforto de um vagão, prontos a partir para a universidade.

Nas universidades e escolas o Triângulo Vermelho continua o seu trabalho entre os estudantes estrangeiros. O trabalho é feito por meio de um departamento especial, a *Committee on Friendly Relations among Foreign Students*, de que é chefe o amável sr. Charles D. Hurrey, de New York.

Estudar essa fase de atividade, hoje tão larga, da YMCA, é ganhar-lhe uma nova estima.

Destacarei alguns detalhes expressivos da bela obra que o Triângulo Vermelho está fazendo entre os 8 mil estudantes estrangeiros de Tio Sam.

Procura suprir-lhes a falta do lar. Para consegui-lo o Triângulo apela para as famílias residentes em cidades acadêmicas. Pede-lhes que abram as portas de suas casas aos moços e raparigas estrangeiros. Há famílias que acolhem estudantes de fora na intimidade dos seus lares durante um verão inteiro. Outras os recebem por hóspedes durante as férias de Natal e Ano-Bom. Outras, ainda, convidam-nos para um jantar amigo ou uma *soirée* alegre. São célebres os jantares que Mrs. F. J. Shefard costuma oferecer, na sua casa da Quinta Avenida, em New York, aos estudantes estrangeiros.

Procurando suprir-lhe a falta do lar, com apelos ao espírito de hospitalidade dos particulares, o Triângulo Vermelho mostra conhecer a psicologia do estudante estrangeiro. Uma tarde em família, na carinhosa intimidade de um lar, entre taças de chá e jarras do Japão, entre o teclado de um piano e poltronas de molas, uma só meia hora assim, é o melhor dos tônicos para o rapaz longe de sua casa e de sua terra. Dá-lhe essa saúde de espírito, tão fácil de perder quando nos falta conforto, que consiste em ver as coisas mais bonitas do que são e em supor a vida melhor do que ela é. Mata-lhe saudades. Inspira-o. Para uma pessoa só não há como o carinho de um *home*.

Outro detalhe expressivo da obra do Triângulo Vermelho: procura trazer os estudantes estrangeiros à intimidade e à camaradagem dos outros. Evita que fiquem a um canto, sós e esquivos. Seria um mal para eles esse isolamento. Ficariam alheios às novidades da vida de estudante nos Estados Unidos. Perderiam as melhores ocasiões de traquejo mundano. Perderiam o melhor da educação americana. E para evitar tudo isso o Triângulo Vermelho atrai os estudantes estrangeiros à camaradagem dos outros por meio de banquetes, *soirées* amigas, recepções em casas de professores etc.

Durante o verão, o Triângulo Vermelho promove em quatro ou cinco pontos do país, facilmente acessíveis aos estudantes de todas as universidades, convenções acadêmicas. O caráter cosmopolita dessas convenções torna-as muito interessantes e muito significativas. Estudantes da terra, quero dizer, americanos, misturam-se fraternalmente com os de outras terras.

Nas convenções do Norte – onde já não existe apego aos prejuízos de cor – reúnem-se, em alegre camaradagem, amarelos do Extremo Oriente, com os seus olhos oblíquos; negros da Libéria, de cabelo encarapinhado; europeus e latino-americanos; caboclos das Filipinas; hindus; mulatos da Costa Rica etc. Um baralhamento de raças. Todos os tipos. Todas as cores.

As convenções consistem em jogos, partidas de *baseball*, às vezes entre *teams* compostos de indivíduos de raça diferente, música, jantares à rústica, discursos de homens eminentes, discussão de problemas sociais.

Salta aos olhos o bem que essas convenções fazem com o seu espírito vivaz de cordialidade internacional, a sua nota pitoresca de cosmopolitismo. Os estudantes, de volta às suas pátrias distantes, levarão consigo a experiência dessa intimidade alegre com indivíduos de outras terras. Entre estes encontraram naturezas congeniais. E daí a grande lição: que em última análise a humanidade é uma só. É "mais igual" do que se pensa. E essa lição o japonês levará para os seus bambus natais; o filipino para a sua ilha; o chinês para a sua China; o hindu para a sua Índia, em espontânea propaganda daquela "boa vontade entre os homens", de que nos fala a *Bíblia*.

Dos estudantes estrangeiros do Tio Sam, muitos se tornarão, na idade madura, *leaders* em suas terras. Serão *leaders* na política nacional e na exterior, nas finanças, na educação, nas profissões liberais. Já entre os *leaders* de hoje, no Oriente, na América Latina, são numerosos os *old grads* de Tio Sam. Estudantes nos Estados Unidos foram o Señor Monacal, presidente de Cuba, o diretor da estrada de ferro de Shanghai-Nankin, os embaixadores do México e do Japão, em Washington, o ministro chinês dr. Koo, o presidente do banco do Japão. E não seria mau recordar que dois antigos presidentes de Repúblicas sul-americanas, um deles o grande Sarmiento, da Argentina, estudaram com o Professor Tio Sam.

Na maioria dos casos os estudantes estrangeiros nos Estados Unidos representam a nata da mocidade dos seus países. Entre eles encontram-se nomes arrevesados de ilustres casas do Japão e da China e nomes de famílias de posição ou fortuna na América do Sul e alhures. Em 1917 estudava na Universidade de Wisconsin – imaginem quem! – uma princesa da África oriental. Ao mesmo tempo, na Universidade de Harvard, o irmão do rei do Sião fazia estudos especiais de biologia e higiene.

Porém, há também estudantes pobres. O só motivo que os trouxe ao Mestre Sam foi um forte desejo de cultura. O Triângulo Vermelho ajuda-os. Pede aos donos de fazendas que empreguem esses rapazes sem recursos, durante as férias de verão, acolhendo-os, ao mesmo tempo, em suas casas. Faz igual apelo aos comerciantes nas cidades.

Encontram-se também algumas raparigas entre os estudantes estrangeiros de Tio Sam. São, por ora, reduzido número. Trezentas, creio eu. Preparam-se muitas delas para ensinar nas escolas dos seus países. Bonitas raparigas japonesas, de negro cabelo oleoso e bocas polpudas de cereja, aprendem os métodos de *kindergarten* no *Teacher's College* de New York e em outras escolas normais. Na *Hatzell Training School* há um grupo de moças africanas. Encontram-se também algumas jovens da América do Sul. A este elemento feminino estende-se a assistência da *Committee on Friendly Relations*.

Creio que dei uma ideia vaga aos meus amigos de Pernambuco do movimento de estudantes estrangeiros nos Estados Unidos. É surpreendente.

Em redor de Tio Sam, que é hoje banqueiro e mestre-escola do mundo, agrupam-se, no mais singular baralhamento de contrastes fisionômicos, caras de todas as cores, tipos de todas as raças.

Quis também dar uma ideia da grande obra cristã que o Triângulo Vermelho faz no meio dessa multidão cosmopolita de estudantes. É admirável.

Depois de observá-la a gente pergunta a si mesma se naquele triângulo simbólico não latejará um coração.

(Diário de Pernambuco, 14-12-1919)

As mulheres sul-americanas

"Estou falando, às mulheres norte-americanas, da mulher sul-americana, como a encontrei. Ela não precisa nem de professores nem de pregadores nossos. Tem educação. Havia colégios lá em plena ação quando nós estávamos usando cabanas como escolas."

"E ela está cansada de sermões. Tudo o que de nós precisa é de iniciativa na organização." Palavras recentes de Mrs. Ira Clyde Clarke, colaboradora da *Pictorial Review*.

Sua opinião sobre as mulheres sul-americanas foi formada pela convivência entre elas durante uns seis ou sete meses. Mrs. Clarke voltou agora de sua viagem. As palavras escritas acima foram ditas às mulheres de Dallas, há alguns dias passados. Interessado como sou em tudo que diz respeito ao meu país, tenho prazer em repetir as palavras de Mrs. Clarke e também adicionar algumas observações.

Uma vez perguntaram-me se as mulheres sul-americanas sabiam fazer outra coisa além das suas orações à Virgem Maria e dos quitutes que cozinham para o marido.

Talvez existam muitas – não somente na América do Sul, porém em outras partes do mundo – que o não saibam.

Acreditem-me, mas há muitas mulheres na América do Sul que sabem fazer muitas outras coisas além dos quitutes que cozinham para o marido e das orações que fazem à Virgem Maria e Santo Antônio – o santo favorito das moças e das solteironas. Algumas delas se esqueceram da Virgem Maria e do miraculoso Santo Antônio e são membros de igrejas evangélicas ou livres-pensadoras.

Isto não é assombroso? Será talvez para aqueles que imaginam que a mulher sul-americana é sem ideal, ignorante e supersticiosa. Porém o observador, quanto mais meticuloso é das condições das mulheres sul-americanas, mais coisas admiráveis encontra.

"Muitas qualidades que descobri na mulher sul-americana me assombraram", diz Mrs. Clarke na *Pictorial Review*.

A mulher sul-americana é progressista, porém não se esquece de que cozinhar o jantar do marido é uma das suas obrigações. Ela não se descuida dos seus afazeres no lar. É a mais extremosa das mães, a mais carinhosa das irmãs e creio – a experiência o confirmará – a esposa mais dedicada no mundo.

Garibaldi, o herói italiano, assim se expressou quando tomou por esposa uma brasileira.

Um inglês – sabem como os ingleses antipatizam os estrangeiros – depois de visitar o Brasil escreveu que achou a dona de casa brasileira "raras vezes desdenhando revestir o avental e dirigir pessoalmente os trabalhos da cozinha; muitas vezes também servindo os pratos com as suas próprias mãos e não consentindo que eles viessem da pastelaria de defronte".

A moça sul-americana é educada num colégio católico ou particular. Talvez ela não adquira uma boa educação completa. Muito cuidado é dedicado às línguas, música, bordados, e outras coisas são negligenciadas. O ensino científico da ciência doméstica é negligenciado nas nossas escolas de moças. Porém, estamos começando a dar a essas coisas práticas a devida atenção.

Ontem recebi uma carta de uma amiga minha no Brasil, uma jovem americana, diplomada pela Universidade de Colúmbia, agora no Brasil, na qual Miss Leora James fala da brilhante perspectiva da escola doméstica que dirige em Natal. Moças das famílias mais distintas do estado estão procurando aquela escola.

Nas universidades e colégios profissionais encontram-se moças preparando-se para serem doutoras, dentistas, professoras, estenógrafas etc. Já existem mulheres profissionais ativas nas grandes cidades sul-americanas.

"Encontrei mulheres tomando parte em toda sorte de atividade", disse Mrs. Clarke em Dallas.

Tem sido costume de pais ricos mandar suas filhas às escolas europeias. A algumas das nossas moças o Governo dá subvenções para irem à Europa estudar belas-artes. Para exemplo citarei a senhorita Célia Torres, exímia violinista argentina, cujo talento foi maravilha para os críticos musicais de Paris e Bruxelas.

Lembro também que uma das maiores pianistas do mundo atualmente, Guiomar Novaes – a "divina Guiomar", como alguns gostam de chamá-la – é brasileira.

Outras mulheres sul-americanas têm triunfado nos centros artísticos da Europa como musicistas, pintoras, escultoras e cantoras de ópera. Alguns dias antes de deixar minha cidade natal para vir a New York tive o prazer de jantar com uma das mais brilhantes pintoras brasileiras, Fédora do Rego Monteiro, cujos trabalhos têm sido grandemente elogiados por críticos parisienses.

No mundo das letras, especialmente em novelas e no jornalismo, a mulher sul-americana não fica atrás. Um dos mais célebres novelistas do nosso continente, hoje, é uma senhora Júlia de Almeida. Albertina Berta, do Rio, publicou recentemente uma novela à la D'Annunzio que tem sido um sucesso. A série de artigos que uma prima minha, Regina de Carvalho, publicou num jornal brasileiro, tratando de problemas sociais, seria lida com interesse por qualquer estudante de tais assuntos neste país.

No teatro, algumas mulheres sul-americanas se têm salientado. Mencionarei somente Ítala Fausta e Alice Fisher, ambas do Brasil.

Mrs. Clarke falou a verdade quando disse que a mulher sul-americana está tomando parte em todas as atividades. E isso é uma surpresa para aqueles que pensam que ela nada pode fazer a não ser suas orações à Virgem Maria e aos Santos e cozinhar para o marido. Ela pode ir além.

Traduzido por Waco News Tribune
(Diário de Pernambuco, 6-1-1920)

10

O convite que me foi feito para representar o Brasil no 8º Congresso Internacional de Estudantes proporcionou-me uma experiência interessantíssima.

O Congresso reuniu-se durante as férias de Ano-Bom, isto é, de 29 de dezembro de 1919 a 4 de janeiro deste ano, na cidade de Des Moines, Iowa, sob os auspícios do *Student Volunteer Movement of North America*.

Recebeu Des Moines aos 7 mil e tantos convencionais entre gelos e neve. Grande carga de neve caíra havia pouco, deixando tudo branquinho pela cidade. O rio que a corta ao meio estava congelado. As ruas do centro haviam sido desobstruídas mas as dos subúrbios continuavam cobertas de montões de neve resvaladia, sobre a qual a gente precisava andar com muito cuidado, sob pena de perder o prumo e cair redondamente – o que aconteceu a alguns delegados menos experientes, para regalo dos seus camaradas foliões. Acostumado aos invernos benignos do Texas eu nunca vira cidade sob tanta neve como a Des Moines que nos recebeu a 29 de dezembro.

Des Moines afasta-se pouco da fisionomia comum das cidades americanas. Meio industrial, a fuligem de suas chaminés não só negreja-lhe os edifícios como suja-nos o colarinho de uma forma irritante. Aliás esse inconveniente próprio às cidades americanas está sendo hoje evitado, reservando-se às fábricas e usinas uma seção especial, de acordo com as direções do vento. As cidades novas deste país já não padecem do mal da fuligem – do qual tanto se queixa a gente que visita Londres.

Não faltam a Des Moines igrejas francamente belas. Que seria das cidades americanas se lhes arrancassem as igrejas? São seus toques de beleza e de arte. Na própria New York, haverá cena mais impressionante que o vulto gótico da catedral da Trindade, destacando-se como por magia – tamanho é o contraste – dos enormes *skyscrapers*? A nota colorida dos vitrais, principalmente à noite, quando dourados pela luz do interior, produz um efeito surpreendente. É um toque de dedo de fada.

Faltou-me tempo para visitar em Des Moines o capitólio do Estado de Iowa. Visitei a Biblioteca onde, naqueles dias, dois pintores impressionistas expunham os seus quadros. Em Kansas City, onde passei algumas horas *en route* para Des Moines, tive ensejo de visitar uma das pinacotecas mais faladas dos Estados Unidos. É sabido que o interesse dos americanos pelas coisas de arte cresce. Estou certo de que um pintor brasileiro de mérito que aqui trouxesse as suas telas encontraria, para admirá-las, um público compreensivo e ricaços para comprá-las. Essa apreciação encontrou-a para a sua arte, nossa vitoriosa pianista D. Guiomar Novaes.

As sessões do Congresso tomavam aos delegados o dia inteiro quase. As sessões gerais efetuavam-se no vasto anfiteatro da cidade, único lugar capaz de albergar 9 mil pessoas – delegados e visitantes. De passagem direi que o serviço de recepção e alojamento dos delegados foi feito com uma ordem admirável, servindo os *boy-scouts* de Des Moines de guias.

A sessão de abertura do Congresso foi na noite de 29 de dezembro. No anfiteatro movia-se um oceano de gente – estudantes representando cerca de mil universidades e escolas superiores dos Estados Unidos e Canadá e trinta e oito nações. Bandeiras multicores indicavam o espírito rasgadamente cosmopolita do Congresso. Nas primeiras filas sentavam-se os acadêmicos estrangeiros. Uma multidão poliglota. A variedade de detalhes de cor e de fisionomia era a mais completa. Era difícil encontrar uma fala, uma raça, uma nação que não estivesse ali representada. Estas centenas de estudantes estrangeiros reuniam-se aos seus camaradas norte-americanos – milhares deles – para estudar, na qualidade de futuros *leaders* do mundo, os grandes problemas a que esta geração faz face, muitos dos quais passarão insólitos à de amanhã. Estes problemas, o Congresso propunha-se a estudar, à luz dos ensinos do Cristianismo – isto é, da sua essência.

Presidiu o Congresso, com a sua nobre fleugma, o dr. John Mott. Tive a honra de apertar a mão a este grande homem e de dizer-lhe quanto o admiro. O discurso com que o dr. Mott abriu o Congresso trouxe aos estudantes uma exata visão de conjunto do mundo de hoje – um mundo meio nu, meio faminto, porém na sua hora de gloriosa dor e martírio, de destruição e de reconstrução. "Eu antes quisera viver nos seguintes dez anos, que em qualquer outro momento da história do mundo", disse-nos o dr. Mott. Ele salientou a responsabilidade tremenda que pesa sobre os estudantes da Norte-América. A guerra deixou quase intacto o capital "homem", o *man power* com que os Estados Unidos e o Canadá entraram nela. A mocidade da Europa, os estudantes da velha Europa, estes é que estão reduzidos a pequeno número.

Esse problema foi trazido ao Congresso com mais pormenores pelo ilustre francês Pierre Maury, que falou no seu próprio idioma e com a emoção de antigo *poilu* das "perdas das universidades francesas". Dos discursos proferidos no Congresso foi o mais tocante.

Outros oradores notáveis foram Robert Spee, Henri Henriod, a sra. Una M. Saunders, Karls Fries, o Prof. McConnel, decano da Universidade de Yale, Sherwood Eddy, cuja intimidade com as questões do Oriente é bem conhecida, advogou o protetorado americano na Armênia e a Liga das Nações, criticando a estreita política internacional do Senado americano. Disse que a atitude de exclusivismo tomada pelos Estados Unidos põe a nação em flagrante incoerência com os fins idealistas que a levaram à guerra. Eddy falou com franqueza e foi por vezes acre.

Um ilustre preto americano, que continua a tradição de Booker T. Washington, falou sobre o problema de raças nos Estados Unidos, que é, como se sabe, uma questão muito grave. Em linguagem sóbria, ainda que franca, expôs as ambições de sua raça, cujos direitos de cidadania, garantidos pela Constituição, são em algumas seções dos Estados Unidos injustamente negados.

Seria impossível dar, numa fugida correspondência, uma ideia integral do que foi esse Congresso de Des Moines. Figuras de eminência de vários países – da América do Norte, da Inglaterra, da França, da Suécia, da China, do Japão, da Libéria, da Índia – dirigiram a palavra a uma inteligente audiência de moços – muitos deles tão atentos que ouviram todos os discursos, de lápis e caderno na mão, tomando notas.

Não consistiu o Congresso, apenas, em *procés verbaux*. Nenhum delegado esquecerá os banquetes e jantares de caráter mais íntimo, que foram a nota alegre do Congresso. O *Commitee of Friendly Relations among Foreign Students* ofereceu um banquete aos latinoamericanos, no Hotel Chamberlain, que deixou nos convivas a mais agradável lembrança. Dos banquetes em torno da Conferência da Paz em Haia, disse o falecido William Stead, que ali representou a *Review of Review*, da qual foi por anos editor, que prestaram os mais valiosos serviços à causa da Conferência. O Congresso de Des Moines teria sido incompleto, sem os seus banquetes e jantares.

Pode-se afirmar com segurança que nenhum dos estudantes, delegados ao 8º Congresso Internacional – havia-os de ambos os sexos – deixou Des Moines sem uma ideia mais nítida dos problemas do mundo.

O próximo Congresso será em 1923, em lugar ainda não designado. O plano é alcançar as diferentes gerações de estudantes. Estas se renovam de quatro em quatro anos.

(Diário de Pernambuco, 14-3-1920)

11

O assunto em foco é a sucessão presidencial. O país agita-se, ansioso, preso de forte ansiedade. É um estado diferente do que provocam os pleitos eleitorais nas democracias rusguentas e mal organizadas onde as vitórias são pitorescamente decididas a pata de cavalo. Neste caso a ansiedade significa temor; naquele, saúde política.

Deve haver uma dúzia de possibilidades presidenciais. Conhecida revista, *The Literary Digest*, vem ilustrando sua capa com os retratos dos mais palpáveis candidatos. É uma esplêndida coleção de fisionomias, no traçar das quais se aprimorou o lápis de Joseph Chose; o General Wood, com o seu forte nariz quase semita; o sr. McAdoo, com a sua fina boca de Leão XIII, curvada num meio sorriso; o sr. Hoover, com a sua cara saudável de *business man*.

De propósito mencionei apenas estes três. São os nomes que boiam à tona. Mas como esse negócio de política é todo reviravoltas é possível que o nome vitorioso venha a ser uma grande surpresa. Quantas vezes cumpre-se o vaticínio das Escrituras: "os últimos serão os primeiros"!

O eixo em redor do qual girará a campanha presidencial de 1920 será o problema da Liga das Nações. A respeito desse problema a opinião americana – a da elite pensante e a do grosso público – divide-se em três correntes: (1) oponentes à Liga; (2) partidários da Liga com reservas; (3) partidários da Liga sem reservas.

Nenhuma dessas opiniões é opinião oficial deste ou daquele partido. Refiro-me naturalmente aos dois partidos históricos da República: o Democrático e o Republicano. Há chefes democráticos que discordam do plano da Liga na sua forma atual – entre estes o puritano sr. William J. Bryan que, com o seu raminho de oliveira e a sua taça de suco de uva, será mais uma vez candidato à indicação do seu partido. Pelo menos é o que insinua a bisbilhotice de alguns jornais.

Por outro lado, entre os republicanos – de cujas fileiras saíram os mais acres oponentes à Liga, os srs. Lodge e Johnson – há chefes que são francamente a favor do grande plano de arquitetura jurídica e social, gizado pelo sr. Woodrow Wilson. Neste número se acha o ex-presidente William Taft, homem de peso em muitos respeitos. Faz poucos dias que vi de perto o sr. Taft, tendo a fortuna de apertar-lhe a mão.

O ex-presidente da República americana é gordo, grosso, imenso no porte, e até em outros acidentes de seu físico e, direi mesmo, de sua personalidade, se parece o sr. Taft com o sr. Oliveira Lima. A propósito contou-me uma vez o nosso eminente compatriota que, no seu primeiro encontro com o presidente Taft, este o saudara jocosamente com estas palavras: "Há alguma coisa de comum entre nós". E tinha razão o sr. Taft. Há muito de comum entre ele e o nosso patrício.

O sr. Taft tem sido um dos mais ativos propagandistas da Liga. Antigo governador das ilhas Filipinas e da Ilha de Cuba, ex-ministro da Guerra, ex-presidente da República, antigo juiz e professor de Direito na Universidade de Yale, a opinião do sr. Taft sobre a Liga das Nações é o juízo de um homem versado e de respeitável autoridade. É dele uma resposta memorável àqueles que, por considerarem a Doutrina de Monroe espécie de arca santa e a última palavra sobre a política exterior dos Estados Unidos, recusam aceitar o plano do sr. Wilson.

Além do problema da Liga das Nações, outros casos serão agitados na campanha presidencial deste ano. A questão dos direitos dos Estados, que envolve o ato federal (*18th Amendment*) proibindo a venda e o consumo de bebidas alcoólicas no território da União, promete vir à tona. É possível que me engane, mas, a meu ver, o triunfo do movimento proibicionista não é definitivo. Em lugar da medida radical creio que a nação virá a adotar um método mais suave, mais prático, mais humano de reduzir a intemperança: como o suco, por exemplo. Nem voltará à condição primitiva como querem os antiproibicionistas extremos, nem permanecerá sob a lei atual, como ingenuamente supõem os proibicionistas mais líricos.

Na Convenção de San Francisco, na qual será consagrado o candidato do Partido Democrático, será certamente assunto de debate, antes de formulada a plataforma do partido, a referida questão dos "direitos dos Estados". Porque para os democratas essa questão representa princípio distintivo. Jefferson proclamou perante os convencionais de Filadélfia a doutrina, oposta por Alexander Hamilton, de reduzir ao mínimo as prerrogativas do poder federal. Essa doutrina, recolhida dos lábios de um dos patriarcas da República, foi por anos literalmente guardada pelo Partido Democrático. O sr. Wilson mostrou certo desapego à tradição patriarcal do seu partido, ao propor e favorecer medidas tendentes a aumentar os poderes do Governo Federal. Em sua defesa pode-se dizer que, se sacrificou a tradição sacrossanta do partido, fê-lo baseado em fatos e em senso político. Os dogmas políticos são como os dogmas religiosos: evoluem. Alguns democratas, porém, intransigentes no seu jeffersonismo, continuam a crer na conservação ao pé da letra da doutrina dos direitos dos Estados. Há, portanto, no seio do velho partido, séria divergência de princípios. O elemento progressista é representado pelo presidente Woodrow Wilson. Veremos como se expressará oficialmente o partido sobre essa divergência. Conhecido democrata do Sul, jeffersonista intransigente, já disse que ou ele ou o sr. Wilson representa a vontade do partido. Diante disso é possível que o elemento progressista se desligue dos tradicionalistas – à semelhança do que fizeram em 1912 os "progressistas" republicanos, chefiados pelo sr. Roosevelt. E, partido o bloco do Partido Democrático em duas metades, seria certo o triunfo republicano.

A Convenção Republicana se reunirá em Chicago – um dos centros de resistência desse partido. Sobre ela se projeta a sombra de um grande morto: Theodore Roosevelt. Dois eminentes republicanos pretendem encarnar o americanismo enfático do *rough rider*: o General Leonard Wood e o Senador Johnson, que é mais papista que o papa, isto é, mais rooseveltista que o próprio Teddy. É em nome do "americanismo" que o sr. Johnson se opõe à Liga das Nações.

Um nome que se apresenta sem compromisso partidário definitivo é o do sr. Herbert Hoover. O sr. Hoover declarou que aceitaria a indicação de sua pessoa como candidato da Convenção Republicana "se o Partido Republicano adotasse uma plataforma liberal e construtiva com relação ao Tratado de Paz e às questões econômicas". O sr. Hoover apresenta-se, portanto, como paladino de um internacionalismo esclarecido que salve a República da política egoística e chinesa do "esplêndido isolamento". Se os delegados republicanos tomarem em consideração o nome desse independente, a luta, no conclave de Chicago, será entre Hoover e Johnson – este representando o americanismo estreito, aquele o ideal da Liga das Nações. O dr. J. C. Branner, meu eminente amigo, no banquete oferecido ao sr. Hoover, na cidade de San Francisco, disse que "homens como Hoover é que salvam a nação americana de estreito egoísmo, mesquinhez e provincialismo". Debaixo desse ponto de vista a candidatura do sr. Hoover é muito simpática.

Os partidos já estão em preparativos para a grande luta. Trata-se de conquistar a maior das cidadelas: a Casa Branca. Que partido vencerá, não é fácil prever. Um amigo meu, velho sulista e democrata, profetiza a vitória de um republicano, e de um republicano que seja político profissional – o que exclui a possibilidade da escolha de Hoover.

"O dinheiro", dizia Zola, "é o nervo da guerra." E das campanhas eleitorais americanas, também. Já corre em borbotões. O dedo índex de um sisudo censor aponta-nos para a campanha de 1920, como uma "saturnal de corrupção". Sê-lo-á? Talvez. A plutocracia tem grossos interesses a defender e ouro farto para gastar. Mas é preciso ter em mente que o público americano – meio puritano, meio *rough rider* – não está habituado a assistir de cócoras ao esbulho dos princípios de *fair game*. Isso é pra Jeca Tatu. Em negócios de política, como de *sport*, o público americano é plateia rigorosa. Sabe definir-se por atos decisivos. Quer jogo limpo, nobre, *fair*.

(Diário de Pernambuco, 13-6-1920)

12

Uma escritora americana: Miss Amy Lowell

Vim a conhecer pessoalmente, outro dia, uma escritora americana de cujo nome tenho ouvido falar desde os meus primeiros dias nesta terra, onde, depois dos trezentos milionários de New York e dos heróis de fita de cinema, os escritores são a gente de mais interesse para o público. Refiro-me a Miss Amy Lowell, de Boston.

Miss Lowell tem fama de espaventosa. Um dia antes de sua chegada a Waco, onde veio receber da Universidade o grau honorário de doutor, sabiam todos que ela tomara cinco quartos no hotel Raleigh com uma despesa diária de $50, que fumava depois do jantar, não *cigarrettes* como as meninas de Vassar, porém charutos; que deixara na sua casa de Brooklin, perto de Boston, saudosos das carícias de suas mãos, três cachorrinhos felpudos; e que pesava – quanto exageram as más línguas! – uma soma enorme de libras.

Fiquei encantado com Miss Lowell. É verdade que eu já a adivinhara a criatura cheia de *charm* intelectual que é, através dos seus livros admiráveis. A confirmação deliciou-me. Vibra ainda em mim o encanto por essa mulher que Taine chamaria genial.

Miss Lowell pertence à ilustre família de New England. James Russell Lowell era seu tio-avô. O dr. Lawrence é seu irmão. O dr. Lawrence é presidente da orgulhosa Universidade de Harvard, da qual dizia um seu predecessor, velho meio caturra, todas as manhãs, na oração: "Oh Pai, abençoa Harvard e as instituições inferiores".

Educou-se a escritora nas escolas de Boston e na rica biblioteca paterna. Cedo começou a gozar da intimidade dos livros. Deles extraiu muito desse ouro de fina erudição que corre em filões pelos seus trabalhos, tornando-os tão preciosos.

Em Miss Lowell a ânsia de perfeição venceu a vontade de aparecer. Se aos treze anos – "menina-moça" – escreveu os seus primeiros versos foi só aos trinta e sete ou trinta e oito – mulher feita – que publicou seu primeiro livro.

Quanta folha de papel deve ter inutilizado a artista fastienta dos treze aos trinta e sete anos! É tão difícil escrever! Mais difícil que fazer um laço de gravata é fazer uma sentença. E para fazer um laço de gravata George Brumell, o *beau* Brumell, torturava-se horas a fio diante do espelho. A um amigo que o encontrou um dia nessa tortura difícil *beau* Brumell desdenhosamente mostrou-lhe mil e um trapos de seda branca espalhados pelo tapete dizendo-lhe:"Erros, Jimmy, erros". Para Miss Lowell uma sentença é digna da mesma atenção que o laço de gravata para o mundano famoso que Julian Ellis descreve tão engraçadamente no seu recente livro *Fame and failure*. E por que não? Escrever bem não é garatujar uma folha de papel. Nós, os garatujadores, é que temos essa ideia. Daí ser a literatura o templo mais infestado de falsos profetas. Pessoas que diante de um piano não ousam tocar nem de leve na dentadura escancarada do instrumento, com medo de ofender o instinto melodioso do gato que ronrona sobre o sofá, garatujam uma folha de papel com a maior sem-cerimônia deste mundo. E supõem que escrevem.

Deviam os escritores de verdade formar uma liga contra nós, garatujadores impertinentes, destinada a criar mais respeito pelo escrever. A liga deveria mostrar que escrever é mais difícil do que tocar piano. Escrever é brincar com palavras como o domador brinca com as feras. E as primeiras são tão difíceis de amansar como as últimas.

Convencida disso é que Miss Lowell passou tanto tempo em recolhimento estudioso aprendendo a dominar a língua. Dominou-a. Ninguém hoje, nos Estados Unidos, excede a Miss Lowell no manejo do inglês que ao toque mágico de suas mãos canta, ondula, sorri, distende músculos e tendões suavemente, obedientemente, em movimentos impossíveis, em raras posturas rítmicas.

Do seu vocabulário ela obtém o máximo de elasticidade e de cor. As palavras conhecem-lhe a voz. Obedecem-na.

O primeiro livro de Miss Lowell chama-se *A dome of many colored glass* (Um zimbório de muitos vidros de cor). Apareceu em 1912. É um livro de poemas.

Sem que a autora procurasse fazer sensação o livro foi um *coup de pistolet*. É que trazia para a poética na língua inglesa ritmos novos e processos novos. Discutiram-no os críticos. Receberam-no com meia desconfiança alguns, e com desfavor os mais ortodoxos. Porém não foi pequeno o número dos que se confessaram *sous le charme* da arte nova, muito pessoal, um pouco colorida pela influência dos parnasianos franceses, de Miss Lowell.

De 1912 até o presente, a atividade da escritora admirável tem sido grande. Há publicados quatro livros de poemas e dois de estudos críticos. Estes últimos são: *Tendencies in modern American poetry* (Tendências na moderna poética americana) e *Six French poets* (Seis poetas franceses). Neles Miss Lowell revela-se a grande erudita que é. Mostra também que é dona desse talento especial de desfibrar os elementos de uma obra de arte, no qual parece, às vezes, que a inteligência feminina excede a nossa. Ao escrever isto penso nos finos estudos críticos firmados por nomes de mulher: os de Mary Robinson, os de

Mrs. Caskell, os de Arvéde Barine, os de Helen Clarke e, na língua portuguesa, os de Maria Amália Vaz de Carvalho e Carolina Michaelis.

No seu livro *Can Grande's Castle* (O Castelo de Can Grande), Miss Lowell põe em arte um belo trecho de história inglesa. Em fortes pastadas de cor ela nos dá uma pintura de Nápoles nos dias em que Lord Nelson foi hóspede de Lady Hamilton, a embaixatriz. O Vesúvio, "vermelho de sangue", "rubro como uma ferida" projeta seu clarão sobre a pintura admirável, que lembra pelo luxo de colorido a que de Veneza produziu Gabriel D'Annunzio, em *Il Fuoco*. É interessante notar, a propósito do incidente de amor que serve de tema ao delicioso trabalho de arte de Miss Lowell, que o herói inglês, como todos os amorosos, não escapou ao ridículo. Ao morrer em Trafalgar, recomendou a amante, essa curiosa Emma Lyon, depois Lady Hamilton, a quem Benjamin de Casseres chama com muito espírito *"the Cleopatra of spaghettitown"*, aos cuidados da Inglaterra, como se esta tivesse precedido a Rússia bolchevique na nacionalização de suas mulheres.

Miss Lowell é autora de alguns poemas infantis (*Verses for children*) que são positivamente encantadores. *The painted ceiling* (A pintura no teto) é uma delícia de intuição psicológica. É um pequeno a descrever a casa do seu vovô, uma casa enorme, com muitas janelas e portas, escadas que sobem e descem, soalhos polidos. Mas de tudo que há na casa do avozinho o que mais encanta o pequeno é uma pintura, no teto da sala de jantar, de maçãs e peras, cachos de uvas roxas, melões e abacaxis. Ah, se uma cerejinha apenas caísse lá de cima! O pequeno está convencido de que não há meio de alcançar as bonitas frutas. As cadeiras não são altas bastante para que, trepado numa delas, ele realize o seu desejo. E o pequeno aprende que a gente tem de renunciar muitos desejos *only because you are short*. Com que ternura Miss Lowell diz tudo isso! Vou pedir ao dr. França Pereira, a quem minha admiração segue e minha amizade não esquece, que traduza para o português este ou outro dos poemas infantis de Miss Lowell. Deve resultar um encanto, vertido à língua em que os diminutivos possuem uma carícia tão íntima. E a propósito: não é curioso que a nossa literatura dê tão pouca importância à criança?

Sobre a *technique* de Miss Lowell, uma palavra apenas, pois só aos especialistas interessa. Além disso, mau estudante de poética eu não a saberia explicar com pormenores. Miss Lowell escreve a maioria dos seus poemas no que ela chama "verso cadenciado" e que corresponde ao *vers libre* dos franceses. Baseia-se o "verso cadenciado" em unidades de tempo. Estas unidades são quase idênticas, e disto Miss Lowell obtem prova científica, lendo em voz alta alguns, dos seus poemas, perante uma máquina de fotografar os sons, na Universidade de Colúmbia, New York, e examinando depois as impressões no *film*.

Miss Lowell pertence ao grupo dos "imagistas". Os "imagistas" preferem os pormenores exatos às generalizações vagas. Uma imagem exata, definida, precisa, faz mais que representar uma emoção ou uma ideia: apresenta-a. É por meio de imagens assim que Miss Lowell faz de seus poemas um gozo não só para o ouvido como para o olhar.

Miss Lowell, que esteve em Waco hóspede da Universidade, fez uma conferência na sala do dr. Armstrong, professor de literatura inglesa. Apresentou-a o poeta Edwin Markham, velhinho e doce como um papá Noel, que disse ser Miss Lowell "o mais erudito dos poetas americanos de hoje". Comparou-a a Edgar Allan Poe. Miss Lowell falou uma hora justa. Como era um auditório de estudantes tomou tempo para explicar alguns pontos de *technique* de sua poética. No começo dessa conferência Miss Lowell teve palavras de carinho para um estudo que eu escrevera sobre ela em inglês e parte do qual aproveitei neste artigo.

A grande escritora de Boston, poetisa e criticista, tem hoje lugar definitivo entre os que melhor se exprimem na língua inglesa. A luz da fama projeta-se em cheio sobre o seu outono de vida, dourando-o. É à projeção dessa luz intensa que Miss Amy Lowell vive hoje na sua casa de Brooklin, entre os seus amigos, os seus cães de raça e os seus livros.

(Diário de Pernambuco, 15-8-1920)

13

O problema da sucessão presidencial – Os dois candidatos

Quem será o futuro presidente dos Estados Unidos? O assunto é palpitante e já o deve ter versado o meu inteligente colega nesse jornal, sr. Aníbal Fernandes, sempre cuidadoso em informar os leitores do *Diário de Pernambuco* do que se vai dando neste grande mundo de Deus.

A vitória oscila entre dois homens: o sr. Harding, candidato dos republicanos, e o sr. Cox, candidato dos democratas. A luta é por conseguinte um duelo. Há, é verdade, o candidato socialista sr. Debbs e o candidato "trabalhista", porém deles pouco se ouve falar. São grãos de areia na balança eleitoral. Sob o sistema de grandes partidos que desde a infância da República vem regulando sua vida política, a cadeira presidencial ou vai para as mãos dos republicanos ou para as dos democratas. É por meio destes dois grandes partidos que o relógio político dos Estados Unidos – como diria Joaquim Nabuco – marca as horas da opinião pública. Houve em 1912 um movimento para formar um terceiro grande partido. Chefiou-o Roosevelt, de braço dado ao então governador da Califórnia, sr. Hiram Johnson, os quais deixaram o Partido Republicano sob pretexto de que o manipulavam os *bosses* ou "papás grandes" ou, ainda mais indigenamente, caciques taftistas. Seguiu-os metade do partido. O movimento foi um *coup de pistolet* e nada mais. Em 1916, na campanha presidencial que resultou na vitória do sr. Wilson, uniu-se Roosevelt aos republicanos, desaparecendo assim o terceiro grande partido.

O sr. Harding foi escolhido na Convenção do Partido Republicano, reunida em junho, em Chicago. Sua vitória foi uma surpresa. Nos primeiros escrutínios os srs. Wood e Johnson estiveram na dianteira. No oitavo ou nono escrutínio, uma reviravolta – a não ser entre os manipuladores da Convenção – deslocou da dianteira os srs. Wood, Lowden e Johnson e o sr. Harding reuniu votos bastantes para um resultado definitivo. Estava vitorioso. Foi uma surpresa para a multidão que esperava lá fora, cheia de ansiedade, o resultado do conclave. Foi uma surpresa para a nação. Foi um desapontamento para muitos republicanos.

Não há dúvida que a vitória do sr. Harding foi manobra dos *bosses* do partido. A estes nem o sr. Johnson, nem o sr. Lowden, nem o General Wood eram candidatos agradáveis. O sr. Johnson tem sido sempre um rebelde e um homem de opiniões próprias. O sr. Lowden é também tipo de vontade. O outro, Wood, é rooseveltista até a raiz dos cabelos. Queriam os *bosses* homem de outro estofo – maleável, fácil, suave de manejar, um *Mané Gostoso*, enfim. Encontraram-no na pessoa do Senador Warren Gamaliel Harding, aliás excelente criatura e bom cristão. Não podiam ter sido mais felizes na escolha.

É fácil de ver nessa escolha uma reação contra o presidencialismo absorvente do sr. Woodrow Wilson. Vários dos *bosses* republicanos são senadores – pertencendo ao bloco de republicanos que no Senado se opuseram com tamanha caturrice e provincialismo à vontade do presidente, especialmente à sua política exterior. O próprio sr. Harding é senador e foi um dos mais caturras oponentes à Liga. A eleição presidencial virá mostrar se o país está com o presidencialismo do sr. Wilson ou com as pretensões oligárquicas da maioria republicana do Senado.

Os que conhecem pessoalmente o candidato republicano, sr. Harding, descrevem-no como uma pessoa deveras amável: bom pai de família, bom cristão – diácono de uma igreja batista, até – bom vizinho, bom jogador de *golf*.

O que os retratos mais simpáticos, que têm sido traçados do sr. Harding, não escondem é sua mediocridade. Dele não se conhecem ideias próprias de importância nem iniciativas memoráveis. Eleito presidente, o capítulo da obra de Lord Bryce *American Commonwealth – Por que o país não elege grandes homens para a presidência* – ganhará de novo atualidade e razão de ser, perdidas durante as presidências Roosevelt, Taft e Wilson. O próprio sr. Harding sabe disto e num recente discurso declarou que a presidência "não é lugar para super-homens porém para homens". A carapuça é evidentemente para o sr. Wilson.

O sr. Harding é um velhote de cinquenta e cinco anos, robusto e alegre. É escocês, pelo lado paterno, e holandês, pelo materno. Mora em Ohio, seu Estado natal, numa cidadezinha chamada Marion. Marion será o quartel-general da campanha do sr. Harding. Em vez de percorrer os vários colégios eleitorais como é costume dos candidatos nos Estados Unidos, e falar diretamente aos eleitores, o sr. Harding, sentado com todo o conforto na sua cadeira de balanço, falará aos *lapices* dos *reporters*. O método não é mau – especialmente se o senador não tem o dom da oratória.

A plataforma do candidato republicano é a que o partido oficialmente adotou na convenção de Chicago. Não há nessa plataforma um item definido e claro. Da primeira à última palavra é um documento incolor. Sabe-se que o partido decidiu opor-se à Liga, porém, até mesmo o item que trata desse problema é difuso. Onde a plataforma ziguezagueia, sem saber para que lado vá, é na parte referente ao problema das relações entre patrões e operários. Os *leaders* do operariado, já desapontados com o sr. Wilson, ficaram indignados com a plataforma republicana.

A convenção democrática reuniu-se em San Francisco e só chegou a resultado definitivo depois de quarenta e nove escrutínios. Deve ter sido uma maçada enorme para os pobres dos delegados. O xarope da oratória correu em borbotões. Também dizem que às vezes o auditório fazia tal sussurro que a voz do Cícero prolixo se perdia na assuada. O grande discurso, o discurso que todos ouviram com atenção, foi o do sr. William Jennings Bryan.

Havia no conclave de San Francisco duas grossas correntes de opinião: uma a favor do sr. Williams McAdoo, o ex-ministro das Finanças do sr. W. Wilson, e outra a favor do Governador Cox, de Ohio. Algumas delegações votaram *en bloc* no sr. Mitchel Palmer. A vitória veio a sorrir, depois de quarenta e nove escrutínios, durante os quais oscilou entre o sr. McAdoo e o sr. Cox, ao governador de Ohio. Para candidato à vice-presidência o partido escolheu o sr. Franklin D. Roosevelt, subsecretário da Marinha. O companheiro de chapa do sr. Harding, candidato republicano, é o governador Coolidge, bem conhecido pela presteza e energia com que agiu durante a greve dos policiais de Boston, no ano passado.

O sr. James M. Cox, o candidato vitorioso no conclave de San Francisco, é um homem de meia-idade, cheio de viço, de entusiasmo, de energia individual. Como governador de Ohio nunca deixou que o tolhessem os manejos dos *bosses*. Há dele uma resposta memorável a certo *boss* que lhe veio insinuar não sei que negociata. "Vá para o inferno", disse o sr. Cox ao cacique tratante, devendo o leitor notar que a palavra inferno na língua inglesa (*hell*) é muito mais forte que em português. Não é fácil de dizer a que palavra nossa equivale – talvez a nenhuma. Eu creio, porém, que se o General Cambronne fosse inglês sua resposta à intimação de render-se teria sido: "Go to Hell".

Começou o sr. Cox a ganhar a vida como simples tipógrafo. Entrou depois na redação de um grande diário como repórter. Em 1909 foi eleito deputado, e em 1913 governador do Estado de Ohio. Ocupa hoje este cargo, depois de reeleito pela terceira vez em 1919.

Durante sua administração tem atacado com coragem vários males político-sociais, aplicando-lhes fortes remédios. Há dele reformas de vulto. Lembro-me de que nos meus estudos de sociologia rural, na Universidade, tive ocasião de me inteirar do excelente sistema de educação rural que o sr. Cox introduziu em Ohio. É muito prático, simples e pouco dispendioso, se tomarmos em consideração os esplêndidos resultados já obtidos. Seu propósito é dotar a mocidade rural de uma educação adequada às suas necessidades e que a faça sentir o grande papel dos lavradores e criadores na vida e no progresso do país. O sr. Cox viu os perigos do deslocamento da gente do campo para as cidades. Viu também que um dos meios para evitar esse mal seria dotar os distritos rurais de boas escolas. Sem perda de tempo meteu mãos à obra de reformar as escolas rurais de Ohio. Para conseguir o máximo de eficiência, em vez de conservar num distrito várias escolas fracas e dispersas, com maus professores e mau equipamento, consolidou-as, isto é, reuniu-as numa só. Há a desvantagem da distância, porém o Estado provê os alunos com caminhões-automóveis para trazê-los à escola e conduzi-los à casa depois das aulas. Nas escolas, os alunos estudam, além de cursos acadêmicos, cursos práticos de higiene e economia rurais, economia florestal, traçado de planos, criação e lavoura, e ciência doméstica. Vê-se que o sistema Cox obedece a uma orientação nitidamente prática. Nada tem de aéreo ou livresco.

O sr. Cox promete ao país seguir a política internacional do sr. Wilson. A plataforma democrata é enfática no seu apoio à Liga das Nações. "Foi para consegui-la que a América (isto é, os Estados Unidos) rompeu com sua política tradicional de isolamento", diz o documento. "O fato de 29 nações, tão ciosas de sua independência quanto a nossa, terem já aderido à Liga", é mencionado na plataforma como prova de que não se visa destruir a integridade de país algum. A plataforma toca no problema das relações entre patrões e operários com mais clareza que a dos republicanos. Reconhece os direitos de uns e de outros, lembra as medidas, tendentes a promover o bem-estar dos operários, adotadas durante a administração Wilson, porém salienta que o público também tem direitos. O último item do documento é um grito de Jeremias deplorando a corrupção política dos republicanos.

Quem será o sucessor do sr. Wilson na Casa Branca é difícil de prever. As cartomantes quando inquiridas respondem com vagas generalizações, das quais a mais vaga repetirei aqui por ser também a mais segura: "O futuro presidente será um homem de Ohio".

(Diário de Pernambuco, 29-8-1920)

14

Na Argentina

Em fevereiro passado, o sr. M. de Oliveira Lima fez-me a honra de me mandar, ainda úmido do prelo, seu belo livro *Na Argentina*. Sob um *skyscraper* de afazeres tive de contentar-me então em folhear, de fugida, o trabalho do sr. Oliveira Lima, deixando sua leitura cuidadosa para os vagares dos meus dias de folga, em setembro. Do que aprendi e gozei ao ler esse livro precioso é que desejo falar aos meus leitores, do *Diário de Pernambuco*.

No gênero não é noviço o sr. Oliveira Lima, a quem já devemos *Nos Estados Unidos e no Japão*. Ele que tanto ama o Brasil, das entranhas de cujo passado há extraído ouro literário de alta lei, é, por hábitos de vida e por ideais de cultura, um cosmopolita. Tem, como uma vez confessou, *the roving spirit*, a ânsia de conhecer outras terras e outras gentes. Os homens e as coisas estrangeiras são objeto de sua investigação simpática, e que procura sempre ser pessoal e direta. Nisto se parece com o seu colega Carlyle, que apesar de inglês – não há ilhéu mais apegado ao seu torrão – tinha um espírito rasgadamente cosmopolita.

O capítulo com que o sr. Lima abre seu livro, *Aspectos da terra*, revela-nos o artista perfeito que ele é. Sabe fixar uma paisagem. É exato e discreto no colorir. Em vez de generalizar vagamente, extrai de cada sítio seu perfume, sua cor, sua essência. Assim Buenos Aires "é de um branco que não é cru, antes fosco, e se combina bem com o negro das escamas de ardósia das cúpulas" e Córdova destaca-se da "linha suave da serra" com os "zimbórios de faiança azul e branca das igrejas e as casas de 'azoteas' com os craveiros em potes, como os clássicos da mãe pátria, e as rosas trepadeiras marinhando pelas grades de ferro das janelas".

Nos capítulos seguintes é principalmente sob o ponto de vista político--social que o sr. Oliveira Lima estuda o país vizinho. Projeta seu livro um forte clarão sobre a Argentina, onde tão admiráveis coisas se passam sem que delas nos apercebamos. O progresso político-social – e econômico também – da República Argentina é um fato e é preciso que o Brasil o conheça, entre outras razões, para proveito próprio. Temos muito que aprender dos vizinhos do Sul.

No terreno de organização de serviços sociais dá a Argentina, no dizer do sr. Oliveira Lima, "lições a qualquer das mais progressivas nações do mundo". Por que não as há de tomar primeiro que todas o Brasil? Somos um povo altruísta, possuindo os mais finos sentimentos de humanidade, porém, à parte notáveis exceções, nossos serviços de assistência social muito deixam a desejar. Basta mencionar os hospitais. No Brasil a gente boa tem medo dos hospitais como se no frontão de cada um deles estivesse insculpida a legenda que Dante atribui à porta do inferno.

Encontrou o sr. Oliveira Lima na Argentina ótimos hospitais, excelente serviço de proteção à infância, albergues noturnos, escolas de ciência doméstica superiores às *écoles ménageres* da Bélgica. O trabalho de informação científica sobre os cuidados aos infantes, conduzido pelo clube das mães de Buenos Aires, é digno de nota.

Nos Estados Unidos são comuns as agências de informação científica nesta e noutras linhas, tanto de caráter oficial como de fundação privada. Na patologia social, como na biológica, é melhor prevenir do que curar. Entre nós, um meio de combater a mortalidade infantil, a tuberculose e as moléstias venéreas, seria fundar, anexas às diretorias de higiene, agências de informação, que, servindo-se de folhetos, cartazes ilustrados, conferências e fitas de cinema, disseminassem instrução útil sobre esses assuntos.

Algumas das páginas mais interessantes do livro do sr. Lima são as dedicadas ao problema de raça na Argentina. Parece que neste ponto a República do Prata leva decidida vantagem sobre os demais países americanos. Em futuro não remoto sua população será praticamente branca. Tão inferiores em número à caudalosa maré caucasiana são os elementos de cor que o processo de clarificação da raça argentina será relativamente breve, fácil e suave.

Anuncia-se a mesma "física e moralmente bela" e o sr. Oliveira Lima aponta-nos algumas de suas finas qualidades. Entre estas está a da tolerância. Em matéria religiosa diz-nos o sr. Lima que o "fanatismo é diminuto" e "o livre pensamento não se mostra agressivo". Outros dois pontos em que podemos receber lições dos vizinhos depreende-se, entretanto, de outros reparos do sr. Lima: que os argentinos chegaram à tolerância com sacrifício de sua religiosidade. A solução ideal do problema é chegar à tolerância sem perder a religiosidade, da qual se aproxima mais, que qualquer outra, a solução americana.

O capítulo que se intitula "O amor à instrução" é rico em informações. No estudo de ciências econômicas na Argentina já se segue o processo de seminário – fica por conta do sr. Lima a tradução da palavra *seminar* em seminário – de origem alemã, porém largamente praticado nas universidades americanas durante o chamado *graduate work*. Consiste na colheita de material sobre certo assunto pelo próprio estudante, que assim desenvolve o gosto de pesquisa pessoal. Parece que não seria descabido introduzi-lo nas nossas escolas de ciências jurídicas e sociais – ao menos naquelas, como a do Recife, que dispõem de bem providas bibliotecas.

Outros processos americanos têm sido assinalados pelas instituições de ensino superior da Argentina – como o de extensão universitária (*university extension*) adotado pela Universidade de Tucuman. Visa a extensão universitária disseminar instrução sobre determinados assuntos entre as classes menos educadas. No Brasil este processo poderia ser seguido com vantagem pelas escolas de agricultura, de medicina, de odontologia e mesmo de direito. Estas últimas poderiam fornecer ensino popular – isto é, acessível aos de limitada educação – sobre assuntos como "o fisco e o comércio", "tarifas interestaduais" etc.; as de medicina, sobre educação sexual, higiene doméstica etc.; as de odontologia, sobre cuidados dos dentes e da boca; as de agricultura, sobre lavoura, criação de gado, economia florestal etc.

Durante seus seis meses na Argentina teve o nosso compatriota acesso à sociedade dos homens mais cultos e representativos do país. Traça um retrato muito simpático do dr. Estanislau Zeballos – político, professor de direito, advogado, reitor de universidade, amigo da equitação e de outros desportos – achando ainda tempo para ser *habitué* de salões e de clubes elegantes. Um verdadeiro *all around man*. Fala-nos também do dr. Ernesto Quesada, do dr. Rodolfo Rivarola – que lê aos filhos, à sobremesa, em vez da *Bíblia*, primores literários – do dr. Cárcano, do sr. Juan Agustin Garcia, do sr. Ricardo Rojas e de outros tipos interessantíssimos, que honram a cultura argentina.

O livro do sr. Oliveira Lima deve ser lido por todo o brasileiro que faz gala de cultura – eu ia dizendo de saber ler. É um livro que informa, que instrui, que move ideias.

Baylor University.
Setembro de 1920.

(*Diário de Pernambuco, 31-10-1920*)

15

Nesta primeira carta de New York procurarei espremer o suco das impressões aqui recolhidas, em onze curtos dias, pela minha gana de *mirar algo nuevo*. As sensações desta semana e meia de gula intelectual – que é talvez pecado, como a do estômago – não sei como as reunir: apresentam-se-me baralhadas e confusas como os arabescos e as cores de um tapete persa, misturadas pela arte do tecelão. O que se segue, portanto, é uma ideia vaga; toda em meias-tintas, da New York que se me revelou *au premier abord*. Provinciano encontrado na maior das cidades, minha situação é psicologicamente a mesma de menino guloso diante de enorme travessa de canjica ou de pudim: sem saber por onde começar.

Nestes onze dias tenho procurado ver o mais possível, gananciosamente. E neste afã tenho gasto todas as minhas horas vagas – ora à manhã, ora à noite, ora às tardes, que agora, em pleno inverno, passam depressa – a furar pela cidade, em busca dos seus recantos de cor e de interesse.

Muito tenho aprendido e gozado. New York está cheia de oportunidades educadoras e de gozos intelectuais.

É só saber buscá-los. No mesmo dia pode o curioso volver os olhos da azafamada Wall Street, onde os reis da finança estudam as cotações da Bolsa, para o Ghetto, o bairro pobre, com seu pitoresco napolitano, seus garotos esfarrapados, suas velhotas gordas, de xale encarnado, vendendo frutos e legumes e os seus restaurantes, onde italianos palreiros comem macarrão a garfadas; ouvir missa na Catedral de St. Patrick, entre vitrais de cor e pilastras majestosas e descer a um *cabaret* alegre de Greenwich Village, o bairro da folia e da pândega; vagar encantado pelas salas do Metropolitan, entre quadros preciosos arrancados à Europa pelos tentáculos do Senhor Dólar Todo Poderoso e atravessar a pé a ponte de ferro de Brooklyn, orgulho da engenharia *yankee*; assistir a uma comédia de Bernard Shaw num teatro da Broadway ou Times Square e visitar a casa humilde, feita de tábuas, em que Poe escreveu "O corvo"; furar pelas ruas estreitas do bairro chinês, entre caras amarelas e lanternas de papel de seda e parar às montras faustosas da Fifth Avenue.

Não se esgotam com estes os exemplos de sensações de cor e de exemplos de sensações variadas de cor e de paisagem que se recebem em New York, em vinte e quatro horas de estudo fácil. A colheita de tipos humanos interessantes é farta. E como eles variam!

É como se folheássemos um livro de estampas. Veem-se, recolhendo à casa dos teatros, em automóveis de luxo ou vitórias com boleeiros de cartola e libré, mulheres bonitas envolvidas em peles que lhes protegem do frio a nudez dos decotes; *snobs* de fraque e corpo esbelto, elegantes como se alguém os tivesse recortado a tesoura das páginas de cor de um figurino; provincianos endinheirados do Middle West, de chapéus de abas largas, assombrados dos vultos enormes dos *skyscrapers* e do vaivém de ondas humanas, a mover-se e a estacar, como os veículos, ao aceno do polícia; barbudos judeus, de curvos narizes e gesticulação burlesca; italianos pálidos, de paletós cheios de buracos, tocando às esquinas peças alegres em realejos velhos; escritores de monóculo folheando revistas, com o ar de *habitués*, na livraria Brentano, que é o Garnier, o livreiro de luxo de New York.

E há a variedade de arquitetura. New York não é toda *skyscrapers*. Os *skyscrapers* são *parvenus* – *parvenus* vitoriosos, é certo, porém *parvenus*. New York tem trezentos anos.

Possui casas velhas de ar quase medievo. Há nela cantos pitorescos, virgens da febre de *skyscrapers*, e que gritariam à intrusão de um desses monstros.

Basta ir aos bairros onde o holandês, antigo dono de New York, pois foi quem a comprou aos índios pela soma de 24 dólares, deixou, como no Recife, um pouco de si próprio. Washington Square com suas árvores velhas e acolhedoras e seus sobrados de telhado vermelho dá mesmo a lembrar a nossa Lingueta. Nesses sobrados vivem famílias antigas, conservadoras, ainda enamoradas do lugar, como seus bisavós. Nas águas-furtadas e nos sótãos moram escritores e artistas, também tocados pela poesia íntima do velho recanto.

Vizinha à Washington Square, está a falada Greenwich Village, que é o *quartier latin* de New York.

À noite, seus *cabarets* e tavernas enxameiam de alegres rapazes e raparigas.

Desci uma noite, com um camarada, a um desses *cabarets*, e lá deixei-me ficar até tarde. Nele a gente fingia – crianças de vinte anos – que estava numa cova de piratas. À sala iluminavam fumarentas velas de cera, em tigelinhas, e a rapaziada divertia-se de vários modos: uns dançando, outros cantando trovas, outros tomando goles de chá com rodelas de limão, em redor de toscas mesas de tábua, ou fumando *cigarrettes*. Vários vestidos de piratas. Romance sorvido das histórias de Robert Louis Stevenson. Gênero de vida alegre e bizarro, na verdade, o desses foliões de Greenwich Village. Tão bizarros às vezes e tão fora das convenções burguesas que praticam o amor livre. Fica, porém, para Greenwich Village, um artigo especial, breve. Um jovem sulista que ali vive há sete anos, num sótão de 13th St., escrevendo *short stories* – gênero de ficção tão querido ao público americano – e que, ao nome mágico de um amigo comum, fez-se logo meu camarada, prometeu tomar-me à intimidade do bairro boêmio.

Ontem subi ao minarete do Woolworth Building, o mais alto dos *skyscrapers* de New York, feio e arrogante, um desafio a Deus e ao mundo. Veem-se de lá, em redor, os outros monstros – isto é, os outros *skyscrapers*, fumando com insolência de *parvenus*, de arrivistas, de novatos espaventosos, os charutos negros de suas chaminés. O resto de New York – seus edifícios, suas pontes de ferro, suas igrejas – tudo, reduzido ao tamanho de uma cidadezinha de brinquedo, feita por menino engenhoso, com caixas de bombom e de charuto. Filosofei: New York, uma cidade de brinquedo. Lembrei-me que V. Blasco Ibáñez a chamou, quando a avistou do navio, com ênfase de meridional, "cidade de gigantes". Questão de ponto de vista. Do minarete do Woolworth, por cima de quarenta andares, é na verdade uma "cidade de brinquedo" a que nos parece a "cidade de gigantes". Aos olhos de Deus, que mora num lugar mais alto que o minarete de Woolworth, New York deve parecer menor ainda – talvez pouco mais que um pontinho negro, no azul da distância.

(Diário de Pernambuco, 20-2-1921)

16

New York pulula de judeus. Há os de toda classe: ricos, de ventre arredondado, jogando na Bolsa, em Wall Street e tentando entrar, com seus sacos de milhões e seus peitilhos mal engomados, nas salas dos *Four Hundred*; *petits bourgeois*, negociantes a retalho, donos de lojas, bazares e botequins; pobres, de cor esverdeada, de grandes barbas e meio rotos, vivendo nos "cortiços" sujos do Ghetto. Encontramo-los por toda parte – como é inconfundível o nariz semítico! – falando, gesticulando, mercadejando, lendo jornais impressos em arrevesados caracteres hebraicos.

Não são os judeus elemento novo em New York. New York era ainda pacata cidade de holandeses, rosados e louros, quando aqui chegaram os primeiros israelitas, enxotados da Espanha e de Portugal pela intolerância católica. Deixaram os donos de New Amsterdam – como então se chamava New York – viver e abrir seus bazares os pobres diabos, ao contrário do que fizera o Brasil.

A este primeiro sedimento de imigração israelita em New York sucederam-se outros, muitos outros. A cada onda de antissemitismo que se levanta na Europa parece ser New York a Canaã a que vêm em maior número as vítimas de um ódio de raça que, pela persistência e pela variedade de aspectos, continua a ser problema interessantíssimo para os estudantes de psicologia social.

É por isto que New York tem hoje, entre os seus seis milhões de habitantes, quase um milhão de judeus.

De que o elemento semítico continua a afluir em grossas correntes para os Estados Unidos – para New York e outras cidades, pois o judeu é essencialmente urbano, prosperando mais depressa à sombra dos *skyscrapers* e das grandes fábricas que ao sol, nos campos de plantações – tive ensejo de me inteirar pessoalmente domingo passado, ao visitar Ellis Island. Depois da missa das onze, sob a abóbada da catedral de Saint Patrick, decidimos, eu e meu amigo Ernest Weaver, apaixonado estudante de sociologia, aproveitar o dia bonito para uma excursão a essa como refinaria de gente, que é Ellis Island.

É em Ellis Island – pequena ilha na baía de New York, perto à falada estátua da Liberdade – que os imigrantes são submetidos às, cada dia, mais difíceis exigências de seleção, por meio das quais os Estados Unidos procuram apropriar-se somente do elemento capaz de colaborar no seu progresso e de manter alto o padrão americano de eficiência e saúde física e moral. É a sociologia copiando da biologia a lei da vitória do mais apto. Por isso chamei a Ellis Island refinaria de gente.

Havia domingo passado, na ilha, prontos para tomar a barcaça para a cidade, cerca de dois mil imigrantes. Vimo-los reunidos. O perfil semítico predominava. A percentagem de judeus era talvez de setenta e cinco. Procediam de Checoslováquia, de Iugoslávia, de Polônia. Pequenos, espertos, de grandes barbas, de fortes narizes, os homens mostram o nativo pendor para a mercancia. As mulheres, com seus xales de cor, parecem tristes, doces amigas do silêncio.

Ellis Island não é somente a ilha de seleção; lá recebem também os imigrantes os primeiros toques de americanização. Domingo passado os dois mil imigrantes, reunidos, ouviram o Hino à Bandeira (*Star-Spangled Banner*), e discursos explicando-lhes os principais deveres e direitos de cidadania nos Estados Unidos e também a presente condição econômica, a dificuldade de encontrar trabalho nas cidades congestionadas, as facilidades e vantagens de trabalho no campo, amanhando a terra, plantando, tornando-se em pouco tempo pequenos proprietários rurais. Discursos em linguagem clara, vertidos ao hebraico e ao italiano – as duas línguas de mais larga representação entre os dois mil recém-vindos.

É assim que o americano começa a americanizar os estrangeiros que aqui continuam a vir, em ondas que se sucedem, fazendo do diretor e dos empregados de Ellis Island a gente mais azafamada deste mundo. E tão eficazes são esses processos de digestão social que a eles parecem não escapar inteiramente os próprios judeus – o povo mais conservador de si próprio e de suas tradições, mais rebelde a esforços de absorção estrangeira, de que há exemplo na história.

(*Diário de Pernambuco*, 27-2-1921)

17

O subsolo de New York está, em grande extensão, varado por uns como tubos ou túneis, através dos quais rolam, guinchando dia e noite, negros comboios com lanternas encarnadas. São os *subways*, ou trens subterrâneos movidos a eletricidade.

As ramificações deste admirável sistema de linhas férreas perfazem um total de setenta e tantas milhas. Há projetos para alargá-lo consideravelmente e novas linhas estão já em construção. Com elas cresce uma verdadeira cidade nas entranhas desta imensa New York, pois, junto às principais estações do *subway*, há, iluminados a eletricidade, restaurantes, bazares e lojas.

Ao azafamado new-yorkino, para quem *time is money*, oferece o *subway* a vantagem de poder livremente furar pelo túnel, a cem quilômetros por hora. Explica isto o fato de ser tão volumoso o tráfico nos trens subterrâneos, parecendo mesmo haver um grosso *surplus*, sobre o número que a companhia é atualmente capaz de transportar com razoável conforto.

Daí a enorme lufa-lufa nos *subways* que atinge as proporções de estúpido "frevo" carnavalesco, por volta das seis da tarde, hora de recolher à casa, dos escritórios, das lojas, dos armazéns, das repartições públicas, todo um oceano humano. A esta hora, ao estacar um trem em Times Square (a estação subterrânea mais central), verdadeiras ondas de gente arremessam-se sofregamente para os vagões a acotovelar-se e empurrar-se grosseiramente. Às vezes há quem se rebele contra tamanha rudeza, como uma velhota rosada com quem viajei outro dia, que, aos gritos, ameaçou uma outra de pancada, com seu guarda-chuva, por causa de um empurrão. Porém creio que esses atos de rebeldia são raros, por inúteis.

Dentro dos vagões continua a descortesia. Vi outro dia uma velhinha de capota viajar de pé, enquanto perto viajavam, sentados, fortes rapagões. Não há para os *subways* "lotação completa". Deixa o condutor enfiar-se pelos vagões tantos passageiros quantos se possam comprimir e ensardinhar. Mais da metade viaja, às vezes, de pé, no meio do vagão ou à plataforma, aos apertos, às acotoveladas, e, a um arranco mais áspero do comboio, aos encontrões.

O new-yorkino parece perfeitamente habituado a isso. E neste aperto todo dos *subways*, o que mais me surpreende é ver pessoas lendo jornais, folheando revistas ilustradas e algumas até mergulhadas na leitura de aéreos livros de filosofia e de rígidos tratados de ciência. Não arredondo frases: notei na verdade, o outro dia, um cidadão a ler, em ensardinhado vagão, uma *História do homem pré-histórico* e hoje, no comboio em que recolhi à casa, uma rapariga loura lia com sofreguidão, sem que a perturbassem apertos ou solavancos, o massudo Herbert Spencer (Nossa Senhora: – ler Spencer num *subway* é muita coragem!). O fato é que se tem a impressão de estar num vagão-biblioteca. Eu mesmo já caí no hábito e é provável que esteja em pouco a ler Mestre Spencer, sem que me incomodem os solavancos do comboio e os gritos do condutor, ou os apertos do *surplus* de passageiros. Deve ser pura questão de hábito.

À descortesia é que será mais difícil habituar-me. Faço porém justiça aos passageiros do *subway* de New York; não é fácil guardar maneiras gentis no meio de tanta lufa-lufa. Demais, com a igualdade de sexos, a democracia e outras bonitas coisas modernas, está a esfumar-se dos nossos hábitos o de cavalheirismo. Mais depressa acharia Diógenes, nas ruas de New York, *homens*, que Emerson um *gentleman*. É artigo raro, muito mais raro que *whisky*, apesar de haver contra este uma sisuda lei de puritanismo político-social-religiosa e a favor daqueles vários tratados de civilidade e até uma *Enciclopédia de Etiqueta*, que notei outro dia, na montra de uma livraria. Moral: não se desfazem males sociais com intransigentes leis nem se fazem *gentlemen* com tratados ou enciclopédia de etiqueta em dois volumes. Como é fácil fazer moral à custa de New York e a propósito dos *subways*!

(Diário de Pernambuco, 13-3-1921)

18

Tem sido ultimamente causa de muito falatório e de ardentes polêmicas nos jornais e revistas americanas a questão da maternidade voluntária.

É assunto vasto. Cada um dos seus aspectos – o biológico, o econômico, o social e o ético, que é talvez o mais espinhoso de versar – merece por si só um artigo especial.

Tentarei, entretanto, dar aos leitores do *Diário*, num só artigo, uma ideia geral do interessantíssimo movimento.

Da teoria de maternidade voluntária, ou *birth control*, já me inteirara eu nos meus estudos de sociologia. Faltava-me, porém, conhecer a ação, propaganda, direi mesmo, a batalha que desenvolve e sustenta em New York um grupo de mulheres enérgicas, convencidas de que na fecundidade sem limites, especialmente entre os pobres, está a causa de muitos dos vícios da moderna organização social. Com a minha mania investigadora dei-me ao trabalho – que cedo se converteu num gozo – de visitar o centro de propaganda de maternidade voluntária e de conversar com as senhoras que publicam a revista do centro, tendo desta maneira colhido uma impressão direta e pessoal do movimento.

Dirige-o, de New York, uma mulher notável pelo seu temperamento combativo e pela coragem intelectual que desfraldou, há anos, a bandeira encarnada dessa revolução interessantíssima contra a "garnacha" ortodoxa: Margaret Songer. Mrs. Songer é autora de vários livros sobre o problema de educação moral e relações sexuais do ponto de vista da mulher, o último dos quais, ainda úmido do prelo de Brentano, o editor de luxo, intitula-se *Woman and the new race*. Tocando em assuntos tão temerários, os trabalhos de Mrs. Songer têm excitado ardentes discussões de moral religiosa, de economia social e de ética. Contra seu radicalismo travesso e audaz ergue-se a intransigência ortodoxa. Sob a direção de Mrs. Songer publica-se aqui uma revista de propaganda, *The Birth Control Review*. Seus artigos são artigos de combate e de paixão. Falta-lhes a linguagem calma, fria, pacífica das discussões científicas. O último número contém brilhante resposta ao artigo do padre dr. Ryan, sobre maternidade voluntária, publicado numa revista de Washington. Essa resposta, escrita por Mrs. Genevieve Grandcourt, uma das ativas auxiliares de Mrs. Songer, procura desfazer os argumentos do dr. Ryan contra a prática da maternidade voluntária: "que degrada as relações conjugais, que enfraquece nos pais a capacidade de sacrifício e de *self-control*, que aumenta o amor ao luxo e à vida fácil, que rebaixa a moralidade pública, que causa o declínio da população".

Mrs. Grandcourt, em defesa da teoria assim atacada, recorda quanto tem sido difícil deslocar as resistências da ortodoxia contra outras inovações temerárias, que todavia têm feito um grande bem ao mundo: a ideia de circulação do sangue de Harvey, a de que as doenças são causadas por germes, de Pasteur etc.

Deixando de parte outros pontos da resposta de Mrs. Grandcourt, que se mostra inteligente ainda que apaixonada discursadora do assunto, dedicarei a outra metade deste artigo aos aspectos econômico-social e biológico do problema.

Há sobre estes aspectos um estudo interessantíssimo pelo dr. Adolphus Knoppe, reimpresso em fascículo, do *American Journal of Public Health*. Na redação da *Public Control Review* tiveram a amabilidade de me oferecer um exemplar. O dr. Knoppe é professor da Faculdade de Medicina de New York e notável especialista em fisioterapia.

É principalmente sob o ponto de vista de economia social e de melhoramento físico da raça que o dr. Knoppe defende a prática da maternidade voluntária, ainda ilegal no Estado de New York. No seu entender ensinar a pais sifilíticos ou afligidos de outras doenças transmissíveis à prole "os meios de evitar concepção durante as fases agudas da doença" seria limitar consideravelmente no mundo o número de crianças cegas e com outros infortúnios. O mesmo se aplica aos casos de pais imbecis, epiléticos e inclinados ao alcoolismo.

O médico new-yorkino cita os exemplos da Holanda, Austrália e Nova Zelândia – países onde os meios de limitar a família são conhecidos por grande número, não sendo ilegal sua divulgação por agências científicas – como favoráveis à prática da maternidade voluntária. Os efeitos do *birth control* entre aqueles povos têm sido na verdade excelentes, e as estatísticas de vitalidade, higiene, desafogo econômico etc. acusam sensível progresso e melhoramento.

Parece-me muito natural que isto suceda e não vejo como atacar a teoria da maternidade voluntária sob o ponto de vista de suas consequências biológico-econômico-sociais. Sob o sistema de famílias limitadas às oportunidades para o melhoramento da raça, sua classificação de elementos mórbidos, tarados e anormais etc. são muito mais fáceis e mais largas que sob o sistema de famílias numerosas, que é o *laissez-faire* aplicado à economia social. Demais, a prática de limitar a família a número razoável, quer dizer, entre as classes pobres, menor dificuldade para educar os filhos, e manter higiene na habitação.

Basta investigar os efeitos psicológicos da limitação de famílias, naturalmente seguida de desafogo econômico. Encoraja o sistema de famílias pequenas "o amor ao luxo e à vida fácil da parte dos pais", como sugere o dr. Ryan? É possível que sim, porém, a meu ver este argumento é semelhante ao que, no Brasil, usam contra o divórcio algumas pessoas: "que uma vez instituído, todo mundo quererá usar dele inescrupulosamente". Será verdade que uma vez facultada por lei, onde ainda é ilegal, e sancionada pela moralidade, onde ainda é imoral, a divulgação dos meios de *birth control* a limitação de família resultará na perda do espírito de sacrifício, da devoção aos filhos, e outras qualidades que são características do pai e da mãe? Não serão estas qualidades mais instintivas que efeito de circunstâncias econômicas? São questões estas dignas de estudo.

    Quisera ir além, na minha conversa com os leitores deste jornal, sobre um assunto que tanto interessa à alma contemporânea. Vejo, porém, que meu artigo chegou ao seu lógico e natural limite de espaço. Procuro respeitar sempre o que é natural e, às vezes, o que é lógico. Paro pois aqui. Talvez volte ao assunto.

(Diário de Pernambuco, 20-3-1921)

19

Ontem, domingo, 13, fui pelo braço de um amigo congenial visitar a casa em que morou Edgar Allan Poe de 1846 a 1849. Estava um dia soturno, e portanto azado para a visita. E era 13, data agoureira.

A caminho de Fordham, que é onde está a casa do poeta, imaginei-a erma e merencória como o mesmo Poe. Três anos bastam para que uma criatura de gênio deixe na casa em que habita um pouco de si própria. Encontrei de fato na pobre morada de Poe alguma coisa do poeta, toques de sua pessoa, sugestões diretas do seu gênero de vida. Isto apesar de a casa estar cheia de gente – gente sem o próprio respeito pela intimidade ou mesmo religiosidade do lugar, a misturar-se pelas salas, a tagarelar e até a rir escancaradamente – como se aquilo fosse um "café-cantante" da Broadway, onde se dança o *fox-trot* ao rufe-rufe de pratos, bombos e pandeiros.

A casa de Poe é pequena, em forma de chalé holandês, e feita de tábuas, a não ser a chaminé, que é de tijolo. Tem sótão. Dos móveis e objetos que pertenceram ao poeta restam a cama de casal, uma cadeira de balanço, um velho espelho de parede e uma *Bíblia*.

Com algum esforço – porque o falatório não permitia fácil devaneio – experimentei reconstituir mentalmente, com aquele resto de móveis, o lar de Edgar Poe, quando para ali veio de segundo ou terceiro andar de um prédio em Turtio-Bay, em busca de ar puro para a esposa já doente. Eram três, na casa: Edgar, a esposa, Virgínia, e a boa Mrs. Clemen, mãe de Virgínia e tia do poeta, caseira e prática como a Marta da *Bíblia*, dando à habitação, com seus cabelos brancos e seu avental, a nota de ordem e de método.

Estavam Edgar e Virgínia ainda em doce idílio. Casara-se o poeta com sua priminha depois de um namoro que lembra o clássico dos amorosos de Dante: ela, catorze anos, "menina-moça", doce pessoinha de fala de mel; ele, em volta dos trinta, já pensador doloroso, de uma fina beleza intelectual, seu mestre. E um dia, como Francesca e Paulo, esqueceram-se mestre e discípula do livro aberto, em cujas páginas "não leram mais o dia todo". Tocara-os o mesmo *fuoco d'amore*, de que fala o florentino.

Por algum tempo foi a vida doce para os amorosos. Nos primeiros anos de casada Virgínia Clemen encheu de sorrisos a vida de Poe. Foi ainda com essa felicidade a sorrir que vieram para Fordham. Aquela casinha de tábuas, encheram-na os primos amorosos do murmúrio de seus beijos.

É porém em Fordham que começa a fase mais amargurada e mais acre da existência de Poe. Em vez de melhorar com o ar puro, piora a frágil Virgínia. A tísica entra a roer-lhe os pulmões, sem que o poeta, vítima da somiticaria dos editores, possa comprar xaropes ou cobertas de lã. Nem mesmo para a lenha, chega-lhe o minguado dinheiro – arrancado à sovinice em troca de escritos primorosos: poemas, artigos de crítica literária, contos. Horas e horas, tristes serões sem lume e sem conforto, passa-os Poe ao lado de sua Virgínia. Talvez naquela cadeira de balanço, que meus dedos tocaram e que era sua cadeira favorita. Talvez ao pé daquela cama de casal.

Por que no meio de toda essa miséria não manda Poe para o diabo os editores sovinas? Por que não tenta ganhar dinheiro doutra maneira? Seria sua vocação *fuoco* mais viva que seu amor? Parece.

Entretanto, morta Virgínia Clemen, não resta mais de Poe que uma ferida aberta, a sangrar. A memória daquele amor de primos persegue-o, atormenta-o, desperta toda a morbidez que dentro dele dormia sono leve, arrasta-o para as tavernas onde bebe como um tresloucado. Numa carta datada de 12 de junho de 1846 àquela a quem ternamente chama sua "*little darling wife*" dissera Poe que era ela seu único estímulo na vida – "*my greatest and only stimulus to battle with this uncongenial, unsatisfactory and ungrateful life*". Que fazer agora sem esse estímulo? Poe busca no *cognac* esquecimento. Em vão tenta salvá-lo a carinhosa Mrs. Clemen, com os cabelos mais brancos e, saudosa, também, de sua Virgínia.

O chalé holandês de Fordham, a pobre casa de tábuas, é agora a habitação de um Hamlet mais angustiado que o de Shakespeare. Cessa em 1849 a agonia mental de Poe. Cessa com a morte, num hospital de Baltimore.

Dissera Goethe: "faze de tua dor um poema". Poe fez da sua mais de trezentos. A dor mora na sua obra toda. Não é postiça. É intensamente real. Da vida, Poe só extraiu tristeza. Na arte toma um mórbido deleite, uma volúpia doentia, em traduzir com um primor de forma e de *technique* que chega a parecer milagre, tudo que é horroroso. É o iniciador – a não ser que ponhamos Hoffmann primeiro – dessa literatura de horror, de crime, de psicologia anormal, de sombras, de aparições, de fantasmas, da qual os cultores pululam na língua inglesa, não tendo por isso sido difícil a uma escritora de verdadeiro talento, a dra. Dorothy Scarborough, de quem tenho o prazer da gentil amizade, colher material para um livro encantador sobre o assunto, *The supernatural in the English fiction*.

Morreu Poe aos quarenta anos – o que quer dizer que sua filosofia acre não foi mero byronismo de mocidade, ao qual pagam tributo, entre os dezessete e os vinte e dois anos, certas naturezas delicadas, sensitivas, intensamente intelectuais, pacificando-se depois a angústia com a idade e a posse mais ampla de si próprio. É a psicologia de Werther. Goethe fora na mocidade, aos vinte e tantos anos, doloroso como Hamlet. Porém, como o pacificou a velhice – e que tranquila beleza a da sua obra de velho! O mesmo é certo de Tolstói. Por isso adverte Browning, em *Rabbie Ben Ezra*, que é na velhice que se colhem da vida os melhores gozos e se produzem as melhores obras. Há, entretanto, homens aos quais não se aplica esta generalização e entre estes o próprio Browning tinha um amigo íntimo, Carlyle, que conservou na velhice seu sorriso amargo e o travo de seu pessimismo sincero.

Aos quarenta anos, em plena idade madura, não deu sinal Edgar Poe de que começava nele processo algum de pacificação. Pelo contrário. Com os anos parecem ter aumentado sua dor, sua agonia, sua busca ansiosa de alguma coisa que sempre se lhe escapava e fugia como sombra ou fumo e que ele mesmo não sabia o que era.

Estas ideias sobre a psicologia de Poe, tão estranha e tão mal compreendida por certa gente, incluindo críticos, despertou-as em mim a visita à casinha holandesa que habitou o autor de *O gato preto*, intimamente ligada a algumas das experiências mais amargas de luta e desespero nas quais se aguçou seu inato pessimismo.

(Diário de Pernambuco, 3-4-1921)

20

Outro dia, num chá em casa de Miss Scarborough – autora de um livro que é uma delícia sobre "o supernatural na ficção inglesa" – conversávamos de viagens e de livros de viagem. Fiz, um tanto receoso com a taça de chá a tremer entre os dedos, porque a roda era quase toda de senhoras sulistas, esta observação: o americano ainda não aprendeu a viajar e daí serem pobres, em geral, os livros de viagem que aqui se publicam às rumas. Por quê? Borboleteia pelos hotéis e pelas ruas, à maneira fácil do *touriste*. Demais é ainda provincial: pensa que é inferior tudo que encontra diferente do que está acostumado a ver na "Broadway" ou em "Main Street".

Aprovou-me a escritora a observação e resumiu-me o método que seguirá na viagem que planeja fazer em 1922 à América do Sul, tendo em vista um livro de observações e de impressionismo literário. "A primeira coisa é que fugirei dos hotéis e das próprias casas de pensão sempre que for possível. Já tenho recomendações para certa família de Santa Fé de Bogotá, cidade da montanha, à qual subirei a trote de burro. Quero ver na intimidade, dentro de casa, no lar, os sul-americanos da alta classe. Quero sentir-lhes o espírito e as qualidades. Estas não se surpreendem, como o senhor diz, na promiscuidade das ruas e dos hotéis." Assim falou-me a professora de literatura na Universidade de Colúmbia, a quem, ali mesmo, ofereci a hospedagem simples da minha casa, isto é, na de meus pais, na sua passagem por Pernambuco. De uma pessoa como Miss Scarborough é de esperar o mais saboroso, o mais colorido dos livros de viagem, sem ser, entretanto, superficial e leviano.

Não é livro fácil de fazer, o de impressões de viagens. O simples artigo para jornal apresenta dificuldades à pessoa consciensiosa. A tentação de generalizar é forte. Raros, os que a ela sabem esquivar-se. Em alguns é mania, terrível mania.

Creio que, entre nós, o exemplo mais frisante de mania generalizadora, de ligeireza de opinião, é o do Comendador Medeiros e Albuquerque. O Comendador veio aos Estados Unidos, limitou sua viagem a New York, e desta viu apenas a casaria gigante, as pontes de ferro sobre o Hudson, o interior de um hotel. Talvez tenha ido a Washington, D. C., e visto o Capitólio. Com estas quatro ou cinco impressões superficiais voltou ao Rio, e generalizou escandalosamente sobre os Estados Unidos.

Levianos como o Comendador são outros viajantes menos conspícuos. Alguns ficam-se por aqui meses e até anos, porém sempre nos ares, obstinados em viver à parte, esquivos à hospitalidade, quando esta se lhes oferece, mal aprendendo a falar o inglês, e raro parando a um quiosque de revistas e jornais para comprar um simples diário. Neste sentido conheço um caso interessantíssimo. Parece fantasia e é pura realidade, o herói sendo um excelente rapaz peruano, meu camarada, no Texas. Este jovem cidadão informava-se do que se passava nos Estados Unidos pela leitura dos maços de jornais de Lima, que lhe mandava regularmente o bom papá. São às vezes baseadas nesse sistema de informação as "impressões" de certos viajantes e as generalizações que fazem.

Confessava-me outro dia um amigo, também hispano-americano, que antes de vir para os Estados Unidos julgava os americanos todos, dos senadores aos limpadores de rua, *unos rufiones*. Acostumara-se a essa ideia desde criança. Um juízo correto? Não, uma generalização à toa, formulada por algum *touriste* ou jornalista do gênero fácil a que pertence, no Brasil, o ilustre Comendador Medeiros e Albuquerque, e repetida por outros inconscientemente. A terrível mania de generalizar! A terrível mania de dar a um povo inteiro um rótulo ou um título!

Hoje a ideia do meu amigo é outra. É o reverso. Admira os americanos, dos limpadores de rua aos senadores. Admira os *policemen* das grandes cidades, esses titãs com cara de criança, pela bondade com que fornecem informações ao estrangeiro que as pede gaguejando; admira os boleeiros dos carros de praça e os *chauffeurs* dos *taxi-cabs* pela presteza do seu serviço; admira os caixeiros e os empregados que nos *guichets* dos bancos, das agências, dos teatros, nas lojas, nos lugares públicos atendem rápida e cortesmente, muitas vezes até com um sorriso, a clientela gananciosa e apressada; admira os guardas da alfândega, os guardas dos museus, os guardas-noturnos, os pretos que servem a mesa nos vagões-restaurantes e fazem as camas nos vagões-pullman; admira... Que não admira o meu amigo? Seu entusiasmo pelos *yankees* é tal que em vez de *rufiones* dá-lhes a todos o rótulo de semideuses. É demais. É ir de um extremo ao outro. Vá lá a gente admitir, por exemplo, a semidivindade desses divertidos maganões, os senadores de Washington?

Em viagem ou em estudo em terra estrangeira precisa o indivíduo guardar-se da ligeireza de opinião, trocando-a pelo que o americano chama *earnestness* e que é a vontade de ir ao fundo das coisas. Disto o próprio americano precisa quando em viagem pelas nossas terras, especialmente se pertence, como o sr. Grawford, à profissão borboleante de jornalista, ou aí vai como sisudo missionário, esperando encontrar a edição viva e talvez melhorada e aumentada do *Inferno*, de Dante. É a *earnestness* que livra um *touriste*, ao desembarcar no Cais Martins de Barros, ou no Cais Mauá, no meio de catraieiros de pés no chão, homens de cor quase todos, alguns rotos, e todos a berrar, de logo escrever a lápis no seu *carnet*: "No Brasil todo mundo é mulato, anda descalço, meio roto, e berra".

À *earnestness* junte-se o ecletismo de opiniões morais, disposição de ler os próprios jornais da terra (que é um meio de informação mais seguro e o mais rápido que o seguido pelo meu camarada peruano), de misturar-se com o povo, de aprender-lhe o idioma e os hábitos e teremos as qualidades de que precisamos todos, os que escrevemos, sobre "os outros". Belisquem-me os censores quando eu me afastar desses princípios. O que se passa talvez, comigo, é que já me sinto tão à vontade nos Estados Unidos que seus excelentes cidadãos, em vez de "os outros", me parecem mais gente de casa. Daí criticá-los francamente, porém sempre com simpatia.

(*Diário de Pernambuco*, 10-4-1921)

21

Entre os lugares em New York, credores de uma visita, está o Museu de Arte, perto de Central Park. Pretende rivalizar com os congêneres da Europa, da qual procedem, arrebanhados a peso de ouro, mais de metade dos objetos de suas coleções, constituída a outra parte de produtos indígenas ou exóticos.

Acham-se estas coleções desafogadamente dispostas em grandes salas, pois se há mal de que não sofra o Museu é da falta de espaço e de dinheiro. O casarão que o alberga é de quatro ou cinco andares, toma um *bloc* inteiro, e no traçar-lhe o plano não tiveram os arquitetos de atender à economia de espaço. Souberam, entretanto, conter-se artisticamente e resistir à tentação do "enorme", do "espaventoso", do "colossal". Mesmo no exterior o edifício é artístico, sem deixar de ser americano. Falta-lhe, é claro, a pátina da idade, e a propósito dizia-me um inglês, meu camarada, que na América (isto é, nos Estados Unidos) tudo cheira detestavelmente a verniz e a tinta fresca. Não deixa de ter razão o ilhéu nostálgico, que por sua vez fede patrioticamente a sarro de cachimbo.

O Museu de Arte de New York – o Metropolitano, como é em geral conhecido – muito deve a Pierpont Morgan. Lembram-se de Pierpont Morgan? Era há dez anos o financeiro *yankee* mais falado na Europa. Seu ouro farto e o enorme nariz, encarnado como um tomate maduro, fizeram-no muito popular entre os caricaturistas, que não o poupavam. Dizem que, como Cyrano de Bergerac, tinha desgosto do nariz e há mesmo rumores de que morreu poeticamente de *spleen*. O que é certo é que gastou os últimos anos de sua vida de rei da finança a viajar pelo Oriente e pela Europa e a satisfazer sua mania colecionadora. A mania colecionadora temo-la quase todos, porém só os ricaços, as *cocottes* e os empregados do British Museum têm dinheiro para sustentá-la.

Morto Pierpont Morgan, sua coleção reverteu toda para o Metropolitano, do qual enche hoje várias salas. Bastaria para fazer do Museu um lugar digno de visitar-se com vagar e com volúpia. Admiram-se aí, sob a vidraça das montras, marfins, pratas, báculos, pendões, cruzes, miniaturas e fora das montras baixos--relevos de mármore, como o da Virgem e do Menino Jesus, de Donatello, esculturas em madeira de anjos e santos, Madonas e *bambinos*, poltronas episcopais, púlpitos, imagens de Nosso Senhor, dos apóstolos, dos profetas, de bispos mitrados com o índex erguido no gesto de *Magister dixit*, de arcebispos empunhando báculos que ainda luzem. No meio desses vultos de tamanho natural regala-se a gente de pitoresco mediévico e de arcaísmo, e recebe forte sugestão de religiosidade da Idade Média. Morgan especializou-se em arte eclesiástica medieval e, no gênero, sua coleção é a mais completa. Nela estão representados os trezentos anos de fé, religião e bizantinismo, durante os quais se povoou a Europa de rendilhadas catedrais góticas e encheram-se as catedrais de belíssimas imagens. Pintores, ourives, arquitetos, escultores e artesãos trabalhavam *pro gloria Dei*, e a Igreja Católica, pelo órgão do Papado, vitorioso sobre os reis, era a nobre protetora das artes.

Por ser completa, no gênero, a coleção Morgan, não lhe faltam imagens e quadros mais curiosos que antigos, o arcaísmo e a bizarria suprindo a falta de genuína arte. Alguns apóstolos e profetas que enchem as grandes salas parecem lobisomens. Há seis anos eu teria corrido deles, com verdadeiro medo, a tremer como varas verdes. Vi num canto um Santo Hilário, imagem italiana do século XIII, que parecia uma caricatura de Yantok; um horrível boneco de bigodes retorcidos e barbicha diabólica, grotesco apesar da atitude hierática, ridículo apesar do cheiro de santidade. Dir-se-ia que o fizeram assim para apavorar as crianças, o que quer dizer, 99% dos fiéis do cristianismo medieval.

Pierpont Morgan, a quem o arcaísmo medieval atraía, era também um apaixonado do modernismo intenso de Auguste Rodin. Há de Rodin, na seção Morgan, obras originais, estudos em barro, réplicas. Foram essas esculturas do Mestre admirável que mais fizeram vibrar em mim os "nervos de deleite artístico" de que fala Shelley. *La belle qui fut heaumière* é, na sua nudez branca, flácida, gelatinosa, devastada, um milagre de paixão e de verdade, de precisão anatômica e de intensidade dramática. *Pigmalião e Galateia* é outra obra semidivina – na qual o escultor fixou a beleza da nudez vitoriosa da mocidade. A réplica *O Pensador* é admirável. Que fraqueza a da evocação literária quando comparada ao poder da arte plástica!

As coleções de pintura ocupam várias salas, e são, em grande parte, a doação de ricaços, entre os quais Benjamin Altman e M. D. Frick. Da coleção de Frick muito se desvanece New York, e com razão, pois compreende telas de Goya, de Van Dick, de Gainsborough, o *Philippe II* de Velasquez e o *São Francisco de Assis* de Fra Angélico, com o seu olhar místico. Entre as telas da coleção Altman estão o *Retrato de Homem*, de Rembrandt, no qual o grande colorista dá-nos a figura de um holandês do século XVI, vestido de preto, o buço, a barbicha e os cachos de ruivo avermelhado, a face sombreada pelas abas largas do chapéu de feltro. Foi diante desse quadro que encontrei na minha última visita ao Metropolitano um mestre de pintura – que sob outras circunstâncias eu teria tomado pelo meu ilustre e excelente amigo dr. João de Moura – fazendo uma preleção aos seus alunos.

A Seção Egípcia do Museu é, ao mesmo tempo, uma lição de história e uma lição de arte. Os objetos ali reunidos e catalogados com rigor científico são o resultado de excursões arqueológicas de especialistas, a serviço do Museu, como a de Sisht, em 1907, que trouxe do Oriente farta colheita de material quase virgem. É digno de nota que neste gênero, como no de antiguidades babilônicas, também rivaliza o Metropolitano com o rei dos museus do mundo, o British Museum, cujo luxo de material honra a cultura da grande Inglaterra.

A arte toda, em seus diferentes aspectos, do de pura beleza, que é o mais nobre, ao decorativo e industrial, que é o mais útil, acha-se fartamente representada no Metropolitano. Há magníficas coleções de rendas, das quais sobressaem as belgas e as irlandesas, celebradas pelo voluptuoso Oscar Wilde; de tapetes, incluindo os da Pérsia em cores estridentes, doados ao Museu em memória de Joseph Lee Williams; de jarros do Japão e da China e de porcelana fina, sendo de encantar os canequinhos e bules de chá, tão delicados que parecem ir partir-se ao mais leve toque dos dedos; de leques, os mais primorosos e artísticos; de cerâmica, incluindo espécimes da famosa faiança da França; de trabalhos de madeira, dos quais os mais belos são os franceses do século XVIII; de instrumentos musicais de todo gênero, de quase todas as idades e estilos – flautas, rabecões, violinos, bandolins, tambores, clarins, cravos.

De arte americana, isto é, dos Estados Unidos, possui o Metropolitano a mais completa coleção. Podem-se admirar móveis coloniais, tapeçarias; quadros e escultura *made in America*. Pensavam que aqui só se faziam bonecas de celuloide – que são de resto uma arte interessante, ainda que mecânica? Não, senhores! Há na seção americana excelentes retratos a óleo de chefes políticos, generais e plantadores de algodão da era colonial. São numerosos os de George Washington, o herói da Revolução de 77 – sempre elegante, empoado, o alvo frocado de rendas a sorrir no peitilho da casaca senhoril, a fina boca quase sem lábio superior. O retrato do grande poeta Walt Whitman – o poeta americano, *par excellence*, pois foi o primeiro a extrair poesia dos *skyscrapers*, das pontes de ferros das locomotivas, sendo seus continuadores, hoje, Vachel Lindsay e Amy Lowell – é um verdadeiro primor e honra o pincel de John Alexander. Há também de arte americana belas paisagens, notando-se em algumas a influência do impressionismo e, em raras, a do cubismo.

Visitar o Metropolitano, a primeira vez num passar borboleante de seção a seção, depois com vagar e volúpia, especializando, vale bem o tempo que toma. Não há lugar, em New York, que tanto ofereça em gozos e em cultura geral – a não ser que seja o Museu de História Natural, do qual falarei breve aos leitores do *Diário*.

(Diário de Pernambuco, 17-4-1921)

22

Fraco, velho, doente, o Woodrow Wilson que acaba de deixar a presidência dos Estados Unidos parece o avô de Woodrow Wilson de 1918. Entretanto, ainda ontem, era o sr. Wilson um desses homens de idade que de costas parecem rapazes. E certo, há dois anos, a ninguém lembraria colocá-lo entre os anciãos respeitáveis do país; o Cardeal Gibbons, fino e pálido, a pasta alvíssima de cabelos sob o solidéu; o Rev. Lyman Abbott, de barba mosaica, com uma memória que remonta quase ao tempo da carochinha; o Tio Cannon, decano da Câmara dos Deputados, calvo e de barbinha. Hoje, o sr. Wilson é, como eles, um velhinho – talvez mais decrépito, mais cansado, mais seco. Parece um ator disfarçado, com olheiras, com rugas, com pés de galinha, com tudo que possa exprimir a devastação da alma e do corpo, para o papel de Rei Lear, no último ato da tragédia de Shakespeare.

Não exagero. Comparem os dois retratos que o *Diário* bondosamente publica e dos quais este artigo é apenas suplemento. O contraste surpreende. Parece que há o abismo de trinta anos entre o Wilson de 1919 e o de 1921. Devastou-o assim depressa, não tanto a velhice, que esta rói aos poucos, porém a doença e acima de tudo a dor moral. É a dor moral – mais que a fadiga ou a doença – que se lê no rosto acre do Woodrow Wilson de 1921.

Por que falhou o sr. Wilson no que ele julgava, e com acerto, a parte mais nobre da sua missão, do seu dever de *leadership*? Era incapaz da obra? Era inferior a ela? Creio que não. O que partiu ao meio, inutilizou, despedaçou todo o nobre esforço do sr. Wilson foi o sistema com que a mediocridade vitoriosa se defende do governo do mais apto, do melhor, do superior – a chamada democracia. O ex-presidente dos Estados Unidos pertencia ao número de indivíduos que o historiador Thomas Carlyle chama *real superiors* – isto é, condutores de homens por direito próprio, por superioridade, quase por seleção natural. Esse tipo de *leader* e o domínio da mediocridade repelem-se. Bastava isso para que um oceano inteiro se erguesse contra o sr. Wilson. A reação não tardou. Primeiro os *bosses* do Senado. Depois outros *bosses*. Todos os incapazes, então. E venceram. A democracia é um fato. Viva a democracia! Ele, o sr. Wilson, é que morreu.

Algumas notas sobre o sr. Wilson e sua carreira. Neste momento em que todos os jornais vêm cheios de retratos do novo presidente, o sr. Warren Gamaliel Harding, voltemo-nos para o antigo e falemos dele.

Antes de ser presidente da República o sr. Thomas Woodrow Wilson, conhecido familiarmente entre os seus camaradas de escola por "Tom", foi advogado, professor de universidade, escritor de livros e de artigos para revistas, presidente da grande Universidade de Princeton e governador do Estado de New Jersey.

Como escritor político e constitucionalista sua reputação está solidamente firmada. Seu livro *Congressional Government* é já trabalho clássico na matéria. A ideia-medula desse livro é a de que o papel do presidente americano é, ao mesmo tempo, de chefe de Estado e de *premier* – ou, por outra, de cabeça do partido em maioria – sendo, por conseguinte, diretamente responsável pela execução do programa de legislação fixado pelo partido vitorioso na sua plataforma. É o conceito de presidencialismo ativo e, pode-se dizer, a cristalização das ideias de Abraham Lincoln.

Lincoln era, como o sr. Wilson, presidencialista. Não acreditava na eficiência do chamado *kitchen cabinet* ou "gabinete de cozinha", nem mesmo do gabinete oficial, quando os seus membros se arvoram em mandões, reduzindo ao mínimo os poderes do presidente. Conta-se que, uma vez, Lincoln, em reunião do ministério, apurou os votos dos vários ministros sobre certa ideia que ele apresentara. Todos votaram contra. Frio, calmo, com sua nobre fleugma, Abraham Lincoln anunciou o resultado da votação: sete contra; um a favor. Vence a minoria.

Teria feito o mesmo, sob as mesmas circunstâncias, o sr. Woodrow Wilson. Entendia ele que os ministros são secretários do presidente. Este é que é responsável pela política do Governo. Por isto, em face da intrusão do seu secretário de Estado, o sr. Robert Lansing, no poder presidencial, não hesitou o sr. Wilson em escrever-lhe em termos claros como o sol do meio-dia, pedindo-lhe que renunciasse à cadeira no gabinete.

Pouco tempo esteve o sr. Wilson na prática da advocacia. Enfastiado da rotina do seu escritório da Atlanta, seguiu para Baltimore, fazendo na Universidade de Johns Hopkins um curso suplementar de política, história e economia. Suplementar, porque já se formara em Direito na Universidade de Virgínia.

Começa sua carreira como professor. Ensinou primeiro História, num colégio do qual não me lembra o nome, onde o substituiu, após sua retirada para a Universidade de Wesley, o dr. Franklin Giddings, hoje sociólogo de nota e meu professor na Universidade de Colúmbia. Da Universidade de Wesley passou o dr. Wilson à de Princeton, onde foi, primeiro, professor de Ciência Política, depois presidente. Na presidência de Princeton combateu certos males da vida universitária americana, como, por exemplo, os excessos de atletismo.

Eleito governador do Estado de New Jersey, surpreendeu aos politiqueiros que o julgavam um "mestre-escola" incapaz de ação política e de *leadership*.

Incapaz? Grossos interesses plutocráticos, sujas negociatas, "arranjos de comadre" – tudo quanto foi patifaria encontrou no dr. Wilson um homem limpo, disposto a reagir e a impor sua vontade. O "mestre-escola" era um potente estadista, um *real superior*. Nós, no Brasil, tivemos um mestre-escola desse tipo – Diogo Antônio Feijó – o padre-mestre de Itu, que, sendo um pensador, um estudioso científico dos problemas sociais e de governo, sabia também ser homem de ação.

Da presidência do sr. Wilson é quase impossível falar no espaço que me resta. Os oito anos do seu governo encerram material para livros interessantíssimos. Esperemo-los. O americano tem a mania de escrever livros e é provável que se comece a formar, ainda em vida do sr. Wilson, uma verdadeira "Wilsoniana" – volumes e volumes de estudos, de biografias, de psicoanálises, como as há sobre Napoleão. Já uma casa editora anuncia para breve o aparecimento de um livro escrito pelo sr. Robert Lansing, no qual o ex-secretário de Estado dirá de suas relações e de sua intimidade com o presidente durante a fase mais dramática da Grande Guerra. O jornalista Ray Stannard Baker trabalha numa obra do mesmo gênero.

Que nos revelarão esses livros? Esta grande verdade: que o sistema democrático é desfavorável à *leadership* do homem de gênio, do herói providencial, do *real superior*, de que fala Carlyle e do qual tanto tem dependido o progresso humano. O sr. Wilson fez alguma coisa, porém teve de deixar a meio sua obra. Assim quiseram os medíocres. O próprio grito triunfal dos partidários do novo presidente o revela: "a presidência não é lugar para super-homens, porém para homens".

(Diário de Pernambuco, 1-5-1921)

23

Rabindranath Tagore está em New York. Tive o prazer de ouvi-lo um destes dias. E onde, senhores? Numa sala, no décimo nono andar de um *skyscraper*. Não poderia ser maior o contraste entre o lugar da conferência – um casarão de trinta andares, todo em labuta, em ação, gente a mover-se, máquinas de escrever a guinchar, telefones a retinir – e o conferencista – a mais contemplativa das criaturas, a placidez em pessoa, um homem que passa horas a fio em recolhimento e meditação sob os coqueiros da Índia. Era Maria em casa de Marta.

Tagore é o autor de *Gitanjali* e de *Chitra*, livros que, apesar de escritos em obscuro dialeto hindu, mereceram-lhe o Prêmio Nobel e, ainda que tardia, a celebridade. E como a França, seguindo o exemplo da Inglaterra e da América do Norte, já traduziu Tagore, é provável que no Brasil lhe conheçam a obra cheia de beleza e de unção espiritual. Aliás, tive há pouco notícia de que existe uma versão portuguesa de *Chitra*.

Li Tagore em inglês, há de haver uns dois anos, e com um gozo que há de vibrar enquanto em mim vivam os "nervos de deleite artístico" de que fala Shelley. Desde então me interessa estranhamente a moderna literatura hindu, latejante de religiosidade, palpitante de beleza. Agora mesmo releio *The broken wing* (A asa partida), um livro de poemas de Sarojini Naidu, poetisa como Elizabeth Browning, de grandes olhos escancarados e corpo frágil e que é, em pessoa, (segundo m'a descrevia, há pouco, o sr. Oliveira Lima, que a conheceu em Londres em 1914) tão encantadora, quanto em espírito. A quem tanto interessa a literatura hindu era natural que interessasse ouvir Tagore, em conferência de caráter meio privado, ainda que em lugar tão impróprio: o décimo nono andar de um *skyscraper*. Foi, portanto, uma hora de gozo a que passei ao pé do maior dos poetas da Índia.

Logo ao entrar na sala, saltou-me aos olhos, dentre a onda escura de fraques e paletós, a mancha colorida de uma túnica, sobre a qual escorria, em flocos, inculta barba mosaica. Era o Mestre. Era Rabindranath Tagore. Fitava o chão, como recolhido em prece, afundado numa poltrona. Ocorreu-me a ideia de que Carlyle, se tivesse conhecido esse hindu silencioso, amá-lo-ia como um irmão, com doce *amore d'intelletto*.

Sentei-me junto à janela. Olhei New York. Palpitava de vida. Madison Avenue era toda movimento, violência, lufa-lufa. Acotovelava-se a gente, na ganância de passar primeiro. Rodavam autos, vitórias, caminhões pesados. Chegava até nós, atenuado, dulcificado pela distância o z-z-z-z- de feira da rua. Teria Tagore razão em dizer que a vida ocidental há degenerado em mecanismo?

O escritor de *Gitanjali* levantou-se para falar. Deve ter seus sessenta anos. Sua pele é morena, tão morena que parece dourada, sem ser, porém, cor de café, como a do hindu vulgar. Seu rosto é oval, e doce, fino, espiritualizado. Aureola-o uma barba profética, que dir-se-ia arrancada a certa pintura de Fra Angélico que eu já vi, creio que no Metropolitan. Ou a Tolstói. Com o mestre da novela russa Tagore se parece não só na barba, porém na obsessão do problema religioso, na ânsia de achar o bem e de elevar-se, como em nuvem, ao sonho azul de beleza e verdade.

Quando sorri, Rabindranath Tagore mostra uns dentes iguais, pequenos, resplandecentes de brancura. Parece sua dentadura com o teclado de um pianinho de brinquedo, ainda novo.

Sua voz é que desaponta. Contrasta com o porte apostólico, com a barba profética, que fazem esperar uma voz forte e grave de *basso cantante*, de órgão de igreja. Surpreende-nos uma fala adocicada, morna, um tanto desagradável, dando a impressão de xarope a escorrer. Percebe-se, entretanto, que é natural.

Fala Tagore o mais puro e claro inglês. "Não ouvi uma só palavra mal proferida", dizia-me, ao sairmos, um amigo americano. Pois, senhores, até os *rr* e os terríveis *tt hh* pronuncia o bom do hindu corretamente e sem esforço aparente, dando a falsa impressão de que para ele essas dificuldades são *bombons* – desses que se dissolvem na boca. Seria natural supor que desde verde meninice fala Tagore o inglês. Engano. No decorrer da conferência, com a tímida modéstia de uma rapariga d'antanho a pender-lhe das pálpebras, ele declarou que só aos quarenta anos começara a falar inglês.

Aliás a conferência inteira foi uma autobiografia suavemente disfarçada. É dos espíritos eminentemente religiosos esse pendor para o gênero autobiográfico, ou, mais propriamente, autopsicológico. Escreveu Tolstói *Minha confissão*. Deu-nos o Cardeal Newman, na sua velhice dourada pela fé – pois na busca ansiosa da verdade (essa eterna tentadora e eterna fugitiva) achara afinal consolo na concreta crença católica –, a *Apologia pro vita sua*. Fala de si mesmo Pascal, o autor de *Provinciales* – cuja existência foi também gasta a escapar-se, como dum espectro, do racionalismo estéril, tendo sido seu refúgio, quando o cansaço intelectual o prostrou, a Cruz Redentora. E não se esgotam com estes os exemplos.

Falou-nos Tagore de sua vida de doce paz, sob as palmeiras brâmanes, à beira do Ganges, o rio que os hindus chamam a "Mãe Ganges". Era adolescente quando começou a escrever – dezesseis anos, creio. Sob o sol da Índia a gente é precoce. Durante mais de vinte anos escreveu, conhecido apenas na sua província, no seu dialeto. Escreveu contos, poemas em prosa – como *Gitanjali* – dramas, ensaios. E no meio da labuta literária não esquecia de recolher-se em silêncio, horas e horas por dia, em comunhão com Deus. Esta religiosidade é que dá à obra de Tagore o encanto mágico de salmos, eternamente frescos.

Elástica religiosidade a sua. Creio mesmo que não tem religião. Porém raros haverá que hajam penetrado tão fundo na essência dos grandes credos – fragmentos multicores de um só bloco primitivo. É aliás natural que, filho da Índia, onde as religiões pululam como as escolas filosóficas na Alemanha de antes da guerra, os clubes de mulheres nos Estados Unidos, e as filarmônicas políticas no Brasil, Rabindranath Tagore possui, mais viva que todas as qualidades, a da paixão religiosa.

"Um dia" – disse Tagore – "senti a vontade de conhecer os homens do Ocidente. Senti o desejo de me comunicar com o mundo. Era um desejo difícil de levar a cabo." Contou-nos depois a experiência dos seus primeiros dias em Londres. A vida ocidental pareceu ao seu espírito contemplativo um redemoinho. Sentiu-se desanimado e nostálgico. Desconfiava desses seres que não compreendia. Apenas balbuciava o inglês. E um dia, Londres achou Tagore. Seus escritos foram impressos em inglês. Invadiram como uma onda as duas pátrias de fala inglesa. A companhia Mc. Milin, editores de New York, imprimiu novas edições. Tagore era célebre. Veio o *veredictum* do Prêmio Nobel consagrá--lo escritor de primeira ordem. E, o que é mais importante, Tagore começou a gozar da amizade, da intimidade, do afeto dos homens do Ocidente, a conhecer as suas casas, a compreendê-los. Seu espírito passou como por uma clarificação. "Senti" – disse ele – "que se desprendiam de mim suspeitas e ódios. Foi um alívio doce chegar a esse entendimento mútuo. Um grande peso, uma carga, um molho de antipatia, caíra no chão."

Tagore sonha agora com o estabelecimento de uma escola na Índia, na qual a mocidade do Ocidente aprenda, misturada fraternalmente à do Oriente, a filosofia e a arte orientais. Sua ideia tem encontrado apoio na França, na Inglaterra, na Holanda e nos Estados Unidos. Rodeado de discípulos é que ele conta gastar o resto de sua vida – que é em si um poema. "Ensinar", disse ele, "é um gozo." Que gozo imenso o de sentar-se ao pé deste Mestre!

Durante a conferência inteira Rabindranath Tagore fitou o chão. Seria timidez? Mal terminou a conferência aproximei-me da túnica de Tagore, por entre a onda de fraques e paletós que o cercavam. Queria apertar-lhe a mão e vê-lo de perto. E mais depressa do que esperava, quase de repente, me achei junto do homem. Rabindranath Tagore com seus grandes olhos negros fitou-me, num olhar que me fez sentir todo o grande poder de sua pessoa. Lembrei-me então de uma carta que recebera de certa amiga na qual, a propósito de Tagore, ela me perguntava se eu cria em "olhado" (*Do you believe in hoodoo?*). Os olhos de Tagore não se esquecem. Há neles todo o mistério da Índia. E se o "olhado" de Tagore é mau eu estou perdido, pois não tenho comigo nem "figa", nem dente de cobra, nem "obi".

(Diário de Pernambuco, 8-5-1921)

24

Falemos de um morto: o Cardeal Gibbons. O papa dos católicos americanos morreu no fim de março, na sua casa de Baltimore, aos oitenta e seis ou oitenta e sete anos.

Não foi surpresa a morte de Monsenhor Gibbons. Desde sua grave moléstia, depois de Ano-Bom, que se vinha acabando aos poucos aquele corpo anguloso de asceta.

Era um grande homem e um grande *leader* – europeu numas tantas coisas que o desnacionalizavam, um pouco; americano da gema, nas qualidades essenciais. No físico lembrava um cardeal italiano de antanho: nariz saliente, narinas dilatadas, boca de Leão XIII, quase sempre curvada num meio sorriso, olhos argutos, penetrantes, uma pasta de cabelo prateado sob o solidéu, uma "magreza intelectual", uma palidez esverdeada. E era sem dúvida italiano no tato com que sempre agiu. Porém que alma verdadeiramente americana abrigava aquele corpo! Sob a murça de Monsenhor James Gibbons, no seu coração, jamais deixou de palpitar o americanismo, isto é, o que este tem de bom, belo e nobre: simpatia humana, tolerância mútua, otimismo, bondade prática.

Era uma dessas figuras cheias de sedução pessoal, às quais os americanos chamam magnéticas. No contato com outros homens, a negócio ou em simples relações mundanas, isto é, sociais, infiltrava-se na simpatia deles. Joaquim Nabuco – outro fascinador de homens – admirava ao Arcebispo de Baltimore, com quem suas relações chegaram a ser íntimas.

Príncipe, ao menos de nome e tradição, não vivia principescamente o Cardeal. Era simples. Uma senhora francesa que o visitou, há três ou quatro anos, na sua casa de Baltimore, descreve-o como fácil e amável, vivendo com a maior simplicidade e sem-cerimônia deste mundo, dizendo sua missa, despachando sua papelada, recebendo visitantes como qualquer padre-reitor.

Por outro lado, no que era oficial, isto é, da Igreja e não dele só, não se descuidava da etiqueta, da pompa, do cerimonial das solenidades. Nisto se parecia com os monarcas ingleses, simples como homens e aparatosos quando em serviço da nação, e com certo juiz brasileiro que conheço. E deve ser assim. Há no aparato e na majestade do culto católico, assim como na etiqueta da corte inglesa e no cerimonial das cortes de Justiça (desprezado por certos juízes democráticos por parecer velharia) um forte elemento moral, psicológico, digno de conservar-se.

Era impressiva a figura de Gibbons, nas ocasiões de gala. A murça roxa, o manto, o solidéu, davam àquele corpo alto, anguloso, magro de americano do século XX a imponência de uma figura antiga, mediévica, romântica. Ocasião de grande gala foi a da entrada na Catedral de St. Patrick, o ano passado, dos dois cardeais, Mercier e Gibbons, na pompa de suas vestes, sob a mesma umbela, em passos hieráticos.

Há do Cardeal Gibbons anedotas interessantes, que fazem compreender melhor sua personalidade. Não há como anedotas para ilustrar o caráter de um homem.

Dizem que certa vez, de volta Monsenhor Gibbons de uma de suas viagens a Roma, perguntou-lhe um gaiato, talvez sarcástico: "Então o Papa é infalível?". "Chamou-me Giboné", respondeu sem embaraço Gibbons.

Para as crianças o Cardeal era bom como um vovô, doce como um papá Noel. Conta alguém tê-lo visto um dia em certo bairro andrajoso de Baltimore, em que as crianças brincam nas ruas, no meio duma revoada de garotinhos, desavindos por causa de um jogo. O Cardeal servia bondosamente de árbitro. Doutra feita encontraram-no a acariciar e a fazer perguntas a um negrinho meio roto e sujo, a quem, por fim, abençoou sorrindo. Como Jesus, o Cardeal gostava de fazer ternuras à criançada pobre das ruas.

Era Monsenhor Gibbons homem sem ódios sectários, antes eclético e amado por protestantes e judeus. Tinha, entre estes, amigos aos quais visitava ou com os quais se correspondia afetuosamente. Uma vez, passeando em companhia de prelado europeu pelas ruas de Baltimore, passou o Cardeal em frente de uma igreja da qual saíam os fiéis. Notando o europeu os cumprimentos e sorrisos que voavam para seu companheiro e que este retribuía amavelmente, sorrindo, tirando seu chapéu de feltro, chamando certas pessoas pelo nome, mostrou-se admirado de que a Eminência conhecesse tantos paroquianos e da afeição com que os mesmos o saudavam. Sorriu Gibbons e desfez o engano. Aquilo não era Igreja Católica. A gente que o acabara de saudar eram seus amigos da Igreja Protestante Episcopal de Santo Emanuel. Era assim humano, bom, eclético, um papa para todos, o grande morto.

Homem de visão social e ideias avançadas, o Cardeal Gibbons não hesitou em dar seu apoio ao grande Parlamento de Religião que se reuniu em Chicago em 1893. As pessoas que tiveram a fortuna de estar presentes ao Congresso – conheci uma delas – lembram-se de ter visto entre o quimono de seda do confucionista chinês Pong Kwong Yu, a mortalha branca do monge brâmane Vivekananda, túnicas coloridas de hindus, vestes debruadas de prelados grego--ortodoxos, sobrecasacas de rabinos e de pastores protestantes, a murça inconfundível do Cardeal Arcebispo de Baltimore: James Gibbons. E estava ali, apesar de doente. E apesar de doente fez um discurso, todo cheio do "leite de ternura humana", de que fala o poeta. Além desse discurso, foi lido ao Congresso, pelo Bispo Keone, um belo trabalho de Gibbons sobre os católicos e a caridade – trabalho que estive a ler dois dias antes da morte do Cardeal.

Era Gibbons pragmatista sem deixar de ser propriamente ortodoxo. O referido Bispo Keone disse do seu superior, à vasta audiência do Parlamento de Religiões, que era "homem eminentemente prático".

E acrescentou: "Ele sempre encara as coisas pelo lado prático; até com relação ao supernatural pergunta: é prático?" (*will it work?*). E no seu pragmatismo religioso, como na sua tolerância, era Gibbons puro americano. *Yankee* da gema.

Não há dúvida de que na morte de James Gibbons perdeu o catolicismo um grande *leader* e os Estados Unidos viram desaparecer um dos seus homens mais altamente representativos. Era ele o que as Escrituras chamam um "homem de Deus" – sem que sua bondade fosse desculpa para falta ou pobreza de intelecto.

(Diário de Pernambuco, 15-5-1921)

O embaixador intelectual do Brasil

Chamou Björkman ao dr. Oliveira Lima "embaixador intelectual do Brasil". Não fez o grande sueco uma frase à toa. Cunhou a medalha de um elogio muito justo e muito próprio.

É relativamente fácil, nos tempos que correm, ser embaixador. Era-o, em casos ordinários, no próprio século XVIII. Belas maneiras, finas rendas no peitilho, finos sorrisos na face, uns toques de *savoir faire*, bastavam para fazer um embaixador. Ora, essas qualidades possui-as qualquer aristocracia que se preze: possuía-as a europeia do século XVIII. Na ausência ou pobreza delas sobrecarregavam-se os enviados de presentes: são célebres os que ao Papa levou da parte do rei de Portugal André de Mello: papagaios, araras e louça da Índia.

Para ser embaixador intelectual, porém, é preciso ser um James Bryce, um Lowell, um Joaquim Nabuco, um García Mérou. Ninguém faz um embaixador desse gênero. É alguma coisa fora da alçada desse semideus, criador de "ficções", rival de Júlio Verne e de Mr. Wells, chamado "Direito Internacional". Chega-se ao posto por "direito próprio".

Atingiu-o triunfalmente o dr. M. de Oliveira Lima. Prova-o sua atividade intelectual por vinte e cinco anos paralela à sua ação diplomática, sem ter, porém, cessado com a sua jubilação na *carrière* que tanto honrou. Tracemos, em rápidas notas a lápis, o que tem sido até o presente essa atividade.

Em 1896, secretário de legação em Paris, publicou o dr. Oliveira Lima, em francês, seu belo trabalho de mocidade, *Sept ans de République au Brésil*, no qual procurou explicar à opinião europeia o novo regime político do Brasil.

No Congresso Científico de Viena, poucos anos depois, obteve o nosso compatriota a inclusão do português entre as línguas oficiais daquela conferência mundial — notável vitória para o Brasil. Isto na Europa. Sabemos de congressos pan-americanos — aos quais o português se impõe por direito próprio como idioma oficial — onde, no entanto...

Na mesma Viena, no Congresso de Música Clássica, alcançou o dr. Oliveira Lima outra esplêndida vitória para a sua e nossa pátria, conseguindo que ali se executassem, com as de Haydn e outros mestres clássicos, composições do nosso Padre José Maurício.

Em 1910, na Sorbonne, proferiu o então ministro do Brasil na Bélgica, excelente conferência sobre o mestre da novela brasileira, Machado de Assis, depois impressa sob o título *Machado de Assis et son oeuvre littéraire*. No mesmo ano o dr. Oliveira Lima publicou em *La Revue* (hoje *La Revue Mondiale*), conhecida revista dirigida por esse francês de largas simpatias humanas que é M. Jean Finot, uma série de artigos sobre o momento literário no Brasil: *Écrivains brésiliens contemporains*.

Em 1911, ocupou o dr. Lima a tribuna de conferências da Sorbonne, inaugurando um curso de história do Brasil, com digressões sobre a literatura. Nesta série de conferências revelou o erudito brasileiro notável poder de síntese. São as mesmas um diagrama a cores vivas da evolução histórica do Brasil, gizado por mão de mestre.

No mesmo ano, em outubro, inaugurou o dr. Oliveira Lima a cadeira de Português, estabelecida na Universidade de Liège, por influência sua.

No ano seguinte, em 13 de junho, por ocasião da festa presidida por M. Jean Richepin, da Academia Francesa, em honra de Camões, cujo monumento então se inaugurou, fez o nosso patrício notável discurso em nome do Brasil. A festa foi em Paris e a ela se associou a elite intelectual da Europa Latina.

Em 1913, veio o dr. Oliveira Lima para os Estados Unidos, a convite do dr. John C. Branner, da Universidade de Stanford, Califórnia, realizando conferências sobre a história sul-americana em doze universidades americanas, num *tour* que incluiu distintas zonas universitárias: a do Oeste, a do Centro e a do Leste. Às conferências então proferidas pelo nosso patrício chamou o dr. E. Zeballos "reivindicação continental". A Universidade de Stanford reuniu-as em livro, prefaciando-as o erudito professor Martin.

Em 1914, em Londres, foi o dr. Oliveira Lima, juntamente com a poetisa hindu Sarojini Naidu e a escritora húngara Ilora de Gyoy Ginever, convidado de honra num banquete de gala da *Royal Society of Literature*. Foi-lhe dado o ensejo de falar e em curto, porém, primoroso discurso mostrou a influência da literatura inglesa sobre a brasileira.

Em 1918, visitou o eminente homem de letras a Argentina, recebendo então da parte dos argentinos a hospitalidade mais carinhosa e as distinções mais altas de que ainda foi alvo naquela república um brasileiro. E brasileiro sem coches faustosos, nem papagaios, nem louça da Índia.

Devem os estudantes brasileiros em particular, e os latino-americanos, em geral, ter orgulho desse "embaixador intelectual" em cuja obra vibra não só o amor sincero pelo Brasil porém a nota viva de um largo patriotismo continental, também. E é oportuno salientar, nesta revista, que o dr. Oliveira Lima é grande amigo dos estudantes, tendo sido o presidente de honra do Congresso de Estudantes reunido em Pernambuco em 1917. Para *El Estudiante* mesmo já teve o grande brasileiro uma palavra de simpatia. "Mande-me sempre *El Estudiante*", escrevia-nos ele recentemente. "Não sabia que havia tantos estudantes latino-americanos nos Estados Unidos. 4 mil! Serão uma grande força de união no futuro. Sua revista poderá ser muito útil, aproximando-os entre si, não os distanciando ao mesmo tempo dos Estados Unidos."

(Publicado no número de março de 1921 da revista El Estudiante Latino-americano, de New York, de que Gilberto Freyre era um dos editores, e transcrito no Diário de Pernambuco de 22-5-1921)

25

New York, abril de 1921

Os Estados Unidos parecem ter adquirido da Alemanha a mania de especialização a todo o pano, até ao último requinte e ao exagero. Isto nas indústrias, no comércio, na organização de serviços públicos, no ensino, na medicina – em tudo, enfim. É possível que em alguns casos tanto exagero de especialização signifique maior eficiência. Noutros casos, porém, parece somente complicar a já bastante complicada vida do cidadão deste democrático e industrializado século XX. Complicá-la e destruir-lhe o interesse. Porque não resta dúvida de que muito mais agradável é viver entre homens educados que entre meros especialistas.

Um amigo meu, americano, chamava-me a atenção, outro dia, para o desaparecimento do "médico de família" nos Estados Unidos. Se ainda existe é nos distritos rurais. Nas cidades passou. Hoje, cada família urbana em vez de ter seu médico vai a especialistas: ao dr. Fulano, para isto; ao dr. Sicrano, para aquilo; ao dr. Beltrano, para aquilo outro. O mesmo quanto a dentistas, classe aliás muito unida, pois se recomendam uns aos outros. Assim não é próprio dizer "meu dentista, o dr. X."; o cidadão que se preza vai a especialistas, três, quatro, dez, conforme a complexidade do trabalho. Um perito em trabalhos de porcelana a quem o paciente pede que lhe coloque um dente de ouro, como o de Oscar Wilde ou o do boleeiro da praça, indica imediatamente seu colega, dr. Fulano, rua tal, trigésimo andar, sala 5.000. Há vantagens nisto? Claro. Desvantagens? Também.

Nós, aí no Brasil, vamos ao outro extremo. Nossos profissionais pecam pela generalização. Há médicos, entre nós, que praticam ao mesmo tempo a bacteriologia, a eletroterapia, a radioterapia, a higiene, a cirurgia etc. Não as praticam, somente; passam por autoridade em cada um desses ramos – o que é impossível. Tanto enciclopedismo científico tende naturalmente à superficialidade. É melhor especializar moderadamente, sem perder o prumo e o equilíbrio. Sem degenerar no monstro horrível que é o especialista exagerado, ao qual Eça ridiculariza na pessoa do dr. Topsius, aquele alemão da Universidade de Bonn, rebento de toda uma dinastia de especialistas, um dos quais escrevera gorda enciclopédia sobre a fisionomia dos lagartos.

Há outros casos de especialização, nos Estados Unidos. E estes creio que favoráveis à maior eficiência de serviço. O do *National City Bank of New*

York, por exemplo. É, como se sabe, um colosso. O Banco mais poderoso das Américas. Seu edifício é enorme – mesmo para New York. E dentro dele, por trás da fachada de seis andares, que requinte de especialização no serviço! É possível que tal sistema obrigue o cliente a passar por diversos *guichets*, antes de liquidar seu negócio. Porém o serviço é mais rápido e mais eficiente, multidivididas como são as responsabilidades entre centenas de empregados e dezenas de departamentos.

O processo do preparo do *beef* é outro exemplo. Dele me inteirei numa visita às casas Armour e Swift em Fort Worth, Texas. Que ramificação de trabalho! O simples *beefsteack* que nos servem no *restaurant* é o resultado de um processo no qual colaboram dezenas de indivíduos – cada qual na sua especialidade.

Verifica-se o mesmo nas fábricas de sapatos, de bonecas de celuloide, de brinquedos de lata, de chapéus, de locomotivas, de automóveis, de caixas de papelão, de relógios que tenho visitado. Antigo operário de uma fábrica de sapatos de Ohio disse-me um dia que nem ele nem ninguém na fábrica sabia fazer um sapato inteiro. Isto era bom para os sapateiros da Idade Média!

No ensino superior creio que a tendência especializadora nos Estados Unidos está excedendo aos limites do senso comum. Gilbert Chesterton, o escritor londrino que acaba de visitar New York, e cuja gordura pitoresca e laço de gravata-borboleta lembra-me a de Emílio de Menezes das caricaturas, disse numa de suas conferências que "onde começa a educação, cessa o bom senso". Se ele se refere ao sistema que produz os chamados "Ph.Ds", eu concordo. Quando nas chamadas *graduate schools* das universidades, *book worms* escrevem volumes sobre volumes para demonstrar, por exemplo, "o declínio do prestígio da preposição 'ab' depois da segunda Guerra Púnica" é que os estudos superiores ameaçam degenerar em mero bizantinismo – um bizantinismo novo, ora linguístico, ora histórico, ora biológico – enfim um monstro de cem cabeças. Ao menos o outro bizantinismo era apenas teológico. Semelhante educação tende a estreitar os horizontes mentais do indivíduo. E mesmo que este possua o raro dom de uma mente rara, no fim do processo, é apenas *the man of one subject*: um grande homem de menos, mais um especialista estreito. É, às vezes, um monstro como o antepassado do "Herr Professor" dr. Topsius – ele próprio uma vítima da mania do pormenor. Uns poucos se salvam – apesar de tudo. Uns poucos.

(Diário de Pernambuco, 29-5-1921)

26

Tive o prazer de ouvir de perto o discurso do presidente dos Estados Unidos, sr. Warren Gamaliel Harding, ao inaugurar-se em Central Park a estátua de Simón Bolívar, ofertada a New York pela República da Venezuela. Dava-me direito a um lugar na audiência, limitada a setecentas pessoas, um cartão, espetado à lapela, de representante da Liga Pan-americana de Estudantes.

Estavam presentes, além do sr. presidente, o secretário de Estado, antigo juiz da Corte Suprema e candidato em 1917 à presidência, sr. Charles Hughes, o governador do Estado de New York, o prefeito da cidade, outros funcionários americanos de eminência, e, da América do Sul, os embaixadores e ministros acreditados em Washington, os cônsules em New York e pessoas de distinção ou representativas. A República da Venezuela mandara uma delegação especial, chefiada pelo ministro das Relações Exteriores, sr. Estebah Gil Borges, e encarregado de fazer a entrega solene da estátua equestre do herói à cidade de New York.

Das cerimônias nada especial a destacar. Como todas as cerimônias. Talvez mais cheia de cor e de pitoresco. Lá estava uma guarda de honra, com penachos brancos e alamares dourados. E marinheiros do *Minas Gerais*, vestidos de vermelho vivo. E bandeiras das vinte Repúblicas latino-americanas. Alguns vestidos de senhoras, incontestavelmente belos. E o mais, o formalismo de fraques oficiais, de sobrecasacas Príncipe Alberto, de cartolas.

O que nos interessa, porém, é o discurso do sr. presidente da República dos Estados Unidos, que achou azada a ocasião para falar da Doutrina de Monroe.

Fala o sr. Harding pausadamente, entusiasma-se às vezes, em outras toma atitudes oratórias de grande efeito, verdadeiras posturas à Mirabeau e gestos à Disraeli. Tinha na mão esquerda as tiras de papel de sua peça – não lendo, porém, palavra por palavra, antes mostrando desembaraço do manuscrito. Fala claro, isto é, quanto à pronúncia. De seu respeito pela gramática inglesa e poder literário de expressão queixam-se os puristas, desejosos, ao que parece, de que todos os presidentes sejam como Abraham Lincoln e o sr. Woodrow Wilson.

Tampouco se pode dizer que o discurso do sr. Harding tenha sido uma prova de conhecimento da história da América do Sul. Através do discurso inteiro falou de Simón Bolívar como o "libertador da América do Sul", o "George Washington da América do Sul", emprestando uma extensão pan-continental à obra de Bolívar, sem ter mencionado uma só vez, não direi os serviços, porém o nome de San Martín, em quem os estudiosos de história sul-americana reconhecem poder maior que em Simón Bolívar. Eu creio, entretanto, que nada mais fácil de perdoar ao sr. Harding que seus pecados de generalização histórica com referência ao nosso continente.

E, agora ao coração do discurso, à sua nota viva, que foi uma solene profissão de fé monroísta. "Os Estados Unidos pegariam em armas para defender a Doutrina de Monroe", disse o sr. presidente. E também: "Tem havido ocasiões em que a significação de monroísmo há sido mal compreendida por alguns, pervertida por outros". Em clareza foi este trecho o máximo a que atingiu o sr. Harding. Referiu-se a casos de perversão e má compreensão da doutrina. Muito bem. Porém, que entende o sr. Harding pela doutrina no seu estado normal, natural e bem compreendida? Isto é o que ninguém sabe. Isto é o que se quer saber. E disto deixou-nos no mesmo, tateantes, interrogativos, duvidosos, o sr. Harding. No dia seguinte ao do discurso, em conversa com meu professor de História da Diplomacia na Universidade de Colúmbia, o dr. Henry Munro, dizia-lhe eu o que aqui repito, dele recebendo inteira aprovação. No entender do professor Munro a Doutrina de Monroe foi criada como expressão de uma política estritamente nacional, de defesa e segurança dos Estados Unidos. Não aspirou a ser pan-americanista. É só aos interesses dos Estados Unidos que, na sua base primitiva, procura salvaguardar.

Roosevelt usou-a não só para salvaguardar como para promover os interesses dos Estados Unidos. Os países da América Central e os da Meridional, banhados pelo Caribe, podem ser chamados "zonas de influência" dos Estados Unidos e alguns, como Santo Domingo, Haiti, Nicarágua, Panamá e Cuba, estão sob a tutela econômica e meio política do Governo americano. A "política do canal", inaugurada antes mesmo do canal pelo presidente Roosevelt, tornava quase necessária, sob o ponto de vista americano, isto é, dos Estados Unidos, essa tutela sobre os países mencionados, conseguida, de resto, muito pacificamente, os próprios governos envolvidos consentindo na limitação de sua soberania.

Era o monroísmo de Roosevelt – monroísmo que no desejo de salvaguardar os interesses americanos dos Estados Unidos, expandia-os, limitando, na sua expansão, a soberania de vizinhos fracos – era tal monroísmo, natural ou pervertido? Não o disse, por certo, o sr. Harding. Não o sabe ninguém.

O imediato antecessor do sr. Harding, o sr. Wilson, continuou, no princípio do seu governo, a política rooseveltiana. Porém, abandonou-a e quase abandonou a doutrina de Monroe – expressão de defesa (e promoção?) dos interesses nacionais americanos dos Estados Unidos, pelo pan-americanismo. Não foi todavia o sr. Wilson inteiramente pan-americano. O pan-americanismo seria, no entender do sr. M. de Oliveira Lima – que teve a coragem de proclamá-lo em 1911, quando ministro em Bruxelas, e em desacordo da orientação tomada na Conferência Pan-Americana do Rio, pelo Barão do Rio Branco – uma política sob a qual as nações latinas assumissem as responsabilidades e, ao mesmo tempo, os direitos (sob certas e determinadas garantias) que a Doutrina de Monroe faz exclusivamente dos Estados Unidos.

Não se pense que o pan-americanismo do sr. Oliveira Lima não tem quem o acolha nos Estados Unidos. Aprovou-o com entusiasmo David Starr Jordan. Aprovam-no outros homens de eminência. E a Liga Pan-americana de Estudantes, recentemente organizada em New York e cuja ação, no futuro, promete ser de influência, assenta seu programa sobre fundamento pan-americano. O meu inteligente colega dos Estados Unidos que a preside, o sr. Philip Green, no discurso inaugural, declarou que o pan-americanismo é uma garantia contra ambições imperialistas de fora e também de "dentro" do continente.

É esta a base que dá à Doutrina de Monroe o sr. Harding? Se é, isto é puro pan-americanismo, largo princípio de Direito Público americano (no sentido continental) com responsabilidades e direitos para os países latinos.

O discurso presidencial, porém, pecou pelo vago de generalizações. Por mais que o remexa, não encontro nele uma confissão clara.

(Diário de Pernambuco, 5-6-1921)

27

Eu quase passei a idade em que se adora Sherlock Holmes, sem ler Sherlock Holmes. Porém, não sem os meus heróis. Apenas fui buscá-los alhures. E um destes heróis, dos quais li com deleite, foi o Príncipe de Mônaco, o grande oceanógrafo. Era um homem que remexia cientificamente com os mistérios do fundo do mar, este mar que os antigos já chamavam, talvez por intuição, "grande laboratório" – e que bisneto de português deixará de ter interesse pelo oceano? Está no sangue. Estava no meu. Daí absorver-me o romance das sondagens do fundo do mar realizadas pelo Príncipe de Mônaco.

Fiquei, por conseguinte, muito alegre quando outro dia, na Sociedade Americana de Geografia, vi o príncipe, escutei-o numa conferência, ilustrada a projeções de lanternas, sobre os seus trabalhos e, no fim da conferência, falei com Sua Alteza. Foi um raro gozo – não tanto por se tratar do Príncipe de Mônaco (pois nada mais fácil de encontrar que um maganão coroado ou com a faixa ou seja o que for de presidente de república) porém por ser Alberto I, o rei dos oceanógrafos.

Direi, de passagem, que a Sociedade Americana de Geografia tem este interesse especial para o brasileiro: foi o único lugar nos Estados Unidos em que o Imperador D. Pedro II, que aqui fez amizade com letrados e cientistas – dos quais raros ainda vivem – falou em público. O fato é referido pelo antigo diretor do *Jornal do Comércio*, o sr. José Carlos Rodrigues, que praticava então o jornalismo em New York.

O Príncipe de Mônaco foi recebido em sessão especial. Condecorou-o a Sociedade com uma medalha de mérito científico, que Sua Alteza recebeu entre os aplausos da assistência seleta, que se pôs de pé e de pé permaneceu, às palavras de agradecimento do Príncipe. Era evidente seu orgulho. Seguiu-se a conferência ilustrada e raras meias horas tenho eu passado de tanto encanto e proveito. Nunca pensei que houvesse tamanha riqueza na água do mar. Quero dizer riqueza de material científico, porque da riqueza de literatura, sabemos todos que é imensa. A literatura precede a ciência e antes de saber-se o que faz o oceano ondular sabia-se que no fundo moravam oceânides ou, mais indigenamente, "mães d'água". Por isso Camões, o poeta, precedeu a Alberto, o cientista, sem deixar de haver um pouco de ciência naquele, nem neste um tanto de poesia.

Finda a conferência, vi sumir-se o Príncipe numa onda de casacas – curioso destino para um oceanógrafo. Também me aproximei com o meu amigo sr. Wittemore Boggs, jovem geógrafo. A onda passou: pelo menos o oceanógrafo sobreviveu. Vi-o então de perto. Deu-me a impressão de um *cowboy* de Texas, que se tivesse "jubilado". É de fato o Príncipe um velho que aparenta sessenta e tantos anos (tem setenta e dois, vim a saber depois) porém vigoroso, a pele muito queimada de sol, os olhos pequenos e vivos, sem parecer à vontade na casaca e na camisa de peitilho engomado.

Falei-lhe em francês, depois de uma mesura. Disse-lhe que tinha a honra de o saudar em nome do *Diário de Pernambuco*, o mais antigo jornal do Brasil, e quase me sentia no direito – único brasileiro presente – de o fazer em nome do Brasil inteiro. E logo o Príncipe: "*Oh, oui! le Brésil!*". E falou do Brasil com interesse. "Seu país não é desconhecido dos cientistas europeus. Absolutamente. São-me familiares várias contribuições de brasileiros à ciência. E tenho ouvido falar de sociedades científicas do Brasil."

Mencionei o Instituto Histórico e Geográfico, que tanto deve ao nosso último e bem-amado imperador. E a propósito comparei o Príncipe a D. Pedro II, também homem de ciência. Naturalmente S. A. ouvira falar do nosso D. Pedro. E logo o Príncipe: "Se ouvi falar? Conheci-o pessoalmente em Paris. Fomos juntos a sessões de sociedades científicas. Tive o prazer de sua intimidade. Um grande homem e um sábio, seu imperador". Recolhi com alegria este elogio; um mais a juntar aos elogios de homens de ciência a D. Pedro, que não deu nunca a esses homens a impressão de ser postiço no seu saber.

Eu ia dizer ao Príncipe que uma vez, posto de castigo na sala de livros de meu pai, não sei por que travessura ou má-criação, encontrara delicioso alívio numas rumas de *Je sais tout*, especialmente em alguns artigos ilustrados sobre Sua Alteza e seus trabalhos de sondagem do mar. Datava daí – dos meus oito ou nove anos – meu interesse pelo Príncipe. Porém outros o rodeavam. Ao lado, o presidente da Sociedade de Geografia, um homenzarrão, torcia os fartos bigodes a Von Hindenburg. Tremi à ideia de que, cansado de minha intrusão, me fizesse ir embora pela gola do paletó.

Por isso disse apenas ao Príncipe: "A vida de Vossa Alteza é um romance de Júlio Verne no qual me interesso desde menino. Desde menino que leio a seu respeito". Gostou Alberto I de Mônaco do elogio, que era justo. E sorriu, mostrando uns dentes sãos. Disse: "Meu trabalho científico é minha grande alegria. Vou reatá-lo o mais breve possível. Com a Guerra perdi seis anos que preciso recuperar". O homenzarrão continuava ao lado. Achei prudente retirar-me. Eu era apenas um intruso bem recebido. De novo cumprimentei o Príncipe em nome da imprensa brasileira. Alberto I de Mônaco agradeceu, gracioso, sorrindo. E estendeu-me a mão para um aperto à americana, porque o príncipe em Roma é romano. Mão apenas e sem anéis, a sua. Tomei-a com respeito, desvanecido da honra que me dava o Príncipe, não só de Mônaco porém dos oceanógrafos. E a graça é que eu colhera um pouco do líquido precioso de sua palavra sem ter tido de perfurar a grossa muralha da etiqueta. Nada como uma intrusão feliz.

Há uma pergunta interessante que me escapou. É esta: saber se o Príncipe gosta de Camões. Eu creio que sim. Serão porventura *Os Lusíadas* seu livro de cabeceira? Ou de viagem? Já Nabuco dizia que *Os Lusíadas* são um livro para ser lido no tombadilho, à sombra de um velame. E nos seus iates, tem gasto o Príncipe boa parte de sua vida romântica.

Foi como oficial na marinha de guerra de Espanha, na qual tem hoje o posto de vice-almirante, que Príncipe de Mônaco – seu nome é Alberto Honório Carlos Grimaldi – se sentiu fascinado pelo mar. Estava então no verdor dos anos e casado de pouco com a Princesa Maria, filha do décimo Duque de Hamilton.

Seu primeiro iate chamava-se "Hirondelle", e era à vela. Nele o Príncipe fez as primeiras investigações. Ao "Hirondelle", seguiu-se em 1891 o "Princesse Alice", assim chamado em honra à segunda esposa do oceanógrafo, Duquesa de Richelieu. E, finalmente em 1897, o Príncipe lançou n'água o esplêndido iate a vapor, com a força de 1.000 cavalos e o comprimento de 240 pés, "Princesse Alice II". É a mais completa embarcação no gênero.

O Príncipe, com a comissão de *savants* que sempre o acompanha e que inclui especialistas em geografia, geologia, meteorologia, física, química e biologia marinha, tem feito suas sondagens no Atlântico, especialmente entre o litoral do principado e as ilhas Canárias e o Oceano Ártico.

Que compreendem e como são feitas essas sondagens? Estas perguntas, respondeu-as o Príncipe na sua conferência, ilustrada a projeções de lanterna. E não haverá estudo mais intensamente humano que o do mar. Deste grande laboratório pode vir, um dia desses, revelação importante a respeito da origem do homem. "As profundezas do mar" – palavras do oceanógrafo – "são o centro de vida orgânica."

Daí a importância do ramo de oceanografia conhecido por biologia marinha.

O Príncipe também se interessa por antropologia pré-histórica e é sabido que em Mônaco foi achado o "homem fóssil de Mentone" e que ali se encontra hoje um dos melhores museus de antropologia.

Exibiu o Príncipe vistas a cor de várias das criaturas que têm sido extraídas do fundo do mar, por meio de aparelhos especiais, cujo modo de funcionar também explicou. Todo esse material depois de estudado pelos *savants* vai para o Instituto de Oceanografia em Mônaco, mantido pelo Príncipe. Aí se publicam *Annales de l'Institut Oceanographique* e *Bulletin de l'Institut Oceanographique*.

Está em preparo um mapa topográfico e de fauna do fundo do mar nas proximidades do litoral de Mônaco. Para este mapa já existe abundante material – resultado de várias sondagens – e a publicação há de causar grande curiosidade científica.

O Príncipe é também um apaixonado caçador de baleias, no farpear das quais sua habilidade é bem conhecida. É seu *sport* favorito, se é que sua vida toda não tem sido um grande *sport*. Há nela movimento, romance, aventura. E o curioso é que o Príncipe busca no mar exatamente o contrário do que vai buscar em Monte Carlo a cansada volúpia de elegantes flácidos, gelatinosos e *blasés* de todo o mundo. Estes querem o prazer fácil; ele o difícil. E o tem encontrado.

(Diário de Pernambuco, 26-6-1921)

28

Pleno verão. New York está cheia de sol e de chapéus de palha com as fitas de cor, de roupas de seda japonesa, de calças de flanela e de sapatos de sola de borracha. Já os meios-dias são intoleráveis e à noite é preciso escancarar a janela para dormir bem.

Domingo passado parece que New York inteira estava em Central Park e em Riverside. Riverside é a avenida que se estende ao longo da barranca do rio Hudson. É o orgulho de New York. Alguns dos seus edifícios são magníficos. No outro lado, ao rés d'água, erguem-se, dentre a massa verde do arvoredo, *bungalows* acolhedores e aqui e ali fumega a chaminé de uma fábrica. Entre as duas barrancas estão sempre a passar barcos – alguns a vela, descendo o rio num favor doce de aragem, sem esforço nem bulha; outros a vapor, fazendo a água serpentear e deixando um rasto de espuma; outros, simples botes, ligeiros, obedientes ao impulso dos remos que manejam belos rapazes de braços nus. E faz agora cerca de vinte dias que parte da Esquadra americana veio também fundear, em silêncio, nas águas do Hudson, dando à paisagem, ao longo da avenida, uma como nota patriótica.

Para gozar essa paisagem, ou simplesmente para gozar a brisa do rio, o ar livre e o sol, é que havia tanta gente pelo Riverside, domingo. Principalmente à tarde. E estava de fato agradável – o calor tendo declinado. Os próprios autos – de ordinário monstros a correr esbaforidos – passavam devagar, de capota arreada. Nos largos passeios, crianças a brincar. Meninas, de belos cachos de ouro, saltavam à corda. Pequenos brincavam de *baseball*, cada um fazendo de conta que era Babe Ruth. Mulheres elegantes, masculinizadas, saias pelo joelho, passeavam levando pela corrente cãezinhos felpudos ou *Boston terriers*. Galopavam cavaleiros. Afluía gente, em grandes ondas, às estações das barcas fluviais que levam aos subúrbios quietos de New Jersey, excelentes para pacificar os nervos que New York põe em contínua tensão. Os *buses* iam e vinham repletos. E notei que eram os heróis do dia. Desejadíssimos. Devem fazer uma fortuna esses autos "com primeiro andar", nos domingos, como o último, de sol, pois não há quem não queira gozar a paisagem e o ar trepado num *bus*.

É de fato sensação agradável furar por esta New York de meu Deus – pela Quinta Avenida, pelo Riverside, pela Broadway – trepado superiormente num *bus*. Num "primeiro andar" aberto de *bus*. O homem gosta de ver as coisas do alto. E daí a atração do *bus* – isto é, do "primeiro andar" do *bus*. A paisagem, as casas, a gente a mover-se nas ruas, tudo se nos torna acessível, fácil de ver, do alto de um *bus*, a rodar, como em triunfo, por entre veículos, ao menos em alturas inferiores. É um prazer. Uma delícia.

Que o *bus* toma mais tempo que o comboio subterrâneo (*subway*) ou o *elevated* é verdade. Porém no verão nada mais desagradável que viajar num *subway*. Principalmente às horas de lufa-lufa. Ao incômodo dos apertos junta-se o do mau cheiro de suor. O outro, o *elevated*, é sempre desagradável e perigoso.

A companhia de *buses* de New York possui cerca de trezentos veículos. Num ano esses trezentos *buses* transportam, aproximadamente, a bagatela de 36 a 37 milhões de passageiros. E os acidentes são raros. Acidentes fatais, raríssimos.

Foi depois de vagar um pouco pelo Riverside que me trepei num *bus* domingo passado, e me fui cidade abaixo.

Passamos o monumento onde está o túmulo de Ulysses S. Grant. Cortamos a Broadway, em Cathedral Parkway. Some-se então dos nossos olhos, tapada pelos casarões, a vista do rio. Passamos perto da Catedral de São João, o Teólogo – uma mole enorme. Em pouco tempo, o *bus* voa pela Quinta Avenida. Na vidraçaria dos palacetes rebrilha o sol. Vemos o casarão onde morou Carnegie. Em Central Park as mesmas cenas de vida ao ar livre – crianças que brincam e jogam, vovós que costuram sob árvores tranquilas, nenês polpudos a dormitar nos seus carrinhos. Em frente da estátua de Sherman corre água duma fonte e a criançada pobre e meio rota, aos gritos de alegria, refresca os pés nus na água limpa.

Perto de Times Square, metade da gente deixa o *bus*. Estamos agora na zona mais congestionada de New York. É um mover-se difícil, tanto de veículos como de peões. Algo como um terceiro dia de carnaval ou tarde de Procissão dos Passos aí no Recife. O tráfico na altura do Times Square – de fato, em grande extensão da Quinta Avenida – é regulado por meio de lanternas de cor, do alto de uns como quiosques, no meio da rua: luz branca, livre; vermelha, mudança de sinal; verde, estacar.

Continua o *bus* a rolar pela Quinta Avenida. Começa a gente a perceber que os edifícios, em vez de espantosos, são simples. É que são mais velhos. Passamos pela Catedral de St. Patrick, toda rendilhada com um ar pensativo no fim vermelho da tarde. Estamos já na parte holandesa, antiga, da cidade. O velho Hotel Brevoort parece dar à gente que passa um boa-noite hospitaleiro. Foi lá que visitei outro dia, com o meu amigo dr. A. J. Armstrong, ao poeta Vachel Lindsay. Ao lado do velho hotel, uma vila deliberadamente poetizada por lampeões melancólicos. É um pedaço de Greenwich Village. Termina a Quinta Avenida. O *bus* atravessa o Arco e roda por Washington Square, onde ao pé da estátua de Garibaldi conversam, berram, gesticulam italianos. Faz-se a volta e o *bus* sobe a Quinta Avenida. New York já está no seu vestido de gala – que são os seus anúncios luminosos. Times Square flameja. Enorme multidão a pé comprime-se, acotovela-se, estende-se em linha, como é de praxe, diante dos *guichets* dos teatros. Não deixo o meu cantinho no *bus* que, leve, sobe a Quinta Avenida, de novo passa em frente de Central Park, já cheio de sombras esquivas de amorosos, até tomar Riverside Drive, sobre o qual desliza quase sem ruído.

Uma delícia, um passeio de *bus*, isto é, no "primeiro andar". É excelente maneira de estudar uma porção de New York – a New York de Riverside, toda em cores alegres, esportiva, a regalar-se de sol; a New York de Washington Square, poetizada pelo tempo; a de Times Square, no seu z-z-z-z- constante, sempre em apressado vaivém.

(Diário de Pernambuco, 24-7-1921)

29

Nova, limpa, sem uma rua estreita ou em zigue-zague, sem um sobrado lôbrego ou sujo de fuligem, sem um toque de arcaísmo, Washington é o melhor exemplo, nos Estados Unidos, das vantagens e desvantagens de uma cidade crescida não à toa, como as medievais, porém cientificamente. Desvantagens porque nisto se perde um tanto de pitoresco e o pitoresco em toda parte, na mesma China, hoje americanizada e europeizada, se tem tornado raro como ouro de lei. Vantagens porque, numa cidade assim construída, evitam-se males de que padecem as cidades a que chamarei boêmias, isto é, crescidas à toa, sem esforço, nem disciplina. Por isto não oferece Washington ao olhar do visitante um regalo de pitoresco e de cor como o Ghetto de New York, com sua gente meio rota, suas cestas de frutos maduros, seus farrapos de roupa a enxugar nas janelas, seus garotinhos sujos a brincar no meio das ruas enlameadas. Estas cenas que deliciam o artista e ofendem, como se foram a ilustração viva do inferno, ao indivíduo com a paixão moral de fazer do mundo uma horrível coisa uniforme, não as tem Washington.

 O que poetiza Washington e amolece sua rigidez de cidade oficial, e fá-la até parecer mais velha do que realmente é, são as suas árvores. Que árvores, as de Washington! As mais hospitaleiras deste mundo. Suas folhas, à doce aragem, parecem sussurrar "bom dia" ou "boa tarde" e seus galhos se estendem para nós, quase como braços amigos, para acolher, acariciar ou apertar-nos a mão à americana. Árvores humanas. As mais lindas, talvez, são os salgueiros de Speedway, a avenida à beira do rio Potomac, onde à noite rodam centenas de autos e que é, ao meu ver, superior em beleza ao próprio Riverside de New York.

 As árvores não poetizam apenas a Washington: fazem-na uma cidade de doce paz e de doces sombras, onde o próprio sol do meio-dia de verão, este Senhor todo-poderoso que tudo parece ir derreter, é atenuado e suavizado. Há árvores na seção a que chamarei oficial, da cidade, onde estão os edifícios públicos, o Capitólio, o Tesouro, o Correio, o palacete da Cruz Vermelha, a Casa das Patentes, o Ministério do Comércio, a União Pan-americana etc. Na parte comercial, parece que há uma árvore diante de cada loja. O bastante para dar--lhe uma fisionomia tranquila, a mesma que tinha a velha Lingueta, do Recife, debaixo de cujas gameleiras nossos avós faziam pacatamente transações de contos de réis. E a propósito: que pena se tenha ido a Lingueta! E que pena que se tenham ido velhas árvores nossas, a fáceis ordens estúpidas! O Recife devia ser uma cidade de árvores e começou a sê-lo quando era seu prefeito aquele príncipe de cachos de ouro, cuja memória ainda parece perfumar a riba do Capibaribe onde foi seu palácio. Porém desde Nassau quantos governadores bons tem tido o pobre do burgo? Felizmente, hoje, no sr. Eduardo de Lima Castro, tem a cidade um homem de gosto e de educação artística e sem má vontade contra as árvores, à testa da administração municipal.

Entre nós, porém, não é só nas ruas que a estupidez dos senhores prefeitos não quer árvores. Não as quer tampouco nos quintais, em volta das casas, a estupidez dos senhores moradores. Prefere-se o rude flamejar do sol cor de sangue, rachando as paredes, contanto que a casa esteja à vista da gente que passa. Nos quintais grandes há árvores; porém lá no fundo. A casa mesma, esta tem de estar escancaradamente à mostra. Para mim há nisto tanta falta de modéstia como no costume de expor à vista de todo mundo, em dia de casamento, a cama do novo par.

As residências de Washington não padecem desse mal. Entre árvores, cada uma que eu vi – em Mount Pleasant e em Colúmbia Heights, ou ao longo do Potomac. Algumas até sob grandes ramagens. Outras, muito isoladas, entre profuso arvoredo, com grandes parques em volta, de um verde-azulado. Uma outra, um castelo perfeito, com as suas torres de um vermelho-escuro, e um ar pensativo. E outras, ainda cobertas de hera. De modo que a impressão mais forte que se recebe de Washington é de uma cidade acolhedora, de farto arvoredo, com algo dos Elísios, onde a gente caminha pelas ruas, pela relva sem fim do Potomac Park, sob as árvores do histórico Lafayette Square, entre estátuas e monumentos, pachorrentamente, como se isto não fosse a capital dos Estados Unidos da América do Norte. Porque, ao contrário da gente de New York, a daqui não atravessa as ruas como flechas, nessa ânsia e aceleração de sangue características do new-yorkino.

As ruas de Washington foram rasgadas de acordo com cuidadoso plano. Por isto há aqui sempre um rodar fácil de veículos, os acidentes são raros e nada mais simples do que percorrer Washington inteiro, sem risco de confusão. O sistema adotado não foi o circular nem o de tabuleiro de xadrez, seguido com algumas vantagens pelo fundador de Philadelphia, William Penn. Três grandes ruas – North, East e South Capital – e a linha que atravessa Mall divide a cidade em quatro seções. Estas quatro artérias são cortadas de norte a sul pelas ruas de números – Rua Um, Dois, Três etc.; de nordeste a sudoeste, e de sudoeste a nordeste, pelas avenidas com os nomes dos vários Estados da União – Pensylvania, Virgínia, Vermont etc.; de leste a oeste, pelas ruas com letras do alfabeto – A, B, C etc. Os números das casas são na medida de cem por quarteirão, os números pares sendo à esquerda (a partir do Capitólio) e os ímpares à direita. Nada mais simples, portanto, que encontrar um dado número.

Onde Washington é inferior a New York, a Philadelphia e a Chicago é no sistema de parques e áreas para recreio, ou *playgrounds*. Há os lindos, como o Washington Park, que delicia pelo verde da relva e pelo frescor que produzem suas árvores, e no meio do qual está o famoso obelisco à memória de George Washington. Porém não são suficientes para a população da cidade. E os parques e áreas de recreio para crianças – não estou a dizer novidade – não são luxo, porém elementos necessários na vida de uma comunidade, pelo bem que fazem à saúde, tanto do corpo como do espírito. É pena que no Brasil não tenhamos desenvolvido bastante esta fase de melhoramento cívico. Bem perto de nós, nossos vizinhos uruguaios surpreendem a América com um excelente sistema de parques e áreas de recreio, sendo Montevidéu – é o que me dizem – um modelo a seguir nesta linha. No Recife não havia, no meu tempo de menino, uma só área de recreio público, nem me chegam notícias de que tenhamos começado a dar atenção ao assunto. Tendo tempo, hei de versá-lo breve, com mais vagar.

Estátuas, não faltam a Washington. Só em Lafayette Square há quatro ou cinco, incluindo a do gentil homem francês desse nome. Há vários lugares de interesse histórico, e até estes gatafunhos, escrevo-os da casa que foi de Dolly Madison e que é hoje a sede do Cosmos Club – ao qual me deu acesso a gentileza do sr. Oliveira Lima, de quem sou hóspede e que é sócio do Cosmos. Perto de mim, dois velhotes, afundados em fofos cadeirões de molas, discutem, entre a fumaraça de charutos, o "assunto de cavaco" e mais adiante outro folheia uma revista. E eu descubro, com surpresa, ter já escrito demais. Paro pois aqui.

(*Diário de Pernambuco, 4-9-1921*)

30

Ainda de Washington. A linda cidade, apesar do seu acre cheiro de verniz (como diria o meu amigo inglês), continua a me interessar e, em certos respeitos, a me encantar. Confesso-me enamorado dela: sobretudo do seu arvoredo, agora, no meio do verão, de um verde muito vivo, quando não azulado como o dos bosques fictícios de Boucher. De resto só um inglês é capaz de odiar uma cidade por ser nova e feder-lhe, na imaginação, a verniz. Estou que o bom do Darwin, em cujo livro de viagem vem dito o diabo do pacato Recife de nossos avós, ficou odiando o pobre burgo por causa dos fedores que exalava a Lingueta de 1830 – fedores muito mais sensíveis que o de verniz a honradas ventas britânicas.

Eu também prefiro, com o meu amigo inglês, as cidades novas às velhas. Isto pelo mesmo motivo por que prefiro o tagarelar de uma mulher a Balzac (*femme a trente ans*) ao de uma criaturinha a Bernardim Ribeiro (menina-moça). E uma casa antiga e mal-assombrada a um *chalet* novo. O tempo poetiza as coisas e as pessoas. Porém assim como existem toleráveis raparigas de dezesseis anos e casas novas onde eu gostosamente abancaria com os meus livros, há cidades novas com o seu encanto e o seu interesse. Entre estas, Washington.

É bem nova. Foi outro dia, quase, que emergiu à riba do Potomac. Parecem estar ainda à volta dela os andaimes levantados pelos engenheiros. Faltam-lhe por isso tradições. Exatamente como as tais casas novas: sem fantasmas, sem mal-assombrado. Capital da república e residência do corpo diplomático, lavra naturalmente em Washington o furor social, para não dizer mundano. Chegada a *season*, isto é, em setembro, o diabinho da tagarelice, com o seu guizo alegre, é o senhor gentil e sutil de Washington – dos seus jantares, dos seus salões, dos seus *clubs* e dos seus chás. Tenho ido a alguns.

Entre os juízes, senadores, congressistas e funcionários que habitam a cidade há alguns homens ilustres. Uma vez por outra a democracia puxa para a frente, pela gola do paletó, um grande homem. Entre os diplomatas, também, há homens e senhoras de sedução. Outros não passam de bonecos empalhados tentando onde quer que apareçam com os seus bigodes retorcidos ou os seus arremedos de *beau* Brummel, não o sorriso enamorado das mulheres ou a inveja dos homens, porém o lápis dos caricaturistas. E há os homens que, sem ser ativos na política ou na diplomacia, fazem de Washington seu lar, e concorrem para a riqueza intelectual e o encanto mundano da cidade: o ex-Presidente Wilson, o sr. Elihu Root e o nosso emigrado ilustre, o sr. Oliveira Lima. Deste é que vou falar.

Mora o sr. Oliveira Lima, com a sua família, em Colúmbia Heights. Um encanto, sua casa. Na opinião de alto funcionário americano, a quem visitei, uma das mais interessantes da cidade. Fizeram-na seu gosto delicado e os dedos mágicos de sua gentil senhora, uma lição de arte e de história brasileira. Não é que tenha o ar semipúblico de museu que adquirem certas casas entupidas de *bric-à-brac*. Está-se lá em família, na mais repousada intimidade, entre fofos móveis ingleses e sobre tapetes peludos. Na disposição dos objetos de arte, vê-se o "ecletismo estético" — para usar a boa frase de Oscar Wilde — dum virtuose, impregnado de culturas diversas. Atrai-nos aqui a leveza de espuma dum leque japonês; logo, uma cadeira nobre de alto espaldar; mais adiante uma almofada que se afofa ao toque dos dedos com a fácil volúpia de um gato. E vai-se tendo aos poucos uma lição de arte. De arte e de história. O historiador faz-se adivinhar e sentir nesta casa de beleza.

De quadros possui o sr. Oliveira Lima uma linda coleção. Na sala de jantar, entre velhas peças e pratos do Japão, esplende a nudez cor de rosa *Friné* (Parreiras). Logo é *Farfanella*, no frescor dos seus dezesseis ou dezessete anos, que sorri para nós. E as telas se seguem: uma forte pintura de Telles Júnior — um meio-dia pernambucano, o verde esmalte da mata ardendo ao sol; uma marinha de parreiras — um céu roxo, um sol de sangue, um mar azulado, as velas brancas de dois barcos que fogem num favor de aragem. Outras paisagens. Outras marinhas. Pinturas japonesas. Fotogravuras antigas do Brasil. Em sala vizinha, um quadro histórico, a óleo: el-rei Dom João VI, gordo, mole, róseo, escuta, afofado num cadeirão, o Padre José Maurício ao piano. Também a óleo, retratos de Dom Pedro II, quando moço, e membros da família imperial, pintados pelo mestre português, Simplício.

É no seu escritório, uma sala nobre e quieta, com livros amigos e fotografias queridas, que o sr. Oliveira Lima passa as suas manhãs de estudo e de trabalho. Levanta-se cedo e começa a trabalhar. Interrompem-no às oito o almoço e a leitura do *Washington Post*. Continua a trabalhar até a uma, hora do *lunch*. Depois do *lunch* vai, às vezes, ao Cosmos Club, onde folheia as revistas ilustradas e lê, nas literárias, o que o interessa ou atrai. Volta à casa, onde escreve cartas ou lê no seu escritório. Isto até o jantar, que é às sete.

Anteontem o sr. Oliveira Lima quis dar-me o prazer de ler-me, ainda em provas, dois capítulos do seu livro sobre a independência do Brasil. Foi no seu escritório. Em volta de nós, uma paz estudiosa. A voz do historiador tinha um frescor agradável. A frase, um ritmo delicioso. E o estilo, a lucidez e a cor, que obrigava há pouco um jornalista belga a dizer de um artigo do nosso compatriota que era *diablement bien écrit*. O livro está sendo impresso em São Paulo e aparecerá breve.

Presentemente o sr. Oliveira Lima escreve para *La Prensa*, de Buenos Aires, o *Estado de S. Paulo* e, ocasionalmente, para revistas. Seus artigos são ditados, de notas a lápis, à sua ilustre senhora e doce colaboradora, D. Flora Cavalcanti de Oliveira Lima, de quem é até o "Oliveira Lima" que acompanha, como assinatura, os artigos em *La Prensa*, como se daquele fora autógrafo.

A conversa do sr. Oliveira Lima – sabem-no os seus amigos de Pernambuco – é um deleite. Há nela flama, agudeza, ironia picante, sal ático. O *causeur* não é o aspecto menos interessante desse homem sedutor ao pé do qual Boswell gostaria de sentar-se com o seu lápis nem sempre discreto e o seu *carnet*. O sr. Oliveira Lima fala de homens, de livros, de lugares, de tempos idos. Fala de Castro da Venezuela (o ditador), de Lisboa, de Ramalho Ortigão, de Tóquio, do Taft, de Björkman, de Machado de Assis, do sr. Rui Barbosa. Admira ao sr. Rui. Ouvi-o chamar o orador baiano, "o maior homem do Brasil". Como é que o sr. Oliveira Lima pode admirar com tamanho lirismo ao sr. Rui, não o descubro, por mais que me pergunte as razões. Como sobrepor o sr. Rui, com o grosso xarope de sua retórica, ao sr. Carlos de Laet, flor dos nossos ironistas? Da minha parte o mais que eu posso fazer pelo sr. Rui é o que faço patrioticamente pela bandeira nacional: respeitá-lo. Porém nem pelo orador baiano, xaroposo e solene, nem pela bandeira nacional, renunciarei à minha faculdade de crítica estética. E esta os repele a ambos.

O sr. Oliveira Lima fala com carinho dos seus amigos de Pernambuco: os do *Diário*, os estudantes e outros, de tempos idos, como Ulysses Viana. O outro dia, à mesa do jantar, ele e D. Flora descreviam à viúva do Ministro Salvador de Mendonça, ilustre senhora americana, um pastoril em engenho pernambucano. Quando em Cachoeirinha, o engenho da família de D. Flora, o sr. Oliveira Lima vai frequentemente ao pastoril, em companhia do sr. Mário Melo.

O sr. Oliveira Lima gosta de ilustrar os assuntos que vai versando em conversa, com anedotas. Lembram-me as que esteve a contar ontem à noite. Deliciosas. Uma delas sobre certo "estadista" sul-americano que perguntou ao sr. Oliveira Lima se o Japão tinha costas de mar. Algo no gênero da pergunta que em *Os Maias* faz a Carlos da Maia um figurão português: se havia literatura na Inglaterra.

Dos seus amigos Zeballos, Branner, Björkman, o sr. Oliveira Lima fala sempre com admiração. O interesse desses estrangeiros pelo Brasil toca-o como se o Brasil fora dele só e não muito mais dos maus do que dele e dos bons.

Vem dito em certo ensaio de Oscar Wilde, já não me lembra qual, que qualquer mané gostoso pode fazer história: só um grande homem escrevê-la. Não vem dito assim: o toque indígena é meu. Porém a ideia de Wilde é essa. E contém muita verdade. Ora, vede que pessoas (p minúsculo: nenhuma alusão pessoal) andam a fazer história no Brasil; que a vem fazendo há trinta anos. E o sr. Oliveira Lima a escrevê-la. Wilde, paradoxal? Não, singelo. Pelo menos com referência ao caso que aqui apresento.

(Diário de Pernambuco, 11-9-1921)

31

Curiosa cidade. Montreal. Francesa, inglesa, americana. Raramente ela mesma. Surpreende-se aqui um não sei quê de europeu. Por outro lado pensa-se às vezes estar ainda nos Estados Unidos. E a mente tateia à procura de uma generalização que foge. Americanos europeizados ou europeus americanizados – que são os canadenses de Montreal?

Em Montreal sente-se a falta de algo definitivo. É caráter. Ou melhor, o que os ingleses chamam "cor local". Não há aqui definida. O melhor encanto de Montreal está até nisto: nas suas muitas cores locais que se mesclam; na ausência de uma que predomine. É como uma dessas colchas de cama feitas de muitos remendos de cor. Exemplo do que experimento dizer é a Place d'Armes, onde se ergue, como um enorme H, a catedral de Notre Dame. Esta Place d'Armes é tudo sem ser ela mesma. Ali se mercadeja à americana, peca-se à inglesa e à hora da Ave-Maria se reza em francês.

E pode-se dizer que Montreal é toda assim. Dir-se-ia que o Gênio que a fez, e continua a ser seu nome, é judeu e gosta de *bric-à-brac*. Uma rua corta pelo meio a outra da qual é tão distinta como se aquela tivesse sido arrancada a uma vila medieval e esta à Oklahoma. James Street e Rue St. Amable contrastam. James Street lembra um inglês de *smoking*. Quase em linha reta. Nenhum zigue-zague. Muito limpa. E o pavimento tão liso que sobre ele os autos e as vitórias rodam voluptuosamente. Os edifícios fortes, sérios, simples. O do Banco de Montreal de pura e sóbria beleza. Nenhum casarão arrogante, à *yankee*.

Noto aliás neste país, não só na arquitetura como na gente, a ausência do espírito de *bragadocio* ou, mais vernacularmente, de roncador, da indigestão do qual me parecem sofrer os caros USA. E mais que ninguém o presidente W. Gamaliel Harding. Está o virtuoso cidadão mui liricamente convencido de que em tudo – em governo, no preparo da carne de porco e da banha, em arte e literatura, no fabrico de bonecos de celuloide, em moralidade, em *sports* – os Estados Unidos estão légua e meia adiante do resto do mundo. Ele o disse há pouco num discurso, não me lembra onde. Porém voltemos a remexer o prato do dia que é Montreal e não o sr. W. Gamaliel Harding com suas maneiras ingenuamente más.

Para contrastar com as ruas como James, retas, higiênicas, honestas, há as do East. São apertadas – quinze ou dezesseis pés, de largo. E sujas. Fedem. Às vezes a única sugestão de higiene é um farrapo a secar ao sol num varandim de casa arcaica e lôbrega. E de moralidade uma velhota do Salvation Army com a sua capota azul, a sua face pálida e o seu pandeiro que faz rufe-rufe. De rótulas sujas chega à rua o sussurro de conversas em *patois* e o cheiro acre de álcool e de mau tabaco. Um regalo de pitoresco, o East.

Encantaram-me os parques de Montreal. Neste respeito, a cidade canadense excede facilmente as americanas que conheço. Olhando-a de Mount Royal, de uma altura de 750 pés, veem-se numerosas manchas verdes: são parques. Há aqui 76 parques, cobrindo uma área total de 1.311 acres.

Dizem os canadenses que Mount Royal é um dos mais deliciosos parques do mundo. Não sei. Não conheço o mundo. Sei que Mount Royal é na verdade lindo e que subi-lo, a pé, ao trote dum cavalo ou num doce rodear de vitória (os autos não são aí permitidos) é gozar deleitoso passeio. Passam aos nossos olhos jardins fádicos e bosques dum verde tão puro que parecem fantasia. Decididamente *landscape gardening* é uma arte: a oitava arte.

"No inverno", diz-nos a mim e a dois amigos o boleeiro inglês (que para surpresa nossa não fuma cachimbo e é loquaz como um napolitano) "no inverno é que Mount Royal tem vida." "Veem aquela casa?" e aponta-nos para uma casa pequena de madeira amarela. "Pois é dali que a gente resvala até embaixo nos *taboggans*." Lembro-me então de que o resvalar sobre a neve dura em *taboggans* é um *sport* muito querido dos canadenses. Há também os saltos a distância em patins, *hockey*, *ice yachting* e vários outros *sports* que alegram o Canadá quando gelado e sob um céu negro. Também gosta o canadense, no verão, de pescar à linha à beira dos seus rios e lagos. E de corridas de cavalo. Há excelente pista no Delorimier Park, em Montreal, onde naturalmente se ganha e perde dinheiro, em grossas apostas. O anglo-saxão tem santo horror às loterias, porém apostar, isto é inocente além de ser *chic*. Ora, vede em que fina lógica se baseia a moralidade, e de quanto preconceito tolo é feita.

Os bondes da *Montreal Tramway Company* merecem um elogio. Superiores aos de New York, que são detestáveis, e aos mais ou menos toleráveis de Washington, Kansas City, St. Louis. Há uns bondes para *touristes* muito originais: abertos e os bancos em ascendência, como num teatro. Noto grande número de carros de praça – vitórias, na maioria – cujo rodar suave, ao trote de belos cavalos, descansa do roncar estúpido dos automóveis.

Em joias de arquitetura Montreal está longe de ser podre de rica. Não é tampouco mendiga em farrapos. Ao subir a carro Mount Royal atravessei o lindo *campus* da Universidade de McGill com os seus edifícios de arquitetura meio gótica. Meio gótica é também a catedral de Notre Dame. No interior desta se acham a famosa "Virgem Negra" e um São Pedro de bronze cujo pé é devotamente beijado por milhares de crentes. Num dos braços do H, isto é, numa das torres, está o *gros bourdon* que pesa não sei quantos quilos e somente se faz ouvir em ocasiões de grande gala. Outra igreja interessante é a de St. James, com o seu enorme zimbório de setenta pés de diâmetro. Há também a igreja de St. Patrick, gótica, e a de St. Andrew, meio gótica e meio não sei quê, e a velha, de Notre Dame de Bonsecours, transformada como a Sé de Olinda pelos remodeladores (gente que deve ir para o purgatório quando não para o inferno) num aleijão que faz mal a nervos artísticos.

De edifícios públicos mencionarei: o do Banco de Montreal, em puro estilo coríntio, o dos Correios, o castelo de Ramesay, que hospedou Benjamin Franklin, o Hotel Windsor, o Hotel Dieu. Na rua St. Gabriel, aberta em 1687, há várias casas interessantes pelo seu arcaísmo, conservado carinhosamente.

Noto em Montreal que a gente parece ansiosa em dizer a idade, antes que o preço das coisas. Há por aqui um pouco da mania histórica, ou tradicionalista, do inglês, que se observa também em certas partes dos Estados Unidos. Porém ali a mania do preço é que domina. Uma vez ouvi anunciar num banquete, como único título de distinção dum cavaleiro, o seu farto salário de tantos mil dólares por ano. Fiquei indignado. Aquilo era o mesmo que espetar-lhe um preço à lapela do paletó, como fazem os lojistas nas roupas a vender, vestidas por manequins de vitrine. Pensei com os meus botões que eu teria mandado para o diabo o *toast-master*. Porém, o cidadão do salário enorme, este sorriu, como os cidadãos do Brasil aos adjetivos "ilustre", "excelso", "digno". Aprendi depois que minha indignação ainda que justa não devera ter sido tanta. Talvez, mais do que em outro qualquer país, nos Estados Unidos os homens têm o salário que merecem. Ainda há pouco, na Inglaterra, Lord Fulano de tal (o nome não importa) mostrava-se horrorizado de que o *chef* do Waldorf Astoria, de New York, ganhasse mais do que o ministro da Fazenda de Sua Majestade. Conheço o feliz *chef* que se chama Oscar e tive a fortuna de saborear-lhe os quitutes por ocasião de banquete ao General Pershing. Não sei se o ministro de Sua Majestade ganha quanto merece; porém não me parece escandaloso pagar a um semideus da culinária, como Oscar, o gordo salário que lhe paga o dono do Waldorf Astoria.

Desviei-me do assunto. Eu ia dizendo que os cidadãos de Montreal fazem questão de fixar nos miolos do estrangeiro a idade, antes que o preço, das coisas. Notei essa mania histórica no próprio boleeiro. No Brasil a mania histórica – outra digressão – é cultivada pelos barbeiros. Tradicionalistas, conservadores, os nossos barbeiros. Quando o sr. Oliveira Lima pediu ao seu, uma vez, no Rio de Janeiro, que lhe aparasse à americana os espessos bigodes, alarmou-se o homem: que não, que o Brasil já conhecia assim S. Exa., que S. Exa. devia conservar os bigodes em toda a sua fartura. O argumento convenceu o cliente, historiador e amigo da tradição.

O boleeiro canadense falou-me, até, de datas: isto era de tanto, aquilo de 1653, aquil'outro do tempo dos *abbés*. O tempo dos *abbés*... E dos famosos *courreurs de bois*. Vem-me então à tona da memória, vasculhada por esses toques, o bocadinho que sei de história canadense. Diante da estátua de Paul de Chomédy de Maisonneuve, lindo como um deus, os cabelos em cachos, a pluma ao vento, pronto para tomar uma cidadela, bater-se em duelo ou fazer uma declaração de amor, penso em como devem ter sido pitorescas as ruas de Montreal no tempo dos gentis *seigneurs*: um ruge-ruge de sedas e de cetins, um tilintar de espadas, um rebrilhar de ouro e de prata.

E basta, sobre Montreal! Não só porque deve estar cansado o leitor como por me doerem os dedos. Paro pois aqui.

(Diário de Pernambuco, 18-9-1921)

32

Henry L. Mencken é autor, com o seu amigo e colega na revista *The Smart Set*, George Jean Nathan, de um livro deveras interessante: *The American credo*.

O sr. Mencken é o mais lúcido dos críticos americanos e homem sem papas na língua. Ao aperto dos seus dedos, instituições aparentemente tão sagradas como a Arca Santa e pessoas aparentemente tão respeitáveis como o próprio Papai Noel guincham como manés gostosos ou se desfazem em pedaços como frágeis brinquedos de goma. É um *enfant terrible* dos diabos. Gosta de puxar barbas veneráveis e aplicar piparotes a não menos respeitáveis carecas. Entretanto – e nisso está o milagre do seu gênio – não é superficial: um desses espalhafatosos Douglas Fairbanks que atravessam a literatura num rolo de poeira e aos *coups de pistolet*. Pelo contrário. Eu primeiro o conheci através dum livro – presente de amigo querido – no qual as ideias do profundo Nietzsche são remexidas e vasculhadas com rara inteligência e conhecimento raro das espessas filosofias germânicas. Seu estudo das correntes literárias americanas, *The national letters*, é penetrante. Penetrantes são seus estudos críticos de Roosevelt, de Howells, de Wells, de Pío Baroja, de Sundermann, de George Jean Nathan, de Arnold Bennett. William Lyon Phelps, o doutor de Yale, não é capaz de dizer num quilômetro de prosa mole e simplória o que Mencken diz num risco incisivo de pena.

Pois é deste crítico admirável e do sr. Nathan, outro espírito brilhante, o livro de que desejo ocupar-me. Trata-se dum estudo psicológico. Os autores pegaram o "*homo americanus*" – o americano que gosta de *baseball*, de sanduíches de linguiça, de *chewing gum*, das novelas de Robert W. Chambers, de *rag time* etc. – puseram-no sobre uma mesa, de papo para o ar, e aplicaram-lhe à alma raios X. Resultado: uma fotografia admirável do "*homo americanus*" por dentro.

O "*homo americanus*" é o americano vulgar, o da imensa maioria. Não se trata, portanto – e os autores o advertem no prefácio – do de educação e maneira superiores.

No prefácio ao *Credo* os autores negam ao "*homo americanus*" o título que tantas vezes lhe dão de *money maker*. Para eles o que há de mais vivo no caráter americano é a ansiedade de subir de posição social. Dizem: "*the American is a pusher*". O que quer dizer que o americano está sempre a trepar numa escada, ansioso, incerto, com medo de cair. E isto devido ao fato de que nos Estados

Unidos a posição social é movediça, sujeita a mil e uma reviravoltas. Sobe-se facilmente e vai-se ao chão mais facilmente ainda. Um poço de petróleo num pequeno quintal e o cidadão pode passar, como por mágica, da massa quase proletária às culminâncias plutocráticas. Assim subiram os Rockefeller e os Vanderbilt. Este jogo de sobe e desce é a meu ver o maior *sport* nacional americano. Aliás, em Pernambuco temos ilustração corrente às nossas ventas do interessante *sport*. A antiga aristocracia dos engenhos não está descendo (a maior parte já está no chão, esparramada como uma jaca mole podre de madura) enquanto sobem risonhamente os *upstarts*? Encontram-se hoje por aí rebentos da nossa *gentry* – e nós tivemo-la da melhor cepa aristocrática – em estado execrável: tipos sem dignidade, com empregos de $30 por mês ou sem emprego nenhum, magricelas amasiados com mulatas gordas de cabelo encarapinhado. O triste fim de uma aristocracia! Pois é o que se vem passando nos Estados Unidos, em maior escala. Da família de gentis-homens que produziu o fino Washington resta um cidadão que é funcionário público dos mais reles. Apenas aí no Brasil o subir é milagre mais sutil: a gente sobe sem poços de petróleo, sem criação de suínos, sem nada, apenas com um empregozinho de possibilidades, por vezes, mágicas.

Porém, voltemos ao *Credo*. É nele que desejo o leitor interessado. Porque este *Credo* instrui.

Vencendo o meu horror a traduzir, traduzirei alguns dos artigos. São muitos. São 488. Parece até o tal *Credo* os estatutos de uma academia que se respeita.

Eis os artigos, arrancados daqui e dali: que todos os grandes homens assinam o nome de modo ilegível; que os franceses usam perfumes em lugar de tomarem banho; que se faz desaparecer o mau hálito de cebolas com um gole ou dois de leite; que os padres conversam em latim; que todo o negro vende sem hesitar o voto por um dólar; que um embaixador americano fala bem francês, alemão, espanhol, italiano, português, japonês, russo; que todos os chineses fumam ópio; que Conan Doyle daria excelente detetive; que é quase certo de um homem e de uma mulher que entram num hotel, sem bagagem, depois de dez e meia da noite, que não são casados; que um rapaz solteiro não tem quem lhe pregue os botões na roupa; que todos os cozinheiros de primeira ordem são homens; que nove de cada dezena de franceses têm sífilis; que só um maricas aprende a enfiar agulha em linha e a remendar meias; que quando um rapaz toma a namorada ao Jardim Zoológico os macacos fazem sempre algo embaraçoso; que há uma revolução na América Central todos os dias antes do almoço e que o fim do chefe revolucionário é surrupiar os cobres do erário e ir viver em Paris.

São estes os artigos do *Credo* – isto é, alguns que me parecem típicos. Eu peço licença aos autores para acrescentar uns tantos a respeito da América do

Sul. Vasculhando observações de três anos e meio, creio não errar reduzindo a artigos de fé as seguintes crenças de americanos dos Estados Unidos com relação a americanos do Sul: que o Brasil é muito grande, do tamanho do Texas; que a civilização na América do Sul data realmente dos primeiros missionários norte-americanos; que se fala em espanhol em toda a América do Sul; que o espanhol é um idioma muito fácil de aprender; que todos nós, rapazes sul-americanos, tocamos viola, somos *toreros*, temos cabelo e olhos pretos e a cicatriz na face ou no corpo duma chifrada, dum duelo ou duma revolução; que todos os sul-americanos somos morenos; que na América do Sul só nascem louros filhos de missionários norte-americanos, de cônsules e de caixeiros viajantes dos Estados Unidos; que as mulheres sul-americanas são todas gordas, de olhos negros e pestanudos e só saem à rua de face meio tapada pelo leque e mantilha de renda, para ir à missa; que o Coronel Roosevelt descobriu um rio quase tão grande como o Amazonas; que as serpentes e os macacos rastejam ou saltam dentro das casas; que a América do Sul é uma república, com vários estados, e capital Buenos Aires; que os estudantes sul-americanos que vêm para aqui não estudam (99% de verdade); que os sul-americanos falam mal da Doutrina de Monroe, porém se têm aproveitado dela (95% de verdade. Ex.: o recente caso do Chile refutando a Bolívia na Liga das Nações); que no litígio entre o Peru e o Chile, toda a razão está com o Peru; que toda a América do Sul está nos trópicos.

A leitura de *The American credo*, deixou-me esta ideia a dançar, tentadora como Salomé, no cérebro: de reunir as crenças do *homo brasiliense*. Porém como fazê-lo a cinco mil milhas do animal? Abandono a ideia a algum psicólogo social mais venturoso.

(Diário de Pernambuco, 23-10-1921)

33

Recebo ocasionalmente do Brasil, da parte de amigos, latas de doce de caju, o *Diário de Pernambuco* e livros. Este doce, este jornal e estes livros são o meu broquel contra as forças sutis que tendem a desnacionalizar-me.

Na ruma de livros que me trouxe a última mala, veio uma novela que muito me encantou. Mandou-ma, com dedicatória amável, o próprio autor, cuja pessoa simpática lamento não conhecer. Refiro-me à *Senhora de engenho*, do sr. Mário Sette.

Já inteirei o autor, em carta, do gozo que me deu seu livro. Porém me sinto tentado, com a minha mania crítica e porque se trata de um trabalho interessante, de aqui fazer uns reparos à arte do sr. Mário Sette.

Vejo em *Senhora de engenho* resposta, não sei se deliberada, ao apelo do sr. Oliveira Lima, em discurso na Academia Pernambucana de Letras, a favor de romances de cunho regional. Se o sr. Mário Sette não obtém na sua novela o máximo do que os ingleses chamam *local colour* isto é, cor local, obteve-a em porção suficiente. Os caracteres que tentou criar são todos em meias-tintas, porém à paisagem, a essa não falta frescura, relevo, colorido. O sr. Mário Sette é paisagista. E deve felicitar-se, porque os paisagistas bons não abundam. De Machado de Assis, o mestre admirável, disse, e com acerto, creio que o sr. Coelho Neto, que a sua arte era uma casa sem quintal. A arte do sr. Coelho Neto tem légua e meia de quintal, terá talvez um sítio; sofre, porém da falta do que o francês sutil chama *mesure*. É uma casa perdida em floresta ramalhuda de polissílabos rebuscados.

A do sr. Mário Sette tem o seu quintalzinho, e bom. Destacarei exemplos. Primeiro um, de pura paisagem: "... defronte o vulto tosco do engenho, sem reboco, o bueiro quadrangular, a 'puxada' alpendrada, vestígios remotos da antiga senzala, e, em redor, pelos caminhos listrados, nos oiteiros, o gado que começava a recolher...". E este, de paisagem com a nota humana: "Três longos apitos encheram os ares. Todos afluíram à 'casa de moagem'. Nos 'picadeiros' carros, enguirlandados, despejavam feixes de canas cheirosas, o sacerdote, paramentado, recitava as orações votivas, benzera o recinto, aspergindo água benta, enquanto D. Inacinha entregava à nora, num gesto maternal, vistosa caiana, encimada por laços de fita... Fora, a capelinha repicando, foguetes estourando, a assustarem o gado que pascia, disperso pelas planuras atapetadas de jitiranas roxas...". Saborosamente descrito. Há aí relevo de ação e cor. Isto é a "mata" pernambucana – a que Telles Júnior fixou nas suas telas – pegada em flagrante.

Uma novela, porém, raramente se passa toda ao ar livre: há que haver recinto fechado – sala de visitas, de jantar, cozinha e, certamente, alcova. Ora, dentro de casa, não é o mesmo que fora, ao ar livre, o sr. Mário Sette. Seu talento enfraquece visivelmente quando passa de Corot a Boswell – de paisagem a repórter de conversas e a psicólogo.

Os motivos? Em primeiro lugar – com a breca! – a gente é sempre melhor numa coisa que noutra. E é, porque é. Porém, me parece haver nesta fraqueza do sr. Mário Sette algo de remediável.

A linguagem dos personagens soa aos meus ouvidos artificial. Essa gente de interior coloca admiravelmente bem os pronomes, pronuncia admiravelmente bem as palavras e fala às vezes com uma pompa que contraria o seu caráter simples ou simplório. A gente de Machado de Assis não é da roça; sempre carioca da gema. E, em geral, medianamente educada. Porém, encontramos no vocabulário desta gente de mestre Assis "ir na venda", "deixei ela" etc. A do sr. Monteiro Lobato trunca as sílabas ou as engole, e usa termos caipiras, que é aquela delícia. Por isto é tão real. Dir-me-á o sr. Mário Sette que o seu Zé Biano, o seu André e a sua Tomásia também dizem "tá bamba", "é mió eu i" etc. Porém estou criticando a ausência do que chamarei, à falta de melhor termo, intimidade, no falar de Nestor, de Lúcio, do Padre, de D. Inacinha. O falar de Lúcio – cidadão de tendências tão práticas e simples, e creio que bacharel, o que não é decerto razão de peso para falar correto – é parecido com o estilo enfático dos artigos de fundo e dos "Em defesa" que ocasionalmente saboreio nas "solicitadas" deste *Diário de Pernambuco*. Ora, um cidadão como Lúcio, em família, não falaria assim: "Em muita gente dá-se a neurose dum preconceito errôneo querendo encarar a missão do sacerdote". Diria tudo, menos esse "a neurose, esse preconceito errôneo", essa "missão do sacerdote". O Padre, é a mesma coisa. E admirem esta beleza, este fraseado com saibo a clássico: "Ah, o meu filho, em pequeno, era um capeta. Que de artes fazia por aí afora". Esse "que de artes" di-lo Sinhá Anginha, ama de leite de Nestor. Imagino Sinhá Vicência (uma Sinhá Anginha que conheço) falando assim bonito.

Minha impressão é esta: que a gente de Tracunhaém, adivinhando por milagre da Nossa Senhora local que ia ser retratada em livro pelo sr. Mário Sette, decidiu falar bonito enquanto o sr. Mário Sette andasse por lá, atento e indiscreto como um Boswell, a recolher-lhes as conversas num *carnet*. Daí o falar postiço de todos, exceto André, a preta e Zé – dois cidadãos e uma cidadã absolutamente sinceros.

Se uma novela tivesse de ser antes de tudo "uma boa história" (*a good story*), como quer idiotamente o crítico americano dr. Phelps, *Senhora de engenho* não seria novela. Não há aqui *plot* (enredo?) definido, no que se parece com a deliciosa novela americana da última *book season*, *Miss Lulu Bett*. E com as novelas de mestres, como *Joseph Andrews*, de Fielding – e o mesmo é certo de *Tristram Shandy*, de Sterne: meras sucessões de incidentes. O *plot* definido – com o seu começo, sua complicação, sua crise, seu *dénouement* – isto fica com as fitas de cinema que não podem passar sem ele.

Concluo aqui estes reparos críticos a um trabalho de arte que deveras me interessou e em certos respeitos me encantou. O otimismo, que é sua nota predominante, rouba-o de intensidade dramática e de profundeza, sem entretanto puxá-lo para a cesta de literatura fácil. Outro reparo, porém, me ocorre e é este: que o sr. Mário Sette põe quase inteiramente de parte a Maria de Betânia. Mais atenção a essa amorosa infeliz e a novela teria a sua nota viva de dor e, com esta, equilíbrio estético. Para ser harmonioso o livro deveria, a meu ver, ser tanto a história de Lúcio e da que se tornou senhora de engenho como da pobre Maria. Não o é. Lúcio é uma placa de intenso vermelho; Hortência, de amarelo vivo e Maria, apenas uma manchazinha de cinzento esfumado.

Com a mais pura simpatia felicito ao artista brilhante que é o sr. Mário Sette.

(Diário de Pernambuco, 30-10-1921)

34

Meu voo de hidroplano sobre o mais lindo lago de Norte América – Lake George – eis o que me arranca de voluptuosa preguiça a fim de escrever para os outros.

Durou o voo vinte minutos. A mim estes vinte minutos pareceram cinco. Juraria que foram cinco se não tivesse contra mim o testemunho de exatos relógios.

Foi pela manhã. Eu estava de roupa de banho – meio nu, portanto. E de roupa de banho é que fui às nuvens. Muito pouco aparato: uns óculos e um capacete de borracha, que me tapavam metade da face. Um gaiato me quis fazer medo, dizendo que eu ia regelar nas alturas. Porém o aviador me garantiu que na minha meia nudez eu gozaria mais a volúpia do voo que sob uma montanha de roupa grossa.

Põem a máquina em movimento. O hidroplano está pronto para partir. E parte num arranco. Parte, rasgando o ventre da água, espanando-a, rompendo-a, numa violência. Depois se vai elevando aos poucos. Estamos no ar. Voamos. E vamos subindo sempre. Um z-z-z-z- terrível, o da máquina. Estou que, dulcificado este ruído, um voo daria vontade de dormir e de sonhar.

Porém a que altura estamos agora! Sonho? Estou de fato a esta altura, dentro dum hidroplano? Estou. Dum lado e doutro as asas do aparelho parecem as de enorme leque. Enorme leque, porém frágil. Vejo ir-se sumindo a mancha negra da gente que nos viera dizer adeus à beira do lago. Estamos alto. Parece que vamos perfurando uma como massa, tão grosso é o ar. Vem-me uma sugestão de perigo: é tão fácil ir abaixo! Porém logo me conquista a volúpia do voo. E a beleza da paisagem me encanta. Paisagem fantástica. Multicor. Dentre a massa verde do arvoredo áspero repontam placas vermelhas e pardas; são telhados de casas – casas do tamanho de caixas de bombons e de charutos liliputianos, de brinquedo. De brinquedo parecem também os barcos a vapor que deslizam sobre o lago – uns em linha reta, outros ziguezagueando, como que dançando sobre aquela superfície lisa. E o lago? Muito verde, um verde delicioso que descansa a vista. E salpicado esse verde de manchas pardas que são ilhotas. E é sobre esse lindo mapa em relevo que voamos.

Começamos então a descer. As manchas coloridas, como as pinceladas fortes numa tela pós-impressionista, vão-se tornando distintas. Distintos se vão tornando os caminhos brancos, a serpentear por entre o arvoredo escuro. Já se percebem automóveis a correr sobre essas estradas – automóveis do tamanho de caixas de fósforos. As casas ganham aos poucos volume e relevo. Descemos em espiral. Descemos sempre. Sobre a relva, no pátio de um hotel, manchazinhas que caminham e correm: vestidos de cor e camisas brancas de gente que joga *tennis*, de crianças que brincam, de pessoas que vêm vindo ao molhe para nos receber. No topo dum mastro, uma bandeira americana – muito estridente, as listas dum vermelho sanguíneo. Tudo vai adquirindo o tamanho natural. Tenho a impressão de que venho vindo dum sonho, duma fantasia, duma terra de fadas. Estranha coisa: a mil e trezentos pés de altura eu me sentira menino, a passear sobre uma enorme loja de brinquedos. Agora a fantasia se desfaz. Ainda me sinto preso de duas sensações voluptuosas: a de movimento e a das alturas. Estamos agora perto da água, sobre a qual vamos deslizar. Cortamos o ar a grande velocidade. Num grosso espanador d'água, o hidroplano cai sobre o lago, e vai rasgando-lhe o ventre, numa como ganância de chegar.

E chegamos. Estivemos no ar vinte minutos. E eu a pensar que haviam sido cinco. Tenho a sensação de quem tem água nos ouvidos. E o frio? Como o suportara a minha meia nudez? Não o suportara; gozara-o. Fora um frio seco, estimulante, tonificante.

(Diário de Pernambuco, 6-11-1921)

35

A semana passada, em lugar cujo nome não importa, pinoteava eu ao rufe-rufe duma *jazz band* com uma americanazinha, de cabelo vermelho e olhos verdes, pela cintura. Ela, paciente, me ensinava a dançar creio que o *turkey trot*. E, como depois, os dois a sós num canto da sala, descansando, eu lhe declarasse entre goles de *orangeade*, que detestava as modernas danças americanas, escancarou a moça os olhos de boneca e a boca de lábios encarnados, e me deu mentalmente o título de idiota.

Entretanto, tenho minhas razões para ser idiota. Quem sabe se não terei razão? Vejamos. É possível que até converta alguém ao meu ponto de vista – alguém desse país onde tudo que os outros possuem de ruim e de vulgar é logo macaqueado – desde as danças às caricaturas de Mutt e Jeff.

Em primeiro lugar meu protesto não é em nome da moralidade. Não é o que o *camel walk* tem de sexualmente excitante, o que me faz considerar o *camel walk* uma dança execrável. Voluptuosas são as valsas alemãs e austríacas; voluptuosas como ondeios de amor de serpentes são certas danças egípcias; porém nelas os ímpetos do sexo são como que espiritualizados. São danças de movimentos graciosos.

As danças americanas do dia, não, são bárbaras. Tão bárbaras como as músicas – este *jazz* e este *rag time* horrorosos. Têm sensualidade sem ter uma só nota de graça e de espírito.

Reparem os nomes das danças americanas. São nomes de animais desgraciosos, vulgares, proletários: *turkey trot, fox trot, the lame duck, grizzly bear*. Aí está: peru, pato, raposa, urso. Sim, acrescente-se o *camel walk* – o passo do camelo. Falta dar o nome do porco a algo que tenha a moleza viscosa desse remexedor de lama. Os animais de posturas aristocráticas e movimentos nobres – o cisne, o pavão, o galgo, a zebra – estes é que não podem inspirar danças como as que ora gozam do favor público em New York e onde se macaqueia New York.

O que faz a beleza duma dança é o rasgo dos movimentos. Nas modernas danças americanas, porém, os dançarinos são como perus dentro dum círculo a carvão. A *jazz band* toca duas, três, quatro peças, e o par não sai do lugar. O gozo todo da dança parece consistir no saracoteio das pernas e no meneio gelatinoso dos seios (*shimmy*) e dos quadris. Não há liberdade, muito menos elasticidade de movimento. Pode-se mesmo dizer que os melhores corpos para essa dança não são os ágeis, elásticos e serpentinos, porém os moles, flácidos, gordurosos, com carne para o *shimmy* e para o *toddie*.

    Uma coisa que eu não sei explicar é isto: a nação que há quatro ou cinco anos tolera estas danças, quer nas proletárias *barns*, quer nos salões plutocráticos, somente agora está despertando à beleza pura e fina do *ballet* russo por longo tempo considerado obsceno pelo puritanismo estúpido. Stowitts, o jovem bailarino americano, que o Brasil, se não me engano, conhece, notava há pouco essa transformação. Notou-a também, segundo Stowitts, a própria Pavlowa.

    A ser isto verdade há aí o sorriso duma esperança. Não influirão as danças estéticas, quando compreendidas e apreciadas por certo número, sobre as dos salões? Eu creio que sim.

    Aí no Brasil, porque, Nossa Senhora, somos tão fáceis em macaquear o que não presta e tão duros no imitar do que é bom? Os detritos que nos vêm dos Estados Unidos e da Europa – zás, engolimo-los! Ante as coisas dignas de assimilar, conservamo-nos de gelo, como miseráveis cães sem faro.

    Aqui está uma: a inclusão do ensino de danças estéticas nas nossas escolas. Não temos mestres? Importemo-los. E a despesa seria fartamente recompensada pelo reflorir, entre nós, gente híbrida de gordos pesados e de magricelas anêmicos, da beleza de corpos e do gosto pelas posturas rítmicas. O ensino inteligente da dança faria mais neste sentido do que os jogos. Poderíamos adaptar, dos nossos índios e dos nossos negros mais primitivos, certas danças que, talvez, passassem ao mundo como vitórias brasileiras.

    Vejo, porém, que estou deixando voar a imaginação. Pelo menos me sopra ao ouvido o pessimismo satânico – e Satã é tudo, menos idiota – que nós brasileiros somos para receber e não para dar, passivos e não ativos e macaqueadores e não assimiladores. Continuemos pois a dançar gostosamente o *fox trot*, o *camel walk*, o *lame duck* e tudo quanto for de dança sem estética e sem graça que New York continuar a produzir, na sua fase atual de reação justa mas estúpida contra a tirania dum puritanismo ainda mais estúpido. Continuemos a gozar o rufe-rufe de *jazz bands*. Continuemos a adorar George Walsh e Douglas Fairbanks. Dos Estados Unidos isto é tudo quanto pode suportar o aparelho digestivo dos nossos pobres cérebros.

    Em todo o caso aqui está o protesto dum brasileiro contra o *fox trot*, *jazz band* e George Walsh (se é que o nome está soletrado direito). E foi dalgumas destas coisas que eu falei à moça de cabelo vermelho que só me tolerou enquanto esvaziava dois copos de *orangeade* e comia duas dúzias de bombons e outras tantas de biscoitos. Depois voltou às danças; eu fiquei só, ruminando este artigo talvez de despeito.

(Diário de Pernambuco, 13-11-1921)

36

Acaba de reabrir suas aulas a Universidade de Colúmbia e há pelo ar um como tinir alegre de guizos. Deve ser o espírito de mocidade de volta a estes casarões de Morningside Heights.

Há várias escolas na Universidade – que, como centro de altos estudos, isto é, do chamado *graduate work*, é provavelmente a melhor da América. E vários tipos de estudantes e de mestres. Destacarei alguns: 1) Uma solteirona de *pince-nez*, e nariz encarnado como um tomate, colarinho de homem, um volume de William James ou do professor Freud debaixo do braço: do Teacher's College, isto é, do Colégio de Pedagogia; 2) Um rapazinho ainda com cara de menino, uma pasta de cabelo cor de manteiga sob o gorro negro (cujo uso é obrigatório) e um sorriso que é ora exclamação, ora interrogação: *freshman*, ou calouro, e como tal sujeito a sofrer o diabo nas mãos dos outros, principalmente dos *sophomores* (segundo anistas); 3) Um rapagão forte, de corpo esbelto, bem vestido, os pés nuns sapatos "Oxford" execravelmente rendilhados, um cachimbo na boca, um ar de gente de casa, de antigo *habitué* – este tanto pode ser um *senior* de Artes Liberais como um estudante de Direito ou Engenharia ou Arquitetura; 4) Um tipo olheirento e esverdeado, os olhos como dois borrões de tinta nanquim: algum estudante de *graduate school* que toma demasiado a sério seus estudos – o remexer de profundos mistérios; 5) Bela rapariga de dezoito ou dezenove anos, os peitos soltos, a saia pelos joelhos, fortes rodelas de carmim na face, o cabelo pelas orelhas (*bobbed*), masculinizada, o arzinho diabólico de *flapper* e de *vamp*: estudante em Barnard College ou na Escola de Jornalismo; 6) Uma cara amarela, uns olhinhos oblíquos, um curto bigode áspero: estudante japonês; 7) Uma cara semelhante sobre um corpo menos esperto e ligeiro: estudante chinês, candidato a um milagroso título de "doutor" ou "mestre"; 8) Um rosto cor de café, uns lábios roxos, uns olhos muito negros: estudante hindu; 9) Um lindo rosto oval, uma linda cabeleira de um negro azulado, uma linda boca de fruto maduro: estudante cubana de *business*; 10) Um velhinho de corpo ainda esbelto e ar meio *boulevardier*: o professor Brander Matthews, famoso crítico teatral; 11) Um velhote forte, sólido, e de fraque, a barba de um ruivo avermelhado e que os anos começam a pratear, um *twinkle* mágico nos olhos azuis: o professor Giddings, a conhecida autoridade mundial em Sociologia; 12) Um rosto fino e pálido, uma barba que parece postiça ou arrancada a um diplomata russo de antes da guerra: o professor Selligman, o maior economista americano; 13) Um homem moreno, alatinado, o lado esquerdo do rosto paralítico, um bigode grosso: o professor Franz Boas, o antropólogo ilustre; 14) Um cavalheiro de meia-idade, elegante no seu fraque e nas suas calças de listras: o presidente da Universidade, dr. Nicholas Murray Butler.

E aí ficam catorze tipos, destacados dos muitos que se encontram no *campus*, sob as árvores, nas antecâmaras, na biblioteca, nas salas de aula, nos *clubs*, desta imensa Universidade de 30 mil estudantes. O mero contato, mesmo fugitivo, com tanta variedade de gente é, em si mesmo, uma educação liberal.

(Diário de Pernambuco, 20-11-1921)

37

Se eu fosse médico, apresentaria ao primeiro Congresso de Medicina de que tivesse notícia, grossa monografia sob o título: "Telefonite". Imagino minha figura: de fraque; de *pince-nez*, a esmeralda de doutor a luzir no dedo, anunciando, entre goles d'água, a meus colegas igualmente de fraque, de *pince--nez* e de esmeralda, a descoberta da interessante doença. Não sendo médico, contento-me em comunicar, de maneira mais modesta, minhas observações.

Ao contrário de "Americanite" (doença causada pelo comer às pressas e a enormes garfadas) e "Serenite" (mal dos nervos que lavra entre atores e atrizes de cinema, parecendo a alguns especialistas o resultado do "desejo de agradar"), "Telefonite" não é peculiar aos Estados Unidos. É, porém, na terra *yankee* que telefonite – se a palavra não está bem formada que me desculpem os puristas – é mais intensa e mais generalizada.

Não prosseguirei, porém, sem uma advertência: a de que não estou a gastar meu tempo e nem papel e a paciência dos meus leitores neste jornal, num tateante esforço de ser chistoso. Só o mais puro idiota verá neste curto ensaio mera tentativa a chiste ou a paradoxo. Luxo fácil é o paradoxo e confesso, às vezes, tentador. Porém não é a mim, criatura de espírito cândido, remexedor das coisas e com um velho horror à insinceridade, que há de atrair o luxo do paradoxo. Com esta advertência, prossigo, indo reto ao assunto.

"Telefonite" é a mania do americano de tudo fazer pelo telefone – as coisas mais banais e as coisas mais sérias: negócio, política, tagarelice mundana, amor, consultas profissionais. Execrável mania, ou doença. Vem roendo, como um rato a um pedaço de queijo, o que resta ao cidadão dos Estados Unidos de fino, de amável, de século "XVIII", de *gentleman-like* e de *lady-like*.

Porque este é o primeiro pecado do telefone: o de enxotar dos hábitos americanos o da cortesia. O indivíduo preso de telefonite tem este sintoma notável: grosseria. A própria voz, por mais agradável, adquire, através do fio, aspereza e há sempre um *mal entendu*, seguido de descortesia. A gente pega no auscultador dum telefone e sabe que vai aborrecer-se. O número certo só por milagre no-lo dá a moça da central; por outro lado, só por milagre fala amavelmente. Coitada, vítima de telefonite galopante! Mesmo dois amigos cujas relações sejam simplesmente telefônicas acabarão aborrecendo-se um com o outro, tratando-se mal e até trocando palavrões.

O sintoma nº 2 já o devem ter adivinhado os senhores: é falar mal do alheio. O telefone alastra e expande o campo de ação das chamadas más-línguas que, em geral, são línguas de mulheres. É muito mais fácil fazer mexericos pelo telefone que face a face. Mente-se mais à vontade, inventam-se coisas mais a gosto; diz-se mal dos outros mais comodamente. Raro o patife maquiavélico capaz de mentir numa roda, sem contrações suspeitosas nos músculos da face; pelo telefone a mentira deixa de ser arte difícil para ser prática banal e fácil, acessível a qualquer. Nos Estados Unidos o uso generalizadíssimo do telefone tem até levado às serras ou aos campos a daninha telefonite: hoje, graças ao telefone, a mulher rural pratica tanto quanto a mais elegante cidadã o *indoor sport* do mexerico. É tão fácil! E tão grande a tentação! Deixa-se o *pie* a assar no forno, vai-se ao telefone, obtém-se comunicação com uma conhecida a cinquenta quilômetros, e começam os "ouvi dizer" e os "me disseram". Mexericos dos diabos! Um horror.

Não quero tratar o assunto com sentimentalismos. Porém sou tentado a exclamar um tanto liricamente como nos discursos de 1830: de quanta infelicidade doméstica, do arrojo ao crime sanguinoso, de quanto azedume, inimizade, ódio, tem sido causa o telefone!

Telefonite interessa tanto ao estudante de patologia social como ao de patologia individual. Direi mesmo: ao teólogo. E, a propósito, mencionarei um caso. Contou-mo um amigo. É este: estava uma meninota rezando. No meio da reza o telefone retine. E ela, coitada, roída até os ossos de telefonite, em vez de esperar que outra pessoa vá responder ao chamado, deixa o oratório, deixa o rosário, deixa a reza no meio, interrompe a ligação com o céu, para atender a uma ligação telefônica, talvez com o patife do namorado. De modo que telefonite tem até o seu aspecto sacrílego. Se há um inferno para as almas das coisas, como para as nossas, a do telefone irá por certo às chamas – com as da faca de ponta, do dado, da oleogravura, do gramofone e a daquela máquina dos dentistas que faz z-z-z-z.

Outro pecado do telefone: contra a arte gentil da conversação. Por que não mais existem o *salon* e a *coffee-house* e os saraus que os nossos avós pachorrentos tanto saborearam? Porque somos todos uns doentes de telefonite – uns mais, outros menos. Por causa, em grande parte, do telefone. Conversa através de telefone nenhum encanto tem. É aos berros, aos fragmentos. Falta-lhe o relevo de expressão, falta-lhe a carícia da intimidade. Falta-lhe o que de vivo e delicioso têm as conversas *tête-à-tête*, em redor dum bule de café. Observem uma criatura a berrar ao telefone, o auscultador ao ouvido: é ridícula. Mesmo um simples recado pelo telefone não tem graça. Muito mais próprio é mandá-lo pelo moço de recados.

Isto me conduz a outra razão – quinta ou sexta? – contra o telefone: esta muito séria, de caráter socioeconômico. Estou certo de que não escaparia a Ruskin.

É esta: no momento em que escrevo, triste começo dum áspero inverno, New York está cheia de gente meio rota e com fome. Não sei quantos mil indivíduos sem trabalho. E o telefone a fazer-lhes a mais injusta das competições. O telefone às gargalhadas, mefistofélico – "Dlim-dlim-dlim" para cá, "Dlim-dlim-dlim" para lá – enquanto milhares de homens sofrem no estômago o roer da fome, toda esta série de tormentos que Hamsun, ele próprio um faminto nas ruas de Cristiânia, descreve com um zolaesco luxo de detalhes no seu livro *Fome*. Sem o telefone vários desses rapazes desempregados estariam servindo de moços de recado e ganhando honestamente seu pedaço de pão e sua xícara de café com leite.

Hão de me dizer os que veem as coisas pelo lado prático e consideram telefonite, como os políticos, os padres e o casamento, um mal necessário: "Deixe-se de histórias, menino. Pois não sabe você que sem o telefone o sistema comercial numa cidade como New York iria de pernas para o ar?". Engano. E eu direi por quê. Em geral os homens de negócios são as mais ilógicas das criaturas de Deus. Pois não veem que o telefone destrói todo o gozo da vida comercial? Este consiste em contatos humanos. O telefone, porém, coloca o moderno *business man* americano na ilhota do seu gabinete – só e triste como um exilado. Tudo quanto ele faz é por meio do telefone e de botões elétricos – mecanicamente, impessoalmente. Se um homem se abandonasse todo à telefonite acabaria reduzido a algo seco como uma múmia ou bacalhau em caixa.

Os negociantes deveriam ser os primeiros a reagir contra a telefonite, a cortar o mal pela raiz cortando o telefone dos seus escritórios e de suas lojas. O telefone está em conflito com o próprio espírito de *business* – que é o espírito de método e de exatidão. Um negócio feito pelo telefone é incerto, confuso, duvidoso. Um *mal entendu*, a coisa mais fácil. Sabem o que fez o sr. Oliveira Lima, quando ministro em Estocolmo, onde a telefonite lavra com tanto furor como aqui? Mandou cortar o telefone da legação.

Negócios diplomáticos à força de "alô" e "quem fala?" – não! Assim pensou o nosso ministro em Estocolmo como em Bruxelas, e pensou bem. Hoje, na sua casa em Washington, o sr. Oliveira Lima tem telefone; porém evita-o o mais que pode.

O falecido Juiz White, da Suprema Corte Federal – contou-me o sr. Oliveira Lima – conhecera nos seus verdes anos e mesmo depois de maduro, um resto dessa coisa deliciosa que foi o Sul de antes da Guerra Civil. Pessoa de feitio aristocrático, era-lhe o automóvel tão repugnante quanto o elevador ao Barão do Rio Branco. E quanto ao telefone, detestava-o. Jamais transigiu o sisudo juiz com a daninha invenção de Bell. Jamais desceu de sua dignidade e de sua fleugma para berrar um "alô" ou um "quem fala?".

O telefone é para ser odiado pelos homens positivos e pelos homens artísticos e pelos pensadores. Para estes um telefone em casa é pura desgraça.

Dona Xantipa, com seu gênio ruim e seus berros, não conseguiu inutilizar as ideias do marido, o pachorrento dr. Sócrates: tê-lo-ia feito um telefone. Há de Schopenhauer um lindo ensaio sobre o mal que fazem às ideias, matando-as, os chicotes dos boleeiros a estalar asperamente nas ruas. É pior – exclama, soluça quase, o esteta sutil – é pior o estalo dos chicotes que o ruído de marteladas, que o choramingar de meninos, que o latir da canzoada. Feliz homem, o amargo Schopenhauer! Morreu sem ter vivido em New York ou em Estocolmo em pleno domínio do telefone. Porque o retinir do telefone é o mais horrível dos ruídos, e o mais destrutivo de ideias.

Telefonite, porém, faz desaparecer a sensibilidade aos ruídos ásperos. Embota. Endurece. Faz de pessoas delicadas monstros insensíveis.

E aí está um mal digno de ser estudado. Estudado e combatido. E nestas ligeiras notas creio ter fornecido, além do nome, algumas fortes e sérias razões contra o mal – aliás muito fácil de cortar pela raiz, que é apenas um tênue fio.

(Diário de Pernambuco, 27-11-1921)

38

De volta da Universidade de Princeton, aonde me levou honrosa missão, sinto-me tentado a conversar a respeito com os leitores deste jornal. E vou fazê-lo – apesar de ser curto o tempo que me deixam vago mil e um afazeres.

Uma delícia, Princeton. Possui o mais lindo *campus*. Sabem o que é o *campus*: o terreno gramado e sombreado por árvores, em volta dos casarões acadêmicos. Não o temos aí no Brasil. Contentamo-nos, nas faculdades de ensino superior, com a sala da congregação, as salas de aula e as bibliotecas. Pode-se mesmo dizer, com laivo de ironia, da nossa educação superior o que dá arte de Machado de Assis teria sido dito pelo sr. Coelho Neto: "não tem quintal".

Educação sem quintal, que é? Especulem à vontade os senhores. Mas o fato é que nas universidades inglesas e americanas o *campus* é instituição sólida. Imitada talvez dos gregos, o povo sem igual. Pois não dava preleções no jardim, longe do mau gênio de Xantipa, o sábio Sócrates? E Platão? E Epicuro? Os ingleses levaram o costume para sua ilhota – essa ilhota de mau clima e de *fog*. E Oxford tem *campus* lindíssimo – torres góticas a repontar dentre árvores. No Brasil, país sem névoas, onde a natureza é perpétuo verão em flor, nada mais próprio que o *campus* em volta dos edifícios acadêmicos: *campus* onde passeassem os rapazes nas horas vagas, em revoadas alegres; onde conversassem sob a umbela escarlate de *flamboyants*; onde se sentissem à vontade e um tanto à parte, e mais íntimos uns com os outros. Vejo, porém, que divago; e corre o ponteiro do relógio.

Mas o *campus* de Princeton é idílico. Quero falar dele ainda. É lindo demais. Dá vontade à gente de ser namorado ou poeta ou jogador de *polo*. Eu mesmo, criatura de ordinário prosaica, senti vir à memória, quando menos esperava, fragmento de poema pagão, toda uma onda de sílabas cantantes:

"... *j'ai le desire qu'a l'heure ardente de ce mois le bois frais et touffu se serre autour de moi et m'emplisse les mains de sucs et de verdure...*"

Desvantagens, hão de dizer os antilíricos, da educação com quintal. Ao que se pode objetar: na nossa educação de recinto fechado, fedendo a bolor, todo mundo faz versos, geralmente maus.

É certo, porém, que não se encontra na Universidade de Princeton esse preocupar-se seriamente com os estudos, característico de Johns Hopkins, de Harvard, de Colúmbia. Ao contrário: com o grosso da rapaziada são os estudos o interesse mínimo. Eles próprios fazem questão de convencer-se disso. Pelo menos os do clube onde fui graciosamente hospedado – "república", porém ordeira e até de certo luxo, com fofos móveis, mesas de bilhar, bom lume, bons livros e bons criados.

É a vida em Princeton de doces vagares, sem cuidados, sem ânsias; vida mesmo de fácil lazer, de camaradagem, de sociabilidade, até de mundanismo; vida deliciosa da qual metade se escorre em jogos de bilhar e de *pocker* nas salas dos clubes, em jantares, em danças, em *stag parties*, em passeios à toa pelo *campus*, em *sports*, do qual o mais absorvente é o *football* do tipo *rugby*, o *team* de Princeton, sendo um dos melhores. O resto do tempo, isto é, a outra metade, é natural que a dediquem os rapazes ao estudo.

Há na Universidade de Princeton 2 mil estudantes. Rapazes, somente. Rapazes de famílias ricas. A coeducação não está entre as vantagens ou desvantagens de Princeton. Dos estudantes o maior número pertence a famílias, além de ricas, de nome e de posição nos Estados Unidos – gente de *pedigree*, em cujo seio a fidelidade à "alma-máter" passa de pai a filho. Diz-se mesmo de Princeton que é lugar de exclusivismo social – os ricos vivendo à parte nos seus *clubs* e nas suas *fraternities*, isto é, irmandades secretas. Contra este pouco democrático estado de coisas, e, também, contra o atletismo excessivo, levantou a voz Woodrow Wilson, quando presidente da Universidade, onde sua memória é hoje honrada, e lembrada por alguns, com saudade, sua pessoa. Wilson, porém, passou; e ficou o espírito meio aristocrático de Princeton. Que este espírito é desejável e faz florir qualidades finas de *leadership* prova-o o número de homens hábeis com que a Universidade vem servindo o país. Há destes, como de antigos presidentes e reis de finança, benfeitores, retratos a óleo pelas paredes das salas de Princeton: juízes de tempos idos com as suas togas escarlates e os seus *whigs*; velhos graves, de grandes barbas; gordos velhotes, róseos e de suíças, com ar de banqueiros; suaves doutores e, entre estes, Woodrow Wilson, de beca de seda negra debruada de roxo.

Ultimamente os estudantes de Princeton têm tomado a iniciativa de movimentos altamente simpáticos. Para ser exato a iniciativa do movimento que me trouxe a Princeton não veio deles: veio do presidente da Universidade, educador às direitas e *gentleman* à moda antiga, o dr. Hibben. Impressionou, creio, ao dr. Hibben, o fato de viverem os estudantes da sua Universidade inteiramente à parte, como se grosso *iceberg* os separasse da intensa vida cá fora, esta comédia, divina talvez, como a do florentino, em que nos esgotamos. E por sugestão sua é que os estudantes de Princeton convocaram uma conferência para expressar a opinião da mocidade acadêmica dos Estados Unidos sobre o problema do desarmamento. Foi o belo gesto acolhido com entusiasmo nas demais universidades e a 26 de outubro último estudantes de Harvard, de Colúmbia, de Yale etc., invadiram o *campus* de Princeton. Cada universidade tinha direito a dois delegados. A convite, fizeram-se representar a Aliança de Estudantes Chineses, a dos Britânicos e a Liga Pan-americana de Estudantes. Desta é que tive a honra de ser o delegado e portador de mensagem na qual se expressou a simpatia à causa da juventude acadêmica da América Latina.

Abriu a conferência, com sóbria eloquência de anglo-saxão, o dr. Hibben. Em essência foi este seu discurso: "Por que não sereis vós, jovens estudantes, os primeiros a exprimir simpatia e criar opinião pública favorável ao desarmamento? Se nova guerra explodir não será de nós, homens maduros ou anciãos, que se há de primeiro exigir o sacrifício da carne e do sangue, porém de vós, na flor e no vigor da vida. Foi assim na última guerra – que tão devastada deixou a juventude e tanto empobreceu a raça, roubando-lhe parte dos melhores elementos e tantas das mais puras esperanças. Expressai vossa opinião".

No expressar de opinião foram perdulários os moços. E por três horas a fio discutiram e falaram. A *resolution* que afinal se adotou e a que deram estampa os jornais do país é enfática no seu apoio à política de desarmamento; tocante, sem ser sentimental, no seu apelo a favor da paz; preciosa e hoje tão ameaçada pelas sombras do navalismo como há dez anos pelas do militarismo. O que as criaturas mais otimistas e com maior vontade de ver as coisas cor-de-rosa veem claro é isto: que levaremos o diabo – biologicamente, economicamente, espiritualmente – se nova guerra nos ultrajar e devastar.

À noite houve o banquete oferecido aos delegados pelos estudantes de Princeton e complemento dos *procès verbaux*. E deixamos todos meio saudosos o *campus* da Universidade de Woodrow Wilson, onde dir-se-ia ter ele deixado parte de si próprio. Na viagem de regresso a New York dizia-me o meu colega britânico na conferência e antigo secretário da delegação inglesa junto à Santa Sé que a gente de Princeton era a mais gentil deste mundo. E eu concordo.

(Diário de Pernambuco, 4-12-1921)

39

Apareceu há pouco na revista *The Ladies Home Journal* um artigo que recomendo aos leitores, no Brasil, desse periódico americano. É um artigo sobre a esposa do sr. Woodrow Wilson.

Descreve-a o autor como pessoa deveras encantadora. Pelo menos a mim encanta o tipo dessa mulher. Mulher caseira, donairosa, gentil. Nela se encarnam os espíritos de Marta e Maria, as doces qualidades que o sexo feminino dá provas de querer repudiar no seu delírio emancipador. Mrs. Wilson é o que pode haver de mais distinto da chamada "mulher nova". Essas solteironas que andam com a boca cheia da "igualdade de sexos" e "direitos da mulher" devem achá-la criatura simplesmente detestável.

Em Mrs. Wilson não encontramos mulher irrequieta, querendo destruir com pontapés todas as fortes razões de biologia e de economia social a favor de a mulher permanecer mulher. Fora este o seu tipo e estaria hoje no cemitério o sr. Woodrow Wilson, vítima de intensa tensão nervosa, de trabalho também intenso, de estudo, de intrigas nos corredores da Casa Branca. E lá fora, a imbecilidade da massa. Ajunte-se a tudo isso a doença. Uma esposa "mulher nova", reunida a tanto azar, teria feito correr doido o presidente. Ou o teria devastado de vez.

Senhora sulista, Mrs. Wilson conserva em si parte daquele recato que fazia o encanto das moças de Virgínia e de South Carolina nos bons tempos da saia-balão. Sabem os estudantes de história americana que no velho Sul de *cavaliers* e *huguenotes* chegou a florescer na América inglesa a flor da aristocracia. Havia lazer, havia fausto, havia escravos e havia maneiras gentis. Perdida a causa sulista na Guerra de Secessão levou a breca a aristocracia econômica. Emigraram vários senhores com as famílias – alguns para o Brasil. Outros ficaram e sucumbiram à onda de metodismo, de democratismo e de estupidez que varreu o Sul depois da guerra. O chamado *poor white* subiu. Porém, ainda resta ao *old South* um pouco da gentileza de espírito e de maneiras dos tempos idos. Principalmente em Virgínia. E em Virgínia nasceu e passou a fase mais plástica da vida Edith Bolling, hoje esposa do sr. Woodrow Wilson.

Mrs. Wilson é a segunda esposa do ex-presidente. O casamento foi em 1916. Casamento de viúvos. E ambos já idosos. Porém, o Woodrow Wilson de 1916 era um rapaz comparado ao velhinho de hoje. Sem ser belo era simpático. E ela tinha ainda um rosto bem conservado de mocidade e de frescura.

O casamento, porém, fez-se, sem espalhafato – ao contrário dos casamentos na família Roosevelt quando era presidente o bom do Teddy.

Acompanhou Mrs. Wilson o esposo à Europa na sua viagem triunfal. Que felicidade deve ter sentido essa criatura ao ver o presidente alvo de tantas honras – em Paris, em Londres, em Roma, em Bruxelas! Nos Champs Elysées os parisienses cobriram-nos de violetas. Por toda parte fervia entusiasmo pelo presidente dos Estados Unidos.

Depois, veio a reviravolta. Woodrow Wilson foi da popularidade máxima à extrema impopularidade. Tudo disse dele a inveja. Procuraram uns denegrir o que de mais puro havia nas suas intenções e outros apresentá-lo à imaginação das massas como mero ideólogo ingênuo. Também veio a doença ultrajar com suas mãos cruéis o Prometeu arrogante. E o Wilson acre e doente desta fase teve na esposa o mais doce dos consolos, a mais carinhosa das companheiras, ela mesma a lhe preparar certas comidas delicadas e a ler, ao lume, os romances de detetive dos quais tanto gosta Wilson. Ou páginas de volumes sérios de historiadores e de constitucionalistas.

Para *sport*, antes da doença de Wilson, tomavam ambos passeios a cavalo pelas lindas estradas dos arredores de Washington; e também a automóvel. Gostava muito o presidente de passear de auto pelo Rock Greck Park e por Speedway, a bela barranca do Potomac. Só deixou de fazê-lo na fase mais crítica de sua doença.

"Ainda há juízes em Berlim", diziam com orgulho os alemães. "Ainda há mulheres nos Estados Unidos", podem dizer os americanos. Porque da pintura em meias-tintas que de Mrs. Woodrow Wilson nos dá Charles A. Selden, na revista *The Ladies Home Journal*, a impressão mais forte que se recebe é a de feminilidade. E quando há feminilidade a hierarquia no lar é fácil. Facílima.

Dizia-me não há muito um amigo americano, repetindo frase célebre, já não me lembra de que patriota: "Nos Estados Unidos cada cidadão é um rei e cada cidadã uma rainha". Mas, objetei, não se esqueça de que "o rei reina, mas não governa". Woodrow Wilson, porém, foi rei que governou tanto na presidência como em casa. E em casa deve continuar a fazê-lo para bem de todos e felicidade particular da esposa. Porque não há delícia maior para uma mulher do que ser governada pelo marido.

(*Diário de Pernambuco*, 11-12-1921)

40

New York, 12 de novembro de 1921

Simples e tocante o "momento de silêncio" dedicado, por New York, à memória dos soldados que morreram na guerra.

Eu estava na Quinta Avenida, com um amigo chileno. Estávamos ao pé do severo frontão da Biblioteca Pública. Bandeiras de cores vivas davam à avenida o ar de dia de festa. Raro o indivíduo que não trazia à lapela uma flor rubra ou um botão ou uma fita com as cores americanas. Havia gente vendendo, em cestas, ramos de flores, cartões-postais, distintivos para espetar à botoeira. Perto da Universidade de Colúmbia uma meninazinha de lindos cachos louros me vendera três rosas frescas.

Às onze e quarenta e cinco começou-se a ouvir o repique claro dos sinos das igrejas e o rufe-rufe dos tambores militares. Perto de nós era um soldado negro que tamborilava, orgulhoso, trepado sobre um caixão. Às doze cessou o repique dos sinos; cessou o rufe-rufe dos tambores e, como por magia, desceu sobre a Quinta Avenida, sobre a cidade inteira, um sossego profundo. Nenhum rodar de carro ou de auto, nenhum arrastar de pés, nenhum berro, nenhum sussurro. Silêncio de catedral. Silêncio nobre, severo, completo. Em volta de nós, rostos em prece, rostos com um toque da grande dor. Dir-se-ia que o mistério da morte se escancarara diante de nós. Dir-se-ia que fitávamos Deus ou o incognoscível. Era tocante e dramática essa homenagem simples de silêncio.

Dois minutos durou o silêncio. Por dois minutos, New York pensou nos seus mortos queridos. Dois minutos de grave saudade. Depois New York voltou à sua vida estridente. Rodaram os carros, moveram-se as ondas de peões, a assuada do falatório de novo dominou. O tributo aos mortos da guerra fora pago.

Não foi New York o único lugar que honrou em silêncio a memória dos mortos da guerra. De Londres diz um telegrama que em toda a Grã-Bretanha houve, a 11 de novembro, o "momento de silêncio". Em Chicago, na ocasião do grande silêncio, nevava.

Nobre maneira – este silêncio – de comemorar uma grande dor ou um grande júbilo. Os discursos? As passeatas? As paradas? Toda assuada é vã. Tudo muito prosaico quando comparado à majestade do silêncio – recolhimento de alma, tributo *de profundis*.

Estou que, aí no Brasil, o grosso das comemorações do Centenário será a de mesmíssimos discursos lamartineanos e dos recitativos das odes patrioteiras. E livros. A esta hora devem estar gemendo os prelos brasileiros imprimindo, ao lado de raros trabalhos de valor como a *História da Independência* do sr. Oliveira Lima, quilômetros e quilômetros de patriotadas. O monturo da literatura de terceira mão vai crescer consideravelmente.

Ora, tudo isso seria evitado se decidíssemos celebrar com uma hora ou duas de silêncio o feito da Independência – aliás mui pouco dramático. Os tribunos conteriam na garganta os grossos jatos de oleosa oratória com que nos ameaçam; os chatos poetas e chatos escritores, os ardores do seu lirismo todo ele chato. E a 7 de setembro de 1922 a República dos Estados Unidos do Brasil assombraria os representantes das potências com uma celebração silenciosa, profundamente silenciosa, nobremente silenciosa, da Independência do Brasil.

Outra maneira nobre de comemorar o grande feito seria plantando árvores. Nobre e prática. Tomo mesmo a liberdade de sugeri-la ao inteligente prefeito do Recife, o sr. Eduardo de Lima Castro. Como a do silêncio, é cerimônia simples e inocente. Conheço nos Estados Unidos uma universidade onde todos os anos os bacharelandos, nas suas becas negras, plantam uma árvore no *campus*, em honra do presidente ou reitor.

Imaginem que belo exemplo daria ao Brasil e à América do Sul inteira, o nosso Recife, se, a 7 de setembro, dia do centenário, a mocidade, idilicamente fraternizada – estudantes das academias e caixeiros – fosse para as praças, para os jardins, para as avenidas e, de acordo com as direções do sr. Lima Castro, plantasse árvores! As raparigas, estas nos canteiros domésticos, plantariam roseiras. Quanto aos "almofadinhas" não seria mau colocar a todos eles num autocaminhão e mandá-los para os campos plantar batatas, sob o sol forte, patrioticamente.

(*Diário de Pernambuco, 18-12-1921*)

41

Acabo de visitar no Grand Central Palace, a Exposição de Saúde Pública. Nenhum luxo; simples. Porém, excelente para o fim visado: o de suprir de maneira clara, direta e fácil, informações sobre saúde, higiene, doenças contagiosas. Feliz lembrança, a dessa exposição a que o grosso público vem afluindo com interesse.

Promove-a a municipalidade. Porém, com o concurso de instituições particulares. E prova, a meu ver, essa exposição a existência, nos Estados Unidos, de espírito social ativo e prático. É um espírito, esse que pode, e tem chegado, a extremos. Salta aos olhos, como ilustração viva, de tal excesso, o exemplo da lei proibicionista, estúpida no seu radicalismo. De ordinário, porém, o espírito social nos Estados Unidos é o equilíbrio entre o paternalismo e *laissez-faire* que se observa da parte dos governos; da parte das agências particulares, a vontade de promover o melhoramento da espécie e de exercer a caridade, de maneira prática.

Proliferam nos Estados Unidos as sociedades cujo fim é extremamente simples: regenerar o mundo. Cética, roída de desilusão, sorri dos entusiasmos *yankees* a velha Europa. Esquece, entretanto, que maior foi o seu, e inteiramente platônico, nos tempos idílicos dos doutores fisiocratas. Pululavam então na França e na Inglaterra os planos para regenerar o mundo. Está a República Americana na sua fase de lírico otimismo. E é preciso que se lhe faça justiça: os americanos, no seu desejo de melhorar a espécie, agem muito mais praticamente do que os europeus.

Esta foi a impressão mais viva que ontem recolhi nas salas do Grand Central Palace: o forte concurso das instituições particulares na obra de higiene pública – concurso expresso da maneira mais prática. Sem pretender ser completo mencionarei algumas das sociedades representadas na exposição: *New York Tuberculosis Association*, *Metropolitan Life Insurance Company* (sociedade de seguros), *American Red Cross*, *Nucoa Butter Company* (fábrica de manteiga feita de coco), *Life Extension Institute* (sociedade de longevidade). Poderia acrescentar os nomes de vários diários que mantêm clínicas ou os chamados *fresh air funds* ou ainda, como o jornal ilustrado *Daily News*, um clube para pessoas gordas que desejem corpos esbeltos. Essa atividade do *Daily News* constitui uma das notas pitorescas da Exposição.

Verdadeiramente *à la americaine*, como diria ao sr. Aristides Briand, procura a Exposição ir diretamente ao visitante – penetrá-lo, impressioná-lo, convencê-lo. Aqui é uma rapariga de coifa holandesa que me puxa pelo braço e faz-me comer uma bolachinha besuntada da manteiga de coco de Java, "Nucoa". E enquanto eu saboreio a manteiga, ela me explica que é feita com leite pasteurizado, que contém óleo de amendoim, que uma libra do produto contém 4 mil calorias contra 3 mil da manteiga comum.

Os algarismos dançam-me diante dos olhos. Logo é a seção de vacas de leite; as vacas num estábulo muito limpo, e, junto, num balcão, onde se vende leite em vasos higiênicos, de papel. Mais adiante o departamento de clínica de dentes: aqui examinam grátis, e limpam os dentes de crianças. No departamento da Companhia Colgate distribuem tubos de pastas dentifrícias e folhetos com instruções para o cuidado da boca. E é farta a distribuição de folhetos, brochuras e cartões ilustrados: sobre o tratamento de pessoas tuberculosas, sobre os meios de prevenir a varíola ou a febre tifoide ou a pelagra; sobre os cuidados devidos aos nenéns; sobre higiene de roupa e de habitação; sobre alimentos etc.

Traduzirei fragmentos de um dos folhetos. Note-se a linguagem simples e direta. Ei-los: "Não trabalhe ou durma em quartos onde não haja ar fresco". "Conserve sempre aberta, no quarto de dormir, uma janela." "Sendo possível passeie diariamente ao ar livre." "Coma devagar e mastigando bem." "Não coma entre as refeições." "Lave bem as mãos antes de comer." "Durma bastante."

Várias agências particulares insistem em que o público faça livre uso dos seus médicos, das suas clínicas, dos seus *bureaux* de informação. Lê-se frequentemente em cartões ou folhetos: "Telefone ou escreva ao nosso *bureau*, pedindo sugestões".

Em algumas das sociedades representadas na Exposição toma parte ativa a mulher. Raro o departamento do qual não sorri, bom e simpático, um rosto de mulher. Sua colaboração em serviços de caridade e assistência social neste país é notável.

Nem serei eu – apesar da caturrice de que me acusam alguns amigos no tocante ao problema de "emancipação feminina" – quem regateará aplausos às atividades dessa natureza, da parte da mulher. Não creio que interfiram com os seus deveres máximos ao pé, ou na vizinhança, do fogão, do forno, do *boudoir*, do piano, do berço. Quão belo seria se, no Brasil, as mulheres se organizassem em clubes para tratar, por exemplo, de como cooperar na obra de assistência social. Ou de como tornar mais toleráveis a olhos artísticos as desajeitadas salas de visitas da burguesia brasileira, com as suas oleogravuras e os seus poeirentos porta-jornais. Ou, ainda, para promover exposições de rendas da terra ou trabalhos de madeira dos sertanejos.

(Diário de Pernambuco, 25-12-1921)

42

Visitei há dias, num sobrado de Madison Avenue, ilustre senhora, Mrs. Richard Rundle, sobrevivente do Rio de Janeiro de 1850. Seu tio, o sr. José Maxwell, escocês de boa fibra, foi, então, dono de grande trapiche e negociante de peso. Vivia com certo fausto em Andaraí, num casarão sólido, que talvez ainda esteja de pé; possuía grande número de escravos e uma carruagem puxada por quatro cavalos; recebia na sua casa figurões brasileiros e viajantes ingleses e americanos como Kidder e, ao morrer, em 1854, seu enterro foi acontecimento de nota. Meio caturra, como todos os escoceses, usava o sr. José Maxwell, em pleno período das calças compridas, calções de cetim e sapatos de fivela.

Deu-me o ensejo de visitar Mrs. Rundle – velhinha octogenária, porém ainda vivaz e cheia de espírito – a gentileza parisiense do seu sobrinho, o sr. Maxwell Carrière, cujo conhecimento eu fizera durante as férias, em Silver Bay. E foi essa visita não só um gozo porém lição de história, viva, animada, cheia de interesse.

Evidentemente ninguém espera que Mrs. Rundle me tenha dito coisas sensacionais dum período que foi, segundo o sr. Carlos de Laet, de "fortes virtudes", um homicídio "dando que falar um mês inteiro". Ela mesma me confessou que a lembrança dominante de sua meninice era de tranquilidade. Uma vez por outra havia em casa ruge-ruge de sedas: eram as senhoras preparando-se para ir ao teatro. E Mrs. Rundle lembra-se de festas dadas pelo seu tio às quais vinham homens, todos de barbas, suíças, barbas à inglesa, barbichas. O Dom Pedro II que vive na sua memória é um cavalheiro de barba espessa e ainda muito escura. Como a dum frade da Penha. Dia de festa era dia de movimento na cozinha. Porém, os doces mais finos vinham do convento de freiras, numa bandeja grande e sob alva toalha de rendas. Serviam-se licores franceses, além do café. Das senhoras recorda Mrs. Rundle que usavam muitas joias e uns leques enormes, de plumas, que quase lhes tapavam metade do rosto. Isto no caso das moças. As mulheres de idade eram quase sem exceção muito gordas. Muito comum, entre as raparigas, falar, quando sós, de rapazes. Porém o namoro, ao contrário do moderno *flirt*, era todo a distância, ultraplatônico. Havia certa "linguagem do leque" entre namorados.

Mrs. Rundle lembra-se dum jornalzinho, *A Marmota*, que deve ter sido algo no gênero das "trepações" do *Fon-Fon*, isto é, tagarelice mundana. Lembra-se também, com clareza, de suas lições de dança, sob a mesma mestra da Princesa Isabel, a quem descreve como de fisionomia doce e muito esquiva e reservada. Também tomava lições de francês. Fala, ainda hoje, esse idioma com abundância e gosto.

Gostava o velho José Maxwell de passear de carro à tardinha. Algumas vezes iam as sobrinhas em sua companhia. O escocês cumprimentava as pessoas conhecidas, sentadas ao portão, e parecia tomar mais a sério esse dever de cortesia que o passeio mesmo. Mrs. Rundle lembra-se dos palafreneiros de libré verde, muito pretos e corretos. Quando ia à missa acompanhava-a um negro fiel, Joaquim, com duas almofadas, para ajoelhar-se ou sentar-se. Às vezes os Maxwell e amigos subiam, a doce trote de cavalos, a linda Tijuca.

Deu-me amavelmente Mrs. Rundle uma gravura do casarão de Andaraí. Estilo português. O farto arvoredo em redor é que lhe dava um toque anglo-saxônico. Na frente havia uma fonte, em volta da qual gostavam de brincar os meninos. Está também na gravura a carruagem com os cavalos dos quais o patriarca José parecia ter tanto orgulho como Lord Rosenberry dos de sua excelente cudelaria.

De escravos havia toda uma variedade. Joaquim era o principal deles. Depois da Abolição, o sr. Carrière viu-o em Paris. Joaquim falou-lhe comovido. Mas não parecia o mesmo. Estava cavalheiro requintado, de sobrecasaca e flor à botoeira.

Lembra-se Mrs. Rundle duma escrava, pretalhona já velhota, que trouxeram os Maxwell aos Estados Unidos e à Europa. De volta, a preta desembarcou de capota, entre risadas da negraria do cais. Preta de capota era novidade de fazer rir no Brasil de então. Porém, que gente boa, aqueles africanos fiéis de 1850!

Quando visitei, em Washington, ao sr. Oliveira Lima, perguntou-me o historiador se eu tinha ainda muitas saudades dos pratos brasileiros. E, a propósito, recordou o que dissera Eduardo Prado: que o paladar é a última coisa no homem que se desnacionaliza. E é. Essa Mrs. Rundle, que deixou o Brasil há mais de sessenta anos, ainda tem saudades de galinha ensopada, de fritada de camarão, de "fios de ouro", de outras delícias nectáricas que fazem honra ao forno e ao fogão da nossa terra. De assunto algum falou a encantadora velhinha com mais vivacidade e mais entusiasmo.

Por duas horas escutei, sem cansaço, Mrs. Rundle. Era uma lição. Encantava. Instruía. No meio da conversa, ela fizera servir bolinhos e uma bebida qualquer, sem álcool. Porém, protestando contra o puritanismo da lei de proibição. E, talvez para dar ênfase, protestou em francês. Então elogiou o que foi – elogiou o Brasil do seu tempo, onde havia fartura de licores finos e elogiou Baltimore e New York de antes da Proibição.

Tagarelamos um pouco sobre vários assuntos – sobre a Universidade de Colúmbia, sobre a novela *Canaan*, do sr. Graça Aranha, que uma filha de Mrs.

Rundle lera havia pouco em Paris, sobre o Brasil de hoje, com os seus bondes elétricos, os seus cinemas, os seus requintes. E foi *sous le charme* dessa conversa de reminiscência que deixei o apartamento quieto de Mrs. Rundle, beijando--lhe antes a destra que ela me estendera, num gesto gracioso. De que me falara a boa senhora? De pequenos nadas. De pormenores. De frivolidades. De *nuances infinitesimales*, como diria o lírico Verlaine. Porém, é o mesmo Verlaine que nos fala da *importance très sérieuse* das *nuances*, dos pequenos nadas, dos pormenores.

(Diário de Pernambuco, 1-1-1922)

43

Parece que a imensa bicharada da arca de Papai Noé, a bicharada diversa que enche o Bronx (jardim zoológico de New York), os bichos dos quintais, das casas, das matas, existem, em parte, para gozo e regalo da gente ultrajante. Camelo, burro, víbora – são exemplos de um "crescendo" no dó-ré-mi-fá-sol das comparações injuriosas com bichos como símbolos.

Em geral as comparações a bichos visam o caráter. Nos Estados Unidos, por exemplo, "cadela" é insulto à moral sexual da mulher. Aliás, já o era na Grécia de Helena e creio – mas não estou certo – entre judias. São insultos também ao caráter "víbora", "cão", "zebra", "galinha". "Burro" é vaga injúria à inteligência; também o é "camelo".

Não conheço exemplos de reações estéticas expressas zoologicamente. A não ser a comparação, que faz o crítico americano Mencken, de Oscar Wilde a um porco (*sevine like*). Porém, mesmo neste caso não é tanto o artista como o homem – o flácido, mole e voluptuoso Oscar – que Mencken compara, sem intenção de injúria, ao suíno. Quanto ao insulto de Poe a Carlyle – "asno" – não passa de descompostura. Que havia em Carlyle sugestivo de asno – criatura vulgar, proletária, calejada? Carlyle era todo flama: rebelde a qualquer espécie de freio; sempre, e violentamente, ele mesmo; escrevendo num estilo inteiramente seu; touro bravo, capaz de vigorosas chifradas em fofas barrigas e nádegas moleironas.

Conversando com certo amigo meu, outro dia, sobre o assunto, ocorreu-me perguntar: "Por que não fazemos comparações aos habitantes do reino vegetal?". Diz-se "Fulano é uma flor", porém desta vaga generalização quase não se passa.

Entretanto, há frutos, legumes e flores com caráter tão definido que é difícil não o sentir. Da cebola proletária à flor de estufa, desta ao fruto do mato; da abóbora ao narciso de Boston, há toda uma hierarquia de caracteres. E estou que muitas das nossas reações e estímulos de ordem estética (reações para as quais buscamos em vão muitas vezes um símile) seriam menos vagamente expressas em termos botânicos do que em fracos, incolores adjetivos. Não incluem tais reações elementos sensuais de cor, de cheiro, de sabor, de forma?

Não há como um fruto para dar, em síntese, a ideia dum estilo literário. Ou, em alguns casos, uma flor. Há estilos que produzem em nós impressão mista de cor e de perfume: o de Baudelaire, por exemplo. Outros, de cores vivas, ricas: o da minha amiga Miss Amy Lowell. Outros, ainda, o sabor é a impressão dominante: acre, o de Pío Baroja ou o do nosso Laet, o sr. Carlos de Laet; moderadamente doce o do sr. Afrânio Peixoto; de um doce temperado de sal o do sr. Oliveira Lima; melífluo a valer o de Castelar; ou o do sr. Rui Barbosa em certas páginas.

Experimentarei dar exemplos de estilos literários sugestivos, na minha mente, de frutos ou de flores. Em alguns casos será preciso qualificar o fruto quanto à maturidade, forma, condição (fresco, seco, cristalizado), origem etc. Eis os exemplos:

Pío Baroja – lima meio verde acre.
Miss Amy Lowell – tulipa rica de cor.
O sr. Carlos de Laet – laranja um tanto acre.
George Bernard Shaw – hortelã.
Oscar Wilde – manga-rosa cheia de cor e de cheiro, salpicada das primeiras manchas negras.
O sr. Rui Barbosa – mamão mole, *over-ripe*, manando xarope.
T. de Banville – limão *glacé*.
Baudelaire – flor da beira das lagoas negras dos trópicos, com exalações amolecedoras, intoxicantes.
Arnold Bennett – pera suculenta, não de todo madura.
Eça de Queirós – laranja acre-doce.
Euclides da Cunha – flor brava, viva, escarlate: a de "cabeça-de-frade".
George Moore – pêssego de voluptuosa frescura.
Gabrielle d'Annunzio – orquídea de forma anárquica, de muita cor e perfume.
O sr. Oliveira Lima – melão polvilhado de sal ático.
O sr. Monteiro Lobato – tamarindo.
Blasco Ibáñez – banana podre de madura.
Victor Hugo – grande, enorme jaca, com mil e um bagos melosos.
Edgar Allan Poe – ameixa ainda com o travo de verde.
R. L. Stevenson – banana-prata.
O sr. Afrânio Peixoto – abacaxi.
Sarojini Naidu – manga amarelinha de madura, doce.
Machado de Assis – figo seco, com o cheiro de tabaco havanês.
Schopenhauer – limão de acidez picante, *bitting*.
Joaquim Nabuco – narciso de Boston.
Vachel Lindsay – maçã.
O sr. Aníbal Fernandes – cereja.
O sr. Mário Sette – pitanga.
José de Alencar – pinha a rachar de madura.

Gautier – uva.
Visconde de Taunay – caju cristalizado.
O sr. Gustavo Barroso – flor da chinchona.
George Meredith – romã madura.
O sr. Coelho Neto – caju muito maduro, mole, de muito cheiro.
Gilbert Chesterton – abóbora.
Visconde de Santo Thyrso – azeitona salgada.
Longfellow – jaca dura, viscosa.

Do estilo de Zola a impressão não é propriamente de fruto, porém de essência de fruto: café forte, negro, fervendo, sem açúcar ou leite.

(Diário de Pernambuco, 8-1-1922)

44

Criticar, no sentido puro da palavra, é interpretar, "estimando", "apreciando", pondo o valor do objeto em termos claros. Melhor ainda: em termos econômicos, e espetar à pessoa, coisa ou animal criticado o preço que merece.

Essa "interpretação econômica" de criticismo há de arrepiar a gente hiperidealista. Sem razão, entretanto. Duvidam? Interroguem o mestre de latim, sr. Faria Neves. "Estimar" – dirá o latinista – vem de "aes", dinheiro. E "apreciar" descende deste avô execrável: *ad pretium*.

Criticar uma tela de Degas ou um nu de Rodin, uma jarra de Della Robia ou um pudim de ameixa inglês, a perna duma bailarina ou um poema de Poe é apreciar cada um desses objetos *sui generis*. Ora, apreciar, em última análise, é dar um preço.

Convenho em que criticar, dando preços, é método primitivo. Imagino que o primeiro crítico – homenzarrão peludo, de ventas chatas e braços muito longos – disse do corpo nu e tentador duma fêmea: vale cinco búfalos e dez gazelas. (Não sei se estou fazendo anacronismo.) Porém o que me parece certo é isto: o primeiro crítico deu um "preço" ao objeto que o encantava.

O americano parece conservar, mais que qualquer outro povo, o método de preços. Vemo-lo na sua reportagem: aqui o repórter não descreve com ocos adjetivos os prejuízos causados por um incêndio; faz a lápis, no seu *carnet*, contas de somar e dá, em cifras, o total dos estragos. E vemo-lo na sua crítica: diante duma obra de arte, em vez de soltar um *magnifique*, o americano berra um preço. Aprecia, estima, critica, no sentido puro do termo.

Seguindo esse método simples tentarei, neste artigo, espetar às mais rutilantes glórias americanas do dia – do dia e da noite – os preços que me parecem corresponder ao seu valor. Longa e vária é a lista destas glórias: o talento de O'Neill; o sorriso de Douglas; o muque de Jack Dempsey; a ligeireza de *Man of war*; os pés de Charlie Chaplin. Por onde começarei? Por onde mandam as Escrituras: pelos últimos. Neste caso os pés geniais de Carlitos.

A esses pés endiabrados, dê-se aqui fabuloso preço: um milhão de dólares. Não concordo. Porque, conservando a medida, que preço iríamos dar aos pés de Pavlowa ou aos de Stowitts? Trilhões de dólares. Sejamos equilibrados: demos aos pés de Carlitos o que merecem: dez mil dólares? Talvez muito mais.

De pés passemos, sem salto, a pernas. Não há nada mais comum, hoje, que uma perna de mulher até o joelho. Deixou de ser mistério. E estamos convencidos, os homens, de que as pernas bonitas, bem-feitas, são raríssimas. Porém existem. Não se pode desejar pernas mais lindas que as de Mary Eaton, dançarina nas *Ziegfield Follies*. Ou as de Florence Normand. Valem as desta, uns 100 a 200 mil dólares. As daquela, outro tanto.

  Não seguirei, neste ousado apreciar de glórias, ordem de espécie alguma. Salto pois aos cachos de Mary Pickford e ao sorriso de Douglas Fairbanks. Os cachos de Mary, lindos. De ouro. Arrancados a um Menino Jesus flamengo. Preço: 300 mil dólares. E o sorriso do robusto Douglas? Sorriso quase risada, escancarando o teclado inteiro da dentuça sã. Sorriso jovial, franco, dionisíaco. Preço: 200 mil dólares. Isto põe na família de Douglas a bagatela de 500 mil *bucks*.

  Passemos a dedos. Temos os do dr. Carrel — dedos mágicos que pegam em corações latejantes e fazem o diabo a quatro no domínio da cirurgia. Valem muito: o seu milhão de dólares. O mesmo é certo dos dedos desse outro doutor que conserta braços, pernas e crânios fraturados — um verdadeiro São Severino. Esquece-me o nome do sábio ancião. Porém é austríaco, esse mágico; e eu quero somente me ocupar de glórias americanas. Por isto não incluo tampouco os dedos do mestre Paderewski. O mestre esteve aqui no inverno passado. Porém vinha cansado e não quis pousar nem de leve os veneráveis dedos no teclado dum piano. Quem eu ouvi outro dia tocar duas sonatas e alguns *soli* de sua lavra foi o admirável, o grande, o imenso Richard Strauss e seus dedos valem... Porém, Strauss é alemão. Passemos a americanos; aos dedos de Albert Spalding, por exemplo. Flexuosos dedos de violinista, os dele. E não será demais estimá-los em 500 mil.

  De gargantas a de Geraldine Farrar é a que primeiro ocorre. Garganta divina. Dela se evola a música dos mestres em ondas quentes voluptuosas. Estão a ultrajá-la as garras da velhice? Talvez. Porém, é ainda um enleio escutá-la, mesmo do recuo do "galinheiro" da ópera. Dar um preço a essa garganta? Um milhão.

  De passagem direi que é comum nos Estados Unidos, entre cantores de ópera, pôr em seguro as preciosas gargantas. Nesta terra até as cigarras são formigas. Certo *basso cantante* dinamarquês, meu amigo, que foi menino de coro na capela dos reis da Dinamarca, tem a garganta numa companhia de seguros — contra enfermidades e acidentes. Fazem o mesmo com os dedos, pianistas, violinistas e outros *virtuosi*.

  Olhos. Os de Madge Kennedy (acabo de conhecê-la). Como são lindos! Não expressam coisa nenhuma. Porém sugerem tanto! Valem $700.000 ou mais. E a voz de Madge, também. Voz de carícia, um sussurro, pérolas a desfiar-se. Preço: $200.000.

  Há milhares de dólares — $500.000, talvez — na boca de Glória Swanson. Deliciosa boca, na verdade. Tem polpa como um fruto maduro e é dum vivo rubro de sangue, como ferida aberta. Outros $700.000.

E o muque da Jack Dempsey? É preciso não esquecê-lo. Respeitável muque. Que o diga George Carpentier. O búfalo quase achatou o parisiense esbelto. Búfalo, hoje; noutro tempo esse Jack de rijo muque teria sido deus – deus dionisíaco a arrancar, ao resto do mundo, os pelos das barbas, as mulheres e as bilhas de vinho. Demos, por precaução, ao muque do animal o preço de 25 mil dólares.

Restam-nos os cérebros. "Uma nação só vive porque pensa." Este conceito não é dum pedagogo; é de Fradique Mendes. Portanto, estamos em região mais alta que a dos pés – sem falar no cérebro de Chaplin, de Carlito, das pernas de Florence Normand, do muque de Jack, de dedos, gargantas e bocas – de tudo quanto venho apreciando. Difícil espetar preços a essas glórias cerebrais, porém, em todo caso, façamos as contas. Ei-los: o cérebro de Edison $2.200.000; o de Eugene O'Neill (o autor de *The emperor Jones* e *The moon of the Caribbes*) $2.500.000; o de Booth Tarkington – $1.500.000; o de Henry Van Dike – $900.000; o de James Branch Cabell – $2.000.000; o de Katherine Norris – $1; o de Franz Boas – $2.500.000; o de Elihu Root – $1.000.000; o de Robert W. Chambers – um níquel; o de Amy Lowell - $2.500.000; o de Woodrow Wilson – $1.000.000; o de Warren Gamaliel Harding – $25; o de Harold Bell Wright – um *penny*; o de Mencken – $2.500.000; o do Senador Borah – $1; o de Irvin Cobb – $26; o de Giddings – $2.000.000.

A lista não é completa. Há outras glórias do dia – no senado, na câmara, nos ateliês, nas salas de aula. E outras glórias da noite – nos teatros, na ópera, nos cafés-cantantes etc. Creio, porém, ter dado preços, e de maneira *fair*, às mais rutilantes. E fi-lo à americana, seguindo o método simples de apreciar as coisas interpretando-as em concretos preços em vez de abstratos adjetivos.

(Diário de Pernambuco, 15-1-1922)

45

Foch está em *la Amerrr-ique*. Foch está em New York. E sua maneira vem agradando o *homo americanus*, que detesta, acima de tudo, o *snob*. Ora, Foch coisa nenhuma tem do *snob*: nem o monóculo no canto do olho. É o mais puro burguês deste mundo – um burguês de azul e de boné vermelho, gostando de fumar o seu cachimbo, de ir à sua missa e de acariciar os seus bigodes.

Sábado último, 19, honrou-o a Universidade de Colúmbia com um título de doutor *honoris causa*. Tive o prazer de estar presente à festa. Foi ao ar livre, sob um desses sóis de novembro, cor de manteiga, que, nos países frios, parecem imitar as nossas luas cheias de agosto. Mostrara-se soturno, o tempo, no dia anterior. Chovera, até. Porém o próprio tempo decidiu, à última hora, unir-se às homenagens ao Marechal de França. E o 19 de novembro foi, em New York, dia bonito, claro, limpo.

O lugar da cerimônia foi a *plaza* diante do frontão da Biblioteca, ao pé da estátua da *Alma Mater*. Exatamente o lugar nobre da Universidade. Em volta esvoaçavam bandeiras. Rutilavam as cores francesas e americanas, em contraste com o azul pálido da bandeira da Universidade.

Grossa multidão. E era só de estudantes, de antigos alunos e de professores da Universidade de Colúmbia. Enchia a imensa escadaria da Biblioteca; o largo passeio, até espraiar-se na rua.

Às três da tarde saiu da Biblioteca a procissão de mestres. Centenas de mestres. Parecia onda negra salpicada de cores vivas – o roxo, o amarelo, o escarlate das murças sobre o negro das togas. Dum aeroplano, essa procissão, a um tempo formalista e rutilante de cor, a descer devagar, em passos hieráticos, a escadaria, deve ter parecido imensa serpente malhada a rastejar. A nota mais viva, na onda de roupagens acadêmicas, era o amarelo estridente da toga de certo mestre da Universidade de Paris. Havia também um teólogo todo em escarlate, numa beca que esvoaçava, solta. Parecia Mefistófeles. O presidente da Universidade – aí se diria reitor, se houvesse Universidades – o dr. Nicholas Murray Butler, trazia sobre sua toga uma murça com as cores da Universidade de Nancy, da qual recebeu há pouco um título *honoris causa* de doutor. Doutor por consagração.

Foch chegou, prosaicamente, num auto. Receberam-no vivas – *Vive Foch! Vive la France!* – e o toque estridente de quatro clarins. Fotógrafos retrataram-no de todos os lados – trepados em caixões, em posturas difíceis, pavlowescas.

Vi de perto o Marechal, enquanto subia, devagar, a escadaria. Não parece o septuagenário que é. Corpo esbelto. Uns bigodes ásperos. Sorriso franco. Olhos claros. Apertei-lhe depois a mão como já apertara, num jantar, a de Pershing.

Foi breve a cerimônia. O dr. Nicholas Butler fez, é certo, discurso meio bombástico. Porém curto. Não o ouvi todo, mas de vez em quando chegavam, silvando, aos meus ouvidos, palavras sonoras, solenes. Feliz a afirmação do dr. Butler de que, na pessoa do Marechal, honrava a Universidade, não o conquistador militar, porém, a grande figura dum "herói moral" e dum "sóbrio *scholar*".

Conferido a Foch o título de doutor, Foch falou. Falou em francês. Serviu de intérprete o Embaixador da França, Monsieur Jusserand, amável velhote. Agradeceu o antigo comandante supremo dos exércitos aliados a cooperação da Universidade de Colúmbia: 9 mil homens, na flor da vida ou em plena virilidade. Fez-lhes esta referência: "Não eram meros recrutas – eram valorosos, capazes de se tornarem chefes".

Rematou a festa a nota de religiosidade: uma prece do Bispo Manning, da Igreja Episcopal, em inglês britânico. De novo, o toque dos clarins. De novo os vivas. Alguns apertos de mão. Foch entrou na Biblioteca, retirando-se minutos depois. Vivas mais fortes. E Foch foi embora, no seu auto – prosaicamente. Recebera, como chefe militar intelectual, o título de Doutor pela décima quinta vez.

(Diário de Pernambuco, 22-1-1922)

46

Um Natal sem neve, o deste ano, em New York. E a gente daqui, acostumada aos natais branquinhos, não gostou da surpresa. Havia apenas restos de neve a derreter pelos recantos e pelos parques. Porém, não o bastante. E o Natal foi prosaicamente pardo. Irritantemente cinzento.

Grande festa é o Natal nos Estados Unidos. Festa de todos os gozos fáceis. Festa em que a gente se regala, até quase estoirar, das nectáricas delícias do forno e do fogão: o peru assado, o pudim de ameixa, o róseo presunto, as empadas, os guizados, os pastéis, as ostras fritas, os doces, os bolos. Festa em que o coração amolece, na lembrança de Jesus, nascido numa estrebaria fedendo a esterco, e dos bolsos de burguesia farta rolam, para os pobres meio rotos e com fome, sonantes moedas. Festa em que se trocam, aos milhões, mimos e postais ou simples apertos de mão, desejando *Merry Xmas*, isto é, "Boas-festas". Festa de reuniões de família, ou de amigos, em volta do peru assado ou junto ao lume doce, de madeira mole, a crepitar. Festa em que a gente ri, ri e ri e acende velas de cera azul e vermelha e enfeita as paredes e as vidraças de ramagens verdes e de "mistretos". Festa da árvore de Natal, no meio da sala ou no centro dum parque — árvore cujos pomos são bolas de celuloide, caixas de bombom e brinquedos. Festa em que as crianças cantam as loas e, nas igrejas, a música é toda de glória a Jesus redentor. Festa do melhor santo deste mundo, o Santo Claus, parecido, ao mesmo tempo, ao Deus de James Stephen, a um tio solteirão e a um vovô meigo.

Tudo isto é o Natal nos Estados Unidos. É ainda assim o Natal nesta New York, onde tão ligeiro passa o tempo que as horas parecem comer umas às outras. Não será talvez, o Natal de hoje, a festa íntima de há cinquenta ou setenta anos. Isto porque já não existe aqui "família", no sentido puro — quer dizer, romano — da palavra; a pressão econômica força o mecanismo individual. Porém, continua a ser, o Natal, festa de alegria e — curioso — festa, ao mesmo tempo, cristã e dionisíaca. Há um cristão em cada americano e em cada americano há um Dionísio. Como coexistem, não sei. Porém, coexistem. Basta observar o americano no Natal — que é quando ele é inteiramente ele próprio e não a máquina que o obriga a ser, o resto do ano, o sistema econômico-social. É Cristo — dá aos pobres peças de roupa, restos de peru e, aos pequenos, brinquedos; dá às crianças mimos e faz-lhes ternuras; manda aos amigos cartões-postais e presentes que passa horas a comprar nas lojas cheias de gente; em uma palavra, lembra-se dos outros. E é Dionísio: lembra-se de si mesmo; da pança, que enche a fartar, de quitutes prediletos; bebe vinho – deleite muito apetecido este ano, por ser fruto proibido; canta cantos eróticos; dança danças eróticas; ama.

Nos Estados Unidos, o Natal faz igualmente alegres a gente grande e os meninos. E destes é difícil destacar aquela, a não ser pelo tamanho. Não creio que haja país em que a gente grande se pareça tanto à pequena. Em toda parte os homens se parecem muito aos meninos – mais do que o supõe a ingenuidade da pessoinha de treze anos. Mas, nos Estados Unidos, a semelhança é fortíssima. Vi o presidente W. Gamaliel Harding sorrir uma vez; outra vez o General Pershing; ainda outra, Williamn Jennings Bryan e anteontem, apertava-me a mão, sorrindo, o dr. Nicholas Murray Butler. Pois esses homens todos têm, ao sorrir, caras de Menino Jesus; caras cor-de-rosa e ingênuas. Dir-se-ia que nunca as roeu por dentro um drama íntimo. Dir-se-ia que nunca arquitetaram um sofisma. A própria Miss Amy Lowell, criatura tão sutil, parece, ao sorrir, uma criança grande. O mesmo Mencken – ironia viva! – tem bochechas de criança e um seu amigo o descreve como parecido a um caixeiro-viajante. Sorrisos sofísticos – são raros nesta terra. Não os vejo em volta de mim. O Cardeal Gibbons esse, sim: seu sorriso era Leonardo da-vinciano. Porém como ele, quem mais sorri? Creio que ninguém nos Estados Unidos. Os sorrisos que eu vi durante o Natal foram felizes sorrisos de crianças grandes.

Mas não é só no meio de sorrisos que decorre o Natal americano. O Natal é aqui um farto jorrar de dinheiro. Gasta-se dinheiro às pilhas. Não é sovina, o cidadão dos Estados Unidos. Pelo contrário: liberalíssimo. O ricaço brasileiro não é tampouco sovina; porém, gasta somente consigo e com os seus, enquanto o americano gasta com os estranhos. O brasileiro à antiga morria pensando em si: deixava a fortuna para que dissessem missas e rezassem padres-nossos pela "sua" alma. O de hoje, menos medieval e pitoresco, já não deixa com que comprar óleo para o lampião do arco de Santo Antônio: tudo é para a família. Ninguém no Brasil – a não ser algum esquisitão – deixa no testamento uns contos de réis para uma escola, um hospital ou uma obra de arte. Isto é bom para os ricaços americanos. E é no Natal que se fazem as grandes dádivas. Todo mundo é caridoso aqui pelo Natal. No próprio Sul, onde os bons cristãos – metodistas, presbiterianos, batistas – fazem agrados e mandam lembranças aos negros, pelo Natal. É tocante. Ontem quando passávamos, eu e uma amiga, por um armazém perto da Quinta Avenida, estavam distribuindo às crianças andrajosas tigelas de caldo quente e sacos de brinquedos. Era o *Xmas spirit*, isto é, o espírito do Natal, em ação.

E os presentes que se mandam aos amigos – os presentes de festa? Há duas semanas que é impossível entrar numa loja na Quinta Avenida sem que nos acotovele a gente. E que lindas estavam, pelo Natal, as vitrines de New

York! Flamejavam. Encantavam os olhos. Davam à pessoa que parava, para as fitar, a vontade estúpida de ter muito dinheiro, de ser podre de rica. Dizem que o americano nada sabe fazer fora do puramente mecânico. E estas vitrines da Quinta Avenida? A Quinta Avenida é um museu de arte. Aqui é a montra de Avedon que nos encanta: vestidos de senhora que parecem feitos por dedos de fadas. Logo a vitrine de Page & Shaw, cheia de lindas caixas de bombons e latas de doces *glacés*. Na vitrine da casa Holden se veem, em finas gaiolas, pássaros de plumagem multicor e cachorrinhos felpudos; os tapetes persas na montra de Harris seduzem; as caixas de charutos na vitrine da tabacaria ao pé do Flat Iron; a prata reluz dentre veludo cor de vinho na vitrine dos joalheiros Gotsham; e que de coisas elegantes, frágeis, artísticas – relógios, rendas, móveis, flores – percorrem gulosamente os nossos olhos ao caminhar pela Quinta Avenida! Pelo Natal estas vitrines estiveram tentadoras, diabolicamente tentadoras. E, do que lá estava, arrebanhou a gente, a peso de ouro, muita coisa – principalmente a gente que tem namoradas, a pobre gente que tem namoradas!

(Diário de Pernambuco, 29-1-1922)

47

O ensino da história é, em geral, uma história. O que é de fazer pena. Porque, quando feito às direitas, sob guia competente, não há estudo que o exceda: disciplina a faculdade crítica, excita a imaginativa, move ideias, desfaz preconceitos. O recriar inteligente de tempos idos, tão íntimos nos faz do passado que, sem esforço, chegamos à realidade filosófica de que tudo é presente. A situação é parecida à do viajante que, percorrendo o globo inteiro, chega a esta realidade: a humanidade é uma só. Varia e muda, o superficial: poligamia aqui, ali monogamia; monarquia entre estes, entre aqueles república; ontem escravidão, hoje exploração do proletariado; o gentil, entre parisienses, desgracioso entre os hindus; o mulherio de 1830 tapando as pernas, o de hoje, mostrando-as até os joelhos. Isto é quanto varia, com a distância de tempo e espaço. O essencial não varia.

Não seria má a comparação da história à tia ricaça, muito viajada, que nos toma a viajar consigo, e nos ensina a simpatizar com o que é diferente, isto é, com o que parece diferente. Pelo menos é o que a história tem sido para mim. E disciplina alguma há feito mais para me alargar os horizontes mentais. Daí a minha pena dos que a estudam mal – sob guias verbosos, que apenas sabem falar de reis e de generais, de batalhas e de revoluções políticas, de datas e de nomes, tendo antes assombrado os rapazes com arrogantes generalizações sobre pré-história e o homem terciário. E que patrióticos, esses guias, quando ensinam história pátria!

Bem, é justamente disto que desejo ocupar-me. E a propósito do assunto de cavaco aqui em New York: a gente que governa a cidade quer reformar os compêndios de história dos Estados Unidos ensinados nas escolas públicas. A objeção aos compêndios atuais não é que sejam mal escritos ou não disponham bem o material. É, simplesmente, esta: confessam derrotas militares dos americanos, na guerra contra os ingleses; confessam os esforços de Benjamin Franklin para conservar a todo preço a união com a mãe-pátria, a quem ele tanto queria; confessam, sem desrespeito, a chatice demagógica de Patrick Henry. E a atitude dos críticos é esta: "Assim não. O que nós queremos são compêndios que falem só de nossas vitórias, glórias e virtudes; que nos apresentem como o povo-deus, imaculado, sempre a vencer os estrangeiros maus; que façam os meninos, os cidadãos de amanhã, patriotas até a raiz dos cabelos". Em outras palavras: compêndios com as chamadas "mentiras patrióticas".

Sumam-se Michelet, os metafísicos da Grécia, Carlyle, Hegel, Comte, Nordau, Karl Marx, Croce, Giddings, estes e todos os mais que têm produzido teorias e interpretações da história. A que se quer é esta: a história reduzida a vaca de leite de patriotismo. Ou melhor, e parodiando a Fradique: que se ensine a história patrioticamente mal.

Felizmente, esse rasgo de patriotismo da gente que governa a metrópole dos Estados Unidos está encontrando reação; o que prova, a meu ver, a existência de gente culta nos Estados Unidos. Pois convenhamos em que seria, pelo menos, demonstração de ruins maneiras, reformar os tais compêndios, por dizerem, candidamente, a verdade.

No Brasil, isto de mentir patrioticamente é comum — dentro e fora de compêndios escolares. Fora do Brasil, o mentir patriótico da parte de brasileiros é desculpável: é a válvula das saudades e o meio de neutralizar as mentiras desfavoráveis de viajantes, de repórteres e de outros senhores de opinião ligeira que a gente está sempre a encontrar. Não me irritam muito os patrícios e amigos que tenho ouvido dizer, aqui, mentiras patrióticas; como não me irrita o falar patrioticamente mau, à boa moda fradiqueana, o idioma inglês, por compatriotas meus — mesmo os ligados à Embaixada em Washington e a Consulados. Porém aí — nos nossos livros escolares, nos jornais, nos discursos — para que mentir? Temo que me haja embotado o patriotismo a permanência no estrangeiro, porém não vejo, palavra de honra que não vejo (e por mais que simpatize com as pessoas e admire o talento dos autores), o valor de ensinar aos pequenos a "Nossa Pátria" e o "Por que me ufano do meu País". Pinta-se aí o Brasil, país de todas as virtudes imagináveis, com todas as riquezas, das *Mil e uma noites*, jamais tendo encontrado quem o vencesse, com a Europa constantemente a curvar-se diante dele. Trata-se da Guerra do Paraguai, sem uma palavra de elogio aos heroicos caboclos de Solano López, nem às fortes mulheres paraguaias. Exatamente como os compêndios de história que se usam em Texas: faz-se aí da luta que entre mexicanos e texanos se travou — aqueles longe do seu centro (como nós na Guerra do Paraguai), e estes a um passo de suas casas — a mais injusta relação.

Isto não é história: duvido que seja patriotismo. Porém história não é. Pode ser histórias. Ora, para histórias não há como as das *Mil e uma noites* e de *Mother Goose*. Ou as que a avozinha sabe contar. Reduzir a mero instrumento de patriotismo um estudo que tanto pode fazer, quando livre, para criar, entre os povos, visão católica e simpatia mútua, é roubar-lhe a virtude, além do valor cultural. Livre, solto, desatado de preconceitos, o estudo dos *tempores acti* leva-nos perto, o mais perto possível, dessa eterna fugitiva, sempre a esvair-se, deixando apenas o perfume: a Verdade.

(Diário de Pernambuco, 5-2-1922)

48

    Fui ontem, com um amigo, ver como se faz o papel. Gosto de ver como se fazem as coisas, mesmo as menos interessantes como caixas de papelão, presidentes de república e *hot water bottles*. Porém confesso: numa exposição de papel esperava passar meia hora de franco aborrecimento – apenas superior às que tenho passado em gabinetes de dentistas. Engano. Interessante é que foi minha visita à exposição de papel – visita não de meia hora porém de hora e meia.

    Eu tinha umas vagas noções de como se fabrica papel: o papirus dos egípcios, os rolos de pergaminho, trapos recolhidos dentre os sujos detritos das ruas, o uso mais recente de polpas de árvores. Porém, tudo vago. Faltava-me uma ideia *clean-out*, para usar a boa frase americana. Adquiri-a ontem, e sem esforço.

    Estava em ação a menor máquina de fazer papel que existe. Humílima maquinazinha. Quase um brinquedo, comparada às máquinas de tamanho ordinário. Vê-la trabalhar, e reduzir, como por magia, uma massa mole de trapos a puro e seco papel, era como se estivéssemos diante dum Pico della Mirandola, assombroso aos catorze anos. Numa extremidade da maquinazinha punham os trapos, já expurgados de metais e outras substâncias nocivas, e embranquecidos em solução química; mais adiante passava a massa, já achatada; logo, sobre essa pasta úmida, caía a pressão dum sinete; finalmente, o papel aparecia, num rolo seco e consistente.

    Através dum microscópio vi as fibras de papel. Vi máquinas de fazer envelopes e de cortar papel. E soluções para o processo de coloração do papel. Por toda parte, papel. Uma orgia de papel. Papel às rumas. Papel em folhas soltas, esparsas, num baralhamento: o mais ordinário para misteres humílimos, junto ao fino e ebúrneo, do gênero fradiqueano. Havia papel branco, de linho, duma alvura nobre de peitilho de camisa bem engomada; e papel verde, roxo, amarelo, azul. Cor-de-rosa, também, para bilhetes de namorados. E papel macio e papel áspero. Mil e um estilos de papel de carta. Papel-cartão para águas tintas e postais. E papel, como disse, para misteres mais humildes.

    Diante dessa orgia de papel era natural que eu me sentisse tentado a filosofar. Foi o que sucedeu. Filosofei sobre o papel. Por exemplo: como o papel segue o homem através da vida. O homem morre deixando um pouco de si próprio em folhas de papel. Quero dizer, é claro, o homem que lê e escreve. Do primeiro papel em que garatuja a lápis o nome ou o ABC ou 1-2-3 àquele em que escreve seu *de profundis*, quanta folha em branco desvirgina a gente; o papel dos temas de gramática e das contas de dividir; o papel dos primeiros bilhetes amorosos; o papel solene da carta de pedido de casamento; o papel sério das cartas de negócio; o papel melancólico das cartas de pêsames; o róseo, das cartas de felicitações, o dourado, dos postais de Boas-Festas. E se a pessoa é aliteratada, Nossa Senhora!

É fácil fazer papel. Por isto fabricam-no às pilhas. Pois, senhores, já calculou um matemático que, feito um rolo do papel que numa só década se fabrica nos Estados Unidos, haveria com que envolver o globo, como se o globo fora um bombom.

Um dos males modernos, essa superabundância de papel. Que faz? Democratiza execravelmente o escrever de cartas, de livros e de jornais. O escrever dessas coisas deveria ser o luxo de reduzida elite. Dizia o Mestre Dumas, e dizia bem: "Metade das cartas que se perdem devem perder-se". Completa a Dumas o fino Amado Nervo: "Três quartos dos livros que lemos não devêramos ler". E os jornais?

Escreveu-me durante a Guerra o mais fino dos brasileiros: "Quanto eu estimaria ser analfabeto!". Analfabeto para viver ignorante das mentiras que então se publicavam nos jornais. Ora, pior que a mais grossa mentira é a mais espumosa banalidade. E a banalidade floresce espantosamente em tempo de paz.

Houve tempo em que editar um jornal ou publicar um livro era alguma coisa de sagrado. Hoje, não. Pululam os jornais. Nos Estados Unidos há a bagatela de 23 mil periódicos. E destes, a maioria são volumes de sessenta páginas.

A produção de livros, esta, também, é assombrosa. Agora mesmo começa nova *Book Season*, ou "estação de livros". E hoje, pela manhã, estive na casa do livreiro Brentano, na Quinta Avenida, folheando as novidades. Um horror! Parece que cada cidadão e cada cidadã nos Estados Unidos está publicando um livro, este inverno. Livros de todo gênero: de viagens, de psicanálise, de versos e de ensaios; biografias, autobiografias, histórias, sermões, receitas de bolos; trabalhos de crítica, exegese política, ciências, arte, jogo de xadrez, modas, novelas.

Na *Book Season* de 1920 foi a mesma orgia. E dela, que se salvou? Menos de um décimo: os ensaios de George Santayana *Character and opinion in United States*; *Primitive society*, de Robert H. Lowie; as novelas *Miss Lulu Bett*, *Main street* e *The age of innocence*, as cartas de William James, quatro ou cinco outros livros. O mais, quase tudo literatice banal. Há de ser o mesmo, este ano. Está sendo muito falado o livro de viagens de um Mr. Franck, sobre a América do Sul. Folheei-o. Raras páginas de boa crítica. O grosso do livro, ruim e trivial. O mesmo é certo da biografia do sr. Woodrow Wilson pelo seu secretário sr. Tumulty. Três saborosos livros novos são: *Three soldiers* (novela), de John Dos Passos, um livro de ensaios de Harold Stearns contra o puritanismo e outro, versando questões de língua e literatura inglesa, do sr. Brander Matthews, o ancião professor da Universidade de Colúmbia.

Porém, volto ao meu ponto: a maioria dos livros publicados constitui um estrago de papel. Por que não tomar a sério o escrever de livros? Os árabes comparam a paternidade literária à física e ao plantio de árvores. E inferior à procriação e ao plantio de árvores é que não é escrever um livro. Ao contrário. Plantar árvores e gerar filhos é faculdade de todo homem são. Porém para escrever um livro de verdade, sem ser preciso ter saúde, há que sentir um sopro divino.

(Diário de Pernambuco, 12-2-1922)

49

Nas montras dos livreiros de New York acaba de aparecer a obra *A study in mental life*, do professor Robert Woodworth, da Universidade de Colúmbia. Recomenda-a meu mestre, o grande Giddings, como a última palavra no estudo de Psicologia.

Há no trabalho do professor Woodworth um frescor de ideias e de estilo, raro nos livros desse gênero. Até os polissílabos arrevesados, soube evitar o pedagogo. Entretanto, não falta ao seu estilo nem precisão nem método: é sempre *comme il faut*.

Destacarei do livro algumas ideias novas. Sem ter a mania da novidade, o professor Woodworth aponta, calmamente, com o mais fleugmático espírito crítico deste mundo, o arcaísmo de certas definições. A de psicologia, por exemplo. Que é psicologia? Desde os primeiros tateantes ensaios dos gregos na região misteriosa da vida mental que se vêm congelando definições: "ciência da alma", "ciência da mente", "ciência da consciência", "ciência do procedimento". Rejeita o professor Woodworth a definição dos gregos porque, a seu ver, puxa a psicologia para o terreno do desconhecido, inacessível aos métodos de investigação científica. À segunda definição, "ciência da mente", objeta o arguto psicólogo porque "a psicologia é distintamente o estudo de ações e não de coisas". À terceira, "ciência da consciência", oferece o professor Woodworth esta objeção: "limita o campo da psicologia aos problemas de consciência, quando os há também de ações inconscientes". A quarta, prejudica-a, a seu ver, o frequente uso da frase *behaviour psychology*, que apenas se refere à parte da psicologia.

Rejeitadas essas definições, apresenta o fastiento psicólogo a sua. Não é fácil resumi-la. Porém, creio que, em essência, é isto: "a psicologia é o estudo da vida mental ou, melhor, o estudo científico das atividades e processos mentais". Que é atividade mental? Tipicamente é uma atividade "consciente". Tipicamente, porém, "não sempre". Há atividades mentais que são apenas *near conscient*, isto é, um tanto, porém, não de todo, conscientes. São parte da vida mental. São objeto, com as conscientes, do estudo do psicólogo.

No estudo de instintos apresenta o autor esta classificação: 1) instintos em resposta a necessidades orgânicas; 2) instintos em resposta a outras pessoas; 3) instintos não específicos. À última classe pertence o rir, a locomoção, a curiosidade.

Das teorias de "supressão de desejos" e de personalidade, sustentadas pela Escola de Psicanalistas, de que é mestre o professor Freud, discorda em parte o professor Woodworth. "Freud exagera a influência do inconsciente", opina o autor de *A study in mental life*.

Estudando a reação a trabalhos de arte, em três ou quatro páginas interessantíssimas, procura o professor Woodworth definir esse não sei quê: o gozo que a arte provoca. A reação é emocional e intelectual. É o agitar-se deleitoso da imaginação do observador procurando recriar a concepção do artista. E é também emoção pura – algumas vezes fácil de analisar (apelo a impulsos emocionais como a dor, o medo, o desejo sexual etc.); outras vezes, fugitiva à mais sutil análise, incompreensível. Por que é que ao se achar a pessoa, de repente, em face de grande obra-prima – o Apolo Belverdere ou a Sistina Madonna – brotam-lhe lágrimas dos olhos? Ou, também, ao escutar um lindo trecho de música? O professor Woodworth faz essas perguntas sem saber respondê-las. Ninguém sabe respondê-las.

Procura o psicólogo sutil explicar a atração na arte, especialmente na arquitetura, do "grande" e do "sublime". Talvez seja a "tendência para submissão", a "alegria humilde de submissão" (*the humble joy of submission*). Talvez seja o que o professor chama *empathy*, isto é, o projetar-se da pessoa no objeto – por exemplo, uma catedral gótica. A catedral é grande, magnífica; o observador ao identificar-se com ela sente-se grande. Talvez essas duas reações variem de acordo com a ocasião e a pessoa. Tomo a liberdade de acrescentar: de acordo com o sexo. Será mais natural na mulher a alegria de submissão, diante da grandeza duma catedral gótica, que no homem. E mais natural no homem artístico que no filistino – havendo sempre naquele um toque de feminilidade.

Vários outros assuntos de interesse versa o professor Woodworth no seu novo livro. E sempre com clareza, frescor, mocidade. Sem, entretanto, perder o prumo, pois a fleugma do cientista é qualidade que não lhe falta.

(*Diário de Pernambuco*, 19-2-1922)

50

Os psicólogos de mulheres... Muita gente não acredita neles. Mais depressa acredita na *buena dicha*.

Parece-me injusta, a atitude. Temos psicólogos de crianças, psicólogos de loucos, psicólogos de animais, psicólogos de multidões. Tomamo-los a sério. Por que não tomar a sério os de mulheres? É a mais natural das especializações. Se tem mistérios, também os tem a psicologia dos loucos e mesmo a nossa – isto é, a dos homens que se supõem sãos. Ou normais.

Por pensar assim é que fui, domingo, ouvir um psicólogo de mulheres. E hora de encanto, a que passei a ouvi-lo. Sóbrio e agudo, falou da inteligência das mulheres pelo puro prazer de vasculhar o assunto, de penetrá-lo, de compreendê-lo. Assim falavam os gregos.

É inglês, o psicólogo de que falo. Passou uns anos em Paris: Paris – a Roma donde se sai romano até um inglês. Imagino que foi por algum tempo um desses ingleses wildeanos que chamam Paris *mon vieux Paris*. Hoje, é homem em volta dos quarenta, calvo, de *pince-nez*, bigode a escova de dentes, um ar de deputado. É casado – casado de fresco. Creio mesmo que esta sua viagem aos Estados Unidos é de lua de mel.

Chama-se W. L. George. Dá-se à inútil ocupação de escrever novelas. Na Inglaterra, "essencialmente prática", os homens-formigas toleram os homens-cigarras. Tanto, que até alguns destes têm morrido numa fartura de libras, ricos, de pança cheia. A Inglaterra adora os "fazedores de livros". Isto desde o tempo de Voltaire que salienta o fato nas suas *Lettres*.

Há estudado Mr. George grande número de mulheres entre as idades de dezessete e sessenta e oito anos. Destas algumas são casadas, outras solteiras etc. O falado mistério feminino – opina o psicólogo – não é maior que o masculino. A mulher não é, como se tem dito, misteriosa, impenetrável; é inexplorada. Não tem sido estudada pelo homem tanto quanto merece. Mais intenso tem sido o estudo do homem pela mulher. O homem absorve quase toda a atenção da mulher; por outro lado seu interesse espraia-se em negócios profissionais e em outras fases, para ele sérias, da vida. Não se concentra na mulher. Não procura o homem entender a mulher – o que explica muitas tragédias conjugais. Talvez o maior prazer da mulher é notar que a observa o homem, que a procura compreender. O homem faz menos questão de ser compreendido. Da mulher americana disse o inglês: "Não é o que ela imagina ser. A única diferença entre a mulher americana e a mulher europeia é que a daqui usa melhores sapatos. Não há fatos que autorizem a lenda da sua pretendida superioridade".

Julga Mr. George a mente feminina "mais ágil" do que a nossa; porém incapaz de fixar-se em um só assunto. Está sempre a pular de assunto, superficialmente, numa fácil generalização. Igualará a nossa no futuro, na capacidade de concentrar? Mr. George não sabe. Ninguém sabe. Que digo? Talvez o saiba o ilustre membro do Senado brasileiro, sr. Lopes Gonçalves. Aliás Mr. George, como o Senador Lopes, é feminista. Tomou parte na campanha feminista na Inglaterra. Mas, como disse, sua conferência de domingo não foi em defesa de coisa nenhuma; foi por puro remexer de verdades, de fatos, de reparos, que ele vem amontoando em *carnets*, a casos pegados em flagrante.

"O homem é mais respeitador de convenções e das opiniões dos outros que a mulher", disse Mr. George. E citou dois casos. Primeiro este: "Um casal. O homem espera. Veste-se a mulher. Afinal aparece. Pôs demasiado carmim nas faces e nos lábios. Nota-o o marido e diz que não sai com a mulher assim. Toda gente, na rua, olharia para ela. Julgariam-na talvez uma... Não, não sai com a mulher assim". O outro caso. "Outro casal – Mr. George e a esposa. Poucos dias depois de casados. Ele põe umas horríveis calças de xadrez. Ela não gosta das calças. E diz que não sai com ele porque não lhe agradam as tais calças." Como se vê, não pensa a mulher – segundo Mr. George – no que hão de dizer os outros. Seu gosto é o que a dirige.

"É a mulher" – disse o psicólogo inglês – "mais primitiva do que o homem." Não é ideia nova, esta. A inteligência da mulher parece mais, que a nossa, com a do selvagem. A do homem é, como se diz em inglês, mais *sophisticated*. Estou que foi pensando no "primitivismo" da mente feminina que Schopenhauer escreveu da mulher que era "um ser intermediário entre a criança e o homem-feito". Sendo primitiva, a mulher é mais realista que o homem. Vê o que está perto, diante dos olhos, o que é palpável. O homem sonha, procura ver longe, sondar o vago futuro: é idealista.

Muito mais disse o novelista psicólogo de *Ursula Trent* sobre a mulher. Muito mais disse das suas qualidades e dos seus defeitos ou, melhor, dos seus atributos – porque defeitos e qualidades dependem do ponto de vista. As diferenças psicológicas entre os sexos são tão reais como as fisiológicas das quais constituem por assim dizer a expressão ideal – isto é, em ideias e em atitudes mentais. Negar estas diferenças é tolice. Da minha parte eu creio que as diferenças do homem não desabonam a mulher. Ser diferente não quer necessariamente dizer ser inferior.

(*Diário de Pernambuco, 26-2-1922*)

51

Os jornais estão cheios dos retratos de dois velhinhos: o Papa e Lord Bryce. Dois velhinhos mortos. Vou falar-vos de Lord Bryce. A Benedito XV é possível que dedique minha próxima crônica.

Morreu Lord Bryce aos oitenta e quatro anos e de repente. Doce morte, a sua. Pode-se mesmo dizer de Bryce, como de Fradique o doutor parisiense: *toujours de la chance, ce Lord Bryce*.

Foi na verdade o autor de *The American commonwealth* criatura feliz. Escandalosamente feliz. Feliz como um herói de conto de carochinha. Entre ele e os heróis de contos de carochinha eu noto apenas este contraste: Bryce foi solteirão até os cinquenta e tantos anos enquanto os felizes heróis da carochinha casam cedo e "têm muitos filhos". Bryce não deixa um só; apenas discípulos, pois, foi por algum tempo mestre-escola. Sim, pai espiritual, isto ele foi de muitos. Ao próprio Brasil chegou sua influência e há aí quem o estude inteligentemente. O sr. Aníbal Freire, por exemplo, é estudante de Bryce, com a maneira sóbria do qual – o sr. Aníbal é o menos sonante dos nossos escritores políticos – a sua possui certos pontos de afinidade.

Alcançou Lord Bryce a glória de semideus entre os anglo-saxões. Era para estes – para os americanos do Norte, para os ingleses, para os australianos, para os sul-africanos, uma espécie de Rui Barbosa, isto é, o que o erudito Conselheiro Rui é para os brasileiros. Exagerada, a estima que lhe votavam, como exageradíssima é a que entre nós se vota ao Conselheiro.

Lord Bryce, como o sr. Rui Barbosa, foi um dos velhos a quem a Guerra fez perder o prumo, o equilíbrio, o juízo. Que nós outros, criaturas de verdes anos, tão facilmente perdêssemos o juízo – explica-se. Porém os excessos a que sucumbiram não só os Ruis Barbosas, porém, anciãos aparentemente fleugmáticos como o professor Giddings, José Veríssimo e Lord Bryce – são casos a estudar. Como ficaram sós, na França, Rolland, na Inglaterra, Shaw, no Brasil, o sr. Oliveira Lima! Lord Bryce foi na onda.

A glória de Lord Bryce começou cedo. Consagrou-o *scholar* – e foi um *scholar* e tanto – seu trabalho de mocidade, publicado aos vinte e quatro anos: *The Holy Roman Empire* (O Santo Império Romano). Confesso que jamais folheei esse livro de Bryce. Dizem-me que é obra maciça, de polpa. Representa o esforço e as vigílias dum jovem entre as idades de vinte e vinte e quatro anos – estudante em Oxford e, na Alemanha, sob o sábio Mommsen. Pouco tempo depois foi Bryce nomeado para uma das cadeiras de Direito Civil, na mesma Oxford. Logo, elegeram-no para o Parlamento. E continuou Bryce a subir, a escalar postos de honra no governo de Sua Majestade em vitórias fáceis e justas. Um caso, o seu, de "mocidade vitoriosa", como diria o vivaz sr. Dioclecio Duarte. Pela meia-idade, continuou a carreira triunfal de James Bryce. Continuou pela velhice. Conferiram-lhe o título de Visconde e Deus sabe quantos diplomas honoríficos – uma montanha deles. Devem encher um baú ou dois. Talvez encham três. Vieram da Inglaterra e do estrangeiro estes diplomas *honoris causa*. Porque da glória anglo-saxônia cedo passou Lord Bryce à glória mundial.

A esta orgia de glória, quem havia de melhor fazer jus? O admirável é que a ela não tivesse sucumbido inteiramente o pobre escocês. Não sucumbiu. E em plena velhice escreveu um livro que lhe dá direito a figurar entre os melhores escritores do gênero político.

The American commonwealth (A república americana) dá a Bryce o direito à parte, pelo menos, da glória fenomenal que alcançou.

É obra notável. Prima. Revela um observador arguto e um estudante meticuloso da vida política americana nos seus mais íntimos aspectos. Como a conseguiu escrever Lord Bryce é milagre que não se explica. Escreveu-a durante os anos que aqui passou como Embaixador de Sua Majestade. Escreveu-a no meio do furor mundano de Washington. O fato surpreende. Raro o diplomata que conhece o país onde vive. Sua existência é artificial. À parte. Passa às vezes um ministro ou um embaixador vários anos em certa corte: vai embora sabendo apenas onde se come melhor, quem dá mais saborosos chás, qual o mais fino alfaiate e à beira de que lago se passa mais elegantemente o verão. Excepcional, portanto, Lord Bryce. E no seu caso mais estranho, ainda, o fenômeno: Bryce era inglês. Ora, quando se é inglês – fora exceções magníficas! – não é preciso ser diplomata para passar anos a fio em terra estrangeira, ignorante dela. Qualquer guarda-livros ou caixeiro do London Bank em Pernambuco conhece mais o Brasil que o sr. Fontoura Xavier a Inglaterra.

Bryce não se contentou em escrever sobre os Estados Unidos trabalho sem igual, no que diz respeito à vida política. Escreveu também de Sul América, excelente livro de observações e impressões. Em geral o inglês escreve bons livros de viagem – porém sobre a natureza. A natureza exótica enche-o de êxtase. As paisagens, descreve-as deliciosamente. Da gente é que muitas vezes sabe apenas maldizer: não se dá ao esforço de compreendê-la. Eça de Queirós disse uma vez que para o inglês ninguém pode ser moral sem ler a Bíblia, forte sem jogar o *cricket* e *gentleman* sem ser inglês. E é pura verdade. Imagine-se, pois, Lord Bryce no Brasil, face a face com as nossas instituições eminentes: a briga de galo, o jogo de bicho; um caboclo, o General Pinheiro Machado, dono do país; João Cândido, preto retinto, chefe duma revolução. Tudo muito pitoresco e digno de estudo – exceto para um inglês. Pois Lord Bryce de novo nos surpreende: seu livro é justo e até generoso, cheio de simpatia humana. Arguto. Os reparos que faz, ainda que de caráter fugitivo – porque a passagem de Bryce pelo Brasil foi rápida – são quase sempre exatos. Admiravelmente exatos. Não os tingem rancores – nem de raça nem puritanos.

O último trabalho de Bryce não o conheço, a não ser de vista. Vi-o na montra dum livreiro com um preço fabuloso a berrar num cartão. Vou tomá-lo emprestado à biblioteca da Universidade e lê-lo. Deve ser bom. Chama-se *Modern democracies* (Democracias modernas). Dizem-me que aí a atitude de Bryce com relação ao sistema democrático é de otimismo. Lendo-o, talvez eu possa recolher um pouco desse otimismo. Porque, francamente, minha atitude ante o glorificado sistema político é muito parecida à de Amiel: em vão procuro-lhe os méritos mais exaltados.

(Diário de Pernambuco, 19-3-1922)

52

Domingo passado, no Cosmopolitan Club, fiz conhecimento com o sr. Edwin H. Anderson, diretor da Biblioteca Pública de New York. O sr. Anderson foi o orador da noite e, naturalmente, discorreu sobre a Biblioteca. Alguns dos fatos por ele apresentados recolhi-os a lápis num cartão-postal. Vou aqui ajuntá--los, supondo que hão de pelo menos interessar os bibliófilos. Gente sensual a que me ligam agudas afinidades.

A Biblioteca Pública de New York é um dos lugares de que levarei saudades quando daqui me for. Será difícil dizer adeus a esse casarão da Quinta Avenida. Nele, preciosos contatos de espírito tenho desfrutado. Nele, tenho experimentado gozos sensuais de bibliófilo, diante dos mais lindos livros deste mundo, com gravuras a aço e estampas a cores. Nós, os que amamos os livros e as coisas de arte, deixamos um pouco de nós mesmos pelas bibliotecas e pelos museus. É um mal. No fim da vida seremos uns *deracinés*, com o afeto espalhado por toda parte.

A Biblioteca que o sr. Anderson dirige é simplesmente um colosso. Dirigi-la é quase governar uma República. E, dando a cada livro na Biblioteca de New York o valor dum cidadão, teremos populosa república de 2.629.138 cidadãos. Mais populosa, portanto, que certas repúblicas de gente. Em tamanho apenas a excedem a Biblioteca de New York, duas ou três europeias e a do Congresso de Washington. De leitores é a que possui maior número. Está sempre cheia – cheia de gente a sugar o mel da sabedoria. O mel ou o fel? Creio que o mel. Pois não compara a Bíblia o saber ao fruto delicioso que é a maçã?

Leem muito em New York. E existem leitores dos gostos mais variados. Há porém departamentos da Biblioteca que atraem mais que outros: o de genealogia, por exemplo. Nos Estados Unidos lavra verdadeiro furor genealógico. É aqui gozo muito apetecido traçar a linha ancestral ao *Mayflower* que foi, como se sabe, o primeiro navio de puritanos aqui chegado – eles de chapéus de castor e sapatos de fivela, as mulheres, de coifas holandesas e vestidos escuros. Muitos os americanos que pretendem descender desses puritanos.

A Biblioteca possui excelente coleção genealógica. Possui também coleções excelentes nos ramos seguintes: música, arte, arquitetura, ciências físicas e matemáticas, economia política e sociologia, documentos públicos, publicações oficiais e periódicos. Magnífica é a coleção de trabalhos sobre a história da América, incluindo a de livros de viagens sobre o Brasil. Desta me venho servindo ultimamente para um estudozinho meio histórico, meio sociológico, que preparo.

Há também rica coleção de mapas e, sob montras, gravuras a aço, encadernações de luxo e autógrafos. Pinturas históricas e cartões-postais enchem uma sala. Há outra sala para leitores cegos e excelente seção de literatura infantil. Que felizes os meninos americanos! Há para eles, desde que aprendem a soletrar, uma literatura especial: histórias de bichos encantados, como as de *Mother goose*, contos da carochinha, livros de viagens e de caçadas, romances em que o herói é um menino, biografias de grandes homens, dando atenção particular aos dias de meninice. Um verdadeiro encanto. E cheios, estes livros, de bonitas estampas a cores. Que menino, no meio de tanto livro lindo, não ganhará gosto pela leitura?

No Brasil não possuímos nem o começo duma literatura infantil. Por isto, entre nós, a meninice é tão triste e passa tão depressa. Aos treze anos somos homenzinhos graves, de calças compridas. Faltam-nos livros infantis; faltam-nos brinquedos. Ah, os brinquedos! Porém, noto que os livros de crianças me estão a puxar para fora do assunto.

Há na Biblioteca Pública de New York seções especiais de literaturas estrangeiras. Grosso é o material que existe em francês e em alemão. Também se acham representados os idiomas chinês, dinamarquês, holandês, finlandês, grego, flamengo, húngaro, hebreu (antigo e moderno), norueguês, italiano, polaco, russo, espanhol, sueco, sérvio etc. De literatura portuguesa, ou brasileira, muito pouco, quase nada. Tem razão o sr. Coelho Neto em dizer que ninguém nos lê no estrangeiro. "A culpa é de vocês, portugueses e brasileiros", escreveu-me uma vez, meio rude, o meu amigo, o sábio John Casper Branner. E é. Neste assunto de idiomas temos levado a extremo muito tolo nossa bondade. O americano, com a sua mania de simplificar, engloba-nos no espanhol, e nós, desmanchando-nos de gentileza, aceitamos a imposição. Se eu fosse negociante brasileiro mandaria para o diabo o americano que se endereçasse a mim em espanhol. Por outro lado, não assinaria revistas como a que dirige meu amigo sr. Samuel G. Inman, que se dizendo representativa da América do Sul é toda escrita em espanhol. É o espanhol que eclipsa o português. Tanto que, sendo a do Brasil a melhor literatura da América Latina, é, entretanto, ignorada.

Mas "a culpa é de vocês, portugueses e brasileiros". E que havemos de fazer, fora a resistência à absorção no espanhol? Devemos exportar nossos livros e nossos periódicos. No salão de periódicos e jornais da Biblioteca de New York se acham representados quase todos os idiomas, quase todos os países. Em português não há coisa nenhuma. Ou muito pouco. Possui entretanto Lisboa um jornal que lhe faz honra, *O Século*, e o Brasil, vários, incluindo o *Diário de Pernambuco*.

No salão da Universidade de Colúmbia é a mesma coisa: nenhuma revista em português. Possuímos, entretanto, no Brasil, uma *Revista do Brasil* – excelente; em Portugal, uma *Revista da Universidade de Coimbra* – rigorosamente erudita. E a pedido do próprio sr. Anderson, o bibliotecário, e no interesse de nossa cultura, é que eu daqui dirijo um apelo aos meus ilustres amigos srs. França Pereira, da Academia de Letras, Ulysses Pernambucano, da Sociedade de Medicina, Mário Melo, do Instituto Histórico, Lyra Filho, deste *Diário de Pernambuco*, para que mandem suas publicações à Biblioteca de New York (The New York Public Library). E até onde chegue minha voz – às Alagoas, ao Rio Grande do Norte, ao Pará, a São Paulo, ao Paraná, à Bahia, ao Rio Grande do Sul etc. – que chegue também este apelo.

(Diário de Pernambuco, 26-3-1922)

53

New York, fevereiro de 1922

  Está de luto a Igreja Católica. Morreu Benedito XV. Tenho diante de mim, recortado duma revista, o retrato dele – retrato de meio corpo. Benedito XV sorri tristemente, quase com amargor. Por detrás dos óculos de míope, seus olhos perscrutam com ternura. Na mão branca e fina faísca o anel papal. E sobre o tórax franzino, cingido de seda branca, rebrilha a cruz. Há no seu rosto espiritualidade, sutil espiritualidade e um toque vago de sarcasmo e um não sei quê de desdenhoso. Este rosto fino ficará na história como o de um grande Papa.

  Sucedeu Giacomo Della Chiesa, rebento de ilustre família da Itália, a Pio X – o honesto, bom, patriarcal, medíocre Pio X. Pobre Pio X! Era incapaz dum lampejo de argúcia. Pertencia, como o presidente Harding, Raymond Poincaré e outros de renome telegráfico, à família dos medíocres. Por isto deve ter sofrido. A mediocridade, quando colocada acima de si mesma, deve doer – doer como um pé rústico e calejado dentro de botina de bico fino. A eleição de Della Chiesa para o pontificado, logo ao começo da Guerra, esta sim, foi imensamente feliz. Colocou *the right man in the right place*.

  A história do papado, pelo menos a recente, parece um sucessivo alternar entre mediocridades e gênios. Talvez, no fim de contas, isto expresse a vontade divina, que faz subir a mediocridade como corretivo do gênio. A vontade divina é tão paradoxal! Mas o certo é que tivemos o caturra Pio IX e depois, por longos anos, Leão XIII, que em torno de sua figura branca conseguiu reerguer energias e reflorir esperanças; veio então, por volta de 1903, o bom Pio X, eclipsado pelos lampejos das sedas roxas de Merry del Val; finalmente, já em guerra a Europa, subiu ao trono Benedito XV. De Pio IX, recebera Leão XIII um cetro vacilante. As encíclicas *Quanta Cura* e o *Syllabus* e os dogmas da infalibilidade do Papa e da Imaculada Conceição da Virgem, por um lado, e a identificação do pontífice com a causa do absolutismo, por outro lado, haviam trazido contra a Igreja o peso de fortes oposições. Parecia impossível reconciliar com o catolicismo as novas ideias científicas (Lyell, Darwin, Wallace, Huxley etc.) e as novas ideias de sociedade. O pontificado de Leão XIII foi como uma ponte entre aparentes contradições. Intensificando o estudo da filosofia de Tomás de Aquino, o iluminado doutor medieval, deu o novo Papa à Igreja o broquel com que triunfalmente romper a crise. E a atitude da Igreja em face do darwinismo foi e continua a ser: 1) que a teoria de Darwin é mera hipótese; 2) que o mundo pode ter sido criado ou por um só ato divino ou por uma série infinita de atos – princípio sustentado por Tomás de Aquino do recuo de sua época; 3) que sempre têm os exegetas, desde os mais primitivos, admitido a interpretação alegórica do Gênesis. Sábia, admiravelmente sábia, a atitude papal. Vieram mostrar mais tarde, as experiências de Gregório Mendel que nada tinham de definitivas as teorias evolucionistas. Hoje, fora d'alguns fanáticos – que os há na ciência como em religião – quem aceita, íntegro, o darwinismo? E continua a ser mera hipótese. E, hipótese ou realidade, não é contrária aos princípios do cristianismo. Aos protestantes é que o darwinismo fez perder o prumo – isto é, a grande número: uns aceitando-o, renunciaram a mais vaga fé no sobrenatural; outros o recusaram intransigentemente da torre gótica do seu literalismo bíblico.

Isto quanto à ciência. Quanto à questão social foi igualmente sábia a atitude de Leão XIII. Aí está, clara e magnífica, a *Rerum Novarum*. Nela deu Leão XIII às aspirações da classe obreira, oprimida pela farta burguesia, nítida significação moral e ao sol desta encíclica assumiu a Igreja, na Europa, nos Estados Unidos e alhures, o papel de pacificadora no grande conflito socioeconômico. E neste, como nos seus outros gestos de pontífice e de homem, claramente mostrou Leão XIII que, ao contrário do seu antecessor, interessava-o, muito mais que o literalismo dos dogmas secundários, a essência mesma do cristianismo.

Do pontificado sem relevo de Pio X, uma palavra apenas, e meramente para repetir que nele se pode ver um contrapeso (talvez tenha sido um corretivo) aos voos de Leão XIII. Não possuía vestígio, Pio X, de talento diplomático e o mentor de sua política pertencia, ao contrário do vencido Rampolla, à escola de Pio IX. Sob seu governo perdeu a Igreja boa parte do prestígio que lhe ganhara o fino velhinho.

Coube a Benedito reerguer a tradição de Leão XIII. Fê-lo magnificamente. Não se fez Giacomo tão admirado como Leão XIII, de quem não possuía a coruscante sedução; porém conseguiu quase tanto como este com a mesma nobre fleugma. Do seu pontificado pode-se, sem exagero, dizer que foi triunfal. Basta reelembrar: a solução do problema irlandês, a vitória dos católicos na Bélgica, o reatamento – em via de consumar-se – de relações com a França, o começo de reconciliação com o Quirinal. E convém não esquecer: a atitude em face da guerra, que foi de equilíbrio quando tudo tendia ao desequilíbrio e a atitude em face do bolchevismo, quase vitorioso em 1919. Aquela foi rudemente atacada por gregos e troianos que não compreendiam a vontade do Papa de manter, através do conflito, seu caráter supernacional; da atitude de Benedito perante aquela revolução social pouco se conhece. Benedito se, por um lado, reagiu contra a Terceira Internacional de Moscou, quando esta começou a estender pela Europa inteira seus tentáculos viscosos, por outro lado, mostrou-se tolerante para com a "Branca Internacional", sociedade de intenções comunistas, porém refreada por princípios cristãos.

Com Benedito XV desapareceu um dos três grandes *leaders* contemporâneos. Os outros são o sr. Lloyd George e o sr. Lenin – este, provavelmente, como político, a mais marcante figura da nossa época.

(*Diário de Pernambuco*, 2-4-1922)

54

New York, fevereiro de 1922

Sábado passado foi para mim um dia sonante. À tarde, no Scolian, ouvi Friedman, o pianista polaco, que desfolhou do teclado dum Steinway as notas de duas sonatas e de sete ou oito estudos de Chopin. À noite fui a *Salomé* – o drama de Oscar Wilde posto em música por Strauss. É da ópera que me vou ocupar. Strauss regendo Strauss.

Conhecem de certo o drama de Wilde. Há dele uma versão portuguesa de João do Rio. Não a conheço – porém deve ser boa. Paulo Barreto possuía, como ninguém, o verbo voluptuoso com que verter ao nosso idioma, do francês, a obra erótica de Wilde, posta em música por Strauss. A tradução inglesa, acabo de percorrê-la com delícia, página a página, cotejando-a com o original. Sim, Wilde escreveu *Salomé* em francês. E destaco este fato porque ainda há pouco vi uns versos do fino poeta brasileiro que é o sr. Araújo Filho, aos quais servia de tema certo fragmento, em inglês, de *Salomé*. Evidentemente supunha o poeta ser do original o extrato: "*I want the Head of Yokanaan*". Engano. O original é: "*Je vous demande la tête d'Iokanaan*".

Edgar Saltus já nos contou como a ideia de escrever *Salomé* ocorreu a Wilde. Foi uma noite, num café de Piccadilly. Não, foi depois da ceia no café: nos aposentos de Francis Hope. Havia lá uma gravura de mulher com as pernas para o ar, equilibrada sobre as mãos finas. Era Salomé. Impressionou a gravura a Oscar. Tanto que ele exclamou: "*La bella donna della mia mente!*". Depois do que bebeu-se *whisky* e soda.

Mas Wilde não esqueceu a gravura. Não esqueceu Salomé. Dois ou três anos depois a tragédia sem igual aparecia em francês, escrita pelo próprio Wilde, talvez com uns toques e retoques de Stuart Merrill. Aceitou-a Sarah Bernhardt. *Salomé* teve o seu *debut* em Paris e por algum tempo foi a mais falada obra de arte, aquela em torno da qual girou a curiosidade do mundo.

Da música de Richard Strauss, sinto não conhecer a história. Pergunto-me a mim mesmo: o que teria atraído um nietzscheano como o grande compositor alemão à personalidade gelatinosa de Wilde? Dir-se-ia haver no que escrevia Wilde, como na sua pessoa, algo de viscoso, que pega nos dedos. Strauss, por outro lado, é seco, quase metálico. Metálico, é bem a palavra: foi a impressão mais forte que dele me ficou, uma noite do ano passado, no *Town Hall*, conduzindo *Salomé*. Entretanto, penetrou Strauss no espírito de *Salomé* e deu-nos uma música tinta de sangue, arrepelada de sopros de perversão, berrante quando fala Herodes e quando discutem os judeus, grave quando fala o profeta, cheia de fogo no amor terrível, serpentino, de Salomé.

Sábado passado, na Manhattan Opera House, fez de Salomé a grande artista que é Mary Garden. O crítico teatral do *Times* achou Mary Garden demasiado gesticulante. Eu não. Deve ter sido assim a princesa amorosa: excessiva nos gestos, ora em arrepios de luxúria, ora em ondeios de volúpia. Gesticulando sem intenções ou significações aparentes.

Fez de profeta o sr. Hector Dufranne, belo tipo de homem. Vendo-o tive a confirmação do que me pareceu sempre um erro de Wilde. É este: Wilde põe na boca de Salomé estas palavras sobre o corpo de Iokanaan: "*Je suis amoureuse de ton corps. Ton corps est blanc comme le lis d'un pré que la faucheur n'a jamais fauché. Ton corps est blanc comme les neiges qui couchent sur les montagnes de Judée, et descendent dans les vallées. Les roses du jardin de la reine d'Arabie ne sont pas aussi blanches que ton corps... Il n'y a rien au monde d'aussi blanc que ton corps*", isto é lindo porém, a meu ver, vai de encontro a todas as possibilidades. Iokanaan vivia sob os sóis do deserto, meio nu, ora pregando aos que o iam ouvir, ora acocorado, comendo frugalmente seu mel silvestre e seus gafanhotos, ora no Jordão, com a água pela barriga, a cabeça hirsuta, a barba talvez a esvoaçar a um sopro de brisa, batizando. Como é que este homem que vivia ao sol podia ter corpo de neve e de rosas brancas? Seu corpo deve ter sido pardo, requeimado e talvez até peludo. De pelos eriçados.

No drama de Wilde é num pequeno ruído que está o máximo de intensidade dramática. Este ruído é o da cabeça de Iokanaan, quando a decepa, no fundo da cisterna, o escravo negro. Há um momento de silêncio. Salomé diz: "*Non. Je n'entends rien. Il y a un silence affreux. Ah! Quelque chose a tombé par terre*". Fora a cabeça do profeta. Há na literatura outros exemplos de pequenos ruídos dramáticos. Intensamente dramáticos. De arrepiar o cabelo e de dar um nó na garganta. Ocorre-me, por exemplo, o tá-tá-tá na porta na tragédia de Shakespeare, *Lady Macbeth*. Também me ocorre o do rufe-rufe do tambor hindu na novela de Kipling *Without benefit of Clergy* – pequeno ruído que por si só dá à história seu toque de *morbidezza*. Lembre-se mais o ruído do bastão do cego que, vindo na estrada, primeiro vago, depois claramente audível, fazendo tremer como varas verdes o menino no romance de Stevenson, *Treasure Island*. E, ainda, o pá-pá-pá-pá das marteladas no ataúde de madeira mole em *Adam Bede*, a novela de George Elliot. Ocorre-me da literatura portuguesa um exemplo de Júlio Dantas, num conto do qual não me lembra o nome. O ruído é um tic-tac de relógio. Porém citá-la é tocar nos ruídos sobrenaturais. E destes está cheia a literatura.

O cenário de *Salomé*, na Manhattan Opera House, foi obra de arte. Lindos os reflexos cheios de luz e do clarão roxo, num roxo cor de vinho, das luzes de dentro do palco. Talvez não exagerasse a atriz americana Mrs. Leslie Carter, que recentemente, como Lady, na comédia inglesa *The circle*, disse de volta de Paris: "Em assuntos de técnica teatral estão os americanos tomando pouco a pouco a dianteira em todo o mundo".

(Diário de Pernambuco, 9-4-1922)

55

Recomeçarei estas cartas, interrompidas por excessos de *ascholia* (para usar enigmática palavra, grega) memorando a morte de um amigo meu e do Brasil. Esta crônica é de homenagem, simples mas de todo o coração, a um velhinho querido que acaba de desaparecer aos setenta e tantos anos: John Casper Branner.

Não cheguei a conhecer pessoalmente o dr. Branner. Uma vez, planejei ir vê-lo na Califórnia onde ele vinha gozando sua velhice tranquila de sábio. Tinha tudo pronto para a viagem, menos o dinheiro. E como sem dinheiro não se vai à Califórnia, não fui. Nossa amizade continuou sendo o que fora desde os meus primeiros meses nos Estados Unidos: puramente epistolar. Aproximara-me do ancião ilustre o comum interesse pela língua portuguesa: nele, velho amor cuja flama resistira ao gelo de muita decepção; em mim, entusiasmo de adolescente. A primeira carta foi minha; respondeu-a logo o dr. Branner. Veio depois uma segunda carta oferecendo-me certa quantia pela revisão do texto português que acompanha seu mapa geológico do Brasil. Fiz a revisão: reparos a lápis a certos deslizes de linguagem. Não chegou a tempo, a não ser a última parte. Mas a nossa amizade estava feita. Daí por diante a troca de cartas foi frequente.

Cartas sempre interessantes, as suas, revelando o grande curioso que foi até a morte. De uma dignidade que deixava entrever sua origem sulista, possuía, entretanto, Branner, o espírito humilde do sábio. E a mim, de quem ele poderia ser avô e que por certo não sou um Della Mirandola, escrevia, pedindo-me que o informasse ora disto, ora daquilo. Às vezes era "o pedaço dum poema lírico em português". Não o compreendia: mandava-mo. Outras vezes era para que lhe corrigisse algum artigo em português. Esta humildade nele que conhecia a nossa língua e literatura intimamente. Em estrangeiros que as conhecem pela rama, o contrário.

Por outro lado, quando inquirido ou consultado, procurava Branner ser exaustivo e completo na informação. Vejo nesta e em outras de suas qualidades o reflorir da alma alemã do seu avô. Branner gostava de remoer, de ir ao fim, de esgotar, às vezes mesmo de complicar. Lembra-me ter-lhe uma vez escrito perguntando qual, a seu ver, a origem da palavra "sertão". Branner foi ao seu Frei Domingos Vieira, à sua coleção inteira de dicionários portugueses, furou, mexeu, investigou tudo ao seu alcance, escreveu a máquina uma página inteira sobre o que achara. A origem mesma da palavra, a esta não achara; nem atinara com ela. Rejubilou quando, mais tarde, enviei-lhe eu a origem de "sertão" que me sugerira, em carta, um amigo do Brasil: de *desertus*. "Perfeitamente razoável", escreveu-me. "Por que não dizem nada a respeito os dicionários?"

Foi o dr. Branner ao Brasil para estudar-lhe a geologia. Dez anos aí passou. Palmilhou as praias do Nordeste, estudando os curiosos recifes que a orlam. Viajou pelo sertão, o verdadeiro, além d'Águas Belas, "de Cabrobó pra cima", o Nordeste das grossas chuvas tropicais, o de coqueiros agonizantes à beira de cacimbas secas. E ficou conhecendo não só as camadas estratificadas do nosso solo, a idade e as espécies de sedimentos e pedras – não só a terra da qual seu mapa a cores é o mais completo que existe, como mapa geológico, porém o povo, a gente, o brasileiro: do de fraque e gravata e anel no dedo ao esquivo e anguloso sertanejo. O sertanejo, o matuto, o praieiro. Em uma palavra: conhecia Jeca Tatu em todos os seus aspectos. E gostava do animal; tinha genuína simpatia pelo *Homo brasiliensis*.

As coisas e pessoas do Brasil nunca o deixaram de interessar. Quando eu digo "coisas do Brasil" não me refiro às políticas, nem "pessoas" quer aqui dizer os políticos. Os brasileiros que interessavam vivamente o velho sábio eram os Oliveira Lima, os Alfredo de Carvalho, os Arrojado Lisboa, os Euclides da Cunha, e, dentre os novos, os Monteiro Lobato e os Gustavo Barroso. *Urupês* eu li no exemplar, em encadernação de luxo, que o autor oferecera ao dr. Branner. Encantou-o o livro pela sua nudez e sinceridade. Mandou-me com uma carta entusiástica. "É muito brasileiro e muito bom", escreveu-me do sr. Monteiro Lobato. E noutra carta: "... é um verdadeiro artista com coragem e habilidade". Li o livro e também por ele me encantei: ali estava viva e nua, pegada em flagrante, em todo o seu sabor original, em toda a sua cor, no vagar quase gemente de sua ação, a vida brasileira. Gostou o sábio dos meus reparos e, esta vez, escreveu-me em inglês: "*I am glad you liked it (Urupês). It seems evident that Monteiro Lobato is a very unusual, independent and able man*".

Era frequente entre nós a troca de livros. Emprestou-me vários dos seus, sempre com reparo conciso sobre o autor ou o trabalho. Fazia o mesmo com relação aos livros que eu lhe mandava. Dir-se-ia que nele, o estudo íntimo da fisionomia das rochas e da idade dos sedimentos aguçara a faculdade crítica com relação a homens e a livros. Gostou muito da *Revista de Língua Portuguesa*, da qual lhe enviei os exemplares – dois ou três números – que recebera do Brasil. "É um trabalho valioso e bem dirigido."

Ativa velhice, a do dr. Branner, *sub tegmine fagi*, na Califórnia, à sombra dessa Universidade a que ele dedicou talvez o melhor do seu tempo e de sua energia: a de Leland Stanford. Sempre atento ao que ia pelo mundo, ao que achava interessante, correspondendo-se com vários amigos, achava ainda tempo e ânimo, aos setenta e tantos anos, para trabalhar em mapas, traduzir ao inglês

Alexandre Herculano e escrever memórias de sua meninice. Foi sempre um formidável trabalhador. Não o amoleceu a languidez dos verões brasileiros nem lhe desequilibrou os nervos o uso do nosso café de que tanto gostava. Não só do café; de todos os pratos da cozinha brasileira era o velho sábio apreciador e até entusiasta. Achava-os nectáricos. Gastronomicamente, morreu um exilado. Abrasileirara-se seu paladar e menos de um ano antes de morrer rememorava saudosamente a delícia de um mocotó, de uma feijoada, de um bacalhau com leite de coco, de um doce de leite. Considerava nossos pratos, e o disse uma vez num artigo, escrito a meu pedido para *El Estudiante*, "contribuições de alto valor para o bem-estar da raça humana".

Creio que o último artigo que em português escreveu o dr. Branner foi esse. Foi publicado em maio de 1921 em *El Estudiante Latino-americano*, revista que então dirigíamos em New York eu e o meu amigo chileno Oscar Gacitua. Escreveu-o em resposta a este meu desafio: "o que eu faria se fosse um estudante brasileiro de volta ao Brasil".

Ficou porventura, neste artigo, sua última palavra à mocidade de um país que soube amar com o mais puro dos afetos e cujo futuro vislumbrava risonho seu grande, seu imenso, seu vitorioso otimismo. Estava planejando ir ao Brasil agora, em maio. Mas veio a morte e levou-o, sem dar-lhe tempo de dizer adeus à terra onde "canta o sabiá" e da qual, se "lá no eterno azul" aonde subiu, "memória desta vida se consente", há de continuar meigamente enamorado.

(Diário de Pernambuco, 16-4-1922)

56

Outro dia, a propósito de *Salomé*, a tragédia de Wilde, referi-me ao impulso que vai tomando nos Estados Unidos o teatro – não só a técnica e a *mise en scène* como também, ainda que não tanto, a arte de representar. E mais: a literatura teatral. Em torno desse assunto é que vou tecer a crônica de hoje.

Lavra em New York o furor teatral. Não há aqui – e este fato ouvi constatar, ou antes lamentar, o professor de literatura dramática na Universidade de Colúmbia, Mr. Odelt – não há aqui um grande teatro como a *Comédie*. O sistema em New York é outro: é o de pequenos teatros. Estes teatros funcionam seis vezes por semana e dão às vezes, às quartas e sábados, *matinées*. A gente abre um diário e procura a lista de teatros: são mais numerosos que os caracteres no ABC chinês. Há esta vantagem: numa só semana podem-se ver um drama de Eugene O'Neill, *Os espectros*, de Ibsen, *Salomé*, *The circle*, *Liliom*, *The bat* e esta opereta que em toda New York se ouve agora assobiar, *Blossom time*. Isto para citar apenas uns poucos exemplos, à toa, de memória.

Em New York, como em Paris (segundo me diz um amigo de lá) não se vai ao teatro somente para ver a peça. Fazem isto apenas a gente simplória – os críticos. Para grande número o teatro é o lugar onde se vai mostrar o nu dos decotes e ostentar a seda das casacas, atrair os olhares dos outros e olhar os outros através de lunetas, tagarelar e comer "bombons". Comem-se muitos "bombons" nos teatros de New York. E tagarela-se bastante. Ainda não vi em paz um drama ou uma comédia. E o elemento perturbador parece sempre ser – digo-o sem laivo de rancor – uma mulher. Dá-me isto a lembrar o que a respeito diz Schopenhauer. Segundo ele a mulher é incapaz de dar atenção a um concerto ou drama ou ópera; e louva o pessimista travoso aos gregos por excluírem dos seus teatros o mulherio. Creio, entretanto, e com toda a sinceridade, que há exceções magníficas, isto é, mulheres capazes de assistir a um drama inteiro ou toda uma ópera, com o devido silêncio e a melhor compreensão.

Quanto a ir ao teatro, mulher ou homem, para ver os vestidos das atrizes – não há nisto mal algum. É o teatro um meio de satisfazer a fome de beleza viva que arde nos olhos da gente. Deleita-nos um lindo rosto cor-de-rosa, a sorrir dentre claros flocos de renda. Deleita-nos um corpo flexuoso, um vestido bonito e bem-feito. Sim, vai-se ao teatro em New York, para ver os vestidos – quando os há; quando não os há, vai-se também ao teatro para admirar quase nus de mulher. A ninguém, por exemplo, que vá às *follies* – gênero teatral muito espumoso em que são exímios os americanos – ocorrerá lamentar a escassez de vestidos, ali reduzidos ao mínimo; o bastante, entretanto, para fazer reticencioso o nu.

Contra o meio nu nos teatros insurge-se, aliás, o puritanismo que, neste sentido, há mesmo congelado, em leis municipais, sua vontade estrita. Em Boston, por exemplo, não foi permitido à Isadora Duncan, quando ali esteve, exibir-se na suas formosas danças, de pura arte, por ter a dançarina insistido na nudez de suas pernas e pés. O mal do puritanismo é não saber discernir. Disto deu triste cópia o ano passado, pelo órgão de um conselho municipal creio que na Flórida: mandou sisudamente dito conselho que se cingisse de grossa camisa de malha a nudez de uma estátua de Vênus de Milo. Nem ao menos foi um véu – o "véu diáfano" de Eça.

Contra a liberdade artística do teatro a atitude do puritanismo tem sido igualmente estúpida. Há de haver uns quinze dias, tive o ensejo de assistir a uma reunião da *New York Drama League* (Liga Dramática de New York), no Teatro Belasco, na qual se tratou do movimento ora em progresso para regular, por meio de censores, as funções teatrais. Fui à Liga com um bilhete que me mandara um amigo, professor de literatura, o dr. A. J. Armstrong e representando-o. A reunião foi interessante, revelando quão imenso é o medo dos atores e autores dramáticos de serem desajeitadamente limitados na sua liberdade de expressão artística por censores aos quais decerto sobrará sisudez moral, não sendo, porém, tão certo se terão laivo de senso artístico. É, na verdade, um perigo, toda vez que a moralidade oficial se arma para fazer da arte mero reflexo de si mesma. Engaiolar a arte na moralidade do dia é roubar-lhe o frescor e a graça íntima dos movimentos livres; por outro lado não promove a virtude nem as boas maneiras. Disse, por exemplo, na reunião o agora tão famoso ator George Aliss, cujo perfil anguloso e o monóculo inglês fazem-no parecido ao nosso embaixador em Washington, o sr. Augusto Cochrane de Alencar, que o perigo seria seguirem literalmente os censores suas ideias de moralidade. Um leito, pernas nuas, uma pessoa de pijama (nos Estados Unidos, como na Inglaterra, só se usam os pijamas para dormir), um decote – há na apresentação destas coisas, no teatro, imoralidade? Depende do propósito. Porém, três ou cinco censores puritanos não saberão fazer distinções. Pijama? Imoral. Pernas nuas? Imoral. E risca aqui, risca acolá, no fim a peça será uma Vênus de camisa de malha.

A *Drama League* – organização importante – sustenta que os censores são um mal: a tirania do puritanismo estrito. Sustenta que a intervenção, segundo a lei, da polícia, em casos de peças que de verdade ofendam o senso ético, é quanto basta para defender a este e as instituições e a dignidade do país. E é. E para afastar-me um bocadinho do assunto: a salvação deste país de ser corrompido nos seus costumes não está na legislação a torto e a direito, porém, na educação do seu senso ético. Dizendo isto, digo uma banalidade; porém, banalidade que anda muito esquecida aqui como no Brasil.

Dois feios gigantes projetam suas sombras sobre o teatro americano: o puritanismo e o comercialismo. Este é o acariciar dos gostos rasteiros, dos desejos vulgares, da mania do *happy end* – tudo no desejo de ganhar dinheiro. Felizmente contra ele, e contra o puritanismo, levantam-se artistas puros, de cuja energia criadora e faculdade crítica depende o futuro do teatro americano: um O'Neill, um George Jean Nathan, um George Gohan.

(Diário de Pernambuco, 23-4-1922)

57

Mandaram-me de São Paulo os editores do sr. M. de Oliveira Lima o último livro do nosso compatriota: *História da civilização. Traços gerais*. Já o deve conhecer Pernambuco; Pernambuco, a terra do profeta. Trabalho didático, creio que, no gênero, é o primeiro do sr. Oliveira Lima – a não ser que consideremos puramente didáticas suas conferências na Sorbonne e nas doze universidades americanas que percorreu em 1913.

Estas conferências foram feitas perante gente grande. O novo livro, porém, apresenta-se com um nítido propósito pedagógico: é especialmente para meninos, ou antes meninos-moços; dos nossos ginásios e institutos de humanidades. Num sentido rigoroso constitui o *debut* pedagógico do sr. Oliveira Lima – tardio, porém, ao meu ver, vitorioso. A esta obra de *debutant* desejo fazer alguns reparos. Em outras palavras: vou dar-me ao luxo de fazer-lhe a crítica.

Estive a ler a *História da civilização* a semana passada, nos vagares de minhas horas livres. Confesso-me encantado com o livro: no gênero, não conheço melhor em português e, em inglês, somente um, este mesmo de feitio diverso, e que é o recente *The story of mankind* pelo sr. Hendrik Willem van Loon. Traz o livro do sr. Oliveira Lima à nossa desajeitada literatura pedagógica um sopro de novidade. Dá a ideia dum Rolls Royce caído de repente entre carros de boi. Porque, sejamos francos: nossos compêndios de história e geografia, como os nossos mestres, não preenchem de ordinário seu papel. Ainda há pouco, em artigo para o *Diário de Pernambuco*, já não me ocorre a propósito de que, fiz umas observações a esse respeito. Entre nós, não passa, em geral, o ensino da história, de uma história. Limita-se a datas e a nomes arrevesados e chegará, em alguns casos, a fatos. Porém fatos puramente dinásticos, políticos e militares.

O método de sr. Oliveira Lima é outro. Entre as páginas 23 – porque as primeiras vinte e duas são de preliminares – e última do seu interessante livro sanduichou o sr. Oliveira Lima uma forte camada de fatos – fatos ilustrativos da vida e da cultura dos povos. De cada gênero de vida e de cada tipo de cultura destaca a cor, a nota viva, o caráter, a ideia medular. Assim dos persas informa pitorescamente o historiador que "primitivamente eram montanheses desprezando o luxo, abstêmios, vivendo do espírito em boa parte, sem grande força intelectual criadora como a dos gregos, nem profunda inspiração religiosa como a dos hebreus, mas amigos de poesia e de arte e dispondo de uma fantasia animada e conceituosa. Soldados antes de tudo, pouquíssimo fizeram no terreno das artes mecânicas e contentavam-se com que o centro político de tão vasto domínio fosse também o empório de variadíssimas produções, vendo-se ao lado dos linhos do Egito, os xales de cachemira da Índia e as musselinas de Sardes na Lídia" (páginas 44-45). Da capital do império médio-pérsico já informara o sr. Oliveira Lima que era "itinerante, pois que a corte costumava passar a primavera em Susa, ia veranear nas montanhas de Média, em Echaiana, e fazer de Babilônia sua Riviera". Mais adiante, já no capítulo, ou antes parte de capítulo, que dedica à Idade Média, dá-nos o autor estes traços coloridos da vida medieval: "Se nenhuma agricultura e nenhuma indústria caracterizaram a primeira fase da Idade Média, vestindo os reis no século IX a lã que as mulheres fiavam nas herdades, é que o comércio se tornara impossível pela falta de segurança. Os grandes barões pilhavam os transeuntes – o Reno era bordado de aves de rapina – e aqueles que não roubavam como salteadores, impunham pesados direitos de passagem pelas suas terras e pontes". Tudo isto está saborosamente dito com precisão e com admirável poder de síntese. Um compêndio escrito assim, nessa maneira *brisk* – sinto não saber em português o equivalente desse adjetivo inglês –, atrai e deleita, ao mesmo tempo que informa e faz pensar.

Ao menino-moço excitará a imaginação, dando ideias concretas e animadas das civilizações idas. Lamento que o sr. Oliveira Lima não tenha publicado mais cedo sua *História*: há sete ou oito anos. Ter-me-ia então livrado do Botelho. É verdade que, no meu caso, a argúcia dos mestres – um deles, H. H. Muirhead – e leituras em inglês e francês, supriram de certo modo a pobreza berrante do compêndio. Aliás não acredita o sr. Oliveira Lima que "com um compêndio, por melhor que seja, se consiga ficar sabendo a matéria sem intervenção do professor" (vide Prefácio). De pleno acordo. No ensino de história, como no de qualquer outra disciplina, a função de mestre e compêndio combinados é ensinar a estudar.

Eu quisera que o sr. Oliveira Lima ensinasse nossos professores a ensinar história. Seria ótimo serviço. Temo parecer impertinente na minha crítica aos mestres indígenas de história: porém creio que é justa. E a intenção é de todo pura. Porque minha norma de crítica é, arremedando conceito célebre: sobre a nudez forte da sinceridade o manto diáfano da gentileza. Se eu sei que nossos compêndios de história não prestam, que o grosso dos professores não preenchem seu papel, por que não o hei de dizer? A meu ver deve-se muito a esse desajeitado ensino de história a vacuidade do moderno bacharel brasileiro. Aos nossos pais, o ensino dos clássicos, latinos e portugueses, feito vigorosamente a vara de marmelo, supriu de algum modo a deficiência em história. Hoje, nem clássicos, nem história. A tendência do dia é o profissionalismo a todo o pano: que levem a breca, ou o diabo, as humanidades. Donde se conclui que é o Brasil país muito prático.

Há outras observações que desejo fazer em torno do excelente livro do sr. Oliveira Lima. Possuo notas a lápis, para um segundo artigo de mil palavras, que irá breve. Este já vai demasiado longo. Alguns dos tópicos que versarei no artigo seguinte serão: a quase nenhuma atenção dada pelo sr. Oliveira Lima ao fator econômico; o excelente resumo da história dos Estados Unidos, que deve ser cuidadosamente lido pela gente grande do Brasil; a falta dum índex pormenorizado e conceitos mais de antropologia do que de história, dos quais, fundado em boas autoridades, discordo, como, por exemplo: "a religião entre os persas iniciou-se, como as demais, pelo culto do fogo e dos astros". Dos dois primeiros tópicos é que me ocuparei mais longamente. Resta-me neste artigo felicitar o historiador magnífico pelo seu *debut* triunfal entre os autores pedagógicos.

(*Diário de Pernambuco*, 30-4-1922)

58

Escrevo estas notas à ligeira, de volta do teatro, o chapéu para a nuca e um *Pall Mall* entre os lábios. Estou sem sono, a madrugada é fresca e no meu cérebro, assanhado pela comédia de Mr. Arnold Bennnett, *What the public wants*, dançam ideias, gritam impressões. Duvido se valerá a pena pôr em ordem estas ideias e impressões boêmias. Para que, se ao primeiro contato com o papel, foge-lhes o encanto que pareciam ter? Farei em todo o caso um esforço.

Em primeiro lugar, o autor da comédia: Mr. Arnold Bennett. Mr. Bennett é inglês. Dos romancistas ingleses de hoje é o que mais me agrada. Não, exagero. Esquecia-me Thomas Hardy, o velhinho, já velhinho — há de ter oitenta e dois anos já feitos — autor de *The return of the native*. Mas, depois de Hardy, Bennett.

Possui Bennett um olhar de verruma. E sua mão é ágil no fixar de emoções — da mais primitiva à que passa ligeiro como um ai. Em certos sentidos Bennett é a edição inglesa de M. Paul Bourget. Em certos sentidos técnicos. Porque em atitude distanciam-no do autor de *Le disciple* léguas e léguas: a do inglês é de esteta puro; a do francês a do esteta cedendo sempre lugar ao moralista, como aquele pintor do conto de Rossetti.

Mr. Bennett há chegado à maturidade de escritor fiel à sua arte. Nada de romances a tese com o artista psicólogo de *Five towns*. É um tanto parecido ao nosso Eça — um Eça menos amargo. Há nele a mesma ironia, a mesma irrelevância, o mesmo *humour* pungente; tudo, porém, como que dulcificado por imensa tolerância.

O que me levou ao Teatro Guild para ver a comédia de Bennett não foi só o nome querido do autor; foi também o assunto. A comédia é um estudo do moderno jornalismo inglês, do qual o americano é a expressão ainda mais viva e mais crua, dos defeitos. É o jornalismo de Lord Northcliffe e de Hearst que Mr. Bennett estuda com vitoriosa irreverência. E a comédia, com todos os seus defeitos técnicos, assanha o espírito e faz pensar. No fundo é um estudo de patologia — primeiro individual, depois social. Ou, talvez, ao reverso.

Nosso jornalismo aí no Brasil sofre de vários males. Pode o nosso jornalismo servir de tema a interessante estudo, aliás já esboçado pelo sr. Assis Chateaubriand. E os reparos que a certa imprensa do Rio fez o belga Ch. Bernard — admirável pessoa a quem os bombons de obséquios oficiais não entravaram a língua – picaram tanto a mesma imprensa, por serem justos. Seria, entretanto, injusto dizer que o grosso da nossa imprensa tem descido a extremos de prostituição intelectual, como parte da americana. Não é o caso. Continua a brasileira apegada a certas noções de dignidade e de decoro. Se não conserva o prumo em questões de partidarismo político, não vai a excessos no explorar de escândalos pessoais. Se na sua crítica literária, de arte e de teatro cede ao peso de simpatias ou antipatias pessoais, indo a extremos ora de louvor, ora de condenação, não se põe, a troco dum cheque, ao inteiro dispor dum sindicato ou de particulares. Que estes casos de prostituição jornalística aconteçam no Brasil, não duvido; nego que sejam típicos.

A meu ver a comédia de Bennett ilustra isto: que o gosto do público é baixo, e procurar satisfazê-lo representa, para um jornal, o suicídio de sua ideia de honra. Não só de sua ideia de honra; também do seu *humour*, da sua crítica, do seu bom gosto. O grosso público não possui consciência ou intuição de nenhuma destas coisas. Sua relação para com tudo isto é a de boi bravo para com os objetos de uma loja de porcelana de Saxe. O que o público quer do jornal é sensação. E quando um jornal se entrega inteiro ao gosto do público, sua circulação há de naturalmente aumentar; mas já não é uma opinião viva; é uma prostituta.

Na comédia de Bennett a ação ainda gira em volta de certo Sir Charles Worgan – dono de jornal que passa a dono de muitos jornais, a milionário, a homem de decisiva influência na vida inglesa. E todo esse sucesso alcançado quase sem esforço. O homenzinho adotara por lema "*What the public wants*", isto é, dar ao público o que é do gosto do público. E apegado a esse lema subiu, em fácil vitória, a circulação de suas folhas aumentando fenomenalmente e, com ela, os lucros.

É exatamente o método seguido pelo sr. Hearst, proprietário do mais poderoso sindicato de jornais nos Estados Unidos. No afã de satisfazer o gosto do público, o sr. Hearst não vacila diante de coisa nenhuma. E semelhante devoção há sido fartamente recompensada. Seus jornais são os mais lidos. Seu sindicato estende triunfalmente os tentáculos pelo país inteiro. E constitui hoje um mecanismo de aguda sensibilidade que marca não só os minutos, porém os segundos do gosto do público.

Que é que o público americano deseja do jornal? Isto: exploração de escândalos, divórcios, adultérios, desonestidades – especialmente em volta de artistas de cinema, banqueiros e políticos, e tudo muito coadinho, até aos pormenores mais íntimos; crimes – crimes descritos com as cores mais vivas, com o maior exagero, em letras de flama. Esta é a matéria de primeira página. Depois, farta reportagem sobre *sports*, em torno dos quais há sempre grossos escândalos. E a página de caricatura e pilhérias – um *humour* primitivo para *muzhiks* engravatados. Depois, largas notícias sobre o que vai pelos teatros de *vaudevilles* simplórios; ligeiras notas sobre as peças de mérito superior. E continuam as colunas de *What the public wants*.

A meu ver, o fato de possuírem os Estados Unidos considerável massa de público meio educado, a cujo gosto jornais e romancistas procuram adaptar-se, explica a inferioridade da sua literatura quando comparada, por exemplo, à de um país de milhões de puros analfabetos, como a Rússia. Igual confronto poderia estabelecer-se entre a feliz democracia de relojoeiros, hoteleiros e pedagogos que é a Suíça e a mais mediévica Espanha, possuidora, entretanto, de forte literatura dramática. De modo que os fatos parecem levar-nos à conclusão de que o analfabetismo de grande parte dum povo – 60 ou 70% – é mais favorável, que uma meia educação, à literatura e à arte. Naturalmente está subentendida a existência duma elite ou inteligência vigorosa.

Se os Estados Unidos vêm dando sinais, nos últimos anos, de um movimento de arte e de literatura que promete muito fruto e muita flor é que se está afirmando, em reduzido número, entre suas gerações mais novas, uma *consciousness of kind*, como diria o meu professor Giddings. Neste caso, uma consciência de superioridade intelectual. Já não é absoluta a tirania da massa de meio educados cujo gosto em literatura não vai além das novelas de Harold Bell Wright e de Robert W. Chambers e em arte de *Mother Machree* e de oleogravuras brilhantes. Sente-se palpitar a energia da reação no ritmo novo dos poemas de Robert Frost, de Ezra Pound, de Amy Lowell e de Carl Sandburg; no realismo corajoso, investigador, penetrante de Theodore Dreiser, de Edgar Lee Masters, de Sinclair Lewis, na crítica rebelde a todas as tradições de chateza intelectual, de Henry L. Mencken, de Spingarn, de Van Wick Brooks, de Nathan com relação ao teatro. Numa consciência mais e mais aguda – aguda até parecer cruel – de superioridade, da parte dos intelectualmente superiores, está a esperança de uma literatura de encanto e de força.

A comédia de Bennett estuda apenas a influência demagógica sobre a imprensa. Esta sendo, pela sua natureza e métodos, mais sensível que a poesia ou o romance ou a música, ao gosto dos meio educados, continuará a ser por longo tempo, com o cinema, o espelho da chateza da maioria. Por longo tempo, não; para sempre, talvez. E será como um rolo sem fim de documento, de evidência, de prova à tese de Nietzsche, cujo maior horror era a mecanização das coisas em lugar da criação artística, a vitória da massa unida sobre as *élites*, necessárias ao truncar ou à confusão de papéis entre superiores e inferiores.

(*Diário de Pernambuco*, 30-7-1922)

59

Continua a ser nota e sensação, nos Estados Unidos como na Europa, o romance de René Maran, *Batouala*. Acabo de percorrer-lhe, quase numa só leitura, as cento e oitenta páginas, em tênue brochura que me emprestou um amigo francês. Um encanto, o romance. Há nele colorido, gosto, um não sei quê de fruto exótico.

Dispus-me a ler *Batouala* com uma tal ou qual desconfiança. Temia um livro de propaganda. Vã a suspeita, felizmente. No sr. René Maran o artista deixa à distância o propagandista. Recorda, neste respeito, Turgueniev. O que o romance de Maran faz é pegar do vivo a vida africana, a do seio do mato bravo, ainda não europeizado – vida de crianças grandes, agindo só por instinto e por associação de ideias. Se põe a nu, a sangrar ao sol, as chagas que vai abrindo entre a gente primitiva e ingênua de Oubangui-Chari (África Equatorial Francesa) a intrusão vitoriosa do europeu, fá-lo sem berrar, ao fim de cada página, um *j'accuse*! O *j'accuse* vigoroso, forte, zolaesco, brada-o o autor no prefácio – um *j'accuse* contra a civilização, "*orgueil des Européens, et leur Charnier d'innocents*". E mais adiante: "*Tu n'est pas un flambeau mais une incendie. Tout ce a quoi tu touches, tu le consumes...*".

Porém isto, repito, no prefácio. Começado o romance, sem se impessoalizar de todo como quisera Flaubert, e como o próprio Maran o pretende ("*ce roman d'observation impersonelle*" escreve ele no prefácio), cessa o romancista de ser a voz sonante de uma dor. É a própria dor que ele deixa falar, como certos mendigos por cuja miséria fala a boca aberta de suas gangrenas.

O estilo de Maran é claro e incisivo. Conseguiu o romancista negro fazer suas aquelas qualidades de clareza e *mesure* que tanto atraíam o grande talento verbal de Nietzsche à bela prosa francesa. Mas o estilo é o homem, como vem dito e repetido desde – já me esquece desde quem –, e há no René Maran algo dele próprio, muito dele, muito pessoal, que não foi de modo nenhum aprendido à força de penosos exercícios de retórica.

Aqui está, por exemplo, a paisagem da África Equatorial pegada no fim vermelho dum dia: "*Le soleil a presque disparu. Il resemble, tant il est rouge, à la fleur énorme d'un énorme flamboyant... Alors, de larges rayures ensanglantérent l'espace. Teintes degradées, de nuance à nuance; de transparence à transparence, ces rayures dans le ciel immense s'égarent. Elles mêmes, nuances et transparences, s'estompent jusqu'a n'être pluss*". Isto está admiravelmente dito. Teria feito tremer de gozo os nervos daquele esteta de *nuances* que foi Paul Verlaine. E é de um negro. E de um negro puro – um negro de nariz tão chato que a gente se espanta de ver nele fixado, como por milagre, um *pince-nez* respeitavelmente europeu.

Escrevendo para o Brasil – onde cada cidadão que lê é uma boca aberta para devorar os *à paraître* das livrarias parisienses – não me darei ao ridículo de falar de René Maran e de seu *Batouala*, como novidades. Cuido que nesse mesmo jornal já A. Fernandes se terá ocupado em deliciosa crônica do *veritable roman négre*, laureado pela Academia Goncourt. Se venho nesta minha coluna tocar a mesma tecla é que o romance de Maran me parece algo mais que uma sensação de livraria da última mala de Paris: é transnacional no interesse que excita.

Nem menos interessante que o romance é o romancista. É Maran uma revelação do talento negro. Seu nome é mais um pedaço de cortiça com que tapar a boca a quantos falam da "ingênita inferioridade do negro", como fato coado pela ciência e filtrado pela experiência. Pois aqui está um preto de cabelo encarapinhado, rebelde às carícias do pente fino e da pomada; de lábios grossos e roxos como os de um escravo núbio numa cena teatral das *Mil e uma noites*; de ventas chatas como as do antropoide da conceição port-darwinista, autor de um grande livro.

É um dos primeiros negros, esse Maran, a surpreender o mundo com a excelência de sua arte literária. Exemplos de mestiços, não escasseiam. A mestiçagem – é fato que parece apurado – aguça certas qualidades, produzindo talentos esquisitos. O lugar-comum de que do branco e do preto resulta sempre um tipo com as más qualidades de ambos é, como tantos lugares-comuns – o que prova ser o senso comum mais raro do que se crê – oco palavrório. Há toda uma fartura de exemplos de grandes talentos e até gênios, negroides. Lembrem-se alguns dos mais familiares: Dumas, Gonçalves Dias, Rubem Dario, o "Aleijadinho", Gonçalves Crespo, Torres Homem, Rebouças, Machado de Assis. Porém mestiços, todos. E sem nenhuma "consciência de espécie", ou *consciousness of kind* – como diria o sociólogo Giddings, meu mestre na Universidade de Colúmbia – africana. Basta recordar entre os híbridos mencionados, o poeta maranhense. Nele – que era mulato – a consciência de híbrido induziu-o, não, como seria natural, a uma como saudade africana, porém ao "indianismo". Daí as notas falsas, insinceras, de sua obra, que de indianista (como a de José de Alencar) o é somente na intenção e no arrevesado dos nomes próprios.

René Maran é negro puro e com a plena consciência de sua origem. E se nele vier a florir – como é lícito antecipar – um dos grandes romancistas contemporâneos, que belo exemplo da "ingênita inferioridade do negro"!

Da sua cátedra, na Universidade de Colúmbia, proclama meu outro mestre, o professor Franz Boas, que "nós (os estudiosos de Antropologia) não sabemos de exigência alguma da vida moderna, física ou mental, que se possa demonstrar, com evidências anatômicas e etnológicas, estar acima da capacidade do negro". É verdade que para a massa de cidadãos norte-americanos o prof. Boas é uma *vox clamantis* no deserto de Arizona, onde ele passa seus verões estudando os índios de Pueblo.

René Maran acaba de mostrar, incisivamente, triunfalmente, em *Batouala*, que o escrever de bons romances não é o monopólio de ruivos europeus. Nem de *snobs* cá das Américas, como o sr. Graça Aranha. E cingindo com os louros do *Prix Goncourt* o autor, aliás dolicocefálico, de *Batouala*, deliberadamente ou não, saudaram no indivíduo os finos juízes parisienses as belas possibilidades artísticas, em termos europeus, da gente negra.*

(Diário de Pernambuco, 6-8-1922)

---

* Já depois de escritas estas notas um jornal me traz a espantosa notícia: a venda de *Batouala* em França é de cerca de 8 mil exemplares por dia!

60

Quando da Itália a voz do sr. Guido Ruberti sonantemente declara que a pátria de Eurico Butti e Giovanni Verga "não possui nem possuiu jamais teatro nacional", que dizer do Brasil? Temo parecer pedante mas me parece dever, de quem se ocupa com pureza de intenção do "teatro nacional" do Brasil, farpear com aspas a frase. Possuímos uma culinária brasileira, brasileiríssima, até, de cheiro e sabor muito seus; existe, em certos sentidos, uma literaturazinha crioula, em que pese a opinião do saudoso Veríssimo de não ser possível literatura própria sem idioma distinto. Mas esse falatório de "teatro nacional", essa assuada em volta dum "teatro brasileiro", do qual o sr. Cláudio de Sousa seria a glória viva, o triunfo definitivo, não tolera exame crítico por mais leve. Fá-la – a assuada – a gente leal e ingênua em quem o excesso de patriotismo supre a escassez de senso crítico e mesmo de senso comum. Aliás os dois elementos raro coexistem num indivíduo. São psiquicamente irreconciliáveis. Isso de crítica patriótica, à moda por vezes de Sílvio Romero, é conversa. Só conheço um patriotismo que não faça mal ao crítico: o "patriotismo de desejo", de que fala o amargo sr. Pío Baroja.

Mas a vaca fria é o chamado "teatro nacional". Em que consiste este "teatro nacional"? Consiste numa promessa. E uma nebulosa laplaceana. Basta estudar com fleugma o que passa pela história do "teatro brasileiro". Resultará a pesquisa em desalento. Não possuímos nada de definitivo em literatura dramática. Existem, sim, dramas de certo interesse sociológico e, ao mesmo tempo, toleráveis sob o ponto de vista estético – *Mãe*, de José de Alencar e algumas peças de realismo corajosamente investigador de Aluísio de Azevedo, neste reduzido número. Os dramas de Pinheiro Guimarães iluminam aspectos da sociedade escravocrata em que se moveu aquele Ibsen em intenção: a tirania paterna, a do esposo, a inteira dependência da mulher, a vida sexual entre patrões e escravas. As comédias de Martins Pena fazem mais do que isto; nelas a caracterização chega a ser exata. Falta-lhes, porém, a força que move a emoção no íntimo – a força dos dramas russos.

Ora, é diante disto que nos deixa o estudo crítico do passado do "teatro brasileiro". Que faz então a crítica patriótica? Proclama que nebulosa é planeta constituído. O "patriotismo de desejo", porém, não perde o prumo. Diz: "Sim, senhores, não possuímos teatro. Não possuímos dramaturgos de gênio. Basta ler-lhes as produções: Martins Pena, Agrário, Alencar, os Azevedo, o sr. Coelho

Neto. Que diabo! Por que não nasceu sob os coqueiros da Paraíba um Andreiev ou outro barbudo moscovita? Por que não é brasileiro o Piñero? Por que não foi parar no Rio ainda menino, fugindo aos gelos e às perseguições, o semita de gênio que é David Pinski? Ou mesmo o Florencio Sánchez – por que não nasceu no Rio Grande do Sul?". E é tudo quanto diz o "patriotismo de desejo". Deseja. Diz: por que não? Mas sem fazer dano à verdade. Sem fazer bulha.

Estas ligeiras notas de pessimismo escrevo-as em torno dum recente artigo do crítico americano sr. Isaac Goldberg sobre o sr. Cláudio de Sousa – artigo de que o autor me mandou graciosamente o retalho. Com o sr. Isaac Goldberg possuo várias afinidades de gosto e de opinião. Do que muita honra faço, pois o autor de *Studies in Spanish American Literature* é, aos trinta anos, nome vitorioso. Conhecem-no na Itália, na Espanha, na América Espanhola. Admiram-no o sr. Rufino Blanco Fombona e o sr. Oliveira Lima. E seu prestígio tende a crescer.

No estudo de várias literaturas o sr. Goldberg vem aguçando o gosto estético. Agora mesmo está a imprimir-lhe sua obra sobre o teatro contemporâneo: *The drama of transition*. Aí estuda o crítico as tendências atuais da literatura dramática entre alemães, italianos, judeus, franceses, espanhóis, americanos, hispano-americanos e brasileiros. Ao mesmo tempo que este livro, deverá aparecer outra obra do sr. Goldberg, de íntimo interesse para nós: *Brazilian literature*. O sr. Goldberg faz do assunto estudo sério. Sem considerar nossa literatura – literaturazinha de brinquedo quando comparada à inglesa, à russa ou à italiana – de primeira água, acha nela o notável crítico, como certa vez, pessoalmente, me confessou, um encanto próprio, um sabor especial. Daí seu interesse.

No artigo do sr. Goldberg sobre o sr. Cláudio de Sousa – artigo aparecido no excelente jornal de Boston que é *Christian Science Monitor* – expressa o crítico com a mais nítida franqueza sua opinião acerca do nosso "teatro". Pois, devo dizer que, nada tendo de semioficial, Goldberg é homem sem palpos na língua. Diz, com a maior sem-cerimônia, o bem ou o mal que pensa do objeto do seu estudo. A "solidariedade interamericana", de que jamais se esquece, ao escrever de assuntos literários da América do Sul, um crítico semioficial e felinamente gentil como o sr. Peter Goldsmith, não constitui entrave, por mais leve, à independência do sr. Goldberg.

Para o sr. Goldberg, o sr. Cláudio de Sousa está longe de ser dramaturgo definitivo. É uma brilhante promessa. Está ainda na fase tateante. Surpreende-o por isto a celeuma em torno duma peça chata, medíocre e convencional – os adjetivos são meus e não do americano – como *Flores de sombra*. Caracteriza-o o crítico com incisivos reparos: "... *the action is easy – too easy – to follow; the caracterization is slight, the motivation not very convincing*". Prefere o sr. Goldberg *A jangada*. A seu ver revela aí o autor "posse mais segura da técnica do realismo moderno" ("*a firmer grasp upon the technique of modern realism*"). Limito-me, no tocante à *A jangada*, a traduzir o que vem dito no estudo do sr. Goldberg; não conheço o drama. Da chateza de *Flores de sombra* sou um convencido. A peça é de uma mediocridade contra a qual se rebela o gosto educado. Não é somente com o drama dos grandes mestres que não tolera, por incolor e sem relevo, comparação. Desmaia quando confronta as peças de Sánchez e Gutiérrez.

Para o sr. Goldberg se *Flores de sombra* revela deficiência da parte do autor, os louvores excessivos que no Brasil se têm feito ao drama e o sucesso que o coroou em São Paulo deixam entrever iguais deficiências da parte da nossa "crítica de teatro". Aqui se mostra ingênuo o crítico de Boston: crê que possuímos no Brasil críticos de teatro. Que tivemos um, e excelente, em Salvador de Mendonça, é inegável. Salvador possuía gosto, cultura, critério pessoal. Ainda hoje constitui um regalo folhear as páginas amarelecidas de *O Mosquito* à procura da coluna de crítica teatral de Salvador. É delícia certa, sua leitura. Porém hoje? Há quem saiba traçar, com encanto e inteligência, uma crônica sobre teatro lírico. Ocorre logo o nome dum mestre: o sr. Oscar Guanabarino. Mas mesmo neste gênero restrito são raros os indivíduos bem informados. Refere o sr. Antônio Torres, nas páginas cruamente sinceras de *Pasquinadas Cariocas*, um caso típico. Uma noite, no Municipal, aproximou-se dele, na sala da imprensa, "o auxiliar de redação dum diário importante". Haviam encarregado o pobre diabo da crônica teatral; o pobre-diabo não sabia nada de teatro. Queria que o sr. Antônio Torres o apresentasse ao Guanabarino para que o velho crítico lhe desse "umas indicações" sobre a peça. O sr. Antônio Torres, que deve ser criatura de excelente coração, teve piedade do rapaz. Levou-o ao sr. Guanabarino e este, doce como um vovô, deixou que o improvisado cronista lírico tirasse um resumo de sua crítica para o "importante diário". "Isto dá bem a medida", comenta o sr. Antônio Torres, "de como se tratam, ou melhor, de como se maltratam as questões de teatro entre nós." O caso, como disse, é típico. Não tem pois de que surpreender-se o sr. Goldberg.

(Diário de Pernambuco, 13-8-1922)

61

Em Brooklin, perto de Boston, passei uma tarde com Miss Amy Lowell. Miss Lowell não é só a "Sapho *yankee*", como daí a apelidou uma vez o erudito sr. França Pereira. É também um Lucullus de saia. E esta dupla personalidade – Sapho e Lucullus – no físico de uma governante alemã: gorda, rósea e de lunetas.

Já uma vez me ocupei, nesse jornal, de Miss Lowell-poetisa. Falarei hoje de Miss Lowell-Lucullus, não menos interessante que a outra.

Do ouro ancestral, que é farto, se serve a escritora ilustre para fazer da vida a mais graciosa das artes – sorvendo-lhe o licor, gozando-lhe os encantos de som e as delícias de gosto e as riquezas de cor. Ora, considerem-se as reviravoltas do mundo: o ouro de tersos ancestrais puritanos gasto na busca de gozos mais ou menos pecaminosos: charutos finos, bons-bocados para as ceias gentis, telas a cores aguadas de Manet, marfins chineses, estofos macios, encadernações de luxo, objetos frágeis, inúteis, perversos e dum sensualismo pagão. Parece lição invariável da história: o século XVII, severo, *grisatre*, de espírito cingido por um como cinto de castidade, seguido pelo século XVIII – solto; mundano, voltaireano.

Vai-se das ruas tortas, coloniais de Boston, à beleza elegíaca de Brooklin – o bairro de ricaços aristocráticos – em menos de uma hora. Brooklin fica toda entre árvores, elisiamente; e dentro das grandes árvores um luxo de palácios – palácios que imitam os estilos todos – o florentino, o de Luís XIII, o das Missões, o da Renascença, o manuelino. Está-se lá como num museu de arquitetura. É o arvoredo – olmos na maioria – que atenua os contrastes de estilo arquitetônico – espécie de *bric-à-brac* de gigantes. Serve o arvoredo nesse caso de "nota de unidade" – como diriam certos estetas – dando à paisagem a significação a que os demais elementos parecem subordinados. De fato, a emoção que se apossa de nós, a percorrer Brooklin, é de repousada beleza.

A casa de Miss Lowell está no fundo dum vasto sítio, por cujos caminhos bem cuidados o automóvel roda deleitosamente. Não parece "casa de poeta"; deu-me a lembrar antes uma abadia. Em volta, olmos solenes, tão solenes que se fora menino eu seria incapaz da sem-cerimônia de galgar um deles. Há árvores assim, que não convidam a intimidades, parecendo homens sisudos, de sobrecasaca, vestidos para ir à missa ou a um enterro ou a uma sessão acadêmica.

Dentro, a casa guarda menos que no exterior as origens severas da famosa família Lowell. Há, sim, móveis ancestrais – sólidos, sérios, de pau-preto ou de canela. Porém, dir-se-ia que sobre tudo aquilo passou a carícia das mãos voluptuosas, *fin de siècle*, de um Edmond Goncourt – dispondo os objetos graciosamente, com arte, com gosto. E há nas salas um luxo sóbrio. A macieza dos estofos convida a ócios dannunzianos. Encanta a beleza esguia dos jarros. Delicia o olhar uma tela saudosa, esfumada, toda em *nuances*, de Manet. Há desenhos egípcios, em relevo, meio gastos. Há *bibelots* lindos. A um canto, sobre uma mesa, um jarro fino, frágil, donde sorriem flores ainda frescas.

Flores... A poetisa de *Legends* ama as flores. Seus poemas estão cheios de violetas e de rosas; de tulipas e de amores-perfeitos. Das páginas dos seus livros se exalam perfumes e parecem querer sair, vivas e frescas, as flores que as enchem. Dir-se-ia que há misturada à tinta de que ela se serve o suco de rosas espremidas numa moenda. É que Miss Lowell vive entre flores, massas de cores, uma fartura de jarros e de canteiros. E há flores esquisitas que me fizeram pensar nas que vêm descritas em *À rebours*.

À mesa, à luz de candeeiros esguios, entre cortinas de seda, ao tinir da prata ancestral, Miss Lowell é criatura encantadora, misto paradoxal dos encantos de Sapho e de Lucullus. Aqui está uma mulher que consegue ter espírito e dinheiro ao mesmo tempo! É combinação que raro ocorre.

Após o jantar, o café, na biblioteca. Espaçosa sala, a da biblioteca, e com um ar nobre, estudioso. Nas estantes, livros encadernados com esmero. Uma fartura de livros sobre o poeta Keats, aquele louro poeta inglês que jaz, no cemitério protestante de Roma, na sua amada Itália e de quem Miss Lowell prepara, com erudito cuidado, a biografia. Depois do café, charutos. Miss Lowell possui uma secretária cheia de caixas de charutos de Havana e de Manilla – charutos finos, perfumosos. E é Miss Lowell reclinada num sofá, um charuto apertado entre os dedos muito brancos, quebrando o severo silêncio da livraria com suas risadas argentinas, falando de arte, falando de literatura, falando de si mesma, falando dos outros, a Miss Lowell que ficará vivendo na minha memória.

(Diário de Pernambuco, 20-8-1922)

A democracia nos Estados Unidos*

Agita, neste momento, os Estados Unidos, uma forte corrente de opinião antidemocrática. Basta percorrer os livros de George Santayana (*Charater and opinion in the United States*), Lawrence Lowell, Henry L. Mencken e Franklin Giddings – o último sociólogo bem conhecido pela sua teoria de "consciência de espécie" – para ter uma ideia da força dessa reação crítica contra o "jeffersionismo" imoderado.

Aliás, nunca faltou, nos Estados Unidos, às tendências igualitárias de Thomas Jefferson (que pregou, como se sabe, a conveniência das revoluções periódicas, mas foi na prática, isto é, na presidência da República, mui diverso do que até então fora nos panfletos) fortes contrapesos ou, se quiserem, corretivos. O mais poderoso, vamos encontrá-lo na própria *psyché* do anglo-saxão, no seu natural pendor para reconhecer e acatar superioridades de competência, virtude e capacidade de ação. Neste sentido, Carlyle foi profundamente representativo ao proclamar a filosofia do "real superior", que é uma filosofia de bom senso.

Outro contrapeso a grandes desmandos tem sido, nos Estados Unidos, o "espírito histórico", de que nos fala, em estudo brilhante, o sr. Fidelino de Figueiredo. O americano, cuja capacidade inventiva é notória, cujo amor à aventura é das notas mais vivas do seu caráter, tem, entretanto, sabido alimentar o culto pelo passado. Nele, a ânsia de modernismo, a vontade de adaptar-se a condições novas de vida, não exclui o respeito pelas experiências prévias, sem o qual as aventuras passam a perigosas e às vezes trágicas alucinações. (O exemplo da Rússia aí está vivo, rubro, ainda a sangrar.) Sendo um povo aventuroso é, ao mesmo tempo, um povo tradicionalista e sua saúde política e social resulta desse justo equilíbrio de qualidades.

O Visconde de Vogue escreveu que a história do inglês, de suas aventuras políticas e coloniais, é a história de Robinson Crusoé. Também o é a do americano. Aventura e senso prático à base da experiência.

---

* Transcrição no *Diário de Pernambuco* de 3 de abril de 1923 do artigo publicado na coluna de honra do *Correio da Manhã*, de Lisboa, por Gilberto Freyre, quando de sua passagem por aquela capital. Portugal estava então sob uma onda de furioso "democratismo".

Nos Estados Unidos o espírito histórico parece cada dia ganhar em vivacidade e profundeza. Já Paul Bourget o registra em *Outre mer* e o sr. M. de Oliveira Lima, no seu livro de impressões dos Estados Unidos, não só o constata como o salienta, confrontando-o com o desapego pelas coisas do passado, notável entre os latino-americanos. Hoje o tradicionalismo nos Estados Unidos é talvez mais forte e generalizado do que no fim do século XIX. Nas universidades e escolas os estudos históricos atingiram grande desenvolvimento e, livres da mania especializadora, seu poder dinâmico é maior e seus horizontes são mais vastos.

Preza-os o americano, reconhecendo neles a base de sua força. Porque o tradicionalismo americano, longe de ser um como saudosismo coletivo, vago e passivo, é ativo, dinâmico, pragmático. Reconhecendo a influência dos mortos sobre os vivos, o povo que, em tantos sentidos, é mais contemporâneo da posteridade do que do nosso tempo, volta-se constantemente para o passado, como para um velho mestre. Isto é talvez paradoxal. Mas é pelo paradoxo que o bom senso muita vez se manifesta.

Recordarei ainda que o regime de presidencialismo, consagrado pelos constitucionalistas americanos sob a influência daquele grande pensador, Alexander Hamilton, de tendências rasgadamente monárquicas, faz dos Estados Unidos mais uma realeza eletiva que uma pura democracia política. Um tipo de organização cujo ar de parentesco com as suas supostas congêneres é tão remoto, que não exageraria quem o definisse como *sui generis*.

Têm, entretanto, os Estados Unidos sofrido certos males da democracia desvairada e até da demagogia, notadamente nos últimos sessenta anos. Daí a reação crítica contra o que naquele país é costume chamar "democracia jeffersoniana", para a distinguir da outra, a de Hamilton, aquela que, na prática, chegou ao extremo, sob a empolgante presidência de Theodore Roosevelt, de absoluta e efetiva realeza. Efetiva e não apenas eletiva.

De fato, depois da Guerra Civil, cujo resultado foi o aniquilamento da aristocracia de *gentlemen farmers* do Sul, que vinha fornecendo à República, desde o seu alvorecer, estadistas de tão brilhante capacidade, começou o afastamento dos negócios políticos, dos homens de talento e caráter. Passou a política a ser considerada atividade indigna de um *gentleman*. Começaram a concorrer aos cargos de importância – à parte exceções notáveis – ou refinados patifes ou criaturas simplórias até a boçalidade.

Theodore Roosevelt fez sensação quando entrou na vida política. Ele, Roosevelt, bacharel de Harvard e da ilustre família Roosevelt, entrar na política? (Lord Bryce notou, com a argúcia que lhe é peculiar, o fenômeno, consagrando-lhe um dos capítulos mais interessantes do seu *American commonwealth*: "Why great men are not elected".) E a onda de "jeffersonismo" – do mau mais que do bom – cresceu nos Estados Unidos, durante a última metade do século XIX e os primeiros anos do atual até que, contra ela e a xaroposa ideologia com que se disfarçava, ergueu-se o profundo bom senso da raça de Robinson Crusoé. Ergueu-se o seu instinto de "real superior". Ergueu-se o fantasma de Alexander Hamilton, esse como anjo tutelar do pensamento político norte-americano.

Hoje, o espírito antidemocrático é, nos Estados Unidos, ativo, vivaz, combativo e chega a ser em certos escritores como o vulcânico sr. Henry Mencken, violento. Notamo-lo não só nos livros dos pensadores políticos e dos psicólogos sociais. Notamo-la igualmente em ação, na tendência, por exemplo, para o plano de *city manager*, nos governos municipais, que significa a vitória da competência técnica sobre a demagogia blandiciosa, sinuosa e incapaz dos politiqueiros.

Incapaz, sim. As condições nos Estados Unidos, país onde o industrialismo já chegou aos últimos requintes da organização e complexidade, exigem, mais que nunca, o governo de capacidades técnicas que, naturalmente, reúnam a esta as qualidades de caráter e as nobres virtudes que fixam o tipo do "real superior" e tão dos bons homens públicos ou políticos. De modo que, na suposta "terra clássica" da democracia, assistimos, neste momento, à reação de forças nitidamente antidemocráticas ao organizar-se duma aristocracia técnica, mas não tecnocrática, semelhante à que delineou Jules Lemaître.

Ludum Pueris Dare

Em setembro do ano passado, viajando pela Alemanha, cheguei a uma cidade muito velha. Num instante me enamorei do lugar. Mentalmente já eu conhecia uma cidade como aquela – com aquele ar acastelado, com aquele arvoredo azul à beira do rio, com aquelas pontes em arco e aquelas torres gordas. Conhecia-a dos romances e das estampas a cor nos livros de história da carochinha. Era noite e a gente da velha cidade alemã começava a recolher à casa; daí a pouco toda ela estaria a dormir sob a bênção de Deus e o sorriso claro da Dindinha Lua. E eu saí a vagar pelas ruas à espera que o relógio da catedral batesse meia-noite. À meia-noite – pensei com os meus botões – quando todos estes alemães gordos e róseos tiverem recolhido das cervejarias e acabado de fumar seus cachimbos de louça e de comer, entre goles de cerveja, rodelas de salame com fatias de pão, à meia-noite, quando estiverem todos a dormir sossegados, esta velha cidade se povoará como por encanto de fadas e beldades, de cavaleiros com as suas cotas de malha e de escudeiros a trote, de físicos caturras com as suas seringas e as suas ervas e de pajens louros. Mas veio meia-noite e nenhum destes personagens de história apareceu; apenas, no recuo de uma viela, vi passar devagarinho um gato de bruxedo, de pelo hirto. Creio que foi por causa da lua que a tal gente não apareceu; estava tudo tão claro que parecia dia. Mas o certo é que recolhi ao hotel desapontado.

No dia seguinte, era já manhã alta quando, depois de tomar meu chocolate, saí à rua. Como me pareceu bonita a velha cidade rindo ao sol! Era o sol de outono – o mais belo dos sóis. Viam-se agora mais distintos os encantos todos da paisagem medieval. Na água parada, as casas da beira do rio projetavam sua imagem meio triste. À distância, torres de castelo, dominando. Mas o que me foi chamando a atenção particular foi, nas montras das lojas, a nota viva, brilhante, colorida de brinquedos – bonecos, bichos de madeira, caixas de soldadinhos, locomotivas de lata, blocos para fazer castelos e *chalets*.

Lembrei-me então que estava em Nuremberg: célebre pelo seu passado que vai aos dias do rei Carlos Magno, célebre pelo seu padroeiro São Sebaldo, célebre pela sua paisagem gótica, célebre pela sua indústria tão poética e tão útil de fazer brinquedos. Nuremberg faz brinquedos para as crianças alemãs e de fora. É a cidade-papá Noel, a cidade-Santo Claus, a doce cidade-vovó que passa as horas a recortar na madeira, na lata, no papelão, os calungas, os bichos, as locomotivas, os carros, os brinquedos todos que fazem o encanto da meninice.

Zurich faz relógios; Buffalo faz sapatos; Amsterdam faz queijo; Lausanne, chocolates; Pesqueira, aqui perto, faz doces e geleias. Mas se fosse possível recolher os votos dos meninos sobre a cidade que mais os interessa estou que todos eles, mesmo os gulosos, votariam na cidade que faz brinquedos. O menino infeliz não é aquele a quem falta um relógio para ver as horas; ou que não possui botinas ou sapatos para ir à escola; ou latas de geleia com que se regalar à hora da merenda. O menino mais infeliz é aquele a quem falta um brinquedo por mais humilde: um tosco navio de pau feito a canivete ou um simples "mané gostoso" de papelão.

O gosto pelo brinquedo é um gosto instintivo a que os instintos e impulsos instintivos mais importantes do homem se acham ligados: o paternal, o doméstico, o religioso, o gregário, o criador, o de aventura, o artístico. É um gosto que deve ser estimulado e desenvolvido. Há pais – bem o sei – que o procuram reprimir e matar. Merecem semelhantes pais uma boa sova. É verdade que Maomé proibiu entre seus sequazes o fabrico de bonecos e, mais recentemente, na Rússia, repetiu Lenin o gesto cruel do profeta. Há que perdoá-los; eles não sabem o que fazem. Melhor fora privar uma criança de sapatos ou de merenda ou mesmo de travesseiro em que repousar à noite a cabecita que privá-la do brinquedo, por humilde que seja. Bem o compreendem os japoneses: no Japão, quando nasce um nenezinho, com as suas mãozinhas papudas e seus olhinhos oblíquos, os pais logo o presenteiam com uma coleção de bonecos representando o imperador e a imperatriz, deuses da mitologia nipônica, músicos.

Acerca do desenvolvimento da personalidade da criança por meio de brinquedos muito poderia dizer. O assunto sempre me encantou e me interessou. Limito-me, nestas notas à ligeira, a apontar para o valor educativo das bonecas entre as meninas. As bonecas são uma como iniciação nos futuros deveres domésticos da mulher. É pela influência da sua boneca de estimação que a menina começa a cortar e a coser, aproveitando figurinos e retalhos das costuras da gente grande; a bordar; a fazer remendos; a arranjar chapéus. Conta o sr. Afrânio Peixoto – já não me lembra onde – que um seu amigo encontrou uma vez uma pequena da família procurando amamentar a boneca. O dr. Gulick, médico americano que passou a vida a estudar a psicologia do brinquedo, afirma que suas filhas aprenderam a harmonizar as cores dos vestidos com a aparência pessoal, fazendo vestidos para bonecas louras e morenas, gordas e esguias. Estou firmemente convencido de que o feminismo não será perigo sério enquanto as meninas brinquem com bonecas e, atingida a adolescência, com bonecos. Discursos e teorias não conseguem o milagre de mudar a natureza das coisas e, muito menos, a nossa – mesmo quando esses discursos e essas teorias saem da boca dum J. J. Rousseau.

Quando eu era menino possuí várias caixas de soldadinhos de chumbo. Eram o meu encanto. Não me envergonha confessar que brinquei com os ditos até os treze anos – quando já era redator-chefe do jornal do colégio. Devo aos tais soldadinhos muitas horas de alegria e, ao mesmo tempo, valor educativo. Não brincava de batalhas; sem querer fazer gala de bom gosto posso afirmar que a vontade de ser general ou palhaço de circo jamais me empolgou. A maior parte dos soldadinhos, desmilitarizava-os por meio de sobrecasacas, fraques e paletós de papel. Individualizava-os também, dando a cada um um nome e função, que ia, a princípio, de rei a ordenança, passando depois de presidente de República a redator de jornal oposicionista. Neste meu mundo, à maneira dum quase deus, eu fazia acontecer, conforme o humor do dia, banquetes, passeios em automóveis de caixas de fósforos, revoluções (nas quais, seja dito de passagem, meu prestígio de quase deus estava sempre ao lado do princípio de autoridade e disciplina), paradas, terremotos, enterros, batizados, casamentos. Era – eu vos asseguro – um mundo muito mais humano que o de certos romances e fitas de cinema.

O brinquedo data, segundo sisudas pesquisas de antropologia, do homem primitivo. Não direi do primeiro homem, porque nosso pai, Adão, teve a infeliz originalidade de nascer homem-feito – já pronto para o solene papel de noivo de Eva.

Os bonecos mais primitivos de que há conhecimento histórico – sabeis de que eram feitos? De pedaços de ossos. Conhecem-se também bonecos de espigas de milho, de flores, de palhas secas.

Os antigos egípcios parecem ter sido grandes apreciadores de bonecos. No Museu Metropolitano de New York, cuja seção egípcia tive uma tarde o gosto de percorrer com um entendido na matéria, o famoso poeta Vachel Lindsay, há grande número de bonecos encontrados no túmulo dum nobre de remota dinastia. Representam soldados, padres, padeiros, canoeiros etc.

A Rainha Mary, da Inglaterra, possui um grupo de bonecos muito interessantes, que se acham instalados num palaciozinho feito pelo arquiteto Sir Edward Saytens, mobiliado, com piano e biblioteca e até luz elétrica. Entre estes bonecos, um representa o rei com sua coroa e o seu manto; outro um jornalista de cartola e livro de notas na mão; um terceiro, um gordo cozinheiro... Há ainda príncipes, almirantes, bispos, médicos. Mas todo esse luxo não vale o afeto que à sua boneca de pano, suja e em farrapos, dedica qualquer meninazinha pobre do East Side.

Eu quisera que os meninos meus compatriotas soubessem resistir à mania que aqui se tem de fazer das crianças homenzinhos o mais depressa possível. Já basta o fato de ser este burgo, como os demais burgos do Brasil, uma triste cidade sem áreas de recreio para os pequenos, sem gramados por onde eles possam correr, sem tanques onde possam brincar com navios de papel, sem coisa nenhuma que estimule neles a alegria. E, ao contrário das crianças que a gente vê, em revoadas alegres, pela relva dos parques de Londres e de Berlim, nas Tulherias e nos *playgrounds* de qualquer cidade dos Estados Unidos e do Canadá, os meninos daqui são umas tristes criaturas, candidatos ao fraque e à calvície precoce.

(Diário de Pernambuco, 15-4-1923)

Artigos numerados

1*

Para o romance *Palanquim dourado*, o sr. Mário Sette tomou um assunto que vem nitidamente reafirmar o seu propósito de fazer literatura regional. Regional e tradicionalista. Aliás de tradicionalismo, já o sr. Mário Sette, em discurso de liturgia acadêmica, fizera a mais solene das profissões de fé.

Confesso que o áureo título deste novo romance do sr. Mário Sette, em vez de aguçar o apetite de leitura, teve efeito contrário. É um título de *novelette* barata, destas que vêm em série, nos rodapés dos jornais ou em fascículos de papel áspero. Contrasta com o nome, tão lindo e tão bem-posto, do romance precedente do autor: *Senhora de Engenho*. Mas um título feliz e sugestivo — haverá tormento maior que a captura dum título assim, seja para um romance ou um pudim de ovos, para uma peça de teatro ou um simples artigo?

Dizia-me Guilherme Filipe, uma tarde em que jantamos juntos em Coimbra, num hotel à beira do Mondego: "Custa-me mais intitular meus quadros que pintá-los". Guilherme é até radical neste assunto: para ele os artistas deviam simplesmente numerar os seus trabalhos, dando tempo ao tempo e deixando que eles — os trabalhos — dissessem o seu nome mais tarde, "quando tivessem a idade da fala...".

Com a ideia de numeração concordei plenamente, mesmo porque já a trazia dos Estados Unidos, onde há tão belas coisas sem nome... A Quinta Avenida, por exemplo. E a Quinta Avenida faz pensar na Quinta Sinfonia. *Palanquim dourado* — observo — é o sétimo dos livros do sr. Mário Sette: por que não o numerar singelamente "7"? Se o fato cronológico não bastasse como pretexto, seria fácil criar pretexto mais forte dos próprios incidentes do livro. De que não estou a fazer chiste em torno de assunto tão sério, prova o fato de, à falta de títulos para os meus artigos, passar doravante a numerá-los.

Palanquim dourado é um livro desigual: contém muito belas páginas e páginas execráveis; é forte, deliciosamente forte, no elemento descritivo e de anêmica palidez no psicológico. Estas proposições, cabe-me adiante prová-las. De propósito deixarei à parte os deméritos históricos e cronológicos desse trabalho, já rigorosamente apontados pelos srs. Mário Melo — uma espécie de polícia ou detetive nesta matéria — e Leônidas de Oliveira. Gasta o sr. Leônidas de Oliveira —

---

* Primeiro de uma série de artigos que o autor resolveu numerar em vez de lhes dar títulos.

a meu ver com flagrante exagero – metade do seu interessante artigo procurando mostrar que o doce conhecido por "mata-fome" não é colonial, datando do ano da Guerra do Paraguai, quando uma preta velha chamada Miquelina, aliás Mãe Quelina, com quitanda à rua do Rangel, introduziu-o no mercado.

É certo que o romance do sr. Mário Sette é histórico e fora melhor que, mesmo nestes pormenores e nos destacados pelo faro sherloqueano do sr. Mário Melo, estivesse o artista de acordo com as crônicas. Mas convém não exagerar os deveres de fidelidade do artista a minúcias de cronologia e exterioridades de história. Semelhantes deveres são relativos. Para o artista a grande preocupação é a do sentido íntimo, não a da verdade exterior, seja esta de fisiologia ou de história, de astronomia ou de mecânica. Nós sabemos que fácil e volátil criatura é a chamada verdade científica, mesmo quanto às ciências exatas: ontem nos braços de Newton, hoje nos de Einstein, amanhã nos doutro qualquer pedagogo audaz.

Quando estive em Paris, meu passeio a pé, quase todas as tardes, era ao Museu Rodin, à Rua Varennes. Na velha casa do mestre passava, em enleio, horas a fio. Há naquelas formas trágicas, naqueles nus amorosos, um formidável descuido de pormenor anatômico. Mas como é vibrátil e quente tudo aquilo! O mesmo é certo dos frescos de Bourdelle no delicioso teatro dos Campos Elísios. Bourdelle é outro desdenhoso de precisões fisiológicas; ele exagera e deforma na ânsia de verdade íntima que é a ânsia de toda a grande arte. Isto desde os primitivos aos expressionistas de Munich e Berlim, cuja obra ao mesmo tempo de reação e experimentação tanto me interessou. Walter Pater repete de Bacon (Francis Bacon – *Essays*) e creio que de Pater, Rodó, que não há refinada beleza sem alguma coisa de estranho nas suas proporções. Essa alguma coisa estranha vem da vontade de exprimir a verdade íntima, sacrificando-se a ela a exterior. Todo o artista tem o direito e sente a necessidade de o fazer. Fá-lo Poe; fá-lo Huysmans; fá-lo o mesmo Pater; fá-lo Wilde; fazem-no os russos; fazem-no Papini e seus discípulos. Entre nós poderia citar-se o caso do sr. Monteiro Lobato, de que até em *Urupês*, um conto em violenta oposição às modernas teorias de hereditariedade, sem que isto diminua – a não ser para a petulância cientificista dalguns censorões – o valor estético da peça.

Estendendo-me neste respeito quis defender o sr. Mário Sette contra dois dos seus mais hábeis críticos, cujo processo de crítica não me parece convir à natureza e propósitos da peça criticada. Não importam, no caso dum romance, discrepâncias cronológicas; importa a falta do *plus réel que le réel* de que nos fala Cocteau.

Dá a impressão de real e vibrátil o ambiente em que decorre o entrecho da peça? A paisagem, sim. O dom de descritor, como já uma vez tive ocasião de notar, possui o sr. Mário Sette. É o seu forte. E *Palanquim dourado* está cheio de lindas passagens descritivas, do mais vivo e delicioso colorido de paisagem local. São exemplos desse admirável dom do sr. Mário Sette entre outros trechos, o seguinte, em que vêm evocados os ocasos de Olinda: "Ocasos divinos! Faziam juntar as mãos, dobrar os joelhos, mover os lábios. Nos mosteiros sombreados, nos claustros floridos, barrados de azulejo, as freiras recitavam as orações da tarde, roçando as alpercatas nas lajes tumulares dos irmãos adormecidos. Nas praias esbatidas, claro-escuras, os jangadeiros rolavam para os cômoros as jangadas molhadas, as velas ao sereno, guardavam os samburás...". Outro extrato, para mostrar que o sr. Mário Sette igualmente possui o dom de movimentar as cenas evocadas: "a cidade, com as suas ruas vetustas, largas, era um vaivém de soldados, frêmito de tropas aquarteladas nos conventos, nos vastos solares, na cadeia, nos sítios circunvizinhos. Chegavam reforços... Carros de bois, gemendo, traziam cereais, açúcar, latas de mel, mantas de carne de sol. Cornetas vibravam... No canal, rente à ponte, barcaças aferradas, dependentes de ordens. Pensou-se em tentar um desembarque nas costas de Olinda... Damas das famílias goianenses costuravam roupas, pregavam divisas, cozinhavam doces, cuidavam dos ranchos". Tudo isso vem deliciosamente dito. O que, mesmo nos trechos mais belos do romancezinho, irrita a quem possui certo polimento ou educação de gosto é o arrevesado extravagante de certos termos: "vidraças peroladas", "dedos perolados de água benta", "o galardão, amauroseava-o", "bancos primitivos abrolhando pelas ruturas de argila furtivos céus", "chocalhavam cabras amojadas mordicando a grama tenra", "trauteando redondilhas de amor".

A muita perícia do sr. Mário Sette para a coloração da paisagem, corresponde uma vasta incapacidade para animar o elemento humano. Falta mesmo a *Palaquim dourado* a expressão característica da época. Não se sente, em volta àquele bravo gentil-homem, Luís do Rego Barreto, a tensão política, a ansiedade, o sinistro faiscar de punhais nus em mãos extremamente cautelosas... O que o sr. Mário Sette nos diz, e admiravelmente, dos trajos e do mobiliário, da confeitaria e dos quitutes coloniais, não consegue nem de leve caracterizar a psicologia do momento. Nem do momento nem dos personagens. De Águeda conhecemos o guarda-roupa e os móveis da casa e os dourados do seu palanquim; do seu caráter, da sua vida interior, apenas consegue o sr. Mário Sette dar-nos uma ideia esfumada e volátil. Falta a essa amorosa, vibração, como vibração falta ao desfecho artificioso do romance.

Igualmente artificiosa me parece, em vários trechos, a linguagem dos personagens. Destacarei um caso típico: diálogo entre Fernão e seu tio, o cônego. Convém resumir a *mise en scène*: está o bom do cônego repousado numa rede, muito à vontade, de chambre de ramagem, a descalçar as meias roxas. De fora vem o hálito das mangueiras. O cônego vai até a varanda, onde está Fernão e voltam ambos ao interior. Começa o cônego a embalar-se na rede e, daí em diante, toca a conversa. Mas que conversa, Nossa Senhora! Imaginem o sensato do cônego, a descalçar as meias ou, já descalço, a acariciar os pés nus, dizendo coisas como estas: "abriria com injusteza", "não toleram se nos embrusque a serenidade", "pomos maninhos", "octênio de Nassau", "progressão de intolerância". E erguendo-se da rede, sorvendo uma pitada: "menino, Deus louvado, os zéfiros celestes tangeram do debrum formoso das nossas praias as velas das gentes menos desamadas da Europa".

Isto numa conversa íntima. Imaginem esse reverendo num púlpito ou, modernamente, na tribuna da Academia Pernambucana de Letras! Merecia ou não que Luís do Rego – homem de gosto fino, conforme o testemunho de viajantes europeus da época – mandasse-o degolar?

Noutros trechos conseguiu imprimir o sr. Mário Sette à fala da gente rústica colonial um cunho de naturalidade e até um ligeiro arcaísmo, mostrando assim não ser inteiramente insensível ao que, na sua *Vie de Jeanne d'Arc* – aliás um livro execrável e muito digno do "Índex Expurgatório" – diz o malicioso Anatole: que as ideias se mudam, mudando as palavras.

Obra de valor social é-o, e de certo peso, *Palanquim dourado*. Alcançando pelo seu título romanesco e pela sua história fácil de amor, as cestas de costura e as mãos burguesas dum numeroso público impressionável, concorrerá para comunicar a esse público a flama de são tradicionalismo. Concorrerá também para divulgar interessantes e úteis noções de indumentária e mobiliário coloniais.

A preocupação tradicionalista, a que sr. Mário Sette vem subordinando sua atividade de romancista, é-me altamente simpática. Quando entre nós, em recintos a que maior discrição não faria mal, se recebe e acolhe como boa a literatura banalmente "modernista" de caixeiros-viajantes, consola a atitude de um escritor influente como o sr. Mário Sette. Semelhante atitude revela de sua parte aquela aristocracia de gosto que Ernesto Renan atribuía a quantos se interessam pelas coisas do passado. E admirando, como admiro, os dons do sr. Mário Sette, ainda tão jovem, confiantemente espero do seu talento nova obra da natureza de *Palanquim dourado*, porém mais equilibrada, mais cheia de vibração humana e de visão interior, a par dos encantos descritivos.

(Diário de Pernambuco, 22-4-1923)

2

Uma vez, em New York, seguia eu devagarinho pelo Riverside Drive, quando – quem hei de avistar, esguio e só, o porte firme e fácil do fidalgo e, ao mesmo tempo, esse ar um tanto distante dos contemplativos, que eu já surpreendera em Arthur James Balfour? O senhor Francisco de Sales. O financista de Minas Gerais? Mil vezes, não! O Santo.

Ora, acerca do santo, eu estivera a ler toda uma tarde, no meio de octavos de lombada negra ou azul com inscrições a ouro, um estudo interessantíssimo. E aquele – pensei num instante – não é outro senão ele. Exatamente como o São Francisco que vem descrito no ensaio de Leigh Hunt, acerca de quem um amigo meu, Mr. Jorge D. Sotut, prepara em Oxford sua tese de *Master of Arts*. Não havia dúvida: era o *Gentleman Saint*.

Naquele tempo, um santo era para mim o mais distante dos seres. Chegara a conhecer um anjo: um santo, nunca. Imaginem, portanto, meu espanto diante de São Francisco de Sales. E logo quem – São Francisco de Sales!

Desnorteou-me a princípio a aparição. Ver-me assim de repente em face dum santo de carne e osso é, na verdade, para desnortear qualquer pessoa. Parei. São Francisco passou, com a maior fleugma deste mundo, um charuto apertado entre os dedos... Acalmando-me diante do sobrenatural, pus-me a seguir o Santo, decidido a falar-lhe. Não conversara o sr. Antônio Torres com Guilherme Tell e Judas? E o sr. Monteiro Lobato com Camilo Castelo Branco?

Logo adiante, quando São Francisco se sentou num banco, naturalmente para gozar a doce paisagem do Hudson, aproximei-me, fiz uma mesura e tateando à procura de palavras sem saber ao certo como endereçar a meteórica figura, ia dizendo não sei o quê, quando o santo, até então muito sério, acolheu a mesura com o melhor dos sorrisos e o mais amável dos bons-dias.

Já um tanto à vontade perguntei a São Francisco de Sales se chegara a New York miraculosamente ou como qualquer pessoa. Respondeu sorrindo que como qualquer pessoa: passara pelo exame da saúde, assinara os papéis de praxe... Gozara o delicioso ingênuo de tais praxes. Somente fizera uso da sua mística faculdade de volatilizar-se para escapar aos jornalistas.

– Ah, os jornalistas!

– Terríveis os daqui, principalmente quando vestem saias. E em toda parte a mesma coisa. É classe a que hoje envergonha pertencer.

Pus-me muito atento. Era um jornalista-mestre que assim falava. Mas — aventurei o reparo — Mr. Gamaliel Harding, presidente da maior das repúblicas, foi jornalista... O santo melancolicamente sorriu.

Continuei, agora todo ancho: no Brasil, minha pátria, a República foi obra gloriosa de jornalistas. A espada do general Deodoro? Mero luxo, simples nota de pitoresco. A jornalistas devemos outras campanhas igualmente gloriosas; pela Abolição, pela correta colocação dos pronomes átonos, a defesa da nossa honra contra o imperialismo dos argentinos invejosos, idem contra as intrusões da galegada...

Todo tolerância, disse o santo ilustrado que tudo isso era talvez verdade, porém que, atualmente, o jornalismo brasileiro parecia concentrar seu esforço na arte de *xingar* ou *xingologia*, isto é, a arte de "injuriar, de insultar, de rebaixar o adversário mediante o emprego de vocábulos descomedidos, soezes, ignóbeis e sujos" – palavras, acrescentava, do vosso Carlos de Laet.

– Ora, São Francisco, o sr. Carlos de Laet! Mestre-escola caturra, velho lambareiro, um *laudator temporis acti...*

Então o santo, sem amargor, porém com muita firmeza, disse: o primeiro jornalista do Brasil, esse velho a quem chamais infantilmente caturra. Não, não é por ser Conde da Santa Sé que o digo. Há jornalistas-condes que não valem coisa nenhuma: apenas sabem traduzir do francês e mal. O sr. Carlos de Laet este, não, é um dos velhinhos mais cultos que conheço; quando ele era menino ainda se estudavam no Brasil as humanidades. Porque no vosso rico país a mania é hoje do prático, resultado daquele furor imitativo dos Estados Unidos que Eduardo Prado de longe adivinhou. Imitam o superficial, o sensacional, o facilmente acessível, divulgado pelos cinemas, pelos caixeiros-viajantes e pelos estudantes que de cá regressam após um ano, sem saber inglês, mas de posse dum diploma de doutor em eletricidade ou bacharel em escrituração mercantil. Esquecem-se que, em país algum, exceto a Inglaterra, são mais demorados que aqui, nos Estados Unidos, os estudos de cultura geral.

O santo demonstrava conhecimento íntimo das nossas coisas e dos nossos homens. Conservei-me em silêncio. Analisava-lhe agora os pormenores da fisionomia e do porte: a barba dum ruivo seco, o olhar ora duro, ora irônico, ora resignado; a elegância sóbria do fato azul-cinza. O *well groomed*, mas sem exagero nem requinte. Achei nele certo ar de família com aquele sisudo pedagogo de suíças vitorianas, Matthew Arnold, cuja velada ternura escapa a tantos.

Continuando, disse o santo fidalgo, a um tempo jornalista e conde, como o sr. Carlos de Laet: temo parecer radical, mas ao meu ver o Brasil precisa duma ditadura honesta e enérgica, que estabeleça por lá o respeito de Deus – e da polícia. E um dos deveres dessa ditadura seria reduzir jornais e faculdades de

Direito e Medicina ao mínimo, uns cinco ou seis jornais, duas faculdades de Direito, umas duas de Medicina.

– Mas enquanto não vem essa ditadura messiânica, Santo?

– Medidas repressivas. Quanto à profissão de imprensa exigências tão severas de habilitações intelectuais, morais e cívicas, que impusessem a esse ramo de atividade a célebre lei de Darwin, isto é, a sobrevivência do mais apto.

(Diário de Pernambuco, 29-4-1923)

3

Numa roda sisuda tive um dia a sem-cerimônia de dizer: sob o ponto de vista da alta cultura o alfabetismo de grande número, tendendo à mediania, só pode ser desfavorável. O protesto foi unânime. Muito zangado, um pedagogo chegou a dizer que semelhante tese importava na defesa do analfabetismo; e que defender o analfabetismo era defender a mais negra das pestes.

Com a minha vasta incapacidade para a discussão, recolhi-me todo esquivo à estranheza da ideia irritante para, nos meus vagares, analisá-la. Seria simplesmente uma dessas ideias-bolas-de-celuloide, com o seu brilho exterior? A mera bizarrice jamais me atraiu: menino não perdi nunca o tempo a colecionar selos; depois de grande, não me tenho dado ao trabalho de colecionar frases bizarras, para uso nos chás e nas confeitarias. Confesso, entretanto, esta tendência do meu espírito: de pôr lugares-comuns pelo avesso. Um lugar-comum pelo avesso é quase sempre perturbante verdade. Virem-se pelo avesso os grandes rótulos "*liberté, egalité, fraternité*", "o século XX, século das luzes", "ordem e progresso", "Zeballos o maior inimigo do Brasil", "as trevas da Idade Média", "o sorteio militar é a salvação do Brasil", "a família francesa é a mais corrompida de todas" etc. etc. e ter-se-ão coisas escandalosamente verdadeiras. A receita, ou antes o processo, é quase infalível.

Creio que virando pelo avesso a ideia de ser o alfabetismo a felicidade máxima dum povo, ter-se-á uma grande verdade. Basta, no Brasil, tanta assuada acerca de analfabetos; de serem eles a causa da nossa gloriosa República não ocupar ainda no universo o lugar que lhe compete, ao lado das chamadas grandes potências. Pobres analfabetos! E pobres, não pelo seu analfabetismo, mas por serem assim tratados, ou antes maltratados, pelos meio cultos.

E tudo isso por quê? Porque um velho de Mainz inventa, com uns paus e umas rodelas, uma máquina para salpicar de sinais pretos rolos e rolos de papel; e um frade-pedagogo de Wittenberg um tanto histericamente se rebela contra o Papa; e um genebrês de juízo solto empolga meio mundo com suas teorias antinaturais e anti-históricas. E eis-nos sob a superstição do alfabetismo.

Superstição hoje impermeável. A piedade pelo analfabeto, temo-la quase todos – porque a imprensa e Rousseau fizeram-nos extremamente sensíveis a tudo quanto é infortúnio. Quem, se dependesse da simples pressão do seu índex sobre um botão elétrico transformar, como por encanto, todos os analfabetos em leitores dos jornais e eleitores republicanos, demoraria um instante em fazê-lo?

Entretanto, estará mesmo no alfabetismo a felicidade máxima de um povo? Ai de mim, que ainda me perturba a dúvida de tão clara verdade! E, aqui entre nós – maior ainda é minha perversão: eu não comprimiria o tal botãozinho. Ao contrário: se possuísse o talento mecânico do meu amigo dr. Sousa Lemos empregá-lo-ia em inventar uma máquina, no gênero daquela de Wells, porém com este fim – produzir analfabetos. Digo-o sem nenhuma malícia; digo-o com a maior das canduras.

O analfabeto é um ser útil e interessantíssimo, o que não sucede com o meio culto. Do meio culto já o poeta inglês Pope escreveu em versos que andam pitorescamente traduzidos em português pela Marquesa de Alorna: *"A little learning is a dangerous thing"*...

Em toda parte é o analfabeto um ser interessante. Subtraído da cultura humana o contingente dos analfabetos, escancara-se ante nós formidável lacuna. Basta recordar as *folk dances* dos russos; e a música dos negros norte-americanos. Eu mil vezes prefiro um menestrel dos nossos sertões a toda legião de poetas meio letrados cá do litoral. Em Portugal foram os analfabetos e os quase analfabetos a gente que mais me encantou. Povo tão bom e tão doce não creio que exista; tinha razão o Padre Soeiro em pedir para eles a bênção de Deus. Contrasta com o Portugal da superfície; o das festas oficiais; o da literaturazinha de confeitaria do sr. Júlio Dantas; o que faz a barba, e mal, à inglesa e o mais, da política aos requintes sibaritas, à francesa. Quem vê esse Portugal mal adivinha o outro – o que Jacinto achou, passada a fronteira, na fala doce dos guardas da alfândega; e está na gente que cuida das vacas e colhe dos vinhedos e faz azeite e vende peixe e, cantando, trabalha ditosamente alheia às teorias anticlericais e antidinásticas e ao falatório bolchevista. Em Coimbra são as tricanas que falam de António Nobre; os acadêmicos perguntam por Mary Pickford.

Quais são, na Europa, as glórias máximas do alfabetismo? A Suíça e a Finlândia. À Suíça há quem exageradamente diga que o mundo só é devedor de relógios, latas de leite condensado, Jean-Jacques Rousseau, Haller e queijos – artigos todos facilmente substituíveis, quando não dispensáveis. Quanto à Finlândia, só lhe conheço de notável este contingente: ter fornecido a Eça de Queirós o original para uma de suas melhores caricaturas.

Nos Estados Unidos há hoje uma espécie de contravapor contra a mania de uniformizar que os vinha empolgando. A obra de uniformização chegou ali a possuir completa parafernália, uma verdadeira máquina para comer todos os traços pitorescos e sinais próprios da gente adventícia e que o fazia tão fácil e ligeiramente como os tipógrafos que devoram as vírgulas, os traços de união e outras minúcias de pontuação e soletração. A tendência hoje é outra. E convém notar que certos elementos da população, como os montanheses de Kentucky, sempre são resistentes à tirania das forças uniformizadoras. Meu eminente amigo, o professor Armstrong, encontrou entre os ditos montanheses, cujo gênero de vida é o mais pitoresco, um falar muito expressivo, mais semelhante, talvez, ao de Shakespeare que ao da Broadway.

Aliás, neste respeito, representam os analfabetos papel muito nobre, como elemento saudavelmente conservador. Principalmente entre povos cuja neofilia chega a ser, como entre nós, nevrose. Compare-se a fala do sertanejo com a do semiletrado do litoral: é aquela a mais rica em nervos. E a Portugal, vítima, como nós, da mania de estrangeirice, sucede o mesmo. Que o diga uma de suas vozes mais autorizadas: a do sr. Afonso Lopes Vieira. E com esta clareza: "Não saber ler tem sido para o nosso povo uma fonte de cultura espiritual. Todos que conhecemos a província sabemos que são os analfabetos que melhor falam a nossa linguagem".

(Diário de Pernambuco, 6-5-1923)

4

O Recife dá a quem chega a impressão de uma cidade sem árvores; e a quem demora uns dias a impressão de uma cidade sem música. Nos seus cafés e nas suas confeitarias não há sequer arremedo de orquestra; pelas ruas não vaga um menestrel; os próprios mendigos já não cantam na sua pedintaria; e quem nos dá notícia de um coro de igreja, duma capela qualquer onde se possa ouvir sem desconforto um pouco de canto gregoriano? Dir-se-ia que somos uns convencidos da doutrina de que já não me lembra que maganão citado por Alphonse Daudet: que a música é simplesmente a forma mais dispendiosa de fazer barulho. Amigos da economia e do silêncio, evitamos a música ou, antes, fazemo-la substituir pela chamada cena muda, que deliciosamente combina as vantagens de barateza e silêncio.

Ganharia para o Recife um gostozinho maior com a música, o título de extravagante? Creio que não. Nem com a música nem com as árvores. Aliás a respeito das árvores o atual prefeito dá mostras de nitidamente compreender a monstruosidade da nossa situação: cidade tropical sem árvore, dando a lembrar um tanto macabramente a quem a avista de longe um amontoado de esqueletos, a secar ao sol.

A música, esta, refina. É a mais dinâmica das artes. Tem mesmo – dizem-no especialistas – valor terapêutico. Não falo, é claro, da chamada *jazz music* que acompanha as danças modernas; esta deve embrutecer. Tolstói disse que toda música embrutece, à maneira de incenso. É que Tolstói não chegou a ouvir a *Electra*; nem *Salomé*; nem *Also sprach Zarathustra*; nem peça nenhuma de Richard Strauss. Os bons modernos. Convenho com o romancista no tocante à música das danças modernistas, a qual deve na verdade embrutecer. Aliás as tais danças, logo nos títulos, outra coisa não prometem senão aproximar o homem dos seus inferiores na escala zoológica. O passo do camelo (*camel walk*) aproxima-o desse animal; o passo do ganso (*goose step*), do ganso; o passo do peru (*turkey trot*), do peru ou da perua, conforme o caso ou, como se diz na gramática, o gênero. Conhecem-se até fenômenos de radical transformação.

Convém, entretanto, recordar, em justiça aos chamados animais inferiores, que logo depois de principiado o furor da *jazz music* se fizeram no jardim zoológico de New York experiências interessantíssimas mediante uma *jazz band* que ali executou peças do seu repertório.

Apurou-se das experiências que os nossos inferiores, em geral amigos da música – chegando até ao extremo da voluptuosidade, como as serpentes – são inimigos da tal *jazz*. Os macacos não se limitaram, à maneira das cegonhas, à filosófica indiferença ou apatia; neles a *jazz* excitou fúrias homicidas, iconoclásticas e creio até, mas não estou certo, suicidas.

Colheu-se, outrossim, das referidas experiências que a música é capaz de produzir importantes efeitos fisiológicos. Aliás, esse dinamismo da música, vem, nos Estados Unidos, servindo de assunto a curiosas investigações nos laboratórios de psicologia experimental. A ânsia experimentadora dos americanos parece não ter limites. Um deles, por exemplo – e não foi senão Scripture, autor *de The New Psychology* –, lembrou-se de determinar a influência da música, mediante um aparelho de pressão. Em silêncio, refere Scripture, citado pelo sr. Moffat em *The mentor*, conseguiu comprimir o aparelho à marca de quatro quilos. Ao som do "Trecho dos gigantes" na peça *Rhein gold* a pressão foi a 4,5 quilos.

Num meio como o nosso, dominado – segundo ainda há pouco observava em sisuda oração de liturgia o professor Ulysses Pernambucano – pelo furor dos resultados imediatos, semelhante prova do dinamismo da música deve valer alguma coisa. A música, quando inteligentemente escolhida, aumenta em nós a capacidade de trabalho. Não ouso ir ao extremo de referir o caso do flautista de Hamelin e da ação mágica de sua flauta sobre os ratos da cidade medieval, por medo de provocar contra mim as fúrias da Sociedade Protetora dos Animais. Os curiosos acharão a história, com as suas minúcias mais íntimas, entre os poemas de Robert Browning.

O que eu sou é um convencido da delícia da música. E não só da *music for music sake*, que é alguma coisa como a arte pela arte do decadentíssimo *fin de siècle*. Meu amor pela música tem igualmente seu travo pragmático: a música reduz a necessidade de conversar que sempre foi para mim agudo tormento. A música pode ser uma forma dispendiosa de fazer barulho; mas é preciso não esquecer que consegue silêncios compensadores. Nunca hei de esquecer o *minuet* de Paderewski e isto não só pelo meigo da peça como porque uma vez, num clube, quase miraculosamente me livrou das garras inquisitoriais dum *causeur*. Inquisitoriais, sim; há hoje uma inquisição cujos agentes são os *causeurs* e os dentistas. E, ao lado deles, os clássicos são como doces criancinhas ao lado de barbudos gigantes maus.

(Diário de Pernambuco, 13-5-1923)

5

Dizia-me em Londres o sr. Antônio Torres, de um escritor brasileiro já falecido, que era um caso muito curioso: sem saber ler, conseguira escrever. E há casos assim, isto é, de indivíduos que mal sabendo ler, mesmo o fácil francês de *Vie parisienne*, sabem colocar, em tiras de papel, pronomes, vírgulas, nomes de autores estrangeiros e até ideias, embora alheias. De modo que somos quase obrigados a concluir que ler é mais difícil do que escrever. Por onde se vê que um paradoxo nos surpreende, com o seu guincho de *clown* e a sua perna para o ar, quando menos o esperamos.

Tenho encontrado na vida um número muito reduzido de indivíduos que saibam ler, isto é, capazes de soletrar ideias. O número dos que sabem soletrar palavras este é que me parece exagerado, principalmente no Brasil.

Soletrar uma ideia é deveras penoso, não sendo ao menos possível atenuar ou suavizar a dificuldade por meio de reduções, como na ortografia. É sabido o ar simples e fácil que adquirem, em português, as palavras de que se eliminam o ph, o y e as consoantes dobradas.

"Filosofia" com f, sem o arcaico ph, é como um primeiro-ministro que nos recebesse de mangas de camisa ou de pijama.

Com as ideias não é possível fazer o mesmo. Elas são rebeldes à vulgarização. Ninguém ainda conseguiu o milagre de tornar acessível aos iletrados de fato a teoria de relatividade; ou os versos de Mallarmé; ou as ironias de Anatole France, G. B. S. ou do nosso Santo Thyrso; ou a música de Wagner; ou a filosofia de Robert Browning.

Infelizmente nem tudo é acessível às garras felinas da estatística; se o fosse, creio que se poderia provar esta aparente *blague*: maior é o número dos que escrevem do que o número dos que leem compreensivamente. Informava-me há pouco o sr. Monteiro Lobato, com a sua formidável autoridade de livreiro-editor, que no Brasil há poeta e meio por quilômetro quadrado. Acrescentem-se aos poetas os cronistas de rodapé de jornais, os redatores de batizados e casamentos, os biógrafos de atrizes de cinema e outras celebridades universais, os romancistas e os gramáticos – e eis-nos diante de escritores a dar com o pau. Naturalmente, do número dos que leem haveria que eliminar milhares de pessoas. O uso de lunetas ou mesmo de monóculo, podendo ser mero luxo, não constitui garantia absoluta de inteligência compreensiva; nem uso de lunetas nem a muita leitura.

Se o futuro quer realmente dizer progresso – o que duvido – haverá para as nossas notas uma higiene de leitura semelhante à que hoje nos vai regulando a economia animal. Creio que as bases de semelhante higiene já as lançou um alemão ferozmente triste: Arthur Schopenhauer. Continuando o paralelo já sugerido entre ler e comer poderia, de passagem, acrescentar, de Schopenhauer, que é escritor *hors d'oeuvre*: mero estimulante do apetite. O perigo de muito ler a Schopenhauer, como a Nietszche, é a dispepsia, não da leitura deles mas das leituras a que nos excitam; como o perigo de muito ler Anatole France é a anemia.

Há em *Parerga* um forte ensaio onde excelentes coisas vêm ditas acerca de livros e da leitura. São, na maioria, advertências que só de leve nos dizem respeito; advertências para povos-sugadores-de-livros, como do de Boston escreveu Emerson. Por exemplo: o homem que passa o tempo a ler, e só a ler, perde a capacidade de pensar; como o homem que sempre se deixasse conduzir por um cavalo, acabaria esquecendo como andar a pé. Outro símile que o filósofo apresenta é o da mola, a qual, sob a constante pressão de corpo estranho, perde a elasticidade. Nisto está de acordo com Schopenhauer o Visconde de Santo Thyrso, quando diz que um livro é tanto melhor quanto mais sugestivo, embora de ideias contrárias. "Desta forma", conclui o Visconde, "o leitor é de fato um colaborador do autor."

Entre nós, não creio que o perigo seja propriamente o de excesso de alimento ou de combustível, como falando de um fidalgote livresco disse uma vez Macaulay – ele próprio livresco e fidalgote. O perigo entre nós é de mau combustível ou mau alimento. Não são tão grandes nossas facilidades bibliográficas que permitam o pecado, sutil entre os sutis, da gula livresca. O que vai estragando o brasileiro alfabetizado é a leitura ruim e imprópria. Sejamos francos: aqui não se leem as obras-primas. Destaque-se o fato com mais nitidez ainda: é nossa gente aliteratada, ou com pretensões à cultura fina, que não lê as obras-primas. D. Quixote tem entre nós raríssimos leitores – espantosa verdade que uma vez surpreendi em inquérito dissimulado. Shakespeare é mais um nome – que aliás em geral soletram errado. E o mesmo é certo quanto a Goethe. E quanto ao florentino.

Ir adiante é supérfluo: é supérfluo ir aos três grandes trágicos gregos. Porque neste caso as exceções viriam penosamente, como as gotas que ao muito aperto de persistentes dedos destila um pobre limão seco. Entretanto, há quem fale destes trágicos; e simule intimidade com oradores helenos.

Eu não participo da grave caturrice dos classicistas. Mas não vejo outro modo de aguçar o gosto, ou simplesmente de educá-lo e discipliná-lo, a não ser pelo contato direto com as obras-primas. Depois desse contato, e só depois, tem-se o direito de fazer gala de fastio ante clássicos maçudos ou antipáticos ao nosso temperamento; como diante de Balzac e de Shakespeare, Jean Cocteau.

A mocidade de São Paulo, que eu suponho a mais culta do Brasil, sofre neste momento a nevrose do que entre nós se chama indistintamente futurismo. É pena. E esta mocidade devia estar a ler o *D. Quixote, Romeu e Julieta* e *Menina e moça*. Mas está, sem nenhuma noção do ridículo, arremedando Dada. Compreende-se, explica-se, justifica-se até Dada na Europa, onde o cansaço dos museus, das bibliotecas, das grandes coisas estratificadas amolece o espírito criador que não é senão o espírito da juventude. Mas entre nós!

Ou estão os moços de São Paulo, como os de todo o Brasil, a ler-se uns aos outros nos romancezinhos e nos livros de versos que o sr. Monteiro Lobato vai publicando às centenas. Agora mesmo ele prepara cento e tantos livros. Cento e tantos romancezinhos e volumes de versos que vão tomar o lugar de leituras sérias. Há nisto um travo de *humour*, *humour* no sentido swiftiano. É como se Mr. Hoover mandasse a Cruz Vermelha Americana distribuir entre as crianças russas, rotas e com fome, pacotes de *chewing gum* e lequezinhos de celuloide.

(Diário de Pernambuco, 20-5-1923)

6

Um telegrafista da Western? Um caixeiro do London Bank? Não, um rapaz de Lisboa que faz calungas: o sr. Jorge Barradas.

Criatura sem nenhum *savoir faire*, esse sr. Jorge Barradas. Sem nenhum *savoir vivre*. Sem nenhum senso de oportunidade. Ao contrário: duma despreocupação quixotesca. Prova-o o modo por que aqui veio parar – sem uma carta sequer do sr. João de Barros; e, primeiro que isso, a ideia de aqui ter vindo parar.

Seu ar ingênuo de telegrafista inglês há tempos que o atrapalha na vida. Todos nós deixamos impressionar pela aparência; a aparência consegue milagres. É fato, este, que a psicologia social já constatou quase experimentalmente; e anda hoje na pena fácil dos meros vulgarizadores do assunto como o sr. Gustavo Le Bon. Por isto Benito Mussolini, antes de assumir a chefia dos *fascisti*, tomou aquele seu ar solene de artista de cinema, de Napoleão de Hollywood. E esse ar solene de Mussolini salvou a Itália.

Para vencer na vida vale mais o ar que a realidade. É preferível nascer com uma cabeça que venha a entusiasmar um cunhador de medalhas a nascer com a cabeça dum selenita – embora a cabeça dum selenita contenha, segundo Wells, as mais complexas ciências. Rubén Darío – ou foi Nervo? – notou na França e na Espanha a fascinação das grandes barbas como as de Valle-Inclán. Em nossa gloriosa Pachecolândia ele notaria o decisivo prestígio da calvície, do porte solene, da aparência madura, do ventre arredondado.

Falta ao sr. Jorge Barradas o ar dum grande pintor. Falta-lhe ao porte, convicção. Faltam-lhe umas barbas à Montparnasse. É o diabo. Com essa sua despreocupada verdura e simplicidade juvenis não se consegue impressionar ninguém. A não ser exagerando-as. Nada como os extremos. Tivesse o sr. Barradas aparecido de fofas *culottes*, chamando o seu irmão "papá" e comprando nas confeitarias, em vez de maços de cigarros, boiõezinhos de doces e saquinhos de bombons, e outro teria sido o efeito da sua exposição: a exposição dum menino prodígio. Mas não quero gastar o espaço todo a mostrar que de valores psicológicos o sr. Jorge Barradas não possui a mais vaga das noções. Economicamente, sua exposição foi um grande fiasco. Era natural que o fosse: as únicas possibilidades de sucesso fácil não as soube aproveitar o pintor ingênuo.

A não ser que ele esperasse vencer pelo só encantamento das suas telas, pelo puro prestígio da sua arte. Não creio que vá a tanto a ingenuidade desse português. Sob esse ponto de vista, a exposição revelou até a presença, em Pernambuco, dum número de *virtuosi* superior ao que eu supunha existir. Destaque-se um fato que nos honra: a melhor, a mais deliciosa das telas que trouxe o sr. Barradas – a que representa o interior da capela de Jesus – foi num instante adquirida.

Da arte do sr. Jorge Barradas ousarei escrever ligeiras notas; mas de puro impressionismo; porque em assuntos de pintura não possuo – ai de mim! – noção de valores bastante fixa e bastante clara para outra espécie de crítica. A alta crítica é a da avaliação – muito mais que a mera impressão. A avaliação, porém, exige imensidades de cultura; não as posso satisfazer. Aos vinte e poucos anos, ainda que se possua gosto muito fino, o mais que se consegue em crítica é escrever *Confessions of a young man*. E *Confessions of a young man*, como o declara seu autor wildeano, é obra não de descrime mas de puro sensualismo, que a isto se reduz em última análise o impressionismo.

Cuido que a nota mais viva do temperamento do sr. Barradas é a ânsia simplificadora. Um cronista escreveu que ele agita ritmos novos; quando o grande ritmo de sua arte é o da síntese; e este não é novo. Vamos encontrá-lo na velha pintura hindu; e na pintura japonesa; e na pré-rafaelita.

É preciso não esquecer que a mania analítica do naturalismo foi apenas a mania dum período; e que mesmo em pleno naturalismo houve um Whistler. O naturalismo, na pintura como no romance, causou-o a superstição de ciência com C maiúsculo de que nos fala Daudet em *Le stupide*. Foi uma reação paradoxalmente antiartística a de copiar a natureza em seu estado bruto, repeti-la com toda sua massa de pormenores e todo seu peso. Uma arte suicida essa dos Zola e um tanto dos Goncourt e dos Degas. Não queria saber da síntese. Entrevia na síntese o espantalho do estereótipo. Idiotas! É a arte dos primitivos. Como se o fim da arte não fosse digerir, à maneira dum estômago, a natureza bruta. "*Art is nature digested*." Quem o disse foi George Moore. E não agora, mas há trinta anos.

O sr. Barradas consegue delícias de simplificação. É raro nas suas telas um traço supérfluo. Na Alemanha e em Paris, em New York e na Espanha os pintores *d'avant-garde* tendem todos eles, ansiosamente, para essa simplificação de que Picabia é hoje um "virtuoso". Mas tantas vezes o efeito dessas ânsias é contrário! O que sucede a certas arbitrariedades simplificadoras na ortografia, sucede igualmente na pintura: em vez de simplicidade, resultam em confusão. Resultam em paroxismos. Por isto de muita pintura nova se pode bem dizer que em vez de natureza digerida é uma indigestão da natureza. O sr. Barradas consegue ser simples dando a falsa impressão de consegui-lo sem esforço, sem essa epilepsia de cores amassadas com fúria que o professor Eugênio de Castro surpreendeu na pintura do seu talentoso compatriota, Guilherme Filipe.

O sr. Jorge Barradas é também um voluptuoso da cor. Isto sem desprezo pelo desenho, que na sua obra é fino, fazendo adivinhar um sopro leve de influência inglesa. Sua atitude para com a cor é antes oriental que ocidental, o que aliás não deve surpreender num filho dessa Lisboa cheia de sol, onde o árabe deixou um pouco de si próprio e destilou um tanto de sua volúpia. O sr. Barradas sente das cores o que elas têm de mais íntimo e de mais poderoso: os valores emocionais. Seu colorido segue o senso desses valores, desprezando um tanto a repetição das cores do natural. Isto fica para a gente dos laboratórios, para essas criaturas de avental branco e óculos à Harold Lloyd, que são os químicos da fotografia a cores. O sr. Barradas é apenas um artista.

(Diário de Pernambuco, 27-5-1923)

7

Para as pessoas facilmente irritáveis viajar deve ser, nestes turvos tempos, o maior dos flagelos. Porque os governos parecem competir uns com os outros na fúria de requintar as exigências e sutilizar as prevenções contra o pobre-diabo que viaja. Vítimas dum curioso estado mórbido *post bellum*, vizinho da mania de perseguição, assume aos seus olhos o viajante o ar de complexo pesadelo: contrabandista, anarquista e portador de micróbios – tudo reunido.

Manifestam-se em geral essas prevenções na forma dos questionários impressos. Em viagem para a livre República dos Estados Unidos, mal se avista no azul ou cinzento da distância – a cor é conforme a estação – o vulto negro da estátua da Liberdade e já o ativo comissário do paquete está a recolher dos passageiros os rolos de questionários distribuídos na véspera. Há um papel da alfândega pedindo ao viajante, entre outros obséquios, que tenha a bondade de declarar se é portador de peles de foca ou diamantes; em outras palavras, se é contrabandista. O questionário da polícia remexe assuntos ainda mais íntimos: pergunta-se aí ao indivíduo se é anarquista, se veio com propósito de destruir as instituições americanas ou atentar contra a vida do presidente da República; e, também, se é bígamo. No caso de ser bígamo o indivíduo deve escrever singelamente "sim".

Talvez o país da Europa mais cheio de exigências seja hoje a Alemanha. Principalmente a Baviera. Explica-o a anormalidade da sua situação. Na Alemanha há que responder a mil e um questionários – da aduana, da polícia, dos hotéis. Exigem-se muito germanicamente datas e nomes por extenso.

Na Inglaterra o questionário não chega a ocupar uma folha de papel. É apenas um cartão. O governo inglês, ao contrário do *Times*, cultiva, entre outras tradições, a da economia no uso do papel. Os guardas da alfândega e o pessoal do *bureau* de passaportes em Dover tratam os recém-chegados sem aparentar suspeitas, como se fossem todos *gentlemen*. Nos hotéis não há questionário da polícia. Não há questionário nenhum. E o viajante, saturado de prevenções americanas, francesas ou alemãs, tem em Dover a impressão de ter saído fora do seu planeta ou fora do seu tempo.

É aos Estados Unidos que cabe o título de Terra do Questionário. Nos Estados Unidos faz-se questionário a propósito de tudo e às vezes sem pretexto nenhum. O questionário é ali uma instituição respeitável – tão respeitável como o *baseball*. O reticencioso a respeito dumas tantas coisas íntimas – da idade, por exemplo – não deve ir a Yankeelândia. Yankeelândia é um país ouriçado de pontos de interrogação, os mais indiscretos e irritantes. Deve-se ir aos Estados Unidos munido de flexíveis respostas como a daquele diplomata mexicano a uma duquesa que lhe perguntava a idade: "*según para lo que usted me necesite, duquesa*".

O cidadão americano passa metade da vida a responder questionários. Mal aprende a escrever lhe dá a mestra um papelucho: seu nome? idade? o nome de seu pai? o de sua mãe? que é que você quer ser quando for grande? É a iniciação. Respondido esse papelucho, numa letra que é ainda um gatafunho, está feito o conhecimento da criança com o Ponto de Interrogação. Daí em diante, a propósito de tudo e com a maior sem-cerimônia, entra-lhe na casa o Ponto de Interrogação, remexe-lhe os bolsos e até a consciência, sonda-lhe os planos, toma-lhe o pulso. E sua tirania é constante.

A função do Ponto de Interrogação é por certo exagerada nos Estados Unidos. Põem-no ao serviço de futilidades. Isto, entretanto, não justifica o fato de, no Brasil, desdenharmos dele a ponto de não sabermos quantos somos; e ignorarmos nossos movimentos de produção econômica, aliás fáceis de fixar; e fatos elementaríssimos da nossa vida e da nossa estrutura social.

Agora mesmo está a organizar-se, no Rio, um congresso de mutualidade, previdência e higiene social. Vai reunir-se em julho sob os auspícios do Ministério da Agricultura e de sua organização foi incumbido o sr. Deputado Andrade Bezerra, talvez o nosso mais apaixonado cultor daqueles assuntos. Visa excelentes fins esse congresso; seu programa, que o sr. Andrade Bezerra graciosamente me enviou, com a maior nitidez o indica. Entretanto, nada mais fácil de adivinhar ou antes de prever, a dificuldade desse Congresso para, no tocante ao Brasil, ir além de flutuantes generalizações. Faltam-nos inquéritos para servir de base a quanto de pragmático se ambiciona naquele vasto programa. Faltam-nos estatísticas. Sem esses inquéritos diretos, a tendência é, naturalmente, a de aplicar aos nossos problemas de economia individual e economia coletiva, a uma situação *sui generis*, soluções europeias ou americanas. Ora, nestes assuntos, as soluções importadas resultam, em geral, em fracasso. São como as conchas do poema de Emerson, que retiradas da água e do sol, perdiam num instante o seu encanto.

Ao Brasil não fariam mal mais pontos de interrogação: e menos pontos de exclamação. Ao contrário.

(Diário de Pernambuco, 3-6-1923)

8

    O instante, que passei na Alemanha, bastou-me para satisfazer umas tantas curiosidades acerca do seu movimento de ideias. Uma dessas curiosidades era a de conhecer, no próprio ambiente nativo, o teatro expressionista. Provocara-a em mim a leitura de Ludwig Lewison; excitara-a o meu amigo Isaac Goldberg que é um voluptuoso das iniciações.

    Houve durante a guerra quem quisesse fixar uma distinção muito sutil e muito idiota entre *kultur* e cultura. Aquela seria uma cultura simplesmente de aplicação e pormenor; esta, de ideias gerais e iniciações. Se não me engano, isto partiu do espalhafatoso *signor* Guglielmo Ferrero – um italiano que errou um tanto a vocação, pois devera ter sido, em vez de historiador e sociólogo, empresário de orquestra.

    Entretanto, não é preciso conhecer a fundo os movimentos de fluxo e refluxo na cultura europeia – admiravelmente surpreendidos, quanto ao século XIX, por Georg Brandes – para ter por aquela generalização audaz muito menos respeito que pelo reclame dos elixires de juventude. A verdade é que o contingente germânico de iniciações tem sido formidável. Aquela suposta terra de erudição tíbia onde professores e doutores passassem a vida a remoer e a catalogar é um centro de ideias moças e expansivas. Um grande centro sempre em experimentações, Wagner, Strauss e agora Shönberg – que são todos eles senão viris iniciadores? E Goethe? E Schopenhauer, Nietzsche, Lessing e esse judeu, Einstein, culturalmente germânico? Responda mentalmente quem já teve o espírito fecundado pelas *Palestras com Eckerman*; e por *Zarathustra*; e por *Parerga*; e por *Laocoon*.

    George Kaiser não é nenhum Herr Professor; não é nenhum pedagogo. Ao contrário; um virtuoso da *gaya scienza*. Seu "dinamismo dramático", ontem mera teoria, já teve aplicação vitoriosa. E hoje o teatro de Kaiser é um dos assuntos de estética mais provocantes.

    De George Kaiser pode-se dizer que se não apresenta apenas com uma nova técnica; apresenta-se com uma filosofia nova do drama. Devo advertir que no meu emprego da palavra novo viso sempre um sentido relativo. Ora, no teatro de Kaiser não seria difícil descobrir afinidades com o teatro chinês.

    A ideia-medula da filosofia de Kaiser, e de sua técnica, é a de que o teatro visa sobretudo à síntese: seu fito é conseguir o máximo de sugestões de beleza no mínimo de tempo e de pormenores realistas. Elimina George o maior número possível de incidentes: quer o maior número de símbolos. Esta é minha interpretação. Resumindo a de Lewison, que é um grande crítico, teríamos: o expressionismo dramático visa apresentar sem rodeios a vida interior das personagens, sintetizando-lhes as concepções da vida e do universo em visões simbólicas, abreviando, em cenas intensas, longas histórias, moralidades e cosmogonias. E George Jean Nathan escrevia há pouco numa revista de New York que o teatro expressionista é "o drama em forma telegráfica".

O que no teatro de Kaiser requer do dramaturgo e do técnico requintes de visão plástica é a criação e apresentação dos símbolos. Nos dramas de Kaiser os símbolos parecem ser alguma coisa mais que a *petrified art* de que falava aos nossos avós o esteta Ruskin. Kaiser, com seu dinamismo, com sua ânsia de abstração, que é a nota germânica do seu temperamento um tanto *yankee*, eleva o papel do espectador de passivo hedonismo à ativa colaboração mental com o dramaturgo. E isto, reduzindo toda a parafernália teatral a uma como matéria plástica – o bastante para comunicar, vivamente, incisivamente, "telegraficamente" – diria Nathan – sugestões de grandes ideias.

Kaiser é Ibsen *menos* Realismo *mais* X. Este X é o seu simbolismo *sui generis* no drama. Kaiser quer fazer com os valores emocionais das cores, das linhas, da luz elétrica, o que na música conseguiu Wagner e tentou Debussy e na poesia conseguiram parcialmente Rimbaud, Mallarmé e Poe. Vê-se que do simbolismo de Ibsen, com o seu luxo de incidentes e minúcias realistas, o de Kaiser está distanciado quilômetros.

No seu teatro não há Noras nem Guidos nem Cyranes nem Hamlets nem Donas Mercedes nem Helmers. Não há nomes. Não há pessoas. Há visões: a Figura Azul, a Figura Branca, o Operário, o Engenheiro. São indivíduos sublimados em tipos por um como processo de economia dramática. Ou artística.

Lembra-me a impressão que fez em mim a primeira peça expressionista. Não foi impressão: foi sensação. Não assisti ao drama: colaborei nele. Aos sinais daquela taquigrafia de emoções e ideias moveu-se-me o espírito num gozo quase criador. Porque das peças de Kaiser ninguém sai sonolento. Há duas alternativas; ir ao fim num gesto intenso ou sair logo, meter-se no primeiro táxi e, reclinando no assento estofado, o chapéu para a nuca, mandar seguir para o primeiro Brandão Sobrinho.

(Diário de Pernambuco, 10-6-1923)

9

O dr. Amaury de Medeiros não gosta de foguetes; nem o dr. Aníbal Fernandes; nem o dr. Eduardo de Morais. Feita ligeira restrição, estou sinceramente de acordo com o jovem higienista; com o meu jovem colega; e com o infatigável publicista.

Intelectualmente, abri os olhos numa orgia de foguetório e de oratória. Foi no tempo da "Salvação". Aquele foguetório patriótico e aquela oratória liberal iniciaram-me nas belezas da Democracia. Não cuidava então minha infantil ingenuidade que o sistema nervoso viria a incompatibilizar-me com umas tantas dessas belezas.

O foguete pode ter o seu encanto. Deve tê-lo no "mato", nos dias de festas, entre os rústicos que tristonhamente vivem à sombra dos engenhos, onde às vezes o guincho das toscas rodas de pau dos carros de boi é o único sinal de vida. Mas numa cidade como o Recife, farta de ruídos, farta de estridores, farta de discursos, some-se todo o encanto do foguete ao lado das muitas inconveniências e dos sérios perigos.

O sr. Aníbal Fernandes, sempre oportuno nos reparos e *comme il faut* nas sugestões, quisera suprimir, com o foguete, outros maus hábitos ruidosos do Recife. Por exemplo, quisera impor aos carros as rodas de borracha. Também eu. Mas confesso um receio: que semelhante medida viesse desagradar no íntimo a vários cidadãos. Há indivíduos que se metem num carro exatamente por causa do estridor das rodas sobre os duros paralelepípedos. Não é o conforto que os atrai à maciez duma carruagem bem estofada e com suaves molas: é o desejo de notoriedade. E ao desejo de notoriedade não serve um carro de silenciosas rodas de borracha ou um auto que não seja espaventoso.

No Brasil, como em toda parte, aguçou a guerra, entre certo elemento, a doentia ânsia de notoriedade. O germe da notoriedade, temo-lo todos. É como o da tuberculose: irrompe ao primeiro favor das circunstâncias. Se às vezes resulta em belos trabalhos – Carnegie é exemplo notório – resulta outras vezes em rastaquerismo. Foi o que sucedeu com aquele elemento, sob a pressão de circunstâncias *post bellum*. Observei-o nos Estados Unidos e na própria Europa.

Mas para que referir casos exóticos quando os há em casa? Um exemplo me ocorre e bem frisante: o do Hospital do Centenário, construído bem ao pé da estrada, escancaradamente, quando sobrava terreno para situação mais recolhida, mais doce e mais discreta.

Eu nunca li quanto tem a dizer sobre o *quietismo* o mestre La Bruyère nos seus *Dialogues*. Mas não é preciso ser lido nos *Dialogues* para imaginar que a um enfermo ou convalescente seja mais agradável o quieto repouso que o inquietante bulício. Nas cidades mais adiantadas dos Estados Unidos e em Londres colocam-se os hospitais, como as escolas, em sítios recolhidos e discretos, havendo policiais ou guardas em volta dos edifícios, para impedir a assuada dos garotos, o ruído do trote dos cavalos e o fonfonar dos automóveis.

Deus queira que o gesto feliz e simpático do dr. Amaury de Medeiros conseguindo que o foguetório fosse suprimido em cerimônia oficial seja continuado em Pernambuco, ao menos nas cerimônias oficiais. E que a bela sugestão do meu colega A. Fernandes, quanto à conveniência de impor aos carros as rodas de borracha, venha a ser muito breve adotada e aplicada. Fiquem para o Futuro, para esse Futuro com F maiúsculo das utopias – desde a clássica de Sir Thomas Moore à de Mr. Wells – medidas contra manifestações mais sérias de foguetório.

Mas estas são outra história, como diria Kipling; e talvez mal sem cura, como diria o dr. C. Lyra Filho. E querer atacá-las com os riscos dum débil caniço é assumir postura de herói cervantino. Pelo que, me limito a perguntar, mas sem nenhum amargar, se não é foguetório verbal o grosso da nossa literatura? É foguetório verbal o de que se regala um público insensível à prosa *di camera* de Machado de Assis e que aos *stentores* de casa acrescenta os exóticos, como o sr. Vargas Vila e o sr. Blasco Ibáñez? E se não é foguetório polifônico a música brasileira de Nepomuceno? E se são algo mais que foguetório aritmético as nossas estatísticas?

(*Diário de Pernambuco, 17-6-1923*)

10

O ofício da crítica, foi Veríssimo o primeiro a praticar no Brasil com alguma fleugma e muita sinceridade – qualidades tão suas e tão pouco dos literatos brasileiros. Limitaram-lhe a ação e a influência as "incompreensões natas", de que nos fala o sr. Fidelino de Figueiredo.

É a esse ofício, ainda exótico neste país de bananeiras e oradores, que o sr. Ronald de Carvalho vem agora acrescentar a nota de fluido estetismo e o sr. Gilberto Amado, o seu ponto de vista nervoso, moderno, à la Walt Whitman. Fá-los o favor da idade, e talvez mais que este, o do meio, pender sem esforço para um fácil sensualismo estético. Sentem e fazem sentir muito mais do que pensam e fazem pensar; movem-se à vontade na esfera das sensações mas com dificuldade na de voláteis abstrações. Se a faculdade de abstração fixasse, como entende o francês Queirat citado pelo meu mestre sr. Fidelino de Figueiredo, estado superior de progresso, nós não o teríamos atingido; nem o teria atingido o próprio Portugal, onde Fidelino deve sentir-se estrangeiro, póstero ou o verdadeiro "Só". Mas isto é outra história, como diria Kipling; e eu sou o primeiro a duvidar da sabedoria do sr. Queirat. Parece-me até essencial ao crítico, para que seu ofício seja função criadora e plástica, um tanto de sensibilidade e até de sensualidade. Porém o evidente é que, sós, não fazem essas qualidades o crítico da definição de Croce emendando a dos antigos: *"il critico non é artifex additus artifici ma philosophus additus artifici"*.

No seu recente livro *O espelho de Ariel*, que alguns pretendem obra filosófica, dá mostras o sr. Ronald de Carvalho de muita plasticidade e requintado donaire no fixar de sensações. Principalmente sensações de paisagem europeia. Não as fixa, é certo, do flagrante; deixou que no seu espírito elas dormissem sono leve para agora as evocar com saudosa volúpia. E são positivamente um encanto as páginas em que o jovem e gentil escritor nos comunica sua sensação da Valônia e, sobretudo, a de Flandres. Dir-se-ia que no contato com esse país de lagoas e canais, de cuja superfície parece desprender-se u'a como música à surdina, indefinida e debussyana, o espírito do sr. Ronald de Carvalho, que tudo faz supor sensitivo e recolhido, experimentou esse gozo um tanto egoísta a que os psicólogos chamam "empatia".

O forte do sr. Ronald de Carvalho está justamente nisto: nestas páginas evocadoras de paisagem amiga. E no evocá-las, não só no quanto têm de objetivo, de superficial, de acessível até à fotografia, mas, algumas vezes, no que possuem de muito íntimo. Faz lembrar o sr. Ronald, nas suas melhores páginas de volúpia evocativa, o Barrès de *Du sang, de la volupté et de la mort*; o Barrès a quem a catedral de Toledo se revelou em aguda imagem *"un cri dans le desert"*.

O que falta ao sr. Ronald de Carvalho é o que nos falta a todos, brasileiros e portugueses: a faculdade de abstração. Falta-lhe o que se poderia chamar o elemento intelectual, isto é, pensante e especulativo do espírito crítico – o que na França possuiu d'Aurevilly, embora doentiamente voluptuoso e, nos Estados Unidos, Edgar Allan Poe, suposto nevropata.

Queria o bom do dr. Johnson, com ingênuo fervor, que para escrever um livro se lesse uma biblioteca – receita que o sr. Ronald parece um dos raros a pôr em prática no Brasil. O *espelho de Ariel* faz supor leituras enormes de sua parte, surpreende como esse funcionário do Ministério das Relações Exteriores, casa de tão complexo protocolo, ache tempo para as leituras demoradas e requintadas de que dá sinal.

Vê-se que o sr. Ronald é de fato aquele "grande trabalhador" de que nos fala, em página veladamente amiga, o sr. Tristão da Cunha. Grande trabalhador, mas sem descrime. No ler, como no pensar, ele é vário e um tanto sem segurança. No seu estudo sobre o Dante, aliás muito incolor e sem interesse, invoca a propósito de ponto dúbio de história medieval italiana – imaginem quem! H. G. Wells. De modo que ao leitor não surpreenderia ver mais adiante, a propósito do *homunculus* de Wagner, invocada a autoridade de Júlio Verne, *Vinte mil léguas submarinas*, vol. II, pág. 255. Porque Wells é pouco mais que a edição inglesa de Júlio Verne.

No estudo *Sobre os poemas em prosa de Oscar Wilde*, apresenta-nos o sr. Ronald de Carvalho o *De profundis* como "a fonte de águas tenebrosas em que seu pensamento (de Wilde) mergulhou". Seria assim *De profundis* obra profundamente sincera e espiritual.

Não me parece justo semelhante reparo. O Wilde de *De profundis* é o mesmo Wilde: um Wilde a brincar com as sensações e até com as ideias como se fossem bolas de celuloide. Quase o mesmo espírito ágil de rapaz de Oxford a inventar cosmogonias entre dois goles de chá. Só o Wilde das cartas a Ross tem momentos de recolhida sinceridade.

O sr. Arnold Bennett, que é um tão fino espírito e um admirador de Wilde, escreveu de *De profundis*: "*I was disappointed with it. Is too frequently insincere and the occasion was not one for pose*".

De igual parecer é o sr. Henry Davray, o fiel amigo parisiense de Wilde e – lealdade maior! – seu fiel tradutor.

Resumindo, em ideias gerais, os quatro grandes dramas de Shakespeare, diz o sr. Ronald que "*Macbeth* é o desejo humano, a volúpia da conquista, a ebriez do poder; o *Rei Lear* é o índice de todas as ingratidões, *Romeu e Julieta* são o amor cavalheiresco, *Hamlet* um impulsivo irônico". *Hamlet* um impulsivo irônico? Será isto reparo muito sutil na sua novidade? Ou acaso outra prova de incapacidade do donairoso escritor para a abstração?

(Diário de Pernambuco, 24-6-1923)

11

    Fala-nos Romain Rolland, em página cheia de vibração, das *joies de créer*. São três: gênio, amor e ação. Qualquer delas, destacada das outras, isolada, só, bastaria para fazer superiormente feliz uma criatura. Imaginem-se as três reunidas. Um escândalo de ventura.

    O glorioso Júlio Dantas é quase esse escândalo. Requintado artífice verbal, quanto lhe sai da pena é primor de filigrana. Ou de alquimia, como talvez preferisse dizer o sisudo autor de *A crítica literária como ciência*.

    Isto na esfera do gênio. Na do amor, dizem-no todos, di-lo a própria literatura do sr. Júlio Dantas, com as suas reticências nem sempre reticenciosas, di-lo sua voz baritonada em que o sr. Aníbal Fernandes surpreendeu "entonações voluptuosas" – um grande triunfador. E na esfera da ação, às vitórias de médico ele vem agora acrescentar as de político.

    Feliz o partido, e mais que isto, o regime que em seu seio possui tão raro *charmeur*. Podem-se conseguir milagres na esfera do gênio, sem coisa nenhuma ter de *charmeur*. Nas duas outras, não. Isto, em regra geral, como se diz nas gramáticas. Porque a vida é afinal muito parecida às gramáticas: tem exceções perturbantes e irritantes.

    Na vida do sr. Júlio Dantas há o ritmo fácil do presente do indicativo dum verbo regular. É difícil imaginá-lo em situação difícil ou desalegre, o favor dos deuses e, menos, o das deusas, contra a sua gentil pessoa.

    Em face disto, é lícito esperar que do seu breve contato com o Brasil resultem excelentes e áureas coisas. São os homens de sua sedução pessoal e do seu gênio verbal que conseguem muitas vezes deslocar a resistência de antipatias e incompreensões populares. Principalmente em países como o nosso, e como o do glorioso hóspede, particularmente sensíveis ao gênio verbal e aos encantos pessoais. Pelo que, de muito júbilo nos deve encher a todos, brasileiros e portugueses, o ter o sr. Júlio Dantas, com a melhor das bravuras, enfrentado aquelas amolecedoras "fadigas atlânticas" que a Carlos Fradique Mendes obrigaram a muitos dias de repouso.

    A essa sinfonia de regozijo não venho trazer nota discordante. Apenas ligeiríssimo reparo a certo ponto da conversa do eminente autor de *Nada* com o meu caro amigo o sr. Aníbal Fernandes.

    Ora, vede: no afã de comunicar-nos do atual regime português a mais rósea das impressões – mui nobre afã, na verdade, e muito lícito – quis dar o sr. Júlio Dantas à reação crítica que ali se faz sentir agudamente contra a democracia jacobina, caráter infantil e passageiro. Simples *esprit de minorité* da mocidade inquieta. "A mocidade é monarquista na república, como era liberal e republicana na monarquia."

Não direi que certo elemento, hoje ferventemente monárquico em Portugal, o seja menos por convicção que por sentimentalismo e, sobretudo, por esse contagioso lirismo messiânico que sempre foi característico do gênio português. Sebastianismo, para usar a palavra histórica. Mas o inegável é que há na reação atual um elemento pensante e inteligentemente crítico.

Estive em direto contato com "integralistas", isto é, monárquicos *d'avant-garde*, e com os homens da *Seara Nova*, que são a "ala dos namorados" – para usar de novo frase histórica – da democracia livre pensadora de Portugal. Há, entre estes, indivíduos de notável talento: ao sr. Câmara Reys e ao sr. Antônio Sérgio tive o fino prazer de conhecer pessoalmente. Cuido, porém, que só o observador desequilibrado pela mais rasgada parcialidade de sentimento negaria à ala oposta, aos antidemocratas, o encarnarem, neste momento, a melhor inteligência e a maior bravura de ação portuguesas. Os srs. Fidelino de Figueiredo, Conde de Monsaraz, Antônio Sardinha e Afonso Lopes Vieira bastariam, isolados, para dar ao grupo antiliberal sumo prestígio, sob todos os pontos de vista.

O movimento antiliberal português, longe de ser puro *esprit de minorité*, é um esforço consciente de reintegração nacional. A reintegração do país no seu caráter e nas suas tradições, desfiguradas por uma como espessa camada de cem anos de constitucionalismo acaciano e, ultimamente, de delírio demagógico. Ao meu ver, ninguém fixou mais pitorescamente a natureza, os fins e as possibilidades desse movimento que o sr. Afonso Lopes Vieira – espírito tão gentil – na sua conferência sobre a reintegração dos quadros de Nuno Gonçalves e demais primitivos portugueses, pelo professor Freire: "O que nós, que amamos e acreditamos em Portugal, lhe queremos fazer é o mesmo que o professor Luciano Freire tem feito aos nossos quadros". É que para os inteligentes reacionários a má saúde de Portugal se deve ao furor neófilo, de que não escapamos nós, sua antiga colônia. Nisso até lhe tomamos a dianteira: apenas não chegamos aos extremos do anticlericalismo a que tem chegado Portugal.

O movimento português se pode bem filiar a uma tendência hoje geral entre os mais cultos. Na própria República Americana, a suposta terra clássica da democracia, é forte a reação antidemocrática, como tive ensejo de salientar em artigo no *Correio da Manhã*, de Lisboa.

Este artigo, ainda há pouco o comentava, com a maior das simpatias, o sr. Oliveira Lima, na sua primeira correspondência de Portugal para *La Prensa*. E são do mestre admirável estes reparos: "Nos Estados Unidos um traço que jamais desapareceu, mesmo sob o jacobinismo, foi o amor à tradição. Em Portugal, o novo regime quer que o povo olvide em absoluto o antigo regime".

Contra isto se insurge a inteligência crítica das gerações mais novas. Principalmente os chamados integralistas. Querem o regresso absoluto ao passado? "Muito ao contrário, responde voz autorizada do grupo; pedimos à experiência *do que foi* as normas seguras *do que deve ser*."*

(Diário de Pernambuco, 1-7-1923)

---

* Não se deve confundir o integralismo português, comentado neste artigo, com o algum tempo depois surgido no Brasil com o mesmo nome e orientação diferente.

12

Centro onde vinham repercutir movimentos de ideias e de onde partiram no Brasil os primeiros sinais telegráficos de cultura – isto foi Pernambuco. Primeiro em Olinda; depois no Recife. Com o Bispo Azeredo Coutinho a erudição tomou entre nós acentuado ar pragmático. Sua obra encanta, pela preocupação de interpretar-nos os problemas, principalmente os de natureza socioeconômica. Ainda hoje, à distância de mais de cem anos, surpreendemos nos estudos de Coutinho alguma coisa de provocante e de moderno.

Depois, foi Tobias. Isto já no Recife, e na Faculdade. A toda uma geração vibrante e nervosa, Tobias comunicou a flama, não direi criadora, mas de curiosidade intelectual. Chegou a fazer escola – o "jovem Brasil", de que nos fala Romero, Bevilacqua, Arthur Orlando, Martins Júnior. À parte, Aníbal Falcão. A muitos dos discípulos de Tobias, faltando a plasticidade do mestre, sucedeu que vieram a fossilizar-se em *ismos* de toda espécie, notadamente no monismo mecanista. O próprio Romero não escapou a esse destino: o medo à contradição – na qual, entretanto, resvalou – levou ao extremo oposto o formidável inimigo da literatura apressada.

Mas o mestre, esse teve, a vida toda, a volúpia das iniciações. A volúpia do inédito. Vibrava-lhe o sistema nervoso ao ritmo quente da *Pionieers* de Whitman. Possuiu-o sempre o êxtase de conhecer o que outros não conheceram. Para Mark Twain, "realizar alguma coisa, dizer alguma coisa, ver alguma coisa antes de qualquer outro" era a suprema ventura da vida. E para Tobias. Fixando-lhe, em felizes traços impressionistas, o temperamento admirável, escreveu o sr. Aníbal Fernandes que filósofo como se tem dito, isto Tobias não foi. De acordo. Não foi inteligência criadora no rigor da expressão.

Mas não é supérfulo salientar que nenhuma matéria exótica lhe passou pelo espírito sem receber viva impressão pessoal, sem sofrer a reação do seu eu, sempre ativo e vibrante. Aquele vulgarizador *sui generis* colaborava com o autor em divulgá-lo, opondo-lhe corretivos ou reforçando-o com ideias próprias.

De Pernambuco Tobias escancarou uma janela sobre o espetáculo de cultura do seu tempo, sobre aquela procissão de que a *Origem das espécies* era o Santíssimo Sacramento; e Haeckel, o patriarca. Esta janela não houve cicerone que m'a apontasse quando recentemente percorri o edifício da Faculdade a convite do seu digno diretor. Talvez esteja piedosamente no museu do Instituto Arqueológico. E como o dr. Netto Campello dá mostras de feliz orientação tradicionalista, sendo um dos seus empenhos reaver para a Faculdade o retrato do Segundo Imperador – de lá deslocado, se não erro, pelo delírio jacobino – é possível que o mesmo venha a suceder à tal janelinha.

Se não prima hoje a Faculdade, como nos dias do "jovem Brasil", pelo espírito de investigação científica – é verdade que há um arremedo ou caricatura de escola, cujo patriarca seria o dr. Laurindo Leão completado pelo ardente dr. Joaquim Pimenta – é justo salientar que a tradição de eloquência parece florescer tão à vontade no moderno e definitivo edifício como nos arcaicos pardieiros por onde peregrinou a instituição. Prova-o o último número de sua *Revista*, cujas páginas comunicam ao mais fleugmático dos leitores vibração cívica e êxtase patriótico.

Entre os estudantes, o mesmo: a eloquência dos dias de Castro Alves e Tobias, com os seus entusiasmos eróticos e as suas ânsias patrióticas, longe de enfraquecer, revivesce triunfalmente. Disto tive amplo ensejo de inteirar-me em reunião a que assisti no Teatro Santa Isabel. No vasto programa, as peças de oratória eram numerosas, mas variadas: condoreirismo, lirismo, futurismo. Um regalo.

Sob o ponto de vista moral, estou que a Faculdade do Recife tenda neste momento a refluir para as suas melhores tradições. Vai o dr. Netto Campello admiravelmente imprimindo à sua ação de diretor, como de passagem salientei, vinco tradicionalista.

Não há instituição que se preze sem a sua liturgia. A liturgia reúne duplo valor: o encanto estético e a significação moral. Nas universidades inglesas e americanas, surpreende a gente um como sopro de religiosidade no carinho com que uma geração comunica a outra o ritual da casa. Em Oxford – essa Oxford onde acabo de estar – tudo se faz de acordo com o ritual – até o número de badaladas com que os sinos de Christ Church ferem agudamente os ares, convidando os rapazes à paz estudiosa dos *halls*. Isto às nove da noite. Feito o quê sai o síndico, muito solenemente, de toga de cerimônia e bastão em punho, à procura dos retardatários nas cervejarias e lugares públicos. Em Oxford é do ritual que não se peque em público.

Nossa Faculdade tinha seu ritual e suas praxes. Descontinuou-as o delírio "modernista" sob o pretexto idiota de serem velharias.

Temo parecer, com estes reparos, caturra. E mais ainda o temo com o reparo que me ocorre acrescentar: quanto às relações entre mestres e estudantes da Faculdade do Recife. Cuido surpreender nestas relações camaradagem demasiado fácil. Fiquei um desses dias muito admirado notando, na portaria, que os estudantes, mesmo os de ar noviço, não perguntam pelo "sr. diretor"; perguntam pelo Netto. "Está o Netto?" Um regalo de sem-cerimônia.

Sob o ponto de vista de progresso material creio estar a Faculdade em fase áurea. Não vi em parte alguma melhores salas de aula que as suas, amplas e sóbrias. Subindo os degraus atapetados do nobre casarão, é invariável a impressão de luxo, ainda que, algumas vezes, falho de bom gosto. A biblioteca está excelentemente instalada, regularmente catalogada e ao salão de leitura para ser ideal faltam apenas tapetes que atenuem o ruído dos passos.

 O pátio, com o seu doce ar tropical, delicia os olhos. E a mim pareceu saudável o lugar para as digestões mentais, após leituras pesadas ou espessas preleções. Em volta ao edifício crescem à vontade a relva, o capim bravo e até o insolente "pega-pinto". Sei que foi plano do dr. Netto Campello distribuir entre as árvores, agora adolescentes, do que será o *campus* da escola, bancos de pedra no estilo daquele sobre que repousa o busto de Flaubert, em Paris. Feliz ideia. Parece, entretanto, que foi vigorosamente impugnada, ignoro se com argumentos estéticos ou econômicos.

(Diário de Pernambuco, 8-7-1923)

13

    Sucede que chego ao n. 13, desta série, absolutamente sem veneta para coisas de cabala ou olho mau. Vejo-me diante do número fatídico como em face de um intruso. De um orador, por exemplo. O número, entretanto, impõe, esta vez, o assunto.

    Haverá indivíduo para quem o sobrenatural não exista, nem sublimado nem deformado? Em cujo sistema nervoso não tenha alguma vez corrido a agonia do "*What am I; and Whence; and Whither*" de Carlyle? Ou o medo a um pio de coruja? Duvido.

    Houve uma vez um homem que inventou uma máquina para esvaziar o cérebro de superstições e misticismos. Um encanto de precisão, a tal máquina. Aplicou-a o homem – sábio e livre-pensador – ao próprio cérebro. Dias e noites a fio esteve a máquina a funcionar, esvaziando o cérebro daquele experimentador desdobrado em paciente. Mas houve um resíduo contra o qual operou em vão o sutil engenho. Não se desprendia. Rodava o dínamo 2.500 vezes por segundo, e nada. O "*transformer*" a 3 mil volts, e nada. O resíduo era a última das superstições: a de supor-se um homem livre de superstição.

    Garanto a autenticidade da história. Vi a máquina. Conheci o sábio, meses depois de sua estranha aventura, todo voltado para o sobrenatural, às voltas com Swedenborg e Sir Oliver Lodge.

    Ora, o que este homem fez, já o fizera outro homem. Um sábio francês, morador à rue Monsieur le Prince, em Paris. É certo que sem a mesma precisão mecânica. Mas a tentativa estava feita: o homem da Rue Monsieur le Prince conseguira, tanto quanto possível, uma religião sem o sobrenatural. Um como esperanto de cosmogonias e éticas.

    O positivismo, na sua técnica, é um sistema que admiro, como admiraria uma caricatura da Gioconda no *Punch*. Ou em *Simplicissimus*. A caricatura, na sua esfera, pode ser maravilha. Apenas a caricatura não nos satisfaz a fome de beleza. Nem o positivismo, que é o racionalismo vulgar trepado em pernas de pau, a ânsia mística.

    A ânsia mística, estou que todos a possuímos. Pode variar, em ardor, de temperamento a temperamento. Ou de um clima a outro clima. Ou de uma época a outra. Diminuiu, por exemplo, com a nossa, de intelectualidade industrializada, depois de se ter aguçado na flecha da Catedral Gótica. As estatísticas mostram-se fluidamente variando de inverno a verão. Mas ausente, nunca.

Do misticismo não estão livres as puras inteligências à la Fradique. O próprio Fradique, impermeável ao sobrenatural cristão, teria sido capaz, em dadas circunstâncias, de cair lubricamente ajoelhado ante rude bruxedo como qualquer braquicéfalo da África equatorial. A exemplo do "homem cultíssimo hodierno", de que nos fala Tobias. E haveria de fazê-lo Fradique, dizendo, como diante da vasta bacalhoada que ele e os amigos foram comer numa taverna da Mouraria: "Nada de ideias! Nada de ideias!".

De Eça positivamente se sabe que conservou, a vida toda, pegados às paredes do cérebro, retalhos de superstições infantis: o medo às bruxas, ao azeite derramado, ao pio das corujas, ao uivar dos cães. E era filho, e dos mais depurados, do século que engraçadamente se chamou das luzes.

Aliás o século XIX, se não teve a superstição das bruxas, nem a da alquimia, nem a dos santos, louros como sóis, vencendo dragões, verdes como o lodo, nem nenhuma das que contribuíram para o pitoresco da vida medieval, foi supersticioso ao seu jeito. Deslocou o misticismo das catedrais para os laboratórios, mas continuou místico. Prosaicamente místico. Endeusou a Ciência, que passou a escrever com *C* maiúsculo; fez da *Origem das espécies* um como Santíssimo Sacramento; da *Evolução*, Dogma; do *Copo graduado*, Custódia. E sua mania de verdade, palpável e papável como um lombo de porco, outra coisa não foi senão lúbrico misticismo.

A esse misticismo de laboratório, vastamente superior é o dessa grande *officina artis spiritualis* que é a Igreja Católica. Abstraindo-se o espírito de análise, de preferências emotivas, ver-se-á que pertencem à mesma esfera bentinhos de Nossa Senhora e Equatoriais, Corações de Jesus e Retortas. Quanto a mim, sempre me pareceu mais interessante uma catedral que um laboratório. Mesmo as caricaturas de catedral, como a de Olinda, ganham em interesse e excedem em encanto aos laboratórios mais aparatosos.

Entretanto, o século XIX teve a petulância de cantar, sujo da fuligem das suas fábricas de azeite, de suas turbinas e dos ácidos dos seus laboratórios, sua superioridade sobre os demais. Cantou-a? Anunciou-a em berros de leiloeiro. Ficaria para o sr. Leon Daudet a tarefa um tanto iconoclasta de fazer o inventário do século que se sobrepusera ao de Péricles como aos das catedrais; e de concluir com menos retórica e mais verdade, que fora *Le stupide*.

Distanciei-me do assunto. Mas que poderia dizer do "13" propriamente? Dele sei o que todo mundo sabe.

Lamentava Gonzaga de Sá não haver conhecido intimamente uma costureira; lamento eu não ser íntimo de saga ou cartomante. Das cartomantes pode aprender o indivíduo o pouco que sabem os professores de psicologia e os sábios da psicanálise, além do muito que eles ignoram. A natureza humana deixa de si menos retalhos num laboratório de psicologia experimental que sobre o pano roxo ou negro duma mesa de bruxa. Penso às vezes que o sucesso, entre nós, de João do Rio – aquele gênio fácil e plástico de reportagem – deveu-o ele à sua intimidade com as artes negras. Donde se poderia concluir que no Brasil estas, e não as artes liberais, abrem e até escancaram ao indivíduo de algum talento e muito *savoir faire*, as portas do sucesso.

(*Diário de Pernambuco, 15-7-1923*)

14

Ninguém ignora serem os médicos e a medicina assunto em volta ao qual muita filosofia fácil tem girado; e muita sátira injusta e alguma justa. Isto desde Molière ao sr. George Bernard Shaw.

Minha opinião a respeito é talvez acaciana: nem vou ao extremo de endeusar a medicina – que escrevo com *m* minúsculo – menos ainda os médicos; nem ao de considerar àquela formidável embuste e a estes inúteis calungas de fraque preto e esmeralda no dedo. Piamente os acredito, aos médicos e aos seus leais escudeiros, os boticários, um como reforço às tropas legais de glóbulos brancos na luta que opõem aos micróbios revolucionários e vândalos. É verdade que tenho mais fé nos glóbulos brancos do que nos médicos. Os glóbulos brancos nasceram para aquilo. Nasceram para a luta. São soldados por natureza, inimigos natos dos micróbios. Dos médicos, entretanto, nunca ouvi dizer que nascessem médicos como os poetas nascem poetas. Seu horror ao micróbio é adquirido, como adquirida é sua técnica militante.

Se em Pernambuco a medicina e os médicos se vêm ultimamente distanciando em prestígio, influência e relevo de ação, não é por nenhuma superioridade ingênita ou mística dessa profissão sobre as demais. É simplesmente por isto: contam hoje os médicos com a melhor energia moça da terra.

É fato, este, que se vem observando há anos. Dele deu notícia ao país, pela Academia Nacional de Medicina, o professor Edgar Altino, no resumo que ali apresentou de nossa recente história médica – sugestivo resumo, na verdade, ainda que parcial quanto a certos fatos. E já o sr. Oliveira Lima uma vez me falara dessa plêiade de médicos inteligentes e cheios de boas ideias, entre os quais os drs. Arsênio Tavares, Ulysses Pernambucano e Selva Júnior. Aos mais *enfants terribles* dentre eles, em circunstância difícil, o sr. Oliveira Lima, com aquela sua ternura imensa de bom gigante, serviu bondosamente de padrinho. A campanha que aqui se agitou em prol do melhoramento de instalações hospitalares e modernização de métodos nos hospícios de doenças mentais foi uma campanha animada pelo mais generoso dos espíritos, ainda que tenha feito vibrar, com demasiada violência, a nota de fervor neófilo. Mas o ponto a fixar é este: o prestígio que vem ganhando entre nós a cultura e a ação médica, compensando-se quase nesta esfera a subalternidade a que desceu Pernambuco nas demais, mesmo com relação a estados vizinhos.

Quando, há cerca de seis meses, aqui chegou para dirigir a Saúde Pública e a Assistência, o dr. Amaury de Medeiros deve-se ter sentido feliz, e talvez um tanto surpreendido, encontrando num grupo de médicos de sua terra tantas afinidades naturais. São estas afinidades, como dele próprio ouvi, que lhe têm facilitado a ação. Encontrou o dr. Amaury de Medeiros na Sociedade de Medicina um centro de energia moça, um espírito verdadeiramente simpático ao seu. A Sociedade de Medicina é hoje a mais laboriosa e a menos decorativa de nossas sociedades. Sente-se bem isto naquela sua sala de primeiro andar, tão simples e séria que chega a ser ascética, mas com os livros bem tratados e bem catalogados e um ar discreto de sala de estudo. O ascetismo virá, creio eu, a modificar-se; sou de opinião que um pouco de conforto à inglesa ou à americana menos mal faz aos doutores que as faladas musas. Estas, aliás, não são as criaturas inofensivas que alguns imaginam: vingam-se cruelmente dos amorosos parciais.

Não só ascetismo, mas a pobre estética da sala há de modificar-se ao primeiro sopro de bom gosto que ali passar. Hão de convir comigo os jovens doutores da Sociedade que os retratos dos seus velhos mestres, alguns defuntos, outros ainda vivos, todos com o ar seráfico de numes tutelares, merecem, ao menos, molduras menos *rococó*.

Jovens doutores, sim. Do meu primeiro contato com a Sociedade de Medicina ficou-me viva impressão de juventude. Não me refiro ao ar moço dos seus *leaders*. Semelhante referência seria até importuna se isso de médicos solenemente barbados não fosse mais dos romances e das fitas de cinema que da própria vida. Basta um exemplo: o do professor dr. Austregésilo, íntimo conhecedor da psicologia da sua profissão, que, ainda há pouco, rapou a barba, tomando aquele ar jovem e *yankee* das suas modernas fotografias.

Refiro-me à juventude de espírito – à ânsia de ação e de influência, ao frescor de ideias, à generosidade fácil. E se há um grupo de homens que a possua neste nosso burgo, tão sonolento de espírito quanto ruidoso de hábitos, esse grupo é a Sociedade de Medicina.

Deve o dr. Amaury de Medeiros felicitar-se pelo fato de ter a seu lado um grupo congenial de colaboradores. Os benefícios que hão de vir da ação do jovem higienista, reunida ao esforço dos médicos pernambucanos, já não é preciso ser afeiçoado ao governo, na pessoa do seu *enfant gâté*, para os entrever claramente. É uma ação, é um esforço, esse, de notáveis possibilidades de influência social, além das de ordem técnica. Temos diante dos olhos um como esboço de brilhante capítulo que se vai acrescentar à história da assistência social em Pernambuco. E prestigiando essa ação tão útil a esse esforço tão generoso, como que se redime o governo do estado da sua relativa fleugma noutras esferas.

(*Diário de Pernambuco*, 23-7-1923)

15

Os plásticos recursos pessoais e, sobretudo, de espírito, que o sr. Padre Gonzaga Cabral põe ao serviço das ideias e da fé que professa, fazem-no o que os espanhóis chamam *un raro*. *Un raro* entre os nossos "mestres" de cultura improvisada – na vida mental o que na social são os *nouveaux riches*. A psicose é a mesma. Basta observar a semelhança entre a literatura dos primeiros e a arquitetura dos segundos.

Duas vezes missionário esse Padre Gonzaga Cabral: missionário na esfera da fé e missionário na esfera da cultura. De ambas carecemos nós outros, tupiniquins, quase todos; mas não os ingênuos e nus a que primeiro falaram de Nosso Senhor os padres da S.J.

Não; tupiniquins os de agora, experimentados nos mais diversos requintes; desde a literatura de Monsieur Anatole France às botinas pé de anjo que aqui nos trouxe um navio atrasado. E educados – refiro-me aos mais novos – quanto a boas maneiras e estética do *flirt*, pelos atores de cinema de Hollywood. Isto para não mencionar outros contatos cosmopolitas igualmente civilizadores.

Entendo, com alguns caturras, que a tudo isso, a esses retalhos de jornais por cima do corpo e por dentro do cérebro, é preferível a ingênua nudez de 1500, diante da qual Frei Henrique de Coimbra disse a primeira missa. Era então isto aqui matéria mais facilmente plasmável nas mãos de escultores de homens que a soubessem aproveitar. Hoje, com a complicação de ingredientes de toda espécie, mais difícil é a tarefa. E duro como foi o apostolado de Anchieta, não o é menos, antes tem resistências mais rebeldes a deslocar, o dum Padre Gonzaga Cabral.

Consegue ele, não sei por que milagre – pela graça de Deus, evidentemente – encantar auditórios semicultos com o mínimo de sacrifício da estética da tribuna aos exageros do gosto e da compreensão vulgares. É certo que no Padre Gonzaga o missionário, na ânsia de comunicar a flama de sua fé de criar opinião católica, de drenar para a Igreja entusiasmos dispersos, obriga o esteta a contemporizar com os vícios mentais do meio. Com o gosto do palavrório lírico, por exemplo, a que é tão sensível o português, e mais ainda o brasileiro, em quem se aguçou aquele gosto sob a ação de certos ingredientes étnicos. Durante a meia hora que procurei escutar o Padre Gonzaga Cabral, no Círculo Católico, num heroico esforço contra as horríveis correntes de ar, deu-me o orador a impressão de algo transigir com um gosto e hábitos intelectuais diversos dos seus. Mas, sem essa plástica contemporização – que seria da causa de Nosso Senhor, a cujo serviço o Padre Gonzaga, no viço dos dezesseis anos, consagrou os talentos?

Quis conhecer de perto o jesuíta português. Sabia-o homem de outros recursos, além do da eloquência. Sabia-o severo homem de estudo. E homem de ação. Fui vê-lo. Recebeu-me numa sala do Colégio Nóbrega. Uma sala simples. Nas paredes, fotografias de meninos no dia da primeira comunhão, o retrato de ilustre bispo, gordo e róseo, lábios polpudos de orador nato, outras fotografias, uma paisagem em relevo. Noto que o Padre Gonzaga tem antes lábios de pensador que de orador. Este pormenor pode ser de nenhuma importância; mas quem o vi fixar em página de aguda observação – acerca de Gibbons – foi o sr. Paul Bourget.

Conversamos. Vamos versando assuntos vários. Sua força de visão é espantosa; espantoso é o contato do seu espírito com as correntes de ideias mais diversas. Fala da Bahia, dos médicos, dos acadêmicos de medicina, da graça de Deus, do sr. Afonso Costa, de Rui Barbosa comparado ao Padre Vieira, de Manning, de Newman, da graça de Deus, da intuição de Chateaubriand, de Oxford, de Psichari, da graça de Deus, dos acadêmicos de medicina, da sua campanha a favor da castidade pré-matrimonial, da mania de profissionalismo no Brasil, de Anchieta, da graça de Deus... e vai ferindo os assuntos despretensiosamente; e de cada um sabe extrair o interesse ou o encanto mais íntimo.

É um entusiasta, o Padre Gonzaga, dos estudos clássicos e de generalização literária. Lamenta que se vote a eles, no Brasil, o mais soberano desdém. Triste fato, esse desdém, constatado por Lord Bryce com sua ironia de inglês.

E na reação contra essa tendência vitoriosa da especialização a todo o pano é possível que o esforço do ilustre jesuíta seja apenas um clamor no deserto.

Seu esforço, entretanto, neste e noutros sentidos, as opiniões que vai criando, as preocupações de espírito que vai provocando entre o Brasil moço, fazem desse padre de rigorosa cultura unida a sonhos azuis de místico, figura interessantíssima. Nestes meses que aqui tenho estado, foi a sua palavra o primeiro sopro de vida pela água estagnada da nossa monotonia do espírito.

(Diário de Pernambuco, 29-7-1923)

16

Tenho ouvido dizer mal do sr. Júlio Dantas simplesmente porque o admirável autor de *A ceia dos cardeais* aqui apareceu de empresário.

É ou não lícito a um escritor tomar empresário? Melindroso assunto, mesmo abstraindo-se o espírito do caso individual do sr. Júlio Dantas. Mas há um aspecto tão curioso e provocante da relação do *ego* com o *não ego* que me sinto irresistivelmente atraído a discuti-lo.

Não visa a reminiscência de Kant dar a falsa impressão de que sou entendido em assuntos de ética. Tenho dessa matéria especulativa noções muito superficiais. Estudei-a num severo compêndio que principia dizendo: "*Conduct is 3/4 of life*". A matemática é de Matthew Arnold. O mestre que me iniciou na ética falava com o ar de quem está com sono. Só uma questão o excitava: o problema do matrimônio e assuntos correlatos. Eram, entretanto, os assuntos que eu e alguns amigos ouvíamos discutir com mais sono. Duvidávamos um tanto da autoridade do mestre.

De quanto aprendi a respeito da ética das profissões restam-me vagas lembranças. Lembra-me que o professor sonolento costumava dizer muito mal dos jornalistas, principalmente do anonimato. E isto sem conhecer os jornais do Brasil e do Peru.

Por que será que em certos países o público se sente ofendido nos seus melindres ao primeiro sinal de *savoir vivre* da parte de um artista? E acha ilícita a venda em retalho, em conferências e artigos, de literatura?

Há duas respostas: 1ª, o público sente no artista alguma coisa de superior e o deseja fora do mundo e da sua vil mercancia; 2ª, o público vê no artista um como objeto de luxo, de prazer, "espécie de prostituta", como uma vez sugeriu R. L. S.

A ser verdade a última possibilidade, o artista é um ser apenas tolerado. Não tendo jeito para funções mais nobres na vida é-lhe generosamente permitido ir escrevendo suas histórias, salpicando de colcheias, semicolcheias, breves e semibreves, mínimas e semínimas seu papel de solfa ou plasmando no barro mole seus nus voluptuosos. Mas deve resignar-se a ser tolerado – e nada mais. Querer o escritor, pelo luxo da sua literatura a retalho, preços na proporção de charque e carne verde é o requinte de mercantilismo.

No caso da primeira possibilidade, deve o artista vibrar de gozo, colocado na excelsa classe dos mártires. A superioridade de sua função na vida – criar belezas e fazer pensar – exige dele a renúncia de todos os ganhos materiais. Se escreve um livro é em benefício do editor que reverte o grosso dos lucros, como no conhecido caso de Flaubert e os virtuosos srs. Levy & Cia. Suas mãos devem conservar-se castas do vil metal.

É um modo de ver, esse, belo e comovente, a favor do qual se podem reunir exemplos de escritores, compositores e artistas clásssicos, cuja faculdade criadora o "vil metal" tem amolecido ou corrompido. Entre outros, François de Curel. Este, uma vez enriquecido, mandou às favas o respeitável público.

Há, entretanto, lugares em que se põe em prática um como protecionismo do talento implume. Li uma vez, já não me lembra onde, que se organizou na Austrália uma *Genius Exploiting Company*. O mais curioso dos sindicatos de que tenho tido notícia. Visava a exploração de gênios e talentos, não só em proveito dos mesmos como de um grupo de acionistas, cujas ações, as vitórias dos artistas amparados pela sociedade, haveriam de valorizar, dando-lhes dividendo.

A este como protecionismo, opõe-se o *laissez-faire* nosso e doutras gentes. Nesse caso *laissez-faire* quer dizer, em bom português, deixar que o artista leve o diabo. A favor de semelhante política mui lindas coisas se podem dizer. Por exemplo: que o esforço martirizante a que o artista é obrigado para viver aguça-lhe o talento ou o gênio. Mas o certo é que à literatura mal paga e hoje tão anêmica da França se pode opor a da Inglaterra, onde é regra ser o escritor muito bem pago. Isto desde Pope. Dickens com os seus *The pick-wick papers* ganhou milhares de libras. Ia ficando podre de rico, quando morreu. A Tackeray pagava o *Cornhill* por cada um dos seus artigos (da série *Roundabout papers*) a bagatela de cem libras. Kipling escreve hoje a um *shilling* por palavra. Os amigos em Londres do sr. Antônio Torres quase estouraram de espanto à notícia de que o escritor brasileiro apenas recebe cem mil-réis por artigo. Entretanto, o sr. Carlos de Laet recebe setenta e cinco; e quanto ao sr. Oliveira Lima só ultimamente começou o *Estado de S. Paulo* a pagar-lhe cem mil-réis, em vez dos cinquenta da tabela.

Nos Estados Unidos, James W. Rilley chegou a escrever a quinhentos mil-réis por palavra. Naquela terra sórdida e vil habituei-me à sem-cerimônia dos escritores, em escreverem a dinheiro e em tomarem empresários. Vi Tagore, com o seu ar de Cristo, aparecer de empresário. Vi aparecer de empresário o místico Maeterlinck. E o socialista Wells. E o grande poeta Yeats. Na tarde em que, num teatro de New York, falava Chesterton, pediram-me cinco dólares por um bilhete. O nosso sr. Oliveira Lima faz conferência pagas em Williamstown. E vai agora fazê-las o argentino sr. Zeballos.

(Diário de Pernambuco, 5-8-1923)

17

Conheci o presidente Harding logo no princípio do seu governo. Parece-me que o estou vendo, de fraque e cartola, um ar falso de solteirão feliz, chegando a Central Park.

A Central Park, o grande parque de New York. Inaugurava-se a estátua de Simón Bolívar e no parque pareciam ser tantos os policiais como as árvores. De longe, o quiosque oficial era uma massa negra de fraques e cartolas, salpicada de manchas – peitilhos de camisa, rostos anglo-saxões, toda a variedade de epiderme dos embaixadores latino-americanos, a cara enorme de René Viviani.

Desse quiosque, o presidente Harding fez o seu discurso. Eu estava ao lado, entre as comissões; a convite do prefeito de New York representava os estudantes da América Latina. Vi o presidente de perfil. Ouvi-o de perto depois de lhe ter apertado a mão. E tive dele a impressão, através daquele discurso, de um homem que, pondo de lado o fraque martirizante, arregaçava as mangas da camisa para um esforço superior às suas forças. Para um esforço prodigioso. Talvez uma síntese apressada, essa. Ou um juízo fácil. Mas continua minha ideia da situação do presidente Harding diante da presidência dos Estados Unidos.

Harding era um homem bom, superiormente bom, admiravelmente bom. E acessível. Sem esforço, naturalmente, facilitava aos concidadãos o contato com a sua ilustre destra presidencial. Distribuía entre eles apertos de mão, como um titio distribui bombons entre crianças. Isto num país onde se colecionam *shakehands* ilustres, como quem coleciona selos, postais ou autógrafos. De modo que esse acesso fácil lhe valeu sempre fácil popularidade.

Mas a bondade, sendo a maior, não era a única faculdade do presidente Harding. É certo que, sucedendo a Woodrow Wilson, resultou violento e chocante o contraste entre o seu espírito e o do autor de *Congressional government*. Mas, de toda a galeria de vinte e tantos presidentes que da Casa Branca têm passado à História, quantos resistiriam, sem desdouro, a semelhante confronto? Ocorrem instantaneamente a figura carlyleana de Lincoln e a de Roosevelt. Este reforçou na presidência dos Estados Unidos o precedente que aquele de alguma forma criara, de realeza eletiva. Nietzscheano, sem o escrúpulo das virtudes passivas da maioria, grande idealista prático, Roosevelt conseguiu no seu governo milagres de ação e inteligência criadora.

Harding vinha ultimamente desfazendo a má fama de absoluto simplório – esse rabo de papel que lhe alfinetaram ao paletó os amigos de Cox. Vinha, neste último ano de governo, fazendo sentir em muitas esferas sua influência pessoal. Na própria esfera das relações exteriores. Nesta seguiu "via média" entre os extremos de americanismo e internacionalismo. Uma política, a sua, conciliadora e doce.

Para a administração procurou o presidente Harding os mais seguros recursos de inteligência. Basta mencionar os mais notáveis: Hughes (relações exteriores) e Hoover (comércio). Dois formidáveis colaboradores.

Passou da vida à história o presidente Harding muito significativamente: levado por um trem expresso. Dir-se-ia que o matou a vertigem da velocidade. Ele nascera para os vagares dos *limited*.

Há de ser sempre lembrado pela doce bondade, pelo gênio conciliador, pelas muitas e sólidas virtudes que pôs a serviço de sua pátria, esse homem simples e bom a quem o sr. Estanislau Zeballos chegou uma vez a comparar à doce e heroica figura de Abrahão Lincoln. E que na presidência serviu, pelo menos, de corretivo aos desmandos do seu antecessor.

(Diário de Pernambuco, 12-8-1923)

18

    Feliz ou infelimente, as opiniões – refiro-me às próprias – não são coisas fáceis de fornecer, quando no-las pedem. Ao contrário: muito mais difíceis que as *cigarrettes* ou os cartões de visita. Pelo menos no meu caso. Chego a uma opinião tão laboriosamente quanto o *Beau* Brummel ao laço de gravata para o jantar. E com o mesmo dispêndio de material: apenas no meu caso não se trata de seda mas de papel comum. E eis aí por que me encontro, ao recomeçar pela 40ª vez este número 18, entre folhas e folhas de papel amarfanhado. Muito mais numerosas estas folhas inúteis, que os pedaços de seda branca aos pés do insatisfeito *Beau*.

    Tudo isto, por quê? Porque o sr. Gagarin, ao visitar eu outro dia sua exposição de quadros, me pediu esta imensidade: minha opinião. Pensei que ia pedir-me uma *cigarrette* ou um fósforo: pediu-me sem nenhuma cerimônia a opinião. Diante do que, tive ímpetos de saltar duma só vez todos os degraus atapetados do primeiro andar ao térreo da Associação dos Empregados do Comércio; e ir-me embora, meter-me no primeiro bonde, desaparecer. Por que não podia eu – que não sou nem crítico de arte nem anotador de catálogos, nem repórter, nem coisa nenhuma – ver sossegado, na doce paz do Senhor, os quadros do sr. Gagarin?

    Demais, que gula de opiniões alheias era essa do sr. Gagarin? Por que não se contentava com as dos críticos autorizados? Já não o carimbara um deles, dos mais discretos, "artista perfeito"?

    Mas o sr. Gagarin insistiu. E insistiu com aquela humildade de criança sem a qual não se entra em reino nenhum – nem no das Sete Artes. E assegurou-me sua tolerância a quaisquer opiniões – mesmo às que divergissem um pouco da de "artista perfeito".

    Mas se eu o chamasse principiante? Se eu o chamasse principiante o sr. Gagarin não ficaria zangado comigo nem me procuraria bater com o guarda-chuva? Refleti um instante. Decididamente não estava diante dum russo ferozmente intolerante à maneira de Trotsky, mas de uma criatura impregnada da santa bondade de Tolstói. E afinal é o que o próprio sr. Gagarin se considera – principiante e nada mais.

    Minha impressão é que o sr. Gagarin se mostra um principiante cheio de plásticos recursos e brilhantes possibilidades. Se lhe pudesse passar uma receita, o que seria altamente pretensioso da minha parte, a receita seria esta: "Sr. Gagarin.

Arranjar imediatamente um emprego ou a prática de um ofício que o liberte da necessidade de pintar quadros para os vender no Brasil, onde a incompreensão pública chega aos últimos requintes. Continuar a pintá-los nas horas vagas, despreocupado de fins mercantis e do gosto popular. Ingerir fortes doses de Van Gogh e Jonckind. Pela manhã e à noite, elixir de Expressionismo. No primeiro ensejo, uma estação d'águas em Munich. – (ass.) Gilberto Freyre. Rs. 50$000".

O sr. Gagarin é um jovem artista que ainda não conseguiu a absorção, pelo próprio temperamento, da influência, aliás parcial, de certos mestres. Falta por isto às suas cores a nota, a vibração pessoal. Surpreendemo-lo indeciso nos seus melhores esforços.

Não sei se erraria dizendo que a juventude artística do sr. Gagarin muito haveria de fecundar o contato com certas tendências atuais na pintura alemã, principalmente a tendência para as cores primárias. Ao sr. Gagarin devem agora preocupar sobretudo os problemas de luz – agora que ele anda a pintar estes nossos verdes salpicados de amarelo e vermelho, gritando sob o mais vivo dos sóis. Ora, é exatamente o grande problema da pintura moderna, esse da luz e das cores. Principalmente da moderna pintura alemã, que é a mais sensível a influências metafísicas: a metafisicada.

No sentido técnico o sr. Gagarin dispõe admiravelmente suas cores. Falta-lhe, porém, a consciência ou a intuição dos valores emocionais da cor – consciência e intuição que o Recife deve conhecer através da arte vibrante de emoção da sra. Fédora do Rego Monteiro e dos deliciosos quadros que aqui expôs o sr. Jorge Barradas.

Vamos chegando, os modernos, em nossa aguda tortura, a um estado de alma que pede antes, para expressão, a fluidez da cor que a rigidez da forma. Vamos sentindo da cor valores íntimos que esquecêramos desde a volúpia dos vitrais góticos – esses enormes corações de Jesus a sangrar gloriosamente ao sol. Pela experimentação – porque, embora místicos, continuamos experimentadores, a própria metafísica metendo hoje um pé no laboratório – já se nos revelou a cor capaz de efeitos de plasticidade e fluidez que parecem alquimia ou mágica medieval. Refiro-me às experiências, em New York, de Thomaz Wilfred com as suas "cores móveis", um aspecto desse dinamismo metafísico que hoje incendeia as artes. Duvidoso, como é que essas experiências sirvam de base, como quer Wilfred, para uma nova arte, baseada na quarta dimensão (Nossa Senhora!) elas mostram, com a preocupação dos pintores alemães, o interesse moderno pela cor, correspondendo ao moderno emocionalismo, corretivo do cientificismo que nos veio dominando, num "crescendo" perigoso, da reforma luterana ao *finale con violenza* das teorias de Haeckel.

Vejo, porém, que divago; e diante disto já deve estar espantado o sr. Gagarin. Ora, o que eu queria era simplesmente chamar a atenção desse principiante cheio de talento para o estudo da cor no que ela possui de mais íntimo e não somente nas suas superficialidades. Acresce que no caso da paisagem brasileira, intuitivamente ocorre que mais lhe convém a interpretação da cor que a da forma. Mas não por meio dessas cores fugitivas, sem caráter, dessas de que disse uma vez Chesterton que fugiam de tudo, até da nossa admiração. É verdade que entre nós coisa muito diferente sucedeu com o sr. Franciscovitch. O Recife ainda corre atrás das suas cores fugitivas.

Os quadros do sr. Gagarin – na maior parte marinhas – muito merecem ser visitados e admirados. *Efeitos de Sol*, nº 15 no catálogo, é, com toda a sua indecisão, uma tela deliciosa. Deliciosos são também os quadros: *Largo de São Francisco* (Niterói), *Igreja de São João* (Olinda) e *Manhã tropical* (Olinda). Nestes últimos se mostra o talentoso pintor disposto ao heroísmo de fitar nossa paisagem sem lunetas cor-de-rosa; e de surpreendê-la nas suas mais características sugestões de beleza. Encanta-me com um íntimo e especial encanto a *Igreja de São João*. É quase um trabalho de artista definitivo.

O que me parece verdadeiramente curioso é vir esse russo de suas névoas fartar-se voluptuosamente do nosso sol. O precedente, aliás, já o criara Jonckind; e antes de Jonckind, de alguma forma, Dürer. Mas se as paralelas podem se encontrar, como supõem alguns intérpretes de Einstein, por que não se hão de encontrar os extremos? São aliadas.

(Diário de Pernambuco, 19-8-1923)

19

De quem é o conselho: "faze do teu inimigo, teu aliado"? Delicioso conselho. Aplicou-o o holandês ao mar; o inglês, às águas do Nilo; vão-no aplicando, às reclames comerciais, Berlim e New York. As reclames eram inimigas formidáveis da estética e do pitoresco das ruas; hoje, em Berlim e New York, e um pouco em Londres e Paris, são aliadas.

Nos Estados Unidos, o reclame vai se requintando, sutilizando mesmo, num misto de ciência e arte. Na alquimia moderna. Na verdadeira alquimia. Possui técnicos; possui laboratórios; tem a seu serviço "cores móveis" e outros requintes da eletricidade e da mecânica; existem cursos especialíssimos de psicologia das cores e patologia das emoções aplicada ao reclame; e ainda há pouco, um professor de psicologia de New York, a convite de um grupo de igrejas evangélicas do Ohio, fez toda uma série de conferências sobre "os meios e processos de fazer reclame de religião". Aliás em New York, em plena Broadway, entre anúncios de pneumáticos, bombons e *chewing-gun*, flameja este: "*Jesus is our Saviour*".

Mais ainda: o reclame vai-se também sutilizando em escola. Formidável escola. O sr. J. Thorne Smith chega a atribuir principalmente à sugestão dos anúncios de sabonetes, pentes, pastas, escovas e demais artigos de asseio pessoal, a generalização da higiene nos Estados Unidos. Enorme elogio do reclame, este. Porém justo. E creio que é até possível dilatá-lo, fazê-lo ainda maior, atribuindo muito do bom gosto e sólido conforto dos interiores americanos, não a nenhuma *Grammaire des Arts Decoratifs*, mas aos reclames, na rua, nas revistas, nos cinemas, de vernizes, tintas, soalhos a faiscar de polidos, cortinas, tapetes, cadeiras de couro, sofás que tomam, como por magia, num fácil variar de molas, posturas que se adaptam aos mais diversos estados de nervos, candeeiros, estantes, salas de banho donde não se sente vontade de sair, aparelhos sanitários, estores, rodapés, *parquets*, armários, camas, bordados, almofadas, rendas, encadernações, vasos, *bombonnières*.

Um pedagogo alemão disse uma vez que se lhe dessem as escolas primárias ele dominaria o mundo. Dominaria ou endireitaria – já não me lembra. Mas há um meio mais fácil de dominar ou endireitar o mundo ou, simplesmente, de orientá-lo e dirigi-lo numas tantas coisas: pelo reclame. Principalmente pelo reclame animada, plástica: o cinema.

No Brasil, não é hoje o cinema que nos vai plasmando muito mais que a escola primária ou outra qualquer influência? Já o notou o arguto sr. Monteiro

Lobato: "O Brasil de amanhã não se elabora aqui. Vem, em películas, de Los Angeles, enlatado como marmelada".

De fato, qualquer Tom Mix é hoje, no Brasil, o herói de muito maior número que José Bonifácio ou o Almirante Barroso ou o Padre Feijó. Pergunte-se ao primeiro meninote que se encontrar: "Menino, que sabe você de José Bonifácio ou de Barroso?". Não sabe coisa nenhuma fora os nomes ou uma data ou duas que decorou. De Dom Pedro II, de Anchieta, de Caxias, ignoram tudo, menos os nomes, e às vezes até os nomes, esses meninos que o cinema vai educando. Entretanto, a um ouvi, o outro dia, descrever os hábitos desse *clown* de colarinho e óculos que é o sr. Harold Lloyd, com uma abundância de pormenores íntimos que teria metido inveja a qualquer *herr doktor* de Bonn ou Heidelberg. Um regalo.

Ora, por que não usar essa força enorme que entre nós é o cinema para a propagação de boas e úteis ideias e para o reclame de bons e úteis artigos? O cinema já nos tem feito bastante mal com o brilho perigoso que trouxe aos nossos hábitos; é tempo de nos fazer algum bem. Tem-nos desnacionalizado quando poderia estar a nacionalizar-nos no bom sentido da palavra. E não atina meu pobre entendimento com as íntimas e sutis razões de tolerarem nossos nacionalistas, em geral braquicéfalos, essa arte postiça de *clowns* dolicocéfalicos. O cinema seria, entretanto, o meio melhor e mais plástico de familiarizar o brasileiro com os não sei quantos quilômetros de paisagem nacional ainda em estado bruto. Paisagem que ignoramos. Porque o brasileiro, mesmo o viajado por fora, não conhece do seu país senão um pedaço ou outro. O do Nordeste – para começar por casa – não tem ideia certa do que seja um pinheiral no Paraná; nem um pampa no Rio Grande; nem um seringal no Amazonas.

Se entre nós o comércio fizesse maior uso do reclame pelo cinema e uso mais inteligente da reclame pelo jornal e pelo cartaz, haveria isto não só de o beneficiar nos seus mais caros interesses – que não são por certo o bem alheio – como de beneficiar o público, depurando-o na esfera do gosto e da higiene. Aliás, na higiene, já o sr. Amaury de Medeiros, num esforço feliz, fez iniciar pelo seu brilhante colaborador dr. Moraes Coutinho, um movimento de propaganda e educação cheio de possibilidades. Inclui o reclame de jornal, o cartaz colorido, a conferência ilustrada, a fita de cinema.

O público, sem esforço nenhum e sem a consciência de estar sendo educado, deixa-se molemente plasmar à imagem do reclame que o sugestiona e impressiona. Não é pelo reclame dos seus calungas de figurino que os costureiros de Londres, Paris e New York impõem suas criações? Não é pela ação ativa desses calungas de papel que o brasileiro tem na rua o ar falso de gente civilizada? E não é por nos faltar o reclame sugestivo de boas maneiras e de bom gosto que somos, tantos de nós, um tanto deficientes nestas coisas – cuspindo no chão, berrando no bonde, enfeitando as paredes com porta-jornais e o espaldar do sofá e das cadeiras com fitinhas de cetim, amando as películas de Hollywood sobre todas as coisas – ocorrem-me gentis exceções! – concentrando no "chá dançante" toda a vida mundana, indo aos sopapos nos campos de futebol, comendo em casa às pressas, a enormes garfadas, em jantares descompassados e sem ritmo, palitando os dentes sem nenhuma discrição etc. etc.?

(Diário de Pernambuco, 26-8-1923)

20

Maurras, que completado por Leon Daudet é hoje uma espécie do "verbo em marcha", vai de fato arrastando a geração moça da França para a monarquia? Tive a impressão, do que vi em Paris em curtos meses, que sim. Por mais de um ano eu estivera em contato com a literatura antirrevolucionária de Maurras; sabia-o mestre influente e inquietante. Mas nem assim me preparara para o choque da força enorme que é hoje a *Action Française*.

Amigos meus, que conhecem a França, não pela rama, como eu a conheço, mas na intimidade e até intimamente, asseguram-me que nisto de *Action Française* me deixei estontear por um brilho falso e um ruído de caixas de charutos. O que é perfeitamente possível. É possível que Maurras, Daudet & Cia. sejam na verdade uma dessas firmas que para disfarçar extremos de fraqueza fazem muito reclame e empregam muito homem-sanduíche.

Acabo de receber quase ao mesmo tempo, de amigos franceses, duas cartas contraditórias sobre esse tão atual assunto de *Action Française*. Parece que as escreveram especialmente para contradizer-se, estes dois apaixonados de pontos de vista opostos; mas o fato é que se não conhecem e um escreve de Paris e o outro de Montauban. Meu amigo de Paris segue os mestres da *Action*; lê gulosamente; fez o ano passado, sob a presidência de Maurras, uma conferência sobre o problema de descentralização na França; vai aos domingos à missa em Saint-Sulpice, que é onde vão Daudet, os devotos dos bairros aristocráticos e os rapazes da Sorbonne; e foi ele quem me ciceroneou por uma porção de cafés da *rive-gauche*, onde, entre goles de cerveja, prepara-se a salvação da pátria e recitam-se versos na *langue d'oc*. Nessa *langue d'oc* um tanto parecida à nossa; mas de um sabor tão seu.

Meu outro amigo, de doce aparência de menino de coro, é entretanto um grande rebelde. Mas há na sua filosofia alguma coisa daquele "absurdo demais para ser perigoso" que a polícia alemã encontrou em Stirner. Vive em altas leituras e *avis rara* na França, fora do pessoal dos hotéis: fala inglês e italiano.

Pois é este brilhante revolucionário que me manda dizer de Maurras coisas desoladoras. O grande mestre está perdido. De quanto escreve de Maurras o meu amigo, tem-se a ideia de que das barbas austeras do mestre escorre hoje o ridículo como de uma esponja que se apertasse com os dedos. Tudo isto, por quê? Ora, as sovas que os rapazes da *Action Française* andaram a aplicar a uns deputados da *gauche*. Os berros e o espalhafato dos *camelots*. E Maurras, com as suas barbas sisudas – conheci-o de perto: surdo como ele só – no meio desses desmiolados. No meio deles, como se tivesse perdido de repente a noção do ridículo. Creio que meu amigo acharia tudo isto muito natural em Daudet. Porque Daudet, este, dá a impressão de ter posto a pele e o espírito numa Companhia de Seguros contra o Ridículo. Ele poderia amanhã descer o Boulevard des Italiennes nu da cintura pra cima com um rolo de *Action Française* debaixo do braço: escaparia ao ridículo. O que às vezes vale mais que escapar a insultos, desaforos e até sovas.

Voltando à carta do meu amigo: ele esteve há pouco na Itália. Voltou desolado com Mussolini e encantado com Papini e Pirandello. Segundo ele, Mussolini está contagiando a juventude italiana com o seu palavrório e o seu histerismo. E espantou-o o grande ódio dos italianos contra os franceses.

Meu amigo da *Action* é de uma família histórica; sua carta traz no envelope, sobre o sangue da obreia, a impressão de um anel d'armas. Pertence pelo sangue e pelo espírito à *Action Française*.

Essa *Action Française* – já o disse – pareceu-me ser hoje uma força enorme. Dá-lhe Maurras o máximo de tensão mental e Daudet, sua energia, sua malícia rabelaiseana, a irradiação de sua personalidade. O movimento deita raízes até pelos laboratórios: opõe a Darwin, Quinton. E aos filósofos da Revolução, da liberdade e da igualdade, opõe os da autoridade, da ordem e da hierarquia. Como diz L. de Montesquieu no seu *Les origines et la doctrine de l'Action Française*, "*l'ordre e la prosperité sociale réclament même certaines libertés et certaines egalités; mais elles veulent également de l'autorité et de la hierarchie*".

Para filiar-se à *Action Française* há que tomar certos compromissos, dos quais os mais sérios são: combater todo o regime republicano e trabalhar pela restauração da monarquia na pessoa do sr. Duque de Orleans. O movimento é simpático ao catolicismo; Maurras é o que o sr. Oliveira Lima chamaria um "católico histórico" ou por tradição; Daudet é católico prático.

Segundo a carta do meu amigo monárquico, é no meio duma França onde se vai aguçando "*le dégoût pour les institutions parlementaires*" que a *Action Française* desenvolve hoje seu esforço. Justifica as sovas nos deputados da *gauche* que andavam a insultar a memória de Plateau – o bravo "*chef des camelots du roi*" que uma rapariga matou no próprio escritório da *Action Française*. Mostra-se entusiasmado pelos discursos de Mussolini em quem surpreende "*la grande influence Maurrassienne, anti-liberale, anti-revolutionaire et anti-democratique*". Influência ou deformação.

(Diário de Pernambuco, 2-9-1923)

21

O professor John Burnet fez há pouco em Oxford uma conferência – na série *Romanes lectures*, de que foi este ano o encarregado – muito provocante e muito sugestiva; deve estar escandalizando a pedagogia oficial. Não a conheço de primeira mão; deram-me a conhecê-la uma notícia de jornal e reparos a lápis que lhe acrescentou um amigo meu, oxoniano.

Nessa conferência constatou o professor Burnet o que me parece o maior perigo moderno: o declínio das aristocracias intelectuais. O professor discursou exatamente no último refúgio desse ideal de cultura agora em crise: Oxford.

É o ideal que eu sigo. Neste *Diário* defendi-o uma vez. Defendi o ideal da alta cultura ao serviço do analfabetismo plástico e ingênuo do grande número, dos que por natureza são mais felizes obedecendo sem esforço. Meus amigos acharam muita graça nesse artigo; descobriram em mim um jeito delicioso para o paradoxo e para a malícia. E como eu saboreio elogios como quem saboreia bombons ou goles de curação ou anisete faltou-me coragem para dizer a tão gentis camaradas que não havia no tal artigo nenhum paradoxo; nem ironia; nem malícia; nem humorismo bizarro. Naquele artigo, ou antes borrão de artigo, eu pusera, com a maior candura, ideias sinceras, ideias a que chegara pela tortura do meu próprio pensar. E aqui constato que o sr. Agripino Grieco – ao meu ver o mais arguto talento crítico no jornalismo do Brasil de hoje – recentemente expôs num jornal do Rio, sobre este assunto de ideais de cultura, ideias muito parecidas às minhas. Mas, infelizmente, para os gatos esfaimados que andam a farejar, em quanto se escreve de superior ao que eles gatafunham, pedaços ou mesmo felpas de plágio – muito depois do meu artigo.

Do ideal de alfabetismo escrevi que o resultado era a mediania de cultura. Em vez dos desejáveis contrastes de puro branco e puro preto – tudo neutralizado em cinzento. Em vez dos extremos de alta cultura e ingênuo analfabetismo a completarem-se como os dois sexos – o ativo e o passivo, o intelectual e o instintivo, o aventuroso e o conservador – da vida nacional, uma assexualidade incapaz de criação e iniciação. Incapaz dum grande esforço. Da instrução universal resultam as Suíças, as Finlândias e o muito que têm de *bon enfant* os Estados Unidos. Democracias de cidadãos lavados, barbeados e bem penteados, irritantemente parecidos uns aos outros, medianos em tudo. Democracias onde não há trens especiais e os gostos e as ideias viajam juntos: as dos hoteleiros abraçadas às dos pedagogos. Democracias em cuja arte não se sente nem o sabor forte de *rhum* da energia rústica nem o gosto esquisito de *vespetro* da alta emoção ou da sutil análise.

No artigo do sr. Agripino Grieco – que é uma inteligência diabolicamente aguda – vêm ideias parecidas a estas. Vêm em boa caligrafia, enquanto as minhas vieram em borrão. Mas as afinidades saltam aos olhos.

Para o sr. Grieco a instrução universal é "irmã gêmea do sufrágio universal" e "outra quimera não menos perigosa". "A cultura" – acrescenta ele – "só se nobilita nos seres verdadeiramente superiores e estes mesmos são nefastos quando à ciência não casam a consciência." Eu falara no perigo da meia cultura – que a isto tende forçosamente o alfabetismo total ou do grande número – citando até um verso daquela passagem do Pope: "*A little learning*" etc. Fala o sr. Grieco do "meio sábio", caracterizando-o como "o fruto de estufas cerebrais que se alastram com as denominações classizantes de liceus, ateneus e pritaneus" e achando-o "pior que o ignorante completo". Recorda ainda que foi "nos tempos em que a cultura era o privilégio de uma 'elite' os tempos em que apareceram os poetas e os pensadores mais característicos de todo um povo, os Alighieri, os Camões, os Descartes, sendo que os próprios filhos da plebe, quando se chamavam Shakespeare ou Boileau, sabiam ingressar sem esforço no templo da glória".

Muito justo me parece o íntimo parentesco que entre os daninhos ideais de "sufrágio universal" e "instrução universal" estabelece o sr. Grieco. De fato, os apologetas de um não se fartam de falar voluptuosamente do outro. O sr. Fidelino de Figueiredo, no seu estudo sobre Rodó, fixa o sutil mas inútil esforço do uruguaio (em *El Mirado de Prospero*, se não erro) para conciliar "a cultura e o respeito da seleção social" com "as instituições democráticas". Resume Fidelino as ideias de Rodó: "E o caminho será, não destruir essa democracia, como Renan aconselhava, mas educá-la". Salvar a democracia, educando-a.

Soube o Fradique, de Eça, antecipar a insuficiência dessa ilusão em que todos os Rodós deixaram *s'embaler*. Fradique queria para a Ciência uma espécie de sacro colégio intelectual. Que vem a ser isto senão o ideal duma cultura de elite?

Defendendo esse ideal, disse o professor Burnet que na Inglaterra já se vão fazendo sentir os efeitos da democratização da cultura; a cultura universitária de hoje mostra-se inferior à de cinquenta anos – bons tempos em que Matthew Arnold, com suas suíças vitorianas, falava em *sweetness & light*. À experiência inglesa pode-se acrescentar, e com muito maior razão, a francesa: em *La farce de La Sorbonne* o sr. René Benjamin conta-nos da atual vida universitária na França fatos que parecem do Brasil. Pelos Estados Unidos vai também a debacle que há de fixar a experiência democrática como intelectualmente infecunda. Ainda há pouco me escrevia a respeito o sr. Henry L. Mencken, redator da revista *Smart Set* e espécie de Antônio Torres americano: "*I believe that this steady degeneration is inseparable from democracy*". Mencken não é espírito fácil de *s'embaler* com os contos da carochinha da sociologia democrática.

Na Inglaterra – onde aliás menos se transigiu com o ideal da democratização – o professor Burnet quer uma alta e severa cultura que se ponha ao serviço das necessidades nacionais: "*an intellectual 'elite' whose first-hand knowledge is the only reservoir from which the needs of the many can be supplied*". É a sociologia de São Paulo aplicada à função da cultura: os fortes a serviço dos fracos ou, no expressivo original grego, dos *arthenumatas*.

(Diário de Pernambuco, 9-9-1923)

22

Escrevendo-se no Brasil de assuntos de pura especulação ou pura ciência ou pura crítica, corre-se um perigo: o de ficar parado no gelo como os navios que se aproximam demasiado do Polo Sul ou do Polo Norte. Nisto de zonas de navegação mental o melhor, entre nós, é ir pelas águas mornas ou mesmo pelas ferventes. Sob o ponto de vista de glória pessoal e proveitos imediatos, são as ferventes as mais compensadoras.

O sr. Pontes de Miranda não quis ficar nas águas ferventes; nem nas mornas; e, mal saído da adolescência, rumou às geladas. Há que admirar nele esta coragem rara. Heroísmo.

Mas foi feliz o sr. Pontes de Miranda. Espantosamente feliz. Conseguiu criar para as ideias puras, em pleno país de bananeiras, um público relativamente numeroso, ainda que nem sempre discriminador, antes demasiado plástico e passivo.

É verdade que o sr. Pontes de Miranda não chegou propriamente a nenhum dos polos. Mas chegou às proximidades. E ninguém mais apto que ele para servir à nossa mocidade do que os ingleses chamam *middleman-interpreter* em assuntos de pura especulação e pura ciência. Ele conseguiu o milagre de criar um público para o que escreve: tem diante de si a rara oportunidade de fazer obra integral.

Porque há alguma coisa de antinatural em escrever-se sem público: é como se um sexo se bastasse a si mesmo. É onanismo mental. Ou ascetismo heroico, mas estéril. O autor é apenas o sexo masculino de sua obra, a qual não se integra nem se completa antes de achar público simpático ou congenial – o sexo feminino. O verdadeiro ler é função complementar da criação intelectual. É o que o sr. Carl Van Doren chamaria *creative reading*.

Sem esse público congenial escreveu por muito tempo Raimundo de Farias Brito. Tobias Barreto, se encontrou logo um público, é que de sua pena as ideias saíam condimentadas com umas sátiras de fazer sangrar. Ora, nesses condimentos sempre achou o brasileiro sabor especial. Tobias não foi só um agitador de ideias: ele fez com alguns dos personagens mais sisudos do segundo reinado o que no Sábado de Aleluia fazem os meninos com os Judas de pano, e pó de serra. Foi esse formidável jeito para a sátira que o salvou de clamar no deserto, num esforço infecundo.

Literatura de ideias puras, de ciência pura, de pura crítica – isto é ainda luxo para o Brasil. A alta literatura introspectiva ou de análise ou de especulação nada perderia entre nós em não ser impressa, bastando que os autores permutassem manuscritos.

Conseguindo público para a sua volúpia na *contemptatio cum labore, cum fructu* – para alterar um pouco a frase de Ricardo San Victor – o sr. Pontes de Miranda fez entre nós milagre. Como? Sei lá! Favor dos deuses, talvez. E, no seu caso, favor que se vai exagerando. Já se diz do sr. Pontes de Miranda que ele é um Augusto Comte. (Dr. Nuno Pinheiro, *O direito como ciência positiva na obra científica de Pontes de Miranda*, Rio, 1923.) Sempre nos faltou medida no elogio. Vem daí a vasta incapacidade para a crítica que se não fartam de apontar em nós os observadores estrangeiros. O sr. Isaac Goldberg, autor desse livro admirável que é *Brasilian literature*, falava-me uma vez espantado do furor de confrontos na "crítica" brasileira. É velho entre nós esse furor. O bom do Marquês de Maricá andou comparado a La Rochefoucauld; José Bonifácio a Victor Hugo; Sousa Caldas ao Rei David; Joaquim de Macedo a Lord Byron; em Porto Alegre houve quem achasse versos dignos de Dante; o Visconde de Araguaia, nós sabemos de que alturas Tobias o fez rolar com a primeira bala "dum-dum" de sua crítica. Na *Pequena história*, depois de condenar esse furor de elogio despropositado, colocando mal nossos escritores "na companhia de alguns grandes nomes da literatura europeia", o sutil sr. Ronald de Carvalho fez coisa parecida, comparando a Verlaine, Gregório de Matos.

O sr. Pontes de Miranda vem sendo comparado a Comte; e virou Gênio – G maiúsculo – com uma facilidade espantosa. "Todo vitorioso é banal", dizia um amigo de Gonzaga de Sá. O sr. Pontes de Miranda tornou-se aos trinta anos o mais banal dos vitoriosos. E isto graças aos seus amigos. Aos próprios amigos que fazem gala de senso crítico como o sr. Alcides Bezerra. Ora, um nome vitorioso, sempre precedido de brilhantes adjetivos, dá-me a ideia de um enterro de primeira classe, muito bonito, muito rico, invejável até pelo seu luxo de grinaldas, mas a caminho do cemitério. Por isso, a ser embalsamado pelos elogios dos amigos é preferível ser maltratado pelas diatribes dos inimigos.

Não conheço acerca do jovem pensador alagoano uma só página de análise funda e sóbria. Tudo que se escreve a seu respeito é numa nota de exaltação. Por que não dizer, por exemplo, que há na sua obra muito palavrório lírico? Que há muito psitacismo em *A moral do futuro, Sabedoria dos instintos* e *Sabedoria da inteligência*? E muito oco de ideias disfarçado por muito brilho de retórica? Por exemplo: "A experimentação... é a grande mestra do Sábio e a segurança do espírito na luta pelo progressivo alumiar dos fenômenos do mundo". Isto é de discurso de colegial aliteratado. Ou: "No final todos têm razão: cantorianos e pragmatistas, idealistas e empiristas, o monismo e o pluralismo, porque o mistério das coisas é o uno no múltiplo". Semelhante episintetismo não é profundo nem original. Na *Sabedoria da inteligência* vem descrito o oceano atmosférico para chegar-se à conclusão de que "também nós pensamos viver à superfície do globo", nós "para quem o lá em cima seria tão insuportável como as camadas superiores dos mares para os peixes das grandes profundidades". Lendo isto tem-se a impressão de estar lendo o *Almanaque Bertrand*. "Raríssimos" – escreve o próprio sr. Pontes – "são os pensamentos que resistem à prova depuradora da soledade"; muitos dos seus aforismos não lhe resistem.

O sr. Pontes de Miranda tem às vezes saborosos modos de dizer. Chega a expressar-se com superior plasticidade verbal. Sua página fixando a distinção entre ciência e metafísica é esteticamente deliciosa. Deliciosas são certas de suas *dissociations d'idées* em a *Sabedoria dos instintos*. Por exemplo: páginas 74, 80, 97 e 106. Daí talvez chamar ao sr. Pontes o sr. Povina Cavalcanti: "um Apolo perdulário dos segredos de sua arte, que renunciou à discrição de sua Eleusis mental".

Muito me encanta no jovem pensador brasileiro que ele não é só um espírito mas também um temperamento. Um temperamento muito amigo de si próprio. De um egoísmo nietzscheano. Sempre a vibrar do que certos psicólogos chamam empatia (do grego *em-pathos*), isto é, da delícia de encontrar-se o seu "eu" em tudo, a ponto de "só amar os deuses parecidos consigo". Não há nisto inconveniência para um pensador. É Miguel de Unamuno quem nos diz um tanto paradoxalmente que não há nada mais universal que o individual.

Dá-nos isto a esperança de que o sr. Pontes de Miranda saberá ser só – uma quase isolada palmeira adolescente neste Saara que entre nós é a região das puras ideias. De um estudioso que escreveu em plena mocidade *A moral do futuro*; de um autodidata que soube, ainda moço, desinfetar os miolos da filosofia biológica, antecipando-se no matematicismo – hoje tão em voga com Minkowski e Einstein – e um tanto no estetismo; de uma vocação filosófica que se vai afirmando no mais hostil dos meios, é lícito esperar obras superiores e de forte cunho pessoal.

(Diário de Pernambuco, 16-9-1923)

23

    Indo à Alemanha, há que ir a Nuremberg. E passar uns dias entre seus soldados de chumbo e seus polichinelos de pano. E à sombra do seu castelo. E à beira do seu rio. E ao pé dos seus Nossos Senhores de pau. E de igreja em igreja; e de loja em loja; e de cervejaria em cervejaria; e pelo mercado de flores; e pelo de frutas, com a sua *Gansemannchen*.

    Não conheço cidade de mais vivos contrastes. Em Nuremberg não se desviam os olhos dum Nosso Senhor gótico com o seu ar triste de *Dieu de la morgue* que se não esteja diante do mais burlesco polichinelo. Cristos de Vert Stoss e polichinelos, bonecas de louça e Nossas Senhoras de Hans von Kulmbach, soldados de chumbo e meninos Jesus de Dürer vivem numa camaradagem de vizinhos. Lado a lado. Bolas de celuloide rolam entre restos de ogivas. Entre alfaias sacras. Ao aroma de incenso da liturgia mistura-se o cheiro de tinta fresca das caixas de brinquedos. É o sagrado a se acamaradar com o infantilmente burlesco. Pelo que, o sagrado tomou em Nuremberg certo ar *bon enfant*.

    Em Nuremberg foi parar um dia, nos tormentos de sua crise de devoção religiosa, Johannes Joergensen. Johannes Joergensen, o discípulo desse demônio dos gelos que é Georg Brandes, desse Georg Brandes em cujas mãos muito brancas e muito longas a juventude dinamarquesa tomou a plasticidade duma bola de cera. Um *Pater, peccavi* nos lábios secos, todo ânsia, Johannes encontrou em Nuremberg, entre os Nossos Senhores vizinhos dos polichinelos, um como sanatório para sua consunção de espírito. Para sua tortura. Para suas ânsias íntimas.

    Mas indo a Nuremberg há também que ver o museu. Seu grande museu de história, fundado pelo Barão von Aufsess. O Museu Nacional Germânico.

    Dentro dele a gente duvida que aquilo seja mesmo um museu. Não se tem a impressão de estar entre retalhos de coisas mortas. Ao contrário: debaixo daquelas arcarias parece-nos às vezes ouvir, não muito distante, o ruge-ruge das sedas dalguma castelã; e diante dum Livro de Horas aberto, com suas iluminuras em tons violeta e ouro, tem-se a ideia de que alguém esteve ali a ler e vai voltar num instante. No meio daqueles armários, castiçais, relógios, ferrarias heráldicas, tapetes, candeeiros, espadas, cotas, baús, quadros de Rembrandt, teares, pratas góticas, petrechos de cozinha, mesas prontas para o jantar – no meio de tudo isso, pergunta a si mesmo o visitante se de fato está num museu ou acaso em enorme leilão. Porque o curioso se sente ali um como intruso ou profanador de intimidades.

Eu conhecera em New York o Metropolitan com o seu luxo de tapeçarias de Gobelins, medalhas, vidros de Veneza, rendas da Irlanda, antiguidades de Chipre, esmaltes, leques, faianças, indumentária colonial da Virgínia, móveis puritanos da Nova Inglaterra, bonecos egípcios e filigranas da Índia, do Japão – tudo muito bem etiquetado. Porque ninguém como o americano para a etiqueta, para a catalogação, para adaptar as coisas a fins educativos. Em Paris, conhecera o Cluny. E mais tarde, na Inglaterra, o Museu Britânico. E as coleções de Oxford. E em Portugal, o museu de arte eclesiástica de Coimbra, aonde me levou o mais gentil dos cicerones: o sr. Silva Gaio. Mas nenhum museu me comunicou até hoje, como o de Nuremberg, a sensação preciosa de estar passeando, não entre restos fúnebres de épocas antigas, mas através das próprias épocas, contemporâneo delas, intruso feliz de suas intimidades.

Pernambuco, pela sua riqueza de tradições, não tem o direito de contentar-se com o seu atual museuzinho: o do Arqueológico. Como não tem o direito de contentar-se com a sua atual biblioteca. Horrível caricatura – no mau sentido da palavra caricatura – de biblioteca. Dela ainda deve estar escandalizado esse voluptuoso dos livros e amigo dos clássicos que é o sr. Solidônio Leite.

Mas a vaca fria é o Museu. O Museu do Instituto. Que é que lhe falta? Falta-lhe tudo. Faltam-lhe recursos. Falta-lhe rigoroso espírito de crítica – o *purgation* dos franceses – na autenticação dos objetos. Só não lhe falta, graças a Deus, um homem cheio de boa vontade e disposto aos mais ingentes esforços: o sr. Mário Melo. E atualmente, o favor oficial.

É um Museu, o do Arqueológico, sem a orientação que devia ter: a de aprimorar-se em pitorescamente documentar os quatrocentos anos de vida histórica de Pernambuco. Não só a militar e a política; também a social nos seus vários aspectos.

Entretanto, procura ser um desses museus tentaculares como o de Londres e o de New York – museus que dispõem de caixeiros-viajantes a farejarem e recolherem ferros velhos, por todo esse mundo de meu Deus. Ainda há pouco o Museu do Arqueológico gastou não sei se dois ou três contos. Em quê? Na aquisição dos restos do observatório que aqui fundou o Conde Maurício de Nassau? Na compra de alguma mobília antiga? Ou de baús onde nossos bisavós guardavam seu linho? Ou de alguma bacia de prata em que nos engenhos mais faustosos o hóspede lavava as mãos antes do jantar? Não: os dois ou três contos foram gastos na compra de moedas, na sua quase totalidade estrangeiras. Moedas de que estão cheias as medalheiras dos museus de Londres, Paris, Berlim, New York, Washington, Munich, Madrid, Boston, Buenos Aires, Montreal, Roma. Isto sem falar nas coleções particulares de apaixonados de numismática como a desse General Clement de Grandprey, amigo de Oliveira Lima, que tive a fortuna de visitar em Versailles, depois de almoçar com o velho fidalgo.

Devia, a meu ver, um nosso museu, contentar-se com ser pernambucano. Uma espécie de lição de história e arte pernambucanas. E estou que oficializado ou semioficializado muito aumentariam suas possibilidades. Contanto que não fosse dirigido por burocrata também oficial.

(Diário de Pernambuco, 23-9-1923)

24

    Gilberto Keith Chesterton disse uma vez que as cidades falam por meio de sinais. Por meio dum como alfabeto de surdo-mudo. E estes sinais são seus palácios, suas catedrais, suas igrejas, suas estátuas, suas colunas.

    Lembra-me que ao visitar Chartres recordou-me um velho cônego a interpretação de Huysmans: as torres de Nossa Senhora de Chartres são como os dois dedos de bispo erguendo-se para abençoar e perdoar. Huysmans antecipara Chesterton em dizer que as cidades falam pelos sinais dos seus dedos de pedra.

    Há viajantes que chegando a uma cidade mandam rodar o táxi para a primeira tabacaria à procura dum indicador. Alguns chegam já munidos dum Baedeker ou dum Muirhead. E em vez de atentarem no que diz a própria cidade pelos seus prédios, pelos seus *chalets*, pelas suas colunas, pelos sinais de todos esses seus dedos de pedra donde às vezes se erguem, como em Pittsburg, negros charutos de chaminés, contentam-se em ler o que diz o Baedecker ou o Muirhead.

    Num lugar novo, o principal é compreender seus edifícios e suas estátuas. É o que procura fazer o viajante inteligente. Compreendidos os edifícios e as estátuas, mais fácil que compreender os homens, no seu gosto, na sua estética, na sua moral, nos seus hábitos sociais.

    Há casas cujas fachadas indicam todo um gênero de vida nos seus mais íntimos pormenores. Todo um tipo de civilização. O *bungalow* americano é assim. Vendo-o, pensa-se sobretudo em conforto e na vida de família. Instintivamente se povoa seu interior de vasta mesa quadrada, dum candeeiro com o seu *abat-jour*, duma estante cheia de romances e revistas e também dum Webster e duma Bíblia, de móveis simples e um tanto secos; e duma família parecida a esses móveis. Detrás do pórtico dum *bungalow* não se imaginam mulheres despenteadas berrando às criadas; nem meninos sujos besuntando de restos de geleia o teclado do piano; nem homens em ceroulas lendo preguiçosamente os jornais. Na pedra ou na madeira dum *bungalow* vivem poemas de Walt Whitman.

    A casa colonial do meu amigo sr. Othon Bezerra de Mello é outra casa assim: tem caráter. Recorda essas nossas casas de engenho, vastas e boas, na sua repousada brancura de cal. Faz sentir quatrocentos anos de vida pernambucana – social e econômica. Toda ela irradia uma hospitalidade ao mesmo tempo cristã e senhoril. Faltam-lhe apenas, a meu ver, palmeiras que lhe deem um mais doce ar tropical e mais intimidade.

Não agrada a muitos a linha sóbria dessa casa. Nada mais natural. Num Recife que vai todo virando confeitaria, a arquitetura sóbria dos nossos avós se torna estapafúrdia. O que se quer é o arrebicado; o açucarado; o confeitado. Huysmansnismo de segunda mão a todo o pano. E desse furor não parecem escapar os próprios edifícios eclesiásticos. Também eles se têm deixado arrebicar e salpicar de confeitos.

Tudo isso fala — toda essa nossa arquitetura de confeitaria. Revela os homens: sua vida, sua moral, seu gosto. E falam também os móveis, como ainda anteontem me fazia notar o sr. Carlos Lyra Filho, ante um desses sofás Pedro II que parecem acolher os amigos da casa com o mais sincero bom-dia deste mundo, convidando-os a estar a gosto e prometendo café ou vinho de jenipapo. As modernas cadeiras muito mal dizem bom dia. Não convidam ninguém a sentar-se. Elas próprias parecem querer sair. Dão toda a ideia dessa intranquilidade que nos leva a viver mudando de casa. O brasileiro é talvez a gente que mais muda de casa. Mudar de casa — já o escrevi uma vez — é no Brasil o grande *sport* nacional da gente grande. O dos meninos é mudar de colégio.

Quanto a estátuas, vem o Recife ultimamente povoando-se delas em grande abundância. Logo diante da massa de arquitetura bancária, que primeiro se avista dos transatlânticos e a que o prédio da Associação Comercial dá uma tão viva nota rococó — ergue-se a estátua de Rio Branco. Fita o mar — espécie de Rei Canuto diante das ondas. Parece dizer em seu nome e no de suas irmãs, as outras estátuas e os bustos de *pince-nez* de arame: Rumo ao mar! Rumo a esse mar acolhedor, hospitaleiro e bom!

E é possível que uma noite dessas, à meia-noite — que é a hora oficial para essas coisas — notívagos sugadores de *whisky*, vagando pelas ruas de chapéu para a nuca e com sono, vejam rumar o cais Alfredo Lisboa, para um suicídio em grosso, todas as nossas estátuas. Aliás o convite da estátua do Barão parece estender-se a todo o Recife novo. Aos prédios novos também e não somente às estátuas.

(Diário de Pernambuco, 30-9-1923)

25

De Loti, não sei quem disse uma vez que era na vida *un oeil*. *Un oeil* e nada mais.

Há pintores assim: todo olhos. Grandes olhos. Olhos voluptuosos. Olhos enormes. Olhos com fome. Olhos gulosos de sal. E de cor. E do nu. Mas olhos e nada mais.

Depender dos olhos, e só dos olhos, é limitar-se o pintor ou o escritor ao sensualismo. Ao sentido que é o aristocrata dos sentidos, mas ainda sentido. Ora, deliciosa coisa pode ser a arte dos sentidos. A arte da volúpia sensual. Mas não tão deliciosa nem tão alta como o da volúpia mental.

Mesmo quando se possuem olhos-estômagos, como os impressionistas, continua-se em última análise a depender principalmente dos olhos. O impressionismo faz dos olhos não só duas bocas abertas numa grande fome de beleza, mas, ao mesmo tempo, um estômago que digere quanto os olhos recolhem da superfície das coisas aquelas bocas famintas.

É outro o caso da pintura desse sr. De Garo, agora em Pernambuco e talvez o pintor mais espiritual que já pôs pé no cais Alfredo Lisboa. Daí o muito que lhe acham de inquietante. O muito que nesse pintor agudamente mental faz rir a *foule*, mesmo a de casaca.

O gozo do seu desenho agudo depende muito mais da nossa capacidade de abstração que dos nossos olhos. Tudo nas suas telas e nos seus "caprichos" é pretexto para uma ideia: um coqueiro, uma onda, a boca duma mulher. O que o preocupa é conseguir a abstração pela plástica. E ele nos leva um pouco a essa região sutil da ideoplástica, somente acessível aos que não sofrem a vertigem das alturas. Os quais – digo-o com todo o respeito pelo pudor dos simples – são reduzido número.

Em toda parte é a última arte a democratizar-se, essa das ideias. Ainda é recente o caso de Rodin. O escândalo do seu *Balzac*. E Stéphane Mallarmé como Jules Laforgue e o próprio Richard Strauss continuam a ser, para o grande número, esquisitões de duvidoso valor. Ainda há muito quem ria de Wagner como de um polichinelo cheio de guizos.

Esse ainda tão jovem europeu agora no Recife é assim: um torturado de ânsias mentais. Difícil, portanto, de democratizar-se. Tudo na sua pintura é ansiosamente pensado. Ou esquisitamente sentido. Para ele a natureza não passa de pretexto. Aos seus olhos os objetos tomam a plasticidade de cera. Tornam-se bolas de cera. Bolas de cera que a sua mente criadora plasma a seu jeito, num desejo que às vezes se aguça em tortura, de intensiva expressão de ideias. Dir-se-ia que dos seus olhos sai um fogo. O qual dissolve massas, cores, linhas, volumes. E adeus, fotografias coloridas!

Que o público, mesmo o que veste casaca e gosta de música e volta à casa assobiando restos fáceis de operetas, não compreenda nem o desenho nem a pintura nem os "caprichos" do sr. De Garo é a coisa mais natural deste mundo. Seria natural em Buenos Aires. No Rio. E em Roma até. Ou Paris.

A arte de ideias como a literatura de ideias exige certa disposição para pensar que é dos hábitos o que mais dificilmente se improvisa. Principalmente aqui entre estas nossas bananeiras. E cajueiros. E jaqueiras. Tudo isto amolece deliciosamente, tira-nos a tensão mental e convida-nos a volúpias mais fáceis. Às fáceis orgias dos sentidos. À dança comum. À oratória. À retórica. À música de Verdi. Aos romances do sr. Vargas Vila.

É uma natureza, essa dos trópicos a espreguiçar-se toda pelo chão dolentemente e a intoxicar-nos dum como suor viscoso de sexualidade. No meio dela o puro pensar é como uma tortura de virgindade de adolescente. De virgindade supliciada. E aqui só os heróis pensam. E são ainda heróis os que se interessam pelas ideias. Há alguma coisa de heroico em ler um soneto de Mallarmé ou uma página de Browning ou de Lessing à sombra maternal duma jaqueira.

Lafcadio Hearn – que foi como Loti *un oeil* – dizia dos trópicos que lhe tiravam de todo a capacidade de pensar. Por isto ele amava os trópicos voluptuosamente. E é a delícia da nossa natureza, a de servir de sanatório aos cansados de pensar.

Muito natural me parece em face de tudo isso o fracasso entre nós do sr. Nicola De Garo. Não é que o Recife seja uma cidade mais estúpida que as outras: é que o Recife é uma cidade tropical, cheia de sol, de luz e de suor. Isto – que é alguma coisa para um pintor – e nada mais.

Natural, em nós tropicais, a obsessão pela cor. E o desdém pelo desenho puro. Pelo desenho sombrio. Intelectual. E, no caso do sr. De Garo, dum sabor clássico só imperceptível para os que não distinguem entre sabor e ranço. Entre ortografia e literatura. Entre colocar pronomes e escrever. O desenho do sr. De Garo, seguindo um ritmo muito seu, segue também aquela *consonantia* e aquela *claritas* e *integritas* de que nos fala São Tomás de Aquino como *ad pulchritudinem iria requiruntur*.

Aliás ao sr. De Garo não falta a volúpia da cor. Não lhe falta, nem lhe podia faltar, a ele que é um místico, essa nota fluida de emoção. O sr. De Garo é um místico; e deve passar horas e horas olhando para dentro de si; e outras horas olhando para o Calvário. O sangue de Nosso Senhor é nele uma preocupação. Quase uma obsessão. O sangue de Nosso Senhor – esse sangue que salpicou de largas manchas rubras as rosáceas medievais; e dum roxo triste certos livros de horas, como o Maximiliano que Dürer tão pungentemente ilustrou. Ilustrou-o povoando-o todo de ideias, algumas dum trágico-grotesco parente do de Beardsley, como o daquele médico a analisar a própria urina.

Por que escrevi tanto do sr. De Garo? Porque nesse espírito ansioso de pensador e de místico há alguma coisa que rima com o meu. Pelo que, escrevendo dele, escrevi um pouco de mim mesmo. O que é sempre um prazer.

De modo que estas notas não são para iniciar ninguém no que engraçadamente se anda aqui a chamar o "futurismo" do sr. De Garo. Nem por me considerar – ai de mim! – crítico profissional de arte, e com responsabilidades, no caso dos pintores que aqui estreiam, semelhantes às das parteiras, no caso de crianças que estreiam na vida.

(Diário de Pernambuco, 7-10-1923)

26

Estive outro dia a imaginar um café ao meu jeito para o Recife. Café ou confeitaria. Ou mesmo restaurante. Um café ou restaurante ou confeitaria que possuísse cor e característica locais. Que possuísse atmosfera.

É verdade que isso de atmosfera não se improvisa. É como os gramados de Oxford. Os quais levaram séculos a apurar-se. Desaparecido o velho Recife, será talvez impossível enxertar no novo, cuja arquitetura de anjinhos e confeitos não vai conservando o espírito daquele, o café ou o restaurante da minha visão.

Há um prêmio a que o Brasil deve concorrer na próxima exposição internacional. É o de devastador do passado. Devastador das próprias tradições. Nós as temos devastado e continuamos a devastá-las com uma perseverança digna de um *Grand Prix*. Com uma fúria superior à dos *dadaístas*: uns pobres teóricos.

Parece que só em Ouro Preto nos resta hoje do Brasil brasileiro dos nossos avós uma cidade ainda verdadeiramente de pé. O que faz daquele lugar tão morto um como santuário, uma como Lourdes, uma fonte de águas vivas para os que nos sentimos feridos quase de morte no mais íntimo da nossa personalidade nacional. O contato com os restos de Igaraçus e Olindas, a apodrecerem por aí, já não purifica ninguém. E entre um povo que assim devasta o seu passado, não é para surpreender a falta de características nacionais ou locais nos próprios cafés.

Entre povos mais viris os cafés fazem sentir ao estrangeiro um pouco e às vezes muito da vida local ou nacional. Nada mais alemão que esses deliciosos *Biergarten* e *Bierhallen* de Munich, com as suas vastas pipas de cerveja e o ar todo cheio da fumaraça dos cachimbos de louça. Em Paris, num café da *rive gauche* – o *Soufflet* ou o *d'Harcourt*, por exemplo – sentem-se na atmosfera, com o cheiro de *cognac* e o de suor, os hábitos, as qualidades, os vícios até, do parisiense. Há em Paris cafés que serviram de escola e continuam a servir de escola para muitos rebeldes à rotina da beca. Há mestres que pontificam em "cafés", bebericando seu absinto. George Moore, esse como irmão mais moço de Wilde – um Moore que talvez ninguém conheça no Brasil – confessa que um café de Paris, um café da praça de Pigale, o *Nouvelle Athenée*, foi sua Oxford. O que certamente terá provocado o maior dos escândalos entre as negras becas de Oxford. É verdade que antes de Moore, um certo Robert Louis Stevenson, desdenhoso de Oxford como de um burgo podre, passara muito de sua mocidade a preguiçar pelas tavernas e pelos cafés nesses doces vagares e nesse mole langor de convalescente, que lhe permitiram vencer por tanto tempo os direitos da tuberculose sobre seu corpo franzino de criança.

Nos Estados Unidos, O. Henry vivia nos cafés de New York e New Orleans. Nesse seu preguiçar pelos cafés é que obteve a matéria virgem em que soube deliciosamente recortar tantas efígies: detetives, coristas, *hoboes*, capitães irlandeses, caixeirinhas, generais e coronéis da América Central. Eu próprio conheci em New York, numa taverna de subsolo, certo "Don Señor el General" parecido aos Ramon Angel de las Cruzes y Miraflores, de O. Henry. Dele ainda me foi parar às mãos, em Oxford, empolada proclamação em nome da Liberdade. Bom Dom Quixote esse, de quem muito aprendi.

Em New York a vida de café limita-se a certos grupos — intelectuais, estudantes, modelos, *hoboes*. A vida de *club* supre a de café entre os burgueses. Em Paris, ao contrário, não havendo quase vida de *club*, dificilmente se encontra quem não vá à tarde ou à noite ao café, para sua hora de cavaco ou de gamão. Em *La Rotonde*, nesse, a mais breve meia hora diante dum *bock* é uma meia hora de estudo fácil. Estudo de tipos. Os mais diversos tipos passam pela *Rotonde*: russos, japoneses, italianos, americanos e espanhóis. As mais diversas efígies, da cabecita ruiva dum modelo à cara angulosa dum inglês. Barbas formidáveis derramam-se pelas mesas. Barbichas de sátiros repontam de rostos insolentes. Entra um japonês ainda jovem e de rosto apenas salpicado por uma felpa muito negra de bigode: é Foujita. Passa um hindu com o ar de quem quer magnetizar os outros. Vicente do Rego Monteiro faz à toa uns calungas num papel. Leem-se jornais de toda parte, menos do Brasil. À porta, um velho de dentuça podre às vezes distribui papeluchos sobre *maladies intimes*.

Na Inglaterra o *club* — que naturalmente criou raízes entre um povo onde a camaradagem é só entre iguais, evitando-se esnobemente a promiscuidade dos cafés — faz do café uma instituição secundária. Em Oxford está-se nos botequins e nas cervejarias como um *sinful enjoyment* — numa volúpia pecaminosa — o ouvido atento ao primeiro frou-frou das sedas negras do síndico. Há entretanto em Londres em Dean St., no bairro dos teatros, um grupo interessante de *restaurants* pequenos. De um deles era cliente, durante seus dias na Inglaterra, o sr. Antônio Torres e aí estivemos juntos umas vezes, em jantares espiritualizados pela sua espantosa *verve* rabelaiseana.

Nessa mesma Londres conservam-se tavernas e *coffee-houses* onde outrora jantaram, riram e passaram boas horas de cavaco escritores e artistas ingleses. Shakspere — era assim que o poeta soletrava o nome — Donne, Ben Johnson, Goldsmith, o dr. Samuel Johnson, Reynolds — foram frequentadores de *coffee-house*. O dr. Samuel Johnson não faltava à sua, com aquele passo lento de urso ou de mulher grávida. "*Ursus Major*", chamou-o uma vez um poeta, Grey, cujos versos ele criticara, vendo-o arrastar por Fleet Street o corpo enorme de bom gigante.

Vejo, porém, que ainda não disse o que seria o tal café do meu jeito. Caracteristicamente pernambucano. Regionalmente brasileiro. Capaz de fazer sentir ao estrangeiro um pouco da nossa vida e do pitoresco local.

Imagino bem como seria semelhante café: uns papagaios em gaiolas de latas, coco verde à vontade pelo chão – não se serve coco verde nos cafés do Recife! – uma fartura de vinho de jenipapo, folhas de canela aromatizando o ar com seu pungente cheiro tropical. À noite, menestréis – cantadores! – cantando ao violão trovas de desafio; num canto uma dessas pretalhonas vastas e boas, assando castanhas ou fazendo pamonha. Ao seu lado, quitutes e doces, ingenuamente enfeitados com flores de papel recortado, anunciando uma culinária e uma confeitaria que constituem talvez a única arte que verdadeiramente nos honra. Isso, sim, seria uma delícia de café.

Atualmente, o que há é isso pelo avesso. Bonitas confeitarias como a *Bijou*, é certo. Mas sem características locais. Sem atmosfera. Sem caráter.

Ao chegar ao Recife, guloso de cor local, um dos meus primeiros espantos foi justamente numa confeitaria, diante da hesitação de um tio meu em pedir um mate. Talvez não fosse *chic*, o mate. Como não era *chic* pedir água de coco ou caldo de cana. Talvez até não nos fornecessem mate, como não fornecem nem água de coco nem vinho de jenipapo. Elegâncias. O *chic* era pedir um desses gelados de nomes exóticos. Esses sim, fazem supor refinamento de gosto. Elegâncias da *Fox-Film*.

(*Diário de Pernambuco*, 14-10-1923)

27

Numa grande biblioteca americana – dessas que espantaram o sr. Guillaume Apollinaire e devem ter espantado o próprio sr. Wells, delas não se exalando esse cheiro de cadáveres das "necrópoles de livros" detestadas, com razão, pelos modernistas – disseram-me uma vez que havia um compatriota meu, todo ocupado a escrever um livro. Nas bibliotecas americanas – bibliotecas-laboratórios – há em geral uns como corredores monásticos; e dando para esses corredores, salas de estudo, correspondendo a várias secções bibliográficas. Ora, nesse mesmo dia, entrando eu numa das salas de estudo, vejo rebrilhar sobre as páginas abertas duns livros, uma como bola de *football*, ainda nova e oleosa: o tal compatriota meu, lustrosamente calvo a escrever seu livro. A seção era a de Gramática. O livro, mais uma gramática. Mais uma gramática portuguesa.

Haverá povo que tenha mais que o brasileiro a obsessão da Gramática? Duvido. A Ordem Gramatical nos inquieta muito mais que a Ordem Constitucional e mesmo a Pública. O purismo gramatical nos preocupa muito mais que a pureza do leite ou da manteiga. E qualquer dia desses vai aí aparecer novo Messias de fraque, berrando que a salvação da pátria está, não no Rumo aos Campos do sr. Wenceslau Braz nem no Rumo ao Mar do Almirante Alexandrino nem no Rumo à Caserna do poeta Bilac, mas no Rumo à Gramática. E veremos o país salpicado de Ligas Pró-gramática e um grande Congresso da Gramática reunido no Rio sob a presidência do sr. Laudelino Freire e o problema da colocação dos pronomes discutido nas câmaras com o maior ardor deste mundo.

Nós vivemos numa obsessão verdadeiramente patológica da Gramática. O brasileiro, quando não escreve versos, escreve desaforos e, quando não escreve desaforos, escreve gramáticas. Vêm os escritores de gramáticas em terceiro lugar.

E que os labores de tão numerosos gramáticos não têm sido de todo infecundos, prova-o o haverem conseguido requintar a extremos angustiosos a gramática portuguesa, ouriçando-a toda de regras e sub-regras. Desses labores, eles próprios, os gramáticos – os de beca como os de fraque e os em mangas de camisa – calorosamente se felicitam; e a parte letrada da nação os felicita; e os patriotas todos os felicitam. Porque o fácil filosofar de todos é este: quanto mais complexa a gramática, maiores os recursos do idioma. O sempre maior interesse pela gramática seria para eles espécie de defesa sanitária do idioma. O que é espantosamente absurdo. É como se um cristão pretendesse melhorar a alma, expandindo o ventre. Não digo que o estado do ventre não afete o da alma. Nego que a elevação da alma dependa da expansão do ventre. E a gramática é apenas o sistema digestivo do idioma.

Fazendo honra de chamar a sua língua *a grammarless language*, os ingleses e americanos são como esses ascetas todo ossos que se contentam em possuir de carne o bastante para servir de pretexto à alma. E a gramática inglesa – "a mais simples das gramáticas", segundo o filólogo dinamarquês Jespersen citado pelo professor Brander Matthews – apenas serve de pretexto a uma grande alma: a anglo-saxônia. E na Inglaterra, como nos Estados Unidos, o estudo do idioma é muito menos a anatomia do seu sistema digestivo que a introspecção de sua alma. No estudo de Shakespeare, havendo matéria para infinitos labores de interpretação textual e gramatical – como o problema das preposições um tanto parecido ao dos propromes entre nós – se passa por tudo isso de raspão. Entra-se na obra formidável do poeta como numa catedral desdobrada em laboratório de psicologia. Muito ao contrário, por conseguinte, do que sucede entre nós: nos *Lusíadas* como na *Vida do arcebispo* fazem-nos entrar, os mestres, de *maillot* ou em mangas de camisa, para os mais penosos esforços de acrobacia gramatical. Foi só depois de me haverem ensinado a ler Chaucer, Shakespeare, Dante, Swift – a soletrar-lhes as ideias, a sentir-lhes as emoções e, sobretudo, esse ansioso preocupar-se deles com os problemas mais íntimos da vida – que vim a achar nos *Lusíadas* algo mais que uma sala de exercícios gramaticais. A horrível sala de ginástica onde tantas vezes entrara, menino, para minha hora de dura acrobacia cerebral. Aliás nessa acrobacia não fui mau aprendiz. O que me deixa à vontade para dizer mal desse nosso ignóbil hábito de transformar catedrais em pavilhões de ginástica.

Creio ainda que se deve atribuir à nossa obsessão pela Gramática o ser entre nós a crítica literária mais um horrível ofício de catar piolhos que uma função criadora e plástica da inteligência e do gosto. O crítico no Brasil, como em Portugal, é ainda o que abre um romance ou um livro de sonetos à procura de pronomes mal colocados, de erros no infinito pessoal, de falhas na metrificação. Mero guarda-civil da Ordem Gramatical. Mero mata-mosquito da Higiene Gramatical. E à luz fumarenta da gramática é que o sr. Osório Duque Estrada, por exemplo, faz entre nós seu arremedo de crítica, numa despreocupação soberana pelo sentido íntimo das coisas. Não discuto, antes respeito, os méritos do sr. Duque Estrada no distrito da Gramática. O que lhe nego é sensibilidade, é gosto, é acuidade, é o sentido plástico reunido à capacidade de abstração, é o *artistic temperament* de que nos fala Wilde, repetindo seu querido Pater. Ora, sem nenhuma dessas coisas, pode-se muito bem ser mestre de Gramática; mestre de crítica, é que não. Está, entretanto, fora dos propósitos deste artigo tão à toa, ocupar-me de crítica literária no Brasil. Onde apenas vejo esboçar-se uma grande vocação de crítico na arte ainda em flor e no gosto ainda a aguçar-se do sr. Agripino Grieco; e vocações menores nos srs. Gilberto Amado, Tristão de Athayde, Antônio Torres, Andrade Muricy e mesmo no sr. Ronald de Carvalho. Afirmação, não vejo nenhuma. Em Portugal, há o sr. Fidelino de Figueiredo, cuja obra ainda por acabar já assumiu na literatura crítica da nossa língua o relevo duma catedral.

 Voltando à obsessão da Gramática poderia ainda dizer que entre nós ela se estende às artes plásticas. As quais têm todas sua gramática. Havendo um classicismo gramatical na pintura semelhante ao que existe na literatura. Semelhante classicismo gramatical é que muitos confundem com espírito clássico.

(Diário de Pernambuco, 21-10-1923)

29*

Max Stirner, Nietzsche, Proudhon, Georges Sorel, Wilde, Ibsen, George Bernard Shaw – esses escritores meio satânicos da negação e da contradição, fazem-nos um bem ou nos fazem um mal passando pelo espírito? E abalando-nos no nosso sentido da vida com os seus paradoxos inquietantes ou insólitos? E levantando diante de nós problemas e subproblemas?

Aproximemo-nos do assunto doutra maneira: deve haver lugar numa cultura bem regulada para a literatura de negação e contradição? Fará bem ou fará mal às nossas convicções deixar que no-las ponham pelo avesso em duras provas de resistência? Haverá ou não benefício em deixarmo-nos examinar, à voz dum Nietzsche ou dum Stirner travestido em inspetor de saúde, nos mais íntimos valores intelectuais, morais e estéticos de que vivemos?

Creio que deve haver lugar na nossa formação da individualidade para esse tipo de literatura. Principalmente antes dos trinta anos. Antes dos trinta anos, escreveu o sr. George Bernard Shaw, é que todos devemos ser revolucionários. O que eu próprio aceitaria se não suspeitasse nessa palavra "revolucionário" o sentido parcial de revolucionário. De filho da grande Revolução Francesa.

E na adolescência que, ao primeiro beijo porventura pecaminoso dum paradoxo insólito, se nos abre o espírito – a noção de valores tradicionais de moral e estética de que vínhamos placidamente vivendo – ao embate das negações e contradições radicais. Repete-se em todo adolescente de natureza superior o drama de São Frei Gil: – aquele como "primeiro beijo de namorada", aquela "Voz do Proibido", vem provocar no adolescente anseios de curiosidade e opinião própria quanto aos grandes problemas da vida. E haverá cultura digna desse nome sem ter sofrido nos seus mais íntimos valores a tortura aguda mas purificadora das grandes negações? Não me refiro, é claro, a essas negações e contradições de mero brilho exterior, essas extravagâncias que ao Bispo de Cleyne esse argutíssimo George Berkeley, que escreveu os *Três diálogos entre Hylas e Philenous*, tanto repugnavam.

A verdadeira cultura sentirá mesmo, pelo menos no seu período de formação, certa necessidade da literatura de negação e contradição. O processo da

---

* Houve um lapso na numeração, tendo sido omitido o n. 28.

cultura pode-se, com alguma irreverência, comparar a um jantar no qual a *hors--d'oeuvre* picante aguça o desejo das *entrées* confortadoras. São Tomás de Aquino é muito mais confortador depois duma *hors-d'oeuvre* de Nietzsche ou Stirner.

O que é idiota ou pelo menos extravagante é contentar-se um indivíduo com a *hors-d'oeuvre*, no seu jantar ou na sua cultura. Mas, por outro lado, um jantar sem *hors-d'oeuvre* é deficiente, incompleto, faltando-lhe o estímulo.

Que me perdoem esse mesclar indigno dos interesses da alma com os do ventre; mas como resistir a afinidades com que tantas vezes se nos apresentam os mesmos interesses?

Quanto aos escritores cuja negação e contradição expressam não uma quase revolta contra certos instintos da espécie, como Nietzsche, mas contra os excessos de certas épocas, como William Morris, Ruskin e Barbey d'Aurevilly contra o industrialismo e a democracia estúpida do século XIX; com eles o caso é outro, podendo ser mesmo "escritores-*entrées*". Porque o fato é que o próprio Jesus foi uma negação de muitos valores de sua época; e, sob o ponto de vista dum judeu daqueles dias, há mais paradoxos de moral em duas ou três parábolas de Jesus, que paradoxos de estética, para o burguês moderno, em toda a obra dum Wilde ou dum Cocteau.

(Diário de Pernambuco, 28-10-1923)

30

Vai crescendo nas nossas cidades do Nordeste o elemento israelita – o que representa ao mesmo tempo uma vantagem e a sombra de um perigo. O perigo está nas tendências desse bom elemento para o exclusivismo: no ser em geral um sangue que se não vincula à terra, que o acolhe. No ser em geral um elemento móbil como uma bola de borracha. E como a bola de borracha, fácil de dilatar-se.

Não há mal algum na presença, numa cidade, de judeus – que são até um elemento, além de inteligente, pitoresco, com as suas recordações dos *ghettos* medievais. Mesmo os judeus do tipo rigorosamente exclusivista, nenhum mal representam, quando seus direitos não excedem ao pouco de identificação com os destinos nacionais a que eles de ordinário se limitam. O perigo está no excesso daqueles direitos sobre essa identificação.

Há judeus que intimamente se radicam ao país de sua nacionalidade – ligando o sangue à terra. O moderno conceito de nacionalidade – um conceito acentuadamente coletivo – favorece essa identificação. E os judeus desse tipo só podem representar vantagem para o país em cujo "Nós" nacional se lhes dissolve o sangue sem preocupações exclusivistas. Vantagem porque não faltam ao semita qualidades magníficas, não só de resistência física – nas estatísticas de vitalidade e maternidade feliz brilha o elemento judaico – como de inteligência e apego ao trabalho. Semita era aquele espantoso Disraeli – aliás d'Israeli, como se assinava a família antes de emigrar da Itália para a Inglaterra – que de tal modo se identificou com os destinos nacionais ingleses a ponto de tornar-se por largos anos – já com o título de Lord Beaconsfield – a mais viva encarnação do espírito da Inglaterra e das suas mais íntimas tradições. Decididamente o hábito faz o monge – pelo menos quando o hábito é a farda de primeiro-ministro da Inglaterra. E de quantos fidalgos, fidalgotes e até advogados de aldeia como Lloyd George têm passado pela história inglesa, nenhum mais inglês que esse grande judeu Disraeli, sardônico e genial, com a sua barbicha de sátiro e o seu ar ao mesmo tempo de *gentleman* e de polichinelo.

O perigo não está nesses – mas naqueles judeus cujo sangue, coalhando-se, se constitui num "Nós" dentro do "Nós" nacional. Dentro, mas separado dele. E que, a exemplo de bolas de borracha, rolam pelo mundo, sem criar raízes de deveres e responsabilidades nacionais em parte alguma. E constituem-se às vezes nessas tentaculares fortunas móveis que aos poucos conseguem destilar sobre as imóveis – a propriedade pequena ou grande, radicada à terra – e sobre as grandes forças da ação social como a imprensa, certa acidez erosiva que não raro termina em sutil absorção.

A países jovens como os nossos da América, esses elementos móveis – não só judeus como portugueses e italianos – não são dos mais vantajosos. A vantagem está naqueles elementos estrangeiros que se vêm aqui radicar, identificando-se com o que o nosso tipo de cultura possui de fundamental, ainda que nos trazendo para o *melting pot* o sal ou o açúcar ou a pimenta dos seus característicos diversos.

Nossa cultura americana tem necessariamente de ser uma cultura de tipo e feição internacional. Nada mais desfavorável aos nossos interesses e contrário ao nosso espírito e ideal de cultura que um nacionalismo estreito ou um nativismo intolerante. Mas somos uma sociedade que se deve inteligentemente defender contra o perigo desse cosmopolitismo ruidoso dos grandes transatlânticos, dos hotéis suíços e das "pensões poliglotas" de que falava Roosevelt. Internacionalistas, é justo que o sejamos; cosmopolitas, não.

(Diário de Pernambuco, 4-11-1923)

31

Numa literatura fácil, eu vinha, um desses dias, seguindo página a página o palavrório lírico modernista do sr. Graça Aranha em *Estética da vida* – quando de repente, já farto dessa filosofiazinha de alfenim, que hei de encontrar à página 187? Todo um trecho forte, deliciosamente forte, desafinado do resto do livro, que é lamentavelmente medíocre. E leio o trecho, e o releio, e vou sublinhá-lo a lápis, quando me ocorre que o livro não é meu. E sucede que por causa desta só meia página deliciosa é possível que eu tome amanhã a coragem de gastar cinco ou seis mil-réis no livro do sr. Graça Aranha. Se o fizer hei de perguntar ao livreiro por que não se inventa um processo de vender livros a retalho, à página.

O que nesta meia página deliciosa de *Estética da vida* serve de assunto ao sr. Graça Aranha é o "pragmatismo brasileiro". Em palavras mais líquidas: essa volúpia de ação material, esse furor de resultados imediatos que nos vem há anos empolgando. "Depois de ter sido uma nação paradoxalmente clássica" – escreve o sr. Graça Aranha – "movida pelo humanismo e pela imaginação literária, eis o Brasil lançado no extremo da oposição à cultura intelectual. Há um pragmatismo que procura suplantar todo o intelectualismo."

O sr. Graça Aranha não está só nesse seu ferir tecla de modo algum nova; nem a versar assunto virgem. O mérito superior de sua meia página é que aí se congelam, numa síntese feliz, observações dispersas sobre o que é talvez o mais agudo mal do Brasil de hoje: a absorção dos interesses da alma pelos do ventre.

Já no livro de Bryce – esse Bryce que por aqui passou muito às pressas, numa pressa de fiscal experiente, contando os passageiros dum bonde – vem a respeito certa observação meio irônica. Refere Bryce (*South America, observations and impressions*) que as únicas escolas de que teve conhecimento no Brasil foram escolas de caráter estritamente prático: direito, farmácia, engenharia, minas, medicina, odontologia.

Feriu-o, sem dúvida, a falta aqui entre as nossas bananeiras, senão de miniaturas, de caricaturas ao menos dessas Oxford e dessas Cambridge onde a juventude inglesa aprende de beca a soletrar o grego e a ler o inglês ainda sem ossos de Godofredo Chaucer. Nada mais natural que semelhante espanto, num compatriota e quase contemporâneo do Newman que escreveu o forte apologético de Oxford e do humanismo em geral que é *The idea of a university*.

Nos Estados Unidos as Harvard, as Yale, as Colúmbia, as Princeton constituem o que o sr. Oliveira Lima chamou uma vez "a ingente fábrica de idealismo duma nação arrastada para os interesses materiais". Às vezes os interesses do ventre projetam, até pelos claustros e *yards* das universidades, sua sombra monstruosa; mas a reação dos interesses da alma é certa. Daí o encanto com que de Harvard escreveu o escritor peruano sr. Francisco Garcia Calderon: "Parece que ali não chegam os rumores da vida nova, o estrondo e a soberba dos reis industriais".

A decadência no Brasil do humanismo data da República; vem-se nos últimos anos aguçando. Aliás, nos últimos anos, em toda parte se tem feito sentir uma como crise geral do humanismo. O próprio laboratório especulativo ficou ameaçado de converter-se em simples usina pelo gramatismo vitorioso. Destilou-se sobre a metafísica muito ácido erosivo. Mas se sente já o sopro da reação. Principalmente em Croce, em Balfour, e na revivescência da filosofia tomista. Na Itália, um professor ilustre, o sr. Sanarelli, acaba de iniciar verdadeira campanha contra a "ciência de fins imediatos e quase mercantis" e a favor da pura. Contra a ciência de usina; a favor da do laboratório. Na Espanha representa a reação contra a ciência de usina e fábrica, o sr. Ramon y Cajal.

Certo, o humanismo não chegou no Brasil em tempo algum à flor aberta das artes *liberais*, desenvolvidas do *trivium* ou do *quadrivium* da Idade Média. Mas mesmo assim nossos avós e bisavós do Segundo Império foram homens de forte imaginação literária e certa cultura clássica. Estudavam-se com certo decoro as humanidades. Não havia a nevrose do imediatamente útil.

Ora, a reação deve ser justamente contra essa nevrose. Faz-se agudamente necessária uma transmutação de valores, a favor dos da alma, contra os do ventre. Isto, a começar pelo ensino secundário. Impõe-se reabilitar entre nós o prestígio das humanidades, dos estudos inúteis. E deve a meu ver esse cuidado anteceder os esforços ruidosos a favor duma instrução universal e dum ensino popular de duvidosa conveniência. Carecemos principalmente duma elite de alta cultura, sem a qual resvalaremos para o número dos povos inferiores.

Contra essa perspectiva não se venha alegar nossa superioridade de esforço material e técnico nestes últimos decênios; toda a nossa quilometragem de estradas de ferro e todo o nosso luxo de *water closets* de porcelana. Tudo isso é mera exterioridade; nada disso é criado, é próprio, é nosso. Nada disso identifica ou destaca uma cultura nacional.

Nós, brasileiros, estamos numa fase crítica da nossa formação.

Os interesses do ventre vão levando vantagem. Somos uns voluptuosos da luz elétrica, do bonde elétrico, do fogão elétrico, do automóvel, do cinema. Por esses valores materiais vamos medindo as nossas forças. Só o imediatamente útil nos interessa. Vamos passando da escola primária às profissionais e aos cursos técnicos, num voo sobre os preparatórios – essa caricatura das antigas humanidades. Querem os pais as escolas que lhes preparem os filhos para os exames ou para os empregos, o mais breve possível.

A expressão entre nós do industrialismo e do capitalismo – inevitavelmente nestes próximos anos – onde nos levará, dada nossa indigência de reservas de idealismo que sirvam de corretivo à volúpia de materialidade?

Nosso falado progresso nacional vai tomando o ar horrível duma civilização do conforto físico – espécie de edição melhorada e aumentada do 202 de Jacinto: bons elevadores, bons fogões elétricos, bons lavatórios, bons *water closets*, bons automóveis. Não reagiremos em tempo?

(*Diário de Pernambuco, 11-11-1923*)

Yeats

Um telegrama no *Diário* de 17 último: "Paris, 15 – De Estocolmo: O Prêmio Nobel, de literatura, foi adjudicado ao irlandês Yeats".

Esse "Yeats" não é outro senão William Butler Yeats. O autor de *Irish fairy & folk tales* que me perguntara: "Há influências celtas no folclore do Brasil?".

Conheci-o há uns quatro ou cinco anos. Parece que o estou vendo alto e muito branco, as mãos esguias e muito brancas, um cabelo que dir-se-ia todo salpicado d'uma como poeira de prata. E os olhos cismadores, detrás dumas enormes lunetas de pedagogo. E os dedos finos a brincarem com a fita de seda das lunetas.

Parece que o estou ouvindo falar: de Dublin, de Wilde, do sempre aguardentado Lionel Johnson – um grande místico católico, das camaradagens da *Young Ireland*. Um inglês, o seu, com um sonoro sotaque irlandês. E uma voz debussyana que parecia sempre ir sumir-se.

Era o primeiro grande poeta – quase o primeiro grande artista – que eu conhecia. Viria depois a conhecer Vachel Lindsay, com seu ar de quem acabou de absorver o oitavo ou nono *cocktail*; Rabindranath Tagore, com umas barbas que parecem postiças – dessas que se vendem pelo Natal para os pais fazerem de Santo Claus – e uns dentes de menino a alvejarem entre o roxo dos lábios; Amy Lowell, toda apertada nas suas sedas e rendas, a gordura de *menagère* de hotel ou senhora de engenho parecendo ir espirrar do vestido justo. Mas ninguém me deu até hoje como o sr. William Butler Yeats a impressão dum poeta.

Tinha eu ao conhecê-lo, na tarde que ele visitou Baylor, dezoito anos ou talvez já dezenove; andava a ler os "lackistas" porém era ainda estranho a William Blake e aos pré-rafaelistas. Se os conhecesse, teria então compreendido melhor o sr. William Butler Yeats – espírito parente do de Blake e do de Rossetti, sem prejuízo do sabor todo novo do seu lirismo e de sua clara vibração pessoal.

O laureado do Prêmio Nobel nasceu em Dublin em 1865. A 13 de junho. Menino ainda, dedicou-se à pintura. Mas sem o sucesso do pai, John Butler Yeats, de quem há um retrato delicioso de George Moore.

Curiosa figura, a desse velho Yeats, também escritor. Seu livro de ensaios – *Essays: Irish and American* – é um encanto. Anima-o a flama da ironia. Já no fim da vida mudou-se John Butler Yeats de Dublin para New York, onde morreu em 1921 ou 22. Eu poderia tê-lo conhecido como vim a conhecer o filho glorioso.

O assunto favorito desse Roosevelt virado pelo avesso era a defesa do lazer. Dos vagares. Do que a vida deve ter de inação. A vida sem esse preguiçar um tanto lânguido perdia para ele todo o sabor. Não compreendia os homens que não podem estar voluptuosamente parados na contemplação ou na abstração: os homens incapazes de abstrair-se do que a vida tem de mecânico. Em plena New York de Theodore Roosevelt fez a apologia dos que *"however employed, have an idleness which they value as their chief good"*. Sinto não saber passar isso ao português. Aliás, o pedantismo de citar em inglês, aprendi-o com o Visconde de Santo Thyrso.

O sr. William Butler Yeats – tão filho de John! – deu-me a impressão, com os seus vagares de convalescente, de seguir o pai nessa volúpia do lazer. E talvez viesse afinal a seguir o velho Yeats na pintura, se a influência de Oscar Wilde, com quem se acamaradou em Dublin, não o fizesse entregar-se todo à literatura. Em Dublin chegara a frequentar a *Royal Society* – escola de pintura.

Aliás, surpreende o número de escritores ingleses que, ou começaram pintores como Yeats e George Moore, ou continuaram pintores e escritores, numa feliz aliança de vocações: William Blake, Morris, Dante Gabriel Rossetti. O pintor americano Whistler escreveu todo um saboroso livro sobre a arte de fazer inimizades. (Arte que é tão sutil quanto a de fazer amigos.) E o sr. Vachel Lindsay mostrou-me uma vez, no Hotel Brevoort, folhas e folhas de papel com uns agudos desenhos seus, a pena. Valendo-se da psicanálise ele atribui a esses desenhos íntima relação com os seus poemas.

No sr. William Butler Yeats o poeta absorveu de todo o pintor. Mas de vez em quando a vocação do adolescente de Dublin, num enleio diante do mundo de formas sensíveis, se faz sentir no poeta dos elfos.

O sr. William Butler Yeats é também autor de alguns livros de ensaios: *The celtic twilight* e *Ideas of good and evil*. Uma revista de New York, *The Dial*, publicou-lhe recentemente as "Memórias", cheias de recordações de Wilde. Há também de Yeats um drama escrito em colaboração com o sr. George Moore.

Começa agora a ser oficializado e ei-lo membro dessa como Guarda Nacional das Letras: os laureados do Prêmio Nobel.

Antes já se deixara oficializar aceitando uma cadeira no Senado irlandês. É o que mal posso imaginar: Yeats no Senado irlandês. Entre os senadores irlandeses, com as suas vozes de leiloeiro, que vai fazer a voz debussyana de William Butler Yeats?

Um amigo meu dizia-me um desses dias que nas discussões, nos debates e nos concursos vence quem grita mais forte. E no Brasil, creio que é assim. Na Irlanda talvez seja assim. E nesse caso – que há de ser do Senador Yeats no Senado de Erin?

(Diário de Pernambuco, 22-11-1923)

32

"Que há num nome?" pergunta um personagem de Shakespeare. Que há num nome? devem perguntar desdenhosamente os prefeitos do Recife, ao mudarem, com um traço fácil de pena ou mesmo de lápis, os nomes de nossas ruas e praças.

Esse verbo "mudar" é aliás muito conjugado no Recife. Vive o Recife a mudar de casa, de profissão, de colégio. Ultimamente, quis até mudar de lugar, dando-se ao luxo dum terremotozinho, cuja realidade, entretanto, ninguém cientificamente apurou.

Mas sobretudo vive o Recife a mudar os nomes das ruas. Poderia mesmo sugerir-se que as placas com os nomes das ruas fossem entre nós de ardósia; e os nomes escritos a giz, bastando criar-se um lugar de calígrafo na prefeitura.

Um lugar? Vários lugares. E esses calígrafos seriam talvez gente mais azafamada que os reparadores dos sempre esburacados canos d'água ou dos nossos telefones de brinquedo.

Num simples nome de rua residem às vezes imensidades. Apagar um nome assim seria destruir imensidades.

A importância dum nome de rua não está em que a rua se pareça exteriormente com o nome. Já se diz num fado antigo que "Vista Alegre é rua morta; a Formosa é feia e brava; a rua Direita é torta; a do Sabão não se lava".

Mas num nome antigo de rua – ou melhor, no primeiro nome duma rua – há sempre alguma coisa de íntimo e espontâneo e até poético. Alguma coisa daquela "alma encantadora", sobre que João do Rio compôs todo um livro fácil de reportagem.

Um amigo meu chegou a convencer-me outro dia de que o nome "Aflitos" deve desaparecer do mapa do Recife. De fato, na estrada dos Aflitos moram hoje burgueses regalados e felizes, cujas casas possuem *abat-jour* e piano. Nada têm de aflitos.

Mas no dia seguinte passei pela estrada dos Aflitos a pé. E cheguei à conclusão de que deve continuar "Aflitos". Pois é possível que seus habitantes não vivam aflitos com aquela rua toda esburacada?

Havia no Recife ruas de nomes deliciosamente pitorescos. Basta recordar à toa: Rua das Águas Verdes, Travessa do Quiabo, Beco do Catimbó, Cruz das Almas, Ubaias, Beco da Facada, Rua das Crioulas. São nomes em que se sentem sugestões de poemas.

Hoje a Rua das Crioulas é rua – ou avenida? – Numa Pompílio. E o nome solene de Numa Pompílio dá ali a ideia de colado à goma arábica sobre o legítimo – tão ingênuo mas tão de acordo com o tédio moroso e lânguido daquela rua batida de sol. São nomes intrusos, os improvisados e impostos pelos conselhos municipais.

Rua das Crioulas, Estrada das Ubaias, Rua das Águas Verdes são nomes com a ingenuidade, o sabor, o colorido, o sem esforço dos primeiros nomes. Nomes quase espontâneos. E é injusto que um nome assim desapareça do mapa da cidade a um traço *non-chalant* de lápis oficial.

Ao Instituto Histórico, sempre tão atento aos embarques e desembarques, aos aniversários e às datas liberais, cabe opor-se a esse hábito execrável de mudar os nomes das ruas, de que há quinze anos parecem empolgados os nossos prefeitos e conselhos municipais. Porque o Instituto se propõe a zelar nossas tradições; e os nomes de ruas são tradições a zelar.

Ignoro, aliás, a quem se deve o ter a Rua da Imperatriz voltado a ser a Rua da Imperatriz de outrora, depois de toda uma série de revoluções onomásticas. E a Rua do Imperador a ser Rua do Imperador. Se é ao Instituto, parabéns ao Instituto.

E seria justo salientar que o atual prefeito, o sr. Antônio de Góes – a quem é fácil perdoar o leão de ferro fundido e a ponte maracajada do Parque Amorim diante do seu continuado esforço em prol da arborização da cidade – se tem mostrado livre da nevrose de mudar os nomes das ruas.

Mas tudo que se diga no Recife contra a mania de "mudar" inconscientemente, à toa e a todo pano e a favor do hábito de "conservar" inteligentemente, nunca é sem atualidade. Pelo que me parecem oportunas essas reflexões.

(Diário de Pernambuco, 25-11-1923)

33

Pergunta-me um estrangeiro por que no Brasil se fala sempre berrando. Dentro de casa, na rua, nos cafés, nas câmaras, lendo, discutindo, conversando, discursando, mercadejando – berra-se sempre no Brasil. Entre nós o próprio cavaco dá a ideia do exórdio de uma luta de sopapos entre estivadores.

Naturalmente, não desejo assumir o ar de um professor de estética da acústica; e prefiro atribuir esse nosso mau hábito de falar gritando a uma natural tendência do homem para afinar com a natureza não só a voz como a moral e o gosto. E a nossa natureza, que nos ensina a todos, na sua indisciplina selvagem, senão a berrar? É a mais tumultuosa das naturezas. Tumultuosa é a matéria brava; tumultuosos são os rios, as grandes massas d'água, sobretudo essa formidável cachoeira alagoada a cujo ruído parece afinar-se todo o nosso furor declamatório. A literatura brasileira – salvando uns raros desafinados – parece escrita para ser lida aos berros. O sr. Coelho Neto escreve berrando: o tumulto de suas assonâncias dá dor de ouvido. É preciso tapar os ouvidos com algodão para ler o sr. Coelho Neto. E Alencar. E Castro Alves. E Rui. E o sr. Pinto da Rocha. Todos gritam escrevendo.

De todos eles se pode dizer o que de Hall Caine escreveu Oscar Wilde: que de falar tão alto chegara a ninguém lhe perceber as ideias. Ideias, no caso de Caine; palavras – sugere brilhantemente o sr. Lins do Rego – no caso dos nossos líricos.

Aliás, a literatura no Brasil começou logo aos berros. Isso de "débeis vagidos" com relação aos nossos primeiros esforços literários é conversa. Foram berros. *A prosopopeia* são noventa e quatro estrofes de rumores bárbaros que a oitava rima não consegue comprimir nas suas dobras hieráticas.

Somos a Stentorlândia. Aqui deveria o Bronzoni citado por Schopenhauer ter vindo buscar material para o seu *De rumori*.

Schopenhauer nomeou uma vez os rumores que o irritavam: o estalo dos chicotes dos carroceiros, o ladrar dos cães, o choro dos meninos. "Rumores-assassinos-de-ideias" – chamou-os o autor de *Parerga*.

Vê-se, entretanto, que Schopenhauer morreu com os ouvidos virgens do agudo falar brasileiro. Falar horrível. Estridente. Dá a ideia de gargantas que se vão partir. Principalmente o falar das mulheres. Notaram-no, com relação às nossas avós, viajantes europeus e americanos que aqui estiveram no século passado. Augusto de Saint-Hilaire, Expilly, William Scully, Fletcher e Kidder. Seriam as avós piores que as netas?

Quanto a escrever berrando, o vício não é exclusivamente nosso, é meridional e notadamente ibérico. Se fosse possível fazer a cores um mapa-múndi dos vícios da estética, nada mais natural que colorir a vermelho de fogo a Espanha, Portugal, a Provença, a Itália – pátria do sr. Inocência Capa – e toda a América chamada latina, escrevendo: *Hic habent stentores*. Um tanto à maneira do *Hic habent leones* dos cartógrafos medievais.

Na América Latina raros têm escrito sem berrar. Ocorre logo Amado Nervo, que este até intitulou *En voz baja* todo um livro delicioso; e foi um como Debussy, com a volúpia quase doentia da surdina, desgarrado entre *stentores* formidáveis do tipo do sr. Vargas Vila. Apareceu no México ninguém sabe como. Desafinado do meio. Exatamente como Antero de Quental em Portugal; Machado de Assis no Brasil; Augusto dos Anjos na Paraíba.

Machado de Assis no Brasil. Se um pedaço de gelo se deslocasse um dia do Polo Norte, vindo parar, indiferente ao sol e à *gulf stream*, nas nossas águas ferventes – ainda assim não se teria produzido fenômeno mais estranho que o de Machado de Assis no Brasil. Mulato, epilético, brasileiro – tudo isso, e ainda assim escrevendo sem berrar. Emerson o teria amado como a um irmão.

Ninguém foi mais inimigo do berro que Carlyle, nem mais delicioso apologeta do silêncio. E era da toda hierática Inglaterra vitoriana e dos Estados Unidos da geração dos Lowell, dos Holmes e até dos Emerson que Carlyle escrevia no seu inglês pungente, *"were going all off wind and tongue"*. "É grande a necessidade" – são palavras suas no único discurso de sua vida – "de nos tornamos um pouco mais silenciosos do que somos". E contra Demosthenes, lançava Phociano, antecipando a sra. Montessori.

Esse Carlyle, que assim falava da Inglaterra dos Browning e dos Estados Unidos dos Lowell, seria ou não tentado aos extremos do suicídio ou homicídio se aqui tivesse vindo parar? Verlaine aconselhava que se torcesse o pescoço à eloquência: e Carlyle era homem para pôr em prática violências dessa ordem.

Uma tarde, na Inglaterra, num chá de *inn*, estando eu a ler um *Punch* entre goles de chá, surpreendi uma cena interessante: vi uma senhora inglesa pedir a dois estrangeiros o obséquio de conversarem menos estridentemente. Em Oxford conversa-se quase à surdina. E nenhum inglês refinado deve vir ao Brasil sem lunetas esfumadas contra o sol e bom algodão para tapar os ouvidos contra o Berro.

Direi em conclusão que o Berro me parece o último refúgio da fraqueza intelectual. Daí meu pouco entusiasmo pelos grandes oradores, a começar por Cícero. Por que se elogia tanto esse Rei do Berro em quem Montaigne debalde procurou algo mais que sopro de vento? Por que se lê Cícero nas escolas em vez de Thomaz de Kempis?

(Diário de Pernambuco, 2-12-1923)

34

Um deputado pernambucano, o sr. Luís Cedro Carneiro Leão, quer ver estabelecida no Brasil "uma inspetoria de monumentos históricos".

Se não erro, é este o sentido do seu projeto: que se entregue a uma organização oficial a defesa e o cuidado de quanto monumento ou alfaia histórica vai tristemente apodrecendo por aí. Defesa contra os tentáculos dos compradores estrangeiros. Os compradores estrangeiros de azulejos eclesiásticos em grosso. Os compradores estrangeiros que nos vão dilapidando as sacristias, os claustros, os interiores de igrejas e conventos, ante a perfeita *nonchalance* das autoridades eclesiásticas e dos institutos históricos e arqueológicos.

Nada mais oportuno que o projeto do sr. Luís Cedro. Nunca nossos monumentos precisaram tanto de defesa oficial. O que do Brasil antigo nos resta hoje de pé está de pé por milagre. O gosto da antiguidade entre nós parece limitar-se a alguns senhores de fraque discutindo no Instituto Arqueológico o heroísmo republicano de Bernardo Vieira de Melo.

Quando em Olinda furou-se, roeu-se, esfuracou-se, dilapidou-se de azulejos a antiga Sé, para lhe dar o falso arrojo catedralesco de agora, os tais senhores de fraque continuaram a discutir, entre goles d'água, o heroísmo de Bernardo Vieira de Melo, frios como o gelo ante os horríveis ultrajes. Quem protestou foi um simples rapaz sem fraque em quem logo se descobriram insolências de garoto. Somos garotos insolentes todos os de pouco mais de vinte e de menos de trinta anos quando pegamos em delito de estupidez os de mais de trinta. É assim que os de fraque se defendem dos sem fraque.

Entretanto a que indivíduo de gosto o Recife novo não dá vontade dum *J'accuse* em regra? É o Recife novo uma obra inestética de engenheiros de que se envergonharia o mais rude *cementarius* medieval.

Se alguém quiser sentir todo o agudo contraste entre o Recife de agora salpicado de anjinhos e confeitos nos seus frontões e os dos nossos avós, alugue um bote ou uma lancha e de certa distância contemple estes dois vizinhos: o Arsenal e o edifício da Fiscalização Federal do Porto. O Arsenal – firme, puro, sóbrio; o edifício novo – rebarbativo, desgracioso, absolutamente sem caráter. A não ser que o tivessem edificado para sede de alguma federação de clubes de *football* com ênfase de *foot*. Ou para obter o áureo "Grand Prix" num Concurso de Mau Gosto.

Entretanto é só por milagre que o velho Arsenal está de pé. Os construtores a cimento armado de braço dado aos fazedores de anjos – dando à frase, é claro, nova acepção – farejam-lhe gulosamente o local. E de fato: que delicioso lugar para um edifício do tipo da Associação Comercial!

À Inspetoria de Monumentos Históricos incumbiria proteger os edifícios como o Arsenal. E teria por certo de dedicar-se um pouco à obra difícil de restauração – isto é, retirar de certos edifícios antigos as espessas camadas de rebocos, estuques e argamassa restituindo-os à sobriedade ou à ingenuidade original.

Mas o que principalmente se impõe no Brasil é uma campanha que nos eduque no gosto da antiguidade. No gosto do nosso passado. Da nossa tradição.

William Morris, propondo na Inglaterra em 1877 a criação duma sociedade a que a do projeto do sr. Luís Cedro em parte se assemelha, lembrava que se procurasse avivar por todos os meios o gosto da antiguidade. Morris queria sobretudo *"awaken a feeling that our ancient buildings are not mere ecclesiastical toys but monuments of national growth and hope"*.

Desse seu apelo nasceu toda uma literatura de amor pelos velhos edifícios, pelas velhas igrejas, pelos velhos móveis – esses em que se sente a carícia das mãos criadoras do *magister in arte fabricaturae*. E penso às vezes que foi essa literatura de ação – não só dos Morris como dos Ruskin – o que principalmente contrariou na Inglaterra e nos Estados Unidos a vitória absorvente da Máquina e do chamado Progresso.

Talvez em nenhum país se encontre hoje tanto amor pelas coisas antigas como na Inglaterra. Na Inglaterra – vi-o há pouco com os próprios olhos – são ainda numerosos os hotéis e *inns* sem luz elétrica: servem-se os hóspedes, como há cem anos, de círios de cera. Nas cozinhas de Oxford ainda se assam as viandas a espeto, à moda medieval. Como no tempo do Cardeal Wolsey.

Entre nós, impõe-se, como disse, uma campanha que nos habilite a contrariar um pouco a atual volúpia da novidade. Entre os meninos de escola, entre os rapazes de faculdade, entre os mais moços, que são os mais plásticos, deveria estabelecer-se um Dia do Passado. Ou da Tradição. Um dia em que nos recolhêssemos misticamente ao Brasil brasileiro dos nossos avós; e falássemos deles. Um dia de romagem aos edifícios velhos: tantos deles cheios de boas inspirações para bons edifícios modernos.

Na Inglaterra, a sociedade fundada por William Morris, com o concurso de escritores, artistas e aristocratas de gosto, cedo criou raízes de fundo e extenso prestígio. Tornou-se, segundo o sr. Clutton Brook, "o terror dos arquitetos de fancaria de todo o país".

Deus queira que no Brasil tome corpo o projeto do estudioso deputado pernambucano: a Inspetoria de Monumentos Históricos. É um belo e útil projeto.

Quanto ao Dia do Passado, o Dia dos Avós, o Dia das Coisas Antigas – seria a meu ver um grande bem instituí-lo. O passado é muito mais que a "contingência necessária" a que uma vez se referiu, num discurso brilhante mas exageradamente neófilo, o dr. Amaury de Medeiros. E nós, povo jovem, orquestra a afinar-se, gente ainda sem ritmo nacional, mais que os povos estratificados necessitamos do culto do passado.

  O instinto de criação alimenta-se do passado; só o de aquisição prescinde dele. Mas uma estética ou uma ordem política adquirida é apenas um empréstimo a 90%; não identifica um tipo nacional de cultura. Não representa nenhum esforço próprio, íntimo, interior, heurético. Não representa nenhuma energia criadora. Daí o ainda feder a goma arábica nosso regime político de 1889; e o ridículo do atual "futurismo" dum grupo de rapazes em São Paulo.

(Diário de Pernambuco, 9-12-1923)

35

Do nosso último Imperador Dom Pedro II, pouco o que o Brasil possui de verdadeiramente esclarecedor de sua personalidade. Nenhum estudo, a seu respeito, do que os ingleses chamam *exhaustive*. O que possuímos são retalhos de biografia; estudos ainda em borrão; simples notas a lápis, para uma futura reconstituição biográfica do que ele foi!

A falta não é por certo de matéria plástica que neste caso é das melhores. A falta é de escultores. E de gosto, entre nós, pela biografia. Uma forma, entre intelectual e artística, de biografia.

Excetuando *Um estadista do Império*, Joaquim Nabuco, o *Dom João VI*, do sr. Oliveira Lima, o *Diogo Antônio Feijó*, do sr. Eugênio Egas e o *Afonso Arinos*, do sr. Tristão de Athayde, que nos resta de literatura biográfica? Subentende-se, é claro, a exclusão do panegírico. Porque o panegírico é apenas a caricatura – no mau sentido – da biografia.

Dom Pedro II continua entre nós um meio fantasma a interpretar. Dele se tem dito ou muito mal ou muito bem.

O sr. Magalhães de Azeredo procurou recentemente dizer algo de equilibrado. E suas apreciações ganham por certo em espírito crítico ao ingênuo estudinho do sr. Conde de Afonso Celso, que é antes obra de apologeta. Não conseguiu, entretanto, o sr. Magalhães de Azeredo elevar-se acima do que um crítico inglês, o sr. A. R. Orage, chama "necrofilia", no sentido de superstição da imaculabilidade dos mortos.

Sabor crítico, vamos encontrá-lo neste assunto de Dom Pedro II, em raras páginas: nas do sr. Oliveira Lima, nas do sr. João Ribeiro, nas meias páginas do sr. Jackson de Figueiredo. Este parece ter aprendido com o sr. Leon Daudet a reagir contra a "necrofilia"; e não raro leva a extremos a reação.

O Instituto Histórico e Geográfico Brasileiro projeta uma vasta *Vida de Dom Pedro II*. Mas é fácil de adivinhar a natureza e os limites de semelhante empresa.

Onde há muito retalho a recolher sobre a psicologia e a vida do último imperador é nos livros de viagens de estrangeiros. Deles muito me vali para um *aperçu* que me dei uma vez ao luxo de tentar, da paisagem social do Segundo Império na sua fase áurea (1848-1862) e de que resultou um opúsculo, *Social life in Brasil in the middle of the 19th century*. E essa leitura de livros de viajantes mais me aproximou da personalidade de Dom Pedro II que outra qualquer leitura. Os livros de estrangeiros são às vezes a melhor crítica social de um país. Outras vezes, é certo, são a pior, dado o gosto de generalizar a limitada tabela de valores sociais de tantas pessoas que viajam. Há que saber lê-los.

Nos livros de viagens do período 1840-1888 há, como disse, muito que recolher sobre a personalidade de Dom Pedro II.

Os viajantes que o conheceram meninote ou mancebo fixam todos seu ar melancólico, seu gênio taciturno, sua simplicidade democrática. Gobineau chegou a fazer do moço imperador o herói de um romance.

O Conde de Suzannet – fidalgo francês legitimista – é quem mais seguro retrato parece traçar do imperador em botão. Acentua a gravidade e a tristeza do adolescente.

Estava-se então num Brasil em que menos ainda que no de agora não valia a pena ser menino – tão pouco se brincava e tão cedo se chegava à sisudez da gente grande. "*À sept ans*", escreve o médico francês dr. Rendu que aqui esteve no meado do século XIX, "*à sept ans le jeune Brésilien e déjà la gravité d'un adulte; il se promene majesteusement, une badine à la main, fier d'une toillette que le fait plutôt ressembler aux marionettes de nos foires qu'a un être humain.*" Também Fletcher e Kidder, viajantes americanos da mesma época, notaram nos meninos brasileiros essa exagerada e meio clownesca sisudez de adultos. De fato os que possuímos fotografias antigas de avós e tios, sabemos que o dr. Rendu, Fletcher e Kidder não deformam nesses reparos a realidade.

De modo que a sisudez e melancolia precoce de Dom Pedro II eram gerais na infância brasileira daquele tempo; nele, regente ainda criança, naturalmente se requintaram. Não esqueçamos, porém, que nossos avós em peso mal experimentaram o sabor da meninice. A tendência era fazê-los gente grande o mais breve possível. As meninas, essas tornavam-se muitas vezes donas ou senhoras aos doze e treze anos.

"Ainda criança, a sua influência é ilimitada", escreve de Dom Pedro regente o sr. João Ribeiro num artigo que às vezes irrita pela ligeireza de opinião. E acrescenta, neste caso com muita propriedade: "Sob a regência o fantasma infantil da imbele realeza foi o bastante para assegurar a monarquia e a paz".

De fato, assim começou a ação social e política do Segundo Imperador: assegurando a paz e a monarquia. Ainda lhe não amolecera o ânimo a literatice liberal. Nem o contato com o Papá Hupo.

Homem-feito, é que viria Dom Pedro a comprometer fatalmente a monarquia, colaborando com as forças hostis à ordem e à tradição nacionais. Não exagera a meu ver o sr. Jackson de Figueiredo, escrevendo do imperador que "foi um revolucionário contra o trono em que assentava" e "ele próprio quem consentiu, senão aplaudiu, que se levasse ao próprio exército o veneno de uma doutrina de todo oposta aos interesses da monarquia". Aliás, reparo semelhante já eu fizera à ação de Dom Pedro II, numas notas a propósito do estudo do sr. Oliveira Lima, *Aspectos da história e da cultura do Brasil*.

Faltou ao governo de Dom Pedro II o ar de magistratura paternal que lhe convinha; à sua corte faltou o respeito às tradições; faltou brilho militar; faltou ritmo. Ridicularizou-se o papo de tucano; negligenciou-se o beija-mão; desprezou-se a liturgia de realeza. E sobretudo, desprestigiou Dom Pedro II os valores essencialmente monárquicos: o alto clero, a grande propriedade, o Exército. Isto, no conceito do sr. Oliveira Lima. O "extremo liberalismo" do monarca afastou do trono as forças saudavelmente ligadas à tradição nacional.

Da ação pessoal de Dom Pedro II é preciso não esquecer o muito bem que lhe devemos; neste ponto pode-se mesmo aceitar a apologia do sr. Magalhães de Azeredo, quando rememora do Segundo Imperador "os exemplos de magnanimidade, honradez intransigente, amor da pátria e do dever, bondade inexaurível, superioridade às contingências do destino". Nem se deixe de acentuar que ele foi um como polícia moral – polícia moral, note-se bem – que manteve alta a temperatura dos nossos estadistas quando em funções públicas.

Mas é preciso igualmente não encobrir-lhe na ação política e social o que ela teve de anti-histórico e contrário aos mais caros interesses da ordem nacional.

De resto, Dom Pedro II não necessita da "necrofilia" de ninguém para continuar moralmente grande.

(Diário de Pernambuco, 16-12-1923)

36

    Notas à ligeira, estas, sobre a Paraíba, onde acabo de estar um tanto às pressas. Notas à toa. Mas com um possível frescor impressionista. Uma Paraíba, a de agora, diferente da que conheci em 1915 ou 16. Diferente da que ao sr. Oliveira Lima deu a lembrar a Caracas dos seus dias de Ministro na Venezuela.
    Uma Paraíba, a de agora, que se vai deixando toda salpicar de alfenins na sua arquitetura nova. De alfenins dos mestres de obras.
    Esta sua nova arquitetura dá a impressão de destilar um como mel. Mas não é mel. É alguma coisa de corrosivo. Alguma coisa a cujo contágio os edifícios à moda antiga parecem incapazes de resistir.
    Inquieta-me por isso a sorte que venha a ter um desses dias a igreja vizinha do Palácio do Governo: a da Conceição; e o edifício que se segue: o antigo Colégio dos Jesuítas, hoje Liceu Paraibano.
    A torre da igreja da Conceição é o que mais me encanta na Paraíba. Parece arrancada a Coimbra.
    Mas começa a esverdinhar. E a Paraíba não se quer deixar esverdinhar. Quer, à maneira do Recife, arrebicar-se toda de alfenins de açúcar de segunda.
    Da arquiteturazinha nova da Paraíba, insolente e sem gosto, é típico o edifício do jornal *A União*. Aí, sobre uma cúpula rebarbativa, horrível águia pega pelo bico um globo de luz elétrica. No Recife, só conheço mais repugnante o prédio da Fiscalização Federal do Porto. Vamos, eu e uns amigos, ao Convento de São Francisco. É um convento secularizado. Deixou-se aí apodrecer o antigo altar-mor; o de agora, ainda úmido das mãos do *cementarius*, dá toda a ideia de uma intrusão sacrílega.
    Do primitivo resta uma capela lateral. Mas mesmo aí estão reduzidas a horríveis calungas, antigas pinturas ingênuas e boas. No coro, apodrecem assentos de madeira lavrada.
    No sítio do Convento, sumida num bananeiral, resta uma fonte antiga cujo doce correr de água é ainda um refúgio do ardor dos meios-dias de verão. A água sai de uma grande bica ladeada de quimeras. É uma linda fonte – junto à qual se tem vontade de ficar, como outrora os frades, lendo e meditando. Da horrível arquitetura nova que vai deturpando a Paraíba, consola-me o esforço do seu atual prefeito no sentido de arborizá-la.
    Neste ponto a Paraíba chega a ser umas férias para os olhos cansados do Recife sem parques. A tisnar-se de sol. Nós não possuímos nem em

esqueleto, e creio mesmo que nem em borrão de cartografia, um parque como o Arruda Câmara.

E são parques, os da Paraíba, de vastas árvores acolhedoras – como anteontem me fazia notar o sr. Carlos Dias Fernandes. De árvores que se vão dilatando à vontade em largas umbelas hospitaleiras. Não se teve na Paraíba o requinte do canteiro escancarado ao sol. Requinte a que no Recife se sacrificou tanta gameleira, tanta árvore boa e amiga, das que encantaram Eduardo Prado quando viu a capital de Pernambuco. Numa praça da Paraíba ergue-se, creio que ainda por inaugurar, vasta estátua do tamanho do *Balzac* de Rodin. Talvez ainda maior. Verdadeira montanha. Glorifica-se aí um político local.

De Augusto dos Anjos deu-se o nome a um beco quase miserável. Não posso acompanhar a Paraíba, que tanto estimo, nessa noção de valores.

Entretanto, menos depressa morre de frio a vocação desinteressada da Paraíba que o Recife. Daquela a temperatura mental estará uns dois ou três graus acima de zero. Acima da do Recife, portanto.

O próprio clero paraibano dá mostras de preocupações ausentes no de Pernambuco. Provam-no dois recentes livros de padres paraibanos que acabo de folhear: o *Metafísica versus Fenomenismo*, do padre Barbosa, e *A religião e o progresso social*, do padre Anísio.

Recebo um convite gentil do engenheiro Baeta Neves para visitar as obras do saneamento da Paraíba. Atrai-me o lado social da organização. Esse sr. Baeta Neves é "um raro" para o Brasil pelo seu talento de organização. Vai conseguindo milagres e os conseguindo sem grande espalhafato. Ele próprio dá a impressão de caminhar sempre em sapatos de sola de borracha. É muito mais que um mero técnico: um espantoso organizador. E um voluptuoso da estética cívica. Da paisagem rural da Paraíba recolho ligeiras impressões, indo com um amigo ao engenho, hoje usina Pau d'Arco; a Paracatuba; a Massangana e a Itapuá, passando por Sant'Ana e Santo Antônio; e Outeiro. Paisagens de bambus, cajueiros, convulsos, tamarineiros, capazeiros; paisagens, às vezes, salpicadas do sangue fresco dum *flamboyant*; ou rajada de manchas também sanguíneas de murungu.

Igrejas e capelas branquejam nessa parte da Paraíba que foi quase toda de engenhos de açúcar e propriedades monásticas. Do velho engenho de frades apodrecem em Itapuá ruínas musgosas; restam uns azulejos com a efígie duma Nossa Senhora.

Contra essa paisagem tão doce, vê-se às vezes repontar, rebarbativamente, um bueiro enorme de usina nova; dá a ideia de um charuto insolente de novo rico. E para as usinas tentaculares passam, dos engenhos, sob o sol forte, grandes molhes de cana madura.

(Diário de Pernambuco, 23-12-1923)

37

Exatamente quando me dispunha a louvar no sr. Antônio de Góes o prefeito mais amigo das árvores que ainda teve o Recife, vem parar-me sob os olhos a Lei Municipal n. 1.379; e aí leio, espantado, escancarando bem os olhos para estar certo da realidade, que "os terrenos serão taxados por todas as faces onde possa haver edificação". Os limites são de 20,00 metros no perímetro principal; 30,00 no urbano e 60,00 no suburbano.

Decididamente, um paradoxo. Um paradoxo para o Recife. É como se na França despovoada se instituíssem prêmios para os casais sem filhos ou mesmo para os celibatários.

Diante desse impensado recurso de taxação municipal – como não se espantar a pessoa amiga das árvores? Confesso candidamente meu espanto.

Se a tendência entre nós já é no sentido de construir as casas pegadas umas à outras, imagine-se o que vai ser agora, com o estímulo de "os terrenos serão taxados por todas as faces onde possa haver edificação".

O que aí se estimula é exatamente o nosso maior vício de construção: o das casas pegadas umas às outras. Quase trepadas umas por cima das outras. Sem espaço livre. Sem espaço para árvores acolhedoras e vastas. Um amigo meu, de passagem pelo Recife, ficou um desses dias muito surpreendido ante o número, no Recife, de casas assim.

Não temos no Recife problema de economia de espaço. Pode o Recife expandir-se à vontade. Tem pano para as mangas. Por que então limitar o direito de faixas laterais de terreno a um total de 20 metros no perímetro principal, 30 no urbano e 60 no suburbano? É ou não estimular o tipo vicioso de habitação sem quintal ou com o mínimo de espaço livre?

Nada mais simpático neste sentido que a campanha em Madrid de Arturo Soria y Mata. Recorda-a, no seu interessante livro *Higiene das cidades*, o engenheiro Baeta Neves, de Minas Gerais, que o Recife há pouco hospedou por uns dias. Queria Soria y Mata que em Madrid toda casa tivesse seu espaço livre, com árvores e jardim.

Nós estamos a estimular justamente o contrário. A Lei n. 1.379 é hostil aos espaços livres; pelo menos os deseja reduzidos ao mínimo.

Limita-se assim a ação saneadora e benéfica da árvore, exatamente onde ela é mais necessária. Muito mais necessária que em Madrid. Porque nós somos uma cidade que se precisa defender dos ventos secos, de solo arenoso: de um eterno sol de verão. E a defesa é a árvore.

Sob o ponto de vista estético – e aqui entra a "poesia" desdenhada, segundo se diz, pelo eminente sr. Estácio Coimbra – precisa o Recife defender-se contra o perigo de virar tristemente um esqueleto de cimento armado. A natureza deu também à árvore o papel de nota decorativa das mais fortes. O que atenua o desgracioso da fachada do nosso Palácio do Governo senão aquele pinheiro gentilmente inclinado e aquelas velhas palmeiras de uma verticalidade que é também uma lição de nietzscheanismo?

Um amigo meu, espanhol, dizia-me uma tarde, a propósito do arvoredo inglês: "Os povos têm as árvores que merecem". Era uma tarde em que passeávamos entre o lindo arvoredo de Oxford.

Mas não é certo. Nós, brasileiros, não merecemos as árvores que a natureza aqui oferece aos seus inquilinos. Inquilinos, sim. Porque em relação à natureza, não passamos ainda, nestes quatrocentos anos, de inquilinos a donos.

Mas o ponto é este: não merecemos as belas árvores que aqui se nos oferecem em vão – como, a eunucos, belas mulheres nuas. Não merecemos a palmeira. Nem o jambeiro. Nem o tamarineiro. Merecemos talvez o mamoeiro e a bananeira, já muito nossos.

Em centenas de anos, não aprendemos a sentir o encanto das nossas árvores. Nem o valor. Porque se os sentíssemos, acima de considerações de ordem econômica, estaria o esforço a favor da árvore – da árvore na rua e da árvore ao lado ou em redor das habitações.

Por me ter habituado a admirar no sr. Antônio de Góes, não só o laborioso que o Recife todo admira, mas um grande amigo das árvores, é que estranho e lamento a Lei n. 1.379. E aqui registro meu desapontamento e meu espanto.

(Diário de Pernambuco, 30-12-1923)

38

Do professor Marques Braga, do Liceu de Pedra Nunes, em Portugal, acabo de receber um exemplar de sua recente edição anotada das *Églogas* de Bernardim Ribeiro.

De Bernardim Ribeiro já escreveu Menéndez y Pelayo que fora de "*sensibilidad casi feminina*". Ele foi de fato o avô remoto do lânguido "saudosismo" que hoje floresce em Portugal no "verbo escuro" – tão escuro às vezes – do sr. Teixeira de Pascoais. O "saudosista" por excelência.

Ao amoroso de *Saudades* haveria que filiar, num esforço de genealogia sentimental, muito desse lírico ingênuo de "cantadores", muito dessa poesia anônima do nosso sertão. É claro que pelo Nordeste duro de *quartzo*, entre esses "xique-xiques" e "macambiras" que o sol incendeia nos meios-dias ardentes, ganhou o lirismo alentejano o gosto selvagem com que se vai aos poucos individualizando na boca dos "cantadores". O gosto pungente em que se vai requintando a saudade portuguesa. Isto para não falar dos condimentos étnicos no Brasil acrescentados ao lirismo português. Mas deste o nosso permanece ainda afastado por aquela "diferenciação regional", espécie de bretonismo ou provençalismo com relação ao gênio literário francês, de que nos fala o sr. Fidelino de Figueiredo.

Todo o lirismo de Bernardim Ribeiro parece girar em torno dessa preocupação:

"Com quem me consolarei?
Ou quem me consolará?"
(Ég.)

É o mal do amoroso a quem tortura não só "querer bem em extremo a quem t'o a ti quer menor" como, e sobretudo, a saudade:

"Não pode ter
O meu mal comparação
Porque o mal de ausente ser
Não se pode padecer."
(Ég. 5)

E Bernardim Ribeiro canta para se consolar – "pois não havia de escrever para ninguém senão para mim só", como mais tarde o nosso trovador anônimo:

"Eu canto é pra disfarçar
Não dar gosto a muita gente."

E tão viva nota pessoal trouxe Bernardim ao lirismo, tanto frescor de intimidade às églogas e tanta naturalidade, que um crítico inglês da literatura portuguesa, o sr. Aubrey Bell, chama, no seu estudo *Portuguese literature*, ao poeta de *Menina e moça*, "um inovador". Inovador tanto na poesia lírica e bucólica como no romance.

É estranho que ao avô da poesia anônima do sertão não dedique o sr. Leonardo Mota, no seu *Cantadores* — que há pouco recebi — o interesse genealógico que ele merece. Bernardim tem de fato, para nós, nordestinos, para os brasileiros, em geral, um interesse todo íntimo. E seu sangue, por exemplo, que lateja nestes versos tão nossos:

"Minha viola mais canta
Quanto mais sofro na vida.
Sou como cana de engenho
Mais doce, mais espremida..."

Bernardim prende a nossa poesia popular — essa que ainda fresca na boca dos "cantadores", tanto nos encanta no livro do sr. Leonardo Mota — àquela corrente de águas vivas — à poesia provençal — fonte direta da poesia trovadoresca galaico-portuguesa de que escreve Miguel de Unamuno, citado pelo professor Marques Braga, ter sido "*la primera manifestación culta del lirismo en lengua romance en la peninsula*".

Vai-se individualizando nosso lirismo? Aos poucos, sim. Mais sensual que o português — isto já se tornou; e é o próprio sr. Fidelino de Figueiredo, tão rigoroso no seu critério de nacionalidade nas literaturas, quem o admite. Há nessa intensificação de sensualismo uma nota identificadora para efeitos estéticos — que os morais não devem interessar, senão secundariamente, ao crítico literário.

De fato, em relação ao português, revelaria talvez o nosso lirismo, se fosse possível analisá-lo quimicamente, muito mais "desejo dos sentidos" que "ansiedade ideal". Uma nota mais forte de materialidade. Ou de sensualidade.

Esta diferença registra-se, aliás, no seu interessante livro, o sr. Leonardo Mota, confrontando trovas e quadrinhas nossas com as portuguesas. Entretanto, mesmo na selvagem volúpia do lirismo brasileiro corre do sangue de Bernardim o bastante para identificar um parentesco ilustre.

P. S. do 37 — A nota do sr. Prefeito, distribuída pelos jornais no dia de Ano-Bom, veio graciosamente esclarecer um ponto que o meu artigo de domingo último não esclarecera: que os limites de 20 metros para o perímetro principal, 30 para o urbano e 60 para o suburbano, significam não 20, 30 e 60 metros de lado mas o total. Não esquecer que, excedido esse total – que apenas permitirá uma arborizaçãozinha de árvores de Natal – o critério de taxação é o seguinte:"os terrenos serão taxados por todas as faces onde possa haver edificação" (Lei n. 1.379).

(Diário de Pernambuco, 6-1-1924)

39

Exatamente quando me dispunha a mais uma vez escancarar os olhos da cidade à ameaça da Lei n. 1.379 no seu primeiro aspecto, leio com a maior das delícias a última nota do sr. Prefeito:

"Em aditamento à nota de ontem, a Prefeitura declara que a Lei n. 1.379 não revogou o art. 7, parág. 2º, alínea b, da Lei n. 865, como muitos proprietários pensam, pois os terrenos que excederem às dimensões previstas pela lei orçamentária vigente só estarão sujeitos à taxa de 'terrenos não edificados' quando não forem aproveitados em pomares, hortos, bosques, jardins, hortas etc."

Já não é a horrível n. 1.379 de outro dia que se apresenta aos nossos olhos, escancarando aguda dentuça para nos retalhar os sítios que no Recife fazem às vezes de parques e, por conseguinte, de pulmões: é a n. 1.379 completamente desdentada. "Terrenos edificados" – esclarece agora o sr. Prefeito – "compreendem terrenos aproveitados em pomares, hortos, bosques, jardins, hortas etc." De modo que só estarão sujeitos à taxa os terrenos saarizados – o que me parece muito justo. Reconhece assim o sr. Prefeito que havia motivo para "estranhezas e lamentações", quando a Lei n. 1.379 primeiro se nos apresentou, com aqueles agudos dentes e aquela gula de terrenos não edificados.

É que numa cidade como o Recife, batido de sol e de ventos secos, em plena *Regio Adusta*, mesmo a abundância de parques públicos não seria argumento sério contra os sítios. Entretanto, ninguém ignora que o Recife não possui um só parque de tamanho considerável. O sr. Prefeito Góes é o primeiro a interessar-se por esse aspecto da nossa higiene e da nossa estética, havendo já em começo o pequeno parque do Manguinho.

Nas cidades mais congestionadas como Londres e New York, onde o problema da economia de espaço é a tortura dos higienistas e estetas, avultam os parques. Parques imensos. Parques que dão a ideia de bastarem, sozinhos, para sanear a atmosfera da cidade inteira.

New York, vista da torre de Woolworth, encanta exatamente por ser toda salpicada do verde de parques. A febre de edificação não a saarizou. O Central Park estende sua larga alfombra de relva e a vasta cabeleira de seu arvoredo, de leste a oeste, orlando-o parte da Quinta Avenida.

Para verificá-lo não é preciso ir a New York: basta desdobrar-se ante os olhos o mapa da grande cidade. Avulta precisamente a enorme mancha verde, assinalando o Central Park.

Ainda assim, procura-se estimular em New York e em Londres o plano de residências separadas e até os sítios. Nos subúrbios das duas populosas cidades o que mais se vê são *cottages* e *bungalows*, não raro de ar selvagem, mal se lhes avistando os pórticos entre urzes e outros matos.

Isto quando não se rodeia o verde, que parece sem fim, de úmidas alfombras e largas campinas. Daí a impressão de desafogo que se recolhe em Londres indo aos subúrbios de Surrey e Kent e, em New York, aos do Hudson. E todo esse desafogo à curta distância da City e de Wall Street.

No Recife, a morte dos sítios seria um mal coletivo. Para a cidade. Os sítios nos convêm não só como sítios mas também por fazerem as vezes dos parques públicos.

Entre nós, como em todas as cidades do Nordeste brasileiro, onde tão necessária é a árvore na reação contra o clima adusto, devem-se estimular os grandes sítios como na França se estimulam as grandes famílias.

Retalhe-se, em triste hipótese, um sítio como o do Palacete Azul, na Soledade, e o que desaparece não é só a moldura de arvoredo necessária àquele tipo sensoril de residência: o que principalmente desaparece é o pulmão de todo um bairro.

Daí minhas "estranhezas e lamentações" em torno da Lei n. 1.379, quando ela primeiro surgiu com os seus agudos dentes de lei comunista. Lei comunista porque nos ameaçava, pela pressão do imposto, de um quase regime de partilhas obrigatórias e de igualdade. "Igualdade na miséria" – como diria o meu mestre antissocialista – mas não anticomunitário – Louis Gabriel Ambroise de Bonald – esse Bonald que mal se conhece entre as becas da Faculdade de Direito do Recife. No caso da Lei n. 1.379, sem a feliz restrição, que lhe arranca todos os dentes, da Lei n. 865 – que tanto se tardou em invocar –, teríamos a igualdade na miséria de árvores. Mal muito sério para o Recife. Para todo o Nordeste brasileiro.

Tornando bem claro, depois de tantos dias de triste perspectiva e de confusas apologias, que "só estarão sujeitos à taxa de terrenos não edificados", os terrenos que não forem aproveitados em pomares, hortos, bosques, jardins, hortas etc., o ilustre prefeito do Recife dá ao termo "edificação" um amplo sentido, libertando-nos da ameaça da Lei n. 1.379 no seu primeiro aspecto.

Vê-se que o sr. Prefeito Góes é de fato o amigo das árvores que me não tenho cansado de louvar. Daí ter eu estranhado e lamentado o que a princípio a todos os indivíduos inteligentes pareceu um infeliz desvio na sua orientação.

(Diário de Pernambuco, 13-1-1923)

40

Tomo para o artigo de hoje um assunto que não é por certo fácil de desfolhar. Nem de compreender. Ao contrário: dos mais ouriçados. Advirto-o logo ao suave leitor que o vai percorrendo entre dois goles de café: evite-se a acidez duma decepção.

Quem o provoca – este complicado artigo de hoje – é um jovem amigo querendo que lhe receite leituras como quem receita compostos de glicerofosfato ou cloridrato de cocaína. O princípio é o mesmo. A responsabilidade talvez maior.

Há primeiro que fixar o caso do meu amigo. É interessante.

Trata-se de um ansioso de "leituras filosóficas". Veio-lhe a ânsia, ou antes a volúpia, quase de repente; e sucede que o sistema de educação seguido pelo meu amigo jamais lhe proporcionou o luxo duma iniciação filosófica. Este ponto, abandono-o à atenção dos pedagogos nacionais.

A iniciação filosófica seria uma espécie daquele livro de amostra de que nos fala Randolph Bourne a propósito de certo curso universitário: "Um livro de amostras de pano donde se vai recolher o padrão para uma roupa".

A imagem tenta a um desdobramento. É de uma rara expressividade. Desdobremo-la.

Folheando o livro de amostras, passam sob os olhos e pelos dedos do iniciando vários retalhos de pano de que ele vai sentindo a espessura; distinguindo os de seda, que rangem entre os dedos, dos asperamente felpudos; apreendendo distinções mais sutis; vendo de cores uma variedade de tons e de nuances – umas amigas, outras inimigas logo ao primeiro contato.

Nessa variedade de cores e padrões, vai o iniciando escolher-se um pouco a si mesmo. E não será preciso que lhe desdobrem ante os olhos todo o enorme rolo duma peça de pano para permitir-lhe antever a roupa depois de pronta quanto à espessura e quanto à cor; o retalho dá bem a ideia.

O mesmo se poderia dizer da iniciação literária: outro curso que tomasse o aspecto de um livro de amostras. Os retalhos teriam a vantagem de nos familiarizar o gosto com uma variedade de padrões; de nos excitar o senso de valores e, mais que isso, o critério de avaliação. Porque a função das iniciações é estender a paisagem do espírito.

Desse ideal me parecem afastados os nossos cursos de literatura – simples pretextos a análises gramaticais e a horríveis biografias de escritores.

Mencionei de propósito as iniciações filosófica e literária: parecem-me complementares. Inseparáveis. No estudo chamado de Humanidades são aquelas em que principalmente começa a individualizar-se o gosto do indivíduo, sem propriamente contrariar o ritmo clássico nem certa ortodoxia característica, nos pontos essenciais, do que se considere alta cultura.

A erudição passivamente ortodoxa, por melhor documentada, não chega a pura cultura. Há que haver a flama do gosto próprio, certa vibração pessoal, um senso íntimo, heurético, intuitivo de valores, um quase dom premonitório, desse que se atribui às mulheres e aos místicos.

Por outro lado, não chega a ser cultura naquele alto sentido, mas simples impressionismo, o elemento pessoal, intuitivo, espontâneo, quando desgarrado dos gostos e dos valores ortodoxos sem às vezes os conhecer de fortuito contato sequer; sem os conhecer mesmo a retalho; separado deles não por esforço consciente de seleção, mas por ignorância, ou na melhor e mais rara das hipóteses, por premonição.

Matthew Arnold deixou-nos da cultura o famoso conceito: apropriar-se do que há de melhor. O conceito peca pelo que tem de acomodatício: o que há de melhor para Arnold era o que oficialmente, historicamente, havia de melhor no seu tempo.

Seu conceito reduz-se, num símile, a este ridículo: prover-se de cultura é como prover-se duma linda dentadura postiça. Não seria o processo um esforço íntimo e criador, mas a plasticidade a pressões exteriores.

Opostos ao conceito de Arnold, mas sem resvalar pelo mole hedonismo de Oscar Wilde nem pelo fácil impressionismo do sr. Anatole France, vamos encontrar o critério que se poderia chamar empático – como é delicioso o grego! – de Huysmans e de Pater e a "cultura como esforço vivo" (*culture as a living effort*) de Randolph Bourne.

Para Huysmans, o processo da cultura – ele não o define; o esforço de interpretação é meu – seria apropriar-se não do melhor, no sentido oficial, mas do congenial com o nosso "eu". Outra coisa não faz, intuitivamente, na arte como na vida, o indivíduo de gosto superior. O próprio Brunetière disse uma vez que a reação contra o egoísmo era fugir de dentro do nosso "eu" para procurá-lo nos outros. De modo que o mesmo altruísmo seria ainda uma pesquisa do "eu" nos outros.

E acaso não nos procuramos todos uns nos outros? Não nos procuramos na paisagem como nas gravatas e nas gravatas como nas ideias? Somos diante dos outros e diante das coisas e diante das ideias um poeta à procura de rimas.

Empático era Des Essentes quando se deixava às vezes desgarrar do sufrágio oficial, como no caso do *grand rire* de Rabelais, do *solide comique* de Molière, da *langue verbeuse* de Cícero, das *graces elaphantines* de Horácio. Ao mero esforço de apropriar-se do que há, oficialmente, de melhor, opunha Des Essentes aquela sua aguda volúpia de encontrar-se nos outros. Aquela sua coragem de seleção.

Igual era o processo de Pater – suavizado porém por muitos anos de chás, entre as becas hieráticas de Oxford.

Naturalmente é um critério aristocrático: para aceitá-lo é preciso aceitar um ideal seletivo de cultura. É um critério que só se justifica no caso do "eu" capaz de largas projeções: no caso do "eu" capaz da dolorosa volúpia de expandir-se para então recolher-se a si mesmo, num gozo agudamente sentido.

Dar ao gosto superior, em vez da fácil missão de absorver o congenial como o antipático, a de criar, num voluptuoso esforço, um mundo à sua imagem, parece-me o fim da cultura digna desse nome. Hedonismo, uma tal cultura? Não porque importa em esforço. Busca de valores mais psicológicos que documentados. Ou, como se costuma dizer, enciclopédicos. Isto sim.

Vejo porém que o meu amigo ficou sem as suas receitas. Reservo-as para outra vez. Outra vez em que me venha à veneta de escrever artigos como o de hoje.

(Diário de Pernambuco, 20-1-1924)

41

Os pintores que se aproximam da paisagem pernambucana raro conseguem vencer uma dificuldade: a de interpretar-lhe o verde, que aqui é toda uma sinfonia caprichosa.

O primeiro a se aproximar desse verde vário foi Frans Post. Um flamengo. Dele há uma tela no museu histórico de Nuremberg que de Munich o pintor Navarro da Costa muito me recomendou que procurasse. E procurei-a, entre aquela imensidade de quadros, numa gula enorme de sol e de cor pernambucana.

Que falta ao esforço de Post? Falta vibração interior. Pelas mil e uma teclas do verde da nossa paisagem seus dedos hieráticos apenas resvalaram. Pintor mais histórico que estético, mais preocupado em documentar a natureza e a vida dos trópicos que em interpretá-las, mal lhe podemos chamar o esforço de interpretação. Foi antes de pura "fixação". Post fixou o acessível à fotografia.

Veio depois Teles Júnior. Passa pelo grande pintor de nossa paisagem; e no sentido histórico, no sentido de fiel documentação, ele o é por certo. Desse ponto de vista sua obra representa para Pernambuco um íntimo e alto valor; ele nos documentou admiravelmente toda uma etapa de vida e de paisagem: o Pernambuco dos engenhos que o das fábricas e usinas vai rapidamente empurrando para o passado, na ânsia de mais à vontade fumar os charutos de suas chaminés vitoriosas.

Mas a paisagem de interesse principalmente histórico é em grande parte o exterior: reduz-se quase a uma como crosta. Certo, "a transformação no conjunto da atividade agrícola", que é um fenômeno de história econômica e social, altera a fisionomia das regiões, dando-lhe mesmo, como quer Alfredo de Carvalho – exatamente a propósito da paisagem pernambucana –, "novos lineamentos e coloridos" e novas "figuras significativas do cenário".

Mas é preciso salientar que os valores mais íntimos de uma paisagem não se alteram de ano a ano com os simplesmente históricos. Daí o interesse mais fortemente estético e, por conseguinte, mais universal na sua vibração, da pintura que se poderia chamar psicológica: a que procura da paisagem, não reproduzir-lhe as exterioridades a todos acessíveis, mas esses valores íntimos que só uma espécie de premonição consegue interpretar.

Reconheça-se o interesse, cada vez maior para Pernambuco, da obra de Post e sobretudo da de Teles Júnior, o mestre admirável. Por outro lado, convém reconhecer que nenhum deles nos deixou interpretações desse verde que nos delicia e nos enlanguece e nos serve talvez para atenuar e suavizar um temperamento assim tão ardente. (Os psicólogos atribuem ao verde ação pacificadora sobre os nervos.)

O esforço verdadeiramente de interpretação em torno à nossa paisagem é recente. Recentíssimo. É o esforço de um grupo moço de pintores que nos têm visitado: Carlos Chambelland, Paulo Gagarin e, última e notadamente, Nicolas De Garo.

E é o brilhante esforço da pintora conterrânea Fédora do Rego Monteiro, a quem aliás o gosto da mais repousada paisagem europeia desafinara um tanto do ritmo e do gosto da nossa. Sua obra importa por isso numa reconciliação.

Deliciosa reconciliação. Provam-no as vinte e tantas marinhas e paisagens de "praia" que nos trouxe há pouco de Boa Viagem, onde aproveitou nesse trabalho admirável os vagares dum mês e tanto de sol.

A volúpia selvagem do verde da "praia" conseguiu-a fixar e interpretar o senso impressionista da pintora pernambucana.

E nesses vinte e tantos quadros de Boa Viagem passam diante dos nossos olhos o verde doentio dos mangues e o verde vivo e puro dos coqueiros adolescentes; o dos cajueiros, mosqueado de amarelo, e o das mangueiras; o das convolvuláceas, salpicadas no verão de frutos bravos; e o do mar tropical, que é dos mais rebeldes à fixidez. De todos eles conseguiu Fédora do Rego Monteiro arrancar, como dum teclado, certa vibração interior, um especial encanto de intimidade sob a crosta das brilhantes exterioridades.

(Diário de Pernambuco, 27-1-1924)

42

Nos ensaios do sr. Agripino Grieco cuido às vezes encontrar-me a mim mesmo: às minhas próprias ideias clarificadas ou coloridas por alguém mais eloquente.

Confessá-lo importa elogio próprio: com o sr. Grieco é honroso ter gostos afins. Nele se vai hoje aguçando no Brasil a mais pura vocação de crítico independente.

É o primeiro a nos trazer para o ofício da crítica um frescor de expressão capaz de revivescer ossos mais secos que os clássicos de Ezequiel; e ao seu gosto como ao seu espírito de análise, sem faltar plasticidade, não falta o ritmo de princípios diretores. Distingue-se assim o sr. Grieco do todo cera sr. Ronald de Carvalho como do hoje venerando sr. Osório Duque Estrada, que tão cedo se fossilizou na postura hierática antes de censor do que de crítico.

Num rodapé de *O Jornal* ocupou-se ultimamente o sr. Grieco da obra do sociólogo Oliveira Vianna. E o livro do sr. Oliveira Vianna como que se aguça no saber de suas qualidades, interpretado pela inteligência do jovem crítico. Do jovem crítico que, em vez de Montesquieu, Bryce e os liberais tão amados pelo prof. Aníbal Freire, cita, através de suas reflexões, estes dois esquecidos caturras: Le Play e Bonald. Num Brasil saturado de sabedoria de almanaque Bristol do sr. Gustave Le Bon chega a parecer *snobismo* o simples citar de Le Play e Bonald.

O sr. Grieco deixa entrever logo uma simpatia: pelo nosso antigo patriciado rústico de senhores de engenho e donos de cafezais. Nesse ponto rimam suas ideias com as do sociólogo Vianna.

Os paulistas, esses o entusiasmam como ao sr. Oliveira Vianna. Deles o sr. Grieco chega a escrever quase liricamente que foram "argonautas da selva" e "fenícios da terra firme".

De fato, no avanço para o oeste ainda em bruto afirmou-se epicamente o esforço paulista. O que de imoral teve o avanço mal lhe diminui o valor, tanto nos extasia sua estética.

Pelo Norte, o esforço pernambucano não chegou a adquirir o mesmo ar de epopeia: as circunstâncias adstringiram-no. Mas não deixou de haver, entre nós, a "primavera heroica" que o sr. Grieco limita ao paulista. Considere-se que diante do paulista às vezes se desdobravam estepes de terra roxa por onde era fácil avançar; pelo Norte dolorosamente se conseguia o menor avanço oeste. Como o sr. Capistrano de Abreu lembrou uma vez Aníbal Falcão ter destacado, o pernambucano tinha contra si, no esforço expansionista, a inavegabilidade dos rios pelos quais deveria subir ao sertão e a necessidade de defender suas posições no litoral, dos conquistadores europeus.

Mas nesse ponto é apenas parcial o sr. Grieco. Onde ele me parece flagrantemente errar é nas suas reflexões sobre a sociabilidade do brasileiro. Para ele o brasileiro "é quase sempre insociável". E chega a escrever: "Ao contrário dos gregos que amavam a rua, passeamos, na cidade, lendo o jornal".

A mim parece que, muito ao contrário desse modo de ver, o brasileiro de hoje nem é insociável, nem inimigo da rua: ama mais a rua que a casa. No Brasil atual, ainda mais que na Grécia de Xenofonte, domina a ideia de que o lugar do homem é na rua: ficar dentro de casa é amolecer-se e efeminar-se. E tão amorosos somos da rua que a atravessamos nesse doce passo de enterro que é tão nosso, exceto quando acompanhamos um enterro.

Nós amamos a rua. Pertence ao número de esquisitões o brasileiro moderno que passa pela rua lendo o jornal, todo arredio e esquivo às conversas das esquinas e às rodas alegres das portas das tabacarias onde se desfolha a vida alheia e se diz mal do governo.

O brasileiro, aliás, estará mesmo entre os povos mais viscosamente gregários. Fletcher, que viajou pelo Brasil no meado do século passado e é o autor dum livro clássico sobre o nosso país, dá como um dos maiores encantos da terra a sociabilidade do brasileiro. Uma vez, no Rio, numa "gôndola" puxada a burro, que o regalava mais de pitoresco que de conforto, um estranho junto de quem ele se sentara ofereceu-lhe uma pitada de rapé. Fletcher depois reparou que era costume oferecer-se rapé aos companheiros de "gôndola": servia de pretexto ao cavaco.

O brasileiro atual procura mais a rua que talvez a ágora o grego de outrora. Entre nós as mesmas revoluções se combinam na rua; namora-se deliciosamente na rua; fazem-se até negócios de contos de réis.

Aliás é preciso notar que no apego à rua muito influi a clemência da temperatura. Se o grego era o amoroso da ágora de que tanto se fala desde Xenofonte, é que à vida ao ar livre o estimulavam o doce sol e os ventos ligeiros da Ática. E a paisagem. Lembra-me o lirismo com que uma vez me descreveu a paisagem da Grécia, toda de oliveiras e limoeiros em flor, o prof. Sir Alfred Zimmern, de Oxford.

Também no Recife dos nossos avós, sob as gameleiras, se realizavam as mais importantes transações. Recorda-o, entre outros, o sr. Sampaio Ferraz.

Na velha Lingueta a vida de negócios era toda de doces vagares e boas conversas: ia-se e vinha-se a passo de enterro. Menino ainda a conheci um tanto desse jeito.

Insociável, o brasileiro não é. Nem inimigo da rua. Ao contrário: o de hoje, na rua satisfaz sua fácil sociabilidade, seu gênio de plasticamente acamaradar-se com meio mundo, sem, entretanto, ir ao extremo da arte sutil e gentil de cultivar amizades.

O que nós não temos – principalmente hoje, com o cinema – é vida social organizada: "é sociedade", como já observava Saint-Hilaire. Bastam-nos os fortuitos contatos da rua; a ligeira camaradagem; a dança. Mas isto é outra história.

(Diário de Pernambuco, 3-2-1924)

43

Se "o destino dos povos depende da maneira como eles se alimentam" (Brillat-Savarin, *Physiologie du gout*), é tempo de se agitar no Brasil uma campanha pela arte de bem comer. Seria ao mesmo tempo uma campanha pela nacionalização do paladar.

Nosso paladar vai-se tristemente desnacionalizando. Das nossas mesas vão desaparecendo os pratos mais característicos: as bacalhoadas de coco, as feijoadas, os pirões, os mocotós, as buchadas.

Haveria talvez maior virtude em comer patrioticamente mal, mas comidas da terra, que em regalar-se das alheias. É mais ou menos o que faz o inglês. Entre nós sucede que as comidas da terra não exigem semelhante sacrifício. O nosso caso reduz-se antes a este absurdo: estamos a comer impatrioticamente e mal o que os franceses comem patrioticamente e bem.

Há perigo num paladar desnacionalizado. O paladar é talvez o último reduto do espírito nacional; quando ele se desnacionaliza está desnacionalizado tudo o mais. Opinião de Eduardo Prado.

"Há sentimento, tradição, culto da família, religião, no prato doméstico, na fruta ou no vinho do país", escreveu Joaquim Nabuco. E há. Nada mais inglês que o pudim de ameixa; nada mais português que a bacalhoada; nada mais brasileiro que o pirão.

Divino pirão! Nunca no Brasil se pintou um quadro nem se escreveu um poema nem se plasmou uma estátua nem se compôs uma sinfonia que igualasse em sugestões de beleza a um prato de pirão. Artur de Oliveira descreveu-o uma vez: uma onda de ouro por onde se espaneja o verde das couves.

E a propósito: por que um artista brasileiro não se dedica à pintura voluptuosa dos nossos pratos? Há nos pratos brasileiros um luxo de matéria virgem: assuntos para toda uma série deliciosa de *natures mortes*.

Mas o fim destas notas é antes proclamar a necessidade de nos reintegrarmos no que há de mais nosso: no paladar, que é o último reduto da nacionalidade. Há todo um programa de ação nacionalista no regresso à culinária e à confeitaria das nossas avós.

O Segundo Reinado foi, no Brasil, a idade de ouro da culinária. Chegamos a possuir uma grande cozinha. E pelos lares patriarcais, nas cidades e nos engenhos, pretalhonas imensas contribuíam, detrás dos fornos e fogões, com os seus guisados e os seus doces para a elevada vida social e política da época mais honrosa da nossa história.

Havia então no Brasil a preocupação de bem comer; nossas avós dedicavam à mesa e à sobremesa o melhor do seu esforço; era a dona de casa quem descia à cozinha para provar o ponto dos doces; era a senhora de engenho quem dirigia o fabrico do vinho de jenipapo, da manteiga e dos queijos; à mesa de jantar rebrilhavam nos dias de gala baixelas de prata; e o *Jornal das Famílias* publicava, entre versos de Machado de Assis e contos do dr. Caetano Filgueiras, receitas de cozinha muito dignas da ilustre vizinhança.

Dos visitantes estrangeiros de 1845 a 1886 é quase certo que só os dispépticos se limitaram a dizer mal do país: Fletcher, Kidder, Radiguet, Scully elogiam-nos todos a fartura da cozinha e o viver patriarcal.

Radiguet, por exemplo, dá como um dos maiores encantos da terra o sabor esquisito dos doces, dos cremes e dos licores de frutas indígenas; manga, araçá, goiaba, maracujá. Dos regalos da nossa sobremesa foi-se mais que saudoso o epicurista francês: "*flattent le palat et l'odorat*", escreve com água na boca no seu *Souvenirs de l'Amerique Espagnole*.

De modo que a idade de ouro da nossa vida social e da nossa política coincide com a idade de ouro da nossa cozinha. Exagero eu, ou digo despropósito, atribuindo um tanto às excelências da cozinha o esplendor da política e o encanto da vida social daquela época? Creio que não.

Nem creio haver despropósito em afirmar que na conservação da nossa cozinha, ameaçada pela francesa, está todo um programa de ação nacionalista. "Rumo à cozinha", deve-se gritar aos ouvidos do Brasil feminino. Rumo aos livros de receitas das avós.

Na Inglaterra, no meado do século XIX, jovens aristocratas e intelectuais de gosto organizaram-se num grupo conhecido por Young England, em cujo programa figurava em relevo este ponto: trabalhar pela elevação da arte culinária na Inglaterra.

O esforço dos jovens não conseguiu grandes coisas: a cozinha inglesa continua a mais horrível das cozinhas. Talvez devido aos extremos de higiene come-se execravelmente na Inglaterra e em parte dos Estados Unidos. Parece que o forno e o fogão, quando cercados de exageros sanitários, tomam o ar horrível de laboratório: a arte da cozinha passa à ciência; e, passando de arte à ciência, degrada-se. Diminui-se. Lembra-me que esta minha teoria mereceu em Londres a aprovação do sr. Antônio Torres. O qual vai ao extremo de atribuir à muita água e ao muito sabão efeitos perniciosos sobre a estética da vida.

No Brasil não se trata propriamente de elevar a arte da cozinha: trata-se de conservar nossa riqueza de tradições culinárias. Trata-se de defender nosso paladar das sutis influências estrangeiras que o vão desnacionalizando.

Não sei como ao presidente da República que entre nós primou pelo nacionalismo e pelo encanto da hospitalidade – o ilustre sr. Epitácio Pessoa – não ocorreu a ideia a um tempo patriótica e encantadora de receber os embaixadores às festas do Centenário a licor de maracujá e a guisados de mocotó.

(Diário de Pernambuco, 10-2-1924)

44

Joaquim do Rego Monteiro trouxe-nos de Paris e de Nice vinte e nove telas que vai expor nestes dias no Gabinete Português.

Deliciosos trabalhos. Surpreendem. Espantam. Tanta mocidade e tanto talento deixam-nos sob um encanto difícil de fixar.

Joaquim do Rego Monteiro, com quem me acamaradei em Paris, quando ele e Vicente, seu admirável irmão, moravam numas águas-furtadas da Rue Gros, é ainda um rapaz de dezenove anos. Puro adolescente. Quase uma criança.

O *studio* da Rue Gros. Umas águas-furtadas. Por cima dum quinto andar. Chegava-se lá quase sem fôlego, como depois de ler em voz alta um período de Rui Barbosa.

No *studio*, todo salpicado de tinta, primeiro nos reunimos uma tarde, em volta a um farto jantar de macarrão. Rodeavam-nos pastas de tinta, boiões de geleia, pincéis, latas de sardinha, pacotes de biscoitos, borrões e originais de desenhos, telas com as primeiras pastadas de cor, estudos a lápis, rolos de pão – tudo numa espantosa promiscuidade.

Depois, durante os três meses que estive em Paris, muito nos reunimos na alegre água-furtada da Rue Gros. Aí encontrei um dos irmãos Martel – não me lembro se Jean ou Joel. (Os Martel são hoje, depois de Bourdel, os escultores mais interessantes da França.) E Brecheret. O paulista Brecheret.

Do *studio* íamos às vezes, depois das vastas macarronadas, ao café de La Rotonde. Íamo-nos regalar de pitoresco. De bizarrice. E regalávamo-nos. Lembram-me ainda alguns tipos deliciosos. Parece que os estou vendo entre a fumaraça do café. À toa recordarei quatro ou cinco: aquele javanês de barbicha, magro e gótico, que deve estar ainda a apodrecer tristonhamente de tédio num canto de café; a alegre mulata cor de sapoti e sempre de turbante que foi modelo do sr. Virgílio Maurício; um hindu alto e ósseo, com uns olhos de magnetizador de teatro; aquele desenhista holandês, amigo de Vicente, com os bigodes louros e tristes caídos aos cantos da boca e como que grudados à goma arábica sobre um rosto de menino Jesus; Foujita, numa onda de discípulos graves, muito moço e o rosto apenas salpicado pela felpa negra do bigode; Floriane.

No meio dos rostos exóticos e bizarros de La Rotonde é que o de Vicente, róseo e gordo, assumia certo ar prosaico de caixeiro-viajante. Joaquim tinha então o ar de um colegial ainda tímido que se tivesse desgarrado em Montparnasse.

E é ainda com um pouco daquele seu ar de colegial que ele agora nos traz de Paris e de Nice vinte e nove telas que são simplesmente espantosas para um principiante.

Os trabalhos de Joaquim do Rego Monteiro são todos paisagens e marinhas. Assuntos ingênuos: recantos de bairros quietos com as suas lojitas de telhado vermelho; trechos de cais batidos de sol; pedaços de ruas meio tristonhas onde habitam e negociam *petits bourgeois* morosos e bons.

Às vezes, nesses quadros encantadores, as lojitas, os vapores e os sobrados parecem, pelo colorido, lojitas, navios e casas de brinquedo. Mas olhando-os bem, tomam aos nossos olhos um ar muito sério: o azul da água, de duro e claro, desfaz-se num azul negro e fluido; tem-se a sensação de profundidade.

Há um ar de família entre a pintura de Joaquim e a de Jorge Barradas. O mesmo não sei quê de deliciosamente ingênuo. E sendo uma pintura, a de ambos, sobretudo decorativa, evita, entretanto, os grandes brilhos de cor.

O irmão mais moço de Vicente é ainda mais radical que o pintor português. O "futurismo" de Jorge Barradas desfaz-se em fácil "bombom" comparado com o "futurismo" de Joaquim.

Deste, os trabalhos dão muito a lembrar os de William Yarrow. Os dois muito pessoais.

Ante as massas plásticas de cor que lhe oferece a natureza em bruto, a ânsia de Joaquim é reter apenas os valores íntimos, para os reunir, num ritmo muito pessoal, em "composições". Todo o supérfluo é depurado.

Compreendida a diferença entre "compor" e "reproduzir" está iniciada a mais simples das criaturas no "futurismo" de Joaquim como no de De Garo e no de Jorge Barradas.

Futurismo, pintura de composição? Futurismo, a arte de Joaquim? Pura conversa. Conversa de idiotas. A arte oriental tem sido sempre de composição.

O absurdo está em querer julgar a composição pelo critério da representação. É como se alguém quisesse julgar as qualidades do pavão pelas qualidades do papagaio: muito cheio de cor o pavão, a escancarar a plumagem em leque; mas não fala. O que se queria era que o pavão falasse como o papagaio. Não fala. Reparem bem, meus senhores: o pavão não fala. O pavão não presta porque não fala como o papagaio.

Será menor absurdo julgar a pintura de composição ou mesmo a de interpretação pela fotografia colorida?

(*Diário de Pernambuco,* 17-2-1924)

45

Tenho diante de mim o n. 1 da nova revista, editada no Rio. Chama-se *Terra de Sol* e é seu representante no Recife o sr. José Lins do Rego.

Dirigem-na os srs. Tasso da Silveira e Álvaro Pinto; são colaboradores os srs. Tristão de Athayde, Ronald de Carvalho, Andrade Muricy, Renato Almeida e, desgarrado numa tão fluida e inquieta onda de mocidade, numas como férias de si mesmo, o hirto e meio solene sr. Afrânio Peixoto.

Há colaboradores menos notáveis: o sr. Rocha Pombo, cujo artigo termina com um estridente "Terra gloriosa!"; o sr. Amadeu Amaral; o sr. Jayme Cortesão, que é dos modernos escritores portugueses o mais irmão do nosso sr. Graça Aranha; o sr. Victor Viana; o poeta Murilo Araújo; o sr. Silveira Neto, a quem só os primeiros três ou quatro dentes de senso crítico parecem ter nascido; os srs. Mário Mendes Campos e Campos Ribeiro que iniciam a interessante seção "Pelos Estados".

Será "Pelos Estados" uma espécie de reflexo da vida mental nas províncias. A nova revista parece admitir com o sr. Andrade Muricy e contra José Veríssimo a possibilidade de valores mentais desgarrados nos pequenos centros provincianos, fora da quase irresistível viscosidade desse papel-de-pegar-mosca que é o Rio-intelectual.

Certo, são raríssimos esses valores. Porque nos pequenos centros do Brasil a alta vida de ideias importa ou em ascetismo ou em onanismo mental. É preciso muita impermeabilidade para resistir ao ar hostil, aos elementos tóxicos, à erosiva acidez do meio à sua saturação. E é preciso um gênio muito plástico de camaradagem com os inferiores, com os "bárbaros" de que fala Barrès, para conseguir o superior que aceitem, com menor hostilidade, a sua superioridade.

Entretanto, esses raros existem, têm sempre existido no Brasil. Tobias Barreto vai entre nós tomando o relevo dum exemplo clássico.

A nova revista fará obra oportuna e simpática aproximando as forças intelectuais das províncias umas das outras e todas do Rio, que é o eixo lógico, mesmo porque é o centro editorial.

O n. 1 de *Terra de Sol*, embora dê a ideia do espírito todo moderno, de mocidade e ação, que anima a nova revista, não é de modo nenhum o que faziam antecipar os nomes dos seus diretores e colaboradores. É quase toda a aristocracia intelectual do Brasil-moço que esses nomes reúnem. Recursos, os mais plásticos, não faltam à *Terra de Sol* para conseguir o primado entre nossas revistas chamadas de cultura. É aliás um primado fácil de conseguir, dada a atual promiscuidade de colaboração na *Revista do Brasil* e mesmo na *América Brasileira*.

O formato da nova revista não é dos mais atraentes: o senso decorativo do sr. Correia Dias, ou porque o limitassem razões de ordem econômica, ou por insuficiência de imaginação, não deu ao n. 1 de *Terra de Sol* o melhor brilho da estreia, esse frescor de juventude que se espera dos primeiros números.

Tudo, entretanto, faz esperar da revista dos srs. Tasso da Silveira e Álvaro Pinto o que nos votos de Ano-Bom convencionalmente se chama "um futuro brilhante".

(Diário de Pernambuco, 24-2-1924)

46

    Tenho diante de mim o livro de estreia do sr. Humberto Carneiro; o sétimo ou oitavo do sr. Mário Sette; e *Teia dos desejos*, do sr. Lucilo Varejão. Três livros novos: úmidos do prelo. Três livros de novos; e estes, provincianos de Pernambuco.

    O sr. Humberto Carneiro apresenta-se em *Praias do Norte* ainda efervescente de lirismo verbal; os nervos capazes de fáceis *frissons*; um tanto *naïf*.

    É verdade que às vezes se sente na sua *naïveté* alguma coisa de postiço. É como a *maineté* do sr. Afrânio Peixoto em *Maria Bonita*.

    Mas o que mais me inquieta no jovem estreante é a intemperança verbal do seu lirismo.

    Eu quisera animar no sr. Humberto Carneiro um esforço heroico que o clarificasse dos excessos e o purgasse dos lugares-comuns.

    Dizendo esforço heroico, não exagero. Há heroísmo em muito sacrificar de quanto se escreve à boca aberta desse Ganges em ponto pequeno: a cesta de papel. Semelhante heroísmo, admiro-o no sr. Olívio Montenegro.

    O sr. Humberto Carneiro recorta em *Praias do Norte* aspectos interessantes e às vezes deliciosos da nossa paisagem. Mas salpicando-os do róseo de sua imaginação que se diria impregnada de Augenmusik. E às vezes nos cansa com esse seu abuso de tons meigos e cores macias à custa duma natureza no íntimo tão selvagem. Sua caixa de tintas data sem dúvida de Watteau: convinha adicionar-lhe novas cores. O sr. Humberto Carneiro ainda nos fala em "poentes cor de ouro e púrpura", "penachos verdes de coqueiros", "astros refulgentes", "céu rico de madrepérola".

    Dos vários contos de *Praias do Norte* destacarei o "Coração de Sertanejo". Sem deixar de haver aí um tanto de precioso, o movimento e a vivacidade da narrativa conseguem vivos efeitos de vibração emocional.

    Se eu tivesse autoridade, terminaria recomendando à juventude do sr. Humberto Carneiro a maior das cautelas contra os elogios fáceis, desses que, de viscosos, pegam na sola dos sapatos e não nos deixam subir o nosso caminho.

    Do novo livro do sr. Mário Sette, impresso aliás em horrível papel, direi que vem acentuar nesse vitorioso romancista a tendência para a crônica social. O sr. Mário Sette não faz crítica social nem cria situações intensas nem anima suas personagens de vibração íntima: o que ele faz é fixar, ao seu jeito, isto é, com ingênuo lirismo, retalhos da paisagem e da vida de Pernambuco.

Não fossem os excessos verbais desse escritor e eu diria dele, como de Manuel Almeida o sr. Ronald de Carvalho, que os seus livros são umas como fotografias na primeira prova.

Valendo muito, por conseguinte, como documentação de vida local; e menos como criação estética. Mas valendo.

Aliás, não me cansarei, como pernambucano, de louvar no sr. Mário Sette as boas tendências da sua obra, impregnada de são regionalismo e são tradicionalismo. Seus romances vão por certo levando a muita cesta de costura a propaganda do sentimento de reintegração nacional; despertando em muita imaginação de menino o amor às nossas coisas; iniciando inúmeros no gosto da nossa paisagem e do nosso passado.

O sr. Lucilo Varejão, um tanto pelo ritmo da frase e um pouco pelo gracioso da imaginação, dá às vezes a lembrar no seu novo livro de contos – em "Ariadne", por exemplo – o sr. Júlio Dantas.

Sua frase é de um ritmo fácil de seguir. Ondeante. Dir-se-ia que o sr. Lucilo Varejão só conhece um "momento musical": o "adágio gracioso". Dentro desse "momento" ele fixa um beijo de amor e registra um assassinato.

Às vezes o sr. Varejão apresenta-se inteiramente artificioso e espantosamete ingênuo: no "Tesouro de Bessie", por exemplo. Não é por certo com personagens normais que se pode desdenhar no conto ou no romance da *vraisemblance* e da lógica.

(Diário de Pernambuco, 1-3-1924)

47

Em Pedras, no estado das Alagoas, Delmiro Gouveia deixou a meio uma obra que se anunciava formidável. Dela ainda se ouvem à distância os efeitos de orquestração. E foi de fato a obra de um *homme orchestre*.

Hoje, também nas Alagoas – onde acabo de estar – o sr. Carlos Lyra vai unindo às boas tendências do governo do sr. Fernando Lima uma série de admiráveis esforços criadores. O mais recente é a estrada de rodagem de Leopoldina a São José da Laje, com a ponte sobre o rio Canhoto e o cais de proteção contra a fúria das águas selvagens.

Rasgou-se a estrada por uma natureza ainda em bruto; que ondula; onde o matagal às vezes se esgalga numas como barbacãs de castelos góticos para depois achatar-se em volúpias rasteiras, numa orgia de verde. A própria estrada leva às vezes grandes extensões a serpentear, a fazer SS, contornando encostas agudas ou serros abruptos, comendo-os até a ossatura, deixando-os, vencida a resistência, a sangrar ao sol.

E esse esforço difícil, esse como raspar a unha de duras encostas para fazer caminho, sentimo-lo através de quilômetros.

Uma estrada, a de Leopoldina a Laje, onde o próprio "Page" a correr toma o ar dum automóvel de brinquedo; e galgá-la dá às vezes *frisson*. *Frisson* que o gozo estético sublima em esquisito prazer para os olhos, para os nervos, para a imaginação.

Verdadeiro gozo estético se experimenta, de fato, em certos SS da estrada, orlando serras quase dramaticamente. Da ponte de Jacuípe a paisagem é um encanto: as águas ostentam uma frescura e uma inquietude selvagens.

Ao rodar por esses cinquenta quilômetros de estrada nova, num dos autos que a desvirginaram, pensava, com o meu eterno pedantismo de pessoa livresca, na tese de Demolins: *Comment la route crée le type social*. Essa estrada de Leopoldina a Laje se plasmar um tipo social à sua imagem será um belo tipo de homem arrojado. É o ritmo da vida social e econômica de toda uma região a definhar à falta de canais por onde drenasse a selva virgem de sua produção, que a nova estrada vem intensificar.

Representa um grande esforço criador, ao serviço do espírito de iniciativa ou cooperação de particulares – espírito ainda raro entre nós.

Nos Estados Unidos e em certos países da Europa é que o espírito de iniciativa particular deixou de causar *frisson* nos nervos do público. Entre os americanos, nada mais comum que unir um indivíduo, o nome e os milhões a uma obra de ação social do tipo, por exemplo, dessa Rockefeller Foundation, a que hoje consagra o melhor da sua generosidade John D. Rockefeller Junior, o segundo da áurea dinastia.

Vem muito a propósito referir o gesto, entre nós, do comerciante sr. Manuel Almeida, doando à "creche" da Jaqueira, recentemente inaugurada, a soma de mil contos. Ao contrário do que era de esperar numa terra de elogio fácil, onde tudo é pretexto para o nome e o retrato nos jornais, o gesto do sr. Manuel Almeida consumou-se quase sem estridor.

Entretanto, foi um gesto singular. Raro. Surpreendente. Foi quase como se uma carga de neve tivesse embranquecido a rua Nova.

Esses esforços criadores, essas iniciativas particulares devem entre nós estabelecer um precedente, criar uma tradição, elevando nossa burguesia um tanto acima de si mesma, tirando-nos da mole passividade com que esperamos tudo do Governo.

Não falta por certo no Recife, onde se exerce o espírito de iniciativa ou cooperação particular; nos colégios particulares sem laboratório e incapazes de pagar bons professores; nos hospitais; no manicômio da Tamarineira, necessitando de tantas instalações novas; na Biblioteca Pública, a apodrecer no mais triste dos abandonos; no museu do Instituto Histórico; nas igrejinhas antigas dissolvendo-se na umidade, à falta dum pouco de carinho.

(Diário de Pernambuco, 9-3-1924)

48

No dia 5 de fevereiro último, às 4 horas da tarde, foi inaugurada em Washington, na Universidade Católica, a Biblioteca Oliveira Lima.

São 40 mil volumes. Lembra-me o dia em que os visitei com o sr. Oliveira Lima. Estavam ainda baralhados, sem ordem. Meu amigo fez passar sob meus olhos o encanto de edições em Holanda e em China. Toda uma série de primores. Livros de viagem e de ciência, de biografia e de poesia, romance e obras de direito, ensaios e memórias. Lombadas de luxo passaram-me entre os dedos, as de marroquim a ranger duma como esquisita volúpia. E livros antigos, ainda nas primeiras edições em pergaminho.

São 40 mil volumes, os da Biblioteca Oliveira Lima, recolhidos por toda parte: pelos leilões de Londres, pelas caixas escancaradas dos alfarrabistas de Paris, pelas livrarias de Berlim, de Lisboa, da Suécia, de New York. E encadernados, depois, em carneiras magníficas, dessas que parecem desdenhar da gula dos bichos e da ação erosiva do tempo. Verdadeiros broquéis.

Toda uma manhã passamos no meio daquele luxo de livros, que o meu amigo começava a pôr em ordem, distribuindo-os e fazendo-os distribuir pelas severas estantes de pau.

Lembrei-me de que naquela fartura de livros estava uma fortuna. Os milhares de volumes dispersos pela sala representavam centenas de contos. E eram o nobre esforço de um homem relativamente pobre.

A inauguração da Biblioteca, a 5 de fevereiro último, foi solene. Presidiu-a o Bispo-reitor da Universidade, Rev. Shahan. E rodeavam-lhe o roxo da murça episcopal toda uma onda de fraques oficiais: o Embaixador da Espanha, o Encarregado de Negócios de Portugal, o Secretário da Embaixada do Brasil, diplomatas latino-americanos, o ex-ministro dos estrangeiros do Chile, sr. Carlos Aldunate. E era vasto o número de professores, decanos das faculdades, religiosos das várias congregações filiadas à Universidade, estudantes.

Discursou primeiro o sr. Oliveira Lima; e foram palavras, as suas, de sóbria emoção e impregnadas do mais fino sentimento de patriotismo continental. Da biblioteca disse que representava quarenta anos de esforços; que os volumes ele os ajuntara carinhosamente um a um. Não se destinava a nova biblioteca ibero-americana a cemitério de livros, mas a um centro de atividade intelectual. Referiu-se ao momento da inauguração da livraria e àquele, dias atrás, em que iniciara seu curso de Direito Internacional, como dois dos momentos mais agradáveis da sua vida: e devia-os ambos à Universidade Católica.

Falou em seguida o Encarregado de Negócios de Portugal, sr. Mendes Leal. Desde os seus dias de secretário de legação junto à Santa Sé, que o interessava a obra magnífica da Universidade Católica. Sentia-se feliz em assistir à inauguração da Biblioteca ibero-americana, donativo à Universidade de um brasileiro que é tão caro a Portugal: o autor de *Dom João VI no Brasil*.

O último discurso foi do Reverendo Reitor. Em nome da Universidade agradeceu ao sr. Oliveira Lima e a D. Flora Cavalcanti de Oliveira Lima, a excelente doação; e exaltou-lhes a vida de nobres preocupações.

A Universidade Católica da América, que se eleva com a Biblioteca Oliveira Lima a um dos grandes centros de estudos ibero-americanos, fundou-a Leão XIII, sobre o donativo de Miss Caldwell, depois Marquesa de Montiers--Merinville. Data apenas de 1889, mas seu desenvolvimento tem sido rápido. Nela se concilia o ideal de cultura do Cardeal Gibbons: "A religião e a ciência são irmãs como Marta e Maria: ambas servem ao Senhor".

A Universidade Católica compreende várias seções, entre as quais o instituto de tecnologia (matemáticas aplicadas e engenharia), a faculdade de ciências sociais e filosofia, a de letras, a de teologia etc. Confere os tradicionais graus universitários de B. A. (*Bachelor of Arts*) e M. A. (*Master of Arts*). É uma das raras universidades americanas que mantêm cursos de português e literatura brasileira, cadeira ora ocupada pelo professor Siqueira Coutinho.

(Diário de Pernambuco, 16-3-1924)

49

O século XIX – o *stupide* de Leon Daudet – primou, como se sabe, pelo "idealismo". O "idealismo" da democracia, do progresso, da ciência. O "idealismo" a que o sr. Jacques Maritain, em *Anti-Moderne* e, recentemente, em *Le thomisme et la crise de l'Esprit moderne,* opõe o realismo de São Tomás de Aquino.

A obra do exagerado "idealismo" do século XIX foi desgarrar dos seus razoáveis limites um grande número de ideias e um número ainda maior de normas de conduta. Entre as ideias, a de liberdade individual – inclusive econômica – que, felizmente, vai refluindo em toda parte para os seus justos limites. Entre as normas de conduta a tolerância. O século XIX elevou-a a exageros monstruosos.

À universalidade da tolerância se opõe o bom senso: nem sempre é virtude a tolerância. Nada mais natural que tolerar um indivíduo ao seu jardineiro as crenças mais estranhas e mais diversas das suas. A intolerância seria em tal caso um absurdo. Mas tudo se inverte quando em vez do jardineiro se trata da governante dos filhos. Neste caso é a tolerância que passa a absurdo.

Antero de Quental assumiu em face do *Syllabus* uma atitude que causou a maior das sensações: defendeu-o. Do ponto de vista católico a intolerância da carta encíclica de Pio IX pareceu-lhe inteiramente justa. E era. O absurdo teria sido a tolerância.

Conta-se que, uma vez, falavam na presença de Tobias Barreto da intolerância da Igreja Católica, talvez a propósito do mesmo *Syllabus* e do mesmo Pio IX. Tobias interveio na conversa: "Não, a Igreja não pode tolerar; a tolerância é filha da dúvida e a Igreja não deve duvidar, porque acredita possuir a verdade".

A intolerância exerce uma função defensiva. Encontramo-la na política socioeconômica do Império Britânico e na política espiritual e moral da Igreja Católica. Encontramo-la no bom inglês e no bom católico.

É virtude, semelhante intolerância? É um elemento criador. A tolerância – a não ser nos seus justos limites – é que, nos tornando demasiadamente permeáveis, destrói no indivíduo e nas sociedades a capacidade de ser pessoal ou de manter-se nacional.

Na arte, na literatura, na filosofia os grandes criadores são os grandes intolerantes. Que foi senão a tolerância sob o nome de "diletantismo", o "*moi, vous savez, je suis eclectique*", esse requinte de espírito liberal que irmana nas estantes os Ohnet e os Flaubert e os Goncourt e os Delpit e, nas paredes, os Gustave Moreau e os Bonnat, que J. K. Huysmans denunciou num dos seus mais pungentes ensaios?

Sainte-Beuve prejudicou um tanto o espírito crítico ligando-o à ideia de tolerância e ecletismo. Desmasculou-o. O espírito crítico, para ser criador e ter sexo próprio, necessita da intolerância: de ser capaz de antipatizar.

Nós, brasileiros, somos em todas as coisas de uma tolerância que nos acabará comprometendo a unidade nacional. A prova é a facilidade com que nos deixamos penetrar no mais íntimo da nossa vida socioeconômica por elementos estrangeiros dos mais indesejáveis: desses que saem a rolar pelas pátrias alheias, sugando e absorvendo. Descaracterizando.

O excesso de tolerância neste sentido estende sobre nós a sombra de uma ameaça séria: a de nos tornar, um dia de crise, incapazes de orientar a vida nacional de acordo com as nossas tradições. Nesse dia terrível, de que Deus nos livre, experimentaríamos quanto pode a *escroquerie* de uma minoria toda preocupada em lucros materiais, contra os ideais e os interesses comuns de uma vasta maioria que, tolerantemente, se deixa roer no que lhe é mais próprio, mais íntimo, mais característico.

(Diário de Pernambuco, 23-3-1924)

50

A veiculação elétrica vai matando entre nós os vagares da delicadeza. Para viajar nos elétricos do Recife é quase indispensável ser acrobata de circo ou ter as pernas numa Companhia de Seguros.

E ai dos velhos e das senhoras gordas! Para estes, principalmente, deve ter todo o travo de uma aventura perigosa vir de casa à cidade num dos carros da Tramways.

Não falo *pro domo mea*: reconheço os direitos da velhice e da gordura feminina do ponto de vista absolutamente altruísta. Não sou nem velho nem gordo.

Menino ainda, conheci no Recife os velhos *bonds* tirados a burros, morosos e bons. Eram tão lentos que faziam esquecer o tempo. Eram uma escola de paciência. Mas pitorescos. Deliciosamente pitorescos. E tanto a velhice como a gordura feminina tinham então garantidos os seus direitos.

Agora, com os vertiginosos elétricos, raro é o dia em que me não é dado aos nervos o *frisson* de assistir a alguma acrobacia de possibilidades trágicas ou macabras. Outro dia foi um velho na Soledade. Vi-o quase cair de bruços, desastrosamente. Quem o salvou da queda foi um inglês ágil com o ar de telegrafista.

Dias depois foi uma senhora gorda: ao sinal do condutor desatencioso e apressado o elétrico partiu num ímpeto, deixando-a em ridícula postura. Hoje, diante dos meus olhos, uma velhinha quase sofreu formidável queda de um elétrico de Casa Amarela. Há uma ânsia de movimento da parte dos empregados da Tramways e uma ausência de senso de cortesia, de causarem espanto.

Naturalmente objetará algum *up-to-the-minute*: isso é inevitável. A morte da cortesia nos elétricos é inevitável. A cortesia passou com a saia-balão e a diligência e o *bond* de burro. A vida moderna não permite os doces vagares em que outrora se requintava a gentileza.

Não exageremos as exigências da vida moderna. Mesmo nos *subways* de New York, onde os passageiros se acotovelam com a maior sem-cerimônia deste mundo, da parte dos condutores a regra é a delicadeza. O grande escritor norueguês Knut Hamsun, que foi em 1921 o laureado do Prêmio Nobel, não conseguiu, quando moço, manter-se no ofício de condutor numa cidade americana, porque nas suas abstrações esquecia-se, muitas vezes, de anunciar os nomes ou números das ruas. Talvez se esquecesse também de ser cortês.

Não estou a querer nos condutores dos nossos elétricos suaves maneiras de secretário de legação. Mas o que me parece é que a Tramways, como a administração dos Correios – em cujos *guichets* a venda dum selo ou o registro duma carta assume o ar de imenso obséquio da parte do funcionário para com o público – bem podiam exigir dos seus empregados, com o traquejo técnico, ligeiras noções de cortesia. Mesmo porque a vida no Recife não é assim tão intensa que não permita um pouco dos vagares delicados de outrora.

(Diário de Pernambuco, 30-3-1924)

51

Há palavras com as quais se conseguem milagres. Milagres de economia verbal.

Basta saber graduá-las quanto à inflexão e à cadência: exprimem mil e uma coisas, de um extremo ao outro, do grave ao agudo.

"Delicioso" é assim. É um adjetivo amplo e elástico. Convém ao sr. Almachio Diniz como ao sr. Anatole France. E há toda uma filosofia em atravessar a vida com a palavra "delicioso" nos lábios, distribuindo-a para a direita e para a esquerda, como a destra untuosa e boa de um bispo distribui a bênção.

Podem ser, ao mesmo tempo "deliciosos", um verso de Shelley ou de Laforgue e um verso de Victor Hugo; um gesto de Cécile Sorel e uma postura do sr. Domício da Gama; um paradoxo de Jean Cocteau e uma página de filosofia do mesmo sr. Almachio Diniz.

Já Amado Nervo escreveu uma vez do seu amigo Rubén Darío que a palavra "*admirable*" lhe permitia "*responder todas las preguntas, comentar todos los sucesos, intervenir en todas las conversaciones*". Deliciosa palavra, o "*admirable*" de Darío, que pela só inflexão da voz do poeta fazia as vezes desse mundo de palavras com que nos ameaçam e nos estonteiam os *causeurs* profissionais.

Mas o exemplo clássico dessas palavras, de uma elasticidade que as torna verdadeiramente mágicas, vamos encontrá-lo em Rostand. Recordam-se os senhores do "mais" de *L'Aiglon*. O mais elástico dos "mais". Um delicioso "mais". Um "mais" mágico.

"*Sentez-vous tout ce que ce mais veut dire?*" Era um "mais" que neutralizava em cinzento o mais puro dos brancos ou o mais puro dos pretos.

O Stembroken do nosso querido Eça entrincheirava-se diante das situações mais diversas da vida mundana num "*c'est très grave*". Mas um "*c'est très grave*" invariável quanto à inflexão e à cadência. Excede a inteligência dum diplomata finlandês ou suíço manejar uma frase com a plasticidade e a fluidez com que Rubén Darío manejava o seu "*admirable*".

Porque o certo é que isso de "*responder todas las preguntas, comentar todos los sucesos, intervenir en todas las conversaciones*" com um só adjetivo requer sutilezas de artista e uma voz ágil e fluida como a própria água. É arte que não se aprende nos tratados de retórica nem nas escolas de bem dizer, essa de atravessar a vida com um "*admirable*" ou um "delicioso" ou um "mais" nos lábios sóbrios e continentes.

(Diário de Pernambuco, 6-6-1924)

52

Agita os Estados Unidos um movimento a favor da melhor decoração das escolas. Da melhor decoração das salas de aula, laboratórios, oficinas de *slodj*.

A pedagogia americana parece decidida a pôr em prática a teoria de Platão modernizado pela voz de Oscar Wilde: devemos crescer no meio de beleza material, plástica, que nos predisponha para os encantos mais íntimos da beleza espiritual.

E neste rumo vai tomando a dianteira a Escola de Greenfield, pequena cidade no Estado de Ohio, que é uma espécie de Minas Gerais dos Estados Unidos. Dir-se-ia que as sombras de Platão e de Ruskin, de Morris e Wilde, vagam pelas ruas da cidade de Greenfield, como se fossem seus numes tutelares.

Do muito que já conseguiu a Escola de Greenfield vem rápida notícia num dos últimos números da *Literary Digest*. Não há ali um laboratório ou sala de aula de parede nua: tudo está decorado. Decorado com rigorosa propriedade. Assim, na sala de geografia, teve o decorador a lembrança de reproduzir a impressionante criação de Abley: *O espírito do vulcão*.

"Não se compreende", escreve o sr. William Mc Andrew, citado pela *Literary Digest*, "não se compreende que os teatros e os *dancings* e os bancos sejam os edifícios mais atraentes das cidades: esse primado cabe antes às igrejas e às escolas." O que é intuitivo.

Entre nós, isso de decoração é ainda luxo ou futilidade. Coisa de mulheres. O Brasil que joga *football* e – paradoxo vivo! – é antes pé de anjo que pé de boi, julga um tanto abaixo da dignidade do seu sexo preocupar-se seriamente com a decoração das escolas, das igrejas e das casas. Daí o horrível das nossas habitações. E o horrível dos edifícios públicos. O horrível de suas formas e de suas cores.

A cultura do senso decorativo deve entre nós começar – como isso é deliciosamente intuitivo! – pela escola. E começar, não por meio de um teorismo seco que apenas destile no espírito das crianças complicadas noções de gramática das artes decorativas. Não. Semelhante cultura deve antes operar pela ação direta e viva da decoração interior das escolas. Pintura das paredes, jarros de flores, móveis, tapetes, cortinas, fotografias, águas-fortes, aquarelas – tudo isso age docemente e com poderoso efeito, criando sulcos, fixando impressões sobre o espírito plástico e todo cera das crianças.

O senso de beleza, a não ser nos casos raríssimos de estranhas intuições, não é faculdade que se improvise: requer cultura. Não é de admirar que sejamos o povo de formidável mau gosto que tolera e até admira edifícios como o da Associação Comercial, o da Fiscalização Federal do Porto, o da Escola Normal Oficial; e restaurações como a da Catedral de Olinda e a da matriz da Casa Forte; e monumentos como o de Telles Júnior, o de Rio Branco e o do Conde da Boa Vista. É natural que a maioria os tolere e os admire. Que cultura de gosto possuímos? Nenhuma.

Em nós se vai atrofiando toda a intuição de beleza à custa do exagerado desenvolvimento de volúpias rasteiras e gostos inferiores. Crescemos em casas mal decoradas, com os seus eternos porta-jornais e as eternas fitinhas de cetim azul-claro ou cor-de-rosa enfeitando o espaldar do sofá e das cadeiras dispostas pela sala com esse inferior senso de simetria com que as crianças dispõem para as batalhas de brinquedo seus soldadinhos de pau ou de chumbo. Vamos à escola ou ao colégio em edifícios igualmente mal decorados e até odiosos à vista, ainda que, muitas vezes, não lhes faltem ar, luz, sol, bons *water closets* e bons lavatórios. Que é de esperar de uma meninice assim desprovida de influências estéticas? Na melhor das hipóteses: uma geração de bons animais. Nada mais.

Tive quase a ventura de conseguir que a Escola Normal Oficial de Pernambuco contratasse o sr. Nicolas De Garo para lhe decorar o interior. Se o tivesse conseguido, seria hoje uma das criaturas mais felizes do mundo. Mais feliz que o prof. dr. Netto Campello. O pintor Nicolas De Garo possuía como ninguém que aqui tenha posto pé o senso decorativo. Possuía estudos rigorosos da gramática da decoração. E da psicologia da decoração. Seus dedos mágicos teriam feito da Escola, cuja pintura atual é aquele horror de arrepiar os cabelos, o edifício mais inteligentemente decorado do Recife.

O contrato não foi possível. Mas convém realçar que o interesse em firmá-lo, da parte do jovem diretor da Escola, embora tardio, foi dos mais vivos. E continua o prof. Ulysses Pernambucano preocupado com a reabilitação estética da Escola Normal, como se lhe doesse aos olhos o horrível daquelas pinturas vergonhosamente ridículas.

O tempo é dos mais oportunos para iniciar entre nós um movimento a favor da melhor decoração das escolas – dada a atual influência nos negócios públicos da juventude, cheia de impulsos criadores, dos srs. Amaury de Medeiros, Aníbal Fernandes e Ulysses Pernambucano.

Nós precisamos associar um pouco de beleza à vulgaridade da nossa vida. Associá-lo, numa íntima e sincera identificação. E não apenas tolerar a beleza como um requinte ou como um luxo – alguma coisa de estranho e de artificial – uma como bonita dentadura postiça para rir ao público nos dias de festa.

(Diário de Pernambuco, 13-4-1924)

53

"Parece que tenho vivido em dois países diferentes", dizia, ao fim da vida, Antônio Cândido ao sr. Fidelino de Figueiredo, aludindo à grande revolução que operara a república na paisagem social da sua pátria.

Os que, ainda meninos, conhecemos o Recife de Lingueta, do Arco de Santo Antônio, dos quiosques e das gameleiras, vamos experimentando sensação igual quanto à paisagem física. Parece que temos vivido em duas cidades diferentes.

É uma angústia para as criaturas sensíveis viver nessas épocas de aguda transição. Veem-se, afinal, numa cidade que lhes parece estrangeira.

Eu por mim já me sinto um tanto estrangeiro no Recife de agora. O meu Recife era outro. Tinha um "sujo de velhice" que me impressionava, com um místico prestígio, a meninice. O tempo o esverdeara todo de um verde que tinha o encanto de uma unção.

Hoje, para recolher uma impressão, mesmo fortuita, do velho Recife é preciso ir aos dois ou três becos quase mouriscos que ainda nos restam, ao pé das insolentes avenidas novas. Ou à janela de algum terceiro ou quinto andar, de onde os olhos ainda conseguem agarrar pedaços do pitoresco que foge, deitando na água saudosa do rio suas últimas sombras.

O pitoresco está a desaparecer tão depressa do Recife que já se pode falar dele como de um moribundo. É pena. Porque no pitoresco local está o caráter de uma cidade: quando ele morre é sinal de estarem a morrer valores morais muito sérios.

As cidades que se prezam conservam o pitoresco natural e histórico através de suas transformações. Oxford, adotando a luz elétrica, os *water closets* de porcelana e até os carros elétricos é quase a mesma cidade que fazia o sinal da cruz ao frou-frou das sedas escarlates de Wolsey. O mesmo é certo de Nuremberg. E de Salamanca.

Conservar uma cidade seu pitoresco próprio, sua cor local, seu caráter, enfim, não quer dizer fechar-se toda às exigências da engenharia sanitária. Não há mal algum para o caráter de uma cidade em se deixar reparar e mesmo alterar na crosta da sua paisagem: os reparos é que não devem exceder à crosta para ferir os valores íntimos, essenciais, da mesma paisagem.

A moderna engenharia sanitária, reconhecendo os direitos da estética e da tradição, outro rumo não segue que o de respeitar o pitoresco natural e histórico das cidades.

No Brasil, nenhuma voz mais autorizada nestes assuntos que a do sr. Saturnino de Brito. E o grande mestre escreve num trabalho recente: "... projeto ruas novas sem a preocupação inconsciente e hoje condenada, de alinhar ruas retas e longas, cortando-se em ângulos retos". *(Saneamento da Paraíba do Norte, pág. 7.)*

E a Paraíba do Norte, se perder o seu natural encanto de cidade toda em zigue-zague para adquirir o ar horrível de um tabuleiro de xadrez, não será por exigências da engenharia sanitária. Ninguém mais livre de superstição da simetria que o engenheiro Baeta Neves.

Mas eu estava a dizer que me sinto já um tanto estrangeiro no Recife simétrico e insolente. É que no Recife as alterações vão ferindo os valores íntimos da paisagem. Roubando-lhe o caráter. Criando uma cidade nova, estranha e até hostil à primeira.

E no pitoresco que morre só pelo furor imitativo e pela superstição de simetria que nos empolgam, eu sinto morrer um pouco de mim mesmo. Há coisas assim: acabam formando uma parte de nós mesmos. E ao desaparecerem deixam-nos um vazio na consciência, difícil de reparar.

Um desses dias, vendo passar um enterro, tive bem clara a consciência de viver numa cidade completamente diversa da que conheci menino. Os próprios enterros perderam no Recife a nota local e o pitoresco. As tristes vitórias já não as dirigem, do alto glorioso das boleias, cocheiros de cartola. Dirigem-nas agora prosaicos indivíduos de *casquette*, desajeitados arremedos dos *chauffeurs*. Morreu a cartola dos cocheiros – que era, no Recife, um dos últimos redutos do pitoresco local.

Resignemo-nos, os que ainda nascemos no tempo da Lingueta, do Arco de Santo Antônio e dos cocheiros de cartola, à melancolia deste destino: o de acabarmos estrangeiros na própria cidade natal. Barrès não cogitara nesse doloroso tipo de *deracinés*. *Deracinés* no tempo.

(Diário de Pernambuco, 20-4-1924)

54

António Nobre morreu sem saber onde estavam os pintores do seu país:

"Qu'é dos pintores do meu país estranho,
Onde estão eles que não vêm pintar?"

Estavam na França. Estavam na França pintando *gigolettes* e *apaches* e a Avenue de l'Opera e o arvoredo azul de Fontainebleau. As tricanas e as varinas e os peixeiros e as ribas do Mondego e as terras de Entre-Douro-e-Minho deixavam-nas todas às máquinas fotográficas dos *touristas* ou mesmo às últimas volúpias de aquarelista de algum inglês tuberculoso.

Não eram assuntos *chics* – as tricanas e as varinas e as margens do Mondego. O *chic* estava do outro lado do Arco do Triunfo, que para tantos valores tem sido o arco da derrota.

Do Brasil, como de Portugal, emigram os pintores, os artistas de toda espécie, mal lhes desabrocha a imaginação criadora.

Às vezes – convenhamos – é a hostilidade do meio que os expele. O meio é brutalmente hostil. Ouriça-se todo de cacos de vidro contra as vocações altas e puras. Principalmente nas províncias.

Mas muitas vezes é pela falta de identificação com os valores íntimos da paisagem que os artistas emigram. Por falta de simpatia com a terra, os pintores não sabem o que pintar.

Entretanto, no Nordeste brasileiro – no velho Nordeste a sumir-se – há coisas a gritarem por um grande pintor que as pinte antes de morrerem. Um grande pintor capaz de identificar-se com elas como se fossem suas irmãs, ao jeito de São Francisco de Assis com o sol e a água e as oliveiras de Porciúncula. "*Lo frate Sole!*" dizia o santo, todas as manhãs, diante do sol de Porciúncula.

Há entre nós, nordestinos, um como luxo de matéria pictórica a estragar-se e na qual bem se poderia deitar formidável anúncio em tinta vermelha: "Liquidação". Entretanto,

"Qu'é dos pintores do meu país estranho
Onde estão eles que não vêm pintar?"

Nossos pintores de possibilidades desgarram-se quase todos, ainda em botão, dessa paisagem a apodrecer, num triste processo de decomposição.

Desgarram-se dela como em certas regiões os rapazes emigram para casar. Se eu não temesse parecer pedante criaria para esse fenômeno a frase: exogamia de imaginação. É o fenômeno de pintores e também de escritores que emigram para dispersar, num perigoso cosmopolitismo, toda a seiva criadora.

Nosso Nordeste – este Nordeste que é, com Minas Gerais, o que resta ao Brasil de mais brasileiro e de mais seu – está a pedir, pela boca aberta das suas já adiantadas feridas de decomposição, pintores que o pintem nos seus aspectos característicos. Mas onde estão os pintores? A voz clama por eles quase inutilmente. Esboçam-se promessas: mas ficam em borrão. Não assumem relevos definidos e definitivos.

No sul da América espanhola, ainda a tempo de animar as últimas sombras de "gaúchos" e os últimos ritmos de *condombe*, apareceu o grande pintor que é o uruguaio Pedro Figari. Estranho caso, o de Pedro Figari: revelou-se pintor depois dos cinquenta anos. Até os cinquenta não passara de simples advogado. Simples advogado com oito filhos.

No Nordeste brasileiro, as últimas sombras de velhos senhores de engenho, de "pastorinhas", de pretalhonas adornadas de miçangas e corais estão a desaparecer, aos clarões insolentes da luz elétrica; e mal se ouvem, com o moderno estridor dos apitos de usinas, os ritmos da música de violões e pandeiros e gaitas de fole em que outrora delirava, no ardor das noites de festa, a mulataria lasciva; ou as vozes macabras dos devotos da Procissão das Almas; ou o agudo das loas das "pastorinhas" ao menino Deus; e vão perdendo o relevo, desfazendo-se em tristes borrões, as paisagens rurais de outrora, as dos engenhos de "banguês", branquejando entre o verde-claro dos canaviais mosqueados de negros meio nus. Entretanto,

"Qu'é dos pintores do meu país estranho,
Onde estão eles que não vêm pintar?"

(Diário de Pernambuco, 27-4-1924)

Em torno de um livro

Sob o título *A religião e o progresso social*, reuniu em volume o padre Pedro Anísio Bezerra Dantas um grupo de sugestivos ensaios. Ensaios em que o autor procura abeirar, sob o critério católico, todo um mundo de problemas de antropologia, sociologia e pré-história.

O Padre Pedro Anísio é um grande estudioso. Vive sob o encanto do estudo, em altas e largas leituras. Conseguiu reunir em torno de si recursos bibliográficos que lhe permitem o luxo intelectual de se manter, numa província como a Paraíba, sempre jovem e atual nos assuntos de antropologia e sociologia.

Seu livro é bem a revelação dum raro temperamento de estudioso. É um livro como os da receita de Johnson: o autor leu quase uma biblioteca para escrevê-lo. Se eu não temesse incorrer em paradoxo diria que o autor leu demasiado. As leituras quase lhe não deixam espaço para o esforço criador de que o seu espírito é sem dúvida capaz. Prejudica ao trabalho um como excesso de combustível – coisa aliás mui rara no Brasil, onde a regra é obter fagulhas pela fricção de dois pauzinhos.

E o livro todo dá a impressão dum edifício que se inaugura sem lhe haverem antes retirado os andaimes. Falta-lhe sequência. De um capítulo a outro é preciso às vezes saltar valos; de modo que o leitor se vê obrigado a frequentes paradas pela necessidade de respirar e estabelecer, ele próprio, mentalmente, a sequência.

Mas não é esforço inútil a leitura do livro do padre Anísio. Ao contrário: faz pensar, provoca reações, obriga-nos a outras leituras.

O título do livro faz o autor suspeito da superstição do Progresso, contra o qual nos advertem Sorel e Leon Daudet em livros igualmente enfáticos. É verdade que à página 67 escreve o padre Anísio: "Por toda parte se dão as mãos a paz e a guerra; perdas e ganhos se entrelaçam. Não há um crescer sem fim, um progresso indefinido com que sonha a escola evolucionista".

Entretanto, dá mais adiante sinais de aceitar um critério de progresso que é quase o da escola evolucionista. Chega a escrever: "Há, assim, um aperfeiçoar indefinido da espécie". Isto porque a ciência progride: "Sobrepõem-se, umas às outras, as conquistas científicas, as experiências e os frutos do engenho humano". Por onde se vê que Brunetière tinha razão em fazer depender largamente a ideia de progresso das duas teses cartesianas: "*la science ne se separe point de la pratique et la science va toujours en croissant*" (Brunetière, citado por Georges Sorel, *Les illusions du progrés*).

Admitido que "*la science ne se separe point de la pratique*" – que em tal importa o critério do padre Anísio – há o seguinte a objetar: que o progresso das coisas, ou técnico, não implica o aperfeiçoar-se sem fim da espécie nos seus valores morais e intelectuais. Seria desconhecer os resultados da chamada "Revolução Industrial".

Já Santo Thyrso dizia, em voz de paradoxo, mas com um profundo bom senso: "Acredito e admiro o progresso das Coisas mas não vejo evidente o das Pessoas". De fato, só um critério de avaliação que dê preferência às vantagens técnicas concluirá pela superioridade da civilização de *transformers* de 6.600 volts, de dínamos de 1.200 rotações por minuto, de construções a cimento armado, de fogões a gás e trens expressos sobre aquela que nos legou a catedral gótica e o canto gregoriano; ou sobre a dos gregos. À nossa época seria por certo favorável, num balanço de valores, a organização da assistência social. Mas é preciso notar: não corre hoje mais livre que na Itália de São Francisco de Assis o leite da ternura humana.

Progressos, ninguém ousará negar: a superstição é a do Progresso, o tal aperfeiçoar-se indefinido de pessoas e coisas. Já o disse, aliás, Leon Daudet: "*Il y a ici et lá, des progrès, ici et lá des regressions, mais il n'y a pas le Progrès, avec un grand P*".

Interessante é a parte do livro do padre Anísio dedicada ao "homem pré--histórico". Coloca-se o autor, com elevada erudição, contra o critério transformista e a filosofia monista. Para o Brasil, aliás, as objeções que o autor apresenta baseado em Virchow, no próprio De Morgan e em Lang, devem saber a novidade. O Brasil de beca continua gravemente transformista e cretinamente monista.

Surpreende-me que o padre Anísio, entre as objeções recolhidas contra o critério transformista, tenha emitido a de René Quinton. É verdade que esta é de caráter biológico: mas afeta toda a filosofia social do evolucionismo, desde que importa na limitação dos impulsos do *devenir* pelas condições da gênese e da conformação primitiva. Em outras palavras, os impulsos de *devenir*, que René Quinton reconhece, são limitados por uma constante tendência, hoje experimentalmente constatada, para a permanência e a estabilidade.

Em filosofia social, as objeções de Quinton importam em contravapor à teoria de absoluto *devenir*, ou seja, de infinito progresso. Teoria que mesmo antes da *The origin of the species* (1859) Condorcet (*Esquisse d'un tableau historique des progrès de l'Esprit humain*), Turgot, Hegel, no seu irradiante curso de história, para não falar no próprio Descartes, haviam sustentado, vindo Comte lhes reforçar a lógica *a priori* com a sua "dinâmica social", primeiro passo para a sociologia objetiva. É verdade que houve quem, como Ray Sankester (junto com o prof. Bouglé em *Darwinism and sociology*), salientasse com a mais clara lógica deste mundo que "*the struggle for existence may have as its outcome degeneration as well as amelioration*". Mas eram vozes desgarradas do grande coro.

O capítulo que o padre Anísio consagra à "Origem das religiões" é dos mais brilhantes do livro. Aí refuta o "animismo evolucionista", de que é tão elevado expoente, com a sua teoria do "mona", o meu antigo mestre prof. Giddings, autor do hoje clássico *The principles of sociology*. Contra o animismo evolucionista mostra o autor que se têm constatado numerosos casos de involução de elementos religioso-morais. De fato, a documentação neste sentido é farta, a começar pelo livro do Major Willis. Já no Congresso de Religiões de Chicago (1893), reunido em pleno furor evolucionista, o Monsenhor D'Harlez dera nota de escândalo apresentando fatos de involução de monoteísmo a luxuriantes mitologias. (D'Harlez, *The comparative study of the world's religions*.)

De Kidd poderia o padre Anísio ter invocado a autoridade contra os que entre nós fazem gala de "religião racional". O positivismo trouxe para os nossos hábitos esse luxo intelectual dos "novos cultos": o do exagerado racionalismo. Mas as forças inquietas do que se considera alma exigem para sua satisfação alguma coisa de ultrarracional. "*A rational religion*" – escreve Kidd no seu *Social evolution* – "*is a scientific impossibility, representing from the nature of the case an inherent contradiction of termes.*"

E a prova é vermos entre nós os que se envergonham de pela manhã ser vistos na sacristia indo à noite às sessões de espiritismo onde à meia-luz conversam com os que Mac Donald chamou "a canalha do outro mundo". É a ânsia mística em busca do que a satisfaça nas suas aspirações ultrarracionais: fugindo da igreja não para o racionalismo mas para a magia e as artes negras.

E é um prazer encontrar quem, no Brasil, ponha ao serviço dos direitos da fé e da tradição católicos recursos de talento e erudição como os do padre Pedro Anísio.

(Diário de Pernambuco, 1-5-1924)

55

O Recife vai ter um "grande hotel". Não será do tamanho do Ritz nem do Savoy, por certo. Mas será um "grande hotel".

Há pelo menos uma promessa em borrão. Promessa que todos os recifenses esperamos ver passada a limpo, em boa caligrafia, o mais depressa possível.

Não se compreende uma cidade moderna sem o seu hotel, como não se compreende uma cidade da Idade Média sem a sua catedral. É claro que os não estou comparando como valores morais: simplesmente como notas identificadoras da paisagem física e social.

O sr. Leon Daudet parece-me incorrer em erro quando acusa ao século XIX de não ter produzido arquitetura sua própria. Produziu-a. Produziu o hotel. O século XIX criou o "grande hotel" como o século XI criou a catedral gótica.

Não digo que se equiparem, mesmo esteticamente. Nem que represente o menor ganho espiritual o haver o hotel assumido a preeminência da catedral. Limito-me a constatar a transmutação de valor representativo da catedral para o hotel. Nada mais representativo da cidade moderna – muito mais Marta do que Maria – que o "grande hotel" do tipo do Ritz, do Splendide, do Palace, do Claridge, do Savoy.

A catedral, onde subsiste, é como uma espécie de rainha viúva. O olho aberto do seu vitral roxo, donde às vezes parece correr um como sangue, ainda nos interroga o mais íntimo da alma e o mais pobre da consciência sobre a alma medieval.

O moderno "grande hotel" está para a catedral da Idade Média como o arrivista americano de charuto na boca ou o *rastacuera* argentino de grossa corrente de relógio para o sr. Duque de York ou o sr. Duque d'Alba. Há um *pedigree* para os tipos de arquitetura como para as pessoas e os cavalos de corrida: alguma coisa que se não improvisa. E é possível que os homens do ano 3000 venham a olhar para o Savoy ou para o Ritz como nós outros, modernos, olhamos para Chartres e Strasburg. Isto ocorrerá logicamente se as teorias de Guyon vingarem. Mas – francamente – não será pedantismo demais citar esse horrível Guyon em artigo de jornal?

Arnold Bennett tinha horror ao "grande hotel". Votava-lhe o mesmo ódio que o verboso Ruskin aos caminhos de ferro. Mas ele nos conta como uma tarde, no deserto algeriano, vendo de longe o vulto enorme do Royal a alvejar dentre as palmeiras de Biskra, sentiu-se de repente conquistado pela beleza do "grande hotel". Beleza física e moral.

E hoje Bennett é de opinião que na Suíça o "grande hotel" é o único esforço do homem digno, em beleza, do desafio das montanhas. Mas que há na Suíça, de elementos estéticos, afora os hotéis e os cartões-postais?

O Recife já comporta o seu Ritzinho ou o seu pequeno Claridge. Um hotel de 150 ou 200 quartos. A ideia é oportuna. O lucro da empresa será certo.

Mas é preciso que o hotel em projeto satisfaça umas tantas condições. O sr. Prefeito Góes deverá, no meu humilde modo de ver, impor aos concorrentes algumas exigências sérias e inflexíveis, contra as quais nada possam os zigue--zagues do menor esforço. (Paradoxalmente menor esforço se expressa sempre por zigue-zague.)

É preciso que no balanço a fazer dos planos apresentados também se exerça, e rigorosamente, o critério estético. Que nos não venham erguer, à beira do às vezes indócil Capibaribe – cujas águas já alguém descobriu estarem ao serviço do Olimpo para punir tétrica e funambulescamente os pecados recifenses – mais uma enorme caricatura – no mau sentido da palavra caricatura – em cimento armado, do tipo da Associação Comercial e do edifício da Fiscalização Federal do Porto.

Enfim, não será demais esperar do novo hotel: 1) que o edifício não seja violentamente antiestético; 2) que a cozinha não despreze as tradições do forno e do fogão pernambucanos, especializando-se mesmo no feijão de coco e seus derivados; 3) que a arquitetura não contrarie de todo nossas condições de cidade tropical, batida de sol; 4) que os quartos sejam forrados; 5) que os moços saibam servir; 6) que os banheiros e elevadores funcionem regularmente; 7) que o hotel possua, anexa, uma barbearia de primeira ordem; 8) que possua, para o serviço dos hóspedes desorientados na cidade, um *bureau* de informações e um ou dois intérpretes que saibam o inglês, o francês e o japonês; 9) que os empregados sejam mais corteses que os dos *guichets* dos correios, da Tramways e das repartições públicas em geral; 10) que o mobiliário não seja de todo impróprio e antiestético; 11) que os moços e as criadas trajem decentemente; 12) que de meia-noite em diante reine um arremedo de paz de modo a permitir aos hóspedes fatigados o santo direito do sono; 13) que a orquestra seja tolerável; 14) que se importem criados alemães, italianos ou portugueses; 15) que disponha a casa de dependências para pensionistas e dependências de luxo para hóspedes de rara distinção ou representação etc.

(Diário de Pernambuco, 4-5-1924)

56

Sou um grande amigo das árvores.

Aquela afinidade de irmão que o Santo de Porciúncula sentia com todas as coisas da natureza, desde o "irmão sol", a "irmã cinza" e da "irmã água" ao "irmão lobo", experimento-a diante das árvores.

Dizem que foi uma floresta desfolhada pelo aquilão, toda em agudo esqueleto, que inspirou a catedral gótica. É um fato ainda a apurar. Apurado, seria o maior elogio da árvore.

Sabe-se que no Japão o culto das árvores e o culto dos mortos se confundem quase num só. As árvores são ali compêndios de religião. No país da necrofilia os mortos voltam à vida na flor e no fruto das árvores.

Na cerejeira, por exemplo, está refugiado um espírito de ama de leite. De uma ama de leite que deu a própria vida para salvar a da criança a quem amamentava. Donde o rubor das cerejas: são os bicos dos peitos. Donde o branco da florescência: o próprio leite do sacrifício.

Surpreendi há tempos uma das pretas mais horríveis e mais boçais que têm exercido o ofício de cozinheira em puro enleio de São Francisco de Assis. Era diante de uma jaqueira. Não a chamava a preta "irmã jaqueira"; mas a chamava "minha nega". E com uma ternura untuosa que me encantou. Aquilo era poesia. Pura poesia. Poesia intraduzível no francês. Obrigado, irmã cozinheira!

É todo um mundo, rico e plástico, o da simbologia das nossas árvores. Incorporado, no Brasil, cada vez mais, à vida e à arquitetura há de dar grandes coisas.

A árvore é uma força nacionalizadora. Atente-se no cajueiro: não há dólico-louro, por mais afeiçoado à verticalidade do pinheiro, que lhe resista à doce influência abrasileirante. E quando a folha do cajueiro tiver substituído a do acanto já se poderá falar numa arte brasileira.

A árvore é também uma força de fraternidade entre as nações. Dois pedaços de pau, atravessado um sobre o outro, bastam para reunir, numa só fé e num só amor, hotentotes e franceses, alemães e armênios, russos e filipinos. A cruz é a maior glória da árvore.

De todas as árvores a que eu mais amo e reverencio é a palmeira. Diante de uma aleia de palmeiras dá vontade de tirar o chapéu e seguir de ponta de pé como por uma catedral ou por um templo. E a palmeira é de fato o símbolo da imortalidade. Imagino às vezes as janelas de Port Royal deitando para um bosque de góticas palmeiras.

Lafcadio Hearn encontrou o cemitério de Mouillage sumido num palmeiral: e no meio do palmeiral a morte lhe pareceu luminosa.

A árvore é tão boa que depois de embelezar e sanear a vida, ilumina a morte. Donde o crime horrível dos que maltratam a menor das árvores.

O Recife, outrora uma cidade de árvores – tanto que sob as gameleiras se operavam as mais importantes transações da praça – passou por uma fase de estúpida perseguição às árvores. Perseguiam-se as árvores como na Índia se perseguem as feras. Ao menor pretexto a estética oficial ou a higiene fazia rolar uma gameleira.

Com o prefeito Lima Castro a estética oficial mudou um tanto de rumo. No sr. Lima Castro tivemos aquela *avis rara*: um prefeito de gosto educado. Mas o próprio sr. Lima Castro tinha antes a paixão dos relvados e dos canteiros que a das árvores. E a larga política arborizante iniciou-a, em grossa ofensiva, o sr. prefeito Góes, a quem eu, entretanto, objetaria, se estivesse de veneta, o mau hábito, ou antes o mau gosto, de cortar demasiado rente o cabelo às árvores, como se elas fossem detentos ou meninos de orfanato.

Vejo anunciada para o dia 13 uma "Festa da Árvore" que me interessa singularmente. É quase a ideia por mim sugerida de New York em 1921 e aqui reforçada pelo bom gosto do sr. Aníbal Fernandes e pelo bom senso do sr. Samuel Hardman.

De New York eu particularizava a Faculdade de Direito, cuja condição precária estava longe de supor: hoje não ignoro que o palácio do Riachuelo foi antes um enterro de primeira classe que uma instalação definitiva. Tem mesmo o excesso de dourados característicos dos funerais de luxo.

Mas o que eu sugeria de New York era que a Faculdade de Direito rodeasse o seu belo edifício de árvores. De grandes *flamboyants* de umbela escarlate e de finas e góticas palmeiras. Hoje eu sugeriria que se plantassem acácias; tem a vantagem de crescer mais depressa.

A Escola Normal do Estado vai fazer dia 13 a "Festa da Árvore". A iniciativa é do diretor Ulysses Pernambucano. Será assim comemorado com o maior dos encantos e o maior dos proveitos o 60º aniversário da Escola.

Compreende o dr. Pernambucano que não nos convêm os canteiros donde o sol forte, num dia ou dois, suga todo o frescor e todo o encanto do flox. Isso de canteiros é bom para Montreal, que é onde os vi mais lindos. Mas em Montreal o sol quase não tem ação: é como um marido de professora.

A "Festa da Árvore" no dia 13 deve servir de exemplo a todo Pernambuco. Deve repercutir em todo o Nordeste. É o meio mais belo e mais prático de comemorarmos as novas datas, nesta *regio adusta* do Brasil.

(*Diário de Pernambuco, 11-5-1924*)

57

Os artistas e os místicos e os pensadores são, em geral, grandes tímidos. Tímidos de uma timidez orgulhosa. É o pudor do talento ou do gênio ou do saber.

De Lafcadio Hearn contam-se, neste sentido, coisas interessantíssimas. E tão esquisitas que não podem ser mentira ou invenção.

Lafcadio era de uma timidez de adolescente. Refluía-se todo sobre si mesmo à primeira ameaça de sociabilidade promíscua.

De uma feita, creio que em New Orleans, Lafcadio, contra os seus hábitos arredios e meio selvagens, aceitou o convite para jantar na casa de uma senhora sua admiradora. Ao chegar à casa encontrou o romancista de *Kokoro* a sala cheia de gente. Gente aliteratada. Eram os outros convivas.

Lafcadio inquietou-se logo. E os que lhe conhecemos o doentio da sensibilidade através dos seus livros e de suas cartas; e através daquele seu retrato onde o olho, esverdeado e grande como um poço onde se pudessem pescar as mais estranhas coisas, parece ir saltar da órbita; imaginamos o tormento que foi para o pobre querido Lafcadio aquela tarde horrível de camaradagem promíscua. Aquela tarde horrível entre criaturas mais ilustres pelo lustre dos sapatos que pelo fósforo do cérebro.

Durante o jantar, o grande artista quase não falou. Provocado, escorria dos seus lábios um *oh, yes* ou um *indeed* de simples cortesia. Mais nada.

E concluído o jantar, aproveitando-se do momento de confusão, da fumaraça dos charutos, do interesse pelo licor, Lafcadio Hearn, contra todas as regras do protocolo e com a fluidez de um fantasma, sumiu-se pela porta da cozinha e foi parar na rua, sem chapéu, desorientado. Recolheu-o aí o braço de um amigo; e o levou a velho café de New Orleans, onde, entre goles de *cognac*, até a madrugada deixou-se ficar Lafcadio, com dois ou três camaradas, em deliciosa conversa.

O homem doentiamente sensível que foi como Loti, através da vida, *un oeil* – um enorme olho de impressionista – não sabia, tanto era o pudor do seu talento, viver sob o olhar dos bárbaros.

Mas há os artistas cujo pudor, em vez de os fazer refluir sobre si mesmos nesse misto paradoxal de timidez orgulhosa que é mais orgulho que timidez, tomam contra os bárbaros verdadeira ofensiva.

Maurice Barrès contara-me em Paris que foi assim. Donde o haver comparado alguém a um falcão adolescente ou a uma águia infantil: espécie de pássaro esquivo, intratável e bravio.

Eu o compararia menos poeticamente a um ouriço-cacheiro que não esperasse o ataque para se ouriçar todo em aguda defesa: atacasse logo. Um ouriço-cacheiro em constante ofensiva.

Porque Barrès atacava logo. Ninguém compreendeu melhor a relação do artista para com os homens comuns. "*Sous l'oeil des Barbares*" é o mais pungente esforço da psicologia dessa relação. O homem comum de modo nenhum quer aceitar o artista como ele deve ser aceito: um desgarrado da tabela de valores da maioria. Donde a hostilidade. Donde a necessidade do artista de se impermeabilizar contra o meio.

Deste problema deixou-nos Barrès num livro a teoria; e na vida, uma forma de solução.

Daquele homem fino como um convalescente de tísica, e todo agudos relevos ósseos, irradiava quase insolentemente a consciência de aristocracia mental. Sua mentalidade ou, se quiserem, seu sistema nervoso, era todo vertical. Goticamente vertical. Incapaz de amolecer-se em plásticas contemporizações. Vício ou virtude de arquitetura íntima impunha-lhe aquela verticalidade de atitudes mentais.

Desse modo Barrès é aliás uma advertência que de passagem, e só de passagem, recordarei: nunca se deve contar com a admiração ou o sufrágio dos mais velhos. De fato é um olhar, o dos mais velhos, que raramente estimula: limita-se a tolerar. Barrès bem nos podia ter deixado outro breviário: "Sob o olhar dos mais velhos".

Mas há artistas em quem a consciência do talento já não é a timidez orgulhosa de Lafcadio Hearn nem o vibrátil orgulho de Barrès: assume outros relevos. Manifesta-se em verdadeira arrogância. Arrogância que muito deve chocar as doces pessoas que admiram "o talento aliado à modéstia" – espécie de óleo e água na química psicológica.

Entre os arrogantes está o sr. George Bernard Shaw. Esse homem guarda aos setenta anos uns modos bravios de criançola de colégio.

De vez em quando ele perturba a serenidade ou o pudor da Inglaterra com a sem-cerimônia duma irreverência. E ninguém mais consciente do próprio talento: ele sabe a mina de fosfato que possui no cérebro.

Note-se, por exemplo, o que o sr. G. B. S. escreveu ultimamente: "O grau de apreciação dos meus dramas tornou-se um critério para julgar a civilização dos grandes centros. Já consegui educar o gosto de Londres, New York, Berlim e Viena. Moscou e Stockolmo estão aos meus pés. Mas estou demasiado velho para educar Paris. Paris deixou-se ficar muito atrás em arte dramática e eu distanciei-me talvez demasiado dele".

Shaw escreveu estas palavras, de um acre sabor nietzscheano, a propósito do seu drama *Saint Joan*, que não recolheu em Paris o entusiasmo que ele antecipava. Outros dos seus dramas apareceram no programa do Odeon com tais "explicações" que provocaram em Shaw verdadeiras fúrias de incendiário que quisesse destruir o ilustre teatro.

Bravia criançola aos setenta anos, George Bernard Shaw já não deve temer o olho dos bárbaros. O qual deve ter para ele as proporções dum olho de censor de colégio através dum buraco de fechadura.

(Diário de Pernambuco, 18-5-1924)

58

Deve ser doloroso atravessar a vida sem amigos. Sem uma grande afeição. Porém mais doloroso, ainda, é atravessá-la sem inimigos. Donde ter escrito brilhante publicista português, o sr. Raul Proença: "Eu preciso deles (dos inimigos) como do ar que respiro".

Ignoro se na raiz das grandes amizades haverá de fato o elemento ou resíduo sublimadamente homossexual que lhes atribuem os pan-sexualistas: nada mais misterioso que a química psicológica. O que alguns sabemos por experiência própria é o sabor esquisito das grandes ternuras – dessas que os gregos chamavam de *philós* para as distinguir das de *hetairos*.

São, aliás, raras no Brasil: já o sr. Graça Aranha o notou a propósito dos dois grandes amigos que foram Machado de Assis e Joaquim Nabuco.

No Brasil de hoje a amizade vai tomando horrível ar pragmático. É quase uma forma de *barter*.

Creio que são os Goncourt, no seu diário *Journal des Goncourt*, que nos falam dum homem que regulava as amizades como quem regula os negócios nos livros de escrituração mercantil. Esse homem fazia com relação aos amigos verdadeira obra de guarda-livros. Se não me engano, conservava um caderno com as colunas "Deve" e "Haver", "Dr" e "Cr", onde ia cuidadosamente registrando, de amigo por amigo, os favores recebidos e os favores prestados. No fim do mês, sujeitava tudo isso a balanço, de acordo com o qual se intensificavam ou amoleciam suas amizades. Puro pragmatismo. Puro comércio.

Temo parecer cínico: mas, inconscientemente e sem método, não nos deixamos todos regular, em muitas das nossas relações de amizade, por um como balanço – é claro que mental – de obséquios prestados e obséquios recebidos? Não há de fato uma aritmética da amizade, com as suas horríveis contas de somar e diminuir?

Mas deixemos de parte este ponto – excelente para os exames de consciência – pelo paradoxo: é mais doloroso viver sem inimigos do que sem amigos.

De fato, nada como um inimigo para nos estimular e acelerar o ritmo da vida criadora; e nos obrigar, pela negação e pela crítica leal de inimigo, a um contínuo exame dos nossos recursos e dos valores de que vivemos, intelectual e praticamente. O que é preciso é que sejam inimigos dignos de nós mesmos.

Do nosso tamanho. Só os homens em igualdade de condições são verdadeiramente capazes de ser inimigos um do outro e de beneficiar-se mutuamente pela hostilidade.

Nietzsche, quando sentiu o vazio em torno de sua superioridade e o sufrágio dos raros amigos a enlanguecer-lhe a ânsia criadora, sem que em toda a Europa aparecesse um inimigo digno do seu gênio, fez, de um dos raros amigos, seu inimigo. É esta, a meu ver, a explicação da ruptura de Nietzsche com Wagner.

No Brasil sempre têm faltado, aos grandes intelectuais, inimigos do mesmo tamanho. Aparecem inimigos às centenas. Mas são como piolhos a picar a dura crosta de um sereno elefante.

Tobias Barreto teria lucrado imenso se um inimigo do seu tamanho tivesse aparecido. Tavares Bastos também. Faltou-lhes, ao esforço de negação e de crítica, o reativo da contranegação e da contracrítica. E pelo excesso de aplausos eles se diminuíram como o lume que diminui e às vezes morre por excesso de combustível.

Por uma diferença de poucos anos, Tobias e Tavares Bastos se desencontraram ambos dos seus naturais inimigos: Farias Brito e Eduardo Prado. É pena que a cronologia nem sempre se ponha de acordo com a lógica.

Deve ser na verdade horrível atravessar a vida sem uma grande ternura, porém, pior ainda, sem um grande inimigo. Um inimigo em igualdade ou superioridade de condições. Um inimigo que nos obrigue a examinar nossas convicções mais íntimas; os valores de que vivemos; e a sutilizar e agudar nossas razões pela incisiva hostilidade das suas; e a desanuviar e clarificar nossas ideias.

Um inimigo assim é como essas grandes doenças que nos elevam e nos espiritualizam: a nevrose de Pascal ou a tísica de Robert Louis Stevenson ou os padecimentos intestinais de Michelângelo.

"Litania": da monotonia da saúde e da monotonia da amizade – livra-nos, ó Senhor!

(Diário de Pernambuco, 25-5-1924)

59

Recebendo a Embaixada do "Itália", no Palácio Elíseo, de "calça branca e paletó-saco" (telegrama no *Diário*), o governador Washington Luís, pela oportunidade e coragem de semelhante atitude, como que nos vingou, a todos os brasileiros, das muitas desatenções pelo protocolo da parte daqueles núncios.

A coragem da atitude está em ser o sr. Washington Luís governador dum estado onde o elemento italiano ou de procedência italiana muito pesa na balança eleitoral; e direta ou indiretamente dirige essa coisa plástica, essa bola de miolo de pão, que, em geral, é a imprensa. Mas era preciso reagir contra a arrogância italiana: e o sr. Washington Luís, com a maior fleugma deste mundo, livre dos ritmos da popularidade por que se deixam regular tantos políticos, soube reagir.

Os italianos do "Itália", desde o Pará que se mostram dispostos a percorrer-nos o país, fazendo muito pouco caso do protocolo. Do ABC do protocolo. Da cortesia, em suma.

No Rio, os srs. jornalistas da missão italiana chegaram a este requinte: foram cumprimentar, com expressões as mais enfáticas, um jornalista que acabara de ser julgado e condenado pela Suprema Corte do país, por crime de injúria contra um antigo presidente da República. Raramente se tem maltratado tanto o protocolo.

Os italianos, sempre tão escrupulosos em assuntos de melindres nacionais, devem compreender que a nossa juventude de povos americanos não os autoriza a percorrer-nos as cidades, indiferentes aos elementos de cortesia internacional, rigorosamente observados na Europa.

Ao contrário: deles, povo no outono da vida e da cultura, devia estar a nossa ainda inexperiente mocidade a receber lições de gentileza. Dessa gentileza que tanto esplendor deu à Corte dos Médicis; e para a qual o idioma italiano, com as suas doces vogais, parece o mais plástico e o mais completo dos instrumentos. Dessa gentileza cujo viscoso encanto acabou mediterranizando o próprio Ruskin.

Entretanto, os núncios do "Itália" não parecem dispostos a irradiar pela América do Sul a gentileza do belo espírito italiano. Dir-se-ia que esta viagem lhes vai servindo de pretexto para umas férias daqueles requintes que Maquiavel conservou, com o brilho e o luxo dos *panni curiali*, no próprio exílio melancólico, onde não havia nem plateia nem discípulos para a elegância dos gestos e das atitudes.

Muito perde a nossa inexperiência de povos americanos em não ser o "Itália", além de faustoso mostruário das indústrias italianas, uma espécie de escola flutuante de gentileza; e os núncios que a ilustre nave transporta professores da elegância de Castiglione.

(Diário de Pernambuco, 1-6-1924)

60

"Já não é, pois, sem tempo, que devemos reagir contra a onda invasora da meia cultura de uma geração avariada pelo utilitarismo e vida leviana dos nossos dias. Nunca nos pareceu tão necessário como hoje o desenvolvimento desse instinto de conservação que, tão forte no tocante à vida dos indivíduos, vai se apagando e arrefecendo no que diz com as tradições e característicos superiores da raça."

Estas palavras, não as fui buscar em esquecida página de Eduardo Prado: recolhi-as em atualíssima circular de Dom Sebastião Leme.

Vêm exatamente vibrar a tecla que eu tenho o dedo a doer de tanto ferir: o barato cosmopolitismo em que entre nós se vai dissolvendo o espírito nacional. Estamos a virar – já uma vez o escrevi – verdadeira bola de cera, cuja plástica diariamente se altera à influência das fitas de cinema, das modas americanas e da literatura francesa.

E agora, é o próprio Dom Sebastião quem pergunta quase melancolicamente "o que se há de fazer se no último romance francês e nos mais novos *films* americanos teimam os nossos em buscar as normas do bom gosto, a educação estética, os desportos e até o modo de vestir?".

Aliás, muito pior me parece o seguinte: que nos reclames dos pequenos hotéis suíços e nos cartões-postais de cenários gregos de Hollywood teimem alguns em buscar a norma da arquitetura. No Recife mesmo já existem perfeitos *chalets* suíços dando a ideia de próxima carga de neve que nos embranqueceria as bananeiras, as jaqueiras e os cajueiros. E ninguém ignora a sem-cerimônia com que aqui se acatitam velhos e honestos casarões. Agora mesmo chegam-me aos ouvidos rumores duma reforma desse gênero. Trata-se de velho sobrado, forte, patriarcal e bom. Matéria plástica nas mãos dum arquiteto de gosto que fosse, ao mesmo tempo, um homem de espírito, capaz de explorar a nota regional, as características locais, a honestidade daquelas linhas e mesmo o bafio de tradição que parece querer esverdinhar a brancura daquelas paredes e o vermelho daquele telhado colonial. Por Nossa Senhora do Carmo, não nos deem em lugar de casarão tão simpaticamente identificado com a paisagem, espaventoso palácio de colunas gregas.

Dom Sebastião Leme – por cuja oratória não morro de amores mas cujas pastorais e circulares dão sinal de um tão fino critério – versa, na circular aludida, esse assunto de formas arquitetônicas. E há palavras suas que eu quisera aqui transcrever em caixa alta: saltariam assim aos olhos dos que me julgam "fora da realidade" no que diz com a tradição e a nota regional na arquitetura; dos que me creem pendido para o imobilismo de formas quando eu sempre acentuei a plasticidade dos valores a aproveitar.

"Tão piedosa e zelosa" – diz Dom Sebastião – "se mostra a Igreja Católica em recomendar todo o acatamento às tradições e até às formas arquitetônicas de cada povo, que já em 1659 a Congregação de Propaganda Fide expressamente reprovava a pretensão de alguns missionários que para outros países tentavam transplantar usos e costumes de sua terra de origem. Não pretendemos, é óbvio, que se copiem edifícios de outras épocas nem que cegamente se retroceda ao tipo do chamado estilo colonial. Julgamos, porém, não ser demais pedir que, no estudo das boas construções coloniais, se procure aprender a sua força de expressão, a sua linguagem arquitetônica e decorativa, para bem expressarmos em 'nossa terra' e em 'nossos dias', o pensamento cristão." E quanto aos monumentos de interesse histórico ou artístico: "Onde quer que se apresente um traço apreciável da fisionomia nacional, em sua história, em suas crenças e tradições, em seus documentos de arte, a única atitude que convém a um homem de espírito – é a de respeito e veneração".

Saboreemos bem o encanto dessas palavras ungidas de autoridade, os que temos sustentado o mesmo ponto de vista, com o risco de parecer idiotas. Os que nos temos insurgido contra o huysmanismo eclesiástico que em Pernambuco produziu a Sé atual, produziu a nova matriz da Casa Forte, produziu o Palácio do Arcebispo.

Fase horrível de furor neófilo. Uma como volúpia de modernidade ou de modernice. Era a "marradas de preto capoeira" – como diria Ramalho – que se destruía o ingênuo das nossas velhas igrejas, para as modernizar e acatitar e esgalgar, até adquirirem o ar de cinema-teatro, como a matriz da Casa Forte, outrora tão linda em sua simplicidade de capela de engenho e na sua doce brancura de cal.

A Sé de Olinda foi a maior das vítimas: reduziram-na a horrível arremedo de gótico. Dilapidaram-na, com sem-cerimônia, do seu luxo de azulejos e de alfaias, abandonando-a às mãos dum *cementarius*. E só uma voz se levantou então contra a *débâcle* e voz de adolescente: a de Aníbal Fernandes.

E não falemos nos velhos altares que desapareceram para ser substituídos pelos de cimento armado. Nos velhos altares perante os quais ouviram missa e rezaram e comungaram gerações; perante os quais se abençoaram tantos noivos e se ungiram tantas crianças; velhos altares impregnados de fragrância de tantas flores e de tanto incenso e da pureza de tantas preces.

Em certa igreja que há pouco visitei destruíra-se um altar assim; e das tábuas, algumas com imagens de santos, se fizera uma escada. Escada por onde rústicos devotos sempre se recusam a passar para "não pisar em santo". Parece mentira e é a mais pura verdade deste mundo. O novo altar lá está, de cimento armado e a faiscar de luz elétrica.

Em Igaraçu, no Convento de São Francisco, muito se deixou apodrecer, sem o menor esforço de defesa dos valores de ingênua arte cristã, deixados pela fé que ali madrugou. Felizmente, o belíssimo coro em talha, todo de pau-preto e os frescos dum sabor parente do de iluminuras alemãs, que ali esverdinham de umidade, são ainda valores a defender dos borrões dos restauradores ineptos e dos viscosos tentáculos dos compradores estrangeiros. Porque é toda uma indústria macabra a dos compradores estrangeiros que nos vão arrebanhando esses produtos artísticos à nossa fraqueza de pundonor patriótico e espírito de tradição; o sr. Luís Cedro, no seu belo projeto, contou-nos a este respeito coisas de arrepiar os cabelos.

"Já não é pois, sem tempo, que devemos reagir."

(Diário de Pernambuco, 8-6-1924)

61

Conheci o Coronel Carlos Lyra quando se inaugurou a estrada de São José da Laje a Leopoldina, há de haver uns quatro meses.

Não sei se seria exagero dizer que o Coronel Carlos Lyra deixou nessa estrada muito de si mesmo. Deu-lhe a plástica do próprio ser. Criou-a à sua imagem.

E se é certa a tese de Demolins, de que as estradas criam o tipo social, Carlos Lyra viverá na plástica dessa estrada vida muito mais viva que na plástica de um monumento. Vida muito mais criadora.

De modo que a ânsia de criar, que lhe acelerou o ritmo da vida, não morreu. Sobrevive. Sobrevive em numerosas realizações: mas em nenhuma tão significativamente como nessa estrada admirável que às vezes parece rapada à unha nos serros hostis, tal o esforço e o arrojo e a vontade tenaz de vencer obstáculos, que representa.

Quando conheci o Coronel Carlos Lyra, já a doença lhe dera certo ar de convalescente. Mas no resto de saúde que o animava se sentia ainda o homem enérgico e vibrátil que mal conhecera da vida o langor do outono.

Lembrou-me o Príncipe Alberto de Mônaco, que tinha aliás todo ar de um senhor de engenho aqui do Norte. A mesma fidalguia rústica. O Príncipe Alberto, já doente, muito desajeitado sob a casaca e a camisa de peitilho duro, ainda me falava em vir ao Brasil no seu *yacht*, explorar as costas do Atlântico. Para o velho príncipe, requeimado de sol e com umas mãos nodosas e rústicas de personagem de Joseph Conrad, a vida foi, até aos setenta anos, vibrátil, ativa, toda de aventuras e sondagens no mar. Também para o Coronel Lyra o grande sabor da vida estava na ação criadora: os vagares da inação estéril (porque há uma inação criadora) ele só os conhecia nas crises da doença que afinal o levou.

Nascido e criado em engenho, o Coronel Lyra era o tipo do antigo "senhor". Apenas ele se pusera em dia com as caldeiras de vácuo sem prejuízo das fortes e puras virtudes de outrora. A sombra da chaminé de Serra Grande como que se projeta léguas e léguas em redor, por toda a doce paisagem; e beneficamente, acolhedoramente, simpaticamente, como a sombra boa dos velhos engenhos patriarcais. Em Serra Grande a industrialização quase não trouxe os seus grandes vícios e os seus horríveis desencantos. O bueiro da usina não adquiriu ali ar insolente de charuto de *parvenu*. É um como engenho em ponto grande, ao qual se tivessem anexado extensas pastagens.

No Coronel Lyra se desenvolvera um grande amor à terra que a sua energia transformara de áspera matéria bruta em ofertório de vida; que a sua inteligência civilizara, disciplinara, valorizara. E sempre preferiu aquele viver rústico de plantador e de criador, dirigindo ele próprio a fábrica de açúcar e conhecendo, quase individualmente, o gado numeroso espalhado pelo verde sem fim das pastagens, aos luxos fáceis da vida de cidade.

Era natural que viesse a morrer no doce contato da terra que tanto amou. Joaquim Nabuco já escreveu que aos nascidos ou criados em engenho o aroma do mel embriaga a vida inteira. E o Coronel Lyra nascera e fora criado em engenho.

Deixou-se a si próprio em grandes benefícios. Deixou-se, como em Martinique o Père Labat, em grandes realizações; e última e significativamente nesses cinquenta e um quilômetros de estrada que quase lhe reproduzem, numa simbologia mais viva e mais sincera que a das estátuas, os cinquenta anos de vida enérgica, rompendo obstáculos como a estrada rompe a hostilidade dos serros, num eterno *go on* vitorioso.

(Diário de Pernambuco, 15-6-1924)

62

Há um assunto que eu quisera versar um dia em pequeno ensaio: da boa e da má hipocrisia.

Nem toda a hipocrisia me parece má como nem toda a tolerância me parece boa. A tolerância é como aquelas virtudes de que nos fala Montaigne: *"franchis, on se trouve dans le train du vice"*.

Costumamos todos falar com repugnância da "hipocrisia" quando, entretanto, sob outros nomes, admiramo-la, festejamo-la e celebramo-la. Escreva alguém de um cabo de guerra, de um diplomata ou de um médico que dissimula nas maiores crises, sob a aparência de calma ou de fleugma, as mais agudas inquietações, e essa hipocrisia elegante e superior será celebrada como sinal de heroísmo. Mas é hipocrisia no sentido mais puro da palavra. A palavra vem simplesmente do grego *hypocrisis* que quer dizer dissimulação. Dissimulação e nada mais.

A hipocrisia reveste ainda aspectos elegantes na vida social. E é bem duvidoso que fosse possível haver sociabilidade sem um pouco dessa hipocrisia superior que nos disciplina, num jantar ou num *party*, a espontaneidade dos impulsos e dos instintos, refinando muitas vezes a bruta vontade de dizer desaforo em fina ironia a Castiglione. As boas maneiras, que são uma parte da educação ou da cultura de todo homem que não é um Robinson Crusoé, nem sempre podem ser sinceras: precisam às vezes de ser insinceras, isto é, hipócritas. Mesmo o homem superior, que é o que menos refração deve sofrer na sua personalidade, tem diante de si, a considerar e a respeitar, o pudor dos simples e a candura dos novos; e para os considerar e respeitar precisa às vezes de ser hipócrita. Pelos simples é claro que não se deve entender os aureamente medíocres: para estes não há dever nenhum da parte dos superiores e tolerá-los importa na maior das generosidades.

Mas essa palavra "hipocrisia" é largamente aplicada aos assuntos de ética sexual e principalmente contra os ingleses, por serem os mais reticenciosos nesses assuntos.

Não serei eu quem negará nos anglo-saxões, especialmente entre certa camada, excessos de pundonor sexual, que não raras vezes têm chegado ao ridículo. Nada mais ridículo que o fato de haverem em 1920 ou 21 os conselheiros municipais de certa comunidade de Flórida mandado revestir a fria nudez duma Vênus de Milo de grossa camisa de malha. Nem ao menos houve quem contemporizasse sugerindo um véu diáfano.

Ora, isto de revestir uma figura de Vênus de grossa camisa de malha, tapando-lhe os seios, as coxas, as ancas, o sexo, é dolorosamente ridículo. É má hipocrisia. É hipocrisia sem elegância. É como se o nosso Conselho Municipal mandasse revestir a nudez acrobática do Mercúrio do Chora Menino de sisudo fraque preto.

É hipocrisia sem elegância toda refração ao gozo artístico do nu, mesmo do nu plástico, como nas danças de Isadora Duncan. Do nu em movimento. Vivo.

Entretanto, seria justa hipocrisia restringir nas ruas a ostentação do meio nu sem elegância do meretrício barato.

Cheguemos, sem esforço nem violência, num doce favor de sequência lógica, a este ponto: que a hipocrisia, quando elegantemente exercida, tem seus direitos; e dentro deles o próprio sabor do pecado se aguça. Quem definiu a hipocrisia como "uma homenagem do vício à virtude" fez-lhe o maior dos elogios. E também o mais justo.

(Diário de Pernambuco, 22-6-1924)

63

Não me lembra o nome da seita que considerava o homem a degeneração do menino, ao contrário da ideia geral: o menino é a larva do homem. Não, diziam aqueles místicos antigos, o menino é ser perfeito que aos poucos se deforma no homem.

O problema é interessantíssimo. O superficial não hesitará em tomar o ponto de vista: se o menino imita o homem, como pode ser homem a degeneração do menino? O ser imperfeito é o que imita o tipo acabado.

Mas o superficial deve atender ao seguinte: que se o menino imita o homem, o homem imita muito mais o menino. É uma questão de aritmética. Somem-se os anos que leva a criança a fingir de gente grande e a fazer de conta que é "pai", "mãe", "professor", "boleeiro", "general": são relativamente poucos. Em outras palavras: são relativamente poucos, na vida, os anos de criança.

Nós, grandes, passamos muito maior parte da vida a imitar os meninos. Lembra-me que ainda menino fui assistir à sessão de importante assembleia. Levava o espírito virgem para as impressões do grande dia. Mas não houve iniciação nenhuma. Nada mais parecido às sessões da sociedade literária de que eu fazia parte no colégio que as sessões da tal assembleia. Recolhi a impressão de que nos imitavam desajeitadamente.

Desde aquela assembleia tenho observado a gente grande em outras posturas e atitudes: em jantares, banquetes, chás, em simples conversa, no jogo de cartas, em viagem. E a impressão tem sido sempre esta: uns tristes imitadores, nós, os grandes, dos meninos. Tristes imitadores porque a meu ver a gente grande imita a pequena no que esta possui de pior. Nas suas casmurrices, no seu egoísmo brutal, na sua gula e na sua vocação para o tumulto. E a minha tese é esta: passamos 3/4 da vida a reproduzir o primeiro 1/4. E a reproduzir-lhe antes os vícios que os encantos.

De modo que neste primeiro 1/4 está o que a vida tem de gloriosamente criador, original e natural: o mais é imitação. É cópia. Pode-se definir o menino como o homem escrito a lápis: o adulto se limita a cobrir à tinta, e mal, entre borrões, os traços a lápis.

Na arte, aliás, que é a vanguarda da vida, sempre se sentiu a superioridade da criança. M. Robert de la Sizeranne, depois de estudar centenas de retratos de crianças, escreveu que "*l'artiste, lui, nous represente l'enfant non pas du tout comme un homme en formation mais comme un être parfait*". Só pelo medíocre é o menino simplesmente olhado como o "homem em formação", "o homem do futuro", o "homem d'amanhã": o artista ou o psicólogo sabe reconhecer na criança os valores dos quais quase não se excede o homem-feito. Nabuco sentiu-o na própria vida; e é ele quem nos diz acreditar não ter transposto nunca o limite das quatro ou cinco primeiras impressões da vida.

Pode-se dizer que são os meninos que governam o mundo. O Mussolini de quarenta anos caricaturou o de oito e o resultado foi esse Napoleão de cartão-postal que salvou a Itália de rubros perigos. O heroico no homem é quase sempre imitado do menino.

Mas onde os homens me parecem, não heroicamente infantis, mas comicamente infantis, é na política brasileira e na portuguesa. Quando cheguei a Lisboa, passeando a pé e devagar como um convalescente, surpreendi cartazes, grudados às paredes, onde os republicanos prometiam cortar as orelhas aos monarquistas. Eu vinha quase direto da Inglaterra, onde os homens públicos têm fama de infantis por jogarem *golf*.

No Brasil, a política, nos seus melhores aspectos, parece um constante caricaturar de impulsos infantis. Homens de quarenta a cinquenta anos exercem tais vinganças, dizem tais sandices em discursos e artigos de jornal, imprimem tais coisas em cartões de visita, escrevem tais relatórios sobre finanças e problemas de administração que diante delas eu sinto, como os da seita primitiva, que o homem é a degeneração da criança. É a criança sem os seus encantos.

(Diário de Pernambuco, 29-6-1924)

64

No romance *Os novos bárbaros* – que o sr. Agripino Grieco evidentemente leu às pressas, pois nem do claro sentido de "bárbaros" se apercebeu – agita o sr. Moraes Coutinho um problema interessantíssimo: o da linguagem arquitetônica.

Neste mesmo jornal, já uma vez me ocupei do assunto, citando a propósito Gilbert Chesterton. Chesterton escreveu que os monumentos e os edifícios duma cidade devem ser como os dedos dum surdo-mudo. Devem articular ideias, ser expressão, vida.

Ora, exatamente aí estava a obsessão do asceta ruskiano, cujo estetismo e estados superiores de consciência o sr. Moraes Coutinho procura estudar e fixar. Cláudio Sylvestre queria uma capital do Brasil que não fosse esse "caravançarai" que é o Rio.

Esse *bric-à-brac* de arquitetura, Cláudio Sylvestre, a quem Nietzsche comunicara a obsessão da vida como fenômeno estético, queria um Rio que nos expressasse a alma inquieta e adolescente de novos bárbaros.

Uma tarde, olhando o Rio de larga janela, com um grupo de amigos, Cláudio Sylvestre apontou para a cidade e disse: "Ah! meus amigos, não é esta a cidade que eu sonhava, esta coisa lamentável – grande corpo sem alma desambulante!... Isso é para nós um degredo, onde, em vão, em cada pedaço de muro se procurará alguma coisa da nossa alma".

Se eu estivesse no grupo, teria apertado com a maior das simpatias a mão de Cláudio. Já uma vez escrevi que o Recife novo me comunica um horrível mal-estar: o de estrangeiro na própria cidade natal. Doloroso tipo de *déraciné* de que não cogitara Barrès.

É que no Recife todo o huysmanismo – o municipal, o eclesiástico, o particular – consiste em reproduzir aqui os falsos brilhos do caravançarai do Rio. Nossos estetas de fraque têm por norma suprema de expressão arquitetônica os cartões-postais do Rio. De modo que não buscamos expressar enquanto edificamos: nossa ânsia é copiar o Rio, caricaturar em cimento armado os cartões-postais do Rio.

Ora, se o Rio é uma cidade sem fisionomia própria, o que não será a caricatura – no mau sentido de caricatura – a que a estética municipal pretende reduzir o Recife?

Lembra-me que em Oxford, um amigo meu, voluptuoso de Walter Pater e, como o Mário Sérgio de *Os novos bárbaros*, um "Don Juan de cidades", falou-

-me do Rio com o mesmo agudo desapontamento do Cláudio Sylvestre. Do Rio e de Buenos Aires. Buenos Aires, sobretudo, fora para o jovem esteta de Oxford um desencanto profundo. Não lhe encontrara alma nos edifícios. Nem colorido local nos jardins. Nem fisionomia própria no conjunto do casario.

Nós caminhamos para esse triste destino de cidades *bric-à-brac*, se huysmanismo continuar aqui a arremedar o Rio – mesmo o que o Rio tem de próprio e de verdadeiramente belo.

"Vejam esta cidade embaixo", dizia ainda Cláudio Sylvestre aos seus amigos. "Sem fisionomia, sem alma. Isto é uma cidade ou uma empresa, uma ideia ou um mal-entendido, um templo ou um mercado? Ninguém vê que uma cidade é a atitude de um povo, é a sua alma em arquitetura."

Esse Cláudio Sylvestre, tão doentiamente sensível ao feio, muito mais teria sofrido no Recife. Felizmente, aos sensíveis ao feio das cidades, resta-nos o conselho de João de Deus: "refugia-te num quinto andar!".

(Diário de Pernambuco, 6-7-1924)

65

Dizia-me uma tarde, em Washington, o meu querido amigo sr. Oliveira Lima, que se tivesse de fazer a distribuição geográfica dos pecados, ver-se-ia obrigado a colocar a inveja, em Pernambuco, num triste relevo. E a um jovem conterrâneo a caminho da terra natal, escreveu o sr. Oliveira Lima, com a sua vasta experiência dos homens e o seu profundo conhecimento da geografia moral: "Prepare-se para a inveja".

De fato, a inveja, se em toda a parte viceja, é aqui, sob o nosso sol, que parece mais abundantemente rebentar em flor e em fruto.

Questão de geografia moral. "Todas as terras" – disse uma vez Padre Antônio Vieira – "assim como têm particulares estrelas, que naturalmente predominam sobre elas, assim padecem diferentes vícios a que geralmente são sujeitas." E é de Vieira a pitoresca versão portuguesa daquela fábula alemã que assim explica a distribuição geográfica dos vícios: pela queda do diabo na terra. Desfeito em pedaços, espalhou-se o diabo por toda parte. A língua ficou em Portugal, donde nos veio um retalho. Daí o vício brasileiro, e não só maranhense, de "murmurar, motejar, maldizer, malsinar, mexericar e sobretudo mentir". Em Pernambuco esses recursos todos da língua estão ao serviço do vício capital, que é a inveja. Em parte alguma é tão grosso o murmurar, o malsinar, o mexericar em torno dos superiores.

Em Pernambuco, os pernambucanos de valor próprio, pessoal, legítimo, raramente conseguem o prestígio merecido. As posições todas se ouriçam de cacos de vidro, numa defesa aguda da mediocridade contra os superiores. Daí a emigração dos nossos bons elementos, mal nos restando aquelas joias de família conservadas pelos fidalgos arruinados, a que uma vez comparou Faelante da Câmara os últimos pernambucanos de valor. Emigram os de espírito claro e medula de aço enquanto a turva e mole mediocridade deita raízes fundas na terra, numa vitória absorvente, larga e até arrogante.

O sr. Oliveira Lima cita exemplos notáveis de pernambucanos que daqui se desenraizaram pela pressão do meio estupidamente hostil. Ele próprio, ao deixar o Recife, a caminho de Washington, que é hoje seu centro e seu lar, teve um embarque melancólico de caixeiro-viajante, sem o relevo, a pompa, o luxo de flores, o rodar de autos, o brilho de alamares, os ruídos de banda de música que assinalam os embarques dos mais insignificantes políticos.

Enquanto na Austrália, por exemplo, se organizam verdadeiros sindicatos para a proteção e o estímulo das vocações altas e puras, no Recife parece existir um sindicato de propósitos exatamente contrários e de ação subterrânea, como os tubos de esgoto. Sindicato que parece funcionar com um luxo formidável de peças e instrumentos.

Entretanto a inveja, assim sistematizada e organizada, não será, nas suas últimas consequências, o mais vivo dos estímulos? Apresentem-me um indivíduo cujo retrato apareça quase diariamente nos jornais: que atravesse a vida rigorosamente virgem dos boatos injuriosos e com o nome puxado na imprensa, como num enterro o coche pelos cavalos, por todo um tropel de adjetivos "preclaro", "ilustre", "distinto", "acatado", "digno" – e eu não hesitarei quase em concluir: este pobre-diabo é apenas a sombra dum homem.

(Diário de Pernambuco, 13-7-1924)

66

Eu não creio que o meu amigo Pedroso Rodrigues tenha nascido para cônsul.

E a mim parece mentira que o tenhamos de levar a bordo um desses dias e de dizer-lhe adeus.

Dizer adeus a um cônsul devia ser a coisa mais natural deste mundo.

Os cônsules são para isto: para chegar e partir com a facilidade de ciganos.

Mas Pedroso Rodrigues não é assim. Seu temperamento é desses que deitam raízes. E nada menos parecido a um *wagon* de cigano que essa sua *garçonnière* da avenida Marquês de Olinda, onde a impressão é toda de repouso, no meio de fotografias amigas, de jarros, de livros, de almofadas frouxas e boas, de um mole divã indiano e duma cadeira antiga de pau lavrado, de aquarelas e desenhos espalhados pelo azul-cinza e pelo vermelho-escuro e pelo ouro velho das paredes. Um ambiente de inteira quietação, onde ruídos e claridades chegam afinados e dulcificados. Ambiente próprio para as leituras voluptuosas, para os silêncios carlyleanos, para as demoradas conversas entre goles de vinho do Porto: mas aonde tantas vezes os deveres de cônsul vão perturbar os vagares criadores do artista. Porque em Pedroso Rodrigues o ar de voluptuoso, de lento, de preguiçoso mesmo, apenas dissimula, por elegância, talvez, ou bom gosto, o grande, o formidável trabalhador. Nem sempre são os que atravessam a vida, com o ar apressado de rapaz dos telégrafos, os que mais trabalham e estudam.

Foi nesse ambiente onde tudo parece afinado em surdina, que uma tarde doce, Pedroso Rodrigues, todo ocupado a ver papéis e alinhar contas, pôs nas minhas mãos o manuscrito virgem de um seu poema ainda a meio e de alguns sonetos; e eu os li com uma grande volúpia e a impressão de estar a ouvir de longe a Debussy: "*Il pleure dans mon coeur comme il pleut sur la ville*". Era como se o véu de uma chuva muito fina me envolvesse todo.

Raros versos haverá em português de uma tão pungente vibração interior. E tão aristocraticamente reticenciosos. Pedroso Rodrigues compreende Mallarmé: nada como a reticência sugestiva.

Mas o meu amigo é também um artista que vive a sua arte. É desses que sabem dar à plasticidade das coisas a fisionomia do próprio ser, no desejo de encontrar-se a si mesmo nos amigos, nos livros, nas cores, nos móveis que o cercam. É claro que a plasticidade das coisas é relativa. Principalmente num meio como o Recife. Onde encontrar, por exemplo, bons amigos, no Recife? Eles são fortuitos. E o mais que se pode conseguir é evitar os ruídos hostis. Pedroso Rodrigues evita-os habitando um terceiro andar. Um terceiro andar aonde os ruídos chegam num brando rumor. Há ruídos que à distância são como a sombra de certos objetos, na realidade, muito feios: têm seu encanto.

Pedroso Rodrigues é, ainda, um artista da amizade, à maneira dos rapazes de Oxford. Os que lhe conhecemos o encanto do afeto sabemos como ele sabe ser amigo. É uma arte, a da amizade, ainda exótica para os países novos como o Brasil. Nós somos um povo muito camaradeiro, isto é, de camaradagem fácil: mas não de grandes afetos. Aos grandes afetos somos esquivos. Já o notou, aliás, o sr. Graça Aranha, numa das suas raras páginas superiores.

Pedroso Rodrigues vai agora rever Portugal, depois de oito anos de ausência. Há de parecer-lhe deliciosamente acolhedor, Portugal, depois desses oito anos. Os próprios galhos das árvores hão de parecer-lhe doces braços amigos para o abraçar. As próprias águas hão de parecer-lhe vozes de afeto a murmurar: "Cá o temos, cá o temos!".

Mas Pernambuco é que adquiriu quase o direito de despedir-se de Pedroso com um "até a volta, Pedroso!".

(Diário de Pernambuco, 20-7-1924)

67

Perguntava-me um desses dias o sr. Joaquim de Arruda Falcão se eu já observara a função social do moleque. A pergunta é sugestiva: provoca aquelas reações fecundas de que fala Santo Thyrso. Aliás, Santo Thyrso vai longe, e diz que os próprios lugares-comuns provocam reações fecundas.

O moleque brasileiro é hoje um caso a estudar. À margem da história da família brasileira há que escrever a história do moleque.

O moleque é toda uma moral: a da rua. É toda uma estética. E contra a sua moral e a sua estética não há burguês com a bravura de assumir ofensivas rasgadas. O medo e o respeito do burguês ao moleque são talvez maiores que o medo do moleque à polícia.

O sistematizador dos estudos de demopsicologia brasileira, o sr. Oliveira Viana, registrando as expressões pejorativas "procedimento de moleque", "modo de moleque" e "ar de moleque", dá a falsa impressão de que o moleque seja sempre, no Brasil, elemento ruim e desprezível que se contraponha ao decoro, à severidade e ao respeito sociais.

Sucede que no Brasil o moleque é antes um elemento de conservação social. Encontramo-lo não raro a fazer as vezes das chamadas classes conservadoras, numa inversão de papéis sociais que é um dos paradoxos mais estranhos da nossa vida nacional.

Contava-me um amigo, há pouco chegado do Sul, que ao enterro, em Santos, dos marinheiros mortos em combate contra os rebeldes do Quartel da Luz, compareceu toda uma onda de moleques reverentes em contraste com a abstinência da gente respeitável.

A meu ver aí está um sintoma de doença social muito grave. Outro sintoma triste é a inversão de papéis sociais dos jovens e dos velhos no Brasil: sexagenários como o sr. Graça Aranha a fingir de moços ou rapazes de trinta e tantos anos como são o sr. Jackson de Figueiredo, o sr. Gilberto Amado, o sr. Renato Almeida e tantos outros, a fazerem obra de velhos, num sacrifício das liberdades, dos excessos e da volúpia do inédito que são o direito da mocidade.

Aliás a Academia Brasileira de Letras do que mais precisa hoje é de realizar suas sessões num teatro com galinheiro ou torrinhas: pode ser que a ação disciplinadora da pateada ainda a endireite. Quando Augusto Comte – filósofo que eu tanto amo – recomendava que se vivesse às claras, era pensando na ação disciplinadora do moleque. Ele queria sem dúvida que a burguesia vivesse sob o olhar vivo e crítico do chamado moleque.

A arte, como a própria vida, precisa dos seus moleques: de críticos capazes de pasquinadas ao jeito das do sr. Antônio Torres. Ninguém foi mais moleque que Henrique Heine. Já podre de sífilis, em Paris, e mal conseguindo mover, em esforços dolorosos, os músculos da face, respondia Heine ao médico que lhe perguntava se podia assobiar: "*Ah, non, pas même une comédie de Monsieur Scribe!*".

Dizem as crônicas, ou antes, respondem as crônicas aos que as sabem interrogar, que a nossa polícia de costumes perdeu um tanto com o desaparecimento daqueles periódicos ao jeito da *Palmatória* e do *Carapuceiro*. A tradição desses periódicos morreu no último lampejo da *Lanterna Mágica*.

A *Palmatória*, aí pelos anos de 1835 e 36, foi uma grande força de disciplina e crítica social no Recife: seus bolos ficaram célebres. Respeitava-se a *Palmatória dos Toleirões* como em Londres se respeita a polícia.

Porque a *Palmatória* era de fato temível: caçava o ridículo nos seus últimos redutos. De uma feita foi parar na Academia de Direito de Olinda: e caiu de rijo sobre o Padre Porto, lente que possuía "as mãos construídas da mesma matéria que a cabeça, isto é, de pedra".

(Diário de Pernambuco, 27-7-1924)

68

Dizia-me ainda há pouco um amigo não compreender como eu amo Augusto Comte sem gostar do positivismo. Para esse meu amigo a identificação é absoluta: Comte e comtismo são a mesma coisa. Eu, entretanto, separo o Comte, que é água corrente, do comtismo, que é água congelada: a mesma água, mas em estado diverso, a ponto de parecer outra. Doutro meu amigo acabo de receber uma carta cheia de ênfase, a propósito de Barrès. De Maurras, também, e de Daudet, e da *Action Française* e da vitória dos socialistas na França: vitória que o faz saltar de contente.

Mas sobretudo sobre Barrès. Quando Barrès morreu eu escrevi a esse meu amigo, que é francês e autor de um estudo sobre D'Holbach e o materialismo francês do século XVIII, que sentia desaparecer no poeta de *Du sang, de la volupté et de la mort* um escritor muito mais agudo e vibrátil do que Anatole. Daí a ênfase da carta que é toda um vivo protesto.

"Barrès maior que France? Lembre-se que foi o seu querido Barrès que escreveu da guerra que afinal não era nenhuma grande desgraça mas simples '*coup de fouet sur les énergies nationales*'. Gracejo muito sem gosto, este, pois a guerra tornou definitiva, a meu ver, a decadência da França, roubando-lhe 1,7 milhão dos seus melhores homens, enquanto a população já decrescia melancolicamente. Independentemente de suas ideias, que me parecem sem valor, admito que Barrès tivesse certa habilidade no escrever. Mas escritor de primeira ordem é que não foi. Longe disto. Leia *La colline inspirée*, se a conseguir tolerar até o fim!"

Este meu amigo é um grande estudante de lógica – gelo resvaladio sobre cuja superfície não ouso patinar. Por isto, em filosofia, fujo sempre do "logicismo" e do "matematicismo" para o "intuitivismo" – que é onde se está mais perto do bom senso. Meu consolo é que nas estatísticas os lógicos e os matemáticos se mostram mais chegados à classe vulgarmente chamada dos "doidos varridos" que os homens de imaginação. Mas isto é outra história, como diria Kipling.

Meu amigo, rebatendo minhas ideias, segue a seguinte lógica: 1) Barrès, um grande escritor, maior que Anatole? Heresia! 2) Barrès está longe de ser escritor de primeira ordem. 3) Provo-lhe pedindo que leia sua *La colline inspirée*.

De modo que o resultado de semelhante processo de lógica seria este: provado que a tal *La colline inspirée* é um livro mau estaria provado que Maurice Barrès é um escritor de quinta ordem, parente próximo do sr. G. Le Bon, do sr. H. G. Wells, do sr. Abel Hermant. E se eu protestasse contra semelhante processo de análise científica, meu amigo, todo ancho e triunfante, mandaria que eu abrisse a primeira Bíblia naquela famosa passagem: "pelos frutos o conheceis". Pela *La colline inspirée* haveria que conhecer Barrès. Uma delícia de lógica.

    Entretanto o bom senso – esse raro bom senso que em inglês se chama "senso comum", como em francês se chama *belle mère* a sogra – o bom senso haveria de me valer em tão horrível transe. E eu assim falaria ao meu amigo, o lógico: meu amigo, Barrès tinha o mesmo direito de ter produzido *La colline* que uma boa cerejeira tem de produzir uma cereja ruim, entre muitas cerejas boas. Eu é que não tenho o direito de julgar a cerejeira por uma cereja ruim desprezando o testemunho em contrário de mil e uma cerejas boas. Eu digo que amo Barrès; que o coloco acima de Anatole. Você vai à estante, saca um volumezinho chamado *La colline inspirée* e diz: eis aqui do que você gosta. É como se eu dissesse: gosto de cerejas; gosto mais de cerejas do que de pêssegos. E logo você fosse a um cesto de cerejas, escolhesse uma cereja podre e berrasse: "Eis aqui do que você gosta! Como é que se pode gostar mais de cereja do que de pêssego?".

    Diz um ilustre engenheiro que eu sou a favor dum Recife sujo, fedendo a toda espécie de imundície sem os benefícios da estética moderna e da higiene.

    Sou de fato pela conservação de muita coisa velha do Recife: das velhas igrejas, por exemplo. E de alguns palacetes como o da Soledade e outros que se avistam de qualquer bonde de Dois Irmãos ou de Madalena. Devo confessar que prefiro o "sujo de velhice" à tinta fresca. Mas reconheço a necessidade de construir e reconstruir. E o que eu quero, sobretudo, é um Recife que se renove sem perder o caráter, numa economia inteligente e honesta dos valores próprios e dos motivos tradicionais.

    O zigue-zague dalgumas ruas antigas me parece encantador e considero verdadeira tolice querer reduzir a cidade a tabuleiros de xadrez. O zigue-zague das ruas coisa nenhuma tem de anti-higiênico: que o diga a autoridade sem igual do sr. Saturnino de Brito. Na Paraíba são os estetas de fraque que desejam ruas em linha reta: o grande sábio quer conservar o pitoresco local dos zigue-zagues.

    Quanto a edificações novas sabemos que elas podem ser todas dentro do caráter da cidade. Que o digam as residências do sr. Othon de Mello e do sr. Arthur Lício.

(Diário de Pernambuco, 3-8-1924)

Conrad

Um telegrama no *Diário* de anteontem trouxe de Londres a triste notícia: morreu Joseph Conrad.

Era um grande romancista. E um grande romancista nesse país de grandes romancistas que é a Inglaterra.

Os que vivem confinados ao português e mesmo ao francês – idioma em que um imbecil como o sr. Abel Hermant consegue fama de romancista – não sabem o que é o romance nos extremos de suas possibilidades.

É verdade que há lampejos de epopeia na obra, em francês, de Romain Rolland. Porém nem mesmo a criação de Rolland chega ao espantoso relevo catedralesco desse não sei quê de estranhamente épico que é o *Ulysses* desdobrado do *Portrait*, de Joyce.

Joseph Conrad, depois de Joyce; depois deste Thomas Hardy, que no *The return of the native* nos deu um romance que é a volúpia mesma do pessimismo; ao lado de George Moore, de Arnold Bennett, de Chesterton, era um dos grandes romancistas da Inglaterra pós-vitoriana.

Limito-o, entretanto, dizendo assim. Ele foi um artista poderoso em relação a qualquer época ou idioma.

Curioso caso, o de Conrad, não direi de dupla nacionalidade literária, porque a sua obra não oferece elemento para um conflito de jurisdição, mas de espírito naturalizado em idioma estranho. Polaco, aprendeu o inglês; identificou-se com a vida inglesa. E realizou este quase milagre: o de dominar como a uma massa de cera um idioma que nem parente – a não ser muito longe – é do seu.

É verdade que o idioma dos ingleses, ao contrário de Londres, é mal policiado. Mal policiado pelos puristas. Terá seus muros ouriçados de cacos de vidro: falta-lhe, porém, esse luxo de policiamento gramatical que é a delícia do nosso português.

E é possível que, julgado por um critério estreitamente purista, Conrad não mereça o relevo que assumiu no idioma inglês, como um mestre puríssimo de sua plástica. Filho adotivo da literatura inglesa ele morre, entretanto, com todos os direitos e entre as muitas saudades duma pessoa da família, para quem um anglo-saxão como Wells se tornara afinal um parente pobre.

Joseph Conrad nascera na Ucrânia, de pais polacos. Chamava-se Josef Konrad Korzeniowski. Criado em Cracow, na Áustria, aí cursou uma escola; e ainda adolescente, seguiu a vida encantadora de nauta.

Vem daí, desse contato com as águas, o serem todos impregnados do hálito do mar, os seus romances, a começar pelo *The Nigger of the Narcissus*; e impregnados de certa melancolia de quem não se habitua a dizer adeus; e vive sob esse inquietante "*sense of seeking and not finding*", que é uma tão dolorosa volúpia.

O próprio Conrad confessa, numa página deliciosa de recordação, que em trinta anos de vida náutica somente um comandante de navio conheceu, cuja alegria ao deixar a cidade natal dominava as demais emoções. É que esse homem deixava em terra uma montanha de dívidas e mil e uma ameaças de processos no foro.

Nos romances de Conrad, não há laivo de intenção moralista ou didática – não sei o que deles haveria de pensar o meu muito querido amigo sr. Fidelino de Figueiredo, que dia a dia se deixa mais e mais sombrear na claridade do seu gosto pelas cinzentas preocupações moralistas e didáticas.

Exagera, talvez, o crítico americano Mencken chamando a Conrad "agnóstico da moral". É entretanto certo que a interpretação que o romancista do *Victory* nos oferece da vida é sobretudo estética.

Acusará porventura o pessimismo de *Victory* ausência de senso moral? Será imoral essa atitude de quem se debruça sobre a vida para sentir a tristeza da indiferença das coisas? Ora, esse sentimento da indiferença das coisas tiveram-no Pascal e Newman, como nos recorda, a propósito de Hardy, Lionel Johnson.

Conrad o experimentou intensa e extensamente. E desgraçadamente parece não ter sentido a flama interior que salvou Newman, como salvara a Pascal, da "acídia" que a indiferença das coisas destila sobre nós.

(*Diário de Pernambuco*, 10-8-1924)

69

Ao Brasil a quem resta uma flama qualquer de consciência cumpre recordar o sacrifício dos soldados humildes que acabam de morrer, melancolicamente, em tiroteios que, afinal, bem julgados, assumem um ar prosaico de diligências policiais em ponto grande.

Desses soldados, amanhã, toda a recordação será talvez um grupo obscuro de cruzes negras. E antes assim. Porque dá mais vontade de tirar o chapéu ante uma cruz humilde de pau que ante um desses túmulos espaventosos onde a vaidade, mais que a saudade, esculpe em relevo as mentiras de que estão cheios os cemitérios ricos; de que estão cheios os Panteons; de que está cheia a própria Abadia de Westminster.

Entretanto seria justo que o país de algum modo recordasse o sacrifício dos soldados e marinheiros que souberam cumprir o seu dever, neste esforço doloroso contra a surpresa de 5 de julho. O país deve ao sangue dessa gente simples e tersa o sucesso difícil da diligência policial em ponto grande que nos acaba de salvar valores de toda espécie: materiais e, sobretudo, morais.

Dos marinheiros e soldados sacrificados, muitos, quase todos, terão sido gente de todo nossa: nascida e criada sob o requeime acre deste nosso sol.

Estranho sol o nosso: se nos dá certo ar lânguido de tocadores de violão, comunica-nos ao sangue alguma coisa de sua flama; e desde a Guerra Holandesa, toda vez que o Brasil tem precisado do sangue de sacrifício tem sido sempre a contribuição do Nordeste a maior e a melhor.

De modo que, examinada de perto, a função social do Nordeste na vida brasileira não se resume a tocar viola, como uma vez insinuou a sociologia cômica creio que do sr. João Lage.

"Basta o menor incidente para lhe despertar energias", escreveu uma vez Arthur Orlando do homem do Nordeste. E realmente assim tem sido. É todo um romance ao sabor dos russos a conquista dos seringais pelo cearense; e a resistência do cearense e do paraibano aos horrores das secas, quando as últimas raízes de vida são as raízes venenosas do umbuzeiro.

Teve razão Arthur Orlando e tem razão o arguto sr. José Américo de Almeida em considerar o homem do Nordeste o verdadeiro consolidador desta massa bruta de gente que é o Brasil básico. Deste Brasil que se parece às primeiras provas tipográficas dum livro: primeiras provas ainda sujas e difíceis de ler. Primeiras provas ainda plásticas à ação do lápis azul.

O homem do Nordeste mais que o de qualquer outra região vai nos consolidando a pátria. Temo parecer retórico acrescentando: vai nos consolidando a pátria pelo sangue.

O que é puro fato, entretanto. Pura realidade. Ao homem simples do Nordeste, de ordinário tão lento, tão preguiçoso e até lânguido, requeima, ao menor incidente, um como desejo de sacrifício. Donde ser o seu sangue o rio subterrâneo que vai, nos momentos de angústia, fecundar os extremos da vida nacional.

Foi assim agora. Muito do sangue que nestes dias se derramou nas ruas da mais policiada cidade brasileira, reduzida de supetão a foco de banditismo de *limousine*, forneceu-o por certo o Nordeste.

Venha o sacrifício dos homens simples do Exército e da Marinha, mortos nos tiroteios de julho, despertar nos que se conservaram antipáticos ou indiferentes à ação do governo legal o espírito de ordem e disciplina, dentro do qual e pelo qual eles morreram.

Às vezes, do sacrifício extremo da morte vem um sopro último de vida que aviva, em volta, brasas meio extintas.

(*Diário de Pernambuco*, 10-8-1924)

70

"Qual a cor da vida?" pergunta num ensaio delicioso Alice Meynell.

Muitos achariam mais fácil a pergunta: qual o odor da vida? Porque responderiam logo o *odore de femina*.

Nada mais justo que pedir aos olhos uma síntese da vida. Os olhos são os aristocratas dos sentidos. E já escreveu um místico: os "lábios da alma".

De fato, dos sentidos são os olhos os mais agudos na apreensão desse "*invisible esprit qui se joue dans les choses*", de que nos fala Jacques Maritain. Donde o sentido íntimo das cores na pintura dos grandes mestres: El Greco, Botticelli, Dürer, Renoir, Rossetti, Watts. Sentido íntimo que deve desconcertar e inquietar os muitos que na pintura outras cores não admitem senão as rigorosamente naturais.

O senso espiritual das cores, tiveram-no finíssimo os pintores da Idade Média; e esses artistas do vidro, também medievais, cujos roxos e vermelhos esplendem ainda hoje ao sol como o sangue dum enorme coração que se acabasse de arrebentar.

Ao lado do senso espiritual das cores possuíam os primitivos artistas cristãos o senso de perspectiva também espiritual: negavam assim à tirania da distância o poder, que hoje aceitamos, de transformar um menino nu'a massa maior que a dum gigante. Os primitivos só teriam aceito semelhante absurdo no caso de ser o menino o Divino infante. É por isso que Chesterton chama à perspectiva, como nós a compreendemos, um "elemento cômico".

O senso íntimo das cores, mesmo os indivíduos que se supõem rigorosamente naturalistas, o possuem em botão; e há toda uma simbologia popular das cores. Julga-se louco, é certo, um Rimbaud, por causa da sua escala colorida dos sons: o A negro, o I vermelho, o O azul, o U verde. Entretanto é comum atribuir cor aos sonhos, às ilusões, às desilusões, às perspectivas. Fala-se com a maior sem-cerimônia de "sonho azul", de "esperança" ou "ilusão rósea", de "delírio amarelo", de "negra desilusão", de "cinzenta perspectiva" e até "alma cor-de-rosa". O gracioso escritor sr. Múcio Leão há de sorrir e até rir da acústica colorida de Rimbaud; mas o sr. Múcio Leão toma um íntimo e especial prazer em falar da "alma azul" de Joaquim Nabuco. Como se houvesse razões para colorir uma alma que não existissem para colorir uma vogal ou, antes, um som.

Mas a conclusão a chegar é esta: que há uma tendência para as sínteses, em cores, das grandes impressões como a dos sonhos, a das grandes almas, a dos sons. E nesta tendência vai muito elemento pessoal: nós sempre acabamos por nos interpretar no esforço de interpretar aquilo que nos comove, seja som, alma, sonho, mulher ou flor.

"*Pas de couleur. Rien que la nuance*", escreveu Verlaine; e escrevendo-o interpretou o medo às cores vivas, aos tons primários de toda uma geração de artistas e pensadores de meias-tintas: Carrière, Monet, Renan, Anatole. Nada mais parecido a um retrato esfumado de Carrière que um discurso todo em tons macios de Renan.

É que pertenciam à geração que teria respondido à pergunta: "qual a cor da vida?" com um "cinzento" ou um "cor-de-rosa". Houve de fato nessa geração quem tivesse escrito que a cor da verdade era a cinzenta. A cor da epiderme da verdade talvez o seja. No íntimo, porém, a verdade deve ser rubra porque deve ter sangue. Sangue quente.

Ernest Psichari, o neto de Renan, em quem o senso trágico da vida tanto se aguçou, foi dos que restabeleceram na França o gosto ou antes a coragem dos coloridos fortes. O gosto das cores definidas no pensar e no agir. O mesmo gosto ou coragem que foi lançar Chesterton nos braços da Igreja de Roma.

E esse gosto, Ernesto Psichari – neto de Renan, repita-se – adquiriu-a no contato com a paisagem da África, donde escreveu um dia: "*Ce que décidément caractérise ce pays c'est qu'il n'y a pas de nuances. À peine de la couleur: du noir, du blanc. C'est ainsi que je voudrais écrire*".

E foi assim que ele escreveu. Só o último capítulo de sua obra ele escreveu a pastadas de sangue: seu próprio sangue dado à França, bravamente, em Charleroi.

(Diário de Pernambuco, 17-8-1924)

71

Sendo a pessoa mais antipática ao feminismo, não compreendo, no entanto, a oposição absoluta de muitos homens ao cabelo *à la garçonne*.

Porque aos meus olhos o cabelo *à la garçonne* dá a certos rostos um íntimo e especial encanto. Questão de moldura. Assim como há telas que pedem molduras largas há outras que as pedem delgadas e finas.

O cabelo comprido e o cabelo *à la garçonne* correspondem à barba crescida e à barba rapada em relação ao rosto do homem. Questão igualmente de moldura.

Por isto os homens de cara rapada que são inimigos absolutos do cabelo *à la garçonne* – que talvez fosse melhor e mais justo chamar de cabelo à holandesa – deviam todos, por coerência, deixar crescer a barba ao jeito patriarcal, que é o da natureza. Ou os bigodes em tufos. Porque se o cabelo à holandesa dessexualiza, também a cara rapada dessexualiza.

Neste assunto de cabelos é quase impossível dizer o que é natural e o que é antinatural. Às vezes o cabelo – o das axilas, por exemplo – parece simplesmente o elemento cômico da plástica humana. Às vezes é a própria natureza que se parece exceder maternalmente na proteção do corpo.

É verdade que eu prefiro os excessos da natureza à maioria das correções dos homens. Daí o meu horror às árvores – que são o cabelo das cidades – aparadas em horrível uniformidade.

No tempo de Leonardo da Vinci era costume entre as donas italianas rapar as sobrancelhas. Atente o leitor na primeira gravura de Mona Lisa que lhe parar às mãos: verá que à deliciosa criatura de Da Vinci faltam sobrancelhas. E se o leitor quiser alterar a doce e dupla fisionomia da Gioconda, acrescente-lhe a lápis uns pelos de sobrancelha.

Entretanto, creio que, na maioria dos casos, os rostos de mulher perdiam muito de seu encanto perdendo as sobrancelhas. As sobrancelhas, que de tão espessas parecem bigodes, merecendo por isto aparas inteligentes, são reduzido número. Maior é o número das cabecitas que adquirem um não sei quê de provocante com o cabelo cortado à holandesa.

A questão do cabelo das árvores é muito parecida à questão do cabelo das mulheres. Árvores existem que parecem ganhar em encanto, inteligentemente aparadas. Inteligentemente quer dizer: sem a preocupação geométrica tão cara aos engenheiros.

A maioria das nossas árvores, porém, repele os cortes e as aparas. Pede por todos os galhos liberdade de expansão. As árvores dos trópicos são por natureza patriarcais ou antes matriarcais: sua maior delícia está nesse alastrar de galhos e de folhagem que é a grande beleza da mangueira. Mangueiras e jaqueiras, sicupiras e baraúnas, cajueiros e gameleiras assumem todas, desde adolescentes, certo ar doce de mães querendo abençoar, acolher, proteger e até amamentar. A jaqueira até parece u'a mãe preta, com a sua fartura boa de tetas.

Lembra-me como, há dias, passei toda uma semana irritadiço, por causa de uma palmeira de largas palmas acolhedoras que encontrei ainda a sangrar dum corte *à la garçonne*. Era uma dessas palmeiras gordas e untuosas, cujo encanto está muito nas palmas caídas e moles de volúpia. Porque há as palmeiras ascéticas, finas, góticas, sempre com uma palma ou duas que parecem supérfluas: estas toleram o corte inteligente. Pedem-no, até.

Vê-se, por esses toques, que para cuidar das árvores é preciso compreendê-las uma por uma. Nada mais rebelde ao socialismo nivelador que o mundo das árvores. Eu disse que elas eram o cabelo das cidades. E realmente o são.

Por isso tendo começado pela plástica feminina acabo pela plástica das árvores. É que as árvores apresentam em ponto grande o mesmo problema das mulheres.

(Diário de Pernambuco, 24-8-1924)

72

Acabo de receber a seguinte carta: "O assunto de seu artigo de domingo é assunto que nos diz respeito a nós mulheres e por isso permita-me a liberdade de escrever-lhe estas ligeiras observações que, estou certa, levará a bem, pois visam unicamente elucidar um pouco mais a questão encantadoramente discutida pelo sr., definindo-a melhor nos seus verdadeiros termos. Tenho a impressão de que o sr. faz apenas duas distinções quanto às modas do cabelo feminino que hoje prevalecem: o cabelo comprido, ao natural, e o cabelo *à la garçonne* ou, na sua própria classificação, à holandesa. Instrutivamente o sr. definiu bem o tipo de cabelo que o agrada, que não é evidentemente o cabeio *à la garçonne*. Além do cabelo à holandesa existem mais o *demi-garçonne*, e o *garçonne* próprio, sendo o *demi-garçonne*, como indica a palavra, o meio termo entre o *garçonne* radical e o cabelo à holandesa conservador. O cabelo *à la garçonne* é como cabelo de homem e nem de todo homem: conheço homens de letras e artistas que usam, quando podem, o cabelo à *demie-garçonne* e até à holandesa. Já há aqui no Recife exemplos vivos de todos esses tipos de cabelo, prevalecendo, entretanto, em grande número, o cabelo à holandesa. Daí talvez a generalização que fez. Queira desculpar-me estas ligeiras observações, pois não é absolutamente meu intuito provocar qualquer discussão generalizada em torno do assunto. Entretanto, não posso calar minha curiosidade de desejar saber sua opinião mais particularizada sobre os nossos cabelos. Na expectativa de merecer a fineza de sua resposta, sou sua leitora admiradora. – (a) *Annita Karasic*.

P.S. – Que quer dizer a fisionomia dupla da Gioconda de que fala no mesmo artigo? – *A. K.*"

Procedem estes finos reparos de pessoa intimamente conhecedora do assunto que procurei desfolhar domingo último. E são de natureza a exigir uma retificação.

Eu de fato pensava no cabelo à holandesa – que um amigo meu, com o dom da vulgarização, chamaria "o cabelo como o do Chiquinho do *Tico-Tico*" – toda a vez que, no artigo de domingo último, me referi ao cabelo *à la garçonne*.

Sucede que se o cabelo *à la garçonne* é o cabelo cortado como do comum dos homens, de modo nenhum me agrada, embora as razões morais me pareçam insuficientes contra o seu uso. O cabelo é um valor decorativo que as mulheres – cuja principal função na vida seria agradar ao homem – não têm o direito de desprezar como nós outros, homens, o desprezamos. O cabelo cortado como nós cortamos só me parece razoável nas convalescentes de febres.

Às árvores já tenho visto aplicado o corte radical *à la garçonne*. Mesmo no Recife há exemplos vivos. Também as árvores, aparadas assim, assumem um ar tristonho de convalescentes de febre. Ar tristonho que as simetrias do corte acentuam.

A propósito da simetria das árvores a que aludi domingo último, dizia-me uma dessas tardes o meu prezado amigo sr. Eduardo de Morais, com a vivacidade que é o encanto de sua *verte vieillesse*, não ser dos engenheiros com a superstição ou mania geométrica. Entretanto, não foi a linha reta do seu traçado de avenidas que nos levou o Corpo Santo?

Salvemos o cabelo das nossas mulheres e o cabelo das nossas árvores do corte radical *à la garçonne*. O corte inteligente à holandesa, este pode aumentar o encanto de certos rostos e o encanto de certas árvores: mas é preciso que seja inteligente.

Nada mais doloroso que a calvície de uma cidade a não ser a calvície de uma mulher. E do perigo da calvície é preciso salvar o Recife, salvando-lhe, conservando-lhe as árvores com toda a sua riqueza de folhagem, sem a preocupação de as esgalgar em árvores de Natal.

Pergunta-me a carta gentil que serve de pretexto a este artigo de retificação "o que quer dizer a fisionomia dupla da Gioconda?".

Aí o erro não foi meu: foi da revisão. E manda a higiene dos nervos não inquietar-se a gente com as traições dos revisores.

O que eu escrevi foi "fisionomia dúbia". "Fisionomia dupla" terá talvez seu sentido: não, porém, no caso da Gioconda, que não era nem atriz de cinema nem política.

(Diário de Pernambuco, 31-8-1924)

73

Neste mesmo jornal, domingo último, versou o sr. Júlio Bello problema interessantíssimo: o do absentismo nas áreas rurais.

Entenda-se por absentismo a ausência dos senhores de engenho de suas terras. Ausência que importa na renúncia a direitos e a deveres.

É que os senhores de engenho pernambucanos já não sabem ser donos do que possuem. "Ter terra e não demorar nela deve ser a primeira condição e até, em boa lógica, a primeira razão de a perder", observa um sociólogo português.

Isso de ter terra e ser dono dela; isso de ter propriedade e conhecê-la; isso de saber mandar – foi bom para os nossos avós.

É que nesses avós havia o apego à terra e o sentimento de família. Nada menos parecido a *wagons* de cigano que as casas boas e sólidas dos nossos avós. Mesmo as que hoje esverdinham no abandono conservam o velho ar senhoril com que outrora dominavam o verde sem fim dos canaviais.

E havia o sentimento de família. Havia a aliança de parentelas em que acabou entrelaçado todo o Pernambuco de sangue chamado limpo: os Albuquerque, os Cavalcanti, os Wanderley, os Mello, os Paes Barretto, os Lins. Aliança de parentelas que foi o nervo da reação contra o holandês. Aliança de parentelas que antes de se afirmar em 1845 contra o governador Chichorro ou, antes, contra a "Praia", já se afirmara contra Jerônimo de Mendonça Furtado, governador colonial. Foram os senhores de engenho que de Pernambuco expulsaram o fidalgote, prendendo-o uma tarde do ano de 1666, em Olinda, quando passava pela rua de São Bento "acompanhado dos seus ajudantes de ordens e de alguns criados". Jerônimo de Mendonça Furtado quisera governar Pernambuco contra os mais puros interesses pernambucanos, que eram naturalmente os dos senhores de canaviais. Estes, porém, não se deixaram atemorizar pelos bigodes em tufos do comissário português (Mendonça Furtado, segundo Alfredo de Carvalho, ganhou em Pernambuco a alcunha de "Uxumbergas" por causa dos seus insolentes bigodes à la Schomberg).

Isto em 1666. A luta contra o governador Chichorro, a que se refere o sr. Júlio Bello, foi outra afirmação, desta vez não de todo vitoriosa, da consciência que possuía nossa fidalguia rústica dos seus direitos e dos seus deveres de donos da terra e plantadores de cana.

E tão vivo era, nos nossos senhores de engenho e ricos homens, o sentimento de família, que em 1845 escrevia em nome deles João Maurício Cavalcanti da Rocha Wanderley, em carta ao *Diário Novo*, publicada no *Diário de Pernambuco*, que a influência dos grandes proprietários cujas famílias reuniam vantagens de fortuna, talento e boa origem era das mais legítimas, pois vivendo eles, os grandes proprietários, pregados às terras "como a ostra aos rochedos", eram naturalmente os mais interessados no bem do país.

E o que veio reduzir Pernambuco à triste sombra do seu passado que hoje incontestavelmente é foi exatamente o haver-se desgarrado o melhor da fidalguia rústica, da terra a que vivera pregada "como a ostra aos rochedos".

O absentismo trouxe para a família rural de Pernambuco todos os inconvenientes do particularismo, privando-a das vantagens do tipo de família patriarcal. Em alguns a renúncia à gleba foi absoluta: venderam-na. Donde a inversão de valores sociais que se tem operado em Pernambuco, havendo hoje netos de senhores de engenho reduzidos a pífios funcionários públicos e engenhos que *profiteurs* venturosos administram de longe, por trás de firmas comerciais.

A usina trouxe para a nossa paisagem rural os charutos horríveis de suas chaminés que parecem charutos de novos-ricos. Viajando pelo interior, já nos não encanta o olhar a doce brancura de cal das antigas "casas-grandes" nem o ar das terras é aquele, tão ingênuo e tão bom, das pinturas de Post.

Ao culto da gleba, de que o sr. Júlio Bello é um dos raros a conservar a comoção, sucedeu entre nós o da cidade. O absentismo vem disto: da atração da grande cidade.

E as grandes cidades são hoje o grande mal do Brasil. Um meu amigo diz do Rio de Janeiro que acabará esterilizando toda a nossa reserva de energias.

Aliás, já Sílvio Romero observara quanto a gente das capitais entre nós se delicia em hostilizar a do interior: os "magnatas", os "senhores feudais", os "caipiras". "Magnatas" e "caipiras" que foram, entretanto, no expressivo dizer do sr. Agripino Grieco, os "arquitetos do Brasil".

Do tempo de Sílvio para cá, o mal se tem aguçado. Cresce o desapego à gleba e o sentimento de família apenas sobrevive nas suas desvantagens: no nepotismo.

Nestas condições, onde pousar um olhar de esperança?

(Diário de Pernambuco, 7-9-1924)

74

Se eu tivesse autoridade, lembraria ao meu amigo sr. Samuel Hardman a conveniência de haver na Exposição Geral de Pernambuco, em outubro próximo, uma seção de culinária e confeitaria pernambucanas.

Fidalgos arruinados, se há joia de família que ainda nos resta, aos pernambucanos, é a tradição que se refugiou no forno e no fogão de algumas casas. A *débâcle* felizmente não atingiu, nos seus íntimos valores, a cozinha pernambucana. As receitas de bolos, doces, peixes e ensopados com leite de coco, requeijões e vinhos que nos transmitiu a glutoneria dos engenhos são uma espécie de *pedigree* do paladar, ainda conservado entre certas famílias do Brasil mais antigo.

É verdade que há muito quem ostente, com outros requintes, francesismo e até cosmopolitismo de paladar. O Recife se requinta em tudo: na culinária como na arquitetura.

Mas o bom pernambucano é que se não deixará facilmente desenraizar da mais fina tradição culinária do Brasil. É um paladar, o seu, individualizado e enobrecido por cento e cinquenta, duzentos e até trezentos, quase quatrocentos anos de feijão de coco e de canjica, de doce de caju e de vinho de jenipapo. Um *pedigree* desses não se abandona facilmente: já Eduardo Prado dizia que o paladar era a última coisa no homem que se desnacionalizava.

De fato, é a nutrição fator poderosíssimo de tipo nacional e de tipo social. Os alemães teriam por certo conseguido nacionalizar os alsacianos se lhes tivessem conquistado de todo o paladar. E o que, a meu ver, torna difícil para a França a definitiva anexação da Alsácia é o gosto que ali se desenvolveu pelo salame alemão. Nem na própria Alemanha se vê tanto salame como em Strassburg.

O problema alsaciano é de fato um problema em que vencerá quem tiver melhor língua. E os franceses, com a sua finíssima arte culinária, têm a fama de ser os artistas da língua, isto é, do paladar.

Vejo que sem esforço vou desenvolvendo toda uma teoria de interpretação histórica: a interpretação culinária. Teoria que abandono ao primeiro psicólogo social que se quiser aproveitar das suas possibilidades revolucionárias.

Mas devo voltar a este ponto: que a nutrição é fator poderosíssimo de tipo social e de tipo nacional. O laboratório da química social é antes a cozinha que a escola.

Dizem os ingleses que não se faz um *gentleman* sem algumas gerações de *beefsteak*. E todos sabemos que um oficial alemão não se fazia outrora sem salame e cerveja; que um doutor de Coimbra não se faz, ainda hoje, sem muito bacalhau e grão-de-bico; e que um frade não consegue sê-lo no alto e puro sentido da vocação sem muita abstinência. A nutrição de tal modo age sobre a alma que a consegue, às vezes, plasmar ao seu jeito: a espessa cozinha baiana seria talvez capaz de brutalizar e deformar Santo Inácio ou São Francisco de Assis. Ou um anjo. "*L'action en effet modifie les facultés de l'âme*", escreve a propósito da psicologia do misticismo o Padre H. Pinard de la Bollaye. Poderia ter dito "*la nutrition*" em vez de "*l'action*".

Quando falo dos nossos quitutes – e este é o segundo artigo que lhes dedico – de quem primeiro me recordo é de John Casper Branner. O sábio americano cuja amizade epistolar foi um dos encantos da minha adolescência.

Ninguém morreu mais saudoso do Brasil que o professor Branner, na sua casa de Palo Alto, entre livros portugueses e mapas de geologia. E essa saudade, onde ele a conservava mais viva, era por certo no coração. Mas conservava-a também viva no paladar.

O último artigo que escreveu foi para uma revista, *El Estudiante*, que dirigíamos em New York, eu e um amigo chileno.

E nesse artigo ele se despediu dos nossos quitutes como quem se despede de amigos. Chamando-os carinhosamente pelo nome, um a um, como São Francisco às árvores e aos pássaros de Porciúncula. Dir-se-ia que o escrevera a lamber voluptuosamente os lábios secos de doente.

Os requintados hão de sorrir desta minha ideia de se estabelecer uma seção de culinária e confeitaria na Exposição do Dérbi. Os requintados leem-me sempre a sorrir: gozando o pitoresco das *blagues*. Deleitam-se no que há de finamente *blagueur* nos meus malabarismos dominicais. Quando uma vez escrevi que preferia o analfabetismo do grande número (como na Espanha) à meia cultura (como na Suíça) um amigo me disse mostrando, entre um fino sorriso, fino dente de ouro: "Muito bom, seu artigo". Ele julgava que fosse ironia: que no íntimo eu fosse um entusiasta das ligas contra o analfabetismo.

Semelhantemente, os *garçons* das confeitarias elegantes do Recife só compreendem minha preferência pela água de coco a esse primor de *frozen dessert* que é o "Lídia Borelli" como *blague*. Alguns hão de supor mais realista e logicamente que se trata de economia: seria mais econômico gostar de água de coco que de bebidas importadas.

De modo que a minha lembrança do pavilhão de confeitaria e culinária pernambucana na Exposição do Dérbi há de ter interpretação parecida a essas. E se não fossem espíritos sérios que sempre me estimulam – como o dr. Netto Campello – só me restaria o doce consolo de assumir o ar melancólico dos incompreendidos.

Seja como for, é esta a ideia do pavilhão: um pavilhão de quitutes. Quitutes pernambucanos. Quitutes de milho, feijão e farinha de mandioca; ensopados e peixes condimentados com o leite de coco; o doce da noz ralada; a cocada; a água de coco com o clássico "catarro". E doce de caju. Doce de caju seco. Doce de caju em calda. E "pé de moleque" fartamente condimentado com a castanha do caju. E "maturi". E doce de goiaba em calda e em massa. E doce de araçá. E geleia de guabiraba. E todos esses, doces e bolos dos que outrora eram as donas de casa que desciam à cozinha para tomar o ponto. Deles e de arroz doce; e "canjica"; e "manguzá"; e "grudes"; e quanta coisa nos deixou a glutoneria dos engenhos.

(Diário de Pernambuco, 7-9-1924)

75

Já uma vez sugeri que as tabuletas das ruas no Recife fossem de ardósia; e a Prefeitura mantivesse um corpo de calígrafos – gente muito desvalorizada com a vitória da máquina de escrever – para ir escrevendo os novos nomes. Seria a melhor solução do problema. A mais econômica.

Aliás, isso de nomes novos serve apenas para confundir e torturar os estranhos. Nada mais característico da confusão atual que o bonde da Rua da Aurora trazer a tabuleta com esse nome quando, oficialmente, não há Rua da Aurora no Recife.

É que, para o bom pernambucano, Rua da Aurora continua Rua da Aurora; Cabugá continua Cabugá; Imperial, Imperial; Parnamirim, Parnamirim; Ponte d'Uchoa, Ponte d'Uchoa; Rua Nova, Rua Nova (ainda que a mudança para Barão da Vitória date de 1870 ou 75); Chora Menino, Chora Menino; e Campina do Bodé, Campina do Bodé.

Entretanto, não seria mau que se agitasse no Recife um movimento para restituir às tabuletas oficiais o encanto dos nomes primitivos.

Ramalho Ortigão disse à cidade de Évora o que se pode dizer ao Recife e a Olinda: que ao estrangeiro inteligente não atraem as avenidas novas nem as praças novas. Atraem-no as igrejas antigas, os velhos prédios, as ruas sinuosas e os seus nomes arcaicos ou sugestivos.

Nós temos no Recife, por esse delicioso bairro de São José, restos deliciosos de arquitetura amouriscada; sobrados de salientes sacadas sobre cães de pedra; casas de beirada arrebicada; janelas enxadrezadas, como a sugerir mistérios.

As velhas janelas do Recife. Diante delas estamos como diante dos olhos do nosso passado a deitar para nós seus últimos olhares. São janelas cujas rótulas velaram muito olhar guloso de mulher; muito olhar de doente; muito olhar de criança ansiosa de conhecer os mistérios da rua.

Um olho que parece todas as noites um triste olho de queixa sobre o Recife novo é o daquela janela escancarada do nicho da igreja do Livramento. De que se queixará? Talvez de lhe terem levado os renovadores sua irmã mais velha – o Corpo Santo, e seus irmãos, os Arcos de Santo Antônio e da Conceição.

Voltando aos velhos nomes de ruas: eu não sei que argumentos de simetria ou de estética ou de higiene se possam invocar contra eles. "Águas Verdes" – que é um tão delicioso nome – recorda, é certo, um canal que ia até o pátio do

Terço, ficando no tempo seco as águas paradas e verdes. Mas haverá algum mal ou dano à saúde na simples recordação dum fato talvez anti-higiênico?

Os velhos nomes têm o que os novos e improvisados não podem ter: raízes. Raízes que às vezes os prendem a flagrantes anedóticos como o nome de Cabugá e o de Concórdia; e outras vezes a tradições e histórias de mal-assombrado como o da rua que se chamou de Encantamento; e o Chora Menino; e a Rua das Trincheiras.

A Rua do Encantamento ficou assim chamada por causa da aventura extraordinária dum frade em certo sobrado antigo e mal-assombrado. Uma noite, entrando o frade no sobrado, atrás duma mulher bonita, "quando ambos estavam assentados e juntos" – são palavras dum cronista – "aquela desaparece, e no centro da sala vê ele um esquife em que reconhece a beleza que viva estivera pouco antes ao seu lado". Parece um conto de Hoffman.

O nome de Chora Menino está ligado à "Setembrizada"(1831). Durante o saque da cidade pelos soldados, referem os cronistas que muito foi o sangue que correu. Não havia a menor cerimônia em matar e roubar. E grande número de vítimas foram sepultadas naquela campina perto dum sítio do português chamado poeticamente "O Mondego". E os que alta noite passavam pela campina ouviam sempre choro de menino – que era por certo o choro dos inocentes ali sepultados.

Rua da Concórdia foi o nome que por sugestão de Maciel Monteiro, presidente da Câmara Municipal de 1840 a 1845, conciliou certa contenda entre o carpinteiro Manuel José, que ali construíra a primeira casa, e o sr. José Fernandes, que logo depois edificara um grupo de casas, pretendendo cada qual dar o nome à nova rua. A justiça de Salomão seria talvez que a rua se chamasse Manuel Fernandes: mas não foi preciso, porque os contendores aceitaram o nome sugerido por Maciel Monteiro.

O nome de Cabugá – refere Barbosa Viana, baseado em pesquisas do sr. Sebastião Galvão – provém de "esbrugar" (dar dinheiro sobre penhores). O ourives Cruz, pai do famoso Cruz. Cabugá, tinha ali sua loja; e "esbrugava". Adianta o cronista: "Tinha o ourives um filho de fala embaraçada que costumava perguntar aos que se apresentavam na loja – qué bugá? (quer esbrugar?) do que se ficou conhecendo a casa pelo nome de "québugá". Nome que viria a corromper-se em Cabugá.

O nome "Rua das Trincheiras" recorda as trincheiras com que aí se defendeu a ilha de Antônio Vaz no tempo da Guerra Holandesa;"Rua das Hortas", extenso quintal cultivado pertencente à igreja de São Pedro; "Estância", a estância ou posto de Henrique Dias.

Madalena, Torre, Monteiro, Giquiá, Apipucos são todos nomes de engenhos; e com Águas Verdes, Camboa do Carmo, Parnamirim recordam como o Recife se alastrou ao que é hoje: sobre as águas dos canais, das camboas, dos riachos e sobre os verdes canaviais dos engenhos de açúcar.

Donde poder escrever um poeta "futurista":

Recife, cidade verde,
verde, verde, verde,
muito verde,
muito verde,
verde, verde,
verde.

(Diário de Pernambuco, 21-9-1924)

76

Serão sempre os "autores que não têm livros" do tipo daquele fixado a traços de caricatura pelo sr. Oscar Lopes?

Creio que não. A psicologia do autor sem livros é mais complexa do que imagina o sr. Oscar Lopes no seu fácil filosofar de cronista. É como a psicologia da solteirona.

Quase não há solteirona que vos não possa contar, ó leitor, histórias sem fim de casamentos e propostas desprezadas. Também os talentos inéditos o são sempre por vontade própria; por soberano desdém à publicidade. Editores que os adulassem, estes não faltaram.

E por serem tantas as solteironas que desprezaram, quando moças, propostas matrimoniais de milionários; e tantos os talentos inéditos por indiferença a toda espécie de sedução editorial; nós nos habituamos a duvidar de que realmente existam, neste mundo de Deus, autores sem livros que de fato acharam na vida um editor, mesmo medíocre, que lhes fizesse a corte.

Mas o certo é que existem no mundo dessas esquisitices: solteironas que desprezaram milionários e talentos que desprezaram editores.

Há talentos que nasceram para comunicar-se a raros; para influir sobre o ânimo e a sensibilidade de raros. São como as solteironas, as raras solteironas que o são por terem nascido para desposar príncipes; e morrem donzelas porque não lhes apareceu na vida nem sombra de príncipe. Apareceram-lhes milionários; apareceram-lhes bacharéis em Direito, caixeiros-viajantes, médicos – dezenas deles. Elas, porém, não transigiram com o seu ideal de príncipe; e a transigir com o seu ideal de príncipe preferiram a donzelice. Semelhantemente há autores inéditos que o são porque os prelos e os públicos que se lhes oferecem não correspondem a certo ideal de príncipe com que nasceram.

São casos talvez patológicos de aristocratismo pessoal, o desses talentos e o dessas solteironas; mas existem.

Fradique Mendes em conjunto talvez não exista, talvez não possa existir. Mas 3/4, 4/5 e até 9/10 de Fradique, eu próprio tenho encontrado na vida. E entre esses retalhos de Fradique estão autores sem livros.

Santo Thyrso, em quem havia talvez 3/4 de Fradique e era, em certos pontos, um tipo mental mais acabado que o de Eça, morreu autor sem livro. (O 1/4 de Fradique que faltava a Santo Thyrso era sobretudo a beleza física. Explica-se: Santo Thyrso foi pensador mais fundo que o Fradique. Ora, pensar faz mal ao rosto; faz mal à plástica. Bem o observou Wilde. Por isso seu Dorian Gray é aquele rapaz com rosto de menina; e que era bonito porque não pensava. A beleza no seu sentido animal é sem dúvida o primeiro traço de vacuidade.)

Voltando aos autores sem livros: eu não creio que ao sr. Carlos de Laet, que é tão agudo de espírito, tenha faltado casamento, isto é, editor. Entretanto, ele chega ao fim da vida semivirgem; autor de um livro único e este mesmo em edição reduzida que quase ninguém leu. E a mim parece que as crônicas do sr. Laet dariam livros um tanto mais interessantes que as crônicas do sr. Oscar Lopes e as do sr. Medeiros e Albuquerque. Ninguém no Brasil há comentado a vida com uma mais fina percepção dos seus valores, mesmo as mais sutis, do que Mestre Laet.

A grande promessa de crítico que foi em Portugal Moniz Barreto desapareceu sem deixar livro – apenas tênue fascículo; Luís Garrido morreu igualmente autor sem livro; na Inglaterra foram autores sem livros Collins e Addison; entre nós, Oswaldo Cruz e Afonso Arinos sempre se conservaram arredios do prelo que faz livros e do público que os lê: aristocraticamente arredios.

Entretanto, Afonso Arinos não era nenhum *fruit sec*; apenas preferiu ao contato com o público o contato com a inteligência dum grupo que o soubesse compreender e admirar. E na vida mental do Brasil, Arinos foi realidade mais viva e mais criadora que o sr. Coelho Neto – autor de tantas dezenas de livros.

Rara é a solteirona que de fato recusou a proposta do milionário ou do caixeiro-viajante ou do bacharel em Direito que um dia se lhe apresentou, bonito e airoso como um herói de cinema; raro é o talento que de fato se esquivou à sedução do livro, pela estranha volúpia da reclusão e do ineditismo; pela fidelidade a um ideal do príncipe que não se atinge nunca em toda a vida. Mas esses esquisitões existem.

O livro publicado – que é para o autor, não de todo cretino, no fim de dois ou três anos, senão a triste caricatura do que devia ter sido? E às vezes é como se fosse um rabo de papel.

De modo que o livro que verdadeiramente satisfaz e delicia o puro artista ou o alto pensador é o que ele deixa ficar nas primeiras provas tipográficas da criação mental; nas dobras dos miolos; em estado plástico para ir sendo corrigido, atualizado, recriado de acordo com as conquistas de sua experiência íntima.

Só quando o autor encontra um público capaz de o acompanhar nesse processo de recriação, vale a pena escrever livros. Neste caso o público é que completa o autor e serve de sexo feminino ao seu espírito.

(Diário de Pernambuco, 28-9-1924)

77

O meu amigo esteve um desses dias a pensar na vida que poderia ter vivido e estar vivendo em vez de sua vida atual de desejos recalcados; sem flama; sem ambiente próprio à liberdade criadora; sem estímulo; sem simpatia.

O meu amigo é desses que se sentem caricaturas de si mesmos. Desses que são na vida umas como cartas com o endereço errado; e que vão ter a destinos onde seu conteúdo é absurdo e faz rir.

Há homens que são apenas cartas insuficientes no endereço e no conteúdo. Custam a chegar ao destino, porém chegam. Custam a ser compreendidas pelo destinatário, porém o são afinal. Rimbaud foi assim; Mallarmé foi assim; Nietzsche, Poe, Swinburne, Hearn foram assim.

Mas outras cartas, completas às vezes no conteúdo, não chegam nunca ao destinatário: chegam a destino muito diverso, onde seu conteúdo parece charada ou quebra-cabeça de almanaque.

É uma tristeza, a das cartas extraviadas ou errantes. Eu as vi uma vez, em grande número, espetadas ao *placard* tristonhamente negro duma agência de correios. Foi isto em cidade, das grandes, dos Estados Unidos. Toda uma tarde passei acinzentado pela melancolia daquelas cartas perdidas, desviadas do seu destino, condenadas à reclusão.

E também diante dos homens que são como as cartas de endereço errado eu sinto a mesma dor me acinzentar; e quando penso na muita "libido" recalcada dentro de alguns desses envelopes, confesso que não compreendo as leis que regulam no mundo a economia dos valores espirituais. Mas devem ser leis sábias, porque são de Deus; e Deus é sábio.

Afirma, aliás, a psicanálise que não há "libido" que se perca dentro de si: a "libido" ou se exalta ou se degrada.

Por isso o sr. Tristão de Athayde, pondo demasiada fé na psicanálise, quer por ela explicar a vida de Afonso Arinos: o ter sido "uma existência relativamente falhada naquilo que mais ambicionava".

É que em Arinos, no fino juízo do seu intérprete, a "libido" recalcada era dupla: e alternava a repressão. Ora, a recalcada era a "ânsia por uma vida mais ampla, mais farta, mais aventurosa, em meios de avançada civilização"; e ora era a ânsia pela "pequena pátria".

De modo que Arinos não foi na vida carta definitivamente extraviada ou espetada num *placard* de correios com um endereço que já não existisse:

o nome de pessoa morta ou o de cidade desaparecida. Arinos não foi isso: foi carta com o nome do remetente no reverso do envelope. Foi carta sempre a ir e a vir. Sempre a voltar ao remetente para que este avivasse um endereço palidamente escrito a lápis. E o remetente era aquela "pequena pátria" que o prendia sem o satisfazer de todo.

Lafcadio Hearn, este sim, foi até o meio da vida carta sem endereço nenhum. Carta num envelope em branco e sem traço sequer de remetente, mesmo sem um selo que fosse uma nota vaga do ponto de partida. Nenhuma pátria o prendia porque a tradição do seu sangue o levava, passadas poucas gerações, a um *wagon* de ciganos; e desagradava-o na indisciplina horrível do caos. Daí aquela sua volúpia dolorosa de alma a que faltava paisagem – até que a supôs ter encontrado no Japão. Depois de uma vida toda arrítmica, pensou Lafcadio ter achado no Japão um ritmo para o seu tumulto interior.

Também Augusto dos Anjos foi entre nós carta com o endereço errado: desgarrada num meio que não podia ser o seu destino. Por isto esse meio a rasgou: porque não a compreendia.

Carta perdida, esse Augusto, que talvez um simples nome de cidade tivesse feito chegar ao destino: Roma. Só podia ser para Roma aquele "SOS", aquele pedido de socorro pungente como o dos náufragos, que foram os versos todos de Augusto.

Mas não será carta ou telegrama com o endereço errado toda a alta e pura vocação que surge num Brasil como o de hoje – sem nenhum ambiente clarificado de interesses inferiores ou da concepção jurídico-prática da vida? Não haverá em toda vocação assim, que surge entre nós, logo ao surgir, logo à manhã da vida, uma como esterilizadora intuição de destino desviado e do desejo falhado?

Cuido, ó leitor, que este mesmo artigo é um bilhete com o endereço errado.

(Diário de Pernambuco, 5-10-1924)

78

O sr. Mario Tullio expõe no Santa Isabel um atraente grupo de quadros.

Apenas é tão promíscuo esse grupo de quadros que não parece a exposição de um só pintor. Parece a exposição de vários pintores. Parece a exposição de muitos pintores.

Eu não quero fazer ao sr. Mario Tullio a injustiça de o supor à procura do gosto público para o satisfazer na sua complexidade – à semelhança de caixeiro que oferecesse a um indivíduo amante do verde, casado com uma senhora devota do roxo, a solução ideal da gravata furta-cores.

Se o sr. Mario Tullio se nos apresenta nestes seus quadros tão furta-cores e desiguais é que seu temperamento não adquiriu, por certo, ritmo próprio: é arrítmico pela sua própria natureza de temperamento ainda em formação. Desgarrado no baile carnavalesco das escolas em conflito.

Varia o sr. Mario Tullio no jogo de luz e meios-tons e no colorido, com uma versatilidade que é um espanto. Ora sua luz, seus meios-tons, seu colorido têm todo o barato lirismo de ilustrações do Romeu e Julieta: parece então o sr. Mario Tullio desses decoradores de ouro sobre azul, tão estimados pelas senhoras. Ora seu colorido é superiormente lírico, animado por uma como volúpia de sol e de claridade – e suas paisagens parecem então ilustração de Jean Christophe.

Mas não se limita a esses extremos a pintura do sr. Mario Tullio, que às vezes se reveste dos brilhos, dos róseos e dos cinzentos de fotografias coloridas. Enfim: espantosamente versátil o jovem pintor. Os próprios títulos dos seus quadros – títulos aliás sempre bem-postos – dão bem a ideia da versatilidade: *Luar em Veneza, Nhã Joana, Bonecos*.

Bonecos como *A farra* são duas lindas pinturas. *Reflexões* é outro delicioso quadro onde a expressão é toda obtida por meio de pinceladas corajosamente largas. *Rito antigo* e *Luar de Veneza* provocam fúrias iconoclásticas e, sem dúvida, o senso decorativo capaz de criar uma tão melodiosa composição como *Árvore rubra* já passou a fase daqueles azuis com reflexos oleosos.

O sr. Mario Tullio expõe uns flagrantes de rua e uns trechos de cidade verdadeiramente encantadores. Um deles eu teria talvez adquirido se lá não estivesse espetado um cartão de visita. Como é que aquele cartão de visita se foi espetar exatamente naquele quadro delicioso? Ignoro. Mas felicito o dono do cartão de visita e futuro dono do quadro: revelou bom gosto. E o bom gosto – não será o bom gosto valor mais alto que certas virtudes burguesas?

★ ★ ★

A exposição do sr. Euclydes Fonseca na horrível sala da Associação dos Empregados no Comércio não espanta pela versatilidade: espanta pelo progresso.

O contato com a pintura e o desenho de Nicola de Garo foi para o sr. Euclydes Fonseca um contato fecundante. De modo que o sr. De Garo não pintou na areia, pintando no Recife: nos quadros novos do sr. Fonseca vamos encontrar a repercussão de De Garo. Daquele estranho De Garo que uma noite fomos levar a bordo, eu e alguns amigos, para o deixar na terceira classe do navio com uma rede que lhe comprara o sr. José Lins do Rego. Entretanto, o sr. Bassi aqui se enchera de contos de réis, pintando luares; e cuido que saiu do Recife em camarote de luxo da Mala Real.

O sr. Euclydes Fonseca é um rapaz que tem talento. Usa fraque como qualquer lente da Faculdade mas tem talento. E é um talento o seu que é todo uma promessa, dada a sua plasticidade e a disposição do sr. Fonseca de partir para a Alemanha com os primeiros contos de réis que ajuntar. Para a Alemanha ou para a Itália.

Porque o sr. Euclydes Fonseca precisa de estudar. Precisa de contato com um centro de gosto, onde suas tendências se clarifiquem, onde sua técnica se depure, onde sua visão se eleve.

Continua o sr. Euclydes Fonseca lamentável nas figuras: os homens e as mulheres dos aspectos de feira que procurou fixar são de uma rude *grotesquerie*. A misericórdia de Olinda esgalgou-a, não sei por quê: o exagero devia ter sido antes no sentido contrário. E acinzentou-lhe a brancura quando ao meu ver devia ter dado a essa brancura exageros de claridade.

Nos "caprichos" e desenhos que expõe revela o sr. Euclydes Fonseca certo senso da melodia do desenho e alguma imaginação. Um talento prometedor, o desse rapaz.

(*Diário de Pernambuco, 12-10-1924*)

79

Um recente artigo do meu amigo sr. Isaac Goldberg, na *Stratford Monthly*, de Boston, sobre a tolerância, vem de novo provocar meu interesse neste assunto.

Já uma vez o discuti. E disse então como me parecia justo que uma família católica, por exemplo, tolerando no jardineiro ou no hortelão as mais radicais opiniões calvinistas ou maometanas, não as tolerasse na governante ou na mestra ou mesmo na ama dos filhos.

Semelhantemente, é justo, a meu ver, que num país de tradição e sentimento católico se evite a nomeação de um pastor protestante ou de um rabino ou de um maometano para diretor de instrução pública ou de ginásio ou de escola normal ou de escola primária. Indiferente é por certo nomear católico, calvinista ou cristão-novo para inspetor agrícola ou de bancos ou diretor de tesouro ou de arquivo; mas perigoso será levar a mesma indiferença para a outra esfera: aquela em que se agitam valores espirituais.

A tolerância tem assim certa esfera de ação. Como a intolerância tem a sua.

Um povo só se mantém pela intolerância no que diz respeito à sua tradição e ao seu sentimento: nesta esfera de valores espirituais a tolerância significa desorientação, suicídio nacional, renúncia da personalidade.

O sr. Isaac Goldberg – um dos espíritos mais agudos que tenho conhecido – chega no seu artigo sobre a tolerância a conclusões semelhantes às minhas. *"Tolerance, logically adhered to, leads to an anarchic absurdity of mere laissez-faire. Live and let live in the realm of ideas means to die."*

Já Huysmans falava, cheio de ódio, do "diletantismo" de gosto; do qual sabemos ter sofrido, para indignação de Nietzsche, o numeroso Sainte Beuve.

De fato, o bom gosto não pode transigir nem contemporizar com mau gosto. O ecletismo dos que amam com igual amor um Victor Hugo e um Edgar Poe, um Delacroix e um David, um Zola e um Machado de Assis, não é sinal de superioridade de gosto: é sinal de uma capacidade para admirar que se alastra com sacrifício da intensidade. Ora, o gosto para seu desenvolvimento não necessita de extensões em superfície: as quais pode sacrificar ao esforço de tensão. Sua superioridade está em subir goticamente e não em alastrar-se camaradescamente.

Claro, a intolerância no gosto como nas ideias não pode significar a adesão a um sistema ou escola com exclusão das escolas e sistemas diversos.

A beleza não se deixa monopolizar por *trust* nenhum; se isto fosse possível já os judeus a teriam monopolizado. Os judeus ou os americanos.

Há que saber reconhecê-la, onde quer que ela se apresente, e sob que variedade de forma, como se reconhece uma carta de amigo: não pelo selo de procedência, que tanto pode ser de Xangai como de Paris, mas pela letra. Quer dizer: a escola ou sistema não é nota identificadora do conteúdo: a nota identificadora do conteúdo é o traço da criação original.

De modo que a intolerância se deve exercer, da parte dos que somos — mais por direito de nascimento do que de conquista, ou por ambos igualmente, talvez — a sucessão apostólica do bom gosto, contra o mau gosto na sua variedade de expressões. O mesmo quanto às ideias.

Quanto aos povos, tudo quanto lhes for hostil às tradições espirituais, ao sentimento, à individualidade, deve merecer a intolerância. São os povos que se aguçam como ouriços-cacheiros contra os elementos hostis aos seus íntimos valores espirituais, os que se mantêm. Nós, brasileiros, já sem aqueles cacos de vidro que nos ouriçavam as fronteiras — a febre amarela, cujo desaparecimento chegou a lamentar Mello Moraes Filho — devemos nos endurecer mais numa natural e legítima intolerância contra as forças hostis ao nosso espírito.

(*Diário de Pernambuco, 19-10-1924*)

80

Acabo de receber do sr. José Lins do Rego, que hoje vive muito só num seu engenho, as provas do último artigo que escreveu para a revista *Era Nova*, da Paraíba.

É um artigo todo de volúpia: a volúpia de quem descobriu aquele "romance da ortodoxia" de que fala G. K. Chesterton.

Voluptuoso da ortodoxia, o rapaz que o Recife conheceu roxo panfletário; e pondo ao serviço do panfleto um tão formidável talento em bruto que compensava a pobreza de gramática e a natural ignorância de quartanista de Direito.

Voluptuoso da ortodoxia não quererá por certo dizer do oficialismo. Dos dois vícios brasileiros é difícil destacar o menos elegante: o do oficialismo ou o do oposicionismo sistemático. E ao sr. Lins do Rego não escapou a distinção entre o espírito de "ordem" e o de "subserviência".

O dele, o atingido por ele, é o de ordem. É o de ortodoxia. O da romântica ortodoxia de Chesterton. A ortodoxia de Bonald e Rivarol. E de Joseph de Maistre. E de Santo Thyrso. A ortodoxia que para Ernest Psichari foi mais que romance de ideias: foi vida vivida. Sofrida.

Em nenhum país a ortodoxia é hoje mais romance que no Brasil. Num Brasil como o nosso, Nietzsche talvez escrevesse alguma coisa como a "teoria do poder" de Bonald. E Max Stirner talvez fosse um bispo Von Keppler. Antero de Quental não defendeu a Encíclica da Infalibilidade contra o bispo de Viseu?

Vede nossos homens, os maduros, os de quarenta, cinquenta, sessenta anos; desembargadores, generais, padres, grandes proprietários. Espírito de subserviência, não lhes falta, ao grande número. Mas espírito de ordem não possuem nenhum: são eles – muitos à meia-luz, é certo – os inimigos da tradição, os "revoltosos", os "comunistas", os "futuristas".

De modo que, num país assim, manter o espírito de ordem é deveras romântico: é como se uma palmeira se mantivesse no meio do gelo, verde e clara como ao sol.

Onde mais vivo deveria arder o espírito de ortodoxia que no clero e no exército e nas faculdades de Direito? Sabe-se, entretanto, que, no Brasil, os padres muito têm figurado nas revoltas de braço dado a majores e a professores de Direito. A nossa 1817 não foi a "revolução de padres" de que fala o sr. Oliveira Lima? A República, não na fizeram tenentes, generais e professores de Direito?

O nosso exército, este tem sido, depois de Lima e Silva, aquele relógio marcando as horas em sentido contrário de que uma vez falei. Incerto e estranho relógio voltando de repente de 12 a 11, contra o ritmo da vida nacional.

Mas o sr. José Lins do Rego observa que "felizmente uma forte reação dentro das classes armadas procura reintegrar o exército brasileiro no que ele deve ser". E o que o exército brasileiro deve ser é relógio fiel, marcando as horas da tradição e da ordem nacionais. A sua constância.

Toca num ponto o sr. José Lins para o qual lhe chamei uma vez a sua atenção: que no Brasil o emprego público regula atitudes e move em grande parte a política. Nas suas palavras: "Estivéssemos todos em boas burocracias, de certo que não faríamos revoltas". E muita revoluçãozinha nossa tem sido isto: revolta dos sem-emprego contra o monopólio de empregos. Muito significativamente a revolta de 1848 em Pernambuco se chamou de "praieiros" contra "guabirus". Ora, guabiru, segundo Batista Caetano citado por Alfredo de Carvalho, é contração de guab-poru: o que devora a comida. E a revoluçãozinha de 1848, como depois a de 1911, foi bem isto: revolta dos com fome de emprego público.

O sr. José Lins tem no seu artigo caracterizações expressivas. Uma delas é a do governo do sr. Epitácio Pessoa: "um governo que parecia governar vinte repúblicas do Equador em tempos de García Moreno".

Continuar nesta mesma tensão contra as forças desintegradoras parece-lhe a grande missão do sr. Artur Bernardes. Porém mais que do sr. Artur Bernardes é a nossa missão de moços. A nós, os mais novos, nada de mais romântico se oferece hoje, que a defesa da ortodoxia. Os velhos desdenham-na: defendamo-la os moços. E há um heroísmo na defesa, maior, às vezes, que no ataque.

(Diário de Pernambuco, 26-10-1924)

81

A Irving Bacheller disse uma vez Mark Twain: "Bacheller, tenho estado a pensar todo o tempo no meu nariz. Odeio o diabo do nariz. Recurva-se todo. É um exagero de saliência. Irrita-me, faz-me mal".

E de fato a plástica do homem, como a sua fisiologia, está cheia de *grotesqueries* humilhantes. O nariz é uma humilhação. A axila é outra humilhação. O sistema digestivo é a maior das humilhações.

Aquele médico de Dürer debruçado sobre a própria urina é bem a imagem do introspectivo: de sua humilhação ante o grotesco e o vergonhoso da plástica e, sobretudo, da fisiologia humana.

Humilha-nos, a toda a espécie, que Santayana ou Einstein seja diariamente obrigado a descer da mais pura esfera da abstração para satisfazer humilhantes exigências da bola de tripas, cujo encher e esvaziar é o ritmo da nossa vida. Menos humilhante não seria que fosse o sistema nervoso uma bola como as de *football*, simplesmente pneumática?

Os caprichos, às vezes grotescos, da plástica humana, quem os compreenderá ou explicará? Por que tamanha saliência do nariz e por que os seus orifícios às vezes tão comicamente ouriçados de pelos ou grudados de pituíta? Por que as orelhas parecendo querer desprender-se do rosto – "*exterior twin appendages*", como as chamou Lamb? Por que as axilas com os seus pelos e o seu suor?

Tudo isso é irritante. Tudo isso é irritante para o introspectivo. E Mark Twain, doloroso da introspecção, vivia a sentir o grotesco e o humilhante das formas humanas – do nariz sobretudo, com o capricho de sua curva e a goma-arábica de sua pituíta.

Mais irritante ainda é o nos sentirmos humilhados pelo grotesco de certas necessidades fisiológicas. Todo o romance azul de Paolo e Francesca se acinzenta quando se pensa que o decantado amor unia afinal duas bolas de tripas. Hamlet, Hamlet, ao menos, deveria ter escapado da tirania do *piss pot*.

E o fato de que ao oratório de São Filipe de Birmingham havia anexo um *water closet* é uma humilhação para todos que nos procuramos espiritualizar. Parece absurdo um intestino na criatura que se agoniou e se aguçou para escrever "*Lead me, oh Kindly Light*". Depois de ter escrito o que Newman aí escreveu, não deveria ter ficado sem intestino e sem tripas? E sem pelos no nariz e sem pituíta e sem mau cheiro nas axilas e sem a necessidade de escovar os dentes ou de ir ao *piss pot*? E reduzido ao bastante de carne para servir de pretexto aos olhos e à alma?

Não compreenderá nunca o nosso senso das coisas esses caprichos da plástica e fisiologia que são uma parte tão importante de nós mesmos. Somos todos uns Cyranos. Com narizes mais ou menos ridículos.

Reconciliemo-nos, entretanto, com o que de grotesco e de humilhante sentimos, os mais introspectivos, na nossa plástica e na nossa fisiologia. Essa humilhação e esse grotesco desempenham, sem dúvida, uma missão divina junto ao nosso orgulho e à nossa vaidade.

(Diário de Pernambuco, 2-11-1924)

82

Esses devotos das árvores que o sr. Antero de Figueiredo encontrou nos Avants, descendo da Escócia e da Suíça para ver os narcisos em flor, ninguém os compreenderia no Brasil. Passariam por excêntricos. Esquisitões.

Somos um povo cuja fome de beleza com muito pouco se satisfaz: não chega a volúpias e caprichos.

Não temos – não o podíamos ter herdado do português, povo simplório e utilitário – um saliente instinto do belo.

Percorra-se com um olhar crítico a Exposição Geral de Pernambuco: é uma demonstração da nossa insuficiência artística.

O que a Exposição tem de surpreendente, de admirável até, é o que se refere à pura técnica, à pura perícia na utilização econômica das coisas, à habilidade mecânica. Ninguém suponha, entretanto, improvisação, a nossa habilidade mecânica. Já no século XVIII se fabricavam órgãos em Pernambuco; e bacias, tachos, caldeirões, panelas, cocos de beber água, estribos, ferros de engomar.

Notáveis em Pernambuco no tempo dos "trapiches", eram os trabalhos de marcenaria nos engenhos: a excelência desses trabalhos chegou a surpreender Tollenare.

E não esquecer que de uma oficina pernambucana saiu a primeira máquina a vapor fabricada na América do Sul. Refere-o Pereira da Costa.

Vê-se pela Exposição Geral que o talento mecânico continua a afirmar-se em Pernambuco. Surpreendem algumas das peças ali reunidas. Mas sob o critério artístico a Exposição acusa antes retrocesso que desenvolvimento.

A beleza das madeiras pernambucanas, das quais, em Japaranduba, Pedro Paranhos me mostrou uma vez lindos exemplares, dá vontade de perguntar: já que a marcenaria entre nós não está em declínio:

Qu'é dos carpinas do meu país estranho,
onde estão eles que não vêm talhar?

O que de mais interessante se fazia outrora entre a nossa gente rústica eram os trabalhos de bilro. Deliciosos trabalhos que aos dedos portugueses ensinaram o voluptuoso capricho dos dedos árabes. A Exposição Geral mal os acusa.

Mas o meu assunto não é propriamente este. Não sei por que resvalei para a Exposição, dos narcisos em flor dos Avants. Artigo escrito às pressas é assim. O perigo dos artigos escritos às pressas é este.

Eu dizia que os devotos das árvores, ninguém os compreenderia entre nós. Nós não nos preocupamos quase com as árvores como elemento de *deletatio*. Fartem-se de florir os paus-d'arco e criatura nenhuma perderá o tempo para ir gozar o encanto de um pau-d'arco em flor.

E tudo isso é natural. Não há tempo para essas coisas. Não há vagar para essas volúpias. O sistema nervoso não se aristocratiza de improviso.

Os que estranhamos a situação – nós é que somos antinaturais. Os que verdadeiramente somos capazes de uma devoção como a dos romeiros dos Avants – nós é que somos antinaturais. Antinaturais num país em formação.

Resultado de termos chegado antes de tempo, em trem expresso, à estação vazia onde ninguém nos espera. Donde a nossa desorientação. O nosso deslocamento. Resultado de chegarmos antes do horário. Antes da hora.

(Diário de Pernambuco, 9-11-1924)

83

Em Megaípe de Baixo o dia de hoje é dia de festa.

Soleniza-se no velho engenho pernambucano o quinto aniversário da restauração de sua capela. E à solenidade dará colorido relevo roxo de duas murças episcopais.

Megaípe de Baixo é toda uma lição. Lição de história. No seu contato, o pernambucano se sente mais pernambucano; e o brasileiro se sente mais brasileiro; e o católico-romano se sente mais católico-romano.

Megaípe de Baixo é da época em que os senhores de engenho pernambucanos sabiam ser donos de suas terras. Animados por uma ideia de permanência, de fixidez e de aconchego que quase desapareceu de seus sucessores.

Eram casas, as dos brasileiros dos séculos XVII e XVIII, que sobrevivem, de uma argamassa a que às vezes se misturava, em vez da simples água, o óleo da baleia. Donde a sua força. A sua consistência. A sua solidez.

Megaípe de Baixo, construída no século XVII sobre o *gneiss* de uma região que encantou o meu amigo sr. Saturnino de Brito Filho, parece ter ali deitado raízes.

O podre do seu lindo abalcoado à esquerda – abalcoado que recorda um pouco as casas andaluzas e dos quais há em Olinda sobreviventes do próprio século XVI – não chega a destruir a impressão de fixidez que se experimenta diante da velha casa dos Montarroyos.

Casa de uma elegância heráldica. Elegância reunida à força. Elegância subordinada a condições de permanência e a necessidade de defesa.

Desta velha "casa-grande" de engenho, a distinção verdadeiramente heráldica surpreenderia o sr. Ronald de Carvalho. Escreveu o jovem crítico brasileiro terem sido as nossas casas do século XVIII, simples frontarias largas "rasgadas de janelas em fileira simétrica", quanto ao exterior; e quanto ao interior "amplos dormitórios e salas espaçosas onde coubesse a parentela barulhenta dos nossos senhores patriarcais". Ora, a casa de Megaípe, com a sua arcaria graciosa, com a sua torre em pirâmide, com as suas conversadeiras às janelas, põe em perigo a generalização do sr. Ronald de Carvalho.

Euclides da Cunha chegou uma vez a lamentar o "terrivelmente chato" da nossa arquitetura colonial. Chato que aliás se justifica num clima como o dos trópicos. O desabar do telhado colonial em pirâmide que apenas se arrebita nas beiras é tão natural como o chapéu mole que o indivíduo desaba sobre o rosto para defender-se do sol.

Em Megaípe de Baixo os telhados são todos em pirâmide, dando à casa um delicioso ar de aconchego. Aconchego defensivo. Aconchego patriarcal.

Mas se o horizontal domina na casa de Megaípe sobre o vertical, não vai ao extremo do acachapado. Nem do "terrivelmente chato". Sente-se nesta construção certa verticalidade feudal. Mas sem fazer violência ao clima e à paisagem, que pedem tão claramente o repouso e a doçura das linhas horizontais.

Resumindo: dá Megaípe de Baixo impressão de elegância e ao mesmo tempo faz sentir na sua força a ideia de continuidade da família patriarcal. É desses tipos antigos de construção que parecem obedecer ao preceito de crescer e multiplicar. Admite o crescer para os lados, com o aumento da família, da parentela, do conjunto patriarcal.

A capela de que hoje se celebra o quinto aniversário da restauração, graças ao carinho do sr. José Nunes da Cunha, dono do velho engenho e do "banguê" Megaípe de Cima, conserva um tanto de sua ingenuidade primitiva.

Velha igrejinha, cheia de recordas, é uma lição viva de brasileiridade e de fé.

Aí se disse e se ouviu muita missa antes da invasão holandesa; e passado o domínio das rezas calvinistas, voltou-se aí a dizer e a ouvir missa e a rezar em voz alta o *Magnificat*; e a louvar o nome de Nosso Senhor; e o da Virgem Maria; e a glorificar nos presepes o Menino Deus.

Num canto estão uns ossos e uma cabeleira de moça, que serão breve recolhidos à edícula. Longo cabelo louro de moça. Cabelo, talvez, de alguma filha de senhor de engenho dos velhos dias.

Por este lindo cabelo de moça não passou talvez a carícia de dedos voluptuosos de amante: apenas o afago de dedos de mãe; e a fidelidade de dedos da mucama, ágeis no cafuné; e a perícia de dedos de cabeleireiro, hábeis em fazer tufos e cachos.

Diante duma cabeleira de moça, morta há tanto tempo, quem não é Hamlet?

Que rosto terá ornado a linda cabeleira? Que quadro terá emoldurado o ouro velho daquela moldura?

(Diário de Pernambuco, 15-11-1924)

84

O ensino da caligrafia está desaparecendo dos nossos colégios? Parece que sim.

E ante uma tal situação, o desejo naturalmente exagerado que se tem é o de que surja em cada colégio um Cabo Frio. Um Cabo Frio que não permita a entrada da máquina de escrever.

Um amigo mostrou-me o outro dia a carta do filho, que é interno num colégio. Carta escrita a máquina. E a assinatura desse pequeno de treze anos, e o *post-scriptum* pedindo umas botas de *football*, vinham em letra horrivelmente má. Parecia letra de médico. Ou de jornalista como Assis Chateaubriand.

A máquina de escrever está aos poucos matando a caligrafia.

Ainda em 1866 Fletcher falava com admiração da letra bonita do brasileiro. Parecemos ao arguto viajante os melhores calígrafos do mundo. E ele notou que muita atenção se prestava nos colégios ao ensino da caligrafia.

Tenho hoje saudade da minha letra de menino, da qual a de homem parece a negação. Quisera reavê-la.

Como a perdi? Eis um problema de psicologia. Perdi-a, em parte, com a necessidade de escrever muito. Mas em parte, em grande parte, com o furor imitativo da primeira adolescência.

Aos treze anos comecei a convencer-me de que para ser homem era preciso ter a letra difícil de ler. E fui procurando dificultar o traço ao mesmo tempo que procurava arrebitar a frase. O estilo. Data desse tempo um artigo meu em que falo de "ínvias cavidades" e de "penedias"; chamo a lua pelos seus nomes mitológicos; e acabo assinando "Dario Fontoura". Isto em jornal de colégio chamado *O Lábaro*.

A assinatura foi a primeira a sofrer desta reação contra a caligrafia dos cadernos de exercício: mas não se arrebitou nos excessos de certas assinaturas de deputados, que eu tenho visto em cartões-postais de Ano-Bom.

E toda essa reação, para quê? Para convencer-me da inutilidade de ter letra ruim. A letra ruim não faz o grande homem. Se a letra do sr. Oliveira Lima, meu bom e querido amigo, é o traço horrível sobre o qual se debruçam seus correspondentes com lunetas e vidros de aumento, a de Joaquim Nabuco foi sempre o traço claro e bonito amado pelo Visconde de Cabo Frio.

Cabo Frio não compreendia que o diplomata se servisse da máquina de escrever; e fazia questão da caligrafia dos secretários jovens.

No comércio, também se exigia outrora a letra bonita: os guarda-livros eram calígrafos. Hoje a máquina de escrever e a má letra dominaram também a escrita comercial.

É preciso restituir à boa letra o seu antigo prestígio: saibam os meninos que a boa letra e as boas letras de modo nenhum se repelem, antes se atraem.

Mesmo nos médicos sucede essa atração, por mais impossível que pareça. A letra má não faz o bom médico – eis o que há pouco nos garantiu o sr. Amaury de Medeiros, a propósito dos médicos cuja escrita só os farmacêuticos compreendem.

Conta-se, aliás, que um leigo, obrigado certa vez a fazer o papel de médico, garatujou uma folha de papel. A folha garatujada foi à botica e voltou acompanhada de medicamento.

Nisto, aliás, os farmacêuticos se parecem com os compositores de jornal. Deliciosa gente, os compositores de jornal. Amam como ninguém a letra má; compreendem-na melhor que a boa; e enviado a um jornal qualquer, o gatafunho do médico de improviso teria sido reproduzido com todo o ar e suficiência de uma receita médica.

Confesso com o maior candor deste mundo que não recorro a outro expediente para que um artigo meu apareça com menor número de erros: escrevo-o com a pior letra possível. Deixo-o verdadeiro borrão.

Isto porém não justifica a letra má. Tolerável nos artigos para jornal e nas receitas dos médicos, ela é difícil de tolerar nas cartas de amizade, nas cartas comerciais, nos papéis e ofícios públicos.

Preferível, entretanto, é a letra má à letra de máquina nas cartas de amizade e de amor. São domínios que entre nós vão sendo estupidamente invadidos pela datilografia, quando pertencem à letra de mão.

Que ao menos o amor e a amizade, e o delicioso composto deles, que é a *amitié amoureuse*, se salvem da horrível mecanização da escrita.

A economia de tempo e de força que se alega a favor da escrita mecânica deveria ser antes alegada a favor do emprego de ambas as mãos na escrita – assunto que, em trabalho recente, agita o fino cultor de estudos fisiopsicológicos que é o dr. Ulysses Pernambucano. O traquejo ambidestro realizaria aquela economia, sem trazer para o que devemos conservar tão pessoal e tão nosso nas cartas particulares – a letra, o traço, a escrita – os detestáveis efeitos da mecanização.

(Diário de Pernambuco, 23-11-1924)

85

É interessante como o brasileiro é camaradesco. Horrivelmente camaradesco. Quase ao primeiro contato está a tratar a pessoa que lhe é apresentada pelo nome cristão e por "você"; a comentar-lhe o laço da gravata, o modo de trazer o bigode, o trajo, as botinas, a aparência, a saúde; a notar-lhe a semelhança ou dessemelhança com Camilo Castelo Branco ou com o sr. Mário Sette; a fazer revelações sobre a própria saúde e sobre as próprias botinas e sobre os próprios amores.

O exagero camaradesco do brasileiro e o seu desdém por esse como pouco de goma na camisa que ao menos nos primeiros contatos a cortesia manda conservar no trato, devemos atribuí-lo a sermos o povo mais amigo da rua que se possa imaginar.

E a rua faz essas camaradagens fáceis; faz essas sem-cerimônias de trato; faz esses improvisos de sociabilidade a que se contraem os pudores esquisitos.

A rua, no Brasil, é para largo número a sala de visitas. A sala de estar. Muitos conservam fechada a sala de visitas com os seus inevitáveis espelhos alemães, porta-cartões, oleogravuras, cadeiras amarelinhas de peroba com estofo de veludo *grenat*: bastam-lhe as relações promíscuas da rua.

Tempo houve em que a rua foi até sala de jantar. No princípio do século XIX, a burguesia recifense vinha jantar, nas tardes de verão, à porta da rua ou na calçada, sobre esteiras de pipiri. Estendiam aí os guisados, as travessas de cioba, os pratos fundos de pirão e, em legítima China cujo colorido refulgia à lua, devoravam os bons dos burgueses os espessos jantares, "servindo-se dos cinco dedos", segundo consta da crônica de F. P. do Amaral.

Quando o sr. Agripino Grieco escreve que o brasileiro não gosta da rua e vive agarrado às quatro paredes do lar "como a tartaruga à sua carapaça", confesso-me absolutamente incapaz de louvar-lhe a agudeza de observação que tantas vezes tenho louvado. Quando me falam em ser o brasileiro esquivo à sociabilidade eu me lembro dos que a provocam, dos que a forçam, dos que a improvisam nas ruas e nas praças; dos que aceleram conhecimentos fortuitos em camaradagens de "você" e de "tu".

Pendor para a sociabilidade não falta aos brasileiros. Somos dos povos mais gregários deste mundo. O que falta ao brasileiro é regular a sociabilidade pela cortesia; é saber conservar nas relações sociais certo pudor e certa reticência.

Os próprios "admiradores" – os que forçam apresentações na ânsia de contatos ilustres – são entre nós gente horrivelmente camaradesca. A pessoa admirada vê-se tratada por "fulano" e "você" quando menos o espera. Contra esses admiradores e suas sem-cerimônias, já em Londres me advertia o sr. Antônio Torres.

Deles a lógica deve ser que a admiração por um certo indivíduo implica direito ou licença à camaradagem com o mesmo indivíduo. Abraço. Palmadinhas nas costas.

Sucede, entretanto, que ninguém menos interessante no maior número de casos que um admirado visto de perto. O admirador deve conservar-se à distância: olhando a pessoa admirada pela fisga da porta ou pela rótula da janela; não se barateando para obter um sorriso ou aperto de mão, tantas vezes de simples indulgência nem se prevalecendo do fortuito ou do acaso do conhecimento para intrusões camaradescas.

Admirar não dá ao admirador direito nenhum à camaradagem do admirado. Os admiradores deviam convencer-se de que raramente oferecem o menor interesse à pessoa admirada. E de que o melhor – tanto para o admirado como para o admirador – é não se conhecerem de perto.

(Diário de Pernambuco, 30-11-1924)

86

Num chá em casa da senhora Adélia Pinto e anteontem na recepção do sr. Araújo Filho é que ouvi declamar Margarida Lopes de Almeida.

Primeiro foi o mais lindo soneto de Camões que ela declamou. Depois, versos de Alphonsus de Guimaraens. E ontem, versos de Castro Alves e do sr. Afonso Lopes Vieira e até do sr. Menotti del Picchia.

Quase não sei fixar aqui o meu encanto. Que voz é essa, e como e onde se educou, a bater as sílabas, nos seus mais justos valores melodiosos; a ferir as palavras nos seus mais intensos e íntimos valores emocionais?

A arte de Margarida Lopes de Almeida dá-nos o espanto dos improvisos. E, entretanto, conhece a artista tantos pudores e se impõe uma tal disciplina, que se diria uma arte, a sua, vinda de longe, e enobrecida pelo tempo. Só nas artes e culturas vindas de longe há esses finos e às vezes esquisitos pudores. A chamada "cena muda", por exemplo, não os conhece.

Eu tinha e tenho o maior dos horrores às *diseuses* que falam em voz carnavalesca: em agudos e graves sem refração. Exatamente o talento de refração é em Margarida Lopes de Almeida o traço mais vivo de vitória. No graduar da palavra – não está aí, afinal, quase toda a mística da arte de dizer bem?

Um idioma sem moeda miúda como o português – este, em particular, exige da pessoa que declama ainda maior talento de refração. Exige que se sucedam milagres de expressão como o da multiplicação dos pães; exige que uma só palavra se desdobre em duas, três, dez, vinte.

Margarida Lopes de Almeida realiza esta aritmética de valores verbais: multiplica-os. Extrai duma palavra só toda uma variedade de sabores. Todo um luxo de coloridos.

E até versos banais e contos insignificantes adquirem no soluço e na flama e no frescor e na ternura e nos imprevistos todos de sua voz, relevo e colorido. E esses imprevistos de voz ela os acentua com imprevistos de plástica: um surdo que fosse todo um enorme olho escancarado de tísico, como aquele de Lafcadio, chegaria a compreendê-la pelo só encantamento da plástica.

Da sua boca úmida e trêmula os versos de Alphonsus saem com toda aquela estranha melodia que lembra um pouco a dos pré-rafaelistas; e o gosto gótico, fino, agudo, anima-lhes os ocultos ritmos.

Arte que eleva quase de improviso os valores de melodia e expressão do nosso idioma – surpreende e encanta a arte de Dona Margarida Lopes de Almeida. Mas exatamente por esse imprevisto é um encanto difícil de fixar o que nos comunica.

(Diário de Pernambuco, 7-12-1924)

87

Recortou-me um amigo do *Jornal* do Rio a nota que acabo de ler quase sem espanto: "Tal como aconteceu no último domingo, a falta absoluta de espaço não nos permitiu publicar hoje a crônica literária do sr. Agripino Grieco, pelo que pedimos desculpas aos nossos leitores, bem como ao nosso distinto colaborador".

O sr. Agripino Grieco mantinha no *Jornal* um rodapé que era por certo o maior encanto do jovem diário. Exuberante às vezes e um tanto enfático e sempre de uma larga doçura de irmã de caridade para com os excessos dos jovens e os despropósitos dos arrivistas, não faltava, entretanto, ao sr. Grieco estranho e colorido relevo nessas crônicas a dia fixo.

Eram crônicas, as do *Jornal*, em que o sr. Agripino Grieco vinha revelando interesses mentais, preocupações, pontos de vista e leituras de um inédito quase escandaloso para o Brasil. Crônicas às vezes de um horrível ranço panfletário, é certo, e como que escritas a tinta roxa: mas panfletos dirigidos contra os supervalorizados de uma literaturazinha em que a mera velhice e a pura força verbal dão exagerados direitos. Crônicas que procuravam sempre atualizar valores injustamente esquecidos, mortos de quem certos triunfadores vivos parecem ter inveja: Lima Barreto, Raul Pompeia, o próprio Machado de Assis. E se é verdade que o sr. Grieco não apurou nunca o juízo sobre Rui Barbosa, considerando-o "gênio" como qualquer quintanista de Direito ou caixeiro de livraria, não é pequeno o número de grandezas de mentira por ele reduzidas a justos limites. Donde ter sido tantas vezes obrigado a escrever a tinta roxa.

É para crônicas assim tão corajosamente reacionárias e tão inteligentemente críticas, que não se acha espaço no grande diário. Neste novo *Jornal* americanizado pela juventude de eterno voluptuoso da reportagem que é o sr. Assis Chateaubriand.

Entretanto, sobra ao sr. Calógeras espaço por onde rolar, creio que diariamente, toda uma fartura de lugares-comuns sobre a Ordem, sobre a Paz, sobre a Saúde Econômica do país.

Naturalmente faltam ao sr. Agripino Grieco qualidades que satisfaçam o critério de avaliação "prático" em que o nosso jornalismo, como o nosso ensino, como a nossa política procuram hoje requintar-se. Um "prático", esse que está a empolgar o Brasil, significando apenas "imediatismo". Interesses imediatos. Resultados imediatos.

E o processo de eliminação contra qualquer esforço desinteressado de fins imediatos ou de realizações a prazo fixo (que antes fossem a preço fixo), sente-se na espécie de "gata-parida" que em toda parte do Brasil vai expelindo pela compressão, pelo aperto, pela falta de espaço, pela falta de oportunidade, pela falta de lugar, quantos não satisfazem o critério do "prático". Pelo qual se deve compreender a plástica adaptação do talento a todos os misteres, mesmo o lustrar as botas dos poderosos com os adjetos que dão lustre.

(Diário de Pernambuco, 14-12-1924)

88

De um físico de "patrão de fábrica" das caricaturas de "Simplicissimus", esse sr. Blasco Ibáñez, de quem tanto falam os telegramas, é talvez o maior oportunista deste mundo.

Foi ele que, para se impor à áurea admiração do grosso público norte-americano, traçou de um nobre povo como o mexicano – por certo o povo mais forte, estética e moralmente, do chamado Novo Mundo – aquela caricatura horrível: o seu livro sobre o México. Seu sonoro palavrório, seus vastos e flexíveis e até admiráveis recursos verbais, seu provável semitismo de sangue e seu evidente semitismo de espírito, movimentam-se sempre na direção de áureos sucessos.

Na arquitetura íntima do famoso romancista há alguma coisa de pavilhão de circo. De pavilhão de Barnum & Balley.

Esta sua campanha contra o Rei Afonso XIII vem revelar o vazio de sua filosofia social. É uma filosofia social parecida à sua arte: puro e bem-sucedido esforço de efeitos cenográficos.

E parece que desta vez errou o senso de oportunidade do sr. Blasco. Em toda parte seu palavrório está fazendo sorrir. Talvez só a burguesia de Ohio, USA, e os ilustres *caballeros* de algum "Partido Republicano Regenerador" da Venezuela ou da Guatemala tomem a sério a campanha do sr. Blasco contra o que chama a tirania do rei Afonso e a favor das excelências do sistema republicano.

Se o sr. Blasco quisesse para a Espanha uma experiência estranhamente radical – como a russa – haveria na sua atitude alguma coisa de respeitável. Mas querer para a Espanha uma república que apenas aproveitaria à finança sem pátria e a meia dúzia de pedagogos e "livres-pensadores" – uma república acacianamente burguesa e imundamente comercial, anticlerical e, consequentemente, anti-histórica, antiespanhola – é assumir uma atitude que se é obrigado a desrespeitar. Exatamente quando a Espanha procura reagir contra o parlamentarismo e o "romantismo jurídico" e o liberaloidismo que sob a própria monarquia lhe têm feito mal, o sr. Blasco faz reclame de mais parlamentarismo, de mais "romantismo jurídico", de mais liberaloidismo.

Já Antero sentia serem inconciliáveis em Portugal o nacionalismo e o liberalismo. E quanto mais o serão na Espanha! Não se imagina uma Espanha espanhola com a ordem política e social de uma Suíça de relojoeiros e calvinistas ou de uma Ohio em que todos os cidadãos se penteiam da mesma maneira.

Portugal se desnacionalizou, republicanizando-se. Um inglês que assistiu à republicanização de Portugal escreveu dois anos depois da triste experiência que acrescentara novas desvantagens às desvantagens da monarquia sem lhe ter conservado nenhuma das vantagens. Esse inglês não foi outro senão o sr. Aubrey Bell. Um *scholar*. Um sábio. Um independente.

A Espanha teve tão perto o exemplo português que dificilmente o esquecerá pelo palavrório do sr. Blasco Ibáñez. Pela república do seu sonho que seria por certo um quinto cavalo do Apocalipse. Ou então um cavalo de pau, de circo, para efeito cenográfico e proveito dos donos do circo.

(Diário de Pernambuco, 21-12-1924)

89

Este Natal, vendo as lojas cheias de brinquedos e de caixas de chocolate, lembrei-me dos meus natais de menino. E dos meus brinquedos de menino.

Lembrei-me do pequeno mundo que eu fazia funcionar como se fosse um deus: pequeno mundo de soldadinhos de chumbo, dos quais desmilitarizava grande número por meio de tacos de pano e retalhos de papel que lhes serviam de sobrecasacas, fraques, batinas, alvas.

Neste mundo sucediam festas, missas, audiências de reis e presidentes de república, excursões de automóvel, desastres, casamentos, duelos, enterros, concertos de piano, conferências, sessões de congresso, revoluções.

As casas onde se passava a vida das criaturinhas de chumbo eram caixas de charuto, mobiliadas por uns quadradozinhos e triangulozinhos de madeira. As fachadas dessas casas eram tampas de caixas de sapatos com as portas e janelas desenhadas a lápis azul e recortadas a canivete. Caixinhas de fósforos serviam de automóveis. Caixinhas de joias serviam de coches fúnebres. E uma vez, de uma caixa redonda de bombons, fiz um circo, onde perante uma assistência brilhantíssima – reis, ministros, senhoras – apareceram cavalinhos de chumbo e outros bichos de miolo de pão.

Tinha o meu "mundo" a sua Great Western: um trem a princípio movido à eletricidade. Quando a eletricidade deixou de o mover, ao meu realismo de modo nenhum repugnou puxar o cordão o tal trenzinho – cujo maior encanto para mim era estar em deliciosa proporção com o tamanho dos soldados e o tamanho dos automóveis de caixas de fósforos.

Devo dizer que sempre me repugnou nos brinquedos de meninos meus conhecidos que pude observar a falta de proporção. No meu "mundo" a desproporção era inadmissível. Se uma vez misturei um polichinelo grande com os soldadinhos de chumbo foi para brincar de Gulliver: o polichinelo era Gulliver e os soldadinhos os liliputianos. Eu acabara de ler a história maravilhosa num livro de estampas – talvez o meu primeiro livro de estampas.

Com os meus civis e soldados de chumbo e o meu trem elétrico e as minhas caixas, o meu prazer era brincar egoisticamente só. Sentia a incompreensão dos outros meninos ante aquele mundo estranhamente meu; e à menor intrusão eu me contraía. Camaradagem só nos brinquedos de "manja" e "quatro cantos" – nos jogos de correr que um suave tio meu chamava "brinquedos brutos".

Devo, entretanto, dizer que uma vez levei a gentinha de chumbo, o trem e as caixas para um canto do quintal onde meu irmão, de volta do Engenho Ramos, fizera um engenho com uns tijolos e uns pedaços de lata: cocos partidos ao meio serviam de tachas onde rapaduras eram postas a ferver. A fornalha, enchia-a de gravetos o moleque da casa, cujo nome, sonoro como um nome de literato ou deputado, recordarei por extenso: Severino Rodrigues Lima.

Era plástico aquele meu "mundo" de gente de chumbo e de pequenas casas de madeira e papelão. Durou vários anos, porque quase todo o Natal vinha um novo batalhão que correspondia a uma nova geração; e o "mundo" assim se renovou por muito tempo. Mundo criado à minha semelhança e para reproduzir minhas experiências, minhas observações, minhas impressões de leitura e meus caprichos de imaginação – quem o poderia compreender?

(Diário de Pernambuco, 28-12-1924)

90

O sr. J. Fernando de Sousa (Nemo) mandou há pouco para *A Época*, de Lisboa, suas impressões de Madrid. De Madrid sob o Diretório.

O sr. Fernando de Sousa é uma espécie de Carlos de Laet português. Visitei-o uma tarde na companhia do meu gentil e querido amigo sr. Fidelino de Figueiredo. Uma doce tarde lisboeta em que, depois do chá, subimos o Chiado; e do Chiado fomos devagarinho à rua de um ar de rua de subúrbio onde fica a redação d'*A Época*. E como avistássemos ao longe, entre edifícios altos, uma tira de mar, lembrou o sr. Fidelino o "Ramalhete". O "Ramalhete" dos Maias. Casarão desta parte de Lisboa do qual se avistava, entre prédios de quatro andares, uma tira de mar. Estávamos, pois, num bairro de sugestões queirosianas.

Da rua onde está a redação de *A Época* o nome é paradoxal quando se pensa no ambiente mole de rua pacata de subúrbio que a envolve: Rua da Luta. Mas o nome parece natural quando se pensa no famoso jornal católico; e no jornalismo corajosamente monárquico do sr. Fernando de Sousa.

Na recente correspondência de Madrid a que me refiro, atribui retoricamente o sr. Fernando de Sousa à "finança judia" e ao "liberalismo maçônico" a grande obra de publicidade, fora da Espanha, contra o Diretório; e o esforço lítero-telegráfico para depreciar a campanha espanhola na África.

Destaca o jornalista português, entre os esforços do sr. Primo de Rivera, o dirigido contra a centralização, isto é, a favor de maior autonomia municipal. Esforço de inteligente regionalismo. "Agora mesmo" – escreve o sr. Fernando de Sousa – "promulgou novo decreto adaptando o novo estatuto municipal às condições especiais das Vascongadas e harmonizando-o com os seus tradicionais *fueros*. Foram para isso atendidos em grande parte os propósitos das *diputaciones* regionais.

Registra o sr. Fernando de Sousa a suspensão do domínio do parlamentarismo como um golpe de resultados felizes. Julga que essa suspensão deve passar a definitiva abolição, acabando-se com "a ficção liberal do sufrágio individualista e morgânico" e adotando-se a "representação efetiva das diferentes forças da vida nacional".

Madrid pareceu ao sr. Fernando de Sousa espantosamente tranquila e de modo nenhum hostil ao Diretório. A hostilidade ao Diretório quem a mantém, dentro da Espanha, segundo o diretor de *A Época*, são os "antigos politicantes esbulhados do seu poderio". Hostilidade – observa – muito natural.

Fora da Espanha, é igualmente muito natural a campanha do que chama "finança judia", ansiosa por uma situação republicana. Sabe a "finança sem pátria" que as situações republicanas e democráticas são as mais fáceis para os seus manejos.

Para o sr. Fernando de Sousa, a situação em Marrocos é grave. Mas o certo é que o sr. Primo de Rivera conta "com o apoio da maior e da melhor parte da nação". E a luta em Marrocos psicologicamente se impõe como uma luta de honra.

Nação-*leader* de um grupo de nações a que pertencemos, os brasileiros, natural e historicamente, a Espanha nos deve interessar singularmente – muito mais que a Itália ou a França. Seu esforço construtivo se estende, nas suas essenciais consequências, a todos os que constituímos o grupo hispânico: a Espanha monárquica e católica é o nosso ponto mais seguro de fincapé contra as forças desnacionalizadoras que nos ameaçam.

(Diário de Pernambuco, 4-1-1925)

91

Se é certo que em conhecida igreja da cidade cogitam de modernizar o altar de talha dourada – é o caso de nos olharmos espantados, os que prezamos as tradições recifenses e o patrimônio artístico das igrejas. E perguntarmos como o Carlyle: "*Whence, oh God, and whither?*".

Porque parece mentira que o desrespeito pelo patrimônio artístico das igrejas continue – ainda que menos audaz – depois da circular de Dom Sebastião Leme, chamando sobre o assunto a atenção dos senhores vigários e administradores de bens eclesiásticos; e citando leis canônicas de uma nitidez que repele todas as desculpas de miopia.

É da circular incisiva de Dom Sebastião o seguinte trecho: "Ao nosso coração de brasileiro e sacerdote se impõe imperativo e urgente o dever patriótico de gritar uma e mil vezes que se respeitem ao menos os únicos tesouros e característicos nacionais que nos restam – as igrejas e seus objetos de arte".

Já no Recife se fizeram, nestes últimos anos, restaurações internas e externas de um resultado verdadeiramente lamentável. Dolorosamente grotesto. Restaurações de efeitos cenográficos como a da outrora tão característica e tão discreta matriz de São José.

Asseguram-me que em São José o novo altar, como o novo altar de outra igreja da cidade, não satisfaz prescrições de liturgia. Dificilmente permite a celebração da missa pontifical. Este assunto, entretanto, tão delicado me parece que não me julgo com o direito de discutir em artigo de jornal.

O que eu me julgo com o dever de denunciar é a sem-cerimônia das restaurações e das modernizações. Que direito terá uma simples mesa regedora de encarregar um simples mestre de obras ou um simples pintor de reclames de fitas de cinema ou artigos de moda da restauração de um altar ou da restauração de pinturas murais em igrejas seculares?

Tenho da antiga matriz de São José apenas uma vaga lembrança. Mas ainda um desses dias o meu amigo sr. Luís Cedro – exatamente o autor de um tão belo projeto de defesa do nosso patrimônio artístico – falava-me da igreja encantadora que era outrora, essa, de São José, com o seu pátio sombreado pelas gameleiras do tempo de Dom Tomás.

Do que bem me recordo é da igreja deliciosamente ingênua, de um ar doce de capela de engenho, branquinha de cal, caracteristicamente brasileira, que era a matriz da Casa Forte. A qual é hoje exemplo tão notável, como a matriz de São José, do perigo das restaurações.

Não falemos dos arcos. Nem da Sé de Olinda. Porque não há pernambucano com uma centelha de gosto cujo orgulho não se amarfanhe à lembrança da destruição dos arcos e da restauração da catedral. Nesses atentados – o último dos quais tão corajosamente denunciado pelo sr. Aníbal Fernandes – ficou para sempre o traço de inferioridade de toda uma geração.

No tempo d'el-rei Dom Afonso V, de Portugal, para bulir em duas pedras dum velho templo ou monumento era preciso licença régia. Hoje não há cerimônia nem rodeio em alterar por dentro e por fora e mesmo destruir – como no caso da igreja do Corpo Santo, cujo inútil sacrifício à engenharia provocou no seu inteligente traçado o sr. Saturnino de Brito – uma velha igreja ou um velho monumento ou uma característica nacional qualquer.

É exatamente essa sem-cerimônia que não deve continuar impune no seu furor. Daí a necessidade de leis municipais – como ainda ontem nos lembrava, a mim e ao sr. Luís Cedro, o grande apaixonado do assunto que é o sr. Joaquim de Arruda Falcão – em municípios como o Recife, Olinda e Igaraçu, visando à defesa de monumentos que sejam características nacionais. O movimento neste sentido, iniciou-o o sr. Luís Cedro, em projeto que não alcançou a repercussão que merecia: nossos jornais raramente se movimentam a um estímulo desses.

Entretanto, pela ação destacada de alguns indivíduos, vai felizmente criando força a reação contra o vandalismo.

Um pouco tarde, a reação – mas ainda a tempo de salvar valores ameaçados de desaparecer ou esquecidos e desprezados.

(Diário de Pernambuco, 11-1-1925)

92

Não sou – ai de mim! – desses espíritos emancipados, mais lidos em Comte e Stuart Mill que em romancistas ingleses ou Maupassants famosos. Daí, talvez, o não lamentar as superstições que me povoaram a meninice de estranhos e fundos pavores.

Já houve quem escrevesse todo um ensaio contra as superstições aprendidas na meninice. O argumento principal era que semelhantes superstições indispunham e acovardavam o menino perante a natureza. Perante a Mãe Natureza.

Penso exatamente pelo avesso – isto é, que a natureza nenhum interesse teria para o menino, nem para o homem, sem as superstições que a poetizam, a não ser, é claro, o valor econômico.

Uma tarde dessas, num *bond* de Dois Irmãos, falava ao meu lado ilustre senhora de preto a uma de verde, nas "maravilhas da natureza". Olhei-a espantado. Era uma leitora do astrônomo Flammarion. Lia-o todas as noites.

Compreende-se o entusiasmo de uma mulher pelas maravilhas da natureza quando estas maravilhas são as do astrônomo Flammarion. Porque a natureza nesse velho contador de histórias – tão velho que as contou ao nosso Dom Pedro II – é cheia de mal-assombrado como, por exemplo, o das estrelas que luzem séculos e séculos depois de desaparecidas.

Mesmo no Darwin – o Charles Darwin de *A origem das espécies* – e nos evolucionistas, há coisas capazes de interessar uma pessoa de espírito na natureza: o *pithecanthropus erectus*, por exemplo. Mas o *pithecanthropus erectus* é, afinal, uma espécie de "tutu" ou bicho "carrapatu", com a desvantagem do nome difícil de dizer.

No século XIX – o *stupide* de Daudet – a Pedagogia com *P* maiúsculo se movimentou contra os livros de história – inclusive o de história sagrada – querendo-os todos substituídos pelo livro de história natural.

O movimento felizmente não vingou. E teria sido um absurdo sua vitória. Os livros de histórias têm sua nobreza – vêm do fundo dos séculos. O livro de história natural é de um arrivismo lamentável.

Além do que não se compreende uma criança nutrida desde os mais verdes anos de história natural – a imaginação fechada às histórias sobrenaturais. A não ser que essa criança se destine a deputado.

José Veríssimo, cônsul-geral no Brasil da Pedagogia Racional, escreveu uma vez, muito zangado, que era péssimo o hábito brasileiro – o "hábito muito nosso", dizia ele – de "meter medo às crianças com o 'tutu', com pretos velhos, com almas do outro mundo, tornando-as supersticiosas e cobardes".

Veríssimo era decerto dos que apenas compreendem a natureza pela botânica, pela zoologia e pela geografia física. Há os que somente a compreendem olhada pela geologia econômica.

Entretanto, a natureza sem mãe-d'água nas lagoas sem carrapatu no mato é uma coisa verdadeiramente insípida. São as superstições, as crendices, as histórias, que a poetizam. E o brasileiro que em pequeno não teve medo ao carrapatu do mato nem à mãe-d'água da lagoa passou pela vida sem conhecer-lhe um dos melhores *frissons*. *Frisson* superior aos oferecidos pelo *Grand Guignol* de Paris.

As superstições e estórias ouvidas na meninice da negra velha ou do preto velho da casa são o melhor fecundante para a imaginação e até para a espiritualidade. Não se concebe ninguém menos espiritual que uma criatura alimentada na infância com o compêndio de botânica e a estória de Robinson Crusoé.

As superstições predispõem a criança para a alta espiritualidade: à mucama de engenho que lhe contou em Sergipe estórias e crendices atribuiu uma vez Sílvio Romero o fundo religioso de suas ideias e sentimentos.

É que nas superstições há muitas vezes alguma coisa de subterraneamente verdadeiro. Alguma coisa do *plus réel que le réel* de que fala o sr. Cocteau. A prova é que essas "asneiras tradicionais" – assim as chama um espírito emancipado – duram séculos, enquanto as "verdades científicas" das histórias naturais estão sempre a mudar.

Enfim o que eu lamento é que estejam a desaparecer as pretas contadoras de estórias. O menino de hoje sorri da mãe-d'água e do tutu como se fosse um anatolezinho. Os pais de "espírito emancipado" não permitem aos filhos ouvir e acreditar nas estórias e crendices: o que eles permitem aos filhos é ir a quanta fita de cinema de sugestões perigosas que os jornais e os cartazes anunciem.

(Diário de Pernambuco, 18-1-1925)

93

Dizia-me uma vez um discípulo muito exuberante de Jean Jacques Rousseau: "Esta cabeça" – referia-se à própria – "a capricho de nenhum tirano – nem mesmo do tirano Deus – se há de curvar".

Dias depois, entrando numa loja de barbeiro – quem hei de avistar afofado na primeira cadeira de mola? O discípulo de Jean Jacques. O qual curvava a cabeça – tão mole e tão bamba que parecia de pano – aos caprichos todos da tirania de um cabeleireiro.

Não exagero dizendo que o incidente fez-me pensar a fundo no problema da liberdade e da tirania. Naquela cabeça de ideólogo da liberdade e dos direitos do homem, tão bamba e sem ânimo nas mãos de um simples cabeleireiro, eu vi a comédia de toda uma filosofia e de toda uma doutrina e de toda uma política.

O ideólogo da liberdade precisava de sujeitar-se à tirania do barbeiro para satisfazer necessidades de higiene e conforto próprios. Curvava a cabeça para o bem-estar da própria pessoa. E para mim, que seguia então o curso de Filosofia Social do professor Giddings, foi um encanto aquela inesperada lição de loja de barbeiro.

A liberdade, para ser lógica e até honesta na sua revolta contra a autoridade, deveria começar não tolerando, no caso, a tirania do barbeiro. A um liberal que se abandona à tirania de meia hora do cabeleireiro não deveria repugnar, quando crente, a tirania também de meia hora, do padre confessor. A questão é ter-se antecipadamente no padre a confiança que se tem no barbeiro.

Compreende-se a liberdade no *état de nature* de que tantas vezes fala um livro chamado *Du contrat social*. Porque no estado de natureza não se faz preciso curvar a cabeça à nenhuma tirania – nem mesmo à do cabeleireiro.

Mas aplicada ao estado de sociedade é que não. Principalmente depois que se inventou o automóvel. Porque com o princípio da liberdade coerentemente vitorioso não haveria a regulamentação do tráfego que nas cidades policiadas protege tiranicamente as pernas de um simples indivíduo a pé contra o furor de sessenta cavalos de Ministro da Instrução Pública a automóvel.

O que reduz o perigo da teoria da liberdade é a própria teoria da liberdade. Já Quinet perguntava: "*La liberté, est-ce le droit et le pouvoir de détruire aisement et impunement la liberté?*". Citação que faço, não do original, mas através do sr. de Montesquieu.

Claro, nenhum direito mais próprio terá a liberdade que o de destruir-se a si mesma. E foi mais ou menos o que a liberdade de 89 fez em 93.

Nos que prezam a liberdade como valor absoluto, fique apenas registrada esta desonestidade: a de tacharem de fraca ou ridícula a pobre cabeça de pecador que se curva diante do altar de Nossa Senhora ou ao ouvido do confessionário, para higiene do espírito e conforto da alma, enquanto eles, liberais de todo racionais, não se acham nem fracos nem ridículos, abandonando-se como molambos à tirania do cabeleireiro ou do barbeiro ou do médico ou do dentista.

(Diário de Pernambuco, 25-1-1925)

94

Há no projeto do sr. Pedro Allain, visando à regularização municipal do corte de madeiras, certa melancolia de trem atrasado.

Ao escutar-lhe a leitura uma dessas terças-feiras, no "Centro Regionalista do Nordeste", lembrei-me do muito que, à vontade, se tem escalvado de paisagem pernambucana: dos outeiros tristemente nus que ondulam à margem da "Great Western" numa zona outrora célebre pela fartura do arvoredo: a do Sul de Pernambuco.

Raros senhores de engenho ou donos de terras conservaram aí, à semelhança do sr. Pedro Paranhos, em Japaranduba, as chãs cobertas de matas; ou cuidaram do replantio; ou limitaram a exploração de madeiras a limites razoáveis, como nos tempos coloniais mandavam avisos régios e editais de capitães-mores que se fizesse, sob penas severas para a infração.

De modo que a paisagem se acinzentou como por uma maldição ou uma praga. Outeiros nus e secos se sucedem. E a terra jovem e ainda em bruto e cheia de viço tropical, assim escalvada e seca, é como um adolescente a quem a mais brava das febres houvesse arrancado o cabelo.

A devastação das matas fez-se, entre nós, neste século brasileiro de independência, democracia e direitos do homem, com uma sem-cerimônia espantosa. Os estadistas de todos os ramos, demasiadamente preocupados com a questão dos limites do poder moderador e outros problemas de alto interesse para o sistema constitucional e liberal, desalhearam-se dos mesquinhos assuntos que haviam preocupado os governadores e os corregedores e a magistratura e as câmaras municipais da era colonial.

Na era colonial, refere o cronista Mello Moraes, citado por Pereira da Costa, "o governo de Lisboa, voltando suas vistas para a conservação das matas e dos bosques, expressamente os recomendou aos corregedores de comarcas e às câmaras municipais, quer nas 'Ordenações do Reino', quer em vários atos legislativos posteriormente decretados". E ainda: "em 17 de março de 1796 baixou um ato régio criando uma nova magistratura com o cargo de Juiz Conservador das Matas".

Em Pernambuco destacou-se o governador colonial Dom Tomás José de Mello – interessantíssima figura a estudar e a fixar – pelas medidas não só a favor da arborização da cidade do Recife, que lhe valeram estes versos de um contemporâneo, citados numa crônica da cidade de A. J. Barbosa Viana:

> "Quem cansado chegar de longe via,
> Escutando das aves os reclamos,
> À sombra poderá de verdes ramos,
> Passar as horas do calmoso dia"

como também de repressão ao corte imoderado das matas.

Pereira da Costa cita dois editais de Dom Tomás de Mello que bem podem ser considerados os antecedentes do Projeto Allain. O primeiro desses editais – de 18 de março de 1789 – estendia suas restrições "às comarcas do Recife, Paraíba e Alagoas". O segundo – de 26 de janeiro de 1791 – reservava ao Rei largos trechos de mata, à beira do riacho Pirangi-grande e do Una.

E sucederam-se durante a era colonial os avisos régios mandando os governadores "vigiar sobre as matas", punir os devastadores, punir os incendiários, reivindicar para a Coroa matas de particulares "dando-se-lhes em compensação datas de terras devolutas".

O século de independência não manteve neste ponto, como em tantos outros, a tradição dos séculos coloniais. Os por vezes caluniados séculos coloniais.

Na Câmara Federal agitou o problema o sr. Augusto de Lima: o projeto morreu melancolicamente. Igual destino teve em Pernambuco o projeto apresentado ao Congresso do Estado pelo sr. Faria Neves Sobrinho em sessão de 26 de maio de 1904.

O Projeto Allain parece destinado a sucesso. E tê-lo-á – se Deus iluminar o Conselho Municipal.

(Diário de Pernambuco, 1-2-1925)

95

Antes de escrever *A alma encantadora das ruas* – livro onde há páginas encantadoras – consultou João do Rio vinte dicionários sobre a palavra "rua". Debruçou-se sobre *in folios* e *in quartos* – o pobre João que, segundo me dizia em Londres Antônio Torres, mal sabia ler. Mas debalde. Dicionário nenhum foi além disto: "rua, do latim *ruga*, sulco. Espaço entre as casas e as povoações por onde se anda e passeia".

Definição insuficientíssima. Principalmente para o Recife. Principalmente para o bairro de São José, no Recife.

A rua, nesse Recife, hoje *petit bourgeois*, outrora fidalgo, é a mais plástica das instituições. Pertence quase de todo às casas e lojitas que a margeiam: o estranho anda e passeia por ela como a pedir licença e a abafar o passo. É um intruso.

O pequeno burguês – ou o fidalgo arrumado: tipos que se parecem – adota a rua, domestica-a, incorpora-a à casa. De manhã, há homens que atravessam a rua de chinelos e pijama, a toalha de banho desdobrada ao ombro, às voltas com gaiolas de curió ou canários de briga; e há rapazolas que jogam *football* com bolas de pano; e há mulheres que vêm à janela despenteadas e gritando, comprar manga, caju, cuscuz, peixe; e meninos que sujam, assobiando e com a maior sem-cerimônia deste mundo, cantos de rua.

Mas o maior encanto de uma rua de São José é a hora doce em que os moradores, moles e de chinelos, se espalham pelas calçadas, às vezes em cadeiras de balanço, para tomar fresco e cavaquear e fumar e saborear devagarinho o sorvete de maracujá ou de mangaba, comprado ali mesmo, ao moleque que passa gritando com a boca em o: "sooorvete de maracujáaa".

A essa hora, pegam os olhos flagrantes deliciosos e os ouvidos retalhos de conversa que, taquigrafados, dariam um estudo de psicologia: "Não diga a ninguém que sabe jogar no bicho!" e "Coitada! Está de barriga-d'água" e "Violão ninguém toca melhor" e "Eu não acreditava, meu bem".

Há muito tempo é a rua do Recife *petit bourgeois* essa dependência das casas. Tinha ainda a cidade o ar meio levantino, meio andaluz, que lhe davam os postigos em xadrez e as gelosias romanticamente sombrias dos desenhos de Koster e já os bons burgueses, nas tardes de verão, vinham comer à calçada, orientalmente reclinados com a mulher e os filhos sobre esteiras de pipiri. Na própria calçada, desdobravam-se toalhas; e vinha o jantar de cioba e pirão, servido, segundo um cronista, "em verdadeira louça da China". Aliás, a louça da China não era então nenhum artigo de luxo. Vendiam-na lojistas da Praça do Polé – a hoje Praça da Independência. E o meu amigo sr. Eduardo de Morais possui enorme travessa de louça da China, onde outrora um moleque vendia arroz doce.

Com o desaparecimento das gelosias, muito se modificaram no Recife, como é fácil de imaginar, certos aspectos de rua. Principalmente o namoro. Com as gelosias o namoro tinha de ser muito à distância e às furtadelas, por meio de sinais de leque e do alfabeto de surdo-mudo dos amantes. As janelas vieram facilitar o namoro de conversa – hoje tão comum em São José. De conversa, e com um passeio, de vez em quando, pela calçada.

Há outras deliciosas sem-cerimônias de rua a fixar no São José de hoje: mães que dolentemente ninam à calçada, em cadeiras de balanço e com amolecedoras cantigas, os seus pequenos de camisola; outras que os amamentam; ainda outras que fazem *crochet*. Há meninos que brincam de "gata-parida" nas calçadas, à espera do preto de rolete de cana ou de sorvete; há crianças caseiras que ao meio-dia nos postigos brincam tristonhamente – coitadinhas! – com papagaios de papel. Há homens de mangas de camisa ou de pijama, tocando violão ou cantando, à noite.

Quando numa casita qualquer há festa de aniversário ou batizado, o morador escancara a sala à curiosidade da rua; e é como se desdobrasse viscoso papel de pegar mosca. Grudam-se às janelas os curiosos. Forma-se o "sereno". E o "sereno" é tirânico: permite-se todos os direitos de crítica e toda a liberdade de palavra garantida pela Constituição. Debruça-se triunfalmente sobre a sala onde tudo brilha com um ar de festa: a mobiliazinha de pau-cetim ou peroba estofada a azul-pavão; as flores de papel; a oleogravura de Romeu e Julieta; o quadro do Coração de Jesus cercado de globozinhos multicores como nas ilustres casas dos grandes burgueses. Há dança? O "sereno" critica ferozmente os que dançam mal. Há música? O "sereno" toma um ar zangado de juiz.

Vi uma dessas noites um "sereno" rir insolentemente, com uma risada selvagem parecida à do meu amigo sr. José Lins do Rego multiplicada por cinquenta, de um amador cuja flauta desafinara do piano. O "sereno" pode ser cruel.

E são assim as ruas de São José: deliciosas de ingenuidade. Elas fazem esquecer o outro Recife: o radiomaníaco. O alto burguês.

(Diário de Pernambuco, 8-2-1925)

96

Escrevendo-me de Washington um desses dias, principiou a carta o sr. Oliveira Lima: "afrontando seu libelo contra minha letra...".

A referência é a ligeiro artigo, número tantos, desta série, sobre a morte da caligrafia no Brasil. O libelo, entretanto, não foi contra a letra do sr. Oliveira Lima nem mesmo contra o traço, mais horrível ainda, do sr. Aníbal Freire. O libelo foi contra a generalização ou democratização de um vício que, tolerável, explicável e até justificável num grande escritor é, entretanto, o que pode haver de mais irritante num escrivão, ou num meio escritor.

Compreende-se o tempo perdido em decifrar uma carta do sr. Oliveira Lima e hoje, sobretudo, uma carta do sr. Aníbal Freire. É como esperar horas sem fim por um grande médico quase infalível nas receitas; ou *faire la queue* na *Comédie* ou na *Opera House* de New York para ver a *Sorel* ou a Pavlowa.

Mas não se compreende que um simples escrivão ou amanuense, em papel selado ou despacho público, se entregue ao luxo de escrever cabalisticamente. Ao luxo de torturar com a chinesice do seu gatafunho a parte ou o cliente.

Se um escrivão ou amanuense ou guarda-livros tivesse o mesmo direito que o sr. Oliveira Lima ao vício da letra má – o mundo estaria perdido. Estaríamos reduzidos à igualdade no vício – estado muito pior que a igualdade na miséria de que falam os tratadistas contrarrevolucionários. Tratadistas tão ignorados nas faculdades de Direito do Brasil.

Do escrivão que se defendesse do vício da letra má, apontando, glorioso, para o exemplo do sr. Oliveira Lima, seria lícito exigir que produzisse um *Dom João VI no Brasil* ou um *No Japão*. Também de todo poetazinho que se ensopa de *cognac* porque – "não o fazia Verlaine?" – seria justo exigir que produzisse 1/10, pelo menos, da clara e funda beleza de *Sagesse*.

O que não é justo é que a mediania – criada exatamente para manter as virtudes medianas, entre as quais a letra bonita e a temperança – se julgue com o direito aos vícios dos superiores, reunindo-os aos próprios.

Os vícios, Nosso Senhor não somente os distribuiu geograficamente – segundo a teoria do padre Vieira – como hierarquicamente. Na sua justa categoria, eles são toleráveis, porque a lei de compensação os atenua. E mantida semelhante variedade geográfica e hierárquica de vícios, é que nós podemos tolerar uns aos outros nas nossas fraquezas, segundo manda o Evangelho. A variedade geográfica e hierárquica de vícios é até interessante. Até saudável.

(*Diário de Pernambuco*, 15-2-1925)

97

O sr. Gilberto Amado já uma vez lamentou a mania, tão brasileira, das "soluções jurídicas". De fato, no Brasil a própria questão do trabalho escravo – problema de economia social – teve a mais lírica, e, ao mesmo tempo, a mais estúpida, das soluções jurídicas.

Dir-se-ia que, em nós, o senso jurídico das coisas se desenvolveu por vezes em prejuízo do senso comum. O que é lamentável. Porque semelhante noção da vida, quando assim especializada, é decididamente uma noção deformadora do ético a favor até do antiético. Consiste em julgar as coisas pela sua ortografia, pelos seus erros e pelas suas correções ou incorreções de ortografia.

Daí a literatura estritamente jurídica do advogado parecer a alguns observadores mental e até moralmente menos nobre.

Intelectualmente, ela seria menos nobre por mais de uma razão: seria o processo de julgar as coisas, não nos seus valores íntimos, mas segundo preceitos e fórmulas – segundo regras de ortografia; seria o processo de persuadir por meio, às vezes, de malabarismo verbal ou mesmo lógico. Raramente pela sincera convicção ou sondagem honesta das coisas.

De onde a imaginação nos puros advogados e nos puros juristas práticos chegar, por vezes, a ser o que um crítico já uma vez chamou "tópica ou vocabular" para a distinguir da "imaginação trágica dos intuitivos". A qual é a flama de literatura verdadeiramente criadora ou sinceramente crítica: inclusive a dos que lidam com problemas jurídicos nas suas expressões mais altas.

Intelectualmente, a prática jurídica repugna, quanto à sua estética, pelo frequente sacrifício da concentração – que é a força e o ritmo dos grandes estilos – à dispersão oportunista – que é a força e o ritmo daquela oratória empenhada em vencer pleitos, à revelia tanto da estética como da ética.

Relendo um desses dias Adam Smith – aliás filho de advogado – que hei de encontrar a páginas tantas da veneranda *Wealth of nations*? A explicação de ser o estilo da literatura jurídica o grande horror denunciado por Daniel Defoe: estilo desonestamente (sob o ponto de vista da honestidade intelectual) complicado e sobrecarregado. Atribui o fenômeno o bom do Smith a razão econômica; e eu não saberia refugir ao prazer de o citar aqui no próprio inglês. "*It has been the custom in modern Europe*" – escreve o Adão dos economistas modernos – "*to regulate, upon most occasions, the payment of attornies and clercks of court, according to the number of pages which they had occasion to write... In order to increase their payment, the attornies and clercks have contrived to multiply words beyond all necessity, to the corruption of the language of law."*

Não creio ter sido a razão de nunca ter escrito o nosso glorioso Rui Barbosa – quase sempre tão jurista – senão em dez ou vinte páginas o que, como intelectual, não jurídico, poderia escrever em meia página; e de terem Defoe e Stevenson fugido da jurisprudência com o mesmo horror do estudante de Goethe. A indistintamente chamada "literatura jurídica", quando estritamente jurídica, seria, assim, expressão de um processo de aritmética verbal: o do Gênesis. Compreende-se, pois, que lhe repugne a expressão das coisas – mesmo as mais fundas – em simples e sintéticas meias páginas. Ânsia e volúpia dos escritores intelectualmente artísticos o esforço de concentração é evitado por advogados mais estritamente advogados nas suas práticas. Inclusive na linguagem ou no jargão característico.

Mas o que fixa o horror de certa literatura estritamente jurídica não é só esse crescer e multiplicar de palavras, cujo motivo econômico nos explica Adam Smith: é também o não sei quê de cabalístico dos códigos, dos despachos, das petições, dos tratados de Direito, dos comentários e das interpretações das leis. São os advogados com pretensões a juristas uns como Veddas do Ocidente em torno de códigos de processo e de tratados de Direito. Místicos ao seu jeito, para que de sua cabala, de sua mística, da sua artificiosa ciência transcendental, vivam e se alimentem brâmanes de fraque e de beca.

Esse cabalístico de linguagem constitui talvez para a literatura – ou subliteratura – jurídica e para os seus cultores a principal condição de vida e de êxito. Já um advogado perguntou a que ficariam reduzidos os advogados no dia em que um Licurgo se dispusesse a promulgar um código de processo, em que os agravos e outros recursos obstrutores fossem reduzidos à expressão mais simples, de modo que todo mundo pudesse requerer em juízo e defender por si as próprias causas. A que ficariam reduzidos então certos advogados e legistas? Estou que a emigrar para a Índia ou para o Egito – a praticar outras formas de cabala.

Intelectualmente ímproba e esteticamente inferior, a subliteratura desses certos advogados seria aquele forte do espírito chicaneiro, de que me falava ironicamente um amigo, aliás jurista ilustre, em conversa, uma dessas tardes? De modo algum. Semelhante força seria apenas sinal de imensa fraqueza. Se, como advogado, Rui Barbosa, o mágico do *Habeas Corpus* – instituição que na nossa jurisprudência tem tomado, muito, pelo prestígio daqueles e de outros verbos poderosos de advogados, elasticidade protetora até de façanhas antijurídicas – fosse de fato a nossa mais pura expressão de boa literatura jurídica brasileira – ai de nós! Não é, segundo os mais entendidos. Nem se considere literatura estritamente a de Teixeira de Freitas, a de Tobias, a de Clóvis, a de Martins, a de Lafaiete. Juristas filósofos, é o que foram como é hoje o jovem mestre Pontes de Miranda.

(Diário de Pernambuco, 22-2-1925)

98

Esse nosso Instituto Arqueológico – oito ou dez homens de fraque que fazem discursos ou assinam atas e um que aos domingos cataloga papéis e escreve cartas, de mangas de camisa e assobiando Puccini – esse nosso Instituto Arqueológico da rua do Hospício n. tantos, eu o mandaria dissolver – se isto estivesse nas minhas forças – por infidelidade à sua natureza e aos seus fins. Fins tão nobres.

Interessante país é o Brasil, pela inversão de papéis sociais. Sempre temos vivido nessa confusão. No tempo do Império não se sabia qual era o partido liberal e qual o conservador: eram como que a mesma zebra. No que não vai nenhum sentido pejorativo. Quero dizer: eram como a zebra. A qual não se sabe se é um animal escuro malhado de branco ou um animal branco malhado de listras escuras. Os dois partidos do Império confundiam o observador pelo liberalismo em que se procuravam extremar.

E ainda hoje é difícil, no Brasil, distinguir certos padres, de "pedreiros livres". E de vez em quando agricultores de cana e outros elementos chamados conservadores assumem entre nós atitudes de IWW. E há pais que, por muito fingir mocidade e pela prática de excessos que só nos novos se toleram, forçam os filhos a precocemente acinzentar-se em homens velhos; a fazer as vezes e o ofício de patriarcas.

Assim vivemos, nesta nossa república. Ou os papéis se truncam, ou dois elementos que deviam por natureza ser contrários, neutralizando excessos, põem-se de um lado só – como no tempo do Império o Imperador, os conselheiros, os barões, os dois partidos e parte do clero – ao lado do extremado liberalismo.

Essa iniciativa do Instituto Arqueológico – que existe para zelar nossas tradições históricas e até as arqueológicas quando estas, um belo dia, repontarem à beira do Capibaribe – essa iniciativa do Instituto Arqueológico a favor da mudança do nome "Encanta Moça" em "Santos Dumont", de modo nenhum cabia à veneranda instituição. Teria sido *chic* no Jockey Club, que é o nosso mais elegante centro de modernidade, de progresso e de novidade em todos os seus aspectos. Procedendo do Instituto – é absurda.

E as ingênuas frases com que o sr. secretário perpétuo justificou a sua proposta! "O nome de Encanta Moça nada significa em nossa história", disse o sr. Mário Carneiro do Rego Mello. E adiantou: "É uma fantasia da superstição popular, como provou o nosso confrade sr. Samuel Campello".

E a proposta do sr. Mário Mello, controvertida apenas pelo sr. Samuel Campello, que revelou bom senso, foi vitoriosa. Arrastou consigo a ingenuidade do secretário perpétuo os oito ou dez fraques que constituem o Instituto.

O que entenderá o sr. Mário Mello por "significação em nossa história"? Naturalmente aquilo a que se possa alfinetar uma data.

Desconhece talvez o secretário perpétuo que as superstições populares podem ter tanta significação histórica quanto os fatos; que a lenda do Encoberto tem para Portugal profunda significação histórica; que o nome de Roma provém, como o de Encanta Moça, de uma superstição popular.

São as superstições, sempre com o seu não sei quê de subterraneamente verdadeiro, e às vezes tão fundas no seu sentido íntimo que somente as pode sentir a imaginação dos intuitivos — cultos ou analfabetos; são as superstições e os mitos que animam a história, dando-lhe uma nota de poesia que é ao mesmo tempo uma nota de viva humanidade. A mitologia grega é intensamente humana: lateja sangue nos mitos que Eurípides recolheu da boca do povo, enquanto de certos estudos germânicos das origens gregas, tão exatos na cronologia e tão científicos nas conclusões, apenas escorrem, das figuras evocadas, tristonhos fios de tinta roxa, fingindo sangue. Há na vida um "*plus vrai que le vrai*", representado pelos mitos e pelas superstições; e nenhum povo terá sua história íntima virgem de superstições. O sr. Mário Mello considerará decerto lenda o caso de uma moça que se encantou, não na ilha do Pina, mas na França; entretanto, Joana d'Arc é um valor histórico. Um valor psicológico-histórico. Vive no sangue dos franceses.

A moça que se encantou no Pina não foi nenhuma Joana d'Arc; mas a sua estória basta para poetizar um sítio. E seu encanto foi para muitos dos nossos avós um fato tão positivo quanto para mim é o desencanto da literatura histórica que atualmente se produz em Pernambuco e em quase todo o Brasil.

Isso de histórico, tem se limitado, no Brasil, à história política e à militar. Ora, a grande história é a social. É a história íntima, como a chamavam os Goncourt: "*l'histoire intime... ce roman vrai*". E da história íntima fazem parte as superstições, as ilusões, os mitos, as estórias.

Para o secretário perpétuo do Instituto a história da moça do Pina não é história porque a dita moça não era filha de Henrique Dias nem amante de Frei Caneca. Não importa que seja uma história de sugestões deliciosamente poéticas. Flor estranha, os oito ou dez fraques acadêmicos do Instituto se apressam em abafá-la; em abafar um lindo nome de lugar, tão doce e tão nosso.

Desaparece assim — pela ação maligna de oito ou dez fraques — a poesia da nomenclatura das nossas ruas e sítios. Desapareceram já os nomes tão significativos, tão historicamente significativos, de Senzala Velha, Encantamento, Cabugá, Bom Jesus das Creoulas, Cruz das Almas — para serem substituídos por nomes de patriotas secundários e de datas secundariamente revolucionárias, fornecidos ao Conselho Municipal – segundo informação de um conselheiro – pelo Instituto Arqueológico.

Mas o Instituto é coerente. Coerente com o espírito geral da vida brasileira; coerente com a sua noção de história que é simplesmente esta: o registro de datas patrióticas, de atos públicos, de revoluções e batalhas.

(Diário de Pernambuco, 1-3-1925)

99

Parece-me às vezes absurdo, na gramática portuguesa, o seu critério de sexualizar os objetos. Assim "lança" e "espada" – objetos tão masculinos pela sua natureza e funções – são do gênero feminino enquanto "sapato" e "tinteiro" são do gênero masculino. É verdade que a gramática alemã – que conheço tão mal – parece neste ponto ser mais absurda que a nossa. Pois dessexualiza uma palavra distintamente sexual como "moça", para fazê-la neutra: Das Mädchen.

Em certos casos a gramática portuguesa é admiravelmente lógica no seu critério da sexualidade das coisas. O qual, rigorosamente, não existe na gramática inglesa; entretanto, pode-se em inglês chamar "*she*" a um balão ou a um automóvel. Nunca nenhum filólogo me explicou por que "*she*" e não "*he*", já que não era o neutro "*it*".

"Fogo" e "água" são em português o que deviam ser quanto ao sexo. Também o são "fogo" e "pólvora". Separa-se a gramática, embora na realidade haja em Portugal e no Brasil perigosa tendência para reuni-los, com flagrante desatenção às circunstâncias.

O "fogo" me parece tão natural e logicamente masculino como o boi ou o galo; e a "pólvora" tão natural e logicamente feminina como a vaca ou a galinha. Existe até um dito muito arguto: "O homem é fogo, a mulher, pólvora, vem o diabo e sopra". O dito deixa que se adivinhem os resultados.

Se no Brasil e em Portugal estivesse mais generalizada a ideia de que a pólvora é mulher e o fogo é homem; e de que há sempre um diabo de enormes bochechas e saliente boca em bico para assoprar o fogo e fazer explodir a pólvora – haveria decerto menos explosões, como essa de outro dia, na Ilha do Caju, da qual os telegramas de última hora trouxeram, com as mentiras das primeiras horas, alguns pormenores macabrescos que devem ser exatos.

Elementos tão violentamente sexuais como a pólvora e o fogo parecem ser absolutamente rebeldes à coeducação – praticada com sucesso apenas onde a pólvora é pólvora molhada e o fogo é fogo-fátuo. Porque mesmo o chamado fogo de artifício é capaz de diabruras espantosas, quando encontra barrilotes de pólvora e latas de querosene escancaradas. A Rua do Fogo, no Recife, chama-se Rua do Fogo por causa de um incêndio de fogo de artifício em dia de festa do Rosário: a taboca de um foguete caiu sobre o telhado de uma casa e a casa pegou fogo. E o nome Rua do Queimado teve origem semelhante: foi a princípio "Rua do Sobrado Queimado", por causa de um sobrado que se queimou. Depois, o nome naturalmente se abreviou em Rua do Queimado. E a Rua de São João deve também o nome à terrível catástrofe que ali ocorreu em dia de São João, na casa de um fogueteiro.

Vê-se que o Recife, tendo parecido a um poeta "Veneza americana boiando sobre as águas" e sendo uma cidade onde os nomes de ruas e sítios recordam por toda parte a antiga sem-cerimônia insidiosa e feminina da água – Parnamirim, Rua da Praia, Camboa do Carmo, Ponte d'Uchoa, Rua das Águas Verdes – é também uma cidade cheia de recordações do fogo. A própria Rua das Trincheiras é uma recordação do fogo. E a Rua da Imperatriz quase teve o nome mudado para o de um general, cujo fogo de pólvora aqui nos trouxe outro general de fogo de artifício.

A água é feminina na sua natureza e na sua função – mesmo quando é água de chuva. As moles carícias da água de rio ou de lago ou de piscina como os afagos violentamente voluptuosos das ondas do mar – são bem femininas. Se a água de chuva põe em perigo a saúde – traição tão feminina! –, a não ser que se tenha o cuidado de usar capa de borracha, há águas que curam ou dão a ilusão de curar com uma doçura de irmãs de caridade. O nome do Poço da Panela recorda as doces águas a que afluíram em 1749, ou por aí assim, "romeiros da saúde", fugindo à febre epidêmica que irrompera no Recife. Lugar de excelente frente rasa para banheiros, enorme poço, certamente com o suave declive de uma panela, junto àquela riba do Capibaribe fixaram-se muitos recifenses com suas famílias e escravos, para tomar os banhos recomendados pelos médicos. Grande número de romeiros escapou de fato à febre terrivelmente maligna – e a capela de Nossa Senhora da Saúde é a piedosa recordação do bom-sucesso. A piedosa recordação da cura maternal da água.

Ouvi uma vez Rabindranath Tagore dizer "Mãe Ganges" com a ternura de quem dissesse Nossa Senhora. Referia-se ao rio Ganges – cuja água, para os hindus, cura e purifica.

É pois a água feminina nas suas bondades como nas suas traições. Feminina é a água de Lourdes como feminina é a água do mar que brinca com os restos da gente que mata e feminina a água da chuva que às vezes espalha a doença com os seus chuviscos de brinquedo. Mas contra esta e outras traições femininas há as capas de borracha.

(Diário de Pernambuco, 8-3-1925)

100

Uma noite, em Altruria, ao voltar à casa, encontrei o seguinte cartão: "Ao cintilante, incomensurável e fúlgido sr. Gilberto Freyre, moço de incontestável, fecundo e altaneiro talento e de abalisada, sólida e profundíssima cultura, o abaixo-assinado afetiva e cordialmente convida a vir amanhã, 5 do andante, tomar uma modesta e humilde chávena de *Thea Chinensis*, em sua insignificante e incolor companhia, desde já conclamando seu sinceríssimo e integral reconhecimento".

Assinava este exercício de respiração para alunos adiantados, um nome que era antes um gatafunho que assinatura. Uns traços cabalísticos atravessados por cinco outros traços e com uma espécie de cauda. A intenção era evidentemente decorativa. Ou demonstração de personalidade ou de importância. O certo é que eu não teria decifrado nunca o gatafunho, se o estilo do convite não sugerisse logo a procedência. Era um convite para tomar chá com Novo Culto.

Novo Culto! Era o nome que então enchia a República de Altruria. Ninguém mais notável. Quando ele atravessava a Avenida Novíssima no possante "Superabundância" – um dos seus muitos automóveis de luxo – não havia dedo índex que não lhe apontasse a figura nem boca que não exclamasse: "Novo Culto! O dr. Novo Culto!".

Devia ser interessante o palacete do dr. Novo Culto. Eu já uma vez jantara com o irmão mais velho do dr. Novo Culto e chefe da importante família que dominava Altruria: o coronel Novo-Rico. E doutra feita passeara pela Avenida Novíssima na companhia do general Novo Poderoso, primo de Novo Rico e seu protetor. Faltava-me conhecer o dr. Novo Culto na sua intimidade de erudito magnífico.

O dr. Novo Culto já muitas vezes me convidara para admirar seu *bric-à--brac* e folhear suas coleções, suas gramáticas, suas enciclopédias. Naquele cartão o convite vinha direto. Aceitei-o, pois. E de fraque, calças de listras, e bengala com o cabo de prata israelita fui no chá do exmo. sr. dr. Novo Culto.

Logo que cheguei, meio tímido, ao palacete do dr. Novo Culto, senti que estava num mundo à parte. Dir-se-ia que sonhava. Ou que aquilo era tudo uma novela de H. G. Wells.

Os criados eram Adjetivos – e dir-se-ia que o dr. Novo Culto os colecionava, tantos eram eles e tão diversos, acotovelando-se e gritando. Muitos e horrivelmente malcriados eram também os meninos da casa – todos com um arzinho sardônico de anões mil e uma noites a brincar de quatro cantos em toda a parte, na própria sala de visitas. Nunca sentira eu tão viva e tão forte a vontade de estrangular meninos malcriados como diante daquelas impertinentes criaturinhas a brincar de quatro cantos. Eram esses diabos os Pronomes — filhos diletos do dr. Novo Culto.

E o dr. Novo Culto? O dr. Novo Culto? O dono da casa?

"Novo Culto", disse-me desdenhosamente um Adjetivo, "foi a uma sessão do Instituto e não tarda". E mandou-me sentar, apontando-me um dos fofos lugares-comuns que enchiam a sala.

Sentei-me. O lugar-comum rangeu. Tive a sensação de que ia partir-se. Diante de mim continuava o movimento de Adjetivos. Pareciam os donos da casa. Sentavam-se sobre os lugares-comuns aos magotes, como a querer arrebentar o mobiliário dourado ao gosto de Luís XV.

O dr. Novo Culto de fato não tardou. Ouviu-se um rodar de auto pela areia do jardim. Era o erudito que chegava num dos seus autos pequenos: "Diátese".

Parou o auto; avistou-me Novo Culto. E avistando-me, chamou-me para junto do auto, onde, regaladamente afofado, fumava um charuto enorme, dos importados diretamente de Cuba pelo coronel Novo Rico. Ao seu lado, a mulher: Dona Interjeição — senhora de horrível voz estridente de brasileira do Norte.

O dr. Novo Culto queria que antes do chá eu experimentasse a volúpia de rolar num dos seus autos. E todos passamos para o vasto e possante "Constitucionalidade". "Os autos" — explicou-me D. Interjeição — "eram a mania de Novo Culto. Não saía que não fosse num deles. Tinha dezenas, centenas de autos. Repugnava-lhe andar a pé. Adorava os pneumáticos — a maciez da borracha cheia de ar."

Sentei-me no mole cochim do "Constitucionalidade", que se afundou com os meus trinta quilos como se eu fosse um Taft ou um Chaby. E experimentei então a mais deliciosa das sensações: a de não pensar. Sentia o rodar delicioso do auto, agora pela Avenida Novíssima; via paisagens deliciosas; o perfume das flores dos jardins de Altruria eram de regalar — e tudo isso eu gozava, sem a tortura de pensar. Tornei-me de uma loquacidade que espantou Novo Culto. Pelo menos ele notou: "o meu cintilante e fecundo amigo se me revela hoje sob aspecto novo e fúlgido: o de *causeur* finíssimo e magnífico".

Mas o auto, depois de rolar meia hora, voltou ao palacete. Foi-se de mim a estranha volúpia que me enleara. Lembrei-me então do que dissera o Chesterton das palavras compridas: "Usando-as não é preciso exprimir ideias. As palavras compridas poupam-nos o esforço de pensar". O qual é muito parecido com o de andar a pé. Isto, porém, nenhuma relação tem com a visita a Novo Culto; com a minha aventura extraordinária na República da Altruria.

No palacete, mostrou-me o dr. Novo Culto sua mobília riquíssima, cheia de dourados e estofada a *grenat*, a mais rica coleção de lugares-comuns que ainda vi. "Ninguém a possuirá mais completa", disse o dr. Novo Culto cheio de orgulho. "Ninguém – mesmo no seu país, que nisto é dos mais ricos. Nem o Conde, nem o Felix, nem o Almachio, nem o Pinto da Rocha."

– Mas dr. Novo Culto, disse eu, o dr. Pinto da Rocha...

– Asseguro-lhe que não possui a metade do que eu possuo.

Da sala de jantar vinha um som horrivelmente acre: a voz de Dona Interjeição a ralhar com os criados. E, de repente, a pobre senhora surgiu-nos à sala, despenteada e berrando ao marido que este era uma zebra, sem força nenhuma para aqueles criados que lhe enchiam o palacete e aqueles meninos, diabos que arrebentavam toda a China da casa brincando de quatro cantos. Tinha razão Dona Interjeição em revelar-se contra Adjetivos tão tirânicos.

Mas o dr. Novo Culto, querendo fugir a tamanha cólera, levou-me à ala do palacete onde estavam, e devem estar ainda, suas riquíssimas coleções clássicas, bizantinas, gramaticais. Mostrou-me a coleção de frases em latim – salas e salas. Uma maravilha. Depois a de gramáticas e Cândidos de Figueiredo – outro mundo. E ainda a de citações – citações de Cícero, Mahomet, Oscar Wilde, Dantas Barreto, Mirabeau, Marquês de Maricá, Comte, Nordau, Ferri, Karl Marx. Vi ainda um guarda-roupa com uns trajes de seda cheios de enfeites, babados, pregas. "São as roupagens do Estilo", disse-me o dr. Novo Culto. "Visto--as para os meus discursos no Instituto." Referia-se ao Instituto Paleontológico e Corográfico da Altruria.

Veio o chá. E depois do chá, pôs o dr. Novo Culto à minha disposição dez ou doze dos seus autos para fastienta escolha: "Foliculário", "Poliformismo", "Constitucionalidade", "Objetividade", "Anelação", "Efetividade", "Superabundância". Voltei à casa do "Poliformismo".

(*Diário de Pernambuco*, 15-3-1925)

Qu'é dos pintores... que não vêm pintar?

De Jeronymo José Telles Júnior disse uma vez o sr. Oliveira Lima que era o pintor da "mata". Da "mata" pernambucana.

E decerto o foi quanto à paisagem. Telles deixou de uma fase interessantíssima da paisagem pernambucana – a da natureza perturbada nas suas volúpias selvagens pelos avanços civilizadores da cana-de-açúcar – a melhor das documentações. Em certos trabalhos do pintor pernambucano chegam a branquejar à distância casas de engenho. Chegam a fumegar ao longe bueiros de "banguês".

Mas o elemento humano local, animador dessa paisagem de "mata", sempre o desprezou Telles na sua pintura descritiva. Nos seus quadros – à exceção de um ou outro, como *Usina Cuiambuca* – a vida de engenho apenas se adivinha de longe, pelos sulcos das rodas dos carros de boi no vermelho mole das ladeiras.

Surpreende como uma técnica de produção que era toda um encanto e um ritmo doce – a de fazer açúcar nos "banguês" ou nos engenhos de almanjarra, contemporâneos da meninice de Pedro Américo e de Telles – tenha sempre escapado ao interesse dos nossos pintores. Só os hóspedes da terra procuraram fixar a ingênua beleza da indústria animadora da nossa paisagem. Frans Post, principalmente. Dele nos restam desenhos e pinturas deliciosas de cenas da vida de engenho no Nordeste.

Era então a indústria o doce esforço, que hoje nos parece de brinquedo, dos engenhos movidos à mão ou à roda-d'água ou a giro de animais. E aos desenhos de Frans Post animam figuras de negros trabalhando no meio daquelas rudes fábricas de aquedutos de pau ou tangendo os carros de boi cheios de cana madura.

A técnica da produção do açúcar oferece elementos para uma pintura tão nossa que é verdadeiramente espantoso o sempre lhe terem sido indiferentes os pintores da terra.

A plástica da mineração e da tecelagem, que o grande pintor que é Diego Rivera vai interpretando no México com uma nota ou sopro épico nessa interpretação, não é por certo mais forte, nem mais rica, em sugestões de viva e virgem beleza.

Já o francês Tollenare, visitando em 1816 um engenho pernambucano de roda-d'água, observava nos escravos que deitavam as canas na boca das moendas a elegância de movimentos requeridos pelo trabalho. E os que conhecemos o processo do fabrico de açúcar nos "banguês" sabemos como se sucede em verdadeiro ritmo a elegância de efeitos plásticos. Não é só a entrega da cana à boca da moenda: há ainda as figuras de homens que se debruçam sobre os tachos de cobre onde se coze o mel para o agitar com as enormes colheres, para o baldear com as "gingas"; e ante as fornalhas onde arde a lenha para avivar o fogo cor de sangue. E esses corpos meio nus em movimento, dorsos pardos e roxos, oleosos de suor, todos se doiram ou se avermelham, à luz das fornalhas que ensanguenta as próprias sombras; e assumem na tensão dalgumas atitudes relevos estatuescos. Ou coreográficos, acrescente-se. Sugestões para balés.

Pois há, em tudo isso, sugestões fortes para a pintura. Imagino às vezes os flagrantes mais característicos do trabalho de engenho fixados em largas pinturas murais. Num palácio. Num edifício público.

Nossa civilização nordestina de senhores de engenho, de produtores de açúcar, de trabalhadores de engenho já devia ter encontrado sua expressão plástica; e a decoração mural dos edifícios públicos deveria ser a primeira a fazer sentir ao estrangeiro a plástica da economia da terra.

Imagino uma decoração mural de proporções épicas que nos recordasse os quatrocentos anos de produção de açúcar: desde a fase primitiva, com escravos criminosos atados a corrente à boca das fornalhas incandescentes e senhores de engenhos de duras barbas medievais e senhoras de engenho gordas, e com um molho de chaves, fazendo com o açúcar de casa as primeiras geleias de araçá, até as usinas de hoje, formidáveis, com as máquinas monstruosas feitas em USA, cheias de claridades de luz elétrica, de luz elétrica que dói nos olhos. Todo um mundo de cambiteiros, de banqueiros, de negros de fornalha, de mestres de açúcar – recordaria aquela pintura.

A qual seria, com a de vaqueiros em ação, a pintura decorativa verdadeiramente expressiva de nossa vida. Expressiva de nossa economia.

Já devêramos na verdade ter passado a idade passivamente colonial de decorar edifícios públicos com figuras de quatro estações que não representam aspectos da nossa vida; com Mercúrios; com os eternos leões e as eternas moças cor-de-rosa e de barrete frígio – convenções tão distantes da realidade da nossa história natural e da nossa história social.

Isto quanto à pintura decorativa. Quanto à pintura de figuras, nosso desprezo pela prata – ou antes pelo ouro – de casa é também de espantar.

A comistão de sangues aqui tem produzido efeitos os mais diversos e interessantes, tanto somatológicos como de pigmentação e de plástica – delícias de beleza e de *grotesquerie* – sem que a pintura da terra, eternamente colonial no sentido parasitário, se aperceba de alguns, pelo menos, dos vivos encantos locais. A pintura da terra prefere procurar para os seus nus, seguindo o exemplo dos Amoedos e dos Antônios Parreiras, a convencional nudez cor-de-rosa dos modelos europeus.

E a verdade é que nem ao menos coleção fotográfica dos nossos tipos cruzados, dessas que se vendem em cartões-postais em Martinica e em Guadalupe – *capresses*, *chabines*, *quadroons*, *octoroons* – possuímos ou procuramos organizar.

Entretanto, a "quadroon" do Norte – tão decantada nas trovas pelo acre requeime de sua plástica – já poderia ter produzido, na pintura, alguma coisa como a *Maja desnuda*. Essa *Maja desnuda* que é a sublimação do afrodisismo espanhol.

(Diário de Pernambuco, 22-3-1925)

Olhos de santo
e olhos de pecado

Chesterton notou uma vez que em contraste com o olhar semicerrado dos Budas, os olhos dos santos católicos são grandes olhos escancarados. Espantosamente vivos: *frightfully alive*.

E na verdade o são. E talvez se possa fazer em torno desse contraste todo um estudo de psicologia comparada.

Para o budista deve ser nota de escândalo o lirismo franciscano com que um Fray Diego de Estella fala dos olhos; e os olhos escancarados dos Nossos Senhores e das Nossas Senhoras e dos Santos que se erguem nos altares e nichos das igrejas católicas devem dar a um "turista" do Japão ou da China, acendedor de vela e queimador de sândalo a gordo Buda de olho oblíquo, a imenso Buda de olhar por vezes tristonho de sono, a mais chocante das impressões. Porque os budistas pensam decerto com Demócrito de Abdera que a pessoa vê melhor e mais fundo a vida, e portanto mais religiosamente, furando, ou pelo menos semicerrando, os olhos. E, de fato, às vezes se vê melhor e se pensa melhor, sendo cego; e vivendo a vida interior que os olhos tanto perturbam. O caso daquela rapariga que Jean Christophe conheceu é típico. A cegueira clarificou-lhe a alma. A cegueira purificou-lhe a vida como a tísica purificou a vida de Stevenson.

Dos sentidos é o mais perigoso – quando tirânico – o da vista. Orígenes, na sua exaltação para refugir ao fogo dos sentidos, deveria ter começado por espetar os olhos; depois dos olhos, viria o corte das pontas dos dedos – que, no funcionalismo público que é o sistema nervoso do homem, são os substitutos legais dos olhos. Mais pela ponta dos dedos que pelo olhar, concluía esse misto paradoxal de sensualidade e misticismo – Lafcadio Hearn – que nenhuma linha igualava em beleza à da anca de uma mulher. Pela ponta dos dedos, já velhinho, é que o Papa Clemente VII via, sentia, gozava, toda a beleza plástica dos ouros e marfins cinzelados por Benevenuto Cellini. De modo que mesmo cego, mas com as pontas dos dedos em vibração, e além de cego, sem sexo, ainda estaria sob à tirania da plástica das coisas, o pobre de Orígenes. Em terceiro lugar – depois de furados os olhos e cortadas as pontas dos dedos – é que deveria vir a mutilação que Orígenes considerava de primeira importância.

Gil Vicente sentiu o perigo dos olhos. E num auto escreveu:

"Teus olhos são teu perigo,
Eles te castigarão".

E a Igreja reconhece o perigo imenso da tirania dos olhos. Os Evangelhos ligam aos olhos à concupiscência. E São Tomás de Aquino, na *Summa* (Questio XXXI art. VI), atribui aos olhos a aristocracia dos sentidos: "*delectatio qual est per visum est maxima intersensibiles*". Não lhes desconhece os perigos. Santo Agostinho fala do perigo dos olhos – que ele, grande voluptuoso, tanto sofreu – em deliciosas páginas das *Confissões.*

Por que então a atitude cristã não é a mesma que a búdica: semicerrar os olhos para a vida? Porque o ideal cristão não é o de imanência, mas o de vida. É o Buda de olhar semicerrado espécie de casa de janelas eternamente fechadas e luzes eternamente apagadas, para os longos sonos, ou sonhos, tranquilamente introspectivos. Mas o Santo é a casa de janelas escancaradas e luzes acesas onde quase não se dorme – tanto se vive. Donde a irradiação.

O Santo – o Santo cristão – não vive dos olhos, como os puros voluptuosos da plástica e da cor: os olhos de Santo vivem dele. Donde o seu ardor. Donde a sua claridade. Donde a claridade desses olhos de menino, mas com uma pinta, um não sei quê de trágico, do São Luís Gonzaga de Greco.

Os olhos de pecado são os olhos que nos dominam – ai de nós! – a ponto tal que vivemos voluptuosamente deles. Não nos irradiam a vida vivida dentro de nós: absorvem do exterior quanto lhes requeima a gula de bocas com fome. Bocas do estômago, bocas do sistema nervoso e raramente os "lábios do espírito" de que fala Hebber.

Quando o indivíduo chega à condição de viver apenas dos olhos é que melhor lhe fora cegar, como queria Demócrito. A Goethe – de quem escreve Barbey que era como um *gourmand*: comia com os olhos – talvez tivesse a cegueira elevado e espiritualizado e libertado daquele seu objetivismo por vezes de fotógrafo.

Rica expressão, a do povo: comer com os olhos. Pelos olhos de fato se peca o pecado da gula. E pelos olhos se comete o adultério. Pelos olhos se inveja a riqueza do próximo. E pelos olhos se ambiciona a beleza do próximo – às vezes a beleza dos olhos alheios.

Também diz o povo que há olhares que matam. E há.

Gloriosa função, a dos olhos – quando irradiam vida, como nos olhos "espantosamente vivos", dos Santos da Igreja. Útil função, a deles, quando alimentam o espírito, servindo-o, sendo os "lábios" de que fala Hebber, que se não me engano queria também que os olhos, para serem completos, pudessem vomitar.

Mas assim como se morre do estômago quando a boca passa de serva à tirana, também se morre do espírito – ou sem espírito – quando os olhos passam de servos a tiranos.

Entretanto é uma tirania a que é delicioso sucumbir. É a morte de Petrônio – a do que morreu pelos olhos. Mas não deixa de ser trágica. Trágica e triste. Imensamente triste.

(Diário de Pernambuco, 29-3-1925)

Einstein, regionalista

Einstein deu ao seu contato com o Brasil uma nota deliciosamente simpática. Homenageado na horrível instituição que, a julgar pelo nome, é o Copacabana Palace Hotel, falou aí das bananeiras e do sol, do Brasil, das varinas de Lisboa, das danças da Catalunha. Tem-se quase a impressão de que ao primeiro sorvo de sopa ou ao primeiro reparo erudito do sr. prof. dr. Aloysio de Castro sobre a teoria da relatividade ou à primeira pergunta do sr. Assis Chateaubriand sobre o futuro da República alemã, hoje em tão tristonha viuvez – Einstein, pelo menos mentalmente, repetiu Fradique Mendes: "Nada de ideias, meus senhores! Nada de ideias! Nada de ciência ou democracia!".

E conversando com o brilhante diretor de *O Jornal*, Einstein que, sendo judeu, não é poliglota; e sendo matemático o é plasticamente e sem prejuízo da imaginação artística, falou com a volúpia de um artista do sol e das árvores e das velhas ruas do Rio de Janeiro.

Nunca um estrangeiro fez entre nós uma mais nítida apologia do nacionalismo e até do regionalismo. Do próprio tradicionalismo. Esse homem tão universal e tão sem pátria nas suas preocupações, na sua ciência, na sua glória, no seu sangue de judeu, é dos que podiam ser alheios e até hostis às variações regionais de vida; e desejar um mundo igual, plano, geométrico, sem altos e baixos, sem zigue-zagues. Um mundo cinzento. Um mundo em que todos penteassem o cabelo do mesmo modo e comessem pela manhã a mesma sardinha em lata e bebessem o mesmo chocolate suíço e vestissem segundo o mesmo figurino e morassem no mesmo tipo de *chalet* ou *bungalow* e ouvissem à noite o mesmo horrível programa de rádio, depois de jantar o mesmo jantar à francesa e dançassem o mesmo *trot* americano e morressem da mesma doença *standardizada* e com um globo de luz elétrica na mão.

Que haveria, entretanto, de dizer Einstein ao sr. Chateaubriand? Que não compreendia o mundo tristonhamente homogêneo. Que não compreendia a Europa monotonamente igual. Queria uma Europa unida, decerto. "Mas o que eu desejaria para a Europa" – disse o matemático judeu ao sr. Assis Chateaubriand – "era uma homogeneidade como a do Império Norte-americano, restrita à esfera econômica e política. Cada país conservaria as peculiaridades e aptidões nacionais, cultivando mesmo o seu regionalismo, o qual contribui tanto para dar a cada povo sua fisionomia própria, característica e interessante. Eu não quero a homogeneidade espiritual porque esta faria o mundo demasiado monótono."

Já em Lisboa, o que mais encantara a Einstein fora a elegância das varinas. Deliciosas criaturas que o sr. Assis Chateaubriand, não sei por que, chama, inexpressivamente, "vendedoras ambulantes de peixe". É como se alguém chamasse um engraxate "brunidor ambulante de sapatos".

"São mulheres" – disse Einstein das varinas – "de uma elegância que me fez parar muitas vezes para admirá-las."

É pena que não tivesse Einstein ido a Coimbra. Porque em Coimbra teria visto as tricanas. As tricanas de António Nobre. Deliciosas tricanas, meio mulheres, meio estudantes, o xale de cor traçado como se fora capa de estudante, o pote d'água fresca ou o tabuleiro de pastéis de Tentugal à cabeça – descendo e subindo ladeiras e criando ritmos no andar, agilmente plástico, como não os criam os rapazes da universidade nos seus versos e nas suas trovas. Entretanto, os rapazes de Coimbra vivem a pensar na plástica das Mary Pickford e das Pearl White; conheci vários deles que colecionavam cartões-postais com as fotografias de atrizes de cinema. Uns idiotas.

A julgar pelo que disse das varinas, vindo ao Recife, Einstein, como Lafcadio Hearn em Martinica, logo sentiria o acre requeime da plástica voluptuosa das nossas *quadroons*. De nossas quadraronas. Principalmente se as visse dançar um "coco".

Observando que em toda parte o que hoje se admira é a melodia americana, disse ainda Einstein ao sr. Assis Chateaubriand: "Entretanto, as danças nacionais, quanto me interessam! As populares austríacas, que encanto eu lhes encontro e como lamento que estejam desaperecendo! Quando estive na Espanha, fizeram-me ver, em Barcelona, as danças nacionais da Catalunha. É uma música especial, características de uma cor local pitoresca e extraordinária. Dela conservo uma impressão deliciosa. Que pena é que cada povo não defenda o seu patrimônio de dança e de música nacionais!".

Se Einstein tem tão agudos os olhos quanto os ouvidos, sentiu decerto, no Rio, o horror da arquitetura. E mais ainda do que no Rio, em Buenos Aires. Dizia-me em Oxford um jovem professor, viajadíssimo – uma espécie de "Don Juan de cidades" concebido pelo sr. Moraes Coutinho – que a arquitetura de Buenos Aires fora o maior desapontamento de suas viagens.

Do Rio, elogiou Einstein as ruas velhas: a do Ouvidor, a de Gonçalves Dias. "Não cessava de elogiar" – diz o sr. Chateaubriand – "as ruas Gonçalves Dias e Ouvidor, que ele dizia cheias de sombras, peculiares mais aos climas tropicais do que as largas avenidas."

No Recife Einstein teria elogiado não as avenidas novas, que esplendem ao sol com os seus horríveis postes, mas estas nossas ruas de São José, tão deliciosamente nossas. Ruas estreitas e de doces sombras e de um ar quase mourisco e de um aconchego de ruas da Idade Média. Ruas ainda virgens da estética dos engenheiros; do huysmanismo oficial.

Aliás o sr. Luís Cedro, meu querido amigo, e tão regionalista, tradicionalista, sem ser antimoderno, indo uma tarde comigo à rua dos Sete Pecados Mortais (hoje Tobias Barreto), observou com muita argúcia, e para minha surpresa e meu encanto, que aos nossos dias cheios de sol pareciam convir as ruas estreitas e, portanto, sombrias. A mesma observação que agora fez, no Rio, o matemático judeu. De modo que antes de Einstein, já nós, regionalistas, tradicionalistas e a nosso modo modernistas do Recife, éramos pelas ruas estreitas.

E do que disse Einstein em tão claras palavras – Einstein, Rei da Matemática e Imperador da Engenharia, colônia da Matemática – que dirá a estética dos engenheiros?

(Diário de Pernambuco, 5-4-1925)

A propósito da campanha do sr. Hardman

Na campanha do sr. Samuel Hardman em prol da maior cultura de cereais em Pernambuco, o que principalmente me interessa é o lado social.

Ela é talvez um meio de restabelecer nos nossos engenhos a tradição, tão pernambucana, da mesa larga. A tradição da boa cozinha. Tradição que se perdeu quase de todo – já sendo muitas as casas de engenho e de usina onde o *gourmet* é tristonhamente recebido a presunto, empada de camarão seco, doce de lata ou conserva de pera, mandados vir do Recife. Dos merceeiros e dos confeiteiros do Recife.

Deve-se isto, em grande parte, ao declínio da cultura de cereais e de frutas nos engenhos. Numerosos donos de banguês hoje se limitam a plantar canas. A plantar canas e a derrubar matas.

Os negros charutos das usinas, insolentemente acesos, vitoriosamente a fumegar – são uma das minhas obsessões – reduziram os bueiros de engenho a inúteis pontas de cigarro; e em geral, onde morreu um fogo de banguê, morreu também um fogo de cozinha à antiga.

Sobre o declínio da cultura de cereais nos engenhos, já o sr. Xisto Pereira escreveu neste *Diário* interessante artigo. E fatos espantosos nos foram aí revelados. É por exemplo espantoso que até o quiabo e a pimenta comprem os agricultores de canas nos povoados e nas cidades. E que o mesmo façam os "moradores".

Daí importar Pernambuco farinha de mandioca, milho e feijão, limitando-se quase a exportar açúcar bruto e sal fino. Sal ático. E o último artigo, desdenhosamente, por lhe não conhecer o proveito para o consumo doméstico. E, na verdade, para que o sal ático, quando o grosso e comum o substitui perfeitamente e com a vantagem de ser menos picante? O sal ático tem posto a perder muita panela. Muita panelinha.

Mas isto de sal é quase uma história à parte. Convém voltar à vergonha das nossas importações – embora seja maior a vergonha da nossa exportação de sal fino.

Importa Pernambuco farinha de mandioca, milho e feijão quando todos esses cereais podem ser facilmente produzidos – produzidos quase sem esforço – nos engenhos, tão melancolicamente estéreis.

De modo que é muito por displicência ou ócio que os agricultores de canas não têm hoje em sua mesa, à maneira dos senhores de engenho de outrora, a forte e tradicional comida – toda ela *de lavra* – que o sr. Carlos Lyra Filho chamaria a nossa comida "colonial". Comida que não é outra senão a que o sr. Xisto Pereira pormenoriza, dando-a como ausente na maior parte das casas de engenho do sul de Pernambuco: feijão ou fava, jerimum, couve, alface, farinha, tapioca, beiju, manuês, cuscuz, angu, canjica de milho, macaxeira, cará, galinha, porco. Isto sem falar na manteiga fresca, na coalhada, no queijo; e nos frutos para os doces e conservas e geleias; e na banana comprida assada – sobremesa brasileira que tanto deliciou a glutoneria d'el Rei Dom João VI.

Naturalmente os engenhos de outrora, quase medievalmente oniprodutivos, já não os toleraria a vida de hoje – muito menos patriarcal que particularista. Mas o que se não compreende é que os grandes proprietários de terras se limitem a plantar cana e a derrubar matas, comprando nas cidades até a pimenta e o quiabo; e deixando, com o seu ócio, que o estado importe o que podia exportar.

É paradoxal que havendo uma "cozinha pernambucana" – quer dizer, uma tradição culinária distinta – sejamos, no sistema da alimentação brasileira, antes consumidores que produtores. Em pura região tropical, doce e fácil para a cultura de cereais e de frutas, importamos o que os indígenas produziam. Deve-se de passagem notar que os mesmos indígenas, sendo nômades – também o são alguns senhores de engenho de hoje –, plantavam, entretanto, em redor das aldeias, mamoeiros e araçazeiros.

Vieram os portugueses e com eles o feijão, de origem talvez asiática; a mandioca, a que se atribui origem africana; o coco da Índia, que entre nós adquiriu o máximo de valor gastronômico. E nos fornos e fogões das "casas-grandes" dos engenhos pernambucanos, o patrimônio culinário dos portugueses, já enriquecido pelos contatos com o Oriente e com a África, adquiriu novos sabores, aguçou-se de adubos esquisitos.

No primeiro século colonial ricos homens e senhores de engenho na Nova Lusitânia mandavam vir das Canárias e de Portugal iguarias para sua mesa, juntando-lhes os frutos da terra. Não só os frutos: é de supor que o quati, o tatu, o caititu, a capivara, o carapitanga, o guaiamum, o siri, o beijupirá, aqui encontrados com abundância nos matos e à beira d'água, foram sugestões culinárias depressa aproveitadas pelos vianeses. O certo é que no primeiro século colonial encontrou o Padre Cardim em Pernambuco um gosto que lhe pareceu exagerado pelos vinhos e pelos banquetes.

Aquelas moças, parentas suas ou de sua mulher, trazidas de Viana de Castelo por Duarte Coelho; e aquelas "órfãs nobres", educadas com esmero (naturalmente nos conventos), a que se refere o sr. Elysio de Carvalho, vindas de Portugal para casar com os principais da colônia e ser donas de casa – decerto trouxeram dos fornos medievais dos solares e dos conventos de freiras, para os primeiros fornos de Pernambuco, as ricas tradições gastronômicas. E a estas tradições adaptaram a matéria virgem aqui encontrada, e depois influenciada diretamente pelos adubos africanos, resultando desse processo a cozinha colonial pernambucana. Se a cozinha portuguesa, já no século XVI, era o "estilo manuelino" a que se refere Ortigão, combinando influências da Índia com as tradições góticas – a do "presunto de fumeiro" e de "paio com lombo de colorau", por exemplo – em Pernambuco tornou-se uma espécie de barroco jesuítico. Os que conhecem estilos, compreenderão a comparação.

Na época colonial e no Império sempre se comeu fortemente e à larga em Pernambuco. Principalmente em certos engenhos e conventos. E era geral o gosto de receber à grande. Dizem-me do meu bisavô José Antonio Gonçalves Mello que a sua mesa, na casa do Poço da Panela, era quase u'a mesa de hotel: a qualquer hora que chegasse uma visita amiga liberalmente a obsequiavam na sala de jantar.

À cozinha e à mesa dos engenhos, nada faltava. Era nos engenhos que se fabricavam o queijo, a manteiga, o vinho de jenipapo e se preparavam o charque, a carne de porco, o toucinho – tudo sob a direção das senhoras, verdadeiras Donas Tarejas medievais, gordas mas ativas, o molho de chaves ao cós, descendo à cozinha para provar o ponto dos doces ou fazer algum quitute de preceito; e ao galinheiro, a cuidar dos pintainhos e a apalpar as galinhas.

Os escravos, mais felizes que os trabalhadores de eito e os operários de fábrica de hoje – tese fácil de provar –, eram tão bem alimentados em engenhos, que o fato é destacado por grande número de viajantes do século XIX, muitos deles abolicionistas até a raiz dos cabelos: Ida Pfeiffer, Rendu, Wallace, Fletcher, Kidder, Koster e até Tollenare. E o dr. Theodore Peckolt, no tratado germanicamente erudito que escreveu em 1871 sobre as plantas alimentares do Brasil, observou: "O trabalhador europeu, cujo sustento principal consiste em batatas, é muito menos bem alimentado do que o brasileiro". O médico francês Rendu pormenoriza no seu *Études sur le Brésil*, creio que de 1830, a forte alimentação dos negros – carne, peixe, muito cereal, uns goles de aguardente. E segundo o referido dr. Peckolt era principalmente de feijão, milho e mandioca a comida dos trabalhadores.

De modo que a abundância de mesa de então era em grande parte devida à fartura de cereais, nenhum engenho que se prezasse deixando de os cultivar.

E o que individualiza a cozinha pernambucana é o muito uso que aqui se passou a fazer do milho – o forte das tão características comezainas de São João – a da farinha de mandioca, além do coco e dos frutos para as geleias, doces e conservas, das quais a mais pernambucana é sem dúvida a de caju.

De modo que da maior cultura de cereais seria lícito esperar dois resultados distintos e igualmente felizes: que restabelecesse, em parte, a tradição da boa mesa; que restabelecesse a forte alimentação do trabalhador rural – hoje tão mal alimentado em todo o Nordeste.

Sob esse ponto de vista, é decididamente simpática a campanha do sr. Hardman.

(Diário de Pernambuco, 12-4-1925)

Fradique historiador

O sr. Fidelino de Figueiredo está a compor o seu Fradique – Fradique historiador – na figura interessantíssima de Luís Cotter. Figura um tanto hirta na sua nobreza intelectual. Mas alongada por uma nota de misticismo que lhe dá às vezes um relevo de figura do Greco.

Muito candidamente confessa o sr. Fidelino de Figueiredo ser de Luís Cotter a essência de suas ideias; e que na leitura e na intimidade de Cotter, e sob o encanto do seu espírito, aproveitou-se e enriqueceu-se de experiências e sugestões. E assim se explica a muita coincidência de pontos de vista e modos de pensar e de sentir entre o jovem historiador português e o Cotter de quem ele nos dá a conhecer a encantadora inteligência e o nome.

É uma probidade rara, raríssima a que revela o sr. Fidelino de Figueiredo. Ele próprio, veladamente, o reconhece, lembrando o caso de certo escritor espanhol "que se recusa a publicar o epistolário de Ángel Ganivet para ocultar a origem de muitas de suas ideias".

Em Portugal e no Brasil é com a maior sem-cerimônia deste mundo que se adotam ideias e se absorvem técnicas, negando ou dissimulando a filiação. Ou a origem.

O comunismo da ordem física, se um dia chegar a esta Rússia americana que somos, já encontrará estabelecido uma espécie de comunismo mental, deveras interessante.

Creio que é de Machado de Assis aquele conto malicioso em que A diz uma vez a B, nestas ou em parecidas palavras: "As estradas de ferro são os pés de uma nação". No segundo encontro é B quem lembra a A o conceito: "Aquela nossa ideia sobre estradas de ferro". E no terceiro encontro, B já se refere ao conceito de A como ideia inteiramente sua: "Aquela minha ideia sobre estradas de ferro, lembra-se?".

Interessa e encanta em Luís Cotter sua concepção da história. É a mesma do sr. Fidelino de Figueiredo. E é decerto uma reação pessoal de técnica e de filosofia provocada pela teoria de história desse Benedetto Croce a quem dá vontade de chamar, como Barbey a Balzac, um "convento de beneditinos".

Reconhecia Cotter na história certas qualidades ou condições de ciência: quanto ao processo ou método de pesquisa, por exemplo. Nas justas palavras do sr. Fidelino de Figueiredo: quanto ao "apuramento de materiais" ou "metodologia preparatória". Também seriam científicas, segundo Cotter, algumas conclusões da história.

Ninguém, entretanto, mais escrupuloso quanto às chamadas leis históricas. Ele sem dúvida as julgava, como aquele meu professor de filosofia da história, em Colúmbia, o qual nos dizia, entre sorvos lentos do seu cachimbo inglês, repetir-se raramente a história: os historiadores é que se repetem.

Para o claro espírito de Cotter era a história "iniludivelmente artística desde que o historiador passasse à arquitetura". E ele chegava a pensar que "para se ser historiador não bastaria nunca a estéril preparação escolar de teorias e métodos; havia que se ter vocação de historiador, tão característica e tão criadora como a inspiração poética, a imaginação do romancista, o espírito crítico".

Como o sr. Fidelino de Figueiredo, seguiu Cotter, na sua atividade de historiador de assuntos peninsulares, o critério hispanista. E mais do que este: o de reintegração dos valores hispânicos; de reação ao negativismo fácil, enfático e injusto que sobrevive no sr. Rufino Blanco Fombona e na sociologia israelita do sr. Blasco Ibáñez.

E o esforço de revisão histórica – vasto, sério e fundo – inspirado por Menendez y Pelayo, é decerto o que está revelando, mesmo em desapaixonadas investigações de historiadores ingleses, norte-americanos, franceses: que a obra colonial da Espanha foi formidável; foi o gótico do que um comtista chamaria "arquitetura social". Sobre o assunto o recente trabalho do francês sr. Marius André é dos mais sugestivos.

Do estilo de Luís Cotter diz-nos o sr. Fidelino de Figueiredo que era de uma rara fluidez; e muito claro e simples. E é pena que nos não ofereça de um tão raro estilo, ligeiro extrato ou rápida meia página característica, para que lhe experimentemos o sabor – os que melancolicamente ignoramos o *Esplendor e decadência da Casa d'Áustria*.

Em compensação, o sr. Fidelino de Figueiredo fixa alguns característicos da técnica admirável do seu amigo: "Desadorava a complicação enredada, a ostentação de arcaísmo no léxico e na sintaxe. A sua linguagem possuía o mais perfeito rigor lógico porque ele graduava a sua adjetivação, considerando a extensão e a compreensão de cada atributo, de cada verbo; atinha-se com escrúpulo na escolha dos sinônimos, escrupulizava na colocação das palavras, evitava as rimas, as cacofonias, as aliterações, a predominância deste ou daquele som, vocálico ou consonântico".

Sobre o último ponto, a mim mesmo pergunto, sem saber responder, se a predominância de um som, como a predominância, na música, de uma nota solta e só, não será às vezes – quando e como não o saberia dizer – antes a força que a fraqueza num período?

Exalta o sr. Fidelino de Figueiredo a paciência boa com que Luís Cotter ouvia ler a literatura inédita dos principiantes. Dos principiantes que o iam procurar, da Espanha e de Portugal, como as mulheres a certos padres confessores. E quase se pode dizer, à maneira de Barbey, que Luís Cotter era um convento de franciscanos.

É que, no fino historiador, tamanho era o escrúpulo em não insultar ou sequer levemente amarfanhar a esperança dum jovem, que franciscanamente se sujeitava a martirizantes interrupções do seu estudo e do seu ócio para ouvir ler. Pelo menos é o que se conclui de quanto nos diz o sr. Fidelino de Figueiredo.

Havia em Cotter, entre os muitos íntimos pudores, o do talento. A consciência da superioridade, apenas disfarçada pela elegância mental. Donde o seu desprezo pelas discussões promíscuas. Entretanto, uma vez, tendo o prof. Gorris, de Leyde, na resenha dum livro de Cotter, reeditado "os obscurantismos atribuídos aos povos peninsulares pelos protestantes e divulgados pela literatura em formas emocionais", o autor de *Esplendor e decadência da Casa d'Áustria*, em atenção mais à fama, talvez, que à duvidosa igualdade intelectual do pedagogo luterano, defendeu com ardor a cultura hispânica.

Eu quisera conhecer esse trabalho de Luís Cotter. Porque raro é o indivíduo, mesmo de inteligência acima do comum, que não assuma, em polêmica, um ar infantil, grotescamente infantil, de colegial em júri histórico. É, por exemplo, o sabor desse debate, tão atual, entre o doutor Arrojado e o doutor Sampaio Correia – o último a disfarçar sua aridez com uns guizos pregados à última hora na aba do fraque; o primeiro a dar a ideia dum menino de barba postiça.

Disse de Luís Cotter que uma nota de misticismo lhe alonga o retrato composto pela saudade, aliás mística, do sr. Fidelino de Figueiredo. Era, na verdade, o Luís Cotter que à nossa imaginação revela o sr. Fidelino, criatura de estranhos pudores e intuições; amarfanhando-se, às vezes, em esquisitas reações de sensibilidade. Criatura em quem o intelectualismo não abafava a flama da emoção; um aristocrata do sistema nervoso antes de ser um milionário de leituras.

Estranhas intuições puseram-no sob o encanto da Igreja; e teve suas crises dolorosas, como a daquela manhã em que, angustiado, entrou numa igrejinha de Lisboa; e lembrando-se do conselho de Pascal foi tomar água benta. Mas "ao olhar a pia viu a água enegrecida aqui e ali de moscas mortas. Saiu com tédio".

De modo que em Luís Cotter os pudores caprichosos do sistema nervoso traíam à própria alma. O livre-pensador de botica, lido nesses Haeckel a 4$ a tradução de que fala o sr. José Lins do Rego, achará decerto sabor de anedota humorística no incidente da água benta. Mas o seu verdadeiro sabor é outro. É o sabor trágico.

Era também aguda em Luís Cotter a acuidade olfativa. O que o aproxima daquele estranho místico que foi Lafcadio Hearn. Dizia Cotter – e o seu

Boswell o registra – "que os espíritos tinham emanações próprias e bem individualizadas que se recebiam pelo olfato".

Recorda ainda do seu amigo a nobre saudade do sr. Fidelino de Figueiredo a sua maneira de avô. Maneira de avô que o fazia querido dos pequenos. Cotter, ainda moço, e tão pouco patriarcal que não chegou a formar família, tinha a vocação do avô; e sabia como ninguém contar histórias da carochinha por ele improvisadas.

(Diário de Pernambuco, 19-4-1925)

Baedeker

Um telegrama trouxe de Leipzig a curta notícia: morreu Fritz Baedeker. Notícia curta e sem acompanhamento como um enterro de terceira classe.

Apenas especificava que o nome cristão de Baedeker era Fritz. Fritz – nome vulgaríssimo. O nome de todo alemão de anedota ou caricatura.

Entretanto, não era vulgar o homem que acaba de morrer em Leipzig – suponho que aos oitenta e tantos ou noventa anos. Nele desaparece o nervo de uma formidável instituição: os "Guias Baedeker".

Esse Fritz Baedeker foi na vida espécie de mediador plástico entre Nossa Senhora dos Navegantes e o mundo que viaja. Espécie de nume tutelar dos turistas. Uma como governante alemã em ponto grande dessas crianças, também em ponto grande, que são os viajantes. Principalmente os que viajam "não para ver mas para ser visto".

E se muitos têm a lamentar na morte de Baedeker a morte de um bom e fiel amigo – bom e fiel como um relógio de confiança – outros devem estar de luto de Baedeker como de luto de um pai. Porque ele foi o pai de numerosa literatura de viagem; de muita carta; de muita correspondência; de muito artigo para jornal; de muita página de livro. É de Baedeker, no gênero, muita literatura ou sociologia que pretende ser de observação original ou de conhecimento direto.

Ninguém o menciona, é claro. Porque nunca se tornou *chic* citar o Baedeker: "como diz Baedeker", "segundo F. Baedeker", "no dizer do bem informado Baedeker". Citam-se autores como se ostentam parentes e Baedeker, sob esse ponto de vista, foi sempre um parente pobre. Espécie de *poor relation* de Lamb.

Pobre, neste sentido. No verdadeiro, não o foi decerto o alemão de Leipzig. Deve ter morrido milionário.

É engano supor que o turista seja sempre um indivíduo de caixa de binóculo ou "kodak", como nas caricaturas e nas fitas de cinema. É antes um indivíduo com um livro debaixo do braço. E o livro, é sempre o Baedeker.

Um domingo surpreendi uma inglesa a ler com um recolhimento franciscano um livro de capa negra. Domingo, inglesa feia, livro de capa negra – concluí que era a *Bíblia*. Engano: era o Baedeker.

Vi Baedeker guiando turistas ruidosos através de catedrais; vi Baedeker levando viajantes a hotéis, a museus, à abadia de Westminster, às fontes de

Versailles. Uma tarde, na Sainte Chapelle, surpreendi umas criaturas que somente a tirania germânica de Baedeker teria levado a semelhante lugar – tão deslocadas me pareceram entre os roxos e os azuis dos vitrais góticos.

De longe, deve ser motivo de espanto a facilidade com que viajam novos-ricos, vendo lugares famosos e às vezes de acesso difícil. É que Baedeker, a governante alemã, toma conta dos pobres-diabos. Baedeker e a Agência Cook.

E os pobres-diabos se sentem como por magia transformados de matéria adiposa em celuloide. Em bolas de celuloide. De celuloide ou de borracha. Bolas de celuloide ou de borracha, ágeis e leves como brinquedos. E impelidas daqui e dali pelo Baedeker e pela Agência Cook.

Limita-se o viajante que se entrega à carinhosa tirania do Baedeker e da Cook a rolar ou a boiar, docemente e sem esforço, pelas cidades, pelos campos, pelos lagos, pelos mares, pelas montanhas suíças, pelas praias mediterrâneas, pelos gelos da Escandinávia, pelas areias do Saara – como bolas de celuloide ou de borracha. Baedeker e Cook transformam em pés de anjo os próprios pés de boi.

Baedeker poderia ter sido guia na história ou na literatura. Na história e na literatura os Baedekers são tão úteis quanto nas viagens. Salvam imensidades de tempo e de aborrecimento. Por falta de um Baedeker que lhe fornecesse datas e fatos, já coados e limpos de dúvidas, deixou Joaquim Nabuco de escrever a biografia de Maciel Monteiro.

Entretanto, largas somas ganhou decerto Fritz Baedeker levando viajantes às montanhas suíças e às fontes de Versailles; e como Herr Prof. Baedeker, levando viajantes às Guerras Púnicas ou aos dramas históricos de Shakespeare, ele teria talvez morrido pobre e ignorado, como tantos melancólicos pedagogos.

Merece uma estátua, esse Baedeker – dizia-me um amigo uma dessas tardes. Uma estátua em Paris ou em Londres. Uma formidável estátua do tamanho do *Balzac* de Rodin. Digna do homem que foi o mediador plástico entre Nossa Senhora dos Navegantes e os turistas. Digna do protetor de tanto viajante inexperiente. Digna do alemão meticuloso que indicou ao mundo os meios de vencer as dificuldades de quase toda viagem imaginável.

Na verdade, somente de uma grande viagem deixou Baedeker os viajantes sem guia no estilo dos seus mil e um guias: da viagem que ele acaba de empreender. Viagem de um mundo a outro. E o "outro" não é nenhum dos da veneranda *Revista dos Dois Mundos*.

É possível que nos mande Baedeker este outro guia através de alguma mesa de três pés. Ou de um ágil lápis de *medium*.

Mas é também possível que, no assunto, Baedeker, sensatamente, se tenha contentado com o *Guia de pecadores*, de Fray Luis de Granada.

(*Diário de Pernambuco, 26-4-1925*)

Acerca de jardins

Desviada do seu natural destino – a revista *Chácaras e Quintais* ou o sr. Samuel Hardman – a consulta que me dirige o sr. A. J. I. coloca-me na situação difícil daquele homem de Mark Twain: o redator do jornal de agricultura.

O sr. A. J. I. possui à linha de Casa Amarela extenso jardim em esqueleto. Os canteiros ainda virgens. Canteiros de cimento imitando troncos de árvore.

E a sua dificuldade é agora a da escolha: 1) de plantas e flores para o jardim; 2) de jardineiro.

Permito-me a sem-cerimônia de lamentar na consulta do sr. A. J. I. a sua melancólica insuficiência. Ou antes: o seu tristonho retardamento.

Só depois de derrubados vários sapotizeiros – doces sapotizeiros de uma deliciosa sombra a derramar-se sobre a areia em grandes manchas azuladas; e velhas palmeiras; e uma formidável jaqueira; e sobre a pobre terra a sangrar, estendido, à fita métrica, um sistema de canteiros geométricos; só depois de tamanha destruição, o estimável sr. A. J. I. coça, shakespearesco, a cabeça, na dúvida de si mesmo e da sua estética. Seria o caso de responder-lhe com a oratória do frade: "É tarde, é muito tarde!".

Porque a verdade, meu caro sr. A. J. I., é que o seu jardim deveria ter começado pela conservação de metade, pelo menos, daquelas árvores. Ou daqueles mais que pés-de-pau.

Objetará o senhor que na Suíça, país dos seus encantos, os jardins que teve ocasião de ver em torno dos hotéis eram superfícies lisas; sem árvores; os canteiros simétricos. E com efeito.

Mas, meu caro sr. A. J. I., da Suíça tudo nos distancia, ainda que tão abundantes sejam nossas relações comerciais: ela a nos fornecer relógios e latas de chocolate e de leite condensado e nós a lhe fornecermos turistas para os seus lagos, novos-ricos para os seus hotéis e tuberculosos para os seus sanatórios. A reciprocidade econômica é perfeita e sem um pelo arrepiado a cordialidade de nossas relações – exatamente pela dessemelhança radical de condições de vida.

Nós vivemos sob um sol contra o qual todas as sombras são poucas. Sob um sol tirânico. Mas enquanto vivemos sob semelhante sol – verdadeiro Luís XIV – na Suíça, democrática em tudo, inclusive na sua mediania intelectual, na sua esterilidade artística e na sua natureza industrializada – o sol reina, mas não governa. É um sol efeminado, quer dizer, parecido à lua.

Sob o nosso sol e nesta nossa natureza meio selvagem ainda, jardins como os suíços; ou como os franceses do Loire; ou como os ingleses de Holland House – estilados, os tufos aparados em cubos, os canteiros em dura simetria, a relva quase sem fim – assumem um ar melancólico e ao mesmo tempo ridículo. E não se compreende que em vez de tirarmos partido de valores naturais; da meia selvageria que é a delícia da nossa natureza – procuremos eliminar aqueles valores e disfarçar essa meia selvageria, para fingir, nos jardins, a Suíça e o Loire. É como se fantasiássemos de branca, uma beldade negra; ou de loura, uma linda cabocla. Os efeitos de ridículo plástico são semelhantes.

No assunto bem poderíamos ter desenvolvido a lição portuguesa. A magnífica lição portuguesa.

Sempre recordo com saudade as tardes e os meios-dias de sol passados em Lisboa, entre as místicas palmeiras de São Pedro de Alcântara. Curioso jardim donde se olha Lisboa como de uma torre de igreja. E um jardim onde se está deliciosamente só. Dele já disse alguém que era uma espécie de quarto andar de casa particular: íntimo e não público.

Às vezes, passeando pelo São Pedro, imaginava eu ver, num banco mais só, Antero a bambolear a perna angulosa e inquieta de nevropata: mas era sempre algum inglês meio tísico a gozar um pouco de sol e a ler um pouco de Woodsworth.

Jardins mais lindos que os portugueses, não os vi em parte alguma; jardim como o São Pedro de Alcântara duvido que exista fora de Lisboa. Dessa Lisboa tão melancolicamente transformada num enorme *Grand Guignol*.

E um desses dias, folheando uma revista norte-americana, fui surpreendido por um artigo interessantíssimo sobre os jardins portugueses: "*Some Portuguese Gardens*". Assina-o um nome de mulher: Rose Standish Nichols.

Escreveu-o a americana sob o encanto de um céu que lhe pareceu mais azul que o da Itália; e de um sol que a deliciou. E que é na verdade o mais doce dos sóis.

Interessada principalmente em estudar os jardins portugueses, foi Mrs., ou Miss, Nichols a diversas quintas, deliciando-a sempre, nessas excursões, o casario cheio de cor, algumas casas parecendo frescas de tinta ou de ocre; outras com o verde ou o azul ou o vermelho da pintura desmaiado pelo sol; não raras, quadriculadas de lindos azulejos nos seus frontões.

Em Benfica, visitou a Quinta do Marquês da Fronteira. E logo ao primeiro contato sentiu nesse jardim português do século XVIII alguma coisa de inconfundivelmente diverso dos jardins que visitara na França, na Itália e na Espanha.

É que o conjunto oferecia efeitos de espontaneidade bem diversos dos de ordem geométrica dos jardins franceses e italianos. E a escritora americana observa: "Talvez ao ser estabelecido este jardim, o arranjo das plantas fosse tão regular quanto o plano, simétrico; porém em março do ano passado, quando o visitei, tudo parecia deliciosamente ao acaso". E referindo-se, meio inquieta, a certos cuidados do proprietário atual, adverte a escritora: "É de desejar que ele saiba que as irregularidades, com o seu ar de resultados do acaso, produzem um efeito de espontaneidade muito mais agradável que o de regularidade e precisão levadas ao requinte na França. O exato geometrismo destrói nos jardins o encanto da intimidade; e o jardim da Quinta do Marquês, apesar de suas vastas dimensões, tem essa intimidade acolhedora e fala diretamente ao coração da gente. Aqui e ali reponta um 'rosa-chá' ou uma 'mimosa' de formas clássicas, os galhos muito longos fora de proporção com as plantas vizinhas. Há canteiros cheios de 'Belezas de Nice' em botão, outros transbordam de azul vivo ou de roxo. E de vez em quando dança aos nossos olhos o vermelho das tulipas, em grupos alegres. Os azulejos que ornamentam os muros e parapeitos são de um azul-cobalto fosco que recorda o da porcelana de Delft".

Essa americana sentiu decerto o íntimo encanto dos jardins portugueses; o sabor franciscanamente lírico de sua beleza. Beleza que está exatamente no meio selvagem à vontade das plantas, dos tufos, das flores. Exatamente no oposto do rígido, calvinista geometrismo dos jardins suíços e franceses.

A tradição portuguesa é sem dúvida a que devia estar sendo aqui – no Brasil – desenvolvida, com um maior e mais forte relevo dos efeitos de espontaneidade e, sobretudo, procurando-se nos jardins o máximo de sombra.

Mas com a mania das avenidas à francesa e à americana, veio também a mania desses canteiros simétricos, geométricos, rigidamente alinhados. Canteiros de cimento imitando troncos de árvores para dar uma nota de rústico.

E para encher esses canteiros o *chic* está no exotismo. Desprezam-se os roxos e azuis e amarelos e vermelhos da nossa flora; e as formas de uma elegância heráldica em que se alongam tantas das nossas plantas decorativas – pelo *chic* das plantas estrangeiras. Entretanto, recorda, das nossas, no seu estudo *A flora do Brasil*, o sr. F. C. Hoehne: "muitas já figuram nos jardins mais nobres da Europa".

Da minha parte, meu caro sr. A. J. I., confesso um lirismo a Diego de Estella por essas nossas plantas, hoje desprezadas nos jardins *chics*. Elas começam a ser nossas pelo frescor e pelo sabor dos próprios nomes. Nomes que pedem poemas: "flor-de-noiva", "três-marias", "cinco-chagas", "brinco-de-princesa", "flor-de-viúva", "suspiros", "saudades", "resedá", "palmas-de-santa-rita". "Plantas coloniais", chama-as um amigo meu. E o sr. Monteiro Lobato, num dos seus contos, fala-nos de um jardim "cheirando a Tomé de Sousa" – onde um jardineiro chamado Timóteo, fiel preto velho, passara toda a vida a regar e a cuidar, como um São Francisco de Assis afro-brasileiro, de "perpétuas", "resedás" e "sempre-vivas"; e que um dia é transformado em jardim inglês.

Este tem sido no Recife o melancólico destino de muito jardim antigo – e sincero e acolhedor pelas suas "plantas coloniais". Diz-se, meu caro sr. A. J. I., que isso é devido ao progresso; e é o sr. Monteiro Lobato quem põe na boca de uma personagem do já referido conto estas ou parecidas palavras: "Estamos no Século das Crisandálias!". E com efeito.

Sobre a escolha de plantas e flores, aí fica, meu caro sr. A. J. I., meu humilde parecer. E é possível que no próximo domingo procure responder à sua segunda pergunta. Depende da veneta.

(Diário de Pernambuço, 3-5-1925)

A propósito de artes retrospectivas

Agora que um Museu de Artes Retrospectivas se organizou no Rio, bem poderia cogitar Pernambuco, ao menos por elegância, de estabelecer o seu, como documento à vida local. Vida que foi, em certas épocas, tão rica em afirmações de interesse artístico.

A verdade é que a ignoramos tristonhamente. Nos Institutos Históricos do Brasil espanta o critério estreitíssimo de valores históricos; a noção, que é a oficial nas escolas e nos jornais, de existir a História antes para a glorificação dos esforços militares e revolucionários que para o inventário inteligente, honesto, lógico ao mesmo tempo que cronológico, e sobretudo psicológico, sociológico, artístico das afirmações construtoras; da energia criadora nacional em todas as suas expressões. Inclusive as plebeias. As analfabéticas. As rústicas.

Daí faltar-nos melancolicamente aos quatro séculos de vida o documento vivo. A ilustração plástica. Da técnica da produção do açúcar, por exemplo, quase não existe documento, quando seria relativamente fácil fixar-lhes, por meio de fotografias e desenhos, as principais fases de desenvolvimento histórico. Desenhos, segundo as descrições minuciosas de Frei Vicente Salvador e de Frei Domingos do Loreto Couto, das rudes moendas de pau em que na capital de Duarte Coelho se espremeram as primeiras canas-de-açúcar; e das engenhocas movidas a roda-d'água ou a giro de bois ou cavalos, que lhes sucederam no segundo século colonial; e dos engenhos, descritos por Antonil, em que, nas fornalhas de um vermelho de sangue, trabalhavam por vezes negros facinorosos "presos em compridas e grossas correntes de ferro" ou escravos doentes de "humores gálicos"; e dos primeiros banguês, no século XIX, tantos deles já de fogo morto e inúteis. Apenso relíquias meio comidas pelo mato.

A escassa documentação que existe sobre o assunto é toda, ou quase toda, estrangeira – inclusive a que destaca a benignidade brasileira com relação aos escravos. Documentos de acesso difícil. Nem ao menos ocorreu a algum governo de Pernambuco ou ao Instituto Arqueológico reproduzir, em fotografias, os desenhos de Post na obra de Barlaeus; e os que acompanham os livros de Koster, de James Henderson, de Maria Graham.

Eis o que seria um interessante museu, cheio de fortes sugestões para a jovem imaginação artística que, entre nós, desabrocha sem nenhum estímulo do passado: um museu que nos recordasse as afirmações mais características da vida colonial: a sua técnica de produção, a de transporte, o mobiliário, os tipos de casa, os costumes de vestir, os aparatos das grandes procissões e festas de igreja. Da serralharia e carpintaria dos engenhos recordaria o museu, ao menos pelo desenho, aquelas rodas-d'água e aquelas engrenagens todas, recortadas nas duras madeiras da terra – sucupira, pau-d'arco, vinhático – que foram a surpresa e o encanto de Tollenare; aquelas "obras de carpintaria de uma execução perfeita", a que se refere o viajante francês, tão sábio no elogio; as canoas, as caixas de açúcar, os tirantes, os frechais produzidos pela serralharia ao lado das obras de marcenaria, talhadas no roxo e no avermelhado das madeiras seletas, para o mobiliário das "casas-grandes".

E ainda nos recordaria um museu de artes retrospectivas o que nos primeiros séculos da vida pernambucana produziram a ourivesaria e a escultura em madeira e em marfim. Na Olinda colonial fabricaram-se órgãos e serafinas delicadas com as teclas de marfim e de tartaruga; esculpiram-se nas madeiras doces, Nossas Senhoras, querubins, Meninos Deus de presepes; fundiram-se sinos de igreja; lavraram-se peças de ouro, de prata, de esmalte.

Acentuaria um museu de artes retrospectivas em Pernambuco as afirmações de interesse artístico, inspiradas em motivos da vida ou da paisagem regional. Um meu amigo possui um pequeno sofá de jacarandá que, sob esse ponto de vista, é deliciosamente sugestivo: formam-lhe o espaldar cornucópias com maracujás e cajus a substituírem frutas europeias. Um encanto de expressão regional, o velho sofá. Brasileirinho da Silva.

De todo esse mundo de coisas dispersas é que está por fazer o inventário. Disto e do muito que haveria ainda a destacar, dentre pequenas artes – caseiras ou domésticas, umas, como a do bico e renda pelo processo dos bilros e das almofadas com espinhos de mandacaru; plebeias, várias, como a da louça de pau, a da louça de barro, a dos cachimbos, a dos chapéus de palha de ouricuri e das redes de trançado, a dos tamancos, a dos cocos de beber água. Em tudo isso se tem afirmado, às vezes de maneira interessante, a ingênua imaginação da nossa gente rústica.

E é preciso não esquecer que Pernambuco chegou a ter nos tempos coloniais sua pequena Toledo que foi Pasmado. Pequena Toledo onde se apurou o fabrico da arma mais caracteristicamente nordestina: a faca de ponta. A na França, no século XVIII, chamada Olinda: fato tão ignorado no Brasil até por eruditos.

Arma hoje plebeia, foi, entretanto, nos tempos coloniais, essa "Olinda", a da nobreza pernambucana. O que explica o esquisito lavor de certos cabos e bainhas de prata de velhos punhais.

É pois injusto aliar a faca de ponta à pura ideia da desordem rasteira; aos moleques e "cabras" que outrora se navalhavam diante das bandas de música, nos dias de procissão ou de festa. Em Pernambuco, o punhal muitas vezes rebrilhou como elemento de ordem: era a arma de confiança do senhor de engenho nesse período vivamente florentino da nossa história (1821-1849), em que os próprios padres foram, no sertão, os *condottieri tonsurados* de que nos fala sr. Oliveira Lima.

Sabe-se que armados à faca de ponta é que os senhores de engenho do sul de Pernambuco – o nosso melhor elemento de ordem, dados os desenvolvimentos da maçonaria revolucionária em Goiana, donde era o agitador Paula Gomes – marcharam em 1823 contra o Recife, depois de reunidos, com os seus *bravi* e os soldados fiéis à Junta Governativa, no engenho do Morgado do Cabo. De modo que à punhal e à faca de ponta é que foi, no próprio Recife, restabelecida a ordem em 1823.

Tollenare notou nos engenhos pernambucanos o luxo comum do punhal de cabo de prata; e Koster nos fala das facas de Pasmado: viu-as em toda parte. E assim no-las descreve certo missionário metodista, que aqui esteve nos começos do século XIX: "facas que o povo gosta apaixonadamente de trazer à cinta em bainhas de prata e tem o vício de empregar com demasiada frequência para fins criminosos".

Chegaram muito prósperas até os começos do século atual certas pequenas indústrias e artes, hoje em declínio, senão de todo desaparecidas, como a das facas do Pasmado. Em Pão de Açúcar, em Alagoas, chegou a ser numerosa a produção de tamancos; e creio que as louças de barro e os chapéus de palha de ouricuri, ainda os fabrica a gente rústica de Coruripe e Maragogi. São artes e indústrias humildes e ingênuas. Porém, muito dignas de estudo. O mesmo se pode dizer das artes ainda cultivadas pelos índios de Águas Belas.

Um museu que procurasse reunir, num esforço de inventariação, tantos valores dispersos, faria sem dúvida obra de importância social, além de cultural. Porque não se trata de mera necrofilia. Trata-se de reunir matéria sugestiva, plástica, estimulante da imaginação: capaz de ser continuada através de novas palavras ou de novos arrojos criadores.

(Diário de Pernambuco, 10-5-1925)

Viver às claras

Há no brasileiro um gosto tão forte de "viver às claras", que neste particular o falecido Augusto Comte muito nos teria louvado e admirado.

A luz elétrica, adotamo-la rapidamente e com uma abundância desconhecida nos países donde ela nos veio. O Rio de Janeiro muito se gaba do número de focos que lhe iluminam as ruas e os palácios; e em quase todo o Brasil o que principalmente ostentam as instalações e as residências de luxo é a abundância de luz.

As próprias igrejas, renunciando àquela meia-luz que outrora era parte do seu encanto místico, adotaram o critério da muita luz – e luz elétrica, às vezes em globos de cor – que nos dias de festa tanto as confunde aos olhos menos experientes com os teatros e os cinemas de subúrbio.

Nas casas ricas do Brasil, o maior luxo é decerto o da luz. Sente-se à distância uma casa rica de brasileiro pela claridade sanjoanesca que irradiam seus numerosos focos elétricos. Muitas vezes é somente a luz do pórtico ou do jardim – as pessoas da casa estando a passeio ou no cinema. Aliás, com relação ao cinema, conviria que algum técnico da eletricidade mais empapado de moral comtista procurasse o meio de os moralizar, adaptando-os à ética da luz.

Por esta ética de viver às claras, eu devo confessar – ai de mim! – a mais decidida antipatia.

Não me interessa discutir a pretendida superioridade moral da luz elétrica. Superioridade negada enfaticamente pelo curioso Ganivet. O curioso Ángel Ganivet do livro de Almagro. O qual chegou à gloriosa era da Luz Elétrica com o culto da Lamparina de Azeite puro e inalterado.

É que para o esquisito granadino o abuso da luz – permitido pela eletricidade – acabaria dissolvendo a vida de família. *"El antiguo hogar"* – escreveu uma vez Ganivet – *"no estaba constituido solamente por la familia sino tambien por el brasero y el velón que con su calor escaso y su luz debil obligaban a las personas a aproximar-se y a formar un nucleo comun."*

Em outras palavras: uma casa iluminada por igual não predispõe a família para aqueles serões e aquele aconchego de outrora, com a leitura dum romance de Alencar ou do *Almanaque de lembranças luso-brasileiro*, depois do jantar, junto ao candeeiro grande e gregário. De modo que se pode generalizar: a luz de azeite ou petróleo atraía e aconchegava pelo estranho prestígio de sua debilidade, ao contrário da luz elétrica que dispersa e desune.

Não creio que seja o critério propriamente moral que me afaste com repugnância da vida às claras em que se requinta o brasileiro e me aproxime com simpatia da vida à meia-luz e velada do inglês *at home*. Será antes o que se poderia chamar a estética da moral.

Ora, olhar a moral pela sua estética é admirar, antes de tudo, no homem, o pudor; igualmente elegante, de suas virtudes e dos seus vícios. A mim repugna o homem laborioso que a todos se apresenta com o ar apressado de rapaz de telégrafo a distribuir telegramas de urgência; prefiro o menos laborioso que, entretanto, ao apresentar-se a alguém, dê antes a preocupação de ócio e até de preguiça.

Prefiro igualmente o indivíduo que estuda ou doutrina ou acaricia a esposa num quinto andar ou detrás de cortinas ou fosca vidraça ao que estuda ou doutrina ou acaricia a esposa quase no meio da rua, com as janelas escancaradas. A não ser, é claro, que o faça por necessidade.

Ainda prefiro o crente que procura antes a meia-luz que a luz elétrica para a sua devoção; e chego a não compreender certas fotografias do *Fon-Fon* de cerimônias religiosas; não me parece que o pudor da devoção deva transigir tanto com a curiosidade jornalística.

Semelhantemente prefiro o pecador com o pudor dos seus pecados ao pecador que peca às claras. Sob um critério rigidamente moral pecar às claras será talvez superior a pecar às escuras ou à meia-luz. Mas sob o critério estético-moral, que infelizmente é o que eu sigo, pecar às escuras é mais bonito; e o próprio sabor do pecado se aguça na discrição.

Ainda devo fixar uma preferência: a do "doente para si", como a Gerôncio de Arruda Falcão chamou uma vez o sr. Luís Cedro, ao doente às claras, que nos conta em minúcia seus padecimentos e às vezes nos expõe suas feridas.

Escreveu Santo Thyrso que "os portugueses – almas sinceras – expõem, quando ricos, os seus vícios e, quando mendigos, os seus aleijões." É que vivem moralmente às claras, como os brasileiros. Apenas os brasileiros – principalmente os "brasileiros" – têm mais dinheiro para empregar em luz. Luz que lhes ilumine os vícios e as virtudes.

(Diário de Pernambuco, 17-5-1925)

A propósito de nomes

No Brasil de há cem e cinquenta anos, nascido um menino, procurava logo o pai ou o avô, na folhinha ou no martirológio, o nome do santo do dia; ou então era o nome do avô ou do padrinho que o pequeno tomava à pia batismal; ou um nome de Nossa Senhora em doce cumprimento de promessa. À antecipação de um parto difícil, pegava-se com a Nossa Senhora ou a santa de sua devoção, a dolorosa mãe grávida: acendia-lhe velas todas as noites; rezava-lhe com ânsia; prometia-lhe o nome ao menino esperado. Seria José Maria ou Manuel Maria. Seria Maria da Conceição. E daí as Maria das Dores, da Anunciação, do Céu, das Graças – nomes de um tão íntimo encanto e de unção religiosa tão grande.

Este costume e o do nome do santo da folhinha ou o do padrinho são hoje raros. Aliás, já em 1840 escrevia o padre Gama que para dar nomes aos meninos, recorriam os pais, não já à folhinha nem à história sagrada, mas "à história profana, à mitologia, às novelas, até a geografia; e destarte os nomes de João, de Manuel, d'Antônio, de Francisco etc. etc., já se não usam, e hoje quase ninguém se batiza senão por Sêneca, por Focião, Sócrates, Epaminondas, Licurgo, Mitríades, ou por Júpiter, Marte, Saturno, Vênus, Diana, Minerva, ou por Antuérpia, Filadélfia, Marilândia, ou finalmente (o que é o bom-tom) por Clélia, Adelaide, Getúlia, Eufrozina, Clarissa etc.; alguns pais têm levado o bom gosto a ponto de inventar, e engendrar, nomes compostos de flores, batizando os filhos por Gosmilandas, Perpetulinos, Bemequerindas etc. etc.".

A última prática de nomes compostos, é hoje muito seguida; rareiam, por outro lado, os Antônios, os Paulos, os Manuéis, os Franciscos, os Pedros, os Carlos, os Jorges; e os diminutivos em que outrora se amoleciam esses e outros nomes cristãos.

É interessante notar o amolecimento que entre nós sofreram certos nomes cristãos, ameigando-se na boca das mães, sempre muito meigas no Brasil, ou corrompendo-se, perdendo "rr" e sílabas acres ou difíceis de bater, na boca das mucamas. Foi assim que Antônias ficaram Dondons ou Totônias; e as Teresas, Tetés; e os Manuéis, Nezinhos e Mandus; e os Franciscos, Chicos; e os Pedros, Pepes e Pedrocas; e os Antônios, Toinhos. Algumas dessas corruptelas de ternura vieram-nos de Portugal; mas a maior parte delas produziram-se aqui, com o amolecimento geral que no Brasil, em parte pela ação do clima enlanguescente e em parte pela influência corruptora, às vezes deliciosamente corruptora quanto a efeitos melódicos, da boca indígena ou africana, sofreu o idioma português. Pepe, por Pedro, é corruptela de sabor distintamente brasileiro; e o mesmo é certo de Teté, Giló, Manu, Calu, Sinhá, Bembém, Dondom, Dedé, Bitu, Mandu.

Note-se ainda o sabor meio selvagem que entre nós adquiriram certos patronímicos, na quadra de nativismo que se seguiu à dissolução da Constituinte: várias famílias rurais acrescentaram então o nome do engenho de sua propriedade ao patronímico português ou adotaram nomes indígenas, aparecendo os Ibiapinas, Araripes, Tamandarés. Alfredo de Carvalho registra vários casos dessa natureza, que explicam certos nomes de famílias esquisitos, hoje correntes entre nós. O futuro Visconde de Jequitinhonha, por exemplo, transformou, por exaltação nativista, "em Francisco Gê Acayaba Montezuma, o nome de Francisco Gomes Brandão, recebido na pia batismal". Certo ramo da família Cavalcanti de Albuquerque, já na época colonial, incorporara ao patronímico um nome de engenho: Suassuna. E um ramo de outra ilustre família – a Galvão – transformou patrioticamente em Carapeba o patronímico português. É que no caso destes Galvão, não era só de nome o patriotismo, prova-o o ter morrido um deles – parente e grande amigo do meu avô materno – na Guerra do Paraguai. Aliás esse meu avô materno deixou no nome quase um ranço bairrista: Ulysses "Pernambucano" de Mello. Dera-lh'o o pai, ardentemente pernambucano. Bairrista. Grudado ao pregagento massapê.

Hoje não é *chic* dar ao menino que nasce nem o nome do padrinho nem o do avô nem o do santo da folhinha; e ao contrário daqueles ingênuos patriarcas do tempo quase da carochinha da Constituinte, a elegância está nos nomes estrangeiros, colhidos às vezes nas fitas de cinema.

(Diário de Pernambuco, 24-5-1925)

À rebours

Carlos da Maia e o seu amigo Cruges foram uma vez a Seteais.

Corria o mês de abril – como num romance de J. de Alencar. E era cedo. Donde o grande silêncio da praça: as lojas ainda vazias; raras janelas abertas, numa das quais, secando ao sol, um par de botinas de duraque; à porta do hotel, dois rapazes ingleses de *knickbockers*, cachimbando tranquilamente como os ingleses das caricaturas e das operetas.

Isto é Eça em resumo telegráfico; e ligeiramente comentado. Quem quiser sorver a passagem no seu conjunto e sem comentários vá a *Os Maias*, vol. I, pág. 316.

Mas o certo é que foram a Seteais – o médico e o maestro. Estava o maestro absolutamente virgem de semelhante passeio. Desvirginava-se naquela manhã. E com delícia. Com grande volúpia. Gritando de vez em quando para Carlos: "Que ar! Isto dá saúde, menino! Faz reviver!".

Deliciados com o ar e as doces sombras e o brando rumor de águas a correr – sentaram-se Carlos e o maestro num muro baixo, diante dum jardim. É o Queirós que descreve o jardim: "Era um espesso ninho de verdura, arbustos, flores e árvores, sufocando-se numa prodigalidade de bosque silvestre, deixando apenas espaço para um tanquezinho redondo, onde uma pouca de água, imóvel e gelada, com dois ou três nenúfares, se esverdinhava sob a sombra daquela ramaria profusa. Aqui e além, entre a bela desordem da folhagem, distinguiam-se arranjos de gosto burguês, uma volta de ruazita estreita como uma fita, faiscando ao sol, ou a banal palidez de um gesso. A espaços, com uma graça discreta, branquejava um grande pé de margaridas; ou em torno de uma rosa, solitária na sua haste, palpitavam borboletas aos pares".

Foi diante desse jardim tão português (e o próprio sr. Antônio Torres – de quem tanto tenho ouvido falar no Recife, desde que cheguei de São Bento, como o sr. Umbelino Lampeão daquelas paragens de sol cáustico – muito se abrandaria na sua lusofobia, posto terapeuticamente entre as grades dum jardim português) que o Cruges teve a ingenuidade de exclamar: "Que pena que isto não pertença a um artista!".

Sorriu o Carlos da Maia. Sorriu e disse ao ingênuo maestro: "Os artistas só amam na natureza os efeitos de linha e cor; para se interessar pelo bem-estar de uma tulipa, para cuidar de que um craveiro não sofra sede, para sentir mágoa de que a geada tenha queimado os primeiros rebentões das acácias – para isso só o burguês, o burguês que todas as manhãs desce ao seu quintal com um chapéu velho e um regador, e vê nas árvores e nas plantas uma outra família muda, por que ele é também responsável".

Nunca pôs o Eça numa boca de personagem palavras mais verdadeiras sob a falsa aparência de parodoxo. Toda uma lição de psicologia da boa. Da melhor.

Na verdade, ninguém como o chamado burguês para cuidar dum jardim que talvez só o artista goze nos seus encantos mais íntimos. O burguês metódico, igual, correto.

Aliás, o critério pode ser estendido. Não se aplica exclusivamente a jardins. Os Cruges também dizem diante de pinacotecas metodicamente dirigidas por eruditos das artes ou de bibliotecas dirigidas com o maior zelo pelos eruditos das letras: "Que pena que isto não seja dirigido por um artista!". Ou: "Que pena que isto não seja dirigido por um escritor!".

Enganam-se os Cruges. É verdade que alguém poderia alegar contra esta aplicação às pinacotecas e bibliotecas da filosofia do Eça, o exemplo de Columbano na direção do Museu Nacional de Arte Contemporânea, em Lisboa. Mas injustamente. Dirigir um museu de arte contemporânea – selecionando o vivo, o atual – é quase exclusivamente função do gosto. Por conseguinte, função artística. Eu me refiro às pinacotecas que recolhem o consagrado, o estabelecido, o oficializado; e às bibliotecas a cujo patrimônio a incorporação do novo se faz automaticamente; e que são principalmente armazéns de matéria literária já em latas de conserva.

Ora, para dirigir estas e parecidas instituições – das quais serei o primeiro a realçar a importância e a utilidade – é que me parecem muito mais aptos os puros eruditos, arqueólogos de arte, técnicos em organização de material antigo para exposição – a burguesia das artes e das letras – que os artistas e escritores criadores. Boa burguesia a não ser confundida com a má.

Por mais paradoxal que pareça, ninguém como um burguês das artes ou das letras para a direção e administração dos lugares destinados a conservar os quadros ou as estátuas ou os livros: as glórias e os valores consagrados e tanto quanto possível fixos, das gerações passadas. Porque semelhante burguês, despreocupado de criar, pode entregar-se de todo à função, que não deixa de ser nobre e que é útil, grandemente útil – de conservar. E no caso do criador – duvido de sua competência, e sobretudo de sua disposição mental, para dirigir uma pinacoteca ou uma biblioteca ou um conservatório ou um museu.

Semelhantemente duvido da competência e da disposição mental de um grande jornalista para dirigir um grande jornal. A aptidão do grande jornalista não é dirigir o grande jornal: é praticar o grande jornalismo. Coisas que infelizmente se repelem, raro coexistindo. Isto mesmo li há pouco numa revista francesa: que passara a época do Grande Jornalismo com o estabelecimento dos Grandes Jornais.

Devo aliás confessar que a tal revista é uma publicação de reclame de purgativos – não assinando eu, nem lendo regularmente, nenhuma revista estrangeira ou nacional. O que posso entretanto dizer é que não sinto a falta de semelhante luxo intelectual: dou-me deliciosamente bem com a leitura de revistas francesas de coisas médicas ou de coisas de arte.

Em todo este assunto que venho procurando desenvolver – a inaptidão dos criadores e dos contemplativos para dirigir e administrar – o que me parece de valor prático é concluir pela necessidade e até urgência duma nova função do Estado: o inverso de sua função de caridade e assistência a velhos, dementes etc. Cumpre ao Estado manter os artistas e escritores reconhecidamente criadores, por meio de um imposto de admiração sobre a burguesia. A Nietzsche, não sei como, escapou a ideia de semelhante sistematização.

(Diário de Pernambuco, 31-5-1925)

Acerca do Recife

O sr. Júlio Bello não ama o Recife. Questão de primeiro contato: o sr. Júlio Bello veio menino para o Recife, subtraído às doces árvores do engenho Queimadas, para ser melancolicamente internado num colégio. De modo que o Recife lhe pareceu o pior dos lugares. E esta primeira impressão ainda o domina. O caso é dos que a psicanálise se julgaria autorizada a explicar, remexendo o subconsciente com os ganhos dos seus dois *yy* com que seu nome nasceu na língua portuguesa.

Entretanto existe um Recife digno da amizade do sr. Júlio Bello. Um Recife que está a morrer; e que nesta agonia pede aos poetas que o consolem, desesperançado de prefeitos que o salvem.

Existe ainda um Recife cheio de sugestões deliciosas. Sem os "patíbulos erguidos" a que, em belos versos, comparou o sr. Joaquim Cardozo os andaimes dos maus modernistas empenhados numa empreitada macabra: a de destruírem bons sobrados e boas igrejas antigas. Espécie de Revolução Francesa – ou antes italiana à la Marinetti – contra a nobreza e o caráter da cidade. Da cidade que foi o encanto de Eduardo Prado quando aqui esteve. Felizmente ainda há um pouco do Recife de Eduardo Prado.

Nenhum brasileiro mais viajado que Eduardo Prado – excluindo, é claro, os marinheiros e os secretários de legação. Diria melhor: nenhum brasileiro inteligente mais viajado que Eduardo Prado. E nenhum que amasse o Recife com tamanha volúpia. "É uma das coisas mais belas do mundo a vista do Recife", escreveu o Prado quando aqui esteve pela última vez. E não o escreveu num desses "livros de impressões" onde as cidades obrigam às vezes os viajantes a derramar superlativos; nem o disse em entrevista a nenhum jornal oficioso. Escreveu-o em carta a um amigo.

Pareceu-lhe, o Recife da Lingueta e dos Arcos, sossegado como uma cidade holandesa à beira de suas lagunas e dos seus rios. Sossegado – mas tropicalmente cheio de sol e de cor. E na mesma carta escreveu: "Não se imagina que orgia de luz, de frutos multicores, de flores, de pássaros!".

A estes e parecidos encantos não será decerto estranha ou insensível a emoção do sr. Júlio Bello. Eu sei que ela é particularmente vibrátil aos encantos da serra. Mas à serra o que é da serra e à cidade o que é da cidade. Contra o que no Recife repugna ao meu amigo há um grupo de encantos íntimos, capazes de efetuar a conciliação.

A questão é refugir o sr. Júlio Bello às confeitarias elegantes e aos bairros principescos; e fazer um pouco de vida de rua. Um pouco de vida de *flaneur*. Vida de *flaneur* pelos velhos bairros.

Uma noite de lua no Pátio de São Pedro; um "sereno" à Rua Direita; um "choro" de violões em São José de Ribamar; um balão de São João que sobe no Pátio do Terço – são flagrantes que ainda animam a vida do Recife de um pouco de cor.

O velho Gonzaga de Sá, que fazia história como o Mr. Jourdain, a prosa, acharia nos velhos bairros do Recife vasto campo de ação para os seus longos passeios a pé. Porque o Recife está cheio de sugestões de um passado que é um romance que pode continuar a ser vivido.

No Recife é uma delícia entregar-se a imaginação ao doce trabalho de animar velhos trechos, de notas arcaicas e tocadas de mistério: fazendo surgir de uma janela em xadrez um rosto de mulher com o cabelo em tufos a 1830; fazendo atravessar a Praça da República um louro flamengo do século XVII com a roupa debruada de renda de Malines; fazendo passar pelo Largo do Carmo palanquins forrados de damasco para recolher à saída da missa devotas de Nossa Senhora vestidas de preto; fazendo rolar de um poste de luz elétrica uma cabeça de padre revolucionário de 1817, pingando terrivelmente sangue; fazendo debruçar-se de um postigo para empinar papagaio ou comprar bolo ou rolete de cana, um triste meninozinho de 1850; fazendo rutilar das últimas varandas coloniais do antigo Cais do Colégio o amarelo vivo de sanefas e o azul de colchas festivas; enchendo lajes e degraus de escadas velhas do mal-assombrado de rumores brandos: alpercatas de frades esmoleiros, passos amorosos de "gamenhos", frou-frou de sedas esquisitas de pecadoras encapuçadas.

Ainda existe um Recife capaz de estimular estas e parecidas evocações. Quando ele desaparecer – haverá, no Recife, estrangeiros na própria cidade natal. Deus queira que ele custe a desaparecer de todo.

Com semelhante Recife, é que eu desejaria ver conciliado o meu amigo de Barreiros. Mas não a ponto de vê-lo esquecer seu velho primeiro amor, que é Queimadas. O engenho patriarcal onde nasceu.

É natural que o sr. Júlio Bello, mesmo depois de conciliado com Recife, continue a sentir íntimo e especial apego ao engenho onde brincou menino; onde passou as férias de colegial, livre do tristonho internato a que se lhe associou a ideia do Recife; e onde lhe cumpre residir como um dos últimos senhores de engenho de Pernambuco.

Os que facilmente se desenraízam para adotar modos de vida metropolitanos são os pobres de emoção – venturosa classe de gente, em geral rica de outros bens – a que não pertence o meu amigo. É um sentimental.

Aliás o Recife de brilhos falsos e tumultuoso rastaquerismo à Manaus, que vem desenraizando agricultores e senhores de engenho, separando-os de suas terras para aqui viverem o ano inteiro, como grudados a papéis de pegar mosca – é na verdade um Recife usurpador. Não foi este o destino que para a capital de Pernambuco e do Nordeste sonhou Francisco do Rego Barros. O que Rego Barros quis evitar, embelezando o Recife, animando-o de notas festivas – teatro lírico, corridas de cavalo, recepções em palácio – foi o "deperecimento da vida local". Quem o diz é Nabuco.

Rego Barros queria evitar que os agricultores em férias rumassem invariavelmente ao Rio e à Europa, passando desinteressadamente pelo Recife. Queria um Recife que fosse um ponto de confluência para pernambucanos. Nunca um Recife que para "dentro de portas" – de suas portas – transplantasse a sociedade rural.

(Diário de Pernambuco, 7-6-1925)

Em defesa do fraque

Já uma vez lamentei a morte da cartola entre os nossos baleeiros, agora prosaicamente de boné; e com a mesma melancolia é que lamento a morte do fraque entre os srs. senadores e deputados de Pernambuco.

Não compreendo o desprezo pelo fraque ostentado pela quase totalidade dos srs. congressistas, na solene ocasião do encerramento do Congresso. A vida é decerto muito mais interessante dentro do ritmo da liturgia social do que fora dele; e um deputado ou senador que em ocasião solene se apresenta de paletó--saco, tão absurdo me parece como um pedreiro que trabalhasse de fraque. Não me refiro a pedreiro livre: refiro-me a pedreiro comum.

Houve época em que entre nós se abusou do fraque; e nada mais ridículo que o fraque fora do lugar ou da hora ou barateado. Principalmente num clima como o nosso – que pede para o trabalho e o esporte as roupas leves e claras.

Mas não se compreende a reação a ponto de abolir-se o fraque em ocasiões que outra roupa não toleram senão o fraque ou o "Prince Albert"; ocasiões que repelem a roupa comum como, em qualquer casa que se preze, repele a ocasião do jantar os trajes chamados menores: a ceroula no homem e o corpete e a saia de baixo na mulher.

O deputado ou o senador pode ser simples e *nonchalant* à vontade no que é dele só; na roupa com que vai ao teatro, aos chás, aos embarques, aos desembarques. Mas uma sessão de encerramento de Congresso não é dele só: é principalmente do Estado. Do Estado onde a função de senador ou deputado é, além de representativa, ornamental. Na Inglaterra, terra onde o Parlamento é mais representativo que decorativo, os dias de abertura e encerramento são dias deliciosamente gordos para os fotógrafos e curiosos de pitoresco em geral. O garbo das vestes parlamentares é uma festa para os olhos.

Ora, na maior parte dos países, fora da Inglaterra, eliminando-se hoje dos congressos a função decorativa, o que lhes resta é tão insignificante que não chega, talvez, para lhes justificar a existência. Ninguém ignora que em toda parte a função legislativa se amarfanha e contrai, enquanto a executiva muito se expande, às vezes – nem sempre! – com resultados felizes. Vão longe como os da carochinha os tempos em que se resolviam as grandes questões aos berros e entre goles d'água: hoje as grandes questões são mais tranquilamente resolvidas em voz de conversa, às vezes até em brando sussurro ou voz de confissão; e entre goles de café. O copo d'água desapareceu: a época é a da *demitasse* de café. E há casos em que as mesas dos parlamentos são apenas mesas de onde o executivo despacha negócios e requerimentos.

Diante das tendências antiparlamentares, em toda parte vitoriosas, mais se deviam os parlamentos e congressos requintar na sua função ornamental – aliás ao serviço da dignidade do Estado. Ornamental. Litúrgica. E através do litúrgico, reinando enquanto os executivos governam sem reinar. Prosaicamente.

Há uma liturgia do vestuário a que não deve o homem civil refugir: ela adoça ou dignifica a vida. A vida privada como a pública. É como a liturgia da mesa – a da ordem dos pratos, a da disposição dos talheres e copos e taças para os vinhos diversos. Liturgia que subtrai à ignóbil função de comer um pouco do seu caráter animalesco: que a refina e a eleva e a civiliza.

Sucede o mesmo com o vestuário. O inglês que veste o *dinner jacket* – ou *smoking*, como aqui se diz – para o jantar, mesmo em família, dignifica e eleva o jantar em família. E é decerto muito mais interessante o jantar assim que o nosso – tantas vezes com a própria roupa do trabalho do dia. Antigamente é que era quase litúrgico entre nós o paletó de alpaca para o jantar. O moleque trazia--o para o hóspede ao mesmo tempo que a bacia com água para lavar as mãos.

Aliás ninguém como o inglês para a liturgia do vestuário: o inglês tem costumes de viagem, de escritório, de visita, de pesca, de regata. Europeizou o pijama de dormir. Veste-se conforme a ocasião. Conforme a hora. Conforme o tempo.

Tem graça o português ou o brasileiro que se presume de uma elegância à inglesa por apresentar-se em toda parte de roupa clara ou de esporte e de chapéu mole ou de palha. Está simplesmente a copiar errado. Está a copiar de um modelo suspeito: o inglês fora da Inglaterra. Já Ramalho Ortigão observava que o inglês do Porto – e em Portugal ainda residem ou passam o inverno ingleses de boa extração e do tipo que raramente emigra para as repúblicas mais tropicais da América do Sul – tratava a praça comercial do Porto com "a sem--cerimônia duma granja" indo para a Bolsa "exatamente na mesma *toilette* com que iria em carreta de caça para uma partida de *lawn-tennis* à quinta de um vizinho de aldeia". Procedia assim no Porto o inglês incapaz de penetrar na *City* "senão de sobrecasaca de cerimônia, chapéu alto e rosa no peito". Lembro-me de que me espantou em Londres, perto do Banco da Inglaterra, o grande número de senhores de cartola: parecia a Quinta Avenida à saída da missa e da igreja, nos domingos de gala.

Defendendo o fraque para as ocasiões oportunas não é o excesso de fraques que defendo. Este é ridículo. Contou-me um desses dias um amigo que, tendo de viajar com um seu colega para o interior, em simples excursão, sem nenhum fim social, foi de roupa *kaki*. O colega, porém, apresentou-se de colarinho alto, batinas de verniz, chapéu armado, bengala de castão de prata ou de ouro. E ficou pasmado ante a *nonchalance* da roupa *kaki* do meu amigo.

Há quem não vista calças brancas ou de flanela clara, para não ter a impressão impudica de estar de ceroula. Há quem compareça a *pic-nics* alegres em sombrias roupas de acompanhar enterro ou ir à missa de sétimo dia, julgando menos dignos os suaves tons de cinzento e castanho para não falar na roupa de brim ou linho branco ou na *palm-beach*. Ouvi até dizer de um ilustre funcionário, por outro funcionário ilustre, que ia ao banho de fraque. Talvez haja nisto uma pinta de exagero.

Há, entretanto, brasileiro que, quando ocupa alguma função pública, que o põe no rol dos dignitários, extrema-se em trajar com o máximo de *nonchalance*. Contrastes.

Aquele grande *leader* da Igreja que foi o Cardeal Gibbons deixou sobre o assunto exemplo magnífico: simples no que era dele só, era dos mais ortodoxos no vestir, no que fosse da Igreja. De modo que não afetava pelas vestes litúrgicas essa superioridadezinha que tão engraçadamente afetam pelas becas certos professorezinhos de faculdade no Brasil.

A morte do fraque nas ocasiões solenes da vida de um Estado é um mau sintoma. Deus queira que não seja o primeiro passo para a manga de camisa. Ou o *overall*. Senadores de *overall*. Ou demagogicamente de macacão.

(Diário de Pernambuco, 14-6-1925)

Sugestões a um livreiro

O recente artigo na *Revue des Jeunes* sobre o movimento católico no Brasil serve de assunto a umas interessantes notas do sr. José Lins do Rego na revista paraibana *Era Nova*. Revista que cada dia mais se parece a *Fon-Fon*; mas onde, às vezes, aparecem colaborações como a do sr. Olívio Montenegro. Ou as do sr. José Lins do Rego.

Um ponto no artigo do sr. José Lins do Rego – artigo às vezes confuso, pois o sr. Lins discute e expõe como se subisse uma escada às pressas: saltando degraus – merece destaque: é onde ele se insurge contra o juízo do escritor francês de que o Brasil, para o seu esforço de retificação mental, precisa de contato mais íntimo e mais vivo com os modelos reacionários franceses. O que exige exata definição do que seja "reacionário" segundo o modelo francês.

Há de fato nas ideias de reação, ou antes de reconstrução de Ch. Maurras certo sentido universal. É preciso, porém, não esquecer que elas representam a sistematização de um grupo de ideias para aplicação particular a determinada situação mórbida: a vida francesa desorganizada pelo liberalismo e enfraquecida pela centralização. Repetidamente, através do grande livro que é a *Enquête sur la monarchie*, Maurras frisa e sublinha este critério particularmente francês do esfoço reconstrutor que sua inteligência dirige e seu fino sentimento de pátria anima. É que na medicina da vida social, como na outra, não há doenças: há doentes – segundo o célebre conceito.

Além disso, é preciso notar que, com o recente interesse em torno das ideias da *Action Française* no Rio e em cidades de província como o Recife – aos vagos pedidos dos nossos livreiros respondem os solertes livreiros franceses, enviando para as nossas livrarias livros de um interesse todo de momento. Verdadeiras pontas de cigarros. Desfazem-se assim os editores, por um processo cômodo, do *surplus* incômodo de mercadoria chué. Das pontas de cigarro.

A aproximação dos adolescentes brasileiros que já não creem na "perfeição da democracia" – deve ser antes com o movimento não sei se diga "reacionário" português, ou hispânico, que com o francês. Tem razão o sr. José Lins em falar de Antônio Sardinha e do sr. Fidelino de Figueiredo como melhores mestres para a mocidade do Brasil que os divulgadores franceses. Isso sem se subestimar Maurras. Ou Georges Sorel. Ao nosso esforço de retificação mental e de reorganização social e política fora da ideologia simplesmente democrática, o que primeiramente convém é o critério hispânico, que nos integre no sentimento hispânico e na tradição sociologicamente católica; e que nos liberte do vago "panlatinismo" dos *toasts* do sr. Sousa Dantas e dos lirismos do sr. Graça Aranha.

E se eu tivesse autoridade, o que muito recomendaria ao adolescente brasileiro, tocado pelo desencantamento do liberalismo, seria a leitura de Menendez y Pelaio, de Gama e Castro, de Ángel Ganivet, de J. Lúcio de Azevedo, de Fidelino, de Sardinha.

Algum livreiro mais empreendedor bem poderia mandar vir de Portugal — donde tanta coisa chué nos mandam — livros como a *Aliança peninsular*, de Sardinha, *O novo príncipe*, de Gama e Castro, *O Seiscentismo em Portugal* e *Cultura peninsular*, de Manuel Múrias, o *Pensamento integralista*, de Fernão de Vide. Semelhante livreiro faria um grande bem aos discípulos do prof. dr. Netto Campello e do prof. dr. Methodio Maranhão.

(Diário de Pernambuco, 18-6-1925)

A propósito de Manuel Bandeira

Versos cheios da dolorosa coragem de ser doente, os versos do sr. Manuel Bandeira trazem para a nossa pobre poesia toda uma onda de sangue vivo e jovem. Uma riqueza toda nova de emoção.

Emoção a que nos falta *restraint* – antes se agita dentro de certo ritmo grave de latim, por vezes parecido com o de igreja. É uma voz que se diria educada em Solesmes, a desse brasileiro que canta sem gritar. Voz de acentos como que gregorianos.

Sente-se nos versos do poeta pernambucano, como em certas páginas de Proust, um homem que a emoção da doença aproximou da alma. Daí talvez sua voz baixa: por ser a de um homem sempre perto da sua alma.

É do que mais nos afasta a saúde: da alma. Por isso o pobre Lapuente escreveu para os enfermos aquele livro delicioso: *La perfección en las enfermedades*.

Morre quase ignorante da própria alma o homem que envelhece sem ter estado, uma vez, longamente doente. Morre quase pagão. Pela doença Beardsley tanto se alongou de corpo que se diria ir partir-se de magro e alto. Mas a alma de Beardsley também tanto se alongou, durante a fina doença – tanto se alongou para cima que terminou uma alma cristã. Alongou-se goticamente. Beardsley morreu com os lábios secos beijando um crucifixo.

Do *rendez-vous with death* – que homem não sai o homem novo de que falam as Escrituras?

E não é senão um voluptuoso noivado com a morte – mais que *rendez-vous* de um dia – a longa doença. Noivado que eleva o doente; que o refina; que o exalta. À antecipação da noite mística de núpcias ele se sutiliza e afina.

O homem vitoriosamente são, que apenas "flirta" de longe com a morte, expondo-se aos possíveis riscos duma corrida de auto ou dum voo de aeroplano – esse passa pela vida, virgem de uma de suas maiores volúpias: o místico noivado com a morte que é a longa doença. Assunto de um dos melhores poemas modernos em língua inglesa.

E entretanto é preciso saber ser doente para que a doença não seja apenas o negativo irritante da saúde. Ou não reduza o indivíduo à pieguice. É tão preciso saber ser doente como saber ser rico e saber ser poderoso. Há doentes que são uns como novos-ricos: fazem de sua doença um motivo de ostentação. E dizendo-se às vezes doentes do peito gritam que estão doentes como se tivessem peitos de Stentor.

Para o sr. Manuel Bandeira a emoção da doença é antes uma cultura íntima. De sua "fina e doce ferida" lhe escorre o fio da emoção por alguns versos nada mórbidos ou doentios.

Ninguém lhe vê a ferida. Ele não desabotoa o casaco nem abre a camisa para ostentar a ferida: sua emoção conhece o pudor. O que se sente nos seus versos é a emoção íntima da doença criando no poeta um estado de alumbramento. Um estado de alumbramento que lhe permite ver uns céus muito seus e muito vivos:

"Eu vi os céus! Eu vi os céus!
Oh, essa angélica brancura
Sem tristes pejos e sem véus!...
E vi a Via Láctea ardente
Vi comunhões... capelas... véus...
Súbito... alucinadamente."

Mas nesses aparentes olhos de menino em dia de primeira comunhão que veem os céus e a Via Láctea ardem volúpias em torno de coisas da terra. Requiemes em que ardem também lúbricas pontas de dedos em busca de formas de mulher; de contornos de coxas largas; de relevos de peitos adolescentes, rijos e em bico.

E entretanto são versos que por vezes terminam no desencanto da volúpia erótica, os versos eróticos do sr. Manuel Bandeira. É uma volúpia com o gosto de "fruto que inda verde apodrece" a que faz tremer o poeta de *Pierrot místico* para logo o desencantar. E nesse *Pierrot místico* se lê como numa página medieval daquela esquisita *Anatomy of melancholy* de Robert Burton:

"A volúpia é bruma que esconde
Abismos de melancolia."

E lendo "Pierrot místico" – parente dos Pierrots de Laforgue; e lendo "Dona Branca" e "Na solidão das noites úmidas" e "Chama e fumo" e "Murmúrio d'água" e "Mar bravio" e "Soneto" e "O gesso" e "Os sinos" – a mim próprio pergunto se é mesmo em português que estou a ler. Se não é de uma outra língua, estranhamente plástica e melodiosa, a música de um líquido fluxuoso de um latim de igreja por vezes com um toque de "maldito" em que aí se alongam carícias moles de som; em que se afinam adstringências de um

acre, provocante sabor; em que se aguçam sentidos sob uma interior vibração. Música *di camera* é a desses versos; – e mais que isso, de quarto de doente, onde todo o mover é um brando mover de pontas de pé; onde as vozes são meias-
-vozes debussianas. Onde o silêncio é cheio

> "de sentido místico, grave
> ferindo a alma de um enleio
> mortalmente agudo e suave."

Nunca se falou em voz tão baixa na poesia brasileira. Nunca, entre nós, poeta nenhum cantou o amor por mulher nessa voz misticamente grave, a que, entretanto, não falta aguda vibração emotiva. Esse poeta tem o seu ritmo próprio – sem o que nenhum poeta é verdadeiramente escritor. É verdade que às vezes – raras vezes – repontam no livro do sr. Bandeira influências exóticas como nesse "O inútil luar" que parece uma tradução de Dario. E há no livro versos positivamente convencionais: "A Camões", "D. Juan", "Renúncia". Dir-
-se-iam versos do sr. Alberto de Oliveira.

O sr. Manuel Bandeira tem tanto motivo para acreditar escrever em água como Keats para acreditar ter deixado o nome escrito com água: "*one whose name was written in water*".

Seus versos são escritos em tinta melhor que a Stephens. O papel é que é pobre. A língua é que é melancolicamente ignorada: quase a areia de que fala Brandes.

(Diário de Pernambuco, 21-6-1925)

O Imperador no Recife em 1859

Quando aqui – neste velho Recife – estiveram em 1859 S.S.M.M. o Imperador e a Imperatriz do Brasil, foram recebidos e hospedados com uma elegância e um conforto que muita honra refletem sobre o gosto pernambucano daquela época. O número especial do *Monitor das Famílias* com as suas curiosíssimas ilustrações; as minuciosas notícias no tomo II das *Memórias da viagem de S.A. Majestades Imperiais às Províncias da Bahia, Pernambuco, Paraíba, Alagoas, Sergipe e Espírito Santo*; os jornais da época, como o *Diário de Pernambuco*, nos permitem fazer uma ideia do que foi no Pernambuco de 1859 a recepção dos soberanos, então na flor da idade. E erguidos esses andaimes, aproximemo-nos – os deste período intenso de arrivismo de toda espécie que Pernambuco atravessa – da bela e forte lição de bom gosto que nos deixaram os nossos avós e bisavós.

Dia 22 de novembro de 1859. Para o Cais do Colégio, onde rutilam bandeiras e sanefas desprendidas das varandas, o movimento é grande. Ao ser içado o pavilhão nacional no mastro do telégrafo na Igreja do Espírito Santo, anunciando a aproximação da esquadra imperial, repicam os sinos das igrejas, festivamente; a Fortaleza do Brum começa a dar tiros do baluarte do sul; o tenente-general comandante das armas manda formar os corpos do exército e da guarda nacional do município.

A galeota imperial vem para o cais, entre um sem-número de escaleres e de botes, dentro dos quais rutilam meio grotescamente plumas de chapéus armados, brilham cartolas, rebrilham alamares e medalhas e fitas de ordens honoríficas: são as pessoas que têm o tratamento de senhoria – os cônsules, os chefes de repartições públicas, os membros dos tribunais, os juízes de Direito, os professores do Curso Jurídico, os deputados; e as que têm o tratamento de excelência: senadores, titulares, generais do Exército e Armada etc. Num pavilhão logo à beira da rampa, enfeitado com arregaços de veludo carmesim e franjas de ouro e com as cortinas de veludo e damasco, as senhoras esperam a chegada dos soberanos, num frou-frou de sedas novas, os cabelos em tufos, os vestidos cheios de folhas e ordens de babados; e agitando, com elegância orientalmente lânguida, enormes leques da China, de seda e com recortes de marfim.

É manhã de sol. Dom Pedro II desce da galeota trajando o uniforme de almirante. Em Fora de Portas estouram mais de quinhentas dúzias de foguetes.

Um oceano de gente – cerca de 40 mil pessoas – estende-se, ondeando, do Cais do Colégio e da Alfândega até o trapiche do Ramos e daí até a ponte velha do Recife. Debruçam-se senhoras e meninos das varandas dos sobrados. Uma nota quase nupcial no meio da multidão é a de duzentas meninas, vestidas de branco e enfeitadas de flores de laranjeira, que esperam a Soberana com muitas flores e pétalas de rosa em cestas de vime e salvas de prata.

Ao tocarem no cais os soberanos há uma como chuva de rosas; os sinos repicam com mais força; as senhoras debruçadas das varandas agitam os lenços; a gente do povo dá vivas. Realiza-se então a cerimônia do ósculo do crucifixo. Está presente o governador Luís Barbalho Muniz Fiuza, que fora a bordo. Entre as senhoras está a sra. Marquesa do Recife; estão as Viscondessas de Goiana e da Boa Vista. A jovem Imperatriz muito surpreende alguns dos curiosos pela sua extrema magreza; é uma figurinha débil. Parece antes uma menina.

Segue-se ao desembarque a cerimônia na Igreja do Espírito Santo, com discurso por Monsenhor Pinto de Campos. Os soberanos dirigem-se para a igreja debaixo do pálio. Acabado o *Tè Deum* seguem S.S. M.M. I.I. para o paço: sobre o pálio caem das varandas flores e rosas; oito bandas de música vão tocando o hino nacional.

O paço tivera, para a hospedagem dos soberanos, esteirados ou atapetados de novo os assoalhos; cobertos de veludo escarlate os corrimãos das escadas; brunidos os cristais dos grandes lustres de vela. Nas salas – móveis de jacarandá entalhados, vasos etruscos; no camarim da Imperatriz – móveis de charão da Índia, um piano com as teclas de madrepérola com embutidos dourados, castiçais de ouro, uma poltrona de seda verde; na câmara de dormir do Imperador – um leito de jacarandá, vasto e rico, "coberto com uma colcha e rodapé de cetim azul-celeste, ambos bordados a ouro" e móveis de mogno; na da Imperatriz – cama de pau-cetim "com coberta de cetim escarlate bordada à chinesa de ouro e retrós; dois ricos guarda-roupas de jacarandá com grandes espelhos, um toucador da mesma madeira belamente entalhado, com dois candelabros de cristal emoldurados em ouro e um genuflexório também de jacarandá coberto de veludo escarlate".

Na sala de jantar, de uma sóbria elegância, uma mesa de vinhático, grande. E outra para dois, reservada aos soberanos.

Desdobram-se sobre as mesas toalhas de linho adamascado sobre qual refulgiam a prata lavrada e os cristais de seis serpentinas. Nos ângulos da sala, aparadores de mogno, com a baixela de prata e peças de Sèvres. E acrescente-se esta informação de um sabor quase medieval, pois logo sugere aquela imensa cozinha do Cardeal Wolsey, em Christ Church, que em uma tarde visitei cheio de espanto: "a cozinha tinha cinco fornos e vinte fornalhas".

(Diário de Pernambuco, 28-6-1925)

Livros para crianças

O brasileiro passa pela meninice quase sem ser menino. Faltam-lhe brinquedos. Falta-lhe onde brincar. Faltam-lhe livros.

Uma como Frau Sorge salpica-lhe de cinza a meninice nos seus melhores prazeres. A exceção do de comer. Porque em parte nenhuma a glutoneria do menino tem mais em que se regalar do que no Brasil – terra dos melhores frutos e dos melhores doces.

De lugares onde brincar o menino não cuida entre nós a gente grande. Outrora muita criança no Recife brincava no sítio doméstico. Mas o sítio doméstico é hoje luxo, e luxo raro, numa cidade em que a edificação avança e se amiúda, sem que se verifique a compensação do parque público.

Na verdade a urgência de reservar no Recife áreas para o recreio livre das crianças se aguça, dia a dia. E a mim mesmo pergunto, sem saber responder, até quando os estetas de fraque continuarão entre nós a atravancar os raros espaços livres de coretos, mercuriozinhos, pontes rústicas e até ruínas cenográficas.

Outra insuficiência é a de livros infantis: não os possui o idioma português. E o que me leva a mais uma vez abeirar o assunto é o interessante artigo que lhe dedica o sr. Luís Cedro na *Revista Pernambucana*. No último número da *Revista Pernambucana*.

O que nesse artigo nos conta o sr. Luís Cedro não surpreende a quem tenha deitado na água rasa dessa bibliografia melancolicamente escassa – os livros para crianças em português – a sonda ou o anzol.

O médico Arsênio Tavares, meu querido amigo, pediu-me uma vez que lhe indicasse uns livros para os seus meninos. E a sondagem que fiz do assunto convenceu-me de que não há em português o que oferecer à imaginação da criança.

A verdade é esta: o menino brasileiro não tem o que ler. E sendo assim, o melhor é mandar o pai ensinar-lhe o alemão, o inglês ou o francês para que a imaginação não sofra com a insuficiência. Insuficiência outrora suprida pelas estórias orais, de um delicioso frescor, contadas pela vovó. Ou pela negra velha da casa. Hoje, porém, quase não há avós ou negras velhas que saibam contar estórias.

Eu não quero dizer que no Brasil antigo a meninice fosse menos cinzenta do que é hoje. Ao contrário: a meninice era então mais tristonha. A vida do menino, mais hierática. Os livros de leitura, mais pesados.

Mas convém destacar esta vantagem: a das estórias orais que faltam à criança de hoje. E que eram, para a imaginação dos nossos avós meninos, uma excitação festiva.

Desapareceram aquelas estórias sem que lhes sucedesse um começo sequer de literatura infantil. Desapareceram deixando a imaginação do menino entregue à fita de cinema e quando adolescente aos romances de Nick Carter ou de Sherlock.

Nick e Sherlock são os sobejos – nada desprezíveis – de um idioma que talvez seja o mais rico em livros para crianças. É que alguns dos melhores escritores ingleses e anglo-americanos têm escrito para meninos ou acerca de meninos livros deliciosos. Escreveu Defoe o *Robinson Crusoé*; escreveu Dickens aqueles romances sentimentais em que os heróis são meninos de luto do pai e internos de colégios como David Copperfield; escreveu Cooper *The last of the Mohicans* e *The pilot* – romances deliciosamente impregnados de um hálito forte de mata e desse cheiro de maresia que é também o melhor encanto de certas páginas de Stevenson. Passou Stevenson muitos dos seus dias de tuberculoso escrevendo, à leve sombra das palmeiras de Varima, estórias de piratas e gajeiros e embarcadiços: aventuras de navios à vela no alto mar ou em ilhas tropicais. O seu *Treasure island* põe em festa a própria imaginação do adulto; arrepia em deliciosos *frissons* os nervos da gente grande. De Mark Twain e Booth Tarkington há livros de um viscoso encanto para o adolescente. E ninguém ignora a adaptação que sofreu em proveito da imaginação infantil o livro em que Swift destilara a mais fina acidez do seu tédio: *Gulliver's travels*. Obra-prima de *humour* do que, adaptada às crianças, foi o primeiro livro que li: ditosa antecipação.

Mas não é só o inglês. Também o idioma do qual o nosso é uma espécie de parente pobre – o espanhol – ostenta uma literatura infantil de sabor e qualidades clássicas. *La vida es sueño* se acha adaptada à leitura escolar – destino que entre nós bem poderiam ter as *Peregrinações* de Fernão Mendes Pinto e talvez a *Vida do Arcebispo* de Frei Luís de Sousa. Há ainda em espanhol as *Aventuras de Pamfilo*, de Lope de Vega. Há *Hernan Cortés y sus hazañas*, da Condessa Pardo Barzan. Há o *Los niños* de Benavente e *El palácio triste* de Martínez Sierra.

É com essa riqueza toda que contrasta a pobreza do português. Entretanto na história portuguesa não faltam episódios capazes de interessar a meninice e apaixonar a adolescência. Não falta matéria plástica para uma deliciosa literatura infantil.

E é possível que da "literatura oceanista", de que o sr. Fidelino de Figueiredo faz a anotação e a crítica no seu interessante estudo *Maneiras de ver o mar*, pudesse alguém organizar uma encantadora antologia para leitura infantil. Isto na ausência, é claro, de livros especiais.

O sr. Luís Cedro destaca o mau gosto que ouriça as páginas dos livros escolares em português de um gongorismo horrível: "glorioso astro-rei" em vez de sol; "róseos albores da manhã" em vez de claridade da manhã. Entretanto é um idioma, o nosso, que se diria destinado à literatura infantil. Idioma de uma ternura franciscana de expressão. Em português o diminutivo como que tira os ossos às palavras, amolecendo-as em polpa de fruto doce e às vezes dissolvendo-as em fluxuoso líquido. E os "ão" nos contos de fada e de bichos sugerem deliciosamente os gigantes e os monstros.

Ora, são esses valores que a cretinice pedagógica fazedora de livros para meninos tem entre nós desprezado. E o resultado é este: o menino brasileiro não tem o que ler em português.

(Diário de Pernambuco, 19-7-1925)

A vitória dos coretos

Fala-se na substituição do cruzeiro do Largo da Paz por um coreto de cimento armado. Um coreto do estilo dos do Chora Menino, Campina do Bodé e Entroncamento.

É mais um plano de reforma que surge ou, pelo menos, que se esboça. E ninguém se surpreenda de sua vitória. Ainda não há entre nós uma consciência ou espírito local, inteligente sentido de tradição, capaz de resistir à estética fazedora de mercúrios, pontes maracajadas, leões, lagoas fingidas; e reformadora de catedrais e interiores de igreja. E semelhante consciência não se improvisa.

Há um ou outro esquisitão ou caturra animado desse íntimo sentido das coisas para o qual um cruzeiro, independentemente mesmo da significação religiosa, é um mundo de sugestões deliciosas. Um motivo local a ser inteligentemente aproveitado.

Nestes motivos, a estética do Progresso com *P* maiúsculo, que é a vitoriosa nas ruas e até nas sacristias, vê apenas ideias de caturras lamentáveis ou de *snobs* irritantes. Indivíduos que desejam que as coisas apodreçam de velhas. Verdadeiros idiotas.

Mas, neste critério, são um tanto injustos. O que os caturras da tradição desejam não é nenhuma imobilidade. E, sem que se conserve, na atualização necessária, o espírito característico das coisas próprias de um país ou de uma região.

Nada mais divertido do que o dr. Graça Aranha a berrar nos banquetes que estamos na época do cimento armado. Já alguém lhe objetou que o cimento armado não é estilo.

No desenvolvimento de estilos como o colonial português, o espanhol das Missões e o "Georgian Colonial" é que está a base plástica para expressões americanas da arte de construir. Nisto, combinado com o aproveitamento do material arqueológico (Asteca, Maia, Inca etc.) e a estilização de motivos regionais tocados de inspirações populares.

Bem o compreendem os norte-americanos. A recente exposição, em New York, de arquitetura e de artes correlatas, revelou-o de maneira brilhante.

Em Santa Fé, nos Estados Unidos, a Estação Central de Estradas de Ferro é no estilo das Missões, adaptado, é claro, ao fim moderníssimo de estação ferroviária e com uma nota inconfundível de atualidade e de arrojo. No estilo das Missões, e já com outra adaptação, é a Universidade de Leland Stanford, na

Califórnia. No estilo colonial espanhol levantou-se agora, em Havana, a filial do National City Bank of New York: edifício diante do qual logo se sente um banco, em toda a sua intensa modernidade de funções. Tradição e atualidade.

E o certo é que os norte-americanos estão tirando o melhor partido das variações regionais de tradição, de vida e de paisagem. Sua arquitetura, sendo a de um povo que em excelências técnicas, é uma espécie de contemporâneo da posteridade, anima-se ao mesmo tempo de sugestões locais do passado.

O cimento armado, do qual fala com tanto entusiasmo o dr. Aranha, é simplesmente um material; e de um simples material seria demais exigir que produzisse espontaneamente e quase de improviso um estilo de construção. Um estilo de construção deve ser tão difícil como um estilo de escritor – dificílima teia que o dr. Aranha não conseguiu ainda tecer para a expressão das ideias próprias e das ideias europeias que adotou colonialmente. Passivamente.

A verdade é que neste nosso mundo, que parece ter quatro dimensões como se tivesse quatro paredes, é preciso aceitar certas condições. A do tempo é uma delas. O que tem valor ou distinção ou apresenta essas qualidades de permanência que, no meio social, fixam o tipo nobre, na arte, o clássico; e entre os cavalos de corrida, o puro-sangue, é sempre filho d'algo. E ninguém o compreendeu melhor do que Rodin vendo na continuação a verdadeira criação.

A própria arquitetura nova dos russos com seu novo e interessante teatro é um processo de continuação. E entretanto os russos são hoje um povo a fugir do seu passado social e político como se fugissem de uma casa mal-assombrada.

No México, onde uma onda renovadora anima as artes, sobretudo a da pintura mural e da arquitetura, o grande esforço é no sentido de desenvolver os motivos astecas. Ou hispano-astecas. Procuram, assim, os mexicanos mais do que a sugestão do passado histórico: a sugestão do passado arqueológico.

Nós, entretanto, continuamos grudados à cópia do "rococó", desprezando, pelo que a Europa e os Estados Unidos oferecem de pior, os mais deliciosos motivos locais.

Uma praça com um cruzeiro no meio, diante da matriz? Horror para a estética de fraque! Que desapareça o cruzeiro! Por que onde está uma praça com cruzeiro nos catálogos franceses de arte municipal, nos compendiozinhos que ensinam minuciosamente a levantar ruínas cenográficas, nos cartões-postais suíços?

Que importa que o cruzeiro seja a nota, a sugestão, o sinete mais vivo de brasileiridade? Que importa que ele recorde a Primeira Missa? Que importa que o cruzeiro anime no brasileiro, católico ou acatólico, todo um mundo de emoções íntimas; e lhe recorde toda a poesia dos começos da nacionalidade?

(Diário de Pernambuco, 19-7-1925)

As duas ênfases

Nós somos lamentavelmente enfáticos: o idioma português dá às vezes a ideia de um piano a que faltasse pedal para as necessidades de refração e os efeitos de surdina.

É bem característico o "Ilmo. sr. dr."; é bem característico o "Excelentíssimo". Isto sem falar do "V. Excia." dos portugueses.

No inglês, no francês, no alemão basta dizer o equivalente de "sr." para ser gentil. No próprio espanhol não se abusa do "dom". Mas o português e o italiano tornaram moeda corrente, no trato pessoal e mundano, todo um grupo ruidoso e pomposo de superlativos.

O resultado é o divórcio que entre nós se observa entre a cortesia de expressões e a vida ordinária; entre os superlativos de cortesia e as atualidades da vida. Dando preguiça o uso constante de superlativos, desenvolveu-se a tendência para eliminá-los ou reduzi-los a caricaturas verbais que acusam o vício oposto: o da ênfase plebeia. Transformam-se assim com assombrosa rapidez o "V. Excia." no "você"; o "Ilmo. sr." ou o "Ilmo. sr. dr." no "seu": "seu" Fulano.

Ocorre-me o caso de um literato português que em menos de cinco minutos passou-me a tratar por "Você" e "Fulano" depois de uns "Vossas Excelências" quase ridículos. O "você", entretanto, era demasiado forte. Ele ignorava o oportuno "sr.".

Aliás, no meu caso, parece que as pessoas amáveis procuram chamar-me pelo nome cristão o mais depressa possível – sabendo que não tenho a honra de ser bacharel em Direito ou doutor em Medicina e temendo que soe mal "seu" Fulano. O "seu" Fulano de fato soa mal: tem muito forte o ranço plebeu. Mas eu asseguro às pessoas amáveis que o "sr. Fulano" soa perfeitamente bem aos meus ouvidos enquanto o "dr." me comunica estranha sensação de estar a dever alguma coisa aos cofres de alguma Academia de Direito ou Faculdade de Medicina. Tenho mais viva associação da ideia mercantil de "dr." do que a de alta cultura.

Em Portugal, não sei a quem não se chama "Excelência"; e a mim parece que a um ministro ou a um bispo se deva chamar ali "Vossa Superexcelência". Ou "Vossa Arquiexcelência".

No idioma inglês – no qual devo confessar que às vezes penso e até sinto – homens finíssimos costumam contentar-se com o "Mr." antes do nome ou o "Esq." depois dele, mesmo depois de graduados com altos títulos em Oxford ou em Cambridge ou em Harvard. O que ocorre na França onde bacharéis ou mestres ou doutores da Sorbonne são "messieurs".

Se o idioma inglês não favorece os extremos de cortesia nas expressões de trato pessoal – o "Ilmo. sr. dr." do português e o *"egregio signor"* do italiano – dificulta, por outro lado, as sem-cerimônias rápidas. E dada a plasticidade do *"you"* – dados os diferentes sabores que lhe consegue dar a entonação – ouso afirmar que naquele idioma não se sente a falta do "tu" íntimo ou amoroso ou do "você" camaradesco e familiar.

A meu ver, provém em grande parte da ênfase das nossas expressões de cortesia o ser a vida brasileira uma vida a que, passadas as chinesices dos primeiros encontros, falta, em geral, a nota de gentileza. É vida a que falta esse pouco de cerimônia, de atenção recíproca, tão necessário ao bem conviver, mesmo entre íntimos.

Dá preguiça o uso dos superlativos enfáticos. E o resultado é o amolecimento ou relaxamento do trato ao extremo oposto.

No seu livro *How to make the best of life* – livro onde há tão agudas páginas – aconselha o sr. Arnold Bennett, até para marido e mulher, um pouco de cerimônia no trato. E ele explica que sendo *"every meeting of individualities a collision"* é preciso atenuar os inevitáveis choques por meio dum pouco de cerimônia. Age, no caso, a cerimônia como uma espécie de para-choques de borracha.

Em português, é difícil manter esse pouco de cerimônia no trato social. Dir-se-ia um idioma, o nosso, que só admite os extremos de casaca e de pijama; os extremos de camisa de peitilho duro e de chambre de chita ou ceroulas. Daí ser às vezes um idioma desagradável para os que amam um pouco de refração.

Amava Machado de Assis esse pouco de refração. Diz-nos Mário de Alencar que ele desadorava os exuberantes de palavras e de gestos. Opunha-lhes embaraços às sem-cerimônias. E conta Mário de Alencar lembrar-se de uma ocasião em que velho conhecido de Machado "dirigindo-se a ele em grandes gestos e palavras de entusiasmo, de mistura com intimidades brasileiras, entrou a louvar-lhe um livro recente" ... "Ele escutava-o" – acrescenta o sr. Alencar – "com o ar desagradado de quem estivesse a ouvir desaforos." E quando o sujeito foi embora notou Machado: "É um sujeito derramado. Faz-me mal aos nervos".

Essa indisciplina de palavras, e até de gestos, há que atribuí-la em parte ao idioma com a sua cortesia de superlativos. Semelhantemente, há que atribuir à ênfase do idioma, a falta, em nossa literatura, desse giro de frase livre e solto que dá à prosa em inglês e em francês um fino sabor de conversa. Giro de frase equidistante da ênfase acadêmica e da ênfase plebeia.

Em português, Eça de Queirós conseguiu libertar o vocabulário e ritmo da frase do gongorismo, trazendo para a escrita todo o frescor de certas expressões vivas e fortes da tradição oral; e até "erros" e modismos deliciosos da língua falada. Também umas boas francesices. Mas o senso de elegância salvou-o sempre de resvalar na ênfase plebeia – à qual talvez fosse preferível a dos pedagogos e oradores parlamentares se ambas não fossem detestáveis.

(Diário de Pernambuco, 2-8-1925)

"Sobejidão de palavras"

O arrevesado de certa literatura médica, que, no Brasil, vem tomando relevos dos mais vivos e brilhantes, acaba de encontrar o seu apologeta máximo em distinto médico-literato da Bahia: o sr. prof. Prado Valladares.

No Brasil, estamos na época dos médicos-literatos. É sabido que um deles, o sr. prof. dr. Rocha Vaz, dirige atualmente todo o complicado mecanismo do ensino nacional.

O prof. dr. Prado Valladares é dos que escrevem "obra tamanina", "prefação", "magníloquo expoente", "sobejidão de palavras". É dos que procuram dar à frase contorno seiscentista, evitando o menor sabor de atualidade.

E no juízo desse teórico, no uso de semelhantes expressões e em semelhante giro da frase, está a "aristocracia do estilo". Ao professor baiano não seduzem a simplicidade, a clareza e a atualidade de expressão: isso de vivo e claro e atual lhe parece incrivelmente plebeu. Nada lhe repugna mais que a "obsessão do usualismo que entretém o idioma no desnível da vulgaridade". Expressão clara? Mas isto é para "o rol de roupa ou quejando exemplar de extremada simpleza".

Como se vê o médico-literato da Bahia está francamente na ofensiva – a pena de pato de clássico postiço transformada em aguda lança para o combate ao "usualismo".

Encanta-o a "sobejidão de palavras". O seu sentido da arte de escrever nada tem de fisiológico: é todo anatômico. O vivo e atual lhe repugna: o morto o seduz. O professor tem a volúpia, a necrofilia dos dicionários. Toma um especial deleite em fazer vir à tona constantemente, do longínquo fundo dos dicionários, cadáveres de palavras seiscentistas e quinhentistas.

Estou a registrar minuciosamente o caso desse aliás ilustre pedagogo baiano porque é típico de numeroso grupo de homens de ciência que fazem literatura no Brasil, depois de Francisco de Castro. Apenas o prof. dr. Valladares assume bravamente a ofensiva, tornando-se uma espécie de teórico militante do grupo.

Efetivamente ele não hesita em sentenciar: "Apaguem-se as pretensões discriminantes de publicistas diáfanos sempre lidos e pensadores obumbrados, jamais beneméritos de edição".

Pela pena de pato do douto professor baiano se expressa todo aquele numeroso grupo de médicos literatos e de juristas literatos. Dos últimos é vivamente típico um conterrâneo do prof. dr. Valladares: dr. Almachio Diniz.

O critério de que a força no escrever está na "sobejidão de palavras" e na esquisitice delas, e em certo contorno de frase que pretende reviver o ritmo dos frades seiscentistas, é hoje o critério, no Brasil, de todo um mundo de sábios de beca. Sacerdotalmente doutorais ou professorais.

Os discípulos desses sábios como que mandarins devem, entretanto, atentar no seguinte, antes de lhes seguir uma mais que arrevesada técnica de expressão: que outra tem sido a técnica de expressão dos cientistas verdadeiramente possuídos dalguma coisa de grande ou de próprio a revelar ou a expor. Huxley – o velho – chegava a ser transparente no seu esforço de clarificação das coisas. Leia-se *On a piece of chalk*: a impressão mais viva é exatamente a de transparência. É verdade que há páginas suas cuja compreensão exige a leitura de livros e livros. Mas não a leitura de dicionários.

Antero de Quental – cuja poesia é água, ao mesmo tempo tão clara e tão funda – não exibiu nos seus sonetos nenhum luxo de vocabulário. O vocabulário de Antero é franciscanamente pobre comparado com o daquele milionário americano de talentos verbais que foi o seu contemporâneo Guerra Junqueiro. O mesmo se poderia dizer de Eça comparado com Camilo. Entretanto, quais os plebeus e quais os nobres, entre esses quatro escritores?

Mallarmé não é de difícil leitura pelo arrevesado de expressão ou pelo excesso de ciência do léxico, mas, como Pater e Patmore, pela concentração.

Entre os nossos escritores, nenhum mais verdadeiramente aristocrático que Joaquim Nabuco. Entretanto, só o Visconde de Santo Thyrso foi talvez mais escasso no vocabulário que o historiador brasileiro.

E vale a pena recordar aqui o que a propósito de Nabuco escreveu Veríssimo, com aquele seu fundo bom senso: "A arte de escrever depende mais da combinação dos vocábulos e das palavras que da cópia deles".

O que em outras palavras seria: a excelência de um livro ou ensaio, como a excelência de um banquete ou jantar, depende antes da qualidade e combinação dos pratos do que da quantidade deles.

(Diário de Pernambuco, 9-8-1925)

Traição ao passado

O sr. Hipólito Raposo, escritor português do grupo de Antônio Sardinha, tomou para assunto de um romance que lembra os de Barrès e no qual pôs muita vibração, o caso de antiga família portuguesa, desenraizada da sua tradição rural pelo urbanismo e pelo liberalismo. Fenômenos agudamente característicos do século XIX e dos começos do XX em países como Portugal e até no Brasil.

Na história da antiga família rural se verifica a traição de uma geração. Uma geração que abandona a velha casa, que abandona a velha fé, que manda destruir os castanheiros do solar e estender pelo jardim a plantação de milho e de couve, para assim sustentar os luxos da vida na capital e em Paris.

De modo que as raízes muitas vezes seculares da família, ligando-a à terra de Ingarnal, tristonhamente apodrecem. Morre com o absentismo o amor à terra que ali se desenvolvera através de gerações.

Sucede, entretanto, que a esse desgarramento da tradição rural de uma geração, se segue o esforço da nova para reintegrar-se e reabilitar-se no velho espírito. Esforço naturalmente doloroso.

Estudando caso típico de absentismo e de reintegração, o sr. Hipólito Raposo filia um caso português ao empenho, por assim dizer universal no seu sentido, de reintegração, que foi a vida de Ernest Psichari. Vida que se poderia chamar um romance dolorosamente vivido: o neto a retificar o avô glorioso, retificando também o pai desorientado.

Passou o neto de Renan o melhor da mocidade a recompor, fragmento por fragmento, o crucifixo da família que o avô, também aos poucos, partira numa ânsia doentia de análise da madeira preta e do marfim amarelado.

No romance do escritor português Hipólito Raposo, Vasco, jovem fidalgo, volta ao solar de Ingarnal, depois de longos anos de Lisboa – a Lisboa do constitucionalismo, das avenidas e do liberalismo onde o pai se fixara – e de longos anos de Paris. Volta ansioso de reintegração. Volta sob o desencanto do mundo novo de progresso e ciência e democracia, que empolgara a geração do seu pai.

Mas o que encontra em Ingarnal é uma caricatura horrível do velho solar dos seus dias de menino. Dos velhos castanheiros se fizera madeira para vender. O jardim desaparecera, restando apenas, como uma espécie de esqueleto, a fonte de cantaria grande, com as quatro bicas de golfinhos.

Vasco pergunta ao feitor pelo velho jardim. E o feitor explica que tivera de aproveitar o espaço todo para a plantação de couves. Pois a verdade era que "o sr. Conselheiro – o pai de Vasco – lá de Lisboa pedia rendimento e mais rendimento. Então eu tive de aproveitar a terra melhor...".

Destino semelhante tivera a capela. A velha capela do solar. Velha capela em cuja portada, esverdinhada de musgo, ainda os olhos conseguiram ler: "A. D. – MDXVIII". E que para o jovem fidalgo era a recordação das primeiras horas doces de fé de sua vida, quando de joelhos, diante do Menino Jesus e ao lado da avó, rezava a Nosso Senhor. Isto há vinte e cinco anos.

E agora, sobre aquelas lajes debaixo das quais esfriavam as cinzas dos seus avós remotos, amontoavam bagaço e feixes de cana de milho. E toda a profanação se verificara pela necessidade de dinheiro dos donos da terra, a luxar em Lisboa e a gozar os prazeres de Paris. Aproveitara-se a terra o mais possível, plantando por toda parte – até pelo jardim e pela capela – milho e couve.

Desse aproveitamento da terra com sacrifício de tudo o mais até – das antigas capelas de engenho com os seus restos de cemitérios – é que nos falou um desses domingos o sr. Júlio Bello, numa crônica cheia de íntimo e quase religioso encanto. Falou-nos o sr. Júlio Bello da tristeza da devastação dessas capelinhas, tão pernambucanas nas suas sugestões, pelos arrogantes canaviais das usinas.

E, entretanto, não é só no mato, e pela invasão dos canaviais das usinas insaciáveis, que desaparecem essas notas identificadoras da nossa paisagem e do nosso passado. Também na cidade. É com uma sem-cerimônia que acusa a ausência de toda a sensibilidade e de todo o gosto, que o arrivismo triunfante no Recife manda derrubar árvores velhíssimas e destruir ou acatitar casarões de uma dignidade característica e de uma simpatia acolhedora – para a edificação amiudada, catita e espaventosa de modernices.

E a cidade do Recife – a predileta de Eduardo Prado – não tem lei nenhuma que lhe defenda a fisionomia. A traição ao passado se verifica facilmente. Não encontra resistência.

(Diário de Pernambuco, 16-8-1925)

O Jockey Club de Pernambuco em 1859

Dia 22 de dezembro de 1859. Faz exatamente um mês que Pernambuco está em festa com a presença de S.S. M.M. I.I. Dom Pedro II desenvolve uma atividade que espanta: visita hospitais, colégios, a caixa-d'água, o convento do Carmo, os montes Guararapes; comparece à sessão da Sociedade dos Artistas; ouve discursos; ouve sermões de Monsenhor Pinto de Campos; ouve odes em latim que lhe recitam alunos do Ginásio; ouve os poemas de Torres Bandeira e de João Coimbra; visita os engenhos Caraúna, Monjope, Mercês, Itapirema; assiste com a Imperatriz ao casamento de seis órfãs na igreja de N. S. da Penha.

Raramente a Imperatriz – de um corpo franzino de menina – acompanha Dom Pedro. As viagens são rudes e rude prova de resistência é ouvir discursos.

E durante as longas ausências do Imperador a ouvir discursos ou a viajar a cavalo de engenho a engenho, com archotes acesos para iluminar os caminhos à noite, a Imperatriz passa os dias numa casa assobradada da Passagem da Madalena. Doce e vasto sobrado de quatro faces, a principal para o rio. E todo cercado de sapotizeiros e de laranjeiras.

O rastaquerismo não trouxera ainda para o gosto da burguesia recifense a mania horrível de derrubar as árvores em torno às casas. Ao contrário: as melhores casas, à beira do rio, pela riba do Capibaribe, da Madalena ao Poço da Panela e daí à Várzea, eram todas elas casarões de cal branca ou de azulejo, cercados de árvores matriarcais. E à entrada desses sobrados de azulejo e de pinhas de Santo Antônio do Porto nos umbrais dos portões, carnaubeiras abriam seus leques de um verde puxando a amarelo. Leques enormes, como para afastar da intimidade das casas a indiscrição dos olhares ou a sua fácil admiração – tantas vezes mais insidiosa que a indiscrição das moscas. E ao lado dos sobrados, erguiam-se mangueiras e jaqueiras, vastas e boas, com o terreiro limpo debaixo delas – lugar magnífico para os almoços nos domingos e dias santos, durante o verão.

Mas voltemos ao dia 22 de dezembro: o dia que S.S. M.M. dedicaram às corridas de cavalo no Jockey Club de Ipiranga ou Piranga, tendo antes assistido a *sport* semelhante, com a diferença de ser na ordem mental e por membros de superior escala zoológica: um concurso na Faculdade de Direito. O concurso acadêmico fora pela manhã; o hípico seria à tarde.

O Prado do Ipiranga era no meado do século passado um dos focos da elegância recifense. É sabido que o governo de Rego Barros foi para o Recife um governo de europeização; trouxe-nos um mundo de coisas francesas e inglesas: cabeleireiros franceses, teatro lírico, recepções, corridas de cavalo.

No dia 22 de dezembro de 1859 quem se aproximasse, às quatro horas, do Jockey Club, haveria, logo ao primeiro contato, de sentir um ar de festa. Num mastro, flutuava a bandeira imperial. De altos coqueiros desprendiam-se outras bandeiras salpicando de cor o delicioso sítio. Estendia-se a pista do Ipiranga por entre verdadeiro coqueiral. E alongando-se o olhar, via-se ao norte branquejar casas de Afogados; e para o sul, avistavam-se os primeiros coqueiros, saudosos e meio sós, da Ilha do Pina e de Boa Viagem.

Entre dois coqueiros, hirtos como guardas de honra, erguera-se o pavilhão para S.S. M.M. – perto da guarita destinada ao juiz.

Ao sinal das girândolas, anunciando a aproximação do coche imperial, as senhoras se debruçaram, num ruge-ruge de sedas, dos camarins; os homens interromperam as conversas; duas bandas de música começaram a tocar o hino imperial; e o rodar do carro, a trote cadenciado de forte parelha, ajaezada de prata, se foi acentuando – até surgir o coche, solene, vitorioso, brilhante, diante do pavilhão.

Abre, ligeiro, gentil, a portinhola do coche imperial, o sr. Visconde de Sapucaí: desce o Imperador. Traja calça e casaca preta, gravata de seda, preta, colete branco, luvas brancas. Ao primeiro lampejo de sol, uma comenda lhe brilha ao peito. Estende logo o braço à Imperatriz, branca e franzina, que desce numa onda de seda – lindo vestido verde-mar, todo frocado e franjado. E um chapeuzinho branco como uma espuma coroa a leve onda de seda.

Começam as corridas. Corridas animadas. Um cronista da época descreve-as minuciosamente e com o carinho de um conhecedor de cavalos. De Guararapes, por exemplo, nos diz que era "um belo alazão, de estatura acima de regular, pernas finas e largas, pelo fino, crinas macias". Parece que foi o animal do dia: o vencedor das melhores vitórias. Trajava seu jóquei boné e jaqueta cor-de-rosa e calça de ganga.

Já ao escurecer, rodou o coche imperial de volta ao paço. O Imperador tivera um dia intenso de *sport*.

(Diário de Pernambuco, 23-8-1925)

Recordação de um poeta

Vachel Lindsay é hoje um dos poetas mais aliciantes em qualquer idioma. Para a poesia em língua inglesa trouxe o frescor de uma voz estranhamente nova. Um conjunto delicioso de efeitos de *stacato*.

Uma vez fui vê-lo com um amigo no Hotel Brevoort, perto de Washington Square, em New York. Surgiu-nos com a sua grande pasta de cabelo louro caído sobre uns olhos de quem se excedera no *cocktail*. Mas não parecia o mesmo Vachel que eu ouvira a recitar o "*General Booth enters into Heaven*". É que ao recitar, Vachel se abandona todo ao poema, deixando-se levar nos seus ritmos como em ondas voluptuosas. Os olhos é que se conservam nele os mesmos olhos como que cheios de um sono mal extinto.

É um dos homens mais românticos que conheci, esse Vachel: nunca supus que se pudesse ser tão *yankee* como ele é e, ao mesmo tempo, tão romântico. Tão intensamente romântico.

Esse homem pratica um como franciscanismo lírico com a maior coragem deste mundo: vive dos seus versos à maneira dos trovadores da Idade Média.

Mora no lugar onde nasceu e onde brincou menino e ao qual o seu apego é dos mais fundos: Springfield, em Illinois. A mesma cidade onde nasceu Abraham Lincoln. Quando há uma agitação política, Vachel aparece, formidável, insolente, contra a plutocracia. Depois se recolhe aos seus versos e aos seus desenhos. E, de ano em ano, ou de dois em dois anos, sai em longas caminhadas: anda léguas e léguas a pé, em vivo contato com paisagens amigas, pagando a hospedagem que lhe dão pelo caminho, com os versos que improvisa e recita e as estórias da carochinha que estiliza.

Das suas experiências de franciscano lírico já escreveu um livro delicioso: *A handbook for beggars*. E o seu poema "*Santa Fé trail*" é talvez o poema mais impregnado do espírito da paisagem americana que ainda se escreveu.

Em seus ritmos e na sua emoção se sente um gosto distinto de vida americana e de natureza americana: aqueles efeitos de *stacato*, por exemplo. E aquela medida primitiva, parenta da do *ragtime*, é inconfundível na sua expressão.

Vachel achou nos negros e nas suas cantigas e hinos de igreja e crendices — na sua hiperestesia religiosa, enfim — excelente matéria bruta a estilizar. A exprimir. E vi certa vez quanto a mocidade afro-americana se sente nos versos desse nórdico poeta moderníssimo.

Os negros e os montanheses brancos de Kentucky são, nos Estados Unidos, aquela reserva de imaginação pura, sem a qual nenhuma literatura ou arte se desenvolve. O exemplo da Suíça é típico. Falta aos suíços certa reserva de analfabetos que lhes forneçam os recursos de imaginação e emoção em bruto, necessários à grande arte e à grande literatura. Remy de Gourmont escreveu uma vez, com sua agudeza e sua claridade de latino, que "*une masse ignorante forme chez un peuple une magnifique reserve de vie*". E Edwin Muir, num recente estudo sobre as antigas baladas escocesas, nos mostra como elas vieram da imaginação do povo rude. Entretanto, essas baladas formam uma literatura intensa, funda, deliciosamente humana, com alguma coisa do sabor trágico do romance russo. E um senso de cores muito íntimo as ilumina como a vitrais góticos. Um senso de cores em que a cor aparece como alguma coisa de sólido – nos primitivos e nos modernos expressionistas. Muir cita um exemplo magnífico:

"*My love was clad in black velvet
and myself in cramoisie.*"

É semelhante força de visão, são semelhantes poderes de imaginação e intuição e espontaneidade de expressão que Vachel Lindsay tem procurado, no seu país – vítima de um sistema de instrução pública tendente a produzir a mais tristonha uniformidade na meia cultura –, animar e pôr em arte. Daí a significação e o relevo que vai assumindo a sua obra.

(Diário de Pernambuco, 30-8-1925)

Desvio de força

O movimento atual de alguns católicos para obter a consagração oficial do Catolicismo Romano como a religião do Brasil representa, a meu ver, quase uma perda ou desvio de força.

Não é que a ideia me pareça absurda. Do ponto de vista de teoria política hoje vitorioso no Brasil – o republicanismo democrático – a ideia é a mais justa deste mundo. Seria o "critério da maioria" em prática. Em ação. Critério que talvez não seja dos melhores.

A mim parece, entretanto, que às forças católicas do Brasil, à sua dignidade e à consciência do seu prestígio decerto superior ao dos simples regimes políticos, conviria uma ação espiritual e social que se alheasse de semelhantes direitos, envolvendo possíveis complicações, para se aguçar num mais íntimo e mais livre poder. O direito lógico viria, neste momento, como uma espécie de favor oficial. E quanto ao ensino católico nas escolas públicas, em promiscuidade com o de outros credos, viria trazer à nossa vida de povo católico um ranço de vida suíça.

O movimento provocado pelas emendas do sr. Plínio Marques dá até uma falsa ideia: a de que a Igreja, no Brasil, se sente enfraquecida nos seus recursos de ação espiritual e social. E para reabilitar-se, tolera, até, a promiscuidade.

Ora, sucede exatamente o contrário: nunca foram tão vivos e plásticos esses recursos. O ritmo da influência católica no Brasil se acelera. A força católica cada dia se acentua em sulcos mais fundos sobre a fisionomia da nação brasileira. Aparecem tipos de *leader* vigorosos e intensos que lhe escasseavam melancolicamente, no clero como entre os leigos. Na mocidade dos padre Leonel Franca e dos Jackson de Figueiredo esplendem flamas de uma claridade nova. Nunca o catolicismo no Brasil se aproximou tanto, como se vai nestes dias aproximando, do espírito de Dom Frei Vital. Do grande e heroico espírito de Frei Vital.

A *leadership* das forças católicas entre nós vai deixando, cada dia mais, de ser um fácil e cômodo e suave e até compensador ofício, para exigir atitudes verticalmente corajosas e francas e, até, o sacrifício do conforto pessoal e do sucesso público ou profissional.

Em face de semelhantes tendências, que tão fortemente acusam mais vida, mais saúde, mais força na Igreja Católica no Brasil – é que me parece um desvio de força o movimento atual: a busca de oficialização do catolicismo. O prestígio da religião católica não o exige. Não o exigem as necessidades da religião que formou o Brasil e o há de reintegrar, pelo seu íntimo poder, pela sua irresistível atração, no alto destino, hispânico e cristão, que lhe compete; e do qual o afastou o liberalismo maçônico, exatamente sob um regime de ligação oficial da Igreja com o Estado.

A mim – acatólico, aliás, a não teologicamente católico – parece que muito mais eficazmente exerceria a Igreja a ação que lhe compete exercer sobre a vida social e intelectual do Brasil, aguçando e intensificando sua influência sobre as *élites*; criando no país uma ou duas universidades católicas, do tipo da de Lublin, da Polônia, que pela sua superioridade naturalmente viessem a nortear todo o ensino no Brasil e dar sal católico à nossa hoje tão insípida cultura.

Nenhum ensino no Brasil pode ser honesto – seja público ou privado – que não reconheça a intensidade heroica da ação católica nos começos da nacionalidade brasileira. Que não reconheça, em semelhante ação, a maior beleza da nossa história. Para a irradiação desses e doutros fatos faltam-nos livros didáticos, cuja produção seria uma das funções da alta cultura católica entre nós. Pelo livro didático, o pensamento católico, sem se comprometer em nenhuma aliança oficial, poderia, em pouco tempo, deixar impregnado do seu hálito todo o ensino no Brasil em torno da formação brasileira e dos destinos nacionais.

À dignidade católica muito mais convém, a meu ver, que os chapéus e as borlas de intelectuais e políticos se venham a pendurar no cabide da Igreja, do que o contrário: os barretes de padre a se pendurarem pelos cabides oficiais. Por esses cabides oficiais em que é hábito deixar, com os chapéus, um pouco da dignidade e da independência.

(Diário de Pernambuco, 6-9-1925)

A propósito de "pé-direito"

Na modernosa casa brasileira – em geral *villino* à italiana, muito florido e sarapintado de enfeites – surpreende no interior o chamado "pé-direito", em agudo contraste com a escassez de espaço para os lados. Surpreende e desagrada. Porque o "pé-direito" parece roubar ao interior da casa muito do seu doce repouso e de sua intimidade acolhedora.

Neste assunto de arquitetura doméstica os mestres são hoje os ingleses e os anglo-americanos. E não tanto pela criação própria como pela inteligente adaptação do exótico às suas condições e a esse gênio da intimidade que parecem possuir. Foi assim que adaptaram o *bungalow* da Índia; é assim que vão adaptando hoje o nosso colonial e o espanhol e deles tirando imprevistos encantos de beleza e de conforto e intimidade.

O gênio da intimidade, possui-o o inglês ou o anglo-americano nas pontas dos dedos. Com alguns caixotes de gasolina, umas chitas, um *abat-jour* de papel de seda, uma ou duas almofadas, algumas fotografias ou gravuras cortadas de revistas – consegue a mais simples datilógrafa de Londres criar num recanto humilde de quinto andar, ou mesmo numas águas-furtadas, um "interior" docemente simpático. E superior em estética como em conforto a muita sala de visita de açucareiro rico no Recife, instalada com espavento e largas despesas.

Uma das notas de intimidade mais características da casa inglesa como da anglo-americana é guardarem tão docemente os interiores essa qualidade especial de coisas que parecem feitas para homens e não para bonecas de brinquedo nem para gigantes de circo.

George Santayana, escritor metade inglês e metade espanhol e tão deliciosamente lúcido, recorda, num ensaio que é um encanto, as imensas portas catedralescas que só se escancaram com muito ranger e impelidas a ombro por dois ou três homens – criando a necessidade de se abrirem no meio delas pequenas portas para a passagem fácil da gente. Semelhantes portas, numa habitação comum, seriam um caso de excesso ao que Santayana chama a "escala humana". Porém pior que o excesso à "escala humana" é a diminuição. A insuficiência.

Os *villinos* à italiana que estão a encher os novos bairros elegantes do Recife e até a invadir, em lamentável intrusão, os velhos, acusam sempre essa insuficiência. Essa diminuição em face da "escala humana". É assim que seus terraços são de um espaço evidentemente calculado para o conforto de liliputianos. Entretanto, depois de prontos os *villinos*, vêm ocupá-las, não nenhuma família de Lilipute, mas comerciantes e industriais de açúcar e outros produtos elegantes. Comerciantes e industriais já arredondados pela prosperidade. E, consequentemente, gordos e até rotundos, exigindo para seu conforto largos espaços.

É verdade que o que falta em espaço para os lados nesses *villinos* elegantes sobra no "pé-direito". No qual há evidente excesso à "escala humana". E na arquitetura doméstica a "escala humana" é tudo.

Parece que esse "pé-direito" faz fincapé no Recife e em outros pontos do Brasil em nome da higiene. Mas deve ser da Higiene que se escreve com *H* maiúsculo e que muito se parece com aquela Razão com *R* maiúsculo dos revolucionários franceses do século XVIII.

Porque a higiene sensata e justa não exige o "pé-direito". Não o afirmo em meu nome mas baseado no que uma vez ouvi do engenheiro Baeta Neves, o mais íntimo colaborador de mestre Saturnino de Brito.

Esteticamente, é lamentável o resultado do "pé-direito". O que mais se deseja de um interior de casa é aconchego, é doce repouso, é intimidade – e tudo isso parece fugir para as nuvens na ligeireza do "pé-direito".

Pede a arquitetura doméstica antes de tudo a direta relação entre a vida a ser diariamente vivida e as dimensões de paredes, portas, janelas. Prejudica-a ou perturba-a qualquer esforço decorativo ou de simetria que altere ou perturbe semelhante relação.

E assim como a catedral ou o palácio deve exceder à "escala humana" a que não deve atingir a prisão – o que digo temendo violar algum dogma da moderna ciência criminal e na ingênua convicção, talvez pré-becariana, de que a pena subentende diminuição de conforto – deve a casa de residência desenvolver-se na referida "escala". Sem excessos e sem insuficiências.

(Diário de Pernambuco, 13-9-1925)

A ideia do fardão

É uma ideia feliz, a do eminente sr. prof. dr. Netto Campello, querendo que o sodalício acatado e respeitável que é a Academia Pernambucana de Letras, constelação das nossas glórias já consagradas nas várias províncias literárias, adote fardão e espadim, à maneira de suas congêneres, a gloriosa Academia Francesa e a não menos gloriosa Academia Brasileira.

É uma ideia que não deve morrer. Deve, ao contrário, ser imediatamente posta em execução, abrindo-se um concurso entre os alfaiates da cidade quanto à estética do fardão a ser oficialmente adotado.

Não se compreende uma Academia destinada à solene glorificação literária sem essa nota de dignidade olímpica, de tanta influência sobre a imaginação das massas, que é o fardão verde ou azul debruado a vermelho e rendilhado no peito e nos punhos a ouro vivo e brilhante – todo esse esplendor coroado pelo chapéu armado, com uma rica pluma a cair para trás.

O brasileiro, por um lado cheio dessas cerimônias excessivas como "Ilmo. e exmo. sr. dr." no sobrescrito das cartas é, por outro lado, de uma *nonchalance* injustificável em questões de liturgia do traje. Indiferente às ocasiões ou circunstâncias que não somente pedem como exigem a solenidade, a cerimônia, a grande gala, os brilhos da murça doutoral, as bambinelas da borla, a brancura triangular do peitilho da casaca, o ouro das ramagens do fardão acadêmico.

A mim parece que o honesto seria que os temperamentos refratários a esses brilhos não aceitassem os lugares que os exigem. Aliás, o mau exemplo deu-o o sr. Dom Pedro II, com aquela sua mania de simplicidade filosófica e desdém voltaireano pelas frivolidades, desdenhando do papo do tucano e de todo o esplendor militar necessário aos governos. O Príncipe de Gales tem falado muito, segundo os jornais do Uruguai e Buenos Aires, no seu amor à simplicidade democrática. Mas eu o vi uma tarde, em Londres, atravessar a carro Trafalgar Square, com grande majestade. Majestade que parecia deliciar imensamente aos londrinos.

Quando um indivíduo aceita uma coroa de rei ou uma cadeira de acadêmico ou de senador, um dos seus primeiros deveres é conformar-se com as necessidades decorativas da eminência ou da "imortalidade". Ele deve sentir-se não somente carne, como qualquer mortal, porém metade carne e a outra metade, púrpura real ou seda rendilhada a ouro. Ou fraque. Ou casaca. Ou fardão.

Traição à dignidade decorativa dos seus mandatos, praticaram os srs. congressistas do Estado de Pernambuco, naquela sessão de abertura solene do ano político a que fui assistir, na justa expectativa dum pouco de solenidade que me elevasse a imaginação e me deliciasse o senso de pitoresco. Os srs. congressistas acharam que a nota moderna seria o desprezo pelo fraque. E foram para aquela sessão solene como se fossem para o escritório em qualquer dia comum. E como se deixassem nas abas do fraque todo o perigo do ridículo.

Walt Whitman, o poeta americano de ruidosos ritmos que os franceses estão a universalizar depois de terem adotado Stuart Merrill e Ville Grifin, havidos hoje como franceses juntamente com Moreas; Walt Whitman, o grande cantor de *Leaves of grass*, tinha a mania de desdenhar do convencional na vida como na arte. E segundo ele o desprezo pelo convencional significava o amor à simplicidade democrática. O desejo democrático de não dar na vista. Entretanto, o que na realidade era esse Walt, tão metido a simples e a modesto, senão um grande, um formidável espetaculoso? Ninguém me convencerá da simplicidade e do desejo de não dar na vista de um homem que a um banquete solene obrigado a casaca ou *smoking*, comparecia, como Walt, de dólman azul de operário ou de mangas de camisa e *overalls* listrados de vermelho. A um homem simples ou de intensas convicções socialistas – que não possa largar o dólman ou o macacão ou a blusa – só resta uma coisa a fazer para não dar na vista entre casacas e *smokings*: é não ir a banquetes burgueses.

Com o processo de Walt, contrastava o do seu compatriota, certo Edgar Allan Poe. O qual deixava de aceitar os raros convites para jantar que lhe mereciam a atenção – Poe viveu no meio da aguda antipatia de literatos e de burgueses – sempre que não dispunha de roupa decente. Aliás, essa deficiência era o seu estado natural.

No caso da excelente proposta do acatado prof. dr. Netto Campello naturalmente se há de erguer, no próprio seio do sodalício, a onda de falaz modernidade e descabido simplismo, contra os dourados do fardão acadêmico. Mas, nesse caso, deveria dissolver-se a Academia. Ou transformar-se num *club* quase familiar.

Alegará alguém, contra o fardão, o possível ridículo. Mas idiotamente. O fardão não cria nem improvisa ridículo nenhum. O fardão é apenas uma nota complementar ou de dignidade ou de ridículo.

O hábito não faz o monge: completa ou identifica o monge. O mesmo é certo do fardão. E os que na vida seguimos o destino melancólico de ver dançar, em vez de dançar, temos entretanto o direito de esperar dos que dançam o máximo de cor para nos alegrar a vista. De cor e do pitoresco natural, lógica e tradicionalmente ligado às dignidades supremas.

(Diário de Pernambuco, 20-9-1925)

"Vende-se lenha"

Esse "Dia da Árvore", que o governo brasileiro acaba de instituir, vem encontrar a cidade do Recife espetada, em certos recantos elegantes e de onde deveria irradiar o bom exemplo, de tristonhas e vergonhosas tabuletas: "Vende--se lenha".

Ainda domingo último, neste mesmo jornal, estranhava o sr. C. Lyra Filho a sem-cerimônia desses picadeiros de lenha em pleno coração da cidade; e pedia ao sr. prefeito do Recife que dirigisse para o assunto sua atenção e seu interesse.

Nada mais oportuno do que renovar hoje esse pedido. Ninguém pode negar ao sr. prefeito Antônio de Góes um grande, um excepcional carinho pelo problema da arborização das ruas e praças do Recife. E desse carinho é justo esperar um sério e definitivo esforço no sentido de dificultar o vergonhoso comércio do "vende-se lenha" que se vem desenvolvendo com sacrifício da beleza, do caráter e da higiene da cidade.

Vimos há meses fracassar melancolicamente, abafado pela generosidade de prestigioso conselheiro municipal a quem os comerciantes de lenha se apresentaram como vítimas da "tirania" de uma regulamentação apenas em esboço, o bem organizado projeto do sr. Pedro Allain.

É lamentável que tão interessante e urgente projeto de lei morresse como morreu. É lamentável que os jornais do Recife não tivessem desenvolvido em prol do esforço do sr. Allain e contra os interesses pequeninos que se levantaram para o sacrificar, mal desabrochou, a campanha que aos mesmos jornais competia desenvolver.

Amanhã, "Dia da Árvore", será dia de festa. E excelente ocasião para excitar no espírito de uns, e avivar no de outros, o amor à árvore; a devoção pela árvore.

Nos Estados Unidos é hoje uma profissão, ao lado da de veterinário, a do médico ou dentista das árvores: especialista que se encarrega de salvar o arvoredo ameaçado de apodrecer ou definhar, tapando com um como cimento os buracos nos troncos.

Será possível que, em contraste com semelhante carinho cirúrgico pelas árvores, continuemos nós a fazer da árvore, exclusivamente, objeto de comércio e devastação? A considerá-la desprezível pé de pau?

(*Diário de Pernambuco*, 20-9-1925)

O livro do sr. Cruls

O livro, meio a Wells, do sr. Gastão Cruls, *Amazônia misteriosa*, é de um sabor tão estranho e tão novo em língua portuguesa que dá a ideia de uma tradução. De uma tradução do inglês – que é o idioma onde floresce a melhor literatura no gênero.

Desse novo romance brasileiro pode-se até precisar um parentesco: com o livro de Millicent Todd sobre o *Peru: a land of contrasts*. Apenas há menos imaginação e menos erudição no romance do sr. Gastão Cruls. E mais frescor de observação e de experiência.

É curioso como a Amazônia quase não nos pertença, a nós brasileiros. Refiro-me à jurisdição literária. É um vasto domínio da literatura inglesa. Pertence-lhe pela conquista dos seus Bates e dos seus Wallace e dos seus Brinton e dos seus Clement Markham.

Em torno dos mistérios de uma natureza ainda de meios-termos de *grotesquerie* grandiosa entre o vegetal e o animal ou o humano; de uma natureza que se defende das carícias civilizadoras à sua acre virgindade pela febre, pelo veneno, pelo podre das fundas águas negras e pardas; de uma natureza em que há árvores de onde escorre leite como de um bico de peito de mulher e sangue venenoso, como de uma ferida brava; de uma estranha natureza que é um misto paradoxal de tantos contrastes que, às vezes, onde é mais religiosa e mais parecida às Toledos dos homens é onde mais guincham e dão saltos de *clown* macacos de um cômico insolente – em torno desses mistérios e contrastes formidáveis, a imaginação e o gosto especulativo dos ingleses e norte-americanos e até dos alemães se têm elevado a alturas líricas. Intensamente líricas.

Donneley reuniu evidências – evidências que espantam – a favor da teoria da conquista do Peru pelos egípcios, avivando o sabor científico da *Atlântida* de Lord Bacon; Wallace chegou a ver perigar seu nome de cientista pela exaltação e fervor lírico com que falou da Amazônia; Prescott deixou-se levar por um sopro épico, por uma onda forte e azul de romance, no seu *Conquest of Peru*; o próprio sir Clement Markham, por mais chumbo que ponha nos pés, não resiste ao muito de mil e uma noites que despertam esses assuntos de Incas e Amazonas, disputando-os à ciência para fazê-los de vez assuntos de romance. E há Frenzel. E há Rudolf Falb. E continuam a surgir teorias. O real ao lado do fantástico.

E até quando irá esse mistério da Amazônia? No gênero é o último grande mistério. Porque pelo mundo todo, a acinzentar-se tristonhamente, vão rareando os borrões de cores vivas, os grandes borrões de selvageria, de natureza virgem, de humanidade em bruto. O mata-borrão civilizador os vem chupando. Sorvendo-os. Acinzentando-os. Da África terrivelmente negra restam apenas salpicos: dia a dia se acinzenta. Da Índia empalidecem os coloridos mistérios que a Europa do século XIX ainda viu brilhar: seus príncipes começam a viajar de roupa cor de macaco e sapatos de sola de borracha, sem ruge-ruge de sedas e de plumas. Vi marajás em Paris que pareciam, pelo traje, simples ricaços de Chicago. Também a China e o Japão e a Rússia se estandardizam.

E o último grande borrão, a última grande mancha de cor viva, é justamente esse interior do Brasil, principalmente ao extremo norte, na região entre o Amazonas e o Peru. Região de que o Padre Acosta falava em 1590 com o assombro de quem falasse do sobrenatural. E que é hoje quase a mesma terra em bruto de 1590.

Dela e dos estranhos seres que a animam é que escreve o sr. Gastão Cruls em *Amazônia misteriosa*. Livro a que chama romance. Mas do qual a impressão é antes de livro de viagem – tão forte é em muitas páginas o sabor de vida vivida.

De modo que é um poderoso livro o do sr. Gastão Cruls. Poderoso na descrição; na reportagem; na anotação do real ou do imaginado.

Do sr. Gastão Cruls o talento é todo descritivo. Falta-lhe intensidade dramática. E entretanto o assunto do romance humano que procura desenvolver dentro do outro – o da natureza – é o que principalmente pede ou antes exige: intensidade dramática. A "festa das pedras verdes" é matéria, e das mais plásticas e ricas, para a intensificação dramática. Entretanto o sr. Gastão Cruls conserva-se descritivo.

Nesse escritor as palavras, sempre um tanto sólidas, não tomam, por mais que o exijam as flexões do assunto, a agilidade líquida que lhes permitiria a intensificação. Essa força líquida, ágil, da palavra, permitindo ao artista atualizar em agudos relevos a emoção ou a cena evocada, não a possui o sr. Gastão Cruls. Ele é às vezes melancolicamente descritivo. Só descritivo.

Em compensação, é um escritor livre do grande vício dos descritivos quando abeiram o grandioso: a ênfase. Não lhe salpicam as páginas esses sinais de alarme, tão de mau gosto em quem escreve como o grito ou o arroto em quem conversa: os pontos de interjeição. Esses pontos de interjeição que pingam das coisas mais simples que escreve o sr. Coelho Neto. Que pingavam – refiro-me ao ritmo interjetivo da frase – das páginas e orações desse descritivo grandiosamente enfático que foi Rui Barbosa.

O sr. Gastão Cruls tem sobriedade e elegância e *restraint*. E às vezes até lhe repontam das páginas deliciosos recortes de paisagens reduzidas a símiles, como este: que o aldeamento das amazonas era "uma larga tonsura aberta na grenha intensa da selva".

Encontra sempre pretexto o autor de *Amazônia misteriosa* para contar fábulas em que os animais amazônicos aparecem deliciosamente caracterizados. São sempre fábulas tão interessantes, essas nossas estórias de "comadre" onça e "comadre" raposa e "compadre" guará, que delas se poderiam fazer, com um pouco de trabalho e de critério, encantadores livros para crianças. Livros que seriam, ao mesmo tempo, uma iniciação no espírito e na vida da natureza brasileira.

O romance do sr. Gastão Cruls é para a gente grande o que seriam para os meninos aqueles livros de fábulas com bichos das nossas matas. Parecendo, por um lado, tradução do inglês, é, por outro lado, um livro que aproxima o brasileiro de um domínio que literariamente não lhe pertence ainda.

(Diário de Pernambuco, 27-9-1925)

Literatura de desaforo

De certa literaturazinha de desaforo que está no Brasil a desenvolver-se em livros, quando outrora florescia apenas em jornais, não espanta a popularidade: ela é uma carícia ao que há de mais rasteiro em preferências nacionais de leitura. E é um gênero fácil, imensamente fácil, requerendo apenas do cultor insuficiências de educação e de gosto, ao lado de algum talento verbal.

Nós não possuímos, neste pobre idioma que Portugal nos deu, em contraste com a extensão formidável de território, nem a tradição psicológica, nem os recursos verbais – espécie de moeda miúda da ironia e da sátira.

A nossa tradição é antes a do desaforo; é a da graçola pesada; é a da pilhéria sem malícia; é a tradição do sal grosso, tão caro ao paladar vulgar.

No brasileiro, como no português, o espírito é coisa ainda muito em botão, se é que de algum modo existe. O que existe, vigoroso e triunfal, é o gosto por aquela literatura de desaforo e de pilhéria acanalhada de que foi mestre o Padre Tripa. De que foi mestre o por vezes admirável Camilo Castelo Branco.

De Eça e de Ramalho e de Machado de Assis, de Santo Thyrso e de Carlos de Laet – destes escritores, recentíssimos e todos com um sabor estrangeiro, inglês ou francês, na sua sátira ou na sua ironia – ainda não há tradição firmada. O que eles trouxeram de íntimo para a psicologia da língua ainda se não incorporou a ela definitivamente. Vaga por aí, ao alcance de raros.

E há de ser assim por largos anos. Isso de espírito não se improvisa. Se os ingleses o possuem tão fino, sob a forma de *humour*, é que lhes vem de Chaucer através de Swift e de Henry Fielding, de Sterne e de Steele e Addison, do dr. Johnson e de Carlyle e de Oscar Wilde. De modo que o *humour* aguçado em malícia, que reponta cheio de graça espiritual das páginas de George Moore; e que torna certas páginas de Gilbert Keith Chesterton e até certas caricaturas de *Punch* inacessíveis à mentalidade de Ohio, USA – é toda uma fidalguia de espírito apurada pelos séculos. E renovada de século em século.

Há quem prefira o desaforo dos libelos à ironia e à sátira e à crítica tocada de malícia, julgando o desaforo uma literatura de coragem masculina e a ironia uma literaturazinha feminina e tímida até à cobardia – sem eficiência de resultados. A ironia será para os que assim pensam uma espécie de sapato de sola de borracha dos que temem pisar duro diante dos poderosos. Ou pelos lugares proibidos.

É possível que assim seja. Entretanto os exemplos, dentro dos próprios confins de ilhota que são os do nosso idioma, depõem em contrário. Muito mais funda foi a ação de Ramalho – crítico da vida portuguesa e dos poderosos de sua época, pela ironia, pela sátira, pelo ridículo pegado em flagrante – que a do mestre sem igual do desaforo, Camilo Castelo Branco. Foi Ramalho quem pisou os mais perigosos lugares proibidos – não importando, no caso, que a sola dos seus sapatos fosse a dos sapatos de um *gentleman*.

A ironia não refoge à verdade: diz a verdade com mais agudeza e mais penetração. O desaforo é o que não possui: poder de penetração, mesmo superficial. Pelo seu ruído de casco de cavalo é uma arma que parece pertencer a inferiores na escala zoológica.

Observem-se os jornalistas do desaforo: são quase sempre grandes superficiais e até gente de aluguel. Porque ninguém ignora a indústria que é hoje, no jornalismo do Rio, o desaforo. Maior do que ela só a do elogio, favorecida pela pouco escrupulosa freguesia de quase todos os governos de Estado da nossa gloriosa república. E é a indústria do desaforo que está apurando o tipo de jornalistas, cuja agressividade é uma como dentuça postiça; que rende dinheiro, que faz subir o desaforador, que resulta em sucesso pessoal. Sucesso acompanhado da auréola de "batalhador cívico", de "defensor da liberdades", de "bravura republicana".

Diante do vulgo, o jornalista ou panfletário do desaforo revela coragem assombrosa. Para o vulgo a coragem é quase uma questão de ruído. A ironia ou a sátira que ele apenas sente passar, sem ouvir-lhe o ruído carnavalesco, deve parecer-lhe uma covardia.

(Diário de Pernambuco, 4-10-1925)

A propósito de regionalismo no Brasil

De Belo Horizonte chega-me o n. 2 de *A Revista*.

É uma revista de jovens. Um esforço de mocidade. E anima-o vivo sentimento regionalista: "procuremos concentrar todos os nossos esforços – diz o editorial – para construir o Brasil dentro do Brasil e, se possível, Minas dentro de Minas".

Mais um "grupinho estadual" aparece nessa revista de Belo Horizonte. Mais um desses "grupinhos estaduais" a que uma vez se referiu, desdenhoso das expressões de vida local brasileira numa época em que tudo tende à universalização com o telégrafo, o rádio, o esperanto e a fraternidade dos povos, o eminente sr. Comendador Medeiros e Albuquerque.

O eminente sr. Comendador Medeiros e Albuquerque – aliás bom e lúcido brasileiro de Pernambuco – tem sido nas nossas letras o tipo do cosmopolita todo *supra locum*. Desdenhoso de raízes. E agora, que a nossa pobre literaturazinha começa a ser intimamente brasileira, preferindo falar com dentes de leite e primitivamente, sem ferir os *rr* e os *ss*, a fingir gente grande com dentadura postiça; agora que nossa expressão literária principia a ser antes uma expressão de vida vivida que um esforço de caligrafia ramalhuda alheio à experiência e ao sentimento local; – os cosmopolitas de espírito à feição do sr. Comendador Medeiros, como os helenos do tipo do sr. Coelho Neto e do dr. Afrânio Peixoto, começam a aparecer num relevo vivíssimo de artificialidade; e as suas vozes, a soar com um som de vozes pouco brasileiras.

E nós, os de vinte e de trinta anos, começamos a olhar para o sr. Coelho Neto e para o Comendador Medeiros e até para o dr. Afrânio e para o dr. Graça Aranha – a nenhum dos quais faltam méritos – com a melancolia de sobrinhos que descobrem nos tios sentenciosos e sabedores de tudo, adorados como heróis na meninice, simples mediocridades; e nas suas mágicas de moedas e cartas de baralho, outrora maravilha dos olhos infantis, fáceis *trucs* sabidos por todos os *clowns* de circo.

O jovem grupo d'*A Revista* surge com um programa de ideias e de ação que o aparenta muito de perto com o "Centro Regionalista do Nordeste". Querem os srs. Martins de Almeida, Carlos Drummond, Emílio Moura,

Gregoriano Canedo e os seus companheiros – uma Minas mineira, que se desenvolva dentro do espírito do seu passado, contribuindo com sua forte originalidade local para a riqueza do conjunto brasileiro; para a harmonia do todo brasileiro. Querem uma Minas vivamente caracterizada na sua vida, como nós já há algum tempo queremos um Nordeste capaz de resistir à estandardização.

No editorial da nova revista mineira se lê: "um dos nossos fins principais é solidificar o fio da nossa tradição". Apenas os jovens regionalistas de Belo Horizonte não têm da tradição o sentido passivamente necrófilo dos Institutos Históricos. O que eles sentem na tradição mineira, em particular, como na brasileira, em geral, é o que os chamados "neotradicionalistas" do Recife sentimos na tradição nordestina: uma força viva e plástica a ser desenvolvida em valores novos, atuais, ativos. Nunca um peso morto a ser tristemente arrastado pela vida.

Sente-se que nos jovens d'*A Revista* domina a vibração de viver e de criar brasileiramente e, até, de intervir brasileiramente na vida política. Neste sentido seu programa se afasta um tanto do programa do "Centro do Nordeste"; e assemelha-se antes ao dos tradicionalistas e regionalistas franceses do tipo de Gustave Boucher, políticos e, mesmo, rasgadamente monárquicos na sua política.

E do editorial d'*A Revista* o trecho: "Tanto na política como nas letras, ameaçam-nos perigosíssimos elementos de dissolução. Anda por aí em explosões isoladas, um nefasto espírito de revolta sem organização nem idealismo, que tenta enfraquecer o organismo nacional".

É pena que nesse trecho tomem as palavras editoriais d'*A Revista* tão acentuado ranço acaciano: "organismo social" tem todo o sabor de fruto demasiado maduro de certa "sociologia sistemática": aquela em que o sr. Pontes de Miranda por vezes resvala deslumbrando a mediocridade, hoje verdadeiramente áurea, da, entretanto, gloriosa Academia Brasileira de Letras. Nascida gloriosa.

"Só uma personalidade inflexível" – continua o editorial, corajosamente antidemocrático e antiliberal –, "só uma personalidade inflexível dirigida por uma boa compreensão das nossas necessidades pode resolver os problemas máximos da nacionalidade."

De "grupinhos estaduais" como o da nova revista de Belo Horizonte – desses esforços sinceros e diretos para criar e agir brasileiramente – depende a originalidade da arte brasileira, ainda tão em começo. No Rio – de onde nem ao menos irradia hoje a força de uma grande revista de cultura –, a vida intelectual tende a se intensificar apenas na produção de revistas do tipo de *Fon-Fon*, *Ilustração Brasileira*, *Eu Sei Tudo*, *Cena Muda* e *A.B.C.*

(*Diário de Pernambuco*, 11-10-1925)

O livro belo

O livro belo – quem o vê hoje no Brasil ou em Portugal, úmido das entranhas de algum prelo moderno ou saído há pouco das mãos de algum encadernador? Refiro-me à estética da impressão. Da impressão e da encadernação.

Por toda parte é hoje melancolicamente inferior ao que foi nos seus começos, quando ainda mal saída da caligrafia e da iluminura – a arte do livro impresso. Sucedendo à do livro caligrafado no silêncio dos claustros, por mãos finas e asceticamente pálidas de frades e freiras (cheios de doces vagares e capazes de extremos de paciência para glória de Deus ou pelo amor de Nossa Senhora), conservou por algum tempo a arte do livro impresso, na força gótica dos tipos, no esplendor das vinhetas, na graça dos anjos bochechudos, na heráldica riqueza das iniciais roxas ou verdes ou de um azul misticamente celeste dos livros de horas e dos missais, todo o sabor medieval da caligrafia.

É este sabor medieval da caligrafia que a técnica moderna procura restaurar. Procura reabilitar. Já nos Estados Unidos, como na Inglaterra e na Itália, e principalmente na Alemanha – o último refúgio do gótico – se fazem livros que são uma alegria artística para os olhos.

Este movimento de reabilitação da estética da tipografia e da impressão e da encadernação – da estética do livro, em suma – quase não nos atingiu, aos brasileiros e portugueses. Nós somos os países do livro feio. Do livro malfeito. Do livro incaracterístico. Principalmente o Brasil.

O sr. Monteiro Lobato conseguiu animar de certa nota de graça o livro brasileiro. Mas ligeiríssima graça. Livro belo, não saiu nenhum de suas mãos ou dos seus prelos.

Lembro-me de ter lido o *Urupês*, num exemplar de luxo que o autor oferecera ao velho professor Branner. E aquele exemplar de luxo era uma melancolia para os olhos. Uma humilhante melancolia para os olhos de brasileiro longe de sua terra. Contrastava com os livros comuns que então me rodeavam.

De outra feita, estudante ainda e ainda no estrangeiro, onde o patriotismo crítico naturalmente se amolece ou abranda, ofereceu-me o sr. Hélio Lobo um exemplar do trabalho tão interessante do sr. Ronald de Carvalho: *Pequena História da Literatura Brasileira* (1ª edição). Um horror de má impressão e de má encadernação, o volumezinho. Tive vergonha de emprestá-lo ao meu brilhante amigo israelita, o sr. Isaac Goldberg, que m'o pedia com insistência. O livro brasileiro é bem isto na sua estética ou, antes, na sua falta de estética: uma coisa vergonhosa. Em geral o é também quanto ao conteúdo: pois há casos verdadeiramente lamentáveis em que a alma dos nossos livros sofre com o horror dos seus corpos. A patologia do atual livro, como livro, é um estudo a fazer. É um estudo a fazer o que perde um bom poema ou um bom ensaio ou um bom romance na má impressão e na má encadernação.

Da minha parte, habituei-me a ver no atual livro brasileiro toda a negação da estética do livro. Toda a negação do decoro, já não digo artístico mas comum. E a mim parece certo o seguinte: que os poetas têm os tipógrafos que merecem; e o chamado "público intelectual" tem igualmente os livros que merece. E a verdade é que nós, brasileiros, não estamos ainda em idade de fazer livros, nem intelectual nem tecnicamente. Isso de fazer livro não é arte para povos adolescentes e apressados. É arte para os povos maduros e pacientes. Nós nos devemos contentar em ser assuntos de livros de viajantes europeus e em fornecer com a nossa paisagem sugestões decorativas a artistas estrangeiros.

Ora, se é vergonhoso o livro brasileiro, mais vergonhosa é ainda a revista brasileira. A revista brasileira, dei-me ao patriótico trabalho – quando vivia no estrangeiro – de a esconder aos olhos curiosos, sempre que recebia alguma de Pernambuco ou do Rio ou de São Paulo. E na verdade considero, ou de uma ingenuidade imensa de cretino ou de uma pobreza extrema de pudor patriótico, o brasileiro capaz de escancarar a olhos estrangeiros, longe do Brasil, as intimidades duma revista brasileira. De *Fon-Fon*, por exemplo: curiosa revista onde o requinte é aparecerem os artigozinhos do sr. Hermes Fontes em forma de pirâmide ou de cruz.

Na Inglaterra, pode dizer-se que o esforço de um grupo de homens – sobretudo o de Morris, um indivíduo menos ruidoso, mais inteligente e mais rico de gosto do que o aliás formidável Ruskin, capaz de todos os espalhafatos, em torno do seu grande esforço criador – reabilitou a arte do livro, ameaçada de desaparecer sob a industrialização do século XIX.

Possuía Morris não só o sentido medieval da arte do livro, tão untuosamente eclesiástica nos seus dias de glória, como os fundos e difíceis segredos de sua técnica. Estes, possuía-os na inteligência e possuía-os na ponta dos dedos. Ele próprio desenhou os tipos a ser usados na sua casa editora, ansioso de fixar para o livro moderno um tipo de letra pura, severa, tersa, incisiva, sem excrescências supérfluas, clara e fácil de ler e deleitosa para a vista.

Ajudou-o em tudo um grande técnico: Emery Walker. E pelo esforço desses dois homens – difícil esforço cheio de agonia –, o livro foi salvo na Inglaterra da industrialização; e renovado nas suas qualidades artísticas; e reanimado ao calor e à flama da forte e litúrgica e expressiva beleza do livro medieval. Morris quis dar ao livro – e em parte o conseguiu – sua dignidade antiga de trabalho de arte, não inferior à da pintura. Quis elevar a estética tipográfica ao seu papel de acentuar as qualidades e de aguçar a delícia visual do verso e da prosa impressa.

Decerto a arte tipográfica é psicologicamente uma arte sem a plasticidade que o "crescendo" ou o "decrescendo" das palavras parecem às vezes exigir.

Fradique poderia ter escrito uma carta sobre a arte tipográfica ou de impressão, como ainda não há; ou como não pode haver.

(Diário de Pernambuco, 18-10-1925)

O Coronel Thomaz Pereira

O Coronel Thomaz de Aquino Pereira, há pouco falecido no Recife, era uma dessas velhices que surpreendem pelo bom ânimo e pelo entusiasmo e pelo verdor de imaginação. "Verdes velhices", dizem os franceses.

Ninguém menos acinzentado pelos contratempos. Ou menos afetado por eles. Dir-se-ia que o seu sentido da vida era o do *sport*. O do *good sport*. Dos insucessos, como das vitórias, sabia recolher alguma coisa de excitante e de bom, como que achando mais sabor numa corrida com obstáculo do que numa fácil corrida comum.

Conservava em face de tudo, e às vezes contra tudo, bom ânimo e bom humor. Daí o quase romance de sua vida de homem de ação, sempre a refazer-se. Sempre a renovar-se. Vida sem a monotonia das vitórias que se sucedem como postes de telefone vistos do trem, mas desigual nos altos e baixos de insucessos e vitórias.

Os insucessos, não os temeu nunca. Enfrentou-os sempre com elegante coragem.

Dera-lhe a vida uma riqueza de experiências que fazia ultimamente de sua conversa um encanto.

Na mocidade, fora um frequentador de salões – os salões do Recife cheios de lirismo abolicionista – e das festas de engenho. Os seus versos, a sua palavra fácil, o seu gênio alegre de *good mixer* tornavam-no querido. Tornavam-no desejado. Isto ainda no tempo daquelas festas de engenho como a de Jussara, descrita por Phaelante da Câmara: festas que duravam dias. Isto ainda no tempo da vida de salão no Recife, animada pela elegância de Joaquim Nabuco e pelas recepções de José Mariano e Dona Olegarinha no Poço da Panela.

Ainda frequentou os jantares de Monjope. O Monjope ainda de um Carneiro da Cunha. Jantares a casaca e a vestido decotado e com lustres de vela e cristais finos e coloridos brilhos da China. E os peixes e os guisados e os doces feitos segundo velhas receitas de família e servidos por negros de libré.

Depois do jantar, em Monjope, um circo de cavalinhos. Mantinha-o Monjope para seu recreio como outros engenhos os seus pastoris ou presepes ou as suas naus catarinetas. Desciam os convivas ao circo, ao lado da "casa-grande", onde negrotas e moleques dançavam na corda bamba, saltavam, executavam acrobacias, faziam graças. Prata de casa a rivalizar com a estrangeira.

Desses jantares e das festas e das tardes abolicionistas no Recife, com discursos e versos declamados das varandas, conservava Thomaz de Aquino Pereira todo um conjunto interessante e alegre de recordações. Por vezes, do alto de terceiros andares, o bonito Thomaz, ainda jovem, discursou como se fosse Joaquim Nabuco.

Fizera versos quando rapaz: versos líricos, versos de amor, versos abolicionistas. E quando deixou de os fazer com as palavras deu-se ao gosto de os fazer, ainda mais líricos, com as cifras. Não se separava de um lápis para as suas contas, para os cálculos, para as multiplicações: sentia bem a volúpia daquela "aritmética lírica" de que fala Euclides da Cunha.

E desse seu lirismo de cifras resultaram-lhe ao mesmo tempo – e o misto é paradoxal – o arrojo quase romântico e a certeza quase científica de resultados de muitas de suas iniciativas.

Um dia, sob o estímulo e o interesse de umas estatísticas de consumo dos produtos do coco da Índia, criou pelo cultivo a grande do coqueiro um entusiasmo que se tornaria arrojadamente prático. Entusiasmo naturalmente baseado naqueles cálculos a lápis que lhe serviam de ponto de partida às iniciativas e aos arrojos. E em Goiana adquiriu uma propriedade a que hoje a verde adolescência de 260 mil coqueiros dá uma nota deliciosa de promessa. Faltou-lhe tempo para verificar se as contas a lápis o haviam enganado.

Era esse espírito de romance, eram esses arrojos, era essa "aritmética lírica" a lhe animar a vida e a ação, eram aquele verdor de espírito e aquela palavra fácil para a reminiscência e para a expressão do sonho que faziam do Coronel Thomaz Pereira uma figura de personagem de romance ou de assunto de biografia.

(Diário de Pernambuco, 25-10-1925)

A vitória do branco, isto é, do brim branco

Do Recife já se pode dizer que, visto de uma varanda de terceiro andar, é uma população vestida de branco e apenas salpicada de alguns pontos pretos e de algumas manchas vivas de cor. Isto quanto ao recifense médio.

Ora, esta impressão é bem diversa da que, de ponto de vista igual, teria obtido o curioso há cem ou mesmo há cinquenta anos.

Nós fomos até recentemente – uns quinze ou vinte anos – uma população tristonhamente vestida de preto. Uma população que se diria de volta ou a caminho dum enterro. Uma população vestida de preto ou de escuro desde as primeiras horas da manhã ou sob o sol dos mais acres meios-dias. E este luto incluía meninos e gente grande.

Agora é que, em vestuário, nos estamos reconciliando com o clima e com a paisagem, que pedem e até exigem o frescor e a claridade e a leveza das roupas brancas. Ou quase brancas. Claras.

Não foi de repente que a ortodoxia da roupa preta e pesada e felpuda, vestida pela manhã como à noite, sem discriminação nenhuma, se alterou ou dissolveu a ponto de ser hoje o preto excepcional e o comum o branco ou o claro. O processo da vitória do branco, acentuado e definitivo nos últimos quinze ou vinte anos, data de uns cinquenta.

Começou pelas calças de xadrez – espécie de compromisso ou acordo entre o preto e o branco. Começou pelos coletes brancos de pingos escuros. Começou pelos chapéus do Chile de abas largas que em litogravuras fixando flagrantes de rua do Recife em 1870 alvejam entre o negro e o cinzento das cartolas dos altos negociantes, dos comissários de açúcar, dos príncipes das profissões liberais.

As calças quadriculadas como o colete de xadrez ou de pingos e as gravatas de cor – estas primeiras tímidas dissensões do preto severamente ortodoxo já se observam em gravuras do meado do século. Quando as gravatas de seda preta, largas e solenes, começaram a ser substituídas pelas de cor ou claras, houve protestos da parte dos conservadores. Inimigo acre da "gamenhice", o Padre-mestre Miguel do Sacramento Lopes Gama registrou o escândalo dessas claridades e dessas pintas vivas de cor no traje dos homens; e são as roupas do "gamenho" de 1840, de colete de pingos azulados e calças de xadrez e gravata de cor, que o Padre Gama pejorativamente define como "trajes de arlequim". A ortodoxia do preto teve assim, às primeiras ameaças de dissensão, uma grande voz a seu favor. Porque por menos interessante que o considerem filólogos e juristas do hierático feitio do dr. Laudelino Freire e do dr. Solidônio Ático Leite, a verdade é que o Padre Lopes Gama foi um dos escritores mais interessantes que ainda teve o Brasil.

Cores vivas não faltavam de todo ao Recife de outrora: o Recife preto, isto é, vestido de preto como para um enterro, era o Recife de botina e gravata e bengala. Sem forçar o trocadilho: o Recife de preto era o Recife dos brancos. Porque os escravos, estes, vestiam invariavelmente chitas e panos sarapintados dos amarelos mais vivos e dos vermelhos mais crus. Sobre a indumentária desse elemento da população pernambucana, não nos escasseiam minúcias: os anúncios de escravos fugidos que se leem no *Diário de Pernambuco*.

Era justo que o branco, no vestuário, acabasse vencendo entre nós: parece um caso líquido de vitória do mais apto. Nada mais próprio para os nossos sóis que as roupas brancas ou claras.

Fui uma vez acusado pelo digno secretário perpétuo do venerando Instituto Arqueológico de ser inimigo do fraque. Acusação injusta. O que me parece mau é o abuso do fraque num clima como o nosso. Mas o seu uso em ocasiões de certa solenidade – a abertura do Congresso, por exemplo – me parece absolutamente próprio e insubstituível. A vitória do branco que eu saúdo é a vitória do branco nas roupas de ir ao trabalho e à praia e ao *sport* e mesmo a certas festas matinais. Nem de longe pretendo desconhecer que ocasiões há na liturgia da vida social que outra roupa não exigem senão a preta; que repelem o branco ou as cores claras como uma sem-cerimônia intolerável.

(Diário de Pernambuco, 1-11-1925)

A propósito de Guilherme de Almeida

Da poesia jovem do sr. Guilherme de Almeida, do gosto que ela nos dá, a melhor delícia é certo verdor. Certa adstringência de expressão. De expressão e de imaginação.

É um português, o seu – o desse escritor paulista atualmente no Recife – que não dá nunca o sabor de molemente maduro. Um português com certo ácido provocante de verde que o não deixa cair na monotonia da extrema doçura. É uma imaginação, a sua, que parece dizer a cada assunto que encontra, com um virgem frescor de voz, que tem muita honra ou muito prazer em conhecê-lo.

O sr. Guilherme de Almeida coloca-se diante das coisas como se as avistasse pela primeira vez: quase em alumbramento. Ele próprio, andando pelas ruas, com um olhar quase de espanto, nos dá a impressão de um menino a sair sozinho pela primeira vez.

E de fato este é o grande sentido da reação que se acentua no Brasil, de maneira um tanto semelhante a que há dez anos vem agitando os Estados Unidos: uma geração de brasileiros começa a ver e a viver velhas coisas brasileiras como se as visse e como se as vivesse pela primeira vez.

O chamado "futurismo" de certos poetas e artistas jovens do Brasil tem mais de "primitivismo" ou "instintivismo" que de "futurismo" ou "modernismo". E sendo uma revolta contra o passado imediato não é, nos melhores novos, uma revolta total. Eu poderia sobre este ponto recordar o muito que deve o traço, hoje deliciosamente brasileiro, do sr. Vicente do Rego Monteiro – um modernista à sua maneira: nada à la Semana de Arte Moderna – à influência dos primitivos e dos pré-rafaelitas.

Naturalmente não se pode dar ao primitivismo ou ao instintivismo na criação artística nenhum sentido absoluto: o artista, afinal, por mais espontâneo e seivoso e abundante, tristonhamente se esteriliza e morre dentro das quatro paredes dos cinco sentidos. São-lhe necessários contatos fecundantes. Festivas excitações de pura inteligência ou de pura informação livresca. E o perigo do combustível matar paradoxalmente o fogo não é tão grande como a alguns parece. Livresco foi Edgar Allan Poe – e quem mais pessoal? No meio dos livros não se acinzentou a verde adolescência criadora dos seus sentidos e da sua imaginação. E livresco – milionário de leituras, até – foi Lafcadio Hearn. Um *scholar* que seria no Japão professor de literatura. Mas sempre tão fresco de imaginação e tão vivo de instintos e de sentidos como se a miopia o defendesse de ser abafado pela leitura.

Muito tarde vamos chegando no Brasil a esse primitivismo; muito tarde estamos a falar em voz natural. Voz de adolescência inquieta. Voz quase de meninice pela primeira vez a opor seu *baby-talk*, a que faltam "rr" e "ss", às frases aprendidas, e repetidas com a mais melancólica correção.

Chegamos afinal ao sentido da insuficiência do soneto e do alexandrino como instrumento de expressão lírica de coisas e de vida brasileira, neste plástico, inquieto momento em que somos as primeiras provas tipográficas de um imenso livro em preparo. Somente agora, com a melancolia de um retardado mental, está o idioma português no Brasil a libertar-se do declamativo e do pomposamento acadêmico. E convém notar, contra o que sentenciou na sua conferência no Santa Isabel o sr. Guilherme de Almeida: foi na prosa que se antecipou a reação. Na prosa estranhamente ágil e animada de cores vivas de Raul Pompeia. Do Pompeia do *Ateneu*, cujo ritmo de frases é um dos mais incisivos começos de expressão brasileira. Na prosa de Euclides. Mesmo na de Nabuco.

Às secas areias de praia do Brasil mal chegou, nos fins do século passado ou nos princípios do atual, a onda renovadora do chamado "decadentismo", a cujos salpicos de sal aligeirou-se o ritmo poético, a técnica melodiosa do idioma espanhol, por toda a América Latina, com seus Rubéns Daríos. É esta renovação pela influência, a princípio, quase pura e só de um único Rubén Darío – sozinho contra 999 gramáticas, filólogos, puristas, sabedores da língua, leitores dos clássicos com diurna e noturna mão.

E o fato é este: enquanto pelos países nossos vizinhos, nestes começos de século, se aligeirava a língua espanhola; e plasticamente se acamaradava com as condições do meio americano, deixando de viver aqui como em hotel ou pensão para sentir-se afinal em casa própria; e perdia aquela gordura mole de mulher árabe, desenvolvida em séculos de classicismo passivo, solene, imitativo – nós, no Brasil, continuamos no declamativo ou no acadêmico, a lisa monotonia do nosso pobre idioma apenas arrepiada pelo inquieto verbo cientificista de Augusto dos Anjos e pelos murmúrios de reza de primeira comunhão de Alphonsus de Guimaraens.

E hoje, e só hoje, e com muita promiscuidade e entre muito rufe-rufe de pandeiro de lata de gás, se acentuam entre nós tendências renovadoras a animarem de um sabor brasileiro nossa expressão artística. Na jovem poesia de Manuel Bandeira, de Mário de Andrade, de Ronald de Carvalho, de Osvaldo, de Menotti, de Ribeiro Couto, de Guilherme de Almeida, de Joaquim Cardozo, se sente que para o Brasil começa uma *New Poetry* semelhante a de Vachel e Carl Sandburg e Masters e Frost e Amy Lowell nos Estados Unidos. O sr. Paulo Prado, em recente alusão ao movimento norte-americano – o qual creio ter sido eu o primeiro brasileiro a comentar – nos faz pensar nas afinidades do movimento brasileiro com o do Norte.

De fato, como a *New Poetry*, a nossa poesia é uma ânsia de falar direto e mais por sugestão do que por discurso. Mais por telegrama do que por carta. É uma ânsia de falar das coisas próprias, nacionais, regionais, locais e nunca dantes poetizadas, antes havidas como coisas vergonhosas. Foi assim que Sandburg fez de Chicago – a Chicago da banha de porco, da fuligem, dos trens expressos, dos não sei quantos crimes por minuto – a cidade mais intensamente poética do Novo Mundo.

Parece a jovem poesia brasileira, não sei por que, sentir a necessidade de um teórico que a explique; a necessidade de um doutrinário; de um crítico que fale ou escreva a seu respeito de dentro para fora e mais como apologeta do que como crítico. O mesmo sucedeu nos Estados Unidos. E do grupo *New Poetry* apareceu Miss Amy Lowell. A minha amiga Amy Lowell – curiosa figura de mulher. Dona de um palácio em Brookline, onde fui seu hóspede; de uma biblioteca e de um Rolls Royce. Sultona de *pince-nez*, querida dos adolescentes aliteratados. Milionária com o capricho de mandar vir de Manilla e de Cuba caixas e caixas de charutos, no meio dos quais escreve e lê; e, fumando sempre, recebe os amigos e sobre todos os assuntos conversa com as licenças de um homem livre. E em tão esquisita mulher achou a *New Poetry* sua voz de teórico.

Nestas funções é que está a surgir o sr. Guilherme de Almeida. O qual, exatamente como Miss Lowell, gosta de salpicar os seus livros de citações em grego; e de citar em francês e em latim.

Mas estará apto o sr. Guilherme de Almeida para as sutis funções de teórico da poesia jovem do Brasil? Da jovem poesia de que é decerto um dos melhores práticos e, a certos respeitos, segundo alguns, o melhor? A julgar pela sua conferência no Recife, não. Não está apto.

Como Rubén Darío, o sr. Guilherme de Almeida diz tolices quando quer doutrinar. Quando pretende ser o especulativo daquilo que pratica com uma tão fina intuição. E depois de ouvi-lo dizer tolices em voz de conferencista é um gosto escutar-lhe os versos deliciosos, em voz de poeta. A própria técnica da prosa não na possui vigorosamente o sr. Guilherme de Almeida.

Ora, vede o conceito de tradição do último conferencista do Santa Isabel: é o de um tristonho peso morto. E o seu conceito de regionalismo: é o de uma "limitação". Por um triz não o chamou "literatura de campanário".

O sr. Guilherme de Almeida não distingue a tradição que se vive da tradição que se cultiva a discurso e a fraque e a hino nacional e a vivas à

República. Ele não distingue o regionalismo a Jeca Tatu, caricaturesco e arrevesado, do regionalismo que é apenas uma forma mais direta, mais sincera, mais prática, mais viva de ser brasileiro. Esquece que a Igreja Católica, sendo tão universal que a sua língua é um latim liquidamente transnacional, é ao mesmo tempo regionalista. E se, em São Paulo, a devoção de novos-ricos está a levantar o absurdo de uma catedral gótica não o faz dentro do verdadeiro espírito católico, simpático às sugestões locais de vida e de arte. E como é que um nordestino – criado em reminiscências, memórias, experiências agudamente locais de pastoril de engenho, caldo de cana, faca de ponta de Pasmado, Megaípe, Paulo Afonso, Itajubá, Igaraçu, pé de moleque, água de coco, banho do Tambiá com caju e cachaça; como é que o nordestino de vida assim vivida a poderá desprezar por um vago brasileirismo? Vago brasileirismo que o sr. Guilherme de Almeida não chegou a definir. O bom brasileirismo é o que junta regionalismos. Regionalismos válidos.

Mas que importam os conceitos do sr. Guilherme de Almeida – de cuja prosa, aliás, saltam às vezes lugares-comuns com a ligeireza de baratas surpreendidas em gavetão de móvel novo; que importam os seus conceitos com pretensões a críticos ou filosóficos se os seus versos os desdizem tão deliciosamente; e se afinal, poeta, e poeta puro e só, é o que ele é, e esplendidamente?

Desse rapaz de São Paulo que acaba de estar no Recife, andando pela Rua Nova com um ar espantado de menino de doze anos a sair sozinho pela primeira vez – guarde bem a lembrança o Recife: é o vitorioso começo de um grande poeta brasileiro.

(Diário de Pernambuco, 15-11-1925)

Reação do bom gosto

Um tranquilo almoço eclesiástico, docemente servido por mãos de freiras, velhas e boas, reuniu-nos um desses dias, a mim e a alguns amigos, no parque do Hospital Oswaldo Cruz.

Um tranquilo almoço quase ao ar livre, à sombra leve de antigo quiosque de jardim; e no doce contato de lindas árvores acolhedoras. Lindas árvores deliciosamente pernambucanas.

Foi quase uma hora suave de vida rural, a desse almoço; quase nos dando a impressão de estar a gente longe da cidade e do seu estridor de autos e do seu sol.

Não se pode imaginar, para hospital, situação melhor nem mais doce nem mais simpática que a do velho hospital, hoje a renovar-se.

Eu estivera com o prof. Ulysses Pernambucano no Hospital da Tamarineira, em visita aos dois novos pavilhões coloniais; e os achara fortemente simpáticos. Principalmente o menor. Mas diante do Pavilhão do Oswaldo Cruz maior seria o meu encanto.

É a meu ver o mais lindo colonial novo que hoje possui o Recife. O mais lindo, o mais sugestivo, o mais brasileiro, o mais pernambucano. Simples, forte, elegante, doce, franciscanamente hospitaleiro, todo claro e aqui e ali avivado pelos salpicos azuis e amarelos de raro azulejo antigo; o telhado de beiral arrebitado, vivamente vermelho; jarros de Santo Antônio do Porto, no pórtico e dos lados, a aligeirarem a tranquila simplicidade do edifício de uma leve graça heráldica.

Deste serviço de claro bom gosto à cidade da Recife pode estar seguro o médico Amaury de Medeiros: o de vir animando a edificação pública, principalmente no seu Departamento, de um sentido de beleza que andava lamentavelmente esquecido ou deliberadamente desprezado nos esforços desse gênero. Um estreito utilitarismo o havia pfosto de lado.

Porque o certo é que pelo Brasil todo, a vitória republicana, excitando improvisos de fortuna, posição, poder; trazendo à tona novos-ricos, novos cultos, novos poderosos – fez correr uma onda fácil, suja e grossa de mau gosto, de rastaquerismo e desse utilitarismo que vê nas preocupações de beleza uma frivolidade. A documentação está aí – nos edifícios e nas estátuas, nos monumentos, nos túmulos, nas reformas. Nas próprias reformas de igrejas. São edifícios, palácios, monumentos, estátuas que acusam uma pobreza de gosto que espanta e entristece.

No Recife, aí está, por exemplo, a ganhar em mau gosto a toda a ramalhuda arquitetura bancária e comercial e oficial dos últimos anos; a ganhar em horror para os olhos ao arremedo de palácio que é a Associação Comercial; com o seu mercuriozinho clownesco, irmão do de Chora Menino; a ganhar a distância e com vantagens de campeão irrivalizável o *Grand Prix* de Mau Gosto – o edifício da Fiscalização Federal do Porto. O ridículo de suas enormes bolas e o seu absoluto desconforto interno ficarão entre os documentos mais vivos e mais enfáticos do mau gosto que no Brasil se apossou de uma geração de realizadores com a fúria de uma horrível doença. De uma horrível doença que é uma como bexiga lixa em ponto grande – deixando na fisionomia das cidades suas tristonhas marcas. Suas deformações.

Contra este passado imediato de mau gosto e estreito utilitarismo é que a nova gente do Brasil precisa reagir, aliada com o Grande Passado brasileiro. Aliada com o Grande Passado brasileiro, rico de sugestões a desenvolver nos esforços criadores de hoje.

E aos que desejamos um Pernambuco que se renove pernambucanamente dentro do espírito do seu passado vivamente romântico e das sugestões de sua paisagem, deliciosamente tropical – animam-nos de um vivo prazer esforços como os dos Amaurys de Medeiros.

O novo pavilhão do Hospital Oswaldo Cruz vem acrescentar à reação do bom gosto no Recife uma vitória que muito merece ser saudada e destacada.

(Diário de Pernambuco, 24-11-1925)

Primeiro os livros

O centenário do nascimento de Dom Pedro II é, na verdade, um centenário para ser comemorado nas bibliotecas, nas escolas, nos Institutos Históricos, à doce sombra dos livros.

Pedro II foi livresco. Viveu mais entre os livros que entre os homens. Foi melancolicamente livresco.

O Rev. Fletcher conta a esse propósito coisas interessantes. O Rev. Fletcher – J. C. Fletcher, um dos autores de *Brazil and the Brazilians* – conheceu Dom Pedro em 1852, em uma tarde em que teve de ir a São Cristóvão, na qualidade de secretário da legação americana.

Anos depois, voltando ao Brasil em caráter particular, com um carregamento de Bíblias e uma exposição de litogravuras, gravuras a aço, livros, mapas e outros produtos norte-americanos – inclusive sabonetes e arados – estreitaram-se suas relações com o monarca. E ninguém visitou com mais minucioso interesse a exposição, principalmente na parte referente aos livros, que Dom Pedro.

Sente-se bem ante o perfil que do Imperador brasileiro traça o Rev. Fletcher, o homem nascido antes para uma beca de seda de Oxford ou para uma sobrecasaca de Heidelberg que para as dobras do manto imperial: nascido antes para as tranquilas volúpias de *book worm* que para os fortes arrojos ou os vivos brilhos da ação política.

Fletcher nos diz que o Imperador sabia hebreu como um israelita; e conhecia no original grego vários trabalhos; e estava espantosamente familiarizado com as literaturas inglesa, alemã e da Europa latina e dos Estados Unidos.

Como erudito não lhe faltou um traço fortemente brasileiro: o gosto da gramática. "Tem um grande *penchant*" – escreve Fletcher – "pelos estudos filológicos."

E é um ponto a estudar o da interferência da gramática nos negócios de Estado sob Pedro II. Tem-se quase a impressão que a gramática, como a moral, afastou de sua simpatia elementos interessantes.

Lembro-me de ter encontrado em Londres, quando ali cheguei no outono de 1922, desavindos o sr. Cônsul e o sr. Vice-cônsul do Brasil. Uma manhã, um funcionário do Consulado chamado Antônio Torres – o admirável Antônio Torres! – informou-me: "Sabe por que estão brigando? Não ria. Uma questão séria. Um caso de colocação de pronome num ofício".

Mas Dom Pedro não se limitava à gramática: seu gosto literário levava-o à leitura, em idiomas vários, de poetas, de romancistas, de ensaístas, de historiadores. Lia extensamente. Lia anotando os livros a traços de lápis encarnado.

De discriminação na leitura – dessa rara virtude não deixou provas felizes nem traços brilhantes o Imperador amigo dos livros. Seu entusiasmo pelos poemas de Longfellow, por exemplo, não lhe recomenda o gosto.

Achava um especial sabor nas sessões do Instituto Histórico e nos exames do Colégio Imperial. Um especial sabor nas provas dos iniciandos e nos discursos dos venerandos. E os caricaturistas da época não se fartam de caricaturar o Imperador de negra sobrecasaca nas sessões sonolentas de institutos; ou de manto de astrólogo salpicado de meia-lua e de estrelas e a olhar os astros do torreão do palácio; ou curvado sobre *in folios* com um *pince-nez* tristemente pedagógico.

Livros, livros! E no meio dos livros Dom Pedro II perdeu de vista o Brasil. Comandando livros, esqueceu-se de comandar soldados. Dando preferência aos livros sobre os homens acabou sendo desdenhado e traído pelos homens, invejosos dos livros.

Contava Fletcher que, uma vez, de posse de um Dicionário de Webster, de um *Mosses from an old Manse* de Hawthorne e de um *Hyperion* de Longfellow, meteu-se em leve e ágil tílburi e mandou rodar para a Quinta da Boa Vista. Não era protocolar aquele tílburi para uma visita a S.M.I. Mas o bom do Rev. Fletcher se sentia com direito a certas sem-cerimônias, dados os livros que o acompanhavam. E de fato. Na corte de Dom Pedro II, nenhum introdutor diplomático melhor ou mais prestigioso que um bom livro.

Rodou o tílburi do anglo-americano pelas ruas do Engenho Novo marginadas de jardins deliciosamente em flor; e finalmente pela aleia de mangueiras da Quinta Imperial. Na frente, uma carruagem de ministro, heráldica e brilhante. Mas Fletcher não se sentia humilhado pelo contraste. Davam-lhe prestígio os três livros. Aqueles três livros faziam do tílburi um coche de luxo. Era como se Fletcher – um Fletcher de outra moral – conduzisse para Dom Pedro, outro Dom Pedro – Pedro I, por exemplo – três mulheres de corpo jovem e voluptuoso.

Aquele dia era dia de gala no Palácio: fazia anos a princesa Leopoldina. Ignorava-o o Rev. Fletcher. Surpreendeu-o por isto a sala de recepção: cheia de casacas e fardões diplomáticos. Os grandes do Império *en grande tenue* à espera do Imperador.

O americano declara na antecâmara quem é, e o fim da visita. Chama-se J. C. Fletcher. Traz para o imperador um livro de Webster, um de Hawthorne, um de Longfellow. Um livro de Longfellow! O Imperador tinha a paixão de Longfellow.

E naquela tarde, na Quinta Imperial da Boa Vista, três livros conduzidos por um simples senhor de preto, foram recebidos primeiro que os ministros e juízes e titulares *en grande tenue*.

E era assim Dom Pedro II: primeiro os livros; depois o Estado, a Corte, os viscondes, os barões, os bispos. Protocolo que acabaria com a sua Corte; que acabaria com a monarquia no Brasil. Mas honroso para sua memória.

Na corte de Pedro I o protocolo fora como na ética dos naufrágios e dos incêndios: *Women first*! Na de Pedro II foi este: Primeiro os livros!

(Diário de Pernambuco, 29-11-1925)

A exposição do sr. Pedro Bruno

O sr. Pedro Bruno expõe desde quarta ou quinta-feira, no Gabinete Português de Leitura, um grupo de quadros. Quarenta ou cinquenta. Alguns, para mim, sem interesse nenhum, como a sua alegoria das ilhas da Guanabara; mas outros de um suave encanto.

É um interessante pintor, o sr. Pedro Bruno. A sua exposição tem alguma coisa de higiênico para os de vida ou espírito inquieto.

O seu sentido das coisas é sempre o lírico. O maciamente lírico. O ingenuamente lírico, às vezes. Um lirismo, o seu, que ama o repouso e a saúde e o equilíbrio e a felicidade; e que se diria afinado à doce nota dos versos do sr. Correia de Oliveira.

Da minha parte, eu o desejaria menos subjetivo; e mais sensível à realidade brasileira. Menos cor-de-rosa na cor dos bebês e das suas mulheres – que decerto não são bebês nem mulheres nascidas e criadas sob este nosso acre e vivo sol de terra tropical. Sol que requeima; amarelece; avermelha; amorena; acentua pardos. Mas que não produz nunca róseos como os que sorriem para nós, muito lindos mas muito estrangeiriços, das telas do sr. Pedro Bruno.

Apenas o sr. Pedro Bruno me poderá rebater a observação dizendo que muito deliberadamente desdenha da realidade imediata; que é subjetivo em extremo; que o seu gosto é criar um mundo à sua vontade, todo de verde paisagem, clara, leve e gentil e povoado de bebês cor-de-rosa e bonitos como Meninos Jesus; e de louras mulheres felizes que sorriem ao lado de tinas de lavar roupa ou diante de retalhos de mar serenamente azul.

E na verdade o encanto dessas fantasias, como o encanto de todas as fantasias, nada tem que ver com a realidade das coisas. O artista é livre para criar ao seu gosto e ao seu jeito um mundo de beleza. Afinal o grande fim da arte é nos dar prazer, isto é, sal, a esta pobre vida; e conseguida a excitação ou a vibração deste prazer, está conseguido o fim da arte. Não importa que o sal venha duma salina ou dum laboratório alemão.

O meu próprio sentido de "realidade brasileira", eu o devo acentuar como realidade íntima e não como a superficialmente exterior, que a fotografia apanha e fixa muito melhor que o mais agudo desenho ou a mais rica pintura.

E era esse sentido íntimo de realidade brasileira que eu desejaria mais vibrante e mais vivo no sr. Pedro Bruno, se tal fosse possível dentro do seu temperamento.

Como temperamento, eis o sr. Pedro Bruno que eu consegui fixar numa primeira impressão, talvez inexata: um temperamento que ama da vida e das paisagens a clara maciez do gracioso e do gentil; as impressões de felicidade, de equilíbrio e de saúde; um temperamento sempre a refugir ao trágico, ao inquieto, ao mórbido; uma doce imaginação que somente abre a porta àquelas impressões doces e de passo leve que se aproximam de nós em sapato de sola de borracha ou de pé maciamente nu. Ao mais sua imaginação bate à porta; ao mais seu temperamento bate janelas.

Basta, aliás, recordar alguns nomes de quadros na exposição do sr. Pedro Bruno para dar a ideia do lírico e pregador de saúde, de alegria, de felicidade e de equilíbrio que ele é: *Radiosa*, *Hora feliz*, *Raios de sol*, *Banho*, *Primavera*. Dir-se-iam títulos de ilustrações de "Poliana"; ou de algum livro do dr. Orson Sweet Marden.

Nas telas do sr. Pedro Bruno há sempre uma deliciosa nota de repouso. Nas suas telas de todo o feitio. Nas suas paisagens de um doce verde higiênico como nos seus nus graciosamente cor-de-rosa. São telas que descansam ou acariciam os olhos. São telas que têm para os olhos inquietos, com a fome de não sei que estranha beleza, afagos tranquilizadores.

As cores são doces. O desenho é macio. A pincelada, sem ir a audácias, não se perde em minúcias. E nos trabalhos de sua atual maneira, como *Radiosa*, tem o sr. Pedro Bruno acentos bem pessoais de técnica.

(Diário de Pernambuco, 6-11-1925)

Uma história de automóvel

Uma vez, na Altrúria, saiu da corte, em excursão pelas províncias, um automovelzinho de dez ou quinze cavalos a fonfonar: fon-fon! fon-fon!

Excursão, aliás, semanal. Todo fim de semana juntavam-se um trovador, glória nacional de Altrúria, um sociólogo acadêmico, também glória nacional de Altrúria, e um fotógrafo, terceira glória nacional de Altrúria; e saíam pelas rudes províncias, levando-lhes um pouco da elegância e da alta cultura da corte. Um pouco de luz – de magnésio; e de som – fon-fon!

Aos provincianos mais vaidosos tirava o fotógrafo o retrato por 1$500. O suficiente para as despesas de gasolina. E verdadeiros Josés de Anchieta, com o leve guarda-pó a substituir a batina hierática, o poeta e o sociólogo entregavam-se inteiramente à dura e acre missão de elevar intelectual e moralmente as ásperas gentes provincianas, deliciando-as ao mesmo tempo com as delícias de suas estórias.

Uns abnegados, os automobilistas do auto de quinze cavalos. E gente muito fina. Ninguém se dissesse mais viajado do que eles. E nas hospedarias de Altrúria, onde paravam para refrescar o lábio seco e encortiçado pela poeira das estradas, provincianos ingênuos, à hora monótona dos barbeiros lhes rasparem a barba, ouviam dos automobilistas elegantes, não só um pouco daquela sua música soprada em buzina de automóvel, como histórias maravilhosas de viagens. E se um falava da Europa, logo o outro recordava coisas da América do Norte e o terceiro da África ou da Ásia. Gabavam-se de "conhecer de sobejo a Europa, a África, a América do Norte" – não havendo razões para o declararem tão enfaticamente. Nada mais fácil do que conhecer o brasileiro vindo da Europa ou da África ou da América do Norte.

Suave gente, a desse auto apostólico. Finos e bons cavaleiros. Muito fáceis no elogio. Muito fáceis em revelar a toda a Altrúria retratos de provincianos, que esperavam por fora do auto.

Apenas provinciano nenhum lhes achasse o auto necessitado de pintura; ou desafinada a gaita de fazer "fon-fon!"; ou mais desafinada ainda a voz do trovador; ou a do sociólogo; ou ruins as fotografias do fotógrafo. Apenas mocinho nenhum de província deixasse de tirar o chapéu ao auto, quando o encontrasse na estrada, com as tais glórias nacionais afofadas triunfalmente nas almofadas.

Porque então se enfureciam; perdiam a serenidade de glórias nacionais; perdiam o equilíbrio apostólico – e a elegância de gente da corte. E rodavam o automovelzinho de dez cavalos contra o provinciano insolente, audaz, indócil; insultavam-no por andar simplesmente de botas e de dois pés e não sobre quatro rodas de borracha cheia de ar; desafiavam-no a dar à luz livros de versos e compêndios de sociologia; ameaçavam-no de o deixar de ossos e pernas partidos como leves gravetos; de o deixar no caminho como um triste molambo. E fonfonavam, fonfonavam como se naquele automovelzinho de vinte cavalos se tivesse reencarnado o espírito do peixe roncador a que falava nas praias do Maranhão o Padre Vieira: "Ora irmão peixe! É você?". Mas a frágil máquina não lhes permitia fúrias excessivas; e aos conselhos do fotógrafo, suavizavam-se os companheiros.

E continuavam pela aridez dos caminhos, a alma arrepiada por uma felpazinha de ingratidão provinciana, no seu trabalho apostólico de luz e de som.

Foi um incidente desses que, nestes últimos tempos, ligeiramente perturbou, uma rara e fugitiva vez, o rodar docemente vitorioso do automovelzinho de dez cavalos. Automovelzinho que toda a semana deixa a corte de Altrúria; e roda pelas províncias, fonfonando: fon-fon! fon-fon!

(Diário de Pemambuco, 13-12-1925)

Júlio Jurenito e seus discípulos

Um amigo me pôs recentemente em contato com um inquieto livro *d'après guerre*: *Aventuras extraordinárias de Júlio Jurenito*. Com a tradução francesa, convém notar. Porque o livro é russo. E na sua variedade de aspectos, caracteres e ação – os discípulos de Júlio pertencem a sete nacionalidades diversas – dá uma ideia israelita de *bric-à-brac*.

A ação se estende de Paris ao México e à Rússia e ao Senegal; e as ideias do Mestre Júlio giram em torno duma variedade de assuntos: o amor, os cachimbos, a arte, a guerra.

O livro todo é escrito com uma rara volúpia de cinismo. Cinismo que não perdoa ao russo o seu nevoento messianismo sentimental; nem ao alemão a obsessão de "organizar" o mundo; nem ao francês o sentido estreitamente hierárquico das coisas e o gosto de equilíbrio burguês; nem ao norte-americano a obsessão mista de messianismo moral e higiênico e de organização financeira; nem ao italiano o oportunismo; nem ao negro a sua confusão de qualidades ancestrais com as recém-adquiridas.

O autor é Ehrenbourg. Ilya Ehrenbourg. E uma das mais interessantes criações de sua sátira – ainda que em muitos pontos tristonhamente convencional – é o anglo-saxão Mister Cool.

Mister Cool age, move milhões, movimenta indivíduos, impressiona o senso moral de multidões por meio de botões elétricos que o rodeiam e que o seu dedo hirto e enérgico oportunamente comprime. Um dócil livro de cheque está sempre a seu serviço. E, nas ruas e praças, cartazes vermelhos, letreiros elétricos, luminosos, a cores vivas, esplendem versículos bíblicos e conselhos de higiene sexual – tudo pelo gênio organizador e pelo entusiasmo messiânico de Mister Cool.

Quando rebenta a guerra, Júlio Jurenito não sabe onde está Mister Cool. Busca-o inutilmente por toda Paris.

Uma tarde, numa pobre cervejaria do Norte, estão Jurenito e Ilya, em volta à espuma dos seus *bocks*, quando à mesa deles se senta um soldado francês. Começa a contar coisas dos ingleses, dos quais fora vizinho de trincheira. Uns esquisitões, os ingleses. Lavam-se todos os dias. E extraordinário: não só o rosto mas o corpo inteiro! E alguns não vestem calças, mas saiotes. Saiotes sem nenhuma espécie de calça por baixo. E os aviadores? Extraordinários. Lançam sobre os inimigos agudas *flechettes* mortíferas, acompanhadas de versículos bíblicos ou palavras de consolo. Por exemplo: "Irmão, entra no Reino dos céus!". A *flechette* desce cabeça abaixo como por dócil água e vai levar ao coração do pobre-diabo a mensagem consoladora.

Ouvindo a história logo concluiu Jurenito: o inventor disto é Mister Cool. Vai investigar no ministério da guerra. E era de fato Mister Cool o fabricante, cujo endereço descobriu o mestre.

Em Petrograd ou Moscou, em pleno lirismo da "nova era de liberdade", Jurenito vai assistir a uma sessão do comissariado para a organização da arte. Trata-se de chegar a um acordo, sobre o melhor meio de pôr a arte a serviço do novo Estado.

Mas de Jurenito parte uma estranha proposta: a de desorganizar a arte. Para que organizar a arte se ela é foco de anarquia? E se os artistas são indivíduos estreitos? E se a própria arte está a dissolver-se na vida, num suicídio lento?

A proposta não é aceita. Os bolchevistas não querem a arte desorganizada nem dissolvida na vida. Querem-na a serviço do seu novo Estado.

O livro de Ehrenbourg não é um grande livro, nem um belo livro. Mas é estimulante na sua confusão e nas suas desigualdades.

É bem um livro afetado pelo espírito da Rússia. Da Rússia inquieta de Gogol. Daquela Rússia das *Almas mortas*, a correr como um cavalo alucinado, em trágico, impossível galope. Por trás, rolos de poeira. E pontes que estalam, despedaçando-se e tornando impossível o regresso.

(Diário de Pernambuco, 20-12-1925)

Droit de naissance

Para o tempo que corre, todo de adulações de momento e interesses imediatos, assume espantoso relevo de exceção a homenagem que anteontem rendeu ao nome do sr. Oliveira Lima a cidade do Recife.

Homenagem a um homem que não é político, nem usineiro, nem industrial, nem "humanitário médico", nem abastado comerciante português. Homenagem a um simples escritor. E para o nosso estado de cultura o simples escritor como o simples artista é ainda luxo. Inutilidade. Futilidade. Na escala de valores vem depois do político, do industrial, do comerciante português e até do advogado e do médico. Para a mentalidade geral brasileira, qualquer deputadozinho ou qualquer vitorioso na vida comercial é criatura muito mais interessante que um esquisitão capaz de escrever *Dom João VI*.

O sr. Carlos de Laet pode ter hoje no Brasil suas dezenas de admiradores. Mas o seu prestígio é ligeiro e débil, comparado com o do prof. dr. Juvenal Rocha Vaz, de quem mensagens congratulatórias têm dito coisas tão altas.

A situação é esta: nós vivemos num país em que os valores de sempre, com as mais fortes qualidades de permanência, são em geral eclipsados pelos prestígios de momento.

O elogio, entre nós, não vale coisa nenhuma. O sr. Gilberto Amado já fez dos adjetivos no Brasil, e do seu uso, a mais melancólica das análises. E ao traçar esta nota sobre o sr. Oliveira Lima eu sinto pudor em reunir ao seu nome qualquer adjetivo.

Da minha parte confesso, com a maior sinceridade, desprezo absoluto por qualquer elogio brasileiro. E quisera converter 9/10 dos meus admiradores brasileiros ao ponto de vista contrário. Os artigos e cartas de elogios que até hoje tenha merecido me têm provocado, com uma exceção ou outra, fúrias iconoclásticas.

Aliás, ao próprio sr. Oliveira Lima, que é uma montanha de indulgência, lembro-me de ter visto uma vez meio zangado com um artigo elogioso a respeito do seu *História da civilização*. Foi em Washington, onde dias tão amáveis tive ocasião de passar em casa do historiador brasileiro em Colúmbia Heights. E Oliveira Lima, que não perdia ensejo de me aconselhar a não me fixar no Brasil, e menos ainda em Pernambuco – a ficar nos Estados Unidos ou na Europa – mostrava-me o tal artigo como característico da mentalidade brasileira. A mentalidade brasileira era aquilo.

Oliveira Lima! Este nome foi uma das seduções da minha meninice aliteratada. Aos doze anos vi-o pela primeira vez, a Manuel de Oliveira Lima, no Instituto Arqueológico. Lembro-me bem da impressão do seu discurso; do ligeiro acento português de sua fala; de sua imensa figura de bom gigante a receber cumprimentos.

Depois conheci-o, e a Dona Flora, na casa de Parnamirim. O que mais me surpreendia era a generosa atenção que ele dispensava à minha insignificância de colegial. Uma vez dirigi-lhe uma carta pedindo que escrevesse um artigo para o nosso jornalzinho de colégio. O jornalzinho de que eu era o diretor. Ele escreveu. Foi a primeira carta ilustre que recebi; a dificuldade de decifrar-lhe a letra aumentava o sabor da distinção. E no colégio se espalhou como uma onda de glória a notícia da carta ilustre, fazendo-me *self-conscious* como aquele menino de Dickens, em *David Copperfield*.

Devo ao sr. Oliveira Lima emoções inesquecíveis como esta. E quando ao preparar o seu *Brazilian literature* – que é um tão sugestivo trabalho – o sr. Isaac Goldberg pediu-me que lhe escrevesse alguma coisa sobre o sr. Oliveira Lima, destaquei – era simples estudante de universidade – no grande amigo da minha adolescência o generoso animador de jovens inteligências. Espécie de tio solteirão dos talentos novos. Tio solteirão cheio de indulgência. Às vezes excessivamente indulgente e fácil.

A homenagem de ontem foi justa. E a verdade é que honra mais ao Recife do que ao sr. Oliveira Lima.

Era justo que à rua onde nasceu o maior historiador brasileiro ficasse ligado o seu nome. Nestes casos excepcionais se justifica um nome de pessoa em placa de rua – prática de que se tem tão lamentavelmente abusado no Recife. Nós somos talvez a cidade onde menos se respeita a poesia dos nomes antigos de rua: agora mesmo, um dos primeiros atos do novo prefeito ou do renovado conselho foi mudar para "Coração de Jesus" o nome de uma praça que deveria antes ser restaurado no antigo e tradicional e até romântico – para os que conhecem as crônicas da cidade – de Chora Menino.

Rua Oliveira Lima. É justo que se chame assim a rua onde nasceu o grande pernambucano. É o que se pode chamar com todo o acerto um caso líquido de *droit de naissance*.

(*Diário de Pernambuco*, 27-12-1925)

Acerca do belo idioma de Camões e Frei Viterbo

É o português um rico e belo idioma?

Nós crescemos sob a superstição de sua absoluta beleza: "o belo idioma de Camões", "a língua maravilhosa de Vieira". E de sua riqueza: "a língua opulenta de Bernardes". De Bernardes ou do Frei Joaquim da Santa Rosa de Viterbo, de quem me escrevia há pouco o poeta Manuel Bandeira com um rancor de sobrinho a vingar-se, nas primeiras volúpias da liberdade, da tia puritana que o oprimira.

Idioma rico decerto não é o nosso. Apenas corresponde às fáceis necessidades da meia cultura e da sentimentalidade piegas. Daí sua perfeita identificação com o "gênio" de Rui Barbosa e com o "gênio" de Camilo Castelo Branco.

O português ou brasileiro cujo sentido lógico ou especulativo ou de beleza se aguça e sutiliza tem de soltar-se todo do cinto de castidade do purismo gramatical; e valer-se de recursos verbais exóticos ou meio exóticos. Daí o exotismo de sabor, tão irritante para os puristas, dos melhores escritores da língua: Eça, Frei Luís de Sousa, Santo Thyrso, Raul Pompeia, Nabuco, Augusto dos Anjos, Alphonsus de Guimaraens, Manuel Bandeira, Grieco, Lobato, Ronald e até Mendes, Machado de Assis, Antero e Nobre.

Não possuímos o que alguém chamou "moeda miúda" para as urgências do pensar e do sentir quando estes se especializam ou sutilizam. Prata, temo-la em casa; mas em barras.

Semelhante pobreza é fácil de verificá-la nos esforços de tradução ao português do inglês ou do francês ou do alemão. Para com estes idiomas cultos a relação do nosso – inculto e oculto – é bem a do parente. A do *poor relation* de que fala Charles Lamb.

Elementos de beleza decerto os possui o nosso idioma. Os próprios "ão" e "ões" seriam elemento de beleza reduzidos a justos limites, para efeito de contraste de vozes. Mas é uma beleza toda disciplinar, a do português. A dos seus "inhos" tanto quanto a dos seus "ãos".

Língua no estado bruto de expressão que é o estado da eloquência; e com o ritmo da frase lamentavelmente oratório; e com um número intenso de palavras lamentavelmente enfáticas; e com os "ãos" a ouriçá-la a cada momento, e até quando o assunto exige falas mansas de quarto de doente, de grossas vozes tonitruantes, rudemente nasais, umas como vozes ásperas, mal-educadas de embarcadiços – o português é um idioma a desenvolver quanto ao sentido lógico e a disciplinar quanto ao de beleza. Trabalho para gerações. Ou para um ou dois gênios.

No seu estado atual é um grosso idioma no qual a pena ansiosa de fina e aguda e insolente expressão está sempre a partir-se. Não é papel: é mata-borrão. Mata-borrão violentamente rebelde aos traços finos, aos riscos agudos, às linhas incisivamente pessoais. Mata-borrão que chupa a tinta; que alarga, espraia, deforma os traços em borrões.

Por isto, em português, o melhor é escrever a lápis. Ou não escrever.

(Diário de Pernambuco, 3-1-1926)

Um bibliotecário

Apresentaram-me ontem ao sr. Eduardo Tavares. Velho amigo de meu pai.

Róseo e de lunetas, o sr. Eduardo Tavares tem todo o ar de um caixeiro-viajante. Ao primeiro contato ninguém adivinha nele o temperamento de bibliotecário, o homem cheio da paixão dos livros e dos manuscritos, que em treze anos de esforço elevou a Biblioteca Pública do Recife à segunda do Brasil.

Foi um trabalho por ele realizado com o mínimo de espalhafato. E melancolicamente deixado a meio. Deixado nos seus brilhantes começos.

Depois de treze anos de identificação íntima com a técnica e as necessidades e os interesses de um dos mais importantes serviços públicos do Estado, o sr. Eduardo Tavares teve de os deixar, aos clarões vitoriosos da Era Nova de Progresso, Liberdade e Luz inaugurada pelo sr. general, hoje creio que marechal, Dantas Barreto.

Acadêmico da Academia Brasileira de Letras, o sr. Dantas Barreto precedeu num ponto ao sr. Graça Aranha em práticas de futurismo: foi dos primeiros a obedecer àquele item do programa de Marinetti que manda desprezar ou destruir as bibliotecas.

Data do sr. Dantas o abandono tristonho da Biblioteca Pública do Estado de Pernambuco, no Recife. Abandono que somente hoje se está procurando remediar.

Contava-me ontem o sr. Eduardo Tavares como, no começo da sua direção da Biblioteca, conseguiu uma tarde salvar de um monturo de livros condenados ao fogo – imaginem os senhores o quê? – um grupo de cartas e autógrafos do Marquês de Pombal! A história tem quase um sabor de romance; e seria interessante descobrir onde andam hoje aqueles autógrafos preciosos.

Deu o sr. Eduardo Tavares à nossa Biblioteca inteligentes começos de catalogação. Mas esses começos foram abandonados como abandonada foi a caixa para desinfetar e imunizar de insetos velhos livros e manuscritos. Semelhante caixa é hoje uma tristonha coisa inútil na Biblioteca. Velharia. Curiosidade. Deixou há muito de funcionar.

O caso do sr. Eduardo Tavares é um caso típico. Típico do atual critério brasileiro de distribuir empregos públicos, com o mais soberano desdém pela experiência ou pela técnica. Quem improvisa bibliotecários, professores, juízes, educadores etc. etc. é o compadrismo partidário. E ao indivíduo que passa anos a especializar-se num trabalho para o qual todas as simpatias o inclinam, o partidarismo ou compadrismo não respeita: enxota-o com a força e a raiva de uma onda suja e forte a uma débil pessoa desprevenida contra tais fúrias.

(Diário de Pernambuco, 9-1-1926)

A propósito de *Ulysses*

Chateaubriand – o Visconde – depois de se dizer (naquela sua voz de quem fala na ponta dos pés querendo parecer mais alto) o mais desdenhoso dos homens com relação às frivolidades de fidalguia, traça com voluptuosa minúcia a sua ascendência nobre.

Eu poderia confessar sincero desdém pela mania de precedência – contraparente da de ascendência. Desdém pela mania de ter sido o primeiro a escrever deste ou daquele autor; ou deste ou daquele livro. Mania que Tobias Barreto e Sílvio Romero cultivaram com certo rastaquerismo de novos cultos. De novo culto, mais no caso do primeiro do que do segundo.

Mas depois de confessar tão sincero desdém – pois que valor tem na verdade a pura precedência cronológica? – não desdenharei de, à maneira de Tobias e de Sílvio, tomar certo voluptuoso deleite em algumas precedências. Na de ter sido o primeiro, por exemplo, a escrever, em português, de *Ulysses* e de James Joyce.

Porque *Ulysses* é simplesmente o mais revolucionário livro deste século. Revolucionário das letras e das filosofias de vida através das letras e das artes.

Se depois de três anos de aparecido dele se não apercebeu a mentalidade brasileira, de que o nome do prof. dr. Rocha Vaz é hoje o símbolo vivo, é que a França apenas começa a abrir para as páginas estranhas e inquietantes de *Ulysses* um olho lânguido de sono mal extinto. Um olho cansado. A França fez o mesmo com Freud e a psicanálise. A França só mostrou interesse em Freud e na psicanálise o ano atrasado. Isto não por faltar ao francês, além de percepção, agilidade mental. E sim, por elegância: para não se apressar na glorificação de valores exóticos.

Joyce criou em *Ulysses* – livro cujo interesse as proibições da polícia aguçaram – uma forma nova de intimismo. Um intimismo novo e mais fundo, que se distancia do de Santo Agostinho; e do de Stendhal; e do de Rousseau; e até do de Marcel Proust. Intimismo que o seu *Portrait* já fazia adivinhar: mas que se acentua nas audácias geniais de *Ulysses*.

E é quase uma voz de confessionário, a deste estranho livro. Livro do qual saltam as mais interiores revelações.

São iluminantes as páginas que a *Ulysses* dedica Havelock Ellis. O admirável ensaísta e não apenas sexologista que é Ellis. E ao contato dessas páginas é que me volta a vontade de escrever sobre o grande livro de Joyce, lido ainda em Oxford. E a surgir agora no Rio e em São Paulo.

Para Havelock Ellis, *Ulysses* tem todo o relevo de *a huge Odyssey*. E ele resume o processo do livro: "Busca reproduzir artisticamente o conjunto de atividades físicas e psíquicas no espaço de 24 horas, sem omissão nenhuma, sem esquecer as reações que até agora o mais audacioso naturalismo tem julgado demasiado triviais ou indelicadas para registrar. Registra não só as ideias e emoções que resultam em ações como aquelas que se dissolvem, sem rumo, no campo da consciência...".

Ellis fixa em Joyce o parentesco com Proust – escritor francês já conhecido pelos dez ou vinte brasileiros que andam com o relógio de sua curiosidade *up to the minute*.

Proust aliás quase não é francês na sua psicologia e até o seu estilo acusa no sabor a confluência de leituras inglesas que o formaram: Browning, Wilde, Meredith, Henry James. Daí filiá-lo Ellis à "tradição inglesa". Entretanto, alguma coisa de intimamente francês persiste em Proust. Caracteriza-o. Resguarda--o de certas melancólicas sombras anglo-saxônicas.

Em Proust, como em Joyce, a complexidade íntima de "eus" que o seu procura revelar, e que se acotovelam, ansiosos de claridade, nas sombras da subconsciência, produziu uma expressão nova – um francês e um inglês mais líquidos. Mais flexíveis. Mais pungentes. Mais adstringentes nas suas qualidades de som.

É um estilo, o de *Ulysses*, expressivo de uma mais aguda intimidade entre autor e leitor; de uma mais audaciosa profundidade introspectiva da parte do autor e na qual o leitor é chamado a colaborar com o máximo de sua emoção e o máximo de sua inteligência.

Desse estilo, que faz da volúpia de ler uma volúpia quase tão criadora e às vezes quase tão dolorosa como a de escrever, é que Ellis faz o elogio. "*For the great writer*" – escreve Ellis – "*finds style as the mystic finds God, his soul.*" E o estilo seria assim o resultado de uma multidão de forças refugiadas na consciência e na subconsciência; e disciplinadas e adaptadas pelo escritor ao seu íntimo sentido das coisas.

(Diário de Pernambuco, 10-1-1926)

Sobre as ideias gerais de Rüdiger Bilden

Conheci Rüdiger Bilden em 1921, nos meus dias de estudante na Universidade de Colúmbia. À sombra da grande universidade é possível encontrar os tipos mais diversos. Dir-se-ia um caravançará. Freiras e padres sentam-se nas mesmas classes com israelitas adeptos do mais avançado comunismo; negros da Libéria ao lado de avermelhados anglo-saxões de Missouri. E entre os extremos de preto e vermelho, todas as *nuances*.

Uma tarde me apresentaram em Greenwich Village a um rapaz alemão. Um rapaz ruivo, hirto, sardento, com umas lunetas suaves de professor de música sob insolentes felpas de sobrancelha de segundo-tenente prussiano. E a boca recurvada pelo cachimbo. Era Rüdiger Bilden.

Desde essa tarde, sempre nos encontramos. Sempre que a veneta me levava a Greenwich Village e ao seu pitoresco um tanto postiço, eu acabava descendo a n.º 30 Jones Street. A casa de Rüdiger e Jane Bilden. As afinidades nos aproximaram. Ele, Jane, eu e o também extraordinário, pela inteligência, Simkins.

Rüdiger amava, como ainda ama, as longas conversas. As longas conversas especulativas. O traço especulativo é o seu traço mais vivo. Ele tem a volúpia da interpretação das coisas em termos abstratos. Filosoficamente históricos.

E agora que ele me reaparece no Recife, com o seu gosto germânico de especulação já concentrado no estudo do Brasil, penso com delícia em que foi o meu ensaio de adolescente *Social life in Brazil in the middle of the 19th Century*, o seu primeiro contato vivo e excitante com a história brasileira; e a sugestão para o grande trabalho que hoje o absorve.

Grande trabalho, na verdade. Já o sr. Oliveira Lima escreveu: "Rüdiger Bilden nos dará um estudo definitivo da escravidão". Isto é, uma análise por alemão, minuciosamente germânica, do que foi a escravidão no Brasil.

Ouvindo-o uma dessas tardes falar do seu trabalho; e lendo alguns dos cartões que constituem sua forte e numerosa bibliografia crítica, eu me senti vivamente na presença de um futuro estudo desse porte, animado por um entusiasmo nietzscheano. Na presença de um renovador de processos da análise que há de dar a certos fatos da história brasileira e americana um inteligente e profundo sentido. O que é preciso é que ele vá além dos projetos.

Sensível às influências e tendências que, nos últimos anos, vêm alterando ou destruindo tantas hieráticas convenções científicas, é a ciência ainda em flor duma nova época na historiografia filosófica que o sr. Rüdiger Bilden procura pôr a serviço do seu arrojado trabalho de interpretação histórica. Histórica e filosófica, ele e eu em grande parte orientados pelo sábio que é Franz Boas.

Para o jovem e brilhante alemão, o estudo das civilizações – da brasileira, por exemplo, ou seja, o desenvolvimento do grande esforço português que criou, pelo trabalho escravo, a moderna agricultura tropical – é, em última análise, o estudo da pior ou melhor utilização de energia. A energia não é jamais estática, explica o sr. Rüdiger Bilden. Se não cresce nem se expande – o imperialismo é uma expansão de energia – perece ou se torna molemente passiva em proveito de forças maiores. As energias tendem a chocar-se rudemente; mas é possível dar-se a sua combinação em proveito de um grande interesse comum, maior que as diferenças, refinando-se assim a brutalidade da vida; elevando-se assim a vida nas suas qualidades e condições de beleza, ou estéticas, como nas suas qualidades ou condições de amor e simpatia humana, ou éticas.

A solução racional do grande problema humano representado pela fricção de energias não está decerto – pensa o sr. Rüdiger Bilden – no estandardizar da vida que lhe parece, como a todo o indivíduo animado do sentido de beleza, uma horrível melancolia. Está antes no estabelecimento de um processo de correlação de tendências e de interação de forças permitindo a máxima diversificação de atividades. A maior cultura é a maior complexidade e não a simplificação pelo *standard* da maioria. O desenvolvimento de uma civilização depende da harmoniosa e, quase se poderia dizer, musical interação de forças diversas. Só assim se rejuvenescem as mesmas forças. Filosofia, essa, em que se projeta a influência de outro grande mestre atual da Universidade de Colúmbia: Giddings.

Por que se nos afigura tão sem alma e tão sem cor e tão sem música a época moderna senão pelas tendências para a uniformidade que a caracterizam? – pergunta o sr. Rüdiger Bilden. Há modernamente um grande dispêndio inútil de energia. Desvio de força. E isto pela vitória da estandardização. À energia não se permita aprofundar-se nem elevar-se, em relevos e em desigualdades de expressão, porque a tendência é para desdobrá-la toda, chatamente, em sentido horizontal. É o que dá a Spengler o seu critério pessimista da modernidade. O que falta a Spengler – pensa o sr. Rüdiger Bilden – é a exata noção das forças que criaram esse melancólico estado de coisas. Coisas que, disciplinadas, nos poderiam libertar de ser abafadas por elas. Nada mais característico do cinzento da vida moderna, com o seu dispêndio estúpido de energia, que a democracia burguesa. Pela sua redução de todas as forças ao *standard* da maioria, a democracia burguesa sacrifica o que há de melhor e de mais saudável no princípio de liberdade. Ponto em que, através de nossas conversas, nossas ideias de todo coincidentes, coincidindo também com a antropologia de Boas.

Para o sr. Rüdiger Bilden, o estudo da civilização é – repita-se ou acentue-se sempre – o estudo de um certo processo de utilização de energia. O estudo de um certo método de produção. Mas não produção no estreito sentido da criação de puros valores econômicos. Produção em conjunto: desde a de artigos essenciais à vida física à dos mais sutis valores de cultura. Desaparece a linha rígida dividindo o espiritual do material. Entre as ondas de energia que constituem o *spectrum* da vida – fala o sr. Rüdiger Bilden – não é possível fixar exatas diferenças. Elas se confundem. O material e o espiritual – termos de pura conveniência popular – se confundem no grande oceano de energia, no grande *flux*, que é a vida no seu todo. Que nos ensinam as mais recentes pesquisas científicas senão isto: mais íntimas e sutis relações entre as mais diversas forças de vida? Já o grande físico professor Millikon notou como depois de Einstein a ciência está a abandonar as antigas diferenciações entre os fenômenos materiais, elétricos e etéreos. É a tendência geral: na matemática e na astronomia como na físico-química e na bioquímica. E pode se acrescentar ao sr. Bilden, nas artes plásticas, depois de Rodin. Desde Rodin e com Picasso.

O mundo se transforma aos olhos do cientista e do artista moderno – pensa o sr. Rüdiger Bilden – num oceano de fluidos e inter-relacionadas forças. E sob esse critério é que o jovem pensador ensaia arrojadamente pelo estudo específico da civilização brasileira – ou seja, de método de produção que a criou e continua a plasmá-la: o trabalho escravo – um novo processo de interpretação além de histórica, filosófica. A escravidão tornou possível uma cultura nacional brasileira. Tornou possíveis os começos, no Brasil, de uma arte autóctone. Estudá-la é estudar a história do Brasil na qual tudo o mais – pensa o sr. Rüdiger Bilden – é secundário ou dependente do exterior.

O jovem pensador alemão nota-se que é dos que distinguem, na história brasileira, os dois sentidos de nacionalidade de que ainda havia pouco escrevia, em brilhante ensaio, o sr. Alceu Amoroso Lima (Tristão de Athayde): "o sentido arquitetônico" e "o sentido lírico". O sentido arquitetônico – ou seja, "o sentimento do todo", como define Tristão de Athayde – teve-o, decerto, com relação ao problema do trabalho escravo, José Bonifácio. E sob o estímulo do senso lírico, ou seja, da ação individual ou particular ou, como diria moderno sociólogo francês, romanticamente jurídica, agiram no assunto os Castro Alves, os Joaquim Nabuco, os Rui Barbosa, os agitadores políticos e humanitários.

Dos fortes estudos do sr. Rüdiger Bilden, ora no Brasil para um mais íntimo e pessoal contato com a realidade brasileira, é lícito esperar um trabalho parente daquele do seu compatriota Handelmann, que o sr. Oliveira Lima considera "a melhor história do Brasil". E independentemente disto um trabalho de arrojada renovação de processos de estudos históricos sob orientação filosófica.

(Diário de Pernambuco, 17-1-1926)

Impressões de Pernambuco

O sr. e a sra. Rüdiger Bilden seguem no "Flandria" para o Rio depois de um contato com Pernambuco que os deixou encantados com a beleza tropical da paisagem e com o espírito gentil da gente pernambucana. Hospedamos o casal, Ulysses, meu irmão, e eu, em nossa *garçonière*.

Depois de um ano no Sul – no Rio e em Minas e no Rio Grande do Sul e em Santa Catarina – voltarão ao Nordeste para o conhecerem e penetrarem com mais doce e paciente vagar, para além dos coqueirais da "praia" e dos luxos de vegetação da "mata". Para o conhecerem na intimidade de suas cidades do interior. Cidades, algumas delas, de um ar piedoso e de um aconchego um tanto medieval: Brejo da Madre de Deus, por exemplo. Para o conhecerem nas asperezas do "agreste" e do "sertão" – regiões por onde a viagem é ainda alguma coisa de romântico.

Nos breves dias aqui passados experimentaram o sabor de alguns contatos novos. Levou-os a gentileza do Coronel Pedro Paranhos através de canaviais e cajueiros deliciosamente pernambucanos, ao velho e nobre Megaípe. A uma velha casa-grande de engenho que tão romanticamente dá a ideia do antigo viver pernambucano. E a propósito de Megaípe é sempre oportuno louvar no dono atual do inútil casarão o quase lírico interesse com que o conserva: com que conserva aquela vasta inutilidade: Megaípe de cima.

Perto de Megaípe, em Santo Estevão, o engenho do professor Genaro Guimarães, viram o sr. e a sra. Rüdiger Bilden um "banguê" em pleno movimento: o melaço a ferver, espumoso, espesso, nos tachos; o transporte de açúcar ainda feito nos coloniais "banguês" conduzidos por pretos velhos meio nus. E provaram os visitantes, em curtos goles cautelosos, da boa cachaça pernambucana, de um tão acre e provocante aroma. Faltou apenas que o sr. Genaro Guimarães completasse o quadro, dando a ideia do antigo senhor de engenho, de chapéu de abas largas e botas e esporas de prata ou de chambre de chita e chibata.

Em Megaípe de Baixo puderam ter o sr. e a sra. Rüdiger Bilden a impressão do tipo mais feudal de casa de engenho brasileiro. Tipo franciscano de casa. Muita simplicidade na sua fidalguia. E, ao mesmo tempo, um ar de quem acolhe e aconchega matriarcalmente o estranho. Aliás, em Megaípe de Baixo os *flamboyants* estavam em flor; e debaixo deles dir-se-ia que alguém desdobrara um tapete vermelho de hospitalidade tropical.

No Recife tiveram o sr. e sra. Bilden ocasião de visitar a Faculdade de Direito. Principalmente a biblioteca, tão rica em certos ramos e de um tão curioso pitoresco de disposição e organização. E o Instituto Arqueológico. E graças à gentileza dos drs. Amaury de Medeiros e Ulysses Pernambucano, o Departamento de Saúde e Assistência, os Hospitais de Doenças Nervosas e Oswaldo Cruz. Confessa-se o sr. Bilden surpreendido com a organização dos serviços de higiene e assistência social: não os esperava encontrar tão desenvolvidos e fortes em Pernambuco. E não lhe escapou ao simpático interesse a nota de bom gosto e sóbria elegância das novas instalações.

Na sociedade, na vida social – pergunta o sr. Rüdiger Bilden – por que as senhoras de Pernambuco não aparecem mais? Por que os maridos saem quase sempre sozinhos? Dir-se-ia que só nas danças há sociedade feminina. Reminiscências hispano-árabes, talvez.

Pernambuco ofereceu ao sr. Bilden – detentor de um prêmio de viagem, por três anos, da Faculdade de Ciências Sociais da Universidade de Colúmbia, de New York – todo um conjunto de interesses. O interesse de ter sido o ponto em que no Brasil se aguçou o espírito de nacionalidade. O interesse de ter sido, e ser ainda, centro da atividade açucareira e da ordem social sobre ela desenvolvida. O interesse de guardar traços e sinais de ocupação holandesa. E o de ter sido a cidade natal ou o centro de atividade intelectual de brasileiros particularmente simpáticos ao seu espírito como Oliveira Lima, Alfredo de Carvalho, Tobias Barreto, Sílvio Romero.

(Diário de Pernambuco, 20-1-1926)

Acerca de Santayana

Acharam-me uma vez muito irritante porque eu disse de Gilberto K. Chesterton, ensaísta inglês hoje conhecido até entre os livreiros de Lisboa: "Chesterton, ensaísta inglês que no Brasil conhecemos o sr. Antônio Torres, o sr. Gilberto Amado, eu e dois ou três outros".

No caso de George Santayana eu teria de aguçar a restrição. Creio que somente o conhecemos: no Rio, o sr. Tristão de Athayde, que entre os nossos jovens escritores é o mais opulento milionário de leituras; e aqui, à doce sombra das bananeiras do Norte, o sr. Olívio Montenegro – a quem uma vez dei a ler *The sense of beauty* – e eu.

Aliás, na própria Espanha, onde nasceu Santayana em 1863, e de onde saiu menino para os Estados Unidos, é ainda um vago nome o de George Santayana; e sua obra fortíssima de pensador do mais azul dos sangues intelectuais, sua obra de fidalgo espiritual, de Senhor de Orgaz no espírito como na própria figura de um ar ao mesmo tempo distante e insolente – obra toda escrita num inglês parente do de Walter Pater uma obra vastamente ignorada.

"Por que esta resistência espanhola a informar-se sobre Santayana?" perguntava recentemente Eugênio d'Ors. Afinal à Espanha ele pertence tanto quanto à Inglaterra; ou talvez mais. Todo um conjunto de íntimos e sutis interesses da alma o inclinam à Espanha; e o místico que em Santayana coexiste com o analista de *The life of reason* é, nas suas mais fundas raízes, o descendente do espanhol devoto de Nossa Senhora e capaz de matar mouros pelo amor de Jesus Cristo.

Incorporando-se à tradição intelectual inglesa como à paisagem mais docemente simpática ao seu temperamento ansioso de nobre tranquilidade e de aristocrática e um tanto cética distância dos entusiasmos de momento e dos interesses de ocasião, não deixou Santayana de ser o menino espanhol, nascido como quase todo o menino espanhol à sombra de alguma catedral; e sob a devoção dalguma Nossa Senhora.

E ainda que ele defina o seu catolicismo como pura volúpia estética – "*a vista for the imagination, never a conviction*" – o certo é que a sua poesia intimamente se anima das graças espirituais da Igreja.

E se não chegou George Santayana à harmonia interior do mesmo modo integral que Coventry Patmore; ou do mesmo modo dramaticamente integral que John Henry Newmann – é à tradição católica que ele na verdade pertence.

E bem o revela o seu forte entusiasmo pelo Dante quando o estuda ao lado de Goethe e Lucrécio nas claras páginas do *Three philosophical poets*; quando o exalta como o poeta de "*the highest species of poetry*".

E este seu conceito acerca de Dante parece antes fugido de uma página de Chesterton em *Orthodoxy*: que desde o Dante o sobrenatural figura no pensamento humano como uma parte do natural.

Era natural que Santayana encontrasse na Inglaterra, nas qualidades e condições de sua vida acadêmica, o ambiente mais docemente favorável a um temperamento ansioso da volúpia da abstração e do máximo de liberdade dos contatos políticos e das agitações do momento. São qualidades e condições que só a vida acadêmica da Inglaterra verdadeiramente oferece. A espanhola não os oferece pelos muitos interesses políticos e entusiasmos práticos que a agitam; nem a norte-americana, a não ser em raros pontos. Nos Estados Unidos, a cultura nacional, ainda tão jovem, não chegou à apreciação do inútil; nem à tolerância simpática da especulação desinteressada de imediatos propósitos morais.

Santayana, que desde a mais verde meninice fez os estudos nos Estados Unidos; que na Universidade de Harvard se bacharelou, viajando depois pela Europa e estudando em Cambridge, na Alemanha e em Paris, viria a experimentar mais tarde, já sob a beca negra de professor de Filosofia em Harvard, o choque do seu claro sentido de beleza com a tradição puritana e utilitária tão viva naqueles dias – os fins do século XIX – na Universidade do dr. Elliot. Do típico dr. Elliot de israelitas suíças de banqueiro; e vendo o mundo pelo vidro de lunetas que Spinoza decerto não polira. Não deve entretanto haver direta ligação lógica entre este fato e o de ter Santayana editado uma tradução da *Ethica* do referido Spinoza.

Espécie de sombra gótica no *campus* de Harvard a figura de Santayana. Figura pálida como a de um convalescente. Mas fina e ágil a ponto de parecer a de um rapaz. Figura que se diria fugida do enterro do Senhor de Orgaz, com a felpa muito negra de barba a marcar-lhe o rosto místico. Figura de uma certa insolência de "hidalgo". O místico a coexistir com um cético.

Sob a impressão geral de ser um inútil, correram para Santayana os primeiros anos em Harvard. Impressão de que não participavam os seus colegas, os professores de filosofia William James, Joyce e Münsterberg.

E ainda que Santayana tenha sido sempre uma das criaturas mais distantes e mais esquivas e mais sós deste mundo, a ponto de já o terem acusado de solipsismo, e ainda que o seu temperamento não seja dos que buscam fazer discípulos nem a sua filosofia dos que aspiram a criar partido, Santayana viveu os seus últimos anos com Oxford, sob o entusiasmo de todo um jovem grupo em quem o contato das suas ideias, sempre desenvolvidas em voz de conversa, animou o sentido de beleza das coisas. Sentido de beleza de que o seu *The sense of beauty* é uma espécie de breviário. Mais breviário, sem dúvida, do que o livro de Croce assim chamado.

Um dos livros mais excitantes de Santayana é o seu *Egotism in German philosophy*. Principalmente as páginas sobre Nietzsche. A Santayana – que em filosofia deixa de ser o místico de *The hermit of carmel* para limitar o interesse ao objetivo – repugnam em Nietzsche a falta de objetividade e o tumultuoso romantismo.

Aliás, talvez leve Santayana ao extremo seu conceito de romantismo. Leva-o, por exemplo, ao extremo, renunciando a viver aquela vida entre definidas sugestões de beleza vivida em Oxford pelo autor de *Marius the Epicurean*. A vida em Oxford de Santayana é neste sentido de um quase acre ascetismo, entre paredes franciscanamente caiadas de branco; sem o contato de nenhum contorno sensual de estátua; nem o aroma de nenhuma rosa ou grão oriental; nem o frescor para os olhos de nenhuma aquarela. Vida entre paredes nuas para mais pura se fazer a abstração; para mais se aguçar o ascetismo, e dentro dele a contemplação da beleza.

Entretanto são várias as afinidades entre Pater e Santayana; e na Oxford de Pater é que se foi fixar Santayana, sob o encanto daquela vida inglesa de que o seu *Soliloquies* é o livro de mais inteligente entusiasmo por valores ingleses que ainda se escreveu.

(Diário de Pernambuco, 24-1-1926)

Tierra!

A primeira voz que diante da América gritou o sinal de terra, gritou-o em claro e forte espanhol: "*Tierra!*".

Voz quase nossa, a do navegante da nau Pinta; e nela nós, os de Portugal e do Brasil, também nos encontramos como numa voz doce de família.

Os brasileiros somos como os meninos criados em parte pela mãe e em parte pela avó; e que depois de crescidos instintivamente dividem a ternura filial entre a mãe e a avó.

Porque a Espanha também nos criou; e também nos embalou com canto dos seus romances e as suas histórias de cavalaria para o sono de menino dos nossos primeiros séculos; porque a ela também pertencemos na adolescência inquieta do povo americano; porque só à grande luz da história espanhola a nossa adquire integral sentido – olhamos, os brasileiros, com olhos de filhos para a Espanha; e com ela dividimos o amor que nos prende a Portugal.

Portugal não é um povo para ser estudado só. É um povo para ser estudado como parte da Espanha. E semelhantemente a Espanha seria incompleta se do seu estudo se isolasse o de Portugal; ou apenas a esse considerasse simples país vizinho.

Sentiu-o agudamente o maior historiador da cultura hispânica, Menendez y Pelayo, ao empreender sua obra formidável de reabilitação dos valores peninsulares. Para tão largo esforço, ao qual se juntou o do seu discípulo português e meu querido amigo Fidelino de Figueiredo, adotou Menendez y Pelayo o critério hispânico. O qual é hoje o critério das melhores e mais vivas correntes de erudição criadora, tanto na Espanha como em Portugal.

Durante séculos confundiram-se as atividades espanholas com as portuguesas; confundiram-se as ânsias de suas almas; confundiram-se os campos de ação dos seus missionários, filhos do grande Ignácio de Loyola; e à sombra da mesma Nossa Senhora – Nossa Senhora dos Navegantes; e rezando à mesma Santa quase as mesmas preces de agonia e de esperança; e fazendo de joelhos quase as mesmas líricas promessas de devoção; e requeimando-se quase aos mesmos sóis – encheram de glória portugueses e espanhóis, aos séculos XVI e XVII. Séculos durante os quais incorporam eles à civilização cristã vinte nações, no mais formidável esforço criador realizado depois das catedrais da Idade Média.

Antônio Sardinha, meu saudoso amigo, recordava num dos seus últimos trabalhos a propósito de hispanismo a frase de Carlyle retificada por Gilbert

Chesterton: "o homem é um fabricante não só de instrumentos mas de dogmas". E concluía Sardinha: "O hispano é estruturalmente um fabricante de dogmas, e porque o é, com dificuldade se acomodaria a uma época em que a sublime função humana de concluir para criar foi despoticamente substituída pela de trabalhar para consumir".

De fato a inadaptação hispânica ao ritmo europeu começou com a vitória do sentido técnico ou mecânico de vida – o sentido germânico e norte-americano, ou seja, o de "progresso" sobre o sentido de "civilização". Com o sentido de "progresso", ou seja, a exaltação carlyliana do homem como "fabricador de instrumentos", identificaram-se triunfalmente os nórdicos.

Os hispanos, almas intensas demais para limitarem-se ao sentido de "Progresso", deixaram-se distanciar pelo passo largo, americano, do progresso mecânico, técnico, material – do qual entretanto tão melancolicamente cansado se está tornando o mundo. O mundo de novo sente, ou começa a sentir, ânsia daquele ritmo de intensa criação que morreu com o século XVII.

Entretanto, mesmo distanciados das vitórias da técnica, os bispanos dão sinal de as saberem sujeitar às suas almas intensas de criadores e originadores. Às suas almas inquietas de Dons Quixotes. Com esta ânsia hispânica, voaram Gago e Sacadura. E com esta ânsia hispânica voa agora o espanhol Franco o seu grande voo arrojado.

E fica a gente a pensar que, para semelhante arrojo e para voo tão longo sobre ondas tão sem fim – só a alma e o corpo de um hispano; só a alma e o corpo de um Dom Quixote; só o corpo leve e quase sutil de um Dom Quixote.

De novo a terra da América será saudada em espanhol: *Tierra!*

(Diário de Pernambuco, 29-1-1926)

Da tirania do calor tropical

"Oh, o suor que tudo tem!" – escrevia melancolicamente o Eça de Queirós dentre os seus tristes papéis pautados de cônsul em Havana ao seu amigo Ortigão.

E o suor não permitia ao Eça – aliás magríssimo – trabalhar; ou pensar para trabalhar. Não lhe permitia mesmo o luxo intelectual de certas leituras. Sob a tirania do calor, o artista de *Os Maias* resvalou vergonhosamente para as leituras de Paulo de Kock. É ele próprio quem o escreve: "Estou tão imbecil que leio Paulo de Kock".

Lafcadio Hearn amava os trópicos exatamente por lhe servirem de sanatório aos cansaços de pensar.

E em *Pa Combiné* – estória ainda escrita naquele seu inglês de um esquisito gosto de frutos tropicais; naquele seu primeiro inglês que perderia mais tarde a deliciosa polpa sensual para asceticamente reduzir-se aos ossos do seu estilo de budista; em *Pa Combiné* Lafcadio encarna o espírito da natureza tropical nas doçuras da carne jovem e quente da *quadroon* de Martinica. E ao europeu, a quem a força do calor tropical tem reduzido a triste convalescente, o amor da *quadroon* aconselha a que não pense porque pensar é que faz mal. "Se tu me amas, não penses, querido."

Para os trópicos, parece ser de fato grande lei de higiene a de não viver vida de espírito intensa.

A cultura é um acre processo para os trópicos: difícil neste ar mole que ao mais leve esforço faz acompanhar de suor. De oleoso suor. O calor nos traz, aos tropicais, numa eterna condição de sono mal extinto, difícil de vencer pelo esforço intelectual; num lânguido estado de sono que não se acaba, embora não se aprofunde.

Acabaremos por vencer cientificamente a tirania do calor? É possível. Negá-la, nas condições atuais, é que é tolice.

Nas condições atuais o esforço verdadeiramente intelectual se aguça em heroísmo nas terras onde o sol faz escorrer suor de tudo e de todos; e o calor assim tirânico repele a vontade para os sucessos que não sejam puros improvisos fáceis e rápidos.

O calor tropical, pelo seu óleo lúbrico e insidioso que é o suor, é uma como doce e feminina força que nos leva, ou nos procura levar, à renúncia de ambições que em outros climas nos agitam, nos inquietam, nos estimulam a fazer uma infinidade de coisas, afinal inúteis; que apenas nos convida a alongar corpo e espírito à sombra das bananeiras, numa fácil vida sem ambições difíceis. Sem entusiasmos intensos. Sem inquietudes.

(Diário de Pernambuco, 31-1-1926)

Do íntimo sentido de um grande voo

O Major Franco continua amanhã o seu voo. Arrojado voo. Glorioso voo. Muita mais que uma colorida façanha de *sport*: realização de soldado espanhol que à voz do seu Rei – a voz da própria Espanha – enfrenta todos os obstáculos numa quase volúpia de lealdade e até de sacrifício.

A estética deste voo nos excita festivamente a imaginação e nos apaixona. Sentimos-lhe o belo das linhas no intenso do ritmo.

Voo animado, o do soldado espanhol, de uma ágil e nobre beleza que o torna um grande voo, independentemente de qualquer sentido político ou particular.

Para nós, hispano-americanos, existe, porém, certo sentido íntimo na glória do feito espanhol. À nossa imaginação de filhos distantes da Madre Espanha o voo de Franco alonga pelo Atlântico o vulto enormemente anguloso – e tão moderno como se o tivesse recriado Picasso – de Dom Quixote de La Mancha.

E traz à América a própria alma matriarcal da Espanha, a cuja larga sombra se há de animar e engrandecer o patriotismo pan-hispânico entre os países americanos de origem hispânica.

Cada dia mais necessário se faz que nos aproximemos das nossas pátrias de origem, os povos da América hispânica, para que, num mais vivo contato com o seu espírito, entre nós se fortaleça a personalidade hispânica; para que sejamos, no nosso desenvolvimento, não mero aglomerado de países progressistas, apenas tecnicamente grandes, com escuras fábricas e negras usinas a fumegar entre o claro verde tropical das palmeiras e possantes comboios também negros a atravessar em sanguínea claridade a monotonia das paisagens andinas – mas acima de tal progresso um continente unido, sem nenhum prejuízo das diversidades nacionais, num só e alto sentido de cultura; animado do grande espírito hispano-católico que o criou; que o fecundou; que o animou dos mais belos começos de plástica social.

O hispanismo não é para nós, nova gente da América hispânica, nenhum melancólico e exagerado culto do passado: o hispanismo é para nós uma força de vida a nos oferecer o mais belo e o mais congenial dos ritmos para a disciplina da nossa jovem e dispersa energia.

Belo ritmo, na verdade, o animado pelo gênio hispânico. Gênio que levantou a Catedral de Toledo e criou a República Argentina. Gênio dos santos dolorosos de El Greco e da viva carne morena da *Maja desnuda*. Gênio a um tempo intensamente espiritual e intensamente prático. Religioso e sensual. Intensamente místico e intensamente sexual; e combinando, como uma vez notou o sr. Oliveira Lima, o sonho e a prudência, a imaginação e o senso da realidade, a audácia e a medida.

Nada mais caracteristicamente hispânico que a exaltação mística de Santo Ignácio de Loyola disciplinada pelo mais agudo sentido da realidade humana. Da real realidade, como diria o Eça. E já um erudito germânico apontou para os portugueses como um dos povos de realizações mais práticos dos últimos tempos: os criadores da moderna agricultura tropical.

Ligam os psicólogos os sonhos do voo à volúpia do amor que é no íntimo a volúpia criadora: também na realidade, tão perturbante que parece sonho, deste intenso voo espanhol, dir-se-ia que existe um íntimo e subterrâneo sentido de amor. Dir-se-ia que significa uma Espanha rediviva para os grandes esforços criadores, desta vez ligados à jovem energia hispano-americana.

(Diário de Pernambuco, 3-2-1926)

Ação regionalista no Nordeste

Pode-se no Brasil sentir e criar "regionalisticamente" – como diria o prof. dr. A. A. Rodrigues Lima?

Pensa o sr. Gilberto Amado que não. Afirma que não o sr. Guilherme de Almeida. E o Comendador J. J. Campos Medeiros e Albuquerque julga ridículo qualquer esforço de expressão local numa época em que o mundo todo roda num só sentido: para o Esperanto e para o Cosmopolitismo.

Levanta-se ainda contra a ação regionalista, que se acentua no Nordeste como em Minas Gerais, toda uma onda cinzenta de confusão: a dos que lamentavelmente confundem regionalismo com separatismo. E convém destacar outra confusão, a acinzentar a ideia regionalista: a dos que supõem com o sr. Guilherme de Almeida que a expressão artística do regionalismo seria a literatura caricaturesca do "caipirismo" ou do "Jeca Tatu".

O Primeiro Congresso Regionalista do Nordeste, a inaugurar-se hoje à noite no Recife, à sombra quase secular da Faculdade de Direito, é o primeiro esforço no sentido de clarificar a ação regionalista, ainda mal compreendida e superficialmente julgada.

Na sessão inaugural, a elegante palavra do sr. Moraes Coutinho apresentará e esclarecerá o programa geral do Congresso. E da sua clareza latina de expressão, nítida e desanuviada de cinzentos, se desdobrará a verdadeira ideia regionalista – ânsia de ação absolutamente distinta de "separatismo", "caipirismo", "bairrismo". O jovem escritor de *Os novos bárbaros* dará aos curiosos uma ideia que não é nova mas que, pela primeira vez, está adquirindo sentido prático, claro, organicamente brasileiro.

A verdade é que não se repelem, antes se completam, regionalismo e nacionalismo, do mesmo modo que se completam nacionalismo e universalismo.

O que foi a Idade Média senão a mais inteligente harmonia dos dois critérios de vida e de arte – o regionalista, e até o municipalista, e o universalista, representado pela grande sombra matriarcal da Igreja a alongar-se pela Europa inteira? E neste ambiente é que se levantaram as catedrais – instituições complexas, reunindo aos fins místicos, litúrgicos, estéticos, funções sociais de caridade, solidariedade local, arte popular – com toda a sua complexidade de arte: a do arquiteto unida à do escultor e a deste à do pintor de vitrais e a do pintor de vitrais completada pela do iluminista de missais góticos.

Um Brasil regionalista seria um Brasil não dividido, mas unido nas suas diversidades. E coordenando-as num alto sentido de cultura nacional. Um Brasil livre de tutelas que tendem a reduzir a feudos certas regiões.

O regionalismo não quer a absorção de energias locais, fortes pelo seu vivo e imediato contato com as várias realidades da paisagem, da vida, da economia brasileira, pela tirania de um Rio de Janeiro que as absorve. Que as esterilize. O regionalismo é um esforço no sentido de facilitar e dignificar atividades criadoras locais desembaraçando o que há de pejorativo em "provinciano". Reabilitando qualidades e condições geograficamente provincianas de vida, de paisagem, de arte.

E de semelhante regionalismo é que traçou uma vez Sílvio Romero – naquele seu traço duro, agreste, irregular, que entretanto acusa uma das personalidades mais incisivas do Brasil – a nobre função construtora.

No momento em que se abre o Primeiro Congresso Regionalista do Nordeste nada mais oportuno nem mais justo que recordar a clara e inteligente ideia geral de regionalismo, traçada há vinte e tantos ou trinta anos por um intelectual nordestino que soube, senão compreender, sentir a realidade brasileira. E o conceito de Sílvio Romero que o impõe à mais franca simpatia da moderna corrente regionalista é este: "A grandeza futura do Brasil virá do desenvolvimento autônomo de suas províncias. Os bons impulsos originais que nelas aparecem devem ser secundados, aplaudidos. Não sonhemos um Brasil uniforme, monótono, pesado, indistinto, nulificado, entregue à ditadura de um centro regulador de ideias. Do concurso das diversas aptidões das províncias é que deve sair o nosso progresso".

(Diário de Pernambuco, 7-2-1926)

Do horrível mau hábito de falar gritando

Por que gritamos tanto ao falar, os brasileiros? Gritamos horrivelmente. O brasileiro quase não possui voz de conversa.

Do assunto já uma vez me ocupei. E volto a ele, sob a impressão de desencanto de uma bonita criatura a falar gritando. Desencanto que acabo de ter.

Por que o grito e não a voz de conversa? O grito na conversa é tão fora do ritmo gentil da vida como acelerar uma pessoa o passo em violenta carreira em hora de fazer compras ou de passeio.

O grito é para a voz de conversa o que a carreira é para o passo normal: uma aceleração ou uma elevação para momentos excepcionais – casos de perigo ou *sport* – em ocasiões que repelem tais excessos. Excluídos os casos de *sport* ou de arte, a voz só se deveria elevar do seu natural para o angustioso berro de "Aqui d'el rei!" ou para o de "Socorro!". E vozes há que somente a esses gritos se deveriam limitar, excluindo mesmo os do *sport* ou arte do canto.

Ia-me esquecendo dos gritos de dor e de sofrimento. Mas destes só são toleráveis os irreprimíveis. E desta espécie de berro já Santo Thyrso se ocupou numa daquelas páginas que dão antes a ideia de escritas para a transcrição do que para a simples leitura. "Berrar" – escreveu Santo Thyrso – "é próprio dos suínos quando lhes chega a hora da desgraça. Como a sensibilidade se refina pela educação, as pessoas ineducadas sofrem menos, mas gemem; choram e berram incomparavelmente mais. Produzir ruídos parece um desafogo moral como é um desafogo físico: mas todos os desafogos são incompatíveis com as boas maneiras".

O berro a que principalmente me refiro é o produzido por pessoas que, simplesmente conversando, temem que suas ideias não impressionem pela falta do agudo da voz. E elevam a dita a alturas de quartos e quintos andares; e até a altura de *skyscrapers*. Um verdadeiro horror.

O grito na conversa é muito do homem brasileiro, quando discute, mas principalmente da mulher. Dizia-me uma vez um amigo: nas discussões brasileiras vence quem berra mais forte. E é verdade. No Brasil um vigoroso ou sonoro berro vale imensamente mais que um bom argumento ou uma boa ideia. Perante uma audiência brasileira, postos para discutir como dois galos de briga,

Fradique e Acácio, quem acabaria sob palmas aos seus sonoros berros seria o Conselheiro, elevando sentenciosamente a voz.

Saint-Hilaire atribuía o horrível hábito de falar gritando da brasileira às frequentes necessidades de dar ordens aos escravos. E esta opinião é repetida por Fletcher e Kidder. Porque a verdade é que o assunto tem preocupado os viajantes notáveis, dos quais o primeiro a confessar, não desagrado, mas enleio ante a voz horrivelmente aguda da brasileira foi o sr. Júlio Dantas. O gracioso e amável sr. Júlio Dantas.

À explicação de Saint-Hilaire, Fletcher e Kidder e observadores mais recentes já tiveram ocasião de acrescentar a seguinte: que o hábito de falar gritando da brasileira resulta das necessidades como que pedagógicas de repreender escravos ou criadagem numerosa e quase escrava, depois da Abolição. Nas professoras de escola primária não se desenvolvem, por motivos semelhantes, agudos ou acres de voz que os tornam inconfundíveis?

Mas há uma outra explicação. Encontro-a em interessante trabalho de investigação histórica do professor Afonso de E. Taunay, de São Paulo: *Sob El Rey Nosso Senhor*. Escreve o erudito de São Paulo: "Pelas taipas dos quintais entabulavam-se (no São Paulo do século XVIII) infindáveis conversações; com as vizinhas mais distantes era aos gritos que se entretinham essas relações. Não proviria daí o hábito da elevação do diapasão das conversas, ainda hoje tão notado, no nosso interior, entre as senhoras?".

Como se vê é assunto aberto a investigações históricas e a muita especulação – isso de falarem gritando muitas das brasileiras.

Nossas meninas precisam de aprender a conversar em voz de conversa – que é uma tão linda e tão deliciosa voz – mesmo antes de aprenderem a "recitar" ou a "dizer".

(Diário de Pernambuco, 14-2-1926)

Espírito e não estilo

Um ponto viva e elegantemente discutido no Primeiro Congresso Regionalista do Nordeste foi este: se o "estilo colonial" verdadeiramente se presta a toda espécie de construção.

A meu ver houve erro no ponto de partida: o de considerar "estilo" o que é antes um "espírito" do que rigorosamente um "estilo".

Não há de modo nenhum "estilo colonial brasileiro" com a mesma forte, definida e rígida caracterização das "cinco ordens".

O que nós possuímos é um espírito de casa, é uma linha de ingênua beleza de casa, que se faz precisamente notar pelo à vontade de suas desproporções e assimetrias. Pelo seu cair *nonchalant* para os lados. E nesse à vontade de linhas se sente a hospitalidade, a simplicidade, a meio rústica fidalguia da gente brasileira. E, ao mesmo tempo, a simpatia com o clima, com a paisagem, com o forte sol tropical, pelo desabar do telhado em pirâmide e às vezes irregularmente, plasticamente, como se fora um enorme chapéu mole ou de Panamá. E são notas, sugestões, todas essas das quais poderá tirar um arquiteto de talento e, ao mesmo tempo, de sensibilidade, o melhor dos partidos.

É por apresentar inconfundíveis qualidades e condições, não só de permanente simpatia com a paisagem e com o meio, como de plasticidade e de flexibilidade – não sendo propriamente um estilo, não tendo a rigidez ou a definida sistematização de um estilo – que o espírito colonial de casa me parece a sugestão mais rica, mais forte, mais pura, mais fecunda para o desenvolvimento de uma linha nossa, de um traço nosso, de uma expressão de arquitetura nossa nas cidades do Brasil como o Recife, saídas dos primeiros séculos coloniais e, ao mesmo tempo, em contato – contato sempre a avivar-se, a intensificar-se – com as grandes atualidades comerciais, industriais, mecânicas que se vêm sucedendo desde quando o Brasil vem sendo Brasil.

Porque a sugestão da linha colonial não é somente a de quase lírico intimismo que oferecem abalcoados como o de Megaípe ou portas de entrada que só se prestam à hospitalidade doce de casas de residência. Há também no espírito colonial certa sugestão forte de amplitude, um não sei quê de largamente, de franciscanamente hospitaleiro – que a vários edifícios públicos – hospitais, hotéis, e a meu ver também a bares – deliciosamente se adaptaria numa cidade como o Recife.

Seria, por exemplo, lamentável, que, no Recife, se levantasse a catedral da planta ou traçado que uma vez me mostraram. Do velho espírito, da velha linha doce, franciscana, das nossas igrejas, dos nossos conventos – daí é que nos deve certamente vir a sugestão para a catedral do Recife. A nota brasileira, a nota local é que a deve animar.

O espírito colonial de casa ou de edifício representa não a sobrevivência de uma época tristemente morta, mas um fio cuja energia criadora se interrompeu, sob a fúria de macaqueação do toscano, do Luís XV, do chalé suíço, do normando francês! Fúria que, no Recife, teve seus princípios com o afrancesado Conde da Boa Vista.

Voltar a essa energia brasileira interrompida, mas ainda rica de sugestões, é voltar a uma fonte de vida. A um ponto de apoio honesto, autêntico, vindo da nossa própria experiência. A um ponto de partida seguro. A uma raiz.

Certo, há que afastar a ideia simplista – parenta da solução manuelina do sr. Pinto da Rocha – de ser o "colonial", no sentido de estilo já fixo ou estratificado, a solução completa e fácil do problema de construção expressivamente brasileira. Semelhante simplismo só nos poderia conduzir a um perfil de construção tristonhamente parecido às máscaras de morte.

Do "colonial", o que vale é a sugestão, a nota de permanente simpatia com o meio brasileiro, a linha a ser continuada, ampliada, modernizada, livre, independentemente dos pontos e das vírgulas cronológicas.

(Diário de Pernambuco, 21-2-1926)

Da tirania da pedra azul, livra-nos, ó Senhor!

Outro dia um recifense falava a outro do seu sonho de um novo Recife. Seria esse novo Recife uma delícia de linha reta. Uma delícia de simetria. Uma delícia de regularidade. Um Recife geométrico como um jardim do Loire. Casas dispostas como um menino dispõe soldados de chumbo para batalhas de brinquedo: em fileiras regulares e hirtas. Árvores aparadas igualmente como o cabelo em escovinha dos órfãos e dos presos. As ruas todas da mesma largura. Nenhuma rua torta. Nenhuma igreja a quebrar a linha reta das ruas. Nenhum beco empinado em ladeira, mesmo leve, por natural capricho do terreno. Nenhum zigue-zague. Nenhum à vontade. Nenhuma *nonchalance*.

É curioso como neste mundo a ideia de Deus de um indivíduo pode ser precisamente a ideia de diabo de outro. Ainda um desses dias eu observava como a minha ideia de "completo", por exemplo, é exatamente a ideia de "incompleto" de grande número. Para mim partir do muito para pouco, em redução, é partir do incompleto para o completo. O completo está no extremo de seleção.

Ouvindo aquele sonho de recifense, expresso em voz alta, e com ênfase, pensei nesse grande mistério do mundo mental: ideias de Deus e do diabo que se encontram harmoniosamente – o meu diabo, o Deus do meu concidadão X, e o diabo do meu concidadão X, o meu Deus. E ainda assim certa teoria política nos declara iguais. Desiguais é que somos. E esta é a graça da vida.

Aquele sonho de um "Recife ideal" para mim seria um Recife antirrecifense. Um horrível Recife Judas Iscariotes. Traidor de si mesmo. Olhei o monstro. Olhei o sonhador. No dedo hirto e duro com que sublinhava pedagogicamente as palavras, em traços rígidos no ar mole da tarde de calor, faiscava enorme pedra azul. O anel de engenheiro. O anel fatídico.

E eu que também sou recifense; e amo o Recife; e precisamente no que lhe resta de irregular, de à vontade, de à toa, encontro os seus melhores encantos – desejei, num desejo intenso como uma prece, que ao seu velho burgo devoto livre para sempre o Senhor, livre para sempre Nossa Senhora do Carmo, do engenheirismo, do haussmannismo, do geometrismo. Da tirania da pedra azul.

Tenho conhecido cidades perfeitamente geométricas. São monótonas. São tristonhamente monótonas. A própria Washington é uma cidade monótona.

As ruas se sucedem tão parecidas umas às outras que se tem a impressão de percorrer uma só rua sem fim.

E entretanto compreende-se que Washington seja assim. Foi uma cidade feita oficialmente. De encomenda. Tão de encomenda como uma roupa ou um caixão de defunto. Cidade feita toda por medida.

Mas americano nenhum de alguma cultura compreende que uma comissão de *city planning* se lembrasse de substituir o pitoresco colonial de Boston, por exemplo, ou da New York em torno a Washington Square – tão parecida ao Recife da velha Lingueta – pelo geometrismo de cidade feita a fita métrica, como roupa ou caixão de defunto.

Nas próprias cidades novas dos Estados Unidos e da Alemanha – onde tão adiantado está hoje o urbanismo – procura-se evitar a rigidez geométrica, guardando-se ondulações do terreno e tirando-se partido dos pitorescos naturais.

Nenhum urbanista inteligente compreenderá a destruição da igreja do Corpo Santo do Recife – que mestre Saturnino de Brito quis carinhosamente salvar. Nenhum urbanista inteligente compreenderá a destruição total de um morro tentada no Rio de Janeiro já não me lembro por que tirano da pedra azul. E a meu ver semelhantes atentados mais difíceis seriam de justificar que os ultrajes alemães ao rendilhado gótico de Rheims.

O urbanismo inteligente tem muito vivo o respeito das velhas igrejas, dos velhos chafarizes, das velhas fontes, e até de seções inteiras características de uma cidade como Washington Square em New York. Tem o mais vivo respeito pelas irregularidades expressivas. Pelas assimetrias. Procura mesmo colaborar com esse conjunto de notas individuais. E livrar-se da mania da linha reta.

Que o diga a voz de um mestre, conhecido e respeitado no estrangeiro: o já recordado sr. Saturnino de Brito. "Projeto ruas novas" – são palavras do sábio engenheiro sanitário que é uma das mais puras glórias do Brasil – "sem a preocupação inconveniente e hoje condenada de alinhar ruas retas e largas, cortando-se em ângulos retos."

São palavras, as deste engenheiro, a divulgar e a repetir contra a horrível tirania, mal ou ameaça das cidades do Brasil, da pavorosa pedra azul.

(*Diário de Pernambuco*, 25-2-1926)

Bahia à tarde

Ainda sob o sol das três horas da tarde, a Bahia nos aparece. Casas e igrejas trepadas umas por cima das outras – dir-se-ia uma multidão a espremer-se diante de um fotógrafo. Nenhuma igreja, nenhuma casa quer deixar de aparecer.

Ao longo da cidade o verde da água do mar todo se sarapinta de amarelo dos botes cheios de laranja madura. E o ar parece tornar-se mole e oleoso. Lúbrico, até.

Os vultos das velhas igrejas se alargam em vultos enormes. São igrejas gordas. Igrejas abaciais. Igrejas matriarcais.

A cidade-mãe, a cidade ama de leite das cidades do Brasil, é ainda uma cidade de sugestões de fecundidade. Cidade gorda, de gordos montes, de gordas igrejas, de casas gordas. Cidade de montes que se empinam como ventres de mulher no sétimo mês de gravidez. E como a prometerem dar outras cidades ao Brasil.

Cidade de contrastes deliciosamente grotescos, esta de Salvador. Por entre o casario irregular, todo de reminiscências portuguesas, o asfalto se estira branco e alvo e novo como uma dentadura postiça em boca de velha. E pelo ventre empinado das ladeiras, feito para o andar penitente das alpercatas de frades, os Fords sobem pulando como cabritos agrestes.

Às esquinas, pretalhonas imensas, das que a gente imagina desaparecidas do Brasil, escancaram o x dos seus tabuleiros de angu, mingau, beiju, manga, laranja. Frades de chapéu de sol aberto descem ladeiras.

Waldemar Carneiro Leão e eu vamos à Sé velha e a São Francisco. Em São Francisco vozes de frades rezam em latim as últimas rezas do dia. Os confessionários cheios: é a primeira sexta-feira de Penitência. Grandes sombras místicas. Sombras negras de frades ouvindo em confissão. Sombras negras de que somente alvejam os longos pés germânicos.

Cá fora as primeiras luzes da noite. E os vultos das gordas igrejas da velha cidade, arredondada pela incansável fecundidade tropical, começam a parecer maiores.

(Diário de Pernambuco, 19-3-1926)

Sugestões do Rio

No Rio, o favor da natureza chega a ser um escândalo. Alastram-se os borrões da arquitetura horrível. Mas vem a forte beleza da paisagem e os faz empalidecer, sugando-os, chupando-os, atenuando-os, disfarçando-os com a indulgência maternal de um mata-borrão. Os olhos encontram sempre claros azuis de água e verdes de um selvagem e virgem frescor em que repousar dos horrores arquitetônicos. Dos muitos e grandes horrores arquitetônicos.

A água do mar é íntima do Rio. Neste fim de verão, de manhã e de tarde, a adolescência da cidade desce voluptuosamente às praias. E as praias tomam um mais delicioso ar tropical. Lindos e jovens corpos meio nus deixam-se requeimar de sol, alongando-se sobre as areias. Areias que rangem com a fadiga de coxins orientais. E por este processo de requeime ou acre amorenamento se aguçam as raparigas para a modernidade provocante da beleza morena.

E a vegetação também é íntima do Rio. Um rodar mais forte de auto nos põe dentro dela e do seu virgem frescor. Um rodar mais forte de auto nos arranca como por encanto da sensação de cidade.

Aliás, o Rio nunca nos dá a sensação de concentração que é a sensação urbana por excelência. Alonga-se tanto por entre montes e massas de vegetação e espalha-se, espraia-se, derrama-se com um tal à vontade que o seu ritmo de vida não tem, a não ser em raras horas e em raros lugares, a adstringência de um ritmo de vida urbano.

Seus edifícios: vastos palácios, palacetes, *villinos* incaracterísticos. Às vezes de um grande palácio, uma sugestão forte de ridículo.

Quando uma dessas tardes levou-me um amigo ao novo palácio da Câmara dos Deputados tive, sem exagero, um dos maiores assombros da vida. Parece-me, ainda, mentira o que vi. É verdadeiramente assombroso. Um monstro.

Orlam a frontaria do edifício grupos de escultura. Figuras nacionais. Figuras da história brasileira. E estas figuras brasileiras, por um critério engraçadíssimo de harmonia ou de classicismo, vestidas à romana. É de um relevo de figura de *vaudeville* – e o assunto já foi aproveitado em revista teatral – a figura do Coronel Benjamin Constant, com barbicha e *pince-nez*, de saiote romano, braços e pernas nuas, a segurar as rédeas do fogoso cavalo do General Deodoro. Este também, à romana. Ergue uma espada do tamanho de uma faca de cozinha. Tudo, enfim, de um ridículo incrível. Dir-se-ia formidável sátira inspirada pelo espírito diabólico do sr. Carlos de Laet.

(Diário de Pernambuco, 25-3-1926)

O Nordeste separatista?

Perguntam-me pela ideia separatista no Nordeste: choro de criança monstruosa que não sei por que mal-assombrado está sendo ouvido no Rio.

O que posso dizer é que desconheço o monstrozinho. À sombra das mansas bananeiras do Nordeste decerto não nasceu semelhante coisa. Nem está para nascer. Os patriotas do Rio que se inquietaram com o choro mal-assombrado, que se aquietem. A voz do Nordeste nunca é voz mofina de choro de criança. O que continua a ser é a mais brasileira das vozes do Brasil. A menos afetada por qualquer sotaque ou acento estrangeiro.

Há de fato no Nordeste os começos de um movimento regionalista. Neste sentido se agitam hoje as melhores inteligências e as melhores vontades no Nordeste.

Aviva-se entre os nordestinos a consciência de representarem um Brasil mais brasileiro que o representado pelo Rio, por exemplo; e sob essa consciência, o desejo de procurarem animar a sua vida em expressões novas, modernas, atuais, do espírito tradicionalmente brasileiro que ali se encontra ainda. Do velho espírito brasileiro que ali sobrevive na linha de ingênua e doce beleza das igrejas, das capelas de engenho e das casas; e no sabor, apurado pelos séculos, dos bolos e doces e quitutes de família feitos com os frutos da terra; e no traço meio rude, meio franciscano, meio ascético, dos velhos bancos de engenho, de vinhático ou jacarandá; e das velhas mobílias e arcas.

Em largos traços, é este o regionalismo que se acentua no Nordeste, querendo substituir pelo critério da tradição comum, do sentimento comum, do comum interesse econômico da região, o artificioso critério de "Estado". E isto no interesse geral da tradição brasileira e não contra ela ou independente dela.

O espírito de semelhante regionalismo não podia ser mais brasileiro. Nem menos separatista.

É regionalista no sentido de procurar opor as sugestões da paisagem regional, da vida regional, da tradição regional, ao perigo da imitação do Rio ou de São Paulo, ou da Suíça ou dos Estados Unidos. Queremos ser nós mesmos. Queremos impedir que o fácil romantismo da distância, a que é tão sensível o brasileiro, acabe por nos reduzir a imitadores do exótico. A tristes imitadores incapazes de fecundar as belezas locais que aqui se oferecem virgens e nuas. Incapazes de desenvolver das nossas próprias tradições e condições e qualidades de vida, a linha das nossas casas, a fisionomia das nossas cidades, o sabor dos doces da nossa mesa.

Nada pior do que o exemplo do Rio às cidades dos estados. Nada pior do que o usineiro ou negociante de algodão do Nordeste que vem ao Rio e leva do Rio, em cartão-postal ou na memória, o modelo da casa que vai levantar no Recife ou na Paraíba ou em Maceió. Contra essa superstição de imitar-se o Rio é preciso reagir. Como cidade de arquitetura incaracteristicamente nova; como conjunto de horríveis borrões que felizmente a forte beleza da paisagem parece atenuar com a indulgência maternal de um mata-borrão — basta ao Brasil a sua, nestes últimos decênios, desorientada capital.

Cidade onde os edifícios novos, os elegantes palácios, palacetes, *villinos* dão às vezes aos olhos aquela vontade de vomitar de que fala o escritor alemão. Que maior repugnância para os olhos do que os enormes *piss pots* que a estética oficial está agora a colocar à porta do Senado da República?

Seria lastimável que o Recife se tornasse um segundo Rio em arquitetura, quando na própria linha tradicional de suas casas e igrejas não lhe faltam sugestões para a nova edificação, por mais atual ou moderna que ela seja nos seus fins e propósitos. Mostrou-o o arquiteto pernambucano sr. Armando de Oliveira, inspirando-se na velha casa de engenho de Megaípe para as linhas de tão sóbria, forte e moderna beleza do Pavilhão de Caça e Pesca. O Nordeste, Minas, São Paulo, o Rio Grande do Sul, é que devem influir sobre a arquitetura e a vida do Rio; e não o Rio *parvenu* sobre eles.

Note-se, por exemplo, a influência do Rio sobre a cozinha regional no Nordeste. É melancólica.

Os usineiros e os negociantes de algodão aprendem a comer no Rio ou na Europa coisas de nomes franceses e voltam com vergonha de comer angu e manuê e tapioca. Ou carne de sol. Ou cabidela.

O resultado é que está em tristonho declínio a antiga mesa dos senhores de engenho da Nova Lusitânia. Mesa exaltada pelo autor dos *Diálogos das grandezas*. Elogiada pelo Padre Fernão Cardim. E em dias menos remotos, por Tollenare. O *canned food* e o *menu* francês estão a matá-la.

Não é de admirar que no Rio — quase uma cidade de pensões e hotéis — domine o cosmopolitismo na mesa; e que dificilmente sinta a gente nos doces o gosto de fruta do Brasil. Mas saltam aos olhos o ridículo e a vergonha de casas provincianas, de casas de engenho, de casas de cidades brasileiras, onde a mesa já não é a dos velhos quitutes e doces feitos em casa, mas a de acepipes caricaturescamente exóticos.

Precisamos voltar à honestidade brasileira do paladar. Precisamos perder a vergonha dos nomes dos nossos bolos e doces e comidas de mandioca e de coco tão características do Nordeste.

Nomes que exatamente por serem ingênuos chegam às vezes a ser líricos e a parecer nomes de poemas: pudim de veludo, bolo de iaiá, arrufos de sinhá, baba de moça.

Quem negará ao nordestino a riqueza da tradição de sua mesa – a mesa dos senhores de engenho, a mais afidalgada do Brasil e a de mais variados sabores, graças ao doce favor da natureza tropical? E quem negará à cozinha um forte prestígio nacionalizador?

Outro ponto de interesse para os regionalistas do Nordeste é a inteligente defesa dos nossos valores artísticos.

Em Pernambuco chegamos a ter belos começos de plástica dos móveis. Há um tipo de banco de engenho que se sente à distância ser pernambucano. Por ocasião da comemoração, no Recife, do centenário do *Diário de Pernambuco*, uma das notas de encanto no salão do velho jornal, mobiliado e decorado à maneira dos salões dos nossos bisavós, foi lindo sofá de jacarandá, com duas cornucópias do espaldar de onde saem, brasileiramente, pernambucanamente, cajus e maracujás. É uma delícia, esse velho sofá. E um exemplo. Uma sugestão. Ele nos fala de uma linha de móvel a continuar, nos móveis novos. Nos móveis modernos. Uma linha brasileira. É tempo de uma reação contra a falsa elegância das cadeirinhas de peroba, finas, amarelinhas, que nos vêm invadindo as salas de visitas. Elas tomaram o lugar dos velhos jacarandás pretos, rijos e bons. Jacarandás que a estupidez dos leilões tem feito sair do Nordeste na mais lamentável das maneiras. Sugestões para móveis modernos que juntem à modernidade a tradição brasileira.

O regionalismo quer dar a estes valores raízes mais fortes. Quer prendê-los a essas raízes. Quando deputado federal, o sr. Luís Cedro Carneiro Leão apresentou um projeto neste sentido. Morreu melancolicamente.

Repugnava ao senso econômico do sr. Bueno Brandão o menor gasto com "essas poesias". O sr. Gouveia de Barros e outros deputados nordestinos ligados ao movimento regionalista procurarão este ano reviver o projeto do sr. Luís Cedro. É uma urgência que se aguça, a de defender esses restos de arte ingênua, mas tão ligada à nossa vida e que tão seguros deveriam estar, ao menos à sombra das sacristias. Mas não estão. Daí, principalmente, é que solertes israelitas têm saído cheios de pratas e jacarandás, deixando a sorrir de agradecimento imbecil, ou igualmente solerte, gordos vigários mais ou menos cretinos. Nada mais comum do que a venda de azulejos de igreja por padres, vigários, cônegos. E velhas igrejas tão caras ao coração nordestino que por elas sangrou, tão caras à alma brasileira, estão a apodrecer de abandono como a de Guararapes em Pernambuco.

O Movimento Regionalista no Nordeste não é necrófilo. Não tem a superstição do passado. Ama, porém, nas velhas coisas, a sugestão de brasileiridade, o traço, a linha de beleza a ser continuada, avivada, modernizada, pelo Brasil de hoje. Um Brasil jovem, a cujo entusiasmo criador mais livre que o de gentes ainda mal saídas do colonialismo, nos incumbe transmitir o maior número de sugestões brasileiras.

(Diário de Pernambuco, 26-3-1926)

Pernambuco de longe

S. S. American Legion

Terceiro dia de viagem. Terceiro dia de viagem monótona. *Decks* batidos de sol. *Decks* brancos e longos como corredores de enfermaria. Tédio. Um jogo de cavalinhos de pau que não me interessa. Conversas sobre café e automóveis que não me interessam. Uma biblioteca de romances baratos que não me interessam. Um imenso tédio.

De repente avista-se terra. Um cinzento de terra que se eleva para depois achatar-se, alongar-se, relaxar-se numa doce preguiça tropical. E esse cinzento de terra que se avista é Pernambuco.

O bruto do navio passa a uma imensa distância. E o que nos vem de Pernambuco é apenas uma sugestão debussyana de terra. "Gosto amargo" para olhos de pernambucano.

Imagino que das nossas praias só se avista destes grandes navios da "Munson" o negro dos penachos. O negro dos seus grossos penachos de navios movidos a óleo. Penachos muito negros a contrastarem com o branco de enfermaria dos cascos. Penachos de fumaça de luxo.

Vendo de longe Pernambuco sinto uma grande vontade de parar, de ver coqueiros, de abraçar amigos, de ouvir vozes de casa, de sentir o cheiro de jasmim de banha, de ver se já estão maduras as mangas, de perguntar a Tavares do *Diário*, o que há de novo, de beber uns goles de água de coco. No cinzento de terra procuro distinguir o coqueiral de Boa Viagem. Procuro distinguir o Recife. E Olinda. Mas tudo inútil. O navio corre, e todo se afasta de Pernambuco, arrogante do luxo do seu penacho de veludo, num cumprimento longínquo de gente rica a conhecido pobre.

É de verdade um grande navio, este navio de americanos. Moderno, largo, geométrico. Os camarotes são verdadeiras salas. Um luxo de espaço. Camas como nos hotéis. Armários e cômodas e cadeiras largas. Conforto do melhor.

E o óleo dá-lhe às máquinas um brando rumor abafado de sola de borracha. De modo que o bruto do navio, novo-rico do Atlântico com o penacho da sua fumaça de caro petróleo, segue pelo mar de sapatos de sola de borracha. Nisto não parece *parvenu*. Frades trapistas poderiam fazer de um navio desses o seu convento. O seu branco e silencioso convento. É silencioso.

O conforto é um tanto frio. O americano ainda não aprendeu a aquecer o seu conforto da flama de não sei que íntima simpatia humana que o inglês ou o alemão ou o francês sabe comunicar aos seus menos espaçosos hotéis e navios. No conforto americano domina o traço higiênico, que é um traço frio. É um navio, este, todo branco. Higienicamente branco. Melancolicamente branco.

Nós, brasileiros, devemos deixar que o nosso gosto nos salve do preconceito higiênico, na modernização da nossa vida. É um preconceito que já se apoderou de alguns. Num hotel novo do Recife a sala de refeições é tão higienicamente quadriculada de azulejos que um meu amigo a batizou com espírito "sala de banho".

Já quase não se avista terra. Agora, dez dias de mar. E depois desses dez dias, New York aparecerá aos nossos olhos, tão cidade que a impressão não será bem a de terra.

(Diário de Pernambuco, 27-4-1926)

New York

New York, 30 de março

De novo em New York. De novo na mais cidade das cidades. Aqui o asfalto parece natural. O que não parece natural é o salpico de vegetação ou ruído das patas dos últimos grandes cavalos brancos e pardos que puxam caminhões. Parecem cavalos de metal ou de aço. As árvores e plantas parecem árvores ou plantas de teatro. Cenográficas.

Mal deixo o nome e as malas de mão no Waldorf-Astoria, corro à Quinta Avenida. Corro a rever a maior das avenidas do mundo. Como veem, começo com ênfase. Influência do meio. Em New York o superlativo absoluto sai da boca, pinga da pena, dança nos olhos com a naturalidade da expressão simples.

A Quinta Avenida deste fim de março é ainda uma Quinta Avenida de inverno. Há ainda uns restos do grande frio de luxo. Mas, o domínio do cinzento das grossas roupas e do preto aveludado das peles felpudas de foca já está a se deixar avivar pelas primeiras cores alegres. Pelos primeiros verdes e amarelos e vermelhos e azuis. E já as vitrines estão em festa com os chapéus, os sapatos e os vestidos e as roupas de primavera. Em parte nenhuma – nem mesmo em Berlim e Munich – as vitrines são a arte sutil e gentil que já chegaram a ser em New York. Dir-se-iam arranjadas por dedos de fadas para uma cidade das mil e uma noites.

Aliás, New York nunca dá a impressão de cinzento de Londres, por exemplo. Mesmo no mais intenso inverno, avivam-na cores festivas. O verde-claro dos ônibus de dois andares movimenta-a de uma clara alegria. E o amarelo e o azul dos *taxis*, vistos de um sexto andar qualquer, parecem escorrer por entre a multidão como pingos de tinta salpicados à toa por um pintor pós--impressionista.

(*Diário de Pernambuco*, 29-4-1926)

HP

New York, 3 de abril

O cavalo de New York – grande, enorme, formidável; e branco ou preto ou pardo; pisando o cinzento do asfalto sonoramente, romanamente, imperialmente, com a rija força de duras patas que se diriam feitas a torno elétrico em Pittsburgh; e a empinar contra o frio acre o dorso duríssimo do qual, furando-o alguém, escorreria óleo em vez de sangue; e com uma cadência no passo que é antes um ritmo de máquina; o cavalo de New York – mais de aço do que de carne, mais máquina "made in USA" do que sobrevivência do suave animal dos príncipes árabes ou do doce animal tristonho dos enterros de primeira e de segunda na Europa; o cavalo de New York é o símbolo mais vivo e mais intenso do progresso americano. Progresso todo de HP.

Estranhamente plástico, cada dia perde mais o cavalo em New York o jeito de animal para tomar o de máquina. E é hoje um meio-termo, ao mesmo tempo grandioso e grotesco, entre o animal e o mecânico.

A máquina, há anos que se desenvolve do cavalo. Do exemplo vivo da sua força e do ritmo e da sonoridade de sua ação. Donde se dizer: "motor de tantos cavalos"; "força de tantos cavalos"; "HP – tanto".

E quando o que for de animal no cavalo formidável de New York de todo desaparecer; quando o cavalo inteiramente se mecanizar no cavalo de aço deste enorme circo Barnum & Bailey que é a civilização norte-americana; quando a máquina inteiramente vencer o último cavalo, plagiando-lhe a plástica romana, a forte beleza, a música do trote – a recordação do animal exemplo, espécie de pré-história da Máquina Triunfante, persistirá nas iniciais HP.

(Diário de Pernambuco, 3-5-1926)

Old South

Setenta e tantos jornalistas latino-americanos acabam de chegar, em largos ônibus vermelhos e amarelos, ao velho Estado de Virgínia. O mais antigo Estado da União. O mais aristocrático nos seus começos. Espécie de Pernambuco dos Estados Unidos. Antiga província de fidalgos e fidalgotes ingleses, fugidos à tirania puritana. Antiga colônia de plantadores de tabaco de um viver parecido ao dos nossos senhores de engenho. Plantadores de tabaco de larga parentela, donos de escravos e de gado, viciados no cachimbo e no rapé, amantes do seu gole forte e acre de *rhum*, voluptuosos das brigas de galo e da oratória política. Terra de Thomas Jefferson. Virgínia romântica do Capitão John Smith, espécie de Caramuru da história americana; e de Pocahontas – Princesa Arcoverde da história americana. Dela basta hoje um salpico de sangue para tornar ilustre uma família. Sangue de princesa! Princesa índia, mas princesa.

Os ônibus vermelhos e amarelos saíram de Washington às 11 da manhã. Rolaram por uma suave estrada até Alexandria, primeira cidade de Virgínia, onde nos esperavam centenas de meninos e meninas de escola. Centenas de meninos e meninas de escola cor-de-rosa como reclames de Emulsão de Scott. E bochechudos como anjos flamengos. Todos agitando bandeiras americanas.

Jornalistas da América Central, da Colômbia, do México, acostumados a ver estas mesmas bandeiras de listras vermelhas, em cinzentos navios de guerra, veem-na decerto com espanto nas mãos de crianças de escola, bonitas como anjos; e num anúncio vivo de hospitalidade do *Old South*, de largas mansões brancas. Casas-grandes parentas das brasileiras.

Em Alexandria, a Câmara de Comércio oferece aos jornalistas um almoço no Hotel George Mason. Visitamos a igreja das devoções de George Washington e onde o General Lee foi crismado. Vemos ruas traçadas pelo próprio George Washington, quando meninote de quinze anos e ajudante de engenheiro. E às duas da tarde partimos para Charlottesville, nos mais doces vagões deste mundo, hóspedes da Southern Railway. E com letra de trem em movimento e a lápis é que escrevo esta nota.

(Diário de Pernambuco, 20-5-1926)

Ainda pelo *Old South*

Ainda pelo *Old South*. Agora em Baltimore. Neste constante rodar de trem ou de ônibus, espécie de vida de cigano, as impressões trepam umas por cima das outras; e quando a gente faz um esforço para reuni-las é quase um esforço inútil. O lápis perde o jeito de riscar. O excesso de combustível não o deixa pegar fogo.

As impressões destes últimos dias são as mais diversas. São meias horas de uma cor, três horas de outra, duas de outra. Quase impossível reunir tanta coisa diversa. Quase impossível reunir a impressão do quarto de estudante de Edgar Poe, na Universidade de Virgínia, à da casa de Jefferson em Monticello. Ou a impressão das doces horas passadas em Sweet Briar, no colégio de moças, à dos cantos místicos que um coro de negros nos cantou a bordo do *City of Richmond*; e a tudo isso, a impressão de estética militar que aos nossos olhos ofereceu em Annapolis o comandante da Academia Naval, fazendo desfilar, em traje de gala, o seu regimento.

São impressões que se recusam a enfileirar-se passivamente num só artigo, numa como conta de somar de impressões.

E entretanto, com a única exceção das memórias de Edgar Allan Poe que enchem de sombras místicas o seu quarto de estudante na Universidade de Virgínia, todas as outras impressões poderiam afinal ser somadas numa impressão comum ou de conjunto da vida americana. E esta impressão seria a do quase infantil otimismo, a da alegria simples, a da saúde vitoriosa que fazem a vida americana parecer cada dia mais com o cor-de-rosa de alegria, de saúde, de conforto material. A impressão que nos vem não só dos seus anúncios de sabonete, de pasta para escovar os dentes, de cadeiras de mola, de chocolate, de farinha para bolos e biscoitos, de cursos de eletricidade por correspondência, como do seu próprio cotidiano, surpreendido não só nas suas Washingtons como nas suas Baltimores.

(*Diário de Pernambuco*, 23-5-1926)

O grande hotel

Os hotéis americanos! Quanto mais os observo mais me persuado de que "o grande hotel" é a maior contribuição norte-americana à cultura humana. Ao século XX. Ao bem-estar dos povos.

Uns dizem que é a democracia. Outros que é o barco a vapor ou para-raios. Outros, ainda, que é o telefone ou o *skyscraper*. Mas a verdade é que o "grande hotel" é a concentração de tudo isso e mais: do *water closet* silencioso e do banheiro de porcelana com água fria ou morna ao sabor do hóspede mais fastiento.

Que falta ao "grande hotel" americano em conforto e até em luxo? Nada. É uma cidade em si. Lojas de chapéus, de vestidos, de tabaco, de flores, de camisas; livrarias, papelarias, drogarias, barbearias – tudo se concentra no próprio hotel, ao fácil alcance do hóspede. Insensivelmente se orientaliza o hóspede em suave pachá. A um doce aperto do seu dedo em botão elétrico ou a um leve altear da voz junto à sensível buzina do telefone – tudo, menos o proibido pelas *blue laws*, lhe virá imediatamente ao quarto, à poltrona, à cama. Mesmo o proibido pelas *blue laws* lhe virá ao quarto sob certas especialíssimas condições.

Aposto que à hora em que escrevo, num recanto de décimo quinto andar, deste formidável Hotel Commodore, há quase tanto movimento – comércio, música, conferências, danças, luxo, passeio de raparigas e de rapazes de *smoking* pelo pátio espanhol, avivado do verde tropical das palmeiras – neste só hotel newyorkino do que em toda a Avenida Central; ou – com certeza – em todo o Recife.

O "grande hotel" dos americanos é cada vez mais – pela individualização de arquitetura que nele se acentua, pela concentração de atividades e de vida que nele se aguça – alguma coisa de parecido ao que para a Idade Média foi a catedral.

(*Diário de Pernambuco*, 27-5-1926)

O Primeiro Congresso Pan-americano de Jornalistas

"No dia 7 de abril, um rodar extraordinário de *taxis* amarelos, para os lados da *Pan American Union*, agitou Washington. Desses *taxis* amarelos, ao ágil escancarar das portinholas, saltavam diante da dita *Union*, toda enfeitada de bandeiras, graves senhores de preto. Morenos uns, caboclos vários, alguns mulatos. Muitos de fraque. Alguns de cartola. Um, de largas barbas negras, com um chapéu de abas igualmente largas, atraiu logo o melhor interesse dos fotógrafos. Esses homens, essas cartolas, esses fraques, essa barba com o ar de barba postiça, esse rodar de *taxis* – eram os começos do Primeiro Congresso Pan-americano de Jornalistas.

Washington não recebeu essa multidão de jornalistas com o melhor dos seus sorrisos. O melhor dos seus sorrisos teria sido um claro e bonito sol. Sol parecido aos sóis das terras ilustres dos ilustres hóspedes. Em vez de um tal sol, Washington ostentou no dia 7 um tristonho sol, antes parecido às luas que em agosto derramam-se lubricamente pelas praias tropicais. Profetas imaginosos teriam visto num sol assim, efeminado em lua, sinais interessantes com relação ao Congresso que sob ele se inaugurava.

É certo que muitos jornalistas das repúblicas mais tropicais mostraram-se encantados com os restos de frio com que Washington os recebeu. Eu os achei inconvenientes como restos de sono na cara de um hóspede que acolhe visita. Ou restos de peru frio na mesa de quem convida para jantar. Pois não é abril o mês dos primeiros bonitos sóis da primavera? Por que esse cinzento? Essa falta de sol?

Mas que culpa tinha Washington da frieza do sol? O sol não se pan-americaniza à vontade. É caprichoso. Washington oficial requintou-se em gentilezas. Por avenidas e ruas avivadas de amarelo e de vermelho e do verde e azul das vinte e uma bandeiras latino-americanas, é que rodaram os *taxis* levando à suntuosa *Pan American Union* os jornalistas latino-americanos, além dos anglo-americanos. Dentre esses *taxis* destacava-se negra *limousine* da qual saltavam todas as manhãs jornalistas brasileiros. Era a *limousine* da embaixada do

Brasil. O embaixador brasileiro, não podendo honrar seus compatriotas com uma recepção ou um chá na embaixada, como o embaixador do México ou o do Chile ou o ministro do Equador, honrou-os, entretanto, com aquela gentileza: a da *limousine*.

O que foi o Primeiro Congresso de Jornalistas em Washington? O que era natural que fosse: excelente pela oportunidade de se conhecerem diretamente jornalistas das mais diversas repúblicas do continente. Melancólico pelos discursos. Nunca ouvi tanto lugar-comum. Lugar-comum em inglês. Lugar-comum em espanhol. Quando um orador falava cheio de entusiasmo dos "nossos comuns ideais", nos "nossos interesses comuns", nos "nossos gloriosos princípios comuns", um já meu amigo de outros dias, o sr. Ernesto Montenegro, de *El Mercurio*, do Chile, perguntou-me em voz baixa: E os "nossos comuns lugares-comuns?".

Com efeito, tanto em inglês como em espanhol, foram ditas e repetidas as expressões: "a imprensa, o quarto poder", "a nobre missão da imprensa", "a imprensa é o baluarte da democracia". Meu Deus, como consegui eu, com estes fracos nervos que Tu me deste, pobres nervos que a um gole mais forte de café dançam a dança de São Guido – como consegui eu sobreviver às sessões do Primeiro Congresso Pan-americano de Jornalistas?

O Brasil se fez principalmente notar no Congresso de Washington – já o observou o sr. Oliveira Lima – pelo timbre da voz do sr. Paulo Hasslocker. Porque a voz do sr. Hasslocker adquiriu logo tanta popularidade como o pitoresco das negras barbas de socialista romântico ou tolstoiano do jornalista Manrique, do México.

A voz adocicada do sr. Medeiros e Albuquerque – voz de caixeiro da Rue de la Paix – essa andou sussurrando umas coisas pelos corredores da *Pan American Union*. Mais nada. No Congresso ninguém a ouviu. Ninguém notou o sr. Medeiros. Nem o sr. Rangel Pestana, de São Paulo. Ninguém notou o sr. Antônio Cícero apesar de o jovem jornalista representar a gazeta ilustre do sr. Felix Pacheco. O sr. Carlos Dias Fernandes, com toda a sua forte saúde, que dá aos seus 55 anos o frescor dos 25, não resistiu ao pouco hospitaleiro frio de Washington e caiu doente logo no primeiro dia do Congresso. Pode-se, enfim, dizer que a delegação brasileira não brilhou no Congresso a não ser indiretamente. Refiro-me à homenagem ao nome do sr. Oliveira Lima na própria sessão inaugural: foi o único nome de latino-americano levantado para a presidência do Congresso. Entretanto, antes o silêncio do que a oratória do lugar-comum. Antes as extremamente discretas maneiras do sr. Rangel Pestana do que os gritos dos oradores do "sol da liberdade" e da "glória da democracia".

O que não se justifica é a falta de liberdade que pesava sobre grande parte da delegação brasileira para aplaudir ou desaprovar teses discutidas ou apresentadas. Quando, por exemplo, distinto jornalista chileno referiu-se com desprezo às gazetas passivamente submetidas em informação e opinião, aos caprichos dos governos, grande parte da delegação brasileira se viu obrigada a não aprovar aquelas sensatas e oportunas palavras.

O Congresso de Washington se fez ainda notar pela promiscuidade. Nele se acotovelaram as criaturas mais diversas. Não lhe faltou um grande homem na pessoa do nosso compatriota sr. Oliveira Lima, que, entretanto, conservou em todas as funções certo ar distante ainda que não de todo indiferente. Não lhe faltaram medíocres de toda a espécie. E até alguns cretinos animaram as sessões de notas de um ridículo pitoresco.

Justo é entretanto louvar neste Congresso, que se deve ao espírito organizador do sr. Leo S. Rowe e à atividade espantosa do sr. Franklin Adams, o ensejo que o numeroso grupo de jornalistas dos países americanos ofereceu, de se conhecerem de perto. Porque dentro da lamentável promiscuidade que caracterizou a convenção, relações se estabeleceram ou se esboçaram entre criaturas de certo parentesco intelectual, que necessitavam de conhecer-se melhor para melhor estimar-se.

(Diário de Pernambuco, 28-5-1926)

Casa de senhor de engenho

Há nesta casa de Oliveira Lima em Washington um ar docemente e largamente hospitaleiro de "casa-grande" de engenho do Norte.

O sr. Oliveira Lima e a sra. Dona Flora Cavalcanti de Oliveira Lima guardam de suas origens pernambucanas o gosto, tão dos senhores de engenho de outrora, de receber à grande.

E nisto os favorece a Dejanira, doutora em todas as leis do forno e do fogão. Doutora em todo o sutil direito privado do cozinhar e do assar. Doutora no direito canônico dos doces e dos pastéis. O latinista Carlos Dias Fernandes, que aqui jantou um desses dias, prepara sobre os talentos de Dejanira austera ode latina.

Vive-se o Brasil na casa de Oliveira Lima em Washington. Na sua boa casa amiga. Das paredes sorriem verdes de matas, azuis de céus, claridades de sóis do Brasil: paisagens de Telles Júnior, de Fédora Monteiro, de Navarro da Costa, de Baptista da Costa. Sorriem retratos. Doces fotografias amigas. Retratos de grandes brasileiros, cada vez maiores pelo contraste com os atuais: João Alfredo, Soares Beltrão, o Barão de Penedo, Souza Correia; o Imperador. Retratos de grandes brasileiros mortos. Grandes brasileiros mortos que nesta casa ilustre vivem na saudade do amigo e no culto do historiador.

Jarros do Japão sarapintados de cores vivas. Retratos de louras senhoras. Fotografias de diplomatas, ministros, escritores. Sorrisos de orientais ilustres. Mil e uma coisas de várias origens a recordarem nesta casa os vinte e cinco anos de vida diplomática nobremente vividos pelo sr. Oliveira Lima.

O ar, entretanto, não é ar cosmopolita de tantas casas de embaixada ou legação do Brasil. É o ar de casa brasileira. É o doce ar de "casa-grande" de engenho do Norte, alongando mais longe que as outras casas a sombra de sua hospitalidade.

(Diário de Pernambuco, 30-5-1926)

Acerca da Liga das Nações

Em New York, dei um pulo à Universidade de Colúmbia. Revi velhos amigos. Revi velhos professores. Um deles, o prof. William R. Shepherd.

Quis o prof. Shepherd que eu almoçasse com ele no *Faculty Club*. O qual está numa nova casa, maior e mais bonita que a dos meus dias de estudante. Muito conforto. Cadeiras suavíssimas onde afofar-se a gente depois do almoço. Pretos de dólman branco servindo à mesa. Os professores americanos cada dia mais deixam de parecer-se a franciscanos para assemelhar-se a beneditinos. Beneditinos de *cap and gown*.

O professor Shepherd tem uma nobre cabeça de *gentleman* enbranquecida pelo estudo e um *twinkle* no olhar fino. E seu critério da função de professor é o do especulativo, distanciado um século ou século e meio da dança dos interesses imediatos.

Durante a Guerra não foi a extremos. Conservou a saúde da inteligência. Refugiu ao fácil encanto das ilusões a que no Brasil sucumbiram homens do alto senso crítico de José Veríssimo.

Quando a nossa conversa resvalou para os problemas pós-guerra, Shepherd perguntou-me pelo Brasil na Liga das Nações.

Pergunta difícil de responder. Não é qualquer "vai bem, obrigado" que a responde.

Na verdade, terá valido a pena a entrada do Brasil na dispendiosa sociedade? Vantagens decerto as há para o Brasil como para qualquer país de segunda ou terceira classe em estar na Liga: é um ambiente onde sua voz, ainda fraca, adquire irradiação. Mas estas vantagens compensarão o formidável das despesas?

O professor Shepherd não diz nem que sim, nem que não. Mas observa que a atitude da Liga com relação aos Estados Unidos – a atitude dos poderes que dominam a Liga – é a de devedores.

Em semelhante condição, é intuitivo que, a qualquer questão americana que afete os interesses ou a supremacia continental dos Estados Unidos, a Liga procure fazer-se de estranha.

(*Diário de Pernambuco*, 6-6-1926)

Catedral dos estudos brasileiros

Entre os 40 mil volumes da Biblioteca Oliveira Lima fui ontem passar a tarde.

Esta biblioteca, eu a conheci em 1922, mal saída dos caixotes. Os livros em confusão. Os livros misturados uns aos outros como num carnaval de livros; um a dizer ao outro – você me conhece?

Agora, com os 40 mil volumes já em ordem e em parte catalogados, é que se sente bem a grandeza da livraria. A grandeza e o valor. Aliás, sobre os livros raros da coleção está a imprimir-se na Bélgica interessante catálogo descritivo, trabalho da sub-bibliotecária Miss Ruth Holmes, sob a direção do próprio sr. Oliveira Lima.

A biblioteca ibero-americana que o sr. Oliveira Lima doou à Universidade Católica de Washington é hoje, fora do Brasil, a documentação mais viva e sugestiva da história brasileira. É também a mais completa. Mas poderia ser a mais completa sendo apenas um melancólico "cemitério de livros".

É a mais viva das bibliotecas brasileiras dentro e fora do Brasil. O seu espírito é o da erudição criadora. O espírito dos monastérios da Idade Média. À sombra destes livros, livros novos estão a nascer ou a completar-se. De modo que o ambiente é aqui o da vida criadora: o de vida que se faz vida em novos livros.

E tudo para honra do Brasil. Esta biblioteca é hoje a mais forte irradiação da nossa cultura no estrangeiro. Da nossa cultura e do nosso passado e das nossas atualidades. E com relação à nossa história é uma catedral entre as bibliotecas "brasileiras".

É de fato a uma catedral que me parece justo compará-la. Primeiro, porque para estudar certos assuntos brasileiros é preciso vir estudá-los aqui: é a sede. É a água funda e clara para os grandes mergulhos.

Ao lado da Biblioteca Oliveira Lima as bibliotecas do mesmo gênero ficam do mesmo tamanho de igrejas paroquiais, com o clássico campanário. Ficam do tamanho de igrejinhas. Proporções, complexidade e espírito são, nesta biblioteca, as proporções e a complexidade e o espírito largo das catedrais.

É ainda catedral no sentido de guardar relíquias preciosas do passado brasileiro, como as catedrais relíquias dos santos. A melhor prata e o melhor ouro do passado brasileiro estão aqui. A regalia do passado brasileiro está aqui. Relíquias de heróis brasileiros, de mártires brasileiros, de santos brasileiros como Anchieta, repousam aqui, religiosamente, sob vitrines. Aqui podem os olhos ver de perto autógrafos de D. Pedro II e do Padre Antônio Vieira. E ler, com o doce vagar que exige, o caráter gótico ou o antigo uso do f pelo s e do v pelo u, o raríssimo *Paesi novamente retrouvati* (1507) – a primeira narrativa impressa da descoberta do Brasil: e o igualmente raro *Ho Preste Joam das Índias* (1540) há pouco fotografado pelo dr. Harry Harlan para projeção luminosa na National Geographical Society; e a *Vida do venerável Padre Joseph de Anchieta* composta pelo P. Simão de Vasconcelos e impressa na oficina de Joam da Costa, em preciosa edição primitiva; e o único exemplar que se conhece do *Preciso dos successos que tiverão logar em Pernambuco* etc. – talvez o primeiro panfleto ou arremedo de jornal impresso em Pernambuco; e o famoso e tão romântico *Nuevo descobrimiento del gran rio de las amazonas por el Padre Chritoval de Acuña* (1641) – raríssimo pelo fato de ter sido a edição destruída pelo governo espanhol; e o *Tesoro de la lengua guarani compuesto por el Padre Antonio Ruiz, dedicado a la Soberana Virgem Maria* (1639); e o extremamente raro – na primeira edição – *Marilia de Dirceo*; e a curiosa *Petição do Padre Bartholomeu Lourenço, sobre o instrumento que inventou para andar pelo ar*; e a *Peregrinaçam* de Fernam Mendez Pinto (1644); e a *Histoire de la mission des peres capucins en l'Isle de Maragnan* etc., *par le R. P. Claude d'Abbeville* – curioso livro do século XVII onde fui surpreender todo um elogio, saído de pena de frade e francês – não se pode imaginar maior autoridade para o assunto – das frutas do Nordeste do Brasil, sobretudo do caju; o romântico *Naufragio que passou Jorge Dalbuquerque Coelho, anno MCCCCCI* – livro do qual só existem dois exemplares, os demais tendo naufragado em águas mais fundas do que aquelas em que naufragou o fidalgo pernambucano; e o *Tratado unico da constituiçam Pestilencial de Pernambuco* (1694) de Ferreyra da Rosa.

  Isto sem falar dos muitos álbuns raros de estampas e aquarelas – como o *Souvenir de Rio de Janeiro* (cerca de 1830) – a folhear devagarinho, docemente, com mão de pluma ou de seda, com leve mão de convalescente; das muitas gravuras de aço e estampas a cor e aquarelas e pinturas entre as quais raríssima, de Frans Post, fixando paisagem pernambucana; e dos muitos retratos dos grandes homens do Brasil; e de mil e uma outras coisas que fazem desta Biblioteca verdadeira catedral de estudos brasileiros; e dão ao estudioso a mística impressão de estar em contato com a própria alma do Brasil.

  Ontem, quando eu lia o Pastor Léry, todo preso pelo romance da narrativa como um menino a ouvir histórias de piratas – e história de piratas não deixa de ser a dos franceses no Maranhão – senti em torno de mim grandes sombras cinzentas, vultos negros, manchas brancas em movimento. Interrompi a leitura; tomei um ar dramático de personagem de conto de Hoffmann; e ia apostar que aquelas manchas eram boas figuras de padres e frades saídos da nossa história – Anchieta, Almeida, Jaboatão, Vieira, Nóbrega, Cardim, Lopes Gama – quando me ocorreu que eram frades de verdade – beneditinos, franciscanos, dominicanos – vindo para a aula de Oliveira Lima, de Direito Internacional: "Propriedade em Tempo de Guerra".

(Diário de Pernambuco, 9-6-1926)

Além do perigo amarelo e do problema negro

Ante o problema negro, que projeta sombras de mal-assombrado sobre o futuro dos Estados Unidos, e o perigo amarelo a tingir da cor do ódio o azul das águas do oceano poeticamente chamado Pacífico nos mapas e nas geografias – é preciso não esquecer, entre outros problemas e perigos norte-americanos, o da alimentação.

Os Estados Unidos quiseram secar de repente todo o álcool que escorria no país. Veio a lei radical da proibição – tão bonita aos olhos do messianismo higiênico que à distância não lhe vê os horríveis dentes podres. E o que está sucedendo? É a lei mais desrespeitada do mundo – o que aliás está perfeitamente de acordo com o gosto americano pelos superlativos.

Foi a tal lei como um pedaço de papel comum estendido sobre grosso borrão para o secar. Não o secou. Espalhou-o. Alongou-o na mais feia das manchas.

Ora, semelhante radicalismo conviria antes que o tivessem aplicado a problema mais sério e mais geral. Porque ninguém nega que o álcool seja veneno, quando tomado em excesso. O que se nega é a sabedoria da lei que faz de qualquer uso do álcool, mesmo o elegantemente moderado, ou o que só se exagera em deliciosas ocasiões festivas, crime dos mais horríveis.

Tanto radicalismo – por que não aplicá-lo à defesa, não diria da estética do paladar, mas do estômago, do pobre estômago norte-americano?

O *canned food* mais do que o alcoolismo de antes da proibição – porque o de agora é perigosíssimo – está a minar a saúde nacional nos Estados Unidos. Os casos agudos de envenenamento não são raros neste país onde a cozinha cada vez mais se reduz a um armário onde luzem sinistramente latas, boiões, frascos de alimento em conserva.

E estes são os casos intensos. Os casos escritos em tinta encarnada. Com menos intensidade é a nação inteira que se envenena dia a dia com a comida de lata.

Ninguém ignora que o cancro avança nos Estados Unidos em marcha triunfal. E atrás dele, e do seu penacho macabrescamente vermelho, mil e uma doenças de estômago e do intestino atacam a saúde norte-americana.

A saúde do povo alegre e forte que se tornou entre outros povos o missionário da Saúde.

Dá-me isto a lembrar aquele conto de Poe, do qual já não me lembra o nome: o da peste vermelha que vem surpreender a corte em noite azulíssima de baile.

(Diário de Pernambuco, 10-6-1926)

Noites cheias de discursos

Um convite da *Academy of Political Science*, da Universidade de Colúmbia, traz-me a Briarcliff Lodge — espécie de hotel de verão da velhice elegante, meio sumido entre o arvoredo e quase à beira do Hudson. O telhado muito vermelho. Capotas de cores vivas protegendo as janelas do sol. Cachorros de louça azul fingindo proteger as portas, dos ladrões e dos malfeitores. E as salas e terraços cheios de senhoras gordas que, ao doce sol da manhã, leem o *New York Times*; e de velhinhas de cabelo tão branco a ponto de parecer postiço que se desmancham em ternuras com minúsculos cachorros chineses, felpudos e lânguidos; e de velhotes de *knickerbokers* que passam as tardes a jogar *golf* e as manhãs a fumar charutos.

Neste hotel, perto de New York, reuniram a *Carnegie Endowment* — que é uma instituição devotada aos problemas internacionais — e a mais que ilustre *Academy of Political Science*, da Universidade de Colúmbia, um grupo de diplomatas e jornalistas estrangeiros e de internacionalistas e jornalistas norte-americanos para juntos discutirem certas atualidades de interesse econômico ou social.

E aqui estamos a fixar a atenção em problemas que se erguem diante de nós como fantasmas. E às vezes longos discursos áridos nos amolecem aos mais fracos, num doce sono infantil ou senil que o fofo das cadeiras favorece. Um ou outro discurso interessante, com ideias frescas e novas. Um ou outro indivíduo efetivamente rico em informação ou em ideias — como o professor Summers, que ontem discutiu o problema das matérias-primas e do seu controle político, acusando a *big business* dos Estados Unidos de não cingir-se a escrúpulo nenhum, mesmo rudimentar, no afã de expandir seus interesses; ou como o sr. Wilson Harris, do *Daily News* de Londres, um inglês caracteristicamente inglês, espécie de poste telegráfico com uma cabeça rósea de menino novo espetada na ponta; ou como o médico Boudreau, ligado ao Departamento de Saúde da Liga das Nações e que nos deu uma ideia exata da moderna tendência das epidemias para se tornarem pandemias e da consequente necessidade de internacionalizar-se a defesa sanitária.

A certo Mr. Holman, diretor ou ex-diretor de um ilustre jornal que se chama *The Argonaut*, fui obrigado a perguntar com certa impertinência, é verdade, mas sem nenhuma zanga, antes com o melhor humor deste mundo, pela fonte de informações de um seu discurso sobre a América Latina, no qual afirmava que o Sul do Brasil desejava separar-se do Norte. Do Norte negroide e estéril, que só fazia consumir riqueza sulista. A revolta de São Paulo fora, segundo ele, o primeiro passo. O ilustre diretor de *The Argonaut* embaraçou-se tanto diante da pergunta, que houve riso. E houve riso quando pedi ao eloquente jornalista que estendesse sua proporção de famílias brancas no Brasil, das escassas três ou quartas partes a que se referira, para um número tão elástico quanto o das famílias norte-americanas que se dizem vindas no *Mayflower*. Ao menos isto.

(Diário de Pernambuco, 13-6-1926)

Dias românticos na Inglaterra

A greve que ia avermelhando a Inglaterra, venceu-a o bom senso inglês de uma forma que chega a parecer coisa de romance.

Diante desta vitória adquire o máximo de pungência o sentido íntimo do paradoxo de Chesterton: o bom senso é romântico. Porque, de fato, a Inglaterra acaba de viver dias românticos, simplesmente pelo processo de avivar contra o vermelho de febre de uma quase revolução, o vermelho de saúde do bom senso.

Semelhante bom senso, dá vontade de escrevê-lo com letra maiúscula: Bom senso. Eu o acho mais merecedor da honra do que a *Liberté* dos franceses ou a *Democracy* dos norte-americanos ou a nossa "Ordem e Progresso". O inglês, entretanto, seria o primeiro a rejeitar a honra das maiúsculas para o seu despretensioso bom senso. Tão despretensioso que em inglês se chama simplesmente *common sense*.

O bom senso inglês há quem o suponha prosaico, quando é capaz de ser intensamente poético em dias de crise como os da greve geral dos começos de maio. Mesmo em dias comuns, há sugestões de romance no bom senso dos ingleses olhado de perto.

E de que onde ele governa, pode reinar a imaginação – reinar mas não governar, isto é administrar – prova-o a mesma Inglaterra. O inglês, sendo o povo objetivo, terso, preciso, realista e prático de que tanto se fala, é ao mesmo tempo místico e poético. Nenhum povo mais rico em poetas; nenhum povo terá mais profunda a imaginação poética; nem de mais voluptuoso misticismo.

Aliás Chesterton, creio que em *Orthodoxy*, salienta este ponto: que os matemáticos e os cultores das chamadas ciências exatas são mais chegados à loucura do que os poetas. Mais chegados à loucura do que os místicos. O bom senso não estaria com os matemáticos e com os lógicos.

A verdade é que sendo a Inglaterra uma monarquia muito cheia de poetas e de místicos como Lord Balfour e o Brasil uma república fundada por matemáticos, de tal modo apaixonados do positivo e do geométrico que nos traçaram para símbolo uma horrível bandeira positiva e geométrica, o bom senso é qualidade mais inglesa do que brasileira.

A Inglaterra, é certo, perdeu um tanto o bom senso deixando-se arrastar a excessos durante a Guerra por um cego – em sentido real e em sentido figurado – como o sr. Edward Grey. Mas a Grande Guerra foi um pé de vento tão forte que arrancou o bom senso, como se arrancasse chapéus, a homens como José Veríssimo e o príncipe Dom Luís. A este arrancou também uma possível coroa fazendo-a cair e quebrar-se de tal modo que recompô-la parece quase impossível.

Pelo bom senso conservado durante a guerra é que se tornou, muito à maneira inglesa, uma quase figura de romance, o nosso compatriota sr. Oliveira Lima, vítima de um dos excessos de Edward Grey. E pelo bom senso, igualmente tão inglês, guardado durante a Guerra e ante a República Portuguesa – outra obra de matemáticos, interessados em reduzir as coisas ao triângulo maçônico como os do Brasil em reduzi-las ao losango positivista – adquiriu sabor vivamente romântico o agudo sentido de realidade de Santo Thyrso.

Diante da vitória do bom senso, a semana passada, na Inglaterra, a impressão é de que os males da Guerra e do governo insensato do sr. Lloyd George deixaram ao grande país uns restos de sua antiga força e de sua velha disciplina. Não as sugaram de todo. E o resultado foi esse contravapor de bom senso.

De semelhante força, que outro país seria capaz?

(*Diário de Pernambuco*, 17-6-1926)

Amy Lowell

New York, maio 1926

Se Amy Lowell fosse viva eu já teria recebido uma carta sua: "Venha ver-me em Brookline".

Em Brooklin ela morava numa velha casa dos avós Lowell, grande como um palácio de grão-duque da antiga Rússia. E no meio de árvores azuis. E de jardins que no começo do verão eram verdadeiras massas de roxo e amarelo. E dessa velha casa de gente rica, ela fizera uma bonita casa de artista. Salpicara-lhe o cinzento puritano das paredes do vivo colorido pagão de redondos pratos chineses, de esguios jarros japoneses, de gordos potes astecas. E de manchas e paisagens de impressionistas franceses. Sugestões das duas artes de sua aguda predileção: a oriental, de um forte luxo de cores vivas, e a francesa, dos impressionistas, com o seu esplendor de vermelhos por vezes vizinhos de azuis-cinza. A suposta cor da verdade. Aliás, o imagismo da escola poética que Miss Amy Lowell concorreu para criar em língua inglesa era bem a conciliação dessas contradições.

Ela deu ao idioma inglês uma deliciosa sensualidade de cor. Avivou-o. Acabou exprimindo-se num vocabulário especial – sem prejuízo da clareza. Especial por ser mais vivo que o comum. Dir-se-ia um "vermelho", o dos seus poemas, mais vermelho que o dos dicionários; e junto do qual qualquer vermelho dos versos de Matthew Arnold ficasse pálido como cor-de-rosa. E o mesmo se poderia dizer do seu "amarelo" e do seu "verde", embora não tanto do seu "azul".

Como ela conseguia essa especialização? Difícil pergunta a responder. Também certas palavras em James ou em Joyce ou em Proust ou em Chesterton ou em Verlaine ou em Baudelaire parecem palavras novas, frescas, especiais, quando são as mesmíssimas palavras do falar comum ou do dicionário. A arte de as animar de um sentido especial, própria só de um escritor. Própria do escritor que as recria à sua imagem; que as rouba do incaracterístico asilo de órfãos do dicionário para as adotar como filhos. Seu relevo depende da sua colocação e do ritmo da sentença em que elas aparecem. E de mil e uma outras coisas impossíveis de explicar. Ou de simplesmente fixar.

Amy Lowell tinha essa difícil técnica ou divina intuição da palavra, que consiste em recriar o poeta ou escritor – o *dichter*, em suma – certas palavras para uso próprio ou expressão toda pessoal das suas mais pessoais emoções ou sensações. No seu caso eram as sensações de cor. Foi essa qualidade de seus versos, ao lado de sua intelectualidade, que me atraiu a eles. E o professor Armstrong escrevia há pouco que Amy Lowell uma vez lhe dissera não haver ninguém penetrado melhor do que eu – ainda um adolescente – nas qualidades de seus poemas. Exagero de americana, decerto.

Mas feito o desconto, guardo o elogio. Não é de todo imerecido. Certas afinidades no uso quase sensual das palavras, predispunham-me à compreensão da poetisa de *A dome of many coloured glass*.

(Diário de Pernambuco, 20-6-1926)

A propósito do fracasso da proibição

Nos Estados Unidos, a grande atualidade; a atualidade escrita a tinta vermelha, quando não a sangue – pois está tristemente ligada a muita morte – é a da lei proibindo o uso das bebidas alcoólicas. Ou antes: o seu fracasso.

Tudo indica que a lei puritana – de um puritanismo que cheira mais ao messianismo higiênico do que ao bíblico – está em vésperas de receber do *referendum* nacional o mais vigoroso dos pontapés. Mas isto depois de ter causado um horror de despesas; depois de ter causado mortes tristonhas; depois de ter arrastado os Estados Unidos a mil e uma atitudes de caricatura; e de ter cavado no senso legal que ao norte-americano transmitiu o inglês, funda e talvez permanente ferida.

Porque a verdade é que se tornou *chic* desrespeitar a tal lei. Lei votada por uma maioria de mulheres histéricas. Lei que representa a primeira clara evidência da falta de realismo político entre as mulheres.

A indireta influência do sentimento feminino atenuada pelo senso de realidade do homem – eis o desejável na vida pública de um povo como na educação de uma criança. É a ética nietzscheana. Pratica-a inconscientemente muito pai a fingir-se mais seco e mais acre do que realmente é para neutralizar excessos de sentimental carinho com o filho da parte da mulher.

A mulher a dominar de todo na política significaria um governo de nervos. Uma tirania de nervos.

A influência do sentimento feminino, toda a vida nacional a necessita. É um ponto em que tinha razão o filósofo da Rue Monsieur le Prince.

Mas é preciso que seja uma influência clarificada ou purgada pelo senso de realismo do homem. Ele a receberá direta da esposa ou noiva ou irmã ou mãe para a transmitir à vida nacional com o preciso desconto.

Foi esse preciso desconto que faltou à lei da proibição. A qual passou à efetividade no seu estado bruto de sentimentalismo. Passou à Constituição, escrita inteiramente em letra sentimental de mulher.

O resultado é o seu formidável fracasso. Os Estados Unidos oferecem hoje o espetáculo de um país em que a gente bebe não para beber mas para ter bebido. Ao gosto acre de *gin* mistura-se o de desrespeito à lei. É a reação contra a tirania puritana. Mais puritana que feminina.

Que a lei, ainda verde, está tão roída de bicho, que é uma lei sem força salta aos olhos de todo mundo. Seus dias estão contados.

O realismo político decerto achará meios de corrigir, a traços de letra de homem, esta absurda lei escrita toda, ou quase toda, por mulher demasiadamente sentimental no seu modo de ser política.

(Diário de Pernambuco, 24-6-1926)

Sugestões de um museu

Um dos lugares interessantes a visitar em New York é o museu da *Hispanic Society of America*.

Pelas suas salas, El Grecos alongam agudas sombras místicas de um azul puxando a roxo. Zuloagas derramam gordas sensualidades de amarelo e de vermelho. E de Sorollos esplendem claridades de sol peninsular.

E entre esse luxo de cor, todo um outro luxo: um fino luxo de forma. Mil e uma coisas em ouro, em prata, em latão, em marfim, em madrepérola, em couro, em seda, em pelúcia, em pau de lei. Mil e uma coisas que representam cinco, dez, quinze artes distintas a convergirem na glória católico-romana da arte hispânica: da arte visigótica, a moura, a ogival, a mudéjar, a bizantina, a da Renascença, a indo-portuguesa, a asteca, a maia, a inca.

É todo um mundo, na verdade, o destas salas. Todo um mundo de coisas diversas a sugerirem aspectos os mais íntimos da vida contemplativa e da vida ativa do hispano.

Nossos Senhores de cabelo louro. Nossas Senhoras gordas e morenas, santos, leques de seda, caixas de rapé de prata, esmaltes, cruzes de esmeraldas, anéis, brincos, broches, espelhos, contadores, pratas, colchas de veludo, quadros de azulejos, castiçais, bainhas, arcabuzes embutidos de madrepérola, tapeçarias, oratórios, cálices góticos, livros de horas – tudo aqui se acha para que os olhos do curioso tenham a sua festa de pitoresco; para que os olhos do hispano tenham as suas horas de orgulho de raça.

E mal se delicia o olhar na sugestão de graça feminina e de doce vida doméstica que nos vem de um bordado do século XVI, representando Nosso Senhor tecido por mãos de Maria desdobrada em Marta – e já as atrai a sugestão de forte elegância de algum punho de espada cavalheiresca. Punho de espada que se diria capaz de fazer, como por milagre, a mão longa e mística de Dom Quixote perder a mole melancolia de mão de convalescente em que por fim se imobilizou; e distender-se toda em agudos relevos ósseos para de novo erguer da tristeza de espada de museu uma velha espada nobre. E desta vez empunhá-la, não contra os moinhos de vento, mas contra os moinhos da moderna industrialização norte-americana. Os quais ameaçam moer, com o trigo e o café e a madeira, a flor da espiritualidade humana; a flor da cultura espiritual; a arte de fazer as coisas bem e com individualidade.

(Diário de Pernambuco, 27-6-1926)

Igrejinha de opereta

Uma tarde, durante o Congresso de Jornalistas, surpreendi o Comendador Medeiros e Albuquerque todo assanhado, a farejar mexicanos para entrevistas. Entrevistas sobre a questão religiosa no México.

Não sei como o Comendador pratica o ofício da reportagem, afligido, como é, de surdez. O Comendador é surdo do lado direito. E naturalmente só apreende o lado esquerdo das coisas.

A Questão Religiosa no México tem entretanto o seu lado direito, que não me parece ser o dos anticlericais e anticatólicos.

O movimento anticatólico no México invoca contra a Igreja o velho argumento de ser uma soberania estrangeira a alongar sua grande sombra negra por montes e vales que devem ser exclusiva propriedade de caboclos da terra. É o velho anticlericalismo.

Todo um grupo de patriotas com ares de sociólogos está imbuído dele; e a fazer guerra ao padre como a um perigo nacional. E a solução que se propõe é a de deter o México a velha fé, tão cara aos rudes caboclos devotos de Nossa Senhora e às gordas matronas das antigas famílias, sob uma Igreja Nacional Mexicana.

Naturalmente a solução repugna ao verdadeiro espírito católico. O qual não pode perder o seu senso de universalidade sem perder seu senso de direção.

Os anticlericais mexicanos esquecem que padres da Igreja Católica, obedientes a Roma, foram no continente americano os maiores escultores de pátrias. Sem eles é provável que a América fosse, ainda hoje, um continente de "colônias" ou terras de exploração comercial, como por muito tempo foi a África. E não um conjunto de "pátrias".

No México, à semelhança do Brasil, os começos de plástica nacional foram duro e difícil, e doloroso esforço de padres da Companhia e de franciscanos, nos seus primeiros focos de educação como Guatitlan e Tepuzotlan. E no Peru, frades franciscanos chegaram a fazer as vezes dos nossos bandeirantes, estendendo-se de Ocopa por todo um acre território em que se deveria alongar uma nova pátria. De modo que padres e frades cedo se identificaram com os destinos das colônias hispânicas, animando-as do espírito de "pátrias".

Julgar agora a esses padres perigo de desnacionalização; querê-los estreitamente nacionais, desligados do Papa – símbolo vivo da universalidade da Igreja – e sem conventos ou ordens; querer uma ridícula igrejinha de opereta, do tamanho de qualquer seita protestante, em lugar da Igreja grande, da Igreja de verdade, daquela a cuja sombra nasceram as pátrias americanas e que é hoje – essa Igreja assim grande – tão jovem e tão atual como há mil anos, querer tudo isso, ou por nativismo ou por abstração sociológica ou por teoria econômica – é simplesmente refinada tolice.

Que não arrepie ao Brasil onda de imbecilidade semelhante a esse movimento para criar uma igreja nacional no México. Para criar uma igrejinha de opereta. Uma igrejinha offenbachiana.

(Diário de Pernambuco, 1-7-1926)

História social em profundidade

Acaba de aparecer o livro do professor Francis Butler Simkins: *The Tillman movement in South Carolina*.

É um estudo forte. História em profundidade. Social.

O autor não se deixa ficar na água rasa do assunto: penetra-o em mergulhos intensos e de longo fôlego, buscando raízes de problemas políticos e, sobretudo, de economia que se seguiram à Guerra Civil, no pobre Sul agrícola de *gentlemen farmers* vencido pelo industrialismo *yankee*. Yankee, isto é, do Norte. Arrogante industrialismo que na história oficial dos Estados Unidos aparece disfarçado em de todo "humanitário", "redentor", "progressista". Aparece de barbas postiças. Aparece sob as barbas evangélicas de Abraham Lincoln.

Foi uma fase interessantíssima a fase *post bellum* do velho Sul. O Norte quis impor-lhe governos de pretos: juízes, subdelegados, legisladores. À humilhação, resistiu o Sul organizando-se nessa espécie de maçonaria guerreira, a um tempo militante e mística, que foi, nos seus começos, a K.K.K. E aguçou-se o ódio ao preto.

Entretanto, a velha classe de plantadores não seria depois da Guerra a mesma poderosa oligarquia. Com as inquietudes *post bellum* emergiu um novo elemento, ansioso de *leadership*: o do pequeno lavrador branco. Foi um elemento vigoroso, que, entrou nas casas de congresso, nas de executivo, nos lugares todos de responsabilidade, rompendo a golpes de cotovelo os restos de *leadership* dos velhos fidalgos rurais, enfraquecidos pela guerra; e expelindo a pontapés os começos de *leadership* negra.

No Estado de South Carolina – Simkins descende de uma de suas velhas famílias: os Butler – o novo elemento encontrou sua melhor e mais audaciosa e vivaz expressão na figura de Tillman. E é da curiosa figura desse Tillman – novo tipo de líder – que o professor Francis Butler Simkins nos dá um retrato a que não falta relevo de traços sem prejuízo da realidade. Ao mesmo tempo nos põe o historiador em vivo contato com o movimento de reconstrução econômica animado por Tillman num tristonho ambiente de naufrágio ou terremoto. A velha aristocracia destroçada. Ausência de líderes novos.

Tillman não era nenhum grande homem. Apenas possuía audácia. Tinha personalidade. E via as coisas com um olho frio de realidade.

Logo no começo de sua carreira, assistiu à execução de um deputado negro, acusado de "oratória incendiária" contra a volta do governo às mãos de brancos – não já às mãos dos velhos fidalgos rurais, habituados a "dar cartas" languemente tanto nos jogos de sala como no grande jogo político, mas às largas mãos dos lavradores ativamente presos às suas propriedades. O negro foi tranquilamente morto a tiro. E Tillman assistiu ao ato com a fleugma de quem assistisse a um exercício de tiro ao alvo. Estava convencido da necessidade de expelir o negro do governo: era o seu sentido realista do problema. E a essa visão não lhe fazia sombra nenhum sentimentalismo.

Uma coisa viu Tillman quase com olhos de fanático: a necessidade de educação agrícola ou técnica do lavrador médio ou pequeno. Era preciso educar tecnicamente esse lavrador, para aumentar-lhe a capacidade de produção; era preciso educar o filho do lavrador para ser lavrador, e não para aliteratar-se em advogado ou orador bombástico das sessões do Congresso. Tillman queria opor o domínio do agricultor, mestre do seu ofício, orgulhoso dele e ligado à sua terra, ao governo estéril de "demagogos e advogados". E o elemento que ele com todo esse rigor queria organizar no elemento principal na vida do Estado era então um grupo de homens tão desorganizados como, entre nós, atualmente, os restos de senhores de engenho conhecidos como fornecedores de cana. O que nos leva a crer que também estes poderiam constituir-se em séria força de ação, se os animasse uma forte vontade de *leader* como a de Tillman, organizando-os contra o mandonismo de usineiros ausentes de terras e desdenhosos de gentes rurais e contra a exploração dos demagogos e a sociologia de varanda de primeiro andar dos oradores de todo retóricos.

Não se pense que o livro do professor Simkins defende alguma tese; ou adquire algum ar de livro de apologia, a enfeitar o assunto com flores de papel como as solteironas aos seus Santoantônios nos dias de festa. É uma sondagem desinteressada da situação de Carolina *post bellum*; e um estudo penetrante, e sem falsas cores, da figura pitoresca de Tillman. Figura de líder.

O autor que foi, tanto quanto Rüdiger Bilden, meu colega na Universidade de Colúmbia, dedica a mim o seu livro; em dedicatória impressa: "*To Gilberto Freyre, a foreign friend who taught me to appreciate the past of my native State*". Singular honestidade intelectual, a dessa dedicatória. A dessa confissão. Outros me têm até reproduzido, além de ideias, modos de dizer, como mata-borrões a coisas escritas em papel, sem ser, entretanto, capazes de uma confissão dessas.

(Diário de Pernambuco, 4-7-1926)

Traduções do espanhol para o inglês

Um dia desses, num chá em New York, conheci Muna Lee.

Muna Lee! Parece nome de japonesa. Parece nome de conto de Lafcadio. Mas não é nome de japonesa nem de conto de Lafcadio: é o nome de uma senhora americana casada com um fino escritor de Porto Rico; e que dedica os seus vagares de mulher inteligente à tradução de poetas hispano-americanos.

Duvido que se possa fazer do trabalho de tradução um mais fino trabalho. A sra. Muna Lee de Muñoz Marin é simplesmente admirável. Ela consegue reter do original os encantos mais íntimos; desde o sutil e gentil sentido irônico de certas palavras ao mais fugitivo – porém tão essencial! – capricho de estética tipográfica; ou de ritmo; ou de cadência; ou de pontuação.

No seu "*Horses of the conquistadores*" – tradução do forte poema de Santos Chocano – o rítmico é em inglês o mesmo que em espanhol; e a estética tipográfica é tão surpreendentemente a mesma que se diria haver uma correspondência aritmética entre as letras. E o mesmo é certo do "*Nocturne*" de José Ascension Silva.

Quem traduz assim, com essa fidelidade toda – deixemos guinchar o paradoxo – "cria". Porque semelhante fidelidade, não só técnica como a caprichos de expressão de um íntimo e especial sentido, exige do tradutor mais do que qualidades e condições especialíssimas de erudição: exige dele um temperamento capaz de agir e intensamente exaltar-se ao estado emocional do poeta original no momento voluptuoso da criação. Não à mesma intensidade, claro: mas à mesma qualidade de emoção.

O grupo de poemas hispano-americanos que a sra. Muna Lee traduziu para o número especial da revista *Poetry* dedicado à América espanhola são assim: traduzidos com uma exaltação lírica de tradutor capaz de ser poeta por conta própria; mas identificando-se com a emoção alheia e com os modos de expressão alheios de uma forma que surpreende pela fidelidade.

(*Diário de Pernambuco*, 8-7-1926)

O sr. Oliveira Lima em Washington

Volto a falar de um brasileiro voluntariamente exilado nos Estados Unidos. E que tendo deixado de ser diplomata é apenas um brasileiro ilustre.

Razão tem o sr. Oliveira Lima para considerar-se principalmente um *book lover*. Mas a verdade é que a sua vida não tem sido a do seco erudito, sempre sozinho com seus livros. Tem sido também a do homem de gosto, sensível às sugestões de beleza; e a do homem de sociedade fina.

Entre aqueles seus 40 mil livros e manuscritos raros dos quais já falei noutro artigo, é fácil perder de vista a sua coleção de quadros e gravuras e objetos de arte; e a coleção de retratos e fotografias. São, entretanto, duas coleções interessantíssimas.

Dar a qualquer delas o nome de coleção é talvez exagero ou injustiça. Nenhuma delas é estritamente coleção no sentido das de selos dos meninos de colégio; ou das de *bric-à-brac* dos novos-ricos. São gravuras e quadros e objetos de arte, todos estes, agrupados naturalmente. Agrupados sem ideia lógica ou cronológica de coleção.

Grande parte está na própria casa do historiador; e eu não conheço casa menos parecida a museu, sendo entretanto tão cheia de coisas de beleza ou de interesse histórico. É que D. Flora Cavalcanti de Oliveira Lima, filha de senhor de engenho pernambucano educada à inglesa, sabe dar à disposição destas pinturas e retratos e objetos de arte a nobre *privacy* das residências inglesas.

As muitas fotografias e gravuras e pinturas servem de pretexto ao historiador para falar de coisas do Brasil em conversa com os amigos.

As fotografias e os retratos de pessoas mais públicas, e mais ligadas à história ou à vida hispânica, reuniu-as o sr. Oliveira Lima nas salas de sua biblioteca, na Universidade Católica de Washington. Lá está o dr. Ernesto Quesada, de bigodes prussianamente torcidos, todo força e saúde, espécie de coronel ou general da Imperial Alemanha vestido à paisana; lá está Moniz Barreto, fino e franzino, os olhos tristonhos de hindu, escancarados pela tuberculose – desenho de Belmiro de Almeida, exemplar n. 5 dos dez retratos do filósofo português que para os seus íntimos traçou o pintor brasileiro; lá está D. Pedro I quando príncipe real – retrato desenhado em 1817 por Pradier da Missão

Artística Francesa; lá está Machado de Assis, com o seu ar tímido de velho funcionário público a disfarçar o grande talento de psicólogo – desenho de Bernardelli; lá estão fotografias, com autógrafos, de Ferreira Deusdado, o filósofo português; de Salvador de Mendonça, Souza Correia, Rodolfo Rivarola, Edgar Prestage, Rui Barbosa, Ramon Carcano, Garcia Merou, presidente Castro, o célebre ditador da Venezuela; Rodrigues Alves com o seu ar de tio rico de fita de cinema, Max Nordau com as alvas barbas israelitas partidas ao meio, Joaquim Nabuco, Condt Okuma, Ferdinand de Lesseps, Barão Komura, Carlos Gomes, D. Pedro II no Egito entre Bom Retiro e Brunghas Pasha, Eduardo Prado, George Earl Church, Aluísio de Azevedo, Souza Bandeira, Coelho Neto, John Casper Branner, F. Denis, Delmiro Gouveia, Rodrigo Octavio, Alfredo de Carvalho, Goran Bjorkman, Victor Orban, Afonso Arinos; retrato a óleo de Dom Pedro II; retrato a óleo de Dom João VI, pelo italiano Domenico Pellegrini – quadro pintado em 1807; bico de pena em papel-japão do Visconde de Taunay, trabalho de Robert Kacion; retrato a óleo de Maciel Monteiro pelo pintor Tirone.

 Numerosas são as litogravuras e gravuras antigas, entre as quais se veem um retrato da imperatriz D. Amélia, retratos de Maurício de Nassau, retratos de Antônio Carlos, Visconde de Abrantes, Diogo Antonio Feijó, Visconde de Olinda, Bernardo de Vasconcelos, H. H. Carneiro Leão, William Beckford, Wilberforce, Gomes Freyre, Barão de Cabo Frio, Conde da Barca, Padre Corrêa da Serra. Um retrato a óleo do sr. Oliveira Lima pelo sr. Carlos Chambelland não faz honra ao talento de retratista do jovem pintor brasileiro. É lamentável.

 Entre essas e outras fotografias e retratos, se acham distribuídas pelas salas da biblioteca várias paisagens brasileiras. Paisagens a óleo, como uma de Frans Post, o famoso pintor do séquito de Nassau, fixando aspecto pernambucano do século XVII; gravuras inglesas e holandesas, destacando-se, entre as últimas, a que fixa o desembarque, no Maranhão no século XVII, dos capuchinhos franceses; velhas aquarelas ainda de um doce frescor de tintas como as de Dom Francisco Requena, pintadas em 1782, e algumas nas molduras originais e enriquecidas de notas a pena do próprio punho de Dom Francisco; litogravuras, como as de Hagedorn, fixando aspectos do Recife de 1860; ditas a cor, representando o Pernambuco ainda colonial de 1850. Todo um mundo, enfim, de sugestões da vida e da história do Brasil e de Portugal. Das paisagens a óleo convém ainda referir: a de Ouro Preto vista da Igreja de São Francisco por Aurélio de Figueiredo; a do Forte do Picão por Telles Júnior; a das ruínas do Convento do Carmo incendiado em 1630 pelos holandeses – também por Telles Júnior; a de velho forte holandês em Olinda por Antônio Parreiras.

Figuram ainda nas salas da Biblioteca, animando-as de notas brasileiras, bustos de bronze dos dois Rio Branco, do Visconde de Uruguai, do Marquês de Abrantes – trabalhos de Charpentier. E bustos de Dom João VI e Dom Pedro I – o primeiro trabalho do escultor brasileiro Rodolfo Bernardelli. Velha bandeira imperial, a bandeira da República, a da Revolução Pernambucana de 17 derramam pelas sombras dos livros o brilho dos seus azuis e amarelos e verdes e vermelhos. Um retalho de teto do antigo palácio dos vice-reis no Rio de Janeiro, com interessante alto-relevo, prende aqui o olhar; o raro mapa espanhol da América do Sul de Juan de la Cruz Cano y Olmedilla ou curioso autógrafo de Nassau ou velha e heroica lança de soldado paraguaio que esteve em ação na batalha de Tuiuti, prende-o mais adiante.

Na sua casa em Colúmbia Heights, vive o sr. Oliveira Lima entre sugestões interessantíssimas do Brasil: paisagens, gravuras, retratos. As fotografias aqui são mais íntimas – principalmente as que cercam o historiador na doce paz estudiosa da sua sala de trabalho. Vários retratos de família, nesta sala, entre os quais o de Manuel Cavalcanti de Albuquerque, pai de D. Flora de Oliveira Lima. Nobre figura de senhor de engenho, a desse Cavalcanti pernambucano. O rosto fino. A boca quase sem lábio. Um ar severo de certos retratos de Alexandre Herculano.

Aqui se acham também os retratos dos pais do sr. Oliveira Lima, feitos pelo pintor Columbano em Lisboa. E uma excelente fotografia de Souza Correia. Outra de Salvador de Mendonça. Sobre a mesa do escritor, um postal com a fotografia de saudoso e sozinho coqueiro pernambucano. Perto, uma faca de ponta de Pasmado. Retratos de vários amigos – Lorena Ferreira, Zeballos, Euclides da Cunha, Lúcio de Azevedo, Barbosa Lima, Fidelino de Figueiredo, Araújo Beltrão, D. Maria de Araújo Beltrão, Nabuco, Edwin Morgan, Soares Brandão, C. Bevilacqua, o Bispo Shahan, Campos Salles, Luiz de Souza Dantas, Theophilo Braga, Carneiro Leão. Vários outros retratos de amigos. Miniaturas. Um dos últimos retratos de D. Pedro II. Um velho retrato de Cotegipe que foi de Souza Correia.

Pelas outras salas, muita pintura a óleo ou aquarela ou gravura antiga do Brasil. Três ou quatro paisagens pernambucanas de Telles Júnior. Marinhas de Navarro da Costa muito vivas de cor. Uma marinha de Fédora do Rego Monteiro. Um aspecto de vida de engenho: velho carro de boi a rodar para a casa, num fim cinzento de tarde – trabalho de A. Timotheo. Outra pintura de A. Timotheo – tristonho mocambo pardacento. Uma aquarela de Roque Gameiro – assadeira de castanha em Lisboa. Um pastel de M. Brocos. Paisagens de Baptista da Costa. Phrinéa – o róseo nu laureado de Antonio Parreiras. Interessantes aquarelas de Vidard dos começos do século XIX – aspectos do Rio: Teresópolis; um navio a vela a deixar num como saudoso vagar a baía do Rio; Botafogo quase colonial, com as suas velhas casas de telhado vermelho à beira da água azul. Águas fortes de De Martino. Estudos de Alvim Correia. Uma cabeça de preta velha de G. Bicho. Estudos de Parreiras para o quadro *Conquista do Amazonas*. A linha *Farfaleta* de E. Latour.

Os retratos, estes são numerosíssimos. Sobressai o retrato a óleo de D. Pedro II em 1831 – bem menino, portanto. É trabalho de Simplício. De Simplício são também os retratos das infantas: D. Januária, D. Paula, D. Francisca. Aviva de vermelho um recanto de parede, interessante miniatura de Dom João VI. Prende muito o olhar uma tela de Bernardelli: o padre José Maurício, muito escuro, muito pardo, muito mulato, tocando diante de Dom João VI. Do gordo e róseo Dom João VI. Escuta-o com interesse o bom do rei, cujo traje roxo sobressai de um fundo cinzento de sala. Duas senhoras da corte estão presentes. Um frade alonga mais adiante a sombra do seu hábito pardacento. Ao lado do Padre Maurício, o Maestro Marcos Portugal. É um trabalho, este quadro a óleo, singularmente feliz no traço e no suave colorido – parece antes pastel – o que não sucede a uma outra pintura de Bernardelli na mesma sala: um retrato de D. Flora de Oliveira Lima.

As fotografias estas se espalham num doce à vontade pelas paredes e pelas mesas, animando a casa toda de sugestões diversas; e de saudades. A do Barão de Penedo é uma das que logo prendem a vista. Depois a de Oswaldo Cruz, com o seu cabelo romanticamente branco, menos de médico do que de poeta. Logo o príncipe D. Luís e a princesa D. Pia. Mais adiante João Alfredo, o Cardeal Gibbons, o Presidente Taft, o Barão do Rio Branco, o Cardeal Arcoverde, a Rainha D. Amélia, o Rei Eduardo VII, os reis da Bélgica, o ex-imperador e a falecida imperatriz da Alemanha, uma velha e cara fotografia de Nísia Floresta, um gordo mandarim em sedas, Soares Brandão. Várias outras fotografias.

E em grossos álbuns de família, mais fotografias ainda. Num desses, fotografias reunidas por Souza Correia – ministro do Brasil em Londres quando o sr. Oliveira Lima foi para ali enviado como secretário. Fora Souza Correia secretário do Barão de Penedo – talvez o maior diplomata brasileiro; e em Londres tornou-se no outono da vida o mais querido dos ministros e embaixadores. O diplomata de amizades mais ilustres. O de influência mais larga. O de prestígio mundano, ou social, mais brilhante. Íntimo do Príncipe de Gales, era dos que jogavam *whist* com o alegre filho da Rainha Vitória. Camarada de duques passou muito verão em nobres castelos ingleses. Recebeu muito presente do Príncipe de Gales, de fidalgos, de Alfred Rothschild, que o ia ver na legação do Brasil todas as manhãs. E em várias fotografias, Souza Correia aparece entre os mais finos aristocratas ingleses, entre os próprios príncipes, entre as próprias princesas e duquesas louras, em grupos quase de família, tirados depois do almoço ou de volta da caça.

Essas fotografias de Souza Correia, como as muitas que de ilustres amizades feitas na Corte do Japão e na belga possuem o sr. Oliveira Lima e D. Flora Cavalcanti de Oliveira Lima, são uma documentação honrosa para a história da diplomacia brasileira. A qual, depois de exaltada pelos Penedos e Souzas Correias e Rios Brancos e Itajubás e Nabucos e Oliveiras Limas, está a acinzentar-se cada vez mais; ou a ganhar brilhos – mas brilhos de fita de cinema de Harold Lloyd quando não de "áurea" mediocridade – na engraçadíssima e caríssima diplomacia do sr. Felix Pacheco.

(Diário de Pernambuco, 11-7-1926)

A *flapper* revolucionária

O corpo da rapariga americana de 1926 é uma recordação dos santos de El Greco. Dos Luizes Gonzaga, dos São Joões Batistas, dos santos ainda moços, ainda adolescentes, e longos, e pálidos, do pintor de Toledo.

Estive uma tarde a olhar Broadway sob essa estranha impressão: a de que as alongadas figuras da nova *girl*, da *flapper* de 1926, parecem figuras de santos de El Greco. Dir-se-ia que El Greco ressuscitou depois da guerra; e já não podendo pintar santos, desenha tristonhamente os figurinos de *Vogue*. Porque os figurinos de *Vogue* lembram estranhamente os seus santos. Os figurinos de *Vogue* e as próprias raparigas, as próprias figuras vivas, as novas figuras de mulher que a gente encontra na Broadway e na Quinta Avenida à hora intensa das estações de *subway* vomitarem pelo asfalto largos vômitos negros, azuis, cinzentos, vermelhos de gente; e nesta gente, numerosas, numerosíssimas mulheres, confundindo-se umas com as outras no mesmo ar insolente de rapaz que se esgalga e afina de corpo; que lhes acelera o passo sobre o asfalto; que lhes simplifica o traje; que lhes aligeira o movimento; que lhes dá uma ponta de acre à verde beleza.

Em New York, mais do que na Europa, estamos diante de uma revolução na linha de beleza do corpo da mulher. Revolução que se relaciona a uma nova e simplificada moral; e a uma nova e simplificada higiene. A morte do "gordo e bonito" no ideal de plástica ou estética feminina afeta valores morais e valores higiênicos.

Esta é uma das raras influências revolucionárias que fora das influências puramente técnicas – novos tipos de automóvel, de caneta automática, de *water closet* – partem hoje dos Estados Unidos: a influência do seu novo tipo de *girl*. Um novo tipo, de corpo acremente verde, sem o mole de maduro, o doce mole de maduro, das antigas belezas arredondadas do ideal greco-romano. Para não falar do árabe.

Muita gente faz dos Estados Unidos em relação à Europa e às suas colônias (entre as quais, moral e intelectualmente, nós, as pátrias mais ou menos mestiças da América do Sul), esta ideia falsa: uma força revolucionária diante de uma força conservadora. A relação do filho e do pai do romance de Turgueniev, em ponto grande.

De fato assim tem sido em certas épocas curtíssimas. Mas não atualmente. De modo nenhum.

Uns Estados Unidos, os de agora, tristonhamente conservadores no sentido burguês: com medo do bolchevismo; com medo do fascismo; com medo do catolicismo; com medo do expressionismo. Uns Estados Unidos capazes das maiores aventuras físicas: de levantar uma ponte que reduza a clássica, de Brooklin – espanto das nossas avós de *pince-nez* – a uma pontezinha de menino brincar; capazes de levantar sobre o atual Woolworth, outro Woolworth.

Mas incapazes da menor aventura moral ou intelectual; com um medo horrível às ideias fundas; querendo a todo custo manter a felicidade burguesa do seu conforto mental e moral – a Constituição Plutocrática, o Protestantismo Liberal, as ideias sociais do Rotary Club, as ideias morais do dr. Frank Crane, o idealismo político do dr. Nicholas Murray Butler, o filantropismo internacional à maneira da Rockefeller Foundation, o jornalismo à maneira suavemente israelita do sr. Orch, a pintura anedótica ou alegremente romântica, o humorismo das fitas de Harold Lloyd ou das caricaturas dominicais de Mutt e Jeff. Humorismo no qual os efeitos de humor são obtidos superficialmente: à custa de pratos, cadeiras e cabeças partidas – e pratos e cadeiras e cabeças dos outros. Nunca profundamente: a custa de ideias e ideais – próprios e não dos outros – quebrados ou despedaçados.

Dentre este morno conservantismo e esta rasteira vulgaridade é que a nova rapariga – a nova *girl* – alonga a sua revolucionária, inquietante figura.

Revolucionária da estética da mulher. Revolucionária das modas da mulher. Revolucionária da moral sexual. Estamos diante de uma nova estética da mulher que nos vem dos Estados Unidos.

Afetada, é certo, por uma grande causa europeia; a perturbação do sentido sexual aguçada pela guerra que exaltou quase ao extremo do doentio o tipo do rapaz herói; mas resultando principalmente de uma nova situação econômica que é antes americana do que europeia; ligada à escassez – também mais americana do que europeia – das criadas de quarto, outrora tão fáceis – o que permitia o luxo das grandes cabeleiras, a higiene oriental das grandes cabeleiras, a estética dos difíceis penteados e até o doce catar de piolhos no cabelo solto sob o langor dos meios-dias.

Mas sejam quais forem as causas principais, o certo é que nos achamos, os modernos, diante de um tipo de mulher que nos separa radicalmente do gosto greco-romano. Ou da Renascença. Achamo-nos separados desse ideal; e conciliados quase com o extremo oposto.

Conciliados com o alongamento, a ponto do caricaturesco, na figura da mulher – ainda hoje desejada quase redonda; madura de carne; ainda ontem desejada doce e mole, no mínimo: mais gorda do que magra. Mais Rubens do que Botticelli. Nunca, decerto, esta mulher nova, fina e insolente; sem arredondamentos graciosos; sem fortes ondas de seios; sem gordas ondas de ancas;

esta nova rapariga alongada em Pierrot de Picasso; e acre, ágil, verde de corpo, ligeira, o movimento livre, a beleza seca, adolescente, sem relevos, como que incompleta. Rodinescamente incompleta.

Dá-se uma aproximação da plástica e do traje da rapariga à plástica e ao traje do homem, ao mesmo tempo que a *flapper* quer reduzida a zero, por uma conta de diminuir que assume um ar insolente de ajuste de contas, a diferenciação de deveres morais entre os dois sexos. Nada de diferenciações: os deveres morais absolutamente os mesmos.

A *flapper* simplesmente não quer *surplus* nenhum de obrigações morais sobre as do rapaz. Ela arrebita o arrogante nariz a toda espécie de restrição ou diferenciação. O rapaz pode passar a noite fora de casa e voltar de madrugada, chapéu para a nuca e fedendo a *whisky* ou a *cognac*? Também ela.

Receber rapazes no seu quarto, de pijama, como a uma camarada? Também. Contar anedotas as mais livres e picantes? Por que não?

Eu há pouco, em New York, num *party* de raparigas e rapazes, notei que as anedotas mais livres, mais picantes — anedotas, talvez, de empalidecer as que o sr. Carlos de Laet tanto se delicia em contar aos amigos para escândalo dos puritanos como o dr. Antônio Vicente de Andrade Bezerra, de Pernambuco — contava-as não nenhum rapaz, mas uma rapariga de família, a mais gentil: neta de diplomata. Uma rapariga de família do Sul que, nos Estados Unidos, é como o Norte do Brasil: a parte antiga e mais recatada do país e aquela de onde é bonito descender.

Contava-as com a maior simplicidade deste mundo, o cigarro a fumegar-lhe entre os lindos dedos, a perna, de meia branca com losangos pretos, insolentemente cruzada, a loura cabeça de cabelo cortado rente, muito senhora de si. E entretanto eu voltei à casa como se acabasse de estar em Moscou; como se acabasse de estar num mundo revolucionado e novo.

E é de fato um elemento revolucionário a *flapper* americana. Agudamente revolucionário.

E tem graça ver o *businessman* americano, todo medroso do bolchevismo da Rússia, dos mineiros da Inglaterra, do fascismo da Itália, dos monarquistas da Alemanha — com medo de tudo isso como Dom João VI dos maçons — e sem sentir ao pé de si na própria casa, dentro da cabecita ruiva da própria filha, o chiar de uma das grandes forças revolucionárias da época.

Uma grande força revolucionária a contagiar o mundo por este elemento formidável de propaganda que é o figurino.

Pascal disse uma vez que o indivíduo podia acabar católico se começasse por ir à missa e fazer o "Pelo Sinal" e tomar água benta.

Também qualquer doce mulher, na Turquia, ou no Peru ou no Brasil, corre o risco de acabar acremente americanizada por dentro, isto é, na moral e nas ideias, depois de americanizada por fora, isto é, no vestido, na moda, na nova linha de corpo. Os figurinos podem causar revoluções sociais como a prática dos ritos pode causar a conversão, que é uma espécie de revolução do indivíduo.

Uma nova liberdade parte dos Estados Unidos. Mas uma nova liberdade que a famosa deusa no Porto de New York, com os seus vastos peitos em bico, simboliza mal. Porque essa nova liberdade implica não parecer-se mais a nova mulher livre com a Deusa da Liberdade da famosa estátua. É paradoxal, porém exato.

(Diário de Pernambuco, 4-9-1926)

Ruas de doces sombras

Eu amo no Rio a doce sombra das ruas estreitas. Em poucos dias fiquei camarada delas; e aprendi-lhes os nomes como nomes de amigos: Ouvidor, Ourives, Gonçalves Dias, Rosário, Sachet. Há outras. Estas são as mais amigas. Ou antes: as amigas mais ilustres.

Elas são deliciosas de intimidade, essas velhas ruas estreitas do Rio, parentas das do Recife. Parentas das de Lisboa. A gente sai da publicidade horrível da Avenida Central e entra pela Rua do Ouvidor: é como se já não estivesse na rua. É como se tivesse descido o olhar de um poema de Victor Hugo ou de Guerra Junqueiro ou de Walt Whitman – falando em liberdade, falando em democracia, falando no futuro, no progresso, na civilização, na felicidade dos povos, na concórdia universal, em todas estas coisas tonitruantes e públicas – para um doce poema de Francis Jammes, íntimo e quase caseiro e numa voz de quem não quer ser ouvido longe.

Por estas velhas ruas estreitas não rodam autos nem caminhões nem carruagens. E um rodar de auto ou um ruído de pata de cavalo pelo meio delas seria na verdade uma insolência. Uma intrusão. Um absurdo.

Elas convidam a gente a andar a pé; e andando por elas sozinho ou com um amigo, em conversa ou a olhar vitrines, numa despreocupação desdenhosa dos automóveis, dos caminhões e dos bondes, o indivíduo acostumado às cidades sente renascer-lhe o prazer tão difícil no tumulto da cidade moderna: o de andar a pé devagar, no próprio centro da cidade.

É um gosto que a vitória do automóvel está a tornar impossível em muitas partes: o gosto de andar a pé. O gosto de andar a pé docemente, num passo quase como o de seguir enterro ou procissão. O perigo do automóvel obriga o homem da cidade moderna a andar ligeiro. E andar ligeiro é como comer depressa ou beber de um sorvo só: um prazer quase mecânico. O gosto está em andar devagarinho.

As ruas estreitas do Rio tornam possível este luxo para uma cidade de um milhão de pessoas: o luxo de poder andar o indivíduo a pé, em pleno centro da cidade, entre vitrines de lojas, com o doce vagar, a deliciosa despreocupação de quem andasse por uma aleia de casa particular.

E há o refúgio que, numa cidade tropical como o Rio, oferecem as ruas estreitas: refúgio do requeime do sol. Do sol das avenidas, dos largos, das praças.

Foi o que fez Einstein enamorar-se logo da Rua Gonçalves Dias: era um refúgio delicioso do sol da avenida.

No Rio os meios-dias de dezembro e janeiro devem ser um horror. Estive aqui em março: fim de verão. Meios-dias terríveis. Sol acre. A gente sentia vir do asfalto um como hálito de pessoa com febre. Só nas ruas estreitas o horrível do calor suavizava, à sombra amiga dos sobrados.

No Recife, nós precisamos de conservar o mais possível – conciliando com as necessidades de tráfego, de movimento, de comunicação fácil, a necessidade de proteger do sol acre o indivíduo que precisa de andar a pé pela cidade, nas horas de movimento – as ruas estreitas, de doces sombras amigas. E algumas devem, com a intensificação de movimento, ficar com o direito de serem ruas quase íntimas, vedadas ao auto e à pata do cavalo e ao bonde. O direito de andar o indivíduo a pé no centro da cidade, calmamente e sem inquietude, um direito a defender contra o imperialismo do automóvel.

(Diário de Pernambuco, 5-9-1926)

O Norte, a pintura e os pintores

O sr. Carlos Chambelland, que é um pintor brilhantemente dotado, falou um desses dias a um jornal do Rio no "Norte quase virgem para a tela"; no impossível de pintar a natureza brasileira, ora "selvagem", ora "ruidosa", ora "desolada", ora "macia", "pelos mesmos processos por que se pinta a natureza europeia"; no fato de ser o Norte a parte do Brasil onde persiste "o verdadeiro espírito de nacionalidade, o sentimento exato de brasilidade. Em tudo isso e em vários outros pontos de interesse".

Deram-me certo prazer as expressões do sr. Chambelland. Principalmente porque se assemelham a pontos de vista meus, defendidos no artigo sobre pintura no *Livro do Nordeste*. Coincidem de todo com o que está no livro comemorativo do centenário – livro publicado o ano passado – do *Diário de Pernambuco*. Artigo que, sem ser extraordinário, entretanto, talvez seja o melhor trabalho que ainda se escreveu no Brasil sobre pintura brasileira. Os pintores, principalmente, deviam lê-lo e relê-lo. E os críticos de arte também. Desculpe-se ao autor tão deselegante imodéstia.

Não sei se o sr. Chambelland o leu. Creio que não. Mas o certo é que os nossos pontos de vista e até as nossas expressões singularmente se assemelham de modo espantoso.

O Norte é de fato um Brasil "virgem para a tela": os pintores diante dele, de sua virgem beleza, se têm tristemente portado como um *castrati*. Incapazes de fecundar os ricos assuntos, que se lhes oferecem virgens e nus – para repetir uma das melhores expressões do artigo do *Livro do Nordeste*.

A paisagem do Norte tem sido apenas arranhada na crosta pela pintura acadêmica ou impressionista. Nos seus valores íntimos continua virgem. A paisagem e a vida. A vida que é tão característica. A vida que se acha ligada ao doce trabalho de fazer açúcar nos banguês; ou à indústria das "centrais" também cheia de sugestões da beleza em movimento que Rodin ensinou aos modernos a amar e interpretar. A vida que se apresenta na estética da miscigenação – numa variedade deliciosa de cores e de tipos. No pardo-avermelhado, no roxo-escuro, na cor de laranja, na cor de sapoti, de mil e um tipos de mestiças deliciosamente brasileiras. Espécie de ouro de casa para os nus dos pintores.

Os quais se conservam imbecilmente obcecados pela cópia dos nus cor-de-rosa dos modelos europeus.

Desses tipos de mestiços nós não possuímos até pouco tempo a mais simples coleção de cartões-postais. A que existe hoje é particular e apenas um começo: a do sr. Ulysses Freyre.

O sr. Chambelland tem razão em notar o desigual na paisagem brasileira. Desigual que vai do selvagem ao macio. Esse caráter da natureza – de grande parte da natureza do Brasil – é que exige em vez de passiva cópia de modelos europeus, novos processos de pintura. Pintar este diverso Brasil com arremedos de técnicas europeias é como escrever em mata-borrão. É escrever em mata--borrão como em papel de carta.

Nós precisamos de pintores que sintam e dominem o grosso da paisagem brasileira. O grosso da natureza americana. O grosso de mata-borrão da natureza tropicalmente brasileira – tão diversa da fina, polida paisagem europeia. "Tudo aqui pede nova técnica, novas maneiras, novos processos picturais", como diz o sr. Chambelland. E como eu próprio venho procurando dizer.

(Diário de Pernambuco, 19-9-1926)

Acerca da valorização do preto

Há no Rio um movimento de valorização do negro. E este movimento, um tanto pela influência de Blaise Cendrars, que vem agora passar no Rio todos os carnavais, e um tanto pelo acentuar-se, entre nós, daquela tendência para a sinceridade, tão brilhantemente estudada pelo sr. Prudente de Moraes, neto, num artigo em *Estética*. *Estética* – uma revista de jovens agora morta, mas em cujos três números publicados (em 1925) acabo de ler algumas das melhores críticas de livros que tenho lido em português. Um pequeno e admirável conto do sr. Sérgio Buarque de Holanda. E "Perspectivas" uma delícia de crítica de ideias da melhor: Prudente pensador. Verdadeiramente uma delícia. Isto sim, é pensar; é sentir as coisas; é ser moderno sendo brasileiro.

A "tendência para a sinceridade" está fazendo o brasileiro ser sincero num ponto de reconhecer-se penetrado da influência negra. Afetado por ela no seu senso melódico; nas suas tendências eróticas; no seu sentido da vida, em geral. Para não falar da cozinha, como tanto venho procurando salientar.

Está ficando ridículo o tipo de brasileiro que se julga ariano (o que etnicamente é exato em muitos casos) para todos os efeitos estéticos e morais.

Sinceramente nós temos de reconhecer em nós o africano. E é tempo de corajosamente o fazermos. De o fazermos na vida, no amor, na arte. A cozinha francesa e a mulher "francesa", por vezes chamada "polaca", tomaram no Brasil um ar imperialisticamente *chic* a que é tempo de opor a cozinha do azeite de dendê e a mulata, a cabocla, a mulher de cor. E é tempo de o fazermos nessa extensão da vida que, ao lado do sonho, é a arte: pela valorização das cantigas negras e das danças negras, misturadas a restos de fados; e que são talvez a melhor coisa do Brasil.

Fui uma dessas noites com Manuel Bandeira à casa de Villa-Lobos onde ouvi a mulher do maestro admirável tocar piano – coisas do próprio Heitor; e uma menina chamada Germana cantar coisas sobre motivos afro-brasileiros que são uma delícia.

E ontem, com alguns amigos – Prudente, Sérgio – passei uma noite que quase ficou de manhã a ouvir Pixinguinha, um mulato, tocar em flauta coisas suas de carnaval, com Donga, outro mulato, no violão e o preto bem preto Patrício a cantar. Grande noite cariocamente brasileira.

Ouvindo os três sentimos o grande Brasil que cresce meio tapado pelo Brasil oficial e postiço e ridículo de mulatos a quererem ser de todo helenos como o sr. Coelho Neto; e de caboclos interessados em colocar pronomes à portuguesa e em parecer europeus ou norte-americanos; e todos bestamente a ver as coisas do Brasil – deste delicioso Brasil que é decerto a Rússia das Américas – através do *pince-nez* de bacharéis afrancesados.

(Diário de Pernambuco, 19-9-1926)

O príncipe

O príncipe Dom Pedro Henriques faz anos hoje. Faz dezessete anos. E os jornais estão cheios de seu nome: o príncipe Dom Pedro Henriques – Sua Alteza Dom Pedro Henriques – vários outros nomes, Maria no meio deles – o nome de Nossa Senhora! e no fim: de Orleans e Bragança.

É o nosso príncipe. Ou um dos nossos príncipes. Há outros. Nós temos sobre as outras repúblicas sul e norte-americanas esta vantagem enorme: a de termos um príncipe, um príncipe nosso, bem nosso, que nos namora, que nos espera, que nos pretende, que está às nossas ordens. Por algum tempo foi Dom Luís. Dom Luís namorou muito com o Brasil: muito olhar de saudade, muito olhar de ternura e até uma carta muito longa de amor que é o belo e forte livro *Sob o Cruzeiro do Sul*.

Agora é o filho: Dom Pedro Henriques. O Brasil gosta que se saiba deste seu namoro ilustre: com um príncipe. Pelo menos é a impressão que se tem lendo os jornais de hoje, saudando o príncipe Dom Pedro Henriques pelo dia dos seus anos.

É decerto uma superioridade nossa (uma superioridade do Brasil sobre os países seus colegas de aventura republicana) essa de termos às nossas ordens um Messias real. Real – Deus queira que nos dois sentidos, se for preciso um dia ao Brasil renunciar à república e gritar para o príncipe seu namorado, seu Messias em reserva, sentado num canto para o caso de falhar o último Messias de primeira linha: "Aqui d'El Rei!".

Talvez não suceda nunca isto. Nem coisa parecida. Talvez outra seja a organização que afinal substitua entre nós a República arremedada da dos Estados Unidos. Tudo está cinzento e é tanta a poeira no ar que a gente mal pode abrir os olhos para enxergar o clássico palmo adiante do nariz.

Mas não são raros, nem 2 ou 3, ou 4 ou 5, os brasileiros que diante do retrato desse príncipe nosso, bem nosso, parecido ao pai, parecido com a avó, parecido ao bisavô, sentem hoje, no dia que ele faz dezessete anos, certo sebastianismo ou messianismo dentro de si. Messianismo que a psicanálise talvez gostasse de analisar. Vão. Lírico. Romântico.

O fato é este: nós temos, em termos ideais, simbólicos, líricos, uma superioridade sobre as outras repúblicas da América: a de possuirmos um Messias como que em reserva para o caso de falhar o último Messias republicano; para o caso de não querermos nos precipitar imediatamente numa reação antiplutocrática ao jeito da russa.

(Diário de Pernambuco, 23-9-1926)

A propósito de uma conversa que eu ouvi ontem

Ontem, entrei pela Garnier com José Lins do Rego para ele comprar um Lafcadio Hearn em francês. E, num canto da livraria, estava um indivíduo vermelhaço e de olhos esverdeados a falar a outro indivíduo – um homem moreno, afidalgado, de bigode preto com uns salpicos brancos e uns olhos quase tristonhos. José Lins saudou o homem moreno: "Mestre!". O homem moreno respondeu docemente. O homem vermelhaço voltou-se, deixando ver melhor a sua cara quase gorda e quase cor de fiambre.

Perguntei com a minha inocência de provinciano: "Quem são esses, Zé Lins? O vermelhaço? O moreno?". José Lins então informou: o moreno era o grande poeta Alberto de Oliveira; o vermelhaço era o grande crítico Osório Duque Estrada. Senti saírem dos meus olhos dois espantos.

O grande poeta e o grande crítico conversavam uma doce conversa de compadres. Ouvi o homem moreno dizer: "Bons tempos aqueles! E todos eram mestres da língua! O Lisboa, o próprio Gonçalves!". E o vermelhaço disse então, depois de assumir um ar solene como para um fotógrafo: "Tinham fundo e tinham forma. Forma e fundo! Perdoa-se o descuido da forma num Euclides, onde há tanto fundo, mas não num qualquer. E a combinação ideal é ter fundo e forma. Belo na forma e profundo nos conceitos!".

Nesta altura senti uma necessidade de verificação – como se diz das pessoas que não sabem se estão sonhando ou acordadas. Aquilo estava tão gostoso que parecia mentira. Aquele homem moreno e aquele homem vermelhaço fazendo a sua hora de Literatura – porque cada vez que um deles dizia Literatura a gente sentia um L do tamanho de um braço de cadeira – pareciam gente de mentira. Não pareciam gente de verdade. Mas tudo era de verdade. Eu estava na Garnier. E aqueles insígnes literatos em doce cavaco eram o poeta Alberto de Oliveira e o crítico Osório Duque Estrada.

Eu pensei: falta aqui o prof. dr. Afrânio Peixoto para falar a esses dois, como a mim e a José Lins uma dessas tardes, na redação d'*O Jornal*, na "faculdade-mestra de Machado de Assis", que "era a dor"; na "faculdade-mestra de Nabuco: a elegância"; na "faculdade-mestra de Rui – a de grande sabedor da Língua".

E a propósito de "faculdade-mestra", dessas muitas "faculdades-mestras" de que nos falava pomposamente o prof. dr. Afrânio, estou a me lembrar de mestres de faculdade por este Brasil todo: desde o bom do Conde de Afonso Celso ao igualmente simpático dr. Celso Loureiro Filho. É uma curiosa associação de ideias. A psicanálise que a explique.

(Diário de Pernambuco, 26-9-1926)

Sugestão da favela

O que faz o Rio tão gostoso para os olhos é a muita cor, é o ar sempre de festa, em redor da gente, para onde quer que a gente vá, a pé ou de bonde ou de táxi. Dando voltas ou subindo ladeiras.

Esse Morro da Favela, que de vez em quando aparece entre os vultos desiguais, entre os altos e baixos dos quintos e dos segundos andares de casas e de edifícios novos – alguns horrorosamente horríveis; esse Morro da Favela dá ao Rio uns azuis e uns vermelhos e uns amarelos verdadeiramente deliciosos.

A estética dos engenheiros ainda não chegou por lá. Nem chegará tão cedo. Aquilo não será fácil de achatar nem de acinzentar nem de ajeitar. Aquilo será por muito tempo, diante da Revolução Francesa – ou Italiana ou Americana – a armar andaimes como patíbulos (sugestão de Joaquim Cardozo) para sacrificar a paisagem tradicional à imitação, no caso retrospectivo, de Luíses XV e dos outros Luíses – um reduto difícil de ser vencido.

Aquilo não será em mão de imbecil nenhum, de esteta de *pince-nez* nenhum, a mesma bola de cera que foi o outro morro – aquele que o prefeito do sr. Epitácio Pessoa achatou como se a cidade do Rio fosse toda de areia para ele, novo meninão, brincar. Aquilo não será o mesmo brinquedo de papelão que foi nas mãos do atual prefeito o chafariz do Largo da Carioca.

E por muito tempo a estética de fraque, cá de baixo, rolando por esse asfalto do qual principia a vir um hálito de febre, como se a cidade do Rio, doente de parasitismo, respirasse por ele, nestes dias de sol que começam; por muito tempo a estética de fraque se limitará a olhar para a Favela, através de seu *pince-nez*, lamentando aquela feiura. Aquela falta de civilização. Aqueles restos do Rio de antes de Passos, pendurados por cima do Rio novo.

(Diário de Pernambuco, 3-10-1926)

Um humanista do Império

Ontem, no Instituto Histórico, eu estava pachorrentamente a remexer livro velho na biblioteca quando o sr. Max Fleiuss veio lá de dentro: e me chamou; e me puxou pela manga do paletó: "Venha conhecer Ramiz Galvão".

Max Fleiuss é uma criatura amável e boa, que tem pelas coisas da história do Brasil o maior dos carinhos.

E dá ao Instituto um ar tranquilo, doce, amigo, de *club* inglês. Ou de botica do interior do Brasil. Assim pelas duas da tarde, há sempre em volta de Max uma roda de outros bons velhos reunidos na sua sala; ele conta anedotas; manda vir café; diz à gente que não faça cerimônia.

Uma dessas tardes lá estavam os srs. Tavares de Lyra, o Conde de Afonso Celso, Oliveira Vianna, Mozart Monteiro e, fumando seu cachimbo, como qualquer inglês de caricatura, um nosso quase conterrâneo que 1911 botou para fora de Pernambuco: Rodolpho Garcia. O sr. Rodolpho Garcia é, a meu ver, uma das inteligências mais claras, mais dotadas de discernimento e penetração que se têm, no Brasil, fixado no estudo da história nacional. Eu não sei como seu nome é tão pouco conhecido. Ninguém fala dele.

Quando o sr. Max Fleiuss me puxou pelo paletó para ir conhecer sr. Ramiz Galvão, imaginei que ia conhecer uma criatura já muito mais do lado da história do que do lado da vida. Um velho bem velhinho, que muito logicamente buscava as sombras do Instituto Histórico para o seu fim de vida objetiva – como diria um positivista – e para o seu começo de vida histórica.

Mas o sr. Barão de Ramiz Galvão não tem nada do velho bem velhinho que eu esperava encontrar. Os seus oitenta anos têm um ar jovem e amável de sessenta anos. Os seus olhos claros ainda estão quase moços. Quase moça, está ainda a sua voz. A voz que deu lições aos filhos do Imperador.

Apertei com alegria a mão ilustre de gentil-homem e de erudito que me estendeu o sr. Ramiz Galvão.

E diante desta figura nobre e gentil de professor antigo, lembrei-me do capricho da Academia Brasileira de Letras – num tempo em que essa tão famosa sociedade não se distanciava de todo dos seus fundadores – em preferir ao nome do sr. Ramiz Galvão, e às suas maduras qualidades de erudito, de humanista, de helenista, o nome de não sei quê literato de momento. Creio que o do General Lauro Müller. E lembrei-me de toda uma tarde desagradável de março passado, quando tive de ouvir, num almoço em Copacabana, o sr. Paranhos da Silva tentar idiotamente deprimir uma tão nobre figura como a do sr. Ramiz Galvão para exaltar os dotes carnavalescamente pedagógicos do médico Juvenal Rocha Vaz, seu chefe.

(Diário de Pernambuco, 14-10-1926)

A cidade da febre cinzenta

Depois de uns dias friorentos, horrivelmente friorentos, o Rio voltou ontem ao seu quase natural de cidade com febre. De cidade a estalar de febre. A envolver a gente num grande hálito de febre.

A febre do Rio já não é a amarela. É a cinzenta. É a do sol que bate forte no asfalto e do asfalto sobe, terrível. A não ser pelas ruas estreitas tão boas camaradas da gente numa cidade tropical, é quase impossível andar a pé, no Rio, nestes dias de sol, sem a consciência de um esforço doloroso. Sem a impressão de estar atravessando de pés descalços fogueira de São João. Como outrora negros velhos em Pernambuco.

Imagine-se que o Rio tem um diretor de arborização que, mal principia setembro – o verão! – manda podar as árvores de modo a deixá-las quase em esqueletos. Em ossos. Nuas. Negras. Sangrando.

Que este diretor de arborização – eu não sei nem o nome da criatura nem o rótulo oficial do seu cargo – mandasse podar as árvores de que ele toma conta como se cuidasse de um orfanato, estava direito. Elas precisam disto – umas mais, outras menos. Mas que o tal diretor se dê ao requinte de as reduzir a esqueletos com umas três ou quatro tristes e púdicas e raras folhas de resto, é que nenhuma pessoa de bom senso compreende.

A crueldade não é só desnecessária. Rouba à gente que anda a pé os seus melhores chapéus de sol, as suas mais doces umbelas, as suas sombras mais amigas nestes dias de sol forte, ar de febre, claridade de doer nos olhos, o asfalto reduzido a uma fogueira de São João para a gente atravessar, sem ser a noite milagrosa do Santo.

Um meu amigo, fino arquiteto, me assegura que o corte às árvores no Rio obedece a um capricho todo especial do diretor da arborização: que é o de dar ao Rio um ar de cidade europeia em tempo de invernos, com tudo quanto é árvore tristonhamente desfolhada. Eu não sei se é isso. O tal arquiteto, meu amigo, gosta às vezes de exagerar as coisas quando conversa com provincianos.

(Diário de Pernambuco, 17-10-1926)

São Paulo separatista?

Nessa conversa de São Paulo separatista eu nunca me deixei ir como em fácil e doce onda.

Sempre tenho achado quem me fale do separatismo de São Paulo com o ar mais sério deste mundo. Gente respeitável. Mas até a pessoas que eu respeito profundamente tenho deixado de respeitar sobre este assunto.

E agora, nestes meus dias em São Paulo, em contato atual com a realidade paulista, cada experiência nova, cada observação nova, vem me dizer que tenho estado certo: que o separatismo de São Paulo é uma conversa. Existe tanto como o separatismo do Nordeste.

Uma pessoa que me falou uma vez, ainda nos Estados Unidos, com ar muito sério, do separatismo paulista foi o jovem historiador alemão Rüdiger Bilden. Meu camarada de universidade. Sua ideia era que São Paulo queria desligar-se do Brasil, sobretudo do Norte negroide (donde vinham os politiqueiros exploradores, os bacharéis livrescos, os parasitas), para então marchar sozinho e mais desembaraçado, mais solto, mais livre, pela chamada Senda do Progresso. A revolta de 1924 teria sido o primeiro sinal.

Ri do meu amigo por vezes enfático. Ri e disse ao historiador: "Meu caro, isto é tolice. A mim faz rir. Quanto ao Norte negroide, de maus politiqueiros e de bacharéis apenas livrescos, deixo que você conheça o Brasil na sua atualidade viva, para então falar".

O sr. Rüdiger Bilden veio a São Paulo e já não acredita em separatismo paulista. O que ele notou aqui foi esse extravasamento de energia – a grande energia paulista – que o sr. Júlio de Mesquita Filho ainda hoje, conversando comigo e com Alberto Byington na redação d'*O Estado de S. Paulo*, classificou como "o imperialismo paulista a estender-se pelo Brasil". Imperialismo econômico. Imperialismo em cuja expansão pelas partes menos enérgicas e mais passivas do Brasil está a salvação do nosso país: o contrapeso ao imperialismo norte-americano.

Nos Estados Unidos, aliás, há muito quem fale no separatismo de São Paulo. Nos dois Brasis a surgirem qualquer dia desses – o do Norte e o do Sul. Contei aos leitores de *O Jornal* e do *Diário de Pernambuco*, numa nota escrita rapidamente a lápis de Briarchiff Lodge, o grande hotel de verão onde em maio último representei o Brasil numa conferência de jornalistas, diplomatas e professores de universidades, como diante de mim o cretino de um jornalista da Califórnia falou com suficiência acaciana do movimento separatista em São Paulo. Achava-o desejável. O Brasil era muito grande para ser um só. Quando eu lhe pedi as fontes de informações ele me disse que eram secretas. Penso que eram maçônicas porque o sr. Mário Melo, com a sua autoridade de grau 33, já uma vez me informou que havia tendências separatistas na Maçonaria do Brasil. Na do Norte principalmente com relação à do Sul. Mas quem ignora que a Maçonaria no Brasil é cada vez mais aquele brinquedo de gente grande de que falava José de Alencar?

A verdade é que São Paulo – o São Paulo que eu estou a sentir em vivo contato – é profundamente brasileiro. Brasileiro no seu sentimento. Brasileiro no seu gosto. Brasileiríssimas as preocupações de sua inteligência: sobretudo de sua inteligência jovem. Sobre isto, eu poderei até escrever uma nota à parte.

(Diário de Pernambuco, 21-10-1926)

Duas vaidades parecidas

Unamuno, a propósito de um livro – *L'oeillet de Seville* – escrito por um tal Joly, belga e de talento, escreveu em *Los ideales de mi vida* que "*el turista viaja, es cosa muy sabida, no para ver algo, sino para poder contar que lo ha visto*".

O sr. Tristão de Athayde, que é um jovem e lúcido industrial do Rio, que lê muito e escreve demais, já escreveu coisa parecida – na verdade quase as mesmas palavras – falando de Afonso Arinos, num livro anterior ao seu atual mecanismo de pontuar – como o sr. Tristão gosta de estar na moda! – suas críticas de rodapé d'*O Jornal*.

Trata-se naturalmente de um caso de coincidência de expressão. Creio até que o conceito do sr. Tristão é anterior ao do professor Unamuno. O que, sendo a verdade, obrigaria a Europa a curvar-se ante o Brasil. Mas em todo o caso é coisa, essa coincidência, de deixar em posição difícil o indivíduo que ainda conserve a honestidade, um tanto fora de moda, da citação: no caso de não haver coincidência, talvez o mestre de Salamanca. A verdade é que o tal conceito sobre "viajar não para ver, mas para ter visto" é tão gostoso que a maior vontade que se tem é que ele fosse coisa própria, da gente, e não esse menino de paternidade dúbia, que ninguém sabe se espirrou da pena fecunda do espanhol ou do lápis biblicamente prolífico – o sr. Tristão de Athayde escreve a lápis – do crítico brasileiro. Eu, como uma vez o citei como sendo do sr. Tristão, cito-o agora como sendo do professor Unamuno.

Cito-o, para que sirva de base a uma observação, uma terceira observação sobre a humanidade em estado líquido, ou seja, a que viaja.

Essa humanidade não se divide apenas nos raros esquisitões que viajam para ver, às vezes nem falando aos outros do que viram; e nos muitos senhores que viajam para ter visto e para contar que viram. Existe ainda a classe dos que viajam para ser vistos. Creio que se poderia chamar a esta a primeira classe. Ou mesmo a classe de luxo.

A terceira classe é a dos que viajam para ver – muitas vezes nas terceiras classes dos trens. A dos que viajam simplesmente para ver. Despreocupados de efeitos. Numa volúpia tão íntima quanto a de ler, sem ser para ter lido; e a de ver e ouvir o dr. Ricardo Strauss reger sua orquestra sem ser para ter ouvido e visto o dr. Ricardo Strauss.

Os outros não. Querem é ser vistos viajando ou chegando da viagem.

Eu me lembro que uma vez, em Paris, um inglês me mostrou americanos de toda espécie, do Norte, e do Sul, de Ohio e de Buenos Aires, muito interessados em comprar a uns homens de gorro papeluchos com letreiros vistosos. Letreiros azuis, vermelhos, verdes. Letreiros muito bonitos. Isso se passava ali pela avenida da Ópera, nuns recantos onde floresce também ativa vendagem de cartões-postais obscenos.

Vistos de perto os tais papeluchos eram isto: rótulos pomposos de hotéis de luxo, nomes sonoros de cidades poéticas, de catedrais, tudo para ser vendido, já com o grude seco, com os carimbos, para o comprador colar facilmente às malas e bolsas. Negócio muito interessante.

O comprador, que de viagens só possuía o interesse de ser visto viajando e sobretudo regressando, adquiria vinte ou trinta papeluchos; e sarapintava carnavalescamente malas e bolsas de nomes de cidades ilustres e hotéis de luxo, onde nunca pusera o pé.

Viajantes mais escrupulosos vão a Londres, por exemplo, e para dizerem que estiveram no Savoy, passam no dito um dia ou dois: nesse dia ou dois está adquirido o direito ao rótulo ilustre. E os tais viajantes vão então terminar sua semanazinha de Londres no Montagu.

Há gente que viaja assim entre os livros: para ser vista. Para adquirir o rótulo. Enfeita de rótulos o couro da mala — que neste caso é o couro cabeludo — para dar aos outros a ideia de ter passado meses em hotéis de luxo como Thomas Mann ou Proust ou Joyce, ou na sombra de catedrais riquíssimas como o Dante; ou em casas de saúde caríssimas como Freud e Jung.

São duas vaidades parecidíssimas a dos rótulos de viagens ilustres, à dos rótulos de leituras ilustres. Em certos requintados elas coexistem.

(Diário de Pernambuco, 24-10-1926)

"Gasparino"

No "moleque Gasparino" criou dona Mimosa Ferraz uma figura muito mais interessante para a imaginação do menino brasileiro do que aquele Chiquinho do *Tico-Tico* do meu tempo de menino. Do tal Chiquinho diz muito bem o escritor Henrique Pongetti que não passava afinal de "um menino louro estrangeiro que os nossos pais, com preguiça de fantasiar, copiaram como as mães pobres copiam as bonecas dos ricos".

Gasparino coisa nenhuma tem de estrangeiriço. Nem cabelo louro nem roupa inglesa. É simplesmente um moleque, dos que todo o menino no Brasil conhece logo no começo da vida, certo como é ser outro menino. Ele nos surge do livro de Dona Mimosa Ferraz num colorido relevo de boa caricatura. Camisa de meia preta e encarnada. Anel de "surpresa" no dedo furabolo da mão direita. E o resultado é que pega logo o interesse da criança com essas cores vivas.

É uma caricatura. Mas uma caricatura de realidade bem brasileira. E daí o seu grande sucesso entre os meninozinhos do Brasil.

Eles sentem que aquilo é um pouco da vida a que eles estão acostumados. Não é literatura estranha como o tal Chiquinho. Não é artifício. O livro não nasceu de nenhum esforço literário. Nem de nenhum plano. Nasceu em conversas. Conversas de Dona Mimosa com os seus sobrinhozinhos. Cada dia era preciso fantasiar nova história. Quando Dona Mimosa menos esperava, havia um livro. Um livro em que qualquer menino brasileiro toma um alegre gosto, logo ao primeiro contato.

(Diário de Pernambuco, 29-10-1926)

O mês da cidade

O "Centro Regionalista do Nordeste", presidido por Mestre Odilon Nestor, vai realizar, ainda este fim de ano ou no começo de 27, o "Mês da Cidade".

Este "mês da cidade" será uma espécie do que foi a "Semana das Árvores". Mas com as conferências mais espaçadas. Umas duas por semana. E, todas elas, num tom muito simples de conversa.

Trata-se de um esforço de clarificação do assunto. De orientação a seu respeito. Ninguém julgue esse "Mês da Cidade" coisa de literatos. Quase não se sentirá cheiro de literatura nessas conferências. Elas interessarão a todo o indivíduo com o sentido de beleza das coisas capaz de mover-se, excitar-se, avivar-se, sob um estímulo novo.

O Recife é das cidades do Brasil uma das que possuem maior riqueza de paisagem e de tradição local a defender, a fixar, a desenvolver num tipo original de cidade. E estamos precisamente no momento de planejar-lhe a expansão dentro das suas condições de cor tropical, dentro da sua paisagem toda de doces claridades de água metendo-se familiarmente entre as casas, entre as ruas, em canais e rios; dentro das suas tradições de cidade que cedo se conciliou com a sua situação tropical, espalhando-se para os lados depois de se ter concentrado em ruas estreitas, de boas sombras; ruas quase mouriscas; ruas camaradas da gente. A necessidade delas é das primeiras urgências a conciliar com a necessidade que entre nós se aguça dos largos espaços para o tráfego pesado. A conciliar, é bem de ver. Nunca a sacrificar.

Não é tampouco tradição sacrificar a nenhum huysmanismo o delicioso à toa ou à vontade de certas velhas ruas do Recife, formando cotovelos; e a este propósito sempre me vem à lembrança a atitude do sr. Saturnino de Brito na Paraíba em contraste com a da estética de fraque: o engenheiro sanitário querendo conservar o à vontade das ruas, que na Paraíba não só se torcem todas em cotovelos, como sobem e descem; a estética de fraque querendo tudo reto, plano, direito, com sacrifício até de velhas igrejas.

São problemas, todos esses, a agitar, num esforço, como já disse, de clarificação e de orientação. O "Centro Regionalista" reunirá para isso um grupo de vozes ilustres; e no efeito em massa da ofensiva não se perderá a nota de especialidade ou de individualidade. O programa abrangerá pontos de vista distintos: o do arquiteto, o do engenheiro civil, o do engenheiro sanitário, o do médico, o do urbanista – todos coincidindo no mesmo vivo interesse de planejar a expansão e de defender de ultrajes a fisionomia, a plástica e a alma das nossas cidades (as grandes como as pequenas) do Nordeste. Recife como Caruaru, Paraíba do Norte como Palmeira dos Índios, Maceió, Gravatá, São Bento, Areia, Cabo. As já desenvolvidas. As ainda em começo. As mais diversas.

(Diário de Pernambuco, 31-10-1926)

Rua Larga do Rosário

"Um Amigo da Cidade" me pergunta, numa carta toda cheia de fervor tradicionalista – está ficando comum, graças a Deus, o fervor tradicionalista – se eu acho direito isso de o sr. prefeito do Recife, ou do venerando Conselho Municipal, ter mudado com a maior sem-cerimônia deste mundo o nome da Rua Larga do Rosário para Sacadura Cabral.

A pergunta vem em palavras ramalhudas de indignação. Mas cortando-lhe o desnecessário de retórica e de derramamento cívico, ela fica reduzida a isto: se eu, que me insurgi contra tanta mudança de nome da rua – Estrada de Parnamirim, Ubaias, Campina do Bodé, Chora Menino, Encanta Moça – deixo passar agora esse infeliz atentado contra um dos nomes de rua do centro mesmo da cidade, mais cheios de tradição, de cor e de pitoresco local.

Devo dizer em primeiro lugar que a minha voz de insolência a gritar "assim não!" para os "Arautos do Progresso" entre nós já não é tão necessária. E a prova, o próprio "Amigo da Cidade", é quem me fornece, pondo-me diante dos olhos retalhos de jornal, com protestos tão ferventes quanto o da sua carta.

Em todo o caso, venho juntar a minha voz a estes muitos protestos; e se não os igualar em fervor, não será por falta de boa vontade no assunto. Boa vontade que é imensa. Será por uma questão de temperamento.

A resolução do sr. Prefeito foi na verdade infeliz. Lamentável. A gente fica espantado ao ver como a um homem de bom senso e do equilíbrio do sr. Coronel Prefeito ocorreu ideia tão radical contra a tradição da cidade.

O nome de Sacadura como o de Santos Dumont merece mais do que a homenagem de um nome de rua: merece um nome de avenida. Ou de estrada real pelo sertão adentro. Estrada que lhe recorde a audácia, a coragem em avançar, o *go on* intrépido, vitorioso. Mas, por outro lado, a Rua Larga do Rosário, a que a sombra de uma velha igreja deu naturalmente o nome, sem intervenções oficiais, já adquiriu o direito, através de gerações e gerações de recifenses, a ficar Rua Larga do Rosário.

E Rua Larga do Rosário há de ficar na boca do povo como a Rua Nova, como a do Cabugá, como a Estrada do Encanamento, como a das Ubaias, como o Baço do Padre Inglês e como a Rua da Aurora e a da Saudade, a das Ninfas. Os rótulos oficiais ficam nos livros oficiais. Quando muito vêm à tona no noticiário também oficioso dos jornais. Mas nesse assunto quem manda é o sem esforço com que nos ocorrem – a todos nós, recifenses – os velhos e doces nomes originais das ruas.

(Diário de Pernambuco, 2-11-1926)

O livro do sr. Amaury de Medeiros

O grupo de documentos sobre trabalhos de saúde e assistência que o dr. Amaury de Medeiros acaba de publicar em gorda brochura apresenta certo interesse social, ao lado do interesse técnico.

O livro, aliás, é menos documentação, em rigoroso sentido, e menos ainda doutrina, que páginas vibrantes e quase líricas de propaganda.

No dr. Amaury de Medeiros se agita um dos mais quentes entusiasmos da nova geração brasileira de médicos; e a serviço deste entusiasmo cheio de volúpia das realizações imediatas e das vitórias festivas, está uma das inteligências mais americanas que tenho conhecido no Brasil. Está um gosto a que não falta elegância. Está todo um conjunto brilhante de recursos de talento e de capacidade de ação.

Eu me sinto um tanto à vontade para dizer todo o bem que penso do dr. Amaury de Medeiros. Nossas divergências de pontos de vista sempre foram maiores que nossas coincidências; e eu as manifestei num tempo em que não era *chic* fazê-lo. Tempos em que a literaturazinha da terra andava tão engraçadamente a fazer reclame de "lavai as mãos antes de comer", "cuidado com as moscas", "escarrar no chão é má ação". Isto em contos, ensaios, versos. Um regalo.

Eu acabara de chegar dos Estados Unidos e da Europa que nem um Fradique. Jacobino. Tradicionalista e "futurista" ao mesmo tempo. Querendo isso aqui tudo quase como no tempo da Lingueta. Preferindo o caráter da cidade com os maus cheiros à ausência dos ditos maus cheiros com a ausência de caráter. De bom caráter. Elogiando ruas estreitas. Levando Gagarin e De Garo a recantos de uma sujice oriental para eles os pintarem. Comprando peixe frito de tabuleiro. Exaltando o Pátio de São Pedro sobre o Parque do Dérbi. Escrevendo coisas horríveis contra a Linha Reta nos velhos burgos como o Recife. Chorando a derrubada do Corpo Santo. Chorando a derrubada dos arcos. Chorando a derrubada das gameleiras. Achando safadíssimas as mobílias novas, amarelinhas, e as casas novas, sarapintadas de anjinhos, ramalhetes, rosas abertas e em botão – e apontando para os velhos casarões brancos ou cor de ocre amarelo e de acolhedores alpendres; e para os velhos jacarandás. E achando safadíssima também a imitação da culinária europeia, em prejuízo da nossa velha cozinha e da nossa velha doçaria. Frisando a relação íntima entre a imundície e o gênio artístico em povos como os italianos e os russos; e entre a higiene e a esterilidade de espírito nos finlandeses, nos suíços, nos norte-americanos. Exageros decerto. Mas necessários contra conceitos tão poderosamente cretinos.

Não podia um mortal chegar mais desafinado para um ambiente saturado de messianismo higiênico do que eu, ao Recife, dominado por esse furor.

Messianismo higiênico é bem a coisa de que está impregnado o livro do dr. Amaury de Medeiros. E de uma forma que, se prejudica às vezes o valor objetivo do livro, lhe dá, entretanto, apreciáveis qualidades líricas.

Não faltam, é certo, à *Saúde e assistência*, páginas irrecusáveis de documentação. E recifense nenhum, em dia com as atividades do seu burgo, negará ao dr. Amaury de Medeiros, nestes três ou quatro anos de ação entusiástica, benefícios à vida da cidade. Acréscimos à sua beleza. E até, nos últimos dois anos, inteligente esforço de defesa da sua fisionomia tradicional.

Um defeito que eu registraria no livro, com certa ênfase, se não temesse parecer caturra, seria a frequência quase irritante de fotografias de gente. Para quê? Elas pertencem antes a coleções particulares. Quase a álbuns de família. Num livro como *Saúde e assistência* tomam o lugar a fotografias e desenhos de um interesse mais geral. Não vejo o interesse de frequentes retratos de gente parada, olhando o fotógrafo depois de inaugurado isto ou aquilo. O interesse é antes o da coisa inaugurada.

Esta é aliás uma tendência vitoriosa no Brasil. O país por excelência das fotografias públicas de batizados, casamentos e outras intimidades.

(*Diário de Pernambuco*, 7-11-1926)

Efeitos da *prohibition*

O opúsculo *A national survey of conditions under prohibition*, que *The Moderation League*, de New York, acaba de editar é a última palavra sensata e bem documentada sobre os efeitos da chamada *prohibition* nos Estados Unidos.

A sociedade que o editou é uma sociedade que defende a adoção de medidas moderadas, à maneira das sensatíssimas leis escandinavas, regularizando o consumo das bebidas alcoólicas. Estão à frente desse movimento que se poderia dizer de bom senso homens de prestígio e de responsabilidade em vários ramos: o estadista e internacionalista Elihu Root, que conheci em New York; o Bispo Charles Fische, o eminente professor de medicina Samuel Lambert, o presidente da Federação de Trabalho do Estado de New York, o professor da Universidade de Colúmbia e notável cientista Michael Pupin. Todo um grupo ilustre de gente.

E o opúsculo quase não berra, quase não grita, quase não diz uma palavra forte contra o estado de coisas, verdadeiramente horrível, criado pela estúpida lei de 1918. Apenas deixa que esse estado de coisas, retratado de maneira incisiva num grupo irrecusável de fatos típicos, em quadros estatísticos e na chamada "eloquência dos números" se desdobre quase silenciosamente, como num livro de ciência, diante dos olhos da gente. As palavras não gritam, não. Mas há que tapar os ouvidos ao clamor da eloquência a João Batista de números como estes: em 1914 (num conjunto de 384 lugares típicos) foram presos por embriaguez 523.049 indivíduos; em 1925 o número não foi menor porém: 533.483. O engraçado é que as comunidades onde hoje se bebe mais forte são as que se anteciparam na adoção do proibicionismo radical.

Mostram também os números que a *prohibition* multiplicou de modo alarmante o perigo, num país com o intenso movimento de automóveis dos Estados Unidos, dos *chauffeurs* embriagados. Em alguns lugares este aumento tem sido de 3.209%.

Outro mal desenvolvido pela *prohibition*: a frequente embriaguez entre rapazes e raparigas de colégio. Entre universitários. Entre jovens. O chefe de polícia de Boise City refere-se a este aspecto da situação como verdadeiramente alarmante. Em Washington, no período 1910-1917, a média de prisões de menores por embriaguez foi 46,7 por ano; em 1925 o número de menores embriagados presos em Washington foi 297. Um horror.

O opúsculo é todo assim: fortemente documentado. E números obtidos nos departamentos de polícia. Procedência respeitável.

(*Diário de Pernambuco*, 13-11-1926)

A propósito de urbanismo

Passei uma dessas tardes toda uma larga hora a conversar com o sr. Eduardo de Moraes, no seu velho sobrado do Largo de São Pedro, perto daquele jardim de Olinda de que ele não gosta; e do qual, entretanto, eu sou quase um entusiasta: é a meu ver o melhor jardim público de Pernambuco; o mais de acordo com as nossas condições tropicais; o mais lindo e o mais doce com as suas muitas palmeiras e o chão de areia de praia todo manchado de largas sombras.

O assunto da conversa foi principalmente o Recife.

O Recife (caturramente insisto em não dizer "Recife" à francesa mas "o Recife") tem no sr. Eduardo de Moraes um apaixonado; e dá gosto ouvi-lo falar dos seus sonhos de um Recife maior; de um Recife menos sujo de velhice e mais brilhante de modernidade; e todo avenidas largas e retas; não importa — para ele — com o sacrifício de quanta igreja velha.

Há vinte anos o sr. Eduardo de Moraes tem sido no Recife o mais constante agitador dos problemas da cidade: do de calçamento; do de saneamento; do de tráfego; dos de higiene; e desse grande problema mais do que recifense — porque é de todo o Nordeste — e cinzento como um fantasma: o do Porto.

Estamos em divergência, o sr. Eduardo de Moraes e eu, em mais de um ponto. Em vários pontos. Para começar, amo nas cidades velhas o "sujo de velhice" que ele quisera — suponho eu — rapado ou tirado à pinça como cabelo branco de cabeleira de mulher de idade querendo parecer menina; e também o à vontade de velhas ruas estreitas, dessas que dão voltas ou se quebram no meio (quando isso, é claro, ocorre fora da zona de tráfego intenso: naquela onde o movimento quase se limita à gente que anda a pé; e onde mais necessária é, portanto, a sombra que se goza sendo a rua estreita). Isto não impede de gozar a beleza solene das avenidas e das longas retas; a questão é que elas não abusem do seu imperialismo, acabando com tudo quanto é ruazinha humilde e estreita.

A meu ver onde o urbanismo do sr. Eduardo de Moraes falha é em limitar-se ao que se poderia chamar o urbanismo à maneira de Marta: em não estender-se às preocupações de Maria.

Imagine-se Marta na prefeitura de Jerusalém: Jerusalém lhe sairia das mãos limpa, varrida, higienizada, o tráfego dos doces burricos regulamentado. Mas sem alma. Sem a alma que lhe teria conservado Maria, conservando-lhe tanto quanto possível as voltas dos caminhos sagrados e as sombras das velhas árvores azuis.

São estes os dois urbanismos a conciliar, o de Marta e o de Maria. Sozinho, qualquer dos dois é incompleto: conciliados é que eles produzem resultados.

O urbanismo do sr. Eduardo de Moraes peca pela sua limitação de sentidos e de preocupações.

Mas o que ninguém negará a este recifense, para quem o Recife é uma tão cara e tão constante preocupação, é o seu entusiasmo, é a muita sinceridade, é o muito estudo despreocupado de vantagens pessoais que ele tem nobremente posto a serviço do Recife, em mais de vinte, trinta, quarenta anos de constante ação jornalística.

Ao Centro Regionalista do Nordeste, que brevemente realizará o "Mês da Cidade" como um esforço de clarificação e orientação geral em problemas de urbanismo no Nordeste, se impõe para uma das conferências o nome do velho engenheiro pernambucano. Ele é o principal representante entre nós de uma corrente do moderno urbanismo que não sendo a do "Centro", convém que seja exposta com toda a vantagem por um dos seus apologetas mais entusiásticos.

(Diário de Pernambuco, 14-11-1926)

A propósito de mendigos

    Estou vendo chegar a hora em que os mendigos no Recife metem a mão no bolso da gente, remexem-no com a arrogante sem-cerimônia de guardas da alfândega em New York depois da lei da proibição, tiram dinheiro e cigarro à vontade e vão embora, saboreando tranquilamente *jockey clubs*. E isto com a maior naturalidade deste mundo.

    Porque a mendicância a desenvolver-se entre nós pelos cafés, pelos restaurantes, pelas confeitarias, pelas barbearias, pelos lugares mais impróprios à mendicância (que em quase toda parte se contenta com a porta das igrejas e com a porta dos teatros) já coisa nenhuma tem da mendicância humilde que era o encanto de Charles Lamb nas ruas de Londres. Já é um imperialismo. Age imperialisticamente. Impõe-se com uma impertinência e até com uma arrogância espantosa. Mendigos organizados comercialmente.

    Quando a gente se lembra de que parte desse pauperismo a exibir-se pelos cafés e confeitarias é afinal um pauperismo carnavalesco, de mentira, um processo de exploração, ainda mais sério fica o problema. A cidade vê o seu espírito de beneficência reduzido à mais horrível das deformações. E por causa dessa promiscuidade, muito pobre de verdade fica sacrificado a muito pobre de mentira.

    Sabe-se pela experiência de outras cidades do Brasil – Juiz de Fora, Niterói e ultimamente Rio de Janeiro – que a solução dessa história de mendigo de mentira não é nenhum bicho de sete cabeças. Que o problema se pode resolver nas suas linhas gerais – de modo absoluto, é evidente que não – com um pouco de espírito de organização e de cooperação; e sem prejuízo nenhum, antes com as mais nítidas vantagens, para os pobres verdadeiramente obrigados a pedir esmola; para os pobres reduzidos pela insuficiência física a esse estado melancolicamente inútil de homens e de mulheres atirados para fora da vida criadora e ativa como pontas de cigarro e pontas de charuto.

    Em Niterói, o movimento contra a falsa mendicância, e o esforço para organizar a verdadeira, iniciou-o há cerca de um ano a Associação Comercial de acordo com a Polícia do Estado; e com tal êxito que há três ou quatro meses a cidade do Rio, decidida a enfrentar o problema do pauperismo, foi buscar a sua principal inspiração no exemplo de Niterói.

    Foi por essa ocasião que o sr. Assis Chateaubriand, diretor d'*O Jornal*, em interessante reportagem, divulgou detalhes da organização de beneficência de

Niterói. Detalhes curiosos. Eles têm para o Recife (sob uma onda tão forte de mendicância, e desta tanta mendicância de mentira) um vivo e atualíssimo interesse.

A Associação Comercial, antes de tudo, foi aos particulares, para que eles, escreve o sr. Assis Chateaubriand, "com o concurso dela sistematizassem seu espírito de caridade, dando as parcelas que destinassem ao auxílio dos necessitados à bolsa fundada pela Associação".

Esta fez uma lista à qual concorre quem quer. Mensalmente levantam-se 4 contos e pouco das quotas, e este dinheiro, no primeiro domingo do mês, é entregue, à porta da Catedral, aos mendigos inscritos no cadastro da Associação e da Polícia, por uma comissão daquela.

Os candidatos ao auxílio da beneficência da Associação inscrevem-se para percepção da quota mensal, que é em dinheiro. A Associação manda à Polícia o nome do candidato. O departamento de capturas estabelece as investigações necessárias.

São investigações cautelosamente feitas, com método, por uma autoridade animada de uma noção muito precisa do seu papel. Se a indigência fica provada, pela incapacidade física do mendigo para o trabalho, a Associação inscreve-o na lista dos seus pobres auxiliados e ele não mais esmola a caridade pública. Se é um falso mendigo, a Polícia veda-lhe o direito de explorar a caridade coletiva e ajuda-o a encontrar trabalho nas fábricas ou nas fazendas estabelecidas no território fluminense.

Qual o processo de sindicância? Qualquer pedinte encontrado na rua é levado ao posto da delegacia. O delegado interroga-o detalhadamente. Sobre as informações do detido faz-se nova investigação. E se ele é de verdade miserável é examinado no gabinete médico-legal (apurada aí sua incapacidade para o trabalho), identificado, fotografado. O gabinete fornece-lhe uma carteira e esta carteira habilita-o a receber esmolas da caixa nos dias de distribuição, à porta da Catedral.

Durante a sindicância em Niterói, descobriu-se muita coisa interessante. Muito caso curioso de exploração. Muito falso mendigo a engordar pela esmola. Proprietários de casas, de joias e até de sítios, disfarçados carnavalescamente em mendigos a pedir esmolas pelo amor de Deus.

O Recife deve estar cheio de casos assim. Nessa onda de mendicância a engrossar dia a dia, a estourar por todos os lados, há decerto muito que depurar. E dela, o que for de gente verdadeiramente obrigada a pedir esmola deve ter a sua melancólica condição apurada, no seu próprio benefício e no da cidade.

(Diário de Pernambuco, 21-11-1926)

Em torno de umas teses

Numa cidade como o Recife – e o caso do Recife é o de quase tudo quanto é cidade da América do Sul – não pode deixar de fazer sorrir qualquer esforço de erudição dependendo de leituras que se poderiam dizer de luxo.

Escrever um bacharel em Direito no Recife sobre a "Igreja na Idade Média" de maneira solenemente erudita é um esforço que muito se parece ao de querer alguém nadar numa bacia que mal chegasse para um semicúpio decente.

Não quero dizer que isto chegue a ser uma condição humilhante ou absurda: isto de não termos bibliotecas que permitam leituras de luxo é uma situação quase natural.

Bibliotecas de luxo, permitindo fortes estudos de especialização sobre a cultura ocidental, não era lógico que as tivéssemos aqui, debaixo das nossas gordas bananeiras. Gordas bananeiras tão boas para à sombra delas a gente quase se esquecer dessa cinzenta melancolia que é cada dia mais a erudição à moda germânica e mesmo à francesa. Gordas bananeiras tão boas para, à sombra delas, a gente conservar livres da sociologia do dr. G. Le Bon os poderes de intuição, de observação direta, de introspecção própria e nacional que porventura sejam um pouco nossos.

Ridículo há, e muito, em supor um sul-americano qualquer, que de cá das bananeiras, com 50 ou 100 livros mandados vir de Paris ou de Londres, ele aprofunda assuntos que exigem o contato direto e vivo com bibliotecas bem equipadas.

O natural é que a gente aqui se aprofunde no estudo daquilo que é alongamento ou extensão da nossa própria vida; a catequese, por exemplo, com Anchietas de batina pelo joelho atravessando atoleiros para batizar caboclos; ou os pega-índio-brabo das "bandeiras"; ou a fundação dos primeiros engenhos aqui no Norte; ou, ainda, os começos da nossa confeitaria e doçaria e cozinha em geral.

No sr. Olívio Montenegro, que acaba de publicar uma tese sobre *A Igreja na Idade Média* e outra sobre "a superioridade política e militar dos romanos sobre os gregos", se agita uma inteligência que vê muito claro tudo isto: a quase melancolia desses nossos esforços de sul-americanos, pretendendo fazer erudição sobre assuntos tão distintamente do domínio de europeus providos de excelentes bibliotecas, excelentes arquivos, excelentes museus.

Nas suas teses não encontrará ninguém a solenidade dos que supõem estar mesmo fazendo coisa criadora como erudição. Encontra-se é muito decoro intelectual; muita sensibilidade à beleza da obra da Igreja, tão admiravelmente realista; muito estudo inteligente e honesto, dentro dos limites de lugar e de tempo; muita agudeza de discernimento; muito sinal de leitura fina.

E a matéria toda, exposta com uma bela e forte clareza – qualidade muito a considerar no trabalho de um indivíduo que se propõe a mestre de meninos. Exposta com sóbria elegância.

De vez em quando, uma meia página, um trecho – que os olhos, e em certos casos até o ouvido, pedem à gente que leia de novo, com mais vagar e mais volúpia; e isto faz da leitura das teses do sr. Olívio Montenegro um efetivo prazer. Coisa rara quando se trata de tese de concurso. Muito rara mesmo.

(Diário de Pernambuco, 26-11-1926)

Atualidade de George Meredith

O escritor francês Ramon Fernandez acaba de publicar um ensaio sobre George Meredith: *Le message de Meredith*. Um ensaio que é uma festa a gente ler. Vinte ou trinta páginas somente, mas vinte ou trinta páginas onde as ideias se espremem como num *club sandwich*. E é talvez esse Fernandez, íntimo de Rivière e cheio de reminiscências dele, quem explica melhor a pungente atualidade de sentido que para os franceses adquiriu quase de repente a obra de George Meredith.

Obra quase antifrancesa, a de George Meredith, no desordenado agreste da espontaneidade criadora, à qual, entretanto, não falta uma incisiva linha de disciplina íntima.

Razão, entretanto, esse desordenado, para a modernidade francesa de Meredith. Para a sua atualidade no meio de uma jovem poesia e de um novo romance a libertar-se da obsessão de "elegância" de técnica. Do excesso de "medida". Foi, aliás, influenciado pelos ingleses que Proust criou em *Du côté de chez Swann* aquele romance quase solto da crosta de "gênero literário" no qual toda a sensibilidade ocidental foi achar um tão puro alongamento de sua própria vida e da sua inquietação extraliterária.

Parece mentira a França apaixonar-se por um Meredith. Pelo que pode haver de menos francês. De menos Anatole. De menos Bourget. De menos Barrès. Por uma mistura de imaginação inglesa e cultura germânica a que, entretanto, não falta o sal do espírito francês.

Antes de tudo, Meredith é poeta, sendo nisto bem inglês: a literatura inglesa é uma literatura de poetas. Mesmo quando grandes ensaístas: o caso dos Pater.

Poeta dos grandes, George Meredith. Porque a sua poesia é principalmente em prosa – onde só é poesia a poesia de verdade grande. A independente da musicazinha italiana a que dançam como macacos as palavras metrificadas.

Daí esta grande qualidade íntima da prosa de Meredith, notada por Fernandez: o ser intraduzível. Ou pelo menos: difícil de traduzir. Exatamente como a poesia convencional.

Fernandez fixa admiravelmente essa qualidade intimamente poética da prosa de Meredith. Um pensamento todo em imagens, o do autor de *The egoist*.

E as ideias e emoções fazendo corpo com o ritmo da frase. Com a própria flexão da palavra. Lendo uma tradução de Meredith, segundo Fernandez, *"nous avons l'impression de lire le compte rendu d'une fête dont nous n'avons été les temoins"*.

Entre os próprios ingleses houve quem achasse em Meredith muito preciosismo, quando ele apareceu escrevendo de uma forma perturbantemente nova. E nova não pelo uso de palavras preciosas ou raras (das que só saem do dicionário nas quatro festas do ano, com muito ranger de sedas velhas e muito medo de correntes de ar) mas pelo esquisito de novas combinações de palavras sabidíssimas, correntíssimas, atualíssimas.

Com esse esquisito de combinações novas criou George Meredith, dentro do idioma inglês, um idioma todo seu. Idioma todo de elipses, de surpresas, ágil, crespo, no qual Fernandez insinua coisas que um Freud talvez descobrisse: o desvio para a expressão de um gosto pelo mórbido, que na vida por ele criada – a gente dos romances de Meredith é uma gente muito sã –, Meredith sempre reprimiu. O mórbido, recalcado aí, espalhou-se então naquele crespo desigual, surpreendente, inglês, que fecha os livros de Meredith a muita gente que exige dos estilos retas absolutas e modos apenas diretos de dizer.

(Diário de Pernambuco, 28-11-1926*)*

Ensino normal em Pernambuco

O livro *Ensino normal em Pernambuco*, que acaba de aparecer sob sinete do Estado, reúne um forte grupo de documentos, mostrando com muito luxo de pormenor, com alguns quadros e fotografias interessantes, o que foi a ação do professor Ulysses Pernambucano de Mello como orientador do ensino normal em Pernambuco nos últimos três ou quatro anos. Ação inteligente.

Vê-se por esse livro – mesmo descontando nele o elemento apologético – que o ensino normal entre nós foi prestigiado com o maior dos carinhos pelo governo do sr. Sérgio Loreto. E largamente beneficiado por ele, ainda que atingido de lado pelo movimento um tanto infeliz que atingiu de cheio, nos últimos meses do mesmo governo, o ensino de humanidades, tristonhamente obrigado a desoficializar-se entre nós, com prejuízo sério para a mocidade pernambucana. E tudo por uma questão quase de capricho: o de favorecer um grupo de bacharéis camaradas do Governo, disfarçado o favor com duas nomeações flagrantemente justas.

O livro agora publicado põe o curioso em contato com atividades bem mais simpáticas do Governo passado do que essa de nomeações graciosas. Atividades que o honram. Atividades que o farão dignamente lembrado na história, em Pernambuco, do ensino público, do qual o ensino normal é certamente o nervo.

O trabalho do prof. Ulysses Pernambucano, norteado por um lírico entusiasmo, prende o interesse e até a simpatia de todo brasileiro curioso do que vai ser do Brasil. Mesmo do brasileiro duvidoso do messianismo da alfabetização; e achando a melhor coisa do Brasil sua reserva de analfabetos.

(*Diário de Pernambuco*, 2-12-1926)

Queimadas

A casa-grande do Engenho Queimadas é o que pode haver de mais docemente franciscano em casa de engenho.

Goethe, com sua horrível mania de classicismo, de elegância greco-romana, não teria gostado dela. Mas Goethe também não gostou do convento franciscano em Assis. E mesmo em Assis o que ele queria que lhe mostrassem – ah! alemão genialmente pedante! – eram ruínas clássicas.

A casa de Queimadas tem alguma coisa de agrestemente brasileira. Logo que ela sai branquinha dentre os coqueiros, com as portas e as janelas todas de pau pintadas de azul, a gente sente, morando ali, um senhor de engenho que parou em senhor de engenho: não evoluiu em usineiro.

Dentro de casa, claras cadeiras de vime em doce acordo com as paredes caiadas de branco; e pedindo todas que a gente se sente sem cerimônia. E estendida entre duas estantes, numa mole preguiça nortista, velha rede do Ceará.

Há nesta casa um telefone útil – mas nem rádio nem gramofone nem caixa de música além do telefone. O senhor de engenho de Queimadas se contenta com um papagaio e uma arara, o dia inteiro empoleirados perto da rede, num pátio de trepadeiras todas em flor, como um cenário de peça espanhola dos irmãos Quintero. Eu, desde que ouvi o primeiro rádio, estranho entre nós sua vitória. Entre nós que melhor rádio e gramofone temos para nos maravilhar com a reprodução da voz humana do que esses nossos curiosíssimos, misteriosíssimos irmãos que são os papagaios?

Detrás da casa, por um caminho de voltas sentimentais (uma delas passa pelo túmulo de um cão chamado Togo, sobre o qual cresce saudoso um eucalipto) a gente sobe para um palanque. Um palanque coberto de palha de coqueiro bem no alto do morro. De lá se vê ao longe o mar – parente distante de Queimadas. E por outro caminho a gente desce para beira do Persinunga. Queimadas tem banho de rio como todo o engenho que se preza. Banho de rio. Cajueiros amarelinhos de caju. Truaca muito cheirosa de boa cana. Uma areia branca e solta como areia de praia, porém muito mais doce. Sem o ranger zangado da de praia.

Em Queimadas as árvores são camaradas umas das outras. Tanto que a gente só as vê em grupos. Conversando, eu acho. As próprias árvores novas são assim. Há uns quatro grupos de eucaliptos reunidos quase familiarmente. Há uns coqueiros também assim reunidos. Quando o vento sopra mais acre sobre eles, ficam parecendo caciques peles-vermelhas virados para o mar, em atitude de rito, os grandes penachos caindo imperialmente para trás.

Um ou outro coqueiro sozinho – desses que dão à gente não sei que estranha saudade.

(Diário de Pernambuco, 11-12-1926)

Rainer Maria Rilke

No romance de Rainer Maria Rilke (sempre que falo num nome novo me lembro da primeira vez que falei em Otto Braun, Psichari, Ganivet e Bourne: um requintado me disse confiante da sua agudeza e sorrindo com um dente de ouro: nomes de mentira, hein, seu maganão!), romance menos mundano e mais místico que o de Proust, a gente vai encontrar o alongamento daquela ânsia de análise íntima que foi a de Dürer na pintura; e em biografias claras ou disfarçadas em romances, a de Santo Agostinho, a de Dostoievski, a de Pascal, a de San Juan de la Cruz, a de Baudelaire, a de Guerin, a de Psichari, a de Donne. Que quase toda grande literatura é biografia. Ou autobiografia.

Sente-se em Rainer Maria Rilke uma espécie de espanhol desgarrado em nórdico. Espécie de carta escrita numa má qualidade de papel, e posta por engano em envelope diferente. Em envelope menor que o papel de carta.

Porque, do espanhol, Rilke tem o pungentemente místico do mundo de quase voluptuosa introspecção que é o seu romance. Que é *Cahiers de Malte Laurids Brigge*, por exemplo. E por essa qualidade mística ele se alonga à região onde não chegam Joyces e menos ainda Bernanos.

Em Rilke a análise não chega nunca àquele gosto de ciência que às vezes é até um ranço, um ranço metálico parecido ao que sente na boca quem tomou injeção de mercúrio, dos romances de Proust, "filho e irmão de médico", como lembra com ênfase um crítico francês.

O método de Rilke debruçar-se sobre a alma da gente é antes o do confessionário que o do laboratório. E parece que sobre o assunto os laboratórios estão ainda aquém dos confessionários: continua a haver mais verdade em San Juan de la Cruz que no último volume de psicologia experimental, baseado em *test*, saído da "Colúmbia University Press"; mais penetração nas *Reflexões sobre a vaidade* do que na última entrevista sobre psicologia do prof. Austregésilo ao *Jornal do Brasil*. Em San Juan de la Cruz, como nos grandes místicos em geral, as palavras nos dão a impressão de vivas, quentes ainda das emoções sentidas, sofridas, gozadas; nos tratados científicos o gosto que elas têm é menos este que o melancolicamente frio dos restos de comida já mastigada.

Em Rilke não se sente o "literato" nem o "intelectual" nem o psicólogo com mania de experimentalismo ou de "documento humano". O que o leitor sente é uma grande vida curvada sobre si mesma. Uma grande vida interior – ainda que não lhe faltem arrepios de ação, ânsias de experiências físicas que sirvam de combustível ao fogo da introspecção. Uma vida de forte e às vezes trágica beleza. E trágica pelas suas sombras. Suas profundas sombras negras. O que não tem, ou antes, do que foge com uma força louca e ágil de pássaro selvagem que se arriscasse a quebrar as asas e até a arrebentar-se todo para não morrer de tédio no cor-de-rosa amável e feliz de uma sala burguesa, é da mediocridade. Essa vida em exaltação que nos aparece em *Cahiers de Malte Laurids Brigge* nos dá a impressão de tristonhamente obrigada a andar por um caminho às vezes viscoso de barro mole; de vez em quando o barro pega na sola dos sapatos; de vez em quando é preciso bater os sapatos para o barro desprender-se.

Cahiers de Malte Laurids Brigge nunca terá a popularidade de nenhum livro de Proust. Tudo nele foge à popularidade fácil. É um desses livros ouriços-cacheiros que se aguçam todos de espetos. Rebeldes à domesticação.

Nos restos da velha gente aristocrática da Europa foi buscar Rilke seus principais objetos de estudo, tão certo da riqueza do assunto como um *gourmet* da riqueza de gostos e possibilidades dos restos de um peru assado. Malte Laurids Brigge deixa o limitado ambiente de filho de família aristocrática para entregar-se em Paris às experiências mais vivamente humanas e mais franciscanamente humildes. Experiências de homem livre e só. De amores promíscuos. De pobreza. De miséria. De doença. De camaradagens rasteiras. Novos sabores da vida. E tudo isso, sob a consciência de um aristocrata com a coragem de arriscar a sensibilidade em experiências novas e até absurdas.

Uma grande vida interior sobe com tamanha força às páginas de Rilke que dos seus livros bem podia dizer alguém, adaptando o que foi dito de um livro de Whitman: camarada, isso não é livro; isso é mais que um livro: isso é vida.

(*Diário de Pernambuco*, 19-12-1926)

Nova ação policial

Se a gente for acreditar em certos viajantes dos séculos XVII e XVIII que andaram pelo Brasil e cujos livros, alguns raríssimos, foram o objeto principal dos meus recentes estudos, na coleção Oliveira Lima, na Universidade Católica em Washington; se a gente for acreditar naqueles viajantes franceses e ingleses, todos eles, principalmente os franceses, uns más-línguas terríveis – isso de andar armado de faca de ponta, pistola e até clavinote já foi muito pior em Pernambuco e na Bahia. Já foi um horror.

O mais brando daqueles viajantes, certo Rennefort, cujo livro é de 1688, tenta explicar o estranho hábito, por ele notado até nos meninos, por imperiosa necessidade do meio ainda agreste. Meio ainda muito cheio de bicho venenoso e de animal brabo. "*Pour couper ces serpens nommez cobre veados*", diz ele das tais facas, não sei se com um rançozinho de ironia, mais de esperar de um francês do que a pura ingenuidade.

Coreal, porém, não tem dessas branduras. Não liga o aparelhamento belicoso dos nortistas ao perigo das cobras-de-veado. E escrevendo em 1666 diz que no Norte do Brasil, nas próprias cidades como a então faustosa Bahia de Todos os Santos, ninguém saía à rua sem Santo Antônio pendurado ao pescoço e "*un poignard dans le sein, un pistollet dans la poche et une epée des plus longues au côté gauche*". Pura Florença de romance.

Pela leitura dos viajantes do século XVIII, a gente vê que o ardor belicoso foi amolecendo à sombra das igrejas seiscentistas de São Salvador, para aguçar-se entre os coqueiros hindus e as "urupemas" árabes de Pernambuco. No Pernambuco menos Veneza, pelos canais aos poucos tapados, que Florença, pelos muitos ódios em choque, que Luís do Rego veio encontrar nos princípios do século XIX: um verdadeiro deus nos acuda de desordem e licença.

Mais ou menos por essa época, viaja por cá, pelo caminho de Goiana à Paraíba, um missionário metodista distribuindo *Bíblias*; e a esse outro George Borrow, bem menor que o outro e sem coragem de virar cigano, as facas de ponta a reluzirem sinistras nas mãos de ferrabrases às vezes encachaçados, dão sensações de mal-assombrado.

Verdade é que a faca de ponta com cabo de prata, da qual Pasmado se tornou uma como agreste Toledo, já desempenhou em Pernambuco muito papel simpático. Por exemplo: quando os senhores de engenho do Sul marcharam contra o Recife – o morgado do Cabo à frente deles. E salvaram o Recife da onda de suja demagogia. Vinha tudo de faca de ponta – a começar pelo morgado.

Mas isso pelo processo de ferro contra ferro. Não há aí a justificativa lógica da facilidade de andar armado que aqui se desenvolveu. Andar armado de pistola, faca, clavinote e até daqueles bacamartes com que ferrabrases dos quase meados do século XIX iam para as praias proteger o desembarque das "charqueadas de carne humana" de que fala um cronista.

Contra os restos do tumultuoso colonialismo, contra o qual agiu com desassombro, num meio ouriçado de complicações nativistas, Luís do Rego Barreto está agora a agir a nova orientação de Polícia em Pernambuco, pela mocidade vigorosamente pernambucana do sr. Eurico de Sousa Leão. Semelhante atitude terá a simpatia de todo o bom pernambucano. De todo o pernambucano desejoso de ver as tradições de bravura desta terra, não dispersas em rixas e "fatos policiais", mas transmutadas numa como economia moral de valor.

(Diário de Pernambuco, 22-12-1926)

Anexos

Gilberto Freyre*

Gilberto Freyre deve chegar hoje da Europa.

Levou-o ao Velho Mundo sua curiosidade investigadora, depois de sólidos e brilhantes estudos realizados nas universidades americanas.

Acerca de Gilberto Freyre, escritor, é quase escusado que eu fale aqui: toda gente que lê o *Diário de Pernambuco* de há muito se familiarizou com o seu nome. A princípio, houve quem o atribuísse a um pseudônimo...

– Quem é esse Gilberto Freyre? – perguntava-se.

É que o grande público não o conhecia. Conhecia-o, e muito bem, a meia dúzia de seus íntimos e de seus condiscípulos, no meio dos quais ele tinha vivido sua adolescência. O resto ignorava-o.

Tenho a felicidade de me inscrever entre os primeiros.

Desde o começo, ligara-nos uma profunda simpatia intelectual.

Gilberto era ainda um preparatoriano do Colégio Americano.

Foi por este *Diário* que nos aproximamos. Eu escrevia artigos de crítica sobre a guerra, meio inflamados, meio líricos, meio transbordantes de ingênuo entusiasmo. Naquela época eu pensava realmente que a Inglaterra acorria em socorro da Bélgica para defender a civilização, que a França se levantava para a realização de um ideal puro. Essas ideias, modifiquei-as pouco a pouco com o tempo e com o estudo. Parece que Gilberto por esse tempo pensava comigo.

Lembro-me da vez primeira que o vi, o olhar vivo, agudo, penetrante; o aperto de mão forte, cordial, caloroso. Pensávamos igualmente, tínhamos as mesmas admirações. Líamos os mesmos livros.

Em 1918 ele partiu para a América. As cartas que tenho dessa ausência de quase cinco anos dariam um pequeno volume, cheio de observações pessoais, interessantíssimas.

Essas observações apareciam de quando em vez mais desenvolvidas nas correspondências *Da outra América* que o consagraram entre nós, e pelo país inteiro, como um dos escritores mais fortes e originais da geração do Centenário.

---

* Artigo do jornalista Aníbal Fernandes, publicado no *Diário de Pernambuco* de 8 de março de 1923.

Depois, os seus afazeres absorveram-no de modo a interromper essa colaboração fascinante, onde predominou sempre u'a nota de sinceridade, de elegância espiritual e do mais esclarecido bom gosto.

Tenho diante de mim uma de suas cartas, na qual ele me fala com exaltação dos seus estudos:

"Meus estudos me estão dando muita alegria. Que delícia, Aníbal, remexer ideias, mistérios, problemas! Tenho um curso com Franz Boas, o grande antropologista; outro, interessantíssimo, com Giddings, o sociólogo de grande renome aqui e na Europa, e mais três de História Social e de Direito Público. Vou tomar cursos de Crítica Literária e História Comparada da Literatura (Estética), como meus cursos 'eletivos'."

E mais adiante:

"Espero para o ano ir à Europa, mas não sei ao certo. O dinheiro é o nervo das viagens... Quanto à carreira, não sei. Estou adquirindo cultura básica que me habilite a especializar facilmente. Desejaria voltar ao Brasil, ao Recife, à minha família. Desejaria trabalhar com espíritos simpáticos, congeniais, vivos, críticos como v. e uns raros outros, por um Brasil mais culto e mais 'si mesmo'. Não sei. Não sou rico. Não sei adular. E é possível que acabe professor de Universidade, aqui..."

Hoje Gilberto volta forrado de uma cultura invulgar, na sua idade, pensando como um homem, em plena posse de todas as suas faculdades, a ponto de merecer da parte de um crítico tão irreverente e tão dificilmente impressionável como o sr. Antônio Torres expressões como esta:

"Com as suas preocupações mentais e com a sua cultura, v. é verdadeiramente espantoso."

Gostaria de transcrever aqui algumas das suas impressões de viagem, para fixar a alta visão desse pintor impressionista, cujo estilo de pinceladas largas, sóbrias e simples, lembra um Claude Monet desgarrado na literatura. Eis por exemplo o que ele me dizia da Inglaterra:

"Escrevo-lhe desta Inglaterra, cuja alma tanto me interessa. Aqui estou há mais de uma semana. Londres está cheia para mim de traços de alguns dos meus avós mentais mais queridos. Recolhi preciosas impressões na velha Abadia de Westminster. E na Torre de Londres. E mesmo, um pouco, em Saint Paul. Meus olhos estão cheios da cor dos vitrais de St. Margaret, de inscrições na Abadia, de pormenores expressivos de monumentos. Meus ouvidos, de cânticos de meninas de coro; de notas graves de órgão, do trote de cavalos no cortejo que ontem vi, do príncipe herdeiro, louro e belo, no seu uniforme de oficial de marinha, dos berros dos gazeteiros anunciando a queda sensacional do formidável David Lloyd George..."

O regresso, hoje, à terra do seu nascimento, desse espírito moço e fulgurante, enche a todos nós, seus amigos e admiradores, de uma comovida alegria.

Não podia resistir ao prazer de manifestá-la, de público, eu que tenho acompanhado a evolução rápida de uma inteligência tão alta e tão vigorosa.

A. Fernandes
(Diário de Pernambuco, 8-3-1923)

Gilberto Freyre*

Em homenagem ao jovem e distinto escritor pernambucano sr. Gilberto Freyre, seu antigo aluno e professor, ora entre nós, após uma demorada ausência nos Estados Unidos e na Europa, o Colégio Americano Batista realizou sexta-feira última uma festa encantadora, que teve uma avultada e muito escolhida assistência.

Às 16 horas teve início a parte literária.

O conhecido homem de letras sr. dr. França Pereira, num primoroso discurso, saudou ao homenageado. Principiou apresentando-o ao auditório como uma das mais fortes organizações intelectuais da nova geração. Depois, referiu-se aos triunfos que Gilberto Freyre vem alcançando através de cinco anos de estudo no estrangeiro e findou dizendo que se sentia muito orgulhoso de ter sido um dos seus preceptores.

O orador foi muito aplaudido.

Em agradecimento, Gilberto Freyre proferiu o seguinte discurso:

"Agradeço-vos a lembrança deste chá, as belas e gentis palavras do meu muito querido mestre França Pereira, todos os carinhos desta tarde, no meio de paisagem tão amiga e de rostos igualmente tão amigos. Muitas vezes, em terra estrangeira, antecipei o gozo, não direi de ocasião como esta, que excede quanto era lícito esperar de vossa generosidade, mas o de vos rever, meus caros amigos, e a esta casa e a estas árvores. A meninice toda e a primeira adolescência passei-as aqui; não quiseram meus pais que eu praticasse quando menino este grande esporte nacional, um dos três grandes esportes verdadeiramente brasileiros: o de mudar de colégio. Os outros dois são: mudar de casa e mudar de profissão. Nós, brasileiros, passamos a meninice a mudar de colégio, as menores futilidades servindo de pretexto a este borboletear; homens-feitos, estamos sempre a mudar de casa e de profissão. Só deixamos de mudar de profissão com a aposentadoria e de casa quando nos conduzem ao cemitério. Talvez, estes esportes sejam o pitoresco escoadouro de nossa intranquilidade social,

---

* Notícia publicada no *Diário de Pernambuco* de 28 de março de 1923.

admiravelmente fixada pelo sr. Graça Aranha no único dos seus livros que vale a pena ler até o fim. E nos três referidos esportes, eu quase vos asseguro, não há campeão nem europeu nem americano, que nos leve a palma. Eis aí um ponto no qual o orgulho nativista tem pano para as mangas.

Passei pelo Colégio Americano Gilreath como aluno e um pouco como professor. Ainda não consegui ver um só dos pequenos a quem ensinei as contas de somar ou a ler o primeiro livro; estou que, nas horas de lazer, estes pequenos, hoje meninos-moços, leem com toda a facilidade o verso e a prosa de Stéphane Mallarmé e discutem com inteira suficiência a teoria da relatividade... É sempre lícito esperar grandes coisas dos antigos alunos. A propósito de relatividade: não se manifesta a verdade dessa teoria nas relações entre mestre e discípulo? Aprende o discípulo do mestre, aprende; mas o mestre também aprende muito do discípulo.

Pensam alguns que dos mestres a gente não aprende coisa nenhuma. George Bernard Shaw – esse cultor do paradoxo, cujo espírito gentilmente perverso dá a lembrar um esguio relógio *Grandfather* que marcasse as horas ao contrário – disse uma vez que só ensinavam os que não podiam fazer aquilo que ensinavam. Por exemplo: ensina direito comercial o indivíduo incapaz de conduzir vitoriosamente um caso de falência. Daí conclui o ligeiro Shaw: o magistério é o refúgio da mediocridade. Pode-se com igual razão concluir: o magistério é o refúgio dos exageradamente escrupulosos para as vitórias da ação. Este é o caso, no Colégio Americano, do seu corpo docente, pelo menos entre os professores da 'velha guarda', de um dos quais me orgulho de ser, além de discípulo, filho.

Mas esta reunião não me põe somente em contato com a querida 'velha guarda'; põe-me igualmente em contato com a ala oposta, a *d'avant-garde*. Sandwuichado entre estes dois elementos, cuido compreender um pouco a alma de um e o espírito do outro. Pertencem a gerações distintas uma da outra e distintas da minha, que foi a da Guerra. Quis o destino que eu pertencesse à geração da Guerra, aqueles que, adolescentes durante a carnificina, receberam dela, nesse período de *prime jeunesse* em que o espírito é mole como a cera e sensível como a placa fotográfica, as impressões mais fortes. Mas estupidamente fortes. Talvez essa função de terremoto intelectual que a guerra exerceu tenha sido uma função útil – a única função da mais inútil das guerras.

Felizmente o que teve de sórdido a chamada Grande Guerra ficará ligado à geração que a fez dos gabinetes e não a que a fez com o seu sangue e a sua carne por uma questão de brio açulado pelo mais oco dos verbalismos. Essa grande guerra foi o remate da obra de uma geração que timbrou em dar provas, as mais concretas, de sua estupidez; que deu o voto às mulheres, que adorou Victor Hugo, Zola e Guerra Junqueiro, que fez a república em Portugal e na

China, com sua desenfreada mania de modernismo, de cientificismo e liberalismo. A geração dos Clemenceau, dos Lloyd George, dos Viviani, dos Sun-Ya--Tsen, dos Afonso Costa... Mas para que gastar o tempo dizendo mal duma geração que vai devagarinho passando para o cemitério, para a aposentadoria e para o ostracismo? O que se deve fazer, o que os da geração nova temos a fazer é, com aquele espírito de caridade de que se não farta de recomendar São Paulo e, ao mesmo tempo, com a firmeza de São Francisco de Sales, assumirmos as responsabilidades de reatar a tradição de bom senso, a tradição de nossos avós, há cinquenta anos interrompida.

Antes de nós, desde o Cristo, várias gerações têm tido a pretensão de messiânicas. Nosso caso não é de pretensão; é de necessidade. A esperança está em nós pela força das circunstâncias; só o espírito de juventude conseguirá avivar, com o milagre do seu frescor, ossos tão secos como os que hoje se nos deparam em toda parte. Reunamo-nos os jovens, não só de corpo como de espírito; imponhamo-nos; sem falsa modéstia brademos *Place aux jeunes*. Brademos *Place aux jeunes* com a mesma sem-cerimônia com que aos moços de ontem os Lloyd George, os Viviani e os Wilson exigiram em proclamações ditadas de confortáveis cadeiras de mola a ligeiros datilógrafos, o sacrifício de sangue... E, *Place aux jeunes*, não para impor novidades mas para voltar ao bom senso – essa coisa preciosa que se deverá escrever bom senso.

Eu não vos venho pregar uma guerra de gerações – a nova contra a velha. Que a geração nova age como um corretivo à velha e vice-versa é fato que se vem repetindo através das eras; é fato que serve de reforço à teoria do meu mestre, o professor Giddings, de ser o processo da cultura humana um processo de equilíbrio, de contemporização entre elementos indistintivamente hostis. Conseguem-se os progressos – não digo o progresso e muito menos o Progresso, por falta de fé nesta criatura – dentro da ordem, exatamente por meio desta contemporização entre forças cronológica e logicamente diversas.

Nós, porém, não fazemos face à situação, como a esboçada, normal. Ao contrário, monstruosamente anormal. Já o era um tanto antes da Guerra; a Guerra acentuou-a com traços vermelhos. A geração hoje instalada nos lugares de responsabilidade é, em grossa maioria, uma geração ao mar. Sua atitude em face da guerra quando os próprios advogados, sacerdotes e diplomatas excitaram no povo o mais rasteiro dos ódios – define-a mais claro que às palavras o dicionário de Webster. Sua incapacidade foi e continua a ser manifesta. Vede: não sou dos que idiotamente supõem que os novos são sempre uns messias e os velhos sempre uns fiascos, à maneira das caricaturas de Ano-Novo e Ano Velho nas revistas de Natal. Cheguei pelo estudo à conclusão que há cinquenta anos guiam-nos homens excepcionalmente incapazes; dos novos é lícito esperar que sejam ao menos ordinariamente capazes.

Sei que a esta ocasião caberiam antes, pelos bons preceitos da liturgia social, palavras de otimismo mesmo insincero; palavras-bombons. Perdoai se, estupidamente sincero, faltei a esses bons preceitos. Venho duma Alemanha onde estudantes e professores, como vós outros, sofrem a fome e vão às aulas de fato sovado e sapatos rotos; guardo ainda nos olhos a triste paisagem dos cemitérios da guerra – milhares de cruzes de pau preto sob as quais apodrece tanto corpo jovem, tanta esperança, tanta promessa. Nos Estados Unidos, na Inglaterra, na França, em Portugal convivi com uma mocidade que apresenta ainda cicatrizes da guerra, senão no corpo, no espírito. Felizmente, entre essa juventude toda, certo elemento, resistindo à volúpia do pessimismo *d'après guerre*, dá mostras de coragem de ação e dessa coragem em face de situação tão negra eu vos quisera comunicar a flama.

Falta-me autoridade para vos dirigir palavras de advertência; falta-me o solene prestígio da calvície, que consagra tão depressa a competência. Falo-vos depois de alguns anos de contato com as tendências contraditórias desta nossa época inquieta e experimentadora; é a minha única autoridade. Não vos trago, a vós que sois por natureza e propósitos de vida, um elemento pensante, ideias já digeridas; quisera excitar-vos o espírito. Não vos digo: segui isto ou aquilo. Advirto-vos, nesta época de inquietação, quando as forças de disciplina social chegaram quase a soçobrar, contra o 'rousseauismo' que empolgou desastrosamente nossos predecessores e é a raiz de tantos males modernos; contra o cientificismo com a sua concepção estritamente objetiva da verdade; contra a mania do modernismo a todo pano; contra a ganância material; contra o exagerado individualismo. Que somos nós senão um instante no longo desenvolvimento do nosso ser? Pergunta-o, em página agudamente inquieta, Maurice Barrès. Estúpido seria procurarmos, neste momento, o desgarramento das tradições e das relações naturais. Semelhante desgarramento produziria, no caso individual, o drama pungente do *déracinement*; no caso coletivo, tragédia como a russa, como a de todas as revoluções anti-históricas e antinaturais.

Está nos moços a esperança – frase banal, tantas vezes dita e repetida, mas que assume, na hora que passa, o ar dum imperativo categórico. Eu sei que em torno de nós flutuam *icebergs* de desânimo e deles vem um frio agudo e fúnebre. Diante deles não será talvez possível conciliar a inteligência com o otimismo. Mas é sempre possível conciliar a inteligência com a coragem. Eu quisera que um de vós, com o dom da tradução, vertesse à nossa língua, da inglesa, o discurso sobre coragem, de I. M. Barrie, na Universidade de St. Andrews. No meio desse discurso, o único discurso de sua vida, Barrie tirou do bolso um papelucho amarfanhado, um bilhete encontrado junto ao cadáver do bravo Capitão Scott nos gelos do Polo Sul. Vinha dito no bilhete, escrito a lápis: '*I am not at all afraid of the end, but sad to miss many a pleasure which I had planned for the future in our long marches... We are in a desperate state – feet frozen, no fuel and a long way from food, but it would to your hart good to be in our cheery conversation...'*. Isto, meus amigos, é coragem."

Uma prolongada salva de palmas coroou as últimas palavras do sr. Gilberto Freyre.

Em seguida, no belo parque do Colégio, à sombra pitoresca das árvores anosas que formam o *décor* natural da estância, foram servidos chá, refrescos e bolinhos.

(Diário de Pernambuco, 28-3-1923)

O Recife e as Árvores*

Afirma-se neste momento da "Semana das Árvores" o desejo do "Centro Regionalista do Nordeste" de orientar, dirigir, mover o sentimento e a opinião, fazer sentir sua força jovem num meio parado e acacianizado.

Resistirá o Centro a esse meio sobre o qual procura influir? Não acabará também acacianizado? Ou por outro lado não acabará morrendo como aquela "Liga do Norte" a que Antero pertenceu antes de se deixar languemente roer pela introspecção? Sabe-se pelo Eça como terminou a Liga, uma tarde tristonha. Só compareceram o Conde de Rezende e Antero. Chovia. "Ambos se olharam pensativamente." Estava morta a Liga.

Quanto ao Centro, seria aliás preferível que morresse assim a que triunfasse renunciando o seu caráter. Não o renunciará, por certo. E é possível que consiga o milagre de vencer o meio hostil.

Economicamente, a árvore criou o Brasil e nos deu nome à pátria: nós quase saímos da *ibirapitanga*. Ou do pau-brasil.

E diante de uma cruz de pau, talvez do próprio pau-brasil, se disse a Primeira Missa. De modo que, também espiritualmente, nós procedemos e dependemos da árvore.

Mais tarde, querendo os colonos nossos avós deitar raízes na terra em bruto, ligar-se à terra, foi a cinza das árvores queimadas que lhes adubou os terrenos para aquela produção de "cento por um" de que fala Oliveira Martins; passando da agricultura à indústria, ainda a árvore foi o nosso recurso para moer a cana, sendo de madeira os cilindros das moendas, de madeira, as rodas-d'água, de madeira os aquedutos para correr o caldo, de madeira os carros de

---

* Conferência pronunciada por Gilberto Freyre em 11 de novembro de 1924, no salão nobre do Colégio Salesiano do Recife. Publicada no *Diário de Pernambuco* no dia seguinte.

boi cujo guincho de rodas adstringentes deu por tanto tempo à nossa vida um não sei quê de deliciosamente ingênuo.

Depois o vapor. E ainda a árvore a se sacrificar maternalmente por nós: dando-se às rumas e hectares, aos engenhos, às usinas, às fábricas, às locomotivas, às mil e uma bocas com fome de combustível escancaradas para as matas. Veio então a era, que é ainda a nossa, das grandes derrubadas para combustível. Começamos a iludir alto preço do carvão – diga-o no vivo pitoresco do seu verbo ágil, grande apaixonado do assunto que foi Euclides da Cunha – "atacando em cheio a economia da terra e diluindo cada dia no fumo das caldeiras alguns hectares da nossa flora".

E não esqueçamos que uma árvore, a carnaubeira, por séculos alumiou o Brasil com o seu azeite.

Ora, vede: devemos tudo à árvore. Somos filhos da árvore – e de tão generosa maternidade temos abusado com um monstruoso sadismo de filhos que se alimentassem e se regalassem das entranhas maternas. A tragégia de Ugolino virada pelo avesso.

Talvez em nenhum país se tenha em tão baixa conta o problema das reservas florestais como no Brasil. Os gritos de alarme se sucedem com uma estridência de gritos carnavalescos; e com o mesmo resultado dos "gritos de socorro" das vozes carnavalescas: ouvem-nas todos bem clara, mas ninguém as toma a sério. E as reservas florestais do Brasil, sobretudo no Nordeste, se vão reduzindo à melancolia das últimas joias da família. Somos os fidalgos arruinados do pau-brasil. Já entre nós, as matas deixaram de ser aquele arvoredo "tanto o tamanho e tão basto e de tantas prumagens que não podia homem dar conta" – encanto dos primeiros cronistas. Já entre as joias de família de fidalgos que nos arruinamos pela extravagância, rareia a ametista das sicupiras e dos angelins; rareia o rubi das ibirapitangas; rareia o ouro dos pau-d'arcos. Donde a urgência de os salvar. Urgência que se aguça dolorosamente. Mas não é tarde: o exemplo de Nebraska é de ontem. Em cinquenta anos passou de *regio adusta* ao Estado melhor arborizado da União Americana.

Por isto, aqui estamos para o reclame da árvore: a este fim nitidamente pragmático, a esta espécie de rufe-rufe de *Salvation Army*, se resume afinal o esforço da "Semana das Árvores" promovida pelo Centro Regionalista do Nordeste.

Perdoem-nos o ruído – a mim, sobretudo, o agudo desta voz acre – os aristocratas do sistema nervoso: o ruído se justifica quando é de pedido de socorro.

Não é de admirar, pensando bem, que ainda se precise de fazer o reclame das árvores quando ainda se faz o reclame da água, da qual alguns caturras persistem em ignorar as virtudes de líquido saudável para beber e melhor ainda – dirão os que preferem os vinhos à água – para os banhos de higiene pessoal.

Caturras semelhantes desconhecem virtudes nas árvores quando vivas – a não ser os frutos. Ou, então, querem-nas apenas no mato, à distância das suas casas – as "elegantes vivendas" das notícias de recepções de aniversários – e das avenidas, onde todo o espaço é pouco para o rodar insolente dos autos.

Dito isto, meus senhores, eis-me insensivelmente dentro do assunto, do qual estava apenas no estribo. Porque se quisésseis reduzir a tese o assunto de que me incumbi, dando-lhe certo sabor escolástico, teríeis: "Que as árvores, por natureza, servem para sanear e decorar as cidades, e não somente as matas".

Ao sr. Carlos Lyra Filho – de quem foi a inspiração desta "Semana das Árvores" – já uma vez perguntou elegante senhor, virando-se todo na cadeira de molas de uma loja de barbeiro, para que diabo serviam afinal as árvores na cidade? Ele as admitia no mato. Mas na cidade, tapando o frontão e o oitão de tanta casa bonita e a vista de tanto canteiro e dificultando, na rua, o rodar dos autos – na cidade, isso de árvores, parecia ao elegante senhor da loja de barbeiro, o mais ridículo dos absurdos. E eu tenho a impressão de que pela boca do elegante senhor falavam as de muitos e mui respeitáveis senhores – respeitáveis senhores que ao banho assobiam Puccini, leem Anatole ou Afrânio Peixoto aos domingos e rodam pela cidade afofados em "Studebakers".

Mas a tese anunciada – confesso-vos que não a saberia defender com o rigor exigido pela escolástica. A quem me perguntasse para que servem as árvores na cidade não sei o que haveria de responder. Porque ante uma tal pergunta, toda resposta se desfaz em insuficiência ou em ridículo.

A resposta de que as árvores são grandes saneadoras do ar talvez seja a melhor, para o critério de valores dos homens chamados práticos. Eu entretanto vos advirto, aos mais jovens, do perigo do critério utilitário. Critério tão perigoso que, levado aos seus lógicos confins, as catedrais deveriam todas desaparecer para dar lugar a restaurantes e a *water closets*.

Lembrai-vos da mística cidade de que nos fala São João? Pois na *urbs* do santo, a árvore, logo ao centro, dominava matriarcalmente. "No meio de sua praça... estava a árvore da vida... e as folhas da árvore são para a saúde das gentes." Mais tarde, à *New Atlantis* do utilitário Francis Bacon não faltariam "*large and various orchards and gardens*".

Precisamente este sonho de uma cidade com muita árvore foi no Recife o sonho de Maurício de Nassau. Príncipe dos urbanistas, Maurício de Nassau; e as árvores, queria-as tão perto de si, e com uma tal fartura pela cidade toda, que o Recife, nas suas mãos, vinha tomando a plástica de um imenso jardim. Cuido às vezes que é o nosso Dom Sebastião, o nosso "Encoberto", espécie de príncipe de conto da carochinha que nos passou pela história e há de voltar um dia, sem os seus cachos de ouro e os seus finos frocados, é certo, mas com a mesma claridade de gosto e de inteligência – o príncipe Maurício de Nassau. Porque o

Recife há de ter ainda um prefeito do tamanho de Maurício de Nassau. Com o mesmo gosto. Com a mesma elegância de imaginação. Com o mesmo arrojo na ação.

Ora vede, Nassau e o que realizou: e dizei-me se não parece príncipe de história da carochinha; se não parece uma como mágica o seu esforço.

Nassau encontrou um Recife menos que burgo podre. Miserável burgo de marítimos. As casas trepavam-se umas por cima das outras. A ilha era uma caixa de sardinhas: a população comprimia-se, apertava-se, sufocava-se como se o espaço lhe rareasse mais que hoje aos newyorkinos. Não havia árvores na cidade. Nem jardins. Apenas ruela e becos.

Diante disto que há de fazer Maurício? Decide expandir a cidade.

Apresenta aos caixeiros e guarda-livros mandados aqui para o fiscalizar o arrojado projeto: a compra da ilha de Antônio Vaz, para aí expandir-se a cidade, entre muito arvoredo e à beira do rio. Seria o desafogo do Recife. Mas aos prudentes o plano logo pareceu extravagância. A ilha de Antônio Vaz se afofava então em mangues e pântanos: mal aflorava à superfície. E os caixeiros e guarda-livros, discutindo o projeto, devem ter dito entre si, fumando com gravidade seus cachimbos, que aqueles pântanos eram para as rãs; que o melhor seria continuar o Recife a ensardinhar-se até que uma peste qualquer, da Índia ou de Xangai, viesse reduzir a população aos seus justos limites.

É um cronista que refere a vitória de Maurício sobre o Supremo Conselho: "Ele (Maurício) projetou edificar uma cidade, nessa ilha tão vantajosamente situada que se interpunha entre o Recife e o continente. Os membros do Supremo Conselho, como mercadores que eram, opuseram-se alegando razões de economia. Maurício, para quem a falta de recursos nunca foi obstáculo à realização dos seus planos principescos, comprou a ilha a seu dono, mandou abrir canais, circunvalá-la, lançar pontes, levantar casas com os materiais da arruinada Olinda e construir para si dois palácios dos quais "Friburg" foi o objeto especial dos seus desvelos: ornou-o com os móveis do mais fino lavor, cobriu-lhe as paredes dos grandes quadros pintados por Frans Post, cercou-o de um jardim e de um extenso parque onde fez transplantar centenas de árvores do interior do Brasil e da costa d'África". (Relatório do dr. José Hygino das pesquisas em Haia, *Revista do Instituto Arqueológico Pernambucano*, n. 39.)

Barleus ou Barlaeaus é quem nos fornece sobre o esforço admirável de Nassau para arborizar o Recife todo um luxo de pormenores pitorescos. Deliciosamente pitorescos.

Sabe-se pelo latim do cronista que o príncipe fez transplantar para a ilha de Antônio Vaz 700 coqueiros já crescidos, 250 laranjeiras, 58 limoeiros, 80 limeiras, 60 figueiras, e um bananal. Isto para não falar nas árvores mais teluricamente indígenas: Nassau deixou na ilha um trecho de natureza em bruto, um trecho do que o sr. Luís Cedro chamaria o "Brasil de 1500".

Das árvores que o príncipe transplantara já crescidas, muitas riram e zombaram: mas no ano seguinte todas as árvores assim transplantadas apresentavam muito viço e frescor e floriam. "Maurício ufanava-se de saber transplantar árvores", diz um cronista: o dr. Pedro Souto Maior nos seus *Fastos Pernambucanos*. E o dr. José Hygino informa no relatório já referido: "Em Haia, em Cleve, em Wesel, no Brasil, Maurício plantou ou transplantou, segundo o seu próprio testemunho, mais de um milhão de árvores".

O parque mandado fazer por Maurício na ponta norte da ilha era verdadeiramente um parque: pela extensão e pelo arvoredo. O único parque às direitas que ainda teve o Recife. Compreendeu Maurício que era preciso dar um pulmão à nova cidade: e deu-lhe aquela fartura de arvoredo salpicado de pontes sobre a água doce.

Essa cidade de Mauritsstad, que parece antes emergir de um conto de carochinha que da história do Brasil, quem lhe deu forma com as próprias mãos foi Maurício de Nassau. Fale Frei Manuel Calado de preferência a Barlaeus, suspeito talvez de panegirismo. "Andava o príncipe Conde de Nassau tão ocupado em fabricar a sua nova cidade, que para aferrvorar os moradores a fazerem casas, ele mesmo, com muita curiosidade, lhe andava deitando as medidas e endireitando as ruas para ficar a povoação mais vistosa e lhe trouxe a entrar por meio dela, por um dique ou levada, a água do rio Capibaribe a entrar na barra, por o qual dique entravam canoas, batéis e barcas para o serviço dos moradores por debaixo das pontes de madeira, com que atravessou em algumas partes."

Mais: "Este dique a modo de Olanda, de sorte que aquela ilha ficava rodeada de água; também ali fez uma casa de prazer, que lhe custou muitos cruzados, e no meio daquele areal estéril, e infrutuoso, plantou um jardim e todas as castas de árvores de fruto que se dão no Brasil, e ainda muitas que lhe vinham de diferentes partes, e à força de muita outra terra frutífera, trazida de fora em barcas rasteiras e muita suma de esterco, fez o sítio tão bem acondicionado com a melhor terra frutífera; pôs neste jardim dois mil coqueiros, trazendo-os ali de outros lugares, porque os pedia aos moradores, e eles lhe mandavam trazer em carros, e deles fez umas carreiras compridas e vistosas à moda da Alameda de Aranjues, e por outras partes muitos parreirais e tabuleiros de hortaliça e de flores com algumas casas de jogos e entretenimentos, aonde iam as damas e seus afeiçoados a passar as festas no verão, e a ter seus regalos, e fazer suas merendas e beberetes, como se usa em Olanda, com seus acordes instrumentos; e o gosto do príncipe era que todos fossem ver suas curiosidades; e ele mesmo por seu regalo as andava mostrando e para viver com mais alegria deixou as casas onde morava, e se mudou para o seu jardim, com a maior parte dos seus criados". (Frei Manuel Calado, *Valeroso Lucideno*.) Também o francês Moreau se refere cheio de entusiasmo às delícias do parque tropical: *"curieux arbres de bois de Brésil, palmiers, d'ebenne, de cedre, bois blac comme neige, bois de violettes e marbré et autres de senteurs que embellissaient les spacieuses et longues allées à perdre de vue que entouraient la superbe et magnifique maison de plaisance que le Conte Jean Maurice y avait fait bastin ..."* (Moreau, citado por Souto Maior, *Fastos Pernambucanos*.)

Todo esse delicioso parque, com as suas aleias sem fim de palmeiras, com as suas laranjeiras, cajueiros e numerosas outras árvores, teve de ser sacrificado num dia triste de 1645 à necessidade de defesa da ilha. "Derrubem-se as árvores do Parque Maurício", foi a ordem. E desde esse dia o Recife é uma cidade sem parque. Respirando mal.

Depois de Nassau, só se preocuparam com a arborização da cidade, durante a era colonial, os governadores Henrique Freire e Dom Tomás de Mello. Figura de administrador a estudar a de Dom Tomás José de Mello, que construiu na Praça da Polé (hoje da Independência) uma série de lojitas alpendradas para mercado de hortaliças e frutas, e, revivendo aquelas provisões régias, de um forte sabor medieval, que mandavam beirar as estradas de árvores para recreio dos viandantes, determinou que em vários sítios do Recife, como no Aterro de Afogados, se plantassem gameleiras.

Data de Dom Tomás a identificação da gameleira com a cidade do Recife: no século XIX muita gameleira se haveria de plantar. Nas gravuras antigas do Recife vemos adolescentes as que alguns viríamos a conhecer já idosas, na Lingueta, por exemplo: naquela Lingueta de outrora com os seus hotéis, os seus bancos de ferro, os seus remadores requeimados de sol, os seus papagaios, os seus ingleses. Deliciosa Lingueta que encantou Eduardo Prado – feliz Eduardo Prado que não chegou a conhecer o Recife de hoje sem o Corpo Santo, sem os arcos, sem aqueles sobrados antigos de beiral arrebitado.

Pois, na Lingueta sob as gameleiras, três gerações de recifenses, de negociantes recifenses, amigos dos negócios ao ar livre como outrora os gregos das discussões nas ágoras, passaram tranquilamente, fazendo as "transações de contos de reis" a que se refere o sr. Sampaio Ferraz, discutindo as notícias da moda da Europa, comentando a última recepção do sr. Conde da Boa Vista ou o último discurso do sr. Joaquim Nabuco ou a última representação no Santa Isabel, com aquele ar despreocupado de frequentadores de passeios públicos que já em 1818 picara a atenção de Tollenare. Foram-se as gameleiras da Lingueta, talvez por necessidade; mas as da Rua do Sol e da Rua da Aurora e do Imperador? A estas, não foi necessidade nenhuma que as levou: foram caprichos de simetria dos senhores prefeitos, ou gosto acaciano deles, a começar, se não erro, com o sr. Esmeraldino Bandeira.

Verifica-se com relação às árvores o hábito muito nosso de reformar. Nossas cidades não são cidades: são umas massas de cera. Ninguém lhes respeita a plástica. Tudo nelas é fugitivo e de um dia: não sei até por que não as fazermos logo de papelão e paus de bambu, como as cidadezinhas do Equador à boca dos vulcões, obrigados pela economia e pela segurança à fragilidade de aldeolas de brinquedo. Nossas cidades mudam diariamente de aspecto e forma: a goma-arábica poderia aqui substituir o cimento armado; e as ardósias poderiam substituir as tabuletas das ruas para que os nomes fossem escritos a giz.

Enfim, isto de mudar é muito nosso: menino, o brasileiro vive a mudar de colégio; depois de grande, de casa. E nas cidades não há o menor espírito de conservação: do Recife já nos arrancou a estética do engenheiro (que raramente se requinta em escrúpulos de tradicionalismo como no sábio sem igual em assuntos de *city planning* que é o sr. Saturnino de Brito); do Recife, dizia, já nos arrancou a estética dos engenheiros o que possuíamos de mais nossos: os arcos, a igreja do Corpo Santo, as gameleiras. É o caso de gritar à cidade do Recife, como Ramalho Ortigão à cidade de Évora e reduzindo, é claro, as proporções: "Pobre cidade de Évora, dos nossos mais vastos e mais preciosos museus de arqueologia e de arte, preferindo como Santarém ser uma estúpida coleção de praças largas e de ruas novas!".

Entre nós o furor da reforma, a terrível mania do reformismo para modernizar, para europeizar, hoje, sobretudo, para americanizar, nem as igrejas respeita; e reduziu a catedral de Olinda àquele arremedo de gótico que tanto dói nos olhos; deformou todo o ingênuo encanto da matriz da Casa Forte, outrora tão doce na sua brancura de cal de capela de engenho, hoje com um ar pouco simpático de cinema de subúrbio; salpicou de muita mancha de mau gosto e de muito brilho de cenografia, a matriz de São José.

Não é pois de admirar que se tenha derrubado tanta gameleira, para plantar figueira-benjamina — a indistinta, incaracterística figueira-benjamina em que se vai tristonhamente estandardizando a arborização do Recife. Alega-se crescer rapidamente essa figueira. Mas de crescimento rápido seria também a cássia nodosa de Honolulu, da qual o sr. Samuel Hardman possui tão lindos exemplares.

O que resulta de tanto reformismo, é uma espécie de *déracinement* não cogitada por Barrès — mais dolorosa que o *déracinement* por ele fixado. E a nova e mais dolorosa espécie é esta: o *déracinement* do que se vê, no meio da vida ainda, sem raízes na própria cidade natal; estrangeiro no lugar onde nasceu; deslocado na própria casa como num hotel ou numa pensão.

E é o que sucede nesta cidade brasileira do litoral que é o Recife: muda de plástica de vinte em vinte, de quinze em quinze anos; e de tal modo que o nascido e criado nela, logo aos vinte ou vinte e cinco anos, sente uma como estranha sensação de ter vindo de longe, de uma outra cidade: de Xangai, talvez, ou de Bombaim.

Habituamo-nos a uma torre como a de Malakoff – joia de família que agora se salvou – e vem um capricho reformista qualquer e a esgalga ou põe abaixo; habituamo-nos a um arco, todo piedade ingênua, todo unção eclesiástica com o olho do seu nicho a se escancarar para a cidade como um olho triste de queixa – e vem o modernismo fanático e o destrói como a um mal terrível; habituamo-nos às gameleiras boas, acolhedoras, maternais e vem a estética dos engenheiros – e adeus gameleiras! Quem se deliciará em semelhante espécie de progresso senão o indivíduo de gosto inferior? Ou sem gosto? Sem raiz?

Duas grandes raízes prendiam outrora o recifense ao Recife: os arcos e as gameleiras. E longe do Recife, no contato com as cidades mais diversas, eram o seu ponto de referência. Eu cheguei a amar Munich por me lembrar dos nossos arcos diante dos seus arcos. Mas aos nossos – já os não veria, voltando ao Recife. Nem arcos nem gameleiras – a não ser às saudosas e tristes do cais do Ramos – velho trecho do Recife onde os olhos descansam dos horrores da arquitetura bancária.

O que se verifica entre nós é que vivemos em arquitetura e arborização e urbanismo a plagiar cartões-postais do Rio e suíços. Verifica-se em relação às árvores o que se verifica com relação a tanta coisa: quanto mais nossas, menos nos interessam. Aquele interesse pelas coisas na razão inversa de sua proximidade, que Lafcadio Hearn encontrou em Martinica, também encontraria entre nós. Somos uns moles e doces escravos da tirania da distância e do exótico. Daí queremos plantar plátanos estrangeiros e inexpressivos, em vez de árvores brasileiras ou tropicais.

Entretanto, nenhuma flora será tão decorativa como a nossa; nenhuma apresentará o luxo que a nossa apresenta de vermelhões e azuis e amarelos e roxos e pardos-avermelhados; e tudo isto em umbelas, em tufos, cachos, folhas, de recortes os mais esquisitos – como os cachos rubros em que esplende a *ibirapitanga*, como as formas verdadeiramente heráldicas em que se requintam os cardos, como as puas em que se ouriçam os xiquexiques, como as folhas em que se abrem os mamoeiros.

Ainda há pouco, tive um contato que me deliciou com o "Brasil de 1500": o Brasil ainda em bruto em que os padres da S. J., escultores de homens e de pátrias, cuidaram achar matéria virgem para um tipo ideal de homem e de pátria.

Foi nuns trechos de matas de Japaranduba do meu amigo Pedro Paranhos. Trechos de matas onde se sente ainda o cheiro forte da mata virgem; e como era em outubro, as sicupiras estavam roxas; as sapucaeiras se avermelhavam, e os flagrantes mais vivos de revirginização eram por toda parte de encantar. Dentre caniços à beira de riachos, jucanas escancaravam leques luzidios de verde frescor; pelos troncos dos corações-de-negro, das maçarandubas, das jaguramas, das marmajudas, dos visgueiros, se entrelaçavam ibés e cipós. E é com uma volúpia selvagem que se entrelaçam os cipós na mata quando é outubro e o verão está em flor. Com uma volúpia de serpentes com fome ou em cio.

E a mim mesmo perguntei no vivo contato com esses trechos de matas, se não poderia oferecer flagrantes como aqueles do "Brasil de 1500", surpresas como aquelas de pitoresco e de beleza virgem e viva, a quinta que ainda nos tempos coloniais se iniciou em Olinda; e da qual os restos guardam hoje certo ar deliciosamente selvagem; certo frescor tropical. O chamado Horto del-Rei.

Seria oportuna a restauração da quinta ou do horto de Olinda, já que no Recife parece tão difícil dedicar alguns hectares a um bosque que reunisse os valores decorativos da nossa flora e de toda a flora tropical, como essas árvores hindus e africanas parentes das nossas; e servisse de grande pulmão à cidade. Uma cidade tropical sem um grande parque – compreende-se absurdo maior? Nos países do Oriente, principalmente na Índia inglesa, notou o sr. Eduardo Navarro de Andrade a grande preocupação dos governos "em dotar as cidades principais com excelentes logradouros públicos, amplos parques, com muito espaço e muita sombra". E ele próprio acrescenta: "No Brasil, ou pelo menos em São Paulo, nós damos o pomposo nome de parques a qualquer meia dúzia de metros quadrados de canteirinhos de flores e temos a tristíssima mania de deitar abaixo quanta árvore adulta por aí encontramos para substituí-las por outros tantos exemplares da flora alheia, muito podadinhos e educadinhos, e que fazem lembrar em toda sua fealdade as arvorezinhas de arcas de Noé" (Ed. Navarro de Andrade, *A volta do mundo*). Dir-se-ia haver nas palavras do arguto viajante direta alusão ao Recife. E o espanto do sr. Navarro é o de todo viajante que sente o contraste dos nossos parquezinhos de brinquedo, de alfenim, de presepe, com os formidáveis parques dos países nossos parentes no clima e na flora. Como refugir ao contraste entre um parque como qualquer do Recife e o que em Maindan, na Índia, viu o sr. Navarro: área superior a 500 hectares, no coração mesmo da cidade; parque tão extenso que nas suas pastagens "pastam diariamente mais de trezentas cabeças de gado"? Aproveito a oportunidade para dizer que o Recife bem poderia tomar a esse respeito uma liçãozinha de Olinda, cujo parque, ocupando insignificante área, apresenta, entretanto, os característicos de um pequeno parque tropical, com muita árvore, muita palmeira, muita sombra.

No Pará, como em oportuno artigo a propósito do Dérbi – espaço onde outrora existiu, segundo o sr. Manuel Caetano, "talvez o melhor bosque do Recife": o "sítio do pai do Bispo" – no Pará, lembrou há pouco o sr. Arruda Falcão – por algum tempo ali residente –, houve "o acerto, graças à sabedoria administrativa de Antônio Lemos, de salvar-se intacta, no coração da cidade, uma moita soberba da própria floresta materna – o Bosque Rodrigues Alves".

Nós precisamos de nos aperceber dos valores da nossa flora: do muito que ela nos oferece para a arborização – e uma arborização característica, expressiva, digna daquela cidade sonhada pelo estetismo do sr. Moraes Coutinho em *Os novos bárbaros*.

Tenhamos a coragem de recorrer ao que a nossa flora oferece em vermelhões e amarelos e roxos: aos paus-d'arco, com os quais já em São Paulo se está arborizando uma avenida, às sicupiras, às sapucaieiras, aos angelins, às maringuibas, aos visgueiros. Imaginai a beleza daqui a quinze anos do jardim do Chora Menino, se no centro lhe tivessem plantado um visgueiro ou um pau-d'arco.

Abandone o Recife a mania dos geométricos canteiros franceses ou ingleses com a superfície lisa dos extensos gramados. Essas extensões de relva que são o encanto da paisagem inglesa, não nas pode nem tolera o nosso sol requeimante.

Escrevi sobre o assunto, uma vez, ainda de New York; e o que então escrevi foi no Recife sublinhado a lápis azul pelo bom gosto do sr. Aníbal Fernandes e pelo bom senso do sr. Samuel Hardman – veteranos cruzados da árvore. Escreveu o último: "Numa cidade como esta, de solo arenoso, sujeita, nos oito meses de nosso verão, à secura dos ventos do quadrante norte, contando anualmente cerca de 300 dias luminosos, registrando uma média calorífica superior a 25° centígrados, não dispondo de renda que permita larguezas, com um abastecimento d'água deficiente e caríssimo, não sei como hesitar na escolha do meio mais útil e agradável de embelezar os seus parques e ruas". E teve o sr. Samuel Hardman ocasião de aconselhar para a arborização, com as cássias, tamarineiros, castanheiros, gameleiras, jambeiros, palmeiras, a desprezada mangueira.

Neste ponto de relvados e canteiros estou com o acatado dr. Netto Campello e contra os estetas oficiais. Mesmo a chamada "graminha de seda" mais resistente – atentai no paradoxo dos nomes – mais resistente que o "pelo de urso", e recomendada pelo sr. F. C. Hoehne (*A flora do Brasil*, Recenseamento do Brasil, vol. l), para os sítios onde desejarmos que o gramado resista às patas dos animais, não resistiria talvez, nua e sem árvores, aos rigores do verão e do trânsito, num terreno exposto ao sol e movimentado como o da Faculdade de Direito do Recife.

Meus senhores: o Recife está felizmente com um prefeito amigo das árvores ainda que amigo antes das estrangeiriças do que das nossas; o mapa estatístico que figura na exposição mostra o muito que se tem feito nestes dois anos para arborizar as ruas do Recife. O médico Amaury de Medeiros teve a ideia feliz de trazer do Rio centenas de árvores, hoje disseminadas pelo Recife. E não conheço maior amigo das árvores que o jovem higienista.

Se nestes dois anos uma lei municipal escancarou contra os sítios que ainda restam à cidade servindo-lhes de pulmões, aguda dentuça para os retalhar, o perigo passou como devia ter passado. Devia ter passado porque o sacrifício dos sítios sem a compensação de parques públicos teria sido o maior dos absurdos.

Entretanto, em face dos muitos e admiráveis esforços do grande, do formidável trabalhador que é o sr. Antônio de Góes, para arborizar a cidade, a situação é antes de inspirar otimismo que pessimismo. Lamenta-se ainda assim, ante a orgia da figueira-benjamina, o medo de parecermos, na arquitetura como na arborização da cidade, "bárbaros", isto é, o medo de sermos nós mesmos.

Deste medo de sermos nós vem o ar estrangeiriço que vai tomando nossas cidades – pobres queridas cidades do Brasil.

Mutila-se o indivíduo que abandona o lugar onde nasceu; onde brincou menino. É sempre perigoso querer corrigir a natureza quando coloca mal os seus pronomes: fiquemos onde estamos – os pronomes mal colocados.

Naquele grito do escritor português "Terra da minha infância, por que te abandonei eu?" punge toda a dor do *déracinement*.

O Recife, que por tanto tempo se deixou abandonar, hoje abandona aos que o querem e são seus. E bem lhe poderíamos perguntar, a este Recife de casas e árvores carnavalescamente exóticas: "Cidade da nossa infância, por que nos abandonas?".

(Diário de Pernambuco, 13-11-1924)

Biobibliografia de Gilberto Freyre

1900 Nasce no Recife, em 15 de março, na antiga Estrada dos Aflitos (hoje Avenida Rosa e Silva), esquina de Rua Amélia (o portão da hoje residência da família Costa Azevedo está assinalado por uma placa), filho do dr. Alfredo Freyre – educador, juiz de direito e catedrático de Economia Política da Faculdade de Direito do Recife – e de Francisca de Mello Freyre.

1906 Tenta fugir de casa, abrigando-se na materna Olinda, desde então, cidade muito de seu amor e da qual escreveria, em 1939, *Olinda, 2º guia prático, histórico e sentimental de cidade brasileira*.

1908 Entra no jardim de infância do Colégio Americano Gilreath. Lê as *Viagens de Gulliver* com entusiasmo. Não consegue aprender a escrever, fazendo-se notar pelos desenhos. Tem aulas particulares com o pintor Telles Júnior, que reclama contra sua insistência em deformar os modelos. Começa a aprender a ler e escrever em inglês com Mr. Williams, que elogia seus desenhos.

1909 Primeira experiência da morte: a da avó materna, que muito o mimava por supor que o neto tinha *deficit* de aprendizado, pela dificuldade em aprender a escrever. Temporada no engenho São Severino do Ramo, pertencente a parentes seus. Primeiras experiências rurais de menino de engenho. Mais tarde escreverá sobre essa temporada uma das suas melhores páginas, incluída em *Pessoas, coisas & animais*.

1911 Primeiro verão na Praia de Boa Viagem, onde escreve um soneto camoniano e enche muitos cadernos com desenhos e caricaturas.

1913 Dá as primeiras aulas no colégio. Lê José de Alencar, Machado de Assis, Gonçalves Dias, Castro Alves, Victor Hugo, Emerson, Longfellow, alguns dramas de Shakespeare, Milton, César, Virgílio, Camões e Goethe.

1914 Ensina latim, que aprendeu com o próprio pai, conhecido humanista recifense. Toma parte ativa nos trabalhos da sociedade literária do colégio. Torna-se redator-chefe do jornal impresso do colégio *O Lábaro*.

1915 Tem lições particulares de francês com Madame Meunieur. Lê La Fontaine, Pierre Loti, Molière, Racine, *Dom Quixote*, a Bíblia, Eça de Queirós, Antero de Quental, Alexandre Herculano, Oliveira Martins.

1916 Corresponde-se com o jornalista paraibano Carlos Dias Fernandes, que o convida a proferir palestra na capital do estado vizinho. Como o dr. Freyre não apreciava Carlos Dias Fernandes, pela vida boêmia que levava, viaja autorizado pela mãe e lê no Cine-Teatro Pathé sua primeira conferência pública, dissertando sobre Spencer e o problema da educação no Brasil. O texto foi publicado no jornal *O Norte*, com elogios de Carlos Dias Fernandes. Influenciado pelos mestres do colégio e pela leitura do *Peregrino,* de Bunyan, e de uma biografia do dr. Livingstone, toma parte em atividades evangélicas e visita a gente miserável dos mucambos recifenses. Interessa-se pelo socialismo cristão, mas lê, como espécie de antídoto a seu misticismo, autores como Spencer e Comte. É eleito presidente do Clube de Informações Mundiais, fundado pela Associação Cristã de Moços do Recife. Lê ainda, nesse período, Rui Barbosa, Joaquim Nabuco, Oliveira Lima, Nietzsche e Sainte-Beuve.

1917 Conclui o curso de Bacharel em Ciências e Letras do Colégio Americano Gilreath, fazendo-se notar pelo discurso que profere como orador da turma, cujo paraninfo é o historiador Oliveira Lima, daí em diante seu amigo (ver referência ao primeiro encontro com Oliveira Lima no prefácio à edição de suas *Memórias*, escrito a convite da viúva e do editor José Olympio). Leitura de Taine, Renan, Darwin, Von Ihering, Anatole France, William James, Bergson, Santo Tomás de Aquino, Santo Agostinho, São João da Cruz, Santa Teresa, Padre Vieira, Padre Bernardes, Fernão Lopes, São Francisco de Assis, São Francisco de Sales e Tolstói. Começa a estudar grego. Torna-se membro da Igreja Evangélica, desagradando a mãe e a família católica.

1918 Segue, no início do ano, para os Estados Unidos, fixando-se em Waco (Texas) para matricular-se na Universidade de Baylor. Começa a ler Stevenson, Pater, Newman, Steele e Addison, Lamb, Adam Smith, Marx, Ward, Giddings, Jane Austen, as irmãs Brönte, Carlyle, Mathew Arnold, Pascal, Montaigne, Euclides da Cunha e Monteiro Lobato. Inicia sua colaboração no *Diário de Pernambuco*, com a série de cartas intituladas "Da outra América".

1919 Ainda na Universidade de Baylor, auxilia o geólogo John Casper Branner no preparo do texto português da *Geologia do Brasil*. Ensina francês a jovens oficiais norte-americanos convocados para a guerra. Estuda Geologia com Pace, Biologia com Bradbury, Economia com Wright, Sociologia com Dow, Psicologia com Hall e Literatura com A. J. Armstrong, professor de Literatura e crítico literário especializado na filosofia e na poesia de Robert Browning. Escreve os primeiros artigos em inglês publicados por um jornal de Waco. Divulga suas primeiras caricaturas.

1920 Conhece pessoalmente, por intermédio do professor Armstrong, o poeta irlandês William Butler Yeats (ver, no livro *Artigos de jornal*, um capítulo sobre esse poeta), os "poetas novos" dos Estados Unidos: Vachel Lindsay, Amy Lowell e outros. Escreve em inglês sobre Amy Lowell. Como estudante de Sociologia, faz pesquisas sobre a vida dos negros de Waco e dos mexicanos marginais do Texas. Conclui, na Universidade de Baylor, o curso de Bacharel em Artes, mas não comparece à solenidade da formatura: contra as praxes acadêmicas, a Universidade envia-lhe o diploma por intermédio de um portador. Segue para Nova York e ingressa na Universidade de Colúmbia. Lê Freud, Westermarck, Santayana, Sorel, Dilthey, Hrdlicka, Keith, Rivet, Rivers, Hegel, Le Play, Brunhes e Croce. Segundo notícia publicada no *Diário de Pernambuco* de 5 de junho, a Academia Pernambucana de Letras, por proposta de França Pereira, elege-o sócio-correspondente.

1921 Segue, na Faculdade de Ciências Políticas (inclusive as Ciências Sociais Jurídicas) da Universidade de Colúmbia, cursos de graduação e pós-graduação dos professores Giddings, Seligman, Boas, Hayes, Carl van Doren, Fox, John Basset Moore e outros. Conhece pessoalmente Rabindranath Tagore e o príncipe de Mônaco (depois reunidos no livro *Artigos de jornal*), Valle-Inclán e outros intelectuais e cientistas famosos que visitam a Universidade de Colúmbia e a cidade de Nova York. A convite de Amy Lowell, visita-a em Boston (ver, sobre essas visitas, artigos incluídos no livro *Vida, forma e cor*). Segue, na Universidade de Colúmbia, o curso do professor Zimmern, da Universidade de Oxford, sobre a escravidão na Grécia. Visita a Universidade de Harvard e o Canadá. É hóspede da Universidade de Princeton, como representante dos estudantes da América Latina que ali se reúnem em congresso. Lê Patrick Geddes, Ganivet, Max Weber, Maurras, Péguy, Pareto, Rickert, William Morris, Michelet, Barrès, Huysmans, Verlaine, Rimbaud, Baudelaire, Dostoiévski, John Donne, Coleridge, Xenofonte, Homero, Ovídio, Ésquilo, Aristóteles e Ratzel. Torna-se editor associado da revista *El Estudiante Latinoamericano*, publicada mensalmente em Nova York pelo Comitê de Relações Fraternais entre Estudantes Estrangeiros. Publica diversos artigos no referido periódico.

1922 Defende tese para o grau de M. A. (*Magister Artium* ou *Master of Arts*) na Universidade de Colúmbia sobre *Social life in Brazil in the middle of the 19th century*, publicada em Baltimore pela *Hispanic American Historical Review* (v. 5, n. 4, nov. 1922) e recebida com elogios pelos professores Haring, Shepherd, Robertson, Martin, Oliveira Lima e H. L. Mencken, que aconselha o autor a expandir o trabalho em livro. Deixa de comparecer à cerimônia de formatura, seguindo imediatamente para a Europa, onde recebe o diploma, enviado pelo reitor Nicholas Murray Butler. Vai para a França, a Alemanha, a Bélgica, tendo antes passado pela Inglaterra, estabelecendo-se em Oxford. Vai para a França, atravessa a Espanha e conhece Portugal, onde se fixa. Lê Simmel, Poincaré, Havelock Ellis, Psichari, Rémy de Gourmont, Ranke, Bertrand Russell, Swinburne, Ruskin, Blake, Oscar Wilde, Kant e Gracián. Tem o retrato pintado pelo modernista brasileiro Vicente do Rego Monteiro. Convive com ele e com outros artistas modernistas brasileiros, como Tarsila do Amaral e Brecheret. Na Alemanha conhece o Expressionismo; na Inglaterra, estabelece contato com o ramo inglês do Imagismo, já seu conhecido nos Estados Unidos. Na França, conhece o anarcossindicalismo de Sorel e o federalismo monárquico de Maurras. Convidado por

Monteiro Lobato – a quem fora apresentado por carta de Oliveira Lima –, inicia sua colaboração na *Revista do Brasil* (n. 80, p. 363-371, agosto de 1922).

1923 Continua em Portugal, onde conhece João Lúcio de Azevedo, o Conde de Sabugosa, Fidelino de Figueiredo, Joaquim de Carvalho e Silva Gaio. Regressa ao Brasil e volta a colaborar no *Diário de Pernambuco*. Da Europa escreve artigos para a *Revista do Brasil* (São Paulo), a pedido de Monteiro Lobato.

1924 Reintegra-se no Recife, onde conhece José Lins do Rego, incentivando-o a escrever romances, em vez de artigos políticos (ver referências ao encontro e início da amizade entre o sociólogo e o futuro romancista do Ciclo da Cana-de-Açúcar no prefácio que este escreveu para o livro *Região e tradição*). Conhece José Américo de Almeida através de José Lins do Rego. Funda-se no Recife, a 28 de abril, o Centro Regionalista do Nordeste, com Odilon Nestor, Amaury de Medeiros, Alfredo Freyre, Antônio Inácio, Morais Coutinho, Carlos Lyra Filho, Pedro Paranhos, Júlio Bello e outros. Excursões pelo interior do estado de Pernambuco e pelo Nordeste com Pedro Paranhos, Júlio Bello (que a seu pedido escreveria as *Memórias de um senhor de engenho*) e seu irmão, Ulysses Freyre. Lê, na capital do estado da Paraíba, conferência publicada no mesmo ano: Apologia pro generatione sua (incluída no livro *Região e tradição*).

1925 Encarregado pela direção do *Diário de Pernambuco*, organiza o livro comemorativo do primeiro centenário de fundação do referido jornal, *Livro do Nordeste*, onde foi publicado pela primeira vez o poema modernista de Manuel Bandeira "Evocação do Recife", escrito a seu pedido (ver referências no capítulo sobre Manuel Bandeira no livro *Perfil de Euclides e outros perfis*). O *Livro do Nordeste* consagra, também, o até então desconhecido pintor Manuel Bandeira e publica desenhos modernistas de Joaquim Cardoso e Joaquim do Rego Monteiro. Lê na Biblioteca Pública do Estado de Pernambuco uma conferência sobre Dom Pedro II, publicada no ano seguinte.

1926 Conhece a Bahia e o Rio de Janeiro, onde faz amizade com o poeta Manuel Bandeira, os escritores Prudente de Morais Neto (Pedro Dantas), Rodrigo M. F. de Andrade, Sérgio Buarque de Holanda, o compositor Villa-Lobos e o mecenas Paulo Prado. Por intermédio de Prudente, conhece Pixinguinha, Donga e Patrício e se inicia na nova música popular brasileira em noitadas boêmias. Escreve um extenso poema, modernista ou imagista e ao mesmo tempo regionalista e tradicionalista, do qual Manuel Bandeira dirá depois que é um dos mais saborosos do ciclo das cidades brasileiras: "Bahia de todos os santos e de quase todos os pecados" (publicado no Recife, no mesmo ano, em edição da *Revista do Norte*, reeditado em 20 de junho de 1942, na revista *O Cruzeiro* e incluído no livro *Talvez poesia*). Segue para os Estados Unidos como delegado do *Diário de Pernambuco*, ao Congresso Panamericano de Jornalistas. Convidado para redator-chefe do mesmo jornal e para oficial de gabinete do governador eleito de Pernambuco, então vice-presidente da República. Colabora (artigos humorísticos) na *Revista do Brasil* com o pseudônimo de J. J. Gomes Sampaio. Publica-se no Recife a conferência lida, no ano anterior, na Biblioteca

Pública do Estado de Pernambuco: A propósito de Dom Pedro II (edição da *Revista do Norte*, incluída, em 1944, no livro *Perfil de Euclides e outros perfis*). Promove no Recife o 1º Congresso Brasileiro de Regionalismo.

1927 Assume o cargo de oficial de gabinete do novo governador de Pernambuco, Estácio de Albuquerque Coimbra, casado com a prima de Alfredo Freyre, Joana Castelo Branco de Albuquerque Coimbra. Conhece Mário de Andrade no Recife e proporciona-lhe um passeio de lancha no rio Capibaribe.

1928 Dirige, a pedido de Estácio Coimbra, o jornal *A Província*, onde passam a colaborar os novos escritores do Brasil. Publica no mesmo jornal artigos e caricaturas com diferentes pseudônimos: Esmeraldino Olímpio, Antônio Ricardo, Le Moine, J. Rialto e outros. Lê Proust e Gide. Nomeado pelo governador Estácio Coimbra, por indicação do diretor A. Carneiro Leão, torna-se professor da Escola Normal do Estado de Pernambuco: primeira cadeira de Sociologia que se estabelece no Brasil com moderna orientação antropológica e pesquisas de campo.

1930 Acompanhando Estácio Coimbra ao exílio, visita novamente a Bahia, conhece parte do continente africano (Dacar, Senegal) e inicia, em Lisboa, as pesquisas e os estudos em que se basearia *Casa-grande & senzala* ("Em outubro de 1930 ocorreu-me a aventura do exílio. Levou-me primeiro à Bahia; depois a Portugal, com escala pela África. O tipo de viagem ideal para os estudos e as preocupações que este ensaio reflete.", como escreverá no prefácio do mesmo livro).

1931 A convite da Universidade de Stanford, segue para os Estados Unidos, como professor extraordinário daquela universidade. Volta, no fim do ano, para a Europa, permanecendo algum tempo na Alemanha, em novos contatos com seus museus de antropologia, de onde regressa ao Brasil.

1932 Continua, no Rio de Janeiro, as pesquisas para a elaboração de *Casa-grande & senzala* em bibliotecas e arquivos. Recusando convites para empregos feitos pelos membros do novo governo brasileiro – um deles José Américo de Almeida –, vive, então, com grandes dificuldades financeiras, hospedando-se em casas de amigos e em pensões baratas do Distrito Federal. Estimulado pelo seu amigo Rodrigo M. F. de Andrade, contrata com o poeta Augusto Frederico Schmidt – então editor – a publicação do livro por 500 mil-réis mensais, que recebe com irregularidades constantes. Regressa ao Recife, onde continua a escrever *Casa-grande & senzala*, na casa do seu irmão, Ulysses Freyre.

1933 Conclui o livro, enviando os originais ao editor Schmidt, que o publica em dezembro.

1934 Aparecem em jornais do Rio de Janeiro os primeiros artigos sobre *Casa-grande & senzala*, escritos por Yan de Almeida Prado, Roquette-Pinto, João Ribeiro e Agrippino Grieco, todos elogiosos. Organiza no Recife o 1º Congresso de Estudos Afro-Brasileiros. Recebe o prêmio da Sociedade Felipe d'Oliveira pela publicação de *Casa-grande & senzala*. Lê na mesma sociedade conferência sobre O escravo nos anúncios de jornal do tempo do Império, publicada na revista *Lanterna Verde* (v. 2, fev. 1935). Regressa ao Recife e lê, no dia 24 de maio, na Faculdade de Direito e a convite de seus estudantes, conferência publicada, no mesmo ano, pela Editora Momento: O estudo das ciências sociais nas universidades americanas. Publica-se no Recife (Oficinas Gráficas The Propagandist, edição de amigos do autor, tiragem de apenas 105 exemplares em papel especial e coloridos a mão por Luís Jardim) o *Guia prático, histórico e sentimental da cidade do Recife*, inaugurando, em todo o mundo, um novo estilo de guia de cidade, ao mesmo tempo lírico e informativo e um dos primeiros livros para bibliófilos publicados no Brasil. Nomeado em dezembro diretor do *Diário de Pernambuco*, cargo que exerceu por apenas quinze dias por causa da proibição, por Assis Chateaubriand, da publicação de uma entrevista de João Alberto Lins de Barros.

1935 A pedido dos alunos da Faculdade de Direito do Recife e por designação do ministro da Educação, inicia na referida escola superior um curso de Sociologia com orientação antropológica e ecológica. Segue, em setembro, para o Rio de Janeiro, onde, a convite de Anísio Teixeira, dirige na Universidade do Distrito Federal o primeiro Curso de Antropologia Social e Cultural da América Latina (ver texto das aulas no livro *Problemas brasileiros de antropologia*). Publica-se no Recife (Edições Mozart) o livro *Artigos de jornal*. Profere, a convite de estudantes paulistas de Direito, no Centro XI de Agosto, da Faculdade de Direito de São Paulo, a conferência Menos doutrina, mais análise, tendo sido saudado pelo estudante Osmar Pimentel.

1936 Publica-se no Rio de Janeiro (Companhia Editora Nacional, v. 64 da Coleção Brasiliana) *Sobrados e mucambos* o livro que é uma continuação da série iniciada com *Casa-grande & senzala*. Viagem à Europa, permanecendo algum tempo na França e em Portugal.

1937 Viaja de novo à Europa, dessa vez como delegado do Brasil ao Congresso de Expansão Portuguesa no Mundo, reunido em Lisboa. Lê conferências nas Universidades de Lisboa, Coimbra e Porto e na de Londres (King's College), publicadas no Rio de Janeiro no ano seguinte. Regressa ao Recife e lê conferência política no Teatro Santa Isabel, a favor da candidatura de José Américo de Almeida à presidência da República. A convite de Paulo Bittencourt inicia colaboração semanal no *Correio da Manhã*. Publica-se no Rio de Janeiro (José Olympio) o livro *Nordeste: aspectos da influência da cana sobre a vida e a paisagem do Nordeste do Brasil*.

1938 É nomeado membro da Academia Portuguesa de História pelo presidente Oliveira Salazar. Segue para os Estados Unidos como lente extraordinário da Universidade de Colúmbia, onde dirige seminário sobre sociologia e história da escravidão. Publica-se no Rio de Janeiro (Serviço Gráfico do Ministério da Educação e Saúde) o livro *Conferência na Europa*.

1939 Faz primeira viagem ao Rio Grande do Sul. Segue, depois, para os Estados Unidos, como professor extraordinário da Universidade de Michigan. Publica-se no Rio de Janeiro (José

Olympio) a primeira edição do livro *Açúcar* e no Recife (edição do autor, para bibliófilos) *Olinda, 2ª guia prático, histórico e sentimental de cidade brasileira*. Publica-se em Nova York (Instituto de las Espaňas en los Estados Unidos) a obra do historiador Lewis Hanke, *Gilberto Freyre, vida y obra*.

1940 A convite do governo português, lê no Gabinete Português de Leitura do Recife a conferência (publicada no Recife, no mesmo ano, em edição particular) Uma cultura ameaçada: a luso-brasileira. E, em Aracaju, na instalação da 2ª Reunião da Sociedade de Neurologia, Psiquiatria e Higiene Mental do Nordeste, lê conferência publicada no ano seguinte pela mesma sociedade; no dia 29 de outubro, na Biblioteca do Ministério das Relações Exteriores e a convite da Casa do Estudante do Brasil, profere conferência sobre Euclides da Cunha, publicada no ano seguinte; no dia 19 de novembro, na Biblioteca do Estado do Rio Grande do Sul, faz uma conferência por ocasião das comemorações do bicentenário da cidade de Porto Alegre, publicada em 1943. Participa do 3º Congresso Sul-Rio-Grandense de História e Geografia, ao qual apresenta, a pedido do historiador Dante de Laytano, o trabalho Sugestões para o estudo histórico-social do sobrado no Rio Grande do Sul, publicado no mesmo ano pela Editora Globo e incluído, posteriormente, no livro *Problemas brasileiros de antropologia*. Publica-se em Nova York (Columbia University Press) o opúsculo Some aspects of the social development on Portuguese America, separata da obra coletiva *Concerning Latin American culture*. Publicam-se no Rio de Janeiro (José Olympio) os livros *Um engenheiro francês no Brasil* e *O mundo que o português criou*, com longos prefácios, respectivamente, de Paul Arbousse-Bastide e Antônio Sérgio. Prefacia e anota o *Diário íntimo do engenheiro Vauthier*, publicado no mesmo ano pelo Serviço do Patrimônio Histórico e Artístico Nacional.

1941 Casa-se no Mosteiro de São Bento do Rio de Janeiro com a senhorita Maria Magdalena Guedes Pereira. Viaja ao Uruguai, Argentina e Paraguai. Torna-se colaborador de *La Nación* (Buenos Aires), dos *Diários Associados*, do *Correio da Manhã* e de *A Manhã* (Rio de Janeiro). Prefacia e anota as *Memórias de um Cavalcanti*, do seu parente Félix Cavalcanti de Albuquerque Melo, publicadas pela Companhia Editora Nacional (volume 196 da Coleção Brasiliana). Publica-se no Recife (Sociedade de Neurologia, Psiquiatria e Higiene Mental do Nordeste) a conferência Sociologia, psicologia e psiquiatria, depois ampliada e incluída no livro *Problemas brasileiros de antropologia*, contribuição para uma psiquiatria social brasileira que seria destacada pela Sorbonne ao doutourá-lo H.C. Publica-se no Rio de Janeiro (Casa do Estudante do Brasil) e em Buenos Aires a conferência Atualidade de Euclides da Cunha (incluída, em 1944, no livro *Perfil de Euclides e outros perfis*). Ao ensejo da publicação, no Rio de Janeiro (José Olympio), do livro *Região e tradição*, recebe homenagem de grande número de intelectuais brasileiros, com um almoço no Jóquei Clube, em 26 de junho, do qual foi orador o jornalista Dario de Almeida Magalhães.

1942 É preso no Recife, por ter denunciado, em artigo publicado no Rio de Janeiro, atividades nazistas e racistas no Brasil, inclusive as de um padre alemão a quem foi confiada, pelo governo do estado de Pernambuco, a formação de jovens escoteiros. Com seu pai reage à prisão, quando levado para "a imunda Casa de Detenção do Recife", sendo solto, no dia seguinte, por interferência direta de seu amigo general Góes Monteiro. Recebe convite da Universidade de Yale para ser professor de Filosofia Social, que não pôde aceitar. Profere, no Rio de Janeiro, discurso como padrinho de batismo de avião oferecido pelo jornalista Assis Chateaubriand ao Aeroclube de Porto Alegre. É eleito para o Conselho Consultivo da American Philosophical Association. É designado pelo Conselho da Faculdade de Filosofia da Universidade de Buenos Aires Adscrito Honorário de Sociologia e eleito membro correspondente da Academia Nacional de História do Equador. Discursa no Rio de Janeiro, em nome do sr. Samuel Ribeiro, doador do avião Taylor à campanha de Assis Chateaubriand. Publica-se em Buenos Aires (Comisión Revisora de Textos de Historia y Geografía Americana) a 1ª edição de *Casa-grande & senzala* em espanhol, com introdução de Ricardo Saenz Hayes. Publicam-se no Rio de Janeiro (José Olympio) o livro *Ingleses* e a 2ª edição de *Guia prático, histórico e sentimental da cidade do Recife*. A Casa do Estudante do Brasil divulga, em 2ª edição, a conferência Uma cultura ameaçada: a luso-brasileira, proferida no Gabinete Português de Leitura do Recife (1940).

1943 Visita a Bahia, a convite dos estudantes de todas as escolas superiores do estado, que lhe prestam excepcionais homenagens, às quais se associa quase toda a população de Salvador. Lê na Faculdade de Medicina da Bahia, a convite da União dos Estudantes Baianos, a conferência Em torno de uma classificação sociológica e no Instituto Histórico da Bahia, por iniciativa da Faculdade de Filosofia do mesmo estado, a conferência A propósito da filosofia social e suas relações com a sociologia histórica (ambas incluídas, com os discursos proferidos nas homenagens recebidas na Bahia, no livro *Na Bahia em 1943*, que teve quase toda a sua tiragem apreendida, nas livrarias do Recife, pela Polícia do Estado de Pernambuco). Recusa, em carta altiva, o convite para ser catedrático de Sociologia da Universidade do Brasil. Inicia colaboração no *O Estado de S. Paulo* em 30 de setembro. Por intermédio do Itamaraty, recebe convite da Universidade de Harvard para ser seu professor, que também recusa. Publicam-se em Buenos Aires (Espasa-Calpe Argentina) as 1ªˢ edições, em espanhol, de *Nordeste* e de *Uma cultura ameaçada* e a 2ª, na mesma língua, de *Casa-grande & senzala*. Publicam-se no Rio de Janeiro (Casa do Estudante do Brasil) o livro *Problemas brasileiros de antropologia* e o opúsculo Continente e ilha (conferência lida, em Porto Alegre, no ano de 1940 e incluída na 2ª edição de *Problemas brasileiros de antropologia*). Publica-se também, no Rio de Janeiro (Livros de Portugal), uma edição de *As farpas*, de Ramalho Ortigão e Eça de Queirós, selecionadas e prefaciados por ele, bem como a 4ª edição de *Casa-grande & senzala*, livro publicado a partir desse ano pelo editor José Olympio.

1944 Visita Alagoas e Paraíba, a convite de estudantes desses estados. Lê na Faculdade de Direito de Alagoas conferência sobre Ulysses Pernambucano, publicada no ano seguinte.

Deixa de colaborar nos *Diários Associados* e em *La Nación*, em virtude da violação e do extravio constantes de sua correspondência. Em 9 de junho de 1944, comparece à Faculdade de Direito do Recife, a convite dos alunos dessa escola, para uma manifestação de regozijo em face da invasão da Europa pelos Exércitos Aliados. Lê em Fortaleza a conferência Precisa-se do Ceará. Segue para os Estados Unidos, onde profere, na Universidade do Estado de Indiana, seis conferências promovidas pela Fundação Patten e publicadas no ano seguinte, em Nova York, no livro *Brazil:* an interpretation. Publicam-se no Rio de Janeiro os livros *Perfil de Euclides e outros perfis* (José Olympio), *Na Bahia em 1943* (edição particular) e a 2ª edição do guia *Olinda*. A Casa do Estudante do Brasil publica, no Rio de Janeiro, o livro *Gilberto Freyre*, de Diogo Melo Menezes, com prefácio consagrador de Monteiro Lobato.

1945 Toma parte ativa, ao lado dos estudantes do Recife, na campanha pela candidatura do brigadeiro Eduardo Gomes à presidência da República. Fala em comícios, escreve artigos, anima os estudantes na luta contra a ditadura. No dia 3 de março, por ocasião do primeiro comício daquela campanha no Recife, começa a discursar, na sacada da redação do *Diário de Pernambuco*, quando tomba a seu lado, assassinado pela Polícia Civil do Estado, o estudante de Direito Demócrito de Sousa Filho. A UDN oferece, em sua representação na futura Assembleia Nacional Constituinte, um lugar aos estudantes do Recife, que preferem que seu representante seja o bravo escritor. A Polícia Civil do Estado de Pernambuco empastela e proíbe a circulação do *Diário de Pernambuco*, impedindo-o de noticiar a chacina em que morreram o estudante Demócrito e um popular. Com o jornal fechado, o retrato de Demócrito é inaugurado na redação, com memorável discurso de Gilberto Freyre: Quiseram matar o dia seguinte (cf. *Diário de Pernambuco*, 10 de abril de 1945). Em 9 de junho, comparece à Faculdade de Direito do Recife, como orador oficial da sessão contra a ditadura. Publicam-se no Recife (União dos Estudantes de Pernambuco) o opúsculo de sua autoria em apoio à candidatura de Eduardo Gomes: *Uma campanha maior do que a da abolição* e a conferência lida, no ano anterior, em Maceió: Ulysses. Publica-se em Fortaleza (edição do autor) a obra *Gilberto Freyre e alguns aspectos da antropossociologia no Brasil*, de autoria do médico Aderbal Sales. Publica-se em Nova York (Knopf) o livro *Brazil: an interpretation*. A Editora mexicana Fondo de Cultura Económica publica *Interpretación del Brasil*, com orelhas escritas por Alfonso Reyes.

1946 Eleito deputado federal, segue para o Rio de Janeiro, a fim de participar nos trabalhos da Assembleia Constituinte. Em 17 de junho, profere discurso de críticas e sugestões ao projeto da Constituição, publicado em opúsculo: Discurso pronunciado na Assembleia Nacional Constituinte (incluído na 2ª edição do livro *Quase política*). Em 22 de junho lê no Teatro Municipal de São Paulo, a convite do Centro Acadêmico XI de Agosto, conferência publicada no mesmo ano pela referida organização estudantil Modernidade e modernismo na arte política (incluída, em 1965, no livro *6 conferências em busca de um leitor*). Em 16 de julho, na Faculdade de Direito de Belo Horizonte, a convite de seus alunos, apresenta conferência publicada no mesmo ano: Ordem, liberdade, mineiralidade (incluída em

1965, no livro *6 conferências em busca de um leitor*). Em agosto inicia colaboração no *Diário Carioca*. Em 29 de agosto profere na Assembleia Constituinte outro discurso de crítica ao projeto da Constituição (incluído na 2ª edição do livro *Quase política*). Em novembro, a Comissão de Educação e Cultura da Câmara dos Deputados indica, com aplauso do escritor Jorge Amado, membro da Comissão, o nome de Gilberto Freyre para o Prêmio Nobel de Literatura de 1947, com o apoio de numerosos intelectuais brasileiros. Publica-se no Rio de Janeiro a 5ª edição de *Casa-grande & senzala* e em Nova York (Knopf), a edição do mesmo livro em inglês, *The masters and the slaves*.

1947 Apresenta à Mesa da Câmara dos Deputados, para ser dado como lido, discurso sobre o centenário de nascimento de Joaquim Nabuco, publicado no ano seguinte. Em 22 de maio, lê no auditório da Associação Brasileira de Imprensa, a convite da Sociedade dos Amigos da América, conferência sobre Walt Whitman, publicada no ano seguinte. Trabalha ativamente na Comissão de Educação e Cultura da Câmara dos Deputados. É convidado para representar o Brasil no 19º Congresso dos Pen Clubes Mundiais, reunido em Zurique. Publica-se em Londres a edição inglesa de *The masters and the slaves*, em Nova York, a 2ª impressão de *Brazil: an interpretation* e no Rio de Janeiro, a edição brasileira deste livro, em tradução de Olívio Montenegro: *Interpretação do Brasil* (José Olympio). Publica-se em Montevidéu a obra *Gilberto Freyre y la sociología brasileña*, de Eduardo J. Couture.

1948 A convite da Unesco, toma parte, em Paris, no conclave de oito notáveis cientistas e pensadores sociais (Gurvitch, Allport e Sullivan, entre eles), reunidos pela referida Organização das Nações Unidas por iniciativa do então diretor Julian Huxley para estudar as Tensões que afetam a compreensão internacional, trabalho em conjunto depois publicado em inglês e francês. Lê, no Ministério das Relações Exteriores, a convite do Instituto Brasileiro de Educação, Ciência e Cultura (Comissão Nacional da Unesco), conferência sobre o conclave de Paris. Repete na Escola de Comando do Estado-Maior do Exército a conferência lida no Ministério das Relações Exteriores. Inicia em 18 de setembro sua colaboração em *O Cruzeiro*. Em dezembro, profere na Câmara dos Deputados discurso justificando a criação do Instituto Joaquim Nabuco de Pesquisas Sociais, com sede no Recife (incluído na 2ª edição do livro *Quase política*). Lê no Museu de Arte de São Paulo duas conferências: uma sobre Emílio Cardoso Ayres e outra sobre d. Veridiana Prado. Apresenta mais uma conferência na Escola de Comando do Estado-Maior do Exército. Publicam-se no Rio de Janeiro (José Olympio) o livro *Ingleses no Brasil* e os opúsculos *O camarada Whitman* (incluído, em 1965, no livro *6 conferências em busca de um leitor*), *Joaquim Nabuco* (incluído, em 1966, na 2ª edição do livro *Quase política*) e *Guerra, paz e ciência* (este editado pelo Ministério das Relações Exteriores). Inicia sua colaboração no *Diário de Notícias*.

1949 Segue para os Estados Unidos, a fim de participar, na categoria de ministro, como delegado parlamentar do Brasil, na 4ª Conferência Internacional da Organização das Nações Unidas.

Lê conferências na Universidade Católica da América (Washington, D.C.) e na Universidade de Virgínia. Profere, em 12 de abril, na Associação de Cultura Franco-Brasileira do Recife, conferência sobre Emílio Cardoso Ayres (apenas pequeno trecho foi publicado no *Bulletin* da Associação). Em 18 de agosto, apresenta na Faculdade de Direito do Recife conferência sobre Joaquim Nabuco, na sessão comemorativa do centenário de nascimento do estadista pernambucano (incluída no livro *Quase política*). Em 30 de agosto, profere na Câmara dos Deputados discurso de saudação ao Visconde Jowitt, presidente da Câmara dos Lordes do Reino Unido da Grã-Bretanha e Irlanda do Norte (incluído em *Quase política*). No mesmo dia, lê, no Instituto Histórico e Geográfico Brasileiro, conferência sobre Joaquim Nabuco. Publica-se, no Rio de Janeiro (José Olympio), a conferência apresentada no ano anterior, na Escola de Comando do Estado-Maior do Exército: Nação e Exército (incluída, em 1965, no livro *6 conferências em busca de um leitor*).

1950 Profere na Câmara dos Deputados, em 17 de janeiro, discurso sobre o pernambucano Joaquim Arcoverde, primeiro cardeal da América Latina, por ocasião da passagem do primeiro centenário de seu nascimento (incluído em *Quase política*). Apresenta na Câmara dos Deputados, em 5 de abril, discurso sobre o centenário de nascimento de José Vicente Meira de Vasconcelos, constituinte de 1891 (incluído em *Quase política*). Profere na Câmara dos Deputados, em 28 de abril, discurso de definição de atitude na vida pública (incluído em *Quase política*). Discursa na Câmara dos Deputados, em 2 de maio, sobre o centenário da morte de Bernardo Pereira de Vasconcelos (incluído em *Quase política*). Profere na Câmara dos Deputados, em 2 de junho, discurso contrário à emenda parlamentarista (incluído em *Quase política*). Apresenta na Câmara dos Deputados, em 26 de junho, discurso no qual transmite apelo que recebeu de três parlamentares ingleses, em favor de um governo supranacional (incluído em *Quase política*). Discursa na Câmara dos Deputados, em 8 de agosto, sobre o centenário de nascimento de José Mariano (incluído em *Quase política*). Profere no Parque 13 de Maio, do Recife, discurso em favor da candidatura do deputado João Cleofas de Oliveira ao governo do estado de Pernambuco (incluído na 2ª edição de *Quase política*). Em 11 de setembro inicia colaboração diária no *Jornal Pequeno*, do Recife, sob o título Linha de fogo, em prol da candidatura João Cleofas ao governo do estado de Pernambuco. Profere, em 8 de novembro, na Câmara dos Deputados, discurso de despedida por não ter sido reeleito para o período seguinte (incluído na 2ª edição de *Quase política*). Publica-se em Urbana (University of Illinois Press) a obra coletiva *Tensions that cause wars*, em Paris, em 1948, tendo como contribuição de Gilberto Freyre: Internationalizing social sciences. Publicam-se no Rio de Janeiro (José Olympio) a 1ª edição do livro *Quase política* e a 6ª de *Casa-grande & senzala*.

1951 Publicam-se no Rio de Janeiro (José Olympio) a seguinte edição de *Nordeste* e de *Sobrados e mucambos* (esta refundida e acrescida de cinco novos capítulos). A convite da Universidade de Londres, escreve, em inglês, estudo sobre a situação do professor no Brasil, publicado, no mesmo ano, pelo *Year book of education*. Publica-se em Lisboa (Livros do Brasil) a edição portuguesa de *Interpretação do Brasil*.

1952 Lê, na sala dos capelos da Universidade de Coimbra, em 24 de janeiro, conferência publicada, no mesmo ano, pela Coimbra Editora: Em torno de um novo conceito de tropicalismo. Publica-se em Ipswich (Inglaterra) o opúsculo editado pela revista *Progress* de Londres com o ensaio: Human factors behind Brazilian development. Publica-se no Recife (Edições Região) o *Manifesto regionalista de 1926*. Publicam-se no Rio de Janeiro (Serviço de Documentação do Ministério da Educação e Cultura) o opúsculo *José de Alencar* (José Olympio) e a 7ª edição de *Casa-grande & senzala* em francês, organizada pelo professor Roger Bastide, com prefácio de Lucien Fèbvre: *Maîtres et esclaves* (volume 4 da Coleção La Croix du Sud, dirigida por Roger Caillois). Viaja a Portugal e às províncias ultramarinas. Em 16 de abril, inicia colaboração no *Diário Popular* de Lisboa e no *Jornal do Comércio* do Recife.

1953 Publicam-se no Rio de Janeiro (José Olympio) os livros *Aventura e rotina* (escritos durante a viagem a Portugal e às províncias luso-asiáticas, "à procura das constantes portuguesas de caráter e ação") e *Um brasileiro em terras portuguesas* (contendo conferências e discursos proferidos em Portugal e nas províncias ultramarinas, com extensa "Introdução a uma possível luso-tropicologia").

1954 Escolhido pela Comissão das Nações Unidas para o estudo da situação racial na união sul-africana, como o antropólogo estrangeiro mais capacitado a opinar sobre essa situação, visita o referido país e apresenta à Assembleia Geral da ONU um estudo publicado pela organização nessa nação em: *Elimination des conflits et tensions entre les races*. Publica-se no Rio de Janeiro a 8ª edição de *Casa-grande & senzala*; no Recife (Edições Nordeste), o opúsculo Um estudo do prof. Aderbal Jurema e, em Milão (Fratelli Bocca), a 1ª edição, em italiano, de *Interpretazione del Brasile*. Em agosto é encenada no Teatro Santa Isabel a dramatização de *Casa-grande & senzala*, feita por José Carlos Cavalcanti Borges. O professor Moacir Borges de Albuquerque defende, em concurso para provimento efetivo de uma das cadeiras de português do Instituto de Educação de Pernambuco, tese sobre *Linguagem de Gilberto Freyre*.

1955 Lê, na sessão inaugural do 4º Congresso Brasileiro de Neurologia, Psiquiatria e Higiene Mental, conferência sobre Aspectos da moderna convergência médico-social e antropocultural (incluída na 2ª edição de *Problemas brasileiros de antropologia*). Em 15 de maio profere no encerramento do curso de treinamento de professores rurais de Pernambuco discurso publicado no ano seguinte. Comparece, como um dos quatro conferencistas principais (os outros foram o alemão Von Wreie, o inglês Ginsberg e o francês Davy) e na alta categoria de convidado especial, ao 3º Congresso Mundial de Sociologia, realizado em Amsterdã, no qual apresenta a comunicação, publicada em Louvain, no mesmo ano, pela Associação Internacional de Sociologia: *Morals and social change*. Para discutir *Casa-grande & senzala* e outras obras, ideias e métodos de Gilberto Freyre, reúnem-se em Cerisy-La-Salle os escritores e professores M. Simon, R. Bastide, G. Gurvitch, Leon Bourdon, Henri Gouhier, Jean Duvignaud, Tavares Bastos, Clara Mauraux, Nicolas

Sombart e Mário Pinto de Andrade: talvez a maior homenagem já prestada na Europa a um intelectual brasileiro; os demais seminários de Cerisy foram dedicados a filósofos da história, como Toynbee e Heidegger. Publicam-se no Recife (Secretaria de Educação e Cultura) os opúsculos Sugestões para uma nova política no Brasil: a rurbana (incluído, em 1966, na 2ª edição de *Quase política*) e *Em torno da situação do professor no Brasil*; em Nova York (Knopf) a 2ª edição de *Casa-grande & senzala*, em inglês: *The masters and the slaves*, e em Paris (Gallimard) a 1ª edição de *Nordeste* em francês: *Terres du sucre* (volume 14 da Coleção La Croix du Sud, dirigida por Roger Caillois).

1957 Lê, em 4 de agosto, na Escola de Belas Artes da Universidade Federal de Pernambuco, em solenidade comemorativa do 25º aniversário de fundação daquela instituição, conferência publicada no mesmo ano: *Arte, ciência social e sociedade*. Dirige, em outubro, curso sobre Sociologia da Arte na mesma escola. Colabora novamente no *Diário Popular* de Lisboa, atendendo a insistentes convites do seu diretor, Francisco da Cunha Leão. Publicam-se no Recife os opúsculos Palavras às professoras rurais do Nordeste (Secretaria de Educação e Cultura do Estado de Pernambuco) e Importância para o Brasil dos institutos de pesquisa científica (Instituto Joaquim Nabuco de Pesquisas Sociais); no Rio de Janeiro (José Olympio), a 2ª edição de *Sociologia*; no México (Editorial Cultural), o opúsculo A experiência portuguesa no trópico americano; em Lisboa (Livros do Brasil), a 1ª edição portuguesa de *Casa-grande & senzala* e a obra *Gilberto Freyre's "lusotropicalism"*, de autoria de Paul V. Shaw (Centro de Estudos Políticos Sociais da Junta de Investigações do Ultramar).

1958 Lê, no Fórum Roberto Simonsen, conferência publicada no mesmo ano pelo Centro e Federação das Indústrias do Estado de São Paulo: Sugestões em torno de uma nova orientação para as relações intranacionais no Brasil. Publicam-se em Lisboa (Centro de Estudos Políticos e Sociais da Junta de Investigações do Ultramar) o livro, com texto em português e inglês, *Integração portuguesa nos trópicos/Portuguese integration in the tropics*, e no Rio de Janeiro (José Olympio), a 9ª edição brasileira de *Casa-grande & senzala*.

1959 Lê, em abril, conferências no Instituto Joaquim Nabuco de Pesquisas Sociais, iniciando e concluindo cursos de Ciências Sociais promovidos pelo referido órgão. Em julho, apresenta na Faculdade de Direito da Universidade Federal de Minas Gerais conferência publicada pela mesma universidade, no ano seguinte. Publicam-se em Nova York (Knopf) *New world in the tropics*, cujo texto contém, grandemente expandido e praticamente reescrito, o livro (publicado em 1945 pelo mesmo editor) *Brazil: an interpretation*; na Guatemala (Editorial de Ministério de Educación Pública José de Pineda Ibarra), o opúsculo Em torno a algunas tendencias actuales de la antropología; no Recife (Arquivo Público do Estado de Pernambuco), o opúsculo A propósito de Mourão, Rosa e Pimenta: sugestões em torno de uma possível hispano-tropicologia; no Rio de Janeiro (José Olympio), a 1ª edição do livro *Ordem e progresso* (terceiro volume da Série Introdução à história patriarcal no Brasil, iniciada com *Casa-grande & senzala*, continuada com

Sobrados e mucambos e finalizada com *Jazigos e covas rasas*, livro nunca concluído) e *O velho Félix e suas memórias de um Cavalcanti* (2ª edição, ampliada, da introdução ao livro *Memórias de um Cavalcanti*, publicado em 1940); em Salvador (Universidade da Bahia), o livro *A propósito de frades* e o opúsculo Em torno de alguns túmulos afrocristãos de uma área africana contagiada pela cultura brasileira; e em São Paulo (Instituto Brasileiro de Filosofia), o ensaio A filosofia da história do Brasil na obra de Gilberto Freyre, de autoria de Miguel Reale.

1960 Viaja pela Europa, nos meses de agosto e setembro, lendo conferências em universidades francesas, alemãs, italianas e portuguesas. Publicam-se em Lisboa (Livros do Brasil) o livro *Brasis, Brasil e Brasília*; em Belo Horizonte (edições da *Revista Brasileira de Estudos Políticos*), a conferência Uma política transnacional de cultura para o Brasil de hoje; no Recife (Imprensa Universitária), o opúsculo Sugestões em torno do Museu de Antropologia do Instituto Joaquim Nabuco de Pesquisas Sociais, e no Rio de Janeiro (José Olympio), a 3ª edição do livro *Olinda*.

1961 Em 24 de fevereiro recebe em sua casa de Apipucos a visita do escritor norte-americano Arthur Schlesinger Junior, assessor e enviado especial do presidente John F. Kennedy. Em 20 de abril profere na Faculdade de Medicina da Universidade Federal de Pernambuco uma conferência sobre Homem, cultura e trópico, iniciando as atividades do Instituto de Antropologia Tropical, criado naquela faculdade por sugestão sua. Em 25 de abril é filmado e entrevistado em sua residência pela equipe de televisão e cinema do Columbia Broadcasting System. Em junho viaja aos Estados Unidos, onde faz conferência no Conselho Americano de Sociedades Científicas, no Centro de Corning, no Centro de Estudos de Santa Bárbara e nas Universidades de Princeton e Colúmbia. De volta ao Brasil, recebe, em agosto, a pedido da Comissão Educacional dos Estados Unidos da América no Brasil (Comissão Fulbright), para uma palestra informal sobre problemas brasileiros, os professores norte-americanos que participam do II Seminário de Verão promovido pela referida comissão. Em outubro, lê, no Instituto Joaquim Nabuco de Pesquisas Sociais, quatro conferências sobre sociologia da vida rural. Ainda em outubro e a convite dos corpos docente e discente da Escola de Engenharia da Universidade Federal de Pernambuco, lê na mesma escola três conferências sobre Três engenharias inter-relacionadas: a física, a social e a chamada humana. Viaja a São Paulo e lê, em 27 de outubro, no auditório da Academia Paulista de Letras, sob os auspícios do Instituto Hans Staden, conferência intitulada Como e porque sou sociólogo. Em 1º de novembro, apresenta no auditório da ABI e sob os auspícios do Instituto Cultural Brasil-Alemanha, conferências sobre Harmonias e desarmonias na formação brasileira. Em dezembro, segue para a Europa, permanecendo três semanas na Alemanha Ocidental, para participar, como representante do Brasil, no encontro germano-hispânico de sociólogos. Publicam-se em Tóquio (Ministério da Agricultura do Japão, série de Guias para os emigrantes em países estrangeiros), a edição japonesa de *New world in the tropics*: Atsuitai no sin sekai; em Lisboa (Comissão Executiva das Comemorações do V Centenário da Morte do Infante Dom Henrique) – em português, francês e inglês –, o livro *O luso e trópico*: les Portugais et les tropiques e *The portuguese and the tropics* (edições separadas); no Recife (Imprensa Universitária), a obra *Sugestões de um novo contato com universidades europeias*; no Rio de Janeiro (José Olympio), a 3ª edição brasileira de *Sobrados e mucambos* e a 10ª edição brasileira (11ª em língua portuguesa) de *Casa-grande & senzala*.

1962 Em fevereiro, a Escola de Samba de Mangueira desfila, no Carnaval do Rio de Janeiro, com enredo inspirado em *Casa-grande & senzala*. Em março é eleito presidente do Comitê de Pernambuco do Congresso Internacional para a Liberdade da Cultura. Em 10 de junho, lê, no Gabinete Português de Leitura do Rio de Janeiro, a convite da Federação das Associações Portuguesas do Brasil, conferência publicada, no mesmo ano, pela referida entidade: *O Brasil em face das Áfricas negras e mestiças*. Em agosto reúne-se em Porto Alegre o 1º Colóquio de Estudos Teuto-Brasileiros, organizado por sugestão sua. Ainda em agosto é admitido pelo Presidente da República como Comandante do Corpo de Graduação da Ordem do Mérito Militar. Por iniciativa do Banco Interamericano de Desenvolvimento, o professor Leopoldo Castedo profere em Washington, D.C., no curso Panorama da Civilização Ibero-Americana, conferência sobre La valorización del tropicalismo en Freyre. Em outubro, torna-se editor-associado do *Journal of Interamerican Studies*. Em novembro, dirige na Faculdade de Letras da Universidade de Coimbra um curso de seis lições sobre Sociologia da História. Ainda na Europa, lê conferências em universidades da França, da Alemanha Ocidental e da Espanha. Em 19 de novembro recebe o grau de Doutor *Honoris Causa* pela Faculdade de Letras de Coimbra. Publicam-se no Rio de Janeiro (José Olympio) os livros *Talvez poesia* e *Vida, forma e cor*, a 2ª edição de *Ordem e progresso* e a 3ª de *Sociologia*; em São Paulo (Livraria Martins Editora), o livro *Arte, ciência e trópico*; em Lisboa (Livros do Brasil), as edições portuguesas de *Aventura e rotina* e de *Um brasileiro em terras portuguesas*; no Rio de Janeiro (José Olympio), a obra coletiva *Gilberto Freyre*: sua ciência, sua filosofia, sua arte (ensaios sobre o autor de *Casa-grande & senzala* e sua influência na moderna cultura do Brasil, comemorativos do vigésimo quinto aniversário de publicação desse livro).

1963 Em 10 de junho, inaugura-se no Teatro Santa Isabel do Recife uma exposição sobre *Casa-grande & senzala*, organizada pelo colecionador Abelardo Rodrigues. Em 20 de agosto, o governo de Pernambuco promulga a Lei Estadual nº 4.666, de iniciativa do deputado Paulo Rangel Moreira, que autoriza a edição popular, pelo mesmo estado, de *Casa-grande & senzala*. Publicam-se em *The American Scholar*, Chapel Hill (United Chapters of Phi Beta Kappa e University of North Caroline), o ensaio On the Iberian concept of time; em Nova York (Knopf), a edição de *Sobrados e mucambos* em inglês, com introdução de Frank Tannenbaum: *The mansions and the shanties (the making of modern Brazil)*; em Washington, D.C. (Pan American Union), o livro *Brazil*; em Lisboa, a 2ª edição do opúsculo Americanism and latinity America (em inglês e francês); em Brasília (Editora

Universidade de Brasília), a 12ª edição brasileira de *Casa-grande & senzala* (13ª edição em língua portuguesa) e no Recife (Imprensa Universitária), o livro *O escravo nos anúncios de jornais brasileiros do século XIX* (reedição muito ampliada da conferência lida, em 1935, na Sociedade Felipe d'Oliveira). O professor Thomas John O'Halloran apresenta à Graduate School of Arts and Science, da New York University, dissertação sobre *The life and master writings of Gilberto Freyre*. As Editoras A. A. Knopf e Random House publicam em Nova York a 2ª edição (como livro de bolso) de *New world in the tropics*.

1964 A convite do governo do estado de Pernambuco, lê na Escola Normal do mesmo estado, em 13 de maio, conferência como orador oficial da solenidade comemorativa do centenário de fundação daquela Escola. Recebe em Natal, em julho, as homenagens da Fundação José Augusto pelo trigésimo aniversário da publicação de *Casa-grande & senzala*. Recebe, em setembro, o Prêmio Moinho Santista para Ciências Sociais. Viaja aos Estados Unidos e participa, em dezembro, como conferencista convidado, do seminário latino-americano promovido pela Universidade de Colúmbia. Publicam-se em Nova York (Knopf) uma edição abreviada (*paperback*) de *The masters and the slaves*; em Madri (separata da *Revista de la Universidad de Madrid*) o opúsculo De lo regional a lo universal en la interpretación de los complejos socioculturales; no Recife (Instituto Joaquim Nabuco de Pesquisas Sociais), em tradução de Waldemar Valente, a tese universitária de 1922, *Vida social no Brasil nos meados do século XIX* e o opúsculo (Imprensa Universitária) O estado de Pernambuco e expressão no poder nacional: aspectos de um assunto complexo; no Rio de Janeiro (José Olympio), a seminovela *Dona Sinhá e o filho padre*, o livro *Retalhos de jornais velhos* (2ª edição, consideravelmente ampliada, de *Artigos de jornal*), o opúsculo A Amazônia brasileira e uma possível luso-tropicologia (Superintendência do Plano de Valorização Econômica da Amazônia) e a 11ª edição brasileira de *Casa-grande & senzala*. Recusa convite do presidente Castelo Branco para ser ministro da Educação e Cultura.

1965 Viaja a Campina Grande, onde lê, em 15 de março, na Faculdade de Ciências Econômicas, a conferência (publicada no mesmo ano pela Universidade Federal da Paraíba) *Como e porque sou escritor*. Participa no Simpósio sobre Problemática da Universidade Federal de Pernambuco (março/abril), com uma conferência sobre a conveniência da introdução na mesma universidade, de "Um novo tipo de seminário (Tannenbaum)". Viaja ao Rio de Janeiro, onde recebe, em cerimônia realizada no auditório de *O Globo*, diploma com o qual o referido jornal homenageou, no seu quadragésimo aniversário, a vida e a obra dos Notáveis do Brasil: brasileiros vivos que, "por seu talento e capacidade de trabalho de todas as formas invulgares, tenham tido uma decisiva participação nos rumos da vida brasileira, ao longo dos quarenta anos conjuntamente vividos". Em 9 de novembro, gradua-se, *in absentia*, doutor pela Universidade de Paris (Sorbonne), em solenidade na qual também foram homenageados outros sábios de categoria internacional, em diferentes campos do saber, sendo a consagração por obra que vinha abrindo "novos caminhos à filosofia e às ciências do homem". A consagração cultural pela Sorbonne juntou-se à recebida das Universidades da Colúmbia e de Coimbra e às quais se somaram as de Sussex (Inglaterra) e Münster (Alemanha), em solenidade prestigiada por nove magníficos reitores alemães. Publicam-se em Berlim (Kiepenheur & Witsch) a 1ª edição de *Casa-grande & senzala* em alemão: *Herrenhaus und sklavenhütte (ein bild der Brasilianischen gesellschaft)*; no Recife (Imprensa Oficial do Estado de Pernambuco), o opúsculo *Forças Armadas e outras forças*, e no Rio de Janeiro (José Olympio), o livro *6 conferências em busca de um leitor*.

1966 Viaja ao Distrito Federal, a convite da Universidade de Brasília, onde lê, em agosto, seis conferências sobre Futurologia, assunto que foi o primeiro a desenvolver no Brasil. Por solicitação das Nações Unidas, apresenta ao United Nations Human Rights Seminar on Apartheid (realizado em Brasília, de 23 de agosto a 5 de setembro) um trabalho de base sobre Race mixture and cultural interpenetration: the Brazilian example, distribuído na mesma ocasião em inglês, francês, espanhol e russo. Por sugestão sua, inicia-se na Universidade Federal de Pernambuco o Seminário de Tropicologia, de caráter interdisciplinar e inspirado pelo seminário do mesmo tipo, iniciado na Universidade de Colúmbia pelo professor Frank Tannenbaum. Publicam-se em Barnet, Inglaterra, *The racial factor in contemporary politics*; no Rio de Janeiro (José Olympio), a 13ª edição do mesmo livro; e no Recife (governo do estado de Pernambuco), o primeiro tomo da 14ª edição brasileira (15ª em língua portuguesa) de *Casa-grande & senzala* (edição popular, para ser comercializada a preços acessíveis, de acordo com a Lei Estadual nº 4.666, de 20 de agosto de 1963).

1967 Em 30 de janeiro, lançamento solene, no Palácio do Governo do Estado de Pernambuco, do primeiro volume da edição popular de *Casa-grande & senzala*. Em julho, viaja aos Estados Unidos, para receber, no Instituto Aspen de Estudos Humanísticos, o Prêmio Aspen do ano (30 mil dólares e isento de imposto sobre a renda) "pelo que há de original, excepcional e de valor permanente em sua obra ao mesmo tempo de filósofo, escritor literário e antropólogo". Recebe o Nobel dos Estados Unidos na presença de embaixador, enviado especial do presidente Lyndon B. Johnson, que se congratula com Gilberto Freyre pela honraria na qual o autor foi precedido por apenas três notabilidades internacionais: o compositor Benjamin Britten, a dançarina Martha Graham e o urbanista Constantino Doxiadis por obras reveladoras de "criatividade genial". Em dezembro, lê na Academia Brasileira de Letras, no Instituto Histórico e Geográfico Brasileiro e no Instituto Joaquim Nabuco de Pesquisas Sociais, conferências sobre Oliveira Lima, em sessões solenes comemorativas do centenário de nascimento daquele historiador (ampliadas no livro *Oliveira Lima, Dom Quixote gordo*). Publicam-se em Lisboa (Fundação Calouste Gulbenkian) o livro *Sociologia da medicina*; em Nova York (Knopf), a tradução da "seminovela" *Dona Sinhá e o filho padre: mother and son: a Brazilian tale*; no Recife (Instituto Joaquim Nabuco de Pesquisas Sociais), a 2ª edição de *Mucambos do*

Nordeste e a 3ª edição do *Manifesto Regionalista de 1926*; em São Paulo (Arquimedes Edições), o livro *O Recife, sim! Recife não!*, e no Rio de Janeiro (José Olympio), a 4ª edição de *Sociologia*.

1968 Em 9 de janeiro, lê, no Palácio do Governo do Estado de Pernambuco, a primeira da série de conferências promovidas pelo governador do estado para comemorar o centenário de nascimento de Oliveira Lima (incluída no livro *Oliveira Lima, Dom Quixote gordo*, publicado no mesmo ano pela Imprensa da Universidade de Recife). Viaja à Argentina onde faz conferência sobre Oliveira Lima na Universidade do Rosário, e à Alemanha Ocidental, onde recebe o título de Doutor *Honoris Causa* pela Universidade de Münster por sua obra comparada à de Balzac. Publicam-se em Lisboa (Academia Internacional da Cultura Portuguesa) o livro em dois volumes, *Contribuição para uma sociologia da biografia (o exemplo de Luís de Albuquerque, governador de Mato Grosso no fim do século XVII)*; no Distrito Federal (Editora Universidade de Brasília), o livro *Como e porque sou e não sou sociólogo*, e no Rio de Janeiro (Record), as 2ªˢ edições dos livros *Região e tradição* e *Brasis, Brasil e Brasília*. Ainda no Rio de Janeiro, publicam-se (José Olympio) as 4ªˢ edições dos livros *Guia prático, histórico e sentimental da cidade do Recife* e *Olinda, 2º guia prático, histórico e sentimental de cidade brasileira*.

1969 Recebe o Prêmio Internacional de Literatura La Madonnina por "incomparável agudeza na descrição de problemas sociais, conferindo-lhes calor humano e otimismo, bondade e sabedoria", através de uma obra de "fulgurações geniais". Lê conferência, no Conselho Federal de Cultura, em sessão dedicada à memória de Rodrigo M. F. de Andrade. A Universidade Federal de Pernambuco lança os dois primeiros volumes do seminário de Tropicologia, relativos ao ano de 1966: *Trópico & colonização, nutrição, homem, religião, desenvolvimento, educação e cultura, trabalho e lazer, culinária, população*. Lê no Instituto Joaquim Nabuco de Pesquisas Sociais quatro conferências sobre Tipos antropológicos no romance brasileiro. Publicam-se no Recife (Instituto Joaquim Nabuco de Pesquisas Sociais) o ensaio *Sugestões em torno da ciência e da arte da pesquisa social*, e no Rio de Janeiro (José Olympio), a 15ª edição brasileira de *Casa-grande & senzala*.

1970 Completa setenta anos de idade residindo na província e trabalhando como se fosse um intelectual ainda jovem: escrevendo livros, colaborando em jornais e revistas nacionais e estrangeiros, dirigindo cursos, proferindo conferências, presidindo o conselho diretor e incentivando as atividades do Instituto Joaquim Nabuco de Pesquisas Sociais, presidindo o Conselho Estadual de Cultura, dirigindo o Centro Regional de Pesquisas Educacionais e o Seminário de Tropicologia da Universidade Federal de Pernambuco, comparecendo às reuniões mensais do Conselho Federal de Cultura e atendendo a convites de universidades europeias e norte-americanas, onde é sempre recebido como o embaixador intelectual do Brasil. A Editora A. A. Knopf publica em Nova York *Order and progress*, com texto traduzido e refundido por Rod W. Horton.

1971 Recebe a 26 de novembro, em solenidade no Gabinete Português de Leitura, do Recife, e tendo como paraninfo o ministro Mário Gibson Barbosa, o título de Doutor *Honoris Causa* pela Universidade Federal de Pernambuco. Discursa como orador oficial da solenidade de inauguração, pelo presidente Emílio Garrastazu Médici, do Parque Nacional dos Guararapes, no Recife. A rainha Elizabeth lhe confere o título de *Sir* (Cavaleiro Comandante do Império Britânico) e a Universidade Federal do Rio de Janeiro, o grau de Doutor *Honoris Causa* em filosofia. Publicam-se a 1ª edição da *Seleta para jovens* (José Olympio) e a obra *Nós e a Europa germânica* (Grifo Edições). Continua a receber visitas de estrangeiros ilustres na sua casa de Apipucos, devendo-se destacar as de embaixadores do Reino Unido, França, Estados Unidos, Bélgica e as de Aldous Huxley, George Gurvitch, Shelesky, John dos Passos, Jean Duvignaud, Lincoln Gordon e Roberto Kennedy, a quem oferece jantar a pedido desse visitante. A Companhia Editora Nacional publica em São Paulo, como volume 348 de sua coleção Brasiliana, a 1ª edição brasileira de *Novo mundo nos trópicos*.

1972 Preside o Primeiro Encontro Inter-Regional de Cientistas Sociais do Brasil, realizado em Fazenda Nova, Pernambuco, de 17 a 20 de janeiro, sob os auspícios do Instituto Joaquim Nabuco de Pesquisas Sociais. Recebe o título de Cidadão de Olinda, conferido por Lei Municipal nº 3.774, de 8 de março de 1972, e em sessão solene da Assembleia Legislativa do Estado de Pernambuco, a Medalha Joaquim Nabuco, conferida pela Resolução nº 871, de 28 de abril de 1972. Em 14 de junho profere no Instituto Joaquim Nabuco de Pesquisas Sociais palestra sobre José Bonifácio e no Instituto Joaquim Nabuco de Pesquisas Sociais as duas primeiras conferências da série comemorativa do centenário de Estácio Coimbra. Em 15 de dezembro, inaugura-se na Praia de Boa Viagem, no Recife, o Hotel Casa-grande & senzala. A Editora Giulio Einaudi publica em Turim a edição italiana de *Casa-grande & senzala: Case e catatecchie*.

1973 Recebe em São Paulo o Troféu Novo Mundo, "por obras notáveis em sociologia e história", e o Troféu Diários Associados, pela "maior distinção anual em artes plásticas". Realizam-se exposições de telas de sua autoria, uma no Recife, outra no Rio, esta na residência do casal José Maria do Carmo Nabuco, com apresentação de Alfredo Arinos de Mello Franco. Por decreto do presidente Médici, é reconduzido ao Conselho Federal de Cultura. Viaja a Angola, em fevereiro. A 10 de maio, a convite da Assembleia Legislativa do Estado de Pernambuco, profere discurso no Cemitério de Santo Amaro, diante do túmulo de Joaquim Nabuco, em comemoração ao Sesquicentenário do Poder Legislativo no Brasil. Recebe em setembro, em João Pessoa, o título de Doutor *Honoris Causa* pela Universidade Federal da Paraíba. Profere na Câmara dos Deputados, em 29 de novembro, conferência sobre Atuação do Parlamento no Império e na República, na série comemorativa do Sesquicentenário do Poder Legislativo no Brasil e na Universidade de Brasília, palestra em inglês para o corpo diplomático, sob o título de Some remarks on how and why Brazil is different. Em 13 de dezembro é operado pelo professor Euríclides de Jesus Zerbini, no Hospital da Beneficência Portuguesa de São Paulo.

1974 Recebe em São Paulo o Troféu Novo Mundo, conferido pelo Centro de Artes Novo Mundo. Faz sua primeira exposição de pintura em São Paulo, com quarenta telas adquiridas imediatamente. A 15 de março, o Instituto Joaquim Nabuco de Pesquisas Sociais comemora com exposição e sessão solene os quarenta anos da publicação de *Casa-grande & senzala*. Em 20 de julho profere no Instituto Joaquim Nabuco de Pesquisas Sociais conferência sobre a Importância dos retratos para os estudantes biográficos: o caso de Joaquim Nabuco. A 29 de agosto, a Universidade Federal de Pernambuco inaugura no saguão da reitoria uma placa comemorativa dos quarenta anos de *Casa-grande & senzala*. A 12 de outubro recebe a Medalha de Ouro José Vasconcelos, outorgada pela Frente de Afirmación Hispanista do México, para distinguir, a cada ano, uma personalidade dos meios culturais hispano-americanos. O cineasta Geraldo Sarno realiza documentário de cinco minutos intitulado *Casa-grande & senzala*, de acordo com uma ideia de Aldous Huxley. O editor Alfred A. Knopf publica em Nova York a obra *The Gilberto Freyre Reader*.

1975 Diante da violência de uma enchente do rio Capibaribe, em 17 e 18 de julho, lidera com Fernando de Mello Freyre, diretor do Instituto Joaquim Nabuco, um movimento de estudo interdisciplinar sobre as enchentes em Pernambuco. Profere, em 10 de outubro, conferência no Clube Atlético Paulistano sobre O Brasil como nação hispano-tropical. Recebe em 15 de outubro, do Sindicato dos Professores do Ensino Primário e Secundário de Pernambuco e da Associação dos Professores do Ensino Oficial, o título de Educador do Ano, por relevantes serviços prestados à comunidade nordestina no campo da educação e da pesquisa social. Profere em 7 de novembro, no Teatro Santa Isabel, do Recife, conferência sobre o Sesquicentenário do *Diário de Pernambuco*. O Instituto do Açúcar e do Álcool lança, em 15 de novembro, o Prêmio de Criatividade Gilberto Freyre, para os melhores ensaios sobre aspectos socioeconômicos da zona canavieira do Nordeste. Publicam-se no Rio de Janeiro suas obras *Tempo morto e outros tempos*, *O brasileiro entre os outros hispanos* (José Olympio) e *Presença do açúcar na formação brasileira* (IAA).

1976 Viaja à Europa em setembro, fazendo conferências em Madri (Instituto de Cultura Hispânica) e em Londres (Conselho Britânico). É homenageado com a esposa, em Londres, com banquete pelo embaixador Roberto Campos e esposa (presentes vários dos seus amigos ingleses, como Lord Asa Briggs). Em Paris, como hóspede do governo francês, é entrevistado pelo sociólogo Jean Duvignaud, na rádio e na televisão francesas, sobre Tendências atuais da cultura brasileira. É homenageado com banquete pelo diretor de *Le Figaro*, seu amigo, escritor e membro da Academia Francesa, Jean d'Ormesson, presentes Roger Caillois e outros intelectuais franceses. Em Viena, identifica mapas inéditos do Brasil no período holandês, existentes na Biblioteca Nacional da Áustria. Na Espanha, como hóspede do governo, realiza palestra no Instituto de Cultura Hispânica, presidido pelo Duque de Cadis. Em Lisboa é homenageado com banquete pelo secretário de estado de Cultura, com a presença de intelectuais, ministros e diplomatas. Em 7 de outubro, lê em Brasília, a convite do ministro da Previdência Social, conferência de encerramento do Seminário sobre Problemas de Idosos. A Livraria José Olympio Editora publica as 16ª e 17ª edições de *Casa-grande & senzala*, e o IJNPS, a 6ª edição do *Manifesto regionalista*. É lançada em Lisboa 2ª edição portuguesa de *Casa-grande & senzala*.

1977 Estreia em janeiro no Nosso Teatro (Recife) a peça *Sobrados e mucambos*, adaptada por Hermilo Borba Filho e encenada pelo Grupo Teatral Vivencial. Recebe em fevereiro, do embaixador Michel Legendre, a faixa e as insígnias de Comendador das Artes e Letras da França. Profere em março, no Seminário de Tropicologia, conferência sobre O Recife eurotropical e, na Câmara dos Deputados, em Brasília, conferência de encerramento do ciclo comemorativo do Bicentenário da Independência dos Estados Unidos. Exibição, na Biblioteca Municipal Mário de Andrade, em São Paulo, de um documentário cinematográfico sobre sua vida e obra, *Da palavra ao desenho da palavra*, com debates dos quais participam Freitas Marcondes, Leo Gilson Ribeiro, Osmar Pimentel e Egon Schaden. Profere conferências na Câmara dos Deputados, em Brasília, em 19 de agosto, sobre A terra, o homem e a educação, no Seminário sobre Ensino Superior, promovido pela Comissão de Educação e Cultura, e no Teatro José de Alencar de Fortaleza, em 24 de setembro, sobre O Nordeste visto através do tempo. Lançamento em São Paulo, em 10 de novembro, do álbum *Casas-grandes & senzalas*, com guaches de Cícero Dias. Apresenta, no Arquivo Público Estadual de Pernambuco, conferência de encerramento do Curso sobre o Sesquicentenário da Elevação do Recife à Condição de Capital, sobre O Recife e a sua autobiografia coletiva. É acolhido como sócio-honorário do Pen Clube do Brasil. Inicia em outubro colaboração semanal na *Folha de S.Paulo*. A Livraria José Olympio Editora publica *O outro amor do dr. Paulo*, seminovela, continuação de *Dona Sinhá e o filho padre*. A Editora Nova Aguilar publica, em dezembro, a *Obra escolhida*, volume em papel-bíblia que inclui *Casa-grande & senzala*, *Nordeste* e *Novo mundo nos trópicos*, com introdução de Antônio Carlos Villaça, cronologia da vida e da obra e bibliografia ativa e passiva, por Edson Nery da Fonseca. A Editora Ayacucho lança em Caracas a 3ª edição em espanhol de *Casa-grande & senzala*, com introdução de Darcy Ribeiro. As Ediciones Cultura Hispánica publicam em Madri a edição espanhola da *Seleta para jovens*, com o título de *Antología*. A Editora Espasa-Calpe publica, em Madri, *Más allá de lo moderno*, com prefácio de Julián Marías. A Livraria José Olympio Editora lança a 5ª edição de *Sobrados e mucambos* e a 18ª edição brasileira de *Casa-grande & senzala*.

1978 Viaja a Caracas para proferir três conferências no Instituto de Assuntos Internacionais do Ministério das Relações Exteriores da Venezuela. Abre no Arquivo Público Estadual, em 30 de março, ciclo de conferências sobre escravidão e abolição em Pernambuco, fazendo Novas considerações sobre escravos em anúncios de jornal em Pernambuco. Profere conferência sobre O Recife e sua ligação com estudos antropológicos no Brasil, na instalação da XI Reunião Brasileira de Antropologia, no auditório da Universidade Federal de Pernambuco, em 7 de maio. Em 22 de maio, abre em Natal a I Semana de Cultura do

Nordeste. Profere em Curitiba, em 9 de junho, conferência sobre O Brasil em nova perspectiva antropossocial, numa promoção da Associação dos Professores Universitários do Paraná; em Cuiabá, em 16 de setembro, conferência sobre A dimensão ecológica do caráter nacional; na Academia Paulista de Letras, em 4 de dezembro, conferência sobre Tropicologia e realidade social, abrindo o 1º Seminário Internacional de Estudos Tropicais da Fundação Escola de Sociologia e Política. Publica-se *Recife & Olinda*, com desenhos de Tom Maia e Thereza Regina. Publicam-se as seguintes obras: *Alhos e bugalhos* (Nova Fronteira); *Prefácios desgarrados* (Cátedra); *Arte e ferro* (Ranulpho Editora de Arte), com pranchas de Lula Cardoso Ayres. O Conselho Federal de Cultura lança *Cartas do próprio punho sobre pessoas e coisas do Brasil e do estrangeiro*. A Editora Gallimard publica a 14ª edição de *Maîtres et esclaves*, na Coleção TEL. A Livraria Editora José Olympio publica a 19ª edição brasileira de *Casa-grande & senzala*, e a Fundação Cultural do Mato Grosso, a 2ª edição de *Introdução a uma sociologia da biografia*.

1979 O Arquivo Estadual de Pernambuco publica, em março, a edição fac-similar do *Livro do Nordeste*. Participa, no auditório da Biblioteca Municipal de São Paulo, em 30 de março, da Semana do Escritor Brasileiro. Recebe em Aracaju, em 17 de abril, o título de Cidadão Sergipano, outorgado pela Assembleia Legislativa de Sergipe. É homenageado pelo 44º Congresso Mundial de Escritores do Pen Clube Internacional, reunido no Rio de Janeiro, quando recebe a medalha Euclides da Cunha, sendo saudado pelo escritor Mário Vargas Llosa. Recebe o grau de Doutor *Honoris Causa* pela Faculdade de Ciências Médicas da Fundação do Ensino Superior de Pernambuco – Universidade de Pernambuco, em setembro. Viaja à Europa em outubro. Profere conferência na Fundação Calouste Gulbenkian, em 22 de outubro, sobre Onde o Brasil começou a ser o que é. Abre o ciclo de conferências comemorativo do 20º aniversário da Sudene, em dezembro, falando sobre Aspectos sociais do desenvolvimento regional. Recebe nesse mês o Prêmio Caixa Econômica Federal, da Fundação Cultural do Distrito Federal, pela obra *Oh de casa!*. Profere na Universidade de Brasília conferência sobre Joaquim Nabuco: um novo tipo de político. A Editora Artenova publica *Oh de casa!*. A Editora Cultrix publica *Heróis e vilões no romance brasileiro*. A MPM Propaganda publica *Pessoas, coisas & animais*, em edição não comercial. A Editora Ibrasa publica *Tempo de aprendiz*.

1980 Em 24 de janeiro, a Academia Pernambucana de Letras inicia as comemorações do octogésimo aniversário do autor, com uma conferência de Gilberto Osório de Andrade sobre Gilberto Freyre e o trópico. Em 25 de janeiro, a Codepe inicia seu Seminário Permanente de Desenvolvimento, dedicando-o ao estudo da obra de Gilberto Freyre. O Arquivo Público Estadual comemora a efeméride, em 26 e 27 de fevereiro, com duas conferências de Edson Nery da Fonseca. Recebe em São Paulo, em 7 de março, a medalha de Ordem do Ipiranga, maior condecoração do estado. Em 26 de março, recebe a medalha José Mariano, da Câmara Municipal do Recife. Por decreto de 15 de abril, o governador do estado de Sergipe lhe confere o galardão de Comendador da Ordem do Mérito Aperipê.

Em homenagem ao autor, são realizados diversos eventos, como: missa cantada na Catedral de São Pedro dos Clérigos, do Recife, mandada celebrar pelo governo do estado de Pernambuco, sendo oficiante monsenhor Severino Nogueira e regente o padre Jayme Diniz. Inauguração, na redação do *Diário de Pernambuco*, de placa comemorativa da colaboração de Gilberto Freyre, iniciada em 1918. Almoço na residência de Fernando Freyre. *Open house* na vivenda Santo Antônio. Sorteio de bilhete da Loteria Federal da Praça de Apipucos. Desfile de clubes e blocos carnavalescos e concentração popular em Apipucos. Sessão solene do Congresso Nacional, em 15 de abril, às 15 horas, para homenagear o escritor Gilberto Freyre pelo transcurso do seu octogésimo aniversário. Discursos do presidente, senador Luís Viana Filho, dos senadores Aderbal Jurema e Marcos Freire e do deputado Thales Ramalho. Viaja a Portugal em junho, a convite da Câmara Municipal de Lisboa, para participar nas comemorações do Quarto Centenário da Morte de Camões. Profere conferência A tradição camoniana ante insurgências e ressurgências atuais. É homenageado, em 6 de julho, durante a 32ª Reunião Anual da Sociedade Brasileira para o Progresso da Ciência, realizada no Rio de Janeiro, e em 25 de julho, pelo XII Congresso Brasileiro de Língua e Literatura, promovido pelas universidades estaduais do Rio de Janeiro e Universidade Federal do Rio de Janeiro. Em 11 de agosto, recebe do embaixador Hansjorg Kastl a Grã-Cruz do Mérito da República Federativa da Alemanha. Ainda em agosto, é homenageado pelo IV Seminário Paraibano de Cultura Brasileira. Recebe o título de Cidadão Benemérito de João Pessoa, outorgado pela Câmara Municipal da capital paraibana. Recebe o título do sócio-honorário do Instituto Histórico e Geográfico da Paraíba. Em 2 de setembro, é homenageado pelo Pen Clube do Brasil com um painel sobre suas ideias, no auditório do Palácio da Cultura, no Rio de Janeiro. Encenação, no Teatro São Pedro de São Paulo, da peça de José Carlos Cavalcanti Borges *Casa-grande & senzala*, sob a direção de Miroel Silveira, pelo grupo teatral da Escola de Comunicação e Artes da USP. Em 10 de outubro, apresenta conferência da Fundação Luisa e Oscar Americano, de São Paulo, sobre Imperialismo cultural do Conde Maurício. De 13 a 17 de outubro, profere simpósio internacional promovido pela Universidade de Brasília e pelo Ministério da Educação e Cultura, com a participação, como conferencistas, do historiador social inglês Lord Asa Briggs, do filósofo espanhol Julián Marías, do poeta e ensaísta português David Mourão-Ferreira, do antropólogo francês Jean Duvignaud e do historiador mexicano Silvio Zavala. Recebe o Prêmio Jabuti, de São Paulo, em 28 de outubro. Recebe, em 11 de dezembro, o grau de Doutor *Honoris Causa* pela Universidade Católica de Pernambuco. Em 12 de dezembro, recebe o Prêmio Moinho Recife. São publicadas diversas obras do autor, como: o álbum *Gilberto poeta: algumas confissões*, com serigrafias de Aldemir Martins, Jenner Augusto, Lula Cardoso Ayres, Reynaldo Fonseca e Wellington Virgolino e posfácio de José Paulo Moreira da Fonseca (Ranulpho Editora de Arte); *Poesia reunida* (Edições Pirata, Recife); 20ª edição brasileira de *Casa-grande & senzala*, com prefácio do ministro Eduardo Portella; 5ª edição de *Olinda*; 3ª edição da *Seleta para jovens*; 2ª edição brasileira de *Aventura e rotina* (todas pela Editora José Olympio); e a 2ª edição de *O escravo nos anúncios de jornais brasileiros do século XIX* (Companhia Editora Nacional). A Editora Greenwood Press, de Westport, Conn., publica, sem autorização do autor, a reimpressão de *New world in the tropics*.

1981 A Classe de Letras da Academia de Ciências de Lisboa reúne-se, em fevereiro, para a comunicação do escritor David Mourão-Ferreira sobre Gilberto Freyre, criador literário. Encenação, em março, no Teatro Santa Isabel, da peça-balé de Rubens Rocha Filho *Tempos perdidos, nossos tempos*. Em 25 de março, o autor recebe do embaixador Jean Beliard a *rosette* de Oficial da Légion d'Honneur. Inauguração de seu retrato, em 21 de abril, no Museu do Trem da Superintendência Regional da Rede Ferroviária Federal. Em 29 de abril, o Conselho Municipal de Cultura lança, no Palácio do Governo, um álbum de desenhos de sua autoria. Inauguração, em 7 de maio, no Museu Nacional da Quinta da Boa Vista, da edição quadrinizada de *Casa-grande & senzala*, numa promoção da Universidade Federal do Rio de Janeiro, Museu Nacional e Editora Brasil-América. Profere conferência, em 15 de maio, no auditório Benício Dias da Fundação Joaquim Nabuco, sobre Atualidade de Lima Barreto. Viaja à Espanha, em outubro, para tomar posse no Conselho Superior do Instituto de Cooperação Ibero-Americana, nomeado pelo rei João Carlos I.

1982 Recebe em janeiro a medalha comemorativa dos trinta anos do Conselho Nacional de Desenvolvimento Científico e Tecnológico (CNPq). Profere na Academia Pernambucana de Letras a conferência Luís Jardim Autodidata?, comemorativa do octogésimo aniversário do pintor e escritor pernambucano. Na abertura do III Congresso Afro-Brasileiro, em 20 de setembro, apresenta conferência no teatro Santa Isabel. Em setembro, é entrevistado pela Rede Bandeirantes de Televisão, no programa *Canal Livre*. Recebe do embaixador Javier Vallaure, na Embaixada da Espanha em Brasília, a Grã-Cruz de Alfonso, El Sabio (outubro), e no auditório do Palácio da Cultura, em 9 de novembro, profere conferência sobre Villa-Lobos revisitado. Profere no Nacional Club de São Paulo, em 11 de novembro, conferência sobre Brasil: entre passados úteis e futuros renovados. A Editora Massangana publica *Rurbanização:* o que é? A Editora Klett-Cotta, de Stuttgart, publica a 1ª edição alemã de *Das land in der stadt. die entwicklung der urbanem gesellschaft Brasiliens* (*Sobrados e mucambos*) e a 2ª edição de *Herrenhaus und sklavenhütte* (*Casa--grande & senzala*).

1983 Iniciam-se em 21 de março – Dia Internacional das Nações Unidas Contra a Discriminação Racial – as comemorações do cinquentenário da publicação de *Casa-grande & senzala*, com sessão solene no auditório Benício Dias, presidida pelo governador Roberto Magalhães e com a presença da ministra da Educação, Esther de Figueiredo Ferraz, e do diretor-geral da Unesco, Amadou M'Bow, que lhe entrega a medalha Homenagem da Unesco. Recebe em 15 de abril, da Associação Brasileira de Relações Públicas, Seção de Pernambuco, o Troféu Integração por destaque cultural de 1982. Em abril, expõe seus últimos desenhos e pinturas na Galeria Aloísio Magalhães. Viaja a Lisboa, em 25 de outubro, para receber, do ministro dos Negócios Estrangeiros, a Grã-Cruz de Santiago da Espada. Em 27 de outubro, participa de sessão solene da Academia de Ciências de Lisboa e da Academia Portuguesa de História, comemorativa do cinquentenário da publicação de *Casa-grande & senzala*. A Fundação Calouste Gulbenkian promove em Lisboa um ciclo de conferências sobre *Casa-grande & senzala* (2 de novembro a 4 de dezembro). É homenageado pela Feira Internacional do Livro do Rio de Janeiro, em 9 de novembro. O Seminário de Tropicologia reúne-se, em 29 de novembro, para a conferência de Edson Nery da Fonseca, intitulada Gilberto Freyre, cultura e trópico. Recebe em 7 de dezembro, no Liceu Literário Português do Rio de Janeiro, a Grã-Cruz da Ordem Camoniana. A Editora Massangana publica *Apipucos: que há num nome?*, a Editora Globo lança *Insurgências e ressurgências atuais* e *Médicos, doentes e contextos sociais* (2ª edição de *Sociologia da medicina*). Realiza-se na Fundação Joaquim Nabuco, de 19 a 30 de setembro, um ciclo de conferências comemorativo dos cinquenta anos de *Casa-grande & senzala*, promovido com apoio do governo do estado e de outras entidades pernambucanas (anais editados por Edson Nery da Fonseca e publicados em 1985 pela Editora Massangana: *Novas perspectivas em Casa-grande & senzala*). A José Olympio Editora publica no Rio de Janeiro o livro de Edilberto Coutinho *A imaginação do real:* uma leitura da ficção de Gilberto Freyre, tese de doutoramento defendida na Universidade Federal do Rio de Janeiro. A Editora Record lança no Rio de Janeiro *Homens, engenharias e rumos sociais*.

1984 Lançamento, em 20 de janeiro, de selo postal comemorativo do cinquentenário de *Casa-grande & senzala*. Viaja a Salvador, em 14 de março, para receber homenagem do governo do estado pelo cinquentenário de *Casa-grande & senzala*. Inauguração, no Museu de Arte Moderna da Bahia, da exposição itinerante sobre a obra. Conferência de Edson Nery da Fonseca sobre Gilberto Freyre, *Casa-grande & senzala* e a Bahia. Convidado pelo governador Tancredo Neves, profere em Ouro Preto, em 21 de abril, o discurso oficial da Semana da Inconfidência. Profere em 8 de maio, na antiga Reitoria da UFRJ, conferência sobre Alfonso X, o sábio, ponte de culturas. Recebe da União Cultural Brasil-Estados Unidos, em 7 de junho, a medalha de merecimento por serviços relevantes prestados à aproximação entre o Brasil e os Estados Unidos. Convidado pelo Conselho da Comunidade Portuguesa do Estado de São Paulo, lê no Clube Atlético Paulistano, em 8 de junho (Dia de Portugal) a conferência Camões: vocação de antropólogo moderno?, publicada no mesmo ano pelo conselho. Em setembro, o Balé Studio Um realiza no Recife o espetáculo de dança *Casa-grande & senzala*, sob a direção de Eduardo Gomes e com música de Egberto Gismonti. Recebe a Medalha Picasso da Unesco, desenhada por Juan Miró em comemoração do centenário do pintor espanhol. Em setembro, homenageado por Richard Civita no Hotel 4 Rodas de Olinda, com banquete presidido pelo governador Roberto Magalhães e entrega de passaportes para o casal se hospedar em qualquer hotel da rede. Participa, na Arquidiocese do Rio de Janeiro, em outubro, do

Congresso Internacional de Antropologia e Práxis, debatedor do tema *Cultura e redenção*, desenvolvido por D. Paul Poupard. É homenageado no Teatro Santa Isabel do Recife, em 31 de novembro, pelo cinquentenário do 1º Congresso Afro-Brasileiro, ali realizado em 1934. Lê no Museu de Arte Sacra de Pernambuco (Olinda) a conferência Cultura e museus, publicada no ano seguinte pela Fundarpe.

1985 Recebe da Fundação do Patrimônio Histórico e Artístico de Pernambuco (Fundarpe) a Homenagem à Cultura Viva de Pernambuco, em 18 de março. Viaja em maio aos Estados Unidos, para receber, na Baylor University, o prêmio consagrador de notáveis triunfos (Distinguished Achievement Award). Profere em 21 de maio, na Harvard University, conferência sobre My first contacts with american intellectual life, promovida pelo Departamento de Línguas e Literaturas Românicas e pela Comissão de Estudos Latino-Americanos e Ibéricos. Realiza exposição na Galeria Metropolitana Aloísio Magalhães do Recife: Desenhos a cor: figuras humanas e paisagens. Recebe, em agosto, o grau de Doutor *Honoris Causa* em Direito e em Letras pela Universidade Clássica de Lisboa. É nomeado em setembro, pelo presidente da República, para compor a Comissão de Estudos Constitucionais. Recebe o título de Cidadão de Manaus, em 6 de setembro. Profere, em 29 de outubro, conferência na inauguração do Instituto Brasileiro de Altos Estudos (Ibrae) de São Paulo, subordinada ao título À beira do século XX. Em 20 de novembro, é apresentado, no Cine Bajado, de Olinda, o filme de Kátia Mesel *Oh de casa!*. Em dezembro viaja a São Paulo, sendo hospitalizado no Incor para cirurgia de um divertículo de Zenkel (hérnia de esôfago). A José Olympio Editora publica a 7ª edição de *Sobrados e mucambos* e a 5ª edição de *Nordeste*. Por iniciativa do Centro de Estudos Latino-Americanos da Universidade da Califórnia em Los Angeles, a editora da universidade publica em Berkeley reedições em brochuras do mesmo formato *The masters and the slaves, The mansions and the shanties* e *Order and progress*, com introduções de David H. E. Mayburt-Lewis e Ludwig Lauerhass Jr., respectivamente.

1986 Em janeiro, submete-se a uma cirurgia do esôfago para retirada de um divertículo de Zenkel, no Incor. Regressa ao Recife em 16 de janeiro, dizendo: "agora estou em casa, meu Apipucos". Em 22 de fevereiro, retorna a São Paulo para uma cirurgia de próstata no Incor, realizada em 24 de fevereiro. Recebe em 24 de abril, em sua residência de Apipucos, do embaixador Bernard Dorin, a comenda de Grande Oficial da Legião de Honra, no grau de Cavaleiro. Em maio, é agraciado com o Prêmio Cavalo-Marinho, da Empitur. Em agosto, recebe o título de Cidadão de Aracaju. Em 24 de outubro, reencontra-se no Recife com a dançarina Katherine Dunhm. Em 28 de outubro é eleito para ocupar a cadeira 23` da Academia Pernambucana de Letras, vaga com a morte de Gilberto Osório de Andrade. Toma posse em 11 de dezembro na Academia Pernambucana de Letras. Recebe, em 16 de dezembro, o título de Pesquisador Emérito do Instituto de Pesquisas Sociais da Fundação Joaquim Nabuco. Publica-se em Budapeste a edição húngara de *Casa-grande & senzala: udvarház es szolgaszállás*. A professora Élide Rugai Bastos defende na Pontifícia Universidade Católica de São Paulo (PUC) a tese de doutoramento *Gilberto Freyre e a formação da sociedade brasileira*, orientada pelo professor Octavio Ianni. A Áries Editora publica em São Paulo o livro de Pietro Maria Bardi, *Ex-votos de Mário Cravo*, e a Editora Creficullo lança o livro do mesmo autor *40 anos de Masp*, ambos prefaciados por Gilberto Freyre.

1987 Instituição, em 11 de março, da Fundação Gilberto Freyre. Em 30 de março, recebe em Apipucos a visita do presidente Mário Soares. Em 7 de abril, submete-se a uma cirurgia para implantação de marca-passo no Incor do Hospital Português. Em 18 de abril, Sábado Santo, recebe de d. Basílio Penido, OSB, os sacramentos da Reconciliação, da Eucaristia e da Unção dos Enfermos. Morre no Hospital Português, às 4 horas de 18 de julho, aniversário de Magdalena. Sepultamento no Cemitério de Santo Amaro, às 18 horas, com discurso do ministro Marcos Freire. Em 20 de julho, o senador Afonso Arinos ocupa a tribuna da Assembleia Nacional Constituinte para homenagear sua memória. Em 19 de julho o jornal *ABC de Madri* publica um artigo de Julián Marías: Adiós a um brasileño universal. Em 24 de julho, missas concelebradas, no Recife, por Dom José Cardoso Sobrinho e Dom Heber Vieira da Costa, OSB, e em Brasília, por Dom Hildebrando de Melo e pelos vigários da catedral e do Palácio da Alvorada com coral da Universidade de Brasília. Missa celebrada no seminário, com canto gregoriano a cargo das Beneditinas de Santa Gertrudes, de Olinda. A Editora Record publica *Modos de homem e modas de mulher* e a 2ª edição de *Vida, forma e cor*; *Assombrações do Recife Velho* e *Perfil de Euclides e outros perfis*; a José Olympio Editora, a 25ª edição brasileira de *Casa-grande & senzala*. O Círculo do Livro lança nova edição de *Dona Sinhá e o filho padre*, e a Editora Massangana publica *Pernambucanidade consagrada* (discursos de Gilberto Freyre e Waldemar Lopes na Academia Pernambucana de Letras). Ciclo de conferências promovido pela Fundação Joaquim Nabuco em memória de Gilberto Freyre, tendo como conferencistas Julián Marías, Adriano Moreira, Maria do Carmo Tavares de Miranda e José Antônio Gonsalves de Mello (convidado, deixou de vir, por motivo de doença, o antropólogo Jean Duvignaud). Ciclo de conferências promovido em Maceió pelo governo do estado de Alagoas, a cargo de Maria do Carmo Tavares de Miranda, Odilon Ribeiro Coutinho e José Antônio Gonsalves de Mello. Homenagem do Conselho Latino-Americano de Ciências Sociais, na abertura de sua XIV Assembleia Geral, realizada no Recife, de 16 a 21 de novembro. A editora mexicana Fondo de Cultura Económica publica a 2ª edição, como livro de bolso, de *Interpretación del Brasil*. A revista *Ciência e Cultura* publica em seu número de setembro o necrológio de Gilberto Freyre, solicitado por Maria Isaura Pereira de Queiroz a Edson Nery da Fonseca.

1988 Em convênio com a Fundação Gilberto Freyre e sob os auspícios do Grupo Gerdau, a Editora Record publica no Rio de Janeiro a obra póstuma *Ferro e civilização no Brasil*.

1989 Em sua 26ª edição, *Casa-grande & senzala* passa a ser publicada pela Editora Record, até a 46ª edição, em 2002.

1990 A Fundação das Artes e a Empresa Gráfica da Bahia publicam em Salvador *Bahia e baianos*, obra póstuma organizada e prefaciada por Edson Nery da Fonseca. A Editora Klett--Cotta lança em Stuttgart a 2ª edição alemã de *Sobrados e mucambos* (*Das land in der Stadt*). Realiza-se na Fundação Joaquim Nabuco o seminário O cotidiano em Gilberto Freyre, organizado por Fátima Quintas (anais publicados no mesmo ano pela Editora Massangana).

1994 A Câmara dos Deputados publica, como volume 39 de sua Coleção Perfis Parlamentares, *Discursos parlamentares*, de Gilberto Freyre, texto organizado, anotado e prefaciado por Vamireh Chacon. A Editora Agir publica no Rio de Janeiro a antologia *Gilberto Freyre*, organizada por Edilberto Coutinho como volume 117 da Coleção Nossos Clássicos, dirigida por Pedro Lyra. A Editora 34 publica no Rio de Janeiro a tese de doutoramento de Ricardo Benzaquen de Araújo *Guerra e paz:* Casa-grande & senzala e a obra de Gilberto Freyre nos anos 30.

1995 Realiza-se na Fundação Joaquim Nabuco a semana de estudos comemorativos dos 95 anos de Gilberto Freyre, com conferências reunidas e apresentadas por Fátima Quintas na obra coletiva *A obra em tempos vários*, publicada em 1999 pela Editora Massangana. A Fundação de Cultura da Cidade do Recife e a Imprensa Universitária da Universidade Federal de Pernambuco publicam no Recife *Novas conferências em busca de leitores*, obra póstuma organizada e prefaciada por Edson Nery da Fonseca. A Editora Massangana publica o livro de Sebastião Vila Nova, *Sociologias e pós-sociologia em Gilberto Freyre*.

1996 Realiza-se na Fundação Joaquim Nabuco o simpósio Que somos nós?, organizado por Maria do Carmo Tavares de Miranda em comemoração aos sessenta anos de *Sobrados e mucambos* (anais publicados pela Editora Massangana em 2000).

1997 Comemorando seu septuagésimo quinto aniversário, a revista norte-americana *Foreign Affairs* publica o resultado de um inquérito destinado à escolha de 62 obras "que fizeram a cabeça do mundo a partir de 1922". *Casa-grande & senzala* é apontada como uma delas pelo professor Kenneth Maxwell. A Companhia das Letras publica em São Paulo a 4ª edição de *Açúcar*, livro reimpresso em 2002 por iniciativa da Usina Petribu.

1999 Por iniciativa da Fundação Oriente, da Universidade da Beira Interior e da Sociedade de Geografia de Lisboa, iniciam-se em Portugal as comemorações do centenário de nascimento de Gilberto Freyre, com o colóquio realizado na Sociedade de Geografia de Lisboa, de 11 e 12 de fevereiro, Lusotropicalismo revisitado, sob a direção dos professores Adriano Moreira e José Carlos Venâncio. A Fundação Oriente institui um prêmio anual de 1 milhão de escudos para "galardoar trabalhos de investigação na área da perspectiva gilbertiana sobre o Oriente". As comemorações pernambucanas são iniciadas em 14 de março, com missa solene concelebrada na Basílica do Mosteiro de São Bento de Olinda, com canto gregoriano pelas Beneditinas Missionárias da Academia Santa Gertrudes. Pelo Decreto nº 21.403, de 7 de maio, o governador de Pernambuco declara, no âmbito estadual, Ano Gilberto Freyre 2000. Pelo Decreto de 13 de julho, o presidente da República institui o ano 2000 como Ano Gilberto Freyre. A UniverCidade do Rio de Janeiro institui, por sugestão da Editora Topbooks, o prêmio de 20 mil dólares para o melhor ensaio sobre Gilberto Freyre.

2000 Por iniciativa da TV Cultura de São Paulo, são elaborados os filmes *Gilbertianas I* e *II*, dirigidos pelo cineasta Ricardo Miranda com a colaboração do antropólogo Raul Lody. Em 13 de março, ocorre o lançamento nacional da produção, numa promoção do Shopping Center Recife/UCI Cinemas/Weston Táxi Aéreo. Em 21 de março são lançados, na sala Calouste Gulbenkian da Fundação Joaquim Nabuco, no Núcleo de Estudos Freyrianos, no governo do estado de Pernambuco, na Sudene e no Ministério da Cultura. Por iniciativa do Canal GNT, VideoFilmes e Regina Filmes, o cineasta Nelson Pereira dos Santos dirige quatro documentários intitulados genéricos de *Casa-grande & senzala*, tendo Edson Nery da Fonseca como corroteirista e narrador. Filmados no Brasil, em Portugal e na Universidade de Colúmbia em Nova York, o primeiro, *O Cabral moderno*, exibido pelo canal GNT a partir de 21 de abril. Os demais, *A cunhã:* mãe da família brasileira, *O português:* colonizador dos trópicos e *O escravo na vida sexual e de família do brasileiro*, são exibidos pelo mesmo canal, a partir de 2001. As Editoras Letras e Expressões e Abregraph publicam a 2ª edição de *Casa-grande & senzala em quadrinhos*, com ilustrações de Ivan Wasth Rodrigues colorizadas por Noguchi. A Editora Topbooks lança a 2ª edição brasileira de *Novo mundo nos trópicos*, prefaciada por Wilson Martins. A revista *Novos Estudos Cebrap*, n. 56, publica o dossiê Leituras de Gilberto Freyre, com apresentação de Ricardo Benzaquen de Araújo, incluindo as introduções de Fernand Braudel à edição italiana de *Casa-grande & senzala*, de Lucien Fèbvre à edição francesa, de Antonio Sérgio a *O mundo que o português criou* e de Frank Tannembaum à edição norte-americana de *Sobrados e mucambos*. Em 15 de março, realiza-se na Maison de Sciences de l'Homme et de la Science o colóquio Gilberto Freyre e a França, organizado pela professora Ria Lemaire, da Universidade de Poitiers. Em 15 de março o arcebispo de Olinda e Recife, José Cardoso, celebra missa solene na Igreja de São Pedro dos Clérigos, com cantos do coral da Academia Pernambucana de Música. Na tarde de 15 de março, é apresentada, na sala Calouste Gulbenkian, em projeção de VHF, a Biblioteca Virtual Gilberto, disponível imediatamente na Internet: <http://prossiga.bvgf.fgf.org.br>. De 21 a 24 de março realiza-se na Fundação Gilberto Freyre o Seminário Internacional Novo Mundo nos Trópicos (anais publicados com título homônimo). De 28 a 31 de março é apresentado no Centro Cultural Banco do Brasil do Rio de Janeiro o ciclo de palestras A propósito de Gilberto Freyre (não reunidas em livro). De 14 a 16 de agosto realiza-se o seminário Gilberto Freyre: patrimônio brasileiro, promovido conjuntamente pela Fundação Roberto Marinho, pela UniverCidade do Rio de Janeiro, pelo Colégio do Brasil, pela Academia Brasileira de Letras, pela *Folha de S.Paulo* e pelo Instituto de Estudos Avançados da USP. Iniciado no auditório da Academia Brasileira de Letras e num dos *campi* da Universidade, é concluído no auditório da *Folha de S.Paulo* e na cidade universitária da USP. Em 18 de outubro, realiza-se no anfiteatro da História da USP o seminário multidisciplinar Relendo Gilberto Freyre, organizado pelo Centro Angel Rama da Faculdade de Filosofia, Letras e Ciências Humanas na mesma universidade. Em 20 de outubro realiza-se na embaixada do Brasil em Paris o seminário Gilberto Freyre e as ciências sociais no Brasil, promovido pelo Ministério das Relações Exteriores e Fundação Gilberto Freyre. Em 30 de outubro realiza-se em Buenos Aires o seminário À la busqueda de la identidad: el ensayo de interpretación nacional en Brasil y Argentina. De 6 a 9 de novembro é realizada no Sun Valley Park Hotel, em Marília (SP), a Jornada de Estudos Gilberto Freyre, organizada pela Faculdade de Filosofia e Ciências da Unesp. Em 21 de novembro, na Universidade de Essex, ocorre o seminário *The english in Brazil:* a study in cultural encounters, dirigido pela professora Maria Lúcia Pallares-Burke. Em 27 de novembro, realiza-se na Universidade de Cambridge o seminário Gilberto Freyre & história social do Brasil, dirigido pelos professores Peter Burke e Maria Lúcia Pallares-Burke. De 27 a 30 de novembro, acontece no Centro de Ciências Humanas, Letras e Artes da Universidade Federal da Paraíba o simpósio Gilberto Freyre: interpenetração do Brasil, organizado pela professora Elisalva Madruga Dantas e pelo poeta e multiartista Jomard Muniz de Brito (anais com título homônimo publicados pela editora Universitária em 2002). De 28 a 30 de novembro, ocorre na sala Calouste Gulbenkian da Fundação Joaquim Nabuco o seminário internacional Além do apenas moderno. De 5 a 7 de dezembro é apresentado no auditório João Alfredo da Universidade Federal de Pernambuco o seminário Outros Gilbertos, organizado pelo Laboratório de Estudos Avançados de Cultura Contemporânea do Departamento de Antropologia da mesma universidade. Publica-se em São Paulo, pelo Grupo Editorial Cone Sul, o ensaio de Gustavo Henrique Tuna: Gilberto Freyre – entre tradição & ruptura, premiado na categoria "ensaio" do 3º Festival Universitário de Literatura, organizado pela Xerox do Brasil e pela revista *Livro Aberto*. Por iniciativa do deputado Aldo Rebelo a Câmara dos Deputados reúne no opúsculo Gilberto Freyre e a formação do Brasil, prefaciado por Luís Fernandes, ensaios do próprio deputado, de Otto Maria Carpeaux e de Regina Maria A. F. Gadelha. A Editora Comunigraf publica no Recife o livro de Mário Hélio *O Brasil de Gilberto Freyre:* uma introdução à leitura de sua obra, com ilustrações de José Cláudio e prefácio de Edson Nery da Fonseca. A Editora Casa Amarela publica em São Paulo a 2ª edição do ensaio de Gilberto Felisberto Vasconcellos *O xará de Apipucos*. A Embaixada do Brasil em Bogotá publica o opúsculo Imagenes, com texto e ilustrações selecionadas por Nora Ronderos.

2001 A Companhia das Letras publica em São Paulo a 2ª edição de *Interpretação do Brasil*, organizada e prefaciada por Omar Ribeiro Thomaz (nº 19 da Coleção Retratos do Brasil). A Editora Topbooks publica no Rio de Janeiro a obra coletiva *O imperador das ideias*: Gilberto Freyre em questão, organizada pelos professores Joaquim Falcão e Rosa Maria

Barboza de Araújo, reunindo conferências do seminário realizado no Rio de Janeiro e em São Paulo de 14 a 17 de agosto de 2000. A Editora Topbooks e UniverCidade publicam no Rio de Janeiro a 2ª edição de *Além do apenas moderno*, prefaciada por José Guilherme Merquior e as 3ᵃˢ edições de *Aventura e rotina*, prefaciada por Alberto da Costa e Silva, e de *Ingleses no Brasil*, prefaciada por Evaldo Cabral de Melo. A Editora da Universidade do Estado de Pernambuco publica, como nº 18 de sua Coleção Nordestina, o livro póstumo *Antecipações*, organizado e prefaciado por Edson Nery da Fonseca. A Editora Garamond publica no Rio de Janeiro o livro de Helena Bocayuva *Erotismo à brasileira: o excesso sexual na obra de Gilberto Freyre*, prefaciado pelo professor Luis Antonio de Castro Santos. O *Diário Oficial da União* de 28 de dezembro de 2001 publica, à página 6, a Lei no 10.361, de 27 de dezembro de 2001, que confere o nome de Aeroporto Internacional Gilberto Freyre ao Aeroporto Internacional dos Guararapes do Recife. O Projeto de Lei é de autoria do deputado José Chaves (PMDB-PE).

2002 Publica-se no Rio de Janeiro, em coedição da Fundação Biblioteca Nacional e Zé Mário Editor, o livro de Edson Nery da Fonseca *Gilberto Freyre de A a Z*. É lançada em Paris, sob os auspícios da ONG da Unesco Allca XX e como volume 55 da Coleção Archives, a edição crítica de *Casa-grande & senzala*, organizada por Guillermo Giucci, Enrique Rodríguez Larreta e Edson Nery da Fonseca.

2003 O governo instalado no Brasil em 1º de janeiro extingue, sem nenhuma explicação, o Seminário de Tropicologia criado em 1966 pela Universidade Federal de Pernambuco, por sugestão de Gilberto Freyre e incorporado em 1980 à estrutura da Fundação Joaquim Nabuco. Gustavo Henrique Tuna defende, no Departamento de História do Instituto de Filosofia e Ciências Humanas da Unicamp, a dissertação de mestrado *Viagens e viajantes em Gilberto Freyre*. A Editora da Universidade de Brasília publica, em coedição com a Imprensa Oficial do Estado de São Paulo, as seguintes obras póstumas, organizadas por Edson Nery da Fonseca: *Palavras repatriadas* (prefácio e notas do organizador); *Americanidade e latinidade da América Latina e outros textos afins*, *Três histórias mais ou menos inventadas* (com prefácio e posfácio de César Leal) e *China tropical*. A Global Editora publica a 47ª edição de *Casa-grande & senzala* (com apresentação de Fernando Henrique Cardoso). No mesmo ano, lança a 48ª edição da obra-mestra de Freyre. A mesma editora publica a 14ª edição de *Sobrados e mucambos* (com apresentação de Roberto DaMatta). Publica-se pela Edusc, Editora da Unesp e Fapesp o livro *Gilberto Freyre em quatro tempos* (organização de Ethel Volfzon Kosminsky, Claude Lépine e Fernanda Arêas Peixoto), reunindo comunicações apresentadas na Jornada de Estudos Gilberto Freyre, realizada em Marília (SP), em 2000. É lançada pela Edusc, Editora Sumaré e Anpocs o livro de Élide Rugai Bastos *Gilberto Freyre e o pensamento hispânico: entre Dom Quixote e Alonso El Bueno*.

2004 A Global Editora publica a 6ª edição de *Ordem e progresso* (apresentação de Nicolau Sevcenko), a 7ª edição de *Nordeste* (com apresentação de Manoel Correia de Oliveira

Andrade), a 15ª edição de *Sobrados e mucambos* e a 49ª edição de *Casa-grande & senzala*. Em conjunto com a Fundação Gilberto Freyre, a editora lança o Concurso Nacional de Ensaios – Prêmio Gilberto Freyre 2004/2005, destinado a premiar e a publicar ensaio que aborde "qualquer dos aspectos relevantes da obra do escritor Gilberto Freyre".

2005   Em 15 de março é premiado o trabalho de Élide Rugai Bastos intitulado *As criaturas de Prometeu:* Gilberto Freyre e a formação da sociedade brasileira, vencedor do Concurso Nacional de Ensaios – Prêmio Gilberto Freyre 2004/2005, promovido pela Fundação Gilberto Freyre e pela Global Editora. Esta publica a 50ª edição (edição comemorativa) de *Casa-grande & senzala*, em capa dura. Em agosto, o grupo de teatro Os Fofos Encenam, sob a direção de Newton Moreno, estreia a peça *Assombrações do Recife Velho*, adaptação da obra homônima de Gilberto Freyre, no Casarão do Belvedere, situado no bairro Bela Vista, em São Paulo. Em 18 de outubro, na Livraria Cultura do Shopping Villa-Lobos, em São Paulo, é lançado *Gilberto Freyre: um vitoriano dos trópicos*, de Maria Lúcia Pallares-Burke, pela Editora da Unesp, em mesa-redonda com a participação dos professores Antonio Dimas, José de Souza Martins, Élide Rugai Bastos e a autora do livro. A Global Editora publica a 3ª edição de *Casa-grande & senzala em quadrinhos*, com ilustrações de Ivan Wasth Rodrigues colorizadas por Noguchi.

2006   Realiza-se em 15 de março na 19ª Bienal Internacional do Livro de São Paulo, sediada no Pavilhão de Exposições do Anhembi, no salão A-Mezanino, a mesa de debate setenta anos de *Sobrados e mucambos*, de Gilberto Freyre, com a presença dos professores Roberto DaMatta, Élide Rugai Bastos, Enrique Rodríguez Larreta e mediação de Gustavo Henrique Tuna. No evento, é lançado o 2º Concurso Nacional de Ensaios – Prêmio Gilberto Freyre 2006/2007, organizado pela Global Editora e pela Fundação Gilberto Freyre que aborda qualquer aspecto referente à obra *Sobrados e mucambos*. A Global Editora publica a 2ª edição, revista, de *Tempo morto e outros tempos*, prefaciada por Maria Lúcia Garcia Pallares-Burke. Realiza-se no auditório do Instituto de Filosofia e Ciências Humanas da Unicamp, nos dias 25 e 26 de abril, o Simpósio Gilberto Freyre: produção, circulação e efeitos sociais de suas ideias, com a presença de inúmeros estudiosos do Brasil e do exterior da obra do sociólogo pernambucano.

A Global Editora publica *As criaturas de Prometeu – Gilberto Freyre e a formação da sociedade brasileira*, de Élide Rugai Bastos, trabalho vencedor da 1ª edição do Concurso Nacional de Ensaios/ Prêmio Gilberto Freyre 2004/2005, promovido pela editora e pela Fundação Gilberto Freyre.

2007   Publicam-se em São Paulo, pela Global Editora: a 5ª edição do livro *Açúcar*, apresentada por Maria Lecticia Monteiro Cavalcanti; a 5ª edição revista, atualizada e aumentada por Antonio Paulo Rezende do livro *Guia prático, histórico e sentimental da cidade do Recife*; a 6ª edição revista e atualizada por Edson Nery da Fonseca do livro *Olinda: 2º guia prático, histórico e sentimental de cidade brasileira*. Publica-se no Rio de Janeiro, pela Civilização Brasileira, o primeiro volume da obra *Gilberto Freyre, uma biografia cultural*, dos pesquisadores uruguaios Enrique Rodrigues Larreta e Guillermo Giucci, em tradução de Josely Vianna Baptista. Publica-se no Recife, pela Editora Massangana, o livro de Edson Nery da Fonseca *Em torno de Gilberto Freyre*.

2008 O Museu da Língua Portuguesa de São Paulo encerra em 4 de maio a exposição, iniciada em 27 de novembro de 2007, *Gilberto Freyre intérprete do Brasil*, sob a curadoria de Élide Rugai Bastos, Júlia Peregrino e Pedro Karp Vasquez. Publicam-se em São Paulo, pela Global Editora: a 4ª edição revista do livro *Vida social no Brasil nos meados do século XIX*, com apresentação e índices de Gustavo Henrique Tuna; e a 6ª edição do livro *Assombrações do Recife Velho*, com apresentação de Newton Moreno, autor da adaptação teatral representada com sucesso em São Paulo. O editor Peter Lang de Oxford publica o livro de Peter Burke e Maria Lúcia G. Pallares-Burke *Gilberto Freyre: social theory in the tropics*, versão de *Gilberto Freyre, um vitoriano nos Trópicos*, publicado em 2005 pela Editora da Unesp, que em 2006 recebeu os Prêmios Senador José Ermírio de Morais da ABL (Academia Brasileira de letras) e Jabuti, na categoria Ciências Humanas.

A Global Editora publica *Ensaio sobre o jardim*, de Solange de Aragão, trabalho vencedor da 2ª edição do Concurso Nacional de Ensaios – Prêmio Gilberto Freyre 2006/2007, promovido pela editora e pela Fundação Gilberto Freyre.

2009 A Global Editora publica a 2ª edição de *Modos de homem & modas de mulher* com texto de apresentação de Mary Del Priore. A É Realizações Editora publica em São Paulo a 6ª edição do livro *Sociologia: introdução ao estudo dos seus princípios*, com prefácio de Simone Meucci e posfácio de Vamireh Chacon, e a 4ª edição de *Sociologia da medicina*, com prefácio de José Miguel Rasia. O Diário de Pernambuco edita a obra *Crônicas do cotidiano: a vida cultural de Pernambuco nos artigos de Gilberto Freyre*, antologia organizada por Carolina Leão e Lydia Barros. A Editora da Unesp publica, em tradução de Fernanda Veríssimo, o livro de Peter Burke e Maria Lúcia G. Pallares-Burke *Repensando os trópicos: um retrato intelectual de Gilberto Freyre*, com prefácio à edição brasileira.

2010 Publica-se pela Global Editora o livro *Nordeste semita – Ensaio sobre um certo Nordeste que em Gilberto Freyre também é semita*, de autoria de Caesar Sobreira, trabalho vencedor da 3ª edição do Concurso Nacional de Ensaios – Prêmio Gilberto Freyre 2008/2009, promovido pela editora e pela Fundação Gilberto Freyre. A Global Editora publica a 4ª edição de *O escravo nos anúncios de jornais brasileiros do século XIX*, com apresentação de Alberto da Costa e Silva. A É Realizações publica a 4ª edição de *Aventura e rotina*, a 2ª edição de *Homens, engenharias e rumos sociais*, as 2ªˢ edições de *O luso e o trópico*, *O mundo que o português criou*, *Uma cultura ameaçada e outros ensaios* (versão ampliada de *Uma cultura ameaçada: a luso-brasileira*), *Um brasileiro em terras portuguesas* (a 1ª edição publicada no Brasil) e a 3ª edição de *Vida forma e cor*. A Editora Girafa publica *Em torno de Joaquim Nabuco*, reunião de textos que Gilberto Freyre escreveu sobre o abolicionista organizada por Edson Nery da Fonseca com colaboração de Jamille Cabral Pereira Barbosa. Gilberto

Freyre é o autor homenageado da 10ª edição da Feira Nacional do Livro de Ribeirão Preto, realizada entre os dias 14 e 18 de junho. É também o autor homenageado da 8ª edição da Festa Literária Internacional de Paraty (Flip), ocorrida na cidade carioca entre os dias 4 e 8 de agosto. Para a homenagem, foram organizadas mesas com convidados nacionais e do exterior. A conferência de abertura, em 4 de agosto, é lida pelo ex-presidente Fernando Henrique Cardoso e debatida pelo historiador Luiz Felipe de Alencastro; no dia 5 realiza-se a mesa Ao correr da pena, com Moacyr Scliar, Ricardo Benzaquen e Edson Nery da Fonseca, com mediação de Ángel Gurría-Quintana; no dia 6 ocorre a mesa Além da casa-grande, com Alberto da Costa e Silva, Maria Lúcia Pallares-Burke e Ângela Alonso, com mediação de Lilia Schwarcz; no dia 8 realiza-se a mesa Gilberto Freyre e o século XXI, com José de Souza Martins, Peter Burke e Hermano Vianna, com mediação de Benjamim Moser. É lançado na Flip o tão esperado inédito de Gilberto Freyre *De menino a homem*, espécie de livro de memórias do pernambucano, pela Global Editora. A edição, feita com capa dura, traz um rico caderno iconográfico, conta com texto de apresentação de Fátima Quintas e notas de Gustavo Henrique Tuna. O lançamento do tão aguardado relato autobiográfico até então inédito de Gilberto Freyre realiza-se na noite do dia 5 de agosto, na Casa da Cultura de Paraty, ocasião em que o ator Dan Stulbach lê trechos da obra para o público presente. O Instituto Moreira Salles publica uma edição especial para a Flip de sua revista *Serrote*, com poemas de Gilberto Freyre comentados por Eucanaã Ferraz. A Funarte publica o volume 5 da coleção Pensamento crítico intitulado *Gilberto Freyre, uma coletânea de escritos do sociólogo pernambucano sobre arte*, organizada por Clarissa Diniz e Gleyce Heitor.

2011 Realiza-se entre os dias 31 de março e 1º de abril na Universidade Lusófona, em Lisboa, o colóquio Identidades, hibridismos e tropicalismos: leituras pós-coloniais de Gilberto Freyre, com a participação de importantes intelectuais portugueses como Diogo Ramada Curto, Pedro Cardim, António Manuel Hespanha, Cláudia Castelo, entre outros. A Global Editora publica *Perfil de Euclides e outros perfis*, com texto de apresentação de Walnice Nogueira Galvão. O livro *De menino a homem* é escolhido vencedor na categoria Biografia da 53ª edição do Prêmio Jabuti. A cerimônia de entrega do prêmio ocorre em 30 de novembro na Sala São Paulo, na capital paulista. A 7ª edição da Fliporto (Festa Literária Internacional de Pernambuco), realizada entre os dias 11 e 15 de novembro na Praça do Carmo, em Olinda, tem Gilberto Freyre como autor homenageado, com mesas dedicadas a discutir a obra do sociólogo. Participam das mesas no Congresso Literário da Fliporto intelectuais como Edson Nery da Fonseca, Fátima Quintas, Raul Lody, João Cezar de Castro Rocha, Vamireh Chacon, José Carlos Venâncio, Valéria Torres da Costa e Silva, Maria Lecticia Cavalcanti, entre outros. Dentro da programação da Feira, a Global Editora lança os livros *China tropical*, com texto de apresentação de Vamireh Chacon e *O outro Brasil que vem aí*, publicação voltada para o público infantil que traz o poema de Gilberto Freyre ilustrado por Dave Santana. No mesmo evento, é lançado pela Editora

Cassará o livro *O grande sedutor: escritos sobre Gilberto Freyre de 1945 até hoje*, reunião de vários textos de Edson Nery da Fonseca a respeito da obra do sociólogo. Publica-se pela Editora Unesp o livro *Um estilo de história – a viagem, a memória e o ensaio: sobre Casa-grande & senzala e a representação do passado*, de autoria de Fernando Nicolazzi, originado da tese vencedora do Prêmio Manoel Luiz Salgado Guimarães de teses de doutorado na área de História promovido no ano anterior pela Anpuh.

2012 A edição de março da revista do Sesc de São Paulo publica um perfil de Gilberto Freyre. A Global Editora publica a 2ª edição de *Talvez poesia*, com texto de apresentação de Lêdo Ivo e dois poemas inéditos: "Francisquinha" e "Atelier". Pela mesma editora, publica-se a 2ª edição do livro *As melhores frases de Casa-grande & senzala: a obra-prima de Gilberto Freyre*, organizado por Fátima Quintas. Publica-se pela Topbooks o livro *Caminhos do açúcar*, de Raul Lody, que reúne temas abordados pelos trabalhos do sociólogo pernambucano. A Editora da Unesp publica o livro *O triunfo do fracasso: Rüdiger Bilden, o amigo esquecido de Gilberto Freyre*, de Maria Lúcia Pallares-Burke, com texto de orelha de José de Souza Martins. A Fundação Gilberto Freyre promove em sua sede, em 10 de dezembro, o debate "A alimentação na obra de Gilberto Freyre, com presença de Maria Lecticia Monteiro Cavalcanti, pesquisadora em assuntos gastronômicos.

2013 Publica-se pela Fundação Gilberto Freyre o livro *Gilberto Freyre e as aventuras do paladar*, de autoria de Maria Lecticia Monteiro Cavalcanti. Vanessa Carnielo Ramos defende, no Departamento de História do Instituto de Ciências Humanas e Sociais da Universidade Federal de Ouro Preto, a dissertação de mestrado *À margem do texto*: estudo dos prefácios e notas de rodapé de *Casa-grande & senzala*. A Global Editora e a Fundação Gilberto Freyre abrem as inscrições para o 5º Concurso Nacional de Ensaios – Prêmio Gilberto Freyre 2013/2014, que tem como tema Família, mulher e criança. Em 4 de outubro, inaugura-se no Centro Cultural dos Correios, no Recife, a exposição Recife: Freyre em frames, com fotografias de Max Levay Reis e co-curadoria de Raul Lody, baseada em textos do livro *Guia prático, histórico e sentimental da cidade do Recife*, de Gilberto Freyre. Publica-se pela Global Editora uma edição comemorativa de *Casa-grande & senzala*, por ocasião dos oitenta anos de publicação do livro, completados no mês de dezembro. Feita em capa dura, a edição traz nova capa com foto do Engenho Poço Comprido, localizado no município pernambucano de Vicência, de autoria de Fabio Knoll, e novo caderno iconográfico, contendo imagens relativas à história da obra-mestra de Gilberto Freyre e fortuna crítica. Da tiragem da referida edição, foram separados e numerados 2013 exemplares pela editora.

2014 Nos dias 4 e 5 de fevereiro, no auditório Manuel Correia de Andrade do Centro de Filosofia e Ciências Humanas da Universidade Federal de Pernambuco, realiza-se o evento Gilberto Freyre: vida e obra em comemoração aos 15 anos da criação da Cátedra Gilberto Freyre, contemplando palestras, mesas redondas e distribuição de brindes. No dia 23 de maio, em evento da FLUPP (Festa Literária Internacional das UPPs) realizado no Centro Cultural da Juventude, sediado na capital paulista, o historiador Marcos Alvito profere aula sobre Gilberto Freyre. Entre os dias 12 e 15 de agosto, no auditório do Instituto Ricardo Brennand, no Recife, Maria Lúcia Pallares-Burke ministra o VIII Curso de Extensão Para ler Gilberto Freyre. Realiza-se em 11 de novembro no Empório Eça de Queiroz, na Madalena, o lançamento do livro *Caipirinha: espírito, sabor e cor do Brasil*, de Jairo Martins da Silva. A publicação bilíngue (português e inglês), além de ser prefaciada por Gilberto Freyre Neto, traz capítulo dedicado ao sociólogo pernambucano intitulado "Batidas: a drincologia do mestre Gilberto Freyre".

Nota: após o falecimento de Edson Nery da Fonseca em 22 de junho de 2014, autor deste minucioso levantamento biobibliográfico, sua atualização está sendo realizada por Gustavo Henrique Tuna e tenciona seguir os mesmos critérios empregados pelo profundo estudioso da obra gilbertiana e amigo do autor.

Índice onomástico

A

ABBOTT, rev. Lyman, 113
ABDERA, Demócrito de, 474, 475
ABLEY, 363
ABRANTES, marquês de, 638
ABRANTES, visconde de, 637
ABREU, João Capistrano de, 342
ACÁCIO, conselheiro, 594
ACOSTA, padre José de, 541
ADAMS, Franklin, 614
ADÃO, 232
ADDISON, Joseph, 543
AFONSO V, D., 451
AFONSO XIII, 444
AGASSIZ, Louis, 68
AGOSTINHO, santo, 475, 575
ÁGUEDA, 239
A. J. I., 490
ALBUQUERQUE, Manuel Cavalcanti de, 638
ALBUQUERQUE, Medeiros e, 107, 108, 421, 545, 591, 613, 631
ALDUNATE, Carlos, 356
ALENCAR, Augusto Cochrane de, 211
ALENCAR, José de, 38, 70, 176, 220, 222, 320, 497, 501, 659
ALENCAR, Mário de, 523
ALEXANDER, John, 112
ALEXANDRINO, almirante, 306
ALFREDO, João, 615
ALIGHIERI, Dante, 92, 104, 108, 290, 293, 307
ALISS, George, 211
ALLAIN, Pedro, 456, 457, 539
ALMAGRO, Melchor Fernández, 497

ALMEIDA, 545
ALMEIDA, Belmiro de, 636
ALMEIDA, Guilherme de, 554, 555, 556, 557, 591
ALMEIDA, José Américo de, 42, 404
ALMEIDA, Júlia de, 75
ALMEIDA, Manuel, 353, 355
ALMEIDA, Margarida Lopes de, 440, 441
ALMEIDA, padre, 619
ALMEIDA, Renato, 350, 398
ALTINO, Edgar, 273
ALTMAN, Benjamin, 111
ALVES, Castro (Antônio C. A.), 268, 320, 440, 579
ALVES, conselheiro Rodrigues, 54, 637
AMADO, Gilberto, 261, 308, 398, 461, 569, 582, 591
AMARAL, Amadeu, 350
AMARAL, F. P. do, 438
AMÉLIA, D., 637
AMÉRICO, Pedro, 471
AMIEL, Henri-Frédéric, 197
AMOEDO, Rodolfo, 473
ANCHIETA, padre José de, 275, 276, 285, 565, 618, 619, 673
ANDERSON, Edwin H., 198, 200
ANDRADE, Carlos Drummond de, 545
ANDRADE, Eduardo Navarro de, 698
ANDRADE, Mário de, 555
ANDRADE, Oswald de, 555
ANDRÉ, Marius, 485
ANDREIEV, Leonid, 223
ANGÉLICO, Fra, 111, 117
ANJOS, Augusto dos, 42, 44, 321, 329, 423, 555, 571
ANNUNZIO, Gabrielle d', 75, 176

ANTÔNIO, santo, 74, 184
APOLLINAIRE, Guillaume, 44, 45, 306
APOLO, 294
AQUINO, são Tomás de, 301, 310, 358, 475
ARAGUAIA, visconde de, 293
ARANHA, Graça, 173, 221, 313, 350, 379, 397, 398, 511, 520, 521, 545, 573, 687
ARAÚJO FILHO, 204, 440
ARAÚJO, Murilo, 350
ARINOS, Afonso, 421, 422, 423, 637, 660
ARMSTRONG, A. J., 37, 38, 45, 46, 58, 86, 135, 211, 246, 627
ARNOLD, Matthew, 242, 277, 290, 338, 626
ASSIS, Joaquim Maria Machado de, 123, 150, 151, 163, 176, 220, 260, 321, 346, 379, 426, 442, 484, 523, 543, 571, 637, 652
ASSIS, são Francisco de, 367, 370, 374, 415, 492
ATHAYDE, Tristão de, 308, 325, 422, 660
AUFSESS, barão von, 295
AUREVILLY, Barbey d', 310, 484, 486
AUREVILLY, Jules A. d', 262
AZEREDO, Magalhães de, 325, 327
AZEVEDO, Aluísio de, 222, 637
AZEVEDO, João Lúcio de, 45, 511, 638
AZORÍN, 42

B

BACHELLER, Irving, 430
BACON, Francis, 238, 692
BACON, Lord, 540
BAEDEKER, Karl, 298
BAEDEKER, Fritz, 488, 489
BAKER, Ray Stannard, 115
BALFOUR, Arthur James, 241, 314, 624
BALZAC, Honoré de, 140, 250, 300, 484, 489
BANDEIRA, Esmeraldino, 695
BANDEIRA, Manuel, 512, 513, 514, 555, 571, 649
BANDEIRA, Souza, 637

BANDEIRA, Torres, 529
BANVILLE, T. de, 176
BARBOSA, Rui, 46, 54, 142, 176, 195, 276, 320, 348, 442, 462, 541, 571, 579, 637, 652
BARCA, conde da, 637
BARINE, Arvéde, 85
BARLEUS, Gaspar, 693, 694
BAROJA, Pío, 39, 42, 147, 176, 222
BARRADAS, Jorge, 252, 253, 254, 282, 349
BARRÈS, Maurice, 262, 350, 377, 400, 401, 675, 689, 696
BARRETO, Dantas, 470, 573
BARRETO, Lima, 442
BARRETO, Luís do Rego, 239, 240, 682, 683
BARRETO, Moniz, 421, 636
BARRETO, Paulo, 204
BARRETO, Tobias, 267, 268, 271, 292, 293, 350, 358, 380, 462, 575, 581
BARRIE, I. M., 689
BARROS, Francisco do Rego, 506, 530
BARROS, Gouveia de, 603
BARROSO, almirante, 285
BARROSO, Gustavo, 177, 208
BARZAN, condessa Pardo, 518
BASTOS, Tavares, 380
BATES, Henry Walter, 540
BATISTA, João, 668
BATISTA, são João, 641
BAUDELAIRE, Charles, 39, 175, 176, 626, 680
BEACONSFIELD, Lord, 311
BEARDSLEY, Aubrey, 512
BECKFORD, William, 637
BELL, Alexander Graham, 161
BELL, Aubrey, 333, 445
BELLO, Júlio, 412, 413, 504, 505, 528
BELTRÃO, Araújo, 638
BELTRÃO, Soares, 615
BENAVENTE, Jacinto, 518
BENEDITO XV, papa, 195, 201, 203
BENJAMIN, René, 290

BENNETT, Arnold,   147, 176, 216, 217, 218, 262, 372, 373, 402, 523
BERGERAC, Cyrano de,   110, 431
BERKELEY, George,   309
BERNANOS, Georges,   680
BERNARDELLI, Rodolfo,   637, 638, 639
BERNARDES, Artur,   429
BERNARDES, Manuel,   571
BERNHARDT, Sarah,   204
BERTA, Albertina,   75
BETÂNIA, Maria de,   152
BEVILACQUA, Clóvis,   267, 462, 638
BEZERRA, Alcides,   293
BEZERRA, Andrade,   256
BEZERRA, Antônio Vicente de A.,   643
BICHO, Guttmann,   639
BILAC, Olavo,   306
BILDEN, Jane,   577
BILDEN, Rüdiger,   577, 578, 579, 580, 581, 634, 658
BIRMINGHAM, São Filipe de,   430
BJÖRKMAN, Göran,   122, 142, 637
BLAKE, William,   316, 317
BOAS, Franz,   41, 158, 180, 221, 578, 685
BOA VISTA, conde da,   364, 596
BOA VISTA, viscondessa de,   516
BOCCACCIO, Giovanni,   56
BOGGS, Samuel Whittemore,   131
BOILEAU, Nicolas,   290
BOLÍVAR, Simón,   127, 128, 279
BOLLING, Edith,   166
BOMILCAR, Arthur,   67
BONALD, Louis Gabriel Ambroise de,   336, 342, 428
BONAPARTE, Napoleão,   115, 391
BONIFÁCIO, José,   285, 293, 579
BONNAT, Léon,   359
BORAH, William,   180
BORGES, Estebah Gil,   127
BORROW, George,   682
BOSWELL, James,   151, 487
BOTELHO,   214
BOTTICELLI, Sandro,   406, 642

BOUCHER, Gustave,   546
BOUDREAU,   622
BOUGLÉ, Célestin,   370
BOURDELLE, Antoine,   238
BOURGET, Paul,   216, 228, 276, 675
BOURNE, Randolph,   337, 338, 680
BRAGA, Marques,   332, 333
BRAGA, Theophilo,   638
BRAGANÇA, D. Luís de Orléans e,   625, 651
BRAGANÇA, D. Pedro Henriques de Orléans e,   651
BRANCO, Camilo Castelo,   38, 241, 438, 526, 543, 544, 571
BRANDÃO, Bueno,   603
BRANDÃO, Francisco Gomes,   500
BRANDÃO, Soares,   638, 639
BRANDÃO SOBRINHO,   258
BRANDES, Georg,   257, 295, 514
BRANNER, John Casper,   68, 69, 82, 123, 142, 199, 207, 208, 415, 547
BRAUN, Otto,   680
BRAZ, Wenceslau,   306
BRECHERET, Victor,   348
BRENTANO,   189
BRIAND, Aristides,   170
BRIGGE, Malte Laurids,   681
BRILLAT-SAVARIN, Jean A.,   345
BRITO, Edgar Ribeiro de,   70
BRITO, Raimundo de Farias,   292, 380
BRITO, Saturnino de,   366, 401, 451, 536, 598, 663, 696
BRITO FILHO, Saturnino de,   434
BROOK, Clutton,   323
BROOKS, Samuel P.,   57
BROOKS, Van Wick,   218
BROWNING,   301
BROWNING, Elizabeth,   68, 116
BROWNING, Robert,   68, 106, 248, 249, 576
BRUMELL, George B.,   83, 84, 140, 281
BRUNETIÈRE, Ferdinand,   369
BRUNO, Pedro,   563, 564

BRUYÈRE, Jean de La, 260
BRYAN, William J., 63, 64, 80, 89, 184
BRYCE, James, 88, 122, 195, 196, 197, 228, 276, 313, 342
BUDA, 474, 475
BURNET, John, 289, 290, 291
BURTON, Robert, 513
BUTLER, Nicholas Murray, 158, 181, 182, 184, 642
BUTTI, Eurico, 222
BYINGTON, Alberto, 658
BYRON, Lord, 293

C

CABELL, James B., 180
CABO FRIO, barão de, 637
CABO FRIO, visconde de, 436
CABRAL, padre Luiz Gonzaga, 275, 276
CABRAL, Sacadura, 586
CAETANO, Batista, 429
CAETANO, Manuel, 698
CAINE, Hall, 320
CAIO, 54
CAJAL, Ramon y, 314
CALADO, frei Manuel, 694, 695
CALDAS, Sousa, 293
CALDERON, Francisco Garcia, 314
CALDWELL, miss, 357
CALÓGERAS, J. Pandiá, 442
CÂMARA, Phaelante da, 394, 550
CAMÕES, Luís de, 38, 67, 68, 70, 130, 132, 290, 440, 571
CAMPELLO, Manuel Netto Carneiro, 267, 268, 269, 364, 415, 463, 464, 511, 537, 538, 699
CAMPELLO, Samuel, 463, 464
CAMPOS, Mário Mendes, 350
CAMPOS, monsenhor Pinto de, 516, 529
CÂNDIDO, João, 197
CANECA, Frei, 464
CANEDO, Gregoriano, 546
CANNON, Joseph Gurney, 113

CANUTO, rei, 299
CAPA, Inocência, 321
CÁRCANO, Ramón J., 93, 637
CARCO, Francis, 44, 45
CARDIM, padre Fernão, 481, 602, 619
CARDOZO, Joaquim, 504, 555, 654
CARLOS, Antônio, 637
CARLYLE, Thomas, 44, 91, 106, 113, 115, 116, 175, 186, 227, 270, 321, 450, 585
CARNEGIE, Andrew, 135
CARNEIRO, Humberto, 352
CARPENTIER, George, 180
CARRIÈRE, Eugène, 407
CARRIÉRE, Maxwell, 172, 173
CARTER, Leslie, 206
CARTER, Nick, 518
CARVALHO, Alfredo de, 208, 340, 412, 429, 500, 581, 637
CARVALHO, Elysio de, 481
CARVALHO, Maria Amália Vaz de, 85
CARVALHO, Regina de, 75
CARVALHO, Ronald de, 261, 262, 293, 308, 342, 353, 434, 547, 555
CASSERES, Benjamin de, 85
CASTELAR, Emilio, 176
CASTIGLIONE, Baldassare, 382, 388
CASTRO, Aloysio de, 477
CASTRO, Eduardo de Lima, 138, 169, 375
CASTRO, Francisco de, 525
CASTRO, Gama e, 511
CASTRO, Inês de, 67
CAVALCANTI, Povina, 294
CAXIAS, duque de, 285
CELLINI, Benvenuto, 474
CELSO, Afonso, 653
CENDRARS, Blaise, 649
CERVANTES, Miguel de, 39
CHABY, 469
CHAMBELLAND, Carlos, 341, 637, 647, 648
CHAMBERS, Robert W., 147, 180, 218
CHAPLIN, Charlie, 178, 180

CHARPENTIER, 638
CHATEAUBRIAND, Assis, 216, 436, 442, 477, 478, 671, 672
CHATEAUBRIAND, visconde de, 575
CHAUCER, Geoffrey, 307, 313, 543
CHESTERTON, Gilbert Keith, 126, 177, 278, 283, 298, 392, 402, 406, 407, 428, 474, 543, 582, 583, 586, 624, 626
CHIESA, Giacomo della, 201
CHOCANO, José Santos, 635
CHOMÉDY, Paul de, 146
CHOPIN, Frédéric, 204
CHOSE, Joseph, 80
CHRISTOPHE, Jean, 424, 474
CHURCH, George Earl, 637
CÍCERO, Antônio, 613
CÍCERO, Marco Túlio, 89, 321, 338, 470
CLARKE, Helen, 85
CLARKE, Ira Clyde, 74, 75, 76
CLEMENCEAU, Georges, 54, 688
CLEMENTE VII, papa, 474
CLEMEN, Virgínia, 104, 105
COCTEAU, Jean, 45, 238, 250, 310, 362, 453
COELHO, Duarte de Albuquerque, 481, 494
COELHO NETO, Henrique Maximiano, 150, 163, 177, 199, 222, 320, 421, 541, 545, 650
COIMBRA, Estácio, 331
COIMBRA, frei Henrique de, 275
COIMBRA, João, 529
COMTE, Augusto, 186, 293, 398, 400, 452, 470, 497
CONDORCET, marquês de, 370
CONRAD, Joseph, 38, 45, 386, 402, 403
CONSTANT, Benjamin, 600
COOL, Mister, 567, 568
COPPERFIELD, David, 518
COREAL, François, 682
COROT, Jean-Baptiste C., 151
CORREIA, Alvim, 639

CORREIA, Sampaio, 486
CORREIA, Souza, 615, 637, 638, 639, 640
COSTA, Afonso, 276, 688
COSTA, Arthur Timotheo, 638
COSTA, F. A. Pereira da, 432, 456, 457
COSTA, Joam da, 618
COSTA, João Baptista da, 615, 638
COSTA, Navarro da, 340, 615
COTEGIPE, barão de, 638
COTTER, Luís, 484, 485, 486, 487
COUTINHO, Gago, 586
COUTINHO, J. Siqueira, 67, 357
COUTINHO, José Joaquim da Cunha Azeredo, 267
COUTINHO, Moraes, 285, 392, 478, 591, 699
COUTO, Domingo do Loreto, 494
COUTO, Ribeiro, 555
COX, James M., 87, 89, 90, 279
CRANE, Frank, 642
CRESPO, Gonçalves, 220
CRISTO, Jesus, 55, 183, 253, 278, 282, 310, 348, 582
CROCE, Benedetto, 186, 261, 314, 484, 584
CRULS, Gastão, 42, 540, 541, 542
CRUSOÉ, Robinson, 227, 229, 388, 453
CRUZ, Oswaldo, 421, 639
CRUZ, San Juan de la, 680
CUNHA, Euclides da, 69, 176, 208, 434, 551, 555, 638, 652, 691
CUNHA, José Nunes da, 435
CUNHA, Olegária Carneiro da, 550
CUNHA, Tristão da, 262
CUREL, François de, 278

D

DANTAS, Júlio, 205, 245, 264, 265, 277, 353, 594
DANTAS, Luiz de Souza, 638
DANTAS, padre Pedro Anísio B., 329, 369, 370, 371

DANTAS, Sousa, 511
DARÍO, Rubén, 220, 252, 362, 514, 555, 556
DARWIN, Charles, 140, 201, 202, 243, 288, 452
DAUDET, Alphonse, 247, 253, 452
DAUDET, Leon, 271, 287, 288, 325, 358, 369, 370, 372, 400
DAVID, Jacques-Louis, 426
DAVID, rei, 293
DAVRAY, Henry, 262
DEBUSSY, Claude, 258, 321, 396
DEFOE, Daniel, 39, 461, 462, 518
DE GARO, Nicola, 300, 301, 302, 341, 349, 364, 425, 666
DEGAS, Edgar, 178, 253
DELACROIX, Eugène, 426
DEMOLINS, Edmond, 354
DE MORGAN, 370
DEMOSTHENES, 321
DEMPSEY, Jack, 178, 180
DERBY, Orville, 68
DESCARTES, René, 290, 370
DEUS, João de, 393
DEUSDADO, Ferreira, 637
D'HARLEZ, 371
DIAS, Fernando Correia, 351
DIAS, Gonçalves, 40, 220
DIAS, Henrique, 418, 464
DICKENS, Charles, 278, 518, 570
DIKE, Henry Van, 180
DINIZ, Almachio, 362, 525
DIÓGENES, 100
DIONÍSIO, 183, 184
DISRAELI, Benjamin, 127, 311
DJALMA, 54
DONATELLO, 110
DONGA, 649
DONNE, John, 304, 680
DOREN, Carl Van, 292
DOSTOIEVSKI, Fiódor, 680
DOYLE, Conan, 148
DREISER, Theodore, 218

DUARTE, Dioclecio, 196
DUFF, Gordon, 66
DUFRANNE, Hector, 205
DUMAS, Alexandre, 189, 220
DUMONT, Alberto Santos, 665
DUNCAN, Isadora, 211, 389
DÜRER, Albrecht, 283, 295, 302, 406, 680

E

EATON, Mary, 179
EDDY, Sherwood, 78, 79
EDISON, Thomas, 180
EDUARDO, 669
EDUARDO VII, 639
EGAS, Eugênio, 325
EHRENBOURG, Ilya, 567, 568
EINSTEIN, Albert, 238, 257, 283, 294, 430, 477, 478, 479, 579, 646
ELIZABETH I, rainha, 56
ELLIOT, Charles William, 583
ELLIOT, George, 205
ELLIS, Havelock, 575, 576
ELLIS, Julian, 84
EMERSON, 100
EMERSON, Ralph Waldo, 256, 321
EPICURO, 163
ESTELLA, Fray Diego de, 492, 474
ESTRADA, Osório Duque, 307, 342, 652
EURÍPIDES, 464
EVA, 232
EXPILLY, Charles, 320
EZEQUIEL, 342

F

FAIRBANKS, Douglas, 147, 156, 178, 179
FALB, Rudolf, 540
FALCÃO, Aníbal, 267, 342
FALCÃO, Arruda, 698
FALCÃO, Gerôncio de Arruda, 498
FALCÃO, Joaquim de Arruda, 398, 451
FALCON, 54
FARRAR, Geraldine, 179

FAUSTA, Ítala, 75
FEIJÓ, Diogo Antônio, 115, 285, 637
FERNANDES, Aníbal, 39, 44, 45, 87, 176, 220, 259, 260, 264, 267, 364, 375, 384, 451, 684, 685, 699
FERNANDES, Carlos Dias, 329, 613, 615
FERNANDES, José, 418
FERNANDES, Manuel, 418
FERNANDEZ, Ramon, 675, 676
FERRAZ, Mimosa, 662
FERRAZ, Sampaio, 343, 695
FERREIRA, Antônio, 67, 68
FERREIRA, Lorena, 638
FERREIRA, padre Florentino Barbosa, 329
FERRERO, Guglielmo, 257
FIELDING, Henry, 152, 543
FIGARI, Pedro, 368
FIGUEIREDO, Antero de, 432
FIGUEIREDO, Antônio Cândido de, 365
FIGUEIREDO, Aurélio de, 637
FIGUEIREDO, Cândido de, 470
FIGUEIREDO, Fidelino de, 227, 261, 265, 290, 308, 332, 333, 365, 403, 448, 484, 485, 486, 487, 510, 511, 518, 585, 638
FIGUEIREDO, Jackson de, 325, 326, 398, 533
FILGUEIRAS, Caetano, 346
FILIPE, Guilherme, 237, 253
FINOT, Jean, 123
FISCHE, bispo Charles, 668
FISHER, Alice, 75
FIUZA, Luís Barbalho Muniz, 516
FLAMMARION, Camille, 452
FLAUBERT, Gustave, 219, 269, 278, 359
FLEIUSS, Max, 655
FLETCHER, J. C., 320, 326, 343, 346, 436, 482, 560, 561, 594
FLORESTA, Nísia, 639
FOCH, Ferdinand, 45, 181, 182
FOMBONA, Rufino Blanco, 223, 485
FONSECA, Deodoro da, 242, 600
FONSECA, Euclydes, 425
FONTES, Hermes, 548

FOUJITA, Tsuguharu, 304, 348
FRANCA, padre Leonel, 533
FRANCE, Anatole, 249, 250, 275, 338, 362, 400, 401, 407, 675
FRANCISCOVITCH, S. M., 283
FRANCK, Harry A., 189
FRANCO, Francisco, 586, 589
FRANKLIN, Benjamin, 55, 186
FREIRE, Aníbal, 195, 342, 460
FREIRE, Henrique, 695
FREIRE, Laudelino, 306, 553
FREIRE, Luciano, 265
FREITAS, Teixeira de, 462
FRENZEL, 540
FREUD, Sigmund, 157, 192, 575, 661
FREYRE, Alfredo Alves da Silva, 44
FREYRE, Gilberto, 54, 124, 227, 282, 468, 634, 684, 685, 686, 690
FREYRE, Gomes, 637
FREYRE, Ulysses, 44, 58, 648
FRICK, M. D., 111
FRIEDMAN, Ignaz, 204
FRIES, Karls, 78
FRONTEIRA, marquês da, 491
FROST, Robert, 218, 556
FURTADO, Jerônimo de Mendonça, 412

G

GAGARIN, Paulo, 281, 282, 283, 341, 666
GAINSBOROUGH, Thomas, 111
GAIO, Manuel da Silva, 296
GALES, príncipe de, 537, 639
GALVÃO, Ramiz, 655, 656
GALVÃO, Sebastião, 418
GAMA, Chichorro da, 412
GAMA, Domício da, 54, 362
GAMA, padre Miguel do Sacramento Lopes, 552, 553, 619
GAMBRELL, James Bruton, 60
GAMEIRO, Roque, 638
GANIVET, Ángel, 39, 40, 42, 43, 44, 484, 497, 511, 680

GARCIA, Juan Agustin, 93
GARCIA, padre José Maurício Nunes, 141, 639
GARCIA, Rodolpho, 655
GARDEN, Mary, 205
GARIBALDI, Giuseppe, 74, 135
GARRIDO, Luís, 421
GAUTIER, Théophile, 177
GEORGE, David Lloyd, 54, 203, 311, 625, 685, 688
GEORGE, W. L., 193, 194
GERMANA, 649
GIBBONS, cardeal, 113, 119, 120, 121, 184, 357, 509, 639
GIDDINGS, Franklin, 41, 114, 157, 180, 186, 191, 195, 218, 220, 227, 371, 454, 578, 685, 688
GIL, São Frei, 309
GIOCONDA, 270, 410, 411
GOBINEAU, Arthur de, 326
GÓES, Antônio de, 319, 330, 331, 335, 336, 373, 375, 539, 700
GOETHE, Johann Wolfgang von, 105, 250, 257, 462, 475, 583, 678
GOGOL, Nikolai, 568
GOHAN, George, 212
GOIANA, viscondessa de, 516
GOLDBERG, Isaac, 223, 224, 257, 293, 426, 547, 570
GOLDSMITH, Peter, 223, 304
GOMES, Antônio Carlos, 637
GOMES, Paula, 496
GÓMEZ, Modesto Brocos y, 638
GONÇALVES, Lopes, 194
GONÇALVES, Nuno, 265
GONCOURT, Edmond, 226
GONCOURT, Irmãos (Edmond e Jules), 39, 359, 379, 464
GONZAGA, são Luiz, 641
GORCEIX, Claude Henri, 68
GORRIS, 486
GOURMONT, Remy de, 532
GOUVEIA, Delmiro, 354, 637

GRACIÁN, Baltasar, 39, 42
GRAHAM, Maria, 494
GRANADA, Fray Luis de, 489
GRANDCOURT, Genevieve, 101, 102
GRANDPREY, Clement de, 45, 296
GRANT, Ulysses S., 135
GRAWFORD, sr., 108
GRAY, Dorian, 421
GRECO, El, 406, 484, 590, 630, 641
GREEN, Philip, 129
GREY, Edward, 305, 625
GRIECO, Agripino, 289, 290, 308, 342, 343, 392, 413, 438, 442, 571
GRIFIN, Ville, 538
GRIVET, Charles, 68
GUANABARINO, Oscar, 224
GUILHERMINA, rainha, 54
GUIMARAENS, Alphonsus de, 440, 555, 571
GUIMARÃES, Genaro, 580
GUIMARÃES, Pinheiro, 222
GULICK, dr., 231
GULLIVER, 446
GUTIÉRREZ, 224
GUYON, 372

H

HAECKEL, Ernst, 267, 282, 486
HAGEDORN, Friedrich, 637
HAMILTON, Alexander, 81, 228, 229
HAMILTON, duque de, 132
HAMILTON, Lady, 85
HAMLET, 263, 430, 435
HAMSUN, Knut, 161, 360
HANDELMANN, H., 579
HARDING, Warren Gamaliel, 87, 88, 89, 113, 127, 128, 129, 143, 180, 184, 201, 242, 279, 280
HARDMAN, Samuel, 375, 414, 480, 483, 490, 696, 699
HARDY, Thomas, 216, 402, 403
HARLAN, Harry, 618

HARRIS, Wilson, 622
HARVEY, William, 102
HASSLOCKER, Paulo, 613
HAWTHORNE, Nathaniel, 561
HAYDN, 122
HEARN, Lafcadio, 301, 375, 376, 377, 422, 423, 440, 474, 478, 486, 555, 587, 635, 652, 697
HEARST, William R., 216, 217
HEBBER, 475
HEGEL, Georg Wilhelm F., 186
HEINE, 399
HENDERSON, James, 494
HENRIOD, Henri, 78
HENRY, O., 304
HENRY, Patrick, 186
HERCULANO, Alexandre, 69, 209, 638
HERMANT, Abel, 401, 402
HERODES, 205
HIBBEN, John Grier, 164, 165
HILÁRIO, santo, 111
HINDENBURG, Paul Von, 131
HOEHNE, F. C., 492, 699
HOFFMANN, E. T. A., 105, 418, 619
HOFFMANN, prof., 57
HOLANDA, Sérgio Buarque de, 649
HOLBACH, barão d', 400
HOLMAN, Alfred, 622
HOLMES, 321
HOLMES, Ruth, 617
HOLMES, Sherlock, 130, 518
HOMEM, Francisco de Sales Torres, 220
HOOVER, Herbert, 82, 280
HOOVER, J. Edgar, 80
HOPE, Francis, 204
HORÁCIO, 68, 338
HOUSTON, Sam, 66
HOWELLS, William D., 147
HUGHES, Charles Evans, 127, 280
HUGO, Victor, 56, 176, 293, 362, 426, 645, 687
HUNT, Leigh, 241
HURREY, Charles D., 71

HUXLEY, Aldous, 201, 526
HUYSMANS, Joris-Karl, 39, 238, 298, 338, 359, 426

I

I., A. J., 492, 493
IBAÑEZ, Vicente Blasco, 96, 176, 260, 444, 445, 485
IBSEN, Henrik, 210, 258, 309
INMAN, Samuel G., 199
IOKANAAN, 205
ISABEL, princesa, 173
ISCARIOTES, Judas, 597

J

JABOATÃO, frei Antônio de Santa Maria, 619
JAMES, Henry, 576
JAMES, Leora, 75
JAMES, William, 157, 189, 583, 626
JAMMES, Francis, 645
JEFF, 642
JEFFERSON, Thomas, 81, 227, 609, 610
JEIF, 155
JESPERSEN, 307
JOÃO VI, D., 141, 481, 637, 638, 639, 643
JOERGENSEN, Johannes, 295
JOHNSON, 80, 82, 369
JOHNSON, Ben, 304
JOHNSON, Hiram, 87
JOHNSON, Lionel, 316, 403
JOHNSON, Samuel, 304
JONCKIND, Johan, 282, 283
JONES, R. S., 58, 59
JORDAN, David Starr, 129
JOSÉ, Manuel, 418
JOURDAIN, Francis, 505
JOYCE, James, 43, 44, 45, 402, 575, 576, 583, 626, 661, 680
JULIETA, 424, 459
JUNG, C. G., 661

JUNQUEIRO, Guerra, 526, 645, 687
JURENITO, Júlio, 567, 568
JUSSERAND, Jean Jules, 182

K

KACION, Robert, 637
KAISER, George, 257, 258
KANT, Immanuel, 277
KEATS, John, 226, 514
KEMPIS, Thomaz de, 321
KENNEDY, Madge, 179
KEONE, bispo, 121
KEPPLER, bispo Von, 428
KIDD, Benjamin, 371
KIDDER, D. P., 172, 320, 326, 346, 482, 594
KIPLING, Rudyard, 205, 260, 261, 278, 400
KNOPPE, Adolphus, 102
KOCK, Paulo de, 587
KOO, dr., 73
KOSTER, Henry, 458, 482, 494, 496

L

LA BOLLAYE, padre Henri Pinard de, 415
LAET, Carlos de, 142, 172, 176, 242, 278, 421, 448, 543, 569, 600, 643
LAFAIETE, conselheiro, 462
LAFAYETTE, 55
LAFORGUE, Jules, 300, 362, 513
LAGE, João, 404
LAMARTINE, Alphonse de, 68
LAMB, Charles, 39, 430, 571, 671
LAMBERT, Samuel, 668
LAMPEÃO, Umbelino, 501
LANG, 370
LANSING, Robert, 114, 115
LAPUENTE, Luis de la, 512
LARBAUD, Valery, 43
LA ROCHEFOUCAULD, François de, 293
LA SIZERANNE, M. Robert de la, 390

LATOUR, E., 639
LEAL, Mendes, 357
LEÃO, Eurico de Sousa, 683
LEÃO, H. H. Carneiro, 637, 638
LEÃO, Laurindo, 268
LEÃO, Luís Cedro Carneiro, 322, 323, 385, 450, 451, 479, 498, 517, 519, 603, 694
LEÃO, Múcio, 406
LEÃO, Waldemar Carneiro, 599
LEÃO XIII, papa, 119, 201, 202, 357
LE BON, Gustave, 252, 342, 400, 673
LEE, Muna, 635
LEE, Robert E., 609
LEITE, Solidônio A., 296, 553
LEMAITRE, Jules, 229
LEME, D. Sebastião, 383, 384, 450
LEMOS, Antônio, 699
LEMOS, Sousa, 245
LENIN, 203, 231
LEONARDO, 184
LE PLAY, Frédéric, 342
LÉRY, Jean de, 618
LESOIL, Leon, 53, 54
LESSEPS, Ferdinand de, 637
LESSING, Gotthold E., 257, 301
LEWIS, Sinclair, 218
LEWISON, Ludwig, 257, 258
LÍCIO, Arthur, 401
LIMA, 92
LIMA, Alceu Amoroso, 579
LIMA, Antônio Austregésilo Rodrigues de, 274, 591
LIMA, Augusto de, 457
LIMA, Barbosa, 638
LIMA, Fernando, 354
LIMA, Flora C. de Oliveira, 70, 142, 357, 636, 638, 639, 640
LIMA, Manuel de Oliveira, 40, 42, 45, 57, 69, 81, 91, 92, 93, 116, 122, 123, 128, 129, 139, 140, 141, 142, 145, 150, 161, 169, 173, 176, 195, 208, 213, 214, 215, 223, 228, 265, 273, 278,

288, 296, 313, 325, 327, 328, 356, 357, 394, 428, 436, 460, 471, 496, 569, 570, 577, 579, 581, 590, 613, 614, 615, 617, 619, 636, 637, 638, 639, 640
LIMA, Severino Rodrigues, 447
LINCOLN, Abraham, 114, 127, 279, 280, 531, 633
LINDSAY, Vachel, 40, 112, 135, 176, 232, 316, 317, 531, 532, 556
LISA, Mona, 408
LISBOA, Arrojado, 208
LLOYD, Harold, 254, 285, 640, 642
LOBATO, Monteiro, 40, 44, 45, 46, 151, 176, 208, 238, 241, 249, 251, 284, 492, 493, 547, 571
LOBO, Hélio, 547
LODGE, Henry Cabot, 80
LODGE, Oliver, 270
LONGFELLOW, Henry W., 68, 177, 561
LOPES, Fernão, 39
LOPES, Oscar, 420
LÓPEZ, Solano, 187
LORETO, Sérgio, 677
LOTI, Pierre, 300, 301, 376
LOUREIRO FILHO, Celso, 653
LOWDEN, Frank O., 87, 88
LOWELL, Abbott Lawrence, 83
LOWELL, Amy, 39, 40, 45, 83, 84, 85, 86, 112, 176, 180, 184, 218, 225, 226, 316, 321, 556, 626, 627
LOWELL, Lawrence, 227
LOWIE, Robert H., 189
LOYOLA, santo Ignácio de, 585, 590
LUBAMBO, Manuel, 39, 40
LUCRÉCIO, 583
LUCULLUS, 225, 226
LUÍS, Washington, 381
LUÍS XIII, 225
LUÍS XV, 469, 596, 654
LYELL, Charles, 201
LYON, Emma, 85
LYRA, Carlos, 354, 386, 387

LYRA, Tavares de, 655
LYRA FILHO, Carlos, 260, 299, 481, 539, 692
LYRA FILHO, João, 200

M

MACAULAY, Thomas, 250
MACDONALD, 371
MACEDO, Joaquim Manuel de, 293
MACHADO, Pinheiro, 196
MADISON, Dolly, 139
MAGNO, Carlos, 230
MAIA, Carlos da, 142, 501
MAIOR, Pedro Souto, 694, 695
MAISTRE, Joseph de, 428
MALLARMÉ, Stéphane, 249, 258, 300, 301, 396, 422, 526, 687
MANET, Édouard, 225, 226
MANN, Thomas, 661
MAOMÉ, 231, 470
MAQUIAVEL, Nicolau, 381
MARANHÃO, Methodio, 511
MARAN, René, 219, 220, 221
MARDEN, Orson Sweet, 564
MARIANO, José, 550
MARIA, virgem, 74, 76
MARICÁ, marquês de, 293, 470
MARINETTI, Filippo Tomaso, 504, 573
MARITAIN, Jacques, 41, 43, 358, 406
MARKHAM, Clement, 540
MARKHAM, Edwin, 86
MARQUES, Plínio, 533
MARSHAL, Thomas R., 56
MARTEL, Jean, 348
MARTEL, Joel, 348
MARTIN, Percy Alvin, 123
MARTIN, San, 128
MARTÍNEZ SIERRA, Gregorio, 518
MARTINO, Edoardo de, 639
MARTINS JÚNIOR, José Isidoro, 267
MARTINS, Oliveira, 38, 690
MARTINS, Silveira, 462

MARTIUS, C. F. P. von, 68
MARX, Karl, 186, 470
MARY, rainha, 232
MASTERS, Edgar Lee, 218, 556
MATA, Arturo Soria y, 330
MATOS, Gregório de, 293
MATTHEWS, Brander, 157, 307
MAUPASSANTS, Guy de, 452
MAURÍCIO, Virgílio, 348
MAURRAS, Charles, 39, 40, 41, 287, 288, 400, 510
MAURY, Pierre, 78
MAXWELL, José, 172, 173
MCADOO, Williams, 80, 89
MC ANDREW, William, 363
MCCONNEL, Prof., 78
MEDEIROS, Amaury de, 259, 260, 274, 285, 324, 364, 437, 558, 559, 581, 666, 667, 699
MÉDICIS, 381
MEFISTÓFELES, 181
MELLO, André de, 122
MELLO, D. Tomás José de, 456, 457, 695
MELLO, José Antônio Gonsalves de, 37, 40, 43, 482
MELLO, Mário Carneiro do Rego, 463, 464
MELLO, Othon Bezerra de, 298, 401
MELLO SOBRINHO, Ulysses Pernambucano de, 273, 364, 375, 437, 500, 558, 581, 677
MELO, Bernardo Vieira de, 322
MELO, Mário, 142, 237, 238, 296, 659
MENCKEN, Henry L., 40, 41, 44, 147, 175, 184, 218, 227, 229, 290, 291, 403
MENDEL, Gregório, 202
MENDES, Carlos Fradique, 180, 187, 264, 271, 420, 477, 484, 549, 594, 666
MENDES, Durval, 37
MENDONÇA, Salvador de, 142, 224, 637, 638
MENÉNDEZ Y PELAYO, Marcelino, 332, 485, 511, 585
MENEZES, Emílio de, 126

MERCIER, cardeal, 120
MEREDITH, George, 177, 576, 675, 676
MEROU, Garcia, 69, 637
MERRILL, Stuart, 204, 538
MESQUITA FILHO, Júlio de, 658
MESSAGER, André, 57
MEYNELL, Alice, 406
MICHAELIS, Carolina, 85
MICHELÂNGELO, 380
MICHELET, Jules, 39, 43, 186
MILL, Stuart, 452
MILLIKON, 579
MILO, Vênus de, 211
MINKOWSKI, Hermann, 294
MIQUELINA, 238
MIRABEAU, Honoré G. R. de, 127, 470
MIRANDA, Pontes de, 292, 293, 294, 462, 546
MIRANDOLA, Pico della, 188, 207
MOFFAT, W. D., 248
MOLIÈRE, 273
MOMMSEN, Theodor, 195
MONACAL, Señor, 72
MÔNACO, príncipe Alberto de, 127, 130, 131, 132, 133, 386
MONET, Claude, 685
MONROE, James, 128, 129, 149
MONSARAZ, conde de, 265
MONTAIGNE, Michel de, 39, 43, 321, 388
MONTARROYOS, 434
MONTEIRO, Fédora do Rego, 75, 282, 341, 615, 638
MONTEIRO, Joaquim do Rego, 348, 349
MONTEIRO, Maciel, 418, 489, 637
MONTEIRO, Mozart, 655
MONTEIRO, Vicente do Rego, 40, 44, 304, 348, 349, 554
MONTENEGRO, Ernesto, 613
MONTENEGRO, Olívio, 39, 352, 510, 582, 673, 674
MONTESQUIEU, (Charles de Secondat M.), 342, 454
MONTESQUIEU, Léon de, 288

MONTESSORI, Maria, 321
MOORE, George, 176, 253, 303, 316, 317, 402, 543
MOORE, Thomas, 260
MORAES, Eduardo de, 669, 670
MORAES, Mello, 456
MORAES FILHO, Mello, 427
MORAES NETO, Prudente de, 649
MORAIS, Eduardo de, 259
MOREAS, Jean, 538
MOREAU, Gustave, 359
MOREAU, Pierre, 695
MORENO, Gabriel García, 429
MORGAN, Edwin, 638
MORGAN, Pierpont, 110, 111
MORRIS, William, 310, 317, 323, 548
MOTA, Leonardo, 333
MOTT, John, 78
MOURA, Emílio, 545
MOURA, João de, 111
MUIR, Edwin, 532
MUIRHEAD, H. H., 214, 298
MÜLLER, Lauro, 655
MUNRO, Henry, 128
MÜNSTERBERG, Hugo, 583
MÚRIAS, Manuel, 511
MURICY, Andrade, 308, 350
MUSGRAVE, Thomas Moore, 67, 68
MUSSOLINI, Benito, 252, 288, 391
MUTT, 155, 642

N

NABUCO, Joaquim, 57, 67, 68, 87, 119, 122, 132, 176, 325, 345, 379, 387, 406, 436, 489, 506, 526, 550, 551, 555, 571, 579, 637, 638, 652, 695
NAIDU, Sarojini, 40, 116, 123, 176
NASSAU, Maurício de, 138, 240, 296, 637, 638, 692, 693, 694
NATHAN, George Jean, 147, 212, 218, 258
NELSON, Lord, 85
NERVO, Amado, 189, 321, 362

NESTOR, Odilon, 663
NEVES, Lourenço Baeta, 329, 330, 366, 536
NEVES SOBRINHO, Faria, 178, 457
NEWMAN, 403, 430
NEWMAN, cardeal, 117
NEWMANN, John Henry, 276, 582
NEWTON, Isaac, 238
NICHOLS, Rose Standish, 491
NIETZSCHE, Friedrich, 44, 147, 218, 219, 250, 257, 309, 310, 380, 392, 422, 426, 428, 503, 584
NOBRE, António, 245, 367, 478, 571
NOÉ, 175
NOEL, Papai, 147
NORDAU, Max, 186
NORMAND, Florence, 179, 180
NORRIS, Katherine, 180
NORTHCLIFFE, Lord, 216
NOVAES, Guiomar, 75, 78

O

OCTAVIO, Rodrigo, 637
ODELT, mr., 210
OHNET, Georges, 359
OKUMA, Condt, 637
OLINDA, visconde de, 637
OLIVEIRA, Alberto de, 514, 652
OLIVEIRA, Armando de, 602
OLIVEIRA, Artur de, 345
OLIVEIRA, Correia de, 563
OLIVEIRA, Leônidas de, 237
OLMEDILLA, Juan de la Cruz Cano y, 638
O'NEILL, Eugene, 41, 178, 180, 210, 212
ORBAN, Victor, 637
ORGAZ, Senhor de, 583
ORÍGENES, 474
ORLANDO, Arthur, 404
ORLEANS, duque de, 288
ORS, Eugênio d', 582
ORTEGA Y GASSET, José, 42, 43
ORTIGÃO, Ramalho, 142, 384, 417, 482, 508, 543, 544, 587, 696

P

PACHECO, Felix, 613, 640
PADEREWSKI, Ignacy Jan, 248
PALMER, 89
PAPINI, Giovanni, 238, 288
PARANHOS, Pedro, 432, 456, 580, 697
PARREIRAS, Antônio, 141, 473, 637, 638, 639
PASCAL, Blaise, 39, 43, 117, 403, 486
PASCOAIS, Teixeira de, 332
PASTEUR, Louis, 102
PATER, Walter, 39, 238, 307, 338, 339, 392, 526, 582, 584, 675
PATMORE, Coventry, 526, 582
PATRÍCIO, 649
PAULO, são, 688
PAVLOWA, Anna, 156, 178, 460
PEAT, Harold, 55, 56
PECKOLT, Theodore, 482
PEDRO I, D., 561, 562, 636, 638
PEDRO II, D., 130, 131, 141, 172, 285, 299, 325, 326, 327, 452, 515, 529, 537, 560, 561, 562, 618, 637, 638, 639
PEIXOTO, Afrânio, 69, 176, 231, 350, 352, 545, 652, 653
PELLEGRINI, Domenico, 637
PENA, Martins, 222
PENEDO, barão de, 615, 639
PENN, William, 138
PEREIRA, França, 200, 225, 686
PEREIRA, José Hygino Duarte, 693, 694
PEREIRA, Nilo, 37, 40, 43
PEREIRA, Thomaz de Aquino, 550, 551
PEREIRA, Xisto, 480, 481
PERES, sr., 65
PÉRICLES, 271
PERNAMBUCANO, Ulysses, 200, 248
PERSHING, John J., 145, 182, 184
PESSOA, Epitácio, 347, 429
PESTANA, Rangel, 613
PETRÔNIO, 476

PFEIFFER, Ida, 482
PHELPS, William Lyon, 147
PHOCIANO, 321
PICABIA, Francis, 253
PICASSO, Pablo, 579, 589, 643
PICCHIA, Menotti del, 440, 555
PICKFORD, Mary, 179, 245, 478
PIMENTA, Joaquim, 268
PIÑERO, Miguel, 223
PINHEIRO, Columbano Bordalo, 638
PINHEIRO, Nuno, 293
PINSKI, David, 223
PINTO, Adélia, 440
PINTO, Álvaro, 350, 351
PINTO, Fernão Mendes, 38, 39, 518, 618
PIO IX, papa, 201, 202, 358
PIO X, papa, 201, 202
PIRANDELLO, Luigi, 288
PIXINGUINHA, 649
PLATÃO, 163, 363
PLATEAU, Marius, 288
POE, Edgar Allan, 86, 94, 104, 105, 106, 175, 176, 178, 238, 258, 262, 422, 426, 554, 610, 621
POINCARÉ, Raymond, 201
POMBAL, marquês de, 573
POMBO, Rocha, 350
POMPÉIA, Raul, 442, 555
POMPÍLIO, Numa, 319
PONGETTI, Henrique, 662
POPE, Alexander, 245, 278, 290
PORTO, padre, 399
PORTUGAL, Marcos, 639
POST, Frans, 340, 471, 618, 637, 693
POUND, Ezra, 45, 218
PRADIER, Charles Simon, 636
PRADO, Eduardo, 173, 242, 345, 380, 383, 414, 504, 528, 637, 695
PRADO, Paulo, 556
PRESCOTT, William, 540
PRESTAGE, Edgar, 637
PROENÇA, Raul, 379
PROUDHON, Pierre-Joseph, 309

PROUST, Marcel, 43, 512, 575, 576, 626, 661, 675, 680, 681
PSICHARI, Ernest, 407, 428, 527, 680
PSICHARI, Renan, 527
PUCCINI, Giacomo, 463, 692
PUPIN, Michael, 668
PUTMAN, Samuel, 39

Q

QUEIRAT, 261
QUEIRÓS, Eça de, 38, 125, 176, 196, 211, 216, 245, 271, 362, 501, 502, 523, 526, 543, 571, 587, 590, 690
QUENTAL, Antero de, 321, 358, 428, 444, 491, 526, 571, 690
QUESADA, Ernesto, 636
QUINET, Edgar, 454
QUINTON, René, 370
QUIXOTE, D., 250, 304, 586, 589, 630

R

RABELAIS, François, 338
RADIGUET, Max, 346
RAMÓN Y CAJAL, Santiago, 43
RAPOSO, Hipólito, 527
REBOUÇAS, André, 220
RECIFE, marquesa do, 516
REGO, José Lins do, 39, 320, 350, 425, 428, 429, 459, 486, 510, 652
REMBRANDT, 111, 295
RENAN, Ernest, 407
RENDU, Alphonse, 326, 482
RENNEFORT, Urbain Souchu de, 682
RENOIR, Pierre-Auguste, 406
REQUENA, Francisco, 637
REYNOLDS, 304
REYS, Luís da Câmara, 265
REZENDE, conde de, 690
RIBEIRO, Bernardim, 140, 332, 333
RIBEIRO, Campos, 350
RIBEIRO, João, 325, 326

RICHELIEU, duquesa de, 132
RICHEPIN, Jean, 123
RILKE, Rainer Maria, 40, 680, 681
RILLEY, James W., 278
RIMBAUD, Arthur, 258, 406, 422
RIO, João do, 204, 272, 318, 458
RIO BRANCO, barão do, 129, 161, 299, 364, 638, 639
RIVAROL, Antoine de, 428
RIVAROLA, Rodolfo, 93, 637
RIVERA, Diego, 471
RIVERA, Primo de, 448, 449
RIVIÈRE, Jacques, 675
ROBIA, Luca Della, 178
ROBINSON, Mary, 84
ROCHA, Artur Pinto da, 320
ROCHA, Pinto da, 470, 596
ROCKEFELLER JUNIOR, John D., 355
RODIN, Auguste, 111, 178, 300, 329, 489, 521, 579, 647
RODÓ, José Enrique, 238, 290
RODRIGUES, José Carlos, 130
RODRIGUES, Pedroso, 396, 397
ROJAS, Ricardo, 93
ROLLAND, Romain, 195, 264, 402
ROMERO, Sílvio, 222, 267, 413, 453, 575, 581, 592
ROMEU, 424, 459
ROOSEVELT, Franklin D., 87, 88, 89, 128
ROOSEVELT, Theodore, 82, 147, 149, 167, 228, 279, 312, 316, 317
ROOT, Elihu, 140, 180, 668
ROSA, Ferreyra da, 618
ROSENBERRY, Lord, 173
ROSSETTI, Dante G., 216, 316, 317, 406
ROSS, Robert B., 262
ROTHSCHILD, 639
ROUSSEAU, Jean-Jacques, 231, 244, 245, 454, 575
ROWE, Leo S., 614
RUBENS, Peter Paul, 642
RUBERTI, Guido, 222
RUNDLE, Mrs., 172, 173, 174

RUSKIN, John, 160, 258, 310, 323, 363, 372, 381, 548
RUTH, Babe, 134
RYAN, padre, 101, 102

S

SÁ, Gonzaga de, 271, 293, 505
SÁ, Simplício de, 141
SAINTE-BEUVE, Charles Augustin, 359, 426
SAINT-HILAIRE, Auguste de, 320, 344, 594
SALES, Francisco de, 241
SALES, Herberto, 37
SALES, são Francisco de, 241, 242, 688
SALLES, Campos, 638
SALOMÃO, 418
SALOMÉ, 149, 204, 205
SALTUS, Edgar, 204
SALVADOR, frei Vicente do, 494
SAM, Tio, 71, 72, 73
SANARELLI, Giuseppe, 314
SÁNCHEZ, 224
SÁNCHEZ, Florencio, 223
SANDBURG, Carl, 218, 556
SANKESTER, Ray, 370
SANTAYANA, George, 38, 39, 43, 44, 45, 189, 227, 430, 535, 582, 583, 584
SAPHO, 225, 226
SAPUCAÍ, visconde de, 530
SARDINHA, Antônio, 265, 510, 511, 527, 585, 586
SARMIENTO, Domingo Faustino, 73
SAUNDERS, Una M., 78
SAYTENS, Edward, 232
SCARBOROUGH, Dorothy, 105, 107
SCHOPENHAUER, Arthur, 162, 176, 194, 210, 250, 257, 320
SCOTT, Robert Falcon, 689
SCRIPTURE, E. W., 248
SCULLY, William, 320, 346
SEBALDO, são, 230

SEBASTIÃO, D., 692
SELDEN, Charles A., 167
SELLIGMAN, Edwin R. A., 158
SELVA JÚNIOR, Alexandre dos Santos, 273
SÉRGIO, Antônio, 265
SÉRGIO, Mário, 392
SERRA, padre Corrêa da, 637
SETTE, Mário, 150, 151, 152, 176, 237, 238, 239, 240, 352, 353, 438
SHAHAN, rev., 356, 638
SHAKESPEARE, William, 105, 113, 205, 246, 250, 262, 290, 307, 318, 489
SHAW, Anna, 63, 64
SHAW, George Bernard, 94, 176, 195, 273, 309, 377, 378, 687
SHEFARD, F. J., 71
SHELDON, May French, 56
SHELLEY, Percy B., 111, 116, 362
SHEPHERD, William R., 616
SHERMAN, William T., 135
SHÖNBERG, Arnold, 257
SILVA, José Ascension, 635
SILVA, Paranhos da, 656
SILVEIRA, Tasso da, 350, 351
SILVEIRA NETO, Manuel Azevedo da, 350
SIMKINS, Francis Butler, 39, 577, 633, 634
SMITH, Adam, 461, 462
SMITH, Gypsy, 56, 59
SMITH, John, 609
SMITH, J. Thorne, 284
SÓCRATES, 55, 162, 163
SOEIRO, padre, 245
SONGER, Margaret, 101
SOREL, Cécile, 45, 362
SOREL, Georges, 41, 45, 46, 309, 369, 510
SORGE, Frau, 517
SOROLLA, Joaquín, 630
SOTUT, Jorge D., 241
SOUSA, Cláudio de, 222, 223
SOUSA, frei Luís de, 518, 571
SOUSA, J. Fernando de, 448, 449
SOUSA, Tomé de, 492
SPALDING, Albert, 179

SPEE, Robert, 78
SPENCER, Herbert, 100
SPENGLER, Oswald, 578
SPINGARN, Joel Elias, 218
SPINOZA, Baruch, 583
SPURGEON, Charles, 59
STEAD, William, 79
STEARNS, Harold, 189
STEELE, Richard, 543
STENDHAL, 575
STEPHEN, James, 183
STERNE, Laurence, 152, 543
STEVENSON, Robert Louis, 39, 95, 205, 303, 380, 462, 474, 518
STIRNER, Max, 287, 309, 310, 428
STOCK, Wilhelm, 68
STOSS, Vert, 295
STOWITTS, Hubert, 156, 178
STRAUSS, Richard, 179, 204, 205, 247, 257, 300, 660
SUMMERS, 622
SUNDAY, Billy, 58, 59, 60
SUNDERMANN, 147
SUZANNET, conde de, 326
SWANSON, Glória, 179
SWEDENBORG, Emanuel, 270
SWIFT, Jonathan, 39, 307, 518, 543
SWINBURNE, Algernon C., 422
SYLVESTRE, Cláudio, 392, 393

T

TACKERAY, William M., 278
TAFT, William H., 80, 81, 88, 469
TAGORE, Rabindranath, 41, 116, 117, 118, 278, 316, 467
TAINE, Hippolyte, 83
TARKINGTON, Booth, 180, 518
TATU, Jeca, 208, 557, 591
TAUNAY, Afonso d'Escragnolle, 594
TAUNAY, visconde de, 177, 637
TAVARES, Arsênio, 273, 517
TAVARES, Eduardo, 573

TELL, Guilherme, 241
TELLES JÚNIOR, Jerônimo José, 141, 151, 340, 364, 471, 615, 637, 638
TERÊNCIO, 57
TERESA, santa, 42
THOMPSON, capitão, 50
THYRSO, santo, 177, 249, 250, 317, 370, 398, 420, 428, 498, 526, 543, 571, 593, 625
TILLMAN, Benjamin, 633, 634
TIRONE, Federico, 637
TODD, Millicent, 540
TOLLENARE, Louis-François de, 432, 472, 482, 495, 496, 602, 695
TOLSTÓI, Liev, 106, 117, 247, 281
TOPSIUS, dr., 125, 126
TORRES, Antônio, 224, 249, 278, 291, 304, 308, 346, 399, 439, 458, 560, 582, 685
TORRES, Célia, 75
TRIPA, padre, 543
TROTSKY, Leon, 281
TULLIO, Mario, 424
TUMULTY, 189
TURGOT, Anne-Robert-Jacques, 370
TURGUENIEV, Ivan, 219, 641
TWAIN, Mark, 55, 267, 430, 490, 518

U

UGOLINO, 691
UNAMUNO, Miguel de, 39, 42, 294, 333, 660
URUGUAI, visconde de, 638

V

VAL, Rafael Merry del, 201
VALLADARES, Clarival do Prado, 525
VALLE-INCLÁN, Rámon M. del, 252
VAN DICK, Antoon, 111
VAN GOGH, Vincent, 282
VAN LOON, Hendrik Willem, 213

VAREJÃO, Lucilo, 352, 353
VASCONCELOS, Bernardo de, 637
VASCONCELOS, padre Simão de, 618
VAZ, Antônio, 418, 693
VAZ, Juvenal Rocha, 525, 569, 575, 656
VEGA, Félix Lope de, 518
VELASQUEZ, Diego, 111
VERGA, Giovanni, 222
VERÍSSIMO, José, 195, 222, 261, 350, 452, 453, 526, 616, 625
VERLAINE, Paul, 174, 220, 293, 321, 407, 460, 626
VERNE, Júlio, 68, 122, 131, 262
VIANA, A. J. Barbosa, 418, 456
VIANA, Ulysses, 142
VIANA, Victor, 350
VIANNA, F. J. de Oliveira, 342, 398, 655
VICENTE, Gil, 38, 475
VICTOR, Ricardo San, 293
VIDARD, 638
VIDE, Fernão de, 511
VIEIRA, 460
VIEIRA, Afonso Lopes, 246, 265, 440
VIEIRA, frei Domingos, 207
VIEIRA, padre Antônio, 38, 39, 276, 394, 566, 571, 618, 619
VILA, José María Vargas, 260, 301, 321
VILLA-LOBOS, Heitor, 649
VINCI, Leonardo da, 408
VIRCHOW, Rudolf L. K., 370
VITAL, Frei, 533
VITERBO, frei Joaquim de Santa Rosa de, 571
VITÓRIA, rainha, 63, 639
VIVEKANANDA, 120
VIVIANI, René, 279, 688
VOLTAIRE, François Marie Arouet, 193
VON KULMBACH, Hans, 295

W

WAGNER, Richard, 249, 257, 258, 262, 380

WALKER, Emery, 548
WALLACE, Alfred R., 68, 201, 540
WALSH, George, 156
WANDERLEY, João Maurício Cavalcanti da Rocha, 413
WASHINGTON, Booker T., 79
WASHINGTON, George, 112, 127, 139, 609
WATTEAU, Jean-Antoine, 352
WATTS, 406
WEAVER, Ernest, 97
WEBSTER, Noah, 561, 688
WELLS, H. G., 122, 147, 245, 252, 260, 262, 278, 306, 401, 402, 468, 540
WERTHER, 105
WHISTLER, James M., 253, 317
WHITE, Edward, 161
WHITE, Pearl, 478
WHITMAN, Walt, 112, 261, 267, 298, 538, 645, 681
WILBERFORCE, 637
WILDE, Oscar, 112, 125, 141, 142, 175, 176, 204, 205, 210, 238, 262, 303, 307, 309, 310, 316, 317, 320, 338, 363, 421, 470, 543, 576
WILFRED, Thomaz, 282
WILLIAMS, Joseph Lee, 112
WILLIS, Major, 371
WILSON, Thomas Woodrow, 50, 54, 64, 80, 81, 87, 88, 89, 90, 113, 114, 115, 127, 128, 140, 164, 165, 166, 167, 180, 189, 279
WOLSEY, cardeal Tomás, 323, 365, 516
WOOD, Leonard, 80, 82, 87, 88
WOODWORTH, Robert, 191, 192, 491
WORGAN, Charles, 217
WRIGHT, Harold Bell, 180, 218

X

XANTIPA, 162, 163
XAVIER, Fontoura, 196
XENOFONTE, 343

Y

YANTOK, Max, 111
YARROW, William, 349
YAT-SEN, Sun, 688
YEATS, John Butler, 316, 317
YEATS, William Butler, 40, 278, 316, 317
YU, Pong Kwong, 120

Z

ZEBALLOS, Estanislao, 93, 123, 142, 244, 278, 280, 638
ZIMMERN, Alfred, 343
ZOLA, Émile, 82, 177, 253, 426, 687
ZULOAGA, Ignacio, 630

Outros títulos da Coleção Gilberto Freyre:

Casa-grande & senzala
728 PÁGINAS
2 ENCARTES COLORIDOS (32 PÁGINAS)
ISBN 978-85-260-0869-4

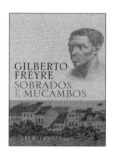

Sobrados e mucambos
976 PÁGINAS
2 ENCARTES COLORIDOS (32 PÁGINAS)
ISBN 85-260-0835-8

Ordem e progresso
1.120 PÁGINAS
1 ENCARTE COLORIDO (24 PÁGINAS)
ISBN 85-260-0836-6

Nordeste
256 PÁGINAS
1 ENCARTE COLORIDO (16 PÁGINAS)
ISBN 85-260-0837-4

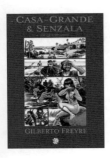

Casa-grande & senzala em quadrinhos
ADAPTAÇÃO DE ESTÊVÃO PINTO
64 PÁGINAS
ISBN 978-85-260-1059-8

Tempo morto e outros tempos – Trechos de um diário de adolescência e primeira mocidade 1915-1930
384 PÁGINAS
1 ENCARTE COLORIDO (8 PÁGINAS)
ISBN 85-260-1074-3

Insurgências e ressurgências atuais – Cruzamentos de sins e nãos num mundo em transição
368 PÁGINAS
ISBN 85-260-1072-8

Açúcar – Uma sociologia do doce, com receitas de bolos e doces do Nordeste do Brasil
272 PÁGINAS
ISBN 978-85-260-1069-7

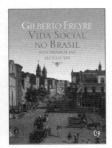

Vida social no Brasil nos meados do século XIX
160 PÁGINAS
1 ENCARTE PRETO E BRANCO (16 PÁGINAS)
ISBN 978-85-260-1314-8

Olinda – 2ª guia prático, histórico e sentimental de cidade brasileira
224 PÁGINAS
1 MAPA TURÍSTICO COLORIDO
ISBN 978-85-260-1073-4

Guia prático, histórico e sentimental da cidade do Recife
256 PÁGINAS
1 MAPA TURÍSTICO COLORIDO
ISBN 978-85-260-1067-3

De menino a homem: de mais de trinta e de quarenta, de sessenta e mais anos
224 PÁGINAS
1 ENCARTE COLORIDO (32 PÁGINAS)
ISBN 978-85-260-1077-2

China tropical
256 PÁGINAS
ISBN 978-85-260-1587-6

Interpretação do Brasil
256 PÁGINAS
ISBN 978-85-260-2223-2